U0928299

同名电视剧由

江苏电视总台幸福蓝海影视文化集团

天光地影影视制作有限公司

拍摄播出

电视剧文学剧本

汾河水

杜卫东 编剧

根据杜卫东 周新京同名长篇小说改编

光明日报出版社

图书在版编目（CIP）数据

江河水 / 杜卫东编剧. --北京：光明日报出版社，2018.11

ISBN 978-7-5194-4755-7

Ⅰ. ①江… Ⅱ. ①杜… Ⅲ. ①长篇小说—中国—当代 Ⅳ. ①I247.5

中国版本图书馆CIP数据核字（2018）第254246号

江河水

JIANG HE SHUI

编　　剧：杜卫东

责任编辑：谢　香　李　倩　　　　责任校对：傅泉泽
封面设计：杜　可　　　　　　　　责任印制：曹　诤

出版发行：光明日报出版社
地　　址：北京市西城区永安路106号，100050
电　　话：010-67078248（咨询），010-63131930（邮购）
传　　真：010-67078227，67078255
网　　址：http://book.gmw.cn
E - mail：renqing339@126.com
法律顾问：北京德恒律师事务所龚柳方律师

印　　刷：北京荣泰印刷有限公司
装　　订：北京荣泰印刷有限公司
本书如有破损、缺页、装订错误，请与本社联系调换，电话：010-67019571

开　　本：185mm×260mm
字　　数：1000千字　　　　　　　印　　张：35.5
版　　次：2018年12月第1版　　　印　　次：2018年12月第1次印刷
书　　号：ISBN 978-7-5194-4755-7

定　　价：85.00元

目录
Contents

序 言:《江河水》:一曲新时代的英雄赞歌 1

.... 里快

剧本:1——30集 .... 001—541

001	020	039	058	077	096
115	134	153	172	190	210
229	248	265	284	300	318
336	355	372	388	406	426
445	464	486	504	522	541

后 记:立此存照 559

.... 杜卫东

序：《江河水》，一曲新时代的英雄赞歌

里快

很荣幸，能够成为著名作家杜卫东做编剧的电视连续剧《江河水》剧本初稿第一读者，并且在剧本付梓之际，为它作序。

去年秋天，卫东给我打电话说，他刚创作了一部电视剧，希望我能抽时间看看，提点意见。对一部近70万字的巨著提出意见，在时间和精力上意味着什么，我很清楚。本来，我打算用一个月的时间抽暇阅读这个剧本，谁知，拿到文本后竟然难以释手，不到一周就读完了，一边读一边批点，看完最后一行字，随手写下一句话：这是近年来我看过的上百部电视剧最好的剧本之一。

我这样说有我的理由。《江河水》是卫东根据他和朋友合作的同名长篇小说《江河水》改编的，他既是原著作者，又是剧本的编剧。作品以改革开放为主线，以内外勾结，进行贪腐、走私和间谍活动，为改革开放制造障碍为副线，多线头并进，推动故事发展；场面宏大，盘根错节；情节波澜起伏，扣人心弦；人物设置合理，性格鲜明；是一部典型的工业题材正剧。这样的正剧，屏幕上至今鲜有成功的范例。特别是反映港口变迁的改革，更难获得施展空间，但卫东却将镜头聚焦东江港，从港务局长兼党委书记江河上任初始切入，通过沉船、改革、抗洪、上市、一带一路等重大事件的顺次演绎，以及穿插在其中的文物走私案和国际商业间谍案共同制造的扑朔迷离，把一场改革大剧写得风生水起，色彩斑斓，而不是从概念出发，图解政策，让扁平的人物在滞涩的情节中穿行，进而将一个国有老企业锐变和净化的艰难与喜悦，表现得淋漓尽致。在世风日渐低靡的情况下，激荡着一股正气、志气与霸气。此外，从小说到电视剧本，在创作尺度、情节张力、人物塑造等方面都有了非常明显的提升，堪称一部弘扬新时代英雄主义的精品力作。

卫东很会写戏，他的剧中人物总是在特定的矛盾漩涡中去展示自己的命运，笔触每每直抵人心。有关崇高、卑劣、执着、放弃、勇敢、逃避等人性及道德元素，常常表现为内心的纠结与挣扎；这种纠结与挣扎依附于一系列惊心动魄的矛盾冲突，当这些矛盾冲突达到极限时，纠结与挣扎便以意想不到的形式得到解脱。不拘常规的情节安排与人物行动轨迹设置，不但使得人物饱满、鲜活，也形成了强烈的戏剧效果。剧中的主人公、男一号江河是作者倾心塑造的一位新时代英雄形象，而江河复杂艰辛的心路历程是通过一系列戏剧情节层层展示给观众的，真实可信、血肉丰满，这样的英雄形象在近期的屏幕上实不多见。江河冒着被撤职查办的风险赴省城请命，让观众感受到的是他的担当；他亲自去缉拿初恋情人丁薇薇，丁薇薇当着他的面投江赴死，他默然涕泫，折射的是一个男子汉的情义。女主角丁薇薇则属于另一类典型，她在商场上杀伐决断，尽显一位职业女性的强势；在情场上则痴心不改，淋漓尽致地展示了一个女人的殷殷柔情。人物性格外在的多重性，恰恰体现了人物丰富的内心世界和精神追求。就是那些戏份不多的二三线人物，在卫东笔下也都血肉丰满，特质鲜明，形象立体而丰饶。

《江河水》采用的是空间块状结构形式。沉船、改革、抗洪、上市、

一带一路是作者精心编织的五大事件。这种结构很容易造成故事板块之间的内容分割和机械独立。但卫东通过一主两副，三条线索，即东江港改革；丁氏父女的走私和秦海涛的国际商业间谍活动；江河与妻子、卢茜、丁薇薇、刘希娅几位女性的情感纠葛，将众多内容编织成一个有机整体，丝线紧密，大而不疏，形同冯骥才笔下的那条“神鞭”，凭你怎样甩打，都难以断开。纵观之下，无论悬念设置，还是起承转合，都相得益彰，极具张力。其谋篇布局的奇妙与高超的结构能力，绝不是当下那些只懂得闭门造车、粗制滥造的所谓“编剧”们能够企及的。

卫东最早以报告文学名噪文坛，继之以杂文为文学同仁所惊羡。后来又写散文和小说，无论哪类创作都成就斐然。某年，中国作家协会评选全国报告文学奖，一位评委让他把他的中篇报告文学《洋行里的中国女雇员》复印若干份送她参评，“因为许多参评的稿件都不如这一篇”，但卫东谢绝了。著名报告文学作家李鸣生曾这样评价他：“杜卫东是上世纪 90 年代崛起的报告文学作家方阵的一员骁将，既有报告文学家的思想，又有小说家的笔法，他的作品题材新奇，开掘独特，无论纪事写人，都充满睿智，富有哲思；且叙事凝重而蕴藏诗性，语言灵动而饱含深意，显示了深厚的文学功底和丰富的社会学识。遗憾的是，杜卫东的报告文学似乎未能获得应有的历史地位，因而社会声誉远小于作品的分量。”著名杂文家严秀主编的《中国新文学大系 · 杂文卷》就收录了他好几篇作品，选本前言点名讲到了他的创作成就。《中国杂文鉴赏辞典》所收人物从老子以降，区区数百人，卫东亦名列其中。然而，他在评奖、晋级、评职称等事情上从不私下请托、活动钻营。为文坛中人颇为看中的“全国委员”一衔，卫东在中国作协第九次代表大会前坚决请辞。行事低调，不事炒作，反对随波逐流，既是卫东为人处世的操守，也作为一种文风体现在他的作品中。杂文的犀利，小说的细腻，散文的抒情，报告文学的时代感，在《江河水》中都有体现。众多艺术资源恰如其分的配置，是这部剧作取得巨大成功的一个很重要的原因。

电视连续剧本《江河水》将作为一部正版书在光明日报出版社出版。对此，我非常感慨。当下，由于电子书和互联网的冲击，纸质书籍的出版已陷入困境，别说电视连续剧剧本，就是优秀作家的小说、散文作品也屡屡遭拒。在这样一种背景下，光明日报出版社能够隆重推出电视剧本《江河水》，说明他们不仅有敏锐的眼光，也有出版人的担当。有人说，电视剧是快餐文化，播出是它的终极目的。我不这么看。真正优秀的电视剧在播出的同时，也应该作为纸质书籍流传下来，因为它本身就具有很高的文学鉴赏价值，倘若因此而被时间的尘埃淹埋了，岂不可惜？当然，那些毫无思想内涵和艺术品质的烂剧除外。

电视剧《江河水》播出在即，剧本很快在出版社出版。此前，长篇小说《江河水》已经在全国发行。于卫东而言，这是一个里程碑式的事件，可喜，可贺，可佩，可赞。对于文坛和影视界来说，不仅仅多了一部力作，更重要的是，随着一部讴歌时代英雄的现实主义且不乏浪漫主义剧作的横空出世，或多或少也会扫除一下风行当下的那股浮靡之气，或者假、大、空、神的文字、影像垃圾。或许，这才是最值得高兴的。

内蒙古自治区文联原党组书记，享受国务院特殊津贴专家，著名作家、诗人、文学评论家。

第1集

1　长江　秋　晨　外

宽阔的水面上，一艘客轮鸣笛驶来。

船首甲板上，迎风而立，站着一位四十六七岁的中年人，中等身材、灰衣黑裤，气质沉稳，目光刚毅，显得不怒自威。

伴随画外音打出字幕：

本世纪一〇年代一个秋天的早上，东江省副省长程志赴南京参加重要会议，特意取道东江港紧急召见了一个神秘人物。由此，一场惊心动魄、险象环生的改革大戏拉开序幕。

推出片名：江河水

2　秦池家　秋　晨　内

一个三十多岁、一副土豪装束的男人破门而入，大叫：不好了，不好了，秦局长，出大事了！

坐在沙发上正打电话的秦池瞪了来人一眼，伸手示意他坐下。

来人无奈坐在沙发上，搓着双手，欲言又止，一副很焦虑的神态。

秦池对着话筒继续说：达夫啊，你也知道，老局长退休半年了，港务局局长的位置还空着呢！

秦池五十多岁，面皮松弛，目光闪烁而犀利，像是隐藏在暗堡中的两只枪眼。

话筒里传出琊山煤矿副矿长赵达夫的声音：肯定是你上位嘛，你是常务副局长，这还会有悬念？等着喝你老哥喜酒啦！

秦　池：这年头，粮食没进仓，哪能算丰收呢。赵矿长，你琊山矿的煤，今年还要通过东江港多走一些呀！

3　小城瑞丽　秋　日　外

瑞丽的初秋，翠绿醉人。宝石街上，一家家珠宝玉器店鳞次栉比。店主笑脸招揽顾客。来自泰国、缅甸、印度和巴基斯坦的商贩，没有店铺或固定摊位，一条条高举着的胳膊把一盒盒各种颜色的宝石伸到客人面前，各种情调的叫卖声、吆喝声在街市此起彼伏。

赵达夫和琊山煤矿矿长廖汉中在街市上游览。赵达夫四十多岁，五官长得比较夸张；廖汉中五十多岁，又黑又粗一条壮汉。

赵达夫对着手机：秦局长，我们老大的太太可在你们东江港呢，你可要小心伺候。

话筒里传出秦池惊讶的声音：什么，方秋萍在东江港？

赵达夫：我还蒙你不成。我们老大不发话，不会从东江港多走一吨煤，你老哥脑袋可别进水！

赵达夫说着看了一眼廖汉中，谄媚地一笑。

4　秦池家　秋　日　内

秦　池：好，好。我明白，我这就联系方总。

秦池挂断电话，瞥了一眼坐在沙发上的年轻人：建荣啊，成就大事者，必须要有静气。出了什么了不起的事，看把你慌的！

孟建荣：秦大局长，您还真沉得住气，我刚刚得到重磅消息——

秦池倒了一杯茶递给孟建荣：重磅消息？哼哼，是海地又地震了，还是朝韩冲突升级啦？

5　东江港客运码头　秋　日　外

码头上，一个佩戴二级警衔的中年人临水而立，他是东江港公安局局长江河，身量不高，健硕敦实，三十八九岁年纪。或许是昨夜睡得太晚，眼圈有些发黑。

一艘江轮渐驶渐近，透过江面上氤氲的淡淡水汽，江河看到了船头站着身穿灰色衬衫，深色长裤的副省长程志。程志也看见了江河，扬手相招。

船刚停稳，江河一个箭步跳了上去。

江河立正敬军礼：程省长，您好。

程志一伸手拉住江河，朗声大笑江河，你小子活得蛮滋润嘛！

江河本来有点紧张，程志一开玩笑也就放松了：老首长取笑我了！昨天值了一夜班，刚想闭闭眼，就接到省委组织部紧急通知，被您提溜来了，哪里说得上滋润？

程　志：老首长？我老吗？我不过比你才大八岁！严格地说，算是一代人，怎么就成了老首长？你是赞我还是咒我？

江　河：咒您，我哪敢？

程志掏出烟扔给江河一支：谅你小子也不敢。

江河接过烟背风用打火机点燃，哈哈一笑：那是啊，拍马屁还找不着机会呢！

程志手一挥：想拍马屁？好，给你机会。听着，省府调整分工，政法那一摊儿我不管了，让我主抓工业、交通！

江　河：省府调整分工，是你们领导层面的事，和我有什么关系？

程　志：关系大了！东江港是全省水上交通枢纽、煤炭集散中心，经营好坏，直接影响全省的经济形势。这次省府调整分工，我二话没讲，只提了一个要求，把你小子放到东江港主持工作！

江　河：我？我对港口管理一窍不通，您把我放到东江港主持工作，这不是乱点鸳鸯谱吗？

6　小城瑞丽　秋　日　外

赵达夫从宝石店窜出，捂着眼大喊：他娘的，太平世界，朗朗乾坤，怎么说打人就打人呀！

话音未落，青衫平头、膀阔腰圆的两个伙计追出来，一左一右挟持住他。赵达夫使劲挣脱，无奈伙计的手像铁钳一样令他动弹不得。

精瘦的宝石店老板倒剪双手，一晃一晃走过来，对一只眼已乌青的赵达夫说：打人？先生，您赌了石头不给钱，您不是找打吗？

赵达夫揉着眼：欺负外地人是不是，还有没有王法？

店老板一脸不屑：倒要讨教，怎么欺负您了？

赵达夫：你说了，这块石头切下去就值一百万！

店老板轻蔑一笑：我说这块出石头切出绿来值一百万，何曾说过一刀切下去就值一百万？要是这样，我把这块石头5万块钱卖给您，脑袋岂不是被驴踢了？

7　东江宾馆客房　秋　日　内

一个女人站在宽大的落地窗前打电话，她叫方秋萍，是廖汉中的妻子，三十四五岁年纪，身材阿娜、千娇百媚，一边打电话一边欣赏美丽的江景。

方秋萍：老廖，你们不是在南京开会吗，怎么又跑到云南去了？这是开会呀，还是旅游呀？

8　瑞丽街市一角　秋　日　外

廖汉中在离宝石店不远的地方接电话：开会，当然是开会啦！这不是会开完了，主办方安排了两条线路，让大伙儿放松放松。一路瑞丽，一路黄山，我眼也没眨就选择了瑞丽。

方秋萍娇嗔地（OS）：为什么？

廖汉中：秋萍呀你是明知故问。瑞丽卖宝石，我要为你买一只上好的翠镯呀！

方秋萍（OS）：汉中，难为你有这片心！明天中午我就回琊山了，我可不想一进家门，看见的是冷桌子冷板凳。

廖汉中心旌摇曳：我和赵达夫坐明天一早儿的航班回琊山，你爱吃的宣威火腿我也给你买了，保证你一进家门就能吃上热乎的。

方秋萍（OS）：你舍不得让我一个人独守空房？

廖汉中：那是自然呀。

方秋萍：你走了十几天，真有点想老哥哥了。

廖汉中：娘子，老哥哥也想你呀。

这时不远处传来嘈杂的叫骂声和赵达夫的呼喊：老大，老大！

廖汉中侧身一听：哎哟，老赵和人打架呐，不说了，我得过去看看，挂了。

9　宝石店　秋　日　外

赵达夫被两个伙计抓住动弹不得，见到廖汉中，他像遇到救星一样喊：老大，天下哪有这样便宜的事，一块破石头，一刀切成两半，就要五万块钱，不给就动粗？操，我老赵也不是用手捏出的面人，要是在咱琊山，我非打得他们满地找牙！

俩伙计一听，手上一用力，赵达夫杀猪一样嚎叫起来。

廖汉中连忙上前制止：小兄弟，手下留情。又拍拍赵达夫肩膀：老赵，我刚才劝你别赌，你不听。接一个电话的工夫，怎么就闹出了这么大动静？

赵达夫：谁想到切出来一片白呀！

廖汉中：兄弟，愿赌服输，不就是五万块钱吗？别把咱们琊山煤矿的脸丢到瑞丽来。

店老板嘿嘿一笑：这位先生是个敞亮人。

廖汉中冲店老板笑着求情：老板，你让伙计把手松开，有话好商量。俗话说和气生财嘛，你动不动就抡拳头，财神爷还不得吓跑了，你说是不是？

店老板一摆手，伙计放开赵达夫，叉开丁字步，一前一后把他夹在中间。

店老板：这位先生，他要赌是您亲眼所见，不是我们以强凌弱，实在是他不讲道理。什么叫赌石，我不说您也明白，能赖账吗？这是没切出绿，要是切出了绿，我能反悔吗？一百万的东西，不是五万块钱就归他了吗？

10　东江港客运码头　秋　日　外

客轮的甲板上，江河与程志相向而立。

程　志：你不要和我讨价还价！东江港在长江沿线是出了名的政令不通，治安混乱。前几年，省里组织打黑，东江港一下子就抓了几十名危害社会治安的各类嫌犯，是你这个港口公安局长亲自坐镇指挥的吧！

江　河：那还不是在您的领导之下。

程　志：少来。那次你出了名，号称威震八百里东江，风头几乎盖过了我这个主管政法的副省长，我没说错吧？

江　河：您又取笑我？

程志看了江河一眼，话语中充满信任：东江港需要你，去不去，我就想听你一句痛快话！说着把烟蒂扔在甲板上，狠狠踩灭。

江河吸了一口烟，沉默不语，他有些犹豫不决。

11　宝石街另一端　秋　日　外

香港巨商丁伯带着侄女丁薇薇走来。丁伯年逾八旬，庞眉皓发，精神矍铄，看上去颇有几分道骨仙风。丁薇薇不过三十来岁的样子,眉目清丽,行为端庄,举手投足间,一股大家风韵自然流露。

街上有一位须发斑白的老人,衣衫不整,手托一顶破毡帽,嘴里含糊不清地念叨着“白魔、白魔”,有游客向他的毡帽里施舍钱币,他也面无表情,与丁伯、丁薇薇擦肩而过时,老人呆滞的目光中忽然有一道亮光闪过。

丁伯也一愣,伸出手:杨先生,别来无恙乎?在下丁某。

老人怔怔地盯住丁伯喃喃自语:无恙乎?无恙乎?……我不认识你呀!

丁伯一声长叹,示意丁薇薇。

丁薇薇拿出一张支票:老伯,这是一张两万元的现金支票,您收好。

老人接过支票,举起对着阳光翻来覆去看了几遍,然后小心翼翼地撕成了一条条,向空中抛去,在丁氏叔侄的愕然中转身离去,边走边咏:别人笑我太疯癫,我笑世人看不穿,黄粱美梦终将醒,谁人死后变神仙?咏罢仰天一阵大笑。

望着老人背影,丁伯一脸愧疚,感叹一声:罪过,罪过啊!

丁薇薇有些好奇:叔叔,您怎么认识这个疯老头?

丁伯感慨万端:岂止认识,我们打交道时,你还是黄毛丫头呐!

丁薇薇:噢,这么大来头啊?

丁　伯:他姓杨,退回十几年,可是云缅边境上远近闻名的“翡翠大王”!

丁薇薇更为惊异:怎么就疯了?

丁伯若有所思:也未见得真疯,气迷心窍,一时糊涂罢了!

丁薇薇面露同情之色:当年的翡翠大王沦落至此,也怪可怜的。

丁伯叹了口气:说起来,和叔叔还有些关联。叔叔玩儿翠玩儿了大半辈子,也颇有些心得。前几十年算得上顺风顺水,过了七十,老啦老啦,这大悲大喜也就来了。

丁薇薇:我知道您是玩翡翠赌石起家,怎么从来没听您给我讲过这一段儿?

丁伯摇头一笑:不错,叔叔是玩翡翠赌石起家的,没给你说过这一段儿,是从来没想过让你染指。你可以玩字画、玩古董、玩青花,赌石不是女人玩儿的,暴富、破产常在一念,天堂、地狱近在咫尺,轻易不要去碰它。

叔侄俩说着话,也来到了这家宝石店前。本无心停留,看到神情沮丧的赵达夫,丁伯愣了一下,他拉了一把侄女,走了过去。

12　宝石店　秋　日　外

赵达夫被两个伙计揪住胳膊,挣脱不得。

店老板:您这位兄弟执意赖账,也没什么,小店虽本小利薄,但也不在乎这几个小钱。

廖汉中一抱拳:那就多谢老板了。

店老板:只不过,小店自开张以来还是头一回遇见这样的事。您的兄弟不能就这么走了,我要借他身上一样东西留个念想儿。

廖汉中有些困惑:什么东西?

店老板冷笑:一个鼻子。两只耳朵也成,随您这位兄弟的意。

赵达夫一听,杀猪一样叫了一声,使劲挣脱胳膊转身就跑。伙计追上去扬起一脚,赵达夫一个嘴啃泥直挺挺摔在地上。廖汉中急了,上前挥拳要打伙计,刚扬起手,就被另一个伙计紧紧攥住手腕:大叔,您悠着点,别闪了腰!

赵达夫见状龇牙咧嘴爬起来,掸掸身上的土对廖汉中说:老大,强龙不压地头蛇,今天我他娘的认栽了。老板,咱们各退一步,两万五,怎么样?

店老板白了他一眼:对半儿?您沿着这条街从这头儿问到那头儿,看看有没有这样的先例!

廖汉中:老板,再商量商量?

店老板:先生,不是驳您面子,没得商量。少一分钱,您这位兄弟别想站着走出这条街。

丁伯从人群中走出来,双手作揖:店家,不过是五万块钱吗,何必弄出这么大动静?我替这位先生付了。

店老板有些意外:老先生仗义疏财,那自然好。

赵达夫一见丁伯,面露惊诧,欲上前搭讪,却发现丁伯根本就没有用正眼看他,就臊不搭说:老爷子,哪有让您破费的道理? 我不是拿不出五万块钱,只是他们欺人太甚,我咽不下这口气。

店老板要理论,丁伯一摆手:这位先生,恕我直言,您确是不懂赌石的规矩。谁都没有透视眼,能不能切出绿来,多一半得凭运气。赌石嘛,赌的就是风险! 要不在赌石界怎么会流传这样的话:疯子买疯子卖,另一个疯子在等待。

店老板:老先生所言极是,这才是玩家!

赵达夫满脸羞愧,不知如何收场,丁薇薇已将一张现金支票递给了店老板。

丁　伯:店家,银讫两清,放这位先生走吧。

店老板接过支票看了看,对赵达夫不屑地说:算你走运,今天遇到了贵人。

赵达夫还想假意推脱:这怎么好意思?

廖汉中一把拉过他:兄弟,别装了,来点实在的吧! 老想着发横财,把脸都丢到云南了,我算是服了你。

赵达夫:老大……

廖汉中:什么老大,咱们驴粪蛋儿下山——滚球儿吧!

赵达夫想跟廖汉中走又心有不甘:不再转转了吗,只给嫂夫人买了一只镯子,分量轻了点吧?

廖汉中没好气:转个屁,还不够你散德行的呢! 刚才就是你嫂子打来电话,说她明天中午回煤矿,我们要坐一早儿的航班赶回珊山!

赵达夫讨好地:老大,这才分别几天呀? 都老夫老妻了,不至于吧?

廖汉中瞪了赵达夫一眼:闭嘴! 回身冲丁伯一拱手:老伯,我这兄弟让您见笑了,谢过,谢过!

13　东江港客运码头　秋　日　外

程志洞穿了江河内心:圣人云:君子不立于危墙之下。我听说省里有单位想调你去任行政主官,你也年近不惑了,是不是在拨拉自己的小算盘,觉得没必要把政治前途押在东江港这样一个危机四伏的单位,你是不是这么想的?

江河神情尴尬地咧咧嘴:想想不犯法吧?

程志目光中的调侃变成了期待:当然。江河呀,漂亮话我也不说了,大道理我也不讲了。我只想告诉你,东江港这些年改革滞缓,让你这个门外汉去港务局当局长,省委、省政府是下了很大决心的。大丈夫当有鸿鹄之志,顶天立地,岂能与燕雀为伍,苟活于世? 我希望三年,最多五年吧,你能还给我一个风清气正、效益可观的现代物流中心,如何?

江河发牢骚:省长大人,您说您调整了分工,为什么一定要拉我去垫背?

程志抬手看了看手表:屁话! 船要开了,干脆点,去还是不去? 东江港确实是个烂摊子,想当逃兵? 可以! 我放你小子一条生路。见江河无语。程志紧逼不舍:亏你还当过十年兵、十年警察,做事别像老娘们似的磨磨叽叽,一句话,到底去还是不去?

轮船鸣笛了,江河双眉微锁,略一沉吟,退后一步向程志敬了一个标准的军礼:调令一到,我马上去东江港报到!

程志上前两步,紧紧抓住江河的双手:江河同志,我知道你不是个稀松软蛋。好,上岸等调令吧,慢则一天,快则两个时辰!

14　瑞丽宝石街宝石店　秋　日　外

宝石店门口摆着一溜赌石。宝石店老板见丁伯出手阔绰,看出他是海外来的大老板,满脸堆笑地连连点头,极尽谄媚。

丁伯不理睬他,转身对丁薇薇说:要说起来,翡翠赌石最没有定数。就说那个疯老头吧,玩了一辈子赌石,眼力之准,不要说瑞丽,恐怕全滇也无人能出其右,在道上从来没有过大闪失。

丁薇薇一笑:能让叔叔青睐的人,肯定非等闲之辈。

丁伯摇摇头:不过,打了一辈子雁,到头来被雁啄了眼的事也是常有。

丁薇薇看着丁伯，目光中充满好奇与期待。

丁伯面色沉重：十三年前，我在缅甸花十万块钱买了块石头，有百十斤重。又花十万元请当地一个顶尖高手在石头上开了个口子，在口子上黏了薄薄一层好翠，那活真是绝了，做得天衣无缝，请杨先生过来看货，是想请他看看做活人的手艺，没想到，他竟然斥资两千万非要把石头买下。

丁薇薇：他主动要买？

丁　伯：是啊。当时他认定有十倍的利，回去剖开一看，自然是白魔，人一下就痴了！

丁薇薇感慨：叔叔，您二十万赚了人家二千万，百倍的利，这是您说的大喜？

丁伯双手一摊：福祸相依。第二年，叔叔也栽了，一下子赔进去两千万。

丁薇薇：您老能一把赔进两千万？

丁伯叹一口气：所以说赌石最无定数。

店老板在一旁听得一脸惊诧。

15　东江市　长江江畔　秋　日　外

江风习习，江水滔滔。方秋萍一袭白色衣裙站在江边，眺望江面。突然，手机响了。

方秋萍掏出手机接听：哦，秦局长，你好，你好！手机刚才调到静音了，没听见，对不起啊！

16　东江港秦池办公室　秋　日　内

秦　池：方总，你来东江，招呼也不打一个，莫不是对我秦某有意见？

方秋萍（OS）：哪里。我这次是和东江电厂签供煤合同，和港口没有业务，就没好意思打扰你。

秦　池：方总见外了。这次如果你连一口水都不喝东江港的，我心里过得去过不去事小，老廖如果知道了，还不把我扔到长江里去！

方秋萍（OS）：秦局长说笑了，哪里有那么夸张？

秦　池：方总，总之，你得让我一尽地主之谊，务请方总赏光。我在临江茶楼雅间请方总喝茶。

方秋萍（OS）：请我喝茶？秦局长好有雅兴啊！我还有事，免了吧。

秦　池：方总，不光喝茶，还有重要的事向你通报。一小时后，我在临江茶楼恭候，咱们不见不散。

方秋萍犹豫了一下：好吧，一会见。

17　瑞丽宝石街宝石店　秋　日　外

宝石街另一端，来自丽江黄记古玩店的老板黄敬业也在闲逛。黄敬业六十来岁，一脸沧桑，额头上的皱纹又深又锐，仿佛把古树的年轮搬到脸上。几个小商贩将装满宝石的盒子递到他面前，嘴里吆喝着：上好的翡翠戒面，三百块钱一粒，老先生，您看看。

黄敬业看也不看，他被站在宝石加工店门前的丁氏叔侄吸引住目光。

丁伯也看见了黄敬业，两人目光偶一对接，似有火花迸出。

黄敬业略一迟疑，走了过来。

18　瑞丽宝石街宝石店　秋　日　外

宝石加工店门前摆着的几块赌料，黑黝黝的，每块重量都在四五十斤左右，状若顽石。阳光直射下，似乎又呈现出某种神秘的难以形容的色调。

丁伯好像看中其中一块石头，过去用脚踢了几下。

丁薇薇满脸茫然：叔叔，这就是赌料吗，我可什么都看不出来。

丁　伯：十三年前在缅甸，杨疯子赌的就是这样一块石头，简直就像是一个坑里刨出来的。

丁薇薇试探着问：叔叔，可有心情再玩一把？

宝石店老板抓住机会走过来：老先生，您是行家，洒洒水啦！

丁薇薇拉拉丁伯胳膊：叔叔，玩一把吧。

丁伯踢踢脚下那块石头，用余光瞥了一眼缓缓走过的黄敬业：缅甸的？

店老板:缅甸的。

丁伯蹲下身,将石头翻来覆去看了几遍,对丁薇薇说:珠宝级的翡翠仅产于缅甸,危地马拉、日本、美国、墨西哥也有翡翠出产,其质地较之缅甸不可同日而语,没什么可玩的。

丁薇薇:这块呢?

丁伯抬头看了一眼已走到近前的黄敬业,说:这块石头有那么点意思。

19 东江临江茶楼 秋 日 内

这是一家古色古香的茶楼。店门两边,各挂四盏金边黄穗的红灯笼,衬映着满街的霓虹灯和玻璃墙,让人有穿越时空之感。原木本色的正门门柱上悬有一联,黄底黑字,行书秀逸:

龙团雀舌香自幽谷 鼎彝玉盏灿若朝霞

进门后叠石为峰,池水环绕。池水旁,绿萝成行,迎春垂地,掩映出一条鹅卵石铺就的曲径。曲径两边是摆满原木桌椅的散座,尽头有一架水车,吸水而转,吱吱作响。水车旁,是一架木制的楼梯,直通二楼各个错落有致的单间。服务员都是妙龄少女,一律身着藏蓝白点的棉麻布小衫,面若桃花,温婉有礼。

方秋萍款款走进茶楼,服务员立刻将她引领到二楼雅间。

进了雅间,秦池满脸带笑站起:方总,你到东江也不知会我一声,如果不是达夫打电话给我,岂不是太失礼了吗?

方秋萍:秦局长太客气了。这次到东江,有电厂的薛东方尽地主之谊,就不劳港务局破费了。

秦池作生气状:方总这样说,还是不拿秦池当朋友啊!

方秋萍瞟一眼秦池:岂敢,秦局长言重了。

服务员送来茶具茶叶,秦池示意她下去,亲自冲泡:方总,这是刚采摘的秋茶,你品品。

方秋萍端起茶杯,在鼻尖下嗅了嗅:好茶。有什么重要的事,这么急火火的召小女子见面?

秦池呷了口茶:方总,开门见山吧! 事发实在突然,这记闷棍,几乎把秦某打蒙了。

方秋萍放下茶杯:秦局长,到底发生了什么事儿?

20 宝石店 秋 日 内

丁伯用脚踢踢他看好的那块石头,对店老板说:你开个价。

店老板露出一脸谄媚的笑:一看您就是海外来的大老板,十万,不还价。

丁伯看了一眼黄敬业:这位先生,你也喊个价吧,你要不喊价,十万块钱我玩儿一把。

黄敬业摆摆手:老先生,您玩儿您的,我玩儿不起这个,也就是看看热闹,长长见识。

丁　伯:先生客气了。好,我就碰碰运气。老板,叫伙计抬进去,切一刀。

两个伙计抬着丁伯看好的赌料,固定在店内的切料机上,老板亲自操作,合上电闸,对丁伯说:切啦——?

丁伯平静地一挥手:切。

随着切料机的轰鸣,石头被切开了,阳光下白花花一片。

丁伯一怔,面呈失望之色。

站在一旁的黄敬业不由惊叫一声:白魔!

丁伯看了黄敬业一眼,脸色依然平静,指着半块石头说:拦腰再切一刀。

伙计把半块赌料固定好。老板一摁电钮,众目睽睽之下,石头切出来仍旧是白花花一片,围观者发出惊叹。

丁伯若有所失,摊摊手:看走眼了。

伙计将两块四分之一的废料扔进了废料堆。

店老板:老先生,这半块要不要也切一刀?

丁伯瞥了一眼黄敬业:不必啦。

伙计将另半块赌料从切料机上抬下来，站在一旁的黄敬业略一沉吟，趋前一步：等等，我看看。

丁伯没心思再摆弄石头，挥了下手：不必啦，扔废料堆里吧。

伙计抬着石料正要扔，黄敬业一招手：且慢——

众人皆感到诧异，不知道黄敬业是什么意思。

黄敬业走过去，让伙计把这半块赌料放在地上，然后用双手抱起来，感到吃力，又放下来，蹲在石头前面翻来覆去看了好一阵子，问丁伯：老先生，这半块石头你出手不？

丁伯欲擒故纵地一笑：嘿嘿，你也看到了，切开的这一半既无水头也无绿，分文不值，另一半切出来十之八九也是要撞白魔的，我看你还是不要的好。

黄敬业：碰碰运气嘛，说不定哪块云彩里有雨。

丁伯顺水推舟：那好，我也不多要，十万，我把本钱收回来就行啦。

黄敬业伸手与丁伯击掌：成交。

黄敬业一脸深不可测的表情，对店老板说：老板，这块石头算我的了，您把刚才收的钱退给这位老先生，我来碰碰运气。

半块赌料再次被固定在切料机上，老板合上电闸。

黄敬业气定神闲地抽着他的长杆烟袋锅，丁薇薇蹙着眉头，琢磨不透黄敬业唱的是哪一出？

老板即将按下电钮，丁伯忍不住对黄敬业说：这位先生，你再斟酌斟酌，这一刀切下去，可就不能反悔了。

黄敬业好像有十二分把握：愿赌服输，不反悔，决不反悔！

丁伯满脸狐疑地退后一步。

老板手按电钮，最后一次征求黄敬业意见：切啦？

21　东江临江茶楼　秋　日　内

秦　池：孟建荣早上到家告诉我，说省里提议任命东江港公安局局长到我们港务局来当局长。

方秋萍吃了一惊：什么？有没有搞错？前几天我还听海涛说，市里已经定了你接任，报告都送上去了，怎么又突然任命一个公安局局长来当港务局局长，有这么出牌的吗？

秦池叹气：就是嘛！市里也给我吹了风，本来是板上钉钉的事。嘁，港口业务的技术含量再低，也不是一个只知道打打杀杀的公安局长能够玩转的。听说是副省长程志亲自点的将，他主管政法时，那个公安局长是他的得力干将；这次改行管工业又把他带过来，简直是乱点鸳鸯谱。

方秋萍：匪夷所思。

秦池喝了一口茶：唉，先不说这个了。方总，咱们打开天窗说亮话，我知道你和海涛走得很近，海涛在江北闸口有一支中等规模的运煤船队，你每年从琊山煤矿给他发来两百万吨煤，背靠东江港闸口煤码头走货，你们赚的是盆满钵满。

方秋萍惊叫一声：哟，秦局长，怎么说话呢？海涛可是你亲侄子呀！

秦　池：正因为如此，我才坦诚相见。赵达夫呐，每年给我们东江港也发来两百万吨煤，他那里赚多少，我想你心里也有数。你、海涛、赵达夫和我是不是有点三国四方的味道？

方秋萍想了想：是有点。

秦　池：我在东江港主持工作，三国四方的利益就能保证。现在省里任命一个公安局长来担任港务局长，这是釜底抽薪。我若失了势，后果如何，方总不难想明白。

方秋萍端起茶杯喝了一口，有些漫不经心：有那么严重吗？秦局长。

秦　池：当然有。方总，这可是性命攸关的事，大意不得。

方秋萍：你想让我做什么，不妨直说。

秦　池：我就是想和你商量一下，怎样联手遏制那个即将上任的新局长。

方秋萍沉吟片刻：我一个弱女子，可管不了那么多。这事你就是商量，也得找廖矿长、赵副矿长商量是不是？

秦池：那不是现钟不打，反去炼铜吗？你是矿长夫人，又是琊山煤矿总会计师，谁不知道你在矿山说一不二！这次和东江电厂签订供煤合同这么大的事，老廖不是也委托你全权代表吗！

方秋萍有些敷衍:我也不想让人打破琊山煤矿和东江港已经形成的平衡,你和赵达夫是老交情,赵达夫这个副矿长既主管生产,又兼着矿山总调度,你和他打个招呼不就行了。

秦池苦笑:方总,我打招呼和你打招呼是一码事吗?

方秋萍轻描淡写:多大点事呀?好,好,我回去和老赵打个招呼。

秦池一脸凝重:秋萍,方总,这是大事,你可千万不要掉以轻心。咱们要趁他立足未稳,赶紧把他挤走!

22　宝石店　秋　日　内

黄敬业好像突然醒悟了什么,叫一声:等等。走到切料机前连说带比画:这块石头不能这么切,得顺着切。来,转过来,重新固定一下,顺着原来的刀口切。不然切出绿来,可就不成材料了。

丁薇薇低声问丁伯:叔叔,这半块石头真能切出绿吗?

丁伯低声回答:他这是虚张声势,你等着看吧!

丁薇薇:前面两刀切出来是白魔,他还花钱把这半块买去,他会那么傻吗?此人非同常人,叔叔,我看这里面有名堂,要不咱们再把石头赎回来吧?

丁伯摇摇头:不急,再看看。

两个伙计又一次把赌料固定好,店老板手按电钮:切啦——?

黄敬业突然改了主意,一摆手:慢!老板,麻烦您把石头卸下来,不切了,我带回丽江去。

丁伯心生疑窦,走过来问:不切了?

黄敬业一笑:老伯,您是大行家,实话实说,我看好这半块赌料,您看这“莽带”、这“松纹”,不过是不是真有绿,谁也不敢板上钉钉打保票。咱们玩儿翠的有句老话,“十解九甩”,瞬间论生死,就不是玩儿翠的境界了。

丁伯嗯嗯点头:不错,不错,十解九甩。这位先生,听口音不是本地人,北边过来的吧?

黄敬业:是。

丁　伯:您贵姓?

黄敬业一抱拳:免贵姓黄,老家在北京。

丁伯脸上稍纵即逝闪过一缕诡异的表情,又问:祖上也有人玩儿过这个?

黄敬业:我父亲那辈儿好过,从我这一辈儿起,就上云南种地来了。

丁　伯:能理解,能理解。

黄敬业:老伯您贵姓?

丁　伯:免贵姓丁,这是我侄女薇薇。

丁薇薇含笑点点头:黄先生好。

黄敬业也向丁薇薇示好。

丁　伯:我听说当年京城有个玩儿翠的大家,不管什么样的石头,到了他手里,掂两下,看几眼,就知道是什么成色,有那么神吗?

黄敬业脸上闪过一缕自许的神情:有没有那么神我说不好,不过我知道有这么件事,民国二十五年,有几个贩石头的从缅甸运来几块开了门子的大翠料,口子处成色不错,里头怎么样谁也吃不准,开出价来,五十万块现大洋!

丁　伯:民国二十五年?五十万现大洋,那可是天价啊!

黄敬业:那是,所以北京城里玩儿翠的行家全都傻了,谁敢拿货?谁也没那个胆!您说的这位大行家,回价回到三十万,拍板成交,要不是他那胆识,那一次京城玩儿翠的可就把脸丢大了。

丁伯赞叹:后来我听说这块石料切出了翠,卖了三百万,近十倍的利!先生真是家学渊源,家学渊源!

黄敬业略显羞涩:老伯,谬赞了,晚辈拜谢。

丁　伯:老朽受教,受教。

黄敬业:我明儿一早就回丽江了,有机会,我在丽江洗杯以候。

丁薇薇沉不住气了,趋前一步:等等,这块石头我们想再买回来。

黄敬业停住脚，木着一张脸说：这不能够吧，你问问这位老伯，有这规矩吗？

丁薇薇看了叔叔一眼：愿买愿卖，我们不强买，我出二十万，算是把这石头赎回来，成不成交？

黄敬业不与丁薇薇对话，转身面向丁伯：老伯，那你们可就赔了。

丁伯微微一笑：二十万块交个朋友，值啦。

黄敬业：老伯既然这么说，恭敬不如从命，成交。

23　东江临江茶楼　秋　日　内

谈话已近尾声，秦池站起身。

秦　池：方总，我已经在全福兴酒楼订了雅间，还邀了几个朋友作陪，时候不早了，咱们一同前往吧。

方秋萍：不了，不了。这些天我正在减肥，一个苹果、两根黄瓜足矣，去了也是给大家扫兴。再说我滴酒不沾，还是你们自己吃吧。

秦　池：方总说笑了，哪有客人不到，主人自饮的道理？

方秋萍双手作揖：真的，不是客气。求求秦局长，不要难为我。

秦池无奈：既然方总都这样说了，再强求就显得无理了，那就随方总的意，我派车送你回宾馆。

方秋萍：谢了，谢了。我想在江边走走，欣赏欣赏秋色渐浓的东江风景。

秦　池：方总好雅兴，那我就先走一步了，你有事可随时电话我。

两人握手告别。

24　宝石店　秋　日　外

目送黄敬业走后，丁伯指指花了二十万赎回的石头，对店老板说：叫伙计扔废料堆里吧。

店老板顿时呆若木鸡。

丁伯说罢扭身便走。丁薇薇不知所措，一脸茫然跟上。直到走出半条街，丁伯才说：薇薇，知道叔叔为什么这么做吗？

丁薇薇：是不是侄女做错了什么？

丁　伯：干咱们这一行，不怕看走眼，就怕心里没数轻信人言，欲占小便宜必吃大亏！

丁薇薇：叔叔……

丁　伯：像这种摆在街面上的石头，不过是拿来随便玩玩儿的，纵然开出绿来，也是大路货，值不了几个钱。这里面的道道儿我明白，刚才那位黄先生也明白，那半块石头我是有意不让店老板再切，就是想看看那位黄先生怎么使诈？

丁薇薇娇嗔：叔叔您可真是的，您心里明镜似的就是不点破，还跟那位黄先生一唱一和，不是有意让我出丑吗？

丁　伯：我这是花点钱给你交学费，这种教训你一辈子忘不了。

丁伯说到这里有意顿了顿，脸上露出一种高深莫测的表情。

丁薇薇：不过这事还没完，是不是，叔叔？

丁　伯：不错，今天我故意洒洒水，一是让你长一点教训，二是要借此和那位黄先生盘盘道。

丁薇薇：盘道？

丁　伯：对头。如果我的判断无误，他很可能就是依娜说的黄敬业，黄元昌的小儿子。今后你少不了和他打交道，老话说，得胜的猫儿欢似虎，今天让他小胜一局，下次你再和他打交道就容易多了。咱们今天赔进去的二十万，明天会几十倍、几百倍地赚回！

丁薇薇诧异：他就是依娜说的黄敬业？叔叔，您是怎么判断出来的？

丁　伯：刚才一照面，我就觉得此人有别常人，你看他的神态、做派、举止、风度，赌石时也是藏而不露，气定神闲。后来我又问了一下他的经历，并拿一个京城玩儿翠名家来试探他，有意不说出这位名家的名字，他说来却如数家珍。据此不难判断，他就是黄敬业。

丁薇薇：您拿来试探他的那位玩儿翠名家就是黄元昌吧？

丁　伯：对头。我和这个黄敬业还有另一段过节，回到游艇上再讲给你听。

丁薇薇若有所思:叔叔,那个赌石悔约的人您认识?他见到您的神态,我看很有几分惊诧,几分敬畏呀。

丁伯微微一笑:噢,是吗?叔叔相貌过于普通,或许和他的哪位熟人有几分相像也未可知。

25　豪华游艇　秋　日　外

太阳辉映下的陇川江,波光粼粼,沿江两岸远山隐约,竹茂林幽,凤尾竹林深处,掩映着一幢幢傣家竹楼。江面上偶有轻舟划过,竹林中傣家情歌声声入耳。

丁伯和丁薇薇回到停泊在江心绿色小岛旁的豪华游艇上。

男服务生端来咖啡,放在两人间的圆桌上。然后,躬身后退两步离开。

丁薇薇端起咖啡,用小勺搅动:叔叔,刚才您说您和那个黄敬业还有一段过节,是什么过节呀,能让叔叔铭记于心?

丁　伯:这事要说有十多年了。那时你还在美国,叔叔在香港看上一块百十斤重的赌料,花了两千万港币买下来。

丁薇薇接话:两千万?在那时也算是轰动一时的新闻啦!

丁　伯:自然。令人惊叹的是这块赌料上擦出了一道二十厘米长、一厘米宽的绿绺子,其绿之艳之浓,很多玩儿了一辈子翠的人也没见过。多少行家看过,无不认为石头切出来至少值一个亿!

丁薇薇:一个亿?

丁　伯:是啊,谁知这块石头切开了,整块石头就这么一绺薄得像纸一样的绿,轻一分擦不到,重一分擦没了,真是微妙到毫厘!叔叔几经辗转,打听到擦石人在丽江,托人带话想见一面,却被一口回绝了。

丁薇薇:叔叔是因为那次豪赌伤了元气,才不再染指赌石?

丁伯叹一口气:没伤元气,伤了心气儿,自此远离赌石。

丁薇薇:叔叔,那你怎么能证实,黄敬业就是当年的擦石人?

丁伯道:无须证实。薇薇,事情过去多年,叔叔也早已无心再见擦石人,岂知今天看到黄敬业,就像冥冥中有定数,叔叔认准了他就是当年那个擦石人。

江风吹来,江面上渐有凉意。丁薇薇从船舱中取来一件风衣,为叔叔披上。

丁伯触动心事,略显伤感:你也年过三十了,婚姻大事不好再拖下去,心里有什么打算吗?

丁薇薇低头不语。

丁　伯:薇薇,你父亲英年早逝,我膝下无儿无女,我们两兄弟就你这点骨肉,你再蹉跎下去,丁家后继无人,将来这万贯家财只得付之东流了。

丁薇薇长吁了口气:叔叔,人生莫测,我心已死……

丁伯起身轻轻拍拍侄女的肩膀:薇薇,你才这般年纪,何出此言?莫非是心中早有归属,只是造化弄人,难以如愿?

丁薇薇凄然一笑:侄女的婚事还劳叔叔操心,真是不孝。

丁　伯:那人是谁?可否告知叔叔?

丁薇薇:不说了吧。

26　江河办公室　秋　日　内

江河接听程志电话:我是江河。调令已经接到,我马上去东江港报到。

放下电话,江河在办公室收拾东西,他把墙上的几张奖状拿下来,包成一卷;又把抽屉里的书和本堆成一摞,然后坐在椅子上,温情凝视着自己的办公室。看得出,他十分不舍。

少顷,他站起身来到衣架前。衣架上挂着他的警服和缀有国徽的帽子。

江河仔细将挂着的警服整理了一遍,然后退后一步,庄严向警服敬礼。

门被敲响。

27　江畔　秋　日　外

方秋萍沿江边漫步。在树荫下的一条石凳上坐下,眺望江面,若有所思,面色凝重。少顷,她四顾无人,拿出手机拨号。

方秋萍压低声音,语气神秘:是姐姐吗?

28　豪华游艇　秋　日　外

丁薇薇接听手机:是我。说着起身走到船舷无人处低语几句,又回转身走到叔叔身旁,附耳说:叔叔,依娜的电话,一切按计划执行。如无意外,她明晚抵达昆明,顺利的话,后天就能到瑞丽与我们汇合。叔叔还有什么吩咐?

丁伯沉吟了一下:你告诉依娜,先不要来瑞丽了,你把黄敬业的情况对她讲讲,让她先去一趟丽江,想办法弄清楚这位黄先生的来龙去脉。

丁薇薇点头,又走到船舷处,压低声音和依娜说了一阵。

丁伯用手拉住风衣,缓步渡到艇首,手抚护栏,极目而眺。神态有些凝重,似有满腹心事。

丁薇薇和依娜交代完,走到叔叔身边听到一声长叹。

丁薇薇:叔叔为何叹息? 不过是一次意外,并无血光之灾呀。

丁伯欲言又止,有顷,感慨道:血光之灾,血光之灾又当如何? 哼哼,想当年,叔叔纵马沙场,一战下来,尸积如山,血流浮杵,绝非诳语。人命简直等同蝼蚁,正所谓:一将功成万骨枯!

丁伯说着回过身,拍拍侄女肩头:自古以来,成就大事者绝不可有妇人之仁。薇薇,你虽是巾帼,但既然走上了这条道儿,就要谨记斯言。

丁薇薇撒娇:叔叔,您真是老啦,一点小事,至于这么感慨吗?

29　公安局食堂包间　秋　日　内

包间正中摆着一个大圆桌,桌上摆满酒菜。十几位警官围坐在四周,他们大都把警服披在椅背上。只有坐在主位的江河身穿便服。

李强起身:兄弟们,今天我们欢送咱们的好局长、好大哥。我们一块出生入死好几年,今天……(声音哽咽)局长要扔下兄弟们走了。

江　河:李强,别说得那么悲悲切切。我调走了,也没有离开东江市,想见面一个电话的事。来,我敬兄弟们一杯。

警察甲端起酒杯走到江河面前,语气庄重:局长,你今天脱了警服,我能叫你一声大哥吗?

江　河:咱们一直是好兄弟。

警察甲:大哥,三年前在江上缉捕逃犯,如果不是你为我挡了一枪,今天我该是挂在墙上的相片了。大哥,千言万语都在酒里了,兄弟我先干为敬!

江河见警察甲一饮而尽,也举杯要喝。

李　强:局长,你有胃病,沾沾嘴唇,意思到了就行了。

江河还是一饮而尽。

李强走过来抹眼泪:局长,八年前我从警校毕业,就一直跟着你学徒。如今你要走了,徒弟心里真的不好受。日后你有用得着徒弟的时候,一个电话!

江河拍拍李强肩膀:李强,都是刑警队大队长了,说话办事大气点儿,大伙儿都看着你呢!

30　东江港客运站　秋　午后　外

港务局客运站售票处前,一对年轻情侣在排队购买翌日过江的船票。女孩子叫刘希娅,如花似玉,胸前别着东江师范大学校徽,男孩子是她的男朋友陶然,也是一表人才。

陶然从窗口递进钱:明天早班"裕泰号"的船票,八张——

一旁的刘希娅脸上露出诧异的神色。

走出客运站,刘希娅面色不悦:陶然,你买八张船票干什么?

陶然笑笑:希娅,时候不早了,我们先去吃点你的最爱——东江小吃。

31　公安局食堂包间　秋　午后　内

众人已然微醺，桌上的酒菜也下去大半。江河看看手表，站起身。

警察甲：大哥，今天送你，弟兄们是 AA 制，不会坏了你立下的规矩。你要调走了，大家舍不得，不是说好了吗？不醉不归！

江　河：调令一下，我就是港务局的人了，我想先去港务局点个卯。

警察乙：局长，不在乎这一时半刻呀，再喝几杯吧。

江　河：下午说不定有任务，我劝你们也少喝。刚才，我从客运码头过来，见上船的旅客人山人海，两节就要到了，安全这根弦松不得！我得去转一转。

警察甲：局长……

李　强：让局长走吧！一块出生入死这么多年，你们还不了解局长。

江河不好意思：我是不是扫了弟兄们的兴？

李　强：你别这么说，正是因为这样，兄弟们才敬重你！

江河冲大家一拱手：那好，兄弟们，我先行告退。

李强说了一句：慢。然后面向众人：列队。

众人迅速排成一列，穿戴整齐，整理好警容，一个个面色严峻。

江河愣了一下：你们这是……

李　强：欢送我们的好局长，好大哥，敬礼！

众人齐刷刷向江河庄严敬礼。江河眼眶一热，也立正举手还礼。

32　东江小吃　秋　日　外

街市上人来人往。闲逛的方秋萍在小吃店门口停下脚步，看了一眼匾额，走了进去。片刻，刘希娅和陶然也手拉着手来到小吃店门口。

陶　然：就这家儿。

刘希娅：你怎么知道我喜欢这家的小吃？

陶　然：这点情报我再搞不准，还不叫你一纸休书给休了？

刘希娅打了陶然一拳：你嘴皮上的功夫见长啊！

33　东江港港务局　秋　午后　内

江河来到港务局，传达室一个老头推开小窗看看他，没理会。

江河走进办公楼，局长办公室在三楼，楼道里住了十几户人家，煤炉及炊具堆占了大半个过道，人只能勉强走过去。已过午时，有人刷锅，有人洗碗，正忙得不亦乐乎，江河有些愕然。

推开局长办公室的门，江河首先看到的是一张破旧的办公桌和同样破旧的两只沙发、一把椅子。他坐下，用手晃了一下桌子，咯吱咯吱作响，三个抽屉，一个底板没有，一个一拉就散，另一个底上有洞。桌子上有两部电话，江河试了试，内线可以打，外线不通。

江河见玻璃板下压着港务局各部门通讯录，他看了一阵，用内线拨通了电话。

江　河：你是局办主任赵小苏吗？

话筒里传出赵小苏的声音：是呀，你是哪一位？

江　河：请你马上到局长办公室来一趟。

放下电话，江河走到文件柜前，打开柜门，柜子里居然结了蜘蛛网。他皱着眉头拂去蜘蛛网，才看清放在里面的是一摞文件。文件好久没人动过了，落了一层厚厚的灰尘。他拿起其中一份干部任免文件。

特写：兹调沈奕巍同志任东江港港务局办公室主任科员。

沈奕巍的名字被红笔划去。

三十来岁的港办主任赵小苏推门进来，看着办公室里的陌生人，流露出疑惑的目光。

江河放下文件，开门见山：赵小苏吧？

赵小苏点点头：我是，你是……

江　河:我是新上任的港务局局长江河。本来韩市长要陪我来,他在省里开会,要等一两天,我脾气急,就不请自到了。

赵小苏脸上露出笑容:哦,江局长,久闻大名,您好,您好。

江河把那份文件扔过去:这份任免文件是怎么回事,怎么沈奕巍的名字上打了个叉叉?

赵小苏接过来一看:噢,这份文件失效了,沈奕巍不来!

不来?江河疑惑地问了一句,又指指电话:这电话呢,外线怎么拨不出去?

赵小苏解释:江局长,老局长退休后,这间办公室一直没有使用,可能是线路出了故障,周一一上班,我就通知电话班查线,把外线接通。

江河一怔:周一?为什么要拖到周一?

赵小苏:江局长,港务局不是公安局,今天是周五,这个点…… 恐怕电话班很难找到人了。

江河抬起手腕看了一眼表:现在离下班还有两三个小时呢。

赵小苏:还是等周一吧。

江河面露愠色:局长上任,电话不通,你这个办公室主任是怎么当的?我告诉你,如果下班前电话修不好,我就换一个能修好电话的人到你这个位置上!

赵小苏闻言一愣:我马上想办法。转身要走。

江河叫住他:修好电话,把局里这两年的文件都搬过来让我看一看。

赵小苏答应一声转身出门。

赵小苏刚走,咣当一声,一个男人突然用上身撞开房门,江河抬头一看,此人四十来岁,身量瘦高,面孔白净,两只眼睛不大,目光游离而诡秘。他探进半边身子,左手拿着锅,右手拿着铲子:你是新来的江局长吧,你来了好好管管吧,这栋楼总停水停电,我们做饭可不方便了。

江　河:做饭?你是哪个部门的?

海　岩:我是商务处副处长海岩。

江　河:怎么,你在办公楼做饭?

海岩见江河疑惑地望着他,似乎意识到了某种不妥。忙将拿着锅和铲子的双手背到身后,笑容渐渐凝结,一转身走了。

34　全福兴老店　秋　午后　内

一间豪华的包房。秦池坐在圆桌的首席,四周坐着孟建荣、煤码头刘经理等六七个人。

酒席正在进行,桌上杯盘狼藉。

海岩推门进来,向众人打躬作揖:对不起呀,对不起。迟来一步!

孟建荣:海处长,喝酒你还迟到,这不是你的风格呀!

海岩给自己满上酒:好,好,我先自罚三杯,以表歉意。一仰脖喝干杯中酒,抹了抹嘴说,我刚去会了一下新来的局长。

孟建荣:什么感觉?

海　岩:来者不善,看来像个硬茬口。

刘　总:来了一介武夫管理港务局,以后的日子不会太消停。总之,大家伙儿还是要紧密团结在秦局长的周围。

秦　池:不要这么说嘛,还是要团结在局党委的周围。

刘　总:他一个公安局长怎么能管好这么大一个港口?嘁,我就不服,以后我只听秦局长你的,别人的话在我这儿就是一个屁。

海　岩:对,刘总说得没错,咱们只听秦局长的。

众人推杯换盏,随声附和。间或有人猜拳行令。

海　岩:哎,今天咱们算不算鸠占鹊巢了?方总没来,一桌待客的酒席让咱们给吃了。

刘　总:错不在咱们呀!酒席定了她不来,总不能拿去喂狗吧?

孟建荣:刘总,好话从你嘴里说出来也会变了味儿,怎么和喂狗扯到一起了呢!

刘　总:孟总,我不过是打个比方,莫怪啊!扭头问秦池,秦局长,这顿饭走什么科目?

海　岩:还用问,招待费呀。见秦池点了一下头,就冲门外高声喊:服务员,再给我拿…… 他数了一下人数,八条软中华。

35　东江小吃店　秋　晚　内

一张靠角落的桌子旁并排坐着刘希娅和陶然。

靠窗的另一张桌子旁坐着方秋萍,她点了好几样精致的东江小吃,却没有一点胃口,随便扒拉了一下又放下了筷子。

陶　然:我参加工作好几年了,顺便请一下学弟学妹也是应该的。

刘希娅:少来,我还不知道你那点鬼心思。就是想动员他们毕业后,也去你那个丽江歌舞团。

陶　然:知我者,女友刘希娅也。

刘希娅打了一下陶然:贫吧你就。

两人吃饭,忽然刘希娅扭头冲陶然叫:嘿,嘿,看什么呢? 看什么呢?

陶然从坐在前面的方秋萍身上收回目光,小声说:好妹妹,那可是个大姐呀,你也吃醋?

刘希娅:大姐你还直眉瞪眼地看,你是不是有恋姐情结?

陶然若有所思:希娅,你不觉得这个大姐有点奇怪吗?

刘希娅:有食欲没胃口,有心事没朋友。早看出来了,用你提醒。

这时,方秋萍喊了一声结账,把一张百元大钞放在桌子上,起身离去。一个服务员过来,把几样基本没动的小吃倒进剩菜桶,然后拿起桌上的钱,冲着离去的方秋萍,苦笑着摇摇头。

刘希娅望着方秋萍的背影,直到她在门口消失。

36　江河办公室　秋　晚　内

江河在看港务局文件,秦池推门进来。

一进门秦池就热情地伸出手,满脸堆笑:江局长,听小赵说你到任了,欢迎啊! 老局长退休后,一直是我临时主持工作,你来了就好了,我肩上的担子也可以卸下来了。

江河和秦池握过手:老秦,以前咱们只是脸儿熟,如今可要在一起搭帮过日子了。我一个港口管理的门外汉,还要仰仗你这个老码头呀!

秦　池:江局长客气了,相互支持,相互支持。唉,没想到你这么快就来上任,办公室还没来得及收拾,明天我让港办加个班,派几个人好好打扫打扫 。

江　河:不必了,我自己收拾一下就行了。

秦池叹了口气:按说这些桌椅也早该换了,港务局穷呀! 江局长,你先凑合凑合,等咱们效益上去了,全套换新的。

江河苦笑着摇了下头:老秦啊,都说东江港效益不好,到底不好到什么程度,你给我交个底。

秦　池:四个字,债台高筑。经济效益在长江各口岸年年垫底,今年亏损至少又是一千万!

江河闻言略一沉思:老秦,咱们港务局办公楼是怎么回事,三楼什么时候改成职工宿舍了?

秦　池:没有呀?

江　河:煤气灶占了大半个走廊,过人都困难,这像什么样子?

秦　池:可不是吗?

江　河:要让这些住户搬出去。

秦　池:搬出去,谈何容易? 这些人不是港务局的中层干部,就是各分公司的硬碴子,哪个脑袋也不好剃。

江　河:不好剃就不剃了,那港务局还有没有王法?

秦　池:谁说不是呢。老局长是个好人,说好听点是心慈手软,说难听点就是怕得罪人,整天把和谐两个字挂在嘴边,没什么原则性,几次动员这些人搬出去都没成功。

江河苦笑:太奇葩了,办公楼成了宿舍楼。

秦池脸上露出一丝诡异的微笑:老江,新官上任三把火,我给你个建议,整顿港务局就从这些钉子户下手,以正风气,把涣散的人心重新聚拢起来。

江　河:我是狗咬刺猬,还真不知道从哪下嘴呢。老秦啊,以后你要多指点。

秦　池:岂敢。在东江的官场,谁不知道你老江是霹雳火秦明。

江　河:港务局不同于公安局,不敢造次。

秦　池:老江你谦虚了。他看了一下手表,哎,都这个点了,我请你吃晚饭,港务局再穷。也要给你接个风嘛!

江　河:吃饭不急,眼下别的做不了,起码要把人头认一认嘛!

秦　池:也好,老江,你想先到哪里去看看?咱们港务局倒驴不倒架,局机关有七八个处室,下面还有七八个分公司,也老大一坨呢!

江河一笑:老大一坨?这词生动。先去江北煤码头吧,它不是咱们港务局的纳税大户吗?周一就过江。

秦　池:好,我让局办赵小苏去安排。又指了指墙上的挂钟,都快八点了。早点回家吧!

江　河:好,这就走。老秦你也早点回去休息吧。

37　东江街市　秋　晚　外

陶然和刘希娅走出小吃店。

陶　然:回家吗?

刘希娅:你说呢?

陶　然:要我说,这么早回家,怕是要辜负一个邂逅……

刘希娅:什么邂逅?

陶　然:你看,今天的东江夜色多美啊!

刘希娅一把挽住他的胳膊,臭美吧,你就。

陶然一鼓腮帮子:喏……

刘希娅趁人不注意,在他的脸上亲了一口。

38　东江港客运码头　秋　晚　外

已近子夜,码头上仍人来人往,旅客云集。

江河走在人流中,手机响了,他打开接听键,里面传出妻子徐小惠的声音:江河,你这是在哪儿?怎么还不回家?

江　河:我在客运站呢!

徐小惠(OS):客运站?港务局都在传,说你要来当局长了,看来是真的了?

江　河:是真的。小惠,我这不正在客运码头转悠呢吗,中秋和国庆临近,客流量太大了,我看看有没有什么安全隐患。

徐小惠(OS):你吃饭了吗?

江　河:吃了,刚吃了一碗米粉。

徐小惠(OS)港务局没请你吃顿饭?怎么也该给你接个风啊!

江　河:人家老秦安排了,是我不吃。这时突然不远处传来一阵吵闹声。小惠,你不用等我了,吃了饭早点休息吧。

挂断手机。江河寻声走过去,见两个人撕扯在一起。一个地痞模样的光头揪着一个外地旅客。

光　头:我这药是国外进口的,好不容易买来,给我妈治癌症的,你赔我五百块够干什么的!

外地旅客:我只带了八百块,你总得给我留出路上的饭钱吧!

光　头:嘿,你还有理了,五千块,少一分钱你也别想走!

外地旅客:你这不是欺负人吗?

光　头:欺负你了,惹急了老子,还他妈揍你呢!

江河挤过去:让一让,怎么回事?

外地旅客像遇到救星一样:这位先生,你给评评理,我们俩对面走过,不小心碰掉了他手里的纸包,里面有五瓶药水,他一张口就让我赔五千块。

光　头:我有发票。

江河拿过发票,看了一眼甩给光头:碰瓷的吧?你这是假发票,我劝你别找事,把钱还给人家,趁早滚蛋!

光　头:你是干吗的?充什么大?你知道我大哥是谁吗?

江　河:谁呀?

光　头:说出来吓死你。站稳了,听好,二狼——!

江河哈哈一笑:二狼,名头不小啊!你知道我是谁吗?

光　头:谁呀你?

江河抬起手腕看看表:准确地说,十个小时以前是港口公安局局长,现在是新任港务局局长。

光　头:你就是江河?

江　河:不像吗?如假包换。

光　头:有种,是个爷们儿。

江　河:我告诉你,你用假发票敲诈勒索,仅此一条,老子一个电话就可以拘你半个月,你信不信?

光头气焰顿时暗淡:算你狠,算你狠!他把五百元还给了那个旅客,一转身狼狈而去。

39　东江港客运站栈桥　秋　夜　外

江河站在客运站的栈桥上。

夜幕下滚滚东去的长江水,拍打着逶迤伸延的江岸。江面上愁云惨雾,一弯新月,孤零零地挂在天际一角,映照着江边斑驳的木制栈桥。栈桥连接着陆地和在江水中起伏摇曳的裕泰号渡轮,突然,江风陡起,栈桥上的两盏灯,似风雨飘摇中的两团烛光,忽忽闪闪了一阵,黯然熄灭。

江河一惊,向灯熄灭的地方走去。

40　东江长江江畔　秋　夜　外

刘希娅和陶然并肩坐在一块石头上。

月亮在云层里潜行,把银灰色的月光洒在他们身上。

陶　然:希娅,你还不高兴吗?

刘希娅打了陶然一拳:本来两人出游变成了八人同行,想起来就生气!

陶然一脸歉意:别生气了,我补偿你还不行吗?

刘希娅语气娇嗔:怎么补偿?

陶　然:我一回丽江,就给你订好往返机票。十一长假你来丽江,我带你去爬玉龙雪山,去四方街吃丽江粑粑,去走青石板路。好不好?

刘希娅一撇嘴:东江的青石板路我都走了二十年,谁稀罕你的丽江青石板路?陶然,我要是不想去丽江呢?

陶　然:你不想去?

刘希娅:你一整天泡在东江师大,动员艺术系的学弟学妹们毕业后去你那个丽江歌舞团,不就是成心和孟建荣作对吗!

陶　然:孟建荣居心叵测。

刘希娅:言过其实。

陶　然:哼,八竿子都打不着,就因为祖籍是一个地方,居然攀上了表兄妹。我算服了。

刘希娅:小心眼。

陶　然:是我小心眼吗?他为什么要出资赞助东歌?真实目的你心里还不清楚吗?

刘希娅故意气陶然:你就是小心眼,孟建荣说一方水土养一方人,希望我毕业后留下来发展东江的文化事业,有什么不好?

陶　然:他要你毕业后留在东江,是为了发展东江的文化事业吗?

刘希娅:我才不管孟建荣是什么心思呐!我从小生活在东江,从来没想过要离开东江。陶然,你就不能为我想想,趁这次东歌扩招,从丽江回来吗?

陶然轻吁了口气:希娅,东江的发展空间怎么能和丽江比呢?我在丽江歌舞团是当之无愧的第一长笛演奏员,在整个大西南地区,也是数一数二的……

刘希娅打断陶然的话:好了,你别说了,我问你,是东江美,还是丽江美?

陶然一笑:美不美,当然是家乡水啦。

刘希娅嗔道:我看在你心里哪里的水都一样。

陶然拉起刘希娅的手:希娅,我这粒种子除了在你心里,在哪里也发不了芽!

刘希娅含情脉脉:那你还不肯回东江?

话音未落,突然一阵呜呜咽咽的声音借着夜风传来,凄婉哀怨,像是一个女人痛彻心扉的哭声,在夜色笼罩的江畔回响。

刘希娅有些害怕:陶然,你听这是什么声音?

陶然侧身听了一下,诡秘地:像是女人的哭声呀!

刘希娅:你别吓我!顺势一头扎进陶然的怀里,两个恋人相拥相抱在一起。

41 东江客运站站长 老卢头家 秋 夜 内

墙壁上的挂钟,指向凌晨子时。刚入睡的东江港客运站站长老卢头,被急促的电话铃声惊醒。他下床走到客厅,揉着惺忪的睡眼拿起话筒。

话筒里传来陌生的声音:卢站长吗?我是江河。

老卢头愣了愣神:江河…… 哪个江河?

江 河(OS):怎么,你认识几个江河?

老卢头有些紧张:莫不是新上任的江局长!

话筒里传出江河的声音:是我。

老卢头睡意顿消:江局长,您有什么指示?

江 河(OS):我现在在客运站的栈桥上。卢站长,打扰你睡觉了。

老卢头莫名其妙:江局长,这么晚了您在栈桥上做什么,出什么事了?

江 河(OS):栈桥上有两盏灯不亮了,你马上派人把灯换上。

老卢头绷紧的弦松下来,口气里带着些许不满:江局长,知道了,您也早点休息吧,明天一早我叫电工换上。

江河硬邦邦地甩过一句(OS):卢站长,我让你现在派人把灯换上,你没听明白我的话吗?现在!

42 东江港客运站栈桥 秋 夜 外

夜色如水,一江碎银。

客运站码头。江河守在栈桥上,见老卢头匆匆赶来忙迎上去。老卢头年近花甲,背有些驼,头发半灰半白,看上去有些孱弱。

江 河:你是卢站长吧?

老卢头:是我。

江河语气缓和了一些:卢站长,不要小看了这两盏灯。栈桥是船与岸的通道,如果你是旅客,这里没灯你走路踏实吗?旅客中有那么多老人和孩子,万一踩空掉到江里就是大事故!

老卢头:江局长,我已经给夜班电工打了电话,他马上过来,我亲自监督他们更换。

江 河:卢站长,明后两天是休息日,坐头班客渡过江的旅客很多,你们一定要注意安全,眼瞅着要过中秋节和十一了,我们要确保两节期间不发生任何水上交通事故。

老卢头:这个问题站里一直在强调。

江 河:光强调不行。我刚才向值班调度和售票、剪票人员明确了两条,第一,客渡严禁超载;第二,风大雾大不许开船。你是站长,我再向你重复一遍,这两条雷打不动!

老卢头:好,江局长,我明白。

43 病房 秋 夜 内

房间里摆着七八张病床，有的病床前挂着吊瓶，病床之间拉着简单的布帘。刘黑子—— 一个四十来岁的粗壮男人，正把刚刚小解完的妻子抱回病床。

一个白衣白帽、戴着口罩的女护士走进来，为刘妻抽完血后说：38 床欠费好几天了，赶快把钱交了吧，要不就停药了。

刘黑子：没问题，您放心吧，我明天就去交。

刘　妻：黑子，要不咱回家吧，住院花销太大了。

刘黑子：什么话啊你这是，病不好怎么出院？

刘　妻：看把你累的。

刘黑子：你爷们儿没事，铜浇铁铸的一条硬汉，这点累还值得提吗？娟子。

刘　妻：吹吧你就，煮熟的鸭子—— 就是嘴硬。瞧你那脸色！

刘黑子：放心，不用担心我。你跟了我就没过上一天好日子，有病了，我不给你看，那还是人吗？以后别再提了！

刘　妻；可是……

刘黑子：可是什么？再提我可真生气了！

护士赞许地看了一眼刘黑子，说了一句：模范丈夫。托着药盘转身出去了。

刘妻疲惫不堪，叹了一口气。

刘黑子：娟子，你再好好睡一觉。我出去拉几个活儿，明天下午再来。

44 护士站 秋 夜 内

女护士在护士站整理分发药品。

刘黑子放轻脚步走进来：护士。

护士抬眼看了一眼刘黑子：你吓我一跳！

刘黑子：不好意思啊，38 床的药费能再宽限几天吗？

护　士：你们已经欠费一周了，再不交钱，医生就不下医嘱了，我也没办法。

刘黑子咂咂嘴，十分无奈：唉，但凡有辙，我也不会来求你。八尺高的汉子，站着尿尿的主儿，说这话寒碜呀！可我……

护　士：说什么呢你？不低俗吗？

刘黑子：噢，是是是，话说糙了。

护　士：赶紧去想想办法。我们是医院，不是慈善机构，都不交钱，医院怎么运转？理解万岁吧，啊？

42 东江港客运站 秋 夜 外

江河离开栈桥，走出客运站。午夜的街道，一片寂静，远处驶来一辆“摩的”，江河招手让摩的停下。摩的司机是个三十四五岁的青年人，江河跨上摩的后座。

摩的司机：去哪？

江　河：港务局。

摩的司机回头看了江河一眼：这么早去港务局？

江河一笑：你老弟不是也天没亮就忙活上了吗？

摩的司机冷笑一声：我倒是想不忙活呢，可港务局靠得住吗？哼，这么大一个家当，快被那些败家子败光了！

江河闻言：老弟，何出此言？

摩的司机不搭话，手上一给油，摩的如脱缰之马向前蹿去。江河双手赶紧搂住了司机的腰。

摩的司机：你长了眼睛又不是出气的，自己去看。

江　河：嘿，你吃枪药了？

第2集

1　东江人民医院　秋　拂晓　外

刘黑子蹲在路旁抽烟，身旁是一辆摩的。

医院里出来一个人，冲刘黑子喊：嘿，到东三路，五块钱，拉不拉？

刘黑子摆摆手：十块。

乘　客：就五块钱，拉不拉？

刘黑子：没这个价啊？

乘　客：给句痛快话，不拉，我找别人。

拉！刘黑子犹豫了一下，起身把烟头扔到地上，狠狠踩了两脚，片腿跨上摩的。客人坐好后，一给油，蹭一声钻进晨曦中。

2　港务局大门口　秋　拂晓　外

摩的司机一捏刹车，左脚支地，回头：冒昧问一句，你是——？

江河翻身下车：新任港务局局长，江河。

摩的司机露出一缕惊异之色：噢，江局长，失敬、失敬。车钱我不收了，权且算作赔礼。

江河忙说：那怎么行？你靠此为生，我怎么能无偿占有你的劳动？

说着掏出十元钱塞给他。

摩的司机一甩手，正色道：谁说我靠此为生？大丈夫行不更名坐不改姓，本人沈奕巍，在港务局也算是榜上有名。

言毕，左手一给油，摩的已如一头奔鹿疾驰而去。

江河自言自语：沈奕巍？听着耳熟啊！

3　东江港客运站码头　秋　清晨　外

清晨，东江港客运站驶往江北的头班客渡裕泰号停靠在码头上，旅客已陆续登船。

刘希娅、陶然和几个同学也兴高采烈上船。《东江港报》年轻漂亮的女主编卢茜在江边徘徊。

裕泰号船长王德纲正要上船，见到卢茜走了过来。

王德纲：姑娘，你在这儿溜达什么呢？

卢　茜：王叔，我要过江去趟煤码头。头班客轮没票了，在等下一班。

王德纲呵呵一笑：大周末的，不在家休息，你跑煤码头去干什么？

卢茜不满地：新来的江局长下周一要去煤码头检查工作，赵小苏抓差让我去张贴标语、更换宣传栏，今天一天都忙不完，尽搞花架子。

王德纲摇头：这个江局长谱儿可真不小。

卢　茜：他也未准知道，还不是底下的人拍马屁。

王德纲：你还为他开脱？你不知道吗，昨天夜里快一点了他给你老爸打电话，把老头儿从被窝里提溜出来。你猜干什么，让你老爸去换栈桥上的两盏灯！

卢茜诧异：还有这事？我一点也不知道，睡得太死了！

王德纲：卢站长一把岁数，眼瞅着就快退休了，这不是折腾人吗？这个江局长完全是小题大做，给自己树威。

卢茜沉吟无语。

王德纲一拍卢茜肩膀:姑娘,跟王叔上船!

卢　茜:合适吗?听售票师傅说,昨晚江局长到售票处和剪票口反复强调,不许无票上船!

王德纲哼了一声:县官不如现管,裕泰号我说了算!走。

4　裕泰号客轮　秋　清晨　船舱内

船舱里,陶然、刘希娅和艺术系的几个同学坐在椅子上有说有笑,刘希娅的小提琴由陶然代劳背着,同学们也都带着乐器。

同学甲:难得大学兄请客,咱们可要在翠华山好好玩两天。

陶　然:对,一定要尽兴而归。

同学乙:希娅,晚上咱们搞个小型演奏会,你可要露一手。

同学丙:希娅是不鸣则已,一鸣惊人。去年大学生小提琴比赛,轻而易举就拿了第二名,今年再比肯定一举夺魁。

同学甲:得了第二名,就让那个叫孟建荣的建筑商魂不守舍了。你没看他上台给希娅颁奖时,差点摔个跟头吗?

刘希娅:说什么呢?不许乱说。

陶然站起身:你们先聊着,我到甲板上去透透气。

同学乙见陶然离去,拍了同学甲一巴掌:就你话多,哪壶不开提哪壶。

坐在旁边的一名青年军官笑着接茬:同学们,你们是哪个大学的?

刘希娅:东江师大艺术系的。

刘希娅一侧头,见到昨晚小吃店遇到的那个女人也坐在不远处。她的目光和刘希娅对接的一瞬间略显慌乱,急忙低下头摆弄手机。

5　裕泰号客轮　秋　清晨　外

王德纲船长带卢茜走进驾驶室。

天气很好,无风无雾,江面上飘浮着一层淡淡的水汽。

舵手和轮机手已穿上救生衣。王德纲穿上救生衣,又拿了一件递给卢茜,卢茜笑着摆摆手。

王德纲船长发出开船指令,裕泰号缓缓离开码头,向江心驶去。

满载旅客的裕泰号逐渐加速,船首高启,船舷两侧,绽开一路连绵不绝的水花。这时方秋萍走出船舱,一些没见过长江景致的旅客也走上甲板看江景。

刘希娅和其他同学仍旧在船舱里说说笑笑。

6　裕泰号客轮驾驶室　秋　清晨

裕泰号进入一片宽阔的水域,准备穿越锚地。

舵手请示:船长,要穿越锚地了,提速吗?

王德纲皱着眉头:提个屁!昨天新来的江局长不是一再强调安全第一吗?又不是去赶着给你老婆接生!

舵　手:嘁,这条航线不知跑了多少个来回,江面上哪里有漩涡,哪里有湍流,不要说咱们,就是上船不到一年的青瓜蛋子也烂熟于胸了,您至于这么谨小慎微吗?

卢　茜:小心驶得万年船嘛,还是听船长的。

王德纲点头说,照姑娘说的做,又啧了一下嘴:今儿个一上船,我怎么有点心神不定呢?

卢茜扑哧一笑:为什么?王叔,您可是老码头了。

舵　手:卢编辑,你没听说吗?说是昨天夜里栈桥上那两盏灯突然熄灭后,咱们裕泰号上就传来女人断断续续的哭泣声。

王德纲:据说哭泣者是个穿一身白衣的女人,但是码头值班员两次登上裕泰号检查,都没有发现异常。可一回到值班室,哭泣声又有了,你说怪不怪?

卢茜疑惑:白衣女鬼?

王德纲:姑娘,你是《东江港报》主编,这事儿值得发条消息吧?

卢　茜:无稽之谈。天下本无事,庸人自扰之。王叔,不听你们忽悠了,我到甲板上去吹吹风。

7　东江街市　秋　清晨

刘黑子的摩的停下。

客人下车掏钱:哎哟,只有三块零钱,要不拿这 100 找吧。

刘黑子接过钱,用手弹了弹:我要是能找的开你这 100,还犯得上天不亮就出来奔命吗?

客　人:那怎么办? 天太早也没地方换去呀。

刘黑子递回 100 元,接过三元零钱:得了,少给两块钱,你也长不了一块肉!

客人恼羞成怒,横眉立目:怎么说话呢你?

刘黑子:拿 100 块钱打摩的,明摆着你他妈是想找便宜!

客　人:嘿,为两块钱,你穷疯了吧!

刘黑子:你再说一遍 ——

客　人:我看你就是穷疯了,大清早的找不自在。

刘黑子从怀里抽出尖刀:老子就是找不自在了,你他妈是不是憋得难受,想放点血呀!

客人见状,惊叫一声,掉头就跑。

8　裕泰号客轮甲板上　秋　清晨

裕泰号甲板上,站着几个观看江景的乘客,他们时而拿着相机拍照,时而发出几声啧啧赞叹。卢茜走到甲板上,身背小提琴的陶然映入她眼帘。他分明是个大男孩,脸上的笑容像阳光一样灿烂,不经意间,陶然的目光和卢茜对接了,竟有几分羞涩,几分慌乱。卢茜善意地扭过头,看见一个衣着时尚华贵的女人,扶着护栏正打手机,从背影看,挺拔的身材颇为性感。

卢茜从侧面注视着她,有几分羡慕,几分欣赏。她抬起腿,走了过去。

9　东江港港务局局长办公室　秋　清晨　内

一夜未眠的江河正欲小憩,刘黑子闯入办公室。

刘黑子:你就是新调来的江局长吧?

江河审视着眼前这个黑铁塔似的壮汉,判断着他的来意:不错。

刘黑子:我叫刘黑子,是江北轮驳公司的舵工。

江河点了一下头:刘黑子,你找我什么事?

刘黑子:明说吧,三年前我被判了,上个月刚放出来。现在我打零工,饱一天饿一天,养不了家,糊不了口。你是新调来的,我也不想跟你过不去,让你为难,我就一个小小的要求,您批个条子,让我回原单位开驳轮。

江河不动声色:刘黑子,你嘴里说不想跟我过不去,我看你是摆明了要跟我过不去。

刘黑子听了:你这话是什么意思?

江河不紧不慢:什么意思,你应该比我清楚吧? 不管是什么人,只要被判刑就等于自动开除公职,你改造了三年,连这点常识还不懂吗?

刘黑子爆了粗口:谁敢开除我公职,我操他妈! 姓江的,你到码头上去打听打听,我刘黑子什么阵式没见过,开除我公职? 别说下面没人敢,就是秦池那个老杂毛也没这个胆量!

江河狠狠一拍桌子:放肆! 刘黑子,你把嘴给我放干净点! 你听好了,从你被判刑的第一天起,你就从东江港正式除名了。现在你刑满释放,港务局可以给你一条改过自新的出路,但你不要心存妄想,无理的要求我们绝对不会答应!

刘黑子跨上一步,猛地从腰间抽出利刃横在江河脖子上:操,你他妈批不批!

10　裕泰号客轮 驾驶室　秋　清晨

裕泰号渡轮驶入锚地。这时如果有逆江而上的上行船，裕泰号无法观察到，几艘等待进港作业的大型货船挡住了裕泰号视线。

王德纲船长发出指令：右舵 2，航速 1。

裕泰号划出一道弧线，绕开锚地上等待进港的万吨货轮。而此时，两艘结绑在一起的湘籍货船也在全速前行。从空中俯瞰，裕泰号从南向北正常航速航行，湘籍船由东向西全速航行，停泊在锚地上的货轮阻挡住王德纲船长的视线，双方的行驶包线，注定要相撞。

王德纲船长发现危险时已无法改变航向了。他惊叫一声，轰隆一声巨响，两艘结绑在一起的湘籍船拦腰撞上裕泰号。巨大的冲击力使裕泰号横飞出水面，船身呈九十度角猛烈倾斜，然后就像一口倒扣的锅一样，在江面上急速下沉。

顷刻间，江面上留下了一个巨大的漩涡和一片凄厉的呼号……

11　江河办公室　秋　清晨　内

江河看着刘黑子，目光犀利：不批！

刘黑子：不批？我手腕只要轻轻一抖，就让你血溅白墙，牢饭老子不是没有吃过，大不了你把老子再送进去待几年，反正这日子老子也过够了！

江河泰然自若，呵呵一笑。

刘黑子：你笑什么？

江　河：我笑可笑之人。你趁人不备，把刀架在我脖子上，算哪路好汉？如果你把刀子一横，我就尿了裤子，那对得起我人生履历中的十年军旅生涯，十年从警经历吗？

刘黑子没想到江河如此淡定，一时语塞，刀子横着也不是，拿下也不是。这时电话铃突然响起，江河伸手抓过听筒。

港口总调度室报告：今晨六点二十分，客运站首发的裕泰号客渡，在据江北约一千米的深水区域，与正在穿越锚地的两艘结绑逆水航行的湘籍货船发生碰撞，裕泰号当即沉没！

江河脸色立即大变。他狠狠扣上电话，一抬胳膊，刘黑子手中的利刃横着飞了出去。江河夺门而出，跨出房门时，对要扑上来动粗的刘黑子狠狠吼了一句：你这个混蛋，裕泰号沉船了！

刘黑子闻言，一下子呆若木鸡。

12　长江锚地　秋　清晨　外

船倾覆后，最先浮上水面的是那些站在甲板上的乘客，江面上传来撕心裂肺的呼救声。会水的人、不会水的人，全都在滔滔江水里挣扎着。

闯下大祸的湘籍船原地施救，船上所有的救生圈都扔到江里，船员们站在船舷一侧，手持长竿伸向落水者，几艘救生小艇从船上放下来，以最快的速度向落水者划去。

卢茜在江水里挣扎着，甲板上看到的那个身背小提琴的阳光大男孩离她只有几米距离，大男孩一只胳膊上挂着琴，另一只胳膊搭在一只救生圈上。

救……！卢茜冲着男孩拼命喊，只喊出一个救字，一大口江水就狠狠地灌进她的嘴里。

大男孩显然听到卢茜声嘶力竭的呼救声，他艰难地抬起头。卢茜看到大男孩头上有一个很大的伤口，鲜血汩汩流着，和滔滔江水融为一体。那一刻，大男孩的目光茫然，似乎已无力分辨眼前这个在水里拼命挣扎的女人是谁。

卢茜绝望地挥着手臂，她知道如果这次再沉下去就将永远葬身江底。

坠落突然停止，卢茜感到有一只手托了她一下，接着双臂抱住了什么，那是生的希望，卢茜一下子死死抱住绝对不会再松开了。

——卢茜抱住的是男孩推给她的救生圈。救生圈上横着一只小提琴盒子。男孩想说什么，却没有说出来，江水涌过来，男孩那只搭在琴盒上的手滑落下去，男孩消失了，只有卢茜抓住救生圈和琴盒在江水中沉浮。

救生艇向卢茜划过来。

13 职工宿舍区 秋 清晨 外

楼群之间,有一片郁郁葱葱的小树林,秦池和老卢头在打太极拳。

秦 池:老伙计,怎么打蔫了,一点精神头儿没有?

老卢头一声叹息:老了,经不住折腾了。

秦 池:谁折腾你了?

老卢头身体微微左转,慢慢悠悠地使了手野马分鬃:老秦,昨天夜里我们客运站栈桥上出了什么事,你当真不知道?

秦池不以为然:老卢头,就你们那几步路的栈桥上,能出个鸟事?

老卢头摊摊手:坏了两盏灯。

秦池吐出一口气:换上不就得了!屁大的事,至于吗?

老卢头:唉,可是新来的江局长半夜把我从被窝里提溜起来去换灯,上了岁数觉少,回来就睡不着了。

秦 池:有这事?简直是小题大做。

老卢头:这还不算,还定了两条规矩:第一,客渡严禁超载,第二,风大雾大不许开船。老秦呀,我也是个老码头了,喝了一辈子长江水,运了大半辈子煤,这点道理还不懂吗?你说他新官刚一上任,怎么就盯上了我这客运站?

秦池不以为然:他是干公安的,码头上的事他懂什么?

秦池手机响了,他按下接听键,话筒里传来赵小苏惶恐的声音:秦局长,裕泰号沉船了!

秦 池:什么?

话筒里赵小苏近乎嚎叫,连老卢头都听见了:裕泰号沉船了!

秦池脸色骤变:老卢头,裕泰号沉了——

老卢头身体晃了一下,一下瘫坐在地,秦池赶忙上前搀扶。

14 长江江畔 秋 清晨

东江港在港的四艘船紧急出港,全速驶向出事水域。

救护车凄厉地鸣叫着,在江边排成一排,身着白衣的医生和护士抬着担架肃立车旁。

江河沉着脸坐在江边一块石头上抽烟。

港口各部门负责人陆续赶来,在江边议论。

郭副局长:只能寄希望湘籍船原地施救,能救出一个是一个。

总会计师章江:是呀,咱派出的船开到出事地点怎么也得半个小时,没用了。

秦池搀着老卢头急匆匆赶来。老卢头到了江边,身体一晃就瘫坐在栈桥上。

见江河坐在石头上抽烟,秦池走上前去:老江,还说哪天为你正式接个风呢!真是……

江河起身把烟蒂扔在地上用脚一踩:接什么风?咱们不到号子里去吃冷饭就烧高香了!

秦池面露苦笑:真去吃冷饭,也轮不到你江河江局长啊!

江河看到卢子明,快步走到栈桥上心急火燎地问:卢站长,裕泰号上有多少乘客?

卢子明目光呆滞,嘴唇动了动,一言不发。

秦池跟过来:老江问你话呢!

卢子明缓过神:江局长,我马上去查。

江河突然爆发了:查,查个屁!你一个站长,头班船卖了多少张票,上去了多少人,还不清楚吗?你是干什么吃的!你脑袋里装的是糨糊吗?

秦池拉了一下江河胳膊:老江,你压压火,出了这么大事,谁心里都不好受。

老卢头挣扎着站起来去客运码头售票处了。

江河把秦池拉到栈桥一边,压着火说:老秦,祸闯大了,船是顷刻间沉没的,你是老码头,你还不明白吗,船舱里的乘客很难有逃生的时间和机会。我们要是连船上有多少人都弄不清楚,怎么在第一时间向港监局、向市里、向省里报案?

秦 池:我亲自到客运站去查。

江　河:卢站长不是去查了吗。老秦,港务局的人来了不少,你招呼在场的局处级领导,我们在江边开个现场会!

秦池答应一声转身招了招手:过来,局处一级的干部,我们开个紧急会议。

十几个人聚集过来,站成一圈儿。

秦池把江河介绍给大家:这位就是我们港务局新上任的局长兼党委书记江河同志。又把与会者一一介绍给江河:这位是主管生产的副局长郭川,这位是总会计师章江,这位是工会主席闫罡……

江河一摆手,打断了秦池的介绍:没想到会以这样一种方式和大家见面。情况紧急,咱们这个会议不超过五分钟。

老卢头磕磕绊绊跑过来:报告江局长,我查问过了,卖出了 43 张船票,满员,没有超载!

秦池闻言,双手合十:谢天谢地。要是超载,罪过就大了!

江河点点头,做了一个手势,示意老卢头留下开会:好,局办立刻向东江市港监局报案,同时向东江市人民政府总值班室和省里报告。

赵小苏应声:好,我立刻报案。

江　河:现在我宣布,事故善后领导小组正式成立,我任组长,老秦任副组长。下设三个专项小组,一是事故调查小组;二是搜救打捞小组;三是安置接待小组;事故调查小组由分管生产的郭副局长担任组长……

秦池插话:我们东江港自建港以来,从来没发生过船毁人亡的水上交通事故,责任重大,我看这个组长就由我来亲自兼任吧。

江河点头:也好,郭副局长就任搜救打捞小组组长吧,搜寻失踪者,打捞沉船。安置接待小组是个忍辱负重的活儿,由工会的闫主席任组长。

郭川等人点头领命。

江河停顿了一下:各小组成员五至十人,由相关职能部门的负责人组成,各组长根据工作需要自行确定,不必报我了。我再强调一下,大家要有思想准备,今后一段时间里,善后安置小组的工作将异常繁重,港口各个部门要全力支持,全面配合,大家同心协力,共同渡过难关。

众人点头称是。

江河问一声:听明白了?

众　答:明白了。

江河又跟一句:听明白了吗? 大点儿声。

众人一声吼:明白了!

15　宾馆客房　秋　日　内

程志正在卫生间洗漱,墙上的电话铃声急剧响起。程志赶忙吐出嘴里的水,用手一抹,拿起听筒,里面传出省委书记的声音:程省长吗?

程　志:是我,万书记有什么指示?

省委书记(OS):告诉你一个坏消息。

程志一惊:坏消息?

省委书记(OS):今晨 6 时 20 分,东江港发生重大水上交通事故,满载旅客的裕泰号渡轮在深水区与两艘湘籍货船相撞后沉没,目前人员伤亡情况不详。

程志大惊:什么,裕泰号在深水区沉没?

省委书记(OS):是呀! 所以省委责成你立刻赶赴东江市,指挥裕泰号沉船的善后事宜。

程志神色严肃:是,我立刻赶赴东江市。

16　长江江畔　秋　日

肇事的湘籍船缓缓驶进东江港。船靠岸后,江河指挥救护车上的医护人员首先上船,第一时间为沉船生还者检查身体状况,甲板上一片忙碌。

卢茜一身是水,目光茫然,抱着琴走上岸。

获救的刘希娅被医务人员抬上担架,她全身虚脱,处于半昏迷状态。

躺在担架上,刘希娅用迷离的目光寻找陶然和她的同学。她没有看到陶然,依稀看到怀里抱着琴的卢茜,她认出来那是她的琴。她想喊,可是发不出声音,一着急又昏迷过去。

获救者陆续上了救护车,卢子明在生还者中看到了卢茜,激动的老泪纵横,向女儿奔去。

卢茜将怀里抱的一只琴盒交给老卢头,含泪叮嘱:爸,您把琴收好,千万要收好,没有它女儿就见不到您了。

老卢头答应一声接过琴,看着卢茜上了救护车,转身离开码头。

总调度室调度于娟看一眼父女俩,对一个女职工说:卢茜这是怎么了?弄得跟水鸭子似的。

那职工正忙着抬人,看了一眼卢茜:嗐,她就是个热心人。

秦池登上湘籍船。闯了大祸的湘籍船船长神色惶恐,蔫头耷脑的不敢正视秦池的目光。秦池心急火燎地问:你们救上来多少人?

湘籍船长低声回答:26 人。

秦池就像当头挨了一棒,嘴一咧,半晌才说出话来:26 人,准确吗?

湘籍船长:准确,数过无数遍了,只打捞上来 26 人。

秦池怒骂:你他妈犯的是杀头的罪!裕泰号上连船员带乘客有 46 人,那 20 个人呢?你说,你给我说!

湘籍船长呆若木鸡,怔怔地说不出话来。

秦池怒不可遏,上去狠狠抽了船长一个嘴巴。挨了嘴巴的船长捂着脸,蹲在了甲板上。

江河上船。秦池喘着粗气迎上去:老江,不好交代了,43 名乘客,3 名船员,一共是 46 人。这个混蛋船长说,获救的只有 26 个人,还有 20 个人下落不明。

江河一听也如五雷轰顶:啊,有 20 个人下落不明?他走过去,抬腿狠狠踹了船长一脚:你他妈是怎么开的船呀!

船长一个嘴啃泥倒在甲板上,索性不起来了。

江河对身后的赵小苏说:看住他,一会移交公安局。

秦池将江河拉到一边:老江,如果这 20 个人最终遇难,无论对港务局还是对东江市,都是大祸临头!

江河脸色铁青:老秦,立即通知局里所属各码头,把能派出去的船都派出去,以事故现场为中心,扩大搜索半径,全力搜寻失踪者。

秦　池:是,我马上安排。

江河狠狠在自己的头上击了一掌:真要死了那么多人,杀了你我的头,也没办法交代!

秦池两眼发直:多事之秋!眼瞅着过两节了,偏偏出这事……

17　长江江面　秋　日

一艘艘搜救船鸣着笛赶向出事水域,气氛异常紧张。

出事水域,搜救船往返游弋,有潜水员时上时下。

秦池和郭川在船上指挥。

18　东江市人民医院　秋　日　外

救护车在医院门口停下,刘希娅在担架上被抬下。

一辆奔驰轿车一个急刹车停在救护车后面。孟建荣跳下来,奔过来扒住担架:希娅,希娅……

护　士:松手!让开一下。说着抬起担架奔向急诊室。

孟建荣紧追不舍:希娅,希娅,你没事吧?

刘希娅艰难地睁开眼,想说什么,又无力闭上。

孟建荣追着担架:希娅,希娅!

护　士:先生,你不要再跟着了,行吗?

孟建荣:我是她表哥!

护　士:你是他爸爸也不行,妨碍我们工作!

19　长江江畔　秋　日　外

黑色奥迪轿车风驰电掣般驰来。江边的气氛,随着程志的到来愈发凝重。

程志推开车门,双脚还没落地,就心急火燎地问:江河呢?

江河紧跑几步,伸出右手放在车门的上方,程志跨出车门,扫视了一眼江边,见忙而有序,悲而不乱,长长吐了一口气。他看了一眼围拢过来的众人:秦池呢,他怎么没来?

江　河:老秦和郭副局长去了出事水域,在现场研究打捞沉船方案。

程志心里窝着一团火:叫秦池和郭川回来,打捞沉船方案叫总工制订,我已经通知市里有关部门负责人统统到江边来,你们韩市长也从省城赶回来了,很快就到,我们开个现场会。

江河回头吩咐赵小苏:派一艘快艇,到出事水域把秦局长他们接回来。

程志抽出烟,江河为他打火点燃。程志抽了一口,皱着眉对江河说:你先简略汇报一下情况。

江　河:碰撞事故是早晨 6 点 20 分发生的,裕泰号上共有 46 人,肇事的湘籍船在事故现场救起了乘客 23 人、船员 3 人,有 20 名乘客失踪。

程　志:20 名乘客失踪?

江　河:是。现在港口能派出去的船都派出去了,共有 12 艘船在出事水域搜救失踪者。潜水员也已下水作业,查明水底情况后,立刻开始打捞沉船。

程志眉头紧皱,眼睛凝视着江面冷冷发问:江河,你坦率地告诉我,失踪的这 20 个人,还有没有获救的可能?

江河摇摇头:非常渺茫。

程志重重吁了口气:也就是说,几乎没有生还的希望了?

江河声音低沉:是。

程志将吸了几口的烟扔在地上,狠狠地用脚碾了几下。

20　机场登机口前　秋　日　内

廖汉中和赵达夫排队办理登机手续。

赵达夫:老大,你这次满载而归呀、手镯、玉石,又是火腿,嫂子肯定喜欢得不得了。

廖汉中:女人是什么? 女人是鲜花,你要捧着她。秋萍一朵花骨朵,嫩得能掐出水,嫁到咱们琊山,我能不好好待她?

赵达夫:老大,你不仅是个好矿长,还是个模范丈夫呀!

廖汉中:那是必须的。

赵达夫:再过三四个小时就见面了,小别胜新婚。估计嫂子也该下船了。

廖汉中:是呀,她最爱吃宣威火腿了,今儿中午就能吃上。

两人检票登机。

过了检票口,廖汉中停住脚,有些心神不定:达夫呀,你嫂子怎么不接电话了呢?

赵达夫:嗐,乱哄哄的,兴许人家没听见。

廖汉中:不应该呀,我打了三次,都关机。

赵达夫:得了,老大,别磨叽了,晚上准备交公粮吧!

廖汉中瞪了赵达夫一眼:怎么说话呢你!

21　长江江畔　秋　日

程志把江河晾到一边,独自一人在江边来回踱步。一支香烟吸完,他招手叫江河过来,看了下手表:还有几分钟时间,说几句沉船以外的话。江河呀,调你到东江港,你是捏着鼻子上任的,昨天没让你说话,现在给你几分钟时间,有什么牢骚统统发泄出来。

江河直言不讳:我对港口管理一窍不通,调我来主持工作,勉为其难。见程志沉吟不语,江河又自责道:老首长,这个当口,我不该发牢骚。

程志手一摆：继续说嘛，不只勉为其难这么简单吧？

江　河：昨天上任，今天就沉船，真是觉得前途未卜。

程志不说话，目光复杂地凝视着他。

江河自觉失言：不说这些了。他望一眼流淌的江水，郑重表态：三五年之内，您不是让我交给您一个风清气正的现代物流中心吗？我领命就是！

程志用力拍拍江河肩膀：谢谢你，江河同志！

江　河：老首长，我是让您逼上梁山了！

程　志：那你就给我演一出智取生辰纲的好戏。

江　河：我会尽力。

程志摇摇江河肩膀：江河啊，我也给你交个底，你是临危受命，这点我不说你心里也清楚。不幸的是这次沉船事故，看来要把我们对港口的工作部署打乱了。

江　河：我明白。现在港务局工作的重中之重，是做好这次沉船事故的善后处理工作。

程　志：对。马上就要过两节了，特别是中秋节，中国人传统的团圆节，死了这么多人，善后处理不妥会造成什么样的后果，你不会不清楚吧？

江　河：我清楚。

程志略一沉吟：我给你提个醒，善后处理工作可能会比你们想象的更复杂、更艰难，你要做好充分的思想准备。

江河点点头：这个思想准备我有，开完现场会我马上到医院去，一是代表港务局对沉船生还者表示慰问；二是调查清楚失踪者中有没有他们的亲友。我们必须尽快弄清楚每一个失踪者的身份，这样才能有针对性地开展工作。

程　志：嗯，这是你的强项。你当了多年公安局长，处理突发事件的能力我是放心的。你去了，代表省市两级政府向沉船生还者表示慰问，开完会，我向省委书记汇报完情况，也会去医院。

22　长江江畔　秋　日

一艘快艇疾驰靠岸，秦池和郭副局长走下快艇，看到江边已拉了警戒线，闲杂人员一律不得靠近。新任命的港口公安局副局长李强领着十余名警察，手持微型冲锋枪守卫，气氛颇显紧张。

程志神色严峻地站在江边，东江市市长韩仕琪及市属各局的一把手悉数到场。

秦　池：老郭，程副省长和韩市长都来了。

郭　川：港务局这回算是现眼了，老秦你看，港监局、交通局、卫生局、劳动局、民政局、财务局的一把手也都来了。

秦池苦笑：老郭，我当了七年港务局常务副局长，这么大的阵势还是头一次经历，祸闯大了，港务局出名了。

见到秦池和郭川，程志一招手，俩人跑步过来。

韩仕琪冲李强一招手：新的公安局长还没有到任，你是刚提的副局长，这个会你参加吧！

李　强：是。

程　志：人齐了？

韩仕琪：齐了。

程　志：现在开会。秦局长，你刚从出事水域回来，先把情况汇报一下。

秦　池：事故原因基本查明，完全是由两艘湘籍船违章操作，结绑逆水航行所造成的。肇事船均为自行船，长江航线明文规定，严禁自行船无动力行驶。肇事船为了节省燃料，擅自将一艘船停机，结绑后由另一只船拖带逆水行驶，由于船速降低，未能在规定时间驶出锚地，结果与正常航行的裕泰号发生碰撞，导致裕泰号当场沉没。

韩仕琪恼怒地挥了一下拳头：简直是乱来！

秦池看了一眼市长：还有更离谱的呢！在穿越锚地时，肇事船也没按规定鸣笛，舵手说是因困乏疏忽所致。

李　强：舵手和船长已经被我们控制了。

秦　池：由于裕泰号视线被停泊在锚地的货船挡住，在肇事船没有鸣笛示警的情况下，失去最后规避机会，导致船毁人亡的重大事故。在这次事故中，港务局方面为零责任，属于受害方，东江港保留对湘籍船的索赔权利。

程志有几分不快：现场会主要是部署善后工作，责任认定要由港监局做出。当然，如果确实如秦局长所说，东江港一方在撞船事故中责任为零，善后处理工作也就相对简单了许多。秦局长，你能确定吗，湘籍船在事故中负完全责任？牵扯到外省市，必须实事求是，不能想当然。

秦池拍着胸脯：程省长，这个保票我绝对敢打，我们的船没有任何责任。

港监局局长刘东民插话：秦局长，你这个保票打得早了点吧？

23　东江市人民医院　秋　日　内

医院里人多嘈杂，医护人员进进出出。卢茜坐在一个角落目光呆滞。

在抢救室门口，孟建荣拽住医生：大夫，刚才推进去的那个姑娘没什么事吧？

医　生：不好说，要看检查情况。

孟建荣：你们要保证……

医生打断他的话：保证什么？谁能给你打这个保票！

24　长江江畔　秋　日

秦池有些恼怒：你这是什么意思？

刘东民画外有音：没什么意思。秦局长，出事时裕泰号没有超载吗？

秦池斜了刘东民一眼，斩钉截铁：没有，绝对没有。

韩仕琪：刘局长提的这个问题很重要，即便超载一人，裕泰号也就成了过错方，马虎不得！

秦　池：韩市长，眼看就要过中秋节和十一了，我们工作重点就是要确保两节期间不发生任何水上交通事故。江局长昨天下午刚刚上任，晚上就到客运站强调安全，夜里一点还给客运站卢站长打电话，要他亲自到客运码头杜绝安全隐患，是不是，江局长？

江河点点头：我让他把栈桥上灭掉的两盏灯换上了。

程志紧锁的眉头略有舒展，但神色依然严峻：同志们，现场会的主要议题是如何搜救失踪者，以及怎样做好这次事故的善后。对于事故处理，我讲几点意见。

程志有意停顿了一下，扫视一遍与会者，与会者一个个神情专注。

程　志：首先明确一下，搜救失踪者和打捞沉船以港务局为主，搜救工作要继续加大力度，扩大巡逻水域，遇难者的遗体，要全部打捞上来。

秦　池：您放心，程省长。

程　志：事故处理以港监局为主，必须彻底查清事故原因，严厉处罚肇事者，这样才能对事故罹难者，对东江市人民有所交代。

刘东民：坚决落实程省长的指示。

程　志：港务局和港监局要相互配合，各职能局要积极协助，组织专门的人员、专门的机构、专门的经费处理善后工作。另外我再强调一点，这次沉船事故属于重大突发事件，有关事故的所有信息，由市政府统一发布。

韩仕琪：程省长的指示很重要，各位要严格执行，不许打半点折扣。

刘东民：韩市长，我们港监局一定以最好的状态，在最短时间内调查清楚事故原因，给事故罹难者的亲属和全市人民一个交代。

韩仕琪：很好。

刘东民：沉船事故公布后，今明两天罹难者亲属势必大量聚集到港务局和市政府，这一期间是罹难者亲属情绪最激动、最容易出事的魔鬼时间，极易造成整体局面失控，我们必须要拿出最周密的措施。

程志看着他：说出来听听。

刘东民：我建议成立接待小组，把罹难者亲属集中安排到市里条件最好的饭店，在住宿、饮食、服务、医疗、交通等方面精心安排,让罹难者亲属切实感受到我们处理事故的诚意,求得他们谅解,这样才能以最稳妥的方式做好善后。

江河不以为然,脸上露出不安的神色。

程志捕捉到了:江河同志,你有话要说吗?

江　河:刘局长……

25　丽江机场　秋　日　内

扩音器里传出播音员的声音:各位旅客,飞往泰国的第 328 次班机就要起飞了,请您做好登机准备。继而又用英语广播了一遍。

头等舱候机室。训练有素的服务生躬身对坐在豪华沙发上的丁氏父女毕恭毕敬地说:老先生,请您老登机。

丁伯拄着拐棍站起身,丁薇薇上前搀扶。

服务生帮他们提起皮包,做出请的手势在前面引路。

丁薇薇:叔叔,您这么大年岁了,还劳您为了丁氏集团四处奔波,薇薇真是惭愧。

丁伯叹了一口气:人老了,不服不行呀。近来叔叔常有神思怠倦之感。不过,这次叔叔领你去东南亚转上一遭,和老朋友们见见面,丁氏的业务也就可以放心交你打理了。

丁薇薇:谢谢叔叔栽培。

丁伯看一眼侄女,朗声一笑:你要真心想谢,就早早把侄女婿领来见我。

26　长江江畔　秋　日

程志见江河有些犹豫:江河同志,有话就说嘛!不要吞吞吐吐的。

江　河:是这样,根据公安局工作的经验,这种做法不妥,很可能给善后工作带来不必要的麻烦。我的意见是,将罹难者亲属安置在四五个宾馆居住,分头去做工作,这样效果可能会更好。

刘东民大为光火:江局长,你真是三句话不离本行,我们现在是在处理一起特大水上交通事故,是要用我们最大的热忱去安抚事故罹难者亲属的心,我们有必要搞背对背、各个击破那一套吗? 你现在是处理事故善后,不是在侦办案件。

江　河:你怎么这样理解问题?

刘东民:怎么,我这样理解有错吗? 别忘了,你现在已经不是公安局长了!

江河正欲开口反驳,秦池碰了他一下,打着圆场:刚才程省长讲了,事故处理以港监局为主,就按刘局长意思办吧。

秦池如此说,江河也不好再说什么了。

刘东民:按照法定程序,在事故调查期间,要对双方船长进行监视居住,对打捞上来的罹难者遗体,要分别进行编号、拍照、遗物登记、裹尸、袋装等工作,然后运往市殡仪馆。这些工作非常繁杂,希望民政局、港务局和公安局方面全面配合我们。

秦池表态:没问题,港务局一定全力配合。

民政局长也表态:我已经通知了殡仪馆,做了周到细致的安排。

李强对刘东民说:需要公安局做什么,我们服从命令。

程　志:工作细节会后各局再认真研究协调,这里就不具体讨论了。总之一句话,各个部门要负起责任,务必让罹难者亲属满意。

韩仕琪:是啊,刚才我已经向程省长做了保证,两节前一定要完成好事故善后工作,让全市人民过一个祥和平安的中秋、十一。

程志一拱手:拜托各位了!

27　客运站码头　秋　日　外

一艘搜救船正准备离岸,马达轰鸣,汽笛响起。开完现场会的郭川一个箭步登上甲板,回头想扶一下紧随其后的老卢头。

秦池匆匆赶来:卢站长!

老卢头回过头,见是秦池便停下脚步。秦池上前拉住他的胳膊,对郭川说:老郭啊,卢站长有心脏病,现场就别去了,让他多在岸上照应一下吧!

郭　川:我是不让他去,他非去不可。说完喊了一声:开船。

见搜救船渐行渐远,老卢头责问秦池:你这是干吗?我在搜救组,怎么能不去事故现场?

秦池把老卢头拉到一边:于娟刚才对我说,见咱们丫头浑身水淋淋的,怎么回事?

老卢头:什么怎么回事?不是你们安排她到江北煤码头有事吗?

秦　池:她也在裕泰号上?

老卢头:是呀,捡了一条命!

秦池自言自语:怪不得刘东民在会上阴阳怪气,准是听他老婆于娟说了什么。

老卢头:你叨咕什么呢?

秦池越发急切:丫头现在在哪儿?

老卢头:去医院了!

秦池叫来摩的:赶紧把丫头叫回来,老老实实在家待着。说着把老卢头按到摩的后座上。

老卢头:为什么?

秦池一挥手:别问了,刻不容缓,照我说的办就是!

28　客运站休息室　秋　日　内

秦池见驮着老卢头的摩的开走了,来到客运站休息室。

王德纲正靠在长椅上休息,秦池进来,他站起身,耷拉着脑袋:秦局长,我给您闯祸了。

秦　池:别这么说,德纲,你也受惊了。

王德纲:一上船我就不踏实,昨天晚上白衣女鬼的说法,就是不吉利。

秦　池:别扯什么白衣女鬼。不过,你可真别鬼迷了心窍。

王德纲:秦局长,您是……

秦池伸手示意王德纲坐下,递给他一支香烟,话中有话:闯祸的是湘籍船,不是我们的船,我是说你不要有什么思想负担。

王德纲:谢谢秦局长。

秦　池:我对程省长、韩市长,对港监局明确说了,我们在这次事故中是零责任。我来看看你,是让你把心放在肚子里。翻船的时候,你们几个没伤着吧?

王德纲又站起身:落水的时候我们几个船员都穿着救生衣,没啥大碍,可怜那些乘客了。唉,穿越锚地时,要是把弧线稍微兜大点就撞不上了,只差一个船身!他们的船没有鸣笛——

秦池摆手让王德纲坐下:上行船过锚地不鸣笛,该死啊!

王德纲坐下后说:是呀!我们的客轮哪经得住它撞,小船就像鸡蛋壳,咔嚓一下就完了。秦局长,我听说还有 20 个乘客没救上来,造孽啊,真是造孽!

秦池打断王德纲的话:德纲,你不要有什么顾虑,我不是说了吗,我们的船没有任何责任,这孽不是我们造的,你明白吗?

王德纲点点头:秦局长,我明白。

秦　池:德纲,我先给你吹吹风,刚才会上,港监局那边发话了,这是一起特大水上交通事故,要按法定程序处理。

王德纲有些紧张:秦局长,什么是法定程序?

秦池放缓语气:就是在事故调查阶段,对双方船长实行监视居住。

王德纲一听脸就白了,站起身叫道:监视居住,那不就是拘留吗?

秦池一拍桌子:德纲,你怕什么?瞧瞧你这点胆儿,还没怎么着呢,脸都白了,就你这样儿,没事都得让人整出事来!

王德纲定了定神:我不是怕,我是不理解,我们又不是责任方,凭什么要对我监视居住?

秦　池:我不是对你讲了吗,这是法定程序,有责任没责任在事故调查阶段都要走这个过程。

王德纲:那是不是我就不能上班了?

秦　池:上个屁班,在家随时听候传唤。不过,港监局也不是公安局,就是问问你当时的情况,你别乱说一气就成了。

王德纲:乱说一气?

秦　池:对呀! 德纲你要搞明白,如果我们的船真要有什么责任的话,我和卢站长自然要负领导责任,可是你,就得进去蹲几年,懂吗?

王德纲:秦局长,您放心,我王德纲不傻,甭管谁来问,谁来调查,我绝不胡说八道。

秦池压低声音问:德纲,出事的时候,卢站长的闺女卢茜也在船上?

王德纲:是。还是我让她上的船,出事时她在甲板上站着,真要在舱里,说不定也完了。

秦池眉头皱成一团:她有船票吗?

29　市人民医院急诊室　秋　日　内

走廊里全是人,医护人员步履匆匆,不时有医护人员推着活动床跑过来。

老卢头匆匆走进来,四处张望,看到了坐在角落的女儿,上前一把抓住她的手:闺女,检查了吗? 没啥事吧?

卢　茜:人多还没轮到我,我没事,就是累,想好好睡一觉。

老卢头一把拉起女儿:没事就好,我们赶紧回家去休息。

卢茜被父亲拉起来:爸,马上就轮到我了。

老卢头:轮到你也不看了,赶快跟老爸走。

30　客运站休息室　秋　日　内

王德纲:卢站长的闺女上船,谁找她要船票? 她是去煤码头办公事。

秦　池:她去煤码头办什么公事?

王德纲:她说下周一新来的江局长要去煤码头检查工作,赵小苏让她到煤码头更换宣传栏。

秦池暗示王德纲:办公事也得有船票嘛,你没找她要船票,怎么知道她没票?

王德纲脑袋不开窍:满员了,她去办公事,没票也得让她上呀!

秦池最担心的事发生了,卢茜果然是无票乘船:德纲,我问你,裕泰号额定乘员是多少人?

王德纲:乘员 43 人,船员 3 人,总共 46 人。

秦池冷笑一声:客运站售票员说,头班渡轮一共卖出 43 张船票。德纲,卢站长的闺女如果没有船票的话,港监局查起来,裕泰号岂不就超载了? 超载一人和超载 10 人没什么两样。一旦超载,咱们也就有了过错,懂吗?

王德纲如梦初醒,用手背擦着额头的汗,结结巴巴:秦局长,我、我懂了……当时裕泰号满员了,我、我这个船长怎么能让她上船呢? 我让她坐下、下一班客轮渡江,出事时,她没在裕泰号上。

秦池起身用力拍拍王德纲肩膀:这样说就对了嘛。回头你和那两个船员也打下招呼,该说的说,不该说的就烂在肚子里。

王德纲连连点头:是,是,你放心吧,秦局长。

秦　池:振作起精神,别像霜打了的茄子。老卢头退休后,我还考虑让你接任呢!

31　泰国廊曼机场　秋　日　外

丁伯在丁薇薇搀扶下走出机场出口。

几个衣着华贵的富商模样的人在出口迎候。

有少女送上鲜花,众人握手寒暄。

丁伯和丁薇薇被让进一辆卡迪拉克,轿车缓缓驰去。

32　客运站休息室　秋　日　外

秦池走出客运站休息室,看到港办主任赵小苏,招手叫住他:小苏,你不是要和江局长一起去医院吗,怎么还没走?

赵小苏:江局长已经去了,他说有些遇救者需要护理,要我和工会闫主席商量一下,看看我们港务局能不能派些职工过去照顾一下,我和闫主席商量完了就过去。

秦池点了下头:小苏,我问你,你是不是让卢茜今儿一早到煤码头去更换宣传栏?

赵小苏:昨天您说新来的江局长周一要去煤码头,让我安排一下,我想给新局长一个好印象,就让她去贴几张标语,更换一下宣传栏,卢茜去了吗?

秦池拉下脸:小苏,这事我可得批评你,你说你搞这种花架子、形式主义的东西干什么?江局长知道了也得批评你,你要引以为戒。

赵小苏见秦池脸色阴沉,心头一紧:秦局长,出什么事了吗?

秦　池:你险些酿成大祸,形式主义害人呀!卢茜要有个三长两短,你怎么向老卢头交代?

赵小苏一惊:卢茜上了裕泰号?

秦　池:王德纲说,幸亏裕泰号满员了,没让她上去。

赵小苏松了口气:我真该死!万幸!真是万幸。

秦池叮嘱:小苏,卢茜既然没有去煤码头,这件事就不要再提了,港务局现在是多事之秋,你也没必要给新局长留下一个不好的印象,明白吗?

赵小苏:明白。

秦池点了下头:好,你去找老闫吧。

33　廖汉中家　秋　午后　内

廖汉中备好的一桌饭菜已凉了,屋里冷冷清清,时钟指向两点,方秋萍仍旧没有回来。

廖汉中神情焦虑地在房间里踱着步,再次拨打方秋萍的手机,话筒里传来的声音:你拨打的用户已关机。

一种不祥的预感笼罩着廖汉中。

赵达夫突然闯进来:老大,刚刚午间新闻报道,今晨六时二十分,东江港的裕泰号出事了,船沉了,伤亡惨重!

廖汉中惊恐地重复了一句:裕泰号?

赵达夫:裕泰号!就是嫂子坐的裕泰号。她现在没回来,肯定凶多吉少!

廖汉中一屁股坐在沙发上,呆愣了半晌才说:他娘的,你准备一下,明天一早去东江港,找狗日的说理去。

赵达夫:放心吧老大,我会安排好。

34　东江市人民医院病房　秋　午后　内

刘希娅无力地睁开眼,映入眼帘的是床头的吊瓶,白衣白帽、口罩遮住半张脸的护士。

年轻护士惊喜地叫道:她醒了,我去叫大夫。

在病床边椅子上打瞌睡的孟建荣一激灵:你可醒了,希娅!

刘希娅神情依然恍惚,茫然地看着孟建荣:陶然,是你吗?

孟建荣俯下身,让刘希娅看清自己的脸:希娅,我是你表哥呀,孟建荣。

刘希娅惶惑:表哥?我这是在哪里?陶然呢?

孟建荣满脸忧虑:希娅,裕泰号出事了,船翻了,你还记得吗?

刘希娅没有回答,闭上眼睛。

护士叫来大夫,大夫过来为刘希娅做检查。

孟建荣忧心忡忡:大夫,她好像有些失忆,会不会是溺水时间过长,导致大脑缺氧受到损害?

大夫观察着心电监护仪:有可能是惊恐和高烧导致大脑出现短暂空白,再观察观察吧,不太可能出现不可逆的脑损害,不用过于担心。

刘希娅闭着眼,记忆逐渐恢复,裕泰号上的一幕在脑海浮现出来:

闪回：

一声巨响，船舱里的人就像从山上滚下来的石头那样剧烈地翻滚着，还没来得及发出叫喊，江水就汹涌地灌进来。

伴随江水而来的是令人恐怖的窒息。她和同学们根本找不到舱口，也没有任何东西可以依托。突然，那个同样在船舱中挣扎的青年军官用力推了她一下，这一推，形成了一次有力的托举，竟然将她不可思议地推到舱口——她浮出了水面。

肇事船停在出事水域，扔下船上的救生艇、救生圈和救生衣后，所有船员都站在船舷，将一根根长竹竿伸向在江水中呼救的乘客。一只救生艇开过来，下去两个人救起了正在下沉的刘希娅。被拉到船上时，刘希娅已经处于半昏迷状态，她依稀看到一个怀里抱着琴的女人坐在甲板上，那是她的琴。她想喊，可是发不出声音，就像做噩梦被魇住一般。

刘希娅再次睁开眼，意识到自己是在医院里，嘴唇喃喃嚅动：陶然呢？我的同学们呢？

孟建荣坐在病床边，又一次问：希娅，裕泰号出事了，船翻了，你还记得吗？

刘希娅神态疲惫：我记得。

孟建荣：你记得什么？

刘希娅：船翻了，我们都掉到江里了。她努力回忆着，想起了什么，突然惊叫一声，陶然呢？我的同学们呢？他们在哪儿？

孟建荣：希娅，你别担心，陶然水性那么好，从南岸到北岸游几个来回都没事，现在长江上全是搜救船，他们可能被冲到下游去了，不会出什么意外。

刘希娅：表哥，我担心陶然。我获救时看见一个女人拿着我的琴，我的琴一直是陶然替我背着，怎么会跑到别的女人手里？表哥，你要帮我找到那个女人。

孟建荣继续安慰：希娅，别胡思乱想，一会儿我帮你去找到那个女人。

刘希娅泪眼汪汪：表哥，你现在就去找。

孟建荣：希娅，东江港港务局的领导来看你，在外面等了很长时间了，船上获救的人是他们统一安置的，你放心，他们很容易就能找到那个女人。

刘希娅焦急地说：表哥，那你快请他们进来。

34　曼谷豪华餐厅　秋　午后

一间华贵的包间里，酒席已近尾声。

丁伯用餐巾擦擦嘴：谢谢纳瓦老板盛情，没想到在贵国还可以吃到这么地道的意大利菜。

纳瓦老板：丁老先生客气了，您遍游五洲，尽享美食，区区粗茶淡饭不足挂齿，失敬了。

丁　伯：哎，哪里，我这次东南亚之行，是引荐小女与各位相识。老了，力不从心，要归隐山林了。拜托各位以后多多指点、关照小女。

丁薇薇站起身，矜持地点头示意：请各位前辈多多赐教。

纳瓦老板：丁老先生此言差矣，丁氏集团根基深厚，财达四海，能屈尊跟我们长期做生意，是对我们的关照嘛！况且，丁小姐秀外慧中、沉稳干练，一看就是巾帼女杰，有她以后执掌帅印，丁氏集团必将宏图大展。

丁薇薇：老伯谬赞，薇薇愧不敢当。

一贵妇：薇薇小姐真是叫人喜欢，这么漂亮的女孩子还有这么好的修为、才学，不知道什么样的男子能入她法眼呢？

35　东江市人民医院病房外　秋　午后

赵小苏匆匆走来：江局长。

正在走廊上焦急踱步的江河停下脚步：小苏。

赵小苏：您布置的工作闫主席已经做了周密的安排。

江　河：好。和东江师大联系上了吗？

赵小苏:联系上了。

江河急忙问:他们有多少学生上了裕泰号?

赵小苏摇摇头:校务处的人说,今天是周末,很多学生一早就出去了,大部分教师也不在学校,有多少学生乘裕泰号到江北去玩,没人能说清楚。

江河吁了口气:沉重地摇摇头。

孟建荣从病房出来,江河迎上去问:孟先生,刘同学醒了吗?

孟建荣压低声音说:醒了。她很虚弱,一醒来就问我她男朋友和同学们的下落,我说可能被冲到下游去了,你们配合些,这时候千万别让她再受刺激了。

江河急切地问:她有多少同学在船上?

孟建荣:她还没说。她说看见一个被救上来的女人,拿着她的小提琴,请你们帮忙找一找,这把琴对她很重要。

江　河:这个没问题。随即吩咐赵小苏:小苏,你到每个病房去问一下,看看谁拿了刘同学的小提琴,一定要尽快找到。

赵小苏:好,我这就去。

36　琊山煤矿总调度室　秋　午后　内

赵达夫打电话:老曾,你们五号井抽 20 个工人,明天早晨到主楼前集合。要年轻生猛的。

话筒里传出老曾的声音:赵矿长,什么任务?

赵达夫:方总在东江港遇难了,我们跟着老大去讨个说法。

电话里传出老曾的声音:方总遇难了?

赵达夫:一个大活人,生生就没了。

话筒里传出老曾的声音:怎么搞得嘛,太突然了。

赵达夫:别啰唆了,快点去给我招呼人!

话筒里传出老曾的声音:可是,眼下生产正忙,一线的人手本来就不够。

赵达夫:闭嘴!天下万事,死者为大。说罢,挂断手机。

办公室的门被推开了,进来一个男办事员:赵头儿,调了三辆大卡车够不够?

赵达夫:够了。你再去弄些白布,都给我扯成两指宽二尺长的白布条。

男办事员:干什么用呀?

赵达夫:干什么用?咱们是去奔丧,不是去赴宴,懂吗?

男办事员:明白了,我这就去办。转身出去。

赵达夫:这回得叫东江港好好喝一壶。又抄起电话:给我接 3 号井……

37　东江市人民医院病房内外　秋　午后

孟建荣:东江港这回算是摊上事了。江局长,您也别太着急。说着推门陪江河走进病房。

护士迎上前嘱咐:她刚醒过来,身体还很虚弱,你们尽量和她少说话。

刘希娅躺在病床上,嘴唇干裂,眼窝深陷,脸上满是泪痕,一头长发零乱地散在枕头上。

江　河:刘希娅同学,我代表港务局来看望你,希望你安心治疗,好好休息,不管有什么困难都可以向我们提出来,我们一定尽力解决。

孟建荣:希娅,他是东江港港务局江局长。

刘希娅嘴唇嚅动了一下,眼泪又流出来:江局长,我的同学…… 还有我男朋友,都在船上。表哥说他们可能被冲到下游去了,你们一定要把他们救上来。

江河急切问:你有多少个同学在船上?

刘希娅:八个。船沉的时候,除了我男朋友陶然在甲板上,我们七个人都在船舱里。

八个!江河冲口而出。

刘希娅:是呀,八个。

江河仿佛被重重一击,身体晃了一下,险些摔倒。

38　射击场　秋　午后　外

啪,啪,啪,几声枪响。全身移动靶一一被击中。

丁伯吹吹枪口的青烟,把手枪放在了台子上。

报靶员:三枪皆中,二十八环。

纳瓦老板:哎呀,丁老先生神勇不减当年,真是好枪法啊!

丁　伯:老了,手不稳了。

纳瓦老板:这是移动靶,老先生三枪二十八环,已经很了不起了。

丁伯笑着摇摇头。

纳瓦老板:丁小姐,要不要打几枪,听说你也是军人出身?

丁　伯:她哪里谈得上是军人,不过是在解放军里面弹了几年扬琴而已。

丁薇薇:纳瓦先生见笑了,我当了五年兵,却从来没有打过枪呢。

纳瓦老板:噢,是…… 文艺兵? 女孩子嘛,不舞枪弄刀也好。丁老先生要不要再玩一玩最新款的以色列乌兹冲锋枪? 每分钟 1700 发。过瘾得很呢!

丁伯摆手:不了,不了。

丁薇薇:叔叔一路鞍马劳顿,我们先回宾馆了,谢谢纳瓦先生款待。

39　东江市人民医院病房　秋　午后　内

赵小苏推门进屋,附在江河耳旁:局长,问了,没有人拿刘同学的小提琴。

刘希娅听到了,支撑着身体要坐起来:什么? 不可能! 江局长,我被救上船时,明明看见一个女人抱着我的小提琴。

由于激动,她咳了两声,更显虚弱。

孟建荣忙上前扶住她:希娅,你不要着急。扭头对江河说:怎么会没有呢? 不应该呀!

江河随口说:希娅同学,你放心,我们再去找。万一找不到,我们会买一把更好的琴给你。

刘希娅一听急了:不可以!

孟建荣有点尴尬:江局长,这把琴对希娅非同一般,不是用钱可以买来的。

江河有些愕然:这么严重?

40　老卢头家　秋　午后　内

卢茜靠在床头:爸,琴收好了吗?

老卢头端着碗走过来:收好了。闺女,老爸刚给你熬了一碗姜糖水,趁热喝了,喝了好好睡一觉。

卢　茜:不想喝。

老卢头:喝一碗吧,驱驱寒气。毕竟入秋了,江水一泡,寒气侵入了身体,怎么得了!

卢茜接过碗放在床头柜上:爸,我现在一闭上眼,就是那个大男孩的样子。要不是他把救生圈推给了女儿……

老卢头眼眶一热,抹了抹涌出的泪水:是个好小伙儿呀! 老爸天天会在心里给他烧香祷告。

卢茜欲起身:我得去一趟东江日报,让他们报道一下这个男孩儿! 到现在,我连他的名字还不知道呢!

老卢头:你秦叔叔特别嘱咐了,让你休息一个礼拜,闭门不出,闭口不言!

卢　茜:为什么?

41　东江市人民医院病房外　秋　午后

江河和赵小苏推门走出病房。

孟建荣跟在江河身后:江局长,那把琴您还是不要掉以轻心。

江　河:有什么说道吗?

孟建荣:那是陶然送给她的定情物。

江　河:陶然?

孟建荣:就是希娅的男朋友,这次也在船上。

江河一惊:也在船上?

孟建荣:是呀,江局长,如果我没有猜错,除了希娅,她的七名同学已经全罹难了!

江河双眉紧蹙:我真不知道怎么和希娅同学说。

孟建荣:如果是这样,那把琴就是陶然留给她的唯一念想了。我了解希娅,她既然在船上看到了有人抱着琴,如果说找不到,就绝不会善罢甘休!

赵小苏:有这么严重吗?

孟建荣瞥了赵小苏一眼:赵主任,请你把吗字去掉。我把话放在这儿,事后可以检验。况且,那把琴一直是陶然背着,船翻了,怎么会跑到一个女人手里了? 这个谜底,即使你们不好奇,难道希娅也不好奇吗?

江　河:孟先生,谢谢你的提醒。

孟建荣:七个大学生遇难,这绝对是一个爆炸性新闻啊! 我估计不但东江港,对省市两级政府,都是不能承受之重吧!

42　市政府程志的临时办公室　秋　午后　内

程志一拍桌子:什么,遇难者中有七个大学生?

江河在他面前垂手而立:是。一共有八个大学生上船,只有一个女同学生还。

韩市长坐在沙发上把端起的茶杯放下,摇摇头。

程志起身在办公室焦虑地踱步。少顷,停住脚步挥了一下手,示意江河坐下,掏出烟扔了一支给他,自己也抽出一支,打火机打了几次,才点燃了香烟,他把打火机又扔给江河。

江河望着副省长:我知道,娄子捅大了。

韩仕琪:何止捅大了,简直是把天捅出了一个窟窿。

程志沉思有顷:江河啊,你当过兵吧?

江河有点莫名其妙:这您知道啊!

程　志:什么兵?

江　河:在师战士业余演出队吹长笛。

程　志:老部队呢?

江　河:73 师工兵营。

程　志:排雷是工兵的活儿吗?

江　河:是啊! 您……

韩仕琪:程省长是提示你,江河啊,你踩上雷了,稍有不慎,不但你会被炸得人仰马翻,程省长还有我,也会跟着你吃瓜落儿!

43　港务局秦池办公室　秋　傍晚　外

孟建荣咚咚咚敲门。

传出秦池的声音:请进。

44　程志的临时办公室　秋　傍晚　内

程　志:这七个遇难大学生的善后工作,一定要妥善处理。我判断它将是整个善后工作的难点,也是突破点。

江　河:我明白。

韩仕琪:两节就要到了,让全市人民过上祥和的中秋和十一,这是善后工作要遵循的基本原则。江河同志,我们肩上的担子很重啊!

程　志:你们韩市长说得很重要。江河啊,善后工作处理不好,我们吃不吃瓜落不重要,重要的是,我们怎么向东江人民交代,怎么告慰死者和死者的家属?

江河从沙发上站起身:程省长,我知道这件事的分量。

程　志:那个幸存的女学生还不知道她的同学已经全部遇难了吧?
江　河:我正在考虑怎么向她说明真相。真是有点不忍心,太残酷了!
程志摁灭香烟:是啊,首先要做好她的安抚工作。对她的合理要求,一定要尽量满足。

45　港务局秦池办公室　秋　傍晚　内

秦池拧开饮水机,冲好一杯清茶,端给坐在沙发上的孟建荣:明前的西湖龙井,特意给你留的。
孟建荣接过茶杯,吹吹浮在上面的茶叶,轻啜一口:确是好茶。不过,秦局长,我找您来,可不是要和您品茶论禅的。
秦池坐在沙发上,点燃一支烟:我知道,你是为了集装箱码头的改造工程。
孟建荣:当着明人不说暗话。您知道这个项目我八十八拜都拜了,就差最后一哆嗦。不是我埋怨您,上个月您要是把工程合同章一盖,不就万事大吉了吗?
秦　池:话可不能这么说,毕竟有些细节还需要进一步商定嘛! 再者说,不是你信誓旦旦说,我顶老局长的空缺板上钉钉了吗? 我要是当了局长,还在乎这一天半天吗?
孟建荣沮丧地叹了一口气:市里不是也跟您吹风了吗? 谁想到半路杀出个程咬金,程志出来横插了一杠子!
秦　池:既然江河已经到位了,这么大的工程改造合同不拿给他看是不可能的。建荣啊,我问你一句话,你老实告诉我,这个工程改造方案经得起论证吗?
孟建荣:这点您大可放心,我是请北京一家设计院做的方案,严谨周全,万无一失。
秦　池:那就好。
孟建荣灵机一动:哎,秦局长,江河一个港口管理的门外汉,初来乍到,海参鱿鱼分不清,不如现在把方案报给他,他能说出什么?
秦　池:不妥。现在处理沉船是港务局工作的重中之重,天大的事都往后推。何况,江河是公安局长出身,生性多疑,这时候贸然拿给他一份合同,反倒容易引起他的猜忌,节外生枝。
孟建荣无可奈何:那您说怎么办?
秦　池:先吹着风,毛毛雨下着。沉船善后工作完成后,再把合同拿给他看,也算是水到渠成。
孟建荣想了想:也只好如此了。
秦池站起身:你如果就是为这事,那今天就谈到这儿,我还有重要的事情要去处理。
孟建荣:秦局长,我今天还真不是为这事来的。我有重要的情况向您报告。

46　江畔　秋　傍晚

傍晚。长江被落日的余晖笼罩,一个身影面江而立,镜头渐渐推进,是江河。
手机铃响,江河接听手机:喂,小慧。
镜头切换到徐小慧家的饭厅。面对桌上的饭菜,徐小慧一手用电视遥控器调台,一手拿着手机。
徐小慧(OS):江河,你在哪儿?
江　河:我在江边呢!
徐小慧(OS):一有烦心事就去江边,江水真的就那么灵,能帮你理清思绪?
江　河:小慧,压力太大了,我想一个人在江边坐一会儿,好好想一想。
徐小慧(OS):吃饭了吗? 我今天特意做了你爱吃的红烧猪肚。
江河一笑:吃饭? 你不说我都忘了。
徐小慧嗔怪(OS):江河,你本来就有胃病,这样饥一顿饱一顿的怎么可以。
江　河:没事。小慧,你把猪肚给我留点。我坐一会儿就回去,你和玥玥先吃吧,不用等我。
徐小慧叹了一口气:你已经一天一夜没回家了,这么大人了,还那么让人操心,真是!
江　河:小慧,死了二十个人,还有七名大学生,这是把天捅了一个窟窿!

第3集

1　港务局秦池办公室　秋　傍晚　内

秦池重又坐下:什么重要情况？说。

孟建荣表情神秘:您知道吗？二十名遇难者中,有东江师大七名应届大学生!

秦池一惊:什么,有七名大学生?

孟建荣:对。

秦池用右手在左手掌心擂了一拳:要命！这真是屋漏偏遭连阴雨。

孟建荣:您也发现疑点了?

秦　池:什么疑点?

孟建荣:裕泰号很可能超载!

秦池嘘了一声,竖起右手食指在嘴唇:这个可不能乱说,即便超载一人,东江港也就成了责任方,死了二十个人,又有七名应届大学生,这后果可不是闹着玩的!

孟建荣:怎么是乱说?

秦　池:你有依据吗?

孟建荣:有。说着探身到秦池身旁,刘希娅丢了一把琴,她被救上船时亲眼看见一个落水的女子怀里抱着这把琴。可是赵小苏刚才到病房问了一圈儿,说没有人见到这把琴。

秦池如释重负:嗐,不就是一把琴吗？和超载能扯上什么关系？大不了,买一把赔她就是,瞧你这一惊一乍的。

孟建荣一笑:要那么简单就好了。

秦　池:有多复杂?

孟建荣:第一,这把琴是刘希娅的定情信物,陶然遇难了,成了留给她的唯一念想,无缘无故丢了,她怎么会善罢甘休？陶然是个孤儿,遗体能不能顺利火化,全在刘希娅一句话。

秦池倒抽一口冷气:照你这一说,还真是件大事!

孟建荣:当然。

秦　池:那和超载怎么扯到一块了呢?

孟建荣:我怕赵小苏问得不仔细,来之前,我又到病房里查问了一圈儿。这一查,查出了问题。

秦　池:什么问题?

孟建荣:算上刘希娅,病房里只有二十二位获救者,而东江港上报省市两级政府的,是乘客二十三人,船员三人获救,这没错吧?

秦　池:没错。

孟建荣:获救的三名船员可能回东江港了,那么,还有一名获救者呢？去了哪里?

秦池一惊,他没想到孟建荣心思如此缜密:去了哪里?

孟建荣:我又去了住院处,一查又查出了蹊跷,登记的住院人数就是二十二人,病案记录上也只有二十二个人接受体检,真是怪异,难道多出的一个人是子虚乌有?

秦池掩饰地:场面那么乱,出点差错也未可知,你别疑心生暗鬼。

孟建荣摆摆手:不对。每个沉船获救者是不是都可以从港务局拿到一笔不菲的补偿?

秦　池:是呀,每人五千元。

孟建荣:现在谁那么高风亮节,放着补偿不拿悄悄离开？鬼才信。所以我推断:此人和那三名船员一样，是港务局内部职员，获救后也许根本没去医院。刘希娅的小提琴就在她的手里，而且此人很有可能是无票乘船。

秦　池：你的这些分析和江河说了？

孟建荣：我傻呀！这不，第一时间赶来向您报告！

秦　池：好。建荣啊，裕泰号沉船，死了那么多人，还有七名大学生，万一再加上一个超载，上头不宰东江港几只替罪羊怎么会善罢甘休？

孟建荣：我看也是。

秦　池：到那时候，除了江河可以一推六二五、独善其身，港务局上上下下，谁能说没有一点责任？尤其是我这个常务副局长。

孟建荣：秦局长，您放心，我只听您的招呼。他江河一个棒槌，能在东江港翻起什么大浪？

秦　池：那也不能掉以轻心。建荣啊，离开医院的那个人是不是港务局职工，我们不要妄加推断，留给江河去琢磨吧，人家是公安局长，这方面自有过人之处。在这节骨眼上，我就八个字——

孟建荣：哪八个字？

秦　池：多看少动，谨言慎行。让他江河放马往前冲就是了。

孟建荣诡异地一笑：您是不是早把绊马索给江河备下了？

秦　池：什么话？去吧，我还有事要办，今天就不留你吃饭了。

2　老卢头家　秋　晚　内

老卢头在厨房里忙活。

他用筷子扎了扎锅里的鸡，又用汤勺舀了一勺汤，品了品：闺女，老姜炖鸡好了，还别说，你秦叔的秘方就是不错，炖出来的鸡就是鲜嫩！

靠在床头看书的卢茜把书扔到一边，脸朝里躺下，感觉得出她内心的纠结。

老卢头将鸡端到餐桌上：闺女，起来，吃饭。

卢茜翻了一个身：不想吃。

老卢头走过来：你一天没吃东西了，听话，啊！

卢茜翻身坐起：爸，秦叔为什么限制我的人身自由？他凭什么？

老卢头：闺女，不兴这么说话。

卢茜任性撒娇：说了，怎么着？

老卢头叹口气：这孩子。你刚上一年级，你妈就不在了，说句不夸张的话，是你秦奶奶把你一手带大的，你秦叔对你也像亲闺女一样，他让你做的事，肯定是为你好。

卢茜不以为然，掉头躺下。

门铃响了。老卢头应了一声，过去开门，是秦池。

秦池进屋，把水果放在桌上，吸吸鼻子：哟，老哥哥，你知道我没吃饭，这是炖了鸡要犒劳我？

老卢头笑了笑：你是芝麻掉进针眼里——赶巧了。又招呼卢茜：闺女，你秦叔来了，倒茶。

卢茜无奈坐起，倒了一杯茶端给了坐在沙发上的秦池。

秦池接过茶，举起茶杯端详了一下：你这茶泡过五泡了吧？

老卢头也不见外：怎么啦？要新沏一壶？

秦池以茶喻人，颇为伤感：这茶泡过五泡，就像人过了五旬，该泼掉了。

老卢头当然听出了秦池的弦外之音：老秦呀，新来的江局长年轻，又是个门外汉，港务局要搞好，你可不能松套呀！

秦　池：不是我想不想松套，是人家会不会借机松了我的套！

站立一旁的卢茜说：爸，秦叔，你们聊吧，我想出去透透气儿。

秦池放下茶杯伸手拦住卢茜：等等。我有话问你。

卢茜停下脚，注视着秦池。

秦　池：听王德纲说，出事的时候你站在舵手旁边？

卢　茜：怎么了？

秦池反问一句:怎么了?真是要有居心叵测之人,硬说你影响了舵手操作才导致裕泰号沉船,那可是跳进黄河也洗不清了。

卢茜有些生气:我过江是去煤码头加班,凭什么指责我影响舵手操作?

秦　池:王德纲说船舱里满员了,才让你站在舵手旁边,这不是胡闹吗?

卢茜一时语塞。

秦池转向卢子明:老哥哥,你是老码头了,港务局员工无票乘船违反规定,造成超员更是罪加一等,不出事无所谓,出了事就是天大的责任!

老卢头倔脾气上来了,站起身吼:有什么责任我担着,撤职撤我,坐牢我去,和卢茜无关,更连累不到你秦局长头上。

秦池和老卢头对吼:老卢头,你这是屁话!我能让你去承担责任吗?大学一毕业,我就在你的班组学徒,咱俩二十多年的交情了,我是那种人吗?

卢　茜:秦叔,您也别跟我爸演戏了,直说吧,让我怎么做?

秦池嗔怪地瞪一眼卢茜:四个字,闭口不言。你根本就没上过裕泰号。

老卢头:老秦呀,丫头浑身是水在医院走廊里待了半个多小时,如果有人看见,怎么解释?

秦　池:医院里乱糟糟的,谁会注意到她。连检查也没有检查,怕个屁。真要是有人问起,就说因为救护落水者,沾湿了衣服。你们父女一口咬定没上船就是了。

卢　茜:那不行!

秦池眼一瞪:怎么不行?

卢　茜:是一个大男孩儿把琴盒和救生圈推给我,我才捡了一条命,他却被江水冲走了,我要说自己没在船上岂不是太亏心吗?

秦池闻言一愣:琴果然在你手上?

卢　茜:在我手上,怎么啦?

老卢头:老秦,闺女说话在理,那样说昧良心啊!

秦池大怒:丫头年轻,你也老不更事呀!逝者已逝,还是先顾活着的人吧。再说,人死如灯灭,死后哀荣,那不过是演给活人看的把戏,不提也罢!

卢茜仍不妥协:不行,我不能对不住自己的良心。

秦池把茶杯往桌上一墩,茶汁四溢:住嘴!为了对得住你的良心,你难道不惜牵扯到那么多无辜的人吗?我无所谓了,死猪不怕开水烫,撤职坐牢随他去了;看看站在你面前的老父亲……

秦池起身一把摁下老卢头的脑袋,在灯光下,头顶已秃,华发稀疏。

卢茜神色凄楚、愕然。

秦　池:你睁大眼看看,他的头上还剩几根黑发。你七岁死了娘,他怕你受委屈,一直没有续弦再娶,又当爹又当妈,一把屎一把尿把你拉扯大,容易吗?你就忍心让他在花甲之年,再去遭牢狱之灾,受铁窗之苦?

说着,秦池已潸然泪下。

秦　池:再说王德纲。他女儿刚上大学,老婆有高血压和心脏病,他要是进去了,剩下孤儿寡母怎么办?你貌似高尚,我看呢,就你自私!

卢　茜:秦叔……

秦　池:你不要叫我秦叔,算我从小白疼了你。说罢起身开门便走。

老卢头冲他的背影:老秦,喝了鸡汤再走。

秦池回身甩下一句话:喝什么鸡汤?咱老哥俩到牢里喝凉水去吧!

3　江畔　秋　晚

今晚风轻云淡,江水喃喃。一点灯火在黑幕中时闪时亮。镜头推近,是江河在江边的一块石头上抽烟。少顷,江河摁灭烟头,站起身。

离他不远的地方,卢茜一个人跪在江边点燃三炷香,插在沙滩上,然后双手合十面江而拜。

走在江边的江河突然发现了前边的黑影,喊了一声:谁,什么人?

卢茜一个激灵站起,冲走过来的江河问:你是什么人?

江河听声音是个女孩儿,略带歉意地回答:不好意思,吓到你了吧?本人江河,新任港务局局长。

卢　茜:噢,江局长。久仰大名,如雷贯耳。

江　河:小同志,你也是港务局职工吗?

卢　茜:《东江港报》主编,卢茜。

卢茜?江河若有所思,他看看燃到一半的香:小同志,你像在祭奠什么人?

卢茜掩饰:为逝者烧一炷香,不可以吗?

江河右手伸开举到鼻下:我佛慈悲。祭奠亡灵,怎么不可以?

卢　茜:江局长,我能给你提个意见吗?

江　河:噢,刚见面就给我提意见?好,请说,小同志。

卢茜瞪着江河:拜托!张口闭口小同志,不要搞得那么居高临下,好不好?说完转身就走。

江　河:居高临下?这帽子不小啊。他突然有所醒悟,卢茜?对,卢茜。我正找你呢,请留步。

找我?卢茜停下脚步,有些紧张:找我干吗?

江　河:向你请教一下港口今后的发展方向啊!

卢茜颇为意外:江局长,你不是开小女子的玩笑吧?

江　河:岂敢。我在公安局时就是《东江港报》的热心读者,有几篇关于港口建设的文章写得颇有见地,署名就是卢茜,东江港难道有两个卢茜不成?

卢　茜:不错,那是小女子的试笔之作,惹江局长见笑了。

江　河:受益匪浅,不想今日不期而遇。你刚才说对我久闻大名,那不过是虚言客套;我对你久闻大名倒是千真万确。不知你能否收下我这个学生,有时间给我讲讲现代物流的理念和操作?

卢　茜:学生不敢收,交流一下学习体会倒可以。

江河神情兴奋:那就说定了。你知道,我是干公安的出身,抓人、破案是我的强项,干企业可是两眼一抹黑。

卢　茜:局长大人能不耻下问,虚心向学,倒是东江港一大福音。

江河一笑:你这个丫头,嘴蛮厉害嘛!

4　东江宾馆大厅　秋　晚　内

大厅里聚集几十位遇难者家属,一个个神情悲泣。

儿呀!一声撕心裂肺的哭声撞击着在场每一个人的心扉。一个满头白发的老者将一个瓦罐啪的摔碎在地:白发人送黑发人,你可叫我们老两口怎么活呀?

众人把他搀扶到沙发上坐下。有人在哽咽,有人叫骂。

电梯门开了,一个青年人搀扶着一个老太太走过来。

群众甲指着老太太劝老者:姨夫,您往开了想吧,要说苦,人家王大娘更苦,她就一个儿子了,还是解放军上尉呢,到现在,连尸体还没打捞上来呢!

群众乙:听说这江底尽是挖沙船挖沙形成的一个个沙洞,一旦尸体冲进去,很难发现。

群众甲:谁说不是呢,咱们孩子的遗体毕竟还打捞上来了,王大娘千里迢迢赶来,连儿子都见不到一面!

正说着,从电梯里出来的老太太,一个踉跄险些跌倒在地,众人见状跑过去:大娘!王大娘!

5　江畔　秋　晚

江　河:卢茜,我想给你派个活儿。

卢　茜:您是局长,给下面人安排工作顺理成章。

江　河:你和沈奕巍应该很熟吧?

卢　茜:当然,东江港有名的才子。原来在设备处,现在转岗到三产,成天带一群老大妈捕鱼捉虾。

江　河:他为什么转岗到三产了?

卢茜犹豫了一下,欲言又止:人员调动是你们领导层面的事,我们底下的小兵哪能知道?有机会您还是问问他本人吧。

江　河:此人在《东江港报》也偶露峥嵘,文章论证严谨,视野和见识不让你这个巾帼。前几天晚上不期而遇,确实气度不凡,你和他通通风,先调他到事故善后领导小组协助我工作,下一步的工作安排,等以后再说。

卢　茜:那敢情好。世上千里马常有,而伯乐不常有,我先替沈大才子谢谢您了。

江　河:且慢。你若真想谢我,就帮我一个忙。

卢　茜:什么忙?

江　河:到医院去照顾一个叫刘希娅的女大学生,她是八个大学生中唯一的幸存者,你们年轻人知识结构相近,交流起来没有障碍。

卢　茜:就这忙吗?行,没问题。

江　河:你可不要小看了这份工作。七名大学生占了遇难人数的三分之一,她的男朋友也遇难了,后事只能由刘希娅全权处理。而她到现在还不知道男朋友已经走了,情绪极不稳定。

卢茜若有所思:他的男朋友?

江　河:是啊,一个在福利院长大的孩子,刘希娅是他唯一的亲人了。我预感,刘希娅将是沉船善后工作的关键人物,你去了以后,先要设法叫她接受这个残酷的现实,拖不得了。

卢茜还要说什么,江河的手机响了,里面传出赵小苏急切的声音:江局长,不好了!出大事了!

6　东江宾馆大厅　秋　晚　内

几十名遇难者家属情绪激奋,围着秦池和闫主席讨说法,大厅里人声鼎沸、一片哗然。

群众甲:叫我们找湘籍船索赔?凭什么?

群众乙:人是在你们东江港没的,凭什么叫我们到湖南去?

群众丁:太欺负人了!

群众乙:简直没有人性!

秦池被围在人群里,他挥舞着手:你们这样吵解决不了问题。东江港在事故中是零责任,也是受害方!

群众丙:买了票,就意味着乘客和你们建立了契约关系,出了事你们不负责谁负责?

群众丁:是啊,死了人你想一推六二五,休想!

秦　池:不是我们推,我们应该团结起来,一起向湘籍船索赔!

群众甲:胡说,你以为我们不知道吗?湘籍船就是一恢复户,把船和老板绑一块卖了,能值几个钱?

闫主席:各位、各位,不要急,事情总有办法解决。

群众丁:少来这一套,想糊弄我们,没门儿!不行,我们就抬尸请愿,向市政府讨个说法。

一时群情激奋,喊声一片。

众　人:对,抬尸游行!

众　人:市里解决不了,我们就上省里,上北京!

7　东江市人民医院病房　秋　晚　内

啊!熟睡中的刘希娅忽然惊叫一声,坐起。

在一旁看护的孟建荣上前扶住她的肩膀:怎么了,希娅?

刘希娅揉揉眼睛:表哥,我做了一个梦。我梦见同学们都遇难了。他们伸着手向我求救。可是,可是…… 我的手脚都被绳子绑起来了,根本动弹不得。

孟建荣掩饰:哪能啊,梦都是反的,别自己吓自己了。

刘希娅惊恐未定:表哥,你说陶然他们都脱险了?

孟建荣:是啊,都脱险了,我还能骗你。

刘希娅:那他们怎么不来看我?

孟建荣:他们也在治疗恢复嘛！过两天就会来看你了。

刘希娅:那,我的琴为什么跑到一个女人手里了,陶然怎么说？不行……我得去问问他。说着,刘希娅挣扎着起身下地。

孟建荣忙拉住:希娅,陶然已经休息了,明天吧,明天,明天我领你去。

8　东江宾馆门口　秋　晚　内

江河和卢茜匆匆走进门。徐小慧正在等候,见到江河把他拉到一边。

江　河:小慧,你也在这儿?

徐小慧:赵主任怕家属中有人身体出问题,打电话叫我来的。

江河点点头:对,有备无患。家属中有不少老年人,又遇到这么大的人生打击,难保不出意外。

徐小慧:可不是。一个六十多岁的老太太本来心脏不好,这些天悲伤过度,刚才昏过去了,真危险。

江河一惊:昏过去了？有无大碍?

徐小慧:我给她扎了针灸,苏醒过来了,正在大厅沙发上输液,暂时不宜挪动。

江　河:输完液后,赶快送医院。

徐小慧叹了口气:老太太的问题不在于住不住院。十多年前,她的大儿子就病故了,如今小儿子又在沉船事故中遇难,老太太都快七十岁了,孤苦伶仃,今后怎么办?

江　河:真他妈是作孽啊！我恨不得一枪把那个湘籍船船长给崩了!

徐小慧:现在现场有些混乱,我就是怕你情绪失控捅出娄子。江河,你千万冷静点。

江　河:你放心吧。说着就往里走。

徐小慧追上一步:哎,对了,听陪同老人来的镇武装部长说,老太太的小儿子在云南当兵,也是你们73师的,和你还是战友呢!

江河停下脚步:他叫什么名字?

徐小慧想了一下:水……水娃。

江河若有所思:水娃?

9　东江宾馆大堂　秋　晚　内

人们围着秦池和闫主席,乱糟糟喊声一片。

秦池有些声嘶力竭:我再次重申:一,东江港也是受害方;二,你们这样搞,是要犯错误的！现在稳定压倒一切,你们抬棺上街,不是成心和政府对着干吗?

群众甲:你说的是人话吗？我们的亲人平白无故死了,我们只是要个说法,有什么错？怎么就是和政府对着干了!

群众乙声泪俱下:而且,现在还有好几具遗体没有打捞上来,天人相隔,我们连家人的最后一面都见不上,你还在这里和我们谈狗屁责任,你他妈是人吗?

群众丙:亲人死了,我们连喊一声冤的权力都没有吗?

一时,群情激愤、人群涌动。

卢茜见状和江河交流了一下眼色,上前一步说:请大家静一静。我们江局长刚从市委回来,让他和大家说几句话好吗?

涌动的人群安静了下来。

卢茜拿来一把椅子,江河站了上去:发生如此惨痛的事故,我的心情和大家一样沉重。唯有全力做好事故善后工作,才能抚慰亡灵,对得起诸位遇难者亲属。

群众甲:少说套话,来点实在的!

群众乙:是啊,别打太极拳了,说说你们打算怎么善后吧!

江　河:现在社会上各种流言很多,怀疑我们港务局没有做好事故善后工作的诚意,作为港务局的党政一把手,我可以负责任地告诉大家,省市两级政府极为重视,事故发生第一天就做出决定,组织专门的人员、专门的机构、专门的经费处理善后工作。今天程省长和韩市长再次做出指示,要换位思考,设身处地为遇难者亲属着想,理解大家的心情,做好抚恤赔偿工作,对大家提出的合理要求给予充分满足。

群众甲:说的倒是好听,谁知道是不是忽悠人?

群众乙:你们两个局长,一个弹琴,一个吹号,到底谁的调调靠谱儿?

人群中又叽叽喳喳乱作一团。

江河向四周望了一眼,见大厅一角的沙发上有几个人,妻子徐小慧在那里,就分开众人快步走了过去。一个老太太正躺在沙发上挂水,一个三十几岁的年轻后生蹲在老人头前,轻轻给老人揉太阳穴。老人一头白发,两眼哀怨,穿一件青布夹袄,上面有几道死褶,无疑是压在箱底的存货;脚上的千层底布鞋也沾满了泥土,看得出来一路奔波。江河不由心酸,抢上一步,握住老太太的手。这一握,江河的眼眶一热:那是一双怎样的手啊,青筋裸露,骨节粗大,而且每一个手指都伸不直,里外全是茧皮。江河双手把老人的手捂住,轻轻地抚摸。

大厅里的人也围拢过来。

群众甲:王大娘儿子的遗体到现在还没有打捞上来呢。

群众乙:白发人送黑发人,你叫老人家今后可怎么活?

江　河:大娘,你好些了吗?

老人努力睁大眼,神情恍惚地望住江河,眼眶里涌出一串混浊的泪珠,她嘴唇嚅动着,颤颤巍巍地问:水娃,是你吗? 你没有抛下娘,是吧?

江河再也控制不住自己的情感了,不由双膝一弯,扑通一声跪倒在老人面前,一下子泪流满面:娘,我是水娃,我就是水娃,我不会抛下娘,我会孝顺娘,为娘养老送终!

大厅里顿时一片肃静。人们被江河的举动震撼了,有人在抹眼泪。

江河攥住老人的手:从今天开始,您就是我的亲娘。娘——!

人群肃立,突然响起一阵掌声。

群众甲、乙扶起江河:江局长,你是条汉子,有情义、有担当! 有您主持事故善后,我们信得过!

10　程志临时办公室　秋　晚　内

房间里刘东民欠着半个屁股坐在沙发上,他旁边坐着市长韩仕琪。

程志叉腰站在窗前,一手拿着烟。气氛沉闷。程志一把推开窗子,刘东民紧张地站起。

程　志:你是说,到目前为止,遇难者遗体一具也没有火化,家属已经从几十人聚集为几百人?

刘东民神情沮丧:…… 是。

韩仕琪拍了一下沙发桌:大点声嘛,你开现场会时的底气都到哪去了?

刘东民:是。一些遇难者家属条件越提越多,越来越苛刻,港监局、港监局……

程志逼问:港监局是不是已经失去了对局面的控制能力?

刘东民低着头小声回答:可以这样理解。

程志一下把烟摔在地上,用脚踩灭:乱弹琴!

11　轿车内　秋　夜

卢茜搭秦池的轿车回家,轿车行驶在夜幕里。副驾驶位置上的卢茜一言不发,坐在后面的秦池通过后视镜看了一眼卢茜,点燃一支烟。

秦　池:没想到一介武夫,还会使用亲情攻势?

卢　茜:秦叔,我不明白您的意思。

秦　池:我没什么意思。

卢　茜:我觉得江局长今天的做法动之以情,发乎于心,不应该受到指责!

秦　池:谁指责他了,你这个丫头说话有失公正嘛! 我只是想说,听其言,还要观其行。一个人随口做个承诺并不难,难得是用一辈子去兑现这个承诺。

卢茜欲言又止,转移了话题:奶奶最近好吗,一忙也没顾得上去看望老人家。

秦池也顺坡下驴:她昨天还炖了水晶肘子,叫我喊你过去吃呢!

卢茜很动感情:等忙完这阵子,我想给奶奶买个电动浴盆,每天按摩按摩脚底,听说对老年人心血管有好处。

秦　池:难得你有这份心,不过,什么东西也不如我的手给力!

卢　茜:秦叔,您真是个孝子。

秦池笑了笑:老太太靠糊纸盒供我上了大学。那时糊一个纸盒,才一分钱呀! 为凑齐我的学费,老人家的腰不到五十岁就累弯了。

卢　茜:是啊,奶奶真是不容易。不过,有您这样一个争气的儿子,也算晚年有福了。

12　程志临时办公室　秋　夜　内

桌上电话响,程志拿起喂了一声,递给韩仕琪:找你的。

韩仕琪接过听筒:噢…… 嗯…… 好…… 知道了。

放下听筒韩仕琪对程志说:是东江宾馆经理的电话,他报告说,刚才住在他那里的遇难者家属情绪失控,是江河赶去平息了事态,还当场认下了一个六七十岁的老太太做了干娘。

程志哦了一声,若有所思。

韩仕琪:程省长,您是不是有什么新的考虑?

程志转过头反问了一句:什么考虑?

韩仕琪:从目前的情况看,江河在现场会提出的想法是切合实际的,刚才的电话也证明他有能力控制住局面。

程　志:是啊。不过,决心还是难下。

韩仕琪:刚才您给省委万书记不是已经立下军令状了吗? 半个月之内完成善后,让全市人民过好两节。

程　志:没有退路了! 你的意见呢? 老韩。

韩仕琪:我的意见…… 让江河顶上去!

程　志:让江河顶上去,他的处境会很艰难呦!

韩仕琪:好钢用在刀刃上,现在是江河接手的时候了。

手机响,程志打开接听键,里面传出万书记的声音:程志啊,我本来想去一趟东江,可是刚才中办来电话让我马上进京开会,东江是去不成喽!

程　志:万书记,您放心进京开会吧,东江的事我会处理好。

方书记的声音:中央领导也很关心沉船事件的善后处理。

程　志:我明白。请省委和中央领导放心。

挂断手机,程志略一思索,下定决心:好吧,就让江河顶上去! 马上打电话请他过来。

13　卢茜家门口　秋　夜　外

卢　茜:秦叔,我回家了。

秦　池:你等一下。见司机将车开走了,他叉着腰板着脸:我问你,你为什么不听我招呼?

卢茜歉然一笑:噢,是这样。我晚上到江边去祭奠陶然,正巧碰上了江局长,就跟过来了。对不起,秦叔。

秦　池:对不起? 就不必说了。不过,以后类似的事不允许再发生。抛开咱们两家的私交不说,我总还是你的领导吧?

卢　茜:我知道了。

秦池脸色缓和了一些,语气依然严厉:我告诉你,孟建荣来咱们港务局找过那把小提琴,我明确告诉他,这把小提琴不可能在咱们港务局的员工手里,你明白吗?

卢茜无奈地点点头。

14　程志临时办公室　秋　夜　内

程　志:情况就是这样,你有什么考虑?

江　河:乖乖,几百人,食宿都难以保证,再拖下去真要出乱子了!

韩仕琪:江河同志,看来你当初的意见是正确的。刚才程省长讲了,要设身处地为遇难者亲属着想,理解他们的心情,做好抚恤赔偿工作,对他们提出的合理要求给予充分满足。

江　河:他们的亲人遇难了,应该得到补偿和同情。

韩仕琪:不过凡事都有一个限度,现在有些遇难者家属搞串联,一天提出一个新条件,不让火化遇难者遗体,和港监局形成对立面,甚至要抬尸游行。这样下去势必影响社会安定,省委要求我们限期完成善后工作。

坐在沙发上抽烟的程志站起身:江河同志,你考虑过没有,继续僵持下去会出现什么后果?特别是死了七个大学生,占遇难人数的三分之一。

江　河:想过呀,怎么能不想。

程　志:继续僵持下去,学生情绪失控怎么办?家属抬着遇难者遗体上街游行怎么办?这次沉船事故不仅给东江市,给省里也造成非常大的压力和负面影响。九月三十日就是中秋,省委的底线是中秋节前必须完成善后处理工作,否则的话,省委是下决心要斩马谡的。

江河站起身,略一沉吟:我想跟秦局长通个电话。

程志把烟蒂往烟灰缸里一摁:不要跟我耍滑头!说吧,这个热山芋,你接还是不接!

江河略一沉思,一个立正:我请求,从现在起以港务局为主处理善后!

程志倒了一杯茶:江河同志,以港务局为主处理善后,你将会面临更复杂的局面。来,我以茶代酒敬你这一杯,一切尽在不言中!

江河接过茶杯一饮而尽,抹抹嘴,敬了一个礼转身离去。

15　老卢头家　秋　夜　内

卢茜开门进屋,老卢头迎上来:闺女,你不是说出去走一走吗?怎么这么晚才回来?

卢　茜:噢,我在江边碰上了新来的江局长,和他去了一趟东江宾馆。

老卢头:你去了东江宾馆?

卢　茜:是啊,怎么啦?

老卢头:我刚才不放心,出门去找你,路上碰到黑子,听他说江局长在东江宾馆认了一个老太太当干娘?

卢　茜:有这么回事。爸,我看这个新局长并不像秦叔说的,是个只知道打打杀杀的鲁莽人,挺有人情味的。

老卢头:那敢情好。

卢　茜:他还说要拜我为师,为他讲讲现代物流的理念和操作呢!

老卢头:真的?这倒有点出乎我的意料。眼下这么乱,他还能想到东江港未来的发展,真是不容易,说不定东江港有盼头了。

16　秦池家　秋　夜　内

秦池给母亲洗完脚,将洗脚水倒入卫生间的抽水马桶,然后给母亲铺好了床:妈,您歇着吧。

秦母边上床边说:你也早点睡吧。五十多了,比不上年轻人。

秦　池:妈,我知道照顾好自己。

秦母唠叨:哼,说得好听。你媳妇和姗姗在加拿大还好吗?

秦　池:好着呐,他们还说接您去加拿大住些日子呢!

秦　母:我可跑不动了。倒是你,有时间应该去加拿大看看媳妇和闺女。

秦池欲言,手机响。秦池接听:喂。

17　灯光昏暗的房间　秋　夜　内

打电话的人坐在沙发上,背对着镜头。

背　影:秦局长,江河已经顶上去了。对,他向省里请命,由港务局全权处理沉船事故的善后。

秦池有些气急败坏(OS):这个江河太自以为是了,这不是把挡在港务局前面的那堵墙推倒了吗?

背　影:怎么,这种局面你不愿意看到?

秦　池(OS):他这样做,港务局将很被动啊!

背　影:那我问你,现在谁是局长?谁主动向省长请命?

秦　池(OS):江河啊。

背　影:一旦以东江港为主处理事故善后,即便东江港在沉船事件中不承担任何责任,也会做出一定的政策性牺牲,否则怎么化解遇难者家属的情绪?这样一来,东江港人能接受吗?肯定会对江河下一步开展工作带来严重的负面影响,弄得不好,连他自己甚至都可能搭进去!

秦池恍然大悟(OS):我明白了,谢谢您点拨。

背　影:如果由港监局处理善后,你是常务副局长,能辞其咎吗?这样一来,你进退自如。处理好了呢,你可以顺势过关;即便处理砸了,板子也打不到你屁股上了嘛!

秦　池(OS):还是您考虑问题缜密细致,不愧是留过洋的专业人才。秦池佩服,由衷地佩服。

背　影:你明天无妨把这些向他点明。

秦　池(OS):向他点明?为什么?

背　影:有时候,最有效的往往是最简单的。你点明了,他就没有退路,处理问题时就会瞻前顾后,投鼠忌器。一个人戴上了镣铐,还能跳出华美的舞姿吗?

秦　池(OS):精辟之论。

背　影:倘若事故处理过程中再出点乱子,这黑锅他就背定了,能不能在东江港站稳就另说了。

秦　池(OS):我明白了,谢谢您的提示。

18　三产公司院内　秋　晨

沈奕巍穿一件破背心,蹲着倒腾一只破马达,零件摊了一地。他满手油污,满脑门汗珠。兜里的手机响了,他用纱布擦擦手起身接手机:喂,卢大主编,有什么吩咐?

卢　茜(OS):沈大才子,报告你一个好消息,你要时来运转了!

沈奕巍:此话怎讲?

卢　茜(OS):新来的江局长让我给你吹吹风,要把你调到沉船事故善后领导小组办差。

沈奕巍:你这是给我报喜吗?分明是让我沈某到某治丧委员会打幡嘛!

卢　茜(OS):少来。你现在这个样子,活着也是苟且。这趟差办好了,不进党办也会进局办,拿什么糖?

江河进门,见沈奕巍在接电话,就找了一个小凳在沈身后坐下。

沈奕巍:不是我拿糖。你告诉江河,他要真是礼贤下士,最好屈尊到江北我家来一趟;他要是水货,我还不伺候呢!

卢　茜(OS):牛吧你就,本姑娘不跟你废话了,去不去你自己掂量!我还要到医院去照顾刘希娅呢!

沈奕巍:这么快就被江河招安了,不像你卢大主编的风格啊。

卢　茜(OS):冥顽不化!得,让江局长亲自扛着炸药包来炸平你吧。

沈奕巍还想说什么,见对方已挂断,对着手机苦笑了一下。一回身,看见了坐在小凳上的江河,异常尴尬。

19　琊山煤矿　秋　晨　外

两辆小车和三辆大卡车已整装待发,大卡车上站满了身穿矿工服的青壮矿工,每个人头上缠着一根白布条,一片嘈杂。

赵达夫在小车上打电话:老秦,琊山矿一共五辆车、一百多号人,到你们东江港奔丧了。

秦池不明所以(OS):奔丧,奔什么丧?

赵达夫:方秋萍也在裕泰号上,两天未归,肯定是遇难了。

秦池异常惊讶(OS):方总也在裕泰号上?怎么可能。

赵达夫:确凿无疑。我听说事故处理权不是也归港务局了吗?反正江河坐在风口上,闹出圈去也碍不着你老秦什么事,你就站在城楼观风景吧。

话筒里传出秦池的声音:观风景?只是不知道你这戏怎么唱。

赵达夫:怎么唱对你老秦都有利,事情往大了招呼吧!不是省里的程省长坐镇指挥吗,也许是个改朝换代的机会呢!

话筒里传出秦池的声音:福祸相依,结局难料,关键是咱们俩要配合好。

赵达夫:这个你放心,和老兄你合作也不是一天两天了,默契是没问题的。他看见廖汉中走出大楼,忙说:老廖来了,挂了。

推开车门跑过去殷勤地:老大,出发吧?

廖汉中皱皱眉:奔丧去这么多人?排场太大了吧?

赵达夫:不大,他们东江港靠琊山活命,可眼里根本就不尿咱们,居然敢让嫂夫人坐铁皮还没有鸡蛋壳厚的滑江快艇过江。出事快两天了,连个屁也不放,欺人太甚!不搞出点动静来,他们会以为咱琊山矿是泥捏的土人,没一点血性呢!

廖汉中显然被激怒了,悲愤交加,一挥手:出发。

20　三产公司院内　秋　晨

沈奕巍用棉纱搓着手:江局长。您……

江河起身,笑着调侃:沈大才子,别来无恙乎?

沈奕巍:日出而作,日落而息,如此而已!

江　河:好个如此而已!甭管本人是不是水货,先送沈大才子一句话:烽火台上狼烟起,劝君莫作壁上观。

沈奕巍苦笑:一介渔夫,爱莫能助。

江　河:我知道,卢茜的一个电话肯定请不动你这尊大神。

沈奕巍:江局长言重了。

江　河:我可是坐第一班渡轮过江来会你的。俗话说,当官不打笑脸人,你总要请我到府上坐坐嘛!

沈奕巍:寒舍简陋,只怕江局长连杯水也不肯喝呀!

21　沈奕巍的家　秋　晨　内

这是一间不足十米的平房,阴暗潮湿,陈设简陋。

见江河和沈奕巍进来,一个老人从床上坐起:来客人了?

沈奕巍:这是家父。

江　河:老人家,打扰您了。

沈　父:你们聊,我出去转转。起身出去。

沈奕巍用一把老式暖瓶给江河倒了一杯水。江河端过水杯一看,水质混浊,杯底竟有一层沉淀物:这水……

沈奕巍:我父亲是贮木场的职工,我们住的是贮木场宿舍,和港务局不是一个水厂。

江　河:这水怎么能喝?

沈奕巍:贮木场连年亏损,债台高筑,连工资都发不出来了,哪里有资金添置必要的净水设备,贮木场的人一直在喝这样的水。

江河放下水杯:奕巍,你领我去看看水厂。

22　东江市人民医院病房　秋　上午　内

刘希娅靠在床头,孟建荣削了一个苹果给她,刘希娅接过来放在床头柜上:表哥,陶然他们上午会过来看我吗?

孟建荣转移了话题:希娅,这位美女是《东江港报》的主编卢茜。江局长特意让她来照顾你。

刘希娅:卢茜姐,他为什么要回避我的问题?你给我一个解释,好吗?
卢　茜:我给你一个解释?
刘希娅:是啊,你是东江港职工,肯定了解真实情况!
卢　茜:这……
刘希娅有所警觉:这什么?不行—— 说着要下床穿鞋。我要去看看陶然,看看同学们。
卢茜起身扶住她,话语艰难:希娅,有一件…… 有一件事,我要告诉你,你要有勇气面对!
刘希娅一把抓住卢茜的肩头:卢茜,什么意思,你说,你是什么意思?
卢茜紧紧搂住刘希娅:希娅,你一定要挺住。
刘希娅使劲挣脱了卢茜,声嘶力竭地大喊:不—— !
卢茜扭过头,泪水夺眶而出:陶然走了,你的那几位同学也走了!

23　水塔　秋　晨　外

水塔有二层楼高,外表长满苔藓,水汩汩往外冒。继续往里走,蓄水池里竟有蟑螂和死老鼠。
沈奕巍:这水从长江抽出来,简单过滤一下就饮用了。
江河心情沉重:怎么会是这样?
沈奕巍:咱煤码头有一半兄弟是贮木场子弟,因为长年饮用这样的水,不少人患了癌症。
江河紧咬嘴唇,目光严峻,他忍住就要夺眶而出的泪水,一字一顿地说:我起誓,东江港发展了,第一件事就是要帮贮木场改造水厂!

24　东江市人民医院病房　秋　上午　内

刘希娅停止了叫喊,神态一下变得平和:你骗我呢!是不是?又扭头向着孟建荣:表哥,她是在骗我吧,她为什么要骗我?
孟建荣哭丧着脸:希娅,卢茜说的是真的。
卢茜搂住刘希娅:陶然和你的同学们希望你善待自己,他们在天国里希望你好好活着。希娅,我们大家永远是你的朋友。你要想哭,就痛痛快快地哭一场吧!
刘希娅先是一愣,目光茫然,仿佛被这一记重锤击懵了,一时还反应不过来。只过了几秒,撕心裂肺的哭声就如山洪一样从胸腔奔涌而出。她拔掉吊针,从病床上跳下来,哭喊着要去投江,与陶然、与死去的同学相伴。
孟建荣和卢茜两个人紧紧揪住她不放。
医生护士急匆匆进来:病人需要安静,这样剧烈的情绪波动对身体恢复不好。
孟建荣问医生:要不要打一针镇静剂?
刘希娅:不要打,我不打,让我去死!
卢茜忽然松开手,对孟建荣说:孟总,你也放开她。她要去投江,好,让她去投!陶然会为她感动吗?死去的那七个同学会为她感动吗?不,不会!他们只会为她羞愧,一个没有勇气活下来的人,不是烈女,是懦夫!
卢茜这一骂,倒把失去理智的刘希娅骂清醒了。她不再挣扎,伏在孟建荣的肩上痛哭不止。
卢茜走过来,轻轻抚摸着她的长发,也泪如泉涌。
刘希娅突然止住了哭声,问孟建荣:琴找到了吗?
孟建荣:希娅,你放心,港务局正在全力寻找。
刘希娅面向卢茜:求求你们,一定要帮我找到琴。一定!

25　江河办公室　秋　午　内

江河正在翻看文件,秦池破门而入:江局长,你这手玩得可不厚道!
江河一愣:老秦,我正好有事和你商量。
秦　池:商量个屁!你在省市领导那里博了彩头,港务局得折损多少兄弟,你想过吗?
江　河:老秦,你这话可伤人了!

秦　池:我伤的是你的面子,你伤的才是实实在在的人。

江　河:此话怎讲?

秦　池:就说老卢头吧,今年五十八了,再过两年就退休了,这回可好,班房里蹲三年吧,直接从牢里退休。王德纲升迁无望不说,刑期肯定要多过老卢头!

江　河:秦局长,有话你明说,我在省长面前领命,事先没和你商量,是情有所迫,我向你检讨。你是老码头,我做错的地方,你一五一十指出来,我能不接受吗,你夹枪带棒,要干吗呀你?

秦　池:好,我今天来个竹筒倒豆子,毫无保留。你在市里冒什么头呀,港监局是事故处理人,港务局是事故责任人,你现在一手托两家,这叫什么事? 就像你在公安局,你能既当犯人又当警察吗?

江河听了不禁苦笑:老秦,你扯哪去了,这能是一个概念吗?

秦　池:你去市委,我最担心的就是上面给你拴套,你不知轻重一头钻进去! 现在善后工作为什么僵持在那里?

江　河:为什么?

秦　池:我们港务局没有任何把柄落在港监局手里,他处理不了我们! 湘籍船他随便罚,就那两条破船,业主是私人,拿去拍卖也卖不出抚恤金的一个零头,随他刘东民的便。

江　河:是这么一个理儿。

秦　池:你倒好,现在一手捧两家,即是事故处理人,又是事故责任人,你再铁嘴钢牙说港务局一点责任没有,不是惹着老百姓跟你翻车吗? 上面要维稳,老百姓要过节,对不起,你港务局就得做出政策性牺牲! 牺牲谁,老卢头是肯定的,王德纲也跑不了,郭副局长要吃瓜落儿,我这个常务副局长也得拿出去陪绑。这样也好,我们这些老家伙下去了,你另起炉灶搭班子,爱怎么折腾怎么折腾,没人碍你的事了。

江河满脸通红,他狠狠一拳砸在桌子上,斩钉截铁说:老秦,港务局若是有责任便罢;若是没责任,动我一个干部,我江河陪着去坐牢!

秦　池:有没有责任,你现在说话还硬气吗? 反正我就是一句话,轻重你听着:别为了个人的政绩,拿咱们的人去祭旗!

26　东江市人民医院病房　秋　日　内

医生给刘希娅做身体检查,检查完毕,向外走。

守在门口的孟建荣问:怎么样?

医　生:已无大碍,情绪稳定一下就可以办理出院手续了。

孟建荣:谢谢大夫。

医生说了一声不客气,转身走了。

孟建荣走进病房:希娅,你可以出院了。

刘希娅:表哥,卢茜呢?

在门口等候的卢茜走进来:希娅,我在这儿。

刘希娅:我刚才和同学们联系了,我们要去江边祭奠遇难的同学。

卢　茜:什么时候?

刘希娅:后天晚上,后天是他们的头七。

卢茜犹豫了一下:希娅,陶然遇难好几天了,早点让他入土为安吧!

孟建荣打圆场:这次事故,港务局也是受害方。

刘希娅瞪了他一眼:表哥,你不要总替他们说话行不行? 他们为什么不把琴还给我,你以为他们找不到吗? 根本不是。他们不把琴还给我,一定是有不敢对外公布的原因!

孟建荣:他们一直在找嘛!

刘希娅对卢茜说:回去告诉你们领导,我要用这把琴为陶然和遇难的同学拉《安魂曲》,只能是这把琴。

卢　茜:好,我会向领导汇报。希娅,你们打算在什么地方祭奠?

刘希娅:客运码头。

卢　茜:客运码头晚上有三个班次的过江客渡,在那里搞祭奠活动恐怕会影响正常的客运,能不能换个地方?

刘希娅:不能!

孟建荣:卢茜,你回去向江局长汇报,希望尽量满足希娅的要求。

刘希娅瞪了一眼孟建荣:不是尽量满足,而是必须在客运码头!

卢　茜:没有商量的余地吗?

刘希娅:没有。陶然他们是在客运码头上船遇难的,我们一定要在那里祭奠!

卢　茜:好,我回去向领导汇报。

刘希娅:而且,再强调一遍,我必须用我的琴拉《安魂曲》,因为只有我的琴才承载了我和陶然的爱情,换任何一把琴都不可以!

卢茜看看刘希娅剑拔弩张的样子,咬咬嘴唇:我懂了,我们会为你找到琴。

27　国道　秋　午后

国道上,两辆小车和三辆大卡车组成的车队浩浩荡荡,一路扬尘。

大卡车上站满了人,每人头上还缠着写着"悼"字的白布条,引得路人驻足观看。

赵达夫坐在第二辆小车里。手机响,传出秦池的声音:老赵吗,你们到哪了?

赵达夫拿着手机向外看了一眼:过了南坡了,还有二十多里地。

28　港务局秦池办公室　秋　午后　内

秦　池:老赵,辛苦啦,我有个新想法,等你来了咱俩单聊。话音未落,听见有人敲门,他对着话筒说:来人了,挂了。

门开处,进来了孟建荣。

秦　池:建荣,你怎么来了?

孟建荣:秦局长,希娅出院了,我刚送她回家。

秦　池:好呀,看来这姑娘身体已无大碍。

孟建荣:身体倒是没什么问题了,只是情绪极不稳定。

秦　池:这也在情理之中嘛,你好好安抚她一下。

孟建荣:不是安抚一下就能解决的事。后天他们要到客运码头祭奠遇难的同学,希娅说必须在这之前把琴找到,她要用那把琴拉《安魂曲》。

秦池若有所思:到客运码头去祭奠?

孟建荣:是啊!那把琴如果找不到,恐怕要出事。

秦　池:江河还没有查到琴的下落吗?他一个公安局长,查一把琴算个什么事?这么费劲。

孟建荣:可不是吗?他头一次见到希娅,就承诺一定帮她找到琴,这都好几天过去了,连琴的影儿也没有,说得过去吗?

秦　池:建荣啊,你当初分析得很对,琴嘛,肯定在港务局,有人不愿意交出去,你让刘同学找江河要就是。

孟建荣有些疑惑:您不是让我少管这事吗?

秦池诡异地一笑:此一时彼一时嘛!

孟建荣若有所悟:这是不是您给江河下的第一道绊马索?

秦池用食指点着孟建荣:住嘴!有些话心里明白就好,不能乱说。好,我去开会了。

孟建荣:哎,等一下,秦局长,听说沈奕巍被江河调到事故处理小组了。

秦池一愣:会吗,我怎么不知道?

孟建荣:我也是刚才碰到海岩,听他说了一耳朵。东江港谁不知道,沈奕巍是因为诬陷您吃巨额回扣才从设备处发配到三产的。江河此举来者不善,您可要加点小心。

29 港务局会议室 秋 午后 内

江河坐在中间的椅子上,四周已经坐了几个人。

沈奕巍走进来,江河微笑着向他招招手。坐在会议记录位置上的卢茜有些惊愕,投出探寻的目光;沈奕巍神秘地一笑,做了一个不要说话的手势,找了一个角落坐下。

江河冲他招招手:小沈,往前坐。

沈奕巍移到了第二排。他看到,卢茜悄悄向他挥挥拳头。

秦池端着茶杯走进来,江河拍拍身边的椅子:老秦,坐!

秦池犹豫了一下,坐在了江河旁边。他见到沈奕巍,神色有些愕然。

郭川走进会议室,坐在江河对面:老江,遗体全打捞上来了,一共二十具。

江　河:好,和我们上报的数字正好吻合。辛苦了,老郭!

秦池以手加额,连声感叹:苍天有眼,苍天有眼!

郭川扔给他一支烟:老秦,松了一口气吧?

秦池接过烟:那是。这无可辩驳地说明,裕泰号没有超载,我们在沉船事故中属于零责任嘛!

江河扫视了一下会场:我看人齐了,开会吧。

秦池挑衅:事故领导小组什么时候招兵买马了?

江　河:噢。顺便说一下,为了加强和东江师大的沟通,临时抽调沈奕巍同志帮忙。大家都是老熟人了,具体情况不必介绍了吧?

秦池话带讥讽:东江港第一青年才俊,谁人不晓?

沈奕巍站起身,一拱手:承蒙江局长看重,不才愿意为大家跑跑腿儿。东江港正值多事之秋,我希望和各位同心协力,一起共渡难关。

江　河:奕巍这个态表得好。今天开会只有一个议题:东江师大的学生提出头七那天晚上要在客运码头搞一个祭奠活动,就是后天。此事干系重大,大家看一看怎么引导?

秦　池:什么? 在客运码头祭奠?

江　河:对。

秦　池:我的意见是拒绝学生的要求。

沈奕巍:为什么?

秦　池:道理很简单嘛,遇难者遗体尚未火化,学生们头七晚上要到港口客运码头去祭奠,毫无疑问,只能扩大事态,加重遇难者亲属与港务局的对立情绪。祭奠时一旦学生和遇难者亲属情绪失控,出现打砸破坏客运码头生产设施的行为,后果将不堪设想。况且还有三班渡轮,那么多上下的游客,影响太坏了!

闫主席捏着下巴,若有所思:老秦说的不无道理,问题是,学生们如果坚持怎么办? 听卢茜说对方态度很坚决。如果我们不同意,恐怕会有麻烦。

秦池把端着的茶杯往桌子上一墩,语气强硬:有什么麻烦? 如果学生强行祭奠,就以干扰水上交通运输安全、扰乱正常生产秩序为由,不允许学生和遇难者亲属进入客运码头,必要时可以采取断然措施,制止一切无票人员进入码头。

沈奕巍已按捺不住,腾地站了起来:我反对!

江河伸手示意:奕巍啊,坐下慢慢说。

沈奕巍重新坐下,端起茶杯喝了一口茶:我认为秦局长的意见不妥,搞不好,会激化矛盾扩大事态,断不可行。我们应当换位思考,与学生真情互动,取得对方谅解,抚平对立情绪才是上策。

卢　茜:沈奕巍说得对,于情于理,同学、男友遇难了,我们凭什么不许活着的人祭奠?

秦　池:小沈啊,你的建议听起来很不错,我也赞成和学生互动,如果真能互动起来,当然好。不过现在我们手里有什么牌,你说说,拿什么去和学生互动?

沈奕巍:这是另外一个层面的问题。首先我们要确定基本原则,再由此去寻找到达目标的路径。

卢　茜:刚才在回来的路上我想,头七晚上,我们主动参与祭奠活动,为每一位遇难者敬献花圈,这样做有多大效果不好说,但至少可以在祭奠活动中淡化对立情绪,不至于使学生和其他遇难者亲属把我们视为对立面,避免激化矛盾。当然最重要的还是做好刘希娅的工作,而化解她对立情绪的关键一点,是…… 是那…… 把琴。

秦池故作诧异:琴,怎么回事,怎么又出来一把琴?

江　河:这事怪我,刘希娅说她获救时看见有个人拿着她的小提琴,让我帮着找找,我让赵小苏到各个病房问了一下,没有谁拿。后来一忙也没太上心,大不了再买把琴赔她嘛,谁知道事情并不像我想象得那么简单。

秦池双手一摊:这不是没有的事嘛! 除了沈奕巍,今天在座的出事那天差不多都在现场,谁看见有人拿着那把琴从湘籍船上下来了?

众人皆摇头。

闫主席:我记得那个刘希娅是第一个从湘籍船上抬下来的,当时还昏迷着,她怎么能看到有人拿着她的琴?

郭　川:老刘说得有道理,这事是有点蹊跷!

秦池接过话头:蹊跷的事何止这一件? 裕泰号沉船的头天晚上,值班员说确确实实看到过一个白衣女鬼,在船旁一闪而逝。他是东江港老人了,按说不会编造这种谎言吓人呀! 第二天就发生了沉船,真是让人匪夷所思。

闫主席啧啧嘴:听起来是怪吓人。

沈奕巍不以为然:哪有这种灵异的事? 肯定是看花了眼。不过,行将溺亡的人,一般都会出现幻觉,我怀疑刘希娅可能是出现了幻觉,清醒后又把幻觉误以为真了,卢茜你说有没有这种可能?

卢茜心情沉重,她瞪了一眼沈奕巍:你换个词行不行,什么叫行将溺亡?

江河表情严肃:当然,我们力争找到琴,可是,万一找不到怎么办? 一旦我们拿不出琴,和学生发生僵持可就不得了了,这个必须要做出预案。还有,万一学生和遇难者亲属情绪失控,出现破坏码头生产设施的行为怎么办? 省市两级政府的底线是无论如何不能发生群体性事件,大家议一议,能拿出什么防范措施?

赵小苏神色惶然地跑进来:不好了! 两位局长,出大事了!

秦　池:什么大事? 说,慌什么!

赵小苏:琊山矿矿长廖汉中和副矿长赵达夫,带着一百多号人来闯码头了!

30　码头　秋　午后

琊山煤矿的矿工黑压压站了一片,正中,站着廖汉中和赵达夫。

人喊车鸣,乱作一团。江河不认识廖汉中,但见众人群星拱月一般围在这个壮汉四周,便知晓了他的身份,走过去伸出手:廖矿长,大驾光临,有失远迎!

廖汉中傲慢地上下打量了一遍江河,问跟在后边的秦池:这位兄弟是……

秦　池:给你介绍一下,我们新来的局长,江河!

廖汉中这才伸出手,大大咧咧说:噢,江局长。客套就免了,我来只要一个说法,我太太方秋萍也在沉了的裕泰号上,活着还是死了,你们总得吭一声嘛!

赵达夫在一旁帮腔:是啊,如果不是在报纸上看到裕泰号沉船的消息,我们现在还傻了吧唧地被蒙在鼓里呢!

秦池假装惊诧:她,她坐的是裕泰号? 她怎么……怎么坐了裕泰号?

廖汉中:这个问题我还要问你呢? 裕泰号的铁皮还没有鸡蛋壳厚,早晨六点就开船,早饭都没得吃! 漫说你们东江港靠我们琊山煤矿活命,就是他娘的一般朋友,你们也不能这么安排吧?

江　河:廖矿长,尊夫人确定上了裕泰号?

赵达夫:那是确定无疑。方总上船后还给我们老大打过电话,说中午就可以回到琊山。现在过去几天了,音讯杳无,不是遇难了是什么?

廖汉中:娘的,后来我又打了三个电话都关机,心里就疑惑,别是出了事,真是怕什么来什么。

赵达夫:是啊,你们东江港必须给我们老大一个交代!

江　河:那是自然。老廖,你别急,肯定要给你一个交代。他拍了拍廖汉中的肩膀,又回身对赵小苏说：赵主任，通知食堂照矿山上办丧事的规矩开席，港务局就是再穷，这笔钱也得出。

廖汉中对江河的安排点点头。

江河对廖汉中说：遗体全打捞上来了，我和老秦陪你去殡仪馆确认一下遗体。

又嘱咐赵小苏：食堂安排好你再去问一问获救的乘客，你应该认识方总吧，落实一下她是不是在船上。

赵小苏答应一声离去。

31　殡仪馆门口　秋　下午　外

江河、廖汉中、秦池、赵达夫等从殡仪馆出来站在门口。

郭　川：我负责打捞，要是有方总，我还能认不出来？

赵达夫：那就怪了，现在活不见人，死不见尸，撞鬼了？

江　河：是不是方总没上船呢？

廖汉中：不可能！她一上船就给我打了电话，说想吃我买的宣威火腿了。

郭　川：十多条船在出事水域像剃头发一样剃了几遍，要是落水了不可能打捞不上来呀！

秦　池：还有一种可能，就是被水冲进江底的沙洞里了。

赵小苏急急跑来：江局长，我问了，获救乘客说法不一，只有刘希娅确认在船上看见了方总。

郭　川：她凭什么确认方总在船上？

赵小苏：她说方总开船前就在船舱里拿着手机打电话，开船不久就离开船舱到甲板上去了。

江　河：准确么？

赵小苏：方总的声音、相貌、身材和衣着她都描述得准确无误。

廖汉中听了赵小苏的报告，立即像点了捻的爆竹：你们他娘的还有什么话说？生生一个大活人，上了你们裕泰号，转眼就成了江中之鬼，你们还跟没事人似的，屁也不放一个，这还有天理吗？你们得给我一个交代，不然，老子跟你们没完！

赵达夫推波助澜：你们不知道吗，方总不仅是我们老板的太太，还是琊山煤矿总会计师，她对我们琊山煤矿有多重要？人不能就这么稀里糊涂地没了！

秦池连连作揖：老廖，廖大矿长，廖总，息怒，暂且息怒！又对赵达夫说，兄弟，帮着劝劝你们老大，别火上浇油了。

廖汉中眼眶红了：什么叫火上浇油？事没摊在你身上，站着说话不腰疼。息怒？我息得了怒吗？

赵达夫瞪了一眼秦池：秦局长，我看你是饱汉不知饿汉饥！

江河下意识给廖汉中行了一个军礼：廖矿长，嫂夫人出事，我们也很痛心，你放心，我们东江港肯定会给你一个交代！你先回宾馆休息。

廖汉中在赵达夫等人的簇拥中，骂骂咧咧走了。

江河对秦池说：老秦，我们事故处理领导小组马上开个会。

32　刘希娅家　秋　下午　内

客厅里坐着刘希娅和几个同学。

有人敲门，马尾巴打开门，孟建荣走进来。

孟建荣：哟，你们都在。

马尾巴：我们在商量后天祭奠的事儿。

另一同学：孟总，希娅的琴找到了吗？

孟建荣：没有。江河现在焦头烂额，哪还顾得上。

刘希娅：怎么回事？

孟建荣：我来的路上，见琊山矿来了一百多个矿工闯码头，江河屁颠屁颠说好话赔不是呢。

刘希娅：赔什么不是？

孟建荣：据说矿长的老婆也在裕泰号上遇难了。琊山煤矿是谁儿，东江港的爷，这回东江港算是碰上硬茬子了。

马尾巴：那是他们的事，跟咱没关系。孟总，找一把琴，对于一个曾经的公安局长用得着这么费劲？我看他是没有当回事儿！

孟建荣：没这么简单，说不定这里面有什么难言之隐。

刘希娅：反正祭奠时我要拉那把琴！

马尾巴：好啦，孟总，拜托你这两天一定要把那把琴要回来。咱们也分头去准备吧，希娅刚恢复，让她好好休息。

33　港务局会议室　秋　下午　内

江河首先发言：我们先统一一下意见，廖汉中带着上百号人来，这事咱们是自己消化，还是汇报上去？

秦　池：老廖不像话，哪里还有一点共产党干部的样子？带着上百号人来干吗，分明是给政府施加压力嘛！我们东江市管不了他，程省长还管不了他吗？我建议立刻上报，奔丧带几个亲属就够了，其他人请省委下令，通通赶回琊山去，港务局不伺候！

沈奕巍：秦局长，我觉得还是软处理好。不管怎么说，我们煤码头三分之二的煤是琊山煤矿供应的，人家是衣食父母，我们逞一时之快，把人家赶回去，将来的日子可就不好过了，东江港还指着人家的煤扭亏为盈呢。

江　河：将心比心，是廖他老婆在裕泰号上出了事，总得让他发泄发泄，只要不闹得太出格，就由他去吧。市里也焦头烂额，咱们别再添乱了。我看廖汉中这一块就自我消化吧，你说呢老秦？

秦池干咳了两声：既然大家都赞成自我消化，我就舍着这张老脸去找廖汉中谈谈，尽量劝他自重吧。

江河话题一转说：多事之秋啊，老秦，你说这方秋萍是怎么回事？

秦　池：我也纳闷，她就是过江，也不该坐裕泰号，以前她来一向是坐十点钟那班豪华船过江。她这个女人养尊处优惯了，从来没有五点钟起来坐过船。

闫主席摇头感叹了一句：唉，真是死催的。看来，那白衣女鬼的传说不是什么好兆头！

郭川端起茶杯喝了一口，呸呸吐出两片茶叶：白衣女鬼？你也信。又像想起了什么，扭头对秦池说：不过老秦，记得今年五一咱们请方秋萍吃饭，饭桌上闲聊，她好像说会水呀！

秦池叹一口气，摇摇头：会水又能怎么样？裕泰号是顷刻之间被撞翻的，前后不到五分钟，就像个大锅盖一样倒扣在江上，在船舱里必死无疑，就是在甲板上也肯定被打蒙了。如果有点磕碰不及时施救，会水也难以逃生。

郭　川：我瞎想啊，如果方秋萍会水，也许顺流而下了，说不定哪天又会冒出来。

秦　池：不可能，除非撞见鬼了。

闫主席：老郭的推理如果成立，那沉船岂不是成了一起阴谋？说着扔给郭川一支烟：老郭，你的想象力真够丰富的，我看你不要在港务局当局长喽，转行当作家吧。

郭川从桌子上拿起烟，叼在嘴上：我不过是随口一说，别当真。

34　宾馆客房　秋　午后　内

廖汉中黑着脸抽烟，赵达夫倒了一杯茶递过去：老大，喝杯茶吧！

廖汉中接过茶：他娘的，我说秋萍怎么没接电话呢？那时候裕泰号已经翻船了。可怜秋萍……

赵达夫递过一张纸巾：老大，事已经出了，节哀顺变，节哀顺变吧。

廖汉中使劲往沙发桌上一蹾茶杯：一个大活人说没就没了，到现在连个尸首也找不见，你叫我怎么节哀顺变？

赵达夫火上浇油：可不是吗？东江港也太不仗义了。等会儿，看他们有什么屁放！

35　东江港会议室　秋　午后　内

会已经散了，人们纷纷往外走。

走在后面的江河刚要出门，沈奕巍抢上前一步：局长，借一步说话。

江河看了他一眼,停下脚步。

沈奕巍:有一个情况,不知当讲不当讲?

江　河:但讲无妨。

沈奕巍:会前我去人民医院走访了一下,住院簿上有二十二个人登记,而那天获救的乘客应该就是二十三人,对吧?

江河赞赏地看了一眼沈奕巍:这么快就进入角色了?好啊,奕巍。那你的看法是……

沈奕巍:应该有一个人神秘地离开了医院。

江　河:继续说。

沈奕巍:我想,这个人会不会是方秋萍呢?

江　河:可是,她为什么要神秘地离开?事故发生好几天了,她为什么潜水不露?不合常理嘛。

沈奕巍:是,这两个问题确实令人费解。

江河站起身:你提供的思路很有价值,我再好好想一想。

沈奕巍:那好,我和卢茜先去东江师大了。

36　金达饭店走廊　秋　午后　外

秦池提着两瓶茅台出了电梯,找到 208,敲响了房门。

赵达夫开门,秦池闪身进去。

37　港务局医院　秋　午后　内

内科诊室。徐小慧在洗手池旁刷饭盒。江河推门而入。

徐小慧:你怎么来了,胃又疼了?

江　河:我没事。…… 没打扰你工作吧?

徐小慧把洗好的饭盒放进柜子里,用毛巾擦了擦手,略带伤感地说:跟我说话还这么客气?江河,你不觉得咱俩越来越生分了。

江河尴尬地笑了笑:看你说哪去了。小慧,是这么回事。你是第一个登上湘籍船的医务人员,有没有看见船上有一个三十多岁的女人,一米六五左右,不胖不瘦,梳披肩发,穿米黄风衣,挺时尚的?

徐小慧想了想:没什么印象了,好像没这么一个人。

江河一脸失望:你肯定没有这个人?

徐小惠摇摇头:真没什么印象,我当时忙得不可开交,哪记得住谁跟谁的模样。对了,昨天跟你一起去宾馆的不是卢茜吗,你问过她没有?我记得她当时也在船上。

江河神色一变:卢茜也在船上?

徐小惠:是呀,浑身水淋淋的。我当时心里还想,这姑娘也太热心肠了,护理几个落水者,把自己也弄得跟个水鸭子似的。

江河闻言一惊:怎么可能呢?稍停,又问妻子:你看见她手里拿着什么东西没有?

徐小惠想了想:这我可没注意。好像是抱了个什么东西,记不清了。

江河闻言全明白了,他倒吸了一口气,一拳打在头上。

徐小蕙不明所以:江河,你怎么了,有什么事吗?

江河语气郑重:小惠,卢茜在船上这事事关重大,对任何人也不要去说!懂吗?

徐小惠嘟囔了一句:你当警察当出职业病了吧?知道了!

从诊室出来,江河无力地坐在走廊里的木制长椅上。

第4集

1　金达饭店赵达夫客房　秋　午后　内

秦池和赵达夫坐在沙发上。秦池掏出一个信封:达夫,这是上半年给你的那份心意。

赵达夫接过来,抽出里面的卡弹了弹:谢了,方秋萍那份呢?

秦池又拿出一个信封:秋萍不在了,她这份……

赵达夫伸手夺过信封:她不在我在嘛!我先替她收着。

秦池无可奈何地摇摇头:达夫啊,以后的事情可就难办了,要知道,新来的江河是公安局长出身!

赵达夫有些不屑:正因为他是公安局长,所以他干不长。一个棒槌,能玩得转港口吗?

秦　池:话是这么说。

赵达夫凑过头:老秦,方秋萍遇难,对咱们是断臂之痛。没有这位矿长夫人兼矿山总会计师暗中给力,事情哪有那么好办?

秦　池:是啊!飞来横祸,伤及股肱。

赵达夫:不过,这也是一个天赐良机。

秦池眼睛一亮:达夫,说说你的想法。

赵达夫语气神秘:老秦,吊个丧,你知道我为什么要搞这么大动静?

秦池诡异地一笑:如果我没有猜错,老弟是项庄舞剑,意在沛公。大闹东江港,继而…… 秦池右手向下一劈,做了一个砍头的动作。

赵达夫:生姜就是老的辣,什么事也瞒不过你老哥。程省长不是在东江坐镇吗?最好把老廖就地免职。这把火要是烧大了,你们那个江河也得被烧成卷毛鸡!东江港不还是你老秦说了算!

秦　池:英雄所见略同。达夫,这是一个机会,我们两个一定要配合默契,同进同退。

赵达夫:下一步怎么整,你老哥有什么高见?

秦池诡异地一笑:这把火光烧大了不行,还要烧的是地方。

赵达夫:别卖关子了,说。

秦池伸手示意,赵达夫把耳朵探了过来。

2　东江师大办公室　秋　下午　内

房间里的谈话看来已近尾声。

一个戴眼镜的中年女教师站起来:放心吧,我们学校肯定会全力配合港务局的工作。

卢茜起身伸出手:谢谢刘书记,我们的工作出了问题,还劳烦学校帮我们补窟窿,真是不好意思。

刘书记握了一下卢茜的手:不客气。

沈奕巍也伸出手:那好,我们走了,请您留步。

刘书记握住沈奕巍的手:不过,我最后再强调一下,请你们务必找到刘希娅同学的小提琴。我们和她接触过了,那是她男朋友送她的琴,在这个问题上没有通融的余地。能不能找到琴,可以看出你们港务局解决善后问题的诚意!

3　金达饭店廖汉中客房　午后　内

秦池从赵达夫的客房出来,敲门进了廖汉中的房间。他把两瓶茅台往桌上一蹾:老廖,弟妹到东江来,我照顾不周,出了这事,唉,痛心啊!

廖汉中斜躺在床上，耷拉着脸，眼皮也没抬：秦局长，你们港务局做事未免太绝了，秋萍在你们船上，不看僧面看佛面，你们也不能往江里掀啊！

秦池拧开酒瓶盖子，斟了一杯酒洒在地毯上：汉中，这杯酒算我祭奠弟妹。

廖汉中不领情：人都没了，搞这套有屁用？

秦池又斟了两杯酒，一杯给廖汉中，一杯给自己，满脸沉痛：汉中，人死不能复生，现在说什么也没用了，是罚是打，你说咋办咱们就咋办。

廖汉中一口干了杯中酒，放下酒杯：老秦，就你们那条破船，我也不是没见过，扛得住撞吗？我就是没来，你们也不能把她整到那条船上去呀，好歹她也是我老婆嘛！你们也太他娘过分了吧！

4　港务局江河办公室　秋　下午　内

沈奕巍：局长，情况就是这样。卢茜，你有什么补充吗？

卢　茜：没有啦。说着两人起身要走。

江河伸手拦住：且慢，今晚我要犒劳犒劳你们。

沈奕巍：局长今天怎么会有这样的闲情逸致？

江　河：小沈，你这是批评我不够关心群众生活吧！

沈奕巍看了一眼卢茜：哪敢呀！能和局长、东江港第一才女共进晚餐，不胜荣幸之至。

卢　茜：贫吧你就。你们吃吧，我走了。

江　河：哎，卢茜，你可不能走，你要走了，小沈这顿饭就吃得索然无味喽！

5　金达宾馆廖汉中房间　秋　傍晚　内

秦池也一口干了杯中酒：汉中，你要这么说，可就冤死我了！弟妹这次到东江来，压根没和我们打招呼。

廖汉中：没和你们打招呼吗？

秦　池：我还是从达夫嘴里知道她来的消息，她行程全是电厂安排的。要是我们安排，十点钟有班豪华船，我们能让她坐早上六点的裕泰号过江吗？ 这事就是你老弟不来，我们也得找电厂讨个说法，没他们那么安排的嘛！

廖汉中一听，果然怒了，他起身一拍桌子：电厂也真他妈够操蛋的，为省俩小钱儿，安排早上六点的船，太他妈不仗义了！

秦池给廖汉中斟上酒：电老虎嘛，谁惹得起，我看他们就是店大欺客。

廖汉中双眉拧在一起：店大欺客？他敢欺负我？

秦　池：汉中，你是挖煤的，我是走水的，俗话说水火无情，撞船沉船瓦斯爆炸什么的，事故是难免的，全凭主管领导头脑里有没有安全意识。

廖汉中：你要说什么？别扯没用的。

秦　池：我是说，就像这次出事，你琊山煤矿这么重要的合作伙伴，又是弟妹亲自来签合同，电厂方面稍微有点安全意识，也不应该安排她坐裕泰号嘛。说白了，还不是没把你老廖放在眼里。

廖汉中狠狠吐出一口气，脸色铁青，牙咬得咯咯响。

秦　池：薛东方牛得很。廖矿长，心字头上一把刀，惹不起咱还不能忍吗？

廖汉中一仰脖干了杯中酒，举起酒杯狠狠朝墙上砸去，啪一声，酒杯在墙上碎成几片落在地毯上：忍？他妈的东江发电厂，我跟薛东方那小子没完！

6　心相知酒楼　秋　傍晚　内

大堂里，江河和沈奕巍坐在一张圆桌旁。江河看着菜单：心相知，这个店名不错。不过，这名字更适合你们这对金童玉女，

沈奕巍很高兴：局长谬赞了！今天这顿饭，我来埋单，以为答谢。

江河意味深长一笑：有你埋单的时候，今天你就不必争了。要不然，卢茜该觉得我言而无信，太不绅士了，对吧，卢茜？

卢茜先是瞪了一眼沈奕巍，又有些嗔怪地回了江河一句：泰山崩于前而色不变，这时候了，局长还有心思开玩笑，真不愧大将风范！

江河微微一笑：我听卢茜的表扬中，怎么有点“暖风熏得游人醉，直把杭州作汴州”的味道呢？

沈奕巍看了一眼卢茜：岂止。分明是批评我们“商女不知亡国恨，隔江犹唱后庭花”呢！

卢茜也不答话，她有心事，坐在桌前看窗外流云。

女服务员侍立一旁：先生想消费什么档次？要是公家埋单，我们有包间，江鳗、河豚，应有尽有。

江河一摆手：我们是私人小聚，不必铺张。二瓶啤酒，一个老醋蜇头，一盘炒花生，一盘芥末鸭掌，一斤半水饺。

酒菜上齐，三人无话。

酒喝去半瓶，江河提起了一个新话题：清代有个李调元，你们知道吧？

沈奕巍不知深浅：听说过此人，是个大才子，和纪晓岚齐名。

江河看一眼卢茜：我给你们讲个故事，说是这个李调元，有一年被皇上派到广东做学政，途中经过一座桥，这座桥是用三块大石头砌成的，名叫磊桥。有个小孩子在桥面上垒起三块石头，挡住李调元去路，轿夫一脚把石头踢开了，小孩上前和轿夫争吵起来，不让轿子过去。李调元下轿调解，小孩说，我有一个对子，你要能对上来，就让你过去。小孩出的对子是“踢破磊桥三块石”。

沈奕巍：踢破磊桥三块石？

江　河：对。李调元想了很久也没对上来，只好掉头回去，约定第二天再对。在驿站住下后，李调元冥思苦想，仍无好对，李妻见李调元闷闷不乐，问明缘故后，笑言这有何难，你对“剪开出字两重山”不就得了！

江河说到这里，有意停顿下来，看看卢茜，又看看沈奕巍。

卢茜已明白了江河的寓意。她不说话，冲沈奕巍一撇嘴：你看我干吗？

江河微笑：女同志往往在关键时刻起到关键作用，是不是，奕巍？

卢　茜：江局长，“剪开出字两重山”好是好，可却压不住“踢破磊桥三块石”，不能算对上。

江河不解：哦，为什么？

卢茜解释：古时女人不离闺房，所工不过女红，所见不过花鸟鱼虫，所以出口便是 一纤纤“剪”字。试想，手里拿一把剪刀，能压得住人家那三块石头吗？

沈奕巍：才女就是才女，所言极是。

卢茜瞪了沈奕巍一眼：其实这个对子有个正对，李调元初来乍到，不熟悉周边地势。过了磊桥，前面有座山叫“出岭”，正对是“行过出岭两重山”，两座大山怎么也压得住三块石头了吧？

7　东江电厂门口　秋　晚上

人声嘈杂，一片混乱。

几十名矿工堵着电厂门口在烧纸和花圈，烟雾滚滚。门卫过来阻止，被矿工推到一边。

有矿工喊：叫你们厂长出来！

门卫甲：你以为你是谁呀？你说叫厂长出来厂长就出来了？

矿工甲：我们叫他出来问话，他要是男人就别当缩头乌龟！

门卫乙：哟呵，你牛掰！这是电厂重地，你们这么胡闹，作死呢是不是？

赵达夫跳起脚骂：放你娘的屁，谁作死了？我们方总的命就丢在你们东江电厂手里了，烧几个花圈算是便宜了你们！

矿工甲：惹急了，老子把你们厂子砸了。

矿工乙：告诉你，琊山煤矿不是好欺负的！

矿工丙：没有琊山的煤，你们发个屁电！

8　心相知饭店　秋　晚上　内

江河哈哈大笑起来：讲得好！讲得好！我江河也是初来乍到，弄不清周边地势，看来我就得用你和沈奕巍这两座大山，压过那三块石头。

沈奕巍:只是怕辜负了江局长器重。

江　河:奕巍,你看这两副下联,一纤细一凝重,异曲同工。不过,都有一个出字,令人玩味!

卢茜自然明晓江河话中所指,她不接话,只举起酒瓶喝了一口酒。

沈奕巍是那种一喝酒脸就红的汉子。此时,一瓶啤酒见底,他已有些口无遮拦:江局长,原本以为你乃一介武夫,没想到你胸怀江山,腹有诗书,恕在下眼拙了。从今往后,只要是有利于东江港的振兴,我愿意为你执鞭坠镫。

江　河:言重,言重了!他也拿起酒瓶和沈奕巍碰了一下,干尽了瓶中酒。放下酒瓶转向卢茜:卢茜,在江边你曾答应收我为徒,今天的酒总该有个名分,就算是拜师酒,如何?

卢茜急忙站起身:我从来不好为人师,更不敢收局长当学生。不过,你交给我的任务我已经完成了。说着,从一旁的提包里掏出两本书:这是彼得·德鲁克的《有效的管理者》,这是汤姆·彼得斯的《追求卓越》。

江河接过书,惊喜地翻了翻,然后放进椅子上的公文包里,刚要开口说话,手机突然响了,是赵小苏:江局长,发电厂薛厂长来了,请你马上回来,他说有十万火急的事!

9　江河办公室　秋　晚上　内

江河推门而入。卢茜和沈奕巍跟在后面。

薛东方见到江河迎上就给了他肩头一拳:你小子可把我害苦了!你这是城门失火,殃及池鱼,你快点想办法,要不今晚上非出大事不可!

江河莫名其妙:东方,别急,出什么事了?

薛东方,嘴里唾沫星子乱飞:我能不急吗?还公安局长呐,你居然连出了什么事都不知道!琊山煤矿那帮人把我电厂的大门堵住了,在那里烧花圈烧冥纸,现在夜班工人进不了厂。我告诉你,今天晚上要真来个全市大停电,你我吃饭的家伙都保不住!

江河勃然大怒:他娘的,廖汉中也太不像话了!他在现场吗,我去会会他,这是东江市,不是他天高皇帝远的琊山煤矿!

薛东方一屁股坐下,端起桌上的一杯凉茶,咕嘟咕嘟灌下去,用手背抹了下嘴唇:老廖倒没在现场,他那个副矿长冒了一下泡儿也走了,一群挖煤汉子在厂门口堵着,四六不分,横竖不齐。你怎么着,要带上港口公安局李强那帮弟兄吗?

江　河:用不着,我单枪匹马。

薛东方嘴角一挑,语气中透着不屑:噢,去给他们吹奏一曲《江河水》?

卢茜心念一动,好奇地问:江河水?《江河水》不是曲牌名吗?

薛东方看一眼卢茜:你们江局长的长笛吹得那叫一绝,在我们省军区颇有名气。每次演出,长笛独奏《江河水》必是返场节目,吹者如泣如诉,听者如醉如痴!怎么,他在你们面前没露过?

江河铁青着脸问薛东方:你是真急还是假急?有工夫在这儿扯闲篇儿。

薛东方自觉失言,忙把话题拽了回来:兄弟,你单枪匹马去会谁,万一那帮愣小子跟你群殴怎么办?咱们战友一场,我总不能坐视不救吧?到时候就是一场持械争斗,那可真是呆子帮忙,不帮还好,越帮越忙了。

江　河:那你什么意思?

薛东方:我的意思是,现在这个局面已经不是你我可以控制,程省长不是在东江市嘛,我看你还是麻烦他老人家出面干预一下吧。

江河没有接薛东方的话。他坐在椅子上,点燃了一支烟闭目沉思。一支烟没抽完,江河把半截烟在烟灰缸里摁灭:奕巍,说说你的意见,我们中午开会确定廖汉中这一块自我消化,这才一下午,就扛不住了吗?

沈奕巍:廖汉中这把火点得太大了,一旦断电,就是恶性事故。

薛东方:真要断了电,老廖罪过可就大啦,撤职是轻的,弄不好得判两年。

江　河:老廖是来奔丧的,或撤或判我们东江港都得背上骂名。

10　金达宾馆廖汉中房间　秋　傍晚　内

赵达夫推门进屋。

廖汉中:给没给薛东方点儿颜色?

赵达夫:兄弟们堵着厂门口,叫他出来对话。那小子成了潜水的王八,一直没有出来冒泡儿。

秦　池:不能够啊,薛东方是军人世家,说话办事很少服过软,怎么这回成了缩头乌龟?

廖汉中:他娘的,那小子肯定是觉得理亏心虚了,对不起我老廖。

秦　池:那是,没有琊山煤矿的煤,他转道用其他煤矿的煤,光运费就得提高多少?心里有愧,说明他还良知未泯,不过叫他道歉服软,火得烧大点才行。

赵达夫:老秦说得对,他就是老虎,这回咱们也要给他掰掉两颗牙。

秦　池:二位,我先回了。

赵达夫:你急着走干吗?老秦。

秦池冲赵达夫使了一个眼色:我还有事要办,有事通电话吧!

11　江河办公室　秋　晚上　内

沈奕巍点点头:局长,现在的事故善后处理工作,就像刚才你讲的那个故事,可以分为三大块,廖汉中一块,东江师大一块,其他遇难家属一块。三块石头垒座桥,这桥不好过,哪块石头不配合都能把咱们掀水里去。

江　河:说,继续说。

沈奕巍:我判断,廖汉中大闹发电厂,肯定是受人挑唆,而且挑唆廖汉中这么做的人是在玩借刀杀人、一石二鸟的权谋之术,一是欲借程省长之手将廖汉中就地免职;二是让你江局长承担处理沉船事故不力、导致事态扩大、危及社会稳定的责任,直接把你拿下。

江河点点头:东方,这事你们上报了吗,能不能先捂一阵子?

薛东方:我就是看在老战友的份上,才急急忙忙跑来和你商量。这事要捅上去,老廖吃不了兜着走,你小子也免不了一顿臭骂!

江河拍拍薛东方的肩膀:老战友的情谊我心领了。这样,你给我两小时时间,我去找廖汉中摊牌。

薛东方看了下手表:我最多给你一个半小时,你争取一个半小时之内把廖汉中摆平。时间再长我可拖不起了,工人进不了厂,生产计划就要打乱,必须上报市委,发电厂真要出了事不是你我能担待的。

江河看了下手表:好,一个半小时之内我要摆平不了廖汉中,你报中央去我也不拦你。

薛东方:军中无戏言。江河,你可考虑好了,现在不报,万一延误了处理事态的最佳时机,以后麻烦可就大了。

江　河:出了问题我去负荆请罪,不关你事!

薛东方站起身:既然如此,我什么也不说了。我要马上回厂,这当口上我那儿离不开人。

江河拉住薛东方:哦,东方,等一下。

12　秦池家　秋　晚上　内

孟建荣坐在沙发上,兴奋地对在饮水机前冲茶的秦池说:秦局长,琊山的矿工把电厂给堵了!又是烧纸钱,又是烧花圈,太生猛了!

秦池把冲好的茶递给孟建荣:是吗?那可够薛东方喝一壶的!

孟建荣:可不是吗?大门口围得水泄不通,夜班的工人都进不了厂门。

秦池坐下点燃一支烟:建荣啊,还是自扫门前雪,莫管他人瓦上霜吧。刘希娅的琴找到了吗?

孟建荣:江河被廖汉中弄得焦头烂额,哪里还顾得上找琴!

秦　池:那刘希娅的态度呢?

孟建荣:那还用说,我刚从她那里回来,同学们一见面就抱头痛哭。说了,必须用那把琴为陶然拉《安魂曲》,没得商量。

秦池深深吸了一口烟,将烟雾徐徐吐出。一招手,对着孟建荣耳朵说了几句话,孟建荣点头。

秦池掏出钢笔,在一张纸上画道:路线是这样的…… 你们先到这…… 然后穿过这里……

孟建荣兴奋地:这招狠! 我明白了,您就瞧好吧!

秦　池:你去吧,我也有急事要办。

13　江河办公室　秋　晚　内

薛东方:还有什么事?

江　河:方秋萍到电厂去签供煤合同,怎么也算你们的座上客吧,你们怎么安排的,让她坐早上六点的船过江,她以前不是一直坐十点那趟豪华船过江吗?

薛东方叫起撞天屈:怎么是我们安排的? 一签完合同,方秋萍就急着过江,前一天我们给她订好了十点钟的船票,她一定让我们退了改成六点的,你说说,这不是往黑白无常的绳索上撞吗? 这怨得了谁呀?

江河颇为不解:她为什么要改成六点的?

薛东方搔搔头:这个我可不知道,签完供煤合同方秋萍接了个电话,神神秘秘的,听口气不像是琊山煤矿那边打来的,接完这个电话,方秋萍就让我们把船票改成早上六点的了。

江河皱着眉头自语:电话不是琊山煤矿打来的,能是哪打来的? 东方,你分析分析?

薛东方狠狠拍拍江河肩膀:分析个屁! 兄弟,咱不是公安局长那个角了,少操那份心吧。方秋萍这娘们儿,那是省油的灯吗? 冲着电话都眉来眼去的,这要见着人还不干柴烈火立马烧起来! 老廖这人够仗义,娶了这么个小媳妇算是毁了,嫩得跟水芹似的,经不起她折腾呀……

江河打断:嘿,嘴上有个把门的,没看见我们港务局的女同志在吗?

卢茜小声说了一句:低俗。

薛东方冲江河咧咧嘴:我心里有火,不说几句憋得慌。又冲卢茜说,姑娘,我和你们江局长是老战友,一个锅里搅过好几年马勺,一块儿玩过命共过患难。嗯,这么说吧,他长了几根肋巴骨我都数过多少遍了,说话随便,莫怪啊!

又冲众人一抱拳,得,我告辞了,江河,你也赶紧动作!

14　程志临时办公室　秋　晚　内

秦池匆匆走入市政府办公楼,来到程志临时办公室门口,定了定神,伸出右手,轻轻在门上叩击了三下。

里面传出程志的声音:请进!

15　江河办公室　秋　晚　内

卢　茜:局长,我们跟你一起去吧?

沈奕巍:是呀,你一个人去我们不放心呀!

江河喝了一口茶:没有那么严重,他廖汉中又没有长着三头六臂!

突然手机响了,江河接听,里面传出一个男人的声音:江河吗,我是韩仕琪。请你立刻到市里来一趟,立刻!

卢　茜:韩市长?

沈奕巍:市长亲自打电话给您,肯定事关重大!

江河挂断手机,叹了一口气:葫芦还没按下呢瓢又起来了,多事之秋啊! 这么晚了,看来还要抓你们一个公差。

沈奕巍:有什么事,您尽管吩咐。

江　河:学生到客运码头祭奠亡灵的应对方案还比较粗糙,你们再商量完善一下,明天我们找时间碰碰。

16　程志临时办公室　秋　晚　内

一进市委的小会议室,江河看到秦池坐在靠边的一张沙发上,心里就明白了。

中间的沙发上坐着程志，他面前的沙发桌上放着一盒吃了一半的方便面和两根火腿肠。程志脸色发青，他一指身旁的沙发：坐下谈还是站着说？

江河闻言，知道程志动气了，嗫嚅道：站着吧！

程志起身，叉腰站在江河对面：我问你，廖汉中带着一百多人围堵发电厂，这么大的事为什么不报告？

江河看了一眼秦池：我们考虑不给市里添麻烦了，这一块自行消化，开会时老秦也是同意的。

程志一瞪眼：你们自行消化得了吗？我听说你们还按大办丧事的规矩开流水席，什么人手一、N加一、划拳猜酒吆五喝六，搞得乌烟瘴气，这还像一个共产党的企业吗？还有没有一点共产党干部的素质？

秦池火上浇油：江局长也是没有办法，为了维稳只好迁就他们。廖汉中就像个山大王，早就没有共产党干部的样子了，现在又公然组织大批矿工到发电厂门口烧花圈，影响极为恶劣，我也是听到反映，看事态得不到有效控制，要出大事才报告了程省长，老江你莫怪。

韩仕琪：向上级反映情况是你的责任，这用不着道歉。

秦　池：这个廖汉中，太没王法了，不撤他的职不足以严肃党纪国法！

江　河：老秦，有些事情还没有搞清楚，不要忙着下结论。

秦池急赤白脸：江局长，还有什么不清楚的，不撤廖汉中的职，不足以震慑那些围堵发电厂的矿工。发电厂是要害部门，出了问题必然造成社会混乱，谁负得起这责任？

韩仕琪：这个廖汉中，确实太不像话了！他以为东江市是他的琊山矿吗？

江　河：廖汉中本人没到电厂去，烧花圈的人中有一些可能是丧者亲属。我去找他谈谈，让他把人撤回来，我就不信他一条道走到黑。

秦　池：跟这种山大王能谈出什么子午丑牛来？

江　河：老秦，还没接触呢，不要过早下结论嘛。再者说，方秋萍遇难，廖汉中应该找港务局算账，为什么要到发电厂闹事，这里面是否暗藏机关也未可知。

程　志：你们两个，一个要杀，一个要保，那你说说，你保的理由是什么？

江河半调侃半认真：省长啊，能给属下一杯水喝吗？忙了半天，嗓子眼都快冒烟了！

程志一指沙发桌上的茶杯：你小子口福不浅呢！你们韩市长送我的明前龙井，刚刚泡好，现在温度正好儿呢。

江河走过去，端起茶杯一饮而尽。

程志惊呼：你这哪里是品茶，分明是牛饮嘛！

这一来，会议室的气氛缓和了许多。

程志坐下了，一指对面的沙发：坐下说吧。

江河一抹嘴，坐在沙发上侃侃而谈：我主张保，基于三点理由：一是方秋萍在裕泰号上遇难，无论是发电厂还是港口，都没有向廖汉中通报。

秦　池：我们不知道嘛！

江　河：无论出于什么原因，廖汉中生气也在情理之中。这是其一。方秋萍的遗体没有打捞到，无法向廖汉中交代，活不见人死不见尸，搁谁心里也会怒火万丈，廖汉中情绪失控也情有可原，这是其二。

秦　池：那他就可以胡作非为了？

程　志：老秦，你听江河说完。

江　河：其三，也是最重要的，廖汉中千里迢迢从琊山赶来奔丧，如将其就地免职，东江港将不可避免地承担道义上的责任，在沿江地区口碑尽失，今后不但与琊山煤矿交往会有障碍，在煤区也很难开拓局面。如此一来，东江港以扩大煤炭中转运输为支点的扭亏为盈战略构想也就打水漂儿了。

程志转向坐在一旁的韩仕琪：韩市长，你的意见呢，对廖汉中是杀是保？

韩仕琪已经感受到了省长的态度，他略微犹豫了一下：我认为…… 江局长的意见有道理。时下局面复杂，还是以稳妥处置为上。

程志点点头，又转向秦池：老秦啊，你还坚持你的意见吗？

秦池见风转舵：我也理解廖汉中的心情，但总不能把个人情绪凌驾于公众利益之上，凌驾于党的原则之上，凡事都要有个底线嘛！

韩仕琪接话：老秦说得也不错。现在，廖汉中要立即带人回琊山。

江河请求：程省长，让我去和他谈谈，我保证一小时之内平息事态。

程　志：好，你告诉他省委的态度，对他妻子在这次事故中遇难，省委向他表示深切慰问，希望他节哀顺变。他妻子的遗体，要竭尽全力打捞出来，给他一个交代。

江　河：好，我会传达给他。

程志挥了一下手：但也要明确告诉他，身为琊山煤矿矿长，派矿工围堵电厂烧花圈是极端个人主义的表现，这种不计后果、毫无理性的行为，严重影响了东江市的社会稳定，严重干扰了省委沉船事故善后处理工作，他必须认识错误，纠正错误，否则将受到党纪国法的严肃处理！

17　东江市街头　秋　晚　外

不远处江面上，有星火点点；街市两旁，有华灯高照。

路上，行人稀疏，车辆也比白天少了很多。

卢茜和沈奕巍并肩而行。

沈奕巍：应急方案应该没什么问题了。明天早晨，我们再到东江师大，请校方派几个老师到现场和我们一起做好学生的疏导工作。

卢茜一言不发。

沈奕巍：现在，关键是那把琴……

卢茜依然沉默无语。

沈奕巍：我打个车送你回家吧。

卢　茜：不必了，我想一个人走走。

沈奕巍：这么晚了，那怎么行？

话音未落，一辆奔驰在冷清的公路上疾驰而来，嘎一声停在两人旁边。沈奕巍和卢茜被吓了一跳，神色愕然。

18　金达饭店　秋　晚上　内

一间客房设备讲究。廖汉中靠在沙发上点着了一支烟。他手悬在半空，呆呆地看着烟头上的蓝烟虚幻地升起。看着看着，眼泪就掉下来了。

有人敲门，赵达夫进门：老大，江河兴师问罪来了！

廖汉中抹去眼泪，一拍沙发桌：问什么罪？

赵达夫：我们不是在电厂门口烧了几只花圈吗，捅了他的肺叶子了，上纲上线，说我们危害东江市社会稳定，要我们立刻把人撤回来。

廖汉中一瞪眼：撤回来？

赵达夫进一步挑唆：听东江港的人说，裕泰号沉船的头天晚上，还有一个白衣女鬼哭得悲悲切切，这不是影射嫂夫人，诚心给咱添堵吗？

廖汉中果然怒了：我操他东江港的祖宗，什么他妈的白衣女鬼，纯属放屁！老子的媳妇都死在东江了，烧几只花圈还犯法吗？他们欺人太甚，叫他滚犊子！

赵达夫要的就是廖汉中的这个态度：可不是吗！老大，用不着您出面，我去把江河轰走。言毕，转身开门，江河站在门口。

19　东江发电厂门口　秋　晚　外

人越聚越多，拥堵在厂门口。有人烧花圈，有人叫骂，有人起哄。

门卫怕出事，关闭了工厂的大铁门。

几个工人挤到门口：我们是夜班，都九点多了，马上要交班了，放我们进去！

门卫刚要打开铁门，见手持器械的人群往前一涌，又赶紧关上了。

20 金达饭店 秋 晚 内

江 河:廖矿长,这可是在我的一亩三分地上,你们上百号人,我好吃好喝好招待,我来了,招呼都不打一个,就赶我走,未免太不近人情了吧?

廖汉中一愣,见江河神闲气定,单枪匹马,就站起身说:既然如此,江局长,请屋里坐!

江河进屋坐在沙发上,直入主题:老廖,你在饭店里待得很安逸啊,你那上百号人去了电厂,堵着人家大门口烧花圈,这事你知道吗?

廖汉中瓮声瓮气回答:知道。

江河语气严厉:老廖,既然你知道,那我再问你,你知道这样做的后果吗?

赵达夫给江河递上一杯水:江局长,任何事情都要换位思考。如果你的妻子来谈业务,稀里糊涂就死了,而且连个招呼也不打,你会怎么做?恐怕不止烧几个花圈这么简单吧!况且,方总不仅是我们老板的夫人,还是琊山矿的总会计师,她这一走,会给企业带来多大的损失,您估量过吗?

廖汉中显然被赵达夫的一番话激怒了,冲江河一拍桌子:你说什么后果,老子不怕!不就是烧点纸吗,能烧出个鸟来?

江 河:老廖,你的心情我完全理解。在港务局这一亩三分地上,你烧纸也好,烧花圈也好,抬着纸人纸马游街也好,我二话不说。可是你堵着发电厂大门烧花圈,问题性质就不一样了。发电厂是什么,是城市动脉,动脉断了,东江市就瘫痪了,死城一座!老廖,这后果我不说你也该明白吧?

廖汉中一梗脖子:江局长,我廖汉中可不是被人吓大的!

江河端起茶杯喝了一口水,又掏出香烟扔了一支给廖汉中,自己也点燃一支:老廖啊,你是煤矿矿长,我问你,你井下工人在作业时突然有人把电给你掐了,你说会造成什么后果?

廖汉中:你是什么意思?

江 河:现在发电厂夜班工人进入不了厂区,一旦断电就是重大恶性事故,东江市就会瘫痪,说你蓄意破坏你如何辩白?廖矿长,你想想,这样的后果你愿意看到吗?你能够担待吗?

廖汉中:我不过是发泄发泄,给薛东方那小子点颜色看看,有他那么办事的吗?叫我老婆坐滑江快艇;出了事屁也不放一个!把我廖汉中还放在眼里吗?操,我烧几个花圈,还能搞得发电厂断电不成?笑话!

21 东江市街头 秋 晚上

奔驰的车窗摇下,孟建荣探出半个脑袋:两位好兴致啊,欣赏东江夜色呢?晚云收,皎月挂,一路枫树,十里芦花。正好美景配佳人!

卢 茜:孟总,别酸文假醋了,我们正准备回家。

孟建荣:真佩服你们,还有闲心压马路!

沈奕巍有些不耐烦:有话说,有屁放,没事我们就不奉陪了。

孟建荣推门下车:我刚去找了江河,他不在。琴找到没有?明天就是头七了,你们别不当回事!

沈奕巍:谁不当回事了?江局长布置我们正在找琴。

孟建荣:反正我告诉你们,刘希娅情绪极不稳定,如果明天晚上之前还找不到琴,刘希娅就是一支爆竹,随时都可能炸!

沈奕巍:有那么严重吗?

22 金达饭店 秋 晚上 内

赵达夫:就是啊,哪有那么严重?

江河并不看赵达夫。他把手腕伸到廖汉中眼前:廖矿长,九点多了,夜班工人马上要接班了,如果进不了厂,断电也许就在今夜!

廖汉中头上冒出汗珠:此言当真!

江河情真意切:老廖,您去电厂门口看看,你那百十号矿工,中午喝成什么样你不是没见着吧,一人一肚子高粱烧,一个个醉醺醺的手持器械,堵着电厂大门,这是给嫂夫人烧花圈呢,还是蓄意闹事?

廖汉中一惊:还有这阵势?

江河正色道:薛东方当过十二年兵,什么阵势没见过,要是一般的烧烧纸,他能这样着急上火吗?

廖汉中瞪了一眼赵达夫:你不是说他们就在大门口烧了点纸吗?

赵达夫:我陪您在宾馆,厂门口的情形不大清楚,不至于吧?

江河一声冷笑:廖矿长,把嫂夫人的后事办得如此惊天动地,与其说是对嫂夫人的尊重,不如说是某些活着的人要借此达到某种目的吧!

赵达夫神情尴尬。

廖汉中不再说话,闷头抽烟。江河看看火候差不多了,亮出撒手锏:老廖,裕泰号出事当天,程省长就赶到东江市了,坐镇指挥事故善后工作,你知道吗?

廖汉中一惊,问赵达夫:程省长在东江市?

赵达夫装傻:是吗?

廖汉中额头上沁出滴滴冷汗:是吗,程省长在东江市,这是好事呀,程省长最了解我,我老婆在你们东江港的船上遇难,活不见人死不见尸,程省长得主持一个公道吧?

江　河:我告诉你,老廖,我来这里就是奉了程省长之命。他让我转告你,廖夫人遇难,他代表省委、省政府表示慰问,希望你节哀顺变。但是如果你的哀悼行为丧失了理性,破坏了东江市的社会稳定,党纪国法决不姑息!

廖汉中愕然地望着江河,一时语塞。

江河又抬起左胳膊,把腕上的手表伸到廖汉中眼前:快十点了! 老廖,我是看在合作伙伴的情分上,体谅你的丧妻之痛,向省市领导争取了一个小时的时间,来向你陈说利害的! 拳拳之心,苍天可鉴,何去何从,你该当机立断了!

廖汉中摁灭烟蒂一跺脚,冲赵达夫大喊一声:撤!

赵达夫心有不甘:就这么走了,老大?

廖汉中:妈的! 不走,不走你要留下来看老子的笑话?

赵达夫见廖汉中去意已决,不敢再坚持,一个人灰溜溜出了门。

江河见赵达夫走了,怕节外生枝,用手一指窗外:天太晚了,坐大卡车不安全。我马上去安排渡轮,你也赶快去发电厂把人撤回来,连夜回琊山。日后找到嫂夫人的遗体,我和老秦亲自扶柩送回矿山,向你赔罪!

廖汉中:行,我等着。

23　江畔　秋　夜

渔火点点,江风习习,白浪拍岸,涛声阵阵。

夜幕中,一个三十几岁的男子面向长江,神色哀伤。

画外音:

薛东方说,方秋萍本来应该坐十点的豪华渡轮过江,因为接到了一个神秘的电话才改乘裕泰号。那么,这个神秘的电话是谁打给她的呢?

此刻,打电话的人正站在江畔,迎风凭吊他心中的女神。

镜头推出 ——秦海涛的特写。

从秦海涛的瞳孔叠印如下画面:

东江的饭局。秦池介绍:这是琊山煤矿的总会计师方秋萍女士,这是我的侄子秦海涛—— 圣达航运公司经理,以后还要请方总多多关照啊!

两个人眉目生情,互致问候。

北京。两个人在机场相见,如久别的恋人。

京城的夜店。墙上的油画,幽暗的灯光,昏黄的蜡烛。秦海涛向一身古典装束的服务小姐点了"黑方"和"杰克·丹妮",方秋萍略显笨拙的学着他的样子品赏。在弹筝姑娘的旋律中,方秋萍不由投入了秦海涛的怀中……

24 客运码头 秋 晚 外

一辆辆大客车把琊山矿的人送达码头。

老卢头引导人们上船,江河也在码头上指挥。廖汉中和赵达夫走上船,江河上前欲打招呼,廖汉中不理不睬,掉头走开。

客轮鸣笛,发动机已经启动。刚上船的廖汉中一扬手:慢!说着,跳下客轮。赵达夫和几个矿工跟着走下来。

廖汉中一指不远处的一块石头,命令:搬过来!

一个身材魁梧的矿工走过去,抱起石头吃力地搬过来。廖汉中迎上两步伸出双手接过石头,喘着粗气高举过头,扑通一声扔进江中,然后指江立誓:除非这块石头浮起来,否则绝不再跟东江港打交道!

站在江边的江河目睹了这一幕。他点燃一支烟,看着客轮渐行渐远。

25 江畔 秋 晚

江河走出客运码头,准备回家。手机响,他掏出一看,是程志,忙接听:程省长,我是江河。

程 志(OS):江河啊,辛苦你再来一趟市委。

江 河:好,我这就过去。

语音未落,一个壮汉蹿过来挡住去路,定睛一看,刘黑子!

江河职业性后退一步,两拳紧握:你要干吗?

刘黑子却一抱拳:我来保护大哥啊!

江河莫名其妙:保护大哥?

刘黑子:是啊,如果有谁敢对大哥动粗,我就当场把他撂这儿!

江河一听,哈哈笑了:我什么时候成了你的大哥?

刘黑子面露愠色:莫非是兄弟高攀了?

江 河:不,不。前几天你还吵吵着要给我放血,猛不丁成了你大哥,有点不适应。莫怪啊!

刘黑子,竖起大拇指:为什么叫你大哥?因为你江局长是个爷们儿!前几天我拿了刀在你脖子上比画,你脸色都没变,事后也没找我的麻烦。如果换了别的头儿,当时准认怂;完事准得让公安局抓我,不判两年,也得拘我个十天半个月!

江 河:噢?是吗,你这么有把握?

刘黑子拍拍胸脯:那是。吃过牢饭的人,什么没见过!我叫你大哥,不是怕你,是敬你。这几天你为东江港忙得脚踢后脑勺,我们都看在眼里了。刚才兄弟们说了,琊山矿的人如果好说好走,那皆大欢喜;如果他们敢对你江局长动粗,我们决不会袖手旁观。打架,我是师傅!

江 河:那我谢谢你了,不过男人显示力量,不一定非要动拳头。黑子,你是因为什么进去的?

刘黑子:打架!

江 河:为什么?

刘黑子苦着脸说:还不是因为在煤码头上拉了点煤。

江河掏出烟,先抽出一支递给刘黑子,刘黑子受宠若惊,双手接过。江河又用打火机为他点燃,然后有些不解地问:拉了点煤?拉了点煤值得打架吗?是偷煤吧,是不是偷了货主的煤?

刘黑子一脸委屈:有什么啊?大哥,您到煤码头上去看看,有谁不烧货主的煤?一冬天下来,烧几千吨煤稀松平常!

江河诧异:烧几千吨?一冬天烧去货主几千吨煤,谁还敢在东江港走货?

刘黑子继续说:我们住的那破房子,冬天屋里比屋外还冷,大家也是实在没辙了,才去货场拉点煤取暖。再者说了,货场上的煤堆成了山,没遮没盖,一场大雨就消耗掉多少?烧点算什么!

江 河:我再纠正你一次,是偷点煤。

刘黑子无奈地摊摊手:行行行,就算是偷煤。要是偷了别人家的煤,抓住了顶多是教训一顿,把煤给人撂下完事,罚不罚钱都另说着。我有个叫石二满的兄弟偏偏拉了秦海涛一车煤,被他手下两个人打得鼻青脸肿,这也太霸道了是不是? 我气不忿儿,找上门去替二满出头,打得秦海涛手下那俩人一个月下不了床,嘿嘿,为这个判了我三年。

江　河:秦海涛是谁?

刘黑子不屑地一撇嘴:秦局长的侄子呗!

江　河:秦局长的侄子,怎么会在咱们煤码头上有煤?

刘黑子:这个说来话长,将来您自己慢慢品吧。反正是把我判重了,前几天我在码头上看见老卢头的闺女,人家都说判我三年没道理。

江河一笑:你说的是卢茜吧,她说判重了就判重了吗?

刘黑子脸上露出信服的表情:那是,老卢头的闺女是办港口报的,人家的政策水平不一般,其实秦局长也明白判重了,要不他见到我能讪讪的吗?

江河一时无语。稍停又忽然想起了什么,问:你住哪儿? 黑子。

刘黑子:贮木场宿舍。

江　河:噢,沈奕巍不是也住那吗?

刘黑子:咱们码头好些兄弟都是贮木场的职工子弟,大哥,你是没去过,那里简直不是人住的地方,我老婆在贮木场下岗,才三十来岁,就得了尿毒症!

江河闻言一惊,你老婆得了尿毒症?

刘黑子:可不是。三天一次透析,贮木场只能报销 10%。

江　河:黑子,你原来做什么工作?

刘黑子:我在拖轮上当舵工。

江河略一沉吟:好,我知道了,我有事先走一步,以后有困难找大哥!

26　程志临时办公室　秋　晚　内

程　志:都送走了。

江　河:送走了。

程志从转椅上站起身,先伸了一个懒腰,又转动双臂活动了一下筋骨,才从桌上的圆铁桶里抽出一支香烟扔给江河:你小子劳苦功高,琊山矿一事处置得不错,我犒劳犒劳你!

江河双手接过飞来的香烟,放在鼻子下闻了闻,看了看商标:省长大人太抠了,出手才是一支大前门。

程志自己也点燃了一支烟,把打火机扔给江河:怎么,嫌我抠呀? 我家里倒是有一瓶陈年茅台,三十年的。不过,现在不能给你小子喝。什么时候,你还我一个新东江港的诺言兑现了,什么时候我陪你一醉方休!

江　河:省长,莫要食言!

哪里话,大丈夫一言九鼎嘛! 程志坐在沙发上,伸手一指对面,示意江河坐下,口吻随即严肃起来:江河啊,沉船是偶发事件,东江港的工作还要回归正轨。有人建议,这次事故应问责秦池,我也看出你们俩的配合并不默契。我叫你来,就是想听听你的意见,秦池是去是留?

江　河:根据事故认定,这是一次偶然水上交通事故,而且责任不在港务局,以此为由撤掉秦池恐怕不妥。再说,秦池是老港口,人脉广泛,这时候撤掉他也不见得对善后工作有推动作用。

程　志:有些情况你可能也听说了,你们那个沈奕巍曾实名举报秦池受贿,因为证据不足,没有处理,不过,这次也没有带病提拔。

江　河:我大致了解一些。

程　志:江河,你说得有一定道理。这个事先放一放。不过—— 程志向烟灰缸里磕磕烟灰,方秋萍的遗体没有打捞出来,按照港务局上报的获救人员和遇难人员人数,除非撞船时裕泰号超载,否则就不应该出现第四十七人嘛,港务局方面对此如何解释?

江　河:程省长,除了裕泰号上的三名船员,其他获救人员全部送往市第一人民医院,医院登记的住院人数即为二十二人,事故当天港务局向省市两级政府上报的遇难与获救人数都是湘籍船提供的，当时场面非常混乱，有可能统计上出现误差，应以入院登记人数为准。

程志意味深长地看了一眼江河：姑且以你的说法为准吧，那个女学生的琴找到了吗。

江　河：正在找。

程志直截了当：东江港在撞船事故中不负任何责任的说法经不经得住推敲，你心里应该有数。那个女学生的琴哪去了？江河啊，你是聪明人，事故最后处理阶段，可以不撤他秦池的职，估计想全身而退是不可能的，客运站主要负责人和裕泰号船长难辞其咎，是必须要处理的。

江　河：程省长，一切结论应该下在调查结果出来之后。

程　志：你说得对，现在谈这个是为时过早。明天就是遇难者的头七祭日了，如何疏导好遇难者家属的情绪迫在眉睫，这个关键节点千万不能出问题！

江　河：关键是那把琴。

27　健身房　秋　晚　内

沈奕巍穿着一身健身服在健身。

他练过几个器械后，擦了擦汗，到跑步机上健走。边走边打开手机，拨通了卢茜的电话。

沈奕巍：美女，到家了吗？

卢茜的声音：干什么呢？听你说话呼哧带喘的。

沈奕巍：健身呢！

卢　茜（OS）：健身？哟，沈大才子，挺时尚啊！

沈奕巍：那当然。古希腊人说过，“身体是你的神，要膜拜他。”健美的体型，才是获得快乐的通行证嘛！

卢　茜（OS）：你有什么事？该不是让我膜拜你吧？

沈奕巍：膜拜我？我看行。

卢　茜（OS）：臭美吧你就。没事我挂了，烦着呢！

沈奕巍：别，别挂呀！刚才你几次欲言又止，是不是有事要对我说啊！该不是真想向我真情表白吧？

卢　茜（OS）：少来。这时候了你还有闲心开玩笑。

沈奕巍：你一定是有什么事儿。

卢　茜（OS）：不想说了。都十点了，你也洗洗睡吧，别抽风了。

28　老卢头家　秋　晚　内

卢茜关上手机。

在厨房刷碗的老卢头对女儿说：丫头，早点休息吧，这几天你太累了。

卢茜起身倒了一杯茶递给刚刷完碗的父亲：爸，今天晚上会有客人来。

老卢头接过茶杯坐在沙发上：谁呀，这么晚了，你怎么知道？

卢茜坐在父亲对面：我感觉。

老卢头：你感觉？

卢　茜：是。爸，我想把琴交出来。

老卢头：你秦叔同意了？

卢　茜：他不会同意的。不过，这几天我一闭上眼，就是陶然。不交出琴，我的良心太受煎熬了！而且，这把琴也直接牵连到善后工作的推进。

老卢头：我懂，闺女。我无所谓了，说实话，一想到裕泰号沉船死了二十个人，我死的心都有。别说判我个三年五年，就是枪毙了我，也赎不了我的罪呀！

卢　茜：爸，您别这样说。

老卢头：唉，我是舍不得你呀，丫头。

卢茜隔着沙发桌抓住老卢头的手：爸！

老卢头拍拍女儿手背：还有你秦叔。老郭也脱不了干系，主管生产的副局长嘛，还有王叔……

卢茜掉下眼泪:爸,你别说了。

老卢头:闺女,你怎么做,老爸都不怨你。老爸知道,你是个好孩子。

卢茜欲言,门铃响了。

老卢头:还真让你说准了,这是谁呀?

29　刘希娅家　秋　晚　内

有人敲门。刘希娅披衣打开门,是孟建荣。

刘希娅:表哥,琴找到了吗?

孟建荣:江河被程省长叫去了,没见着,我找到了卢茜和沈奕巍,他们说正在找。

刘希娅有些冒火:找一把琴,至于那么费事吗?我看他们是心里有鬼!

孟建荣:反正我已经给他们下了最后通牒,明天晚上祭奠之前找不到琴,一切后果由他们自负!

刘希娅:表哥,麻烦你明天白天盯住江河,告诉他,我一定要用那把琴祭奠陶然和同学们。

孟建荣:我明白,你放心。

刘希娅:这几天你也够累了,早点回去休息吧。

孟建荣:没事,我累并快乐着。

刘希娅脸色突变,狠狠瞪了他一眼。

孟建荣自知失言,忙改口:唉,不不不,累并痛苦着。

30　老卢头家　秋　晚　内

江河提着一兜水果走进来:卢茜,不好意思,这么晚了还来打搅你们。

卢茜淡淡一笑,没有说话。

卢子明客气地说:看您,还买东西,太客气了。江局长,您请坐,这么晚来有事吗?说着,倒了一杯水递给江河。

江　河:送廖汉中回琊山了,我刚从市委汇报工作回来,有些事想和你们念叨念叨。

卢茜惊喜道:廖汉中的事平息了?

江河点了下头,面色有些凝重:廖汉中这一关好过,刘希娅那一关不好过。明天就是头七了,找不到她的琴,恐怕还真得出乱子。

卢子明重重叹了口气,敷衍说:这琴就这么金贵,再买一把不成吗?

江河苦笑道:老卢啊,不瞒你说,这事一开始我也没放在心上,谁知有人挑唆,硬说我们港务局居心叵测,因为有不敢示人的原因把琴藏起来了,这不是给刘希娅拱火嘛!现在都闹到程省长那里去了,刚才我汇报完廖汉中的情况,程省长专门谈了琴的事,叮嘱我们不可掉以轻心,千万不能因为这把琴影响了事故善后工作。

卢茜岔开话题:江局长,廖汉中这一走,以后还能和我们打交道吗?这条线要是断了,东江港的日子可不好过了。

江河拿出一支香烟递给卢子明:老卢啊,我先郑重地给你道个歉……

卢子明打断江河的话:江局长,过去的事就不要提了。再说那天晚上你也没错,栈桥上的灯是长明灯,赶上谁都得打这个电话,您要老把道歉这俩字挂在嘴边上,我心里更不好受。

江　河:好,老卢,这俩字以后我不提了,这一篇儿就算正式翻过去了。我初来乍到,凡事还得倚重你们这些老码头。

老卢头:局长客气了。

江　河:我听说你十五岁就在闸口煤码头上当学徒,一干就是四十多年,老秦大学毕业就在你手下劳动锻炼。

老卢头:是啊,在我们班组干了两年多。

江　河:你三年前因为心脏病才调到客运站,你还有个绰号,叫"闸口活地图",没错吧?

老卢头:那是。

江　河:老卢,善后工作结束了,如何把煤炭中转运输这一块搞上去是重中之重,咱们煤码头十多年前的年中转量就能达到五六百万吨，现在连300万吨都到不了，这不是等着喝西北风吗？你是闸口的老人了，给我做个高参吧！

卢子明神情激动：江局长，你能信任我，给我一个赎罪的机会，我就知足了。

江　河：好，老卢，咱们就这么说定了。说着扭头看了一眼卢茜，站起身和卢子明紧紧握了握手。临出门时，他犹豫了一下，还是对跟在身后送他的卢茜说：刚才在市里汇报工作时，程省长问起方秋萍的事，怀疑裕泰号是不是超载了？我解释说事故当天向省市两级政府上报的获救人数是湘籍船提供的，当时场面混乱，有可能统计上出现误差，应以入院登记人数为准。我核对过病案，住院接受治疗的只有二十二人，医院可作为第三方提供证明。程省长听完没再追究，你们局办以后也统一一下口径，获救二十五人，遇难二十人，明白吗？

又很不搭界地说了一句：沈奕巍真是个工作狂！

31　秦池家　秋　晨　内

保姆将早餐摆上餐桌后出去。

孟建荣：秦局长，我还真没来得及吃早餐呢！

秦池坐下，一指对面的椅子：这不，我特意给你准备了早餐。

孟建荣不客气，拿起一根油条：秦局长，你这么早把我叫过来有什么吩咐？

秦池为他倒了一杯牛奶：刘希娅的琴催江河了吗？

孟建荣：催了！希娅盯得也很紧，一定要用这把琴拉《安魂曲》！

秦　池：还是要找江河，逼他还琴。

孟建荣：我不明白，如果坐实了琴是在港务局的人手里，裕泰号不就超载了吗？东江港岂不是在劫难逃？

秦池嘿嘿一笑：建荣啊，如果费这么大劲，由江河出面坐实了裕泰号超载，东江港因此损兵折将，他江河不招人恨？日后在东江港还好干吗？

孟建荣恍然大悟：噢，噢噢。

秦　池：不过，粘上毛江河比猴子还精。从我目前掌握的情况看，他八成不会走这一步，他正在四面讨好，搭建自己的班底。东江港谁不知道，沈奕巍是我的对头，他不言不语把沈奕巍调到事故领导小组；昨天十点多了，还去看了老卢头和卢茜，不是很说明问题吗？

孟建荣：那咱们要琴不是瞎耽误工夫吗？

秦　池：恰恰相反。你反复去要琴，江河不给，刘希娅会怎么样？

孟建荣：刘希娅会情绪失控，她现在就对港务局意见大了。

秦　池：这就是我们要的效果。如果刘希娅不配合，善后工作能按江河的意愿走吗？笑话！

孟建荣：我懂了。无论交不交琴江河都不落好。

秦　池：还有，记住——要琴还不是重头戏……

孟建荣：我都安排好了，您放心吧！

32　事故善后小组办公室　秋　晨　内

卢茜不声不响地走进办公室，默默地坐在办公桌前。

沈奕巍见卢茜一副心事重重的样子，一边给卢茜倒水，一边调侃说：瞧你，像霜打的小白菜。又不是向我表白心迹，什么事呀，能把你难成这样？

卢茜掩饰道：沈大才子，你要是有闲心，去关心关心咱们江局长吧。你知道吗，今天一早江局长就抽了两包烟，那得多重的心事啊？

沈奕巍：太夸张了吧，一早晨抽两包？

卢　茜：刚才我在门口碰见了赵小苏，他说早上到局长办公室送文件，原以为局长还没来上班，不想一开门，屋里像着了火一样，呼呼往外冒烟，差点把他呛了一个跟头。

沈奕巍：是吗？今天就是头七，他压力太大了。

卢　茜：赵小苏一看，办公桌上的烟灰缸里已经有了几十个烟蒂，到了上班时间，连早饭也没顾上吃，就匆匆走了。

两人正说话，孟建荣匆匆忙忙进门：江局长哪去了，办公室怎么没人？

沈奕巍：老孟，什么事？

孟建荣着急地问：他去哪了？什么时候回来？

卢　茜：听赵小苏说去市第三招待所，和罹难者家属谈死亡赔偿协议，怎么也得中午才能回来。

孟建荣：你们可真沉得住气，今儿是遇难者头七的日子，希娅情绪很激动，让我来找你们要琴，晚上她要去客运站码头祭奠遇难同学。

卢茜脸色一下变得很难看，咬了咬嘴唇，想说什么，话到嘴边又没说。

孟建荣：我去三招。

33　市三招小会议室　秋　晨　内

江河正在和遇难者家属谈判，房间里坐满了人。人们情绪悲泣。

老　人：江局长，听说你在东江宾馆认下了一个干娘？

江　河：所言不虚。

老　人：好人呢，好人！

有人喊：江局长，江局长——！

孟建荣闯入：江局长，您还有闲心在这儿磨嘴皮子，今天就是头七，刘希娅的琴找到没有？

34　事故善后小组会议室　秋　上午　内

沈奕巍看了一下手表：我去买蜡烛鲜花，然后再去一趟东江师大，只要能安安稳稳过了头七，后面就不会有太大麻烦了。

卢茜想了想：你去东江师大，和他们校领导汇报一下，看看咱们的方案还有什么疏漏，不过，拿不出琴，咱们现在说话也不硬气。

沈奕巍：对。转身欲走。

卢茜叫住他：奕巍，你等等，你说学生晚上到江边去搞祭奠活动，会不会真出事？

沈奕巍：说不好，如果学生情绪失控，什么事情都有可能发生！

卢茜犹豫了一下：如果现在找到刘希娅的小提琴，把矛盾化解了，即使他们去搞祭奠活动，也不至于情绪失控，对吗？

沈奕巍有点疑惑地看着卢茜：能找到刘希娅的小提琴，还会有这些麻烦吗？你这是怎么了，尽说些废话。

卢茜重重吁了口气，在椅子上坐下。沉吟半晌，语气凝重地说：奕巍，我能找到刘希娅的琴。

沈奕巍瞪圆双目，吃惊地看着她：你——

卢茜脸上露出一丝苦涩的笑：你别这样看着我好不好，出事的时候，我也在裕泰号上。昨天晚上本来想跟你说，没张开口。

沈奕巍伸手摸摸卢茜额头：你不是发烧说胡话吧？

卢茜拨开沈奕巍的手：那天我去煤码头加班，船翻了以后，是陶然把救生圈和琴盒推给了我，救了我一命！

沈奕巍：有这事？

卢茜望着沈奕巍，哽咽着说：如果他不向我游过来，就那么趴在救生圈上，他一定会获救的，我的命是用他的命换回来的。

沈奕巍慌乱无措地看着她，过了许久才默默递给她一沓面巾纸。

卢茜擦去眼泪：我忍得好苦，我真想把当时的情景讲述出来，可是我不能讲，只能在心里面一遍遍对自己讲。

沈奕巍默默注视着她，一时语塞。

卢　茜：因为我无票乘船，裕泰号超载了，秦局长对知情人都下了封口令，还警告如果我说出去，王德纲船长就会被判刑，我父亲也会因为渎职受到惩办，我真的很矛盾，奕巍，你能帮帮我吗？

沈奕巍:可以。卢茜,你想让我怎么帮你?

卢　茜:你把这件事原原本本告诉江局长,然后把琴还给刘希娅,别的你就不用管了。

沈奕巍站在原地:卢茜,这个忙我帮不了你。

卢茜沉默,她知道沈奕巍会拒绝。

沈奕巍:这不符合我做人的原则,这样做无异于打小报告。况且,是去打你的小报告,这怎么可以呢!你还是让我替你保守秘密吧,我不想看到你受伤害。

卢　茜:你做人的原则是什么?你不去汇报,才是没原则。

沈奕巍:我怎么向江局长汇报?难道我说刘希娅的琴一直在卢茜手里,她为一己之私才迟迟不肯交出来?这简直就是卖友求荣,我做不出来!

卢　茜:你不肯帮我,我怎么办呢?

沈奕巍:卢茜,我们再想想别的办法。

卢茜长叹了一口气:你以为江局长不知道琴在我手里吗?他早知道了。他讲"踢破磊桥三块石"的故事,就是希望我"剪开出字两重山",自己把琴交出来。

沈奕巍:我说呢,那天你们两个人话语间暗藏机锋,你来我往,好像两个武林高手过招儿,原来是这么回事!可是,江局长为什么不把事情挑明呢?

卢　茜:他这个人…… 唉,其实他的心比水还软,我若自己不把琴交出去,就是天塌下来他也会独自扛着。奕巍,这个情我还不起,你不明白吗?

沈奕巍:我明白。

卢　茜:昨天晚上他到我家,临走时还特别提到了你,他是希望通过你把琴交出来。

沈奕巍看卢茜一脸泪痕,沉吟片刻,突然摘下手表把指针往回拨了一小时:卢茜,刚才那一段是时间空白,你什么都没有说过,我也什么都没有听到过。我现在去买鲜花和蜡烛。

卢茜挡住沈奕巍去路:奕巍,你这不是自欺欺人吗?

沈奕巍:卢茜,如果你一定让我把琴交给江局长,我只能对江局长说,这把琴是我们三产公司的大妈捕鱼捉蟹时在江里捞到的。

卢茜泪流满面:奕巍,你要是这样的话,陶然可就死不瞑目了。

沈奕巍转身走了。卢茜颓然坐在椅子上,少顷,站起身欲走。手机响了。

卢茜接听手机,里面传出秦池的声音:丫头,再嘱咐你一句,不要自行其是啊!人,不能只为自己活着,明白吗?

卢茜无力地挂断手机。

35　江河办公室　秋　中午　内

江河仰靠在沙发上,双眼微闭。

少顷,有人敲门,是沈奕巍。

江河打起精神坐正:奕巍,你回来了。

沈奕巍:局长,东江师大很配合,他们艺术系的刘书记今晚会亲临现场。

江　河:好。卢茜今天和你说什么了吗?

沈奕巍摇摇头:没有。

没有?江河失望地唉了一声,起身从文件柜里拿出一个长长的报纸包,报纸包已经发黄变脆,江河小心翼翼地一层层打开后,露出了一支银光闪闪的长笛。

沈奕巍:上回电厂薛厂长说您会吹长笛,看来言之不谬啊!

江河用一块红绸布精心擦拭着长笛,长长呼出一口气:我已经立过誓,永远不碰这支长笛……

36　香港豪华商场　秋　午　内

衣着华丽的丁薇薇和秘书乔婷闲逛。在一家乐器商店的橱窗前,丁薇薇一下停住脚步,她被摆在橱窗里面的一支银光闪闪的长笛吸引了—— 那是一支江河曾经梦寐以求的长笛。

丁薇薇注视着它,显得百感交集。

乔婷看看长笛,又看看丁薇薇:丁总,进去看看?

丁薇薇没说话,随乔婷走到店内,在柜台前站定。一个服务生训练有素地迎上来:请问,您要买什么?

乔婷一指长笛,服务生拿过来。丁薇薇伸手接住,抚摸着长笛。一时,眼中似有泪花闪烁。

服务生:这是 POWEII,美制老品牌,音域宽阔、音色很好的。

乔婷问丁薇薇:让她装起来?

丁薇薇犹豫了一下,把手中的长笛还给服务生,摇摇头:花自飘零水自流,一种相思,两处闲愁。不要也罢!

37 江河办公室 秋 午 内

沈奕巍:为什么?有难言的苦衷吗,局长?

江河强作笑颜:不说它了。

沈奕巍:那您今天拿出它干吗?

江河把擦好的长笛放到桌上:到现在琴还没有找到,奕巍,你说会不会导致矛盾激化,刘希娅的情绪失控?

沈奕巍:很难预测,不过,按您的要求,我们已经做了很多准备。

江　河:那些准备不一定能打开刘希娅的心扉。也许,只有音乐才能化解她心中的幽怨。

沈奕巍似有所悟:噢,我明白了。

江　河:祭奠的学生几点从学校出发?

沈奕巍:听学校说,孟建荣已经带着刘希娅和大批学生离开学校了。

江　河:孟建荣?

沈奕巍:是啊,刘希娅身体还很虚弱,有孟建荣陪同,我们可以少操点心了。

江河神色警觉:不对!从东江师大到客运码头,开车用不了一个小时,他们为什么走这么早呢?

38 孟建荣公司办公楼门前 秋 下午

一辆一辆大客车驰入公司大门,学生们从大客车上下来,有的捧着鲜花,有的举着花圈,有的拿着挽幛。

有不少同学背着琴。

刘希娅最后一个从车上下来,也背着一把琴。神色黯然,孟建荣招呼着同学们:大家到小礼堂先休息片刻,有茶水,有水果。说着,过来搀扶刘希娅。

刘希娅拒绝了,跟在孟建荣身后走向小礼堂。

39 江河办公室 秋 下午 内

江　河:客运站吗?我找卢站长…… 唉,老卢,祭奠的学生到了吗?

老卢头(OS):没有啊,江局长,这刚几点啊?

江河挂断电话,点燃一支烟抽了几口:如果是客运站,学生应该到了啊!

沈奕巍看了一眼手表:是啊!

江河摁灭烟蒂:难道他们改变了地点?

沈奕巍:不可能,刚才和学校沟通时还明确说是在客运码头。

江河神色凝重:事情不对。他拿起电话听筒拨号:市交通队吗?老李你好,我是江河,麻烦你个事,你给我查一查从东江师大开出的两辆大面包去了哪里?要快,好,谢谢。

沈奕巍:对了,还有一个情况,听说有几个记者也上了大客车。

江　河:记者去干吗?有关沉船的新闻不是由市政府统一发布吗?

桌上的电话响了,江河拿起听筒,里面传出一个男子的声音:老江啊,根据道路监控录像,那两辆大客车是去了孟建荣的建筑公司。

江　河:谢谢。江河挂断电话自语,孟建荣的建筑公司离东江师大好几十里地,孟建荣要干什么?

沈奕巍:他不是在和咱们洽谈集装箱码头的改造工程吗? 会不会是先把学生拉到他那里做些安抚工作,好为日后的谈判增加筹码?

江河想了想:有可能吗? …… 不过,毕竟沉船事件后,港务局的正常工作处于停顿状态,总拖着对他也不利。

40 孟建荣公司的小礼堂 秋 下午 内

上百名学生坐在十几张圆桌旁,桌上有茶水和干鲜果品。

孟建荣站在小舞台上对着麦克风:各位同学,这是我们公司新修的小礼堂,以后会搞一些小型文艺演出,你们都是专家,帮我们把一下关,看看音响怎么样?

刘希娅坐在一张圆桌前,目光呆滞。

同学甲:这孟老板真能张罗,也真够破费的。

同学乙:还不是为了刘希娅。

孟建荣拍拍麦克风:哪位同学上来唱一首?

同学丙:今天什么日子,谁有心情唱歌?

刘希娅瞪了一眼孟建荣:神经病!

孟建荣见大家冷眼相向,一拍自己的脑袋:唉,对了,今天不宜唱歌。就冲刘希娅招招手:希娅,要不你们几个同学把《安魂曲》排演一遍?

同学丁:孟老板,希娅的琴找到了吗?

孟建荣:我催一百八十次了,港务局不当个事,没办法。

同学们情绪波动,议论纷纷,交头接耳。

同学甲:港务局太不像话了,有这么欺负人的吗?

同学乙:今天不光是祭奠咱们的同学,还要叫他们给个说法。

同学丙:孟老板,这离客运码头很远,我们走吧。

孟建荣:不用急,有一条近路,穿过 10 号码头,步行十几分钟就到了。

站起的同学又纷纷坐下。

孟建荣:今天晚上大家会很辛苦,我让食堂给大家准备了米饭和炒菜,还有酒,吃完喝好我们就走。

41 江河办公室 秋 傍晚 内

江河走到窗前,看了一眼已经暗了的天,回身走到办公桌前。猛然间,他被墙上挂着的东江港地貌图吸引住了,走了几步站在地貌图前仔细查看。

沈奕巍也站在他的身后注视着地貌图。

江　河:孟建荣的公司在什么位置?

沈奕巍指着地貌图:在二马路附近。

江　河:从二马路到客运码头,要绕半个东江市,开车至少一个小时!

沈奕巍:对。

江　河:可是穿过 10 号码头,步行不过十分钟!

沈奕巍一惊:十号码头是化工码头,里面全是易燃易爆物品,严禁任何与生产无关的人员进入! 而且,十号码头岗亭有直通港口公安局的专线电话,出现异常情况,随时可以要求警力支援。

江河大惊:不好,要出事,马上备车,去 10 号码头!

第5集

1　孟建荣公司的小礼堂　秋　下午　内

同学们围坐在十几张桌子旁喝酒吃饭。

主桌上的孟建荣举起酒杯:同学们,这杯酒我祭奠遇难的同学,他们青春的花蕾还没有来得及绽放,就凋谢在了滚滚江水之中,愿他们在天之灵得以安息。

说着,弯腰把酒洒在地上。同学们也弯腰把杯中的酒洒在了地上。

孟建荣又满了一杯酒:这杯酒我敬在座的同学,你们的情谊让我感动,你们的悲痛和愤怒是对友谊的最好诠释。今天是头七,我们不但要祭奠遇难的同学,还要为他们向东江港讨回公道。

同学甲:孟总,马上就要祭奠了,希娅的琴为什么还没送过来?

孟建荣:我刚才还打电话问港务局,他们还说正找呢。

同学乙:完全是推诿之词,根本就是拿我们的要求不当回事。

同学丙:找一把琴,比破一个大案还难吗? 肯定是有猫腻!

同学丁:同学们,咱们干了杯中酒,找他们去说理。

众同学:对,找他们说理去,没有这么欺负人的!

孟建荣端起酒杯,一仰脖,一饮而尽,随手将酒杯摔在地上.

干,干干! 同学们也干了杯中酒,纷纷把杯子摔在了地上。

2　丁薇薇豪华的办公室　秋　傍晚　内

乔婷敲门进屋,把一沓文件放在丁薇薇案头:A 国 R 港的股权收购协议已经草拟了,老爷子说请您最后过目定夺。

丁薇薇:叔叔说请我定夺?

乔　婷:是啊,老爷子说这个收购项目是您一手促成的,以后丁氏集团的业务要逐步由您全权负责了。

丁薇薇翻看文件:这个协议签署后,我们在 A 国 R 港的股份……

乔　婷:如果收购成功,我们就是 R 港的第三大股东了。

丁薇薇应了一声,签了字:丁氏集团不能仅仅局限于贸易和古玩珠宝,还要向实业进军,将来的竞争应该是海上的竞争。

乔　婷:丁总有眼光。说着转身欲走。

丁薇薇:哎,乔婷……

乔婷站住:丁总有什么吩咐?

丁薇薇:辛苦你一趟,帮我把那支长笛买回来吧。

乔婷冲丁薇薇会心地一笑:好,我马上去办。

3　建筑公司门口　秋　晚

上百名学生胸戴白花,抬着花圈、挽幛排成队走出公司大门。

刘希娅走在队伍最前头,她手里捧着陶然的遗像,另有几个同学捧着其他遇难同学的遗像。

有孟建荣公司的员工在前面引路。

孟建荣在一旁打手机:我们出发了! 干掉了十瓶高粱烧,有好戏看了。

秦　池(OS):好,我五分钟以后报警!

4　公安局值班室内外　秋　晚

电话铃急促响起,李强拿起听筒,里面传出秦池的声音:我是港务局常务副局长秦池,刚才接到报告,东江师大学生要穿越十号码头到客运站祭奠遇难同学。

李　强:什么,要穿越十号码头?

秦　池:他们拿了许多花圈、挽幛,一旦引发火灾,后果不堪设想。

李强大惊:娘的,他们不要命了! 放下电话,大吼一声:出队!

十几个手提微型冲锋枪的警员从楼里跑出,跳上三辆警车,警车亮起红色的警灯拉响警笛,开出公安局大门。

5　公路上　秋　晚

沈奕巍驾车拉着江河向十号码头疾驰。

江河拨打公安局电话:公安局嘛,叫李强听电话。

手机里传出值班员的声音:报告局长,李副局长出警了。

江　河:出警了! 什么时候?

值班员:刚走几分钟,听说有人要强行通过十号码头。

江河放下电话又拨李强电话,里面传出:您拨打的电话正在通话中,请稍后再拨。

江河无奈挂断电话,对沈奕巍说:李强手机占线,奕巍,开快点!

6　十号码头门卫室　秋　晚

两个门卫正在喝茶聊天。

一个门卫起身续水,无意中向窗外扫了一眼,见黑压压一群人正向码头走来,而且还举着花圈、挽联,吓得浑身一激灵:老张,你快看看这是演的哪一出?

另一个门卫朝窗外一望,大叫一声:不好,有人要冲码头。抄起电话报警:公安局吗? 有人要冲十号码头。噢,已经出警了? 谢谢!

放下电话,门卫拿起步话机:保安,保安,有大队人马要闯十号码头!

步话机里传出男子声音:收到,收到,我们马上增援!

说话间,学生们已经来到了码头门卫室。

两个门卫慌忙跑出来,连声大叫:站住,站住! 张开双臂拦住了学生去路。

走在队伍最前头的刘希娅一扬右手,队伍停了下来。刘希娅上前一步,克制着内心的不满:师傅,我们要去客运站祭奠遇难的同学,绕路时间已经来不及了,请您行个方便!

门卫的头摇得像个拨浪鼓:这怎么行? 姑娘,十号码头是运输危险物品的专用码头,与生产无关人员一律不得进入,这么多人从码头穿行,更是绝对不允许。

刘希娅:你凭什么不让我们过,我们那么多同学死在你们裕泰号上,我们要去客运站祭奠他们。

门　卫:姑娘,不是不让你们过,而是有危险。

刘希娅:我们会注意安全,不用你们担心。

门　卫:那不行,你们还是绕道吧。

刘希娅:绕道时间来不及了! 你们不让我们过,死去的同学和遇难者就得不到悼念,你们还有没有一点人性?

同学们情绪激动,几个男生冲上前去,欲推开门卫强行通过。

两个门卫急了,冲着对讲机大喊:来人,快来人啊,有人强冲十号码头!

门卫这一喊,一个男生急了,上前推了他一掌:谁强冲十号码头了,你危言耸听呀!

这时,十几名保安列队跑步赶来,和学生撕扯在一起。

7 秦池办公室 秋 晚 内

秦池拿着手机，里面传出孟建荣的声音：秦局长，严丝合缝、对接无误，一切按计划行事。

秦池阴沉地一笑：我听见警笛声响起了。

里面传出孟建荣的声音：是，好戏已经开锣，我挂了！

8 十号码头 秋 晚

门卫和几个男生正在撕扯，尖利的警笛声响起。李强率队来到现场，十几名警员跳下警车一字排开，李强手提微型冲锋枪大喊一声：住手，双方各退一步！ 语音未落，几个警察已上前把门卫、保安和学生分开。

刘希娅急了：怎么还叫警察？ 我们是去祭奠同学，又不是去抢银行！

学生们情绪开始失控：太过分了吧，还要抓人吗？

他们手挽手拉成人墙，一步一步向码头逼近。警察也和保安站成了一排，挡住了学生的去路，双方开始有了肢体接触。

李强急了，冲天举起微型冲锋枪：后退，后退！ 我们在执行公务，你们再往前走，就是袭警！

刘希娅涨红着脸：你们还讲不讲理，不让我们祭奠同学，还要和我们动枪！ 别管他，同学们，冲过去！

几个男生：冲啊！ 冲过去！

人群乱了！ 有两只花圈掉在了地上，白色和黄色的纸花被人们践踏着。如洪水决堤，学生们马上就要冲过警戒线，李强枪口上扬，打开保险，大喊：后退，后退，再不后退，我要开枪了！

刘希娅：开枪吧，我们不怕。同学们，冲呀！

人群像洪水一样漫向港区。

呯，呯呯！ 李强急了，向天扣动了扳机。一下子，人群寂静了，他们被枪声惊呆了，一时呆立在原地，像火山爆发前的平静。

稍停，人群又喧嚣起来。学生们在喊：他们开枪了，不怕死的冲过去！ 冲！

正在这时，沈奕巍驾车赶到，车还没有停稳，江河打开车门跳下车，大喝一声：李强，收队！

9 程志临时办公室 秋 晚 内

秦池破门而入：不好了，程省长！

程志正在看文件，他抬起头：老秦，庙里长草啦？ 你荒（慌）什么神。

秦 池：孟建荣向我报告，老江同意学生到客运码头祭奠遇难同学。

程 志：这个我知道。

秦 池：学生为了抄近路，要横穿十号码头。

程 志：横穿十号码头？ 十号码头不是危险品码头吗？

秦 池：对呀，所以我一听赶紧给港口公安局打了电话，让他们出警保护学生安全，刚才我听到十号码头方向响枪！

程 志：响枪？ 他回身抄起一件风衣：走，看看去。叫上你们韩市长。

10 十号码头 秋 晚

李强看到江河，心中暗暗松了一口气。他看了一眼手下的弟兄，一挥手：还愣着干什么，到这边集合！

十多名警察在一旁列队。

江河快步走到刘希娅面前：刘希娅同学，对不起，我来晚了，你们有什么要求对我讲，我一定给你们解决。

刘希娅气呼呼地说：江局长，你们港务局也太霸道了，你们这是干什么，兴师动众，如临大敌，我们祭奠遇难同学难道也犯法吗？ 还开枪弹压！

江河狠狠瞪了李强一眼：你留下，叫其他人都回去！

看着警务人员和保安全部撤离，江河才又对刘希娅说：希娅同学，我给你解释一下，十号码头上有两艘六千吨级的化工船正在卸货，码头上堆放着大量危险品和易爆品，同学们从这里穿行太危险，李副局长他们也是怕出事才阻拦你们，绝对没有不许你们搞祭奠活动的意思。

李　强：刘同学，对不起，刚才是我态度粗暴。我心里是真着急，秦局长给我打电话说十号码头上满是易爆品，学生们从那强行通过，出了事可不得了，这一路上，我也是担心你们的安全啊！

孟建荣有些尴尬：江局长，路上堵车，同学们担心到客运站太晚，才想到从十号码头借道。

江　河：学生们怎么到这来了？

孟建荣解释：是这样的，我们公司新修了一个小礼堂，我是顺便请希娅他们看看小礼堂的音响效果，反正大面包上有空座，大家就跟着一齐过来了。

江河此时只想平息事态：希娅同学，你们还是坐建筑公司的车绕行，我叫李副局长在前面用警车给你们开道，保证不耽误事。孟总啊，你说这样行不行？

孟建荣鸡啄米一样点头：行，行，这样最好。

学生们坐上孟建荣的大客车走了。前面有李强的警车开道，江河的车随后。

门卫用扫帚清理场地，关严大门。

程志的奥迪到了，他摇下车窗四下望了望，对车里的秦池说：老秦呀，看来这边平安无事，我们也去客运码头吧！

秦池点头称是，眉宇间却是不尽的沮丧。

11　客运码头　秋　晚

云影渐开，疏星散淡。

一堆堆香火在码头沿岸点亮，香火旁堆满月饼和水果。

一排花圈摆在江边，一幅挽幛在风中抖动。

挽幛上书——

天人两界　何时续笑谈
悲情难抑　伤心中秋月

聚集在江边的不仅是东江师大的上百名学生，其他罹难者家属也闻讯而来，对着滚滚东去的长江水，呼唤着亲人的名字……

在祭奠亲人的悲泣声中，响起凄婉的《安魂曲》。

十个东江师大艺术系的学生，一身素装，整齐划一地站在江边，用凄怆哀婉的琴声哀悼罹难的校友。刘希娅一袭白色衣裙站在排头。如泣如诉的琴声，在夜的穹苍下回荡。

候船的旅客和路人也闻声而至，与师大学生和罹难者亲属站在一起，人越聚越多，在江边、在凄切的琴声中肃立。

领奏的刘希娅用不惯新买来的琴。手下得就重了些，小提琴的弦绷一声断了！

刘希娅先是一怔，随后冲着夜空大喊：还我琴啊，苍天——！

12　客运码头一角　秋　晚

程志、韩仕琪和秦池也在人群中。

程　志：琴还没有找到？

秦　池：是，这姑娘天天催，老江也实在太忙，顾不上。

韩仕琪：一把琴搞得这么复杂，港务局不会是有什么难言之隐吧？

13　客运码头　秋　晚

"啪"一声，刘希娅突然举起琴在地上一摔两瓣，又捡起地上摔断的琴扬手抛进了江中。众人愕然，琴声戛然而止。其他九位同学也一起举起琴，"咔嚓嚓"一阵声响后，九把琴被折断了，又一起被抛进滚滚东去的江水里。

刘希娅和同学相拥而泣。

东江师大艺术系刘书记走过来劝导学生:同学们,要冷静、要理智。你们的师兄师妹在天上看着你们,他们不希望看到你们的泪水,而是希望看到你们面对未来的坚定与从容。

一个学生发牢骚:歇歇吧,这是江边,不是政治课课堂!你们有能耐,帮我们向港务局讨回公道。

学生们情绪失控了,其他罹难者家属的情绪也失控了,人群里,有人开始悲愤地喊要向市委和港务局讨说法。

同学喊:还我遇难同学!还我遇难同学!

群众喊:还我遇难亲人!还我遇难亲人!

14 客运码头另一角 秋 晚

秦 池:都是这把琴闹的,要出事!嗐,当初,我就不赞成学生这样搞。

韩仕琪:程省长,你看,需不需要出面引导一下?

秦 池:场面太乱了,一旦失控可了不得,是不是调些警力来?

程志一伸手:沉住气,我倒要看看,江河能不能把天捅出一个窟窿。

15 客运码头 秋 夜

大家听我说——!一位姑娘突然出现在江边长堤上:半尺白绸,扎起飘飘长发,一袭素裙,衬出淡淡月华。

人群静下来,大家的目光都投向这位如天女下凡一样的姑娘。

镜头推近,是卢茜。只见她一步步走下长堤,来到刘希娅面前,双手递上一把小提琴:希娅,这是你的琴,现在我把它还给你!

韩仕琪和秦池愕然的特写镜头。

程志长出一口气,轻轻点点头。

刘希娅接过琴仔细端详,确认无误后问:我的琴为什么会在你的手里?

卢 茜:希娅,我……

刘希娅情绪激动,哽咽失声:港务局为什么拖到现在才把琴还给我,你们到底要隐瞒什么?

卢茜双眼含泪:希娅,这不关港务局的事,是我没有勇气面对你!

刘希娅:这到底是怎么回事?

卢 茜:出事的时候,我也在裕泰号上,是陶然把琴和救生圈推给我,我才得救的!

刘希娅神态愕然:你——

卢 茜:我宁愿陶然没有救我,我宁愿葬身江中的是我,而不是陶然!

说完这句话,卢茜突然转过身,几步跑到江边,扑通一声面对江水跪下,双手高举过头,仰脸面对明月如镜的夜空,发出一声悲切的长嚎:陶然,我的好弟弟,姐姐给你磕头了!然后,伏身在地,痛哭失声。

刹那间,万籁俱寂,十里长堤,只闻哭声在江面飘荡。

沈奕巍和二十几名港务局职工每人手捧一只纸船,在江边站成一排,点燃纸船里的蜡烛灯,把一艘艘纸船放入江中。

一时间,好像繁星撒落,簇簇烛光在江面闪耀。

又有几十名胸佩白花的港务局女职工,每人手捧一个竹篮,面向江水鞠躬哀悼,然后一把把将竹篮中的鲜花花瓣撒落江中。

所有的人都被眼前的情景感动了,或神情肃穆,或暗自垂泪。

刘希娅和她的同学们互相抱在一起,大放悲声。

16 客运码头一角 秋 夜

江河注视着眼前发生的一切,从袖管里抽出长笛。

江河把长笛放在嘴边,《江河水》的旋律瞬间在夜色中流淌。

穿过夜色,江河吹着长笛,一步步向刘希娅和东江师大的同学们走来……

17　客运码头　秋　夜

刘希娅听到笛声,一下子止住哭声。在如泣如诉的笛声中,陶然仿佛复活了。

刘希娅站起身,望着笛声传来的方向:陶然,是你,真的是你吗?

同学们也惊呆了:这是陶然的笛声啊!

刘希娅拿起小提琴,琴声再次响起,与长笛融在一起,如歌如泣。

刘希娅拉着琴,向传来笛声的方向一步步走去。

18　客运码头　秋　夜

程　志:没想到,江河的长笛吹得这么好!

韩仕琪:看来,音乐比语言更有穿透力啊!

程　志:韩市长,此处无忧,我们可以走了。

19　客运码头　秋　夜

刘希娅看清了,是江河吹着长笛向自己走来。恍惚之间,江河化成了陶然。

闪回:

晚上在学校的小公园里,陶然吹着长笛向刘希娅走来,到了刘希娅面前,放下长笛,从口袋里掏出一支红玫瑰,单膝跪地,向刘希娅求爱。

刘希娅扔掉琴,扑向江河……

20　客运码头　秋　夜

江河上前几步抱住刘希娅,看到刘希娅因为情绪过于激动,已昏厥,忙冲不远处的徐小慧喊:小慧——!

徐小慧闻听背着药箱跑了过来,她身后跟着两名港务局医院的医护人员,抬着一副担架。

人们纷纷围了上来。

徐小慧按着刘希娅的手腕数脉:心率正常,是情绪过于激动导致的暂时性晕厥,一会醒过来挂两瓶水,不会有什么大碍。

徐小惠从药箱里拿出一根针灸用针,刺进刘希娅人中穴轻轻捻转。

刘希娅慢慢苏醒过来。

江河发现刘希娅的目光多了几分女孩子特有的柔美,俯下身轻声说:希娅同学,你现在身体很虚弱,到我们港务局医院输完液再回家,好吗?

刘希娅望着江河,顺从地点了下头。

孟建荣挤上来,焦急地说:希娅,你现在感觉怎么样,我送你去医院吧?

刘希娅摆摆手:表哥,你送同学们回学校吧。

看着围拢过来的同学,刘希娅在担架上欠起身,动情地说:大家都回学校吧,我代表陶然、代表所有遇难的同学,谢谢你们,也谢谢东江港的工人师傅!逝者已逝。他们一定希望我们活着的人,能够活出一份人生的精彩!

伴随字幕画外音:

刘希娅同意火化陶然遗体,打开了沉船善后工作的突破口。

中秋节前一天,江河与最后一位罹难者家属签署了死亡赔偿协议。平稳度过沉船危机,对于江河来说只是完成了一个救火队员的任务。把东江港建设成为现代化物流中心,才是他肩负的使命。

东江港是一张发涩的硬弓，他能拉开吗？

字幕：一个月以后

21 港务局办公楼三层 冬 晨 外

赵小苏来到三楼，在楼道里转了一圈，见空无一人，略一沉思，从一家门口捡起一个破脸盆，顺手从一个碗柜上拿起一把勺子，当当敲着盆底喊：各位，各位，请注意……

人们纷纷推开房门，探头向外张望。

海岩揉着惺忪的眼睛，推门出来：小苏，你没事闲得，大早晨起来敲一只破盆干吗，有病呀！

赵小苏没理海岩，见人们走出来不少，才说：各位老少爷们儿，今天是七号了，距江局长规定的最后期限还剩一天，大家准备什么时候搬出办公楼啊？怎么一点动静都没有？

一个抱小孩的妇女喊：搬出办公楼，我们住哪儿去？

另一个酒糟鼻的中年男人附和：是啊，赵主任，如果你能把家里的床腾出来，我立马就搬。当然，你老婆可以不走啊！

他妻子给了他一巴掌：嘿，胆儿肥了？

酒糟鼻一缩脖，做了一个鬼脸。

众人发出一阵哄笑。

赵小苏：你这小子，狗嘴里吐不出象牙来！我可是好心提醒你们，沉船事故的处理过程你们也看到了，新来的江局长可是言出行随！

酒糟鼻：他妈少来这套，别说什么江局长，就是国务院总理来了，也不能让我们住大街上去吧！

海　岩：小苏啊，也就是你拿着鸡毛掸子当令箭，无论谁当局长，总得关心群众生活嘛！

赵小苏有些崩溃，转身欲走：行，行，各位，算我多嘴。

酒糟鼻：不留你吃早饭了，赵主任。

抱小孩妇女：要不我奶完儿子，也奶你两口？

众人又是一阵哄笑。赵小苏落荒而逃。

22 秦池家 冬 日 内

秦池脸色铁青，把一纸处理决定甩给了坐在沙发上的秦海涛。处理决定掉在地上，秦海涛弯腰捡起，念：郭川劝诫谈话，王德刚移交司法部门，获刑二年，卢子明提前退休。叔，您才是党内严重警告？

秦　池：怎么，你还嫌处理轻了么？

秦海涛一笑：死了二十个人，按说撤职也不为过。

秦　池：卢茜临阵反水，听说是江河到程省长那里一再求情，说卢家父女顾全大局，才使善后工作圆满收官。程省长对老卢头高抬贵手，我不过是跟着沾了点儿光罢了。

秦海涛：那也值得庆幸。

秦　池：江河收买人心，由此可见一斑。真是没想到，卢茜我视若已出，居然和江河走到了一起。老卢头和我是多少年的交情？也一劲儿说起江河的好话。

秦海涛：这个公安局长玩起以柔克刚这一套伎俩也游刃有余，真不可小视。

秦　池：我找你来正是为了此事。

秦海涛起身给自己的茶杯加满：不过，也不必庸人自扰。

秦　池：屁话！沉船善后完成后，江河一猛子不见了踪影，我担心他是暗中收集我的黑材料了。

秦海涛：谬矣！如果江河想搞您，借沉船事故才好得手，他那时没动，此时就更不会动了。

秦池想了想：那你说他四处到港口乱转，是要干吗？几千人的港口，先不说创利，光是运行一天的挑费，没有几十万也下不来呀！他葫芦里卖的什么药？

秦海涛：没什么药，无非是想做出政绩！

秦　池：做出政绩？凭他一个对港口业务一窍不通的公安局长？

秦海涛：所以我说您不要庸人自扰嘛，处理突发事件是他的长项，搞港口建设是他的短板！

秦　池：那你说现在应该怎么办？

秦海涛：八个字：静观其变，相机行事。

秦池有些不屑：这药方，对什么病都能开。

秦海涛：叔，您不是说过吗？最简单的往往是最有效的。

秦　池：我看你小子有点心不在焉，我一个电话你就麻溜跑过来，该不是仅仅关心你叔吧？

秦海涛诡异地一笑：叔，客运码头上，卢茜一袭白衣，有如春梅绽雪。没想到东江港还有这样冰清玉洁，蕙质兰心的女子！

秦　池：打住！我叫你来，还有另一件重要的事问你！

23　丽江一酒店　冬　日　内

刘希娅和孟建荣站在前台办理入住手续。

前台小姐看了一眼孟建荣递过的身份证，又看了一眼站在一旁的刘希娅：什么标准？先生。

孟建荣看价格牌：三千八的。说着，把银行卡递了过去。

前台小姐刷卡、递门卡。

孟建荣拉起行李箱欲走。

刘希娅啪一声把自己的身份证甩给前台小姐：给我开一个单人间。

前台小姐：你先生开的是豪华套。

刘希娅口气不容置辩：给我开一个单人间！

24　秦池家　冬　日　内

秦　池：方秋萍的事，你知道了吧？

秦海涛闻言耷拉下脑袋：知道了。

秦　池：我听说方秋萍临时改签船票，是因为接到了一个电话？

秦海涛脸上露出悲切，叹一口气。

秦　池：那电话果然是你打的？

秦海涛：是我打的。

秦池一拍沙发扶手：你这不是催命吗？

秦海涛：我哪想到裕泰号能翻船？

秦　池：屁话！你叫她六点钟过江干什么？你要陪她吃早茶，还是逛江景？

秦海涛：叔，人都没了，你就别刨根问底儿了，行吗？

秦　池：海涛呀，你都三十多岁了，能不能叫你爸爸和我省点心？

秦海涛愁眉不展：叔，您还真省不了心。

秦　池：你什么意思？

秦海涛：方秋萍一走，每年那200万吨煤的生意没得做了，我手上的船队怎么办？不能坐吃等死啊！

秦　池：这是你的事。

秦海涛：上百张嘴等着吃饭，要不以后就给你们煤码头运煤吧？

秦池摇头：这个不好操作，港口运煤船是大航局统一安排的，你走上几趟问题不大，长期下去可就难了。

秦海涛：现在是市场经济，哪能管那么死？没找着新货源前我可全指望您了，您不能不管。

秦池皱着眉头：新来的这个江河是个狠角色，刘黑子这样的主儿，见了他都认怂，我以后怕是很难罩着你了。今年我还可以再安排你走几趟煤，明年你得自己找出路，别老指着我了。

秦海涛给秦池点上支烟：叔，都到饭点了，我去拿瓶酒，您冰箱里有现成的金华火腿、五香牛肉，咱爷俩慢慢喝着聊，这事得从长计议。靠山吃山，靠水吃水，守着长江黄金航道，我琢磨着怎么也还得吃码头。

秦池站起身:不行,局里还有些事要处理,我得走了,要吃你吃!

25 丽江一酒店 冬 日 内

有人敲门,刘希娅起身开门。

孟建荣走进来,看了看房间里的陈设,坐在了沙发上。

刘希娅已经洗漱完毕,她用手扎着马尾巴:表哥,咱们这次出来,是朋友结伴,可不是什么恋人同行,你要搞明白!

孟建荣有点尴尬:那是,那是。希娅,你这房间条件太差,要不,咱俩调下房间吧!

刘希娅:谢了,你那是豪华套,正符合你的老板身份,我不过一个穷学生,消受不起!

孟建荣神情有些无奈:你这丫头……

刘希娅已经扎好了马尾巴:咱们定一个约法三章吧。我来丽江是为了凭吊陶然的足迹,所以你不必时时跟着我。你有你的活动半径,我有我的私密空间。

孟建荣:这…… 这……

刘希娅:就这么定了。每天我们共进晚餐,晚餐后可以一起散散步。其他时间,咱们互不干涉!

26 港务局办公楼三层 冬 日 外

秦池上了楼梯,出现在三层的楼梯口。

楼道里一片繁忙。有人洗菜,有人淘米,有人炝锅,有人煎鱼。油爆葱花的香味,江鱼过油的鲜味,加上小孩的哭闹、老人的絮叨、掌勺人之间的嬉笑,灌满了一个楼道。

见到秦池,人们纷纷主动打招呼——

秦局长,您这是去哪啊? 抱孩子的妇女问。

秦局长,中午到我家搭伙吧? 红烧江鱼,我再开瓶陈年茅台。商务处副处长海岩手握铲子,侧身为秦池让路。

秦池摆摆手:你自己享用吧! 不过,海岩啊,我看你们的好日子也快到头了,没有接到办公室的通知吗?

秦池走过去后,海岩把一条收拾好的江鱼放进锅里,吱一声响,冒起一股油烟。他把煤气开关拧得小了点:哪能呢,咱们港务局上下,谁不知道您秦局长最体恤职工生活啊!

秦池面露苦笑:你们也就是欺负我心肠软,这回好了,让你们见识一下什么是硬茬口! 我估计,这回不会是只听楼梯响,不见人下来喽! 你们好自为之吧。

秦池进了办公室。

酒糟鼻对海岩说:嘁,我还不信了,他江河长了三头六臂,一上任就拿咱们开刀,他还想不想在港务局混了!

27 长江第一湾 冬 日 外

刘希娅坐在一处山势较为平缓的岸边,托腮凝望远方,双眸中叠印出她和陶然在一起的情景。忽然,有一只纸船顺流而下,在她的脚边打了一个弯。

刘希娅伸手捞起,见纸船的内侧写了一首顾城的《祭》。

我把你的誓言 / 把爱 / 刻在蜡烛上
看它怎么 / 被泪水淹没 / 被心火烧完
看那最后一念 / 怎么灭绝 / 怎样被风吹散
献给陶然

刘希娅有些疑惑,抬眼望去,见到了不远处的孟建荣。

刘希娅对走过来的孟建荣问:你一直在跟踪我?

孟建荣:不是跟踪你,是保护你。你一个女孩子,一个人跑到这么远的地方来,我能放心吗?

刘希娅有些感动:表哥,你的好意我心领了。不过,下不为例!

孟建荣转移了话题:希娅,我发现了一家很好的酒吧,就在我们住的宾馆附近,坐在二楼的平台上,可以看见玉龙雪山终年不化的皑皑山顶。

刘希娅:噢,是吗?

孟建荣:当然。喝着红酒,眺望中国最美的雪山,是不是一件很浪漫的事?

刘希娅:表哥好兴致。

孟建荣:晚上我们去坐会儿吧!陶然的在天之灵,肯定希望他心中的女神能够活得开心,活得幸福!

28 港务局秦池办公室 冬 午 内

有人敲门。秦池喊一声:请进。

海岩端一盘红烧鱼,一碗米饭进来,放在桌上:秦局长,食堂的伙食也不咋的,您就凑合吃一口吧,尝尝我的手艺。

秦 池:难得你费心。

海 岩:您这么说就见外了。您对我们的好,大家伙记在心里呢!就说住在办公楼的这十几户人家,哪一户不是明里暗里沾了您秦局长的光?

秦 池:心里有数就好。

海 岩:谁对我们好,谁对我们孬,大家伙儿心里明镜一样。他江河如果真敢拿我们开刀,我们非把他的刀锛个豁口不可!

秦池抽出一支烟,海岩凑过身为他打火点燃。

秦池吸了一口烟:我叫你注意一下他的动向,有什么情况吗?

海 岩:嗐,整天跟个没头苍蝇一样,东一头西一头乱撞。我看他是瞎子上轿,还没摸到门呢!

秦 池:也不能这么说,沉船事故你经历了。

海 岩:沉船是沉船,治港是治港。要论港口管理,明摆着,您肯定是老大!他是马尾拴豆腐,根本提不起来。

秦 池:哼,你能就能在这张嘴上了。

29 丽江酒吧 冬 傍晚 外

在二楼的平台上,孟建荣为刘希娅斟上了红酒。她看到不远处的一张小桌旁有一个女人侧对着她。在朦胧的灯光下独自小酌。

刘希娅无意间看了她一眼,又像发现了什么,仔细盯着她看。那个女人起身离开了酒吧,刘希娅看着她的背影,猛地将酒杯放在了桌上。

孟建荣不明就里:希娅你怎么啦?

刘希娅:我要一杯鲜榨石榴汁。

孟建荣:好,我去买。站起身向吧台走去。回来时,刘希娅已不见了身影。

30 老卢头家 冬 晚 内

卢子明将热气腾腾的大砂锅端上桌。

卢茜笑逐颜开:老爸,您心情不错呀,今天什么日子,有砂锅炖鸡吃?

卢子明摆着碗筷,语气慈爱:有闺女在身旁,天天都是好日子。

卢 茜:谢谢老爸,无功受禄啊,惭愧!卢茜用汤匙喝了一口汤,啧啧嘴:嗯,真鲜,好喝!

卢子明:那是,这汤是用老姜慢火煨出来的,最能散风驱寒,强身健体,要说起来,还是你秦叔家的秘方呐。

卢 茜:那我就多喝点。

老卢头：闺女，你说我被免了职，你秦叔怎么连个面都不露。唉……

卢　茜：爸，你别来不来就生闷气，撤职这事没啥了不起的，东江港上上下下谁不知道这是顾全大局做出的政策性牺牲？再说你这身体状况，继续干下去还不够让我操心呢。等你提前退休的决定公布了，每天打打太极、遛遛鸟，再种几盆花、养几缸鱼，多好哇，神仙都没你过得舒坦！

卢子明给逗笑了：神仙就这么点追求？

卢茜一本正经说：可不是嘛，你以为神仙有多大的追求，孙猴子到了天上，不也就是养养马、管管桃园吗？

老卢头：我可比不了孙猴子，人家养的是玉皇大帝的御马，管的是王母娘娘的蟠桃，那得多大能耐呀，我连个小小的客运站都没管好。唉……

卢　茜：爸。

老卢头：裕泰号沉船，虽然只有一个人超载，但毕竟是我管理不善。一想到二十条活蹦乱跳的生命说没就没了，我死的心都有。

卢　茜：您千万别这么自责，这对您的身体不利，我可就您这么一个老爸！

老卢头：处分是应该的，坐牢都不为过。可是…… 从此报国无门啦！

卢　茜：没事，有闺女替你去报国。再说，您在码头干了一辈子，号称“闸口活地图”，谁知道什么时候就又请您出山了。

卢子明：要还是你秦叔主事，我也就啥念想都没有了，踏踏实实在家养老。

卢茜似乎没听明白：爸，这话咋讲？

卢子明给女儿撕了块鸡肉：按说我不该在背后嘀咕你秦叔，可现在东江港哪个老人心里不跟明镜似的，你秦叔要还是主事，东江港的前景那就是死不了也活不成，一天天混日子。

卢　茜：爸，您说得太形象了，一针见血。那您怎么看江局长，他能带东江港走出低谷吗？

老卢头：我看他有点不一般。

卢茜放下饭碗，笑着问：是不是江局长主政，您还想再干几年？

卢子明苦笑：老啦，想干也干不动了，你们跟着他好好干吧！

卢　茜：我听着您可是有点壮志未酬、心有不甘的意思。

老卢头：什么壮志未酬啊，年岁不饶人。说着话锋一转，他的长笛吹得可真好，中秋节晚上在江边，别说客运站的女孩子，连我们这些老家伙听得都掉泪了，真没想到，他居然有这一手。

卢茜嘴一撇：您都多大岁数了，还喜欢听长笛？

卢子明瞪一眼女儿：为什么我就不能喜欢？好东西大家都欣赏嘛！

卢茜乐了：好，好。哪天我告诉江局长，您还是他的铁杆粉丝呢，叫他专门给您吹一首！

卢子明困惑地看了一眼女儿，叨咕了一句：什么铁杆粉丝？这丫头，说话怎么疯疯疯癫癫的，粉丝是粉丝，铁丝是铁丝。

卢茜正想给爸爸解释，有人敲门。她应了一声，开门一看，是江河。

31　丽江街市　冬　晚　外

女子走出酒吧，沿街市西行。

刘希娅尾随其后，借暗影掩护，一路跟踪。

女子似有一定警觉，走不多远便会驻足四顾，或回头张望一眼。

刘希娅则在夜色中或树影后，注视着女子的行踪。

女子进了一家酒店。这家酒店离刘希娅下榻的酒店不过一箭之地。刘希娅见她进了酒店没再出来，便向自己住的酒店走去。

酒店门口，孟建荣在等她：小姑奶奶，一转眼人就不见影了，你跑哪儿去了，让我好担心！

刘希娅：跟你说过了，再重复一遍，我们各自行动自由！

32　老卢头家　冬　晚　内

江河进屋，把一兜水果放在桌子上。

老卢头:江局长,又让你破费,真是不好意思。

江　河:卢站长,你提前退休的批复下来了,我来通知你一声,顺便看看你,一点水果,不成敬意。

老卢头接过江河递过的文件,脸上写满了失落。

江河拍拍老人的肩膀,强装笑颜:老卢啊,我知道你心里憋屈。我跟工会闫主席说了,等办完交接手续,搞个茶话会,局里的领导全部参加,热热闹闹地欢送你退休。

老卢头:有必要吗? 又不是什么体面的事。

江　河:当然有必要。处分你老卢背了,港务局要有个明确的态度,你这是为港务局背的,是为顾全大局做出的个人牺牲。这一点要向港务局全体同志讲清楚,我亲自讲,咱们得退得堂堂正正、明明白白。

卢子明老泪纵横,他攥住江河的手:江局长,撞船责任虽然在湘籍船,毕竟咱们有一个人超载。二十条人命一转眼就没了,枪毙了我也不为过,我不委屈。不过有你这句话,就什么都有啦!

卢茜拉着卢子明胳膊说:爸,你心脏不好,别那么激动。这些话我跟您说了,您就是不信,非得江局长说才算数。

江　河:对,老卢,咱们坐下说。你现在的任务就是好好调养身体,你刚五十八岁嘛,等把身体调理好了,我还等着你发挥余热呐。

卢子明松开握住江河的手,抹去眼角的泪水:只要你江局长用得着我老卢头,没二话!

卢茜怕父亲激动,忙转移话题:江局长,我爸还是你的粉丝呢,他夸你长笛吹得好!

江　河:噢,是吗? 老卢大哥,哪天我专门给你吹奏一曲,你随便点。

卢子明笑了:那敢情好。

33　东江市街头　冬　晚　外

江河从老卢头家出来,站在路边伸手打车。

刘黑子的摩的在夜色中驶来,嘎一声刹住车,停在江河面前。

江　河:黑子,怎么是你?

刘黑子早认出江河,憨憨一笑:大哥,小弟这么做是不是给港务局丢人了?

江河偏腿坐上摩的后座:黑子,我知道你老婆住院,光靠你在煤码头打零工那点钱堵不上窟窿,这事怪我呀!

刘黑子一边给油一边说:大哥你可别这么讲,我老婆说了,你是好人,等她出院了,还要请你吃饭呢! 不过,咱家的饭比不上"心相知"的山珍海味,你不会嫌弃吧?

江　河:什么话? 你要这么说,我可下车了!

刘黑子:别呀,我说着玩呢,你要是那种人,也不会认我当兄弟。

江河搂着他的腰,问:黑子,你媳妇的病有点起色吗?

刘黑子,没有正面回答江河的话,而是颇为感慨地长叹了一口气:大哥,如果咱们港务局的头头都像你一样,东江港能混成今天这模样吗?

江河乐了:你这是在拍我马屁? 这不像你刘黑子的风格呀!

刘黑子也乐了:大哥,我就是要拍你马屁,使劲拍。这么晚了,你还忙工作,哪像那帮王八羔子,一天到晚不干正事,就知道胡吃海喝。

江　河:有这么严重吗?

刘黑子一听,一踩刹车,摩的嘎一声停在路边:大哥,你现在去"心相知"的豪华包,如果没有咱们港务局的头头脑脑在那里公款消费,我把脑袋拧下来送你当夜壶!

江河一看手表:都快十一点了,可能吗?

刘黑子异常肯定地说:不过十二点散不了局!

江河拍拍他的腰:那好,你拉我去看看。

到了"心相知",果然还有灯光。

江河下车,掏出钱包拿出一沓百元大钞,拉过刘黑子的手塞过去,紧跟了一句话:什么也不要说,你要认我这个大哥,就用这点钱给弟妹买些营养品;你要说一句客气话,咱们就此一刀两断!

刘黑子欲言又止,紧紧咬住嘴唇,克制着不让眼眶中的泪水淌下来。

江河拍拍刘黑子的肩膀:早点回吧,明天早晨不是还要上医院照顾弟妹吗?

34　丽江宾馆　刘希娅客房　冬　晚

孟建荣:希娅,你是不是有事瞒着我?

刘希娅:表哥,你今天为陶然叠了一只纸船,还写了顾城的诗,我挺感动的,真的!不过,你现在这样盘问我,我很不高兴。

孟建荣:我不是那意思。我是说,咱们在这个地方人生地不熟,安全是第一位的,你如果有事,我可以帮你。

刘希娅:谢了!你不以监护人的面貌出现,就是帮我了。

孟建荣无奈苦笑:你这丫头,嘴比刀子还快!

刘希娅:是吗?我可没觉得。时候不早了,我要休息了。

孟建荣:我明天早晨喊你吃早餐。

刘希娅一摆手:免了,我有点累,要多睡会儿,你自己去吃吧!

孟建荣:那我给你带回来?

刘希娅拉开房门:谢了,不必。慢走不送!

35　心相知酒店　冬　晚　内

收银台里的两个服务员正坐在椅子上看电视,见了江河,懒懒招呼:十二点下班!

江　河:我是港务局的。

一个服务员起身迎出来,上下打量了一下江河,噢了一声:您好像来过。不过,您今天来得太晚了,他们快散了!

江河走近收银台:餐费多少钱?

服务员以为他要结账,递过菜单:加酒水一共是八千八百五十五元。老主顾了,抹零,八千八。

江河接过菜单:清蒸江鲀、红焖大虾、油爆鳝鱼丝、澳洲龙虾两吃…… 呵,都是硬菜啊!

服务员附和了一句:今晚没上鲍鱼,卖完了,对不起啊!

江河把菜单放进口袋,循着隐隐约约的叫喊声来到包房前。稍微定定神,推开门。

滚滚浓烟裹挟着刺鼻的酒味忽一下冲出来,如同着火了一般。随烟雾冲出来的还有口齿已含混不清的划拳声:小海螺,瞎他妈吹,海鸥听了瞎他妈飞。

见江河进来,醉眼蒙眬的海岩一挥手:去,去,再,再开,两瓶五粮,液。

一个中年男子慌忙站起身:哟,江局长,来得早不如来得巧。服务员,再加一副碗筷。

江　河:你不是…… 煤码头刘经理吗?

刘经理:是啊,您到煤码头检查工作,我事后才知道,也没陪好您,今天晚上正好向您赔罪。

江河没说话,坐在了服务员搬来的一张椅子上。

刘经理有些尴尬地赔着笑脸,试探性地问:江局长,再添两个菜?

江河把面前已经斟满了啤酒的高脚玻璃杯举到眼前,对准了坐在对面的海岩,前后慢慢扭动。透过杯子,海岩的脸被变幻成了各种形状,时而加长,忽而又被压扁,很是滑稽可笑。江河强压怒火,放下酒杯:这还不够吗?刘大经理,你们这是私人小聚还是公务宴请?

刘经理忙站起身,指着身旁的一位黑胖男人说:招待琊山矿的一位客户,供销科钮科长。又一指江河,钮科长,你今天有幸啊,这位是我们新来的江局长,有局长出面,接待规格一下子上档次了。

钮科长马上起身,满脸堆笑:江局长,久仰,久仰!您的大名在我们琊山矿可是如雷贯耳呀!今天有幸相见,实在是缘分,缘分。

江河起身握住他的手,笑问:钮科长呀,冒昧讨教一个问题。

钮科长忙摆摆手:岂敢,岂敢。

江河重新落座,看着已满脸通红的这位主客:贵矿山近三年在我们煤码头中转的煤炭,是逐年递增还是递减?

这…… 钮科长坐在椅子上,搓着手,有些尴尬。

江河一笑,用食指点了点桌子:难为钮科长了,其实,你不说我也猜得出来,秃子头上的虱子明摆着嘛! 如果我们的客户在码头得不到优质服务,时常还要受到刁难、克扣,那只有脑袋进了水的人才愿意来走货,喝两顿酒基本上于事无补,钮科长,你说是不是这么个道理?

钮科长频频点头:江局长所言极是,所言极是。

江河冲他一拱手:所以,我今天如果有哪句话说过了,说重了,不是针对你,要先请你谅解呀!

钮科长忙赔着笑脸:哪里话,江局长言重了!

江河转向刘经理:请一位客户,十几个人作陪,咱们东江港真是好客啊! 报报各位的名号,咱们也认识一下,恕我眼拙,有几位好像不是东江港的人吧?

刘经理不断揉着鼻头,不敢应答。

江　河:你们煤码头是咱们东江港的利润大户,可是这几年煤炭中转量一年不如一年,工人们都快发不出工资了,要靠摆小摊、开摩的来补贴生活,你们倒好,一顿饭就造了近万元!

刘经理倒吸了一口气:江局长,必要的业务……

江河不理睬他,举起酒杯,在众人面前晃了一圈儿:各位看看,这里面盛的是酒吗? 不,我看盛的分明是工人们的血汗,你们也真他妈喝得下去!

海岩已喝高了,醉意蒙眬,他见众人闷声不语,酒助怂人胆,站起来结结巴巴一指江河:哟呵,我看你今天不……不是,来,来助兴的,分…… 分明,是来砸,砸场…… 场子的!

江河腾地一下站起身,把酒杯啪地往饭桌上一蹾,酒液四溅,杯盘乱响:煤码头请客,你算是哪根葱,这里有你说话的份儿吗? 我看你是蚂蚁戴眼镜 ——自觉得脸不小!

海　岩:嘿,我,…… 我看你,真,真是要砸场子。

江　河:老子今天就是来砸场子的! 我让你们吃,让你们喝!

说着,江河双手使劲一抬,哗一声桌子翻了。杯盘破碎,一地狼藉。江河看也不看那一桌人惊愕的神态,转身一把拉开门就往外走。

门外灯影处,站着半截黑塔一样的刘黑子。

36　丽江宾馆　冬　晨　外

刘希娅在门口的花丛后守候。

昨晚那个女子换了一身时尚的便装出来。刘希娅尾随在这个女人身后,穿过马路,走过街市,进入了一条小巷。

小巷深处有一家古玩店,门脸上挂着一块匾,匾上镌刻着“黄记古玩店”五个字,黑底黄字,板正的行书。店内山墙正中挂一对条幅,上书十二个字:

四十年来家国　三千里地山河

古玩店生意冷清,三三两两几个游客,看上一眼两眼便又出去,店员小胖在招呼客人。我们在丽江宝石一条街见过的黄敬业坐在一张小竹凳上,自顾自抽着水烟,脚下有一盆水,一块黑黝黝的石头,还有一只电动砂轮。

女人径直走到黄敬业面前:你店里有玉吗? 古玉。

黄敬业吐出一口烟,眼皮也没抬:是玉还是翠?

那个女人不解:有什么不一样吗?

黄敬业放下水烟袋,抬眼看了看她,顺嘴甩出一句话:您不像玩玉的人。

女　人:此话怎讲? 莫非是怕我付不起钱吗?

黄敬业:小姐多心了,说着起身从古旧的多宝格里拿过一只白玉蝉递给女人:时下广东人、香港人、台湾人所说的“买块玉啦”,实际上都是买翡翠。玉是国粹,富豪墓里出土的玉器,件件是国宝;翡翠才玩了多少年,大清国时刚时兴。

女　人:是吗?

黄敬业:你看这汉玉,通体洁白,玉质莹润,形象宛肖,吹口气就像能飞一样。

女人拿在手里端详:老板说得倒是。

黄敬业又拿过一只黄玉蝉递给她:同样是汉玉,这只玉蝉黄褐色沁,雕工写实,纹理逼真,气韵是不是更为生动?

女人看了一眼两只玉蝉的标价,神色茫然:两只玉蝉,价钱竟然相差十倍?

黄敬业直言不讳:我看您没必要花这笔钱。

女人愠怒:老板,您这是骂人吗?

黄敬业脸上毫无表情:你知道这东西是做什么用的?

女　人:做什么用?装饰品呗。

黄敬业冷笑:这东西是放死人嘴里的。

女人差点没把手里的两只玉蝉扔地下,镇定了一下,假又装作很内行:有好翠也不妨拿来看看。

黄敬业收回汉玉,瞥了一眼地下黑黝黝的石头:玩这个吗?

女　人:开个价?

黄敬业把汉玉小心放回多宝格,依旧面无表情:五万,要不要?

女人有些不屑:贵了吧?

黄敬业不紧不慢说:这块石头擦出绿来,至少能卖五十万。

女人又问:要是擦不出绿呢?

黄敬业轻蔑地一笑:分文不值。

女人蹲下身,用手拨拉了几下石头,仰脸对店主诡异地眨眨眼:老板,我想找一个擦石人。

黄敬业看着她沉默无语。

女人站起身,掏出手绢擦了擦手:听说擦石人为朋友擦一块已经擦露了底的石头,老板你知道,所谓露底,就是擦出了白肉,这样的石头就是废料。

黄敬业:哼哼,接着说。

女　人:这位擦石人对着这块几十公斤重的石头琢磨了一夜,又擦了一个白天,竟然擦出了一道二十厘米长、一厘米宽的绿绺子,其绿之艳之浓,很多玩了一辈子翠的人也没见过。

黄敬业:愿闻其详。

女　人:后来,这块石头在香港以三千万港币的价格出手,成为当时轰动一时的新闻,切开却是白魔。整块石头就这么一绺绿,轻一分擦不到,重一分擦没了,真是微妙到了毫厘!后来买石人想见擦石人一面,被回绝了,擦石头的人和石头一样,含而不露。

黄敬业面露不屑,瞟一眼面前这个珠光宝气的女人冷冷地说:我就是擦这块石头的人。

女人也冷冷地说:我就是买这块石头的人。

黄敬业一声冷笑:不知这位小姐是来问罪,还是盘道?若是前者,江湖上没这个先例;若是后者,在下没这个兴趣。小姐如果没有入眼之物,恕在下不再奉陪了。然后招呼小胖:小胖,送客。

刘希娅装作顾客,在离他们两步之遥的多宝格后面欣赏玉器,听到了两个人的完整对话。

37　秦池家　冬　晨　内

秦池有些愕然:他居然把桌子掀啦?

刘经理:可不是吗?弄得琊山矿钮科长简直下不来台,脸红得跟猴屁股一样。

秦池坐在沙发上,用茶杯盖拨了拨浮在表面的茶叶,抿了一口茶水:这未免也太过分了。

刘经理:现在局机关都传开了,说新局长酒醉失态,和手下的干部老拳相向,全然不顾有重要客户在场。

秦　池:是吗?

刘经理:您想,就海岩那张臭嘴,能消停吗?昨天晚上,他差一点让江河给轰出去。他说了,今天是江河限期搬家的最后一天,如果江河示软则罢,一旦较真儿,非跟他过几招!

秦　池:呦,还忘了,今天有这么一码子事。

刘经理:住在办公楼里的哪一户没有背景,江河处处跟咱们港务局的管理层过不去,他这局长的位置还想不想坐稳?

秦　池:是啊,也不知道他是怎么想的。行了,我要上班去了,老刘啊,江河掀了桌子,煤码头的工作可不能受影响啊!

刘经理:人家琊山矿不从咱们码头走煤,我也没辙!

38　黄记古玩店　冬　日　内

女人一伸手:且慢,我话还没说完呢。

黄敬业停下脚步:小姐,还有什么吩咐?

女　人:我有位朋友,想找一只陈年翠镯,烦请黄老板留意,价钱不是问题。

黄敬业:陈年翠镯? 那物件可遇不可求,要看缘分。

女人掏出一张支票,递给黄敬业:这是一张现金支票,等会我拿些货,你填上数。一回生,二回熟,多打几次交道,缘分自然就到了。

黄敬业接过支票:敢问小姐的朋友尊姓大名?

女　人:姓丁,丁薇薇,是我们董事长。

黄敬业若有所思:丁薇薇? 这名字有些耳熟,应该是位巾帼?

女　人:正是。红粉佳人、闺阁才女。黄老板浸淫古玩界多年,有所耳闻也不奇怪。

黄敬业:耳闻不耳闻不重要,有道是,有缘千里来相会,无缘对面不相识。

女　人:黄老板说得也是,古玩界最讲一个缘字。

黄敬业呵呵一笑:方才小姐自称是买石人,倒让我想起一则典故。

女　人:什么典故?

黄敬业:《魏志》上有记载,是曹操和他手下臣子崔季珪的一段故事。

女　人:噢,黄老板讲来听听。

黄敬业摆摆手:有些故事讲出来就不好玩了,我还是先陪小姐选货吧。

39　港务局三层秦池办公室　冬　日　内

楼道里没有了往日的杂乱,一派冷清。秦池来到自己的办公室门前,掏出钥匙开门。

江河端着茶杯走过来:老秦,到二楼会议室开个会吧!

秦池拔出钥匙:今天怎么这么清静?

江　河:赵小苏已经把三楼的住户叫到二楼会议室了,听从您的建议,东江港的改革就从腾出办公室开始!

秦　池:我举双手赞成,一定要用雷霆手段。哎,就是老局长心肠太软,这个问题才久拖不决!

江　河:过去的事就翻篇儿了,今天,还希望得到你的鼎力支持啊!

秦　池:那是自然。

40　黄记古玩店　冬　日　外

黄敬业和小胖送女人出来。

女　人:黄老板,请您留步。

黄敬业双手一抱拳:一路走好,恕不远送。

女人提着两个纸箱,款款走过马路。

黄敬业和小胖返身进店。

坐在马路对面大排档里的刘希娅也若无其事地站起身,远远跟在女人身后。

41　港务局会议室　冬　日　内

会议室里坐满了人,大家鸡一嘴,鸭一嘴正在议论。

赵小苏推开房门,江河和秦池站在门外,房间里顿时鸦雀无声。

江河步履沉稳地走到会议室正中,在椅子上坐下,端起茶杯喝了一口茶,又一指众人:大家喝茶啊，这是狮峰龙井，我的战友送给我的，我叫办公室泡了一壶，请诸位品尝。

没有人说话。有人端起茶杯掀开盖喝了一口：茶不错。

江河沉着脸不语，房间里悄无声音，江河扫视一圈，有的人在偷眼看他，一遇他的目光慌忙回避。

江　河：我给了诸位半个月时间，请诸位搬出办公楼。十五天的时间足够用了吧，不过诸位好像没有搬出去的意思。今天我把你们请来，“三令五申”典出何处想必大家都知道，当然，我们现在是共产党领导，不搞封建大王那一套，会议室门口也用不着站上刀斧手。但是一个企业有一个企业的规章制度，政令不通，一个企业必垮无疑！

秦　池：大家有什么想法好好说，要控制好情绪。

江河看着会议室里仍闷声不响的众人，端起茶杯喝了一口，然后轻轻把茶杯放到桌上，一字一顿地继续说：有人发牢骚，说这点小事何劳你江局长管；我说，如果连这点小事我都管不了，这个局长我还能当吗？

海　岩：我们家住房紧，岳父岳母来了没地方住，你总不能让我们住到马路上去吧！

有人起头，其他人也跟着嚷嚷起来——

群众乙：给港务局干了一辈子，连这点人情也不讲吗？

酒糟鼻：领导要关心群众生活，如果港务局不管我们死活，我们就到市委去上访！

群众丁：对，市委不主持公道，我们就上省里，上北京！

江河冷眼旁观，面无表情。等几个人吵够了，他不紧不慢地说：你们的理由成立不成立，你们心里比谁都明白。愿意向上级去反映情况，那也是你们的民主权利。不过…… 海副处长，如果你的小姨子、大姑姐也来到东江港，是不是我江河还要为你让出局长办公室？

海岩脸憋得通红：我…… 我……

我什么我！江河拿出笔记本，翻了两页：海岩，1988 年入职，1996 年分得福利住房两居室楼房一套，建筑面积 70 平方米，按港务局职工分房标准，已经达标。2001 年又通过关系搞到平房一间，16 平方米，属于超标违规住房。

海　岩：你调查我？

江　河：你一家两口占了 80 多平方米住房，跟港务局的绝大多数职工比，是不是太宽敞了！居然还在港务局办公楼强占办公室，安寨扎营，搅乱正常办公秩序，怎么，我调查你不可以吗？

海岩一时目瞪口呆，不知所措。

江河一拍桌子，声色俱厉：简直是荒唐透顶！赵小苏，你记下我的话，今天下午六点以前，海岩不搬出办公楼，立即停职检查，一个月内必须自行调离东江港，否则停发工资！

众人皆惊。一时会议室里鸦雀无声。

秦池出来打圆场：老江啊，此事是否缓议？

江河看一眼秦池，端起茶杯喝了一口，噗噗吐出几片茶叶：秦局长，港务局办公楼快成家属宿舍了，是非曲直如此明了的一件事，竟久拖不决。政令不通、人心涣散，由此可见一斑！何来缓议？

海岩从座位上蹦起来：你没有权力一手遮天！局长也没有权力搞一言堂！

江河坦然一笑：你说得对，我不会一手遮天，也不会搞一言堂。小苏，你马上通知党委委员，下午一点到党委办公室开会。

赵小苏：是，我马上通知。说完走出会议室。

海　岩：不搬，就是不搬！现在讲和谐社会，你难道要官逼民反吗？

酒糟鼻：对，你说搬就搬了！搬了我们住哪去！

江河站起身：各位，该说的我已经说过了，其他各位的住房情况用不着我在这里一一通报了吧？再重申一遍，搬出办公楼的最后期限是今天下午六点，离现在还有近九个小时。过了六点不搬，后果自负。我江河言出行随，到时候若有得罪，休怪我言之不预！

说完，头也不回地走出会议室。

42　孟建荣的套房　冬　日　内

刘希娅破门而入，神色急切。

孟建荣从沙发上站起来：希娅，你不是说要多睡会吗？怎么一绷子又不见影了？吃早餐了吗？

刘希娅：表哥，我刚才查了一下，十二点有一班回东江的飞机，咱们马上订票，打道回府。

孟建荣愕然：打道回府？这才来了一天，玉龙雪山、大研古城、黑龙潭、拉市海都还没去呢！

刘希娅：不去了，以后再找机会，我有重要情况要向江局长汇报。

孟建荣：你这是唱得哪一出呀，小姑奶奶，你总得说明白了，别让我成了阎王殿里的屈死鬼，行吗？

刘希娅拿起桌上的一瓶矿泉水，拧开盖喝了两口：什么屈死鬼？你买不买，你不买，我自己去买！

孟建荣：别、别别，我买，买还不行吗？

43 港务局党委会议室 冬 下午 内

江　河：各位，今天咱们党委会的主要议题是，东江港怎样打好翻身仗！奕巍，你先谈谈东江港的战略定位。

沈奕巍：我？我只是会议记录，没有发言权呀？

江河一笑：今天你尽可敞开一谈，恕你无罪。见沈奕巍犹豫，又说，在下面我们不是沟通两次了吗，你对东江港的战略定位很有见地嘛，说说无妨。

沈奕巍站起身，走到会议桌对面，墙上贴着一幅东江港地形图：东江市襟江通海，是沿海开放地区向内地梯度推进的重要交汇点。现在，国家已立项修建东江长江公路、铁路两用大桥，大桥建成后交通将更加便捷，为东江港开展多式联运，发展第三方物流并最终发展成为地区性的综合物流中心创造了必要条件。

江　河：补充一句，特别是东江港的闸口煤码头，可谓长江干线综合能力最强的煤炭能源输出港。

沈奕巍：在和我交谈时，江局长提出东江港的经营方针是以煤炭运输为基础，以外贸运输为重点，我认为符合东江港的发展定位。

江　河：这个设想请办公室打印成文件，发给各位批评指正。汲取大家意见后再正式向省市两级政府呈报。总之，良好的港口条件，使东江港可常年靠泊五千吨级海轮，中水期可靠泊万吨级海轮，到了长江枯水期，则是川、鄂、赣等省的物资在这里中转运输最理想的港口，也是长江溯水而上的一个深水良港，担负着国家东部地区和中西部地区以及国外和内地之间的货物中转任务，随着中西部地区经济的快速发展，未来东江港的中转地位将会更加突出。

沈奕巍：捧着这样的金饭碗，我们没有理由讨饭吃！

会议室里气氛开始活跃，与会者窃窃私语。

秦　池：小沈、老江的高论在理论上是成立的，可事实是，改革开放以来，东江港思想保守、观念落后，没有及时跟上时代的潮流。这些年连年亏损，积重难返呀！俗话说，病来如山倒，祛病如抽丝。还是要稳步推进，搞港口建设，不能像赵本山小品一样靠忽悠！

江河闻言一笑：秦局长所言极是。搞经济建设要的是老老实实的工匠精神。他转向总会计师章江：今年东江港预计亏损一千万，对吧，章总？

江河一语惊人：明年，我们要把盘子翻过来，变亏损一千万为盈利一千万！

仿佛一滴水珠溅入油锅，会议室里顿时炸开了。

闫主席摸摸脑袋，怕自己没听清：什么，明年盈利一千万？

郭川扔了一支烟给江河，有些兴奋：江局长，你这不是开玩笑吧？

有人摇头：照目前的状况，能不扩大亏损就烧高香了，扭亏为盈？谈何容易！

另一位委员表示赞同：是啊，和琊山矿关系也搞僵了，如果煤码头再无利可创，咱们不喝西北风就算不错了！

秦池以开玩笑的语气对江河说：老江，那天你在“心相知”掀了桌子，琊山矿和东江港的关系更是雪上加霜！

江河没有理睬秦池，他拿起郭川扔过的烟，看看牌子，叼在嘴上，冲卢茜歉然一笑：此屋没有禁烟标志，不算违反规定吧？

卢茜一低头，装作看记录。

江河点燃香烟，随后掏出自己的烟盒递给身旁的秦池：老秦，抽一支提提神：大家是老港口了，想必听到过一句话：江北烧煤，江东烧电。

郭　川：闸口煤码头地处江北，工作环境差。劳动强度大，福利待遇低。改革开放后，职工与企业双向选择，原有员工大量流失，新招入的员工多为贮木场子弟。煤码头无法解决职工宿舍，这些员工依旧住在贮木场宿舍，到了冬天就到货场上拉货主的煤烧，一冬天下来，烧几千吨煤稀松平常。

闫主席：江东烧电是港务局多年来的一项福利，老局长退休后，老秦向全港职工许过愿，只要他在任就不会给职工宿舍装电表，吃定社会主义“大锅电”。

秦池抽了一口烟，在烟灰缸上蹭了蹭烟灰：咱们港务局经济效益不好，也就剩这么点福利了。

江河眉峰一挑：江北烧煤先不去说它，只江东烧电一条，我做了一个调查，江东共有港务局职工七百八十六户，每月用电五十一万零九百度，一年下来就是六百一十三万零八百度；每度电按五角四分八三计，就是三百五十六万三千九百五十元。

郭副局长一声叹息：唉，用电没有节制，浪费现象十分惊人呀！晚上你去宿舍区看看，灯火辉煌，哪一户的灯泡也不少于一百瓦。一个莲花式吊灯，十几只灯泡，就是六七百瓦，再加上家家一个一千多瓦的电炉子，这哪里是烧电，分明是在烧钱嘛！

江河面色严峻起来：这还只是一项。他从身旁的文件包里掏出笔记本，抬眼望一眼章江，下面的数字如有差错，请章总提示。章江点点头。

江河接着说：据我统计，二级单位和局机关共公款配置了手机一百二十八部，一水的最新款三星，有的分公司三个老总一天到晚打头碰面，还要每月报上千元的手机费，光这一百二十八部手机一个月的话费就是六万多，对吗，章总？

章　江：这个月六万一千四百四十元。江河的面色越发严峻：诸位，除了手机的费用，你们知道我们一个月座机的话费是多少钱吗？

众人无语，默默望着江河。

啪一声，江河重重地把笔记本摔在桌子上：七万八呀！

秦池把烟蒂在烟灰缸里摁灭，轻描淡写地说：必须的经营成本总还是要支出的。老江啊，这么大一个港务局，一个月七万八的电话费不高嘛！

江河从文件夹里拿出一沓单据扔给秦池：秦局长，这是商务处一个月的电话清单，共七千八百元，我核对了一下，其中下班以后打的私人长途和音乐点歌、情感聊天的费用就占去四千六！

有这种事？秦池翻看着单据，脸上一阵青，一阵白。

江河面向交头接耳的党委委员：刚才秦局长批评了我，前两天我在“心相知”掀了桌子，想必大家已有所耳闻。

郭　川：两个版本。老江，一个说你江河酒醉失态，和手下的干部老拳相向，全然不顾有重要客户在场，一生气掀了桌子，给东江港造成了极其恶劣的影响。

江河哈哈一笑：另一个版本呢？

郭　川：另一个版本的发布者是刘黑子，他讲了那天事情的来龙去脉，工人们听了大快人心。不过老江啊，有一个细节我要向你核实，据说海岩和你叫板时，你一发力，一个玻璃高脚杯生生被你攥碎了，海岩吓得瘫倒在地，你的手则安然无恙，有这么回事吗？

江　河：传说嘛，允许联想。不过诸位可曾知道，港务局加上各分公司各职能处室，现在一共有二十八支笔有签单权。工人说日日酒席宴，夜夜划拳声，绝非夸大之词。咱们港务局效益连年下滑，招待费却逐月攀升，我查了一下，这个月光是招待费，全局就干掉九十七万……

章　江：九十七万七千二百五十六。

江　河：他娘的，不少宴请光吃不算，散席后还一人一条软中华，一瓶茅台或五粮液，全部打进招待费。我就奇了怪了，那都是工人的血汗，他们也吃得下去，喝得下去？

第6集

1　东江机场　冬　下午　外

刘希娅和孟建荣拉着行李箱走出机场。

孟建荣:希娅,一起吃顿饭吧?听说"心相知"新来了一个厨子,松鼠鳜鱼做得色香味俱佳。

刘希娅:免了,我还有事。

孟建荣:有什么事?该不是去找江河吧?

刘希娅出言不屑:找江河又怎么样?和你有一毛钱关系吗?

孟建荣停下脚步:怎么没关系?希娅,我们这一趟丽江之行不是去凭吊陶然的故地吗?我看你分明是为江河出了一趟公差。

刘希娅:你吃醋了?

孟建荣:在码头祭奠陶然时我就觉得你看江河的眼神不对。我可要告诉你,江河是有妇之夫!

刘希娅:承蒙提醒,谢了。说罢,拉着行李箱就走。

孟建荣愣了一下:哎,希娅……

刘希娅拦了辆出租车,她提着箱子上车,摇下窗子,冲孟建荣挥了挥手:拜拜——!

2　港务局党委会议室　冬　下午　内

江　河:对不起啊,各位,我骂人了。

郭　川:该骂!老江,我都想骂人呢!

秦　池:我们这是党委会,不是街头大排档,还是要注意语言文明。

江河一笑:老秦提醒得对,咱们现在言归正传。明年怎样变亏损一千万为盈利一千万,我算了一笔账——

秦　池:好,听听老江怎么空手套白狼。

江　河:江东宿舍区每家每户全部装上电表,按月每家补助六十元电费,全年即可节省开支二百九十九万八千零三十元!所有手机一律不再由公家报销话费,各部门座机话费实行包干,在现在基础上削减一半,两项合计,一年又可节省开支一百二十万五千二百八十元。

郭　川:老江,你这账算得细呀。

江　河:再有,各分公司、局属各部门一把手的签单权全部收回,由局里成立财务结算中心,各部门有宴请、招待事先上报局办,声明事由、参加人、用餐标准,未经分管局长批准的招待费用一律不得报销。这一笔全年至少可以节省一半,就是五百万元!以上三项相加,全年就是九百二十万三千三百一十元!这还不算可以堵塞的基建成本费用。

闫主席一拍大腿,兴奋之情溢于言表:江局长,我赞成!乱世需用重典,东江港早就应该采取一些霹雳手段了!

章江也点头对众人说:江局长和我深谈了两个晚上,他算的账完全靠谱儿,照此实行扭亏有望。

江河微微一笑:我刚才算的是扭亏的账,还有盈利的账也向各位汇报一下,请大家议议。煤码头一年烧掉客户几千吨煤,再加上煤码头没有必要的防护措施,风吹雨淋,客户又损失几千吨煤,人家怎么能不转道其他港口呢!

郭　川:是啊,除非人家脑子进水了。

江　河:不光煤码头,这些天我还看了散货码头,我看到人家客户是赔着笑脸,拿着烟,提着酒求我们文明装卸的,可是箱破包开的情况还是屡屡发生,这样怎么能留得住客户?

章　江:靠喝几场酒就留住了吗?休想!

江　河:关键是,我们要制定严格的服务质量标准,给每一个到东江港转运货物的客户最优质、最完善、最贴心的服务!

郭川的激情也被点燃了,他揉搓着双手一副跃跃欲试的样子:老江,你这话真是说到点子上了,干,干!有你领头,干起来咱们决不含糊!

江河望着郭川,目光中充满期待:老郭,这个事情你牵个头,会同有关部门要做专题研究!

郭川点头:好,会后我马上组织实施,先做出方案向你汇报。

江　河:不,这些会我要参加!具体的标准制定要周密、科学、具有很强的可操作性。我要强调的只有两句话:超前性思维,超常规工作。这种双超精神,应该成为我们东江港改革的指导方针。同志们,先不说别的分公司,只要煤码头一年的中转量能增加一百万吨,利润就不会低于600万!所以,只要我们深化改革,真抓实干,变亏损 一千万元为赢利一千万元,就完全可以变成现实!

啪、啪、啪,党委会上少有地响起了掌声。

江河一摆手:现在鼓掌为时过早,如果过个三年五载,东江港真的成了现代物流中心,我和大家一起放鞭炮!

郭　川:老江啊,沉船事件后你潜水一个多月深入调查研究,没想到收获颇丰啊!

闫主席:是啊,开始大家还有些想法,觉得你老江不开会,也不发表施政纲领,有点不务正业呢!

江　河:这么大一个港口,不好好拜师学艺,做做功课,怎么敢在各位老码头面前造次。

哈哈哈,会议室里响起一阵笑声。

江河没有笑,他的脸上露出凝重的神色:还有一件事,上午,我宣布海岩停职检查,海岩说我没有这么大权力,他说得不错,这件事确实需要党委会确认。在大家表态前,我补充两个细节:商务处私人电话,多一半是海岩打的;那天在“心相知”,他和客户本无业务关系,不仅自己去吃蹭饭,还带去了三个根本就不是港务局的人大吃海喝,一餐饭,花了八千元!

闫主席首先表态:还有什么可说的,不撤他职就算便宜了他!

章江也附和:这样的人不处理,港务局好不了!

郭川更是旗帜鲜明:老江,你就放手一搏吧!只要有利于东江港的发展,我们无条件支持你!

江河望望秦池:老秦,你的意见呢?

秦池尴尬地一笑:我?我没意见。

江　河:那好,就海岩停职的处理决定,请大家举手表决。

表决结果,全数通过。

江河对卢茜说:马上将这项决定通知办公室,打印成文件在今天下班前下发到各分公司,局属各部门。

说完,江河站起来习惯性地说了一句:收队。

众人哄一声笑了,在大家善意的笑声中,赵小苏走进来,附在江河耳边说:

刘希娅来了好几次电话,说找您有急事!

3　港务局办公楼三层　冬　下午　内

有人欲往外搬家具,楼道里乱乱哄哄。

海岩上前阻拦:不能搬呀,咱们在港务局都是有头有脸的,这样灰溜溜搬出去,以后还怎么混?

酒糟鼻:不搬怎么着?我看江河这回是动了真格的。

海　岩:俗话说法不责众,只要大家伙儿心齐,我就不信江河真敢把咱们全撸喽?

妇　女:真撸了也保不齐。

海　岩:真撸了,东江港生产就会瘫痪,他这局长还想不想干了?再说,港务局也不是他一人说了算,党委会能不能认可他的意见还另说呢!

酒糟鼻:也是啊,现在是下午四点,要不咱们再看看?

众　人:对,再看看,不在乎这一时半刻。

赵小苏咚咚咚跑上楼，手里拿着刚刚打印好的党委会文件：这是局党委刚刚形成的决议，已经下发各处室和各公司，你们各位看一看啊！

海岩一把抢过文件，镜头推出文件标题：关于海岩同志停职的决定。

他把文件扔在赵小苏脸上，脸色铁青：妈的，来真的了。

赵小苏捡起文件，冲众人晃了晃：各位，海副处长已经被正式停职，其他住户下午六点以前如果不搬出，一律停职检查，限期调离！这可是党委会文件，不是闹着玩的，大家伙掂量掂量吧，愿意为海副处长陪葬的就别搬！

说完，赵小苏转身离开。

众人一时呆愣。

酒糟鼻冲自己老婆吼：还他妈发什么愣，赶紧搬东西呀！

众人纷纷回屋搬家。

海　岩：别搬，再坚持一下！不能倒在黎明前的黑暗中。

酒糟鼻搬了一张桌子出来，冲海岩说：海处长，你省省吧，你是死猪不怕开水烫了，我们还得靠港务局过日子呢！

4　秦池家　冬　傍晚　内

秦池进了家门，照例走进母亲的房间，

秦　母：池儿呀，回来啦？

秦　池：娘啊，这么早就躺下了，身子不舒服吗？

秦池脱去外衣坐到床边，攥住母亲的手。老人疼爱地望了一眼儿子：我好着呢！只是你呀，这些日子眼瞅着瘦了！也是快奔六十的人了，可不比年轻人！

秦池点点头：我知道，您看——他攥拳弯臂，露出凸起的肱二头肌，儿子结实着呢！

老人瘪着嘴笑了。

秦池从卫生间里端出大木盆，倒上开水，对母亲说：娘啊，您今天还没洗脚吧，儿子给您洗。

秦母坐起：池儿，你忙了一天，我自己来吧。

秦池轻轻把母亲的脚放进盆里：烫不？

秦　母：合适着呢！

秦池边给母亲洗脚边说：娘，您靠糊一个纸盒挣一分钱，供儿子上了大学，儿子给您洗洗脚还不应该吗？

秦　母：唉，那时的日子苦啊，现在你出息了，娘这不也跟着沾光了。

秦　池：沾啥光了，儿子不孝，不能时时侍奉左右。对了，您儿媳妇前天还来电话，说要接您到加拿大养老呢！

秦　母：人老念旧，落叶归根。加拿大我就不去了，倒是你，什么时候去和闺女、媳妇团聚？

秦　池：娘呀，我守着您，我得给您养老送终。

秦　母：这孩子，是娘拖累了你呀！

秦池为母亲洗好脚，手机响，他擦了擦手，接听。

5　孟建荣家　冬　傍晚　内

孟建荣靠在床头，神情沮丧：您找我？

手机里传出秦池的声音：建荣啊，你倒是很有闲情逸致啊，这两天上天入地找你，听说和刘希娅去了丽江，手机为什么一直关着？

孟建荣：唉，防止打搅嘛，本来想趁这个机会把这个丫头片子拿下。

秦　池：如愿以偿了？

孟建荣：一言难尽。

秦池的声音：听上去，怎么有点英雄气短啊？

孟建荣：秦局长，您别拿我打哈哈了。说吧，您找我有什么吩咐。

秦池的声音:这样吧,现在还不到七点,我们在“心相知”雅间一聚,有话见面聊吧,也算是为你接风。

6 江畔 冬 傍晚

刘希娅在一块石头上坐下,江河在离刘希娅一米远的另一块石头上坐下。

江 河:有事到办公室谈嘛,为什么一定要选择江边?

刘希娅:你不觉得江边比办公室浪漫!

江河一笑:浪漫?那是你们年轻人的专利。

刘希娅:你们年轻人?你不觉得这句话有一种年龄歧视吗?

江 河:噢,是吗?这个帽子给我戴,尺寸合适吗?

刘希娅:当然合适。实话告诉你,你的《江河水》吹得绝对是专业水准,在笛声中,我觉得陶然的生命仿佛复活了。

江 河:承蒙夸奖,不过,陶然是东南五省第一笛,我的笛子哪里可以和他相提并论?

刘希娅娇嗔地:谦虚?过度的谦虚也是一种骄傲。

江河开了一个玩笑:又一顶帽子,行,来者不拒。

刘希娅得意地一笑。

江 河:希娅同学,你说有重要事情告诉我,什么事,这么急如星火?

刘希娅:等价交换。江局长,《江河水》不是什么人都可以演奏的,你的长笛是在哪里学的?

江 河:希娅同学,这个问题和我们要谈的问题有关吗?

刘希娅很干脆地回答:当然。

江 河:希娅同学,我是认真的。

刘希娅固执地:江局长,我也是认真的。我是学音乐的,从你演奏的长笛里还是能听出一些内容的,我不会随随便便问你这个问题。

江河一时语塞。

刘希娅:可以告诉你,我在你演奏的长笛里听到了什么——追忆似水流年。你可以保持沉默,不过从此你在我心里就是一个不够坦诚、工于心计的男人。

江河摊摊手:希娅同学,我们可不可以换一种口气说话,别把我这个前公安局长弄得像个受审的犯人,你想知道的,恐怕不仅仅是我在哪学的吹长笛吧?

刘希娅点头承认:是呀,我还想知道你吹长笛时的那段经历。江局长,这关系到我毕业后的去向。

江河微微一笑:有这么严重?真要耽误了刘同学的前程,我可就承担不起了。

刘希娅步步紧逼:那你就一五一十把你那一段经历讲给我听听,不许隐瞒。

江 河:好吧。不过现在不行,再找一个时间吧,我一定给你讲讲。

刘希娅爽快答应:行。说话算数,今天暂且放过你。哎,我要向你提一个要求,再称呼我的时候,你能把我名字后面的同学两个字去掉吗?你不觉得,这个称呼你叫起来不顺口,我听起来也很别扭?

江河略一沉吟:可以呀,以后叫你小刘吧!

刘希娅明显感到失望:随便你吧!哎,你猜,我在丽江看到什么人了?

江河掏出烟盒抽出一支,转身背着风点燃,吸了一口说:这我可猜不出来,你看到的人和我有关系吗?

刘希娅故弄玄虚:我先声明,我看到的这个人我不认识,和我也没有任何关系,不过,却是你千方百计要寻找的人。

江河一头雾水:小刘,我在丽江找什么人,你把我说糊涂了?

刘希娅嗔怪地瞪了江河一眼:江局长,你是贵人多忘事还是忙糊涂了?我出院后,你不是让赵小苏打电话问我看没看到一个在裕泰号上打手机的女人吗?我告诉他看到了。这次去丽江,我又看到那个女人了,你们不是要找她吗?

江河闻言,腾一下站起身,把刚抽了一口的烟扔到地下:方秋萍!

刘希娅:对,是叫方秋萍吧。

江　河:不可能,撞鬼啊!

7　“心相知”雅间　冬　傍晚　内

秦池和孟建荣相向而坐。桌上有几碟小菜,两个人细斟慢饮。

秦　池:沉船事故后江河潜水一个多月,下午在党委会一露面,就斜刺里杀出一枪,说港口基建费用有很大节约潜力。这是什么意思?会不会是在影射集装箱码头的改建工程?

孟建荣:江河一个棒槌,他懂什么基建?

秦　池:话不可以这么说,江河在党委会上的发言虽属夸夸其谈,但也说明他这些日子没闲着,做了不少的功课。

孟建荣:您放心,集装箱码头的改造方案,是北京的权威机构出的,他江河漫说是半路出家,就是老码头也挑不出刺儿!

秦　池:总之,小心驶得万年船,凡事想到前面总没有坏处。

孟建荣:我知道。不过秦局长,我可不是埋怨您,如果趁沉船的乱乎劲儿,把合同让他签个字,现在工程都开工了。

秦　池:江河是干公安的出身,多疑,那时候让他签字,难保他不会多心。

孟建荣:不过也好,这回东江港损兵折将,不但王德纲船长和老卢头受了处分,您和郭川也吃了瓜落,他江河投桃报李,也不该在合同的问题上为难您。在官场上混了这么多年,他不会不明白这点人情世故。

秦　池:我看这个江河有点油盐不进,难说。

孟建荣:油盐不进?那是您没有抓到他的软肋。

秦池疑惑:什么软肋?

孟建荣:软肋就是一个人最容易就范的弱点。比方说,您是大孝之子……

秦池脸一下耷拉下来:怎么打比方呢你?

孟建荣忙双手作揖:对不起,秦局长,我不是那个意思,百善孝为先,这是您的人格高贵之处,和软肋根本扯不上。

秦池咂吧了一下嘴:继续说。

孟建荣语气神秘:我淘换了一幅画,是黄宾虹高徒汪采白的一幅扇面,绝对是稀世珍品!

秦　池:你要怎么样?

孟建荣:我侧面打听了一下,这江河当兵时在演出队吹长笛,除了对乐器有所偏爱外,就是喜欢书画了,他的书法不错,也能涂两笔。

秦　池:是吗,那无妨一试,只是要恰到好处。

8　江畔　冬　晚上

刘希娅没有想到江河反应如此强烈,愣愣地望着江河:你怎么了?

江河不容置疑:小刘,你一定是看错人了,没有这种可能。世上长得像的人有的是,你肯定是看错了!

刘希娅瞪大眼睛和江河对视:你这人怎么这么固执,为什么没有这种可能?仅仅是长得像吗?告诉你,不仅长得一模一样,而且我听到她说话的声音了。我们搞音乐的,眼睛可能会看错人,耳朵可不会听错人。

江　河:这太不靠谱了。方秋萍是廖汉中的老婆,要说挖煤可能懂得一二,要说遭遇长江沉船后死而复生跑到云南去买卖文物,就太八卦了。

刘希娅:你要是这么认为我也没办法!

江　河:真如你所说,沉船事件就成一个阴谋了。这怎么可能,湘籍船船长和舵手已经审结了,是玩忽职守嘛!

刘希娅:信不信由你。

江　河：太离奇了，太八卦了，太不可思议了。小刘，你很有想象力。

刘希娅：反正我的故事讲完了，希望你不要食言，也讲讲你的故事。

江河看看手表，带着几分开玩笑的口吻说：今天太晚了，改天吧，事关小刘同志的前程，我怎么会食言呢？

刘希娅夸张地惊叫了一声：拜托——！希娅同学变成了小刘同志，我怎么越听越别扭啊。

9　“心相知”雅间　冬　晚　内

秦池和孟建荣已转移了话题。

秦　池：建荣啊，你好不容易逮着个机会，陪那个女学生去丽江旅游，怎么没两天就回来了？

孟建荣啪一下放下筷子，叹了一口气：您还说呢！刘希娅在丽江跟我说了总共不到十句话，倒起码有五次提到江河。待了不到两天，就着急麻慌地死活要回来，说有重要的情况向江河汇报。

秦　池：重要情况？

孟建荣：什么重要情况，还不是找个借口跟江河接近！

秦　池：有这事？

孟建荣：没准这会儿两个人正在江边呢！希娅说了，想约江河在江边见面。

秦池刚要答话，手机响，他接通电话。

10　海岩家　冬　晚　内

房间里一片零乱，家具摆放得乱七八糟。海岩的妻子在整理房间。

海岩打电话：秦局长，他江河有多大权力，说停我的职就停我的职，说让我腾房我就得腾房？

秦　池（OS）：海岩啊海岩，你让我说你什么好？停你的职算便宜了你，就你干的那些下三烂事，撤了你也不为过。

海　岩：您不觉得江河欺人太甚了吗？俗话说打狗还得看主人呢，他这么做，也没给您留一点面子呀！谁不知道，我是您一手提拔的干部。

秦　池（OS）：你少扯我。你呀，真是狗屎扶不上墙！

海　岩：秦局长，我知错了，我改。不过，咱们和江河不能这么就算完了。

秦　池（OS）：不完怎么着，不完你还能掀了天？

海　岩：我掀不了天，我可以恶心他，我让他在东江港不消停！

秦　池（OS）：不过这老江也是，说别人影子歪，自己先要身子正嘛。已经娶妻生子了，竟然还和东江师大的那个女学生搅和到了一起，没准这时就在江边看夜景呢！

海　岩：操，这不是乌鸦站在猪背上吗？他这么花心，有什么资格说我！

11　“心相知”雅间　冬　晚　内

秦　池：人家有权，你能怎么着？嘁！说完合上手机。

孟建荣：海岩这个人太贪小，成事不足，败事有余。

秦　池：江河处理沉船事故已经先胜了一阵，现在摆出架势要深化改革，如果再得手，在东江港就站稳了。

孟建荣：是啊，不能让他站稳了。

秦　池：海岩大事办不成，给江河制造点麻烦，足可胜任。

孟建荣哈哈一笑：这也算人尽其才了。

秦　池：倒是你小老弟，别放水养了鱼，倒让别人捞了去。

孟建荣猛地喝干杯中酒，一蹾酒杯：他敢！

12　江河家　冬　晨　内

徐小慧在开放式厨房里准备早餐。她把牛奶、面包片和果酱摆在餐桌上，又在厨房里煎鸡蛋。江河坐在沙发上看报纸。

徐小慧将煎好的鸡蛋摆上餐桌，对着女儿的卧室喊了一声：玥玥，吃早饭了。

女儿推门出来见到江河，表情夸张地快步走到窗前向外张望。

徐小慧：干什么呢？玥玥。

女　儿：我看看今天的太阳是不是从西边出来的？

江河放下报纸：你什么意思啊？

女　儿：江河局长怎么在家吃早饭了？这不是太奇葩啦！

江河走过去刮了一下玥玥的鼻子：好啊，学会拿老爸开心啦？

徐小慧：也不怪女儿，从你调到港务局，一共在家吃过几顿饭呀，数得过来。

女儿走过来站在江河面前：老爸，让我仔细看看你，好好加深一下记忆。要不然，再过些日子就该不认识了。

江河坐回餐桌旁，在面包上抹了果酱递给女儿：有那么夸张吗？我看，你可以写科幻小说了。

徐小慧：玥玥这是在批评你呢！我知道你工作忙，可是总要拿出时间关心一下女儿嘛。告诉你，女儿和你撒娇的日子不多了。

江河起身面向玥玥：好，认真接受老婆建议，虚心接受女儿批评。

玥玥装模作样地摆摆手：好啦，能够认识错误就是好同志。坐吧，江河同志。

江河也故作姿态地挺直身体：是，江玥玥同学。

正在这时，有人敲门：请问，江局长在家吗？

13　港务局传达室　冬　晨　内

门卫在分发报纸邮件，有几个人在拿报纸和邮件。

海　岩：哎，各位，本人现在发布一个雷人的重大消息。

酒糟鼻：什么雷人的消息？是普京下台了，还是默拉皮火山又喷发了？

海　岩：那都太不接地气了，我发布的消息就发生在港务局。

有人拿报纸卷拍了一下海岩：别卖关子了，有话说，有屁放。

海　岩：昨天晚上，咱们新来的江局长和东江师大那个拉琴的美女，在江边约会去了。

门　卫：会有这事，不能够吧？

海　岩：我亲眼所见，我海岩光明磊落，不怕你们去江河那里打小报告。

酒糟鼻：这小娘们，男朋友才死几天啊，就这么不安分。

海　岩：关键是咱们的江局长，老牛吃嫩草，好这一口啊！

门　卫：别瞎咧咧，人家也许是谈工作。

海　岩：谈工作？一个港务局局长，一个在校大学生，有什么工作好谈呀？退一步说，谈工作可以在办公室，干吗非黑灯瞎火跑江边去！

酒糟鼻：就是啊，到了晚上，江边黑咕隆咚的，孤男寡女说得清吗？

海　岩：有黑夜掩护，正好可以……

酒糟鼻：偷腥儿！

两人发出一阵淫荡的大笑。

门　卫：你看见了，没看见别胡说，江局长不是那样的人。

14　江河家　冬　晨　内

玥玥开门，孟建荣站在门口。

江河一愣：呦，孟先生，你怎么来了？

孟建荣进屋：我是东江港的主要建筑商，新局长上任，总应该来拜拜码头。前一段时间正赶上沉船，您没有空，就拖到了今天，还望江局长见谅。

江河有些不高兴：有什么事到局里谈嘛，我从来不在家里办公。

孟建荣：我就一站一立，耽误不了江局长多少时间。

江河无奈，一摆手：坐吧。

徐小慧和玥玥已经吃完早餐，穿好衣服准备出门。

孟建荣：徐大夫，不认识我？孟建荣。

徐小慧拉着女儿：怎么会？孟总大名，在东江港如雷贯耳呢！

孟建荣哈哈一笑。

徐小慧：江河，你跟孟总聊吧，我和玥玥先走了。

江河看了一下墙上的表：我也待不住，九点钟还要开党委会。

孟建荣见徐小慧母女出门了，便从包里掏出一个大牛皮信封递给江河。

江河没接：这是什么呀？

孟建荣：听说江局长对字画颇有研究，朋友送我一幅汪采白的扇面，想请江局长掌掌眼。

孟建荣从信封里拿出扇面，双手递给江河。

江河接过认真端详：好画。落笔沉着，清新秀丽，有新安画派之风。

孟建荣：江局长要是喜欢，就赏脸留下？

江河把扇面放到沙发桌上：噢，送我？

孟建荣：一幅小画，不成敬意。

江　河：这可不是一幅小画哟，送到荣宝斋，标价怎么也得上百万吧！

孟建荣：江局长果然是行家！

15　小学校门口　冬　晨　外

徐小慧和玥玥互道再见后转身离开，迎面碰上女儿的班主任老师。

班主任：徐大夫，送玥玥啊？

徐小慧：是，张老师早。

两人一错身走过，班主任忽然回身喊住徐小慧。

班主任：徐大夫，玥玥马上就要小升初了，学习还要抓紧。

徐小慧有些愕然：怎么，玥玥的学习有问题吗？

班主任：也不能这么说。不过，现在许多孩子都在上各种辅导班，家长也全力以赴，我看你们俩口子好像有点大撒把。

徐小慧不好意思地一笑：她爸爸一天到晚见不到人，我既忙家务又忙工作，确实有点顾不上她了。

班主任：所以，我提醒你们一下哈，不能让孩子输在起跑线上，是不是？

16　江河家　冬　晨　内

江　河：这个汪采白我知道，是翁同龢的学生，有"江南大儒"之称，和齐白石、徐悲鸿、张大千等画坛大佬是画友。他的画存世不多，自然价值不菲嘛！

孟建荣：江局长真是亦侠亦文。早就听人说您学识渊博，果然名不虚传。孟某佩服！

江河微微一笑：孟总过奖了。不过，有关采白先生的一则轶闻不知孟总听说过没有？

孟建荣露出谦恭状：洗耳恭听。

江　河：日寇占领华北期间，采白先生曾作《风柳鸟蝉图》以抒心境，画作展出后马上被法国公使订购。一个日本富商命采白先生再画一幅，并称愿出重金。采白先生却愤然拒绝，曰"我非机器也"。

孟建荣伸出大拇指：好，有气节、有风骨。

江河站起身：同窗好友陶行知称赞采白先生"行止有耻"，就是做什么不做什么知道羞耻。现在，我把这四个字转送孟总。

孟建荣像被打了一闷棍：您这是……

江　河：没什么，请你把画拿走，我马上要去开会。

孟建荣悻悻收起画作。

江　河：噢，对了，你那个集装箱码头的改造方案我看过了，找个时间，有些问题还要向孟总讨教。

17 港务局篮球场 冬 日 外

沈奕巍正在和三四个人打篮球。跨步、上篮，身手矫健。

卢茜在食堂买了早点一边吃一边走，路过篮球场停下脚步看沈奕巍打球。

沈奕巍看见了卢茜，把篮球扔给赵小苏，到篮球架上拿下夹克，边穿边走出篮球场。

沈奕巍：卢大编辑，什么好吃的？美食不可独享啊！说着，从卢茜的饭盒里拿起一个包子，咬了一口：猪肉冬菜，好香。

卢茜调侃：沈大才子，我说什么来着，沉船事故以后，你肯定会衣锦还乡。局办副主任，响当当的名头啊！

沈奕巍：一般而言，你给我戴高帽的时候，就是有事要求我的时候。说吧，卢大编辑有什么吩咐？

卢　茜：吩咐可不敢，你沈大才子被新局长赏识，日后肯定会平步青云，我得赶紧拍着你点。

沈奕巍：来，再来一个，两包子就把我贿赂了，休想。有事快说，不然我可找郭局长汇报工作去了，九点钟还要开党委会呢！

卢茜夹起饭盒掏出一叠稿件，也换了严肃的口吻：是这样，奕巍，那天开完党委会，海岩停职的通知一下发，办公楼里的住户没用两个时辰全搬走了。

沈奕巍：搬走了不见得心服。

卢　茜：你说对了，他们散布了不少对江局长不满的言论。我觉得有必要为局长的改革创造一个好的舆论环境，就写了一组言论，准备在《东江港报》陆续推出，你给参谋参谋，把把关。

沈奕巍：一个单位、一个地方的改革，需要健康的舆论环境。

沈奕巍在路旁的一个石椅上坐下来看文章清样，卢茜坐在石椅另一端。

沈奕巍：你这组文章立意不错，文字也好，有理有据、结构严谨，只是……

卢茜看着沈奕巍：只是什么？说呀！

沈奕巍拿起文章清样：有些用词过于尖刻，文章文采飞扬，但是理性欠妥。比如…… 试问，岂能，这类过于情绪化的词尽量少用，真正的力量不是表现在气势上，而是体现在思想中，谁掌握了真理谁就有力量。

卢　茜：好，继续说。

沈奕巍：题目也可以商榷，《是什么阻碍了东江港的发展》有点咄咄逼人，不如改成《为东江港的发展注入活力》，更为平和，更易被受众接受。眼下的东江港需要统一认识，没必要展开论战，润物细无声嘛，不知卢大编辑以为然否？

卢茜收起清样，琢磨着沈奕巍的话，不由点点头。

沈奕巍站起身，边走边说：另外，我有一种感觉：补助电费，清理手机，制止吃喝风，腾清办公楼，制定管理制度和服务标准，这一系列被你称作大手笔的措施不过是小打小闹。正所谓：莫听穿林打叶声，何妨吟啸且徐行。

跟在他身后的卢茜听了有些不解：你的意思……

沈奕巍：我的意思是，那些举措不过是吟啸徐行而已，如果我的感觉不错，我估计，少则十天，多则半月，江局长必有重拳出击。

18 党委会议室 冬 日 内

江河已坐在中间的位置上，不断招呼着陆续进来的党委委员。

郭川和沈奕巍走进来，江河站起身，叫了一声老郭、奕巍，两人站住。江河庄重地向他们行了一个军礼。

郭　川：老江，你这是干吗？

江　河：老郭啊，我看了你们制定的《港口管理制度和服务标准》，简洁明了、切中要害，又有很强的可操作性。短短几天时间，就拿出了这么一个成型的东西，我要向你们致敬！

郭　川：言重了，言重了。奕巍功不可没。

沈奕巍:哪里,郭局长这几天十二点以前就没回过家。

秦池走进来话带醋味:这些日子,老郭像打了鸡血一样,工作干劲高得很呀!

章江看了秦池一眼:再不干,东江港该散摊了!

郭　川:关键是,这些管理制度和服务标准要落到实处。以前咱们东江港也制定过一些管理制度,不过都是一风吹。

闫主席:那些规章制度和老郭、奕巍搞的没有可比性,既没有说到点子上,也不具备可操作性。

江河转移了话题,招呼道:好,人齐了,我们开会。

大家纷纷落座。

江　河:今天党委会两个议题:一是关于加强港口建设;二是引入竞争机制,向全社会公开招聘煤码头总经理。

19　刘希娅家　冬　日　内

刘希娅穿一身瑜伽服,在阳台的垫子上练瑜伽。

孟建荣站在一旁:希娅,这段时间你气色好多了。

刘希娅:是吗?

孟建荣醋意十足:人逢喜事精神爽啊!

刘希娅瞪了一眼孟建荣:你什么意思?

孟建荣:没什么意思。现在东江港都在传你和江河月夜谈心的事,顺口溜都编出来了。

刘希娅:还有顺口溜?这么快?

孟建荣:想听吗?

刘希娅:想啊,你念给我听听。

孟建荣:江边月色昏暗,男女相谈甚欢,老牛要吃嫩草,可叹逝去陶然。

躺在地上的刘希娅一个鲤鱼打挺坐起来:放屁!这是谁编的?

孟建荣:口头文学,哪里去找作者?

刘希娅略一沉思,站起身紧紧盯着孟建荣。

孟建荣:你这么看着我干吗?

刘希娅:是你编的吧?是你编的,肯定没错!

孟建荣:怎么是我编的?

刘希娅:这顺口溜和你写给我的情书在一个水平线上,什么——想你到天亮,梦中诉衷肠。可叹……可叹花一朵,错,错,噢,错过春一场。酸文假醋、瞎拽胡诌,你说,不是你是谁?

孟建荣因为小把戏被刘希娅揭穿,有些尴尬:是不是我编的重要吗?总之,你和江河的来往在东江港造成了很不好的影响。

刘希娅拿起一条毛巾:是吗?走自己的路,让别人说去吧。本小姐要洗澡了,孟总,请你回避吧!

20　党委会议室　冬　日　内

江　河:至于港口建设:一是精神层面的,形成有我们东江港特色的企业文化;二是生产层面的,健全高效的生产管理机制。过去这些年,道德、操守、诚信都淡化了,这不行,东江港迫切需要形成以诚信为核心,以“双超”为特色的企业文化。这件事请党办和局办牵头,要拿出具体方案;生产方面的港口建设,抽象说,就是生产体制管理要垂直化,具体做法是建立生产调度中心,统一调度港口各分公司的生产,优化资源,减少掣肘,加强协作,这件事老郭牵头抓。

大家小声议论,神态兴奋。

江　河:这个议题,大家没什么分歧,对吧?

郭　川:老江,思路清晰,又非常具有针对性,我完全赞成。

闫主席:是啊,只要方向明,路子正,干起来就是了。

江　河:关于引入竞争机制,公开招聘煤码头总经理,大家有什么意见?

秦　池:一句话,我反对!

江　河:反对? 反对总要有个理由嘛!

秦　池:理由? 秃子头上的虱子—— 明摆着。东江港刚刚经历了沉船,百废待兴,煤码头是我们港务局的利税大户,牵一发而动全身,去个外行一旦失手,对我们港务局就是致命打击!

江　河:各位有什么意见,畅所欲言。

沈奕巍举手:我想说两句,可以吗?

秦　池:这是党委会,你不是党委委员,有什么资格发言?

江　河:老秦,今天是党委扩大会,奕巍是局办副主任,听他说说也没什么!

沈奕巍:我觉得秦局长提出的完全是一个伪命题。

众人皆惊,一起望向沈奕巍。

沈奕巍:秦局长先设置了一个前提—— 去个外行。为什么去的就一定是一个外行呢? 这么大范围内招聘,怎么就选择不了一个内行呢? 退一步说,外行就管理不了港口吗? 外行就不能转变为内行吗?

秦　池:我提醒你一句,港口管理,需要的是工匠精神,不是夸夸其谈。

沈奕巍:好,秦局长说得对。那么,我们务一下实,前年煤码头的中转量是四百二十万吨,去年降为 380 万吨,今年时间早已过半,完成的煤炭中转量还不足一百五十万吨。这种状况再继续下去,东江港就真被郭局长说中,离散摊不远了!

秦　池:小沈,你这样说有欠公允。且不说码头间的竞争越来越激烈,只沉船和江局长掀了饭桌这两件事,你知道给煤码头的业务开展造成了多大阻力吗?

沈奕巍:如果我没记错的话,沉船是 9 月 8 号;江局长在“心相知”掀了桌子是 11 月 17 号,而我说的时间过半中转量不到一百五十吨,专指今年一月至六月,这和沉船、掀桌子有因果关系吗?

章　江:老秦呀,这是根本不搭界的两回事嘛。

郭　川:小沈说得对。老秦,我们应该从观念和内部管理上找原因,不能总是把原因归咎于外部。

闫主席:是啊,每年光是烧掉的客户的煤,总得有几千吨吧! 换了我,也不敢从东江港中转呀!

秦　池:老闫说到烧煤,我想提醒大家注意,为什么煤码头秩序混乱不堪? 那里有一个二劳释放团伙,黑社会的力量猖獗得很,换谁去了也没咒念。

江　河:提到黑社会,倒使我想到一则坊间轶闻:说煤码头的刘经理虽有一辆帕萨特专车,但坐不坐,要完全听命于司机。

闫主席:为什么?

江　河:因为司机涉黑,刘经理怕他! 我开始不信,这不是太奇葩了吗? 后来两次实地考察,确非谣传。

章　江:真乃咄咄怪事!

江河一拍桌子:刚才秦局长说得对,煤码头是咱们东江港的利税大户,占了港务局的半壁江山,靠这样一位总经理把舵,要搞好了才是怪事!

郭　川:老江,我赞成公开招聘!

众人纷纷表态:赞成! 没意见!

江　河:这次煤码头公开招聘总经理,别的条件都有弹性,有一条坚定不移,明年中转量必须达到五百万吨!

秦　池:五百万吨?

江　河:对,少一吨免谈。

秦　池:老江,你也太异想天开了吧?

江　河:是不是异想天开,要等明年秋后算账。

21　桑拿间　冬　晚　内

秦池和孟建荣围着毛巾被坐在木椅上,十米见方的桑拿间只有他们两人。孟建荣起身又向火盆里倒了一舀水,一股水气腾空而起。

秦　池:你把我叫到这地方要说什么?

孟建荣:这地方安全。

秦　池:那好,有什么话直说吧。

孟建荣:秦局长,早晨我去江河家了。

秦　池:噢,东西送出去了?

孟建荣:他没收,还拐弯抹角骂了我一顿。

秦　池:噢,怎么讲?

孟建荣:这倒无所谓,反正我脸皮厚。关键是他说集装箱码头的改造方案,有些问题要向我请教。

秦　池:向你请教?

孟建荣:所以我觉得有点不对劲,这事您到时候可得帮我。

秦　池:你不是说那个方案无懈可击吗?

孟建荣:是啊!

秦　池:那你怕什么?

孟建荣:这个江河太精了,我就怕他不按常规出牌。

秦　池:建荣啊,你跟我直说吧,这个工程你能有多少利润?

孟建荣犹豫了一下:对开吧!

秦池一惊:对开? 超过正常利润的百分之三十?

孟建荣哭丧着脸:刨去打点各种关系的费用,我到手的利润也就一二十个点。

秦　池:夸张了吧?

孟建荣:我的大局长,在您面前我可不敢说瞎话啊。这不,昨天刚向东京那个账户又打了 20 万美金,这些钱都指望这个工程呢!

秦　池:此事谨言,那个账户背后的势力可不一般。

孟建荣:这我懂,所以我才请您到这里谈嘛!

22　江河办公室　冬　晚　内

江河为沈奕巍沏好茶放到沙发桌上,又掏出烟递过去。随后坐在沙发上,招呼沈奕巍:坐啊,奕巍。

沈奕巍:我还是站着吧,局长,我怎么觉着您今天有点不对劲啊!

江河打着火儿,起身亲自为沈奕巍点上烟:怎么不对劲儿?

沈奕巍点着烟:客气得有点过了。

江河一笑:党委会上你的发言很有说服力,我要为你点个赞嘛!

沈奕巍:不是这么简单吧?

江河重新坐回沙发:对,你猜对了,明说吧,我希望你能竞聘煤码头总经理!

沈奕巍:我?

江　河:对,你!

沈奕巍:我只是长于纸上论剑,从来没有在阵前操戈呀!

江　河:韩信拜帅之前,也是一介书生。

沈奕巍:局长太抬举我了,一年五百万吨的中转量,那可不是闹着玩的。没有金刚钻谁敢揽这个瓷器活儿?

江　河:所以我才希望你出山!

沈奕巍:慢点,有点乱,我得捋捋! 前些天,我料到您会有重拳出来,煤码头换将也在我的预期之中,可是让我去竞聘,您实在是有点不按常规出牌了!

江　河:常规就是要打破的嘛,创新思维是地球上最美的花朵,这是你在一篇文章中说过的话吧!

沈奕巍:哎呀,多谢局长记得。

江　河:不打破常规怎么能有创新思维。我希望你出来竞聘煤码头总经理,是因为按常规,煤码头无法率先突出重围。具有创新思维是你的强项,也是煤码头凤凰涅槃的关键所在!

沈奕巍:无论我竞不竞聘,都谢谢局长的信任。

江河不紧不慢地说:奕巍啊,我记得处理沉船事故时,我请你和卢茜在“心相知”吃饭,你说过,只要我江河需要,愿意为我执鞭坠镫,可记否?现在,我不要你执鞭坠镫,只希望你能参加竞聘,怎么着,言而无信吗?

沈奕巍:煤码头是东江港的经济命脉,按照您的说法,也是港务局工作的基础,情况复杂,乱象丛生,一旦失误,满盘皆输,您就敢把这样一副担子压在我的肩上?

江 河:怎么不敢?公开招聘煤码头总经理,这是东江港深化改革的破冰之旅。五百万吨的中转量,看似遥不可及,细一想,煤矿一年要通过码头外运的煤炭上亿吨,沿江诸多港口,从设计能力、所处位置,东江港都是极具竞争潜力的。煤码头经营情况每况愈下,一是内部管理过于粗放,根本谈不上为客户提供优质服务;二是码头黑势力猖獗,每年客户损失的煤炭实在数字惊人。这两个问题解决了,完成五百万吨并非天方夜谭。关键是要有一个能创新、有担当的好掌门人!

沈奕巍坐在沙发上,双手抱头:局长,我还是要考虑一下。

江 河:当初我来东江港上任时,程省长送我一句话:你想当逃兵,可以,我现在就放你一条生路,并赦你无罪。现在,我把这句话转送给你,你自己掂量!

23 洗浴中心休息室 冬 晚 内

秦池和孟建荣躺在靠椅上,两个小姐为他们做足疗。

孟建荣:江河的第一步大棋走在煤码头上并不出人意料,我估计他会推出沈奕巍竞聘。

秦 池:我一参加工作就在煤码头,那可是浸泗我多年心血的地方。

孟建荣:您不觉得刘经理根本不是沈奕巍的对手吗?要想煤码头不大权旁落,只有一个人可以与之抗衡。

秦 池:谁?

孟建荣:秦海涛!

秦池若有所思:哎,你这一说倒是提醒了我,江河不是反复强调不拘一格吗?

孟建荣:既然他已经这么说了,您就更不必有所顾忌了。

秦 池:好,我明天就过江。

孟建荣:秦局长,您的心事落停了,我的事可正挠心呢!

秦 池:还是为那个小丫头吗?

孟建荣:我看她是真对江河上了心,对我爱答不理的。

秦 池:建荣啊,你还真不能掉以轻心,像江河这样四十来岁的局级干部,别看有妻有子,那也是香饽饽。现在的姑娘当中不是流传这样一句话吗,嫁个好老公,少奋斗二十年。不信,你问问这两个丫头。

两个足浴女孩哈哈大笑。

孟建荣:凭什么呀,他江河有妻有子,还吃着碗里看着锅里,我孟建荣哪一点比他差?不行,我得找江河摊牌!

足疗做完了。两个女孩问:还加钟吗?

孟建荣摆摆手,两个女孩端着盆出去了。

秦 池:你摊什么牌?就因为人家两个人在江边聊了聊天,这个理由你说得出口吗?再说,集装箱码头的工程改造方案江河还没有签字,这时候你找他,不是自讨没趣吗?

孟建荣:那怎么办?

秦 池:这事要说难办就难办,要说好办也好办,你去找卢茜,让她出面把这事给你摆平了。

孟建荣:找了卢茜,这件事不是就半公开了吗,会不会影响合同一事?

秦 池:你送礼被拒,输了一局;此事在港务局公开,又板回一局。

孟建荣:秦局长,您明说了吧,把我绕糊涂了。

秦 池:很简单,你送礼,江河会认为你心虚;而他与刘希娅的事半公开了,又会让江河心生顾虑,在合同上可能会让你三分。

孟建荣:为什么?

秦　池:怕被人说成是公器私用,挟嫌报复!

孟建荣想了想,一拍桌子:高,实在是高!

秦　池:此事去找卢茜最为合适。

孟建荣:对,卢茜是江河的贴身小棉袄,和希娅也无话不说,只有她出面才能向两人陈明利害关系。

秦池不高兴了:谁告诉你她是江河的贴身小棉袄?

孟建荣不明就里:裕泰号善后时,江河最倚重的人就是她嘛,我听说点纸船蜡烛灯、撒鲜花瓣的主意都是她向江河出的,关键时刻还是她出面还琴,化干戈为玉帛,这姑娘不简单。

秦池有苦说不出:她从小在我家里长大,我视她如亲生闺女,她岂能是江河的贴身小棉袄?别张嘴就来。

孟建荣一拍脑袋:哦,这么说,她是你安排在江河身边的卧底?

秦　池:行了,什么卧底不卧底,是国共争斗吗?危言耸听。不早了,回吧。

孟建荣:哎,秦局长,找两个小姐,做一个大保健吧!嫂子常年不在家,您何必苦着自己!

秦池穿鞋起身:不,洗洗脚已是底线了!

24　港务局门口　冬　晚　外

一个三十多岁的妇女上前几步追上了徐小慧。

徐小慧回头一看:于琼,还没回家啊?

于　琼:你们家江河上任后抓得紧,现在生产实行垂直化管理,我们总调度室也不得清闲了。

徐小慧有些歉疚地一笑。

于琼看四周无人,小声说:有一句话,不知道应该不应该和你说?

徐小慧有些警觉:什么话?

于　琼:现在港务局机关都传遍了,你们家江河昨天和刘希娅在江边坐了一个晚上。

徐小慧:有这事?

于　琼:可不是嘛!本来不想告诉你,可是,咱们这个年龄的女人,有一个成功的老公应该是人生最大的收获了。

徐小慧:是啊,你们家刘东民是市里重点培养的干部,仕途无量啊!

于　琼:你也一样,像江河和东民这样的人不知有多少女人惦记呢!物伤其类,还是告诉你一声,总之,加点防备为好!

徐小慧:谢谢你,于琼。

于　琼:谢什么?你不说我是长舌妇就好。

徐小慧:怎么会呢,咱俩是中学同学,什么时候隔过心啊!

于　琼:记住,小慧,千万别和老江急,有什么话,好好说。

这时,一辆摩的嘎一声停在她们旁边。

于琼一招手:四马路,五块钱,拉不拉?

刘黑子:不拉!又对徐小慧说:徐大夫,上车吧,我拉你,不要钱。

徐小慧:你是……

刘黑子:我叫刘黑子,江河是我大哥!

25　秦海涛家　冬　晨　内

秦池喝着侄子端给他的茶,开门见山地说:江河要在煤码头引入竞争机制,局党委会上已通过了,这事你怎么看?

秦海涛:你们港务局的改革就够滞后了,大势所趋,叔,您也不会投反对票吧?

秦池放下茶杯,点了支香烟:我反对也没用。江河既然叫板,咱们也不能认怂,煤码头保不住,东江港的半壁江山可就拱手让给姓江的了。

秦海涛带几分揶揄:叔,您可真是姜桂之性,老而弥坚,您当煤码头还是香饽饽呐?江河愿意拿就让他拿去好了,他要真能治理好,也是东江港的造化嘛。

秦池一听就怒了:你这叫什么话?我在煤码头打拼了十多年,好不容易打下一片根基,他江河来了就摘桃,我能咽下这口气吗?

秦海涛哑然失笑:叔,咱们客观点行不行,江河那是去摘桃吗?要说是去顶雷、擦屁股,还差不多。

秦池沉默片刻:海涛,你这几年在长江航线上运煤,煤码头的情况你也清楚,咱们客观地说,要是一年完成五百万吨的中转,煤码头有没有这个能力?

秦海涛不假思索地说:要从硬件上讲,按照煤码头的设计能力和现有设备的能力,一年完成四五百万吨中转,应当没问题,如果继续加以改造和挖潜,有可能达到八百到一千万吨吞吐量。现在问题不在硬件上,这个您比我清楚。

秦池点了下头:党委会上的决议是,承诺一年完成五百万吨的中转量,是任职煤码头总经理的一个重要条件,开门纳贤,港内港外人士都可参加竞争。

秦海涛笑笑说:这是急眼了,江河提出来的吧?

秦池无奈地冷笑了一声:不错,除了他,谁有这么傻大胆?江河那边肯定要把沈奕巍推出来,我们这边也不能没有动作吧?

秦海涛一点不给秦池留面子:叔,不是我给您泄气,就您手下那些吃货,谁敢去承诺一年完成五百万吨的中转量?我劝您忍忍吧,先看看江河如何动作?

秦池虽然不爱听也不得不承认:你说得没错,要不我干吗来找你商量?现在只有你去和沈奕巍竞争煤码头总经理,我们才有胜算。

秦海涛一怔,以为自己听错了:叔,您说什么,让我去和沈奕巍竞争煤码头总经理?您一大早跑过江,不会就是为了这事吧?

26 江河家 冬 晨 内

江河简单吃了几口早饭,起身欲走,徐小慧叫住他:老江,我和你有话说。

江河学着京剧中小生的念白:娘子有何见教,小生洗耳恭听。

徐小慧沉着脸:我要谈的是一件很严肃的事。说着瞥了一眼女儿的房间,玥玥昨天熬夜补习功课,让她多睡会,我们到卧室说。

江河随徐小慧进了卧室,徐小慧关严门。

江河逗趣:看来问题很严重。

徐小慧:你和刘希娅的事,港务局都传遍了,你知道吗?

江　河:我和刘希娅有什么事?

徐小慧:那要问你自己,有什么事不可以在办公室说,非跑到江边坐一个晚上,整那么浪漫干吗?

江　河:噢,你是说这个事呀!她有事情向我通报。

徐小慧:沉船的事早过去了,你们俩也没有任何隶属关系,她有什么事需要向你通报?

江　河:小慧,你不相信我?

徐小慧:众口铄金的道理你懂得吗?我相信你,并不能代表别人也相信你。

江　河:谣言止于智者,我懒得在这件事上纠缠。

徐小慧:江河,你扪心自问想一想,这些年,我们娘俩别说沾你的光了,跟你过过一天消停日子吗?我徐小慧不图你高官厚禄,只图能有一个肩膀让我累的时候靠一靠,这过分吗?

江　河:小慧,你这是扯到哪去了?

徐小慧:江河,你听我把话说完,你不能让我心无所依,还一天到晚地为你操心劳神。

江　河:好了,我还有重要的会,有什么事晚上再说。

徐小慧:晚上?谁知道你晚上回来不回来,几点回来?

江河起身欲走:得走了,我不跟你说了。

徐小慧的眼圈红了:江河,我们现在真的连沟通一下都这么难吗?

27　秦海涛家　冬　上午　内

秦池呵呵一笑:海涛,这是个千载难逢的机会,前些天你不是还发愁你那个船队吗?你当了煤码头总经理,这问题就迎刃而解了。我手下那些干部能力是差点,但投你一票的胆量还是有的,到时候准把沈奕巍拉下来。

秦海涛哭丧着脸说:叔,您打住吧,咱可不能为了打只狼就搭上孩子。方秋萍罹难,琊山煤矿的人脉就算断了,赵达夫是什么货色,您比我清楚,真有事时能靠得住吗?这时候您让我去竞争煤码头总经理,一年完成五百万吨中转量,岂不是痴人说梦?

秦　池:你这孩子,怎么说话呢?

秦海涛:叔,您现在要做的就是放平心态,韬光养晦。

秦池脸一板乌云聚集:说得轻巧,我的心态能放平吗?

秦海涛换成关切的语气解释:我看江河让沈奕巍出面竞争煤码头总经理是别有用心,成心码个套让您往里钻。要我说您就甭搭理他,让他自导自演,看他怎么收场?

秦池瞪了一眼侄子,有些恨铁不成钢:笑话,他码什么套让我往里钻?

秦海涛慢条斯理:沈奕巍现在是江河最信任的干部,按说应该安排到局机关要害部门任职,江河让他去竞争费力不讨好的煤码头总经理,还要做出完成五百万吨中转量的承诺,不符合逻辑嘛。

秦池还是不解:怎么不合逻辑?

秦海涛苦笑道:您想啊,一年完成五百万吨煤炭中转量,我都不敢做出承诺,沈奕巍他凭什么能做到?他不过是一介书生,只有在机关工作的履历,没有在分公司摸爬滚打的经验,坐而论道还将就,阵前挥剑根本就别指望。

秦　池:也不能小看了他,和江河一样,他也常常不按常规出牌。

秦海涛:到煤码头当总经理,那得真刀真枪的操练,靠忽悠不行。再说,廖汉中离开东江港时沉石立誓,没了琊山矿,光指望那些小煤矿,能保住现在的中转量都勉为其难。您大事小事都和江河对着干,他是搞公安的出身,早把您心思摸透了,这五百万吨他压根儿就没指着沈奕巍完成,摆明着是赶您上架,替他火中取栗,您让我出面竞争这个总经理,岂不是正中了他圈套?

秦池似信非信:照你这么说,他这是欲借我们的力量达到他的目的,难道他就无所顾忌?

秦海涛:他能有什么顾忌,您以为他怕您功高盖主?他现在是港务局一把手,我们就算努出血,完成了五百万吨中转量,业绩也是他的,是他引入竞争机制的成果,您也不过是为人家做了一把嫁衣,能讨多大便宜?

秦池一脸懊恼:跟你说心里话,处理完沉船事故,我以为他该风光到头了,没想到他屡有奇招,处处又让他占得先机,看来还是没摸准他的脉。你也帮我琢磨琢磨,看看下一步怎么走?咱们总不能老在下风口啊!

秦海涛蹙起眉头沉吟了半天:叔,要我说呀,您就踏踏实实坐下来,啥也不干,啥也不想,让江河一个人在台上唱独角戏,瞅准了机会给他下个绊子,但千万别让他抓住把柄。其实,沈奕巍去煤码头任职未必不是件好事,咱们不仅不反对,还要给他披红挂绿,把他捧得高高的,一旦他完成不了五百万吨的中转量,您看江河怎么收场?

秦池眯着眼琢磨了一会,笑了:还是你这小兔崽子脑袋瓜儿好使,我看明年这时候,沈奕巍引咎辞职是必然的,江河就算还在局长位置上坐着,牛皮吹破了,也没法向省里、向市里交代。

秦海涛:那是必须的。

秦池嘿嘿一笑:你小子鬼精鬼精的,今天中午我犒劳犒劳你!

28　东江港报办公室　冬　上午　内

孟建荣踩着下班铃声走进卢茜办公室,卢茜正翻看办公桌上的文稿,抬头看见孟建荣进来,笑道:哟,什么风把孟总吹来了?

孟建荣脸上也露出笑容:东风,东风。

卢茜和孟建荣开起玩笑:这个点来,是准备请我吃饭吗?

孟建荣拿出手机:吃饭是必须的,早就想请卢大编辑吃饭,一直没机会。去"心相知"吧,方便，那里的烧河豚绝对一流，我这就打电话订座，再叫上希娅。

卢茜连连摆手：别、别，开玩笑啦，给孟总省省吧。

孟建荣失望地摊摊手：你看看，还是不给我机会。

卢茜笑道：以后吧，这几天事太多了，江局长给我安排了一大堆活，桩桩件件都要限期完成，累得我什么心情都没有。

孟建荣：你们江局长还是公安局那一套，用人太狠。又不是刑侦破案，人命关天的大事，用得着桩桩件件都要限期完成吗？说好听点是只争朝夕，说难听点就是急功近利，我说得对不对？

卢茜笑笑说：我们江局长的智慧，岂是一般人可以揣测的。行了，不说这个，希娅还好吧，我听说你们一起去了丽江。

孟建荣叹了口气，一脸沮丧道：你既然问起来了，我也不隐瞒，我找你来就是想谈谈希娅的事。

卢茜心里一沉：出了什么事？

孟建荣神色黯然：你还不知道吧，前两天我们刚从丽江回来，希娅就来找你们江局长谈心，两人在江边待了大半夜。

卢茜心头一惊，脸上却不露声色：不会吧！

孟建荣叹了口气：怎么不会？你也知道，我这个表哥和希娅没有任何血缘关系，我追求她也不是什么秘密。她上大学时爱上陶然，我放弃了，祝愿她幸福，做人总要有点道德底线。陶然遇难了，我也很痛惜，朋友们都希望我和希娅重新开始，我也是这么想的，谁知你们江局长横刀夺爱，硬是从中插了一杠子。

卢　茜：孟总，你和希娅沟通过吗，这里面肯定有误会。

孟建荣：什么误会，多少人都看见了。

卢　茜：你还是和希娅直接联系一下吧，千万别胡乱猜忌，她从丽江一回来就找江局长，我觉得应该是反映什么问题。

孟建荣露出为难的神色：那小姑奶奶脾气像火药筒，三句话不对茬就爆炸了，我哪敢！再说裕泰号善后工作早就结束了，希娅一个在校学生，能向你们江局长反映什么问题，你分析分析。

卢　茜：我不是福尔摩斯，分析不出来。总之，我觉得你多心了，你要真这么想，对希娅可就太不公平了。

孟建荣神色尴尬：为情所困，让你见笑了。告诉你，我刚才来的路上听说江河两口子吵架了。

卢　茜：什么马路消息，你还当回事。

孟建荣：要是从一般人嘴里传出来，我也不会介意，这事是刚才刘东民对我讲的，我就不能不重视了。

卢茜不屑地说：刘东民可真够无聊的，我们港务局都没人知道的事，他倒清楚得很，他这个港监局局长做的，快成包打听了。

孟建荣：那你可冤枉刘东民了，这事还真不是他打听来的。你认识于琼吧？

卢茜不解地：认识啊，港口调度室的调度，怎么又把她扯进来了？

孟建荣：于琼是刘东民的爱人啊，你不知道吗？

卢茜惊道：啊？刘东民还在我们港务局安插了这么大一个卧底！

孟建荣：于琼和你们江局长的爱人徐小惠是中学同学，刚才徐小惠打电话给于琼。徐小惠说江河什么事都瞒着她，从来没向她交过心，现在希娅又总缠着江河拉琴唱曲，她的情感很受伤。

卢茜摇着头：太夸张了吧，希娅什么时候缠着江局长拉琴唱曲了？孟总，这话你可不能信！

孟建荣苦着脸：是，我也不想信。可你知道希娅在丽江跟我说什么？她说陶然的魂附在江河的笛声里了……

卢茜一屁股坐在椅子上：天啊！希娅走火入魔了！

孟建荣深有同感：你说得太对了，希娅就是走火入魔了，我现在真是没辙了，卢茜，你无论如何要帮帮我。

卢　茜：你要我怎么帮你？

孟建荣：现在只有你说话，江河和希娅都能听得进去，你找个机会和江河谈谈，港务局工作百废待兴，现在不是玩浪漫的时候……

卢　茜：少来！你想谋害我是不是，我跟我们局长这么说，岂不是找死？

孟建荣：你别说得这么直白，可以委婉一点嘛。

卢　茜：你教教我。

孟建荣：我这不是班门弄斧吗，你还用得着我教？希娅说你是东江港第一聪明之人，做事看似随意，其实心思比谁都缜密。江河要没有你保驾护航，早晚得翻船。

卢　茜：行了，你已经把我放火上烤了，就别再添柴火了。孟总，你先回去吧，我找个机会和江局长沟通一下，咱们先别杞人忧天、庸人自扰好不好？

29　江河办公室　冬　上午　内

江河打电话：卢茜吗，你到我办公室来一趟。

放下电话，他拿出两本有关物流的书，翻了翻，放在桌子上。

卢茜敲门进屋：局长有什么指示？

江　河：坐下说，他指了一下沙发，拿起案头的书，坐在了另一只沙发上。

卢茜好像有点抵触：如果三言两语，我还是站着听吧。

江　河：还真不是三言两语。江河拍拍书说，公开招聘煤码头总经理的同时，我还想在全局机关开办现代化物流知识讲座，一周一次，这是双响炮，缺一不可！

卢茜坐下：局长有战略眼光，我支持！

江　河：可不是一般的支持，这讲座你要唱主角。

卢　茜：我？不行，不行！

江　河：先别说不行。你唱主角，我有三条理由，你如果能驳倒我再辞不迟。

卢　茜：我听着。

江　河：第一，你是《东江港报》主编，职务所系责无旁贷；第二，你是工商管理专业毕业，学以致用，扬其所长；第三，我读过不少你发表在《东江港报》的文章，对现代物流的理念多次谈及，说明你早有关注，眼光超前。怎么样，我这三条理由充分不充分？

卢　茜：光第一条，我就无法推辞。真推辞了，您还不炒了我的鱿鱼？

江　河：倒也没那么严重！我仔细想了，这个差事只有两个人可以胜任，一个你，一个沈奕巍，沈奕巍我另有用场，所以，此事只有请你出山！

卢　茜：出山不敢当，只能说试试。

江　河：那好，一言为定，十天以后开第一课！

卢　茜：局长，您的命令下达了，我还有话要说！

江　河：噢，你要说什么？见卢茜欲说又止，神态有些扭捏，便问：是不是听到什么风言风语了，说给我听听。

卢茜索性捅破窗户纸：孟建荣来找我了，说你横刀夺爱，硬在他和刘希娅中间插了一杠子。

江河并没有像卢茜想象得那样暴跳如雷：孟建荣哪天来找你的？

卢　茜：刚才。

江　河：你怎么看孟建荣这个人？

卢　茜：我？我觉得他和港务局合作得还不错，裕泰号善后时，他基本上是和我们站在一起的。

江河轻轻摇了下头：和我们站在一起？哼！卢茜，我翻用你的一句话，孟建荣的城府岂是一般人可以揣测的。

卢　茜：我建议他和您来一次男子汉的对话，他说不敢，集装箱码头的工程改造合同在您手里，他投鼠忌器。

江河冷笑道：他是鼠我是鼠，将来会有结论。他那个工程改造合同我认真看了，不那么简单呢！卢茜你想想，他这个时候说我横刀夺爱，是不是别有用心？我若是否定了合同，他是不是又该说我夺爱不成打击报复了？卢茜呀，和这样的商人打交道，可不能太天真。

卢　茜：我觉得，孟建荣对刘希娅的感情是真的，不会拿它作为工程交易的筹码做文章。况且,把这事闹得满城风雨的人也不是孟建荣,有必要往工程合同上扯吗?

江　河:你这么看?事情可不像你想象得那么简单!

卢　茜:本来就不复杂!

江　河:不扯这个事了。卢茜,现代物流理念能不能在全港扎下根,关系着我们东江港今后的可持续性发展,要想港口变,关键要人变,人变的关键就是观念,这个问题无须我多说,所以你这一炮一定要打响!我这里出了问题,你们向我问责;你那里要是出了问题,我可要拿你问责哟。

30　东江港报办公室　冬　上午　内

沈奕巍坐在椅子上,看着站在窗前的卢茜。

沈奕巍:你怎么了,卢大主编,怎么像是谁勾走了你的魂?

卢茜回过身:江局长和刘希娅的事你是真没听说,还是装傻充愣?

沈奕巍表情略显夸张:那破事,听它作甚?将军素有凌云志,岂恋田野稻花香!咱们局长是做大事的人,不会在儿女情长上浪费生命。

卢　茜:少来你。前有海岩他们四处生事,后有刘希娅事件火上浇油,你就真的无所谓?

沈奕巍:卢大小姐,你就少操这份闲心吧。你还是好好帮我参谋参谋我应聘煤码头总经理的施政演说吧!如果言之有理,中午我做东。

卢　茜:江局长让我讲物流,我还没有着落呢!说着过去打开办公室的房门:你走吧,别再烦我!

沈奕巍:怎么,要学秦王下逐客令?

卢　茜:别臭美了,你有李斯的才华吗?

沈奕巍站起身,一晃一晃走着舞台步:罢、罢罢,仰天大笑出门去,我辈岂是蓬蒿人。我,去也—— 哐七台七、哐七台七、哐七台七—— 哐!

31　饭店包间　冬　中午　内

酒饭已近尾声,正中坐着秦池,四周有秦海涛、孟建荣、刘经理、海岩、酒糟鼻等人。

刘经理:明天就公开竞聘了,这江河,非他妈选煤码头开刀!

孟建荣:这说明煤码头举足轻重,刘经理,你应该感到荣幸才是。

刘经理:老弟,别拿老哥开心了,我愁着呢!

海　岩:愁什么?江河不让咱们过舒服了,咱们也不能让他消停。打起精神,明大鹿死谁手还不一定呢!

秦海涛:五百万吨中转量,那可不是一口气吹出来的,没长着三头六臂,谁敢接这个烫山芋?

海　岩:什么烫山芋,吹牛皮说大话谁不会?

酒糟鼻:是啊,我看江河这开场锣好敲,收场戏难唱!

孟建荣:明天估计有热闹好看了。

秦　池:吃好了吗?吃好了埋单。

海岩冲门外喊:服务员,埋单。再来八条软中华。

刘经理:今天是秦局长请海涛吃饭,你来作陪,又不是公款,你他娘成习惯啦?

海　岩:噢,对,对对。服务员,烟不要了,别忘了给我们打折啊!

酒糟鼻:江河这一手真狠,秦局长吃顿饭都签不了单了。

海　岩:投之以桃,报之以李,明天的竞聘会有他的好看!

第7集

1　秦池家　冬　下午　内

秦海涛看着房间多宝格里的古玩:叔,您这些都是地摊货吧?

秦　池:是啊,我对古玩没有研究,不过是附庸风雅而已。

秦海涛:您这东西加一块儿,不抵我的一条椅子腿儿。

秦　池:那倒是,加一块也到不了一万块。

秦海涛坐上沙发:叔,今天吃饭为什么没叫上卢茜?

秦　池:那丫头近来和江河越走越近,叫她来多有不便。

秦海涛情绪明显低落,坐在沙发上,两眼发呆。

秦　池:海涛,遇难者头七那晚上看了一眼,你就这么魂不守舍了?

秦海涛:也不是。您忘了,两个多月前我来看您,中午您请办公室的几个姑娘吃饭,就有卢茜!那次她就鹤立鸡群,祭奠遇难大学生时,更是如天女下凡。

秦池点燃烟:卢茜是个好姑娘,你要是能和她结成连理,倒也了了我和你爸的一桩心事。

秦海涛:所以您要给侄儿多创造条件啊,我还以为今天您会叫上她呢!不瞒您说,我打过两次电话请她吃饭,她都婉拒了,这姑娘有点高冷,不好接近。

秦　池:那个沈奕巍一直追求她,在东江港,这两个人号称金童玉女,不知道你有没有这个福分。

秦海涛:沈奕巍?一介书生,不在话下。

秦　池:海涛,我原先是有这个想法,想撮合你和卢茜。不过,你总是和方秋萍不清不白的,我就没张罗,我不能对不起你老卢叔啊!

秦海涛:那已是过去时了。

秦　池:我还是要问你一句,人家方秋萍本来买的是九点过江的豪华客轮,你干吗非打电话让她天不亮就动身啊?

秦海涛:那个电话是她让我打的。

秦　池:她让你打的?

秦海涛:您别问了,我不想再提这件事!

2　东江港报办公室　冬　下午　内

卢茜翻看从江河那里拿来的两本书,下意识打开抽屉,拿出一个名片夹,随手翻了两页,扔下了。忽然又像想到了什么。翻到其中一页,犹豫了一下,拿起桌上的电话拨号。

卢　茜:喂,秦先生吗?对不起,冒昧打搅。

里面传出秦海涛兴奋的声音:哪里,哪里,你是卢茜吧?能接到你的电话,我求之不得。

卢　茜:秦先生玩笑了。是这样,我们局长让我给全局机关干部开一个现代物流的讲座,我印象中上次一起吃饭时,您对现代物流从理念到实际操作上都有很多真知灼见,不知你能不能推荐几本有价值的书看看?

3　秦池家　冬　下午　内

秦海涛拿着手机,兴奋不已:当然可以。如果你能不耻下问,我还可以提供一些有价值的建议。

话筒里传出卢茜的声音:那真是太感谢了,谢谢你能给我一次学习的机会。

秦海涛:我马上给你找,找到后电话联系你。

挂断手机,秦海涛高兴得手舞足蹈:叔,天赐良机,卢茜向我借书,我马上过江,书都在家里放着呢!

秦　池:喝完这泡茶再走,不在这一时半刻。

秦海涛:不了,不了!春宵一刻值千金,我回啦!说着,抱住秦池的脑袋亲了一口。

秦池抹了抹脸上的口水,冲秦海涛背影叨咕了一句:这臭小子,借本书就乐成这样了!

4　竞聘会现场　冬　上午　内

在港务局会议室,竞聘会如期举行。

主考官是局党委一班人,在主席台坐成一排;下面是局机关干部和各分公司负责人,黑压压坐满了整个会议室。

会议室鸦雀无声。秦池敲敲麦克风,干咳了两声:大家听清规则了吧?如果没有人竞聘,刘经理留任;如果竞聘者理由不充分,没有取得局党委的认可,煤码头依然维持现有管理层格局不动。

江河听了秦池的话不以为然,他拿过麦克风,用手指轻轻敲了两下,麦克风咚咚响了两声,待会场的目光集中到他身上后,江河清了一下喉咙:煤码头总经理公开招聘,这是东江港深化改革的破冰之旅,强调政绩,选贤任能是东江港干部制度改革的必经之路。煤码头现在的状况是不好,正因为不好,才可以挑战一个人的勇气、胆识与能力。两军相逢勇者胜,是骡子是马拉出来遛遛,看看哪一位好男儿敢面对挑战,接受挑战,战胜挑战!

江河话音未落,刘经理站起身:我说两句。

秦池带头拍了几下巴掌:好,欢迎刘经理发表施政演说。

刘经理摆摆手:算不上施政演说,我只想表明一个态度,煤码头煤炭中转量连年下滑,作为分公司的一把手,我心里有愧。如果局党委信得过我,让我继续干,我力争明年达到三百万吨的中转量;再多了,那是我吹牛皮说大话,有哪位能超过三百万吨,我主动让贤!

秦池端起茶杯喝了一口茶,呸呸吐出几片茶叶,神态轻松地说:三百万吨?也是个了不起的发展嘛!等于在今年的基础上增长了百分之二十。老刘啊,你有什么举措?说来听听。

刘经理刚坐下,见秦池问话又站起来:我……

稍等。江河打断他的话,转向秦池:老秦,局党委不是已经通过了竞聘规则吗?保证完成五百万吨煤炭中转量是个硬指标!三百万吨,就免谈了吧。

秦池望一眼刘经理,目光中流露出几缕无奈与无辜:江局长说得对。那好,没有金刚钻,别揽瓷器活,完不成五百万吨的中转量,就不要多费口舌了。

刘经理臊不搭眼坐下了,小声骂了一句:操,玩人呢!

会场上一片沉静。江河扫视了一眼会场:有谁应聘?

石破天惊一声吼:我应聘,我能完成五百万吨!

众人定睛一看,站起来的是海岩。会场一下乱了,众人交头接耳,议论纷纷。

江河也有些发蒙:你…… 你应聘?

海　岩:我,海岩,如假包换!

江　河:你要竞聘煤码头总经理?

海　岩:刚才秦局长宣布的竞选条例说得很清楚,竞聘者不问出身,不问资历,不看现任职务;只要能够通过正当的市场手段完成五百万吨的煤炭中转量就行。我怎么不可以?

江河只是瞬间的慌乱,马上就气定神闲了:海岩啊,你要来竞聘这个总经理,说说你将通过什么正当的市场手段来完成五百万吨的中转量?

海岩一梗脖子:很简单呀!内部挖潜,提高服务质量;外部…… 加强竞争,争取更多货源。

江　河:完了?

海　岩:完了。

有人窃窃私语:华而不实的套话,如果五百万吨说两句漂亮话就完成了,怎么会轮得到你?

群众甲:这是竞聘吗?分明是搅局呀!

海岩扯着嗓子尖叫:大家不要看不起我,俗话说出水才见两腿泥呢,咱们秋后算账嘛,如果明年我没有完成五百万吨,再来拿我是问!

章　江:怎么是问?

海岩回答得理直气壮:免我的职啊!

众人轰一声笑了! 会场气氛一时失控,像相声场子一样活跃。

群众甲:海岩,免你职,免你什么职啊? 你这不是承诺,是甩包袱儿呢!

群众乙:海处长,是不是免了你副处长的职务,老婆回家让你跪搓板了,想在煤码头过一把总经理瘾?

笑声一浪高过一浪,本来有些火药味的竞聘会有了强烈的喜剧效果。

江河看了看台上的党委委员,面色或不屑,或无奈,就连秦池也是一副哭笑不得的神态。

江河以手指轻叩桌面,待台上的几位委员把目光都投向了他,才关上麦克风,不急不慢地说:我看,咱们的竞聘规则应该做一点小小的补充,就是…… 竞聘者上岗后只发基本生活费,待年底兑现承诺后,再把剩余工资和奖金一并补发!

闫主席:这个补充很重要。

章　江:我同意。不然,拿了一年高工资,捅下一个大窟窿,谁来兜底?

秦　池:临时修改竞选规则,有些不妥吧?

郭川反驳:党委委员都在场,通过正常程序,有什么不妥?

江　河:还有谁有意见? 没有就算通过了! 江河转过脸面对整个会场:好,刚才对规则做了一点修改,在座的各位都听到了,我不再做更多的解释,下面的竞聘,按修改后的规则办。

海岩再次起身叫板:江局长,请客送礼你制止,工资又扣发,这不是既让马儿跑,又让马儿不吃草吗? 我看这活儿谁敢接? 谁接,谁的脑袋进水了!

酒糟鼻:是啊,临时修改规则,明摆着是强人所难,看谁有本事接这个热山芋?

海岩话音未落,沈奕巍霍的从座位上站起,高喊一声:我—— 竞聘!

5　秦海涛家　冬　上午　内

秦海涛斜靠在雕花硬木大床上,拨打床头柜上的电话。

竞聘现场上的卢茜手机响,她见是一个陌生的号码,挂断。又响,她拿起手机快步走出会议室。

卢　茜(OS):喂,哪一位?

秦海涛:卢茜,我是秦海涛啊!

卢　茜(OS):噢,秦先生。

秦海涛:你要的书我都找齐了。

卢　茜(OS):是吗,这么快,真是太感谢你了。

秦海涛:不用客气。我还草拟了一个讲座大纲,可以提供你参考。

卢　茜(OS):呀,是吗? 太辛苦你了。要不然,我向江局长推荐你来给我们讲课吧,真的!

秦海涛:别,千万别。你知道,秦池是我叔,他现在和你们江局长的关系很微妙,我深度介入你们东江港的工作,会招致许多不必要的麻烦。再说,我的船队一摊子事,哪有时间?

卢　茜(OS):只是,我的水平……

秦海涛:你不要谦虚了,谁不知道你是东江港有名的才女。咱们吃饭时你的许多见解超凡脱俗,特别是对现代物流的一些观念,对我都很有启发啊!

卢　茜(OS):秦先生,你真会鼓励人!

秦海涛:是鼓励,也是事实嘛! 这样吧,我下午过江给你去送书。

卢　茜(OS):下午?

素海涛:下午六点,在客运码头不见不散。

会场传来一阵热烈的掌声。卢茜侧耳一听,对着手机说:好吧,再联系。

6 竞聘会现场 冬 上午 内

沈奕巍的演说接近尾声：改革开放三十多年了，东江港几经挫折，仍处于历史的谷底，这是我们东江港人的耻辱。不过，哀兵必胜！它面临着重大的挑战，也面临难得的发展机遇，我愿意在局党委的领导下和煤码头的一千多名员工一起，为东江港的振兴与改革杀出一条血路，今天给我一个机会，明天，我还大家一个惊喜！我的话完了。

会场上又是一片掌声。

江河站起身，双手下压，做了一个请大家安静的手势：大家热烈的掌声，已经表明了对沈奕巍同志竞聘演说的高度认可。他从东江港所处的战略位置讲到煤码头未来的发展远景，从煤码头目前存在的主要问题讲到一系列整改措施，从加强生产管理讲到改善职工的生产和生活条件，整个演说既有观点，又有实例，既有目标又有办法，和其他几位竞聘者抽象空泛的发言高下立见……

海　岩：光说得漂亮有什么用？明年能完成五百万吨才是关键！

江　河：海岩说得对，列宁说过嘛，一打纲领抵也不上一个实际行动。但是，今天沈奕巍同志的演讲，让我们有理由对他的明天充满了期待！

会场上再次响起一片掌声。

江河扫视了一下台上的主考官：各位，如果没有别的意见，我就宣布今天的竞聘结果了？

众人点头赞同。

江　河：我代表局党委宣布，沈奕巍同志竞聘成功，即日起出任煤码头总经理！任免通知随后下发各分公司、各处室！

众人又是一片掌声，纷纷起身往外走。

煤码头刘经理喊了一声：各位慢走，我有话说。

人们纷纷停下脚步，目光聚焦在刘经理身上。

刘经理：如果沈奕巍明年没有完成五百万吨的中转量，要追究用人失察之责，不能黑不提白不提了。

酒糟鼻：对，必须问责！

江　河：好啊，刘经理的这个意见对，这将成为一个制度，问责制度。沈奕巍明年如果完不成五百万吨中转量，我作为局长兼党委书记，又是竞聘上岗的积极推进者，第一个负责！

刘经理：怎么个负责？不会是上下嘴唇一碰，检讨两句就完事了吧？

海　岩：是啊，那样的负责谁不会。应该一并撤职查办，至少要记过、警告！

郭　川：海岩呀，你说什么呢？你以为你是组织部长吗？

刘经理：大家伙都听见了吧？各位做个见证。

江河拍拍郭川的肩膀：二位下了战表，好，这个战表我接了。明年煤码头完不成五百万吨中转量，不仅沈奕巍立即免职，我也向上级请求处分。

说着走下主席台和沈奕巍握手，郭川、章江、闫主席也纷纷和沈奕巍握手。

秦池也走上前：小沈啊，祝你马到成功！可不要辜负了江局长的一片苦心呦！

7 东江港报办公室 冬 中午 内

沈奕巍推门进屋：卢大主编，开会时你接了一个什么电话，那么长时间？

卢　茜：嘿，嘿嘿！我接什么电话和你有一毛钱关系吗？

沈奕巍：我不是那意思，我是说，煤码头改革，需要你卢大主编鼎力支持！

卢　茜：少来你！沈大才子…… 噢，现在应该改口了，沈总。沈总，该做的我肯定全力以赴，你尽可放心。

沈奕巍：江局长提出的以煤炭运输为基础，以外贸运输为重点的经营报告，省交通厅和市政府很认可，你们港口报重点宣传一下，你写几篇文章嘛！

卢茜一撇嘴：再好的经营战略，不把它量化，也是一句空洞口号，没有任何意义，这样的文章我可写不来。

沈奕巍：你看，你没听全我的发言吧？谁说没有量化？

卢　茜:有量化好啊! 你沈总有担当,竞聘当上了煤码头总经理。你既然承诺完成一年五百万吨的中转量,就应该有具体举措,你的竞聘演说不是博得了满堂彩吗,这样的文章你不写谁写? 我就是勉强写出来,也是味同嚼蜡的八股文。

沈奕巍:你这么一说,倒叫我没话了。

卢茜一笑:看把你吓的,一点幽默感都没有。

沈奕巍转忧为喜:这么说,你是同意写啦?

卢　茜:我真不写,你还不跟我割席断交?

沈奕巍:我就那么小心眼?

卢　茜:你以为你心眼有多大呢!

沈奕巍:行,我小心眼。我知道你是因为荐才有功我没有表示而心存怨恨。

卢　茜:怨恨? 还没有达到那么高的层次;不满总是有滴!

沈奕巍:这样吧,今天晚上我请客,你想吃什么? 尽管说,我准备伸长脖子让你宰一刀。

卢　茜:真的? 那我可磨刀霍霍啦!

沈奕巍:磨快点,“心相知”,我现在就订个小包间。

卢茜像想起了什么:哎哟,今天晚上还真不行。

桌上的电话铃响起,卢茜接听电话:是,在这呢。好。放下电话对沈奕巍说:正好,局长请你过去,你这份心意我记下了。

8　煤码头堆厂　冬　下午　外

二狼和几个人正在往一辆 130 货车上装煤。

煤矿代表跑过来:你们太过分了吧,明目张胆偷煤呀!

二狼等几个人不理睬他,还是一铲一铲往车上装。

煤矿代表急忙连喊带叫找来了堆场的看管人员:你看看,你看看,还有王法吗? 他们这样干,谁还敢在你们煤码头走煤?

看管人员掏出香烟,递给二狼等几个人,又用打火机一一给他们点燃:哥几个,差不多得了,给兄弟也留点面子。

疤瘌眼:你的面子值几个钱?

看管人员:兄弟们,据说新的总经理马上就上任了,新官上任三把火,等过了这阵子再说,好不好?

疤瘌眼:就那个沈…… 沈什么巍呀,他上任了有什么可嘚瑟的,还不得先拜大哥的码头,给咱爷们舔腚沟子!

看管人员:他可是江局长爱将,江局长是公安局长出身,各位还是收敛一点。

二　狼:你听清楚了,什么狗屁局长,在我们兄弟面前也是一坨屎! 不信,就试试。

9　江河办公室　冬　下午　内

江河和推门进来的沈奕巍开玩笑:奕巍啊,三个月前把你从江北公司调过来时,你是一介渔夫,现在重回江北升任总经理,可以说是衣锦荣归了吧?

沈奕巍接过江河递过的茶杯,自我调侃:运交华盖欲何求,未敢翻身已碰头。万众瞩目,前景未明,我还是低调点吧!

江河哈哈一笑:现在不是白色恐怖的年代,用不着你破帽遮颜,你这次去煤码头,要披红挂绿、鼓乐齐鸣,搞得轰轰烈烈,要高调上任!

沈奕巍开了一个玩笑:还披红挂绿? 再弄上一匹高头大马,我就成新郎官了,干吗要这样做? 怪不得卢茜常说我们江局长的智慧,岂是一般人可以揣测的。

江河笑道:这丫头常常正话反说,她这个“智慧”和“奸诈”是同义词吧?

沈奕巍摇头否认:NO,NO! 她可是忠实的姜粉。

江　河:姜粉?

沈奕巍：江河的粉丝，简称姜粉。不过我还是揣测不出，为什么要让我披红挂绿、高调上任，什么工作都没做呢，把您也牵连上了，搞这么轰轰烈烈干什么？

江河没有直接回答：奕巍，煤码头的刘经理为什么每天步行去上班？就是因为给他开车的司机和煤码头周边黑势力有所勾结，欺行霸市，打人行凶，他被吓破了胆，司机让他坐车他就坐车，不让他坐车他就不敢坐。给他配备的车成了司机的专车，指着这样的人能把生产搞上去吗？嘁！

沈奕巍深有感触：我家在贮木场宿舍，煤码头周边黑势力猖獗我知道，不少人靠偷货主的煤发了大财，不把这些黑势力打掉，煤码头就没有一个安全的生产环境。

江　河：现在你明白为什么要让你披红挂绿、击鼓鸣锣、高调上任了吧？就是要震慑一下煤码头周边的黑势力，显示我们新班子治理港口的决心！

10　煤码头堆场　冬　下午　外

二狼等几个人抽完了烟继续装煤。

看管人员：各位，给兄弟留一点薄面，拉一车得了，拉太多了，兄弟没法交代呀！

几个人没理他，更快地铲煤。

看管人员上去阻止：谢谢各位了，给兄弟留点面子……

秃头放下铁锹，上前一把揪住看管人员衣襟：你是谁兄弟啊？我看你是他妈蚂蚁戴眼镜，自觉得脸不小。

看管人员又掏出烟，递上去：拉太多了，我…… 我不好交代。

秃头一把将看管人员的烟盒打在地上，抬脚将看管人员踹倒在地上，然后举起铁锹：滚不滚，不滚老子叫你见血！

煤矿的代表将看管人员扶起来，一瘸一拐走了。边走边回头嘟囔：这不是码头，这是山大王的山寨啊，明抢！

疤瘌眼：嘟囔什么呢？再嘟囔我卸你一条腿！

两个人闻言忙一瘸一拐跑了。

11　江河办公室　冬　下午　内

沈奕巍：我怎么就没想到这一层呢？还是局长高瞻远瞩！

江河摆摆手：你就别给我戴高帽了。奕巍啊，煤码头每况愈下，正如你所说，原因不外有二，一是我们自身经营机制的问题，二是码头周边的黑势力猖獗。根据我最近了解的情况，我们个别住在贮木场宿舍区的职工，已经不满足于冬天偷拉货主的煤取暖，而是和码头周边的黑势力勾结在一起，大肆盗煤贩卖，这些问题不解决，货主是不会回来的，你说是不是？

沈奕巍点点头：即便解决了，客户恐怕也不会很快回来。现在毕竟不是计划经济时代了，货主有权选择多种运输方式和中转港口。这些年，煤炭运输市场竞争得那么激烈，各个企业都在拼信誉，拼服务质量和综合服务水平，我们东江港这些年口碑尽丧，让流失的客户回归，不是一朝一夕能够实现的。

江河很欣慰：你能把问题想得这么充分，很好。你听说过吧，廖汉中离开东江市时，扔了块石头在江里，放话说什么时候这块石头从江里浮起来，什么时候再和东江港打交道。

沈奕巍：早晚有一天，我们要让这块石头从江里浮起来！

江　河：奕巍，你去煤码头就给我演一出“石头浮出水面”的好戏！

沈奕巍没有说话，望着江河点点头。

江河站起身，在办公室里踱着步：东江港若要翻身，煤码头必须率先突围。奕巍，你去了煤码头，第一件事，就是要打黑。我会亲自去公安部门协调警力，请他们鼎力配合，坚决把煤码头周边的黑势力打掉！

沈奕巍：那就太好了！

江　河：今天咱们不去畅想煤码头将来的美好前景，你就谈谈各方面的困难，特别是近期可能会遇到的困难，一定要想到，我们也好采取针对性措施。

沈奕巍想了想:具体困难现在也不好说,肯定是层出不穷,去了再看吧,反正是兵来将挡,水来土掩。最主要的还是货源问题,廖汉中这条线断了,他在煤矿行业很有影响力,无论如何要把这条人脉续上!

江　河:对!奕巍,怎么解决货源问题,光纸上谈兵是没用的,要走出去,对煤运市场做一次全面深入的调查,才能拿出切实有效的解决办法。

沈奕巍:这可能比打掉几个黑势力团伙要困难得多!

江　河:是啊!这样吧,等你上任了,我和老郭、闫主席还有供销处的同志要分别到沿江煤矿走走,廖汉中不是放了狠话嘛,他不来找我们,我们去找他,第一站我就到他那个琊山煤矿去。

沈奕巍也站起身:你不能单枪匹马去,让我也会会廖汉中。

江河手一挥:我看不必。咱俩来个约定吧,我负责把流失的客户请回来;你负责把请回的客户真正留住!我告诉你,千万不要小看了你的任务,人家说请神容易送神难,叫我说,是请神容易留神难!如果客户回来了,因为你的管理、服务跟不上,客户得而复失,那就是你的责任了。

沈奕巍:您放心,我有信心,来了他们就不会再走!

12　港口客运码头　冬　傍晚

一艘渡轮靠岸,秦海涛走出检票口。

已在码头等候的卢茜迎上前去:秦总办事效率真高。

秦海涛看看手表:给美女办事,效率不高岂不要被骂死?六点了,随便吃顿便饭吧。

卢茜不好拒绝,笑笑说:好啊,我请客。

秦海涛:随随便便吃顿便饭,咱们就别争了,我提出来的,当然是我请。

13　江河办公室　冬　傍晚　内

沈奕巍站起身:局长没别的事,我就先告辞了。

江河拍了一下沈奕巍的肩膀:等一等,还真有一件事要麻烦你。

沈奕巍:麻烦我?

江　河:是这样的。奕巍,现在江北轮驳公司划归煤码头管辖了,你上任后在轮驳公司给刘黑子安排一个岗位,他原来在拖轮上当舵工,现在在煤码头打零工,收入太少,就还让他当舵工吧。

沈奕巍搔搔头,口气有些为难:这事恐怕不太好办,刑满释放人员一律不得恢复公职,这是有文件规定的。给他在轮驳公司安排工作,老秦他们知道了,又要大做文章,我看还是缓一缓再说吧。

江河沉吟了一下,语气坚决地表态:不能缓了,刘黑子这个人本质不错,他现在生活很困难,妻子还患有尿毒症,不给他安排工作,等于把他往绝路上逼。任何事情都有个案,这件事就算我找你开个后门吧,将来出了什么事我担着。

沈奕巍见江河这么说,点头应允:好,这事我一定尽快办妥。

14　日本料理小馆　冬　傍晚　内

烛光、青酒、美食、美器。秦海涛和卢茜在一张情侣桌前相对而坐。

卢茜心里有了几分不安:秦总,又让你送书,又让你破费,过意不去了。

秦海涛随和地一笑:咳,举手之劳。来,我们干一杯。

卢茜微微一笑:随意好吗?

秦海涛并不强求:好,随意。

卢茜嘴唇在酒杯上抿了一下,就放下了杯子。

秦海涛自己干了,放下酒杯,夹了一片肉放在卢茜碟子里:这家的神户牛肉沙律是招牌菜,你尝尝。

卢　茜:谢谢。

秦海涛:卢茜,我看你们江局长还是蛮器重你的,不然怎么能让你给港务局各级领导讲课?

卢茜笑笑,顺水推舟说:也是山中无老虎,猴子称大王吧!

秦海涛：听我叔叔说，你们新来的江局长是个铁腕人物，准备大张旗鼓在港务局搞整顿，我那十多条船，在不在整顿范围之内？

卢茜没想到秦海涛会问她这个问题，疑惑道：你怎么会有这方面的顾虑？港口十多年前就从生产型转向生产经营型了。对各方船舶一视同仁，不论大小船舶，不论内贸外贸船舶，全都提供服务，给以靠泊装卸方便。

秦海涛：噢？

卢　茜：秦局长没对你说过吗，为多家船舶服务，是港口进行经济体制改革的成果，不可能倒退，再整顿也整顿不到你头上。

秦海涛：那感情好啊！

卢　茜：再说了，你运输的煤炭越多，煤码头的效益就越好，这属于港口生产与地方经济紧密结合，你应该算是有贡献的人，我们江局长还担心留不住你呐！

秦海涛自饮了一杯，叹口气：你知道吗，这次沉船事故我是最大的受害者。我和琊山煤矿每年两百万吨煤炭的合同今年还能执行，以后怎么样就难说了，我这十多条船，弄不好明年得喝西北风了，你们就是想留我，恐怕也留不住了。

卢茜安慰道：秦总，你这么大本事的人，潇洒些嘛，你手里有十多条船，守着长江这条黄金航道，还怕没饭吃？谁喝西北风也轮不到你呀！

秦海涛：我倒是想给你们煤码头运煤，我那些船都是运煤船，用不着改装，轻舟熟路，是不是还有些优势？

卢茜想了想：这个我可说不好，不过我们江局长说了，煤码头明年准备完成五百万吨煤炭的中转任务，船舶公司肯定有活干，你让秦局长和沈奕巍商量一下，谁运不是运呀，你只要报价合理，比别人家低个两成三成的，拿下运煤的活还不容易吗？

秦海涛笑道：低半成我还能承受，低两成三成的，我可真该喝西北风去了，再说也不能那么做，那叫恶性竞争，违反游戏规则，长江航线上那些水老板们还不联手把我做了？

卢　茜：航运方面的事我真不懂，那你还是按游戏规则做吧。

秦海涛：唉，对了，我上午打电话给你，好像你正在开会？

卢　茜：是啊，煤码头总经理公开竞聘。

秦海涛：如果没有悬念的话，肯定是那个沈奕巍脱颖而出。

卢　茜：是啊！这个人可不得了，我们东江港的后起之秀，江局长眼里的大红人，煤码头新一届领导班子的领军人物。

秦海涛有些吃醋：卢大才女和这个领军人物的关系也非同一般吧？

卢茜吃吃一笑：没有啊，朋友，一般意义上的朋友，也可以说是男闺蜜吧。说完，她和秦海涛碰了一下杯。

秦海涛手机响，他说了一声对不起，离席去接手机。

卢茜也拿起手包上洗手间。从洗手间出来路过走廊时，他听见秦海涛在用日语接听电话。片刻，秦海涛回来了：对不起，卢茜，让你久等了。

卢　茜：没什么，秦总，你会日文？

秦海涛：嗐，在电影里瞎学几句，谈不上会。和一位日本朋友开玩笑。

卢　茜：我看你对日本文化蛮有兴趣。

秦海涛：谈不上，略知皮毛吧！来，我敬你。

卢茜将杯中酒一饮而尽：秦总，今天不早了，我该回去了。

秦海涛招招手叫服务员过来结账，俩人走出饭馆。

卢茜伸出手：秦总，谢谢你的书和你的晚餐。

秦海涛握住卢茜的手，迫不及待地试探了一句：卢茜，你张口闭口秦总，叫着不别扭啊，以后直呼其名，好不好？

卢茜笑起来：直呼其名，秦海涛？不习惯，还是叫秦总顺口。

秦海涛微微一笑，射出两道电波：叫秦海涛不习惯，去掉秦字也行。

卢茜脸微微一红，对秦海涛的话避而不答，十分客气地说：秦总，真的谢谢你来给我送书，今天不早了，我们有机会再聊吧。

秦海涛略显失望，他招手替卢茜拦了一辆出租车，目送她离去。

15　煤码头露天会场　冬　日

锣鼓喧天，彩旗飞舞。临时搭建的简陋主席台上，并排坐着局党委会委员。

江河在讲话：今天，我们局党委送沈奕巍上任，有人说，又不是新郎官，干吗要敲锣打鼓，披红戴绿呀？问得好！来，沈奕巍同志——

沈奕巍从靠边的椅子上站起走过来。

江河为他戴上大红花，和他紧紧握手。

江　河：煤码头公开招聘总经理，这是我们东江港深化改革的破冰之旅，我们就是要以此彰显深化改革的决心，警告所有阻碍改革的落后势力、邪恶势力认清形势，不要逆历史的潮流而动！

台下响起一片掌声。

江河摆摆手：我们就是要以此表达对沈奕巍同志和煤码头一千二百名工人兄弟的祝福与期待！

台下又响起一片掌声。

16　堆场一角　冬　日

离会场不远的堆场上，二狼等几个人在窃窃私语。

秃　头：这分明是在向咱们下战书啊

疤瘌眼：吃了豹子胆吧，不知道这一亩三分地是大哥的地盘。

秃　头：原来那个刘经理见了咱手下的小兄弟，屁都不敢放一个。这沈奕巍是谁呀，大力水手吗？

疤瘌眼：姓沈的不可怕，关键是他背后有那个公安局长给他戳着。

二　狼：操，不知死！说着一招手，秃头伸过耳朵，边听边点头：明白了，大哥，您放心。

二　狼：给姓江的先提个醒，叫他悠着点！漫说他已经脱了那身警皮，就是没脱，老子也不尿他！

17　沈奕巍办公室　冬　上午　内

江河走进房间，只有一个办事员在整理文件，见到江河，忙起身：江局长，您两天没来了，找沈总吗？

江　河：你们沈总哪去了？

办事员：第一次开中层干部会，沈总就给大家讲了一个故事：有人求教一位企业家成功的秘诀，这个企业家略一思索，摘下腕上的手表说，没有什么秘诀，我只不过是把手表拨快了十分钟！

沈头让每个人的手表都拨快了十分钟，说是要把这种超常规工作的理念引入到实际工作中。

江　河：你们沈总有一套啊！

办事员：那是，超前性思维，超常规发展嘛！哎，局长，我去叫沈总？

江　河：不必了，你忙你的，我去转转。

18　秦池办公室　冬　上午　内

孟建荣像一条鱼一样溜了进来，站在秦池身后。

正在饮水机前接水的秦池一回头：你怎么也不敲一下门，吓我一跳。

孟建荣：秦局长，沉船过去这么些日子了，集装箱码头的改造方案怎么还没有提上日程？

秦池在办公桌后坐下，一指沙发，示意孟建荣坐下：他这阵子的心思全在煤码头上了，顾不上呗！

孟建荣：夜长梦多，我怕久拖生变。

秦　池：生什么变？所有的程序全走完了，就差他最后签一个字。除非你这方案有重大疏漏！

孟建荣：这点您放心，我不是说了吗，方案是北京的大设计院出的，所有参数、数据都无可挑剔。

秦　池：那你慌什么？等他找你嘛，不过是走一个程序。

孟建荣：话是这么说，可我对这个江河越来越吃不准了。

秦　池:世间本无事,庸人自扰之。他江河能怎么着?基建这块一直是我分管,他总得顾及一下我的脸面吧!

19　堆场　冬　上午

江河远远望见了沈奕巍,如果不是那熟悉的肢体动作,江河还真认不出这个头戴安全帽,身穿工作服,一身码头工人打扮的人是沈奕巍。只见他一手叉腰,一手向远处指指点点,公司的一群中层干部围在他身旁,很有一些指挥若定的大将风度。

有人发现了江河,众人随沈奕巍向江河走来。

江　河:沈总啊,没有打搅你吧!

沈奕巍:局长,你来得正好,有些想法正要向你汇报。

江河伸出手,爱惜地拍去沈奕巍肩头的煤屑:你说。

沈奕巍回身一指偌大的堆场:我刚才和兄弟们商量了一下,为了客户的利益,别人做不到的,我们能做到才行!比如,以后煤码头可以专门设有货物质量监督员,煤矿、电厂可设驻港代表,若有服务问题直接找我,甚至找您反映,不需要通过任何中间环节。通过信息化建设,为各矿山、电厂量身定做最为合理的物流方案,从哪里装船,在哪里卸货最为便捷高效,都由物流方案全程制定。要集网上受理、查询和支付等功能为一体,客户通过 APP,不用去现场就能掌握货物运输和存放情况。

机械队长:各矿山的煤运到港口后要分片堆放,中间要有隔断,每堆要有标识,哪家是哪家,一看就明明白白。

江河频频点头:好!

沈奕巍兴致盎然:国家规定煤炭在中转过程中换装一次损耗标准为百分之一,我们在煤炭中转过程中要力争零损耗,在质量服务标准中,我们会对公司的每一个卸车工提出这样的要求:随身带一把小刷子,车缝中、挂钩上,每一处可能留有煤渣煤屑的地方,都要一一扫到。堆场要有防雨措施,煤炭装上船必须要加盖雨布,最大限度地保护客户利益。

工人甲:沈总还提出要建花园式码头呢!多栽树,多种花,让码头换换颜色。

工人乙:这才符合超前性思维,超常规发展的精神嘛!

江河难抑兴奋之情:很好嘛,创新思维是地球上最美的花朵,诚如斯言。又对众人说:你们沈总有水平呀,这些想法切实可行,如果一一落到实处,肯定会引发煤码头革命性的变化。我没有别的意见,只补充一条,为了使客户减少资源浪费,节约成本,煤码头可以搞一个现代化配煤中心!

工人甲:配煤中心?配煤中心派什么用场?

沈奕巍听了稍一沉吟,一拍脑门:对呀!局长言之有理,一言可抵万金。

看众人疑惑的神态,沈奕巍解释:对于电厂而言,煤炭占成本的百分之四十以上,比如,生产两千大卡电用一百元一吨的煤就可以了,但当货源只有一百二十元一吨的煤时,电厂也只好买去用,这就造成了资源的浪费和成本的增加。如果我们搭建一个平台进行配煤服务,把八十元一吨的煤和一百二十元一吨的煤进行混配,在保证质量的前提下,电厂的成本可以下降,国家的能源消耗也会下降,对于煤码头来说,也增加了新的利润增长点。

机械队队长搭话:就是啊,配一吨煤收十元,配一百万吨煤就可以创毛利一千万元呀。

沈奕巍当胸给了机械队长一拳:对呀,所以我说江局长一言可抵万金嘛!

机械队长不到四十岁,人高马大,膀阔腰圆,说起话来底气十足:更重要的是,这样一来矿山的劣质煤也有了出路,仅此一项,每年他们也有不少银子进账啊!局长,你这招高,配煤中心建起来,还发愁矿山不到我们码头走货吗?

江河摆摆手:我想到一则寓言:同样六个人围着一张桌子吃饭,同样每个人手里拿着一双长长的筷子。地狱里的人自顾自,谁也无法把饭菜送入口中;而天堂里的人则互相喂对方,结果个个喜笑颜开,都吃得很饱。你看,你在帮助了别人的时候,不是也帮助了自己吗?道理就是这么简单,可是如果我们领悟不了,就要下地狱等着挨饿喽!

众人哈哈大笑。

机械队长:不过,堆场和码头就是不太平,黑社会团伙不安分,恐怕这些想法做起来会有麻烦。

江　河:你说得对。好了,你们去忙吧,我和你们沈总还有些事情要谈。

众人走后,江河拍拍沈奕巍的肩膀:奕巍,干得不错,还有什么困难吗?

沈奕巍面色严峻起来:局长,我这些大都还是坐而论道,眼下最难的是,黑势力团伙非常猖獗,煤码头很难形成良好的生产环境。

江河点点头:我来就是要和你具体商量一下打黑的问题,我准备周六卢茜讲完物流课后,挤出时间到煤码头住上一周,具体主持打黑行动。

20　港务局医院　冬　日　内

内科病房。护士在给一个病人挂水。

徐小慧推门走进来,看了看病人的情况。

护　士:徐大夫,到点了,你去接玥玥吧,这里有我盯着。

徐小慧犹豫了一下:不行,病人高烧不退,我要观察,转成肺炎就麻烦了。

21　码头货船现场　冬　下午

江　河:行,打黑的事就这么定。现在,你领我在你的一亩三分地上转悠转悠。

沈奕巍:局长,我这可不是一亩三分地。光是堆场,就是几十亩地呢!

江　河:好,家大业大,我们小沈也是一方土财主了。

沈奕巍:现在时髦的叫法是土豪。

江　河:对,土豪。不过小沈,我们不做土豪,要做绅士。土豪和绅士一个有文化支撑,一个没有,差别可大了!

沈奕巍:好,本绅士领路,您随我来。

沈奕巍陪江河到货船现场查看,在三号装船机前走过后,江河又折回来,站在机器前侧耳听了一阵,指着机器说:这台机器有问题。

沈奕巍讶异地:局长,你怎么知道?

江　河:这台机器发出的声音和一号机二号机不一样,你没听出来吗?

沈奕巍走到一号机和二号机前听了一阵,再走回来在三号机前又听了一阵,没听出任何异样:局长,这台机器哪里有问题,我怎么没听出来?

江河十分肯定地说:轴承!

沈奕巍愈发茫然:局长,您难道有透视眼不成?

机械队长走过来:江局长,这台机器已经用了七八年了,从来没发生过问题。

江河皱了下眉头:用了七八年了,更要好好检查一下,立刻停机检查!

机械队长马上招手叫来维修工。两个维修工三下五除二拆开机器一检查,一下愣住了。

维修工甲:乖乖,局长神了!

机械队长:什么问题?

维修工乙:轴承发生严重磨损,若不及时更换,一旦碎在机器里可就不是一般小事故了,至少得停产四五天。

沈奕巍竖起大拇指:局长,没说的,我算服了。

江河笑着摆摆手,忽然神色一变——

画外音:

我们搞音乐的,眼睛可能会看错人,耳朵可不会听错人。站在三号机前,江河有这份自信。那么,刘希娅在云南丽江那家古玩店里就没有这份自信吗?

想到此,江河不由打了一个激灵。

江河走到一旁,拨通手机:喂,刘希娅同学吗?这两天你如果有时间,我想找你聊聊。

刘希娅(OS):好啊,好啊! 什么时候,我随时恭候。

江　河:越快越好吧! 一有时间我马上联络你。

22　小学校门口　冬　下午

校门口有许多等待接孩子的家长,引颈向学校里张望。

学校对面有一辆面包车,秃头和疤瘌眼坐在正副驾驶座上。

疤瘌眼看看手表:快放学了。

秃　头:是啊。

疤瘌眼:接孩子的家长里有没有徐小慧?

秃　头:我找了好几圈了,没有。

疤瘌眼:那江河呢?

秃　头:江河不会来,他们今天下午有讲座,他必到场。

疤瘌眼有些焦躁:怎么还不出来,多好的机会。

23　港务局办公楼道　冬　下午　外

江河一上楼,迎面碰上秦池。

秦　池:老江,你总算回来了。

江　河:有什么事吗? 老秦。

秦　池:唉,也就是花俩小钱的事,咱们不是人穷志短嘛,最后那几个钱也花在煤码头改造上了,这事还真让我犯愁。

江　河:你说。

秦　池:事情是这样的:王德纲入狱后,妻子不是突发脑溢血去世了吗,他的女儿去年考上省重点大学,失去经济来源,今年考虑退学。校方来函与港务局协商,从下学期起,能不能由港务局负担这个学生的生活费用和学费?

江　河:应该呀,港务局责无旁贷!

秦　池:可现在的财政状况捉襟见肘,局机关这个月的工资还没着落呢,怎么可能去负担一个大学生的生活费用和学费?

江河考虑了一下:老秦,王德纲为东江港做出了太大牺牲,这个责任我们一定要承担! 我们内部再挖挖潜,一年几万块钱总还能拿出来吧?

秦池摇摇头:为这事下午我把章江都叫来了,说破了嘴皮子,他也是一筹莫展,咱们现在穷得真是揭不开锅了。要说内部挖潜,倒是有得挖,你刚来几个月,很多情况还不知道,这些年光职工借的钱就有四五百万。

江　河:四五百万?

秦　池:可不是吗,分公司财务那里,咱们局机关财务那里,借钱的条子堆成山了! 有些钱是该借的,百分之九十是不该借的,你审时度势,是不是该捅掉这个马蜂窝了?

江　河:老秦,当务之急还是把生产搞上去。不把生产搞上去,职工腰包里没钱,就是捅了这个马蜂窝,哪怕捅到法院强制执行,也执行不出仨瓜俩枣来。

秦　池:也倒是。

江　河:这事先缓一缓,让老郭牵头,由财务处搞个调研,拿出个方案来。四五百万不是个小数目,不能搞一刀切,真要是生活有困难的职工,还是要区别对待的,对那些就是想占公家便宜的人,一定要把债讨回来。你不是说百分之九十的钱不该借吗,从明年开始,首先追那不该借的百分之九十。

秦　池:真要有了效益,还钱倒也不难,商量个数,按月从工资里扣就是了。难的还是眼前,别说这孩子的学费生活费不好办,局机关这个月就发不出工资了。这几天我挨个找分公司的头头借钱,个个叫苦连天,到现在也没谁给我一个承诺。

江　河:老秦,明天让赵小苏答复校方,我们同意负担这孩子的生活费用和学费。

秦　池:你打算怎么办?

江　河:怎么办?除了借钱,还能有什么办法,我想办法去借钱。

秦池眼睛里烁烁闪光:老江,虱子多了不咬,债多了不愁,你要能借到钱,索性借上三五十万,把局机关这个月的工资也一块儿解决了。

江河摇头:老秦,借个三万五万的我还有把握,借三五十万,我可真没谱了,你有什么办法?

秦池亮出底牌:看来只好找孟建荣借了,集装箱码头的改造合同你不是还没签字嘛,向他借五十万,他答应借钱你再签字。

江河皱皱眉:老秦,这可是西瓜换芝麻的事,他那个合同水分太大!

秦池诧异:不会吧,孟建荣和港务局合作也不是一年两年了,怎么可能在工程上弄虚作假?

江河看看手表,转移了话题:老秦,卢茜的物流课马上就开始了,咱俩可不能迟到啊!

24　讲座现场　冬　下午　内

会场上坐满了人,卢茜在主席台上对着麦克风讲话。

卢　茜:什么是物流,在座的不少同志可能会感到陌生。通俗地说,当你走进商场,从货架上取下一件商品,一块香皂,也许是一条毛巾,或者是一包牛奶糖,你可以想象一下从它们走下生产线,再到你手中,中间经过了多少个环节?这些中间环节就是我们称之为的“物流”。

赵小苏走进来,附在江河耳边说:江局长,徐大夫刚才来电话,说让你快去接一下玥玥,她有病人离不开,时间都晚了。

25　小学校门口　冬　下午

秃　头:放学了。

疤瘌眼:盯住!

孩子们纷纷走出学校,一个个被家长领走。

随同学走出的玥玥四下张望了一下,没见到妈妈。

穿着港务局工作服的秃头一踩油门,写着东江港港务局字样的面包车嘎一声停在玥玥旁边:玥玥,上车吧,我送你回家。

玥玥犹豫:不,我要等妈妈。

秃头拍拍写有“港务局”字样的帽子,又指了指车身上的“东江港港务局”几个字:小姑娘,警惕性蛮高吗,你爸是我们局长,放心吧!

玥玥看了看,拉开车门上了车。

油门一响,面包车绝尘而去。

26　讲座现场　冬　下午　内

江河有些犹豫,刚要起身,海岩起身发难:卢编辑,你能不能讲得有点理论高度?别像白开水一样好不好?

卢　茜:你什么意思?

海　岩:比如,物流的概念是谁提出的,你知道吗?

刘经理:海处长,你不是做了不少功课吗,蝎了虎子掀门帘 —— 露一小手给他们看看,省得叫人家小看了你!

卢　茜:你说是谁提出的?

海　岩:谁提出的?1910 年由美国人约逊·格鲁威尔最早提出的物流这一概念。

卢　茜:说完了吗你?

海　岩:怎么,我说的不对吗?

卢　茜:很高兴海处长能够事先做些准备。不过,我还是不无遗憾地要纠正你的两个错误。一、是约翰·格鲁威尔,不是约逊·格鲁威尔;二、他在《农产品流通产业委员会报告》提出物流这一概念的时间是 1901 年,而不是 1910 年。

会场发出一阵笑声。

卢　茜:关于物流概念的提出,有三种说法,人们普遍偏向于第二种说法,即物流是 1905 年由美国人琼西·贝克在《军队和军需品的运输》一书中提出来的。这本书采用先进的科学管理方法,深入研究了军队和军需品的运输问题,卓有成效。后来人们把军队后勤的运输转用于民间运输,形成了现代的物流科学。因此,英文中使用的是后勤——LOGISEISS 这个词,而没有专门的物流名词。

江河带头鼓掌,会场上掌声一片。

卢　茜:一种是纯学院派的传授,一种是联系实际的讲解,请问大家倾向于哪一种?

群众甲:那还用说,理论联系实际呗!

群众乙:海岩,你那点水平别显摆了,还不够丢人的呢!

卢　茜:那好,我们继续。我举个例子,比如说琊山煤矿,通过我们江北煤码头把煤炭运送给终端客户—— 发电厂或者其他对煤炭有需求的制造企业,像我们这种港口企业,就是物流的提供方,物流的主力。我们东江港不仅有煤码头,还有集装箱码头、散货码头以及其他专用码头,不仅可以运输煤炭,还可以运输钢铁、水泥、矿石、化工原料以及人们生活所需的各类消费品,集水路、公路、铁路联运为一身。形象地说,物流就是国民经济中的动脉系统,它把经济生活中的各个环节有机地联系在一起。

27　港务局医院　冬　下午　内

电话响,护士接听电话:徐大夫,玥玥。

徐小慧接过电话:玥玥,我是妈妈。

玥　玥(OS):妈妈,我肚子痛。

徐小慧:你在哪儿?

玥　玥(OS):我在家呢。

徐小慧:你爸爸没去接你吗?

玥　玥(OS):没有,是两个叔叔送我回家的。

徐小慧:两个叔叔?好,你别动,我马上回家。

玥　玥(OS):你赶快啊,我疼得厉害!

护　士:徐大夫,出什么事了?

徐小慧:玥玥出了点问题。小张,病人高烧已退,挂完水就可以让他回家休息了,我先走一步。

护　士:你放心,快点走吧。

28　讲座现场　冬　傍晚　内

卢茜侃侃而谈:传统的物流模式我们都很熟悉,简单地说,就是货场仓库加运输工具。东江港作为中转港,按照货主要求,把煤炭或其他商品从甲地运往乙地,依靠多拉快跑获取利润。但在开放的市场经济环境下,依靠多拉快跑获取利润的空间已十分有限,并且完全不可能让我们这样一个物流企业进入到高速的可持续性发展的轨道。

29　东江市人民医院急诊室　冬　傍晚　内

徐小慧抱着玥玥焦急地走进急诊室。

医生问情况:哪不舒服?

徐小慧:腹痛、腹泻。

医　生:吃了什么不干净的东西?随手开化验单。

徐小慧:大夫,我看不像是肠胃炎。

医　生:先去化验一下吧。

30　讲座现场　冬　傍晚　内

卢　茜:那么什么是现代物流经营模式呢?我再举个例子,我们煤码头这次改造的重点,是应用计算机监控系统进行现场管理,通过计算机中央处理器采集到的现场信息,随时监控指挥煤运生产过程中的各个主要环节,从而大大提高了煤码头的管理能力和生产能力。而现代物流模式就像一个计算机的中央处理器,它下面连接着很多终端客户,客户的需求信息反馈回中央服务器,再由中央服务器根据反馈信息做出决策。概括说,在现代物流企业中,起决定性作用的已经不再是仓储资源、运输工具这些物流企业的传统优势了,而是完善的信息网络和物流网络。

31　东江市人民医院急诊室　冬　晚　内

医生看化验单:怎么搞的,吃什么了?食物中毒!

徐小蕙:玥玥,你吃什么了,快告诉妈妈。

玥　玥:没吃什么,就是在送我回家的车上,叔叔让我吃了一瓶酸奶。

徐小慧:酸奶?

玥　玥:噢,他还给了我一封信,让我交给爸爸。

玥玥掏出信递给妈妈。徐小慧把女儿抱出诊室放在椅子上,撕开信,看了几眼,脸色突变,一下子瘫坐在椅子上。

32　讲座现场　冬　傍晚　内

卢茜仍在侃侃而谈:我这样说比较抽象,具体地说,比如我们搞一次调研,弄清楚沿江有多少发电厂,每年发电需要用多少吨煤炭,通过有效的公关手段,与这些沿江电厂达成配送煤炭协议,并且进行计算机联网,在计算机网络上实现信息互联和沟通。电厂每日、每周、每月需要使用多少吨煤炭,只要通过他们上传的数据我们就了若指掌。

海　岩:想得倒美。

刘经理:纸上谈兵谁不会。

酒糟鼻:忽悠,接着忽悠!

沈奕巍:你们几个不听可以出去,不要妨碍别人。

海　岩:谁说我们不听了,难倒我们不可以质疑吗?

江　河:质疑可以,捣乱不行。再捣乱,取消听课资格。

众　人:不听出去啊,别捣乱!

卢　茜:好,接着讲。我们的物流配送软件可以从电厂的采购系统直接得到配送信息,这样我们就可以合理地安排配送船只,保证电厂的计划供煤;同时我们的触角还要向资源基地延伸,精减中间环节,降低交易费用,建立一个完善的以客户需求为导向的物流服务系统。市场经济越发达,市场竞争也就越激烈,电力企业是一个大规模的集团企业,煤炭生产企业也是一个大规模的集团企业,我们凭什么抓住这两头,并不是简简单单地提供中转运输,而是要在信息技术基础上,提供高效的物流支持和全程的煤运服务,这样才能创造出一个更大的利润空间,我这么说大家是不是就明白什么是现代物流理念了?

江河站起来转身面对大家:讲得非常好!同志们,我看我们下一步工作的重点,就是要抓住电厂和煤矿这两头,将我们东江港的业务向生产活动的上游和下游拉长,向两头延伸,同时抓好铁路运输、船舶运输这个中间环节,我就不信我们东江港煤运生产走不出低谷。我也概括一下,这个工作方略就叫"向两头延伸,抓中间环节",好不好?

一片议论声,从表情上看得出大家很兴奋。

沈奕巍:江局长的概括很形象,这个工作方略实际上体现了现代物流的基本特征。他还有一个比喻,做电厂的采购科长,做矿山的商务科长,也是现代物流所必需的一个要素,提供主动性优质服务。

卢　茜:关于现代物流理念,国际上有一个通俗的流行说法,称之为"七个恰当",即在恰当的时间、恰当的地点,以恰当的条件,把恰当的商品用恰当的成本和恰当的方式送到恰当的消费者手中。坦率地说，据现代物流追求的这七个恰当，我们东江港还有很大距离。我个人认为，这七个恰当的核心就是诚信经营，没有诚信经营一个恰当也谈不到，东江港流失了大量客户，归根结底就是经营中缺乏诚信。马克思主义创始人之一，恩格斯曾经说过，诚信首先是现代经济规律，其次才表现出伦理性质。在市场经济发展到一定程度时，它就会让失信的行为遭到市场的惩罚或法律的制裁。失信者不仅不经济，而且要付出沉重的成本代价。

赵小苏急急走进会场，要和江河说话。江河正在兴致上，他伸手示意赵小苏不要说话，然后大声说：荷兰有一位学者，把社会文化分为三个层次，表层文化、中层文化和核心文化。表层文化是看得见的文化，比如文字、艺术、市场、建筑等；中层文化则包括法律和道德规范；核心文化是关于好与坏的价值观。我个人认为，一个人的诚信与否，一个企业的诚信与否，体现出来的就是这个人或这个企业的核心价值观。而一个企业的核心价值观，是一个企业的灵魂，决定着一个企业的生长与灭亡！

课堂上沉寂了几秒钟，突然爆发出热烈的掌声。

33　江河家　冬　晚　内

江河焦急地走进女儿的房间，看着熟睡中的女儿，为女儿掖掖被角，轻轻带上房门，转身回到客厅。

徐小慧坐在沙发上，两眼发直，神情焦虑。江河坐在徐小慧身旁，拿起沙发桌上的那页信纸。

二狼的画外音：

出来混，大家都不容易。大路朝天，我们各走半边好吗？你的女儿真的很乖，很可爱！如果是一朵花，希望她不要过早的凋零。

知名不具

徐小慧：江河，明摆着，这是警告你不要和他们过不去，不然，他们就在玥玥身上动手！肯定是煤码头的黑社会，那帮人不是好惹的。

江河使劲把信纸揉成一团，咬着嘴唇，狠狠扔到沙发桌上。

徐小慧：他们这次给玥玥吃的是巴豆，下回就不会这么手下留情了！

江　河：不会有下回了！

徐小慧把信纸抚平：报警吧，老江。

江河把信纸接过来，折好夹进笔记本：小慧，你别担心，我会处理好。

34　江北轮驳公司　冬　晨　外

卢茜走进轮驳公司办公室：请回吧，稿子下一期就见报。

中年人：谢谢卢编辑，欢迎再来采访。

卢　茜：不用谢我，秦局长当过三年轮驳公司老总，他规定每个月你们公司至少见报一次，这是领导指示，我哪敢不听。

中年人：还是秦局长关心我们。

卢茜转身往客运码头的方向走，迎面过来几个穿油渍麻花工作服的人，为首的叫石二满，故意撞了卢茜一下。

卢茜一个趔趄：你干什么？

石二满：不干什么，就是想请你帮着问问江河，凭什么给我们职工宿舍装电表，他什么意思？

卢　茜：要问你们自己去问，江局长每周都有接待日，专门听取工人意见。

石二满瞪着眼睛：你别给姓江的评功摆好，他能听取我们的意见？扯淡吧！

工人甲：我们工人就剩下这点福利了，他还想给剥夺去，他就是想踩着我们工人的后背往上爬！

几个人瞪着眼步步逼近。卢茜不由往后退了几步，她心里还真有点害怕。

这时路边传来一声吼：石二满，你嘴巴放干净点，你他妈说谁扯淡呢？

卢茜抬眼一看,路边过来的人是刚从拖轮下来的刘黑子。

石二满见到刘黑子,便有几分气短:黑哥,这女人不地道,和姓江的穿一条裤子还嫌肥!

刘黑子:放你妈的屁!你少给我胡说八道,我告诉你,你再管江局长叫姓江的,背地里造谣生事,小心我叫你满地找牙!

石二满吃惊地看着刘黑子:黑哥,这是怎么话说?秦局长说过,只要他当港务局局长,就不给咱职工宿舍装电表,咱不就这点福利吗?姓…… 嗯,江局长来了就要装电表,就咱们挣的那仨瓜俩枣钱,还月月让咱交电费,你心里头高兴是怎么着?

刘黑子:我就高兴了,怎么着?你小子一脑袋狗屎,我问你,你们家有 50 吋大彩电吗?

石二满:没有,就 16 吋的。

刘黑子:双开门冰箱冷暖空调全自动洗衣机微波炉电暖气,这些你家有吗?

石二满:我操,我家要有了这些东西,不就已经奔小康了?

刘黑子:你家没有,当头的哪家没有?还有你们几个,哪家不是就俩破灯口拧个十几度的泡子,你们一个月能交几个钱的电费,撑死了十块二十块的,咱港口一年贴好几百万电费都他妈贴谁身上了,有你们的份儿吗?你们连小头儿的小头儿都沾不上,跟着起什么哄,让人当枪使了还他妈挺美!

卢茜立刻接着刘黑子话说:江局长上任后,大刹吃喝风,给港区职工宿舍装电表,哪样不是为港口好?就这几项,一年能节约几百万。江局长说了,把节省下来的钱投到生产上去,生产搞上去了才有效益,才谈得上提高职工福利待遇,你们连这个道理都不明白吗?

刘黑子:卢姑娘,少跟他们废话,他们脑袋都长到狗身上去了,让他们回家自己慢慢琢磨去,想不明白我刘黑子再开导他们。说完又对着石二满几个人说:我告诉你们,江局长是我大哥,卢姑娘是我妹妹,以后你们谁再跟他们过不去,就是跟我过不去。

石二满赔着笑说:黑哥,我们哪知道这妞儿和你是朋友啊?再说我们也不是成心的,这不是有人叫我们让她给江局长捎个话吗?

刘黑子喝问:谁他妈让你们跟卢姑娘过不去,我找他算账去!

石二满:这…… 道上的规矩你懂,我们说了就太不局气了吧?

刘黑子:不说我也知道。肯定是他娘海岩,这小子靠抱秦池的大腿,从一个舵工被提拔成了商务处副处长。可是,心术不正,现在不也折了吗?你们听他的,脑袋被驴踢了?

卢茜拉住刘黑子:算了,黑哥,让他们走吧。

刘黑子听卢茜这么说,一挥手:看在卢姑娘的份儿上,今天不跟你们理论了,有工夫好好给你们上会儿课,你们走吧。

石二满几个人臊眉搭眼走了。

卢茜对刘黑子说:黑哥,谢谢你啊,今天要不是你给我解围,还真不知会发生什么事呢!

刘黑子看着几个人的背影:因为给石二满出头,我才被关了三年,他不会和我叫板。卢姑娘,以后轮驳公司再有人找你麻烦,你就提我刘黑子,没有谁敢把你怎么着!

卢　茜:好,提黑哥。哎,这么巧,怎么在这撞见了你?你……

刘黑子:你还不知道吧,我重新到驳轮公司开拖轮了。

卢　茜:是吗?那太好了。祝贺你呀,黑哥!

刘黑子:我知道,是江大哥暗中关照我,他的恩情我这辈子是报答不完了!

35　李强办公室　冬　上午　内

江河一推门走了进来。

坐在椅子上的李强忙起身,迎上前握住江河的手:师傅,你怎么来啦?

江　河:看看你不成吗?

李　强:哪能啊!说着请江河坐在沙发上,又急忙把沏好的茶端给江河:我把弟兄们叫过来,中午咱们小聚一下?

江河一摆手:免了,等得空儿吧。你也坐。

李强坐在另一只沙发上:师傅,那你今天是有事吩咐?

江河拿出信递给李强,李强看后怒不可遏:嘿,他娘的,谁这么大胆子,竟敢威胁到咱们头上?

江　河:我心里有数。

李　强:怎么回事? 师傅。

江　河:昨天放学,他们把玥玥劫持到一辆面包车上,给她喝了一瓶带巴豆的酸奶,还让她给我捎了这么一封信。

李强拍案而起:真是胆大包天。师傅,你告我是谁? 我马上拘了兔崽子!

江　河:不急,过两天你带兄弟们配合一下,我要打掉这个黑社会团伙。

李　强:没问题,只等您一声令下!

江　河:那我就不打扰你了。

李　强:局长,你这么快就走了? 兄弟们天天念叨你,总得和大家见个面吧!

江　河:一见面就走不了了,我还有要紧的事处理,等忙过这段儿吧!

李　强:也好,玥玥的安全你放心,我会派两个弟兄关照。

江河一握拳:那就拜托了!

36　煤码头堆场　冬　上午

二狼、秃头、疤瘌眼、石二满等一群人围着海岩。

海　岩:兄弟们,你们的好日子恐怕要到头了,新来的江河可是荤素不吃!

秃　头:他荤素不吃? 老子们还油盐不进呢!

众人发出一阵哄笑。

混混甲:操,老刘牛逼不牛逼? 没有我发话,他敢坐那辆桑塔纳吗?

混混乙:是啊,刚来煤码头上任的时候,不也人五人六的!

混混丙:牢饭吃了好几年,什么阵仗没见过? 怕个屎!

疤瘌眼:大路朝天,各走半边,他姓江的不给我们活路,我们也会要他的好看,看谁胳膊粗!

海　岩:这样说就对了,人心齐,泰山移,只要你们大家伙抱成一团儿,他江河就奈何不了你们!

二　狼:海岩,这江河是什么托生的,哪吒转世,长着三头六臂吗? 我倒想会会他!

海　岩:嘁,什么三头六臂,不过是耗子扛枪—— 窝里横。见了大哥你他敢横吗? 谁不知道,在这块地面上你是老大!

二狼轻蔑地一笑,对秃头说:再下个帖子给他。

37　刘希娅家　冬　中午　内

刘希娅一边炒菜,一边用头和肩夹着手机打电话:江大局长,你不是有急事找我吗? 怎么没信啦?

江河在办公室翻阅文件(OS):噢,希娅同学啊,下午两点你到我办公室来一趟好不好?

刘希娅:下午两点? 不行啊,已经约好了,东江歌舞团找我们几个同学谈毕业去向问题。这样吧,下午五点,我还在江边等你,老地方,不见不散!

江　河(OS):还在江边,换个地方不成吗?

刘希娅:听蛤蟆咕叫就不种庄稼啦? 我不相信,您江大局长就这么点心理承受能力!

江　河(OS):这不是一回事。

刘希娅:就是一回事。我知道你要问我什么? 我还真有重要的细节向你报告呢! 哎呀,不说了,我的菜炒煳了!

38　秦池办公室　冬　下午　内

秦池接电话:噢…… 我知道了,好,老卢头,有机会我会和丫头说。有人敲门,秦池说了一声请进,又对着电话听筒说:就这样吧。

海岩走进来,凑身到秦池办公桌前:秦局长,您就等着看一场好戏吧!

秦池坐在办公桌后面,示意海岩坐下:你呀,一向成事不足,败事有余。

海　岩:这回不同以往,二狼纠集了一百多名两牢释放人员,要跟江河拼命呢!明天有江河的好看了。

秦　池:拼命?

海　岩:是啊,您想,江河即便带上李强那伙子警察,也敌不过一百多号混混啊。那些人都是大狱上来的,一言不合就动刀子,真要弄出几条人命,江河还能在东江港混吗?

秦　池:有理讲理,不能出人命嘛。

海　岩:秦局长,您就是心太善,江河太霸道了,得让他吃点苦头。

有人敲门,秦池放大声音:海岩同志,工作岗位变动了,工作态度不能变,你应该…… 请进。

进来一个工作人员:秦局长,这份报告请您签个字。

秦池看了一眼报告,签了字。工作人员退出,海岩过去关严门,回来凑在秦池的耳畔…… 秦池躲了一下,听了听,一挥手:去吧,好好工作!

海岩走了,秦池拨通电话:建荣,晚上你过来一趟,我有话和你说。

39　煤码头　冬　下午

沈奕巍正在传送带前检查巡视,码头上一片忙碌的景象。

秃头走过来,一抱拳:沈总,幸会,幸会。

沈奕巍抬头看了一眼眼前的不速之客:你是谁?

秃　头:小弟王金丹,特奉大哥之命请沈总到颐春居一聚。

沈奕巍:你大哥是……

秃　头:张志怀,江湖人称二狼!

沈奕巍:二狼?我不认识他呀。

秃　头:你不认识他,他可认识你呢。方圆百里,谁不知道我们家老大?不瞒你说,老头老太太吓唬孩子都说,别哭了,再哭二狼来了。

沈奕巍:嗬,名头挺响啊。我要是不去呢?

秃　头:你要是不去,那小弟也不敢强求。不过,我大哥说了,沈总你不过是个马仔,和我们老大也不在一个等量级上。我们大哥约了时间,要和你们老大直接对话!

沈奕巍:你这秃头口气不小啊?

秃头掏出一个红色请柬递给沈奕巍:明天早晨八点,煤码头空场再会!

第 8 集

1 江边 冬 傍晚

傍晚,江河来到江边。刘希娅已先他而到,一见面就说:江局长,今天你该给我讲讲你学长笛时的那段经历了吧,我可等了二十天了。

江河有些急切:好,今天一定给你讲,不过你先给我讲讲你在丽江看到的那个女人,你再回忆一下,还有什么细节,一点都不要遗漏。

说着江河坐在一块石头上。刘希娅一屁股坐在他旁边,江河忙站起身坐在另一块石头上。

刘希娅:江局长,拜托,都什么年代了,还男女授受不亲呀!

江　河:我是过来人,要注意影响,本来这个地方就不适合谈工作。

刘希娅白了江河一眼,脸上又露出得意之色:你现在相信我不是在编侦探小说了吧,你还想听什么细节?

江河纠正:我想听什么细节你就能编出什么细节吗?不是我想听什么,是事实上都发生了什么。你再好好想想,事关重大,你在那家古玩店里听到的每一句话都很重要。

刘希娅:还有个细节,我上次忘了对你讲,他们还说了一句什么青花方盘?

江　河:青花方盘?

刘希娅回忆:对,是说的青花方盘,好像是说什么九寸…… 对,是九寸,九寸青花方盘,还说是元代的。

九寸青花方盘,元代的。江河点点头,又问:还有呢,他们还说什么了?

刘希娅摇摇头。

江　河:元代九寸青花方盘,这东西可能算文物了吧?他拿出手机拨通:市文物局吗,我找梁局长。喂,老梁吗,我是江河,我问你,元代九寸青花方盘,值几个钱?

电话里传来梁局长兴奋的声音:江局长,你说什么?元代九寸青花方盘,你手里有吗?那你可发大财了!

江　河:是吗?是不是得值个十万八万?

梁局长(OS):十万八万?你懂不懂行情,不懂就别胡说八道!你手里要真有这东西,马上锁保险柜里,让你公安局的人站一圈给我守着,我立刻过来!

江　河:伙计,我早调港务局来了,我手里也没那玩意,你别啰嗦了,告诉我那东西到底值多少钱?

梁局长(OS):江局长,你拿我开心呀,我还以为你抱了个大金娃娃呐!你听着,元代青花,炙手可热,真要是元代九寸青花方盘,按现在的行情,拿到国际市场上至少可以卖到两百万美元以上,全世界的文物走私集团都瞄着它呐!

江河听了不禁咋舌:乖乖,两百万美元以上!

刘希娅花容失色:天啊,我不会是去了一个走私文物的窝点吧?

江河眉峰微锁:小刘,这件事没有查清之前,你不要对任何人讲,这关系到你的人身安全,明白吗?

刘希娅点点头:我保证不对任何人讲,包括孟建荣,你满意了吧。局长大人,人无信不立,快讲你的故事吧。

2 秦池家 冬 傍晚 内

孟建荣走进屋,边脱风衣边说:秦局长,听说新型煤化工项目要在琊山落户?这可是国家的重点项目，盘子大，意义深远。

秦　池：你消息比我还灵，我还不清楚呢。

孟建荣走到多宝阁前：我就是随便听了一耳朵，不知可靠不可靠。哎，您这些古玩都是地摊货吧？

秦　池：是，最贵的也不超过一百，附庸风雅，随便玩玩呗。再说，好东西谁敢摆在这儿，不小心掉地下，几万几十万就听一个响，太不划算。

话音未落，孟建荣手上拿的一个瓷瓶啪一声掉在了地上。

孟建荣：真不好意思，秦局长，不小心把这么件好东西给摔了。

秦　池：什么好东西，十块钱买的。摔了好，岁岁平安。

孟建荣：不成，我得赔您。过两天我给您送件好的来。

秦　池：赔什么建荣啊，我找你是有事要说。

孟建荣：什么事，您说。

秦　池：不忙，我颠两个小菜，咱们边吃边说。

孟建荣：费那个事干吗，我在“心相知”定了雅间，这两天他们的招牌菜是红烧河豚，不错。走吧，秦局长。

3　心相知雅间　冬　傍晚　内

秦池和孟建荣坐在一张圆桌前，桌上有酒和几样菜肴。

秦　池：这机会可要把握好。

孟建荣：可是，江河虽然离开了公安局，李强那帮愣头青仍然听他的招呼，二狼那帮人是对手吗？

秦　池：对，正因为李强仍然听命于江河，这才有戏好看。

孟建荣：我不明白，这其中有什么玄妙？

秦　池：你想想，二狼那帮人是善茬吗？一群亡命之徒！如果和江河撕扯起来，李强他们能不急眼吗？我估计，明天江河必带李强过江，弄不好，肯定是一场血战！

孟建荣：一场血战？

秦　池：双方一旦交手，必有死伤。眼下稳定压倒一切，一旦弄出血案来，江河担得起吗？

孟建荣：江河不是鲁莽之人，上次在 10 号化工码头，眼看着李强冲天扣动了扳机，江河赶来，立马化干戈为玉帛。

秦　池：那回他面对的是学生，这回他面对的是亡命之徒，岂可同日而语？

孟建荣：也是，此一时，彼一时哈！

秦　池：退一万步，即便没打起来，江河只要在二狼面前没占上风，煤码头的改革就成了扯淡！

孟建荣：是啊，今年沈奕巍完不成五百万吨中转量，就得下台滚蛋，江河不是在竞聘会上公开主张问责吗，那他在东江港也就没有了立足之地！

秦　池：所以，明天无论出现哪种结果，江河的情绪都会一蹶不振。这时候，我提出集装箱码头的改造方案，他还有精神头跟你较劲吗？

孟建荣：对，这是一个极为恰当的时机。秦局长，您真是棋高一着，非常人可比，小弟佩服。来，我敬您一杯，您多关照。

秦　池：客气什么，关照是自然的。

4　江边　冬　晚

江　河：上个世纪九十年代初，我因为会吹长笛，被云南某部战士演出队特招入伍。入伍第二年，演出队来了一个打扬琴的女兵，叫丁薇薇……

闪回：

江河吹长笛，丁薇薇打扬琴，合奏《江河水》，两个人配合得天衣无缝。

丁薇薇的弹奏技巧让江河惊叹，江河的吹奏水准也令丁薇薇不时飘过敬佩的眼神；

排练之余,丁薇薇偷偷塞给江河几块大白兔或两只香蕉。

外出演出的路上,江河帮丁薇薇背着扬琴……

江　河:爱情的种子就这样悄悄种在了我们心里。不知怎么了,她的扬琴一下一下不像打在琴弦上,倒像是打在我的心里;而我吹笛子的时候,也能明显感觉她看我的眼神像燃着的一团火。有一次,我们四个战友一起到一个特别边远的哨所去演出,回来的时候……

闪回:

崎岖的山路上,阴雨绵绵,一股泥石流呼啸而下,一下子把他们的来路切断。有一位走在前头的女兵当即被泥石流吞没了。

江河、薛东方和丁薇薇哭着、喊着拼命地用手刨,他们的手指刨出了血,终于把战友豆豆刨了出来。豆豆已经奄奄一息……

他们被封锁在深山里。薛东方也病倒了,嘴上起泡说胡话。深夜,他们互相依偎在一起,看繁星点点,听野狼嚎叫;白天,江河采来野果,喂给筋疲力尽的丁薇薇和薛东方。

薛东方发烧,江河找来泉水,撕下一块衣服,沾湿了敷在他的额头上。

丁薇薇疲惫地睁开眼:江河,我们还会活着出去吗?

江　河:别怕,薇薇,战友们一定会来救我们的!

丁薇薇:江河,如果能活着出去,我们再也不分开了,好吗?

江　河:我答应你,薇薇,再也不分开了!

天空中飞来一架直升机,奄奄一息的丁薇薇指着蓝天:飞机!

疲惫不堪的江河勉强站起来,脱下白上衣向直升机摆动。直升机发现了他们,缓缓降落,降到一定高度,放下了软梯……

江　河:我们获救了,我们死里逃生。没想到,由于家庭背景悬殊太大,一场精神重创正等着我们……

闪回:

江河带着丁薇薇回到家,江父脸色铁青。

江　父:这门婚事我是绝不会同意的!你爸爸跟国民党打了一辈子仗,现在身上还留着解放济南时的三块弹片,你要娶一个国民党高官的后代为妻,我怎么去见死去的战友?

江　河:都快改革开放三十年了,您还这么死脑筋!

江　父:社会再怎么变化,历史也不能改写!随后对呆立一旁的丁薇薇说:姑娘,对不起,别怨叔叔固执,你请回吧!

丁薇薇带江河回北京见母亲,丁母显然也不满意江河。她客气地招待江河吃完饭,安顿江河休息。

夜里,丁薇薇睡熟后,她敲开客房门,把江河叫到小客厅里,坦率地告诉江河:江河啊,你和薇薇是不会有结果的,两个家庭文化背景差异太大,你和薇薇走到一起,完全是因为军营里的寂寞和年轻人一时失去理智的冲动,脱下这身军装重新回到外面的世界,你们都需要冷静地看一看、想一想,重新思考自己的未来。中国已经发生巨大变化,丁薇薇的前途不在国内,我已经为薇薇安排好了,我希望不要因为你们青涩的爱情影响了薇薇的前程。懂我的意思吗,小伙子?

江河沉默无言,第二天,他买了回东江的火车票,悄悄离开了丁薇薇家。

在车站,闻讯赶来的丁薇薇哭成了泪人。丁薇薇哭喊着追着火车跑……

回到东江,江河每天坐在江边,抚弄着手里的长笛。

他终于无法忍受这种巨大的痛苦,踏上火车,再次来到北京。

走出车站他就呆住了,丁薇薇站在他面前。心有灵犀!

丁薇薇:江河,你离开北京后,我每天都来车站,上苍告诉我,你会再回来的,我要在车站等你,你果然来了。

江　河:看你一眼,就已足够。

丁薇薇:今生今世,不论我走到哪里,心都是你的。

江河和丁薇薇又一次相拥而别。

江　河:回到东江,我最后一次坐在江边抚弄着手里的长笛,吹奏了一曲《江河水》,第一次和丁薇薇合作演奏这个曲目的情景历历在目,我甚至不能忘怀在演奏间隙丁薇薇偷偷看我时那胆怯而热烈的眼神。吹奏完这支曲子,我就发誓,今生今世决不再吹响这支长笛。那次在客运码头,是我第一次违背自己的诺言。

刘希娅听完江河的故事,哭了。她流泪自语:恨君不似江楼月……

5　二狼的住处　冬　晚上　内

房间里坐满了人。

桌上堆满了打开的酒瓶,吃剩的肉、罐头和烧鸡。

二狼打了一个酒嗝:兄弟们都通知到了吗?

秃　头:都通知到了,上百号人,一个也不会少。

二　狼:谈判条件都捋清楚了吧?

疤瘌眼:您放心,一条一条都捋清楚了!

二　狼:明天是见真章儿的时候,谁孬种装逼,别怪我二狼不讲交情!言毕,从腰间抽出一把匕首,啪一声剁在桌子上。

6　江河办公室　冬　晚上　内

江河从江边回来,推门进屋,打开灯,见沈奕巍坐在沙发上睡着了,他脱下身上的风衣,走过去轻轻给他盖在身上,然后坐在办公桌前掏出笔伏案写材料。

画外音:

方秋萍诈死,裕泰号沉船就完全可能是精心制造的一个巨大阴谋,她诈死后现身黄记古玩店,说明这一阴谋或许和文物走私有关。那么,幕后黑手是谁?目的是什么?他要向程省长报告,建议由省公安厅正式立案侦查,并请求成为专案组的一员。因为江河隐约感到,这个阴谋与东江港一定会发生千丝万缕的关联。

信写好了,江河封上信封,打电话叫来赵小苏,命令:明天一早加密后直接送省政府程副省长!

赵小苏:好,我一上班就办!

7　刘希娅家附近　冬　晚　外

刘希娅哼着歌往家走,忽然暗影里跳出一个人:希娅!

刘希娅吓了一跳,见是孟建荣,嗔怪道:你想吓死我呀!

孟建荣:你这么胆小吗?大晚上到江边和人家花前月下,也没见你害怕啊?

刘希娅:好啊,你跟踪我?

孟建荣:拜托,不是跟踪你,是保护你。

刘希娅:我说过了,用不着你保护。

孟建荣:我们不吵好吗?希娅,我再说一遍,江河是有妻室的人,你和他走这么近,不会有好结果!

刘希娅:有没有好结果关你什么事?我看你是丫鬟的命,操小姐的心。

孟建荣:这已经是第二次了,看来你们关系真不一般了!唉,要不是有工程要谈,我现在就去市里告他！

刘希娅：你告他什么？

孟建荣：我告他利用职权，勾引我未婚妻！

刘希娅哈哈大笑：未婚妻？孟总，你太搞笑了吧！什么时候我成了你的未婚妻？还好，今天本小姐心情不错，恕你无罪。你走吧！

8 街市 冬 晚

秦池从"心相知"出来，开车回家，见到了路旁行走的卢茜，他嘎一声停下车：丫头，上车。

卢茜见是秦池，犹豫了一下，开门上车：秦局长，您也刚回家啊？

秦 池：叫秦叔不好吗？又不是在局里。

卢 茜：噢，秦叔。

秦 池：丫头啊，正好，有些话你爸爸让我和你说说，轻了重了，你都要体谅老人是为了你好。

卢 茜：什么话啊，还非要转一道弯？

秦 池：谁让你妈走得早呢，这些话他一个当爹的不好启齿嘛！

卢茜有所警觉：秦叔，您别绕圈子了，直说吧！

秦池单刀直入：他让我提醒你，以后不要和江河走得太近了！

卢 茜：这是从何说起？

秦 池：从何说起？我问你，江河和刘希娅的绯闻你不会没有听到吧？江河此人生活作风极不检点……

卢茜打断秦池的话：他怎么不检点了？那些无聊的人乱嚼舌头根，您怎么也跟着推波助澜？您可是领导啊！

秦池生气：难怪人家说你是江河的贴身小棉袄，看来还真不是无中生有啊！

卢 茜：我光明正大，别人爱说什么说什么！

秦 池：住嘴，你一个二十多岁的姑娘，要懂得行止有耻。

卢 茜：我怎么不懂得行止有耻了？我做什么了，停车！

秦池下意识踩了一脚刹车：你要干什么？

卢茜开门下车：秦局长，我的生活我自己规划，用不着您费心！

秦 池：我是你叔叔，我有责任关心你！

卢 茜：我爸爸也不能干涉我的生活。说着转身就走。

秦池冲卢茜的背影：唉，你这丫头片子，怎么狗咬吕洞宾呀！

又拨通手机：老卢头，谈崩了。小心丫头回家跟你干仗！

9 江河办公室 冬 晚 内

赵小苏一关门，沈奕巍醒了，他伸了一个懒腰，站起身：不好意思，刚才找您您不在，赵小苏叫我在办公室等，一等就睡着了。

江河起身走到饮水机旁，沏好一杯茶，双手端给沈奕巍：该不好意思的是我呀，叫你每天像上紧了发条的钟表一样。看看，你都累成了什么样子了！幸亏你没老婆，不然该有人找我算账了！

沈奕巍不好意思地一笑：局长这么说我就惭愧了，毕竟我比您年轻七八岁，比您禁折腾！

江河一笑：那倒是，不过也要悠着点。奕巍，等煤码头完成了五百万吨，我放你两个月假，巴厘岛、九华山，哪好玩你到哪去玩儿，好好放松放松！不过，眼下嘛……

沈奕巍从皮包里掏出几页材料：我知道，眼下还是要按双超的原则去工作，超前性思维，超常规发展。

江河接过材料，坐回写字台前认真看起来。看完后起身说：奕巍，搞得不错嘛，你是怎么琢磨出这个设备亚健康管理模式的？

沈奕巍：还不是受了您的启发。您凭着一双耳朵就听出了三号装船机轴承有问题，于是我就想，一切都要防患于未然，要发动每个职工及时发现设备在运行中的隐患，把设备故障消灭在萌芽状态，并作为工作实绩与职工的奖惩挂起钩来，这样就可以保障设备高效安全运行，对生产会起到很大的促进作用呢！

江　河：不错，不错！这份材料你送设备处一份，让他们再完善一下，可以在各码头推广！

沈奕巍：那就太好了！

江　河：奕巍啊，你过江来找我，不仅仅是要向我汇报这件事的吧？

沈奕巍：这件事不过是搂草打兔子，顺带手。我主要是向您汇报一下煤码头黑势力的动向。

江　河：噢，他们有动作？

沈奕巍：局长，那帮狠人头准备闹事，纠集了一百多号人，提出要和我们谈判，而且必须见您，气焰相当嚣张。

江河点点头：他们提出谈判是好事。这说明他们慑于我们打黑的声势，已经坐不住了，从暗处走向了明处。他们要什么时候谈？

沈奕巍：明天。

江　河：明天？

沈奕巍：是，明天。

江　河：那好，我明天去会会他们。

沈奕巍：局长，这些人手黑得很。领头的二狼已经两进两出了，吃喝嫖赌，无所不为，在方圆几十里名头很响。

江　河：我知道。以前没交过手，彼此也有耳闻。根据我了解的情况，他们这一百多人，核心层也就五六个人，真正听命于二狼的，也不过五六个人！

沈奕巍：可是这五六个人胃口大得很！

江河轻蔑地一笑：不过，他们提出的条件，想要得到的东西，和下面人的想法肯定有所不同，我们就利用这一点，孤立和打击这五六个人。对绝大多数人采取团结的态度，尽量满足他们的合理要求，扩大他们的矛盾，分化瓦解，各个击破！我相信，他们不会是铁板一块！

沈奕巍频频点头：您总是能在纷繁的现象中抓住事物的本质，把复杂的问题简单化。

打住。江河看看手表，哟一声：都十一点了。你还没有吃晚饭吧？正好，我也没吃呢，柜子里有康师傅，咱俩打壶开水，一人冲一包吧！晚班渡轮也没了，你吃完了别回去了，就在这和我打地铺，明天一早儿咱俩一块过江！

沈奕巍一撇嘴：局长，您也太小气了，一包方便面就把我打发了！

江河拍拍沈奕巍肩膀：算你有口福，我这还有半瓶好酒呢，不过，可没有下酒菜！

10　老卢头家　冬　晚　内

老卢头在厨房忙活，见女儿进来，忙迎出来：闺女，吃饭了吗？老爸给你煲了鸡汤，鲜得很。

卢茜没理父亲，走进自己的房间，咣一声带上门。

老卢头愕然站在客厅。少顷，走到卢茜的房门口伸出手想敲门，犹豫了一下没有敲，又拖着疲惫的步子走回客厅坐在沙发上，叹一口气，无奈地摇摇头。

11　煤码头堆场　冬　晨

堆场上黑压压站了一群人。排头站的十几个人，一水光头，个个面目狰狞，目露凶光。

江河坐在离堆场不远的一间木板房里，他的旁边是沈奕巍，身后站着李强和几个手持微型冲锋枪的警察，一个个头戴钢盔，身着作训服，威风凛凛。

赵小苏走进来：江局长，他们的人来了。

江河精神顿时为之一振，双眼烁烁闪光，腰板也一下挺直了：叫他们进来。

赵小苏回身冲门外喊了一声：江局长有请！

江　河：不是请，是叫。

赵小苏：噢。江局长叫你们进来！

门开处进来一个人，四十岁出头一条粗壮汉子。一脑袋硬扎扎的头发剃成板寸，穿件黑色无袖短衫,双臂傲慢地抱在胸前,露出胳膊上一疙瘩一疙瘩的腱子肉,虎头肌上刺着狼头刺青。

江　河:来者报上名号!

那人上下嘴唇一碰,迸出两个字:二狼!

江河眯起眼睛瞟了他一眼:哦,码头上有几只狼啊,还分出个一二三等?

那人一怔:你没听说过吗,就我一个,二狼,谁跟你说分出个一二三等了?

江河一瞪眼:我还真没听说过这个名号,二狼算什么东西,要做也得做头狼。你出去,叫头狼进来!

二狼遭此羞辱大怒:我就是领头的,今天就是我代表弟兄们来和你谈判!

江河一拍桌子:你不配! 外面有一百多人,你有什么资格代表他们说话? 谁把你推选出来的? 你现在就从这里出去,你没有资格跟我对话!

江河说着,对站在门口的赵小苏说:赵主任,你去告诉外面那些人,叫他们选十个代表来和我谈。

江河吩咐完,看着呆呆站立的二狼,喝道:你怎么还不出去,这没你的事了!

二狼显然也知道江河的背景,想要横,但一看江河身后的警察,一个个横眉立目、虎视眈眈,便像泄了气的皮球,耷拉着脑袋说:算你狠,姓江的,你就是不跟我谈,我那些兄弟来了,说的话也和我一样。

沈奕巍一旁道:只要是外面那一百多人选出来的代表,就有资格和我们局长谈判,但是你没有,明白吗?

二　狼:姓江的? 你是什么东西,敢这么放肆!

二狼瞪着眼还想执拗,李强大喝一声:滚出去,别给脸不兜着!

12　老卢头家院子　冬　晨

卢子明没去打拳,一个人坐在院子里的木头凳儿上闷头抽烟。

卢茜出来时,看见父亲低着头,表情木然地一口一口抽烟,斜射的晨光映着他花白的头发和脸上深深的皱纹,显得格外苍老。

卢子明先开的口:丫头,起来了。

卢茜嗯了一声,点了一下头:爸,有什么话您自己对我说不行吗,还用得着让秦局长交代给我?

卢子明正欲解释,被烟呛了一口,剧烈地咳嗽起来。

卢茜上前为父亲捶背,嘴里埋怨道:早跟您说让您把烟戒了,您就是不听,抽这东西有什么好处?

卢子明把手里的半截烟掐灭了:听闺女的,以后不抽了。

卢茜心里一酸,轻轻为他捶着后背:爸,您说您干吗让秦叔跟我说那些话,弄得大家心里都不痛快。

卢子明的脸冲着东边,阳光有些刺眼,他眯着眼睛思忖,脸上的皱纹显得更深了:丫头,我也是想让大家都有个解脱,码头上那些谣言太伤人了。

卢茜气愤地问:爸,码头上到底都传什么了?

卢子明长吁了口气:你秦叔没告诉你吗,说裕泰号沉船,王德纲判了两年,我至少要判四年,全凭你和江局长的关系,才只给了我个撤职处分。昨天又有人传,说我老卢头用不了几天就会东山再起,官复原职,人家和江局长是什么关系啊? 呸,我快六十了,我东山再起? 那些谣言也不是冲着我来的,到底是冲着谁去的,要中伤哪个人,谁心里不清楚啊?

卢　茜:原来是这样……

卢子明:丫头,江局长处理沉船事件的做法,我信服,后来搞的那些整改措施,我也信服。咱们东江港这么些年了,没有他这么一个有魄力又正派的领导。我让你秦叔告诉你,以后除了在港务局办公楼里,别和江局长有什么接触,也是为了保护江局长,你明白吗?

卢茜点点头:爸,对不起,我误会您了。

13　煤码头小木屋　冬　上午　内

赵小苏带进十个人,十个人一个个横眉立目,抱着双肩,站成一排。

江河态度缓和了些：你们来了一百多人，我也不可能一个人一个人地去谈，所以选了你们十个代表。我这个人办事，一向快刀斩乱麻，能答应的就答应，答应了决不反悔；不能答应的，也没有商量余地，你们也用不着和我讨价还价。现在开始吧，说说你们的要求。

秃　头：煤码头每年交一百万保护费，我们保证没人敢再去堆场偷煤。

江河听了勃然大怒：你们他妈的还真把自己当黑帮老大啦，收保护费？屁话！你们这是公然向国家机器挑衅，公开抢掠国家财产！这种白日梦我劝你们不要做了，否则的话，等待你们的只能是严厉打击。这条我先给你们否决了，你们谁也别叫板，丑话我先说在前面，别说在煤码头上收保护费是痴心妄想，你们就是敢向一个炸油条卖包子的老百姓收保护费，我也立刻把你们抓起来！

十个人面面相觑，今天算是碰上硬碴子了。

疤瘌眼：闸口镇有一家祥龙商行，经营各类办公用品，以后煤码头的办公用品，都由这家商行提供。

江河立刻给予否定：现在是市场经济，做买卖谁不货比三家？这种欺行霸市强买强卖的行径在严打之列！至于祥龙商行，今后也得合法经营，若有违法行为，也逃脱不了工商部门的查处。

秃　头：操，我们提一条，你废一条，还谈个屁！说着就要出去。

李　强：你老实待着，你提的废了，不代表别人提的也废了！

秃头只得待在原地。

石二满：我舅舅家有几间铺面房，是私人产权，一直被煤码头下属的服务公司占用，我希望能落实政策，将这几间铺面房退还给我舅舅。

江　河：这是合理要求，如果这几间铺面房确实是私产，我立刻责成服务公司退还。

代表甲：港口不应该歧视我们二劳人员，现在同样干一天，正式工工资拿到二百七八，我们只有一百多！

江　河：这不对！同工同酬，马上改正！

14　老卢头家院子　冬　上午

老卢头：闺女，今天既然把话说开了，老爸还有桩心事，趁着老爸还不算太老，你早点把婚结了。明后年要个孩子，老爸还能帮你带，男孩女孩我都喜欢，晚年也算有个寄托。

卢　茜：我就在家里待着怎么着？您不留我啊，还想撵我出门？

老卢头笑呵呵说：不是我不想留你，女大不中留，越留越成仇啊。丫头，你跟爸说实话，有没有可心的人？

卢茜脆生生地说：没有。

老卢头索性再揭开一层窗户纸：我瞧着沈奕巍就不错，小伙子对你也有意思，港口上下都说你们俩是郎才女貌，天生的一对呢！

卢茜满脸飞红：爸，您也跟着乱点鸳鸯谱？

老卢头：我说丫头，你就别东挑西挑了，老爸的眼光没错，你再挑也挑不出比他强的小伙子了，能干、英俊又正派。

卢茜撇撇嘴：爸，您说什么呢！人家沈奕巍刚到煤码头当总经理，我这时候要和他有点什么，岂不是授人以柄。那些到处造谣生事的混蛋又该说了，沈奕巍这个总经理来路不明，他以后还能工作吗？

老卢头听了愤愤然：沈奕巍这个总经理是怎么当上的，港口无人不知无人不晓。江局长提出煤码头一年完成五百万吨煤炭中转任务，除了沈奕巍谁敢接这个盘子？有不服气的站出来嘛！闺女，这事包我身上了，谁敢胡说八道，老爸我第一个去找他算账！

卢　茜：行了，爸，不该您操心的事您就别瞎操心了，我和他只是好朋友。

老卢头：好朋友？再走一步，不就是好夫妻了吗？

卢　茜：嗐，两码事。不说了，说了您也不懂。爸，我走了！

老卢头：等等儿，老爸还有一件重要的事没说呢！

15 小木屋 冬 上午 内

江 河:你们的条件都谈完了,能答应的,我已经答应你们了,不能答应你们的,我也有话讲在了前面,你们还有什么要补充的吗?

石二满:没了,谢谢江局长。

秃 头:你没了,我有。我说江河……

李 强:江河是你他妈叫的吗?会不会说话?不会说话回去叫你妈教会了,你再来!

秃头无奈:江…… 局长,他们的条件你都答应了,我的条件你是一个也没松口,我出去怎么向老大交代?

江 河:怎么交代是你的事,这个用不着向我请示!

秃 头:操!

沈奕巍:你嘴巴放干净些!

江河向李强一伸手,李强拿出了那封信:秃子!这封信你不陌生吧?

秃 头:这……

李 强:你这个王八蛋!你涉嫌下毒、绑架,冲这两条,我现在就可以拘了你!你还敢炸刺,作死吗?

江 河:不光这些,我上任的第一天,就遇见这个秃子在客运站碰瓷,老江湖了,对吧!

秃 头:一码归一码,这封信不是我写的。

江 河:我知道这封信不是你写的,不是我小瞧了你,你还不一定认得全上面的字!

秃 头:那倒是。信是我们老大让我送的。

沈奕巍:所以说,别让人家把你卖了,你还帮人家数钱。

石二满:秃子,你就省省吧,我看人家江局长还是讲理的!

秃 头:敢情你的要求实现了,坐着说话不嫌腰疼是不是?

江 河:这样,咱们出去和大家伙儿见个面。

16 煤码头堆场 冬 上午

江河走出小木屋,后面跟着沈奕巍、李强和那十个代表。

面对黑压压的人群,江河站上一块石头说:你们这些人的情况我大致也有所了解,其中大部分都在煤码头工作过,是煤码头的职工,算不上什么黑势力团伙的骨干核心成员。当然,触犯了国家法律,就逃脱不了法律的制裁,你们这一百多人中,大部分是劳教劳改释放人员,按照国家法律,一旦判刑就等于自动开除了公职。

底下议论纷纷,场面有些混乱。秃头走过去和二狼几个人嘀嘀咕咕。

江 河:但我们港务局并不是不给出路的,煤码头今年要大发展,今后还要持续发展,生产规模扩大了,经济效益上去了,相应的也会提供大量就业机会。你们这些人中,确实改过自新了,能够遵守国家法律,遵守企业规章制度,经过培训,我们会安排重新上岗。

秃 头:别听他忽悠,眼下都不给咱一条活路,扯他妈什么以后!以后谁知道会怎么样?

有人附和:对呀!就是啊!

沈奕巍:大家不要吵吵,听江局长讲!

二 狼:没工夫听他讲废话,给一句痛快话,我们提出的两项条件,到底是同意还是不同意?

江 河:我已经回答了,交保护费和祥龙商行垄断港务局办公用品这两个条件,想都别想!

疤瘌眼面向众人:那还跟他废什么话!弟兄们,抄家伙吧!

众人纷纷从袖筒里抽出木棍、短刀,人群发生骚动。

李强和公安干警向天举枪:不许乱,不许乱!

秃 头:别被他们吓唬住了!他们不敢开枪,动手!

二 狼:开枪老子也不怕,脑袋掉了碗大个疤。弟兄们,跟他们拼命!

人群向前涌动,血战一触即发。

突然,一个人跳到一块大石头上面,大吼了一声:弟兄们,听我说几句!

江河定睛一看,是刘黑子!

17 老卢头家院子 冬 上午

卢 茜:什么事?您说。

老卢头:前两天,你和秦海涛一起吃饭啦?

卢 茜:老爸,您的情报工作非常到位啊!谁告诉您的?

老卢头:你秦叔,他是希望撮合你和秦海涛。

卢 茜:那您是什么意思啊?

老卢头欲言又止,他叹了一口气:按说凭咱们两家的关系,我不应该说不。可是,你是我亲闺女啊,我得对得起你死去的妈!

卢 茜:爸,有你说得这么严重吗?

老卢头:总之,我不赞成你和秦海涛走得太近。

卢 茜:为什么?

老卢头:这小伙子在北京长大,据说还到日本待了不短的时间,长得也是一表人才,按时下流行的说法,算得上高富帅吧。

卢 茜:爸,爸爸,您铺垫太长了。前言省略,直奔主题吧。

老卢头:可是我觉得,他的眼睛不安分,眼睛后面好像还有一双眼。据说,和那个死了的方秋萍也不干不净。

卢 茜:这都是捕风捉影。

老卢头:黑子就是他一手送进的监狱,这在码头上可不是秘密。黑子我是看着长大的,虽粗鲁了点,心眼并不坏!一进监狱,工作没了,老婆又有病,这个海涛办事够狠的呀!

卢茜沉默不语。

老卢头:把你托付给这样的人,老爸不放心啊!

18 煤码头堆场 冬 上午 外

刘黑子:我叫刘黑子,蹲过大狱,吃过牢饭。兄弟们就是不认识我,多少也有个耳闻吧?

有人喊:黑哥,那是咱码头第一仗义的爷们儿!

有人附言:是啊,他蹲大狱,不是偷、不是抢,是为了被打的弟兄出头。

石二满:没错,就是为了我。我拉了一车煤取暖,被秦海涛的人打了个半死。他是路见不平,拔刀相助!

秃 头:黑哥,你说吧,我们大伙儿信你的话!

刘黑子看了一眼秃头:二狼说,让煤码头每年交一百万保护费,这一百万保护费能分到你们手里几文钱;二狼还说,以后煤码头的办公用品,必须要从祥龙商行购买,请问,你们中有几个人在祥龙商行有股份?

众人窃窃私语。

刘黑子:兄弟们,还看不明白吗,二狼是拿你们当枪使,他自己吃独食啊!

有人喊:是啊,祥龙商行是他开的买卖,和咱们有屁关系!

有人附和:一年收一百万保护费,分到咱手里的钱够买一包烟就不错!

二狼急了:你算哪根葱,跑到这儿装象。去你妈的,看老子不卸你一条腿!说着,抡起一把刀就冲上来要砍刘黑子。

秃 头:操你妈,刘黑子,你怎么向着江河说话!

疤瘌眼:跟他废什么话,打!

刘黑子也不示弱:二狼你个狗日的,是站着尿尿的主儿你就来,老子怕你就不是爷们!分开众人迎了上去。

人群中骚动起来,江河一指二狼和秃头、疤瘌眼吼道:这几个人煽动闹事,企图行凶,并且涉嫌投毒和绑架,给我铐起来!

李强带几名警察冲进人群，夺过二狼的刀，把他和秃头、疤瘌眼铐了起来。

二狼一边挣扎一边骂：姓江的，算你狠。只要有口气，老子就不会放过你！

秃　头：哎哎，我是跟着起哄的，怎么抓我呀！不是首恶必办，胁从不问吗？

疤瘌眼：秃子，你也太没出息啦，求饶也得挑个地方呀！

众人发出一阵哄笑，让开一条道，目送三个人被警察押上警车。

刘黑子：兄弟们，现在我是轮驳公司的舵工。江局长言出行随，说话算话，一口吐沫吐地上也会砸出一个坑儿！我就是个见证。

群众甲：黑哥，你重新上岗了，得请客啊！

石二满：没错。黑哥上个月在驳轮公司还评上了先进个人，半尺大的照片在公司院里的光荣榜上贴着呢，跟姜武一样英俊。

众人又发出一片笑声。只不过，没有了嘲弄的意味。

刘黑子：你们谁也不想像现在这个样子做个游手好闲的社会盲流吧，你们也想有一份固定的工作、固定的收入吧，你们更想有医疗保险、养老保险这些社会保障吧？兄弟们回去吧，争取通过培训重新上岗，好不好啊？

江河趁热打铁：信二狼，你们就继续跟政府作对，和他一起去吃牢饭，像秃头和疤瘌眼；信刘黑子，大家就积极参加上岗培训，等待新的就业机会！

沈奕巍也跳上石头：兄弟们，我们煤码头现在的中转量仅一百多万吨，但是明年要达到五百万吨！有脑子的都想一想，这会增加多少就业岗位？不趁现在赶快参加上岗培训，到时候可没有卖后悔药的！

好！众人齐声叫好，还兴奋地把黑子抛了起来。

字　幕：半个月以后

19　秦池家　春　上午　内

秦海涛端了一杯茶递给秦池：明前龙井，今年的新茶，您尝尝。

秦池接过茶杯，只喝了一口就放下了，一脸沮丧。

秦海涛：叔，您也不必要过于沮丧。不是您太无能，而是江河太狡猾了。

秦　池：现在想想，悔不该把刘黑子的事藏着掖着。怕那些混混知道刘黑子安排了工作，看到希望不去闹事。

秦海涛：棋错一着，满盘皆输，当初要是把刘黑子当作突破口，让这一百多号人去找江河安排工作，倒让他无法招架！

秦　池：说什么也晚了，二狼、秃头、疤瘌眼被拘，刘黑子现身说法，那些混混们也一周三天被沈奕巍聚到一起学文化、学技术，搞起什么上岗培训了。

秦海涛嘿嘿一笑：这沈奕巍还尽是幺蛾子。

秦池一板脸：你不是说沈奕巍接了一块热山芋吗？我告诉你，他现在干得可是风生水起啊！

秦海涛：都是花架子，屁用没有。

秦　池：又来了。

秦海涛：明摆着的事儿，他就是把煤码头打扮成一个妙龄少女，没有人上门提亲，还不得老死闺中！

秦　池：你怎么就知道没人上门提亲？

秦海涛：廖汉中您不了解吗？那就是一杠头。到现在，方秋萍的尸体也没找到，他能到东江港走煤吗？沿江的煤码头并非东江港一家，可是沿江最大的煤矿却非珊山矿莫属。

秦　池：江河的手段神秘莫测，你分析他下一步的棋会怎么走？

秦海涛：如果我没有猜错，他必会这么走。秦海涛沾着茶水在沙发桌上写了两个字；您在这儿给他下一根绊马索，保证他一年缓不过元气来！五百万吨的中转量，吹吧！

秦　池：你这个预测倒是和我的判断不谋而合。

20　江河办公室　春　上午　内

江河拨通桌上的座机:小苏啊,今天下午三点,在小会议室召开集装箱码头改造方案的论证会。

赵小苏的声音:好,参加人?

江　河:孟建荣。港务局方面嘛,秦局长、郭局长、章总、沈奕巍、集装箱分公司的吕总、卢茜和你参加。

赵小苏的声音:好,我马上通知。

21　秦池家　春　上午　内

秦海涛:叔,这件事还可缓办,不急。我觉得马上会被江河提上议事日程的是集装箱码头的改造方案。

秦　池:好啊,孟建荣还一直在催。

秦海涛:江河渗了这么长时间,会不会抓住了什么破绽?

秦　池:不会吧? 我问过孟建荣几次,他都说改造方案是经过北京专家反复论证了的,江河一个门外汉,根本看不出门道。

秦海涛:叔,您不觉得这几次失手,都因为过于轻敌吗?

秦　池:是啊,不可掉以轻心。况且,江河一向不按常规出牌。那你说说,可能会出什么漏子?

秦海涛走到多宝柜前,眼前为之一亮:叔,您什么时候淘换了这么个瓶子?

秦　池:那是孟建荣赔我的。

秦海涛:赔你的?

秦　池:是啊,前几天他到家里来,不小心打碎了一个瓶子。我说算了,不过是花 10 块钱在小摊上买的赝品,可是他死活赔了我这么个瓶子。

秦海涛上下左右端详着瓶子,啧啧感叹:叔,这个瓶子您可收好了,我估计怎么也值个五六十万的。

秦池大惊,走过来小心翼翼拿过瓶子:是吗? 我说孟建荣怎么一再叫我保管好这只瓶子,还说是他费心找来的,我以为就是一个普通仿瓶呢!

秦海涛坐回沙发上:叔,您和孟建荣不离不舍也有几年了,您说他哪一点让你觉得受用,或者欣赏?

秦　池:你是我亲侄子,我也犯不上瞒你,这个孟建荣啊,为人仗义,办起事来呢,也很是得体。

秦海涛:比如呢?

秦　池:比如去年你奶奶八十岁生日,他随手丢下一张卡,我到银行一刷,乖乖,整整五百万!

秦海涛:那我再问您,这个工程他有多少利润?

秦　池:他说对半,大约是四五千万吧!

秦海涛:四五千万的利润他都独吞了?

秦　池:哪能? 这年头方方面面哪里不需要打点? 关键是,一个大佬的儿子在日本留学,日常开销、买房、买车都由他出,在东京,光买房就花了一百多万美金。

秦海涛:大佬? 儿子在日本留学?

秦　池:这件事你也不必深问了。总之,四五千万到他手里,能有三成就不错! 他这人最大的优点是懂得如欲取之,必先予之。

秦海涛:叔,那个集装箱改造方案会出什么娄子,我现在也说不好。不过,既然是建荣人就不错,我可以送他两句话 ——

秦　池:两句话?

秦海涛:小心谨慎常安在,遇事遇非莫慌张。

座机响,秦池接电话:喂,哪一位?

赵小苏的声音:秦局长,江局长通知,下午三点在小会议室开会,论证集装箱码头的改造方案,请您参加!

秦池答应一下,放下电话:还真被你说着了。

秦海涛:叔,我走了,你再跟孟建荣沟通一下吧,他那个方案有可能出现什么纰漏,他心里应该最清楚。

秦　池:行,你不在家吃饭?

秦海涛:我去找卢茜。噢,对了,叔,那个瓶子好好收起来吧,五六十万的东西,小心碎了!

22　东江港报办公室　春　上午　内

沈奕巍放下稿子:卢茜,你这组文章写得好,不愧第一才女雅号,言而有信,君子也!

卢　茜:那是!莫里哀语录:一个人严守诺言,比守卫他的财产更重要!

沈奕巍:此言当赞!鱼知水恩,乃幸福之源也。为表达我的感激之情,今天中午请卢大主编共进午餐如何?

卢　茜:难得沈总大方一次,不过,你的好日子才过几天啊,小女子还是替你省省吧!

沈奕巍:上次本来说好了让你宰一刀的,你没空儿,今天吧,今天你把刀磨快点。

语音未落,门被秦海涛推开:如果卢小姐能够赏光,我愿意当一回东家。

卢茜有些吃惊:呦,秦总,你怎么来啦?

秦海涛:到我叔家有点事,顺便想请卢小姐吃顿便饭。

卢　茜:嘿,前一段天天素着也没人请,今天说请,都凑一起了,荣幸之至。

秦海涛:如果我没有猜错,这位先生应该是煤码头的新掌门人沈总吧?

沈奕巍伸出手:沈奕巍。

秦海涛握住沈奕巍的手:果然玉树临风,东江港的金童玉女真是名不虚传!

沈奕巍:秦总取笑了,坊间笑谈,不可信以为真?

卢茜调侃:哎,沈奕巍,你说你自己不是金童,说明你有自知之明;我可是名副其实的玉女啊!

秦海涛急忙逢迎:此言不虚。卢小姐不但是玉女,还是才女。听说现代物流的讲座,就博得了满堂彩啊!

卢　茜:那还不是你雪中送炭,让我可以临时抱佛脚。

沈奕巍:呦,两位早有合作?

卢茜刚想解释,秦海涛忙抢过话头:卢小姐的讲座语惊四座,沈总的打黑不是也一鸣惊人吗?

沈奕巍:秦先生的消息很灵通嘛!

秦海涛:我刚从我叔那儿过来,自然知道一些情况,我叔对你们两位大为称赞,说江河有你们做左膀右臂,东江港振兴有望了!

沈奕巍:是吗?不过,说到煤码头打黑,还有秦先生你一份功劳呢!

秦海涛有些愕然:有我的功劳?

沈奕巍:是啊!你叔叔没有告诉你吗?最关键的时候是刘黑子挺身而出,力挽狂澜,他所以在二劳人员中有那么高的威信,还不是拜你秦总所赐,让他吃了三年牢饭!

秦海涛神情尴尬:这,这么一说,中午的饭局一定要沈总买单了。不但要感谢卢小姐,还要顺带手感谢我一把?

卢茜到柜子里拿出饭盒:今天中午我哪儿也不去了,秦总如果不嫌弃,就在我们食堂吃顿职工餐吧,今天是星期三,有我爱吃的烧茄子!

秦海涛:也好,那就恭敬不如从命了。

23　秦池家　春　中午　内

秦池在给孟建荣打电话:行,你反复说合同无懈可击,我也就放心了。我告诉你,你要是让江河抓住了七寸,我这张老脸就丢大发了,还会授人以柄!

孟建荣(OS):您尽管放心,所有的参数,数据都是反复核对的。

秦　池:既然你这么有底气,论证时也不必过于谦恭,倒让人觉得你心虚。

孟建荣(OS):您说得对,我也是这么想。反正刘希娅的事也闹得沸沸扬扬了,我态度强硬些，他也许会有所顾忌。

秦　池：好吧，一会儿见！

24　小会议室　春　下午　内

会议室里的气氛有些紧张。

江河脸色严峻。他抽出烟却没有点燃，放在鼻子下闻着，目光扫过会议室里的每一个人。

江　河：人齐了，我们开会吧！

秦　池：开吧。这个集装箱码头的改造方案，已经搁置了不少时间吧？

孟建荣：整整三个月！我的材料都准备好了，施工队一直整装待命，再拖下去，我可真是承受不住了！

江　河：合同没有最后签字，工程就没有正式进入实施阶段，你孟总急得是哪一出？

孟建荣以守为攻：江局长，话得看怎么说了？这个合同的所有程序都走完了，就差最后主管领导一个签字。本来秦局长可以签，他说要尊重新来的局长，没想到被您锁在抽屉里躺了三个月！

江河一笑：孟总是在批评我不作为嘛！

孟建荣：不敢，我现在已无退路，人为刀俎，我为鱼肉，拍江局长的马屁还拍不及呢，哪里敢批评您不作为？

江河一笑：理解孟总的心情，也接受孟总的批评。不过说这个方案被锁在抽屉里三个月，就有点冤枉我了。沉船事件一结束，我就四处请教。门外汉，不做点功课，哪有资格和孟总这样的建筑专家谈？

孟建荣一愣：江局长是有心人呀！不会哪天来我公司查账，顺带手停了我的职吧！

25　琊山矿廖汉中办公室　春　下午　内

廖汉中把账本啪一声甩在办公桌上：怎么会是这样，我的祖奶奶、天老爷！

财　务：矿长，根据您的指示，我们财务把账认真查了一遍，从一月到九月，煤炭产量比去年同期增长了百分之十五；利润却还不到去年同期的五分之一。

廖汉中：这他娘的是怎么搞的嘛？变戏法也没有这么个变法呀！

财　务：这，这……

廖汉中：这什么这！有什么话直说吧，我不怪你！

财　务：廖矿长，我还是别说了！

廖汉中：不说，我停你的职！

26　小会议室　春　下午　内

江　河：停不停你孟总的职，我说了不算，这个改造方案签不签字，我还有话语权。

秦　池：行了，二位不必打嘴仗了，一切摆在桌面上谈吧！

江　河：秦局长说得对，一切在阳光下运行！

孟建荣：那就好办了。说说您的意见吧！

江　河：一句话：工程预算至少砍掉一半！

孟建荣腾一下站起来：你说什么？我没听清，你再说一遍。

江　河：砍掉一半，至少！

27　廖汉中办公室　春　下午　内

财　务：廖矿长，您一看账就明白了，大量优质煤被当作劣质煤卖，利润损失高达上亿，今年的琊山煤矿经营情况极为恶劣，这笔钱如果追不回来，亏损已成定局。

廖汉中拾起账本：这账没毛病啊？

财　务：可是，您看看上面的客户，有一个您熟悉的吗？

廖汉中紧张地翻了翻，颓然地仰靠在椅子上。

财　务:这是本假账,为的是应对税务检查。肯定还有一本账!

28　小会议室　春　下午　内

江　河:你的图纸看似无懈可击,其实可以商榷的东西多着呢!

孟建荣:江局长,一个亿的工程预算并不是我做出来的,工程改造方案出自北京一家权威设计院,每项预算都有根有据,你我这样设计上的门外汉,总不见得比人家高明吧?

江河呵呵一笑:孟总自谦了,我是门外汉,孟总可不是门外汉。孟总的意思是说,我江河这样的门外汉,总不见得比人家权威设计院高明吧?

孟建荣不置可否,江河如此咄咄逼人,也完全出乎他意料。

江河继续发力:孟总,我们是继续谈呢,还是等你把设计院方面的人请来一起谈?

这个…… 孟建荣考虑了一下:继续谈吧,这个设计方案我们和北京方面反复论证过,已经非常严谨,如果江局长砍掉个一二百万,我们还能勉强接受,上来就砍掉一半,不仅我们不能接受,设计院方面也绝不可能接受,这又不是在自由市场上卖大白菜,我们没有漫天要价,江局长也不能拦腰一刀。

秦池见孟建荣红头涨脸,怕他控制不住情绪把事情闹大,就以食指轻轻叩击了几下桌面:孟总啊,讲话要注意分寸!

江河摆摆手:没关系,让他说。

孟建荣自觉有些失态,一屁股坐回椅子上,叹一口气:反正人为刀俎,我为鱼肉,多说无益。

江河嘿嘿一笑:看来孟总还是蛮委屈嘛! 说着摊开图纸,单刀直入。你不说我说。既然这个方案你们和北京方面反复论证过,孟总请给我解释一下,这间变电站是怎么回事,地基打得比房子还高,这是出于什么设计理念?

孟建荣俯过身去在图纸上看了一会儿,色厉内荏地说:这个,我们当然是从质量上考虑,百年大计,质量第一嘛。

郭川不屑地看了一眼孟建荣:我看是百年大计,金钱第一!

江河接过话头:郭局长的话虽然尖刻,意思是对的。我们总不能说,为了不让蚊子漏网,动用高射炮去打吧! 我看,这地基减去一半也完全符合安全要求,是不是,吕总?

吕　总:当然,完全符合安全标准!

江河问孟建荣:这一处可以改动吧?

孟建荣尴尬地点点头:这个可以改,改了这个也省不了几个钱啊!

吕　总:几个钱? 至少几百万。孟总真是财大气粗啊!

江河指着图纸接着说:还有,为什么要按八十到一百吨的承压标准设计循环下水系统?

吕　总:三十吨到五十吨的承压标准足矣!

孟建荣:多增加一些保险系数,怎么不对?

江　河:我们是内河码头,三十吨到五十吨的承压标准就可抗百年、五百年甚至一千年不遇的洪峰,有什么必要搞八十到一百吨的承压标准,是准备抗击海啸吗?

孟建荣:话不能两头说。秦局长一再强调,说第一是质量,第二是质量,第三还是质量!

秦　池:我是这样说的!

江　河:秦局长这样说没错,但是他说了可以以确保质量为理由,大幅提高工程预算吗?

秦　池:那怎么可能!

郭　川:所以你不要老是打着秦局长的旗号为自己辩解。

江　河:你再看看堆场,我们是用来放集装箱的,不是用来过重型坦克的,为什么要搞一米五厚的水泥浇铸硬地基?

孟建荣哑口无言。

江河继续说:再有,食堂、幼儿园、办公楼已经有了,也不在集装箱码头工程改造项目之列,为什么要推倒重建,说好听点是瞎折腾,说难听…… 孟总,你自己琢磨琢磨吧。

29　廖汉中办公室　春　下午　内

廖汉中:这是一本假账?

财　务:是,糊弄税务和您的。

廖汉中蒙了:弄了一本假账来糊弄我?你的意思是说,我老婆方秋萍,方总会计师弄了本假账来糊弄我?

财　务:我不敢这么说,这话是您说的。

廖汉中啪一声,把账本摔在地上:去,把赵达夫叫来!

30　小会议室　春　下午　内

章　江:老江这几个月的调查研究卓有成效。按他与技术人员的反复推算,工程改造五千万足够,再多花一分钱也是不允许的。

江河拿出工程修改意见书,严肃地说:集装箱码头改造工程,必须按照港务局方面的意见进行修改,才能继续实施,否则我们将重新招标。老秦你看可以吗?

秦池根本没有理由否决,只好点点头:孟总质量上考虑得过于超前了,没有从港务局的实际出发。港务局的实际是什么?资金紧张,捉襟见肘嘛!

郭　川:这项工程的费用全部是银行贷款,每一分钱都要花在刀刃上!

章江不满地看了一眼秦池:也不仅仅是个资金问题,港务局有钱了也不能这样胡造!

秦池无言以对,狠狠地瞪了一眼孟建荣。

孟建荣不敢看秦池的眼睛,接过意见书,万般无奈地说:我也无路可走了。我回去后请设计院过来人,按照港务局方面的意见修改工程设计。

秦池打着圆场,也给自己找台阶下:改建方案不是一拍脑门就做出的,看来江局长做了大量的调查研究,孟总有这个态度很好,回去以后好好修改修改,既要保证工程质量,也要节约资金!老江,是不是就这样吧?

郭　川:稍等,孟总以前承建的港务局工程项目,工程监理都是由市建委指派的,我的意见,这次要改一改规矩,由港务局方面自己选择工程监理!

秦池质疑:有这个必要吗?

31　廖汉中办公室　春　下午　内

赵达夫推门进来:老大,您找我?

廖汉中异常生气,把账本扔给他:你是主管生产的副矿长,又是矿山的总调度,这里面的猫腻你不会一无所知吧?

赵达夫捡起账本不看:老大,我只管生产和调度,这账上的事我不便过问。

廖汉中:你不便过问?好煤什么价?次煤什么价?瞒天瞒地能瞒得过你吗?

赵达夫一声苦笑:矿长,秋萍是总会计师,又是您的夫人,许多供煤合同都是您委托她亲自和客户谈的。这次到东江,不也是为了和电厂签订供煤合同吗?我哪里好过问?

廖汉中:你……

赵达夫:您是老大,别人就是看出点猫腻,也不好说啊。那叫什么,叫投,投鼠忌器嘛!

廖汉中颓然坐在椅子上:秋萍啊秋萍,你这一走,可害苦了我啦!我就是浑身长满了嘴,也他娘说不清楚了。

32　小会议室　春　下午　内

章江表态:老郭考虑得很周到,这样可以最大可能确保工程质量。

江河紧跟一句:我同意郭局长的意见,我看很有这个必要!如果孟总不想在施工中偷工减料,对这个建议肯定不会反对吧!

郭　川:我听说有些工程常常得益于工程监理的“密切配合”,才创造出丰厚的利润空间。比如只需与工程监理“密切配合”,施工中便可轻而易举偷梁换柱,将三十到五十吨的承压标准按八十到一百吨的承压标准核验，同样，半米厚的水泥浇铸硬地基也可以按一米厚的水泥浇铸硬地基通过核检。高标准低施工，几千万的利润轻轻松松就到手了。当然，我不是说孟总，我相信孟先生是从质量上考虑的。

章　江：孟总为了避嫌，也不会坚持由自己找工程监理吧？

孟建荣：随便吧！

江河见孟建荣无言以对，站起身说：既然孟总同意由港务局选择工程监理，这事就好办多了。满足了港务局方面的这两项要求，工程可以择期开工，孟总啊，你也抓紧时间做好工程开工的先期准备吧！

孟建荣：你……

江　河：孟总，你该不是要指责我公权私用，挟私报复吧？

孟建荣不答话，拿起桌上的皮包头也不回地走了。

33　桑拿间　春　晚　内

两个人赤身裸体坐在木架上，只用毛巾挡住羞处。

孟建荣：这回江河卸了我一条胳膊一条腿，我是光脚不怕穿鞋的了，我去市里举报江河！

秦　池：你举报什么？人家大白天在江边谈话，犯哪条王法了？你抓住他什么把柄了就举报？我看你是昏了头！你要去市纪委举报，除了自取其辱，什么也得不到！

34　薛东方家楼前　春　晚

一辆桑塔纳驶入小区，在一栋楼前停住，车门开，薛东方下车，和司机招了一下手，向单元门走去。

四周寂然无人，突然，他的腰被一个硬邦邦的东西抵住，一个低沉的声音：不要说话，把钱包拿出来扔到地上！

薛东方举起手：好汉，有什么话好商量，切莫动粗！

黑　影：别废话，把钱包扔地上。

薛东方掏出钱包扔在地上，突然回身一拳向黑影打来。黑影早有防备，一把攥住薛东方的胳膊，摘下口罩，哈哈大笑，是江河。

薛东方打了江河一拳：好你小子，什么时候干起打家劫舍的营生来了？

江　河：实不相瞒，我今天就是来劫富济贫！

35　桑拿间　春　晚　内

孟建荣：我就是咽不下这口气，我三十多岁没结婚，等了希娅这么多年，凭什么他就从中间插一杠子！

秦　池：你说说你，集装箱码头改造工程那么大的事你不上心，整天对一个女学生昏三倒四的，有什么出息？

孟建荣：这您可说屈我了，下午开会以前，我还请设计院的又审核了一遍图纸，他们说每项预算都有根有据，严丝合缝。谁想到江河这个门外汉……

秦　池：他压得这么狠，你可以不接啊？

孟建荣：我不想吗？我是没辙啊！我不接受，他就可以名正言顺地重新投标，一旦有新的公司中标，我不光是出局，在圈子里的口碑也就彻底完了，以后怎么吃建筑这碗饭？

秦　池：我看，倒是江河抓到了你的软肋！

孟建荣：最可怕的是他把工程监理权收回，食堂、幼儿园、办公室一刀砍掉，不然我在这几个工程材料上还可以找补回一点亏空！这样一来，工程能打平手就烧高香了。

秦　池：也不至于那么悲观吧，赔本生意你会干？

孟建荣：赚个仨瓜俩枣的有什么意思。

秦　池：眼光放长远些吧，我们不计较这一时一地的得失！

孟建荣:无论如何要把他挤出东江港。

36 薛东方家 春 晚 内

薛东方从冰箱里给江河拿了一听啤酒:不烧开水了,对付喝吧!

江河接过来,咚咚咚喝去半听:你别说,一下午尽说话了,唾沫星子都干了!

薛东方:你小子怎么事先不打个电话,又想搞突然袭击那一套?

江 河:什么突然袭击?这叫守株待兔,我要事先打了电话,你小子狡兔三窟,不定躲哪去了?

薛东方笑道:我就是四窟五窟,也瞒不过你公安局长的眼睛嘛。说着递给江河一支香烟,指指沙发说:你坐。我明天一早出差到北京,要不是落了点东西,我就住电厂不回来了,让你小子白在这蹲一宿!说吧,大晚上堵我门口,什么事?

江河换上一副愁眉苦脸的模样:不是跟你说了吗,杀富济贫!

薛东方:说正经的。

江 河:揭不开锅了,真的,找你救救急,借几个小钱。

借几个小钱?薛东方一听借钱,马上一脸警觉:恐怕不是小钱吧,你说出数来听听。

江河伸出右手。

薛东方:五万?

江 河:五十万。

五十万!薛东方杀猪似的叫了一声:你干脆把我绑了去吧,你看我值不值五十万?

江河白了薛东方一眼:我把你绑了去有什么用,凭空添一张吃饭的嘴,一分钱不值,还倒贴伙食费。

薛东方脸扭得像长条苦瓜:你这哪里是借钱,简直就是明火执仗抢劫!你那个东江港,就是个无底洞,别说几十万,几百万几千万扔进去也只当打了个水漂,谁敢借钱给你们?

江河拍拍薛东方肩膀:兄弟,我现在真是走投无路了,你知道我现在是什么心情,谁要能借我五十万,别说是吃喝,他就是去嫖赌,我也敢带着几个弟兄去给他把门!

薛东方:真到这份儿上了?你们不是刚从银行贷了几千万吗?

江河掐灭烟:那是集装箱码头的工程改造款,专款专用,由银行划拨,根本到不了我们账上。我江河的为人你还不知道吗,不到这份儿上,我能拉下脸借钱?

薛东方瞪着江河,一脸苦大仇深:别跟我来这套酸文假醋!找我借钱,对你小子来说不是就像从自家存折上取款,还用拉脸?

江河乐了:你说得是。可着东江市我想了一圈儿,没有谁比咱哥俩关系铁,我一个五尺高的大老爷们儿,如果一张口就被噎回来,面子往哪搁?就是你,敢不借钱给我,我敢把你们家房子点喽!

啧,啧,吹!吹!薛东方装出一脸不屑,沉吟片刻,一拍大腿:好,这五十万我借给你!不过咱们得把话说在明处,救急不救穷,这就是一锤子买卖,以后再借,一个子没有!再有,你要把我这五十万打了水漂,可别怪我翻脸不认人!

江河喜笑颜开:老战友,你放心,这五十万要是打了水漂,我把脑袋赔给你!送佛上西天,好人做到底,钱借了,人力资源上你也帮我一把。

薛东方摸不着头脑:你小子得寸进尺吧!人力资源上我怎么帮你,你说明白点,你这一出一出演的都是什么戏?

江河看看手表:你别急,我一样一样慢慢跟你说。都这个点了,我看你也别睡了,明一早你到飞机上去睡,咱俩好好聊聊,怎么样?

薛东方拿出一条大前门烟,拍在茶几上:聊吧,你小子来了,我就没打算睡。烟我这管够,酒也有,茅台,要不要咱们喝两口儿?

江河笑道:有大前门足矣,酒就算了,就你那点酒量,喝两口儿还不够你散德行的。

薛东方瞪起眼睛:叫板是不是?

江河笑着摆摆手:不是,不是。人力资源的事过会儿再说,东方,我记得你们电厂一直是用进口煤的,怎么改用琊山的煤了,还和方秋萍签了供煤合同?

薛东方:你小子真是狗鼻子,哪有点肉味你都能嗅着,不愧是干公安局长的材料。他呵呵笑着,随即卖了个关子:这事你应该问老秦啊,怎么舍近求远问起我来了?

江河有些诧异:老秦也知道这事?

薛东方:总比你我知道的多些。这事是秦海涛牵的线,老秦吃水不会浅吧?

江　河:秦海涛牵的线也不见得老秦就一定参与了,算了,先别管老秦吃水深浅,这都是揣测之谈。你说说事情经过。

薛东方:大概是上半年三四月份吧,秦海涛给我拉来一车煤,说是琊山煤矿三号矿井出产的优质煤,质量完全不逊于进口煤,我让技术科做了试验,果然不错,价钱比进口煤便宜百分之二十,年发电成本一下子降低几千万,你说这样的买卖咱们能不做吗?

江　河:当然做,这是打着灯笼都难找的好事嘛。东方,做归做,我听着你话里还有些别的意思。

薛东方:你小子不吃警察这碗饭,可惜了。敏锐!实话跟你说吧,方秋萍到我们电厂来不止一次,第一次是秦海涛陪着来的,第二次是和老廖一起来的,不过和老廖来时没谈实质性东西,就是吃吃喝喝游山玩水,联络一下感情,到了签合同的时候又是方秋萍一个人来的。

江河的目光充满疑惑:嗯?

薛东方照江河肩上给了一拳:你小子别玩深沉,这事哪说哪了,方秋萍人都没了,再说三道四的也没意思,我就是觉得老廖这人挺仗义的,让方秋萍这小娘们儿耍了,心里不忿。

江河追问一句:这话怎么讲?

薛东方:我个人感觉,方秋萍这娘们儿搞的是暗箱操作,有些事老廖是蒙在鼓里的。

江河冷笑:搞暗箱操作,那也是和你搞嘛!

薛东方给了他一拳:呸!你给我打住!我和方秋萍搞暗箱操作?别扯淡了!她搞她的暗箱操作,我搞我的阳光运行,咱们当过兵的人,这点底线总还是有的。

江河就势靠在沙发上,揉揉有些发涩的眼睛:东方,把你的茅台拿来吧,喝两口提提神。这事有点意思,你给我详细讲讲,我正要去趟琊山煤矿,对付廖汉中,咱们手里得有点干货。

薛东方吃了一惊:你去琊山煤矿!方秋萍遗体找到了?

江河摇摇头:没有。

薛东方:没找到你去干什么,你怎么向廖汉中交代?我看你还是缓缓吧。

薛东方拿来茅台,又拿来两只酒杯,一人斟上一杯。

江　河:怎么,连点花生米都没有吗,干喝呀?

薛东方打开冰箱门,拿出两个咸鸭蛋:你嫂子和孩子去云南旅游了,我好几天没开火,哪来的花生米?他扔一个咸鸭蛋给江河,你小子还摆起谱来了,想当年在部队,一瓶老白干咱俩还不是一人一口就撴了,连根咸菜条也没有啊!

江　河:有白酒喝还算不错呢!那年,泥石流困住咱们那几天,你小子打摆子高烧不退,三四天没有一粒粮食吃。我记得呀,昏迷中你嘴里就往外蹦一个字:饿、饿、饿,我从山上采来野果,嚼碎了一口喂你,一口喂丁薇薇,你吧嗒吧嗒嘴,吃得那个香啊!

薛东方:是啊,咱们是过命的交情啊!

江河磕开咸鸭蛋,啃了一口,举起酒杯和薛东方碰了一下:那时候的日子真他妈难忘,一闭上眼跟昨天似的。他喝了一口茅台,又把话题拉回来:兄弟,你先给我讲讲方秋萍是如何暗箱操作的。

薛东方:这事挺蹊跷的。

第9集

1　桑拿间　春　晚　内

秦池引而不发，嘿嘿冷笑了两声。

孟建荣：秦局长，你是不是有新想法？

秦池嗯了一声：建荣，现在扳倒一个干部，无非两个字：钱、色。钱上不好下手，就在色上想办法。江河在东江港不乏这方面传闻，容易被人相信。再说，你不把江河搞臭，想让那个女大学生彻底离开他，恐怕没那么容易。

孟建荣叹息道：搞臭他谈何容易，他当了多年公安局长，自我防范意识超强，我想去纪检部门举报他，你不也说不可取吗？

秦池又冷笑了一声：凭现在这点破事，去纪检部门举报他当然不可取。在东江搞臭他也不容易，不过换个地方，就另说了！

孟建荣：您的意思是？

秦池把嘴凑近孟建荣……

2　薛东方家　春　晚　内

薛东方：老廖来之前，秦海涛过来给我传了个话，说是方秋萍的意思，老廖来的时候，不要透露电厂选用三号井的煤，否则价钱上可能出问题，弄不好老廖就会往上码五六个点。只是笼统地对老廖说电厂经过技术改造，可以烧国产煤就行了，方秋萍保证给我们发来的煤还是三号井的煤。

江河冷笑一声：这种话方秋萍也敢让秦海涛来传？

薛东方：要不说蹊跷呐。方秋萍和秦海涛是什么关系，咱们不好妄加猜测，不过这种话她敢让秦海涛来传，嘿嘿，什么关系我不说你也明白了吧？

江　河：你答应方秋萍了吗？

薛东方端起酒杯和江河碰了一下：我当然答应了，百分之二十的差价呐，老廖要是给我码上去五六个点，我受得了吗？做企业嘛，谁不追求利润最大化，我就是对老廖有那么一点恻隐之心。

江　河：嗯，有那么一点恻隐之心，说明你良知未泯。来，为良知再干一杯。

薛东方很夸张地耷拉下脸：你自己干吧，你挖苦我是不是，对此我表示强烈不满！

江河放下酒杯：好了，咱们不说那两口子了。沿江一带的电厂，你人头都熟吧？江河换了个更舒服的姿势，半躺半靠倚在沙发上。

薛东方也半躺半靠倚在沙发上：还算熟，基本上能说得上话，这就是你要的人力资源吗？

江　河：为了你那五十万不打水漂，你屈尊给我做一回人力资源部长，帮我和沿江电厂牵上线。

薛东方：牵线容易，说说你的想法，能配合你我尽量配合。

江　河：我的想法简单，就是为电厂服务，我去给他们做燃料科长，让他们都用上琊山煤矿的优质煤，好东西大家用嘛，这是现代社会最流行的观念，你不会不知道吧？

薛东方：你胃口不小呀，沿江一线的电厂，一年要消耗多少吨煤炭，你计算过吗，你们东江港有多大的吞吐量？

江　河：吞吐量没问题，我们煤码头九十年代中期改造扩建后，综合通过能力已达到八百万吨到一千万吨，现在远远没达到设计能力，潜力大得很，我上任头一年，准备完成五百万吨，这个指标不算高吧？

薛东方:按说东江港这么好的地理位置和港口条件,一年完成五百万吨不离谱。可是东江港口碑太差,不管谁去了也得替前人还债,重建口碑才谈得上发展。

江　河:这还用你说。

薛东方:沿江电厂这条线我可以帮你牵上,牵上后你们工作能做到什么程度,那些电厂老总们买不买你们东江港的账,这我不管,我管介绍对象不管生孩子。

江　河:你有那本事吗,管生孩子。

薛东方:我是没那本事,你有吗?长江沿线也不就你们一座煤码头,市场经济,客户现在是上帝。矿山那头我无能为力,廖汉中在沿江煤矿是龙头老大,他要肯和你合作,沿江煤矿的局面也就基本打开了,可你们结的是死结,你能把这步棋走活吗?要是没把握,我劝你趁早别去,去了也是自取其辱。

江　河:我也知道难。

薛东方笑道:愚公移山嘛,这个心理准备你得有。

江河眉毛一扬:这个心理准备我当然有。当年咱们被泥石流困住,九死一生。那么难的困境咱们都挺过来了,还有什么困难不能面对!

薛东方忽然感慨起来:想想真快,一晃咱们脱了军装也有十多年了。哎,丁薇薇和你还有联系吗?你们可是生死之交啊,怎么就没成呢,好好的一对儿,说分手就分手了?

江　河:你怎么提起这一段了?不说了,不说了,来,喝酒。

两个人干了一杯酒。

江　河:东方,我看你酒柜子里还有两瓶茅台,归我了啊。

薛东方:你这小子真是打秋风来了,又抽又喝又借钱,走时还不空着手。

江　河:我有用,你不藏起来,活该!

薛东方起身从酒柜里拿出茅台,往沙发桌上一蹾:拿走,谁让你是我兄弟呢!

3　香港一间豪华的办公室　春　晨　内

秘书乔婷走进来:董事长,《东江日报》已经订好了,下月一日开始送。

丁薇薇坐在宽大老板台后:好,谢谢你了,乔婷。

乔　婷:董事长,没有别的吩咐,我先出去了。

丁薇薇伸手示意她坐在对面:乔婷,以后别一口一个董事长,叫我姐姐吧!

乔　婷:那怎么可以?丁氏集团这么大一家跨国公司,不能没有规矩的。

丁薇薇:话不可以这么讲。佛说,前世五百次回眸,才换来今生一次擦肩而过。五年前在北京的招聘会上,我从几百个求职者中一眼看中你,你说这该是怎样的缘分?

乔婷感激地一笑:是啊,那天你走进招聘现场,不知为什么,我和您眼神相遇的一瞬间,就觉得我们的生命一定会有所交集。

丁薇薇:是吗?我们真是心有灵犀。说着起身用精美的茶具冲茶。

乔婷忙起身:我来。便动作熟练地洗茶、泡茶。

乔　婷:以后凡是私下场合,我就叫你姐姐。

丁薇薇:这就对了。乔婷,你说孟姜女哭长城的故事,真的像精卫填海一样,只是个传说吗?"天下第一关"旁边的望夫石也是后人穿凿附会?

乔婷会心一笑:姐姐,这个我没有考证过。不过,我知道姐姐那天买了一只长笛,今天定了一份《东江日报》,怕都是跟一个情字有关。

丁薇薇:鬼丫头。

乔　婷:姐姐,你兰心蕙质,冰雪聪明,说你是国色天香也不为过。多少官宦子弟,商界精英都入不了你的眼。有时我就想,那个被姐姐钟情的男人,该是怎样玉树临风,不同凡响?

丁薇薇笑了:你这小姑娘,还挺会奉承人。

乔婷娇嗔地:才不是呢!我不过是道出了一个事实。

丁薇薇叹了一口气:喜欢姜夔的那首词吗?

乔　婷:哪首?《江梅引·人间离别易多时》?

丁薇薇点点头:人间离别易多时,见梅枝,忽相思、几度小窗幽梦手同携、今夜梦中无觅处、漫徘徊,寒浸被、尚未知。

乔　婷:姐姐,何必苦着自己,幽梦相思,不如现实一聚!

丁薇薇:人生有命,一切还需随缘呀!

4　赵达夫家　春　晨　内

赵达夫正和一个年轻女子在床上纠缠,忽听手机响,骂了一句:谁他妈这么早来电话,接通手机:喂,谁呀你?

秦　池(OS):老赵,是不是惊扰了你的好梦?

赵达夫:噢,老秦啊,这么早你有什么吩咐?

秦　池(OS):弟妹陪闺女在省城读书,想来你老弟不会安分!

赵达夫:你既然知道就不该这么早来电话,春宵一刻值千金,没事我挂了!

秦　池(OS):慢! 江河一早已经动身去琊山了!

赵达夫:噢? 方秋萍的尸体找到啦?

秦　池(OS):双手攥空拳。

赵达夫:那他不是来自取其辱吗?

秦　池(OS):你换个地方接电话,我有重要的话对你说。

赵达夫起身带上门,对床上的女人做了一个安抚的动作,来到客厅:你说吧!

秦　池(OS):江河在裕泰号沉船善后工作结束后,在财务上大动干戈!

赵达夫:大动干戈,怎么个动法?

秦　池(OS):成立了港务局财务核算中心,分散在煤码头和各个分公司的财务权统统收回,每笔费用都必须经过财务中心核算,江河亲自批准才能支出!

赵达夫:算他狠!

秦　池(OS):老赵,东江港每年给你的几十万元现金回扣恐怕要泡汤了,如果江河翻出陈年旧账,麻烦就更大啦!

赵达夫:操,江河是想要我的命啊! 方秋萍转移走的售煤款本来有我一份,这娘儿们一死,成了无头案,我已经亏大了,你们再把给我的粮饷断了,让我去喝西北风吗?

秦　池(OS):喝西北风? 老弟,夸张了,夸张了。不过,江河不倒,谁也别想过安生日子!

赵达夫:上次闯码头、闹电厂,本来指望捡个大漏,没想到全被江河一一化解。不仅无功而返,还险些露出马脚,真他娘窝囊死了!

秦　池(OS):上次阴错阳差,这次出手要不了他的命,也要摘他一个翅膀。

赵达夫:你要怎么办?

秦　池(OS):今天中午,你要把江河在酒桌上放倒,明后两天要找个理由带着老廖躲出去两天。别的你就不用管了。

赵达夫:这容易。烧刀子,一人照二瓶招呼!

秦　池(OS):还有,千万不要把他安排在你们矿招待所。

赵达夫:明白! 有手段你就尽管上,我全力配合。

5　出租屋　春　晨　内

一个小姐模样的女孩儿坐在梳妆台前化妆,海岩站在一边。

小　姐:李哥,没你这样的,这么早把人家叫醒,人家昨天两点钟下台,到家都三点了,困着呢!

海　岩:不是有好事吗? 李哥当然首先要想到妹妹你啦!

小　姐:什么好事,这两天出不了台啊,大姨妈来了!

海　岩:不出台。只是帮哥一个忙。

小　姐:什么忙?

海岩淫邪地笑着:凑上前附在小姐耳朵上说了几句。

小　姐:缺德不缺德呀你,我不干!

海　岩:这小子太坏了,快逼得李哥没活路了。

小　姐:那是你们男人之间的事,我不掺和。

海岩上前抱住小姐:李哥一向对你好不好,啊?每次你坐我的台,小费是不是加倍?哥没亏待过你吧?

小　姐:这不是钱的事。

海　岩:别跟我猪鼻子上插大葱—— 装象。你为钱连逼都可以卖,跟我假充什么淑女?这是一万块钱,你收好。事成之后,我再付你两万,一天挣三万,这是香港飞鱼的价儿啦!

小姐收起钱:真难缠你。

海　岩:妆化好了吗?化完了跟我走!

6　沈奕巍办公室　春　上午　外

卢茜进了公司的院子,在沈奕巍办公室窗前的树影里站下了,窗子半开着,她听到沈奕巍的声音,探头一看,办公室里坐满了人,沈奕巍正在开会。

沈奕巍:先说一个与生产无关的故事。数千年来,人类一直以为四分钟内跑完一英里是件不可能的事,但是在一九五四年,罗杰·班尼斯特做到了。谁也没有想到,班尼斯特的破纪录会给其他运动员带来什么样的影响:在随后的一年里,竟然有三十七个人进榜,再以后的一年里更高达三百人之多!

人们议论纷纷。

机械队长:沈总,这个故事不会和生产无关吧?

沈奕巍:我想说的是,为什么会这样呢?那是因为人们常常对自己本身或自己的能力“自我设限”,其中的原因可能是曾经失败过,对于未来不敢再抱奢望;也有可能是没有一个具体目标,对于愿望能否实现心存疑虑,长久下来就会学得“务实”而终至平庸!

商务科长:是这么回事。

沈奕巍站起身:煤码头完成五百万吨中转量,在几个多月前我们还觉得是天方夜谭,可是今天呢?他一伸胳膊,遥指远方:它已经是东方地平线上一艘已经可以看见桅杆的航船了!

众人哈哈笑了。

沈奕巍重新坐下,打开一盒烟,散给众人:怎么确保完成五百万吨,我们已经做了大量工作,指标也层层分解到各班组了。下一步,我们就是要把重新建立的各项规章制度落到实处,把每个人的工作实绩和每个人的收入紧密挂钩,五百万吨,只能超不能减!

商务科长:琊山矿如果不从我们这里走货,情形就不能太乐观。

沈奕巍点点头:对!琊山矿是块硬骨头,江局长亲自去啃了,我们应当相信江局长的智慧和魅力。我们要做的就是把码头的生产环境打造好,江局长说了,他去请客户,我们负责留住客户。企业都是以效益为中心的,一旦咱们东江港的口碑建立起来了,不信它琊山矿不从咱们这里走煤,大家说是不是这个道理?

沈头说得对,家有梧桐树,还怕没有凤凰来吗?机械队长说完这话,一扭头看见了窗外的卢茜,朝沈奕巍一挤咕眼:沈头儿!

沈奕巍往窗外一看,是卢茜,脸上不由泛出笑容:呀,贵客!

卢茜推门进屋:不好意思,影响你们开会了。

机械队长为卢茜倒了一杯水,递给她。沈奕巍又从卢茜手里把水要回去,对众人说:你们看,我一只手把水递给卢编辑,只要水没洒出来就是保证了质量;若是我用两只手把水端给卢编辑,就是服务标准,因为这里面体现了尊重。我们制定的服务质量标准,要体现出这样的细节!明白吗?

明白!众人答应。

商务科长露出一脸坏笑:沈头儿,今儿就到这吧!

机械队长:是啊,给沈头留点私人空间嘛!

沈奕巍伸手示意不要动:着什么急? 还有两件事,也在碰头会上落实一下。

7 廖汉中办公室　春　上午　内

赵达夫破门而入:老大,江河来了!

说着抓起廖汉中桌上的中华烟,抽出一支打火点燃,一屁股坐在廖汉中对面。

廖汉中一愣:什么? 秋萍的遗体找到了?

赵达夫:两手攥空拳,只身而来!

廖汉中:那他来干什么?

赵达夫吐出一口烟雾:明摆着,他放出狂话,说煤码头一年要完成五百万吨中转量,离开了咱们琊山矿,还不是扯淡! 这趟来,肯定是让咱们给他发煤!

廖汉中:你把他安排到哪了?

赵达夫:市里最好的宾馆。

廖汉中:咱矿上不是有招待所吗?

赵达夫续上一支烟:无论如何,咱们上百个兄弟大闹东江港,人家每顿是好酒好肉地招待咱们! 咱不能慢待了人家,你说是不是老大?

廖汉中站起身:兄弟呀,这么做人就对了,你在宾馆摆上一桌上好的酒席,我亲自去会会他。

8 沈奕巍办公室　春　上午　内

沈奕巍:一是工人们说任务翻倍,工资应该跟进,至少每年按百分之十递增,这个要求是合理的! 公司财务部门搞个方案,从下月开始兑现,如果我们连每年百分之十的工资递增都不敢承诺,怎么要求工人达到质量服务标准? 二是你们商务科一定要把上海那家工厂的售煤款追回来!

商务科长:沈总,那六万吨煤是矿主同意厂家拉走的,有完备的手续,和咱们港口没有半毛钱关系。再说上海那家工厂已经倒闭了,咱们去过两次,根本找不到人,追款谈何容易?

沈奕巍笑了笑:这笔款和咱们煤码头是没有任何关系,从情理上说根本没必要去管。但是换一个角度来考虑问题—— 假如我们把这笔和我们毫无关系,而且很难追回的一笔售煤款替矿主追回来了,对树立咱们的企业形象就是一个万金难抵的广告。

机械队长:这倒是,不用我们自己去说,客户们就会口碑相传,他们的话比我们自己说作用要大一万倍。

沈奕巍:企业形象树立起来了,今后无论哪一方,把货放到咱们港口都会感到放心,我们还用发愁货源不足吗? 这么好的一个机会,咱们为什么不去主动把握呢?

商务科长:可是工厂已经倒闭了!

沈奕巍:工厂倒闭了,它的上级主管部门还在。我了解了,这家工厂被兼并重组了,债权债务全部归新公司,现在效益还不错!

商务科长一听,来了情绪:明白了! 沈总,我亲自去。

沈奕巍赞许地点点头:你住在那里,不给钱不走,精诚所至,金石为开,况且欠账还钱,天经地义!

商务科长点头称是:要不到钱我不回来。

沈奕巍向他做了一个 OK 的手势,又转身对众人一挥手:今天的碰头会就开到这儿,大家各忙各的去吧。

众人嘻嘻哈哈往外走。

商务科长走到卢茜面前时挤挤眼:卢编辑呀,我们沈总可是钻石王老五,奇货可居,不赶快下手,怕是会被别的姑娘抢走喽!

卢茜以进为退:师傅,沈总脸皮薄,这玩笑可开不得。又转移话题对沈奕巍说:江局长离开东江前,嘱咐我来协助你整理一下《煤炭中转服务质量标准》。

沈奕巍从文件柜里拿出一摞材料:卢大编辑,这些是我们搞的服务质量标准草案,你多批评指教,我上午到码头转一转,中午回来陪你吃饭!

卢茜瞪他一眼:忙你的去吧,谁要你陪!

沈奕巍做了一个鬼脸转身欲走，卢茜叫了一声：回来！

沈奕巍回转身：卢大编辑有何指示？

卢　茜：我告诉你，今天本小姐本来是想狠狠教训你一顿的！

沈奕巍：教训我？卢大小姐，本人有何过失，惹您老动怒？

卢　茜：我问你，方秋萍的遗体找到了吗？

沈奕巍：没有啊？

卢　茜：廖汉中一介莽汉鲁夫，江局长赤手空拳去找他修好，如果他情绪一旦失控，会做出什么事来？你能预料到吗？

沈奕巍：噢，你是担心这个呀？

卢　茜：你给我严肃点。秦局长不去也就罢了，你身为煤码头总经理，怎么也当起缩头乌龟，让江局长单枪匹马闯琊山？

沈奕巍：卢大小姐，这你可是冤枉我了。

卢　茜：少来。不过我看你刚才指挥若定，上任才三个多月，进入角色的速度超出我的预期，这顿打就暂且记存吧！

沈奕巍双手作揖：诺。谢卢大小姐不打之恩！

9　豪华包间　春　中午　内

赵达夫叫来了矿上两个酒量最好的人作陪，一男一女，都不过三十来岁。

廖汉中看看两个人：叫来两个酒仙，这是要喝大酒？

赵达夫笑笑：老大，咱们去东江港，人家可是大酒大肉地招待，有来无往非礼也啊！

推开包间门，江河已在里面等候，见到廖汉中站起身。

廖汉中一挥手：坐吧。

众人分宾主坐定，服务员端上凉菜。

赵达夫招手叫过服务员，伸出一个巴掌：五瓶六十度高粱烧，一人给我整一瓶儿。不够，再加！

服务员有些愕然，站着没动。

赵达夫：没听见吗？

服务员：六十度高粱烧要五瓶？

赵达夫：对，不够再加。

服务员吐了一下舌头，应一声转身离去。

江河看一眼赵达夫，又看一眼廖汉中：中午，酒就免了吧！

廖汉中一挥手：无酒不成席，酒怎么可以免啊！今天我做东，从明天开始，从一号井到五号井往下排，挨着个儿做东。江局长既然来了，酒就要喝透。

赵达夫连连点头：矿长，您放心。有一首歌里唱得好呀，朋友来了有好酒，是不是，江局长？

服务员已在每人面前摆了一瓶“烧刀子”。

赵达夫指着小酒盅说：全拿走，换大碗，咱煤矿的人喝酒，讲究的就是个痛快豪爽。

服务员愣了一下，用盛米饭的细瓷小碗换去了每个人面前的小酒盅。不等服务员动手，年轻女人已起身，哗哗为每个人的瓷碗里倒满了酒，然后端起碗拿腔拿调地说：久闻江局长大名，今天得以相见，果然不同凡响，小女子敬你一碗，以表心意。

江河只好站起身，端起酒碗说：谢谢了，你我随意。

赵达夫嘿嘿一笑：江局长此言差矣，和年轻姑娘岂能你我随意？这一随意岂不是要出问题？啊，哈哈…… 这碗酒是一定要干的！

廖汉中端起酒碗：来，我赞助，江局长，干了吧！

言罢，一饮而尽，再双手一翻，向江河亮出碗底。江河一看，不再推辞，双手举起酒碗一口气喝光，也双手一翻，向廖汉中亮出碗底。

廖汉中用手抹了一把嘴：痛快！

江河把酒碗往桌面上一蹾：痛快！

赵达夫起身要为廖、江满酒，陪酒的男子抢过酒瓶：我来。他先为江河斟满酒，再端起自己面前的酒碗：江局长喝了美眉的酒，不会厚此薄彼，不给小弟面子吧！

江河站起身，冲众人举起碗说：公平起见，咱们一起干！

赵达夫咧咧嘴，一副不屑的神态：公平起见？如果我没有猜错，江局长此行的目的是游说我们琊山矿通过东江港中转煤。杨子荣上威虎山，还有先遣图做晋见礼呢，江局长两手攥空拳就跑来了，还有脸说什么公平？

10　沈奕巍办公室　春　中午　内

卢茜翻看着材料，有点心不在焉，一个办事员进来：卢主编，我们沈总叫你稍等他一会儿，他马上就回来。

卢茜点点头，起身又坐下。手机响，卢茜接听手机：噢，秦总啊，你好！

秦海涛(OS)：卢茜，听说你过江了？也不事先打个招呼？

卢　茜：是到煤码头办事，估计要待两天呢！

秦海涛(OS)：那太好了，今天中午我为你接风洗尘，希望你不要推辞！

卢茜想了想：吃不吃饭不重要，秦总，你每年给琊山运 200 万吨煤，那边应该人头很熟吧？

秦海涛(OS)：熟呀，从业务员到矿长，全熟。噢，有什么事？

卢　茜：噢，那见面说吧，你在哪儿等我？

手机里传出秦海涛兴奋异常的声音：你出门在马路边等我，我去接你，十分钟内肯定到。

卢　茜：好，不见不散！

卢茜写了一张纸条给沈奕巍，拿起包快步走了出去。

11　豪华包间　春　中午　内

对赵达夫的无礼，廖汉中并没有制止的表示，反而大睁双眼看着江河，那神情分明也是希望江河给个说法。

江　河：廖矿长，这次到琊山没有能送回嫂夫人的遗体，我真是愧疚万分。这样，我自罚一碗，算是给廖兄赔罪！

言罢，一饮而尽。

廖汉中一挑大拇指：行，够汉子！坐下，吃两口菜。

赵达夫却不依不饶：自罚一碗酒就扯平了？那这买卖也太便宜了！沿江有的是港口，现在是市场经济，我们凭什么非要走你东江港的水路？

江河见赵达夫步步紧逼，压了压心中的火气：赵副矿长问得对，琊山的煤凭什么要走东江港的水路？

赵达夫：是啊，凭什么？你那个东江港坐地臭一片，长江航道臭一线，可谓是屎壳郎坐军舰—— 臭名远扬(洋)，琊山的煤凭什么要从东江港走？达夫愿听江局长赐教。

12　街市　春　中午

卢茜站在煤码头机关门外的公路边。

一辆宝马停在她面前，秦海涛下车，跑到另一侧拉开车门，用手挡住车门上方，请卢茜上车。

卢茜上了车，秦海涛坐回驾驶座，宝马呼啸而去。

13　豪华包间　春　中午　内

廖汉中用筷子指着一盘服务员新端上来的油爆大虾，示意江河用菜，目光却注视着江河，分明也是想听江河的解释。

江　河：赵副矿长话虽难听，也并非全无道理。不过那是几个月前的东江港了，一个企业面临绝境，两条路，要么死掉，要么重生。今天的东江港，已经今非昔比，浴火重生！

赵达夫用手指连击桌面：江局长上任不过半年多，东江港就凤凰涅槃，浴火重生了？这话有点大吧?

14 宝马车上 春 中午 内

卢 茜:海涛,你现在能和琊山煤矿的朋友联系上吗?

卢茜这声“海涛”叫得他颇为受用:卢茜,联系琊山煤矿的朋友做什么?

卢 茜:我们江局长到琊山煤矿去了,方秋萍的遗体还没找到,我担心会有不测,你了解一下他们准备怎么对付江局长,我好及时通知他。

秦海涛半真半假:卢茜,你对江河的关心,已经超出了下属与领导的关系,江河何等人物,竟能叫东江港第一美女芳心萌动?

卢茜佯装生气:你想什么呢? 我是为了东江港!

秦海涛摇摇头:真是让我羡慕嫉妒恨。不过,这江河也真够鲁莽的,这时候去见廖汉中,应该找个中间地带,谈好了再去煤矿,哪有愣头愣脑闯他老窝的?

卢 茜:他不是着急吗? 煤码头要完成五百万吨的中转量,琊山矿的关系怎么能够不疏通? 海涛,你赶快打听一下?

秦海涛:你让我去做间谍呀?

卢 茜:什么间谍不间谍的,都赖你叔叔,他闯的祸他不去摆平,节骨眼上当缩头乌龟,你就当是替你叔叔还债吧。

秦海涛:我叔叔什么时候成缩头乌龟了,这话要让他听见还不活活气死?

15 豪华包间 春 中午 内

江 河:赵矿长,你说我的话大了,结论未免下得武断了些。企业的核心就是盈利,而东江港将为琊山矿提供最优质的服务,使琊山矿的利润在可能的范围内最大化!

赵达夫用眼示意了一下陪酒的一男一女,两人一齐举起酒碗,一个说:听君一席话,胜读十年书。一个说:江局长不愧是现代企业家,话一出口就是有底气。

江河笑笑:警服刚脱了半年,现代企业家不敢当,我也是现买现卖。

赵达夫一摇酒瓶,空了,侧身冲服务员喊:上酒。

服务员眨眨眼睛问:六十度的高粱烧,已经喝干五瓶了,还要上啊?

赵达夫一瞪眼:哪那么多废话,怕我结不起账?

服务员歉然一笑,一转身,四瓶高粱烧又摆到了桌子上。

廖汉中夹了一块鱼肉放到江河的盘子里:刚才江局长说能使我们的利润最大化,这话怎么理解? 我老廖倒是想听听。

江 河:廖矿长,请问煤炭中转过程中的合理损耗是多少?

百分之一呀! 廖汉中不明白江河为什么问这么弱智的问题。

江 河:一千吨的百分之一就是十吨,十吨煤按均价计算,就是一万二千元。我们承诺东江港中转煤炭为零损耗,一年可以间接为矿山创造多少利润?

廖汉中有些不信:此话当真?

江 河:这还只是我们承诺中的一项,其他承诺可能产生的效益绝对不会在此之下。

赵达夫:其他承诺,其他什么承诺?

江 河:有些举措实施前尚属商业机密,请原谅我现在不能说。

赵达夫:忽悠,接着忽悠! 江局长,就你们东江港那破煤码头,六个月的时间能有什么变化? 我们又不是新客户! 忽悠谁呢你?

江河把筷子啪一声拍在桌子上:忽悠? 老子当兵十年,当警察十年,还不知道这两个字怎么写呢? 怎么着,赵副矿长,你教教我呀!

16 秦海涛家门口 春 下午 内外

秦海涛三拐两拐把她带到他的宅子。青砖灰瓦,曲径通幽,卢茜显然没想到小巷深处还有这样一个去处,下车后问:这是什么地方。

秦海涛笑笑:我在东江的家,办公室人多嘴杂,说话不方便。

卢茜点了下头,随口调侃了一句:原来东江第一富人在江北。

秦海涛否认道:别开玩笑了,我现在是落魄之人,以后还要仰仗你们煤码头吃饭哪。

卢　茜:你瞧你,来不来就说泄气话,江局长现在就在琊山煤矿,你帮他闯过这一关,琊山的煤源源运来,你的船队还愁没煤运吗,这可是双赢的事。

卢茜随秦海涛走进院子,进了客厅。

秦海涛一指沙发:你先坐会儿,我马上去打电话。

西式客厅,一水儿美式家具。有宽大的美式沙发,一坐下整个身体陷进去,包裹性极好,有种水床的感觉,像是坐在一条轻轻摇晃的船上,非常舒服。

卢茜坐在沙发上,神情有些焦灼。

17　豪华包间　春　中午　内

赵达夫:达夫用词不当,江局长莫怪。

江　河:两位老总说话,你一个副手不断插嘴,懂不懂点规矩?啊?

赵达夫:小弟失礼了,请江局长见谅。

江河哼了一声:一开始你说话就夹枪带棒,看在廖矿长的面子上,我一直不跟你计较,没想到你是蹬鼻子上脸。

廖汉中端起酒碗,脸上没有愠色,反倒流露出一缕欣慰:江局长,不必动气,来,我敬你一碗!

廖汉中敬的酒,江河不能不喝,一仰脖,碗空酒尽。

没想到受了敲打的赵达夫如同打了鸡血,不但没生气,反而亢奋起来:江局长教训的是,达夫失礼了。江局长言出行随,长江沿线谁人不晓,多有得罪,多有得罪!我敬你一碗。

赵达夫举起酒碗,兜里的手机突然响了,他放下酒碗,掏出手机,边喂边往外走,走到门口,捂住手机冲陪酒的一男一女说:我接个电话,代我好好敬江局长几碗啊!

陪酒人鸡啄米一样点头:那是自然的,你放心,赵矿长,保证让江局长喝好。

18　秦海涛家客厅　春　中午　内

秦海涛从书房出来了,卢茜从沙发上站起身:怎么说?情况怎么样?

秦海涛:拼酒呢!六十度的烧刀子,一人蹾一瓶,一瓶喝完了再上一瓶,看谁先趴下。

卢　茜:天啊,有这么拼的吗?这不是玩命吗!我给江局长打电话,小惠姐跟我说过,他肠胃本来就不好,不能让他去拼酒。

秦海涛:他去拼酒是对的,煤矿上人豪爽,酒要喝对路了,天大的事也能化解,要是喝不对路,鸡毛蒜皮的事也能结仇。

卢茜紧张起来:那江局长的处境会不会很危险?

秦海涛略一踌躇:危险倒还不至于。现在对江局长倒是个机会,如果把我掌握的情况及时传递给他,促成他和廖汉中和解,那琊山煤矿的煤炭可就真的源源不断运来了。

卢　茜:真的!

秦海涛:你不知道,现在琊山煤矿内部很乱,人人自危,廖汉中对谁都不信任,赵达夫的权力也被削减了。煤炭产量比去年同期增长了百分之十五,利润不及去年同期的五分之一。

卢　茜:哇噻!太奇葩了,怎么会是这样?

秦海涛:就是呀,谁听了也觉得不可思议。老廖能不急吗?现在大家把责任都推到方秋萍身上,反正是死无对证。方秋萍是他老婆,推到方秋萍身上和推到他身上有什么两样?

卢茜点点头:这倒是。一家子的事,很难说清楚。

秦海涛:廖汉中现在还没抓住什么把柄,什么人都怀疑。所以以我的分析,江局长现在去了,正是外来的和尚会念经,没准能成为廖汉中信任的人。不过廖汉中这个人死要面子,琊山煤矿的家丑他肯定要死死捂着,不如快刀斩乱麻,索性给他点破了,下一步倒好谈了。

卢茜感激地说:谢谢你,海涛,这些情况太重要了。

秦海涛:你别谢我,我也有私心。琊山的煤源源不断运来时,别忘了照顾一下我的船队。

卢　茜:你是为这个?

秦海涛:这是说得出口的原因,说不出口的原因,你懂的。

见卢茜有些不好意思,秦海涛又说:现在我可以去弄点吃的了吧,你就是不饿,我也饿了。

卢茜不好意思地一笑:对不起,耽误你吃饭了。

秦海涛趁机向姑娘发动攻势:我吃不吃不重要,要是把你这位东江港第一美女饿坏了,才是天大的罪过呢!

卢茜嗔怪地瞪一眼秦海涛:少来,你取笑我?

秦海涛连连摆手:哪敢!

秦海涛已有准备,在开放式厨房忙活了几分钟,一桌美味的中西合璧的午餐就完成了。

卢茜看着有形有色的一桌美味,赞叹道:不错呀,你还蛮讲生活品质的。

秦海涛:卢茜,我的生活质量很快就要降低了。不瞒你说,我主要的业务是经营煤炭,不是搞水运,我运输的煤炭都是我先买断下来,然后再卖给用户。说白了,就是经营为主运输为辅,不过多赚一份水运利润而已。

卢茜粲然一笑:海涛,这说明你和琊山煤矿的关系不一般啊!可以低价拿到煤,再高价卖出去,是不是这意思?

秦海涛承认:准确地说,是以成本价拿到煤,以市场价卖给用户。

卢茜想了想说:我觉得你的做法对我们港口倒有些启发,我们江局长也想把东江港由中转港口变成交易港口,在港口物流和港口服务上多做点文章。

秦海涛:这可不容易,现在虽说是市场经济了,没有人脉照样成不了事。就说我搞煤炭经营,千辛万苦建立起的人脉,中间断了一个环节,整个链条就散了。

卢　茜:如果你还想搞煤炭经营,我也想不出什么办法。如果你决定继续搞水运的话,我正在帮煤码头制定全程煤炭运输服务质量标准,你的船队只要能够达到服务质量标准,我就把你的船队列为备选,好吗?

秦海涛举起酒杯:卢茜,你可真是我的患难之交,来,我们干一杯!

卢茜碰了碰杯,抿了一小口,又急切地要去打电话。

秦海涛:打也没用,矿山上喝酒的规矩,酒桌上接一个电话罚酒一瓶!你们江局长接了你的电话,非躺着出去不可。

卢茜听秦海涛这么说,坐也不是,站也不是,在客厅里焦灼不安地走着。

秦海涛欣赏着卢茜焦灼的神情和走动的姿态。卢茜脱去浅灰色短大衣,一条石磨蓝牛仔裤,一件淡黄色羊毛衫,完美勾勒出她身体的曲线。双腿笔直修长,柳腰纤纤一握,胸部曲线尤为诱人,肩头圆润,乳峰高耸,看得秦海涛春心萌动。他轻轻从背后接近卢茜,张开双臂想去搂抱,卢茜猛一回头:你要干吗?

秦海涛见卢茜一脸严肃,不敢造次,装作伸了一个懒腰,掩饰道:为了我那个破船队,天天睡不好觉,疲惫死了!

19　豪华包间　春　下午　内

江河已经喝多了:老廖,我…… 我知道酒喝不透,在咱们矿山,一切都免,免谈,我今天豁出去了……去了,不醉不归!

廖汉中:江局长,你是一条汉子。

那女子就把江河的酒满上了:江局长,不醉不归!请再干了小女子这杯酒!

廖汉中:算了吧,江局长喝得不少了。

赵达夫:唉,这才哪到哪啊,江局长绝对海量!

江河犹豫了一下,一仰脖,喝光了杯中酒。

陪酒男又为江河斟满了酒:好事成双,江局长再饮一杯!

赵达夫:对,从现在开始,喝一杯酒十吨煤!

江　河:你,你说话算话?

赵达夫:君子不打诳语。

江　河:好,那我…… 干!

20　琊山宾馆　春　下午　外

一辆轿车在门口停下,赵达夫推门下车。后门打开了,陪酒男把江河搀下来,驾着他,向电梯走去。

进了房间,两个人把江河抬到床上,虚掩上房门,走了出来。

赵达夫在宾馆门口打电话:该做的我都做了,剩下的就看你了。

21　秦海涛家　春　下午　内

卢茜拨打电话,无人接听,她烦躁地来回踱步。

秦海涛:你现在打电话也没用。

卢　茜:应该吃完饭了呀?

秦海涛:两瓶“烧刀子”,早就放倒了!

卢　茜:他怎么能这么喝? 他有胃病啊!

秦海涛咂了一下嘴:江河有你这样的红颜知己,此生无憾矣。

卢　茜:少来,还不是你叔把他逼上的梁山。如果没有琊山矿这个大客户,想完成 500 万吨就太难了。江局长为了东江港也真是拼了。

秦海涛:又来了,我替我叔向你赔罪,行了吧!

卢　茜:这还差不多,海涛,不跟你开玩笑了,我先回了!

秦海涛:吃完晚饭再走嘛! 中午是西餐,晚饭我给你炒菜,我烧的红焖鱼可是一绝。

卢　茜:不了,下次吧!

22　江河的客房　春　下午　内

两个长发女人溜进客房。一个是那个坐台小姐,另一人是化了装的海岩。

海岩上去脱去江河的上衣,拿着手机站在一旁。

妓　女:我要脱光吗?

海　岩:当然啊,不脱光有屁用。

妓　女:那你转过身去。

海　岩:在我面前你还装什么。快,别啰唆。

23　江河的客房　春　清晨　内

江河起床,看得出,酒劲虽然已过,但头还隐隐作痛。他洗漱完毕,打开手机,见有十多个卢茜的未接电话,忙打过去。

江　河:卢茜啊,昨天拼酒拼倒了,刚睡醒。我看有你十个未接电话,有什么急事吗?

卢　茜(OS):局长,你胃不好还这么去拼酒,不要命了?

江　河:是啊! 六十度的高粱烧,喝进肚子里根本不是水,就是一团团火呀!

卢　茜(OS):明明知道还喝? 多大人了,也不知爱惜自己。

江　河:哎,你这丫头,怎么跟领导说话呢?

卢　茜(OS):本来就是嘛!

江　河:行了,有事快说。

卢　茜(OS):有一个重要情况对你和廖汉中谈判或许有用!

江　河:什么重要情况?

卢　茜(OS):琊山煤矿内部管理混乱,煤炭产量比去年同期长了百分之十五,利润却不足去年同期的五分之一。上亿的售煤款也没了着落，赵达夫把责任全推给了方秋萍。现在的老廖是焦头烂额，急于自救。

江　河：这可是琊山矿的顶级商业机密，你从哪里搞到的？

卢　茜（OS）：一个朋友，他和琊山矿非常熟。

江河沉吟片刻：好，我知道了。这样，我和廖汉中的谈判就更有底了，谢谢你呀，卢茜。

24　廖汉中办公室　春　早晨　内

赵达夫推门进屋，老大，三号井塌方了。

廖汉中一惊：什么？死没死人？

赵达夫：现在还情况不明，我已安排了车子，咱俩得马上赶去现场处理！

廖汉中：可是，江河上午不是约好了要谈谈吗，咱俩去一个吧。

赵达夫：老大，孰轻孰重，这你还掂量不过来？叫江河在宾馆住两天，好好休息休息，等咱们回来再谈也不迟。

廖汉中：也好，派人告诉他一声。

赵达夫：我都安排好了，快走吧，老大！

25　煤码头　春　下午　外

沈奕巍领着卢茜参观整洁漂亮、井井有条的煤码头：卢大编辑，我们的服务质量标准过目后，有何见教？

卢　茜：沈大经理，不错、不错，真是不错。你不就是期待我表扬你几句吗？

沈奕巍：人都说六月的天小孩儿的脸，说变就变。我看你卢大编辑，这两天怎么也是一会风雨一会晴啊？

卢　茜：是吗？

沈奕巍：你看啊，刚来那天，你跟掉了魂似的，坐立不安，中午就突然下落不明。

卢　茜：少来，用词不严谨啊，什么叫下落不明，我不是给你留条子了吗？

沈奕巍：如果不是找到了你留下的那张纸条，我险些动用港口公安局的兄弟们寻人；你回来后又郁郁寡言，满腹心事；哎，从今天上午开始，多云转晴了！

卢　茜：行，你观察得还挺细！可是你知不知道，我所有的情绪变化都跟煤码头有关？

沈奕巍：跟煤码头有关？那你今天多云转晴，是不是预示着江局长和琊山矿的谈判旗开得胜，马到成功！

卢　茜：成，学会脑筋急转弯了，加十分！

沈奕巍：真的？那你是怎么得出这种大快人心的判断？说说。

卢　茜：一级机密，无可奉告。

沈奕巍：故弄玄虚，是不是？

卢　茜：家有鲜花，蜂蝶自来。你就等着局长给你请来大客户吧！不过，我警告你，客户来了，你要是留不住，杀无赦！

沈奕巍：喏，在下得令！

卢　茜：少来，我看江局长叫我帮助你完善服务质量标准就是多此一举。我回啦，你忙你的吧！

沈奕巍会心一笑：江局长用心良苦，奕巍感激不尽。

卢茜若有所悟，脸红了：臭美吧你就！

26　江河客房　春　晚上　内

江河坐在写字台前看托马斯·彼得斯的《追求卓越》。

有人敲门。江河问了一声：谁？走过去开门。

门外站着一个衣着暴露的女孩儿：先生，需要按摩吗？

江河说了一声：不用，关上了门。

他刚回到写字台前翻开书,桌上的电话又响了,他拿起听筒,里面传出一个娇滴滴的女声:先生,你有什么特殊需要吗?

江河烦不胜烦:有啊!我需要五挺重机枪,十门迫击炮!你有吗?

女声骂了一声:神经病!挂断了电话。

江河苦笑着摇摇头,刚回到桌前坐下,电话又响了,他走过拿起电话听筒:我不要迫击炮了,你给我来两个地对空导弹也行,怎么样?

电话里传出一个男声:什么?你要什么?再说一遍。

江河听出是韩仕琪,忙赔出笑脸:噢,韩市长,对不起啊,误会啦!

韩仕琪:什么误会,我倒真希望是个误会呢!

江河听韩仕琪话音不对:韩市长,怎么啦?有什么事吗?

韩仕琪:有什么事?你为什么不开手机?

江　河:噢,手机没电了,正在充电呢!

韩仕琪:哼,哼!你一个人在宾馆里住的蛮自在嘛!

江　河:哪里,老廖他们有急事下去了,让我等两天。

韩仕琪:你不用等了,立马给我回东江。

江　河:回东江?事情还没办完呢!

韩仕琪:没什么价钱好讲,马上回来!

27　刘希娅家　春　上午　内

在瑜伽垫上,刘希娅正在练瑜伽。

孟建荣急急忙忙跑进来:希娅,报告你一个雷人的消息。

刘希娅:又来了,累不累啊你?

孟建荣:江河在琊山嫖娼,被当场抓获!

刘希娅大吃一惊,忙坐起来:你再说一遍?

孟建荣:江河在琊山嫖娼被抓了!

刘希娅:不可能,绝不可能!江河怎么会是那样的人?

孟建荣:哼,傻了吧!你以为他是什么人?雷锋?马云?还是莫言!

刘希娅站起身:孟建荣,你是不是像上次一样,跟我抖小机灵吧,编个不上档次的瞎话来骗我?你烦不烦啊你。

孟建荣顿足捶胸:这么大的事我敢骗你吗?市纪委有我一个哥们,刚跟我通完电话,没准现在江河已经被“双规”了!

刘希娅:真的!她颓然坐在瑜伽垫上,双眼直勾勾看着前方。

孟建荣伸手在她眼前晃晃:希娅,你没受刺激吧?

刘希娅恶狠狠冲孟建荣吼了一声:你给我滚,滚——!

28　市长办公室　春　上午　内

韩市长打开桌上的电脑:来,欣赏一下。

江河走过来一看,不禁瞠目结舌:他赤身裸体躺在床上,一个长发女人抱着他,亲吻、抚摸,真是丑态百出,不堪入目。

韩仕琪市长脸色铁青,他坐在宽大的写字台后,双手抱在胸前,冷冷看着江河:一个堂堂东江港港务局局长,跑到琊山去嫖娼,让人拍了视频发到东江市纪委,你怎么解释?简直把东江市的脸都丢尽了!

江河把电脑关上:这是陷害!如果是妓女趁我酒醉入室卖淫,怎么可能拍视频留下证据?

韩仕琪:陷害?你上下嘴唇一碰就是陷害了!他霍地站起身,背着手围着江河转了一圈儿,那你说说,是谁陷害了你,为什么要陷害你!

江　河:这你要问陷害我的人!

韩仕琪：江河呀江河，就算是陷害，你才脱了警服几天，怎么一点防范意识都没有？冲这一点，你也应该认真反省。再说，是不是陷害，那不是光听你说，要等调查结论出来后才能做定论！

江河赌气回答：随你们便吧！

韩仕琪：嘿，什么态度啊你？这样吧，你先不要回东江港了，暂时住在市委招待所，把事情的来龙去脉一一交代清楚，等事情有了结论再回去工作不迟！

江　河：算双规吗？

韩仕琪啪的一拍写字台桌面：是又怎么样，不是又怎么样？还反了你呢！你以为你现在还可以回东江港去发号施令？我告诉你，好事不出门，坏事传千里，东江港现在已经炸了锅。你老老实实去招待所反省，等着组织给你一个说法！

说完喊进秘书：你安排江局长在招待所住下。

29　东江港报办公室　春　下午　内

刘希娅推开门，站在门口喊：卢茜，你还有心情坐在这上班呐？

卢　茜：呦，小姑奶奶，我不上班你给我发工资啊？

刘希娅：我可没心情跟你开玩笑，告诉你，你们江河江局长嫖娼被抓了现行。

卢茜蒙了，她拉把椅子让刘希娅坐下：希娅，这是怎么了？我们江局长还在琊山煤矿呢，不会又把你得罪了吧？

刘希娅红头涨脸：卢茜，你是真不知道还是装傻，江河就是在琊山嫖娼被抓了现行，真是知人知面不知心！

卢　茜：怎么可能？

刘希娅：怎么不可能！他在琊山不是嫖娼就是乱搞男女关系，反正被当地人拍了照片举报到东江市纪委，韩市长亲自打电话让他回来交代问题。

卢茜如梦初醒，斩钉截铁说：这怎么可能？肯定是有人造谣中伤，希娅，这种鬼话你千万不能信！

刘希娅：嘁，卢茜，江河给你灌了多少迷魂汤，到现在你还执迷不悟，这事是市纪委的人亲口对孟建荣说的，开始我还不信，孟建荣当着我的面打电话证实的，确凿无疑。

卢茜意识到事态严重，心忽悠一下像坠入了冰窖，自言自语道：没想到对方使了盘外招，江河肯定是被人算计了。

刘希娅越说越生气：什么被人算计了！我听孟建荣说，他到琊山煤矿当天喝了酒就招小姐在房间鬼混，情景不堪入目。他在东江坐怀不乱，道貌岸然，装得可真像啊，没想到一肚子男盗女娼！

卢茜有些茫然：希娅，他一到琊山煤矿就被廖矿长拉去拼酒，灌了两瓶烧刀子，你想想，那得醉成什么样，怎么可能招小姐鬼混？

刘希娅一听更得着理了：这怎么不可能？这不正说明他酒后乱性，暴露出了本来面目？

卢　茜：我不相信。

刘希娅转身往外走：算了，我不和你说了，你中毒太深！总之，这个人令人鄙视，令人失望，我再也不想见到他！

30　隐秘的茶室　春　傍晚　内

秦池正对着门坐着，他对面的墙上映出一个身影。

桌上有一套茶具，两盏清茶。

身　影：这种小儿科的把戏是你搞的吗？

秦　池：是孟建荣气不过，伙同赵达夫设的局。

身　影：破绽太多，借此很难搞掉江河。

秦　池：也不尽然吧？按党纪，嫖娼是要双开的呀！

身　影：可是你这事计划的不周密，容易让人生疑。这种政治斗争要讲究技巧，不打则已，一打就要打中七寸，叫对手没有返身还手的机会。

秦　池：您说得是。

身　影:事先你知道吗?

秦　池:知道。

身　影:为什么不阻拦?

秦　池:我是这样想的,这个事件最理想的结局是双开江河。

身　影:从目前情况看,很难。

秦　池:退而求其次,它至少可以造成江河与琊山合作的心理阴影。东江港与琊山本来已有芥蒂,这次江河又在琊山走了背运,两家重修旧好的概率就更打折扣了。而琊山是煤码头最大的客户,煤码头又占了东江港的半壁江山,只要明年煤码头五百万吨的中转量完不成,江河断无理由再留在东江港!

身　影:但愿吧,收尾工作绝对不要留下痕迹。

秦　池:是。所有细节都注意到了,不会有事。

身　影:好吧,我先走一步。

31　东江港报办公室　春　晚　内

桌上的电话响。卢茜呆呆坐在椅子上,她不想去接,可那电话铃太执着,响个不停。

卢茜只得抄起听筒,没好气地问:谁?

来到卢茜办公室门外的沈奕巍哈哈一笑:卢大编辑,我呀!

卢茜这才如梦方醒:你在哪儿?

沈奕巍并不慌张,口气中仍不乏调侃:远在天边,近在眼前,请看——!话音未落,卢茜办公室的门被推开了,沈奕巍迈着方步走进来。

卢茜起身关上门:呀,你怎么跑来了?到饮水机旁为沈奕巍倒了一杯水,双手端给他。

沈奕巍坐下,接过水杯,微微一笑:行,符合服务质量标准。

卢　茜:都什么时候了,还开玩笑!

沈奕巍:泰山崩于前而色不变,麋鹿兴于左而目不瞬,方显名士本色嘛!越是别人乱成一团,我们越不能乱。险由慌出,祸自乱始,这时候,我们最需要的是冷静、沉着,知道吗?卢大编辑。

卢　茜:少来,别在这儿给我卖弄学问了。你倒是蛮有定力啊!我告诉你,江局长一旦出事,首先殃及的是你,谁都知道你是怎么出任的煤码头总经理;而江局长琊山之行,也正是为煤码头寻找货源!

沈奕巍喝了一口水,啧啧嘴:连点茶叶末都不放呀!

卢　茜:凑合喝吧你。

沈奕巍:这两天,根据你的意见我们把《煤炭中转服务标准》做了最后修订,今天来就是请你把把关,提提意见。当然,江局长的事我们也要统一一下认识。

卢茜接过材料,看了一眼放到了一旁,她现在更关心的是江河的处境。

沈奕巍的面色也由调侃变得严峻,他用双手攥着水杯,来回揉搓着,少顷,望住卢茜问:你觉得这件事的真实性有多大?

卢　茜:说什么呢你?江局长的为人你还不了解吗?

沈奕巍:既然你认为不可能,说说你的依据?

卢　茜:第一,我有确切情报,证明事发那天江局长被人灌了两瓶烧刀子,人都醉成一摊泥了,怎么可能去干那种事?

沈奕巍:确切情报?

卢　茜:这个问题你不要问了,总之你相信我就是。第二,江局长是公安局长出身,即使要做那种事也知道怎么防范,哪能叫人拍了照片抓了现行,这也太不合乎常理了吧?除了被人做局陷害没有别的合理解释。第三,江局长是个事业心很强的人,眼下正是东江港性命攸关的时刻,他到琊山去也是肩负着东江港几千名职工的重托,怎么可能去……嫖妓!

沈奕巍点点头:我再补充一条:江局长来到东江港大刀阔斧搞深化改革,无疑触动了不少人的实际利益,一些人借机报复的动机和可能性完全存在!确定了这个大前提,我们的应对策略就简单多了。其实,这件事即使真的不是空穴来风,我们同样也要有应对措施!

卢　茜:得,得得!闲话少说,你就说我们该怎么办?

32　市委招待所　春　晚　内

江河呆坐在椅子上,忽听门外有人喊:你怎么往里硬闯啊?有人回应,嗓门更大:你不让我进,我不闯怎么着?我来看我大哥,谁也拦不住!

是刘黑子。江河急忙开门跑出,见门卫和刘黑子正撕扯纠缠,忙对门卫说:这是我的兄弟,误会啦!

门卫看一眼刘黑子,又看一眼江河,有些疑惑地摇摇头转身走了。

把刘黑子让进屋里,江河为他冲了一杯茶:黑子,你怎么来啦?

刘黑子接过茶杯,四下打量了一下房间,嘀咕了一句:不错嘛!

江河坐在刘黑子对面:什么不错?

刘黑子如释重负地一笑:他们说你嫖娼被关进小黑屋了。

江　河:你信吗?

刘黑子:我才不信呢!当时我就说了,你们这是放屁!

江河拿出一支烟点燃,随手把烟盒扔给刘黑子:如果这事是真的呢?

刘黑子接过烟盒,憨憨地一笑:真有这事?真有这事我也认你这个大哥。

江　河:为什么?

刘黑子:大老爷们,站着撒尿的主儿,偶尔一次管不住小弟弟也是可以理解的嘛!

江河闻言哈哈大笑起来。

刘黑子点燃了烟:大哥,你笑什么?我说错了吗?不过,我还是不信你会干那种事。你在东江宾馆一跪,认下那个苦命的老太太当娘时,我就认准了你是一个有情有义的爷们儿!我服。

江河有些感动,起身走过去拍了拍刘黑子的肩膀:你怎么知道我在这儿?

刘黑子:是卢姑娘告诉我的。

江河点点头。

刘黑子也站起身:大哥没事,我就放心了!还得上班,我先走了!

画外音:

送走了刘黑子,江河一下牵挂起了干娘。一晃半年了,她老人家还好吗?他突然想见到干娘,心情急切,就像远方的游子接到了告急的家书。

33　东江港报办公室　春　晚　内

沈奕巍站起身,在房间里来回走了两趟,又坐在卢茜对面:其实,我们不出手,事情也会水落石出。而且,做局的人早晚也会原形毕露。一旦水落石出,东江港的改革环境会得到进一步净化。从某种意义上说,这对江局长未必不是一件好事。

卢　茜:那我们什么都不做?

沈奕巍:为了促成江局长早一点回到中军大帐,我们可以做两件事。

卢　茜:两件?

沈奕巍:对。A,由你写一封信给省、市两级纪委,内容就是我们刚才分析的情况;B,由我写一篇文章,历数江局长种种改革举措给东江港带来的巨大变化,先在《东江港报》发表,再通过你的关系,争取在《东江日报》刊出,为江局长造势!信和文章我们分头写,名字都署我们两人。

卢　茜:好,就照你说的办!怎么样,沈大总经理,劳烦了你半天,我请你共进晚餐吧?

沈奕巍一看手表:算了吧,说是你请客,还不是我埋单!改日吧,我还得赶紧回江北完成你布置的作业,明天一早好传给你,争取在这期的港口报上见报;再有,我明天还要带队到沿江两岸的电厂煤矿走一走呢!江局长不是说了吗?我们要当好电厂的采购科长,矿山的商务科长嘛!

卢　茜:行啊你,有长进,这时候还一点不乱阵脚!

沈奕巍站起身:现在做好我们的分内工作,就是对江局长最大的支持!学着点吧,卢大编辑!

卢茜抄起一本书扔过去:少来,说你胖你就喘呀!

34 客车上 春 晚 内

一辆大客车在公路上行驶。

公路前方,有一个老人弯着腰招手拦车,他身体似乎很衰弱,动作艰难。

江河坐在靠后排的一个座位上打瞌睡。车厢里灯光昏暗,满满一车人渐渐进入了梦乡。大客车嘎一声停下,由于刹车较急,一些睡梦中的乘客被惊醒,睁开了眼睛向车外张望。

车门打开,从路边阴影处窜出三个蒙面人,登上车,手里拿着枪刺和棒子。

蒙面人:谁也不许动,敢打电话,敢反抗的,一律格杀勿论!听明白了,要命的留下钱,要钱的留下命!

几个蒙面人分头向乘客要钱,对拿少了或拿晚了的乘客,一抬手就打。

一个蒙面人用刀架在司机脖子上:开车!

大客车又缓缓启动。

坐在车中间的一个女孩儿发出尖叫:你还我钱,还我钱。起身和蒙面人厮打。蒙面人喊:叫司机停车,今天咱们兄弟抄上了!

司机把车停下,打开车门。

女孩儿喊:叔叔大爷,大哥大姐,帮帮我呀,我的五万元都让他们抢走了!没有人敢说话,快被蒙面人拖下车时,女孩儿拉住了一个男乘客的胳膊:大哥,帮帮我呀,男乘客赶紧挣脱了。

蒙面人一脚把女孩儿踹倒:帮你?看谁他妈敢!

江河从车后一跃而起,大喝一声:关上车门!

35 老卢头家 春 晚 内

正抽闷烟的老卢头抬起眼幽幽地问了一句:吃饭吧?

卢茜知道父亲心里有事,就问:您也知道了?

卢子明长叹一口气:港务局上下都传遍了。刚才你秦叔还说,东江港的脸丢尽了,他这个副局长都不好意思见客户了,臊得慌!

卢茜不以为然:至于吗?再者说,灌了两瓶烧刀子,真相到底如何还有待查清呢?

老卢头闻言一惊:灌了两瓶烧刀子?

卢茜斩钉截铁:没错,只多不少!

老卢头一拍大腿:我说呢!以江局长的为人,怎么会干出这种龌龊事?两瓶烧刀子喝下去,说句不好听的话,倒在地上就是一头死猪啊!这事有假。

卢 茜:您也觉得是有人设局陷害?

老卢头毫不怀疑:不是设局陷害会是什么?

36 大客车上 春 晚 内

司机下意识关上车门,蒙面人刚想动粗,江河一拳封住了对方的眼。

另一个蒙面人挥刀向江河砍来,江河一伸手攥住了刀锋,鲜血流了出来,江河:车上有没有男人,是男人站出来,打狗日的!

有人站出来了,一时车厢里大乱。

37 警务室 春 夜 内

报警电话响,值班的女警接听:我是 110。

里面传出一个焦急的男声:110 吗,东江开往巴县的客车,在 110 国道 120 公里处被歹徒劫持,请赶快出警。

女 警:好,马上出警!再核实一遍, 110 国道 120 公里处,开往巴县的大客车,对吗?

男　声：对，请赶快出警，有一位见义勇为的人正在与歹徒搏斗。

38　大客车　春　夜　内

三名歹徒已被制服，被绳子绑了起来。

女孩儿激动不已，看江河的手血流不止，忙找了一块布帮他包扎上：大哥，真谢谢你了，不是你，不知道会发生什么事。

江河面对大家：看明白了吧！邪不压正，坏人作恶时，大家只要敢于出手，他们就是怂瓜软蛋！

女孩儿：大哥，你给小妹留个名字吧。

江　河：有这个必要吗？

女孩儿：救命之恩，我要连你名字都不知道，叫人吗？

江　河：江河，东江港港务局局长。

女孩儿：你就是江局长，认了一个老太太当娘的江局长？

江　河：怎么，这事你也知道？

女孩儿：东江电视台都播出了，谁不知道。

江　河：噢，不过，我这局长还能不能当下去，就难说喽！

女孩儿：为什么，我看您有些眼熟呢。

江　河：噢，是吗？

39　韩仕琪办公室　春　晨　内

韩仕琪接电话：什么？江河不辞而别？太过分了，他这局长还想不想干了！挂断电话，韩仕琪拨通了程志的电话：程省长，向您报告一个情况，江河失踪了。

程　志：哦？江河失踪了。

韩仕琪：是啊，我让他在市招待所反省两天，居然不辞而别，打手机也不通。

程　志：这个江河蛮有性格的嘛。

韩仕琪：那个举报有一些疑点，江河有可能是被冤枉的，心里不痛快，有点过激行为也可以理解。我估计，他是到哪个地方散心去了，放他两天假吧！

程　志：关于举报，还不忙下结论，等调查结束后再下结论。

40　农家小院　春　晨　外

江河推开木栅栏门，走进小院。

一个满头银发的老太太从正面的土坯房里出来，见到江河迟疑了一下，双手一松，装着鸡食的土瓷碗掉在地上碎成几片。她踉跄着向前走了几步，叫一声：儿啊，是你吗？

江河紧走几步扶住老人：娘啊，是我，我来看您了。

老人双手抓住江河，上下打量着，又叮问：是你吗？儿呀！

江河心里有些发酸：娘啊，是儿子不孝，没有时间常来看您。

老人用手背抹抹眼眶里涌出的泪水，拉起江河往屋里走：哪里话，来了就好呀！你知道吗？这些日子娘一闭上眼就做梦，梦见俺那水娃拉着俺的手说，娘啊，您老不孤单，天上有俺天天想着您，人间有江河日日惦记您。你看看，多灵验，想着想着你就来了！

江　河：我也老想娘。

41　东江港报办公室　春　上午　内

沈奕巍进屋见到坐在办公桌前的卢茜：一宿没睡？

卢　茜：看看你自己，不也成了熊猫眼吗？

沈奕巍：我睡了两个小时。说着，递给卢茜几页稿纸，三千字，一挥而就，才子吧！

卢　茜：少来，如果江局长没干出来，你一千字也想不出来。

沈奕巍：那倒是。不过，卢大主编，你就不能适当地表扬我一下，让我觉得忙有所值嘛！
卢　茜：表扬可以，吹捧不会。
沈奕巍：本才子不需要吹捧。对了，卢茜，你们东江港报的稿子最后不是还要由局领导审定吗？你秦叔那能过吗？
门被猛然推开，刘希娅急火火跑进来：江河畏罪潜逃了，你们知道不知道？

42　农家小院　春　上午　外

江河走进房间，他四下打量了一下，见墙上挂着一个唢呐，就随手摘下来问：娘，这是水娃的？
干　娘：可不是，这孩子从小就喜欢吹吹拉拉啥的。
江　河：我想起来了，在部队时我们师宣传队到水娃的连队去演出，水娃还缠着我要学长笛呢！
干娘凄然一笑：水娃那孩子机灵、也仁义，当兵前在村里水塘救过两个刚会走路的娃儿，硬是不让俺说呢！

画外音：

干娘无意中的话让江河心中一动。他想起水娃出水时的姿势：双臂前伸，像在完成一次有力的托举。如果他在生命的最后一刻是在托举别人脱离绝境，那么他就应该是烈士，而不是后来确定的因公殉职。作为烈属，会享受到政府更好的照顾。

可是，滚滚江水之下，谁能为水娃证明这一点呢！

江河看了一眼干娘，心中深感歉疚，不由长吁一口气。
老人端详着江河，目光中充满了慈爱：孩子，你现在可好？怎么比那阵子还瘦了？
江河弯臂攥拳，在老人眼前晃了晃：娘，您看，我好着啦！
老人笑了：那就好，这次不慌着走吧？
江河点点头：我想陪娘住两天。
干　娘：真的，你不哄娘？
江　河：不哄娘，是真的！
老人高兴得站起身，两手来回搓着，少顷，猛然像想起了什么，问江河：儿呀，中午想吃啥，娘给你去做。
江河也不客气：就想吃娘擀的热汤面。
老人一迭声地说，好，好好！娘这就给你去擀。

第10集

1　东江港报办公室　春　上午　内

卢茜把刘希娅摁在椅子上,沈奕巍双手端给她一杯茶。刘希娅把茶杯往桌上一蹾:你们还有心思喝茶呢!公安局都要下通缉令了!

沈奕巍:你听谁说的,又是那个活宝孟建荣吧?

卢　茜:希娅,你别一惊一乍的,我跟你讲过,我们局长是被冤枉的。

刘希娅:我不跟你们说了,你们是彻底被江河洗脑了!

卢　茜:小姑奶奶,你最好别再掺和这件事了,你相信,清者自清,浊者自浊,就行了!

刘希娅:唉,你们…… 我给你们透个风…… 也是希望赶紧想办法救你们局长呀!太木。

卢　茜:谢谢啦,刘希娅同学,局长真要是不见了,我也知道他去哪了。

沈奕巍:对,我也知道。

刘希娅:去哪了?

卢　茜:保密!

沈奕巍:不说。

刘希娅:你们这哼哈二将,急死人了!

沈奕巍:卢茜,我先走一步了,兄弟们还在楼下等我呢!你那封信多找些人签字,人越多越有说服力!

刘希娅:沈奕巍,你走啦?什么人呀你!

2　上海一家企业　春　中午　外

胖胖的煤码头商务科长在楼门口吃烙饼就开水。

一个老总模样的人走过来:你还没走呢?在我们公司门口这样一幅扮相儿,好像我们欺负你!

商务科长:我怎么能走啊?钱总,我走了,回去没法向沈奕巍交代!

钱　总:你一口一个沈奕巍,沈奕巍什么人呀?

商务科长:这个沈奕巍可非同凡响,号称东江港第一才子,竞聘上岗的煤码头总经理。筹划,有张良之才;做事,有秦明之勇!

钱　总:我看这个沈奕巍也是个人物,要不然怎么能把你像膏药一样,贴在我们这儿,揭也揭不下去呢!

钱总往里走,商务科长跟在他身后。保安欲拦,钱总挥了挥手示意放行。

商务科长冲钱总一拱手:钱总抬举了,在下愧领。

钱　总:我就不明白了,这四千八百万跟你们东江港有什么关系吗?人家债主都不像你一样死缠乱打,你又是何苦?

商务科长跟进电梯:怎么没关系,关系大啦!钱总呀,毕竟那煤是从我们煤码头拉走的呀!

钱　总:矿主同意厂家拉走的,手续齐全,你们掺和什么呀!

商务科长:这就是我们沈总的高明之处—— 假如我们帮矿主把一笔看似跟我们码头关系不大的煤款追回来了,以后任何一个客户把货放在咱们港口,不都特放心吗!我们还发愁货源不足吗?

钱总下了电梯,对跟在身后的商务科长说:可是,拉煤的厂子已经倒闭了嘛!

商务科长:钱总说笑了,那家厂子分明是让您的公司兼并了。根据兼并协议,债权债务不都转归到您的名下了吗?

钱总推开办公室的门,对女秘书说:给这胖老头倒杯茶,在公司门口坐十天了,也不容易!

3　某电厂厂长办公室　春　中午　内

沈奕巍:我们容易吗? 大老远来到贵厂,连口水都不给喝,就撵我们走?

厂　长:你们不容易,我们容易吗? 现在是市场经济,一切以利润为核心,你们东江港顶风都臭八里地,有什么合作可谈的? 真是。

机械队长:厂长,现在可不同以往了。我们江局长上任后提出“抓两头,带中间”……

厂　长:什么抓两头,带中间?

机械队长:简单说吧,就是当好矿山的商务科长,当好电厂的燃料科长,达到最优配置、最优服务,从而带动我们煤码头的中转量递增。

厂　长:想得美。

机械队长:看上去也很美,不信,您哪天到我们煤码头转一转,保证您会大吃一惊!

沈奕巍掏出一封信:这是东江市电厂薛东方给您的信。

厂长接过信,扫了一遍:你这人真沉得住气,怎么不早点拿出来? 险些大水冲了龙王庙,一家人不认一家人了。

沈奕巍:我们是想凭实力,不想凭关系。

厂　长:你还挺清高啊! 这年头,有朋友走遍天下,没有关系寸步难行。

沈奕巍:如果我们的确可以为电厂提高效益呢?

厂长开玩笑:那另论。哎,你们是怎么贿赂的薛东方那小子,他可是个油盐不进的主儿,这回可是为你们东江港说了不少好话呦!

沈奕巍:厂长说笑了,薛厂长和我们江局长是战友,他也是看到江局长上任后大刀阔斧深化改革,才介绍我们认识您的。

厂　长:那倒是。在电力系统,薛东方是有名的一根筋,让企业吃亏的事,他亲爹来了也不办!

沈奕巍:所以,您应该相信薛东方。

厂　长:相信。东江港也许真的凤凰涅槃了! 小李,去,通知食堂,准备一桌客饭。

4　秦池办公室　春　中午　内

卢茜敲门进屋:秦局长。

办公桌后的秦池抬起头:什么事?

卢茜走过来,把一页纸放到秦池案头:是这样,江局长不是被停职了吗? 我起草了一封给省市纪委的信,郭局、章总和闫主席他们都签了,您是不是也……

秦池大体看完了信,不阴不阳地:这样不好吧,身正不怕影子斜,江局长有没有嫖娼,组织上自然会调查清楚,我们这样做岂不是给领导施加压力,干扰上级决策?

卢　茜:我们向上级反映情况,表达群众呼声,正是为领导决策提供重要参照,怎么成了干扰领导工作呢?

秦池摇摇头:我不这么看,我也劝你不要牵这个头,真金不怕火炼! 他真是被人算计了,还有党纪国法嘛!

卢茜抓起桌上的信气哼哼走出办公室,使劲带上房门。

5　钱总办公室　春　下午　内

商务科长坐在钱总对面:谢谢钱总,百忙之中能接见我。

钱　总:你这个胖老头,有点韧劲嘛! 怎么样,到我公司来干吧? 薪水翻翻!

商务科长:谢谢钱总赏识。不过,东江港振兴在即,在下蒙沈总器重,不敢背主求荣!

钱　总:你这胖老头,还一身江湖气! 好吧,告诉你一件事,属于本公司最高机密。

商务科长:呦,那您还是别说了,我就是来收款,不是来窃取情报。

钱　总:此事和你收款有关。前两天,我和公司的其他领导打了一个赌:如果你能在公司门口坐上十天,那笔煤款我们就付清!

商务科长忙站起身:真的,那我谢谢钱总了,我给您鞠躬!

钱　总:唉,免了免了。昨天,我在理事会讲了你的事。我说,一个人有了这样的韧劲,一个企业有了这样的文化,就没有什么困难可以把他们打倒。

商务科长紧紧握住钱总的手,眼里闪出泪花。

钱　总:张秘书,你带这位先生到财务部,叫他亲眼看到我们打出去这笔款!

6　秦池办公室　春　下午　内

卢茜推门进屋:秦局长,你找我有事吗?

秦池铁青着脸在接电话:集装箱码头的改造工程要进行,生产也不能停顿…… 克服困难嘛!嫖娼的事怎么处理的,这不是你关心的问题,你把自己的工作做好了比什么都强!东江港也不是哪个人的,谁不在,东江港的工作也是要照常进行嘛!

卢茜有些窝火:有事没事,没事我走了!

秦池瞟了她一眼,示意她不要动,又对着话筒:嗯,嗯,对,好,先这样吧!放下电话拿起桌上新出的《东江港报》晃了晃问:请你解释,这是怎么回事?

卢茜装傻:什么怎么回事?

秦池指着署名沈奕巍和卢茜的头题文章,《以改革促发展,以管理谋生存——东江港的巨大变化是怎么发生的》,问:这是怎么回事?

卢茜一脸无辜说:您不是看过没反馈意见吗?

秦池有些震怒:我什么时候看过?

卢茜走过去,在他桌子上翻了翻,从一堆报纸下翻出了一个信封,递给他:局党委不是有规定吗,为了提高工作效率,下属各部门各单位上报的各类报告三天内没有回音,即算默认批准呀!何况这还只是一份报纸清样,我是主编,每次上报江局长也都是例行公事,很少有改动。

秦池翻看着报纸大样,很生气:那个规定是在沉船的特殊时期制定的!

卢茜反问:什么时候说过取消?这个规定对改进领导作风,提高工作效率善莫大焉,也没必要取消呀!

秦　池:你怎么把报纸清样压在这么底下?

卢　茜:没有啊,随手一放!

秦　池:这个时候发这种文章不合时宜,这不是给江局长帮忙,是给他添堵!

卢　茜:文章该不该发,是以文章内容是不是事实,文章发表后所产生的社会效果为标准。据我所知,文章所讲句句是实,刊出后对稳定东江港局面起了很大作用,怎么不合时宜,何来给江局长添堵?

秦池瞪了一眼卢茜:嫖娼之事暂且放到一旁,江河这个人太注重个人政绩,办事完全脱离实际情况。港务局的工作有港务局的特点,不是用公安局那一套就可以奏效的,这次也算是给他一个教训。

卢茜以退为进:什么办法可以使东江港起死回生,那是你们领导层面的事,不是我们小兵关心的问题。如果您没有别的指示,我先走了!

7　农家小院　春　下午　外

院外有汽车刹车的声音,接着便有人喊:江局长在吗?

江河起身出门一看,原来是陪老人去东江奔丧的那个后生,镇武装部部长。

武装部长:江局长,你果然在这儿,还真是让省里说中了!你赶紧收拾一下东西跟我走吧,火车票都给你买好了,你们省里急召你呢!

老人跟出来了:这是咋回事儿?

武装部长:他胆子忒大,省里四处找他不见,手机也不开机,都急了。

老人一听愣怔了一下,扭过头问江河:出了啥事,孩子?

江河平静地一笑:娘,没事。

老人抓住江河的胳膊,目光中全是疼爱与不舍:儿呀,无论出了啥事,娘都信得过你,山随路转,水向东流,一切都会过去。啊,孩子!

江河点点头:您放心吧,娘。说着,从兜里掏出了一沓钱,塞给老人。

老人不肯接:村里对俺照顾得很周到,用不着钱。

江河急了:哪里有娘不要儿子钱的道理,您不要,我心里会难受啊!

干　娘:那好,娘收了。

江　河:娘啊,儿子走了,不知道下回什么时候来看您,您老多多保重吧!

母子相拥,泪花闪烁。

8　赵达夫办公室　春　上午　内

廖汉中推门进屋,赵达夫起身让座。

廖汉中坐在沙发上:老赵啊,江河不辞而别,咱们是不是失礼了!

赵达夫:老大,失什么礼?嫂子死在了东江港,他江河拿来一纸慰问信,就想蒙混过关,太他娘欺负咱琊山人了吧!

廖汉中:话是这么说,可……

赵达夫神秘地:另外,我刚和老秦通了电话,江河不是不辞而别,是因为嫖娼,被他们纪委喊去谈话了。

廖汉中惊讶:是吗,有这种事?

赵达夫:这还有假?老秦说,江河已经被停了职,现在下落不明,不知道跑到哪儿闭门思过去了。

廖汉中:这是什么时候发生的事?

赵达夫:就是咱们下三号井那天。

廖汉中:那天,不会吧?他都喝趴下了,神志不清,嫖个屁娼啊!

赵达夫:那就在咱们下去这几天吧。

廖汉中:其实就是一个撑子面漏水,没什么大不了的事,咱俩有一个人盯着就行了,都走了,留下江河一个人在宾馆,小姐成帮搭伙,一个大男人难免一时把握不住自己!

赵达夫:老大,你就是心肠好,他江河是咎由自取,不值得咱们同情!

9　程志办公室　春　上午　内

程志背对着江河站着,一手叉腰,一手夹烟。

江河站在办公室正中,见程志并没有转过身的意思,就上前两步拿起桌上的烟盒想吸一支。不想程志像长了后眼:放下,你还真拿自己不当外人了?

江河尴尬地放下烟盒,梗着脖子回应:是杀是砍,给个痛快话,别像晒咸鱼似的把我晾在这儿!

程志一甩手把烟蒂扔到地板上,又补上一脚狠狠踩灭:好啊,你个江河!果然是一副又臭又硬的嘴脸,难怪韩市长让我收拾你!

江　河:凭什么收拾我?您主管政法那么多年,难道看不出来这是有人做局陷害?你们不为我做主也就罢了,还要收拾我?我不服!

程志一拍桌子:还反了你呢!

江河也一梗脖子:我早就说过,如果您信得过我,给我三至五年时间,我还您一个风清气正的现代物流中心;您要是信不过我,罢官撤职随你们的便,大不了我卷起铺盖卷,带着老婆孩子和我干娘一起去种地!

程　志:越说越不着调了!韩市长说你尾巴有点翘,我看哪里是有点翘,分明是要翘到天上去了嘛!我承认,沉船的善后工作你处理得不错;东江港深化改革也可圈可点。但是,这不能成为你骄傲自满的资本!

江　河:骄傲?我夹着尾巴做人还来不及呢!

程志见江河一脸不屑,绷着脸严厉地问:嘿,你还不服?怎么着,要我一条一条给你摆出来听吗?

江河嘟囔道:您能摆得出来,我就心服口服。

程志冷笑一声:那好,我让你小子死个明白。第一条,自以为老子天下第一,孤身犯险,独闯琊山煤矿,犯了兵家大忌,我说你翘尾巴,难道是冤枉了你?

江 河:这……

程 志:你以为你到了琊山就马到成功吗,你的对手就那么草包吗?你们韩市长说得对,你一个前公安局长,脱了警服不过几个月,就一点防范意识都没有了吗?让人赤条条地弄到床上去,拍了那么不堪入目的照片,我都替你臊得慌!

江河低着头嗫嚅:我没想到他们用这么下三烂的手段对付我。

程志一拍桌子:第二,你不认真在市里反省,招呼也不打一个,就关了手机玩起了人间蒸发。若不是你们那个卢茜了解你,知道你准是去了乡下找你干娘,我们都不知哪里去找你,你眼里还有组织吗?还有领导吗?我说你翘尾巴,难道说屈了你?

江河耷拉下了脑袋。

程志的语气愈发严厉:我可以明确告诉你,你这件事让省市两级政府非常被动,东江市拿下你的呼声很高,韩市长让你一个人反省,你以为他是晾着你吗,那是在保护你!就你现在这个认识水平,当时组织上若找你谈话,你还不掀了桌子?那结果只有一个,就地免职!你这次"人间蒸发",韩市长还为你说好话,说你可能被冤枉了,行为过激也可以理解。这个韩仕琪,对你倒是挺信任嘛!

江 河:程省长,我知错了。

程志口气缓和了一些:你坐下吧。又不动声色地从办公桌抽屉里拿出几张纸,在江河面前晃了晃:自己拿去看看吧,有人替你说话了。

江河看了一遍,不由得眼眶热了。他放下信,不好意思地说:您批评得对,这一段时间我确实有些飘飘然、翘尾巴,没有摆正个人的位置。

程 志:你能认识到这一点就好,不过,光凭郭川、卢茜他们的这封信,我们还不能赦你无罪。那个视频有两个细节证明你小子是有点冤枉,一是没有你的正面镜头,也就是说当时你是清醒状态还是昏睡状态没有直接证据;二是视频上有拍摄日期,省纪委去人调查了,廖汉中说了公道话,说那天你都喝得不省人事了,是被人架回酒店房间的,不可能非礼女人。

江 河:就是!

程 志:不过,他这说法调查组也不能完全采信,酒后无德的事多得很嘛!不是还有一句话叫酒壮怂人胆吗?

江 河:那我就跳进黄河也洗不清了。

10 省办公厅 春 下午 内

某办公室,四五个人围坐在一张圆桌前。

中年男人:经厅党委研究决定,9.08专案组正式成立,今天下午是我们召开的第一次工作例会。我们先请唐厅长介绍一下情况,然后大家研究一下工作思路。

唐厅长:好,我先介绍一下情况。

11 程志办公室 春 下午 内

程 志:算你小子走运。

江 河:我走运?走霉运吧!

程 志:我问你,你是不是在去看干娘的大客车上,见义勇为了一次?

江河微微一笑:我当了十年警察啊,肯定要出手!

程 志:我告诉你,你救的那个女孩儿就是嫖娼门的女主角。

江河大惊:什么?怎么会这么巧?

程 志:她干完了那件事要去回老家避避风头,正巧在车上遇到了劫匪,她说若不是你舍身相救,她的钱保不住,命八成儿也丢了。

江 河:那,她交代幕后主使了吗?

程　志:她是一个歌厅小姐,只说是一个姓李的熟人让她干的,给了她三万块钱。这个姓李的很有反侦察经验,和这个小姐通话的手机是一个不记名的专用手机,出事后一直关机。

江　河:他娘的,总算还了我一个清白!

程　志:视频所以没有上传网上,是因为有这个小姐的两个侧面,怕一旦上传,人肉搜索后找到这个小姐穿了帮,所以只刻了一个盘寄给了市纪委。不过人算不如天算,要不然,你小子的洋相可就出大了。

江　河:这也折腾得我够呛。

程　志:叫你冷静一下,没坏处。

江河点点头:您这样说,是不是证明我可以工作了?

程志弯下腰拾起地上的那个烟头放进烟灰缸,又找来一块抹布把地擦了擦:你小子害我失态,现在要罚你用拖把把我办公室的地拖一遍!

这还不容易!江河舒心一笑,出门找来拖把,一边拖地一边问:程省长,明天我是不是就可以回东江港上班了?

程志指着办公室的边边角角:喏,这里,这里!拖仔细点,地拖不干净一切免谈。你以为事情会这么简单吗?这件事把东江港都搅翻了天,明天让韩市长陪你一块去,总得有个说法,给你正正名嘛!

江河认真拖地。

程志看了看地面:行,拖的不错。又从抽屉里拿出一条中华烟扔给江河,按劳取酬,今天算你小子抄上了,拖十分钟地,得一条好烟,这买卖划算。见江河伸手接过烟,又说:我掘地三尺把你找回来,是要向你交代一个重要任务。

江　河:什么任务?

程　志:一会儿你去公安厅"9.08"号房间找专案组宋组长报到,他们会具体对你说。

12　省办公厅　春　傍晚　内

江河敲门进屋,敬礼:报告,东江港港务局局长江河奉命前来报到。

中年人忙握住江河的手:老江,你调到港务局也没用,我们又要搭伙计了。

江　河:哟,宋处长,有什么任务?

宋处长:情况是这样的,你前不久呈送程省长的密件已转至公安厅。这不是一件小事,方秋萍诈死,牵扯出上亿元售煤款,很可能这背后隐藏着一个巨大的阴谋。程省长建议成立专案组,并推荐你作为专案组的成员,在不影响你履行港务局局长职责的前提下,配合一下省厅的工作。

江　河:这太好了,这笔巨款和我们东江港息息相关啊!

宋处长:我知道,琊山矿是你们的重要客户,所以才请你参加专案组嘛!刚才大家已经议论了一下,老江,谈谈你的破案思路。

江　河:好。刘希娅去丽江悼念亡友,偶然发现了沉船事件的失踪者方秋萍。由此推断,"9.08沉船案"不仅是一起人为制造的灾难,而且很可能是一个巨大阴谋链环上的重要一环。幕后黑手不惜以20个人的生命为代价,让方秋萍合理蒸发,肯定涉及巨大利益,绝不仅仅限于方秋萍藏匿的一个多亿售煤款。我的想法,一是对丽江黄记古玩店布控,如果方秋萍现身,马上追踪扩大线索;一是顺藤摸瓜,从跟方秋萍关系密切的人入手,去寻找方秋萍诈死的真正目的和幕后黑手。

宋处长:和方秋萍关系密切的人,不少嘛!

江　河:是。不过方秋萍诈死后,很快在丽江的黄记古玩店现身,说明她的诈死很可能和古董文物有关。从这个角度看,有一个人应该进入我们的侦查视野。

宋处长:谁?

江　河:秦海涛。

13　街市　春　晨

卢茜下了公交车,从包里掏出手机接听:海涛啊,有什么事?

秦海涛(OS):报告你一个好消息。

卢　茜:好消息,什么好消息?

秦海涛(OS):江河平安无事,冤情昭雪。

卢　茜:噢,你怎么知道的?

秦海涛(OS):孟建荣告诉我的,这小子有点沮丧。

卢　茜:他沮丧什么?难道他盼着江局长出事?什么人啊!

秦海涛(OS):这你也要理解他。

卢　茜:还要理解他?凭什么?

秦海涛(OS):你想,他苦追刘希娅多年,好不容易陶然死了,又斜刺里杀出一个江河,他心里能痛快吗?如果江河嫖娼属实,他不是就有机会了吗?

卢　茜:什么乱七八糟的,不跟你说了,到局里了。

14　小会议室　春　上午　内

韩仕琪坐在正中,他旁边是江河、秦池、郭川、章江、闫主席。卢茜、赵小苏等人也在场。

韩仕琪:今天开个短会,主题是什么,我不说,大家也明白!

郭川等人纷纷起身和江河握手!

韩仕琪:江河嫖娼案是有人设局陷害,事实是江河同志不仅没有干那种下三烂的事,还见义勇为勇斗歹徒,表现出了一个共产党人应有的风骨。这是经过省纪委反复调查形成的结论。我来的目的,就是正式向各位通报一声。

郭　川:老江勇斗歹徒?那应该表彰呀?

韩仕琪:本来是应该表彰,不过,鉴于江河同志擅离职守,功过相抵,就不奖不罚了。

江　河:程志同志已经狠狠批评了我,今天借这个机会,再一次向大家承认错误。无论出于什么原因,擅离职守都是严重的无组织无纪律行为!

韩仕琪:江河同志有这个态度很好。江河同志上任以来,东江港的工作可圈可点之处甚多,开局很好。我希望你们班子尽快消除这个事件所带来的负面影响,在江河同志的带领下,精诚团结,不辱使命!

秦　池:请市长放心,我们一定在江局长的带领下,不断把港务局的工作推向前进!

韩仕琪:好,我还有个会,就不多待了,各位珍重!

15　会议室门口　春　上午　外

众人出来送韩仕琪。韩仕琪坐上车,摇下车窗,挥手叫过江河,贴着他的耳朵小声说:你擅自离岗,这笔账我给你记着呢;现在你是"戴罪立功",要再给我惹祸,新账老账咱们一起算!

江河习惯性地举起右手敬了一个军礼:明白!您放心吧,市长。目送市长的汽车开走了,他回过身,见到了身后的秦池。

秦池脸上堆着笑:老江啊,我就说过,真金不怕火炼嘛!果不其然。

江河一声叹息:这真应了那句话,躺着也中枪。不过老秦啊,还是要感谢你,我不在岗这几天,你把控了东江港的局面,保证了生产秩序的平稳运行!

秦池摆摆手:哪里,哪里。我是常务副局长,责无旁贷嘛!倒是你,平白被人诬陷。怎么样,中午我做东,给你压压惊?

江　河:等有时间吧,我得去见见小慧。下午我要赶到煤码头,咱们东江港要彻底翻身,煤码头是重头戏,有些工作还要安排一下。我先走一步,有事电话联系。

两人挥了挥手,各奔东西。

16　煤码头办公室　春　中午　内

沈奕巍在房间里开会,有五六个人。

办事员跑进来:沈头,快递送来十筐大闸蟹。

沈奕巍:大闸蟹?哪送来的?

办事员:还有谁?就是咱们帮着要回售煤款的那家货主。

沈奕巍:退回去吧,《三大纪律,八项注意》,不拿群众一针一线。

机械队长:沈头,退回去,螃蟹不就死尿了!

沈奕巍:也是啊,死蟹吃了有毒。这样吧,送到机关食堂。

办事员:就是嘛,礼轻情意重,不要辜负了人家的一片心意。

沈奕巍一拍办事员脑袋:我看你小子是嘴馋了吧?

办事员:那是,跟你走了一路电厂,尽吃盒饭了,你得犒劳犒劳我们吧!

沈奕巍:好吧,叫食堂都蒸了,一人两只,够分吧?

办事员:一百多只呢!足够,沈总万岁!

沈奕巍:别谢我,要谢得谢杜科长,不是他千辛万苦把钱要回来,你吃个屁!

办事员冲杜科长一抱拳:杜科长,托你福啦!

杜科长:哪里,哪里,同乐,同乐!

沈奕巍重新落座:同志们,不要小看了这十筐蟹,它所引发的精神反响将是巨大的。煤码头的外部环境将由此得到彻底改观,胜利将从这里出发。因为它体现的是我们煤码头的核心理念—— 一切为客户着想,一切从客户出发。所以,我要代表煤码头给你杜科长鞠一个躬,谢谢你为煤码头赢得了最重要的一分!

说完沈奕巍向杜科长深鞠了一躬。

17　港务局医院　春　中午　内

江河走进医院,来到内科诊室,徐小慧正在整理药品柜。见到江河吃了一惊:怎么会是你?

江　河:为什么不会是我?

徐小慧:你不是……

江　河:你相信吗?

徐小慧:我当然不相信!可是这几天你跑哪去了,也不给家里来个电话?你知道我有多担心吗?你太不在意我们娘俩儿的感受了!

江河坐在椅子上,疼爱地望着妻子:唉,当时万念俱灰,就想找个清静地方待两天,也是想万一干不了了,咱们到哪儿去落脚。

徐小慧:亏你想得出!

江　河:现在好了,一切真相大白。

徐小慧:江河,自从你来到港务局,摁下葫芦起了瓢,从来就没有消停过。咱能不能少管点闲事,少得罪点人,要不然你在明处人家在暗处,防不胜防啊!

江　河:你不用担心,邪不压正,事情正向好的方向发展。

徐小慧叹了一口气:你在公安局的时候,我就整天为你担惊受怕,调到港务局原以为日子会平静了,没想到变本加厉。你说,这日子什么时候是个头啊?

江　河:小慧,你放心,我会给你一个平静幸福的生活,也会尽到一个丈夫和父亲的职责,只是现在还不能。我得走了,煤码头还有重要的工作要安排。

徐小慧:胃舒平按时吃了吗?

江　河:你不说我到忘了,给我再开两瓶。

徐小慧一边拿药,一边唠叨:你就是一点不爱惜自己,病倒了可怎么办?

18　煤码头堆场　春　中午　外

一个正在干活的工人晃了晃,倒在地上。

旁边的两个工人上前扶起他:小孙,小孙!

小孙睁开眼,挣扎欲起:没事,就是头有点晕。

身穿工作服的沈奕巍赶过来,扶起小孙:叫车,马上送医院。

19 日本餐馆 春 中午 内

卢茜和秦海涛相对而坐。

秦海涛看着菜单吩咐服务员:两份鳗鱼饭、两份味噌汤,天妇罗、寿喜烧。

服务员:好,请稍等。

秦海涛:谢谢卢小姐赏光,能和我共进午餐。

卢　茜:不好意思,你透露了那么重要的琊山矿商业机密,应该我来买单感谢你。

秦海涛:叫女生买单,我岂不是太不绅士了吗? 况且谁提议谁买单,我请的你,理应由我来买单。

卢　茜:好,不争了。

秦海涛:我当时不是说了嘛,我那样做,也有一点小小的私心。东江港一年如果真有五百万吨煤中转,我的船队不是也有活干了吗?

卢　茜:对呀,本来就是双赢嘛!

秦海涛默默打量卢茜,在柔和的灯光下,卢茜像一尊女神。卢茜抬起头,发现秦海涛深情地注视着自己,有些不好意思,忙举起酒杯:秦总,我敬你一杯。

秦海涛举起酒杯却没有碰:卢茜,你不知道自己有多美!

卢茜调侃:我可以理解为这是一种奉承吗?

秦海涛:不是奉承,是事实。

卢　茜:这话你对多少女孩儿说过? 我是第 N 个了吧?

秦海涛:第一次见到你,我就被你的美打动。春梅绽雪,这四个字只有你担得起。

卢　茜:小女子愧不敢当,你还是讲讲江局长是怎么洗清冤屈的吧!

20 东江市人民医院 春 午后 内

医生给小孙做了检查,对沈奕巍说:问题不大,应该是劳累过度,不放心,再照个 CT 吧。

沈奕巍接过缴费单,对,照个 CT,我去交费。

然后搀着小孙走出了急诊室。

21 廖汉中家 春 下午 内

廖汉中在小桌上独斟自饮,面前摆着一张方秋萍的照片。廖汉中一脸悲泣:秋萍啊,你这一走,可苦了老廖。我成天就像被人放在火上烤,烤得都冒油了!

廖汉中说着喝了一杯酒,流下眼泪:秋萍,从打你跟了我,老廖我对你怎么样? 你不该啊,你不该事事瞒着我。你这一走倒是干净了,黑锅叫我一个人背了。我是爷们儿,我有力气,可是一个多亿的黑锅我背不动呀!

说着,廖汉中以手掩面,泪流不止。

突然,有人敲门。

22 沈奕巍办公室 春 下午 内

江河坐在沙发上等沈奕巍,他诧异地发现,短短几天,沈奕巍办公室就彻底变了样,窗明几净,一尘不染,醒目处还摆着几盆生机盎然的绿色植物。过了一会儿,沈奕巍满头是汗赶回来,见到江河:对不起了,局长,叫您久等了。

江　河:出了什么事?

沈奕巍:一个工人昏倒了,我送他去了医院。

江　河:有无大碍?

沈奕巍坐下来喝了一口水:没什么事,就是累的。这一段时间工人干劲很大,他夜班又连了一个白班,有些吃不消了。

江河闻言半晌不语。

沈奕巍放下水杯,问江河:您是不是有什么想法?

江河点了下头:是有些想法,现在是市场经济了,我们总说客户至上,服务第一,就拿这杯茶来说，如你所说，我用一只手递给你，只要茶水不洒出来就是保证了质量，若用双手送给你就是服务标准了，因为这里面有了对你的尊重。对客户我们可以做到这些，那么对自己的职工呢，是不是也应该多些人文情怀？

沈奕巍：我懂您的意思。作为一个企业管理者应该明白，在生产的诸要素中，人是最重要的。对职工的关怀、尊重和保护，是生产高效运作中最重要的一环。

江　河：对，我常常想，人，不是实现利润的手段，而是生产和经营的根本目的。我们所做的一切，最终不都是为了提高东江港人的生活品质吗？所以，生产的发展和生活品质的保证，是一个统一体，不能武断地割裂开来。

沈奕巍点点头：这件事对我也很有触动，回来的路上我想，搞好煤码头环境建设，给工人们提供一个良好的工作空间，要提高到对职工的关怀、尊重和保护这个高度来认识。

江　河：煤码头工人不容易，天天和煤炭打交道，如何保证他们的身体健康是个大问题。我看，就以今天发生的事为契机，从煤码头开始，对整个港口的职工健康以及工作环境制定出一个严格的标准。我们的工人必须要在百分之百健康无安全隐患的情况下才能开始作业。

沈奕巍郑重地点点头：局长放心，我保证把这个工作做好。

江　河：我相信你，奕巍，你上任不过几个月，工作成绩超出我的想象，看来你是个将才，早该把你放到这样的位置上。

沈奕巍脸红了：局长，您也学会给人戴高帽了？

江河微微一笑：我听人讲过一个故事，说有一个人为了得到美丽的蝴蝶，举着一只网子追逐奔跑了很久，气喘吁吁才抓住了一只；可是蝴蝶在网子里恐惧挣扎，一有机会就飞走了。另一个人也很喜欢蝴蝶，他不是用网捕，而是种了几盆鲜花摆在窗台上，结果，鲜花竞相开放，一只只蝴蝶翩翩而来。

沈奕巍马上接口说：花若盛开，蝴蝶自来！

江　河：对喽！上次不让你去琊山，是让你在家里种好鲜花呀。你看，现在不是有不少煤矿开始在咱们码头走煤了嘛，奕巍呀，你功莫大焉！

沈奕巍挠挠头：谢谢局长鼓励。

江河拿起热水瓶，往茶杯里续上水：好，话题有些严肃了，我们换个轻松点的吧。说说你的个人情况，我把卢茜给你派过来，朝夕相处也有几天吧，有没有什么突破？

沈奕巍若有所失地笑笑：局长用词不当，谈不上朝夕相处，也就是八小时以内相处，她心思都用在帮助我们制定煤炭运输服务质量标准上了。

江河一摆手：别说得那么好听，八小时以外呢，没到江边走走，看看星星，吃吃宵夜？

沈奕巍：哪有那么浪漫的事啊？我和卢茜八小时以内无障碍沟通，八小时以外各忙各的。江局长，你说我这个人是不是比较乏味，不讨女孩子喜欢？

江　河：我倒没看出你有这方面的缺陷，你是不是自视太高，孤芳自赏，等着人家女孩子向你表白？那我可要劝你别做白日梦，追女孩子要主动，要吹冲锋号，穷追猛打才行！

沈奕巍苦笑道：我倒是想吹冲锋号，哪有这机会？你去琊山煤矿那天，卢茜在我办公室无端蒸发了半天，本来说好我陪她吃午饭，赶回来一看下落不明了。

江河饶有兴趣：哦，她到哪里去了？

沈奕巍：她说给你办事去了，神神秘秘的，一句话就把我顶回来了。

江河想了想：她确实是给我办事去了，为我提供了有关琊山煤矿的重要情况。

沈奕巍疑惑道：卢茜怎么会知道琊山煤矿的情况？

江　河：她没对你说吗？

沈奕巍：没有。局长，这事对我不保密吧？

23　廖汉中家　春　下午　内

赵达夫推门进来：老大，又想嫂子了。

廖汉中：唉，一个大活人说没就没了。想起来，不得劲。

赵达夫:要恨就恨江河。嫂子是在东江港没的,说好了要扶着嫂子的灵柩到琊山请罪,居然舔着脸,空口白牙,要咱们琊山矿从东江港走煤!

廖汉中:话也不能这么说。在东江港,要不是江河把话挑明了,没准老子早就给撸了。程省长在现场坐镇,这么重要的事你老弟可是一点口风也没透啊!

赵达夫:兄弟不知道啊,知道了能不说吗?

廖汉中:还有,这回江河到咱们琊山来,生意谈得成谈不成另说,居然闹出了一个"嫖娼门",这事你没有往里掺和吧?

赵达夫:老大,你说胡话呢,老弟可不高兴了!

廖汉中:老弟,你以前敢和我这么说话吗?不敢,唉……

赵达夫:你什么意思呀?老大。

廖汉中:没什么意思,不要觉得秋萍死了,一个多亿的售煤款没了下落,这屎盆子就可以扣在我头上。

赵达夫:老大,你喝高了吧?你是法人,方秋萍是你太太,她的总会计师是你提议任命的,和煤厂签供销合同是你授权的,你能脱得了干系吗?

廖汉中:我是脱不了干系,可是我没私拿一分钱,老天有眼。倒是你,赵达夫,你是主管生产的副矿长兼总调度。这么多一等煤都当劣等煤卖了,你说得清楚吗?

赵达夫:咱们是一条绳上拴的两只蚂蚱,谁也跑不了,得精诚团结。

廖汉中:团结?你以后少在我跟前炸刺。

赵达夫:那是,什么时候你也是老大呀!不过大哥你放心,那一个多亿的售煤款虽然被方总带到长江里去了,但是她做的账天衣无缝,糊弄一下税务检查应该没问题。

廖汉中:可是,亏心呐!

赵达夫:总之,嫂子的死和东江港有关,老大,你曾经沉石立誓,永远不跟东江港打交道,咱们可得对得起死去的嫂子。

24　沈奕巍办公室　春　下午　内

江河站起身,拍拍沈奕巍肩膀:奕巍,你要相信卢茜,她怎么知道琊山煤矿的情况,也没对我说,她没说,我想她总是有理由的。

沈奕巍:江局长,我明白。随便一说,不必当真。

江　河:不过,琊山煤矿的局面,咱们必须要打开,上次本来已经有眉目了,只是被别有用心的人搅了局。

沈奕巍:设局的人太下三烂了,我早就知道会是虚惊一场。

江　河:我在省城回来的路上就想,这次咱们做一回主人,你到琊山煤矿去,让廖汉中到咱们煤码头来谈判。

沈奕巍:您说什么,让廖汉中到咱们这里来谈判?

江　河:对。百闻不如一见嘛,让他看一看我们的变化。

沈奕巍:凭什么让廖汉中到咱们这里来?局长,难道您去了一趟省城,从程省长那里请到尚方宝剑了?

江　河:尚方宝剑是有一柄,不过不是从程省长那里请来的。江河说着,从公文包里拿出一封信,我给廖汉中写了一封信,你到了琊山煤矿把信交给他,他看过这封信,保准会和你一起到煤码头来!

沈奕巍:真的?

江　河:请他到东江港来,是为了救他于水深火热之中!

25　江边茶楼　春　上午　内

这是一家古色古香的茶楼。店门两边,各挂四盏金边黄穗的红灯笼,原木本色柱上悬一帘,黄底黑色,行书秀逸:

龙团雀舌香自幽谷　鼎彝玉盏灿若朝霞

进了门，叠石为峰，池水环绕。池水旁，绿萝成行，迎春垂地，掩映出一条鹅卵石铺就的曲径，曲径两边是摆满原木桌椅的散座，尽头有一架水车，吸水而转，吱吱作响。水车旁是一架木制的楼梯，直通二楼各个错落有致的单间。

服务员都是妙龄少女，一律身着藏蓝白点的棉麻布小衫，面若桃花，温婉有礼；有一位姑娘，一袭黑裙，两肩长发，坐在楼梯右侧的古筝前，神态安详，动作轻柔，指尖移动处，有《渔舟唱晚》似山间流水潺潺流出。

秦池和孟建荣哭丧着脸，坐在一个单间里。

秦池点燃一支烟：建荣啊，你做事一向周密，怎么没有嘱咐海岩把录像上的时间设置取消呢？那上有明确的拍摄时间，那个时间点，江河醉得不省人事，很好核对嘛！

孟建荣用手挠挠头：咳，所有的细节我都想到了，比如安排江河住宾馆而不住招待所；让小姐完事后远走高飞，拍照时不要正面露出江河的脸，等等。就是忘了嘱咐海岩把相机上的时间设置取消，一句话说不到就出娄子。这小子，真是成事不足，败事有余！

秦　池：也是江河命不该绝，偏偏就和那个小姐坐了同一趟车，又偏偏遇上打劫。他江河当了十年警察，遇上打劫怎么能不出手？

孟建荣：所以说，人算不如天算，如果那个小姐不出面为江河作证，江河就是豆腐掉进煤堆里，想洗白就没那么容易了！

楼下，《渔舟唱晚》的曲子已经弹完，换了一曲《高山流水》，旋律由平缓转向了激越。有服务员轻轻敲门：先生，要点心吗？有银耳莲子羹、红豆桂圆汤。

26　廖汉中办公室　春　上午　内

正在饮水机旁开水沏茶的廖汉中一回头，看见推门而入的沈奕巍。

廖汉中：你是什么人，怎么推门就进？

沈奕巍：不速之客，特来救廖总于水火，想来不该吃闭门羹吧！

廖汉中：年轻人，话说得太大了吧？报个家门。

沈奕巍：东江港沈奕巍。

廖汉中：东江港？也太没规矩了，有预约吗？我不是卖白菜的，谁想见就见；我也是一矿之长，手下有上万个兄弟！

沈奕巍：是啊，在采煤行业谁不知道琊山矿，廖矿长自然名声赫赫。

廖汉中：知道就好。老子有什么危难，要你这小毛崽子来搭救？给你两分钟，有话说，没话走！

27　江边茶楼　春　上午　内

孟建荣：走，走，走！没叫你们，不要来烦我。又转过脸来对秦池说：江河在东江港得罪了那么多人，有动机给他设局的人不止一百个，怎么也怀疑不到您头上。再说，这件事始终是我出面安排的，和您没有任何关系。退一万步，一旦东窗事发，我也会告诉海岩怎么说，那小子只认钱，有钱叫他吃屎都行，不会牵连到您。

秦　池：这我知道，建荣呀，你知道你我为什么成了忘年交？因为你有承担，能设身处地为对方着想，出了事不当缩头乌龟。上次沈奕巍实名举报，纪委调查组找到你，你没有说一句落井下石的话，还为我说了不少好话，事后也不表白，不易呀！

孟建荣：这事您也知道？

秦　池：当然。我在东江官场混了几十年，上上下下总有些关系，如果连这点信息都掌握不了，那做人岂不是太失败了吗？

孟建荣：谢谢秦局长一直栽培我，我孟建荣百无所长，但交朋友，讲究一个义字。

秦　池：所以我引你为同调。

孟建荣：不过，秦局长，茶都喝了三泡了，您倒是说说预算的事怎么办？

秦　池:怎么办?凉拌。秦池用左手的食指和拇指掐了掐太阳穴:如果这次江河被停了职,这事自然有缓冲的余地,你不是说北京的专家都认为拦腰一刀太狠了吗?不过眼下,龙入深潭,猛虎归山,江河风头正劲,这事你就忍了吧!

孟建荣:忍?孟建荣用拳头敲击着茶桌:五千万,不是小数啊!

秦　池:基本的利润不是还可以保住吗?秦池反过来劝起孟建荣,有时候,退却是为了更好的进攻。

28　廖汉中办公室　春　上午　内

沈奕巍掏出信:廖矿长看了这封信,再下逐客令不迟!

廖汉中很不屑地接过信,撕开看了几眼,神色大变。他把信整整齐齐叠好放进西服兜里,搓搓双手,站起身:江局长太客气了,我廖某遵命就是,小兄弟,咱们何时起身?

沈奕巍见廖汉中直人快语,就开了一个玩笑:大老远来了,廖矿长也不款待一杯水酒?

廖汉中如梦方醒,拍拍脑门:那是必须的!

29　卢茜办公室　春　上午　内

电话铃响,卢茜拿起听筒:喂,江局长,有事吗?

江　河:今天晚上我在煤码头宴请廖汉中,请你过来作陪。

卢　茜:您说什么?宴请廖汉中?他不是沉石立誓了吗?怎么可能?

江　河:我说他能来,他就能来,你信不信?

卢　茜:信,信,不过,你们两位老总会晤,我去凑什么热闹?

江　河:哎,我可不是让你来一饱口福的,你参与了煤码头服务质量标准的制定,对煤码头情况熟悉,我是让你给沈奕巍敲敲边鼓。

卢　茜:噢,我明白了,行,吃完午饭我就过江。

30　小饭厅　春　中午　内

饭菜很简单,四菜一汤,桌上摆着几瓶啤酒。只有廖汉中和沈奕巍两个人相对而坐。

廖汉中:哎,刚才你说你叫什么?

沈奕巍:沈奕巍。

廖汉中:这个名字有些耳熟…… 哎,你们东江港煤码头新上来的那个总经理,好像也姓沈吧?

沈奕巍:正是在下。

廖汉中有些吃惊:你就是煤码头的新掌门?

沈奕巍:假了包换,绝非赝品。

廖汉中:这么年轻?真是英雄出于少年。

沈奕巍:廖总过赏,不过是小毛崽子嘛。

廖汉中起身:哈哈,小老弟,还记仇呢,多有冒犯,我敬你一杯。

沈奕巍:谢谢廖总,我先干为敬。

廖汉中:哎,小老弟,有个事我向你求证一下。

沈奕巍:您讲。

廖汉中:各矿山都传,说你们替一家矿山从上海一家倒闭的工厂要回了一笔售煤款,有几千万之巨,可有此事?

沈奕巍:绝非传言。四千八百万!

廖汉中:乖乖!我还以为是谣传呢,还真有这么档子事!

沈奕巍:我们的商务科长,一个五十多岁的胖老头,在欠债的公司蹲了整整十天。回来一称,体重都减了十斤!

廖汉中:十斤肉换回四千八百万,这买卖划算!

沈奕巍:没想到此事也传到廖总耳朵里了。

廖汉中:何止是传到我耳朵里了,矿山的兄弟无人不晓。真是不敢想象呀!以前在东江港走煤缺斤短两是常事,如今居然替客户讨回了这么一笔巨款。

沈奕巍:江局长要求我们为客户提供最好的服务,这也是题中应有之义。

廖汉中:我还要再敬小老弟一杯…… 不,你坐着,这回我先干为敬!

31 江上客轮 春 下午 外

卢茜穿着风衣站在甲板上。

手机响,她掏出手机:希娅,有事吗?

刘希娅(OS):卢茜姐,你不在办公室,在哪儿呢?

卢 茜:我在轮渡上呢!

刘希娅(OS):你过江啦?

卢 茜:是啊,今天晚上江局长在煤码头宴请廖矿长,让我去作陪。

刘希娅(OS):是吗? 那好。说着挂断了电话。

卢 茜:喂,喂喂! 确认对方已经挂断了手机,自语道:这个小姑奶奶,又演的是哪一出?

32 煤码头 春 傍晚 外

一辆奥迪轿车进入煤码头,江河迎上前,伸出手:老廖啊,把你从琊山请来,不是我江河摆谱,这其中另有隐情,待会儿咱们饭桌上聊。

廖汉中握住江河的手:江局长啊,不好意思,让你在琊山受委屈了,特来赔罪。

江河使劲摇摇他的手:一切尽在不言中。又冲沈奕巍说,现在离吃晚饭还有一小时,奕巍呀,好不容易把廖矿长请来,你不领着廖矿长在煤码头转一转,指导指导你的工作?

沈奕巍心领神会:那是自然,当然不会放过这么好的机会。

廖汉中指指沈奕巍对江河说:这位小兄弟是个人才,你江局长好眼力啊! 说完,重又上车,直奔堆场而去。

33 堆场 春 傍晚 外

沈奕巍领廖汉中参观堆场,一堆堆煤全被隔板隔开,每堆煤都有一个小牌,上面写着货主、数量、进场日期。

沈奕巍领着廖汉中参观码头,机器轰鸣,传送带源源向船上送煤。有工人们拿着刷子、小铲在清扫散落在犄角旮旯的煤末煤渣,然后送回传送带。

沈奕巍领着廖汉中参观生产指挥中心。一台台电脑、一个个荧光屏,操作员在认真操作,次序井然,现代高效。

沈奕巍不时给廖汉中讲解,廖汉中不时向职工询问。

34 食堂操作间 春 晚 内

大师傅在煎炒烹炸,见江河走进来,停下手里的活:局长好!

江河一挥手:你们忙,辛苦了,各位。

卢茜和食堂管理员跟在江河身旁,管理员指着案头的食材说:江鲜、河鳗都预备了,还有鸡、鸭、鲜笋、豆腐……

江 河:这顿饭是什么标准?

食堂管理员:一人二百标准,酒水另算。

江河从兜里掏出钱包,点出八张百元大钞:按公务接待标准,一人五十元。差额的一百五由我补足,这是八百元,多出的二百是酒水钱。

食堂管理员:这怎么使得,您是为了煤码头开展业务,怎么能让您自已掏腰包?

江 河:公款接待标准是我立下的,怎么能带头破坏? 再说,这顿宴请是公私兼顾,我出一些也是应该的。

食堂管理员:这钱我不能收,收了,沈总会批评我。

江　河:你不收这钱,沈总倒会批评你,不信,咱俩打个赌?

卢　茜:就照局长的意思办!

食堂管理员:合适吗?

卢　茜:合适!

35　食堂小包间　春　晚　内

晚餐安排在煤码头食堂的单间里。单间不大,十米见方,装修得简朴而有特点,墙面、饭桌、地板一水的红松,加上房顶的橘黄色吊灯,竟有些返璞归真的感觉。

江河、沈奕巍、廖汉中和卢茜分坐一张方桌的四周。

四人落座,江河举杯站起:第一杯酒我敬各位,琊山煤矿我被人设局陷害,是在坐的各位出手相助,才使我洗去冤屈。有一句话这样说,在你显赫的时候,朋友认识了你;在你落难的时候,你认识了朋友! 今天,我满饮此杯,谢谢各位让我感受到了人间真情!

说罢双手举杯,一饮而尽。

江河坐下,廖汉中站起:江局长在琊山受了枉屈,他反过来谢我,倒叫老廖我不知说些什么好了。使出如此下三烂手段的人太他娘下作,事后查出幕后推手,如果牵扯到我琊山矿的人,老廖我定斩不赦! 这杯酒,我也一口干了,算是为江局长压惊!

说完也一仰脖,酒杯见了底。

沈奕巍和廖汉中已很熟络,就先端起了酒杯:我们江局长和廖矿长一个人中吕布,一个马中赤兔,均是有大抱负的人,东江港和琊山矿如果能精诚合作,强强联手,必定会比翼齐飞,共进双赢!

卢茜也站起身,举着酒杯附和道:沈总说得对,为了给客户提供最优质的服务,煤码头已经制定了从煤矿、铁路、港口到用户的一整套质量全程服务体系,对每一个环节都有严格的质量服务标准。以煤炭中转为例,在铁路运输过程中我们就要了解到是落地煤转车还是矿上煤直发,是哪家的煤,来自哪座矿山,质量指标是多少,车厢号码是多少,几点几分出站,几点几分进港,并据此安排卸载、堆放和装船。

廖汉中举着酒杯笑呵呵地说:这丫头的话我信! 上次离开东江港距今不过半年,刚才这位小老弟领我在码头上转了一圈儿,简直是今非昔比呀! 恕我老廖眼拙,我还以为是进了哪个现代工业园区呢,哪里像煤码头? 乖乖,一个工人一把小刷子,一个小铲子,这不是扫犄角旮旯的煤粉呢,分明是扫黄金嘛! 江局长说你们可以做到中转零损耗,我还以为他是吹牛皮说大话,现场一看,老廖我只有一个字:服!

江河笑了:能够得到廖矿长的首肯,奕巍这几个月的心血没有白费!

廖汉中拍拍沈奕巍的肩膀:这小兄弟,是员干将!

沈奕巍不好意思地摆摆手:两位老板不要拿属下开心了,我这杯酒已经举了半天,我提议,让咱们一起为东江港和琊山矿美好的明天干杯!

江河和廖汉中也斟满了酒,一齐起身说:干!

四杯相碰时,卢茜的手机响了。她喝干杯中酒,拿出手机摁下接听键,是刘希娅,电话中的刘希娅高声大嗓:卢茜呀,你现在在哪儿?

卢茜走到一边,捂着手机小声说,小姑奶奶,你有什么事?

刘希娅快人快语,我一路紧追你也到江北了!

卢茜颇觉意外:你也到江北了?

刘希娅语气急迫:对,有要事今晚必须见你!

36　轮渡　春　晚　舱内

晚班的渡轮上乘客不多,刘希娅和卢茜一个角落并排坐着。被夜色浸泅的长江,像一条乌龙在脚下翻滚;点点灯火在江面上闪烁,那是乌龙诡秘的眼睛。

刘希娅:早知道你还要回江北,我还不如在港务局等呢!

卢茜和她开玩笑:谁让你情报不准!

刘希娅:上次错怪了江河,找机会我要向他道歉,以后我得重点拍你马屁了,这么重要的宴请,江局长叫你作陪,可见对你的信任了。

卢　茜:哪里话,我参加了煤码头服务标准的制定,局长让我作陪,无非是叫我去敲敲边鼓,没有你说的那么高调。

刘希娅一把搂住卢茜的肩膀:反正你是江河的心腹干将,在东江港是有话语权的,我的事你必须帮我拿主意。

卢茜这才想起刘希娅在电话中的急切,就问:书归正传吧,你也别甜言蜜语了,你追过江来找我到底有什么了不得的事?

刘希娅双手按住卢茜的肩膀:当然了不得了!昨天下午我去市歌舞团了。

卢　茜:哦,对了,你明年该毕业了,到市歌舞团是联系毕业后的去向吧?

刘希娅:市歌舞团通知我去的,想和我签工作合同,毕业后就到他们那里去。

卢茜拿下刘希娅的双手:这是好事呀,现在大学生毕业国家也不包分配了,自己能联系到一个满意的工作单位最好不过了。

刘希娅:我没跟他们签,我说考虑考虑,我还有点犹豫。

卢茜恍然大悟:我明白了,以你的实力,去省歌舞团或者北京那些大歌舞团也并非不可能,不去市歌舞团也好,你是不是让我帮你参谋参谋去哪儿?

刘希娅点点头:对,就是让你帮我参谋参谋去哪儿。不过,我根本没考虑过去省歌或者北京,真的,我从来没想过离开东江市。

卢茜不解:那你有什么想法?你想留校当老师吗?

刘希娅:也不想。你知道吗,陶然匆匆忙忙从丽江回来,就是想阻止我去市歌舞团,他想让我去丽江发展。

提到陶然,卢茜脸上的表情也沉重起来:陶然已经不在了,你总不能一个人去丽江吧?

刘希娅重重吁了口气:唉,我要早答应陶然去丽江就好了。陶然这个人呀,哪都好,就是和孟建荣合不来,一见面就掐得乌眼鸡似的。他为了阻止我去市歌舞团,把命都搭上了。我现在就是想去市歌舞团,也克服不了这个心理障碍,要不然市歌舞团还真是我的第一选择。

卢　茜:那你现在打算怎么办?难道还真想一个人去丽江?

刘希娅:我也没主意了,所以才来找你商量。卢茜你说我到你们东江港工作好不好?

卢　茜:你?到我们东江港!希娅,你是认真的,还是开玩笑?

37　煤码头　春　晚　外

江河、沈奕巍和廖汉中三个人在港区漫步。走到一个岔路口,江河对沈奕巍说:奕巍,我送廖总回宾馆,你有事先去忙吧!

沈奕巍知道江河要单独和廖汉中待一会儿,冲廖汉中一抱拳:廖矿长,江局长送你回宾馆,在东江港这是最高规格了,我就先行告退了。

廖汉中一招手:小兄弟,忙你的去。哪天江局长不用你了,到我的琊山矿去,给你个副总做做!

江河一笑:老廖,当面挖我墙脚,不厚道啊!

三人哈哈一笑。

38　轮渡　春　晚　舱内

刘希娅抿着嘴微微一笑:你别这么看着我好不好?我在学校资料室查了,很多港口都有自己的文艺团体。

卢　茜:我们东江港没有。

刘希娅:所以我才来找你商量嘛。你和江局长探讨一下,有没有组建一个港口艺术团的可能?

卢茜给刘希娅泼了一瓢冷水:按照港口现在的经营状况,绝对没有,生产资金都不充裕,哪有闲钱搞那些吹拉弹唱的活动?

刘希娅:我又没说现在搞,我毕业还有大半年呐,要搞也是明年了。你们江局长不是豪情万丈地表示,一年之内就让港口旧貌换新颜吗?

卢　茜:什么时候我们局长说过一年彻底改变港口面貌啊?

刘希娅:这不重要。反正按现在的势头,用不了多久你们港口就该富得满地流油了。未雨绸缪,也该拿出点钱搞搞企业文化建设了。你去和他说说吧,江河肯定支持,他原来就是专业文艺工作者嘛。

卢茜一怔:我们江局长原来是专业文艺工作者?

刘希娅连忙叮嘱:呦,嘴快了。你要保密啊卢茜,江局长不让我乱说,这是他的隐私,我可就只告诉了你一个人。

卢茜有些妒忌:江局长把他的隐私都对你说了?嘿嘿!那你干吗不直接和他去说,还要拐一道弯通过我?

刘希娅:你说话比我分量重啊!也不能说是隐私吧,是他的秘密。他长笛吹得那么好,一听就是专业水平,其实他也是瞎保密,可能是他不愿意提过去那段历史吧,甭管他了。

卢　茜:希娅,我看你还是找个机会和江局长当面聊聊,听听他的意见。一年后港口到底是个什么状况,我也说不好,咱们水平低,没那么高瞻远瞩。关键是煤码头,只要煤码头能完成中转五百万吨煤炭的任务,整个港口就盘活了,江局长要是支持你的想法,说不定真能把港口艺术团搞起来。

刘希娅:是吗,那太好了。

卢　茜:不过,我总觉得你到港口来是大材小用,毕竟受了那么多年专业教育,我劝你还是慎重考虑考虑。

刘希娅:我已经考虑成熟了,卢茜姐,你听我说啊……

39　宾馆客房　春　晚　内

江河和廖汉中走进客房在沙发上坐下。

廖汉中递了一支烟给江河,又打火帮他点燃:江局长说的"另有隐情",我知道指的谁。不过,谁身上还能没几只跳蚤,江局长不必多虑,琊山的天翻不了。

江　河:廖矿长能控制住大局,我心里也就踏实了。

廖汉中:江局长在我那里蒙受了不白之冤,是我不察,这次就是沈奕巍不来请我,我也要想找个时间过来,给江局长赔个不是。

江　河:老廖,你要这么说可就生分了,省纪委到你那里去调查,要不是你说了公道话,我麻烦可就大啦!

廖汉中:我老廖不是那种知恩不报的人,上次到东江来奔丧,程省长要撤我的职,后来我知道了是你为我说的情;你在我那里蒙冤,我不为你说句公道话,那还是人吗?

江　河:是程省长告诉你的?

廖汉中:是啊,程省长好一顿把我数落。

江　河:这次我到省里申诉,程省长对我说,上次你保了廖汉中,这次廖汉中保了你,你们两个算是扯平了,谁也不欠谁的人情。他希望咱们两家坐下来好好谈,谈出一个互利双赢的结果。

廖汉中:和你江局长合作,我老廖是有诚意的。老江,看来你对琊山煤矿了解得很清楚。

江　河:我们要和廖矿长交朋友,对煤矿发生的事情当然不能充耳不闻,但也谈不上了解得很清楚,只能说略知一二吧。

廖汉中:不止略知一二吧?江局长还是信不过我。

江　河:廖矿长多虑了,我江河当了十年警察,虽然不能说是练就了一副火眼金睛,但善恶忠奸,还是能判断个八九不离十的。

廖汉中试探:我廖某人也十分愿意交江局长这样一个朋友,不过,外面的传言也未必可信,不知江局长都听到了什么?

江　河:老廖,琊山煤矿今年头九个月的煤产量,比去年同期增长了百分之十五,利润却大幅度下降,这里面肯定是出了大纰漏吧?

廖汉中:有几笔售煤款暂时没有追回来,挂在应收项目上,账面上是难看了些。不过话说回来,现在的企业有几个没有债权债务的?别人欠的债,也就是你这个企业的利润,这也算不上什么了不起的事。

江　河:这几笔欠款,和嫂夫人不无干系吧?

廖汉中:你这是什么意思?

江　河:嫂夫人是矿上的总会计师,上亿售煤款下落不明,廖矿长你怎么能够撇清干系?

廖汉中站起来,变颜变色:江局长叫我来,莫非是要彻查琊山煤矿的账,挖出个鲸吞国家资产的贪腐集团来?

江　河:老廖,你反映过激了吧?

廖汉中起身拿衣服:江局长,老廖说句倚老卖老的话,我咸盐比你也多吃了几年,犯不上几百里跑来听你上课。告辞!

江河起身一伸手:廖矿长误会了,我是真心诚意和廖矿长交朋友。

廖汉中:朋友有你这么个交法吗?

江　河:如果我江河认为你有可能损公肥私,早一纸诉状告到纪委了。我知道,你老廖必被蒙在了鼓里。

廖汉中放下衣服:你真这么看?

江　河:当然,所以我才约你到东江来。不过这笔款追不回来,廖矿长的清白就难以自证。现在无妨把话说开了,廖矿长今后追账的时候,若有需要我帮忙的地方,我好竭尽全力,毕竟我也当过几年公安局长。

廖汉中:江局长既然把话说到这份儿上了,我也不隐瞒了。这几笔售煤款确实和秋萍有关,数额都很大,我怀疑她另有账号,可她已尸沉大江,我现在查都没地方查,就是查到了,这笔钱会不会已经转移走了也不好说,这可真他妈是要了我老廖的命!

江　河:事情总会有蛛丝马迹。

廖汉中:你要真能把这笔钱帮琊山矿追回来,可真就是救了我老廖一命!

40　轮渡　春　晚　舱内

刘希娅:我非常看好江河。他绝对有能力带领东江港走出低谷。

卢　茜:你怎么那么有把握?

刘希娅:你听我说啊,这第一,东江港是一类对外开放码头,肩负着……肩负着拉动内陆经济发展,实行中西部开发战略的重任,未来嘛,发展前景更是不可限量。

卢　茜:呵,这一套一套的,那第二呢?

刘希娅:通过我和江河的接触,发现他极有成熟男人的魅力。他的魅力在改革开放的大潮中如果发扬光大,就有可能成为一个企业的文化内核。

卢　茜:呀,文化内核?希娅,上升到文化的高度啦!

刘希娅:当然。这个文化内核就是百折不挠、永不放弃的进取精神,开拓创新、攻坚克难的拼搏意识。用你们自己的话说,就是超前性思维,超常规发展。

卢　茜:希娅,士别三日,真是要刮目相看了。还有第三吗?

刘希娅:第三是我心中的小秘密,我只对你说啊!

卢　茜:承蒙信任,不胜荣幸。

刘希娅:说正经的呢,严肃点。我呀,其实早就考虑好了,一旦放弃东江市歌舞团,东江港就是我的首选。如果我能成为东江港艺术团的创始人,就不是艺术团一般的演奏员了,我有能力带领港口艺术团和市歌舞团一拼,也有能力在整个长江航运系统的文艺汇演中力压群雄,东江港的发展空间可比到市歌舞团做个普普通通的小提琴演奏员大多了。

卢　茜:这算不上秘密。

刘希娅附在卢茜耳朵上,小声说:还有,我愿意和江河在一起工作!

卢　茜:你说什么,你别吓着我!

第11集

1　宾馆客房　春　晚　内

江　河:老廖,你放心,这件事我肯定帮你。

廖汉中:真的?

江　河:江河对朋友从来不会虚与委蛇。

廖汉中紧紧握了握江河的手:老江,我信你。

江　河:哎,你好好回忆一下,方秋萍近几年有没有结交什么喜欢文物、古董和宝石的朋友?

廖汉中满脸疑惑:老江,你问这个是什么意思,我印象里她没有这方面朋友。

江河又追问了一句:没有吗?你再想想。

廖汉中:没有。你怀疑秋萍拿那笔钱倒腾文物去了?

江　河:不排除有这种可能。如果方总真的染指过文物生意,很可能是受了别人的强烈影响,因为她不具备文物方面的知识。

廖汉中突然一拍大腿:明代硬木家具算不算文物?

江河搔搔头:明代硬木家具?算不算文物我说不好,不过,这东西现在很值钱,精品级的我想应该算文物吧。老廖,方秋萍对明代硬木家具感兴趣吗?

廖汉中:你不是让我回忆一下她近几年有没有结交喜欢文物的朋友吗,她倒是认识一个对明代硬木家具感兴趣的人。

江　河:是吗,这是一条很有价值的线索。能找到这个人吗?

廖汉中:这个人好找,就是你们秦局长的侄子,秦海涛。

江　河:秦海涛?

2　轮渡　春　晚　舱内

刘希娅转移话题:你觉得秦海涛怎么样?

卢　茜:你怎么突然问起他了,你认识他?

刘希娅:我不认识,听孟建荣说这人对你挺有好感的。有一次和孟建荣喝酒,这个姓秦的情种酒后吐真言,说你是他心中的女神。说到动情处,还掉了几颗眼泪,你说好玩不好玩?

卢　茜:至于吗,就是一般的朋友。

刘希娅:对了,你还是别移情别恋了。

卢　茜:说什么呢你?

刘希娅:不是煤码头的沈奕巍在追你吗?这个人名头很响,还是个才子,和你倒是绝配。

卢　茜:不理你了,越说越不靠谱。

刘希娅:反正我已经深思熟虑了,如果放弃市歌舞团,港务局就是我的首选。刘希娅把卢茜搂得更紧了:现在我可就指望你了,你拿小鞭子督着沈奕巍,让他无论如何也要完成五百万吨。

卢茜笑了:我拿小鞭子督促着他?他在江北,我鞭长莫及。

刘希娅靠近她,眼睛里放着光:卢茜,咱俩说句悄悄话,我觉得沈奕巍挺在乎你的,他这个人其实蛮不错的,你心里到底怎么想的?

卢茜叹了口气:他这个人是蛮不错的,有才华、人又正直。江局长也很器重他,将来肯定是东江港的栋梁之材,不过……

刘希娅:不过什么?

卢　茜:可能是太熟悉了吧,不来电,没有往那方面想过。

刘希娅也一声叹息:呦,真的呀? 我和孟建荣也是这种情况,在我眼里他充其量就是一个大哥哥,从没有过别的感觉,他还痛苦得不得了,可是你说,感情上的事能勉强吗?

卢茜推开刘希娅:行了,咱俩别在这惺惺相惜了。

刘希娅苦笑道:咱俩这叫惺惺相惜吗,同病相怜还差不多。

卢茜幽幽地说:唉,人生这个谜,几人能猜对,爱情这杯酒,谁喝都得醉。

3　宾馆客房　春　晚　内

廖汉中:没错,你认识他?

江　河:这个人我知道,不过没见过面。老廖,你是怎么知道他对明代硬木家具感兴趣的?

廖汉中:我也是听秋萍说。有一次闲扯,秋萍说秦海涛建议她到农村搜集些明代硬木家具,还说不是明代的也没关系,只要是有点年头的硬木家具就行,那东西能升值,过几年就身价百倍。当时我也没往心里去,秋萍也只说过这么一次,以后再没提过。

江河沉思片刻,转移了一个话题:老廖,嫂夫人的事咱们先放放。前些天,沈奕巍带队到沿江电厂走了一圈,准备给你老廖做一次销售科长的角色,你想过没有,沿江那些烧进口煤的电厂,如果以后都改用你琊山的煤,你们煤矿效益可以提高多少?

廖汉中一听,两眼放光:这当然是天大的好事,我一直就有这个想法,和东江发电厂合作就是想在这方面有所突破。不过难度很大,秋萍和我说过,烧我们琊山的煤,发电厂设备要改造,据说费用很高,两相抵消,那些烧进口煤的发电厂兴趣就不大了。

江河摇了摇头:老廖,看来你对嫂夫人还是过于信任了,我问过薛东方,你三号井出的煤,质量完全不低于进口煤,电厂根本用不着进行任何设备改造就可以使用。

廖汉中像当头挨了一棒,怔怔地,许久没说出话来,他沉默了半晌才长长叹了口气:老江,让你看笑话了。

江　河:廖矿长,过去的事就不要多想了,大不了从头再来。现在,我们商务处最得利的工作人员都派驻到沿江几个大电厂去了,目的就一个,用琊山煤矿的优质煤取代进口煤,价格上肯定叫你满意,下一步就看你能不能保证供煤了?

廖汉中深受震动:江局长,我是个挖煤的出身,客套话我就不说了。我看出来了,你是个能为朋友两肋插刀的人,我老廖也决不含糊,我给你打个保票,只要价格公道,沿江发电厂要多少煤,琊山煤矿就供多少煤!

江河一把握住廖汉中的手:好! 老廖,我也给你打个保票,我们东江港保证按质按量把琊山煤矿的煤运到发电厂去。

廖汉中点头说:有你江局长在东江港操盘,你不打这个保票,我也放心。

江　河:谢谢廖矿长信任。

廖汉中也紧紧握住江河的手:多余的话我就不说了,一切尽在不言中!

江　河:一切尽在不言中。老廖,明天一早我要赶到省里,奕巍送你。

廖汉中:到省里?

江　河:是啊,我答应帮你老廖追回一个多亿的售煤款,肯定言出行随。

廖汉中握住江河的手,使劲晃了晃。

4　宋处长办公室　春　晨　内

江河推门进屋,宋处长迎上去:老江,还有劳你跑一趟,辛苦,辛苦了。

江　河:有些情况电话里不方便说。

宋处长:是呀,你是老公安了,防范意识常备不懈。

江河坐下:老宋,昨天我和廖汉中接触了一下。

宋处长:噢,有什么收获?

江　河:方秋萍为什么诈死？诈死后的阴谋是什么？这些还不得而知。现在唯一可以把握的线索就是方秋萍侵吞的那上亿元售煤款。昨天和老廖谈了一个晚上,更加坚信了我的一个直觉。

宋处长:什么直觉?

江　河:秦海涛很可能知道那上亿售煤款的下落。

宋处长:有依据吗?

江　河:有。

宋处长:说来听听。

5　临江茶楼　春　上午　内

秦池推门走进包间。

早已等候的孟建荣起身迎接。

秦池坐在藤椅上:建荣,你急着见我,有什么事情?

孟建荣也坐回椅子上:秦局长,当着真人我也不说瞎话,集装箱码头预算被江河砍去一刀,虽然狠了点,我还可以承受。关键是,他找来的工程监理太操蛋了,不但在材料上我做不了一点手脚,工程质量也掺不了一点水分。那几个老东西跟狗皮膏药一样,一天到晚贴在工地上,这些日子,我光返工,就白搭了不少材料和工时。

秦　池:唉,人在屋檐下,就先低一下头嘛!

孟建荣:这江河下手太狠,不能让江河在东江港坐稳了江山。

秦　池:只要煤码头完成不了五百万吨中转量,一切都是浮云。

孟建荣:找您就是为这事,听说江河让沈奕巍把廖汉中请到煤码头,参观了厂区,还一起喝了顿大酒。

秦　池:不可能！江河刚从琊山灰头土脸回来,两家的宿怨未解,又添新仇,廖汉中怎么会来煤码头？还喝大酒,不可能!

孟建荣:千真万确,不信您问问赵达夫。如果廖汉中和江河联手了,那可就全玩完了!

秦　池:不可能,绝不可能！…… 我问问赵达夫。

6　宋处长办公室　春　上午　内

江　河:秦海涛和方秋萍长期以来关系一直很暧昧,两个人的利益也有很多的交集。秦海涛曾经在国有银行任过高管,对资金运用很是熟悉,方秋萍要想把一个多亿的售煤款转移得不留痕迹,肯定要有懂行的人介入。从目前方秋萍的人际关系网络看,只能是秦海涛。

宋处长:有道理。不过还仅限于推测,证据呢?

江　河:是推测。前不久我曾经找过一次东江市文物局局长老梁。老梁说,云南—— 就是古滇国,是文物走私的一个重要集散地,散落着大量国家珍贵文物。从方秋萍诈死后现身丽江,又卷走一个多亿售煤款下落不明,我判断很可能她是走上了文物走私这条路,而对她施加了重要影响的这个人,也应该是秦海涛!

宋处长:你这么肯定?

江　河:来的路上我给文物局梁局长打了电话,他说明代硬木家具属于文物,珍品更是价值不菲。而老廖证实,秦海涛确实提议方秋萍收集明代硬木家具。

宋处长:那你准备怎么做?

江　河:盯紧秦海涛,由此找到整个案件的突破口。

宋处长:好,老江,我赞成你的工作思路。只是现在还不要打草惊蛇,因为缺乏证据。最好先从外围入手。

江　河:我明白。

7　赵达夫办公室　春　上午　内

赵达夫:什么？老廖到东江港了？我说这两天怎么没见人影呢!

秦　池（OS）：达夫，千万不要让老廖上了江河的当，他要是和江河重归于好，咱们的日子就没法过了。

赵达夫：沿江这么多煤码头，干吗非从东江港的煤码头走？方秋萍的尸首也没捞到，我看他的脑袋是叫驴踢了。

秦　池（OS）：达夫，现在不可意气用事，你要拦住老廖，他向东江港只要发了一车煤，有了初一就有了十五，以后再拦就难了！

赵达夫：这我明白。老秦，你放心，我马上去找他！

8　廖汉中办公室　春　上午　内

赵达夫破门而入：老大，老大！

廖汉中：我正想找你呢！

赵达夫：找我？

廖汉中：对，找你！商量商量给东江港发煤的事。

赵达夫：看来传言不虚，你真是被江河招安了！

廖汉中：你这是什么话？老子堂堂正正琊山矿矿长，不是土匪草寇，招他娘什么安，扯得上吗？

赵达夫：没被招安，你干吗要从东江港走煤？当初可是你把一块大石头扔进江里，说这块石头不浮起来，就永远不和东江港打交道！

9　临江茶楼　春　上午　内

秦　池：你听到了，赵达夫态度十分强硬。

孟建荣：可他毕竟是二把手，当不了家呀！

秦　池：你只知道其一，不知道其二。在琊山矿，赵达夫也是一尊神，廖汉中就是心里不愿意，表面上也得敬他三分。

孟建荣：那就好，我是怕他廖汉中横竖不吝。

秦　池：这事就不用你我操心了，倒是你，集装箱的工程还有得赚吗？

孟建荣：也就是赚个人气而已。

秦　池：市里的其他几项工程呢？

孟建荣：要是没有那几项工程撑着，我人吃马喂这么大的开销，早就趴了架！大佬在那几项工程上还是很关照我。

秦　池：那就好。堤内损失堤外补吧。建荣，凡事把眼光放长远些。

孟建荣：这我懂，我就是心里搓火，和您发发牢骚。

秦　池：和我发牢骚可以，但在公开场合要学会忍耐。所谓咬人的狗不叫唤嘛！什么时候你能把打碎的牙咽进肚子里，表面上还笑呵呵的，你就成气候了。

10　廖汉中办公室　春　下午　内

廖汉中：此一时彼一时嘛！

赵达夫：什么此一时彼一时，我看你就是让江河灌迷糊了。

廖汉中：你这样说我可不爱听！企业追求什么？效益，不说别的费用，单凭煤炭中转量零损耗这一条，哪个港口能做到？

赵达夫：你信吗？那是他娘的吹牛。

廖汉中：我亲自到堆场、码头考察了，绝不是忽悠。你知道吗？所有货主的煤，人家都用大苫布给苫上了，风吹、下雨，一点损耗也没有。工人们随身带有刷子小铲，一点煤星人家也归拢起来物归原主，不是亲眼所见，我也不信。

赵达夫：去了一天，就让江河洗脑了！

廖汉中：谁也洗不了我的脑子，我的眼睛是看路的，不是出气儿的。

赵达夫：反正我不同意从东江港走煤，方总尸骨未寒……

廖汉中：你还别跟我提这一出了，我他娘的心寒。一个总会计师，一个总调度，在我的眼皮子底下…… 你们对得起我吗？

赵达夫：老大，您这是什么意思？

廖汉中：你敢拍着胸脯说流失售煤款这事和你没关系吗？…… 好了，你也别在我跟前演戏，告诉你一句话，这煤我从东江港走定了！

11　江河办公室　春　晨　内

江河坐在办公室桌后，卢茜坐在沙发上。

江　河：卢茜呀，我问你话你怎么不回答？没听见吗？

卢　茜：局长，我印象中您现在已经不是公安局长了，怎么您的问话方式总叫我感觉是在提审犯人呀！拜托您，转换一下思维模式，好吗？

江　河：你这是什么意思？

卢　茜：我不喜欢，或者说不适应您的这种问话方式。秦海涛和方秋萍是什么关系我怎么知道？我和秦海涛是不是有情感沟通，这是您应该问的问题吗？莫名其妙。

江　河：噢，对不起，卢茜。我的意思是，秦海涛有可能知道琊山煤矿巨额售煤款的去向，我们能帮助老廖找到这笔钱的下落，不是既避免了国家的重大损失，又有利于我们和琊山矿的进一步合作嘛！

卢　茜：江局长，我觉得您这样做不厚道。

江　河：怎么不厚道？

卢　茜：明摆着，咱们东江港所以能把廖汉中请到东江港来，是因为掌握了秦海涛提供的琊山矿核心机密吧？

江　河：可以这样说。

卢　茜：那两家刚重修旧好，我们就暗中对秦海涛进行调查，这难道不是典型的过河拆桥吗？

江　河：卢茜，你是这样认识问题的？

卢　茜：对，有什么不对吗？

12　沈奕巍办公室　春　晨　内

桌上电话铃响，沈奕巍抓起听筒。

廖汉中（OS）：小兄弟，告诉你一个好消息。

沈奕巍：廖总，什么好消息，值得您一大早就打电话？

廖汉中（OS）：我本来想半夜就打电话呢，怕惊扰了你的好梦。告诉你，矿务会决定了，开始从你们码头走煤。

沈奕巍：真的，那我就代表江局长和煤码头一千二百名员工，谢谢廖总了。

廖汉中（OS）：你也别谢我，如果你们煤码头还是以前那副屌样，我不可能从你们那里走一吨煤。俗话说，求神不如求己，要谢就谢你自己吧！

沈奕巍：谢谢廖总鼓励。您放心，我们一定严格按照服务标准，向客户提供最优质的服务，保证您满意！

廖汉中（OS）：有你在那儿，我当然放心了。可惜你这小老弟被江局长收到了麾下，让我老廖眼馋啊！

沈奕巍：您这是抬举我，鼓励我。您这么一说，我更不敢懈怠了。

廖汉中（OS）：闲言少叙。第一批煤 20 万吨后天发货！

沈奕巍：20 万吨？哎呀！太好了，我马上准备。

廖汉中（OS）：我就不给你们江局长打电话了，这个面子卖给你小老弟。

13　江河办公室　春　上午　内

江　河：卢茜，我是这样想的，我们认识问题和处理问题的出发点与归宿点，都要以国家利益和人民利益为重。只要是有利于国家的发展和人民的福祉,就应该不受一个人情感的影响。

卢茜欲言又止。

江　河:我知道你想说什么,秦海涛在琊山的问题上帮了我们,他有没有个人利益的考虑呢? 其实不说,你我心里也都明白,你不是两次和我谈过他船队的问题吗?

卢　茜:那又怎么样? 他希望我们完成五百万吨中转量,这样他的船队也有事可做,本来合作就应该双赢!

江　河:对。我们不会忘记他对我们的帮助,所以我同意在公平的基础上给他的船队一部分业务,这是一回事;而追缴上亿售煤款又是另一回事,不可混淆!

卢　茜:你怎么就断定上亿售煤款和他有关系?

江　河:我哪里断定了? 断定了还要你去了解什么情况。

卢　茜:我明白了,要我做些什么,你就直说吧!

江　河:通过你和秦海涛的接触,了解一下他对文物和古董方面的知识。这对方秋萍会产生很大影响,很可能会改变方秋萍的人生走向。

卢　茜:江局长,是不是琊山矿有人营私舞弊,廖汉中他们认为方秋萍和秦海涛合谋动用售煤款走私文物,所以您对秦海涛产生了怀疑?

江　河:卢茜,情况复杂,有些话我还不方便说。今天我和你的谈话内容,也仅仅局限于我们两个人,以免造成不必要的负面影响。好吧?

14　沈奕巍办公室　春　上午　内

沈奕巍给手下几个干部开会。

机械队长:沈头,你真是一员福将,去了一趟琊山矿,就演出了一场让石头浮起来的好戏,一下子发来了 20 万吨煤!

沈奕巍:此言差矣。琊山矿和咱们重修旧好,功不在我。一是江局长授给了我一副锦囊妙计;二是弟兄们练好了内功,家有鲜花,蜜蜂自来嘛;第三,杜科长,我还是要再给你鞠一个躬 ——

商务科长:沈头,请起,请起,一点苦劳,不足挂齿。

沈奕巍:你不知道啊,我到琊山去,廖总向我证实这件事后,双眼嗖嗖放光! 他能首批一下就发来 20 万吨煤,你老兄实在功不可没,我沈奕巍该怎么谢你呢?

商务科长:你真想谢我?

沈奕巍:真想,只是不知道怎么谢。

商务科长:简单啊,你把那个卢姑娘赶紧娶了,让大家喝杯喜酒就算谢我了!

众人哈哈大笑。

沈奕巍:这个建议好,老杜,我记住了。眼下咱们言归正传:各部门,各车间做好迎接 20 万吨煤入港的各种准备,每个环节都必须严格按照服务质量标准,任何细节都不可疏漏。大家记住了吗?

众人一声吼:记住了!

沈奕巍:正好咱们刚培训完的 80 名两劳人员上岗,张队长,你根据他们培训的方向马上安排在各个工序。

机械队长:是。

沈奕巍:杜科长,你组织科室干部搭一个台子,咱们搞一个隆重的仪式,把各电厂、各矿山的人都请来。

商务科长:沈总,还搞这么大动静?

沈奕巍:这是一次很好的树立码头形象的机会,机不可失啊!

机械队长:那,赶紧给江局长报个喜?

沈奕巍:不急。他下午过江,咱们给他一个惊喜。

15　江河办公室　春　上午　内

卢茜站起身:江局长,我可以走了吗?

江　河:别撅着嘴了,拴一头小毛驴都有富余了。

卢　茜:谁撅嘴了,你的话也得容我有一个消化吸收的过程吧!

江　河:消化吸收可以,执行上可不许打折扣。说着,江河从衣兜里掏出一块煤精:老廖这次来东江港,送了我这么一件小礼物,我一个大男人,和这种小玩意儿不搭界,送给你吧!

卢茜接过来,对着阳光举起来,煤精闪着柔和圆润的光泽,看得出,卢茜很是喜欢。

16　秦池办公室　春　上午　内

秦池在接手机:你说什么?你再说一遍?

赵达夫(OS):他娘的,老廖非要在东江港走煤,第一批煤20万吨马上就要发货了!

秦池压低声音:你怎么不拦啊?

赵达夫(OS):拦不住啊,他开了一个矿务会,把我的意见全他娘否决了!

秦池半晌无语。

赵达夫(OS):喂,喂喂,老秦,你在听吗?

秦池有气无力的嗯了一声。

赵达夫(OS):我跟你打个招呼,省得你措手不及。老廖他别犯在我手里,犯在我手里我非捏死他不可!

秦池颓然挂断了手机。

17　楼道　春　上午

卢茜从江河办公室出来手机响,她拿出手机接听,里面传出秦海涛的声音:卢茜,忙吗?

卢　茜:还行,有什么事吗?

秦海涛的声音:中午请你吃饭,请你尝尝我的西餐厨艺,怎么样?

卢　茜:吃饭就免了。

秦海涛有些失望:那,下午到我家喝茶吧。我有上好的冷番普洱和木府吐司,都是茶中上品,绝对不一般。

卢茜犹豫了一下:好吧。

18　煤码头厂区　春　下午

有工人在插彩旗,整理场区卫生。

沈奕巍在指挥工人搭主席台,见到不远处的江河,颠颠跑过来:江局长,您来了。

江　河:奕巍,你这是搞什么名堂?

沈奕巍:报告您一个好消息,不过,您先把脚跟站稳了。

江　河:有那么邪乎吗?

沈奕巍:珊山矿同意向咱们煤码头发煤了,首批20万吨煤,明天进港!

真的!江河高兴地跳起来,抱住沈奕巍原地转了一圈儿。

沈奕巍:局长,我准备搞一个盛大的进港仪式。

江　河:进港仪式?

沈奕巍:对,进港仪式。没有必要的仪式感,生活中一些重要日子就会被错过。古人沐浴焚香,抚琴赏菊,就具有强烈的仪式感,它表达的是对美好的敬畏和对未来的憧憬。20万吨煤进港,这绝对是一个重要的标志性事件,值得为它举办一个庄重的仪式。

江　河:好,我赞成。不过有一个事恐怕要让你出点血。

沈奕巍:您说,什么事?

江　河:奕巍啊,你是二级独立核算的法人单位,按说我不该干预你的工作思路。

沈奕巍打断江河的话:局长,您这话说得可让我承受不起,煤码头能有今天的转机,哪一点不是您呕心沥血的结果,何来干预之说?

江河摆摆手:算了,你不用拣好听的说。告诉你,过江后,我先去了一趟刘黑子家。你也住在贮木场宿舍区，情况用不着我多说。煤码头的经营情况正在发生好转，现在已经有了一点积累，你有那么多职工住在那里，一个取暖，一个供水，这两个问题要立即着手解决，刻不容缓呀，再困难也要想办法解决！

沈奕巍：您说得对。煤码头的生产刚刚有一些起色，许多环节需要往里砸钱，仅第一批重新上岗的两劳人员，工资每月也要几万元，我正为资金捉襟见肘寝食难安呢。

江　河：取暖毕竟一季，吃水可是三百六十五天一天不能少，水质好坏直接关乎人命。贮木场有那么多人身患癌症，不是就因为他们那个水塔里的水水质太差吗？奕巍啊，煤码头不是有自建的自来水厂吗，有没有可能给贮木场供水？

沈奕巍：煤码头的自来水厂满足自身的生产、生活用水已经很困难，根本没有能力向外供水。

江　河：看来只有改造贮木场那个水塔，我想让你出面和贮木场协商一下，一家出一半钱。

沈奕巍起身为江河加水，放下暖瓶后说：局长，东江港效益虽差，好歹还在地平线上，贮木场在哪里？刨地九尺难见天日！现在不要说东江市没有林业资源，全省也没有林业资源，贮木场已经完成了历史使命，除了倒闭，没有其他出路。

江河沉默不语。

沈奕巍坐下掰着手指说：我粗略地计算了一下，改造贮木场那个自来水厂，费用至少几百万，别说让他们出一半钱，就是让他们出一万块钱，也拿不出。

江河面色凝重起来：奕巍，你这不可能那不可能给我说了一堆，这不是你的办事风格。在我印象中，你也不是冷血动物，你不要和我打哑谜了，把你的真实想法说给我听听。

19　秦海涛家　春　下午　内

卢茜进屋坐下，秦海涛兴致勃勃地为她表演茶艺，在冷香普洱里加上木府吐司，沏出一壶香气浓郁、别具风味的茶来。秦海涛用的是一只造型古拙的宜兴紫砂壶，泥质细腻圆润，壶身和壶盖上用堆雕的技法雕出几簇灵动的竹叶，壶嘴和壶把则像是一根老竹自然弯曲而致，古趣天成。

卢　茜：你这把壶不错。

秦海涛：好眼力。告诉你，这把壶的价值不会低于六位数。

卢　茜：个十百千万十万，妈呀，一把壶十万以上！

秦海涛：这还是便宜的呢！

秦海涛给她杯里续上茶水：这茶味道怎么样？冷香普洱加木府吐司，是现在最时髦的喝法，据说这种喝法还是一个台湾艺人发明的。

卢茜好奇地问：是吗，木府吐司是什么，一种香料吗？

秦海涛：不是香料，也是普洱茶的一种，只是香气很独特。

卢茜端起茶杯放在鼻子前闻了闻：你倒蛮会享受的，这套茶具也漂亮，是硬木的吧？

秦海涛来了兴致：不错，花梨木的，你看看这“鬼脸”多漂亮！

卢茜拿起一把精致的茶勺欣赏着：花梨木的，是不是很值钱，我听说现在花梨木的东西都算是古董了？

秦海涛笑起来：也不能这么说，花梨木是很值钱，不过不是什么花梨木的东西都能算作古董。

哦。卢茜试探性问：那明清时代的花梨木家具，算不算古董？

秦海涛点点头：明清时代的当然算。年头在那放着嘛，熬也熬成古董了，如果是精品，那可就不是一般值钱了！

卢茜心念一动：我没什么概念，也没见过那些家具，你家里有吗？

秦海涛带着几分炫耀说：倒也有几件，马马虎虎也算是精品了。

卢　茜：是吗，能让我见识见识吗？

秦海涛站起身说：好啊，东西都在中式客厅里，我带你去看看。

中式客厅和西式客厅完全是两重天地，卢茜是见过世面的姑娘，站在秦海涛这间中式客厅里也不禁目光迷离，这种古色古香有着多宝格和硬木雕花隔断的中式客厅，以及客厅里美轮美奂的硬木家具，她以前只在电影里见过，没想到秦海涛居然把自己的客厅也布置成这样。

秦海涛脸上有种掩饰不住的得意之色:怎么样,还不俗气吧?

卢茜用手抚着一张花梨木圈椅:这是明代家具还是清代家具?

秦海涛微微一笑:你看呢?

卢茜一撇嘴:我哪里分辨得出来?

秦海涛卖弄道:这有什么难分辨的,看看线条就能分辨出个八九不离十,我告诉你,明代家具一般都是圆形线条。

卢茜瞪大眼睛:我看这屋子里的家具都是圆形线条!

秦海涛笑道:你说对了,我这客厅里都是明代家具。

卢茜似有不解:为什么都是明代的,清代的就不算古董了吗?

秦海涛坐在一把圈椅上,也示意卢茜落座,然后珍惜地拍拍圈椅的扶手:谁说清代的不算?当然算,不过我不喜欢清代家具,做工过于繁杂,给人一种堆砌感,喧宾夺主了。

卢茜觉得秦海涛说得不错,赞同说:有道理,还是明代家具的圆形线条好,简单明快,更能突出木质本身的特点,是不是?

秦海涛夸奖了她一句:你悟性不错嘛,一点就透,我看你也能玩古董。

20　煤码头厂区　春　下午

沈奕巍不好意思地一笑:我这也是畅想,我们煤码头完成500万吨年中转量,只能算是突围,要想真正做大,必须建立起现代化的配煤中心,但扩建用地是个大问题……

江河两眼烁烁放光:奕巍,你是在打贮木场的主意?

沈奕巍:局长目光如炬,什么也瞒不过您的眼睛。

江　河:你是不是想把贮木场并购过来彻底改造,搞成我们的配煤中心?

沈奕巍:对。

江　河:你胃口蛮大、野心不小嘛!告诉我,你什么时候有的这个设想?

沈奕巍:那可早了。您当初调我到事故处理小组工作,我要求您屈尊到贮木场面谈,就是想让您对贮木场有一个直观的印象,我总觉得,如果东江港要真正做大做强,贮木场能派上用场。

江　河:原来如此。

沈奕巍:您那次到煤码头提出要搞一个现代化配煤中心,还说东江港要给沿江电厂做“燃料科长”,我这个念头就彻底被激活了。去沿江电厂考察,我也是重点调研电厂配煤这一块,各大电厂配煤能力基本为零,我们若能把一块搞起来,那可就是沿江电厂名副其实的“燃料科长”了。

江河饶有兴趣地听着:技术上我是外行,你再仔细给我讲讲。

沈奕巍拿出笔记本:我这有调研数据,几个电厂用煤数据基本一致,煤炭均占生产成本的百分之四十以上。我这还有个数据,是廖汉中提供的煤炭报价,发热量三千五百大卡的煤四百元一吨,四千五百大卡的煤六百元一吨,五千五百大卡的煤八百元一吨。

江　河:说得通俗点。

沈奕巍:好。我举个简单的例子,比如说在用电淡季时,电厂使用发热量四千大卡左右的煤就可以了,在用电旺季时,电网满负荷运行,就要使用发热量五千五百大卡的煤了。道理虽然很简单,但市场却不是这么回事,用电淡季时,货源只有八百元一吨的煤,电厂也不得不买来用,生产成本凭空增加百分之八十以上;到了用电旺季时,市场上只有四百元一吨的煤,电厂又不能不用,导致电厂发电不足,利润大幅下降,沿江几大电厂都叫苦不迭。

21　秦海涛家　春　下午　内

卢　茜:我没玩古董的天赋,这话你留给别人说去吧!

秦海涛嘿嘿一笑:这是怎么说的?这话除了对你说,我还能对谁说?

卢　茜:不会吧,老实交代,我最讨厌撒谎的男人了。

秦海涛:噢,和方秋萍也念叨过。

卢　茜:方秋萍?

秦海涛:别提她了,她现在已经在另一个世界了。又叹了口气说:我心情不好时,躺在宽大的美式沙发上,晃晃悠悠地就像躺在船上。有时想想人生也不过如此,疲惫时索性闭上眼睛,躺在一条船上随波逐流。

卢茜不以为然:你怎么一下变得这么灰?谁又没说这些东西不好,干吗和美式沙发比,一个是文物,一个是商品,有可比性吗?

秦海涛脸上露出微笑:这么说,你认同这些东西的价值了?

卢茜点头道:当然认同了,我虽然不具备这方面的知识,总还不至于蠢到不知道这些东西的价值吧?

秦海涛拍拍一张花梨木条案说:这方面的知识还不好具备吗?跟着我耳濡目染,用不了几天就熏出来了。

卢茜揶揄他:有那么容易吗?那你是跟着谁熏出来的,不会是师娘吧?

秦海涛一本正经说:大小姐,这个玩笑开不得,我可是跟着我姥爷耳濡目染熏出来的,他老人家要是还活着,得一百多岁了。你说我是跟师娘熏出来的,老人家若是九泉有知,还不气得在棺材里打滚!

卢茜吐吐舌头:对不起,不知者不为罪。她歪着头想了一下,没听秦局长说过呀,你们老秦家还玩古董?

秦海涛笑道:我妈那一枝儿上的,和老秦家有什么关系?老秦家都是土包子,这些东西在我叔叔眼里全是破烂,白给他都嫌占地方,就知道弄几个瓶子罐子什么的摆家里附庸风雅。

卢茜笑着追问了一句:这些东西真的很值钱吗?

秦海涛嗔怪地看了一眼卢茜,用手指着那张花梨条案说:你知道这张条案前几年我收的时候多少钱?不到一万,现在拿去拍卖,一百万都打不住!

画外音:

说者无心,听者有意,卢茜心里忽悠一沉:一百多倍的利,足以让人疯狂了。江河怀疑秦海涛与方秋萍动用售煤款合伙做文物生意,也许不是空穴来风。

卢　茜:你母亲也是大户人家出身吧,要不你姥爷怎么懂古董?

秦海涛:这倒是。我姥爷在北京开过古玩店,那时候叫北平,至少也算家道殷实吧。我小时候是在我姥爷家长大的,我姥爷可是个大玩家,青花、古玉、金石字画、老红木家具,样样精通……

卢　茜:红木家具就是你说的硬木家具吗?

秦海涛:对呀。紫檀、花梨、乌木、酸枝、鸡翅这类硬木家具,统称为红木家具。老红木家具就是明清时代的硬木家具,以紫檀、花梨为贵,十几年前还不难找,现在可是凤毛麟角了。尤其是那些做工细致,榫肩基本上没有松动的精品,近两年身价暴涨,何止百倍千倍,简直就是万倍。

卢　茜:万倍?

秦海涛:并不夸张。

卢　茜:看来你真是行家,我一点都不懂,这方面的知识很难掌握吧,你有没有这方面的书?

秦海涛一笑:书倒是有几本,你感兴趣的话可以拿回去看看,不过也没多大用,要想掌握这方面的知识,主要还是靠实践,没见过大量实物,别想熏出来。

卢茜幽幽说:那算我白说了,我又没有一个开过古玩店的姥爷,这辈子算是熏不出来了。

秦海涛半开玩笑半认真说:别那么悲观嘛,我可是得了我姥爷的真传,你跟着我一样能熏出来。

卢茜脸微微一红:凭什么你得了你姥爷的真传?他老人家为什么不传给儿子、孙子,要传给你这个外孙子?

秦海涛顿时沉默了,脸上流露出哀伤的表情。

22　煤码头厂区　春　下午

江　河:奕巍,你跑了一趟沿江电厂,收获不小。来,讲一讲你的具体想法。

沈奕巍:局长,我是这样想的。如果我们煤码头能够搭建平台,建立起现代化的配煤中心,将不同产地、不同批次、不同质量的煤按比例精确搭配,满足沿江电厂四季用煤之需,我们按配一吨煤三元计算,配一百万吨就是三百万,配四百万吨就是一千二百万,扣去成本工时,这一块的利润,也相当可观。

江河兴奋起来:奕巍,这个设想如果能够实现,我们就不是被动地中转运煤了,东江港喊了那么多年从生产型向生产经营服务型转变,只有这一步迈出去,才真正谈得上转变。

沈奕巍点头道:是啊,局长,这一步迈出去了,贮木场的水塔就不是改造的问题,而是另外选址按高标准彻底重建,贮木场可做配煤中心建设用地。当然,这一步能不能迈出去,还要看琊山煤矿能不能持续给力,只有和他们深度合作,才能把这个平台搭建起来。

江　河:是啊,设想很好,不过那是远水,贮木场的吃水问题迫在眉睫,要先想想办法。

沈奕巍:局长,我想——

江河手机响,接听。是卢茜的声音:局长,你在那?我有重要的情况向你汇报。江河应了一声,一个小时以后见。关上手机说,奕巍啊,咱们改天谈,我要先回局里。

23　秦池家　春　下午　内

秦　池:达夫啊,这两天我越想越不对劲,二十万吨的口子一开,以后那就麻烦了。本来是一对生死冤家,怎么就秤不离砣了呢?

赵达夫(OS):我也在琢磨这事儿。

秦　池:沈奕巍还要搞一个二十万吨煤进港仪式?

赵达夫(OS):他什么意思?

秦　池:沈奕巍尽出幺蛾子,他要把几十家电厂和矿山的头头全找来,参观码头,听取他的改革成果报告。

赵达夫(OS):这小子有煽动性,一旦大家听了他的鼓动,煤码头的日子就好过了。

秦　池:煤码头的日子一旦好过,咱们的地狱之门也就打开了。

赵达夫倒抽一口气(OS):这些天我一直在想,廖汉中这么快变脸,肯定是私下里和江河达成了某种默契。而这种默契的达成,应该是因为江河掌握了琊山矿的核心机密。

秦　池:江河怎么能了解琊山矿的核心机密?

赵达夫(OS):你不是说海涛对那个叫卢茜的姑娘有意思吗?

秦　池:是啊!

赵达夫(OS):那卢茜不是和江河走得挺近吗?

秦　池:是啊!

赵达夫(OS):那就八九不离十了。

秦　池:你说什么呢,达夫,把话说明白了,别绕来绕去的。

赵达夫(OS):琊山的核心机密我只和海涛念叨过。

秦　池:你是说……

赵达夫(OS):对。

秦池眉头紧锁,狠狠挂断手机。

24　江河办公室　春　下午　内

卢　茜:情况就是这样。

江　河:完了?

卢　茜:完了。

江河啧啧嘴:好像还没有听够。

卢　茜:再说就是编的了。

江　河:打住。你的工作很有成效,非常重要的一点已经得以确认,就是秦海涛确实对文物古玩很有研究,而且浸洇多年,方秋萍肯定会受到他的影响。

卢　茜:应该是这样,他也承认曾和方秋萍说过硬木家具的价值。

江　河:直觉告诉我,你已经接近了更有价值的线索。

卢　茜:更有价值的线索?

江　河:对,核心线索。比如,方秋萍诈死的目的是什么?恐怕不是为了几件简单的硬木家具。我希望你再去和他喝一次茶,或许会有新的发现。

卢　茜:我不去了,这样去喝茶,我心里很不舒服。局长,你能不能不要难为我。

江河起身沏了一杯茶,双手端给卢茜:卢茜啊,我昨天抽空到黑子家走了一趟,跟你说句老实话,黑子给我沏的茶,我都没敢喝,贮木场的生存环境,说一句糙话,真不是人待的。

卢　茜:那里号称咱们东江市的小西伯利亚。

江　河:我找到沈奕巍,让他出点钱给贮木场的兄弟姐妹们改建一下水厂,他告诉我,他还为上岗二劳人员的工资发愁呢。他有很多想法都非常好,很有前瞻性,但要实现,一个基本前提就是今年完成五百万吨的中转量。

卢　茜:琊山矿不是已经开始向煤码头发煤了吗?

江　河:是啊,一次就发来二十万吨,老廖的诚意一览无余,可是追款一事还毫无进展,我心里急啊!

卢　茜:局长……

江　河:卢茜,我其实很内疚、很自责。你这么一个年轻姑娘能够承受这么大的心理压力和情感压力吗?你不愿意去,我理解,我再想别的办法吧!

卢　茜:局长,您别说了,我去!

25　香港豪华别墅　春　早晨　内

宽大的客厅里,一水的红木家具,充满中国传统文化底蕴。

丁薇薇敲门进屋:叔叔,您找侄女有什么吩咐?

靠在一张雕花红木躺椅上的丁伯坐起身:薇薇呀,瑞丽、东南亚一行,回来已有一段时间了吧?

丁薇薇:是,有几个月了。

丁伯点点头:我的一些老朋友全介绍你认识了,丁氏集团可以交给你了。

丁薇薇:侄女还是年轻,在丽江不是就险些落入陷阱?

丁伯站起身:但是你兰心蕙质,有此一劫,想必触类旁通,收获多多吧?

丁薇薇:那倒是,叔叔言传身教,侄女都谨记在心了。

丁　伯:叔叔今年已过杖朝之年,精力一日不如一日。我们叔侄同行月余,算是交接也是考察。薇薇,你已非昔日那个充满幻想的小女兵,丁氏集团交给你,是时候了。

丁薇薇:谢谢叔叔信任,侄女当殚精竭虑,不负您之所托。

丁伯缓步从一个盒子里拿出几枚图章和一串钥匙,双手举起:薇薇,这是丁氏集团的全部业务图章和文件柜钥匙。

丁薇薇上前一步。

丁　伯:跪下接。

丁薇薇双膝跪在了丁伯面前。

丁　伯:我希望丁氏的血脉在你身上延续,丁氏集团的业务在你手上光大!

丁薇薇双手接过:侄女谨记!

26　秦海涛家　春　早晨　内

秦海涛在床上睡觉还没醒,床头手机响,他不情愿地拿过手机,一看来电显示,是卢茜,忙接通:卢茜啊!

卢　茜(OS):海涛,你的…… 木,噢,木府吐司真是过唇不忘,连我这不懂茶道的人也上瘾了。

秦海涛兴奋地坐起来:那好啊,今天过来再品。昨天我要展示一下中餐厨艺,你也没给我机会;今天一定要让我满足一下虚荣心啊!

卢　茜(OS):不给你添麻烦吗?

秦海涛:哪里,哪里,求之不得呢!

27　香港丁薇薇办公室　春　上午　内

秘书乔婷轻轻敲门。

坐在老板台后的丁薇薇放下《东江日报》,用纸巾轻轻拭去眼角的泪花。

镜头推进,我们看到《东江日报》头版有一张江河的照片和署名沈奕巍、卢茜的文章:《在改革中求发现——记东江港港务局局长兼党委书记江河》。标题是一号粗黑,非常醒目。

丁薇薇定了定神:请进。

乔婷款款进来:报告,董事长,依娜回来了,要见您。

丁薇薇噢了一声:好,请她进来吧。

乔婷欲走,丁薇薇叫住她:乔婷,麻烦你去咱们的银楼,帮我选一款二十四K金的生日卡。

乔婷嫣然一笑:好,马上去办。

乔婷出去,改名依娜的方秋萍一闪身,像幽灵一样进门。

28　秦海涛家　春　上午　内

秦海涛用盖碗冲泡大红茶,他洗茶、冲茶,动作娴熟。他将一杯泡好的茶端给卢茜:这是顶级的大红袍,你尝尝,比昨天的普洱如何?

卢茜接过茶,轻啜一口:舌齿留香,圆润爽口,好!

秦海涛见卢茜一身白色衣裤,宛如一朵出水芙蓉,不由心旌摇曳,呆呆望着卢茜。

卢茜警觉地看了他一眼,忙转移话题:海涛,你昨天为什么伤心?我的话说错了吗?

秦海涛叹了一口气:说起来话就长了。

卢　茜:能讲给我听听吗?

秦海涛:当然可以。

29　香港豪华办公室　春　上午　内

丁薇薇伸手示意依娜坐下:依娜,看你这神态,应该收获不小吧?

依　娜:薇薇姐,你交代给我的两个任务,都算小有建树吧。

丁薇薇:你行事干练,应该不虚此行,先说说那位黄先生的底细摸清楚了吗?

依娜脸上露出得意的笑容:已经确认了,丽江黄记古玩店的老板就是黄敬业。我第一次到他店里时,和他讲了叔伯那个故事,以当年买石人自诩,不过很快就被他识破了。

丁薇薇笑道:那岂不是要被他赶出来?

依娜也笑了:他倒没把我赶出来,冷言冷语地奚落了我几句。我这人脸皮厚,奚落几句就奚落几句吧,后来我又去了几次,前前后后在他店里买了两百多万的东西,现在我已是他的座上客,下一步怎么走,是不是该董事长露面了?

丁薇薇沉吟了一下:你向他做了铺垫吗?

依娜点头道:铺垫了,我说我们董事长想找一只陈年翠镯,让他给留意。

丁薇薇:他怎么说?

依　娜:他说可遇不可求,得随缘。

丁薇薇笑道:他有这句话就好。我们每年多去几次,缘分就到了。

依　娜:不过,第一次我和他盘道时,这个黄先生给我说了一个典故。

丁薇薇:什么典故?

30　秦海涛家　春　上午　内

秦海涛:小舅告诉我,一九六六年,是中国的劫难,也是我们家的劫难。我姥爷因为解放前开过古玩店,“文化大革命”一开始,就成为“破四旧”的重点对象。附近中学的红卫兵抡着皮带,成群结队地到我姥爷家扫荡“污泥浊水”,今天来一拨,明天来一拨。

闪回:

红卫兵在黄家砸古董、玉器、瓷器、名人字画,还有红木家具,砸的砸,摔的摔,搬的搬,就像蝗虫过后的庄稼地一样,顷刻间被扫荡一空。

青年黄敬业和一家人在墙角簌簌发抖。

秦海涛:我姥爷有一件翡翠插屏,碧绿碧绿的,老坑种,润得像能掐出水来,那是姥爷最心爱的古玩。那些日子,小舅最有成就感的事情就是如何把这件翡翠插屏藏好,让那些抄家的红卫兵找不到它。

伴随话外音出现如下画面:

黄敬业把翡翠插屏藏在房檐下,抄家的红卫兵没有发现。

黄敬业把翡翠插屏藏在鸟窝里,再次来的红卫兵连房檐都搜了,又扑了一个空。

红卫兵:听说你们家还有封资修的破烂玩意,早点交出来,不然别怪我们不客气。

姥　爷:都让你们砸了,哪还有呀?这个家不是被你们翻了几个个儿了吗?

红卫兵:好,如果一旦让我们找到,就砸烂你的狗头。

海涛画外音及画面:

有一天,大舅和二舅无意中看到了小舅手里拿着这件翡翠插屏,立刻惊恐地大叫起来……

二　舅:都什么时候了,你还敢留这个,不要命啦!他从小舅手里夺过插屏就要摔碎。

小舅拼命拉着二舅胳膊哀求:二哥,别摔。求求你别摔行吗?爸最喜欢它了。

大舅把小舅拉开:三弟,不摔了它,全家人都要遭殃。

二舅把翡翠插屏高高举起往地上一摔,啪一声响翡翠插屏碎成一地。

姥爷闻声走出房间,见此情景,扑上去捧起翡翠插屏的碎片,悲痛欲绝:我的…… 翡翠插屏,我的…… 翡翠插屏……

卢　茜:那个年代发生的事情,真是不可理喻。是你小舅给你讲得这些,让你有了一种文物和古董的情结?

秦海涛:不是。是从小跟着我姥爷耳濡目染,我出生时小舅早去了云南。其实我姥爷把希望都寄托在我小舅身上,可是他六九年离开北京去云南后,就没再回来过,我姥爷2003年去世他都没回来,老爷子真是死不瞑目啊。

卢　茜:那是为什么,你小舅出什么事了吗?

31　香港豪华办公室　春　上午　内

依娜想了一下:他说是什么曹操和他手下一个叫崔季珪的臣子的故事。

丁薇薇诡秘一笑:怎么说?

依　娜:后来他托词说事忙,就敷衍过去了,不知道什么意思?

丁薇薇:他是在奚落你!

依　娜:奚落我?

丁薇薇:你和他盘道露出不少破绽,他是让你充实自己,做些内功好好补课!

依　娜:为什么这么说?

丁薇薇欲言又止。

依　娜:好姐姐,告诉我嘛!

丁薇薇:崔季珪长得仪表堂堂,有一次匈奴使节来访,形象一般的曹操让崔季珪假扮成自己,他在一旁装扮成了持刀的卫士。过后,曹操派人问匈奴使节,魏王怎么样?匈奴使节回答,魏王是很有派,不过比起他身后站立的那个卫士就相形见绌了。你自诩为买石人,他的意思是说你风采、气韵根本就不像。

依　娜:这个老夫子,原来是拐着弯儿骂人!

32　银楼　春　上午　内

乔婷精心挑选生日卡。

服务生:乔秘书,什么重要客人?还有劳你亲自跑来,打个电话,我们送过去不就行了。

乔　婷:董事长让我亲自来选。

服务生:董事长?那绝非是一般客人,你看看这款怎么样?

乔　婷:俗了些,成色要足,花样也要淡雅、高贵。

服务生:这个呢?

乔婷接过认真看了一会:好,就要这款。

33　秦海涛家　春　上午　内

秦海涛:是不是出了什么事我也不清楚,“文化大革命”结束后,我大舅二舅还有我母亲,相继去云南看过我小舅,也许他们内心觉得愧对小舅吧?因为一直没有把他办回北京,不是没有机会,而是小舅执意不肯回来。

卢　茜:也许是那件事对他伤害太深了。可事情都过去几十年了,再深的伤口也应该抚平了,一件翡翠插屏不过是身外之物,能比得上兄弟间的亲情吗?再说你大舅二舅也是迫不得已才砸碎那件翡翠插屏的,你小舅为什么就不肯原谅他们呢?

秦海涛:卢茜,你能这么说,可见你是一个心地善良的姑娘,可是很多事情不是想象得那么简单……

卢　茜:你们家的事情可真够复杂的,难道你小舅和你大舅、二舅还有别的什么恩怨?

秦海涛答非所问:卢茜,我这还有一件旗舰级的东西,一张有三百年历史的硬木雕花大床,你有没有兴趣看看?

卢茜点头,跟秦海涛出了西式客厅走进卧室,不由一怔,她被这张大床的精美震撼了,赞叹道:真漂亮!

秦海涛得意地说:这是我的镇宅之宝。

卢茜笑:这是你花多少钱收的,拿去拍卖恐怕要上到七位数了吧?

秦海涛:七位数?嘁,没有一千万想都别想。

卢　茜:这么值钱?

秦海涛:这可不是我收来的,这是我姥爷留下来的。这张床又大又沉,七八个小伙子都抬不动,一直放在我姥爷的卧室里,抄家时才幸免于难。我姥爷去世前,特意把这张床给了我。

卢茜抚着床柱说:你姥爷可真够疼你的,这么贵重的东西都给了你。

秦海涛:我姥爷最疼的其实是我小舅,这张硬木大床现在虽然值上千万,那时候可值不了几个钱。当年那个翡翠插屏不砸碎的话,现在也上亿了,不过这些东西终究还是可以用货币来衡量的,我姥爷还有一件无价之宝,传给了我小舅。

卢　茜:无价之宝!

秦海涛:不错,这是我们家的秘密,这件事是我姥爷去世前告诉我的,连我母亲和我大舅二舅都不知道,我姥爷有一方古滇国金印,印上刻有“滇王之印”几个字,用他老人家自己的话说,没价,给多少钱都不换,这是国宝!

34　香港豪华办公室　春　上午　内

丁薇薇:依娜,你理解为一种鞭策才好。

依　娜:是,董事长。

丁薇薇:云南业务站筹备得怎么样?

依　娜:已经安排妥当了。这次我收集到了几件明代官窑瓷器,只是云南多口岸盘查极严,一时无法运出。如果能开辟一条水上通道,沿江而下,在渤海地区水上出货,风险就小多了。

丁薇薇:水上通道?

依　娜:是。如果姐姐同意,我认为选择东江比较好。那里襟江通海、位置优越,而且…… 我在那里有一支船队。

丁薇薇看了一眼依娜,目光又落在了《东江日报》上,黑字标题再一次显现:《在改革中求发现——记东江港港务局局长兼党委书记江河》:让我想一想。

依　娜:是,一切由董事长定。

丁薇薇略停又问:古滇国金印有线索吗?

依　娜:风头一过,我就动作,请董事长放心。

丁薇薇:国际买家已出到两个亿!

依　娜:人民币?

丁薇薇:美金!

35　秦海涛家卧室　春　上午　内

卢　茜:古滇国?

秦海涛解释:就是今天云南一带。史记里记载,“滇王与汉使者曰:汉孰与我大?及夜郎侯亦然。”用今天的话说,就是滇王问汉朝使者,是你们汉朝大呢,还是我们滇国大?后来夜郎侯是学了滇王,也用同样的话问汉朝使者。

卢　茜:“夜郎自大”的成语源出于此?

秦海涛:是啊,历史上,滇王是这一类自大的始作俑者,虽然这是笑谈,不过滇王的这种自信,也足以反映出古滇国当时的国力了。古滇国的文物完全可以和秦始皇陵、四川三星堆古蜀国的文物相媲美,都是国宝,无价之宝!

卢　茜:长知识啦!

秦海涛兴致更高了:我姥爷这个人非常爱国,他对我说过,这枚古滇王之印,是他在抗日战争时期无意得到的,他知道这是国宝,他说只是替国家保存几十年,他百年之后,还是要捐献给国家的。

卢　茜:那捐献给国家了吗?

秦海涛叹息道:欲捐无门啊!一九六九年正是国家动乱之时,中苏边境上又响了枪,报纸上广播里天天都是要准备打仗,打大战、打核大战,人心惶惶。我姥爷家被抄了无数次,那枚古滇王金印被我姥爷亲自藏在一个谁也找不到的地方才保存下来,

卢　茜:你姥爷真够有心的。

秦海涛:我姥爷又担心打仗,生怕这枚金印毁于战火之中,于是在我小舅去云南插队的时候,让他把金印带去了。

卢　茜:带去了云南?

素海涛:是啊,用我姥爷的话说,即使有失,也算让它重回故土吧。这事只有我姥爷和我小舅两个人知道。我小舅到云南几年后,局势逐渐稳定下来,我姥爷写信让他回来,他也回信说很快就回来,谁知一直没回来。

卢　茜:怪了,出了什么事吗?

秦海涛:以后几年,无论谁给他写信,他都不肯回信,连我姥爷亲笔写的信他都没回过。

卢　茜:怎么会这样?

素海涛:用现在的话说,我小舅属于有性格缺陷的那种人,在某些问题上极端偏执。2003 年我姥爷病危,加急电报不知打了多少个,他也没回来。我姥爷最后那段日子是我陪护的,直到去世前三天,我姥爷才对我讲了金印的事,他说你小舅不肯回来,一定是金印出了事。

卢　茜:老人一定很伤心吧?

秦海涛:他后悔啊,当初把金印交给小舅时说了一句"人在物在,物失人亡"的话,如果不是金印出了事,小舅怎么可能不回来见他呢?

秦海涛说到这里,长长吁了口气:唉,我姥爷就这样郁郁而终,他老人家玩了一辈子古董,除了这张硬木大床,什么都没留下。

36 香港豪华办公室 春 上午 内

依娜惊讶地长出了一口气:两亿美金!妈呀,吓死我了。

乔婷敲门进来,把生日卡递给丁薇薇。她扭头看了一眼依娜:你怎么啦?

丁薇薇不屑地望了一眼依娜:你看你,喜怒皆形于色,什么事都写在脸上,难怪黄先生奚落你。说着,她把一张写好的纸条递给乔婷:麻烦你把这张生日卡按这个地址寄出去。

乔婷接过纸条,答应一声:好。转身欲走。

丁薇薇:等一等,还是我自己寄吧。

乔婷冲依娜一笑。

丁薇薇:鬼丫头,笑什么?

乔　婷:寄一张贺卡,董事长都要亲力亲为,可见收卡人在您心中的位置。

37 秦海涛家卧室 春 上午 内

卢茜用手抚着硬木大床上精美的雕花说:真没想到,你还有这么一段故事,你就是因为有了这些经历,才喜欢上古董的吧?

秦海涛站在卢茜身后,试探性地把双手轻轻按在卢茜的肩膀上:可以这么说吧,只不过一开始不是有意识的,只是觉得家里有这么一张硬木大床,应该找点能搭配它的家具和摆设,后来慢慢就上了道。

秦海涛说着,按在卢茜肩膀上的双手也在加大力度,坚实的胸膛紧紧贴在她的后背上。

卢茜心里一阵慌乱,身体不由自主地战栗起来,也许是卢茜的默许鼓励了秦海涛,秦海涛胆量骤长,突然抱住她用力向前一拥,卢茜站立不稳,和秦海涛一起倒在硬木大床上。接着,秦海涛强行俯下身去,试图用热吻封住她的嘴,一只手也伸到她胸前,触摸到了她丰满柔软的乳房。

卢茜就像遭到电击一般,身体一下子僵硬了,继而又觉得有一股热流贯穿全身,胳膊一软,再也撑不住秦海涛的胸膛,任由他的身体重重地压下来。

秦海涛一边热吻着她,一边喃喃低语:卢茜,我爱你,嫁给我吧,我会一辈子对你好的。

卢茜眼眶里一下溢满了泪水。

秦海涛继续吻着她,当他试图把她衬衫下摆从长裤中拉出来时,卢茜的身体却突然像弹簧一样弹起来,挡住他的手说:不行,海涛,不能这样。

说完翻身站起,整整衣服,逃也似的跑出了房门。

画外音:

卢茜知道,秦海涛对自己的感情是真实的,她对秦海涛也有一种难以言说的好感。那天她听刘希娅说,秦海涛提到自己的时候情绪竟有些失控,心中还涌起一种感动。所以,秦海涛的入侵,虽然有悖于她所接受的教育,但她的内心并不十分抗拒。可是,最后一刻她所以推开了压在身上的秦海涛,却是因为她突然想到了一个人——江河!

38 秦海涛家 春 下午 内

秦池阴着脸走进门,坐在沙发上。

秦海涛拿了一瓶饮料递过来:叔,怎么啦,脸阴得跟要下雨一样。

秦池看着秦海涛,一言不发。无意间,他在沙发上发现了一根长头发,捏起来举到秦海涛面前:谁的?卢茜的吧?

秦海涛嘿嘿一笑:叔,管他是谁的呢。说,是不是江河又让您不痛快了?

秦池勾起右手指:你过来,离我近点。

秦海涛开玩笑:什么事儿啊,整得跟一级绝密似的,您说吧!

秦　池:你过来。

秦海涛探过头,秦池猝不及防,抬手狠狠打了秦海涛一个嘴巴。

秦海涛蒙了:您,您…… 打我?

秦　池:我替你爸爸教训一下你这个秦门的不肖之子!

秦海涛急了:您凭什么打我? 我三十多岁了,我爸爸也从来没有动我一指头! 您这样不分皂白地上手就打,咱爷俩的缘分算是尽了。

秦海涛走过去拉开门:您走吧!

秦池站起身,注视着侄子。他没有出门,却双膝一弯,缓缓给秦海涛跪下了。

秦海涛措手不及:您这是干吗? 忙关上门,去搀秦池。

秦　池:海涛啊,咱们是血脉至亲,我和你爸只有你一根独苗,秦家要靠你光耀门楣,传宗接代,对不对?

秦海涛扶起秦池:您起来坐在沙发上说。您这样,还不如打我呢!

秦池起身坐回沙发:我问你,琊山矿的核心机密你是不是告诉了卢茜?

秦海涛:这…… 这……

秦　池:你为了讨卢茜的欢心,为了你那船队能傍上煤码头这条大船,不惜将你亲叔叔推入绝境!

秦海涛:叔,没您说的那么严重吧?

秦池气得连连喘气:你,你还狡辩。现在廖汉中和江河重新联手,沿江煤矿电厂纷纷响应,煤码头今年完成五百万吨中转量已经没有悬念了。

秦海涛摇摇头:这个沈奕巍,还真小瞧了他。

秦　池:一旦江河在东江港站住脚,你叔叔能有好果子吃吗? 你不吃瓜落吗? 你怎么能为了男女私情而弃大义,为了蝇头小利而不知死呢!

秦海涛有些歉疚:叔,我知错了。

秦池一声长叹:你呀,若坐拥江山,定愿拱手讨美人欢!

39　老卢头家　春　清晨　内

卢茜吃完早点,穿上风衣,拿起包要上班。

老卢头从厨房出来,轻轻叫了一声:丫头。

卢茜回头:有事吗? 爸。

老卢头坐在椅子上:你今天能晚走一会儿吗? 爸爸想和你说两句话。

卢茜重新坐在沙发上:不急,有话您就说呗。

老卢头:夜里没睡好觉吧?

卢　茜:睡好了。

老卢头:瞧你的眼睛,都红了,肯定一宿没睡。

卢茜下意识叹了一口气。

老卢头:姑娘大了,有心事了,按说心里话应该和家里人唠扯唠扯。可是你妈走得早,爸爸看着你有心事,心里慌。有些话能和爸爸说说吗?

卢茜欲言又止:爸……

老卢头:丫头,昨天吃完晚饭,爸爸闲着没事看电视剧,剧中的女主角儿说了这么一句话,爸爸觉得挺好…… 你等着,爸爸给你找来啊!

老卢头从抽屉里拿出一张纸条:我怕忘了,记下了,岁数大了,脑子不好使喽—— 在对的时候遇到对的人,是一种幸福;在错的时候遇见对的人,注定是一声叹息。有时,爱,更是一种放手,一种远离。

卢　茜:爸,您挺前卫呀!

老卢头:什么前卫后卫,当爹娘的,一辈子为儿女有操不完的心。

卢 茜:爸!女儿都这么大了,婚姻之事还总让您老操心,我真是……

老卢头:爸爸眼瞅着就六十了,这辈子也没什么想头了。现在唯一剩下的念想就是想早点抱上大外孙子。现在呢,眼前有两个年轻人,秦海涛和沈奕巍。

卢茜有些娇嗔:爸——!

老卢头:丫头,听我把话说完。我的态度呢,你也知道。和秦海涛比起来,奕巍更踏实、稳重,把你交到他手里我最放心。当然,最后谁中意,我也代替不了你,还是你说了算。

卢 茜:爸,我明白,谢谢您。

老卢头:江局长来了以后,咱们东江港一天一个样儿。你能帮上他一把,爸高兴。不过要记住一条,咱不能给他添乱。这年头,最毁人的就是……

卢 茜:爸,你说的我明白,你放心,你女儿你还不了解,我上班去了。

老卢头冲女儿背影:丫头,沈奕巍那小伙子不错!

40 煤码头 春 上午

工人们在搭简易的主席台。

机械队长:沈头,横幅写什么?

沈奕巍:琊山煤矿二十万吨煤进港庆典。

机械科长:谁写呀?沈头,要不你来吧。

沈奕巍:我哪有那两把刷子,等会局长来了请他写。

机械队长:局长?局长还能写这个?

沈奕巍:那是。局长的毛笔字相当不错。又扭头问商务科长:老杜,各合作单位都通知到了吗?

商务科长:我亲自打的电话,转达了你的邀请,全来。

沈奕巍:来了要接待好,可别像你老兄到上海的遭遇,天天发面饼就矿泉水!

商务科长:四菜一汤,热饭热菜,放心吧,沈头。

沈奕巍:你办事,我还能不放心?

41 江边 春 上午

刘希娅在江堤上快步行走,孟建荣在后面跟着。

孟建荣:你做事太让人不放心了,都什么时候了,还有心思在江堤上散步?

刘希娅:什么时候啦?是海啸了还是山崩了?是地陷了还是天塌了?杨柳依依,涛声阵阵,我怎么就不能在江堤上散步呢?

孟建荣:我的大小姐,市歌舞团团长等着你们去签合同呢,你怎么还有这份闲情逸致?

刘希娅:签什么合同?我什么时候答应你去市歌舞团了。

孟建荣:希娅,你就别使性子了好不好?你去了市歌舞团,“第一小提琴”的位置就是你的,未来的发展前景一片广阔。

刘希娅:孟总,我再跟你说一遍,我要去的是东江港,而不是市歌舞团。

孟建荣:去东江港?你以为江河会兑现他的诺言吗,我告诉你,他所做的一切都是为了往上爬,一旦遇到阻力,权衡利弊后肯定变卦。到那时候骆驼翻跟头——两头不着地,你后悔也就晚了。

刘希娅:孟总,你什么时候改行了,从建筑商变成了预言家?

孟建荣:不信,咱们就走着瞧吧。

42 江河办公室 春 上午 内

卢 茜:秦海涛家学渊源,可以确定,他姥爷是北京当年著名的收藏家黄元昌。他小舅黄敬业现在在云南一带也很有名气,是云贵川古董圈的领军人物。他们家曾经有过一枚古滇王之印,是国宝级文物。他姥爷还留下遗愿把古印捐献给国家,他这种家庭背景的人参与文物走私的可能性不大。

江　河:古滇国金印的事,秦海涛和方秋萍说起过吗?

卢　茜:我没有直接问。不过从他的言谈话语中判断,应该和方秋萍说过。

江　河:卢茜,你提供的情况非常重要。这件事一旦云开日出,要记你一个头功!

卢　茜:我去找秦海涛,可不是为了什么立功,我是为了东江港!

江河见卢茜起身要走,忙示意她坐下:别急着走,我还想问你,那天刘希娅风风火火把你叫走,谈的是什么问题呀?如果不涉及你们的闺密,可否和我说说?凭我的直觉,刘希娅找你应该和港口有关。

卢　茜:你们不是已经无障碍沟通了吗,还用我传话?

江河一愣:什么,无障碍沟通?

卢茜话一出口,也觉得有些不妥:她想到港口来工作,组建一个艺术团!

江河这回真愣了:什么,她要组建港口艺术团?哎,这丫头可真是想起一出是一出!

谁在背后说我坏话呢!江河话音未落,办公室虚掩的房门推开了,刘希娅身穿米黄色风衣,系一条彩色围巾出现在门口。她倒背着手,挺胸昂头,做出一副不屑的神态。

卢茜站起身,把刘希娅拉进办公室:小姑奶奶,谁敢背后说你坏话呀?你不是要组建港口艺术团吗?我正向局长汇报呢!

她把刘希娅摁在自己的椅子上:好,你们直接谈吧,我也不当传声筒了。

刘希娅嘻嘻一笑:卢茜姐,你不是江局长的贴身小棉袄吗,我的话不背你,你别走。

卢茜脸一红:希娅,瞎说什么呢?

43　江边茶楼　春　上午　内

孟建荣:秦局长,你知道吗,希娅要去你们东江港工作。

秦　池:到我们东江港?你急着见我就是告我这事儿吗?笑话,她去港口干吗?当舵工?开吊车?

孟建荣:她简直鬼迷心窍了,要到你们东江港组建一个艺术团。

秦池若有所思:组建一个艺术团?这真是坟地里赶集—— 见鬼了!

孟建荣:谁说不是呢!秦局长,我最近忙工程,市政的,再加上港务局集装箱码头改造那一摊,弄得我焦头烂额,和希娅疏于沟通,是不是江河乘虚而入了?这事蹊跷,东江港是希娅伤心之地,她去那里有悖常理,您说这里面有没有场外因素?

秦池用手指轻轻弹着闻香杯:怎么可能没有场外因素,来,你先品品茶,这高山冻顶杯底留香,味道还真是醇厚。

孟建荣焦虑地说:我现在哪有心情品茶。秦局长,您帮我分析分析,有哪方面场外因素?

秦池阴沉着脸:我说了,你可别自乱方寸。你呀,把自己蹉跎到现在,也算个情种了,我知道你对你那个表妹一往情深,可现在的问题是,你那个表妹移情别恋,和江河搞到一起去了,否则她怎么可能选择东江港?要说场外因素,这就是最大的场外因素。

孟建荣:江河何德何能,能让希娅移情别恋?

秦池呷着茶,弦外有音:建荣,上大学的时候,谁没谈过几次恋爱,那个年龄段还不就是追求刺激,重过程不重结果?江河是军干子弟,当过兵,又当过多年公安局长,身上有的是故事,他这种人对女大学生最具杀伤力,就是不下饵也有鱼咬钩,何况他再使些手段。

真他妈屌爆!孟建荣骂了一句,恨恨地一拍茶桌。

秦池带着几分揶揄说:你老弟是有点冤,明明是自家池塘里养的鱼,却让江河一网捞了去,脸上无光啊。

孟建荣长吁了口气:秦局长,小弟让你看笑话了,你说说怎么办吧,不能就这么便宜了江河!

第12集

1 江河办公室 春 上午 内

江　河:你在港口负责宣传,正好坐下来一起听听嘛。

卢茜不好再走,转身倒了一杯水,端给刘希娅。

刘希娅接过水杯,放在桌子上:今天我来呢,第一是向你道歉!

江河抽出一支烟在鼻子下嗅着:向我道歉?道什么歉?

刘希娅大大咧咧:我不该相信你去琊山嫖娼呀!对了,今天是你的好日子,不提这扫兴的事了。祝你生日快乐!

江河一怔:今天是我生日?

刘希娅笑起来:什么人呀,连自己生日都忘了,也太没心没肺了!

江河搔搔头:忙晕了,完完全全忘记了。小刘,你怎么知道今天是我生日?

刘希娅轻描淡写说:现在是信息时代,知道这个还不容易吗?说着,她将一个用红绸子包裹得严严密密的东西递给江河:送你的生日礼物,打开看看吧。

刘希娅送给江河的生日礼物是陶然留下的长笛。

江　河:小刘,这个礼物太重了,我真的不好收。

刘希娅感到诧异:你这是干吗,我送你的是一颗炸弹吗?我们这代人和你们那代人最大的不同就是没你们想得那么多,这支长笛是陶然留下的,那又怎么了,它是很昂贵,但它就是一支长笛,除了能让你演奏乐曲,它什么也没有承载。

江河有些尴尬地笑笑:小刘,不是我想得太多,这支长笛确实太贵重了,我受之有愧,无以回报。

刘希娅:你受之无愧。我知道琊山矿会源源不断给你们发煤,东江港的生产已经盘活了。我送你这支长笛,你把企业文化也盘活,算是对我的回报,好不好?

江河有些不解地望着她。刘希娅看了一眼卢茜:卢茜姐不是和你说了吗,我想到东江港来,组建一个艺术团!喏,这是我的设想和报告。

2 江边茶楼 春 上午 内

秦池放下茶杯:建荣,你也不必过于纠结。兵来将挡,水来土掩嘛!依我看,组建港口艺术团的建议,江河很有可能接受。这既谈不上什么企业文化建设,也谈不上丰富职工业余生活,不过是江河为情所惑,和你那个表妹搞婚外恋的产物。下边的文章怎么做,我不说你也明白了吧?

孟建荣苦着脸说:听您这话好像江河已经得逞了,鹿死谁手还不一定呢!

秦池冷笑:好好好,门前流水尚能西,你那个表妹会回心转意的。不过我提醒你一句,江河是上面重点培养的干部,眼下极度膨胀、一意孤行,这事只有捅到市领导层面,才能制止他。

孟建荣点头:你说吧,具体怎么操作?

3 江河办公室 春 上午 内

江河接过刘希娅的报告:这想法是不错,不过眼下东江港的生产资金都捉襟见肘,哪里有钱搞拉拉唱唱?

刘希娅:我不是马上搞,再过半年我们才毕业,那时候正好水到渠成。钱的问题我的报告上已经写得很清楚。

江河低头翻看报告。

卢　茜:希娅,你小提琴拉得那么好,应该到专业团体去发挥专长。

刘希娅看一眼卢茜:卢茜,你得给我添柴,别撤火呀。

卢　茜:一切从实际出发呀。希娅,恕我直言,你知道养一个港口艺术团一年需要多少钱吗?我大致估算了一下,至少需要上千万。就算煤码头明年能完成五百万吨中转任务,港口建设这些年欠债太多,也不可能把钱用到组建艺术团上。

江河点头说:卢茜说的是实际情况。

刘希娅拿起水杯喝了一口水,不满地发泄:江局长,我提一点意见行吗?

江　河:可以呀,我们从来不堵塞言路。

刘希娅:我觉得在这件事上,你也好,卢茜也好,都太短视。将来企业的核心竞争力,会越来越多地体现在企业的文化建设方面,组建港口艺术团,也是为东江港打造品牌嘛。

江河双手一摊:长远看,你说的不无道理,但眼下,钱呢?

刘希娅娇嗔地瞥了江河一眼:我就说你们短视嘛,张嘴闭嘴就一个钱字,好像我来了就是和你们抢钱的!报告上写了,我还可以给你立字据,艺术团组建一年以后自负盈亏,三年以后还清投入,不要东江港一分钱,这总可以了吧?

江河大笑起来:希娅,你还有这本事?

刘希娅数落起江河:你扪心自问,从裕泰号善后到现在,我是给你添麻烦多还是帮你解决问题多?你以为我真的不知道东江港现状吗,我压根儿就没指望你们现在出一分钱。

江河搔搔头:希娅,看来我是低估你了,把你的撒手锏亮出来吧。

刘希娅:你从来就没有考虑过吗,我是裕泰号沉船事故八个大学生中唯一的幸存者。

江　河:那又怎么样?

刘希娅:将来我所参加的每一场演出,都带有公益性质,不仅能够消除沉船事故给东江港带来的负面影响,还能为东江港带来极大的品牌效应。我不敢说能给东江港创造多少利润,但自负盈亏肯定没问题,决不会拖累港口经济发展。

江　河:从理论上说,港口艺术团不仅能够成为东江港的一面旗帜,还能够成为东江市的一面旗帜,这对推动港口文化建设有着不可估量的作用,是打着灯笼都难找的好事!

刘希娅:这话我爱听。

江　河:但是,再好的理论,只有和实际情况联系到一起才有活力呀。

赵小苏敲门进来,手里拿着一个大信封:局长,您的特快专递,香港寄来的,我替您签收了。

江河接过信封,看到信封上的字迹很眼熟,一时又想不起是谁。突然落款处一个娟秀的“薇”字跳入眼帘,不禁颇为意外,他连忙打开信封,一张金光灿灿精美异常的生日卡呈现出来,连一旁的刘希娅和卢茜也不禁惊叹:哇,好漂亮!

江河忙把贺卡放进抽屉。

4　江边茶楼　春　上午　内

秦池一拍桌子:三箭齐发!

孟建荣:怎么个三箭齐发?

秦　池:组建港口艺术团这么大的事,终究要摆到桌面上来,只要他在党委会上提出来,我就站出来坚决反对,揭露他组建港口艺术团别有用心,纯粹是为了达到个人目的,这是第一箭。

孟建荣:那第二箭呢?

秦　池:你让市歌舞团向市委告状,你不是说那批毕业生是市歌舞团定向培养的吗,他江河凭什么摘桃,坐享其成?你告诉市歌舞团,刘希娅和那几个大学生要是到东江港,你对市歌舞团的赞助就要另说了。

孟建荣:这好办。

秦　池:第三箭,你老弟要亲自出马以弱者示人,你大龄未婚,追求刘希娅多年,这事人人皆知,市委里也不乏做红娘者。江河因集装箱改造工程与你个人结怨,横刀夺爱,手段卑鄙,总之你自己发挥就是了,这个用不着我点拨。

孟建荣也狠拍了一下茶桌:好,他不动,我不动,他若动,我先动,射他个三箭穿心,让希娅看清他的真正嘴脸!

5　江河办公室　春　上午　内

江河忙将生日卡放进抽屉,晃晃刘希娅的报告对卢茜说:你给局党委成员每人复印一份,后天要召开党委会,顺便议一议。

刘希娅高举双手:太好了!抱起卢茜转了两圈,放下卢茜后又突然亲了江河脑门一下,转身跑了出去。

江河猝不及防,大惊失色:这丫头,怎么这么彪啊!

卢茜摇摇头,苦笑了一下,转身出去。

电话响了,江河拿起听筒,里面传出宋处长的声音:老江,我来东江办事,现在在你的老根据地呢,你要方便,我们一起碰碰情况?

江　河:正好,有些重要情况要当面向你汇报,你等着,我马上过去。

6　星巴克　春　中午　内

几样西点,两杯咖啡,刘希娅和马尾巴在一起交谈。

马尾巴:希娅,你是不是有点着魔了?

刘希娅:也许吧。反正从他吹着长笛向我走来的那一刻起,我就觉得陶然的生命在他身上复活了。真的,从此我的内心不再孤独。

马尾巴:你不是说他对初恋女友用情很深吗?

刘希娅:是啊,今天那个丁薇薇还给他寄来了一个 24K 金的生日卡呢。你看,不光我牵挂他的生日,时隔这么多年了,那个女人也没有忘。

马尾巴:你怎么知道这一定是他初恋女友寄来的?

刘希娅:贺卡下面写了名字,我看到了。况且,他拆看贺卡时的表情,足以说明内心受到了强烈撞击。

马尾巴:呦,什么时候你研究起心理学了!

刘希娅:别打岔。无论是丁薇薇还是徐小慧,都是过去时,都不能构成我追求幸福的障碍。

马尾巴:你就是这样,我行我素,不管不顾。

刘希娅沉溺在自己的情感中:根据我的直觉,卢茜估计也喜欢他,卢茜冰雪聪明,倒是一个潜在的竞争对手,我不能轻视。

马尾巴:又是直觉。

刘希娅:女人的直觉是非常准确的,我当着卢茜的面送给他生日礼物,故意透露一些和他交往的细节,就是防患于未然。

马尾巴:你以为都像你一样,是情种呢!

刘希娅:而且,我今天有意说卢茜是他的小棉袄,就是要拉开他们之间的辈分,让他们不要有非分之想!

马尾巴:希娅,我第一次发现,你还这么老奸巨猾!

刘希娅:那是,不老奸巨猾,怎么能追求到爱情?

7　公安局　春　下午　内

江河推开李强房门,宋处长站起来:老江,你好!

李强站起来:师傅,宋处长等您一会了。你们谈,我去刑警队开个会。

江河与宋处长两人重新落座。

宋处长掏出烟递给江河:来一支,老江。

江河接过烟点燃:你不来,这一两天我还要抽空去省城找你呢。

宋处长:哪能叫你总跑。说说吧,老江,有什么新进展?

江　河:昨天卢茜又接触了秦海涛,证实他小舅黄敬业的手里很可能有一件顶级国宝。

宋处长:顶级国宝?

江　河:对。

宋处长:是什么?

江　河:古滇国金印!

宋处长:古滇国金印?那可是国际走私集团觊觎已久的宝贝啊!

8　星巴克　春　下午　内

刘希娅:行了,不说了。哎,今晚咱们搞一个派对吧?

马尾巴:你又发哪门子神经啦?不年不节的搞派对干吗?

刘希娅:你想啊,组建艺术团的可行性方案这两天就上党委会研究了。咱们的实力得让江河亲眼见识见识,他在党委会上说话才更有底气啊!

马尾巴:噢,也是啊!好办,同学们都住校,打个招呼就行啦!

刘希娅:好,我去邀请他,你去让大家准备一下。

9　公安局　春　下午　内

江　河:宋处长,我捋了一下基本的脉络,推断如下:方秋萍是受了秦海涛的影响对文物古董产生了浓厚的兴趣,古滇国金印的出现为她的“失踪”找到了合理的依据。据秦海涛讲,金印有可能被黄敬业在云南遗失,而方秋萍又在云南现身绝非偶然的巧合。

宋处长:你的意思是说,方秋萍的失踪和云南的现身,都和古滇国金印有关?

江　河:对。方秋萍是受秦海涛影响对古玩产生了兴趣,而促使她铤而走险的应该另有其人。

宋处长:是啊,从你刚才介绍的情况看,方秋萍和秦海涛联手走私文物的推断基本可以排除。

江　河:对。秦海涛不知道方秋萍是诈死,而且,裕泰号沉船这样大的事件,以秦海涛的能力根本无法策划与完成。

宋处长:这就是说,在方秋萍身后,很可能有一个更加严密的利益链条,不排除是海外走私集团。

江　河:老宋,咱俩想到一起了。

宋处长:这样一来,案件远非追回一个多亿的售煤款那样简单了。

江　河:是,复杂和重大多了!

宋处长:老江啊,你不愧是个老公安,案子办得漂亮。回去后,我向省厅汇报新的线索,有什么情况,咱们及时沟通。

江　河:好!

10　秦海涛家　春　下午　内

秦池敲门进屋,正在上网的秦海涛端了一杯茶递过去:叔,您大老远地跑什么呀,有事打个电话让我过江就行了。

秦　池:我到驳轮公司检查工作,顺便来看看你,想明白了,不怪叔了吧?

秦海涛:叔,手心手背我分得清。不过,您也一把年纪了,凑合再干两年,到加拿大和婶子雯雯一团聚,多好!老跟江河较什么劲呀!

秦　池:我何尝不想平安退休,可是江河他能放过我吗?他现在是腾不出手来,一旦坐稳了江山,反过来就会收拾我。上次谈到集装箱码头的扩建预算,他不是已经敲山震虎了吗?煤码头一旦完成了五百万吨中转量,他更如虎添翼了!

秦海涛:叔……

秦　池:再则,就是我想现在收手,也刹不住车啊!

秦海涛:您这话又是怎么讲?

秦　池:孟建荣、赵达夫还年轻,聚敛财物的欲望如鲸鱼之口,因为我这一个链条断裂,导致他们利益受损，还能俯首帖耳地听命于我吗？一旦反目，祸起萧墙也不是没有可能。

秦海涛：您这么一说，还真不能掉以轻心。

秦　池：那个沈奕巍我们当初真小视了他。现在看，煤码头完成年中转量五百万吨已成定局；江河顺风顺水，不但沈奕巍给他做脸，其他几个分公司也运行得风生水起，东江港的面貌日新一日，再作壁上观，东江港用不了一年就该彻底翻盘了，那离我的死期也就不远了。

秦海涛：您有什么好办法？我一定助力！

秦　池：老天又送来一个机会。

秦海涛：什么机会？

秦　池：江河要组建艺术团。

11　东江市区　春　傍晚

江河向四处张望，想打摩的，一辆摩托车突然快速驶来，停在他的身旁，骑车人摘去头盔——原来是刘希娅。江河一愣。

刘希娅：还想去港务局找你呢，没想到在这碰见了，真是缘分啊，缘分！

江　河：找我有事吗？小刘同学。

刘希娅：上车说。

江　河：不，我要回家，刚给小慧打过电话。

刘希娅：江局长，组建艺术团的事是不是已经列上了港务局的议事日程？

江　河：可以议一议。

刘希娅：那你不能光听我说，我们的实力如何，你总要亲自考察一下吧？

江　河：此事不忙，再找机会。

刘希娅：可是同学们都在学校等着呢！很快就开党委会了，你不亲自考察一下，怎么在党委会上说服其他人呢？

江河有些犹豫。

刘希娅：嗨，走吧，耽误不了你多长时间。

12　秦海涛家　春　傍晚　内

秦海涛：这倒是一个机会。叔，到饭点了，我随便弄两个菜，边吃边聊。

秦海涛打开冰箱，拿出香肠、罐头和酒。又拧开煤气，做了一个西红柿炒鸡蛋、葱爆海参。

秦海涛边做饭，秦池边和他聊家常。

秦　池：海涛啊，你今年都三十二了，找个可心的女人好好过日子吧。

秦海涛：关键是要可心呀。

秦　池：和卢茜有没有进展？

秦海涛将刚炒好的海参端上桌：叔，尝尝我的手艺，有没有长进。我和卢茜啊，进展还行，卢茜是个心高气傲的姑娘，急不得。

秦　池：我看你小子有点春风得意啊。

素海涛：春风得意？有吗。

13　东江师大教室　春　傍晚　内

教室里有一张桌子，桌子上摆着面包、香肠和饮料、水果。

桌子四周，坐着马尾巴等七八个同学，在边吃边说笑打闹。

门开了，刘希娅进来：同学们，看谁来了？

大家起立鼓掌，江河进来冲大家抱拳致意。

14　秦海涛家　春　晚　内

秦　池：怎么没有？你看看一提卢茜，你的眼睛直放光。要留点心眼，她和江河走得太近，什么话该说,什么话不该说心里掂量一下。

秦海涛:我知道了,您放心吧。您刚才说的事确实是一个机会。首先,刘希娅和江河几度江边幽会,在东江港已经不是什么秘密。

秦　池:是啊,海岩早就散布的尽人皆知。如果沉船事故处理完毕,刘希娅远走他乡,这一段"绯闻"也就毫无价值了。

秦海涛:对!偏偏刘希娅杀了个回马枪—— 东江师大高才生,全国大学生小提琴比赛银牌得主,不去丽江歌舞团,也不去市歌舞团,一门心思要来东江港,这里面就有文章可做了。

秦　池:江河浑身是嘴,恐怕也难以自证清白吧?

秦海涛:而且,如您所说,孟建荣眼见心中的女神和江河越走越近岂肯善罢甘休?市歌舞团被江河撬了墙角,也不会无所作为!

秦　池:刘希娅不到市歌舞团报到,孟建荣承诺的五百万赞助费就泡汤了。

秦海涛:叔,这是一出好戏,关键看怎么演了。

15　东江师大教室　春　晚　内

马尾巴和另一个女孩在跳舞。几个同学在旁边用乐器伴奏,舞姿轻盈,琴声悠扬。

众人不时报以掌声。一曲舞罢,刘希娅指着一个男同学说:苗子,该你的男高音了,又转头对江河说:苗子的高音区灿灿如漫天霞光,低音区郎朗如明月洒地,那才叫一绝。

男同学也不扭捏,站起来高歌一曲《今天是你的生日,我的祖国》,赢得一片喝彩,江河也报以热烈的掌声。

刘希娅:同学们,下面我们请江局长来一曲《江河水》好不好?在众人的欢呼声中,江河接过一个同学递过的长笛,吹了起来……

16　秦海涛家　春　晚　内

秦　池:海涛,你觉得我的应对之策如何?

秦海涛:您的三箭齐发,那两箭都可以,只是,您的这支箭可不能那么射!

秦　池:你的意思是?

秦海涛故作神秘,压低了声音:我的意思……

17　东江师大校区　春　晚　外

派对结束,刘希娅送江河离开校园。

刘希娅:江局长,你的《江河水》吹得真好,每次听完,我都有一种难以言说的感觉。

江　河:一支曲子给人什么感受,很大程度上依人的心境而定。比如说《江河水》,有人听出的是悲切忧伤,有人听出的是凄凉无助;我听出的却是激越、悲壮和力量!你看,一个弱女子千里寻夫,长哭三天三夜,竟哭倒了八百里长城,见到了砌入墙垛的亡夫,这是何等壮哉!它说明,一个人为达到目的矢志不渝,就能感天动地!

刘希娅:是,让人感慨。

立春时节,万物复苏,春色撩人。两人沿青石路向校外走,时遇一两个校友和刘希娅打招呼,刚拐过艺术系的院子,突然有人从路旁一棵树的背后跳出,挡住了去路:江局长,好雅兴啊!是孟建荣。

江河见到突然冒出的孟建荣,神态平和:噢,孟总。

孟建荣不阴不阳地说:江局长,我能借一步,和我的女朋友说几句话吗?

江河手一挥:你们尽可长谈,又扭头对刘希娅道:小刘同学啊,请留步吧。你这几个同学身手不凡,如果愿意到东江港,我们欢迎。不过,组建艺术团是东江港的一件大事,党委会要研究后定。

望着江河远去的背影,刘希娅很不高兴:表哥,什么时候我成了你的女朋友?你和江局长说话怎么阴阳怪气的?

孟建荣:东江港要组建艺术团,看来是真的了?

刘希娅:哎,我就纳闷了,东江港组建不组建艺术团关你什么事,你操的哪门子心?

孟建荣:怎么不关我的事?我之所以要给市歌舞团五百万赞助,是因为他们答应接收你和你的那几位同学啊!你要到东江港去,我赞助他们干什么,钱多得没处花啦!

刘希娅嘿嘿一笑:拜托,别把自己说得那么高尚好吗?你赞助歌舞团,不是为了在市领导那里多得点印象分,好有利于你在东江市拿工程吗?

孟建荣:希娅,你是真傻还是假傻,我现在工程多得干不过来,有必要使这种雕虫小技吗?

刘希娅:到哪里去工作,是我的选择;赞助不赞助市歌舞团,是你的权利,咱们互不干涉,行吗?

孟建荣见刘希娅转身要走,伸手一把拉住她:希娅,你看不出江河组建艺术团,是项庄舞剑,意在沛公吗?

刘希娅:你说什么呢?组建艺术团是我的主意。

孟建荣:我知道是你的主意。你这主意正中江河下怀,从江边吹笛子的时候起,我就看出他对你另有企图了,你难道没有警觉吗?

刘希娅俏皮地冲孟建荣摇摇头:我为什么要警觉?

18 秦海涛家 春 晚 内

秦池起身穿衣欲走:海涛啊,我走了,不要记恨叔叔。

秦海涛:叔,是我的错。我是希望煤码头能有五百万吨中转量,他们吃肉,我的船队也能跟着喝口汤。不过,要是和您的利益发生了冲突,我当然要站在您这一边儿!

秦　池:打仗亲兄弟,上阵父子兵嘛!

秦海涛:叔,眼下这出戏坐实了,日后有他的好果子吃!

19 东江师大校区 春 晚 外

孟建荣一把攥住刘希娅的手:希娅,莫非你真爱上了他不成?他一介武夫,有妻有子,有什么值得你爱的?告诉你,他就是一个政客,为了个人升官,什么都可以踩在脚下的!

刘希娅:放手,你弄疼我了!表哥,我爱没爱上江河,这完全是我自己的事,你关心好你的工程就够了,用不着你来做我的监护人。

孟建荣:我不要做你的监护人,我是你的男朋友!

刘希娅:男朋友?表哥,你以为我们一起去了一趟丽江,就成了男女朋友吗?如果你的认知水平是这样的层次,那好,请你告诉我你的卡号,我会在一天之内把你为我花掉的那一份钱打给你!

说完,转身向艺术系跑去。

望着刘希娅的背影,孟建荣五指合拢,紧紧攥成了两个拳头:江河,我不会放过你!

20 江河家 春 晨 内

徐小慧收拾餐桌,玥玥回到房间去穿衣服,江河已吃好早饭,拿起包要出门。

徐小慧:老江。

江河站住脚:有事吗?

徐小慧:昨天晚上不是说好了回来吃晚饭吗?

江　河:唉,刚要回家,被刘希娅拉着去了一趟东江师大。

徐小慧:她拉你去东江师大干吗?

江　河:是这样,东江师大几个艺术系毕业生想到东江港工作,我去考察了一下他们的实力。

徐小慧:看来东江港真要组建艺术团?

江　河:还没有最后定。如果真的组建了,对东江港的发展倒未尝不是一件好事。

徐小慧:好事?我不这么看。你和刘希娅的风言风语刚消停了几天啊,又往一块凑,这不是上赶着授人以柄吗?

江　河:我懒得理那些嚼舌头的人,身正不怕影子歪,只要你信任我就行。

玥玥穿好衣服出来了,徐小慧叹了一口气:老江,你好自为之吧!

21　高尔夫球场　春　早晨

乔婷陪丁薇薇在打高尔夫球。两个人一身白色休闲运动装,显得高雅而脱俗。

乔　婷:董事长,忘了叫依娜了。

丁薇薇:她呀,是山大王的压寨夫人,打麻将可以,打高尔夫啊,不谙此道。言毕,挥杆击球,一只球应声滚入球洞。

乔　婷:好球! 我看依娜天资聪慧、气质过人,却多少带一点土豪风范。

丁薇薇用手绢轻轻擦擦脸:是啊,以后你可以教教她。

乔　婷:董事长,她虽然也是花容月貌,却明显和您不是一路人,您是怎么认识的她? 我有点好奇。

丁薇薇:说来也很好玩儿,那一次,我领着丁氏集团旗下的几家公司到国贸参加北京国际珠宝节,正巧赶上明清红木家具拍卖会也在这里举行,我顺便也去凑了一个热闹。

乔　婷:依娜也去了?

丁薇薇:不但去了,还和我为竞拍一只明代花梨木小几较上了劲。从起拍价一万元开始,她咬住不放,竟以三十万拍到了这只花梨木小几。

乔　婷:三十万? 三十万都能买一只条案了。

丁薇薇:后边发生的事更奇葩……

22　港务局会议室　春　上午　内

卢茜已经到了,她给每个茶杯沏茶,见到江河进来,点了一下头。

江河坐下:卢茜啊,今天党委会讨论审议刘希娅那个组建艺术团的方案,党委委员都发了吧?

卢　茜:除沈奕巍外,全发了。

江　河:噢,奕巍增补为党委委员的报告,市委已经批复,忘了告你。

卢　茜:局长太忙了,可以理解。

江　河:趁现在人还没到,我想听听你的意见。

卢　茜:我? 不说了吧。

江　河:你是《东江港报》主编,虽然不是党委委员,但在这件事上有发言权,说说无妨。

卢　茜:那我就说了?

江　河:说嘛。

卢　茜:三个字,不赞成。

江　河:噢,理由呢?

卢　茜:理由很简单,东江港改革正处于关键时刻,要做的工作很多,现在组建艺术团弊大于利。而且,秦局长第一个就要站出来反对,你没有必要因此为东江港的深化改革增加变数。

江　河:任何事情都要未雨绸缪,为企业的发展注入文化软实力也要有"超前性思维"。我说过,港口建设无非两个层面,精神和生产。所谓精神层面,就是要形成有我们东江港特色的企业文化,组建一个艺术团,应该是题中应有之义吧?

卢　茜:我不这么看。加强企业文化建设不一定非要组建艺术团,二者之间没有必然的因果关系。退一步,即便要组建,现在也不是时机!

江　河:为什么?

卢　茜:为什么? 我的想法,作为一种意见仅供参考吧!

江河还要说什么,陆续已有人进来。见人到齐,江河说了一声:开会。

众人各就各位,互相点头寒暄。

江　河:组建艺术团的可行性方案会前已经印发,现在讨论一下这个方案,谁先发表意见?

秦池咳嗽了一声:我打头炮!

江　河:好,老秦,你先说。

秦　池:这个方案我反复看了两遍,很好! 江河同志提出东江港的一切工作都要有"超前性思维",这个方案就是很好的证明嘛! 同志们想一想,战争年代,两军相逢勇者胜,什么是最好的战前动员？演一场《白毛女》，战士们就嗷嗷地往前冲！我们不要小看了吹吹唱唱，东江港将来要有大的发展，离不开文化先行。

江河出乎意料，他看了一眼担任会议记录的卢茜，卢茜眼神中也流露出一缕茫然。

秦池继续发言：这个方案好就好在，第一，它具有很强的可操作性，从建团到正式演出都有明确的时间表，包括这期间的投入和演出之后所能产生的回报，也都说得言之有据；第二，作为一个带有一定公益性质的演出团体，它本身的品牌影响力将给东江港带来的增值效应，方案也分析得很到位嘛！

江河很高兴，见秦池把方案放回桌子上：老秦，你讲完了？

秦池点点头：一句话，我赞成港口成立艺术团。

江河转向大家：各位，有不同意见也可以提。

章江喝了一口茶水，清清喉咙说：搞文化我是外行，怎么做，老江，我信你。

闫主席兴奋起来：江局长，艺术团成立起来归哪个口管理？是局工会、港办，还是党委宣传部？

章江扔给闫主席一支烟：你是孩子还没落地，就想着起名啦？

闫主席接过烟：你不提醒，我还忘了。咱们还真得给艺术团想个名字，总不能就叫东江港艺术团吧？

章　江：就叫东江港艺术团有何不妥？

闫主席：哎，我想到一个名字，海鸥，多有诗意、多浪漫！

章　江：那也要带上东江港，东江港海鸥艺术团。

江　河：叫什么不重要，我看，如果大家没有什么不同意见，就举手表决吧？

秦池首先举起了手，有人也跟着举手。

江河刚要宣布通过，沈奕巍闷声闷气喊了一声：我反对。

23　高尔夫球场　春　早晨

丁薇薇和乔婷边打高尔夫球边聊天。

乔　婷：怎么奇葩？

丁薇薇：我从拍卖会出来，看见依娜在咱们公司展台前指手画脚，不知她又要出什么洋相，我走过去一看，原来她看中了一对价格高昂的祖母绿耳环和一只祖母绿戒指。

乔　婷：呵，她挺有眼光啊。

丁薇薇：可是你听她提的问题，就叫人哭笑不得了。

乔　婷：她提的什么问题？该不是，好好的绿石头干吗要叫“祖母绿”，是给老奶奶戴的吗？

丁薇薇：一点不错。我逗她，说刘姥姥进大观园时戴的就是这种绿石头，要不怎么说红配绿一台戏呢？

乔　婷：估计她会信以为真。

丁薇薇：她真的信以为真，费了我半天口舌，给她普及了一下祖母绿的知识。我告诉她，祖母绿这个称谓是古波斯语的译音，对于这种绿色宝石，中国古代曾有过“助木剌”“子母绿”“吕宋绿”“芝麻绿”等多种译法，王实甫在《西厢记》中译为“祖母绿”后，便作为正统一直沿用下来，实在和老奶奶没有任何关系。

乔　婷：其实，说祖母绿是珠宝中奶奶级的珍品也未尝不可。祖母绿是绿色系宝石中最珍贵的，有“绿色之王”的美誉，耶稣最后晚餐时使用的圣杯，就是用祖母绿雕制的；埃及艳后最著名的珠宝，也莫过于祖母绿；爱神维纳斯钟情的宝石，同样是祖母绿。颗粒大透明度高的祖母绿，非常罕见，价格也远远高过钻石。

丁薇薇：要说清楚这些，就得上一堂课了。

乔　婷：那倒是。董事长已经够有耐心了。这个依娜虽然没有上流社会女人的文化底蕴，却也没有社交场上所谓名媛淑女的矫揉造作。

丁薇薇：正是这一点令我刮目相看，很率真；以后依娜到香港，多次到咱们店里买珠宝，自然也就熟了。

乔　婷:那她怎么投奔到咱们丁氏集团了?

丁薇薇回避:可能是她觉得丁氏集团有发展空间。

24　港务局会议室　春　上午　内

秦　池:你反对? 这是党委会,你只是列席。

江河一愣:噢? 顺便宣布一下,沈奕巍同志增补为党委委员的报告,市委组织部已经批准了。沈奕巍不再是列席会议,你有什么意见坐下说,不用激动!

沈奕巍像是下了最大的决心:谢谢组织信任。我不激动,我会尽量让我的发言理性而务实。

秦池不阴不阳地对众人说:让我们且听沈总经理充满理性的发言。

沈奕巍瞪了秦池一眼:谈谈我的想法,不一定对,错了还请江局长和各位委员批评。

江河挥挥手,示意他快说。

沈奕巍:我认为,东江港现在还不具备成立艺术团的必要条件。理由很简单,虽然目前生产经营形势开始好转,财务紧张状况有所缓解,但是从生产发展的角度去比照,还有很大资金缺口。

秦池一笑,他拿起桌上的方案,晃了晃:看来沈总没有认真研究可行性方案。人家不是明确提出,一年后自负盈亏,两年后还清前期投入,三年后开始为企业创利,以后逐年按百分之十递增吗?

沈奕巍针锋相对:这也正是可疑之处。大家请看,支撑这个设想的最重要依据是,刘希娅是沉船事故八名大学生中的唯一幸存者。

秦　池:对呀,这将成为未来艺术团的一个亮点,它在获得社会各界认同、给东江港带来巨大品牌效应的同时,也展现出艺术团广阔的市场前景。

沈亦巍:首先,这是一个定位错误。

秦　池:沈总,你这哪里是讨论问题,明明是打棍子!

郭　川:老秦,听小沈说嘛。

沈奕巍:港口艺术团,顾名思义,应该是为港口服务的,和《东江港报》一样,以宣传东江港、服务东江港为己任;这就要求它的节目应该以反映码头工人的生活为主而不应该等同于一般的社会性演出团体。第二,即便我们退而求其次,寄希望于港口艺术团能够涉足更多的商业性演出,那么,决定艺术团能否产生经济效益的也是艺术团的运行机制、节目质量,而不会是一个幸免于难的大学生的悲情故事。它或许能在短期内吸引一下市场先生眼球,但是随着时间的推移,这种吸引力会逐渐消失并最后归之于零!

会议室突然静下来。刚才还窃窃私语的党委委员们不再说话了,他们把目光一起投向了侃侃而谈的沈奕巍。

沈奕巍继续发言:这就向我们提出了一个问题,如果一年后艺术团不能自负盈亏,两年后无力还清投入,三年后并未生成赢利能力——

秦　池:你这只是推论嘛。

沈奕巍:各位,这种可能性并非不存在。据我了解,一个几十人的专业艺术团体从组建到正常运转,没有一两年的时间磨合、适应是不可能的。

秦　池:你这是惯性思维,我们现在讲“双超”,超前性思维、超常规发展,难道在组建艺术团上就不讲了吗?

沈奕巍:秦局长,当然要讲,港务局的各项工作都应该体现“双超”精神。

秦　池:这不结了吗?

沈奕巍:但是“双超”精神的前提是尊重客观规律。这期间,人力、设备、创作等各方面的投入将是一个巨大的数字。如果我说的情况发生了,我们应该怎么办? 解散艺术团? 问责组建艺术团的决策者? 无论哪一种情况,都会给东江港带来重创,这两年正是东江港艰难爬坡的时期,它像一个重病初愈的孩子,还没有足够的抗击打能力!

会议室的静谧被打破了,人们开始交头接耳。

闫主席用手点着沈奕巍:小沈说得不无道理。

郭川也点点头:这事看来有必要再认真议议。

江河不动声色地问:你的发言完了吗?

沈奕巍看了一眼江河:没完。

江　河:没完?你继续说!

沈奕巍:归结我发言的要点:A. 在条件不成熟的时候上马没有把握的项目,这和江局长提出的"超前性思维、超常规发展"毫不搭界;B. 我不是不同意组建艺术团,我只是认为现在还没有条件组建艺术团;C. 以上我只是就事论事,还没有把一些可能发生的场外因素囊括进去;D. 漫说我们现在还拿不出几百万组建艺术团,如果真能挤出这笔钱,也应该用它去改建贮木场的水塔,而不是去组建什么艺术团!

秦　池:贮木场隶属于省林业厅,跟我们东江港有什么关系,要我们拿钱去改造?笑话!

沈奕巍寸步不让:贮木场跟我们是没有关系,但是贮木场宿舍住着我们港务局的二百多名职工,他们每天喝的是未经任何处理的江水,因水质恶劣,一些人因此罹患癌症!

秦池晃晃头,又很大度地一摆手:扯哪去了嘛!我们这是东江港的党委会,不是联合国难民署的赈灾会。我看,老江啊,举手表决吧!民主集中制是我们党的法宝,少数服从多数,争来争去能有个什么结果?

沈奕巍:我反对在论证不充分的情况下举手表决;如果一定要表决,我也请在座的各位慎重对待手中的一票!

秦　池:沈奕巍,你太过分了吧,你煽动什么?你难道还要凌驾于局党委之上吗?老江,别理他,表决吧!

江河合上了笔记本:既然大家还有不同看法,这件事就以后再议,今天的会先开到这儿。

秦池有些失望,想说什么,见江河已起身往外走,就无奈地摇摇头。

人们纷纷向外走。卢茜装着整理会议记录,坐着没动,沈奕巍最后一个经过卢茜身旁时,卢茜站起身冲他说了一句:嗬,牛啊,今天做了一把亚里士多德!

沈奕巍:你这是表扬我,还是骂我?

卢　茜:自己琢磨去。

25　香港朗庭酒店　春　中午　内

一间尊贵的套房。浴缸旁是木制的百叶窗,一推开就可以和卧室连通。丝制的幔帐,带有中国特色的金箔壁画,黑白的香港老照片,现代理念与怀旧情结巧然天成,犹如皮革的墙壁和柚木地板上的羊毛地毯一样交相辉映。

丁伯刚冲过澡,穿了一件浴衣走到外间。有人敲门,是服务生推着小车送进来一桌丰盛的佳肴,一样样摆在餐桌上。

丁薇薇和依娜已在外间恭候,见到丁伯,双双起身。

丁伯一挥手:坐吧,都是子侄辈,老夫就不拘礼了。言毕,率先坐在了餐桌正中。

丁薇薇开了一瓶有年份的波尔多红酒,先为叔叔斟上少半杯,又为自己和依娜各倒了适量:叔叔,您所料不错,在瑞丽宝石街上和我们赌石的那个人,就是黄元昌的小儿子黄敬业,依娜在丽江已经找到他了。

丁伯端起高脚杯轻啜一口,甚感兴趣地问:是吗,他现在境地怎样?

依娜忙起身,恭敬地垂手而立:老伯,黄敬业在丽江开了一家不起眼的古玩店,营业面积寒酸,大约也就百十平方米。

丁伯不胜感慨:当年北京琉璃厂半条街都是黄家的,岂知后人沦落如斯,真是世事无常!

丁薇薇不由笑道:叔叔,您不是常说山不在高有仙则灵吗,他那个店呀,我看他自己就是镇店之宝,大了也无益。

依娜赞同道:是呀,老伯,我在店里一见着他,就觉得满店的古董也不如他沧桑。另外,他也承认了,他就是当年的擦石头人,我还冒充了一把当年买石头的人,只是没说几句话就被他拆穿了。

丁伯摇摇头:凭你那点修行,要和他盘道可差得远哩。漫说是你,就是薇薇,和他也不在一个等量级上。

丁薇薇又给叔叔斟了一次红酒，不以为然道：叔叔，他和我们是两代人，思维方式完全不一样，真要坐下来谈，也不见得就落了下风。

丁　伯：年少轻诳，丽江之行的教训还没吸取吗？

丁薇薇：怎么会，您不是说得胜的猫儿欢似虎吗？我想尽快再去一趟云南，那枚金印真要落在黄家手里，我一定想办法让它重出江湖。

26　煤码头　春　午后

江河出了堆场，向码头走，身后呼哧带喘追来了沈奕巍。

沈奕巍：局长，您来了也不打个招呼，害得我四处找您。

江　河：我早来了，被机械队长抓了公差，去写了会标。你找我干吗，我又不是三岁小孩子！

沈奕巍嘿嘿笑着：局长，那会标我看见了，牛，真牛！

江　河：少来这套你。

沈奕巍：昨天开会冒犯了您，您别生气了！

江河回头瞪了沈奕巍一眼：噢，我就这么大肚量，听到点不同意见就生气？

沈奕巍：也怪我，事先没有跟您沟通，一着急，就不管不顾了。

江　河：打住，发表不同看法是你的民主权利，只要是为了东江港的发展，没有必要看领导脸色行事。说着，江河从兜里掏出烟抽出一支。

沈奕巍伸出手，嬉皮笑脸地说：局长，我早晨六点钟就来现场忙活了，没有功劳还有苦劳呢，烟您也不犒劳一支？未免太小气了吧！

江河扑哧一声乐了：看看你这没出息的样子，怎么指挥你手下的上千个兄弟？

沈奕巍接过江河递过的烟，背过身打火将烟点燃，又把点燃的烟递给江河，让江河续火：局长，不是跟您吹牛，别说工人弟兄，就是重新上岗的两劳释放人员，也没有几个调皮捣蛋的了。咱们有服务质量标准摆在那儿，一切按规章制度办事！

有几个工人走过来，见到沈奕巍，老远就打招呼：沈总。

沈奕巍招招手：三点钟开会，叫大家要准时啊！

工人走过去了，江河半是玩笑半认真地说：沈总？嗯，了不得啊沈总，有一件事我还要跟你商量一下。

沈奕巍两手一抱拳：局长，您饶了我吧，有什么指示尽管说。

江　河：不，一定要跟你商量。

27　香港朗庭酒店　春　午后　内

丁伯、丁薇薇和依娜坐在一张长桌前吃饭。

丁　伯：这枚金印若能重见天日，足可媲美秦皇陵、三星堆的任何宝物。也是巧了，如果没有那次偶然相遇，机缘岂不就错过了吗？

依　娜：是啊，也是老天爷长眼，让我那次遇见了老伯，不然我还在那个活棺材里当压寨夫人呢！

丁薇薇：叔叔轻易不来店里，可巧那次就来了，确实是缘分。

依　娜：那天，老伯也是这样一身休闲打扮……

28　煤码头　春　午后　外

江河抽了一口烟，边走边说：你知道吗，你那天的发言，最令我震撼的是哪两句话吗？

沈奕巍：局长言重了，我的什么话能让您震撼？

江　河：是啊，贮木场的职工还在饮用那样的江水，我们应该睡不着觉啊！我想艺术团如果缓建，可以把筹建艺术团的费用拿出来改造一下贮木场的净水设备。我和章总算了算，拿不出多少，也就百八十万，你们煤码头再拿个百八十万，先把净水设备改造一下吧。重建水塔，这两年我们还没有这个资金实力，但净水设备的更换刻不容缓了，贮木场的职工再喝两年那样的水，不知又要多出几个癌症病人啊，这是犯罪。

沈奕巍停下脚步,江河回头看他一眼:怎么不走啦?

沈奕巍双脚并拢,给江河敬了一个并不标准的军礼。

江河不解:你这是给我演的哪一出?

沈奕巍神情严峻:局长,您知道我为什么心甘情愿跟着您干吗?就是为您的这份人文情怀,真的。眼下一切向钱看,一心挂念普通职工的领导不多了。

江河笑了:人文情怀?你小子别把我忽悠大了。

公司秘书一溜小跑过来,老远就喊:沈总,韩市长到了!

沈奕巍一怔:这个活动没敢惊动市长大人呀,什么风把他吹来了?

江河拍了他一巴掌:你动静搞大了,市长都来给你助阵,别愣着了,赶快去接呀!

江河和沈奕巍快步来到临时会场,韩仕琪站在奥迪旁,正抽烟。和两人握过手,他一指会场:小沈呀,气派蛮大嘛!这么大的活动为什么不通知我,莫不是怕我韩仕琪抢了你的风头吧?

沈奕巍忙说:哪里,哪里。您日理万机,全市几百万人口,有多少大事要您去处理,这么点小事怎么敢劳烦您。

韩仕琪用手指着沈奕巍:小沈,话可不能这么说啊!东江港临江面海,是东江市经济腾飞的重要支点,我能参加你们的活动,深以为荣呢!

江河一伸手:工人们都来了,请韩市长上主席台吧,希望韩市长多多指导东江港的工作。

会场上已经坐满了人,各矿山的住港代表也在公司服务人员的引导下登上主席台。扩音器里,开始播放民乐《喜洋洋》。

沈奕巍宣布庆典仪式开始后说:首先,请韩仕琪市长讲话。

29 丁氏集团银楼 春 晨 内

闪回:

丁伯身穿一身休闲衣裤,拄着拐杖走入店中的贵宾休息室。

正在喝茶聊天的丁薇薇和方秋萍忙起身迎候。

丁薇薇:这是我的叔叔,又一指方秋萍:这是常来光顾店里的一位朋友。

方秋萍趋前一步:老伯好!

丁伯摆摆手,示意她们坐下,接过服务员递过的一杯上好咖啡坐在沙发上用小勺搅拌着:我随便走走,老了,也算活动一下筋骨,你们聊你们的,咱们互不干扰。

丁薇薇和方秋萍重新坐下,把玩方秋萍刚买的几款钻石。

忽然,丁伯的目光被书架上的一本《收藏》杂志吸引,丁伯以拐杖拄地,急不可待地让丁薇薇把杂志拿了过来。杂志封面印着一枚古滇国之印,并以“旷世瑰宝,绝代珍藏”为题加以介绍。丁伯看后啧啧称奇,唏嘘不已。

丁薇薇:叔叔,什么宝贝值得您老如此青睐?我随叔叔十多年了,还是头一次见到您流露惊诧之色。

丁　伯:说这枚古滇国金印是旷世瑰宝、绝代珍藏,绝非过誉。可惜呀可惜……

30 煤码头 春 午后

韩仕琪起身向大家深鞠一躬,然后站直身体一手握住话筒,一手画了一个大圈说:同志们,东江港今非昔比呀!他们的经营方略是以煤炭运输为基础,以外贸运输为重点,现在煤炭这个基础夯实地非常坚固啊!我听说,半年前吧,还有煤矿的朋友沉石立誓,说除非这块石头浮上来,否则不再和东江港打交道。可是今天呢,煤矿的朋友已经成了我们的座上宾,这说明了什么?说明我们煤码头发生了巨大的变化,刚才我开车在港区转了一圈,我真怀疑我进错了门,这哪里是整天和煤炭打交道的煤码头,分明是一座花红柳绿的大花园啊!

会场响起一片笑声。

韩仕琪:一座煤码头成了一座大公园,它标志着这个企业的管理水平已经达到了令人震惊的高度。当然，我的话略微夸张了一点，也许明年我这个时候来，我的这个比喻就彻底实现了，大家说，有没有信心？

有！齐刷刷的回答，如一声雷在会场炸开。

韩仕琪：好！我的发言完了，再说就喧宾夺主了。下面应该请使东江港产生巨大变化的带头人江河同志讲话！韩市长说完，把话筒递给身旁的江河，转身和沈奕巍开玩笑：小沈呀，我是不是抢了你的差使呀？

沈奕巍：哪里，这个仪式由您主持，规格立马提高了。

31 丁氏集团银楼 春 晨 内

闪回：

丁薇薇：叔叔，可惜什么？

丁伯指着杂志封面：这枚古滇国之印并非真品，真正的那枚古滇国金印，早在抗战期间就下落不明，至今未出江湖。

丁薇薇和方秋萍都有了兴趣。

丁薇薇：怎么回事，叔叔您给我们说说，也让我们长长学问。

丁伯放下杂志，仰天一声长叹：当年你父亲与南京博物馆馆长是莫逆之交。那枚古滇国金印乃南京博物馆的镇馆之宝。我随兄长去南京博物馆时，也有幸数次得识真容。

丁薇薇：您这一说，我记得幼时家父曾说过古滇国金印，说时也是双眼放光，倾慕不已。

丁　伯：后来南京沦陷，馆长只揣了这枚金印仓皇南逃。逃难途中身染沉疴，幸遇也举家南迁的北平大收藏家黄元昌，一路得其关照。但终因病体不支，撒手人寰，这枚金印也就不知下落了。

丁薇薇好奇心顿起：难道黄家人也不知金印下落？

丁伯叹道：光复后黄元昌一家重回北平，有人揣测金印落到黄元昌手里。不久内战硝烟又起，乱世黄金盛世古董，也就没人再去关注这枚金印。以后共产党问鼎北平，国民党兵败台湾，黄元昌一家留在大陆历经劫难，金印的下落更是无人知晓。如今半个多世纪过去，金印若能侥幸存世，世上也只有黄家人知其下落。只是，黄老先生怕已作古，黄家是否还有后人，也世事难料了！

方秋萍突然问：丁伯，这枚金印是否很值钱？

丁伯笑曰：如今国际买家为这枚金印开出过亿美元的身价，你们说值不值钱？不用说得到，就是再能一睹真容，也不负老夫平生之愿了！

方秋萍闻言，不禁咋舌，丁薇薇也惊得半晌无语。

32 煤码头 春 午后

江河接过麦克风：韩市长让我讲话，实在愧不敢当。他一指条幅，今天是迎接琊山二十万吨煤入港庆典，煤码头能有现在的景象，应该感谢各电厂、各煤矿对我们东江港的信任和支持！所以，我要把麦克风让给琊山煤矿矿长廖汉中，他才是我们今天这台戏的主角！

江河回身举着麦克风对坐在主席台正中的廖汉中喊：老廖，廖汉中矿长，请你讲几句。

廖汉中应声而起：老江啊，你再不让我，我就要夺话筒了！

33 香港朗庭酒店 春 午后 内

丁薇薇：那次是说者无意，听者有心。依娜每月必来香港购物，一般只住两天，听了叔叔的话，你却住了一周。

依　娜：薇薇姐，这你要理解，毕竟是人生的一次重大选择，我要好好掂量一下啊！

丁薇薇：五天后，依娜非常神秘地找到了我……

34 煤码头 春 午后

廖汉中一手拿着麦克风，一手叉着腰：各位，刚才韩市长说的就是我老廖，我老廖曾经在东江港沉石之誓—— 只要这块石头不浮起来，就不再和东江港打交道！那为什么我老廖食言了呢？

有人打趣：是啊，你老廖是一口唾沫一个钉的主儿，怎么也嘴上抹石灰——白说啦？

廖汉中：各位已经参观了煤码头的厂区，用韩市长的话说，我真怀疑我进错了门！

台上台下发出一阵笑声。

廖汉中：这还只是硬件—— 生产环境的改善。关键是软件，他们经营观念的改变，叫老廖我真是佩服得五体投地。沈总……

沈奕巍站起身：廖矿长有什么吩咐？

廖汉中：我建议你把那位替矿主要回四千八百万售煤款的兄弟叫上来，让我们大家认识一下；同时，我建议为他披红戴花，敲锣打鼓！

沈奕巍：好！廖矿长的提议有道理。说着一指台下，杜科长，请上来。

杜科长摆动双手，推辞不就。旁边两个工人已经把他架了上来，有两个工作人员为他戴上了大红花，锣鼓声也响了起来。

廖汉中过去握住杜科长的手，上下打量一番：这就是那位要回巨款的胖老头？了不起，了不起。兄弟，请受我老廖一拜。随后又转向会场：大伙儿说，我们有什么理由，不跟这种拿客户当亲人的企业合作？除非他脑袋里进水了！

台上台下一片掌声。

江河走过去接过廖汉中的麦克风：老廖，谢谢你啦！

廖汉中：咱们兄弟过心，不言谢！又附在江河耳旁小声说，我的心结老弟想必不会忘。

江　河：那是，怎么会呢！

沈奕巍宣布：琊山矿二十万吨优质煤进港！

伴随一声汽笛长鸣，工人们四散开去，各就各位，装满煤炭的列车进入了卸煤坑道将煤卸下，再由传送带徐徐装船；另一部分待运的煤炭则装车运往堆场，沿途防尘措施严密，确保不污染环境，不损耗原煤。装卸车时，工人们手拿小刷子和小铲子，把落在地下、藏在缝隙里的乌金清扫得干干净净，回归货主。

韩仕琪要走，众人送行。韩仕琪一指江河：江局长送我就行了，各位留步。来到奥迪车旁，江河为韩仕琪拉开车门，韩仕琪上车后，一拍身旁的座椅对正欲招手相送的江河说：你上来，我有话说。

江河不知韩仕琪何意，犹豫了一下，侧身上了车。

35 丁薇薇办公室 春 上午 内

闪回：

乔婷把方秋萍领进门，转身出去，把门带上了。

方秋萍不放心，又检查了一下门是否关严，然后坐在丁薇薇对面，语气神秘地说：我能找到古滇国金印！

丁薇薇大惊：你说什么？

方秋萍又重复了一遍：我能找到古滇国金印！

丁薇薇：今天不是愚人节，这个玩笑不好玩儿。

方秋萍急了：丁董，我不是开玩笑，黄元昌的后人和我有莫逆之交。此事，他不止一次对我讲起过，金印在什么地方有可能找到，我心里也大体有数。

丁薇薇神情一抖：你慢慢说。

方秋萍：你答应我三个条件，我就帮你设法找到金印。

丁薇薇：三个什么条件？

方秋萍：第一，我需要一个海外身份；第二，我需要从中国大陆彻底消失；第三，如果拿到金印，你向我支付三千万美金的酬劳。

丁薇薇:我怎么知道你不是异想天开?

方秋萍:丁董事长,我一个弱女子一旦从大陆蒸发,必仰仗丁氏集团才能苟活,哪敢拿自己的性命开玩笑。

丁薇薇:你为什么一定要从大陆彻底蒸发?

方秋萍:您知道,我对"压寨夫人"的生活已经厌倦,廖汉中待我不薄,我这样摆脱他,对他的伤害才会最小;而且,我有一笔一个多亿的款子,如果我不彻底蒸发,大陆警方一定会穷追不舍。

丁薇薇沉思有倾:好,你的条件我答应,剩下的事我来安排。记住,你消失后重新复出,名字就叫依娜吧!

36 香港朗庭酒店 春 午后 内

丁薇薇:你在东江港乘船当天,叔叔就带我去了东南亚,一路奔波劳顿,所幸一切安好。

丁 伯:是啊,那一路能走下来,对老夫的身体也是一次检验。好在有薇薇陪伴,倒也没觉出累来。

丁薇薇:叔叔,现在大陆海关盘查极严,依娜建议我们在东江建立一条水上出货通道。

依 娜:只是一个建议,还请老伯定夺。

丁薇薇:所以去云南之前我想先到东江走一遭,那地方四通八达,出货方便,若能弄一支规模不大不小的船队,上通云贵川、下达宁沪杭,在整个长江流域可就有得做了,叔叔您以为如何?

丁伯端起高脚杯,嘴唇碰了一下酒液,微笑颔首:东江好啊,富庶之地,我年轻时那是有名的米市,如今是煤码头。嘿嘿,要说起来,这地方依娜可比我们熟多了吧?

依 娜:是,老伯,常来常往。又对丁薇薇说,我在东江曾扶持起一支中等规模的运煤船队。我离开煤矿,那支船队也就废了,不过要想启用也不难,把运煤船改成散货船就成,不费什么事。

丁薇薇嫣然一笑:没想到你还有如此大手笔,居然在东江扶持起一支中等规模的船队,船主是何等人物,能让你依娜青睐可非同一般!

依娜忙举起酒杯:薇薇姐,我敬你一杯,能让我青睐的算不上人物,能让你薇薇姐青睐的人才非同一般呢!那张生日卡精美绝伦,也是寄往东江,不知谁有福得到它呐。

丁薇薇大方地一笑:彼此彼此啦。依娜,船队是你扶持起来的,我不发表意见,你说启用就启用,你说不启用,咱们就另起炉灶。

丁伯笑道:你们这俩孩子,有什么话不能明说,在老夫面前打哑谜?

丁薇薇笑靥如花:叔叔在上,我们这点道行,岂敢在叔叔面前打哑谜?

依娜也笑着说:老伯,我们这哪是打哑谜呀?东江这盆水不浅,我不在了,有那长袖善舞之人,谁知香风一吹又歪哪边去了?我真是不敢向薇薇姐力荐哪个人,万一识人有误,还不是给薇薇姐添麻烦?

丁薇薇:依娜,我这次去东江,不过是探探路,顶多住上一周,就是启用你说的那支船队,也要等你方便时把东江的人约到香港来谈,这事完全由你操作,我是不插手的。咱俩情同姐妹,游戏规则还是要讲的,你说对吗?

依娜满心欢喜:按薇薇姐说的办。那我还是直接去云南,等你在东江办完事,咱们在丽江会合。怎么样?

丁伯看了一眼依娜:薇薇,人海茫茫,依娜在云南遇见熟人的概率如大海捞针。如果你还想让她在东江露面,找时间还是先把该做的事做了,古话说得好,一着不慎,满盘皆输,尤其是干我们这行的,切不可心存一丝侥幸。

丁薇薇顺从地点点头:放心吧,叔叔,整形师我已经找好了,是韩国最棒的,我会安排。

37 街市 春 午后 外

奥迪开出厂区,韩仕琪让司机把车停在路边:小张,你下去散散步,我和江局长要谈工作。

司机下车后,江河扭头一看,瞬息之间,韩仕琪已经换了另一副面孔:江河,你能不能让我省点心!

江河不知所措。韩仕琪打火点烟,半晌无语。

江河摇下了半截车窗:韩市长,有什么话您尽管说。

韩仕琪抽了一口烟,问:听说你要搞个什么艺术团?

江河嗯了一声。

韩仕琪继续说:搞艺术团不占国家编制,不由财政拨款,是你们企业自己的事,按说我不该多管。可是……他从西服口袋里掏出一封信递给江河:你先看看这个吧。

江河看完信:市歌舞团告我?东江师大艺术系那几个毕业生怎么成了他们定向培养的了?据我了解,不过是去年暑假后,歌舞团去学校表了个态,说可以接收他们到市歌舞团工作。你表了态,人家就一定要到你那去工作吗?还说我们霸道,出手截杀,这没有道理吧?

韩仕琪在烟灰盒里磕了磕烟灰:江河,事情并不像你想象得那么简单。市歌舞团这几年经济窘迫,市财政又拿不出更多的钱投入。人家孟建荣财大气粗,出手相助,每年赞助市歌舞团五百万,合同一签就是五年。五年,就是二千五百万呀!这是以市歌舞团接受东江师大几个毕业生为前提的,半路杀出你这么个程咬金,人家市歌舞团都乱成一锅粥了。你们港口组建艺术团,我当然不应该管,但是,牵扯到了东江市文艺队伍的稳定,我还能不管吗?

江　河:现在提倡双向选择,孟建荣手伸得也太长了吧,就因为他有钱?

韩仕琪在烟灰盒里使劲摁灭烟头:江河,你这么说我可要批评你了。孟建荣快四十岁了没有结婚,一直在追求东江师大艺术系那个叫刘希娅的女孩,这在东江市已经不是什么新闻。那个刘希娅对你心存好感,许多人也知道,我相信你和刘希娅的关系清白,但是坊间也有一种说法,说你横刀夺爱……

江　河:我横刀夺爱?

韩仕琪:是啊,如果刘希娅在这个节点没有去歌舞团,而是去了你东江港,岂不是坐实了这种说法,你一句“双向选择”就可以辩白吗?

江河张嘴欲言:我……

韩仕琪用右手食指抵住手掌心,做了一个篮球比赛中暂停的手势:我知道你要说什么,我只问你一句话,在东江港还没有充分条件成立艺术团的情况下,你对这件事有这么高的热情,除了东江港未来发展的考虑之外,难道就没有掺杂一点点的个人情感因素吗?

司机在附近的一个小摊上买了一包爆米花,慢步朝奥迪走来。在离小车十几米远的地方,他看了一眼车中的两个人,停下来站在路边吃爆米花。

韩仕琪一招手,司机跑过来上车。

韩仕琪:该说的我都说了,你自己去琢磨吧!

江河推门下车。

38　街市　春　午后　外

江河见韩仕琪的车开走了,转身要往回走。包中的手机响了,掏出来一看,是刘希娅。犹豫了一下,按下了接听键。

刘希娅:江局长,我们马上要和学校签毕业协议了,你那边的情况没变化吧?

江河有些尴尬,他不知道该如何回答刘希娅。

刘希娅:说话啊,怎么卡壳了?见江河依然不说话,刘希娅急了:江局长,是你吗?你为什么不说话?

江河无奈,斟酌着词句:小刘,是这样……

刘希娅:别吞吞吐吐的,说一句干脆的,有没有变化?

江　河:这个事…… 恐怕要以后再议。

刘希娅:以后再议?

江　河:小刘,请你相信我,东江港艺术团早晚会成立的!

刘希娅:这么说,你真的是变卦了?

江　河:不是变卦,是缓议。

刘希娅:少跟我玩这套文字游戏。孟建荣刚刚从我家离开,让我和同学们赶快和市歌舞团签合同。我告诉孟建荣自己决定到东江港了,孟建荣笑话我一厢情愿,说你为了仕途通达,权衡利弊后肯定会变卦,不信,就走着瞧。

江　河:我……

刘希娅怒火中烧:江局长,你真叫我失望,现在我才明白,丁薇薇为什么会选择离开你,像你这种朝令夕改、毫无担当的男人,根本不可能对一个女人信守承诺,我鄙视你!

江河还想对刘希娅做一些解释,对方已经啪一声挂断了手机。

39　集装箱码头　春　午后　外

一个中年男子身穿工作服,头戴安全帽在指挥塔吊,见到秦池走了过来。

中年男子:呦呵,秦局长,怎么有闲暇来我们集装箱码头视察啊?

秦　池:刚参加完煤码头的庆典,顺便过来看看。怎么样,工程快完工了吧?

中年男子:差不多了。我也刚回来,沈奕巍的点子真多,我看这个庆典仪式把煤老板和电老虎的积极性都煽乎起来了。看来,煤码头今年不是完成五百万吨中转量的问题,而是超额多少了!

秦池有些不快:朱经理,你别眼馋人家,今年的外贸指标你能不能完成?

朱经理:马马虎虎吧。

秦　池:什么叫马马虎虎? 咱们港务局今年的经营方针是以煤炭运输为基础,以外贸运输为重点,你要是马马虎虎,不是拖了整个港务局的后腿吗?

朱经理:秦局长,话可不能这么说。您知道,日用品、电器、医药用品和农机产品主要出口方向是非洲。可是那个地方不太平啊,今天政府更迭,明天军事政变,咱们走货的几个海外码头不仅吞吐量受制约,中转能力也很差,你叫我有什么办法?

秦　池:办法是想出来的嘛! 你不是说沈奕巍点子多吗,你的脑袋也不应该是木头疙瘩呀!

朱经理:沈奕巍的问题可控,我们的问题是鞭长莫及,根本不可控,能海参鱿鱼一锅烩吗?

秦池缓和了一下口气:老朱,我知道你也尽力了。改建以后,集装箱码头的设计能力提高了不少,生产也要跟上去。

朱经理:我尽力吧。

秦池还想说什么,手机响。他冲朱经理挥挥手,走到一边接听手机。

40　集装箱码头一角　春　午后　外

码头一角,四周无人。

秦　池:有什么指示? 您请说。

手机男声:艺术团的事我没给你添柴,给你撤火了。

秦　池:我明白。沈奕巍打了一排横炮,江河会重新考虑这个事儿,对沈的话他还是很重视的。

手机男声:根据你说的情况,沈把道理讲得那么明白,再鼓励江河成立艺术团就不好了。沈暗指的场外因素我也给江河点明了,我不说,谁心里也不傻。

秦　池:是,是是。不过,刘希娅就此肯定会和江河翻车,从这个角度看,也未尝不是一件好事。

手机男声:老秦呀,怎么说你呢! 你想扳回东江港的败局,我支持。但要找关键处取胜,儿女情长的事儿还是少做文章吧。你看,这才几个月,煤码头已经旧貌换新颜了。人家出手,哪一招不是正中靶心?

秦　池:煤炭中转这一条路,江河是打通了,外贸运输这一块却没那么容易,终究,他还是个瘸子。

手机男声:我还有事,你好自为之吧!

41　酒吧屋　春　晚　内

刘希娅伏在吧台已有醉意:再来一杯 XO!

孟建荣:希娅,少喝点吧,对身体不好。

刘希娅:不用你付账,不要你管。

孟建荣:希娅,你不要靠酒精来麻醉自己,你应该有勇气面对现实。

刘希娅痛不欲生：他为什么要这样？他怎么能这样？

孟建荣：我早就跟你说过，你听不进去呀。江河这样的人最爱惜的是自己的羽毛。他的心里只有政绩，自己的仕途，根本就不会在意别人的感受！

刘希娅：我原以为他是一尊金身，没想到是一胎泥塑。

孟建荣：说他是泥塑都抬举了他，他其实就是一具没有心肝的稻草人。

刘希娅：你，你怎么这么说他？

孟建荣：我这么说他错了吗？希娅，都这时候了，你难道还感觉不出来，谁对你是真好？

这时，歌手走上小舞台：下面我要演唱的歌曲是陈晓东的《情有独钟》，这是孟建荣先生为他心中的女神而点。他心中的女神叫刘希娅，一个多么曼妙而美丽的芳名。

音乐响起，歌手深情演唱：

这种感觉从来不曾有
左右每天思绪每一次呼吸
心被占据却苦无医
是你让我着了迷
给了甜蜜又保持距离

42 香港朗庭酒店 春 晚 内

豪华的套房里丁伯坐在靠椅上，丁薇薇为他捏肩。

丁薇薇：叔叔，我明天一早飞东江，您老还有什么要嘱咐的吗？

丁伯略微沉吟：寻找机会收购一家建筑公司，不宜太大，也不能太小，中等规模即可，资质要好。

丁薇薇不解：咱们丁氏集团的业务有珠宝、文物、运输，莫非叔叔还要染指土建？

丁伯拍拍侄女的手：不种今年竹，哪有来年笋？走一观二想三，才能在商场立于不败之地啊！告诉你，这个建筑公司日后会派上大用场。

丁薇薇：薇薇记下了。

43 酒吧屋外 春 晚 外

刘希娅走出酒吧屋，她步履蹒跚，已显醉意。

孟建荣要扶她，被刘希娅推开：表哥，谢谢你的《情有独钟》。不过，你最好不要给一颗不肯发芽的种子浇水了。

孟建荣：希娅，我送你回家。

刘希娅：不，不用。我要打电话去质问他，为什么言而无信？升，升官，对，对他就真的那，那么重要吗？

孟建荣：没有用的，希娅，这种人就是政客，你以后不要理他了，远离他！

刘希娅：对，远，远离他！

一个趔趄，刘希娅险些跌倒，孟建荣趁势把她扶上奔驰车。

44 香港朗庭酒店 春 晚 内

丁　伯：薇薇，如果叔叔没有猜错，你急着要去东江走一趟，也并非全因丁氏集团业务所需吧？

丁薇薇不好意思：叔叔何出此言？

丁伯站起身哈哈一笑：薇薇，以你的条件，追求者当如过江之鲫，你全不入眼，想必有旧情所系。如果这次你去东江能重叙旧缘，叔叔当然乐观其成。

丁薇薇撒娇：叔叔取笑我。

丁　伯：不过，年年岁岁花相似，岁岁年年人不同。薇薇啊，你冰清玉洁，心地善良，叔叔担心你为情所困，为爱所伤。

丁薇薇：叔叔放心，薇薇知道怎么做。

第13集

1　江河家　春　晚上　内

徐小慧已经睡了。江河靠在床头放下书，关台灯。床头柜上的电话忽然急促响起来，江河接听。

徐小慧翻了一个身：谁这么晚了还来电话，有病！

话筒里传出电厂厂长薛东方的声音：江河，弟妹是说我有病吗？

江　河：你可不是有病吗？都快十二点了，你是夜游神，以为别人也是夜游神呐！

薛东方哈哈一笑（OS）：你这小子可真是自己长了一身绿毛，还笑话别人是妖怪。叫小慧说说，你十二点以前回过几次家？

江　河：小慧懒得搭理你，说吧，什么事？

薛东方（OS）：你小子不够意思啊，东江港有了这么大发展，论功行赏，我也是头功吧！

江　河：是啊，沿江电厂一听你薛东方的大名，无不大力提供方便，可见你人缘还不错，应该犒劳你一下。

薛东方（OS）：所以呀，你得请老战友喝一顿呀，怎么黑不提白不提，一猛子扎下去就不露面啦，不是你猴急猴急找我借钱的时候啦？

江　河：是要请你，得等我找个机会呀。

薛东方（OS）：真的？

江　河：我什么时候诳过你。

薛东方（OS）：那好，鉴于你小子态度诚恳，表现还不错，我再向你提供一个重要情报，机会抓住了，保证你东江港赚得盘满钵满！

江河一下坐起来：说，东方呀东方，你简直是我的福星！

2　江畔　春　早晨　外

沈奕巍走出客运码头，见到等候他的江河。

江　河：奕巍，这么早叫你过江，不好意思啊！

沈奕巍：局长，你不用客气，有什么吩咐尽管说。

江　河：马上动身，再赴琊山！

沈奕巍：有什么好事？

江　河：大好事！昨天晚上薛东方半夜三更给我打了个电话，说琊山煤矿的新型煤化工项目已经获得了国家发改委的“路条”。

沈奕巍：哎呀，这可是一件惊天动地的大事。

江　河：可不是嘛，新型煤化工项目对煤炭产业升级换代意义重大，可以有效减轻煤炭污染，降低我国石油对国际市场的依赖。

沈奕巍：应该说，是我国从煤炭大国向煤炭强国的一次跨越。

江　河：据我所知，这个项目几年前就立项了。奕巍呀，传统的煤化工生产链主要生产煤焦炭、煤电石、煤合成氨，产品产能均已过剩，对环境污染严重，发改委早停止了审批。前几年，省里组织琊山煤矿的技术人员与北京的几大国家级科研机构合作，在新型煤化工领域攻关，终于在核心技术方面取得了突破。

沈奕巍：我知道，新型煤化工以生产洁净能源和可替代石油化工的产品为主，低耗无污染，在国内特别是国际市场需求量巨大。廖矿长这回是摊上大买卖了。

江　河:琊山是煤炭企业的龙头,争取到这个项目老廖也费了不少心血。

沈奕巍:那是。不过人家娶媳妇,局长,您跟着这么高兴干吗?

江　河:你说呢?

沈奕巍:明白了,您是让我去游说廖总在新项目形成产能后,借道东江港中转运出?

江　河:聪明。我们港务局确定的经营方针是什么?以煤炭为基础,以外贸为重点。新型煤化工生产的清洁能源产品在海外有极大市场,如果你把这项合作谈下来了,对提振我们东江港的外贸运输意义重大呀!

沈奕巍:局长,我看您就是得陇望蜀。

江河把一个塑料袋递给沈奕巍:是吗?哈哈…… 这是全福兴刚出锅的小笼包,还冒着热气呢,你带着路上吃。

3　秦池家　春　早晨　内

秦池打太极拳回来,见到坐在沙发上的孟建荣。

秦　池:建荣,你怎么来啦?

孟建荣神态兴奋:秦局长,艺术团的事泡汤了,对希娅打击很大,她现在恨死江河了,这事还要谢谢你。

秦　池:谢我,建荣,我在党委会对组建艺术团是投了赞成票的。

孟建荣:赞成票?您不是说三箭齐发……

秦　池:开始是这么打算的,但我认真想了一下,此事坐实,江河的日子才会真正难过,才更有利于揭穿他的虚伪,也才会一劳永逸叫刘希娅远离江河。

孟建荣咂摸咂摸嘴,没有说话。

秦　池:可惜让沈奕巍给搅了。不过,也好,刘希娅不是和江河断交了吗?

孟建荣:对呀,总算出了一点胸中的晦气。

秦　池:建荣啊,以后把眼睛睁大些,不要只在儿女情长上做文章。江河这个人刚愎自用,肯定要出大问题。

孟建荣:刚愎自用?

秦　池:当然啊!你看刘黑子恢复公职这么大的事,他不经党委讨论,偷偷摸摸就办了。

孟建荣:去告他!

秦　池:不急,看机会。一个舵工告不告有什么影响力?照他江河这种行事风格,早晚要捅大娄子,你我睁大眼就是。

4　港务局院子　春　早晨　外

章江走进院子,江河上前打招呼,两个人边走边聊。

江　河:老章,跟你说个事。

章　江:是不是改建贮木场水塔的事?

江　河:知我者,老章也。

章　江:局里的账面上倒是有点钱,在手心还没焐热呢,你就舍得划走?

江　河:不舍得呀!不过,贮木场水塔的水质太差了,真不是人喝的。

章　江:好,我马上去办。你呀,好人啊!

江河停下脚步,掏出烟抽出一支点燃:老章,你是不是也觉得我多管闲事?

章　江:像你这样多管闲事的人再多一点,这世界就真像歌里唱的一样,将变成美好人间了。

江河呵呵一笑:老大哥,你也忽悠我?

章　江:是吗?那我要反思了。

5　江河办公室　春　下午　内

江河正在看文件。赵小苏推门进屋:局长,有人找您。

江　河:噢,人呢?

赵小苏:我让她在传达室等呢。赵小苏神情诡异,一个年轻漂亮的贵妇人!

江河看了一眼赵小苏:什么贵妇人? 请她进来。

一分钟后,伏案看文件的江河闻到了一股特有的气息。他抬起头,先是惊诧不已,继而两眼发直—— 时空好像穿越了,他无论如何也想不到,站在面前的是——丁薇薇!

江河站起身,下意识捏了一把大腿,感到了疼痛,一时短路的思维才重新接通。他绕过写字台,步履竟有些蹒跚,上前一把握住丁薇薇的手,相顾无言,两行眼泪情不自禁流下来。

丁薇薇也黯然神伤。江河泪流满面紧紧抓着她的手时,她难以抑制情感,几乎就要扑进他怀里,可是,江河突然松开手,抹去眼角的泪水:薇薇,真没想到是你。你坐,我给你沏茶。

丁薇薇语气哀怨:东江市遍地茶楼,我要想喝茶,还用到你的办公室来吗?

江河神色有些尴尬:薇薇,我有些失态,对不起。做梦也没想到是你,你好不容易来一趟东江,一定多住几天。我陪你好好转转,好吗?

丁薇薇凄然一笑:我又不是三岁孩子,用不着你哄。记得当兵时,你就说你们东江天门山冠绝天下,你领我去看看吧。

江河看了下手表:今天太晚了,明天是周末,明天我陪你去。

丁薇薇:那好,你先带我到你们港口转转,看看你治理下的港口是什么样子? 真想不到当年的长笛演奏员,成了今天东江港港务局局长。走吧。

说着挽起江河胳膊。

江河一下怔住了,身体僵硬得像个木头人。

丁薇薇嫣然一笑:怎么了? 不会走路了吗? 说着松开手:我知道你不敢这个样子和我走出办公室,我也只不过是想和你走到门口而已,谁知你连这点勇气都没有。你呀,不知道你的感情是不是和你的事业一样成功?

江　河:薇薇,感情的苦酒是我酿下的,应该由我一人品尝。

丁薇薇抓住他的手,眼泪抑制不住地流淌下来:江河,你结婚了吧,孩子也许都不小了。可是你知道吗,我至今孤身一人,我们两个人,到底是谁在品尝感情上的苦酒?

江河怔怔地说不出话来。

6　琊山廖汉中办公室　春　下午　外

沈奕巍冒冒失失往里闯,一位矿山工作人员拉住他:同志,你找谁呀?

沈奕巍:我找廖矿长。

工作人员:有预约吗?

沈奕巍:我们是忘年交,不用预约。

工作人员:什么交也不行,没有预约,住招待所等着去!

沈奕巍:嘿,你怎么这么说话啊?

工作人员:我怎么说话? 没让保安把你揪出去就算客气了。你把我们矿长当成什么人了,门房、城管,谁想见就见? 告诉你,市长书记想见,也得预约。

办公室里传出廖汉中拿腔拿调的声音:何人在二堂喧哗?

沈奕巍也拿腔拿调对答:标下邓世昌求见大帅。

门开了,廖汉中笑着出来,一把扶起欲行单腿跪拜礼的沈奕巍:我就知道是你这小老弟,换了别人,谁敢在我的门口大呼小叫?

沈奕巍对工作人员做了一个鬼脸:怎么样? 忘年交不假吧。

廖汉中对工作人员说:以后这小老弟找我,可以直接推门而入,不许阻拦。

工作人员喏喏退下。

廖汉中:你这小馋猫,闻到腥味了吧?

沈奕巍：廖总，不是我闻到了腥味，是我们江局长的嗅觉太灵敏了。

廖汉中哈哈一阵大笑，然后双手作揖对办公室里的几个客人说：各位，失陪、失陪，有什么事你们先去和生产部谈。

7 天门山下铜佛寺 春 上午 外

铜佛寺依山傍水，景色绝佳。时逢周日，香客如潮，远远望去只见香烟萦绕，将整个寺院笼罩其中。

江河陪丁薇薇来到寺门外，意外遇到了卢茜。

卢茜见江河身边站着一个风姿绰约、雍容华贵的女人，心生疑窦，意欲回避，但不及转身，江河已冲她招手，她只好迎上前去。

江河有几分纳闷：卢茜，你一个人站这儿干吗呢？来，我给你介绍一下，这位女士叫丁薇薇，是我的老战友，现在她可牛气的不得了，在美国和香港两地发展，是大名鼎鼎的丁氏珠宝集团董事长！

丁薇薇微笑着伸出手：你就是卢茜，久闻其名。好漂亮的姑娘，在等男朋友？

丁薇薇从年龄上看怎么也不像江河的战友，卢茜怔了一下，才握住丁薇薇伸过来的手。

江　河：卢茜，你和谁一起来的？

卢茜直言不讳：我和秦海涛一起来的，他买饮料去了。

江　河：哦？

卢茜转过脸来问丁薇薇：丁女士，你是怎么知道我的，江局长对你讲的吗？

丁薇薇抿嘴一笑：丁女士？这个称呼好别扭，卢茜，咱们换个称呼好不好？

卢茜眨巴眨巴眼睛：换什么称呼？江局长总想充大，你是他的战友，该不会想让我叫你阿姨吧？

丁薇薇：天啊！我有那么老吗？不管你们江局长，你就叫我薇薇姐吧。

卢　茜：好的，薇薇姐。薇薇姐，你好漂亮啊！简直就是逆生长，和你比我都老了。

丁薇薇：小丫头好甜的嘴巴！卢茜，我可要好好谢谢你，我和你们江局长分别十多年杳无音讯，要不是看到你在《东江日报》上写的文章，知道他在东江港做港务局长，恐怕今生今世也没有再见面的机会了。

卢茜这才领悟“久闻其名”所指：薇薇姐，你在海外也能看到《东江日报》？

丁薇薇笑而不语。

江河岔开话题：卢茜，我这位老战友还没游览过东江，你给她好好介绍一下。

卢　茜：是吗，薇薇姐，那你可得让江局长陪你好好玩玩。我们东江半城山、半城水，云开看树色，夜静听潮声，是典型的江南园林式城市，休闲养生，没有比这更好的去处了。

丁薇薇微笑颔首：这我倒是听说过，东江城不亚于“四面荷花三面柳，一城山色半城湖”的泉城风景，将来我老了，就到东江定居，欢迎吗？

卢茜看看丁薇薇，又看看江河，扑哧一笑：这个…… 我们局长说了算。

江河瞪了卢茜一眼：你这丫头，唯恐天下不乱！人家在美国、香港都有产业，怎么能到我们这座小城来？

正说着，秦海涛提着一塑料袋饮料过来，见到江河和丁薇薇有些诧异，正犹豫，卢茜一招手叫过他，嘻嘻笑着介绍：海涛，这位是江局长。

秦海涛：江局长好。江河和秦海涛握了握手。

丁薇薇看到秦海涛，神色不觉一惊。

卢　茜：海涛，这位丁姐姐是香港丁氏珠宝集团的董事长，有机会时你向她讨教讨教，估计你受益匪浅。

丁薇薇不动声色：这位秦先生也做珠宝吗？

秦海涛递上名片：哦，我搞水运，没做过珠宝，只是对古董感兴趣而已。

丁薇薇嘴角上挂着一抹淡淡的笑，话语里略带嘲讽：年头久的珠宝，哪件不是古董？

卢　茜：海涛家学渊源，说不准哪天就去做珠宝了，薇薇姐，你可要好好指点指点他。

丁薇薇：既然秦先生家学渊源，指点就谈不上了，相互切磋吧。

秦海涛：我那点珠宝知识，不过是纸上谈兵，必会见笑于大方之家。又转向江河，摆出一副谦恭的神态:江局长,对您我仰慕已久,今天得以相识,真乃人生一大乐事。这样吧,中午我请客,我们去吃江鲜好不好,一来是对江局长表达敬意,二来正好我有些珠宝方面的问题,也想向丁女士请教。

卢茜倚小卖小拉着丁薇薇胳膊说:薇薇姐,海涛盛情难却,这点面子你总要给吧?

江河不想去:薇薇,晚上东方还要给你摆酒洗尘,中午这顿就免了吧?

丁薇薇微笑着对江河说:吃饭这种事情,不好隔一顿吃一顿吧?我可是一直惦记着请卢茜小妹妹吃一顿饭,中午正好有时间,这顿饭我来埋单。

丁薇薇既然应允,江河也不好再坚持。

卢茜心花怒放:铜佛寺索性也不要去了,人挨人挤成一锅粥,进去什么也看不到。我们顺江而下,先去看看青山李白墓,再去和县乌江镇看看"生当作人杰,死亦为鬼雄"的项羽庙,然后就去吃饭,好不好?

秦海涛略有异议:遇佛门而不拜,不敬吧?

卢茜笑嘻嘻说:拜佛一事,心里有个善字就够了,我佛慈悲,万善同归,不必糊里糊涂见着菩萨就磕头。薇薇姐,我说的对不对?

丁薇薇自言自语了一句:万善同归?说得好,不错。

秦海涛说:我还想求个签呢。

卢茜笑起来:你算了吧,我们江局长的手下爱将沈奕巍,曾来此问过婚姻大事,求得一签,说是"良缘结缔在前生,无有夙缘难配成",差点没被活活气死,你也想试试吗?

秦海涛急忙摆手:不试!不试了!

8 郊外 春 上午 外

两辆车,一前一后驶离天门山景区。

丁薇薇上车后对江河说:卢茜这姑娘可真是被你惯坏了,我们两个出来玩儿,怎么行程就被她安排了?

江河把车开上沿江公路,故作委屈状:不能这么说吧,我可没惯她,你们两个一唱一和,剥夺了我的话语权,我现在也只能扮演车夫的角色了。不过,这个秦先生久闻其名,我倒也想会一会他。

丁薇薇:哼,要不要我来揭穿你一下?铜佛寺里那么多人,别说你看着烦,我也游兴全无,你又不好意思开口说走,要不是卢茜善解人意,你不定怎么捏着鼻子陪我进去呢?

江河嘿嘿一笑,算是默认了。

丁薇薇若有所思:这姑娘还懂佛法吗?张嘴就是"万善同归",颇有禅意呢!

江河笑道:你被她唬了,铜佛寺寺门正面刻着寺名,进门一转身,寺门背面就刻着"万善同归"四个字。

丁薇薇哦了一声,半开玩笑半认真说:这姑娘聪明乖巧,我喜欢得很,放你这屈才了,你让她到我那里去发展好不好?

江河扭头看了一眼丁薇薇:君子成人之好,不夺人之美,你可不能拆我的台!

丁薇薇娇声软语道:我又不是什么君子。再者说了,我这哪里是给你拆台,分明是给你补台嘛。

江　河:此话怎讲?

丁薇薇笑道:我替你解忧啊,你以为我看不出来吗,卢茜和秦海涛谈恋爱,你并不赞成,秦海涛不是你认可的人。你又不愿意明目张胆做恶人,我来做恶人,替你棒打鸳鸯散,你不喜欢吗?

江　河:薇薇,你听听——又是明目张胆、又是棒打鸳鸯散,简直把我说成了黄世仁。

丁薇薇步步紧逼:你别管我用什么词儿,你先表个态,让卢茜到我那里去发展,你同意不同意?

江　河:这个…… 恐怕是不能同意。薇薇,你怎么冒出这么个想法?卢茜对东江港很重要,不是我说放就能放的。

丁薇薇哼了一声:算了,你既然宝贝疙瘩似的捧着,我也不和你争了。不过我就纳闷了,就说你们卢茜是美人胚子,可人家秦海涛也是一表人才,配你们卢茜一点不辱没,你凭什么要棒打鸳鸯散?真是让人不明白。

丁薇薇这句话触到江河痛处,他长叹了口气没有说话。

9 郊外 春 上午 外

秦海涛的车跟在江河车后。他车开得心不在焉。江河一脚刹车,他险些追尾,待缓过神来,已听得卢茜在耳边惊叫:天啊,你要谋害我吗?

秦海涛抱歉地一笑:不好意思,我走神了。

卢茜嗔道:早看出来了,你一见着丁姐姐,就魂不守舍。

秦海涛没有否认:我总觉得在哪里见过这位丁女士,刚才在铜佛寺门前一打照面,就觉得似曾相识,你说怪不怪?

卢茜一脸狐疑:她和江局长是老战友,现在在美国和香港发展,你怎么可能见过?

秦海涛点了下头,意味深长地说:最亲莫过战友,那应该是生死之交了。

卢茜脸一板:你这话什么意思?

秦海涛笑道:没什么意思,无非是感慨一下。这位丁女士身价可不低,至少是亿万级的,你看她那身香奈尔裙装,不是几十万也得十几万。

卢茜惊讶道:这么贵,金子做的吗,没看出有什么特别。

秦海涛一笑:香奈尔服装的风格就是低调的奢华,讲究质地高贵,穿着舒适,没什么花里胡哨的设计。其实这也算不得什么,你注意到她头发上别的那只翡翠发簪没有?老坑种玻璃底满绿,至少上千万,她那么随便一别,看似不经意,其实是玩珠宝的最高境界,这个女人太有品位了。

卢茜嘴一撇:从你嘴里说出来,她简直成了天女下凡!

秦海涛:女人嘛,该赞美的时候就得赞美。对了,我正想问你,人家老战友见面,咱俩跟着掺和是不是不合适,你没见你们江局长满脸不高兴?

卢　茜:有什么不合适,我这是一箭三雕,你懂不懂?

秦海涛摇了摇头:我笨,一箭一雕还十有八九射不到,一箭三雕,那得多大能耐呀。麻烦你老人家给我讲讲这里面的奥妙。

卢　茜:少来,不许挖苦我。你不知道吗,港口有那么一伙人专拿男女之事攻击我们局长,芝麻大点的事就扩散得满城风雨,今天这事传出去,不定演绎成什么样子呢?我们替他挡一道,堵堵那些人的嘴,至少你叔叔就没话可说了。

秦海涛嘿嘿一笑:原来你是拉我来做挡箭牌,都说你是你们江局长的贴身小棉袄,果然名副其实,真让我羡慕嫉妒恨。

卢茜脸微微一红:我这也是为你好,江局长对你印象不太好,今天借这个机会你和他好好聊聊,要是你真能和丁姐姐在珠宝方面有所合作,日后我们江局长还不对你刮目相看?

秦海涛:你说的是。

卢　茜:你偏居东江一隅,路走窄了,弄着十几条船在长江上搞水运,终究不是长远之计。你既然得了你姥爷的真传,何不发扬光大?我觉得这次丁姐姐到东江来,是个难得的机遇,你要能把握住也许就可以开创一个新局面。

秦海涛点头道:果然一箭三雕,卢茜,你真是冰雪聪明,可我那里的东西你也见过,除了些硬木家具,我拿什么去和丁女士谈合作?

卢茜一笑:你姥爷家那么厚重的底蕴,你拿什么不能和她谈?不过这方面的事我真不懂,帮不上你,你自己好好琢磨琢磨吧。

秦海涛一击掌:哎,有了!

10 水上人家 春 中午 外

江河、丁薇薇、卢茜和秦海涛登上“水上人家”。

“水上人家”是一条大船改建的豪华餐厅,沿舷梯而上,站在甲板上,江景一览无余。餐厅分为三层,一层是散座,二层三层全为雅间,食客坐满后,大船便起锚驶离码头,溯江而上直至天门山景区再返回,两岸美景尽收眼底。

四人登上三层,进了雅间。落座后一身江南水乡装扮的服务员端来香茶。

秦海涛:现在正是吃江鲜的时节,丁女士是贵客,今天我做东,就品尝长江三鲜吧。

丁薇薇抢过话头:说好了我埋单嘛!

秦海涛忙摆手:谁提议谁埋单。再说,您轻易不来东江,来了就是我们的贵客,岂有让您埋单的道理? 此事不争了,算是您成全我,表达一下我对您和江局长的敬意。

丁薇薇莞尔一笑:秦先生太客气了。噢,我是北方人,这十几年又在美国、香港来回跑,海鲜倒是吃了无数,江鲜极少吃,何为长江三鲜,秦先生讲讲。

秦海涛:其实就是长江鲥鱼、刀鱼和河豚,退回去几十年,这都是寻常百姓家里的菜,如今物以稀为贵,身价暴涨,轻易吃不到了。即便吃到,像鲥鱼、河豚也都是养殖的,肉质和野生的不可同日而语,只能算作伪江鲜了。

丁薇薇颔首:听秦先生这口气,我们今天是能吃到野生的长江三鲜了?

卢茜觉得不妥:我听刘希娅说过,四条江刀装盘,分量凑不足一斤,蒸出来就上万,江鲥、野生河豚贵得更是惊人,一万多一条,一人吃一条就是四五万。海涛,刚开过十八大,中央对党政干部下了八条禁令,严禁大吃大喝。

秦海涛:那是对政府机关、党政干部,你们是企业怕什么?况且,今天又是私人宴请。

卢　茜:毕竟我们是公职人员,一顿饭一二十万元,传出去也要摊上大事了,要不你就弄几条养殖的吃吃算了。

江　河:卢茜说得对,按卢茜的意见办。

秦海涛有些扫兴:请丁女士吃江鲜,弄几条养殖的糊弄,我这脸往哪放,不是找骂吗?

江　河:吃饭不在贵贱,健康营养就好,多点几样蔬菜吧,也适合薇薇口味。

卢　茜:薇薇姐,我们江局长是出名的抠门儿,带下属出差时不是泡方便面就是吃盒饭,听说偶尔改善一顿,有人点个尖椒炒土豆丝他就喊给力,点个梅菜扣肉他就说这个可以没有,吃江鲜也不过是弄几条江杂鱼炖炖,今天就依着他点菜吧,要不我这个当小兵的回去还不给他骂死?

江河尴尬一笑:你这丫头,都哪儿来的情报?

卢茜脸一扬:那你别管,我说的对不对?

丁薇薇给江河解围:秦先生,吃饭也不过是吃个心情,不见得非要山珍海味的烧钱,就让卢茜点菜吧,她点什么我们就吃什么,好不好?

秦海涛只好把菜谱递给卢茜:你点菜吧,我们今天都当吃客了,不过不许点尖椒炒土豆丝啊,那个太给力了!

卢茜接过菜谱,一口气点了芦芽、紫苏、苋菜、秧草四种江野时蔬,服务员满脸愕然。

秦海涛:一桌子野菜,太说不过去了。

卢茜嘴里念叨着:江鲜一词,最早出自唐代诗人李群玉之口,所谓“倚棹汀洲沙日晚,江鲜野菜桃花饭”,没有野菜搭配,焉能体现江鲜美味?

秦海涛:哪里是搭配? 野菜完全成了主角嘛!

卢　茜:那就再加个春笋白汁鮰鱼和红烧河豚吧! 注意,不要野生的。

服务员答应一声转身离去。

丁薇薇:两位男士开车,让他们喝饮料,卢茜,咱们喝点酒吧。

卢茜点头:好,薇薇姐,让他们开一瓶白葡萄酒。

丁薇薇:白葡萄酒倒是和江鲜正搭,不过到了长江边上,咱们还是入乡随俗,喝花雕吧。

卢　茜:花雕甜如蜜,美人颜如玉。给我们拿一坛花雕。

秦海涛一摆手:且慢,要说喝黄酒,我有发言权。绍兴黄酒分为四大品种,元红、加饭、善酿、香雪,花雕其实就是加饭,不过是在酒坛子上雕上花而已。糯米蒸熟加水,酿造出来的是元红;以元红为水,再次加入糯米中酿造出来的是加饭;以加饭为水,三酿而出的是善酿;以善酿为水,四酿而出的是香雪,所以我建议你们喝香雪。

卢茜半信半疑:真的吗,说得有鼻子有眼的。

丁薇薇笑道:秦先生果然家学渊源,不管是真是假,我们喝香雪就是了。

转眼菜已上齐。

江河试探式地问:秦先生,在铜佛寺时你说有些珠宝方面的问题想请教我这位老战友,怎么,你想经营珠宝吗?

秦海涛:我是有这方面的想法,不知丁女士能否赐教?

丁薇薇:秦先生谦虚了,赐教二字我可不敢当。

秦海涛:倒也不是谦虚,要说硬木家具、文玩古玩、寿山的石头和田的玉,小时候受家里老人熏陶,还略知一二;若说珠宝学中的五大宝石,我可真是一窍不通。

卢　茜:薇薇姐,什么是珠宝学中的五大宝石,我更是一窍不通。

丁薇薇微微一笑:就是钻石、红宝石、蓝宝石、祖母绿和金绿宝石,金绿宝石就是俗称的猫眼,秦先生没对你讲过吗?

卢茜摇摇头:没有。

丁薇薇调侃:秦先生,这就是你的不对了,这么漂亮的姑娘,不送钻石,还等什么呢?

卢茜脸上飞起一片红云:薇薇姐,你别乱说,谁要他送钻石!

丁薇薇意犹未尽:秦先生,什么时候有空来香港,到我店里挑一块美钻送给我这个小妹妹,你可要善待她哟。

秦海涛:是,是,钻石恒久远,一颗永流传。

丁薇薇和秦海涛一唱一和,卢茜见江河脸色不好看,急欲岔开话题,忽然想到江河送给她的那个小玩意,忙从包里拿出来:薇薇姐,你看看我这个钥匙坠是块什么石头,滑滑溜溜挺温润的,算不算宝石?

丁薇薇看了几眼,心中已有数,又递给秦海涛:秦先生,你看看这是什么?

卢茜一拿出这个钥匙坠,秦海涛就双眸一亮,像夜色中亮起两盏萤火,从丁薇薇手中接过后仔细端详把玩了半天,才道:是块煤精,卢茜,你怎么弄来的?

卢茜笑着回答:廖矿长到江北时送给江局长的,江局长不稀罕,转送给我了。

江河点点头:听老廖说,这是琊山矿用于社交的小礼品,倒也温润可爱,只是对于男人,不如一瓶烧刀子实惠。

11　琊山矿食堂　春　中午　内

一个单间里,廖汉中和沈奕巍相对而坐。

廖汉中一扬手:上瓶烧刀子!

沈奕巍:廖总,免了吧,你下午还有那么多客户要接待,一身酒气岂不影响琊山矿形象!

廖汉中:还是你小老弟知道心疼我。那好,酒免了!只是无酒不成席,慢待了你。

沈奕巍:廖总,此言差矣!他晃动手中的几页纸,此次琊山之行,您送了我这么重的一个大礼包,何言慢待?

服务员已将简单的饭菜上齐。

廖汉中给沈奕巍夹了一块红烧排骨:算你有良心,你也看到了,沿江的码头都像闻到了腥味的猫找到我老廖,希望新型煤化工产品从他们的港口走货。冲江河,冲你小老弟,我把这笔业务给了东江港,我老廖够意思不够意思?

沈奕巍:廖总,我以茶代酒,替我们江局长敬您一杯!

廖汉中:你草拟的那个意向书我没意见,你回去让老江斟酌一下,尽早签了,省得别人惦记。

12　水上人家三楼雅间　春　中午　内

秦海涛拿过煤精,爱不释手,卢茜一把从他手里抢过:这是我们局长送我的,你少惦记啊!

秦海涛:卢茜,那你可占便宜了,煤精的化学成分虽然只是烟煤,却是一种宝石,世界各大博物馆都有收藏,欧洲中世纪时,煤精特别受欢迎,被认为具有驱灾避祸的功能,几乎人人佩戴。

丁薇薇莞尔一笑:秦先生说得不错。

卢茜收起煤精,给丁薇薇布菜:薇薇姐,我们江局长俭朴,江鲥江刀是没得吃了,不过长江鮰鱼也非常好吃,苏东坡诗曰“粉红石首仍无骨,雪白河豚不药人”,赞美的就是鮰鱼。

秦海涛:鮰鱼兼有鲥鱼、河豚之鲜美,而无鲥鱼之多刺和河豚之毒素。

卢　茜:我小时候常吃鲥鱼,那时不过几块钱一斤,刺多得要命,每次吃必被卡住,弄得我谈鲥色变,避之犹恐不及,还不如鮰鱼好吃。

丁薇薇:所以张爱玲说,人生有三恨,一恨海棠无香,二恨鲥鱼多刺,三恨红楼未完。

卢茜给丁薇薇夹了一块鮰鱼,又要为丁薇薇夹河豚,秦海涛呵呵一笑:吃河豚的老礼,是不能说请的,一盘河豚上桌,要吃便吃,不能相劝,自古便有拼死吃河豚一说,所以吃不吃全凭自己意愿。

卢茜听秦海涛这么说,放下筷子:这么多礼呀,薇薇姐,那我也不敢给你夹了,你自便。

秦海涛:没事没事,我们现在吃的河豚是养殖的,且都是半年以内的小河豚,毒腺尚未发育,绝对安全,就是有那么个老礼,说出来挺有意思的。老辈人吃河豚时还要上一盘芦根,所谓拼死吃河豚,要命含芦根,芦根有解河豚之毒的功效,不过这情景现在也看不到了。

丁薇薇望望端坐少言的江河,嫣然一笑:江河,看你沉思有一会儿了,却不置一言,莫不是对吃文化心有不屑?

江河独酌慢饮,眺望江景,听丁薇薇这样说,喝了一口茶:我吃饭一向以果腹为主,对吃文化确实没有研究。不过,口舌之欲人之本性,你和秦先生都是老板,我有一些观点,你们不见得认同。

丁薇薇端起酒盅,轻呷一口香雪:无妨,讲来听听。

秦海涛也停箸凝眸,注视着江河:愿听江局长高论。

江河放下茶杯:吃确是一种文化,源远流长,有着丰厚的历史与文化积淀。以寻常菜为例,苏轼任徐州知州时,黄河决口,苏轼亲率百姓筑堤保城,苦战七十多个日夜。徐州百姓感其一心为民,杀猪宰羊上府慰劳,苏轼推辞不掉,指点家人制成红烧肉回赠百姓,百姓食之,酥香味美,肥而不腻。为什么?

卢　茜:苏轼有烧肉的诀窍:"黄州好猪肉,价钱如粪土,富者不屑吃,贫者不解煮。慢著火,少著水,火候足时它自美。"

江　河:对呀。老百姓照此烹食,果然鲜美异常,东坡肉由此得名并流传至今。其他耳熟能详的一些菜,像龙井虾仁、宫保鸡丁、麻婆豆腐等,也都有文化传承蕴含其中。不过,我以为吃作为一种文化,要健康弘扬下去当有三个前提。

其他三人停止了吃饭,神情专注地望着江河。

江河继续说:第一,不应对自然资源过度掠夺,像刚才秦总所言,刀鱼河豚几十年前,都是寻常百姓家中的菜,如今却成了难得一见的珍肴。二是,不应脱离社会的生产力发展水平。宋仁宗登位之初,国力贫瘠,听说餐桌上有一品新蟹,每只"值一千",竟不忍下箸。同样道理,今天中国的 GDP 总量虽然已经居世界前列,但是用人口一除,人均排名就在百位以后了,况且东西部经济发展不平衡,贫富悬殊日益扩大,这种情况下如果暴殄天物,一餐饭动辄几万甚至几十万,与弘扬饮食文化就毫不搭界了,实为奢侈之风对社会进步的反动。第三,传承和发扬食文化,最终是为了提高人们的生活品质,延长人们的寿命,如果食不厌精,脍不厌细,导致富贵病频发,也就走到了食文化的反面。

卢　茜:无论什么事情,我们江局长的见解就是高人一筹,难怪他从公安局长转行做港务局长,很快就进入了角色呐!

丁薇薇用手轻轻一拍桌面:还说没有研究,说得不是蛮好吗?江河,在这个问题上我和你没有分歧,秦先生恐怕也不会另有歧义吧?

秦海涛略显尴尬地一笑:哪里,哪里,深以为然,深以为然。

丁薇薇岔开话题:听秦先生口音也不像南方人,这江南的事说起来还真是头头是道。

秦海涛:对,我是北方人,在南京上的大学,毕业后回到北京,五年前到的东江,弄了十几条船在长江上运煤。

丁薇薇:秦先生有一支船队?

秦海涛:是啊,如今江局长在东江港主政,我也是有心背靠大树好乘凉。

画外音:

丁薇薇闻言心念一动,她想起依娜说的那支船队,依娜嘴里的长袖善舞之人应该就是秦海涛。第一眼见到秦海涛,丁薇薇似曾相识,尤其是他那双应该长在女孩子脸上的丹凤眼，分明在哪见过。丁薇薇甚至觉得，依娜说的黄家第三代人一定和秦海涛有关。秦海涛藏而不露、城府极深，两个人的角力已经在无形之中展开……

13 水上人家另一雅间 春 中午 内

港监局局长刘东民和几个客人围在一张圆桌前进餐。

某 甲：局长，刚才我看见江河和几个美女进了靠边的包房。

刘东民：是吗？

某 甲：应该没错。好像有港口报的那个美女主编，还有一个美女艳如桃花，不是咱东江港的，没见过。

刘东民沉吟不语。

某 乙：沉船事故善后，江河在省长面前夺了咱们港监局的彩头，这小子为了往上爬，不惜踩旁人的肩膀。

某 甲：是啊，谁不知道我们刘局长是东江市重点培养的后备干部，江河是想在省长面前博个印象分，好把咱们刘局长比下去。

刘东民不耐烦：吃你们的，这么多鱼肉还堵不上你们嘴吗？

14 水上人家三楼雅间 春 午后 内

江河淡淡一笑：秦总的叔叔在东江港主政多年，他那棵大树比我根深叶茂。

秦海涛笑笑：有大树靠，这人也就慵懒了，卢茜批评我，说我这些年偏居东江一隅，路走窄了，想想确实也是，有些不思进取了。所以我想请丁女士指教，在珠宝经营方面再开出一条新路。

丁薇薇：秦先生有没有什么具体想法？珠宝这一行，门槛并不高，譬如在大街上摆地摊卖珍珠玉翠、文玩古董的那些人，可以说是这一行最底层的从业者。

秦海涛：不过，他们卖的也是百分之百的假货，假珠子、假玉翠、假古董、假文玩。

丁薇薇：对。但背后利益链巨大，有一个庞大的造假集团，谁敢说这些造假者不是百万、千万甚至亿万富翁？提升一个档次，是在旅游景点、超市大卖场租赁柜台的从业者，卖的虽然不是假货，但基本上是垃圾货，谈不上宝，是名副其实的石头。再提升一个档次是做商场，大陆有品牌的珠宝公司，百分之百做商场，东西已经可以入眼了，但进入不了上流社会，走的还是大路货。再就是走精品路线做专卖店了，国际上知名的珠宝品牌，像温斯顿、蒂芙尼、卡地亚，哪个没有自己的专卖店，不做专卖店产品永远进入不了上流社会。

秦海涛：丁女士果然是方家，海涛受教了。

丁薇薇：不过以秦先生目前的状况，我认为不论是做商场还是做专卖店都不适宜，秦先生自己以为呢？

秦海涛想了想说：确实，即使能做，也是勉为其难，非我所长。丁女士，如果走拍卖路线呢？

丁薇薇微笑：我们丁氏集团年年参加苏富比全球拍卖会，走拍卖路线倒是轻车熟路，不过走拍卖路线也不是嘴里说说那么简单，手里也得有点隋侯之珠、和氏之璧这样精品级的东西。秦先生家学渊源，拿出高端货应该不是什么问题吧？

秦海涛：嗯，这个…… 应该有些能拿出手的东西吧。我小舅在云南开了一家古玩店，生意做得很红火，走的都是高端货。若说起家学渊源，我不敢当，我小舅可是当之无愧，青花、珠宝玉翠、金石字画，几乎样样精通。不过我小舅也有短板，他没受过高等教育，长年偏居一隅，再上一个台阶就很难了。我若与小舅联手，引入现代经营理念，与丁女士合作走拍卖路线，我想应该能够创造出一个双赢的局面。

丁薇薇仿佛很无意地问了一句：你小舅宝号何名？

秦海涛：就叫黄记古玩店。

丁薇薇：你小舅姓黄？

秦海涛：是啊，我母亲一脉姓黄。

丁薇薇：噢，云南，好地方啊，我和你们江局长就是在云南当的兵。我复员后还多次去过，江河,你回去过吗?

江河摇摇头:没有。

丁薇薇感慨道:快二十年了,也该故地重游了,江河,找个时间,我们一起去吧,看看当年的老营房。

江河无奈地笑笑:我现在是身不由己,哪像你这么自由,飞来飞去,想上哪就上哪。

卢　茜:薇薇姐,你们别总是说话,边吃边聊。来,我敬你一杯,这香雪果然好喝。

15　琊山矿食堂　春　中午　内

服务员送上一个汤煲。廖汉中掀开盖,舀了一勺:这是老母鸡煲的汤,小老弟尝一口。

沈奕巍喝了一口:好喝,确实好喝。

廖汉中:好喝就多喝点。

沈奕巍:谢谢廖总,我今天下午就回东江了,您还有什么话带给江局长吗?

廖汉中:两句话。

沈奕巍:您说。

廖汉中:第一句,你们江局长是条汉子,老廖我认下他这个朋友了,以后有用得着廖某的地方,一声招呼的事!

沈奕巍:您和我们江局长是惺惺相惜。

廖汉中:这第二句话嘛,琊山矿上了新项目,缺钱用,但是我老廖不会向东江港借一个子儿,他江局长心里有数就行。

16　水上人家三楼雅间　春　午后　内

丁薇薇笑吟吟举起酒杯,和卢茜碰了一下,一饮而尽。

说话间,包房的门开了。刘东民右手攥一瓶茅台,左手拿一只八钱的酒盅走进来:听说江局长在此大宴宾客,果不其然。想请江局长喝酒,一直没有机会,俗话说请不如撞,今天撞上了,老江,我要敬你一杯薄酒。

江河坐着没动:刘局长,你敬酒总要有个缘由啊?

刘东民走过来,先给江河斟上酒,又为自己满上:当然有缘由啊! 裕泰号沉船,你江局长是打捞遇难者在前,主持善后工作在后,呼风唤雨,威风八面,在程省长面前博尽了彩头,也让老弟我没有过于出丑,你说,这杯酒我该不该敬?

江河站起身:如此说来,这杯酒我是一定要喝的,如果不是你刘局长把个烫手的热山芋甩给我,东江港怎么会损兵折将?

言毕,一仰脖,干了。

刘东民剑走偏锋:江局长,我说呢! 同样的包房,你们这间为什么比我们的亮堂,原来有美人光彩照人。怎么,也不给介绍介绍?

卢茜截过话头,伸手介绍丁薇薇:这是我表姐。又一指刘东民,薇薇姐,这位是大名鼎鼎的刘东民,东江市港监局局长,东江市重点培养的后备干部,青年才俊,前途无量。

丁薇薇会心地看了一眼卢茜,朱唇轻启:噢,失敬!

刘东民见丁薇薇神色傲慢,自觉无趣:卢茜,你表姐来东江,能让江局长作陪,真是面子不小啊! 好,我那边还有客人,就不打搅了。

17　水上人家门口　春　午后　外

江河几个人出来。

秦海涛:此时铜佛寺游人渐少,正好一拜。

江　河:谢谢秦总的午餐,我这位战友鞍马劳顿,又有午休的习惯,今天就免了。

丁薇薇顺水推舟:已经讨饶了你一顿午餐,改天我来回请,今天就自便吧。

秦海涛:那也好,后会有期。

四人分手。江河开车送丁薇薇回她下榻的金达饭店。

18　郊外公路　春　午后　外

秦海涛开车，卢茜坐在副驾驶的位置上。

秦海涛：卢茜，你们江局长这位战友绝非凡人。

卢　茜：那是，你看她哪像三十多岁的人了，容貌、身材分明就二十七八嘛！

秦海涛：不光是长得漂亮，你看她的修为、气质，那绝对是岁月积淀，文化浸淫所致。

卢　茜：你喜爱古玩，正好可以向她讨教。

秦海涛：我正有此意。你说她这次造访东江，仅仅是为了看望你们局长吗？

卢　茜：这我就不知道了。

秦海涛：你不觉得吗，这个丁女士看似气定神闲，却如武术高手一样，内力十足，或拒或爱，全在一颦一笑之间。

卢　茜：呦，恕我眼拙，我倒是没看出来。

秦海涛：刘东民进来明显是要向江局长挑衅，丁女士冰雪聪明，自然一眼看出。你看只朱唇轻启，三个字：噢，失敬！就让刘东民锐气顿消，臊不搭走了。

卢　茜：那倒是，刘东民在沉船善后上失了分，心里老大不痛快呢！

秦海涛：只是这一个细节，就看出丁女士的修炼了。

卢　茜：哎，你这是往哪儿开呢？

秦海涛：四方路新开了一个点歌房，音响设备极好，我们去 K 会儿歌吧？

卢　茜：免了，晚饭答应了陪我老爸。

19　酒店客房　春　下午　内

江河送丁薇薇来到客房。

进到房间，两个人在沙发上坐下。时过境迁，恍如隔世，单独剩下两人时，竟忽然有了一种陌生感，江河起身来到墙边摆的一架古筝旁：酒店里还配古筝？

丁薇薇一笑：哪里，是我用五百万在一个拍卖会拍下的。出来总带上它，闲暇时，打发一下寂寞的时光吧。

江河随手拨了一下琴弦，音色绝美，空灵静透。

丁薇薇也起身踱到桌前，从自备的茶盒里挖出二勺茶叶，用开水冲泡后，端起一杯递给江河，江河接过，喝了一口重新坐回沙发，丁薇薇顺势靠在他身旁，轻声吟出一段令人肝肠寸断的旋律：

无言到面前，与君分杯水。清中有浓意，流出心底醉……

丁薇薇软软地依偎在江河身上，两团高耸的乳峰就抵住他的肩膀，幽幽的体香和发香一阵阵飘流进他的心肺。江河觉得一股热血涌上头顶，他竭力克制着自己：薇薇……

丁薇薇已闭上双眼，娇躯颤抖着，嘴唇微微张开，她在等待江河的热吻，颤抖着手，解开了一颗内衣的纽扣……

江河手包里的手机响了。他站起身拿过沙发桌上的手包，掏出了手机。电话是女儿玥玥打来的：爸爸，你说话不算话，什么时候了你还不回来？游乐园都要关门了。

江河忙对着手机说，玥玥，爸爸今天有事，对不起，有时间一定带你去。

女儿叨咕了一句：说话不算话。

手机里传出徐小慧的声音：江河，你现在在哪儿？晚饭回家吃吗？

江　河：小慧，晚饭不回家吃了，东方做东有一个战友聚会。

江河挂断手机，激情如海潮一样退去。丁薇薇略带幽怨地看了一眼江河，起身到浴室冲了一个澡，换了一身米黄色套装出来。她坐在沙发上端起茶杯喝了一口，笑了笑：江河，你没有变，还是那个不解风情的生瓜蛋子。

江　河：是吗？我可以把这当作是表扬吗？

丁薇薇：随你。哎，你不是要给我讲卢茜和秦海涛的事吗，我看他们两人挺情投意合的，你干吗要棒打鸳鸯散？你们老江家是不是有这个传统，当年我们两个就是被你爸爸硬生生拆散的，你忘了那是什么滋味了？前车之鉴，我看你就别干涉他们了。

江河平静了一下自己的心态：秦海涛风流成性，经济上疑点也很大。

丁薇薇：哦，这么严重。那你们为什么不把他监控起来？

江　河：现在还没有理由监控他，不过他要是有破绽露出来，我会抓他。

丁薇薇：这么严重？

江河喝了一口茶：珊山矿的总会计师方秋萍卷走了珊山煤矿上亿售煤款。

丁薇薇：噢，这么大胆子？

江　河：是啊！这么大一笔款项，她很难一个人操作，一是内部有同伙，我觉得他们那个叫赵达夫的副矿长兼总调度有疑点；二是外面有策应。秦海涛是学金融的，来东江之前一直在银行工作，和方秋萍又关系暧昧，这笔钱转到哪里去了无从查起，我怀疑只有秦海涛才能做得如此天衣无缝。只是苦于没有证据，才让卢茜去试探一下……

丁薇薇：你让卢茜去试探什么？

江河放下茶杯，如实说：我怀疑方秋萍卷走这么大一笔售煤款是伙同秦海涛做文物方面的生意，就是让卢茜去了解一下秦海涛有没有文物方面的知识，好证实我的判断。

丁薇薇：结果如何？

江　河：结果干了一桩赔本的买卖。卢茜和我们煤码头的老总沈奕巍才是天造地设的一对嘛！不知怎么搞的，这丫头对秦海涛有了好感，我干了这么多年公安局长，这次算是失算了。

丁薇薇幽怨地说：你这个人我还不知道，对女人的心思了解太少。你要记住，女人在情场上往往把自己弄得遍体鳞伤，不像你们男人个个都能全身而退。

江　河：薇薇，我知道你心里很苦，不过糟糠之妻不可弃。欠你的情债，我只有下辈子还了。

丁薇薇眼睛里闪出泪光，低下头默默无语。江河从茶几上拿起一张面巾纸递过去，丁薇薇推开他的手，幽幽地说：这辈子爱过一次也就够了。算了，江河，不说这些了。路上你说和妻子的情感有了问题，我有个建议，送你女儿到国外去上学吧，我给她联系学校，费用我来出，让徐小惠去陪读，你们夫妻分开一段时间，各自冷静冷静，矛盾也许就缓解了。

江河没反对：考虑考虑吧，即使能成行，费用也不能让你出，接受你的赞助有受贿之嫌。

丁薇薇用手拭去泪痕：你我是共过生死的战友，我又无事求你，何来行贿？

20　长相知酒家包间　春　晚　内

江河、薛东方、丁薇薇还有另外几个战友在一起相聚，酒已半酣，气氛热烈。

薛东方举起酒：五花马，千金裘，呼儿将出换美酒，与尔同销万古愁。痛快！言毕，一饮而尽。

江　河：你小子有长进，在部队的时候二三酒就钻桌子了，现在喝了半瓶，还可以吟诗！

薛东方：高兴啊！江河，十多年了，又回到当初咱们相依为命的日子了。

战友甲：时光穿越了？

薛东方：时光穿越了。薇薇，你还记得—— 你、我、江河和豆豆被泥石流困住的日子吗？

丁薇薇欲言又止，打开手机，放了一首歌：《军中绿花》。随着熟悉的旋律，几个战友都沉默不语，肃然静听。

歌放完了，丁薇薇擦擦眼角的泪水：这是豆豆最爱唱的歌了，那次去哨所演出，她给战友们唱的就是这首歌。一听到这旋律，我就会想起豆豆……

江河站起身，为每个人的杯中斟满了酒。然后，举起酒杯：战友们，我们把这杯酒敬给豆豆，愿她在天国里日日有鲜花簇拥，天天有歌声陪伴。

几个战友全部起立，高举酒杯，又弯腰默默地把酒洒在地上。

薛东方起头：战友战友亲如兄弟……

几个人互相用手搭着肩，围成一圈跟唱：革命把我们召唤在一起。你来自边疆，他来自内地，我们都是人民的子弟……

战友甲：江河，你还记得吗，那次咱们在守备二团演出，薇薇被舞蹈队借去跳“雪谷红灯”……

薛东方：他能忘吗，薇薇在台上一个快速平转，没收住脚，头朝下跌入乐池。一人多高啊，如果不是江河手疾眼快，起身一把接住薇薇，后果真是不敢想象！

丁薇薇：江河，算起来你救过我两次命了，没有你，就没有今天的丁薇薇。来，我单独敬你一杯！

江河端起酒杯，与丁薇薇一饮而尽。手机响，他接听电话……

21 老卢头家 春 早晨 内

卢茜靠在床头读书。座机响，老卢头接听：喂，江局长，我好、好，好着呢！你等一下啊…… 卢茜，江局长找你。

卢茜起身接电话，电话里传出江河的声音：卢茜啊，对不起，今天是周六，请你帮我一个小忙，不知有没有时间。

卢　茜：什么小忙？

江河的声音：是这样，昨天晚上沈奕巍打电话告诉我，他已经从琊山回来了，我现在在江北呢，要和他沟通一下情况。你陪我那老战友在东江转一转，好吗？

卢　茜：行，没问题。我很喜欢薇薇姐。

22 江北贮木场工地 春 上午 外

工人们有的在搬运施工材料，有的在现场忙碌，风钻声如滚雷落地，电焊的火花像一簇簇盛开的秋菊。见江河在工地来回转悠，一个电焊工摘下面罩问：兄弟，找活干呀？

江　河：不劳兄弟惦记，我来是希望各位把活干漂亮点，这水塔供上千人活命，马虎不得呀！

电焊工叨咕了一句：噢，监工呀！

江河掏出烟，一支支散给在场的工人：各位，拜托啊！

那电焊工打火点烟，问了一句：你是干吗的？

江河未及作答，不远处踉踉跄跄走来一个人，由两个人搀扶着。到了近前，其中一个人指着江河：厂长，这就是东江港港务局的江局长！

厂长五十多岁，身体消瘦，满面病容，但身架高大，长臂长腿，看得出当年是条壮汉。他上前一步握住江河的手，眼眶里噙着泪说：江局长，我们贮木场和港务局原不搭界，你却出资为我们改建水塔。我已经来日无多，我要替贮木场的几百名职工谢谢你！说着，他挣脱了搀扶的人，大恩难以言谢，我给你磕个头吧！

言毕，双膝一弯已跪倒在地。

这一下可慌了江河，他忙连拖带拽扶起厂长：老哥，你这是抽我的脸啊！漫说贮木场住着我们东江港的职工，就是一个没住，我们不也都是靠力气吃饭的兄弟吗？老哥，你给我点时间，等东江港有了根本性好转，再增大投资给你们改建一座新水塔！

厂长颤颤巍巍站起，抹去眼角的泪花，凄然一笑：我怕是赶不上了。

搀扶他的人：因为长年饮用劣质水，我们厂长已是胰腺癌晚期，单位支付不起高昂的住院费，只能在家做保守治疗。刚才听说您来了，非要见一见您。

23 秦池家 春 上午 内

秦海涛在秦母的房间看望奶奶。

秦海涛：奶奶，听我叔说，您的慢性支气管炎犯了，我托朋友在青海玉树买了冬虫夏草，您泡水喝吧。

秦　母：什么草？

秦海涛：冬虫夏草，大补的。

秦　母：嗐，我这老胳膊老腿儿的，补什么补？你们少为我花冤枉钱。

秦　池：娘，这是海涛孝顺您的，好东西。

秦海涛：是啊，是孙子孝顺您的，您尽管吃，吃完了我再给您买。

秦　母：好，好孙子！搞对象没有？

秦　池：娘，您老先喝着啊，这事我问海涛。

24 贮木场场区 春 上午 外

沈奕巍见江河迎面走过来，忙迎上去：局长，工人告诉我您到贮木场了，我还不信。您放心，水塔改造的事我和章总全安排好了，工期质量都抓得很紧！

江河并不理睬沈奕巍，黑着脸往前走。

沈奕巍：这次琊山之行，和廖总可以说是无障碍沟通，我草拟了一个意向书，廖总完全赞成，说您看后如无异议可以马上签字。

江河停住脚，看着沈奕巍。

沈奕巍有些忐忑：局长，您这脸色不对呀，一大早的，有谁招您惹您啦？

江河哼了一声：沈奕巍啊，沈奕巍，你太让我失望了！

25 东江市区 春 上午 外

卢茜挽着丁薇薇的胳膊在路旁打车。

卢　茜：江局长说他本来要陪姐姐去全福兴吃小吃，临时有事，我就“替补”啦，姐姐不会失望吧？

丁薇薇：他有事去忙他的，你我姐妹最好。

卢　茜：我没来晚吧？

丁薇薇：我也是刚从火车站回来，昨天晚上有几个战友从南京赶来，我去送他们。

卢　茜：那就好。姐姐，全福兴的小吃已经有上百年历史了，算是东江市的饮食名片，极有特色，你肯定喜欢。

丁薇薇：是啊，其实最体现各地饮食文化特色的就是小吃，比方说，北京的艾窝窝、驴打滚、豆汁、焦圈儿，都有很深的文化积淀呢！

卢茜伸手拦车：那你尝尝东江的蟹黄汤包吧，保证你赞不绝口。

一辆出租停下。

卢茜打开车门，丁薇薇上车时忽然像想起了什么，扭头对卢茜说：卢茜，叫上秦先生吧，昨天让人家破费了，今天算是回请可好？

26 秦池家客厅 春 上午 内

秦池沉着脸：我听说昨天你陪着江河出去游山玩水了。

秦海涛嗯了一声走到客厅里的博古架旁：那只青花梅瓶呢？

秦　池：收起来了，我问你，江河那个老战友是什么背景，你知道吗？

秦海涛：深了，香港丁氏珠宝集团董事长。

秦池不以为然：那不就是卖个戒指项链啥的吗，还叫上集团了，哼，口气还真大。

秦海涛冷笑道：我也是刚弄清楚，丁氏珠宝集团是上市公司，公司资产在千亿以上，江局长那个老战友，个人资产也不下百亿。

秦池满脸愕然，呆呆的半晌没说出话来。

秦海涛：叔，我跟您说，你别拿这事做文章，给您手底下那些人都下封口令，谁要乱说乱动别怪我不客气！我跟那个女人有大生意要做，今后三四年，我恐怕都得绑在她那条船上。

秦池冷笑：蚊蝇之飞，不过数步；附于骥尾，可达千里。你很聪明，可动不动就绑在女人船上，丢老秦家的脸。

秦海涛脸上青一阵红一阵：叔，您怎么说话呢？

秦　池：你别嫌我话说得难听，你要真想和她做生意我也不拦着，我也犯不上和江河结下死仇。

秦海涛：叔，您这么想就对了，这个世界上没有永远的朋友，也没有永远的敌人，就像大国间的博弈，并非是要置对方于死地，不过是相互获得利益上的均衡罢了。

秦　池：话虽如此，人家毕竟是江河的老战友，你怎么也得有个防范之心。

秦海涛：这个我心里有数。她那盆水有多深我现在还不清楚，不过我知道，您三个东江港的水，也没她那盆水深。

秦　池：有那么邪乎吗？

秦海涛:叔,您把那只梅瓶拿出来让我再看看。

秦池拿出瓶子递给秦海涛。

秦海涛:叔,孟建荣最近有事求您吧?

秦池点头:琊山煤矿的新型煤化工项目,据说发改委要批下来了,昨天他打来电话想参与其中。

秦海涛不屑:琊山煤矿的新型煤化工项目,立项都五年了,发改委若能批下来就是件惊天动地的大事,投资至少得四五百亿,孟建荣想什么呐,他有这个实力跟着掺和吗?

秦　池:孟建荣当然没有这个实力,他只不过是想在基建方面切出一小块来,现在赵达夫日子不好过,这事难办,我还没给他运作。

秦海涛:老廖把赵达夫手里的权力基本上都收回来了,老廖要不倒,赵达夫这辈子也别想翻身,这事希望不大,您别给他运作了。

秦池点下头:哪天有工夫,我给他解释一下。

叔侄俩正说着,手机响了,里面传出卢茜的声音:秦总,中午方便吗?薇薇姐在全福兴请你吃饭。

秦海涛兴奋异常:方便,方便,我马上就去。接完电话,对秦池说:叔,这只梅瓶借我玩几天。

秦池一挥手:借什么?你喜欢,拿走吧。

秦海涛有些惊诧:您舍得?

秦　池:你是我亲侄子,血脉相连,有什么舍得舍不得?

秦海涛按捺着心中的喜悦:叔,过年时我给您送来的那两坛老酒,您喝了吗?

秦　池:喝了一坛,还有一坛没舍得喝。

秦海涛:我江北家里还有两坛,回头我给您送来,您这一坛我先拿走,今天有个贵客,就好喝几口老酒。

秦　池:你这小兔崽子,原来是到我这儿打劫的。

27　贮木场场区　春　上午　外

沈奕巍:局长,您死也叫我死个明白啊,我怎么叫您失望了?

江　河:我问你,老廖让你给我带话了吧?

沈奕巍:带了,说您是一条汉子,他愿意交您这个朋友,还说,琊山上新项目,虽然缺钱,他也不向您张口借一分。

江河叹了一口气:就是因为,卢茜……

沈奕巍:卢茜怎么了?

江　河:我问你,卢茜怎么样?

沈奕巍:卢茜?好啊。您怎么问起这个了?

江　河:那你坦白地说,你喜欢不喜欢卢茜?

沈奕巍犹豫了一下:喜欢啊,东江港,我们是有名的金童玉女啊!

江　河:我呸!

28　东江市区　春　上午　外

秦海涛在轿车上拨打手机:建荣,你打碎我叔叔一只价值不超过一百元的青花罐子,赔了一只价值五十万的青花梅瓶,你搞这邪门歪道干什么?我叔叔又不懂古董,你这不是摆明了给我看的吗,什么意思吗?

电话里传来孟建荣的苦笑:海涛,这只梅瓶值多少钱你真看不出来吗,没有一百万能拿到手吗?

秦海涛:嘿嘿,建荣,这只梅瓶就值五十万,你让谁掌的眼,白白让卖主赚了五十万,你大头啦!

孟建荣索性顺水推舟:海涛,五十万也好,一百万也罢,这只梅瓶就算我送你的,你在琊山煤矿有人脉,我听说他们新型煤化工项目发改委那边已经批了,你帮我走走关系,我胃口不大,从基建上切一小块下来就够我吃了。

秦海涛没有一口拒绝:建荣,琊山煤矿的事我尽量给你办,办成办不成另说着。你白送我一只梅瓶我可不敢要,明天我打五十万到你账上去。

孟建荣在电话里忙说:海涛,说什么呐,咱哥俩儿谁跟谁呀?我正开车呢,不多说了,你定个时间,咱俩到茶楼去喝茶。

秦海涛一听呵呵笑道:我也开着车呢,等忙过这几天吧,我打电话和你联系。

29 煤码头 春 上午 外

江 河:我告诉你,昨天卢茜和秦海涛逛天门山去了。你和卢茜相识了这么久,有没有一块逛过公园,看过电影?

沈奕巍:噢,您是为这事呀,逛逛天门山说明不了什么!

江 河:你还在这儿自我安慰,我告诉你,卢茜和秦海涛这段时间感情发展很快,你再不抓紧,可就让那个商人抢占了先机,到时候,别怪我没有提醒你。

沈奕巍:没事,我心里有数。

江 河:有数,有数!你不是东江才子吗,如果还没交手就败给了一个商人,我可看不起你啊!

沈奕巍:哪能呢!这一段时间我太忙了,他是乘虚而入,局长你不用着急,花落谁家要等风雨过了才知道呢!

江 河:总之,你在职场是个英雄,我希望在情场上你也不要成为狗熊。

沈奕巍:那是。局长,您还是先看看这份意向书吧。

30 全福兴门口 春 中午 外

秦海涛泊好车,提着一坛老酒刚下来,一辆奔驰便驶入旁边车位,孟建荣拉开车门从车上下来,两人打了个照面,相互一怔,随即大笑起来。

秦海涛:打了一路电话,没想到来的是同一个地方。

孟建荣:海涛,这是请谁呀,还自带酒水,全福兴的老酒还不够档次吗?

秦海涛:肯定不够档次,“水上人家”也喝不到这个级别的老酒。建荣,我先上去了,卢茜在三楼“静雅”订了座。你还不进去,等谁呢?

孟建荣笑笑:我等希娅,你先上去吧。

31 “静雅”包间 春 中午 内

丁薇薇和卢茜正喝着茶,卢茜一看到秦海涛手里提着一坛老酒就笑了:海涛,你这是干吗呀,还提着这么一大坛子酒,你以为我们是酒鬼吗?

秦海涛把这坛老酒放到餐桌上:这可是难得的珍品,一会儿你们品品,“水上人家”三十年的陈酿花雕,和这个比起来就是涮锅水。

秦海涛话音未落,手机响了,孟建荣懊恼的声音传过来:海涛,邪门了,全福兴居然没座了,希娅刚到,你看能不能和你们拼个桌,我埋单。

秦海涛捂着手机,对卢茜说:孟建荣和刘希娅来了,楼下客满,想和咱们拼个桌,你看行不行?

卢茜脸上露出为难的神色。

丁薇薇:来的是什么人?

卢茜低声说:孟建荣,是个建筑商,和江局长不对付;刘希娅是我的好朋友,她前男友是我的救命恩人,我不好拒绝她。

丁薇薇:什么样的建筑商?

卢 茜:在东江市排得上号,算是大佬级别,资质还行。

丁薇薇略一沉吟:哦,有意思。对头和朋友一起来了,这才叫机缘巧合呀!秦先生,让他们上来吧。徐小惠正和你们江局长冷战,别给他添麻烦了,卢茜不是说我是你表姐吗?将错就错吧,不要告诉他们我是江局长的战友。

卢 茜:好。

秦海涛松开手,对着手机说:行,上来吧,三楼“静雅”。

少顷,孟建荣和刘希娅走进包间,秦海涛笑呵呵站起身:建荣,欢迎,欢迎。

卢茜也站起身,拉着刘希娅手说:希娅,你也来了,快坐,我给你介绍一下,这是我表姐,前天刚从香港过来。

刘希娅:表姐你好,我叫刘希娅,和卢茜是好朋友。

丁薇薇看着刘希娅淡淡一笑:江南姑娘,果然妩媚如水,小妹妹坐吧。

刘希娅脸一红:姐姐更漂亮。

孟建荣在秦海涛身旁坐下后,卢茜又介绍:这位孟建荣先生,是做工程建筑的,我们东江港很多工程都是他承建的,现在正承建我们集装箱码头的改造工程。

丁薇薇听了,淡淡回应了一句:孟老板,幸会。

孟建荣含笑点点头。

菜肴上齐。秦海涛打开六十年善酿,为每个人斟上酒。

丁薇薇静心细品:海涛,确是佳酿!

秦海涛满脸堆笑:表姐满意就好。

卢茜好奇地问:海涛,你怎么会懂黄酒?

丁薇薇的目光也凝视着他。

秦海涛笑笑说:在《参考消息》上,我记得曾经看到过一篇叫赵什么生的香港记者写的文章,他到中国大陆采访,国家领导人宴请他,餐桌上有茅台和黄酒,喝什么自便,他喝了一杯黄酒,感到非同寻常,极尽赞美之词,主人告诉他,这是封坛六十年的善酿。从那时候起,我就对黄酒有了兴趣,可惜忘了写这篇文章的记者叫什么名字了。

丁薇薇放下酒杯:你说的那个记者叫赵浩生,我听家父讲过,此人二十世纪四十年代时供职《中央日报》,抗战胜利后是专门采访国共两党和平谈判的记者,和国共两党高层多有接触,特别是尼克松总统访华后,他多次到大陆来,和周公、邓公非常熟悉。唉,这些事情都太久远了,恍若隔世,海涛,你小时候是在北京长大的吧?

秦海涛点头:是呀,表姐,你怎么知道?

丁薇薇:北京长大的孩子,我一眼就能看出来。来,海涛、孟老板,你们也喝几杯吧,这么好的酒不喝太遗憾了。

饭桌上顿时响起一片碰杯声。

"静雅"是全福兴最豪华的包间,装修得古香古色,一水儿红木餐桌餐椅,墙上挂着名人字画,花梨木条案上放置着两盆奇石盆景,条案一侧,竟然还放置了一架古筝,酒至半酣时,丁薇薇用手指着古筝问:海涛,那架古筝是紫檀的吧?

秦海涛站起身,走到古筝前端详了一阵:没错,是紫檀的,价值四五十万吧。

秦海涛回到饭桌,丁薇薇又问:海涛,我听说大陆现在把藏域的九眼天珠炒得很热,是不是?

秦海涛点头:是,炒得极热,一条九眼天珠手串,已经到了八位数。

卢茜掰着指头一数:一条手串就上千万,够我们东江港干一年了!海涛,什么是九眼天珠啊?

秦海涛:九眼天珠是藏域最神秘的宝石,就是古玉和它比起来,也苍白得像一张纸,你要感兴趣,哪天找个时间我给你好好讲讲。

孟建荣插嘴:我听说九眼天珠非常稀少,根本没有矿藏,找到它的难度,就像从天上飞的飞机上扔下一根针,然后再把这根针找出来一样难。

丁薇薇看着孟建荣,微微一笑:孟老板不是搞工程建筑的吗,也对古董感兴趣?

孟建荣自嘲:我是入门级的,学艺不精,常被海涛嘲笑。

丁薇薇:孟老板自谦了,看先生举止言谈,必是厚学之人。随后对秦海涛轻描淡写说,我叔叔今年八十大寿,我想讨个彩头,祝寿时送老爷子一条九眼天珠手串,海涛,你能帮我找到吗?

丁薇薇话语一出,孟建荣惊愕地张大嘴巴。

32 琊山矿机关 春 中午 外

人们拿着饭盒纷纷向食堂方向走。

赵达夫紧走几步追上走在前面的廖汉中。

赵达夫:老大,听说新型煤化工项目的产品以后也交给东江港中转了?

廖汉中:矿长办公会碰了个头,你不是抓基建吗,就没跟你说。

赵达夫:这不合适吧,我的副矿长是省里任命的,没有谁免了我的职,你不拿我当神敬,也不能拿我当泥塑糊弄哇。

廖汉中:老赵,你这样说就不着调了,不是你吵着闹着要抓煤化工的基建吗,生产上的事我和主管生产的副矿长还没有权利定吗?

赵达夫:行,你这手够狠。那我问你,怎么肥肉都往东江港嘴里送啊,这里不会有什么猫腻吧?

廖汉中:说这话你不怕闪了舌头?你去看看那份意向书,还有哪家港口能够提供这么完善的服务和报价?真是!

赵达夫:老大,我看你是被江河拿住了!

廖汉中:放你娘的屁,他是一条汉子,我敬重他!

赵达夫:得,得得,我放屁。

33 "静雅"包间 春 中午 内

秦海涛:表姐,九眼天珠可遇不可求,全凭缘分,能不能找到我一点谱没有。

丁薇薇一笑:据我得到的消息,五一期间,在滨海市中国珠宝城,将举办一次大陆顶级珠宝拍卖会,我已经看到拍品名录了,有一条九眼天珠手串,起拍价是一千万,我志在必得,海涛,滨海离东江不过几百公里,有劳你,能不能替我跑一趟?

秦海涛有些疑惑:表姐自己不去吗?

丁薇薇:我当然想去,不凑巧,五一期间我要到纽约参加一个钻石拍卖会,半年前就订下了,参加这次拍卖会的都是国际珠宝界大鳄,国内这一趟只好麻烦你了,你要能去,回到香港后我就把钱给你打过来。

秦海涛沉吟了一下:好,表姐,我就替你跑一趟,你给我个权限。

丁薇薇不假思索说:我给你打过来一个亿,一个亿之内你支配,超过一个亿我们就不跟了,不过我断定,最高到八千万就不会有人跟我们竞拍了。

一坛老酒见底,丁薇薇脸上已有了一片红晕,她目光再次扫到那张紫檀古筝上,对秦海涛说:海涛,那张古筝,我想要。

秦海涛立刻拨通全福兴老板电话,说了几句,捂着手机对丁薇薇说:他们说那张古筝是花了五十万从民间收上来的,到手不容易,不想转让。

丁薇薇:给他们一百万。

秦海涛:一百万。一百万还少吗?你们已经净赚了一倍的利,倒军火也不过如此吧?什么,你们也太贪了……

秦海涛对丁薇薇说:他还是讲价钱,不那么痛快。

丁薇薇眉头皱了一下,冷冷地说:拿钱砸吧,两百万。

秦海涛:两百万!一句话,成交不成交!转头对丁薇薇,他同意了!

丁薇薇拿出一张金卡交给秦海涛:让他们划卡,琴我们带走。

秦海涛拿着金卡还没走出包间,丁薇薇又对孟建荣说:孟老板,麻烦你帮我把琴搬下去好吗,架子我们不要了,后配的,给他们留下吧。

孟建荣一迭声答应,又谦卑地冲丁薇薇笑笑,讨好说:表姐,您可别叫我老板了,跟您比,我不过是土丘之于泰山,杯水之于沧海,您再叫我老板,我要找条地缝钻进去了!

丁薇薇眉峰轻挑,莞尔一笑:孟老板说笑了!

刘希娅:不试试音吗?

第14集

1　沈奕巍办公室　春　中午　内

两个人一人一份盒饭，边吃边聊。

江　河：奕巍，你和老廖搞的这个意向书还不错，商业合作，重要的前提就是要双赢，这个意向书很好体现了这一点。

沈奕巍：这样一来，我们化工码头以后就有用武之地了。

江　河：是呀，新型煤化工产品有相当一部分要通过化工码头中转海外；你没发现，港务局以煤炭为基础，以外贸为重点的经营方针现在有点单轮驱动？外贸的增长速度还是有些滞缓。

沈奕巍：我当然注意到了；我还注意到，您与琊山新型煤化工项目的合作，着眼点不在当下。

江　河：不在当下，你说在哪儿？

沈奕巍：前两天，中央向世界提出了"一带一路"倡议，这之前的十八大政治报告还首次提出了建设海洋强国的目标。我觉得，您恐怕是把新的目标锁定在了"一带一路"上吧？

江河哈哈一笑：你认为现在东江港有能力向海外拓展？

沈奕巍：现在没有，再过两年就难说了。

江河拿起茶杯：好，为你有这个雄心壮志，我以茶代酒敬你一杯！……奕巍，化工码头和集装箱码头的工作，你以后要多抓一抓，这一块潜力很大呀。

沈奕巍：您不是要把我调到别的码头吧？

江　河：我舍得让你离开煤码头吗？

沈奕巍：那您葫芦里装的是什么药啊，我有点晕。

2　全福兴　春　中午　内

丁薇薇微笑着在琴凳上坐下，对刘希娅说：姐姐给你弹一曲"高山流水"，你是艺校高才生，听我弹得可曾入耳？说罢双手一挥，一串柔和清丽的曲音就迸发出来。

丁薇薇长裙短衣，对襟盘扣，一身极为高雅的江南真丝中式女装。白润细腻的手腕上戴着羊脂玉手镯，光鉴照人的黑发上别着那枚青翠欲滴的翡翠发簪，此时坐在这张紫檀古筝前轻抚急弹，让秦海涛、孟建荣看得痴痴呆呆，惊为天人。

丁薇薇的演奏技法已臻化境，左手轻揉滑按，右手恣意挥洒，轻抚时如山涧清泉滴滴入耳，涓涓溪水浸入心田，急奏时又如群山奔赴，万壑争流，孤舟一叶穿行巫峡，转瞬间万山已过，只留下余波激石……

一曲终了，秦海涛由衷叹：此曲只应天上有，人间能得几回闻！

孟建荣不懂音乐，也被这琴声惊得灵魂出窍，他半张着嘴，一脸痴呆模样：好听，好听！

刘希娅惊愕半晌说不出话来。

3　街市　春　午后　外

秦海涛、孟建荣两辆车，一东一西驶离全福兴。

卢茜和丁薇薇坐在秦海涛车里。

卢　茜：薇薇姐，你古筝弹得真好，连刘希娅都听傻了。

丁薇薇冷冷地：那个小姑娘太自以为是，不知天高地厚，这样下去可没好处。

卢茜不愿背后议论刘希娅:刚才在饭桌上,你怎么一眼就看出海涛是北京长大的孩子?

丁薇薇语出惊人:海涛小时候,我和他有过一面之缘。

秦海涛一脚刹车,车在马路中间戛然停住,他扭过头大叫道:我想起来了,你是牛姐姐!

丁薇薇忍俊不禁:什么牛姐姐,我还牛魔王呢?

卢茜惊异不已:海涛,你们这是演戏呢! 到底是怎么回事,快给我讲讲。

交警走过来,敲敲车窗:干什么呢,怎么开的车?

秦海涛装作手忙脚乱,摇下车窗冲交警连连作揖:离合出毛病了,对不起,对不起! 交警瞪他一眼,说停边上去! 秦海涛连忙把车开到路边,转过身来说:我小时候就是管你叫牛姐姐的。

丁薇薇:那时候我还叫你"小屁孩"呢。真快呀,一晃十多年过去了,没想到在东江又遇到了。

秦海涛也感慨:是呀,真是人生何处不相逢。

卢茜拉着丁薇薇胳膊:昨天海涛在铜佛寺一见到你,就跟我说觉得似曾相识,我还不相信,没想到你们真的认识。

丁薇薇:昨天一见到他那双丹凤眼,我就觉得似曾相识,男人长这样一双眼睛实为少见。回到饭店后我一直在琢磨,就是想不起来在哪里见过。今天他在饭桌上说起赵浩生那篇文章,我才突然想起来他就是当年那个"小屁孩",只是当时没有说破。

卢　茜:为什么?

丁薇薇:那天他卖了一摞旧报纸,最上面一张是《参考消息》,我随手拿过来翻了翻,上面就有赵浩生写的那篇报道。

卢　茜:我说呢。她又在秦海涛脸上端详了一阵,笑道:薇薇姐,你要不说我还没注意,他真的长着一双丹凤眼,怪怪的。

丁薇薇开心地:那么漂亮的丹凤眼应该长在女孩子脸上才对,长在他脸上能不怪怪的吗? 卢茜我提醒你,长着这么一双眼睛的男生可是花心,你可要小心提防啊!

卢茜通红着脸:姐姐教诲的是,我记住了。

秦海涛叫起撞天屈:丁姐姐,你可不能这么说啊,卢茜现在就跟防贼似的防着我,我连拉拉手的机会都没有,你再这样教诲她,我可就彻底没希望了!

卢　茜:薇薇姐,你快跟我说说,你是怎么认识海涛的?

4　街市　春　午后　外

孟建荣开车送刘希娅回家,刘希娅有些不开心。

孟建荣:希娅,卢茜这个表姐了不得呀,一个古筝一出手就是二百万,真是大手笔!

刘希娅:我看她有点富婆炫富!

孟建荣:也不尽然,你看她那一身行头,没有几十万拿不下来,但穿在她身上,却静如秋水,一点也不张扬。琴弹得也好,连我这没有音乐细胞的人都听得如醉如痴。

刘希娅:如醉如痴,你太抬举自己了吧?

孟建荣:哪里,我的意思是说,卢茜的表姐和你一样,外秀慧中,疑为天人。

刘希娅:孟建荣,你这是在夸我吗?

孟建荣:当然。

刘希娅:那我告诉你,刘希娅的价值就在于她的唯一性。就像这世界上不可能有两片相同的绿叶,我和任何人都不会相似。停,我下车!

孟建荣:唉,希娅,你别误会,我不是那个意思,我错了!

5　汽车里　春　午后　内

丁薇薇:说起怎么认识的海涛,还要从我那次探家开始……

闪回:

丁薇薇穿一身军装,坐在靠门的地方,火车上非常拥挤。

广播：各位顾客，前方到站是北京，北京是我们伟大祖国的首都，是党中央所在地……

丁薇薇起身伸了个懒腰，从行李架上拿下一个蓝色旅行包，顺人流走出车厢门。

6 汽车里 春 午后 内

丁薇薇：回家一看，包里是两件旧衣服和一只铜牛，才意识到拿错了。因为我把和男朋友的分手归咎于母亲的阻拦，复原后没有按她的安排去海外，而是到一家国有企业当了一名电工，不接受母亲任何资助。有一次我在百货大楼看上了一条百褶裙，钱不够，就想卖了这只铜牛……

闪回：

废品收购站，丁薇薇把铜牛递给一个收废品的老头，老头用秤称了称：五斤二两，三十六元三毛。随手就要丢进废品堆。

少年秦海涛刚卖完报纸，见到铜牛，很是喜欢：姐姐，你这只铜牛卖我吧。

丁薇薇随手放下报纸拿起铜牛：行呀！你有钱吗？

秦海涛凑了半天：三十五块二，好姐姐，差一块，你告我地址，有钱了我给你送去。

丁薇薇接过三十五块二：少一块就少一块吧，小屁孩儿！

秦海涛拿了铜牛鞠了一个躬：谢谢你，牛姐姐！

7 汽车里 春 午后 内

丁薇薇问：那只铜牛还在吗？姐姐愿意以百倍千倍的价钱回收。

秦海涛笑着：姐姐并不是很喜欢那只铜牛，所以才拿去卖，我可是喜欢，买下那只铜牛，回家还挨了顿骂，整整一个月没吃午饭，那时我姥爷病重住院，医药费全部自理，家里日子不好过，一分钱恨不得掰成两半花！现在我把这只铜牛当作镇纸，放在案头每日把玩，姐姐可不能夺我之爱。

丁薇薇叹一口气：那只铜牛是我当年拮据生活的一个见证，不要也罢，免得见了它触景生情。

8 金达饭店 春 午后 内外

秦海涛开着车，先把卢茜送回家，又把丁薇薇送到她下榻的金达饭店。

在饭店停车场泊好车，秦海涛说：丁姐姐，我有样东西，想让你看看。见丁薇薇含笑应允，便下了车，打开后备厢拿出装着梅瓶的锦盒和那张紫檀古筝，和丁薇薇一起走进饭店。

进了饭店丁薇薇的豪华套房，秦海涛先把古筝放好，又把锦盒放在茶几上，微笑道：我虽然拿不出隋侯之珠、和氏之璧，不过这件重器，想必也能入姐姐的法眼。

秦海涛说着，打开锦盒，青花梅瓶被一张旧报纸包着，秦海涛把旧报纸随手团了扔在房间一角，把梅瓶摆放在茶几上。

丁薇薇眼睛里顿时闪过一道亮光。她拿过来在手里细看，这只青花梅瓶高约三十五厘米，小口短颈，丰肩弧腹，胎体细腻洁白，莹润如羊脂美玉，器身光滑整齐，毫无接胎痕迹，翻转过来，器底果然有“大清乾隆年制”三行青花篆书款。

丁薇薇又把梅瓶放到核桃木书桌上，拉开一定距离欣赏，少顷，问道：海涛，你准备怎么做？

秦海涛微微一笑：第一次和丁姐姐合作，我听丁姐姐吩咐，姐姐说怎么做就怎么做，我照办。

丁薇薇：我想想。

丁薇薇泡了两杯茶，一杯给秦海涛，一杯自己拿在手里，转动着玻璃杯，慢慢喝着，一杯茶喝完，说道，这只梅瓶我喜欢，不想走拍卖了，我收了，你出个价吧。

秦海涛不禁有些为难：这个…… 呵呵，丁姐姐，我有些不好意思张嘴。

丁薇薇把茶杯放在茶几上：扭捏作态。你一个大男人，有什么不好开口的？这样吧，这里有两张纸，你写个价，我写个价，价钱合适我就收了，价钱若不合适，也用不着讨价还价，怪没意思的，我拿到苏富比拍卖会上去拍卖，只收个代理费，你看好不好？

秦海涛:这样最好。

丁薇薇拿过纸和笔,两人分别在纸上写好价钱,折好交到对方手里。

展开对方的纸,两人脸上同时露出惊讶的笑容,纸上写的价钱都是:一千万人民币。

丁薇薇伸出手,和秦海涛击了一下掌。她喝着茶,漫不经心地说:海涛,你准备让我怎么把这只梅瓶带回香港?这可是国宝级文物啊!

秦海涛:这……

丁薇薇笑靥如花:海涛,怎么为难成这个样子?说着递过一张面巾纸,满脸都是揶揄的神色,擦擦汗吧。

秦海涛接过面巾纸:姐姐取笑了,这房间里香风怡人,哪里有汗?

丁薇薇粲然一笑:没汗就好,早春风硬,怕你出去着凉呢!又从床头的抽屉里拿出一张金卡,微笑着说,里面有一千万,在香港开的户,密码写在后面。

秦海涛接过金卡,随手放进衣兜。

丁薇薇身子向后仰了仰,靠在沙发上,悠闲地喝着茶,依旧是那种漫不经心的口吻:海涛,姐姐这次回来,想在长江上做些航运贸易,你搞水运也五六年了,给姐姐点儿好建议。

秦海涛心领神会:我手里有十几只运煤船,改装成散货船也不难,只是不知姐姐要运什么货,我好对船只做出相应改造。

丁薇薇点到即止:这个我考虑好了告诉你。海涛,我们说说九眼天珠吧。

秦海涛:姐姐,你有什么吩咐,我洗耳恭听。

丁薇薇不禁莞尔:海涛,你放松点好不好,又不是真的让你去打打杀杀。我给你账号里打一个亿,够不够你玩的?超过一个亿我不跟,不到一个亿,剩下的算你辛苦费。

秦海涛见丁薇薇笑得开心,也放松了,笑道:姐姐若要往我账号里打一个亿,我可就玩完了。

丁薇薇:哦,此话怎讲?

秦海涛:我在银行系统工作多年,内部情况还是清楚的,近年来大陆几大商业银行反洗钱措施相当到位,基本上做到了联网监控。你看新闻里报道,某某贪官被捉,从家里搜出几千万乃至上亿现金,把这么多现金放在家里干什么,他们不是不想存进银行,是不敢,只要一存必被捉!

丁薇薇脸色愈发凝重:你再说具体些。

秦海涛:我不说别的银行,就说我工作过的那家银行。上个月我回去了一趟,请几个朋友出来吃饭,听他们说,你知道到什么程度,不要说千万级别的,一次进账几百万,说不清来路用途,拿不出正规的资质和商业合同,都会被立即监控。

丁薇薇冷笑了一声:大陆这些方面倒是快速与国际接轨,动作迅猛啊!

秦海涛:几千亿美元都被贪官卷走了,不迅猛撑不住了。不过有政策就有对策,这几年地下钱庄风起云涌,呼啦啦起来一片。

丁薇薇又冷笑一声:大陆地下钱庄信誉怎样?

秦海涛:据我所知,有些背景很深,信誉也极佳,不管是在南京、上海这样的国内城市,还是在纽约、巴黎这样的国际城市,只要用钱就能在第一时间送到。

丁薇薇:海涛,不错,没对姐姐撒谎,你说的这些我都清楚。

秦海涛闻言一惊:姐姐,你是试我呢?

丁薇薇:以后我们如果合作,当然要看看你是不是诚信呀!

秦海涛:姐姐看上去云淡风轻,真是见过大世面的人。

丁薇薇:是吗?哎,海涛,当年京城有个收藏大家黄元昌,是你姥爷吧?

秦海涛点点头。

丁薇薇:你姥爷对你讲过九眼天珠吗?

秦海涛:没有。炒作九眼天珠是近几年的事,我有关九眼天珠的知识,也是从书本和网络上得到的。

丁薇薇轻轻嗯了一声,又问道:你去过西藏吗?

秦海涛摇了下头:没有,我倒是一直想去的,忙来忙去的也没抽出时间。

丁薇薇：去一趟吧，我建议你到大昭寺，去看看觉卧仁波切佛像。

秦海涛：好，我一定抽时间去一趟。

丁薇薇脸上又浮现出那种难以捉摸的微笑：海涛，既然你姥爷没有对你讲过九眼天珠，你本人也没去过西藏，我看这一趟滨海拍卖会就免了吧。

秦海涛一惊：不去啦？姐姐，你不是准备拿出一个亿，志在必得吗？

丁薇薇笑得更动人了：那是说给孟建荣听的。

秦海涛犹犹豫豫地问：姐姐，孟建荣是不是得罪你了？

丁薇薇脸上的笑容消失了，眼睛里闪过一道寒芒：海涛，你给我记好了，孟建荣是江局长的对头，江局长的对头，就是我的对头！

秦海涛：明白了。那我先告辞了，有事姐姐给我打电话。

丁薇薇应了一声送秦海涛。秦海涛出门后，丁薇薇关门时无意中看到了包裹青花梅瓶的那团报纸，她弯腰捡起来，随意展开看了一眼。顿时，震惊的几乎摔了一跤。

9　沈奕巍办公室　春　午后　内

江　河：奕巍啊，我向你吹个风，局党委研究，决定提名你担任港务局副局长，报告已经打给市委和大航局组织部了，如果批下来，你分管煤码头、化工码头和集装箱码头。

沈奕巍：局长，您饶了我吧，一个煤码头就够我忙活的了。

江　河：奕巍，来你这里之前，我去了一趟贮木场工地，那位得了癌症的厂长竟给我跪下了，我心里难受啊！

沈奕巍：我能理解。

江　河：东江港要想像大鹏一样展翅高飞，不能单轮驱动，外贸这一块必须很快跟上。有了钱，我要办的第一件事就是为贮木场建一个新的高标准水塔。我对厂长是做了承诺的，他乃将死之人，对他撒谎，就是欺天！

沈奕巍：局长，我干！

10　金达饭店　春　早晨　内

江河来到饭店时，丁薇薇正默默收拾行装。

江河站在丁薇薇身边，讪讪笑着：薇薇，不好意思，这回实在太忙了，也没有好好陪你。你什么时候再来东江，我一定补偿。

丁薇薇：怎么补偿？

江　河：我申请休年假，陪你去黄山、庐山好好玩玩。

丁薇薇：谁信？

江　河：真生气了？我郑重向你道歉，别生气了好不好？

丁薇薇叹了口气：唉，对夏虫何以语冰，真要跟你生气，早气死啦。

江河知道丁薇薇并没介意，就嘿嘿一笑：几点的飞机，我送你去机场。

丁薇薇轻轻吁了口气：江河，我没告诉你，我下午去扬州，先不回香港。

江　河：你去扬州？扬州离东江不过二百多公里，怎么不让我安排？

丁薇薇神态黯然：不想麻烦你了，我去给我父母扫墓。

江河大吃一惊：伯母也走了，什么时候的事？

丁薇薇眼圈红了：前年的事，母亲是在香港去世的，去年我把母亲骨灰送回扬州，和父亲合葬在一起。我们家祖籍在扬州，我出生在北京，以前没对你说过。

江河眼睛也湿润了。

丁薇薇的眼泪已顺着脸颊流下来：母亲最后悔的一件事，就是阻拦咱俩在一起，她晚年常拉着我手说，女儿，妈妈对不起你……

江河肝肠寸断：薇薇，是我对不起你。

丁薇薇用手抹去眼泪：母亲最大的心愿，是看我披上婚纱，可惜她老人家看不到了。你要真是有心，来年清明，到我父母墓前撒上几瓣鲜花吧。

江河万分愧疚：我请假，我今天就跟你一起去，给伯父伯母扫墓。

丁薇薇：真的，江河？

江河心里却刀绞般疼痛：真的，我马上请假。说着掏出手机。

丁薇薇摇着头轻声说：江河，你的情我领了，还是明年再去吧，听卢茜说你的麻烦够多了，我不想再给你添麻烦了。卢茜那边我已打过招呼，我现在的身份是她表姐，我在你这里待了四天，我能感觉到，你们东江港并不风平浪静，我快点离开就是想少给你添麻烦，你自己也多保重好了。

江　河：薇薇，什么时候动身？

丁薇薇：乔婷在扬州，她开车来接我，还得一个小时才能到，你陪我说会儿话吧。

江　河：好。薇薇，你这两天和秦海涛的接触，比我上任八个月还多，你感觉这个人怎么样？

丁薇薇白了他一眼：就一个多小时的时间，扯他干什么？哄人都不会！

江河一笑：呵呵，现在东江城传遍了，说全福兴昨晚来了一位绝色美女，弹了一曲《高山流水》，全福兴从一楼到三楼，层层爆棚！当时还拍出两百万，把人家的镇店古筝抱走了。

丁薇薇话锋一转：辞了你那个破官，来给我当总经理，我给你两千万年薪。如何？

江河一惊：两千万？那我岂不成了打工皇帝。

丁薇薇看一眼江河：干吗还带上打工俩字，还要不满意我就让位，给你个真皇帝做。

江河岔开话题，感慨道：现在你是真有资本吹牛，两百万的古筝，天价！

丁薇薇收敛起笑容：这有什么好稀罕的，这也是一项投资。我告诉你，现在工艺品市场远未到顶，用不了几年，价值两百万人民币的东西，就要以两百万美元来计算了。

江河惊异：这么大的升值空间！

丁薇薇淡淡一笑：要不我把这张古筝给你留下，你看看三年后全福兴会不会以六百万回购。

江河似有不信：你那么有谱？

丁薇薇：三年后，这张古筝拿到国际市场上去拍卖，一百万美元就是白菜价。说完，丁薇薇坐在古筝前，沉吟了一下说：我就要去扬州了，给你抚一曲《烟花三月》吧。

话音未落，筝声已起，刹那间就将江河带入到烟雨朦胧、如梦如幻的意境中去。筝音犹如天籁，丁薇薇一咏三叹，将那种杨柳依依、乱花醉人的离愁别恨演绎到极致。

江河正凝神倾听，桌上的电话响了。原来秘书乔婷的车已到楼下。

丁薇薇抬起手腕看了一眼手表：这小妮子，早来了半个多小时。

她有些惆怅地起身：江河，送我下楼吧。

江河无语地将古筝装进琴袋，又提起她的皮箱，向房门走去。

走到门口时，丁薇薇站住脚，突然问道：你真想听我说说秦海涛这个人怎么样？

江河一怔，不解地望着丁薇薇。

丁薇薇脸上露出一丝冷峻：我要给你一句忠告，你赶紧收手，不要再让卢茜去试探秦海涛了，小丫头根本不是他的对手。

江河又是一怔：你是不是高估了他？

丁薇薇神色严峻起来：我可没有高估他。大海不拒江河，喜怒不形于色，他的涵养功夫让我想起东洋忍者，你留神就是了。

字幕：一个月后

11　韩仕琪办公室　夏　早晨　内

秦　池：这个江河越来越专断了，这么下去怎么得了？

韩仕琪：江河上任以来，东江港发生了很大变化，省里和大航局对他的工作都是肯定的。

秦　池：韩市长，他就是凭着一点花拳绣腿，越来越把自己凌驾于局党委之上，大搞一言堂，东江港几乎成了他的私人领地！

韩仕琪：当初市委是想让你接老局长的班，可是沈奕巍的举报有存档。省里一句"虽查无实据，也不好带病提拔"就把我顶回来了，我能有什么话说？

秦　池：这个沈奕巍，又被江河提拔成了副局长，他这不是明显拉帮结派吗？

韩仕琪：沈奕巍提拔为副局长，不是你们局党委讨论的结果吗？

秦　池：是上了党委会，他一再坚持，别人能说什么？他是一把手嘛！这个沈奕巍，原来不过是个主任科员，提拔成煤码头总经理已属破格，他江河还要把他向上推！

韩仕琪：沈奕巍主持煤码头以后，成绩可圈可点，况且当初是竞聘上岗，也不属于正常提拔。

秦　池：可是，他开过黑摩的，作为一个领导干部，总是不妥吧？

韩仕琪：噢，这倒是。

秦　池：江河居然公开为沈奕巍开脱，说开了几天黑摩的怎么了？你港务局效益那么差，人家要养家糊口嘛，即没偷又没抢。再者说，人家不是早就不开了吗？您听，说得多轻松。

秘书敲门进屋，请韩仕琪签了一个文件退出。

秦　池：还有那个刘黑子，按国家规定，判刑入狱后就开除了公职，他江河跟谁也不商量，私下里竟让沈奕巍安排他到驳轮公司当了舵工，正式恢复了公职。

韩仕琪：有这种事？

秦　池：韩市长，我把话搁在这儿，按目前江河的行事风格，不知道他以后会干出什么？不信，走着瞧。

韩仕琪：老秦啊，这个不用你操心，你把自己的事干好就行了。如果他江河太出格了，组织上肯定会出手！

12　江河办公室　夏　早晨　内

江河正在伏案工作，电话响，里面传出赵小苏的声音：局长，刚刚接到省政府办公厅通知，明天下午两点在省政府一号会议厅召开省防汛指挥部第一次会议。

江河对着话筒嗯了一声：请郭局长参加吧，他主抓防汛。

赵小苏的声音：办公厅指名道姓，请您一定准时到会！

13　卢茜办公室　夏　上午　内外

有人轻轻敲门，卢茜喊，请进。停了一会，敲门声复响，卢茜又喊：请进。如是者三，卢茜一把拉开门：谁？有毛病呀！

沈奕巍出现在门口：此地留痕长相忆，旧友之交不弃。

卢　茜：你呀！又装神弄鬼，我看你真是没事找抽型！

沈奕巍：重要的事要说三遍。我三敲其门而不入是叫你知道，我这次来事关重大，意义非凡。

卢　茜：少来你。说你是没事找抽型，真不算冤枉你。

两个人进屋，沈奕巍在椅子上坐下：唉，卢茜，我过江的时候，发现江水由碧绿变得有些浑浊，流速也比以往快了许多！

卢　茜：怎么啦？

沈奕巍兴奋异常：怎么啦？这说明长江有望提前结束枯水期进入丰水期。你知道，长江流域每年十一月至五月为枯水期，这期间煤码头向沿江电厂运送电煤的大型运煤船只能减载运行。

卢　茜：是呀，枯水期严重时，甚至半载通行。

沈奕巍：如果中转量不够也就罢了，如今煤码头生产形势日新月异，不但一些小煤矿多取道东江港中转，琊山矿的发货量也与日俱增。现在不是没煤可运，而是有煤不能很快运走，严重影响生产效益。随着汛期来临，水深每增加十厘米，每条船就可以多装二百吨煤呢！

卢茜也兴奋起来：真是干什么吆喝什么，这样一来，如果长江全流域提前半个月进入丰水期，按现在的生产形势，你超额一百万吨就是板上钉钉的事了。

沈奕巍：煤码头的生产份额在东江港举足轻重，它超额完成生产任务，对东江港整体利润的贡献和对其他各分公司的示范作用意义重大，我刚被任命为副局长，这是不是给江局长最好的“见面礼”？

卢　茜：这就是你的意义重大吗？

沈奕巍:这难道还不重大吗?

卢　茜:是挺重大的,不过好像你敲错了门,你应该去向江局长报喜,跑我办公室来干什么?

沈奕巍:到你这里来,自有到你这来的道理!卢大编辑,我听说有个周末你去游览天门山了?

卢　茜:是呀,还需要向你请示吗?

沈奕巍:向我请示?我看可以。

卢　茜:少来!说你胖你就喘!

沈奕巍:听说同行的有一位女士?

卢　茜:对,叫丁薇薇,是江局长的战友。薇薇姐可是不同凡响,是香港丁氏珠宝集团的董事长,听说资产有上千亿。

沈奕巍:局长的战友?我刚才遇见了刘东民,他说是你的表姐呀!

14　秦池办公室　夏　上午　内

秦　池:什么表姐!我从小看着卢茜长大,什么时候冒出来一个香港的表姐?

秦海涛(OS):叔,甭管是不是卢茜表姐,总之,您不要拿这事做文章。我和她有生意要做。

秦　池:不过,她要真如你所说,有上千亿的资产,以后保不齐和江河会闹出什么事来,也许有戏可看了。

秦海涛(OS):那是往后的事,眼下您就先消停点。这个女人不寻常,我还要进一步试试她有多深的水。

15　公墓　夏　上午　外

一座庄重豪华的墓碑掩映在绿树丛中,墓碑上刻着:慈父丁海洋　慈母杨晓月之墓。落款是:女儿丁薇薇敬立。

墓碑前摆着几样精致的供品,一座香炉香烟缭绕。

丁薇薇举三炷香在墓碑前默默祷告,尔后三鞠躬,把香插入香炉。

乔　婷:董事长,让我也给伯父、伯母上炷香吧。

丁薇薇双手合十,表示感激。

乔婷点燃香,恭立于墓碑之前:伯父,伯母,乔婷给您敬香。祝二老长乐于瑶台银阙,时时快乐,天天幸福。愿二老保佑我们董事长青春永驻、良缘早结、福寿双至、事业兴旺!

这时,忽然有一衣衫不整的老者,手持算命幡走过,随口吟唱:

善恶皆由一念起,
悟透红尘是真谛。
此生本是来世缘,
来世因果藏心里。

16　卢茜办公室　夏　上午　内

卢　茜:刘东民事儿妈似的,我是怕他瞎说,给局长添乱。

沈奕巍:对,尽量帮局长避免一些不必要的干扰,他是干大事的人,有大智慧。卢茜,就像漂亮和美丽不是一个等量级一样,聪明和智慧决不可同日而语。

卢　茜:此话怎讲?

沈奕巍做沉思状:怎么说呢?美丽包含了漂亮,但除漂亮之外,它还应该具有善良、宽容、坚韧等诸多品质;智慧肯定也包含了聪明,但是它比聪明更具有大视野、大胸怀、大气度。卢茜你想想,江局长上任不到一年,出手几乎全是大手笔,从处理沉船事故到推进东江港改革的一系列举措,哪里像是一个对港口一窍不通的门外汉所为。

卢茜双眉一挑:是啊!那你看下一步咱们江局长会有什么大举措?

沈奕巍站起身,走到墙边,那里挂着一幅东江港全景图,他看着全景图说:如果我没有估计错,我觉得局长可能会走两步大棋。

卢　茜:两步大棋?哪两步大棋?

沈奕巍:上市和融入中央最近提出的“一带一路”。

卢　茜:老天爷,上市我还能想象;“一带一路”,那可是国家的大举措啊!

沈奕巍:不是大举措,局长能动心吗?

卢　茜:就咱们这破港口,还想参与“一带一路”?

沈奕巍白了一眼卢茜:说什么呢你,卢大编辑,咱们东江港襟江通海,地理位置十分重要,现在是一座破港口,干好了就是一座现代化的物流配送中心,对于整个东部的经济发展都会起到重要作用,这还是你在物流课上讲的呢!忘啦?

卢茜连忙起身给沈奕巍的杯里加满了热水,嘻嘻一笑:我错了,沈副局长。

沈奕巍:况且,咱们东江港和一年多以前比起来,也算是凤凰涅槃了。

卢　茜:那倒是,所以我说上市还可以想象。

沈奕巍:上市是为了强化港口建设,给融入“一带一路”筹措资金,两者并行不悖。

卢　茜:国家提出“一带一路”倡议,对东江港倒是一个难得的发展机遇。

沈奕巍拿腔拿调说了一句:对头。前几天局长还跟我谈到集装箱码头和化工码头,谈到了新型煤化工产品;说咱们东江港的经营方针是以煤炭为基础,以外贸为重点,现在煤炭这一块盘活了,外贸这一块还没有什么大起色呢!正好国家提出了“一带一路”倡议,你说,以咱们局长的敏锐,能放弃这样一个历史性机会吗?

卢茜也学着沈奕巍的语调:对头。你看,先是扫清外围,改善发展环境;提出以煤炭运输为基础、以外贸运输为重点的经营方略和双超精神;继而在煤码头实行招聘,引入竞争机制;又推荐你出任副局长,加强和琊山煤矿的横向联系,以便对接国家“一带一路”的倡议。我看这架势分明是要引进战略合作者,进一步把东江港做强做大嘛!没准,局长还真有更大的野心!

沈奕巍用手点着卢茜:我先要纠正你两个说法。首先,什么叫野心?如果在伦理规范允许的框架内,野心可以理解为一个男人的志向、抱负与目标。如果你一辈子平庸,那是因为你没有野心,从这个角度观察,江局长是个野心勃勃的人;其次,不是没准,而是肯定。

卢　茜:你这么言之凿凿?你又不是杨修。

沈奕巍:我当然不是杨修,江局长也不是曹操啊。告诉你吧,我试探过局长,他现在虽然不露声色,但是我看到他的桌上摆着好几本有关“一带一路”的书。我随手一翻,书中有不少重要段落被他画了红线,书的空白处,还有好多眉批,诸如:深受启发;东江港未来发展之路等等。

卢　茜:噢——!我说呢,你也不是局长肚子里的蛔虫,局长想什么你怎么能知道得一清二楚,原来是做了一次盗书的蒋干呀!

沈奕巍:蒋干,蒋干能和我比?我抗议,东江港第一美女严重小瞧我!

卢　茜:少来,你怎么一点也不谦虚,还顺竿爬上来了!

17　陵园门口　夏　上午　外

丁薇薇追上算卦老者,原来是在丽江宝石街见过的疯老头。

丁薇薇:敢问杨老伯,丽江一别,一切安好?

疯老头:我萍踪不定,四海为家,天当被子地当床,有一餐果腹即是安,有一衣遮体便是好了!

丁薇薇:刚才老伯以谶语教我,晚辈愚钝,还望您老人家明示:大千世界,人何以知未来,修来生?

疯老头:茫茫大千,无始无终,今生即往世之未来,未来即今生之姻缘,悟得了,众生即佛,悟不得,一世蹉跎啊!

丁薇薇:老伯……

疯老头:姑娘,你心有慧根、善念尚存,只是世事无常,造化弄人,还望好自为之。

说罢,举着算命幡扬长而去。

18　省政府会议室　夏　下午　内

江河赶到省政府一号会议室的时候，已座无虚席。

这是一间长方形大会议室，中间摆了一圈会议桌，会议桌中间有几株青翠欲滴的君子兰，花正在盛开。橙红色的花朵向上生长，像一支支燃烧的火炬。

江河一看坐在四周皮面高背座椅上的几乎全是各地市、省直各部门、各单位的第一把手，就找了个角落坐下。

程志抬起头，扫视了一眼会场，食指弯曲敲了敲面前的麦克风：人都到齐了吧？

坐在后排的秘书起身俯在副省长的耳边：到齐了。

程志叮问了一句：东江港的江河来了吗？

到！江河不改军人习惯，应声站起。

程志看了他一眼，一伸手示意他坐下：那好，开会。

会场顿时鸦雀无声，人们把目光一齐投向程志。程志双手平摊在桌子上，身体略微前倾，凑近麦克风：今天是省防总召开的第一次会议，本来省委万书记要亲自参加，他在北京向中央汇报工作，分身无术，只好让我向各位问好，并代表他讲几点意见。

程志略微停顿了一下，伸出一个手指：第一点意见，根据省和中央两级水利、气象部门监测到的情况，今年长江汛情非同以往。各地区、各单位从现在起要把防汛作为一项极其重要的工作来抓，尽量争取把损失降到最低程度，不准有丝毫闪失，这个问题等会儿专家还要仔细讲，我点到为止；这第二，散会以后，你们要把会议精神认真落实，未雨绸缪，看一看在自己所负责的范围内还有什么安全隐患，及时弥补和防范，确保长江大堤安然无恙。这个问题省防总也有详细的工作部署，一会儿要向各位传达；第三条最重要，今天到会的都是各地区、各单位的第一把手，今年的防汛工作，你们就是第一责任人；省防总由万书记亲自挂帅，我是常务副总指挥，具体工作由我来抓。有一句流行的话怎么说来着，噢，把脾气拿出来，那叫本能；把脾气压下去，那叫本事。

大家闻言，响起一片轻松的笑声。

程志没有笑：不过我要遗憾地告诉各位，我还没有修炼到第二种境界，有时候本能恐怕会起作用。咱们丑话说到前面，谁在今年的防汛工作中玩忽职守、给党和人民造成损失，我程志定斩不赦，到时候别怪我不讲情面！

19　秦池办公室　夏　下午　内

海岩敲门进屋，秦池有些意外地看看他：你来干什么？

海　岩：秦局长，您知道江河到省里开什么会去了吗？

秦　池：防汛会呀，怎么啦？

海　岩：江河主政后，太强势了！不但把我们整得够呛，连您也根本不放在眼里。

秦　池：你来就是要向我说这些吗？你也不想想你干的那些破事儿，简直丢尽了我的脸！

海　岩：秦局长，我的意思是，江河处理一下沉船，修复一下和琊山的关系，他当过公安局长，在行。可是防汛，他就差老鼻子了，还得您。

秦　池：你这么看吗？

海　岩：当然，管理好东江港这样一个大型内河港口，更需要的是专业知识，诸如码头建设、航道清淤、防洪大堤、装卸作业以及公路铁路的进港设计，导航站、变电站、消防站的位置安排和各种港口设备的管理，一环套一环，环环紧扣，这可不是他江河的长项。

秦　池：听你说话你不糊涂啊，怎么老干糊涂事儿啊？

海　岩：那是以前。听说今年洪水非同一般，您大显身手的时候到了，您放心，到时候我们都听您的，君子报仇，十年不晚，有他江河出洋相的时候！

20　陵园外　夏　上午

乔婷和丁薇薇并肩而行。

乔　婷：薇薇姐，你认识刚才那位老伯？

丁薇薇:何止认识,还有一段因缘呢。

乔　婷:因缘?我看那老伯看似疯癫,话中所指,也无非是积德向善之类的世俗之理。

丁薇薇:只是商场如同战场,刀光剑影、杀伐决断,比战场并不逊色。积德向善,说起来轻巧,做起来可就难了。

乔　婷:这就是常言说的,人在江湖,身不由己吧!

丁薇薇:要紧的是心中有一个善字,至于善行何解,我想随心随缘就好。

21　省政府会议室　夏　下午　内

程　志:刚才王总对可能发生的汛情从专业角度做了详尽的分析,省防汛办的同志也对各地区、各单位的责任划分做了具体的安排与部署。江河……

江河起身:到。

程志摆摆手:你坐下,你们煤码头身后闸口大堤的那个闸口有二十米宽吧。

江　河:十八米七。

程　志:各矿山通过东江港中转的煤炭,是不是都要由这个闸口的两条铁道线进港吧?

江　河:对。

程　志:你们煤码头的利润占了东江港的百分之七十?

江　河:是。以后我们会逐年提高化工、集装箱和散货的创利占比。

程　志:所以,这个闸口是你们东江港的生命通道。

江　河:也可以说它是我们东江港的主动脉。

程志用手一指江河:那个闸口是你们东江港的主动脉,也是在闸口大堤上撕开的一道口子。俗话说,蚁穴虽小可溃千里长堤,你那儿可是一个近二十米的大闸口啊!老实告诉你,一想起它我晚上都睡不着觉。

江河闻言下意识站起身:闸口防洪大堤离江岸还有上千米的距离,五年前,我们又重金为煤码头修了一道防洪堤。这几年,即使汛期江水暴涨,也没有漫过煤码头的防洪堤,应该问题不大。

程志的脸沉下来:江河呀,你来开会怎么不带耳朵?刚才反复强调今年的汛情不比以往,比九八年的特大洪水不在以下。你没听见吗?必要时,你要把那个闸口给我封堵上。

江　河:堵上?程省长,您拿刀杀了我吧!

程　志:什么?你再说一遍。

江　河:一旦这个闸口堵上,东江港的生产至少瘫痪三个月到半年,九八年那次洪水就因为闸口封堵了,港口好几年没缓过劲来。这次如果设备被水淹了,两三年也恢复不了元气,几千万的利润泡汤不说,刚聚拢起来的人气也全散了!

程　志:江河啊江河,你就看到了你鼻子底下的一点吗?

江　河:我当然不是看到了鼻子下面一点。最重要的,抗洪救灾,电力供应尤为紧迫,东江港煤码头的中转能力沿江最大,若矿山的煤运不进来,沿江电厂发电需要的煤运不出去,那给华东地区造成的经济损失难以估量!

程志敲敲麦克风:我让你重复刚才说的那句话。

江　河:程省长,您拿刀杀了我吧!

程　志:你以为我不敢?江河啊江河,我只告诉你一点,必要时那个闸口如果不封堵,一旦长江水涨堤决,包括省会在内的上千万人将受灾,几十个县市将沦为一片泽国!那种情况一旦发生,我们都将沦为历史罪人,漫说你我只有一个脑袋,就是枪毙十次也不足以赎其罪于万一!

江　河:这我明白。

程　志:你明白就好。别到时候脑袋掉了,还不知道是为什么砍的。

22　高速公路　夏　下午　外

一辆帕萨特轿车在疾速奔驰。

轿车内江河在打手机:老秦呀,我刚开完会,有些情况要马上沟通一下。

秦　池(OS):我在江北煤码头呢。

江　河:那正好,你不要动了,我到局里马上坐快艇过江。

23　省府小会议室　夏　下午　内

程志扔了一支烟给韩仕琪:憋得够呛吧?

韩仕琪打着火,给程志点燃后自己也点燃了:中间我跑到休息室抽了一支,倒是您,一直主持会议没得空儿。

程　志:知道我为什么留下你吗?

韩仕琪:知道。

程　志:我看那小子今天有些不服。后面的工作很严峻,不做到令行禁止怎么行?关键的时候,你要敢于给他上套子,不要因为是我提名他出任港务局长,就畏首畏尾。

韩仕琪:好,您不说我还真有顾虑。昨天老秦还向我告了他一状,说他独断专行,大搞一言堂。

程　志:有事实吗?

韩仕琪:有,不过都是一些鸡毛蒜皮。

程　志:这次可是不同以往,稍有不慎,就是掉脑袋的事,马虎不得。

韩仕琪:行,有了您的尚方宝剑,我知道怎么做了。

程　志:哪里是什么尚方宝剑,不过是加道保险而已。

24　江北闸口　夏　傍晚　外

江河一下快艇,见到秦池和沈奕巍在码头上站着。

秦池迎上来说:老江,办公室里太闷,咱们在防洪堤上走走吧。

江水一波一波地拍打着防洪堤,江风阵阵,涛声入耳。

江河提高了嗓门:老秦,这次会议是按照国家防总的部署召开的,根据国家气象部门预报,去年又爆发了很强的厄尔尼诺现象,对我国气候影响很大,很可能导致今年夏季长江全流域持续降雨,鄱阳湖、洞庭湖四月中旬以来已连降暴雨,湘江和赣江也爆发了洪水,今年汛情相当严峻。

秦池眉头皱起来:老江,恐怕不只是相当严峻,历史上,只要中游两湖四月份连降暴雨,可都导致长江全流域的特大洪水。

江河心头一紧:这么说今年有可能出现特大洪水?

秦池沉吟有顷:长江汛期刚刚开始,中游两湖出现汛情对我们下游水域影响还不是很大,要是到了六七月份主汛期,中游两湖仍旧暴雨不断,导致长江干流持续高水位,那可就有大麻烦了。

沈奕巍插话:我也查了资料,上世纪长江两次特大洪水,都是中游两湖四月中旬就开始连降暴雨。新世纪以来,长江流域已经十多年没有发生特大洪水了,弄不好,今年还真有可能来一次大的。

江河坦诚地说:老秦,你是老码头,这几十年什么样的汛情你没见过?经验比我和奕巍丰富,具体的防汛工作,我想请你主抓,我们马上成立防汛指挥部,我任总指挥,你任常务副总指挥,指挥部就设在闸口大堤,你看怎么样?

秦　池:成,没问题。过了五一,就在咱们闸口大堤后面盖仓库,储备抗洪物资。

沈奕巍用手一指:咱们闸口大堤后面,倒是还有十几间现成的仓库。

秦池呵呵一笑:一九九八年的那场特大洪水,我经历了,真是吓人。电线杆子那么高的浪头并排打来,什么叫水火无情,只有见过那阵势才知道。真要是那么大的洪水过来,那十几间仓库储备的物资不过是九牛一毛,不盖新仓库可不够使的。

江河拍板:按老秦的意见办,过了五一马上盖仓库,同时催促省防总给我们调拨抗洪物资。

秦池掰着手指说:主要是麻袋、沙石、水泥防洪桩,同时还要配备打桩机、钢筋笼、雨衣、救生衣、强光电筒等,我让设备处加班计算一下,过了五一就给省防总报上去。

江河站在防洪堤上,满脸忧虑地:这次会议传达了国家防总的指示,一旦长江发生全流域性特大洪水,长江中游的荆江大堤和长江下游的我们这段闸口大堤,为两大重点确保堤防,省防总明确指示,一旦洪水超过我们煤码头防洪堤警戒线,立刻封堵闸口大堤运煤通道。

沈奕巍:什么,封堵大堤闸口运煤通道?

江　河:是。

沈奕巍:运煤通道一封堵,咱们不是就死翘翘了吗?

江　河:是啊! 如果洪水形势严峻,我们也只能如此。

沈奕巍:无论如何,不能让洪水漫过煤码头防洪堤。我就是舍了命,也要保住煤码头防洪堤。

见秦池不说话,江河问:老秦,你有什么想法?

秦池在防洪堤上跺了两脚,说道:还是那句老话,兵来将挡,水来土掩,咱们新修的这道防洪堤可不是摆设。

25　老卢头家　夏　傍晚　内

老卢头:那道防洪堤就是一个摆设!

卢　茜:爸,不会吧,刚修了不到五年呀,花了一个多亿呢。

老卢头:要是抵御一般的洪水还凑合,可你没听电视里说吗,今年可是特大汛情。

卢　茜:秦叔对这道防洪堤不是很自信吗? 一九九八年的洪水淹了煤码头,才花重金修了这道防洪堤。江局长来之前,有人诟病工程造价太高,秦叔不是说那就让长江来一次像样的汛情,为防洪堤正名嘛!

老卢头:唉,你这秦叔呀,叫我说他什么好!

卢　茜:那怎么办?

老卢头:明天早晨打太极拳时,我和你秦叔念叨念叨,但愿他能听进去。

26　江河家　夏　早晨　内

徐小慧给江河试表:三十九度了! 江河,你也太不拿自己的身体当回事了,张嘴——! 徐小慧又给丈夫检查嗓子:扁桃体也化脓了! 现在你什么也别想了,跟我到医务室去挂水!

江河一听挂水就急了:这当口挂什么水? 你给我拿两瓶药,一会儿我还要去江北!

徐小惠一听江河这么说也急了:你要不想活了就别挂水,我告诉你,再这么烧下去你就脑残了,不傻也痴!

江河不作声了。徐小慧一指窗外:玥玥,你看佳佳在哪儿,你和他一起去上学。

玥玥答应一声跑出房间。

徐小慧扭头对丈夫说:今天你必须听我的!

江河苦笑了一下:你别说,还真有点难受。

27　小树林　夏　早晨　外

卢子明的拳打得呆滞沉涩,一副心事重重的模样。

秦池嘲笑:卢站长,咋打蔫了,一点精神头也没有? 瞧瞧你这手"白鹤亮翅",使的像"麻雀坠地"。

卢子明索性收了势,眺望着已经泛黄的江水,忧心忡忡:早上听天气预报了吗,上游中游的局地降水量,都破了历史同期纪录,弄不好,今年恐怕又要来一次大洪水了,咱们江北煤码头,好不容易有了起色,这要是让水漫了,又是三五年翻不过身。

秦池也收了势,笑呵呵地说:老哥哥,五年前煤码头工程改造时,你对我横挑鼻子竖挑眼,嫌我把变电站建在南面坡道上,现在你明白我的用意了吧,不把变电站建在南面坡道上,上哪省出一个亿修建防洪堤?

卢子明瞪一眼秦池:那道防洪堤真那么管用吗? 孟建荣承建的工程,真那么靠谱吗?

秦池心里咯噔一下,脸色瞬间变得很难看:老卢头,说这话可得有根据,瞎说不得!

卢子明沉默了。

秦　池:那道防洪堤造价是高了点,但施工标准在那放着,二十毫米双层钢筋网、高标号水泥沙石浇筑,值那个钱。老卢头,市质量技术监督局的大红验收章可不是白盖的!

老卢头:靠不靠谱,洪水过来就知道了。

秦　池:那是。抗千年一遇的洪水不好说,抗五十年、一百年一遇的洪水,我还是有信心的!

卢子明叹了一口气。

秦　池:你叹什么气呀?老卢头,当年修建煤码头防洪堤时,我可是三令五申要按最高标准施工,你说孟建荣有那个胆儿,敢在工程上弄虚作假吗?

卢子明:人若动了贪念,有什么事情不敢做?远的不说,前两天报纸上不是曝光了吗,咱们上游一个码头,花八千万建了一道防洪堤,才几年呀,内侧护面就被江水淘空了,露在外面的钢筋也就筷子那么粗,当年这可是省重点工程,还不是照样弄虚作假。

秦池强装笑颜:老哥哥,你别吓唬我,咱们煤码头这道防洪堤建了也有几年了,你见着哪一段有塌陷?哪一段有水泥脱落?哪一段有钢筋暴露出来?

卢子明摇头:汛情年年有,煤码头那道防洪堤,要说能抗几年一遇的洪水,我不怀疑,要说能抗特大洪水,就是吹牛。

28　港务局医院内科诊室　夏　早晨　内

徐小慧为江河打了退烧针,又挂上水,一边忙着一边叨叨:处理沉船时,你一晚上抽七包烟,现在你知道这七包香烟的代价有多大了吧?都半年多了,动不动扁桃体就发炎。

江河打着吊针,昏昏沉沉地睡着了。

徐小慧坐在丈夫身旁,浸湿一块纱布,轻轻擦拭他干裂的嘴唇。

画外音:

徐小惠是深爱江河的。原来她以为,有了爱就有了一切,现在她明白了,真正能够把夫妻联结在一起的,除了爱,还有彼此的容忍。一个人独守空房时,徐小惠深深体会到了什么叫孤独。一个人孤独并不可怕,可怕的是有了伴侣后的那种孤独。一个男人,再有才华,再有智慧,再有能力,再孝顺,再大爱无疆,可是心里没有自己又有什么用?想明白这个道理,徐小惠整整用了十年。没想明白时,她常常为江河早出晚归头痛;真想明白了,头不痛了,心开始痛。心痛的感觉原来比头痛更煎熬人,更折磨人,更令人心力交瘁,情无归处。

29　小树林　夏　早晨　外

秦　池:抗几年一遇的洪水算什么,当初提出的承建标准是要抗百年一遇的洪水,孟建荣是向我拍了胸脯的。

卢子明步步紧逼:孟建荣真要是有胆量的话,我带他到防洪堤上用冲击钻钻上十几个孔,咱们倒要看看,他用的是几个圆的钢筋,多高标号的水泥?

秦池不由得冒出一脑袋冷汗:老哥哥,你可别乱来!你这么做不是打我的脸吗?

卢子明瞪一眼秦池:这么做也是为你好,防洪堤若真有问题,洪水来了再采取防护措施就晚了,那可是天大的责任,你承担得了吗?

秦池心里顿时乱了套:我这就把孟建荣叫来,让他给我交个实底。不过,这事没有确切定论之前,你可千万不要乱说乱动,成吗?

卢子明长叹了口气:成,但愿孟建荣没有偷奸耍滑。

秦池犹豫再三:万一孟建荣在工程做了手脚,还有什么补救措施吗?

卢子明考虑了一下:办法倒是还有一个,就是得让孟建荣吐吐血。

秦　池:老哥哥,你说,什么办法?孟建荣要是真敢在防洪堤上做手脚,那就是杀头的罪,让他吐血,他敢不吐吗?

卢子明:采取锥探灌浆的办法,每隔十米打一个深洞,下入钢筋,用高标号水泥现场浇筑,这就相当于打了几百根钢桩,把防洪堤彻底加固了一遍。

秦池眉头皱起来:办法是好办法,但这么做不是摆明了告诉所有人,煤码头造价上亿的防洪堤，就是个豆腐渣工程吗？

卢子明：孰轻孰重，你自己掂量。

秦池咬着后槽牙：老哥哥，这事千万别声张，工程质量若真有问题，就照你说的办，孟建荣要是敢在防洪堤上弄虚作假，我饶不了他！

30　港务局医院内科诊室　夏　上午　内

秦池到医务室，见江河正在挂水，眼闭着似乎睡着了，没有说话。徐小惠欲叫醒江河，秦池做了一个制止的手势走了。

秦池刚走，江河睁开眼，打了一个哈欠，起身要走。徐小惠急了：你这个样子，还能过江吗？

江河一笑：好多了，我又不是纸扎的，这点小病算什么！

徐小惠不理他，转身甩给他一个后背。

江　河：小惠，前段时间是我不好，我太自私了，没有顾及你的感受，我向你作检讨。可我也难呀，从一个公安局长转型做港务局长，上任第一天就摊上裕泰号沉船那么大的事，走起来真是步步惊心，如临深渊，各方面的利益都要照顾，各方面的关系都要平衡，谁承想反倒把自己家里弄得不平衡了。我心里不是没有咱们这个家，不是不想照顾你和玥玥，我实在是分身无术。

徐小惠转过身来，眼泪在眼眶里打着转：江河，你听听你说的这些话，谁家两口子这么说话呀？你这就像是在党委会上发言，说的全是官话。我知道你调到港务局很忙，忙得已经忘记了我和玥玥的存在。

江　河：确实，这些日子太忙了。

徐小慧：可你不是调到港务局才开始忙，你在公安局时不是一样忙得分身无术吗？公安局也好，港务局也好，都是你的天。可你想过没有，我的天在哪里？都说男人是女人头顶上的一片天，可你就像是我头顶上的一块云，来阵风就刮得无影无踪。

江河满脸苦涩：小惠，你说的这些话让我无言以对，我也不知该怎么向你解释。有件事我跟你说一下，清明前，我的一个老战友从香港过来，我和她讲了我们夫妻间的状况，她给了我一个建议，让玥玥到国外上中学，你跟着去陪读，我觉得未尝不可。我们分开一段时间，各自冷静冷静。

徐小惠考虑了一下：我当然愿意让玥玥到国外上中学，从小就受到良好的教育，可我们都是工薪族，能负担起玥玥上学的费用吗？

江　河：费用不是大问题，我那个老战友可以为玥玥联系公立学校，基本上没什么费用。我们不是还有三十万元存款嘛，你都带上，够你和玥玥用一段时间了。我那个老战友还可以为你联系工作，你是医生，收入应该不会太低，主要是看我们自己能不能下这个决心？

徐小惠犹犹豫豫：你一个人在东江，吃不上喝不上的，我和玥玥在国外心里能踏实吗？

江　河：这个容易解决，我把干娘接过来，彼此都有个照应，干娘做饭的手艺堪比东江最好的大厨，你还怕我吃不上喝不上吗？

徐小慧：江河，这个问题容我好好想想，你赶快回家休息吧！

31　秦池办公室　夏　上午　内

孟建荣敲门进屋：秦局长，您找我？

秦池一指沙发：坐。

孟建荣调侃：您黑着脸，跟包公审案似的，怎么了？

秦　池：建荣啊，我只问你一句话，防洪堤的质量怎么样？

孟建荣：没问题呀，您怎么突然问起这个了？

秦　池：建荣，你知道，这个工程是我力主承包给你干的，就因为造价高，还招致不少非议。据说今年汛情不比往年，你到时可不要打我的脸！

孟建荣：秦局长，你放心吧，当年我不就向您打了保票吗？没问题！

秦　池：嗯。不过不能掉以轻心，这是掉脑袋的事，必要时要采取一些加固措施。

孟建荣：听您的，您让我出血我没二话！

秦　池:那就好。

孟建荣:哎,秦局长,听海涛说,您把我赔您的那个梅瓶给他了?

32　闸口大堤　夏　中午　外

沈奕巍和卢茜在大堤上巡视,见到江河步履蹒跚地过来,不禁吃了一惊,卢茜迎上前去:局长,您脸怎么这么红?她伸手摸了一下江河的额头,叫道,烫手呀,您发烧了!

江　河:没那么夸张!卢茜,咱们说正事,刚才省防总打我手机,说接到国家防总通报,根据目前上游中游局地降水量判断,长江发生全流域特大洪水已不可避免。省委省政府紧急指示,从现在起,我们沿江各单位的工作重心都要立即转到防汛抗洪上来。

卢　茜:咱们动作很快,指挥部已经成立了,工作人员已全部到位。

江　河:奕巍你准备一下,给我安排一间办公室和一间宿舍,从明天开始直到汛情结束,我要在江北上班。

卢　茜:局长,您现在身体这种状况,怎么能来江北?还是稍缓缓吧,让徐大夫给您挂几天水。

沈奕巍:是呀,局长,再急也不在这一两天,您还是等烧退了再过来。

江　河:你们不用担心,我自己的身体状况我心里有数。入夏了,发烧感冒能有多大事,挺挺就过去了,你们把防汛工作抓好了,对我就是最有效的良药。

沈奕巍:防汛工作我们不敢有丝毫懈怠,刚才我带卢茜看过了,闸口大堤后面的仓库已经盖好了,这周之内,省防总调拨的抗洪物资就可全部到位。

江河脸上露出笑容:奕巍,仅仅抗洪物资到位还是远远不够的,我们一定要有应对各种突发情况的多种预案。把煤码头周边的水文地质情况要彻底摸清楚,这方面你我都不是行家,一方面我们要依靠水文方面的专家,另一方面要依靠我们的老码头…… 卢茜,你父亲最近身体怎么样?

卢　茜:还是心血管方面的老毛病,最近血压控制得不好,忽高忽低不稳定。

江　河:你一定要把老人照顾好,他号称“闸口活地图”,关键时刻我们要请他出山。

卢　茜:我知道。我听小惠姐说,血压不怕高也不怕低,就怕忽高忽低的不稳定,我这一两天抽个时间带他到人民医院去检查一下。

江　河:对,及早去做个全面检查。

卢　茜:我这个老爸越老越固执,让他去医院检查,他今天推明天、明天推后天的就是不肯去。

江　河:老人都是这样,只能做儿女的多尽孝心了。奕巍,明天我在煤码头坐镇,给你半天假,你和卢茜一起陪卢站长到人民医院去检查。

沈奕巍:领命。

卢茜脸一红:谁要他陪?

33　秦池办公室　夏　中午　内

秦　池:是啊,我也不懂什么文物,不过是附庸风雅、海涛见了喜欢得不得了,就让他拿走了。

孟建荣:海涛怎么说?

秦　池:他说瓶子不错,好东西。建荣啊,你没有必要那么破费嘛!

孟建荣:嘿,小意思,不足挂齿。秦局长,琊山新型煤化工项目,我们公司能不能在基建上分一小块蛋糕?您问了吗?

秦　池:我还真是给你问了,听赵达夫说,很多有实力的建筑公司都是揣着大把现金去竞标,项目一到手,工程款就先期支付了一部分。你们公司的现金流并不宽裕,估计不是人家的对手。

孟建荣:我想辙!琊山新型煤化工项目是个大机会,我肯定要挤进去!

秦　池:好,你解决了现金流,我再去找赵达夫。

34　防汛指挥部　夏　中午　内

江　河:奕巍,咱们长话短说,我们向最好的方向努力,但也要设想到最坏的结果,真要像老秦说的那样,电线杆子高的浪头排头打来,我们煤码头那道防洪堤能不能挡住,也还需要论证论证。

卢茜一撇嘴:秦局长也是危言耸听,我父亲讲过,一九九八年洪峰通过时,电线杆子那么高的浪头排头打来是不假,但那是滚滚东去,又不是向北岸打来的,所以煤码头才被淹了没有完全瘫痪。真要是向北岸打来,除非长江改道!

沈奕巍和卢茜一唱一和:嘿嘿,卢茜这么一说我心里就有谱了,前些日子我还真被秦局长吓得不轻,洪峰通过时只要不是直接冲击北岸,我就有信心把它挡在煤码头之外。

江河脸一沉:你们两个别给我盲目乐观,倘若真是再爆发特大洪水,洪峰通过时,长江水位要增高多少,你们做过模拟计算吗?长江水位每增高一米,江堤承受的压力又要增加多少,你们手里有数据吗?省防总要求长江水位一旦超过警戒线,立刻封堵闸口大堤运煤通道,这是拍拍脑袋就做出的决定吗?这背后能没有数据支持吗?

沈奕巍:局长,说句心里话,对于省防总这个决定,我心中存疑,水位超过煤码头防洪堤警戒线时,为什么一定要封堵闸口大堤运煤通道?

卢　茜:是啊,煤码头防洪堤和闸口长江大堤还有近千米距离呢!

江　河:水火无情,真要是煤码头防洪堤被大水冲垮,这一千米被洪水淹了,闸口不封就会酿成大祸。

沈奕巍:难道就不能加固我们煤码头防洪堤,让它发挥更大作用吗?

江　河:奕巍,有些事情仅仅有破釜沉舟的决心是不行的,如何加固煤码头防洪堤,让它发挥更大的作用,这需要精确计算洪峰通过时的流量和防洪堤的承受能力,你们能拿出说服省防总不封堵闸口运煤通道的精确数据吗?

沈奕巍和卢茜对视了一眼:局长,我正和卢茜商量,利用局里那台大型计算机,根据不同的洪峰流量,搞几次模拟计算,同时结合煤码头周边的水文地质情况,制订出一套完整的防汛方案,希望省防总能考虑一下我们沿江单位的具体情况和意见。

江河拿出香烟和打火机,正要点燃,卢茜上前一步从他手里夺去:局长,您就不能忍忍吗?

江河一笑:能忍,这个能忍。不过卢茜、奕巍,我提醒你们一下,在关键节点上必须要与省防总保持一致,尤其是奕巍,该忍的时候也要能忍,一定要顾全大局。我一再说要设想到最坏的结果,什么是最坏的结果,无非是洪水淹了我们煤码头。这几天我一直在想,再大的洪水也能退去,但设备过水后隐患无穷,这个一定要有防护措施,否则洪水退了相当长一段时间也无法正常生产,上次洪水,咱们就吃了这个亏。

沈奕巍面露难色:设备如何防水是个大难题,我们正在组织技术攻关,做了几次试验都不理想,还在继续探索。

江　河:需要的话我再从技术科和设备处给你调几个人,增强一下你这边的攻关力量。

沈奕巍:当然需要,我这边正缺人手,多多益善。局长,还有件事我汇报一下,洪水过来时,难免有突发情况,我想抽调精兵强将组建一支突击队,队长由我亲自担任,我考虑让刘黑子担任副队长,你看行不行?

江河没有直接回答,看了看卢茜,问:卢茜,你看行不行?

卢　茜:我看行,奕巍一介书生,手无缚鸡之力,江堤上要真出现险情,黑哥倒能压得住阵脚。

江河也笑了:刘黑子强悍,往江堤上一站像是半截黑铁塔,奕巍身边是得有这么一员猛将。噢,顺便告诉你一声,你的任职报告已经批复了,我看你这个副局长兼煤码头总经理就不要再当什么突击队长了,把队长让给刘黑子。

沈奕巍:局长,还是你考虑得全面,以洪水之势巩固打黑成果,让黑子当这个队长最合适。

第15集

1　东江市人民医院　夏　傍晚　内

医生看完检查报告，为老卢头检查，然后开单子递给卢茜：你去办理一下住院手续。

老卢头一听连连摆手：住院？不行，不行，不行！

医　生：老爷子，你的主动脉已经堵塞了百分之七十，各项指标也不好，必须马上住院搭支架。

卢　茜：爸，你就听医生的吧，我去给你办手续。

老卢头一把拉住女儿：闺女，住院可以，不过，不能马上住，等过了雨季再住，成不成？

医　生：还是早治疗的好。

老卢头：大夫，这病不是耽误一时三刻就马上不行了，是吧？

医　生：你什么意思，老爷子？

老卢头：我的意思是说，雨季一过，我就来住院，您爱给搭几个支架就搭几个支架，行不？

医　生：这雨季跟你老爷子的病有什么关系呀，我有点搞不明白？

老卢头：关系大了，大夫。

医　生：那这段时间一定要注意休息，按时服药，避免情绪激动和劳累，你能做得到吗？

老卢头：能，能，一定能。

卢　茜：爸，你就住院吧，你能不能听女儿一次。

老卢头起身拉着女儿往外走：这次听我的，下次听你的，啊，闺女！

2　东江市人民医院　夏　傍晚　外

一辆摩的在医院门口停下，沈奕巍给了摩的司机五元钱就向医院里面跑，正巧遇到了正往外走的卢氏父女。

沈奕巍：老卢叔。

卢　茜：你怎么来了？

沈奕巍：江局长布置的任务，我当然要完成了。

老卢头：奕巍，你那么忙还跑来干什么？

沈奕巍：老卢叔，江局长安排我下午和卢茜陪您看病，有个事绊住了脚，对不起啊！

老卢头：哪里话，一个退休的老头还让你们这么惦记，不好意思啊！

沈奕巍问卢茜：检查结果怎么样？

卢茜刚要说话，被老卢头接过去：奕巍，让你惦记了，我没啥大毛病，这不，卢茜要请我去全福兴喝黄酒呢！

沈奕巍：老卢叔，今天我来晚了，全福兴我埋单。

老卢头笑了：奕巍，你和卢茜去吧，我回去喝碗粥，即舒服又养生，就不跟你们凑热闹了。说着，挣开沈奕巍的手，一转身走了。

卢　茜：就赖你，我老爸难得出来吃一顿饭，还让你给搅了！

沈奕巍不急不恼：卢茜，人生难得半日闲，我当了总经理还欠你一顿饭呢，今天正好补上！

卢　茜：算了，沈副局长，还是给你省省吧。

沈奕巍：那怎么行？说句心里话，我能有这样一个平台实现人生价值，江局长说了，和你当初向他鼎力推荐密不可分，我请你吃顿饭也是应该的。再说，我今天还有特别重要的事请你帮忙！

卢茜略一迟疑：那好吧，今天就给你一个机会，让你绅士一回。

3 全福兴饭店 夏 晚 内

一张餐桌前，卢茜和沈奕巍相对而坐。

卢 茜：沈副局长，有何见教？我们今天谈话的主题是东江港未来的发展，还是目前抗洪形势的应对？

沈奕巍一摆手：卢茜，我们今天不谈工作，只谈友谊。

卢茜扑哧一乐：难得，难得！沙场征战的沈副局长莫非要穿越金戈铁马，漫步花前月下？

沈奕巍：卢茜，实话告诉你吧，我喜欢上了一个姑娘，今天就是要请你帮我拿拿主意。

卢茜心里一沉，故作轻松地：哦？沈大才子也食人间烟火了？说一说，什么样的姑娘可以入沈大才子的法眼？

沈奕巍：我有她的照片，你要看看么？

卢茜喝了一口茶：前提是，如果你愿意给我看。

沈奕巍从手包里掏出一个八音盒，双手郑重地递给卢茜：你打开，照片就在里面。

卢茜不明就里，有些忐忑地接过那只深红色的八音盒，用手轻轻打开，贝多芬的钢琴小品《致爱丽丝》的旋律悠然响起，盒盖内侧，还镶着一面心形的镜子，镜子里映出的是她娇美的面容。

4 丽江机场 夏 上午 内

丁薇薇拖着行李箱走出出口，依娜怀抱一束鲜花迎上前，丁薇薇接过鲜花，依娜拉起行李箱跟在丁薇薇身后。

依 娜：薇薇姐，给您在丽江饭店订了豪华包。

走在前面的丁薇薇头也没回。

依娜追上丁薇薇：薇薇姐……

丁薇薇回头瞪了依娜一眼：闭嘴。

5 东江酒吧 夏 上午 内

秦海涛一个人在独斟独饮，他的神态有些焦灼，目光有些茫然。

画外音：

在秦海涛眼中，丁薇薇是一个可怕的女人。仅仅因为卢茜在全福兴说了一句“孟建荣和江局长不对付”，丁薇薇就对孟建荣动了杀伐之心。秦海涛清楚，以丁薇薇的实力，玩死孟建荣实在易如反掌。让孟建荣出局，亦是秦海涛所愿，孟建荣做工程太黑，叔叔用他早晚会给自己酿成祸端。可秦海涛不明白，丁薇薇为什么要拿九眼天珠说给孟建荣听？

6 豪华包间 夏 上午 内

刚刚洗过澡的丁薇薇穿一件高档睡衣坐在床头，点燃一支烟。抽了两口，又狠狠在烟缸里摁灭，起身在房间里走了两圈儿，坐下拨电话：依娜，你马上到我房间来一趟！

7 东江酒吧 夏 上午 内

秦海涛打手机：胖子，五一期间有什么安排？什么，你也要去滨海参加拍卖会？……咦，我给古董圈里的几个朋友打了电话，怎么，你们都去吗？

电话中传出一个男人的声音：海涛，这次拍卖会有一个好物件——九眼天珠，你知道吗？大家伙儿都是奔这个去的。

秦海涛：九眼天珠？好东西呀，你们打算出多少钱？

电话中男人的声音:到顶了,七千万! 反正过了七千万我是不要了。

秦海涛:排骨他们呢?

电话中男人的声音:他们? 过了七千万就看热闹了。

8 豪华包间 夏 上午 内

依娜垂手而立,站在丁薇薇面前。

丁薇薇将《东江日报》甩在她面前:这是怎么回事?

依娜捡起《东江日报》。镜头推近,二版粗黑标题:东江港发生特大沉船事故,死亡 20 人。

依娜浑身战栗:这,这……

丁薇薇站起身,愤怒地抽了依娜一个嘴巴:我不是安排你坐十点钟的豪华轮过江吗? 你怎么改乘了裕泰号?

依娜捂着脸不说话。

丁薇薇:裕泰号比滑江快艇大不了多少,和大船相撞,必然船毁人亡。豪华轮是大吨位渡轮,充其量不过是船体倾斜,你趁机落入水中一样可以人间蒸发,为什么要如此丧失人性?

依　娜:董事长…… 您知道,这么大的事,这么周密的计划,依娜、依娜哪里做得了主。

丁薇薇:那我问你,我在东南亚打你电话,你为什么说一切顺利,没有吐露一字真情?

依　娜:依娜不敢说。

丁薇薇:说!

依　娜:是…… 是老伯修订了计划。老人、人家严令不让告诉你,说姐姐心肠太软,知道了底细,肯、肯定会反对。

丁薇薇:叔叔啊叔叔,你…… 你……

9 东江酒吧 夏 上午 内

正在喝酒秦海涛手机响,他接通:海涛,你在哪儿,我到府上了。

秦海涛一惊:建荣,你怎么也不打个招呼?

孟建荣:咱们兄弟谁跟谁呀,难道你还会给我吃闭门羹?

秦海涛:行,你等着,我马上回去。

10 豪华包间 夏 上午 内

丁薇薇:那我再问你,你说的那个船队老板就是秦海涛吧?

依娜愕然:您……

丁薇薇:是不是?

依　娜:是。

丁薇薇:秦海涛是黄元昌的外孙,这事你为什么瞒我?

依娜支支吾吾:薇薇姐,我…… 我…… 我怕秦海涛向您献殷勤,把黄家的事都跟你说了,你们就不带我玩了。

丁薇薇勃然大怒:依娜,你给我听好了,秦海涛有资格向我献殷勤吗? 我告诉你,在你心目中他是白马王子,在我眼里他什么也不是!

依娜低着头,不敢回嘴。

丁薇薇越说越有气:你知道吗,现在大陆警方怀疑你和秦海涛合伙走私文物,为此卷走了琊山煤矿一个多亿售煤款。这么大的事你竟敢瞒着我不说,如果我以丁氏珠宝集团董事长的身份主动和秦海涛见面,必然引起大陆警方的怀疑,你简直就是陷害我!

依娜结结巴巴辩白:薇薇姐,我…… 我怎么敢陷害你,我……我真,真没有和…… 秦海涛合伙走私过文、文、文物。

丁薇薇脸阴得像能拧出水,根本不容依娜多说:依娜,我待你情同姐妹,你对我却暗藏祸心,我若因你受到大陆警方怀疑,危及丁家核心利益,我叔叔能放过你吗? 裕泰号是怎么沉的你比我清楚，我叔叔既然能让你在大陆神秘蒸发，照样可以让你在香港神秘蒸发，你不会不明白吧？

11　秦海涛客厅　夏　上午　内

孟建荣接过秦海涛递过的茶，送到嘴边抿了抿：老班章的茶，有二十年了吧，还那么霸气，味道真浓，不愧是普洱茶中的皇帝。

秦海涛恭维：建荣，你喝普洱的水平可以呀，哪座山上的茶，舌尖沾沾就知道，连年头都品出来了，厉害！

孟建荣呵呵一笑：俗了不是，一茶一禅，只在个人杯中，何需去品？

秦海涛点头称是：对、对，我是俗人，建荣兄是高人，我免不了俗。随后话锋一转，你送我叔叔的那只青花梅瓶，是从哪淘换来的？

孟建荣：我有个朋友的老师，退休多年了，儿子想在北京买房，接二老过去养老，房钱大概还差一百万，老两口把一屋子的老旧家具、瓶瓶罐罐的什么出了个打包价，一百万拉走。我那个朋友带我去看了看，我看东西还可以，就一卡车拉回来了。

秦海涛听了做出一副肉痛状：那你可够黑的，你一百万拉来一卡车东西，一只梅瓶就要我五十万，有这么宰兄弟的吗？

孟建荣：我可没宰你，那一卡车东西，也就这件梅瓶值个百八十万，剩下的那些朋友看了，说最多值二十万，我里外里还赔了至少三十万。要不哪天你到我公司仓库去看看，东西都在那堆着呢，你再挑几件走，替我弥补弥补损失。

秦海涛点头：过了五一吧，有空时我去看看，东西要像样，你就再匀我几件。

孟建荣：成，一件没出手呢，由着你挑。定下来哪天去滨海了吗，带我去开开眼怎么样？

秦海涛叹息：滨海我去不成了。

孟建荣大惑：怎么？

秦海涛苦着脸：我叔叔没告诉你吗，我父亲住院了，我要回北京，今天晚上的红眼航班。

孟建荣一脸惋惜：老人家身体是第一位的，那也只好放弃滨海之行了，真是太可惜了。

秦海涛：我已经给卢茜的表姐打电话了，她在纽约，也深感惋惜，但愿以后再有机会吧。

孟建荣脸上露出一丝不易察觉的微笑，犹豫了一下：海涛，这里面的门道我不是很清楚，那串九眼天珠，你觉得几千万能拿下来？

秦海涛：以前我觉得三四千万拿下来没问题，前几天我听说有几个古董圈的大佬也要参加竞拍，他们一掺和就不好说了，有可能上到六七千万。

孟建荣犹豫了一下：海涛，我也想到滨海走一趟。

秦海涛故作惊诧：你去干吗，看热闹去？

12　豪华包间　夏　上午　内

依娜浑身颤抖，脸色苍白，双腿一软，一下跪在地上：薇薇姐，我知错了，我是有私心，没有告诉你秦海涛是黄敬业的外甥，可我真没有害你之心。

丁薇薇脸色稍稍缓和了些，但话语仍旧犀利：你虽然没有害我之心，可你这样做和害我有什么两样？你好好想一想，你到底做了什么，能让大陆警方怀疑你和秦海涛合伙走私文物？

依娜满眼含泪摇着头：薇薇姐，我确实没有和秦海涛有过文物方面的交易，只是闲谈时秦海涛要我收集些明清时代的硬木家具，说那些硬木家具升值空间很大，因此我在北京时才去了一次明清红木家具拍卖会，有机会在拍卖会上认识了姐姐你，我还一直把这当作是与姐姐的缘分呢。

丁薇薇：没有说谎？

依　娜：哪敢！再说，我给秦海涛每年发20万吨优质煤，都是按劣质煤的价格给他，他反手按优质煤价格卖给电厂，一进一出的差价，他赚老鼻子了。他打心眼里不希望我离开琊山，怎么会勾引我去走私文物呢！

丁薇薇：你起来说话吧。

依娜小心翼翼站起，垂手而立。

丁薇薇:赵达夫是什么人？现在大陆警方怀疑赵达夫、秦海涛和你共同转移走了琊山煤矿一个多亿的售煤矿,你可给琊山煤矿留下大麻烦了。

13　秦海涛客厅　夏　上午　内

孟建荣:热闹当然要看,我还想跟着举举牌牌。

秦海涛:建荣,你要想去看看热闹,我不反对,你要跟着举牌牌,我看就算了,就你那二把刀功夫,还不够出洋相的。

孟建荣很不以为然:有什么啊,没吃过猪肉还没见过猪跑吗,跟着举个牌牌有啥技术含量？上次在全福兴卢茜的表姐不是说了吗,八千万封顶,没准这串九眼天珠,还花落我孟家呐!

秦海涛着实吃了一惊:你难道要扮猪吃虎,把这串九眼天珠拍到手？

孟建荣:什么叫扮猪吃虎？海涛,怎么说话呢!

秦海涛:用词不当,冒犯了,见谅。

孟建荣:海涛,你说我要八千万把这串九眼天珠拿下来,一个亿转给卢茜表姐,她收不收？

秦海涛鄙夷:建荣,咱们要这么做,可就连做人的底线都没有了。

孟建荣笑:你把我当什么人了,我能这么做吗？我只不过想证实一下,这串九眼天珠是不是真值一个亿？

秦海涛松了口气:她本来就是要拿出一个亿去竞拍的,人家在古董界,称得上大姐大,一言九鼎,有什么好证实的,你到底打的什么算盘？

14　豪华包间　夏　上午　内

依　娜:赵达夫是琊山煤矿副矿长兼总调度,他这个人很圆滑,做事滴水不漏,不会出什么纰漏的。

丁薇薇又问:他懂文物吗？

依娜摇摇头:不懂,他到香港来旅游,就知道买黄金。

丁薇薇警觉起来:他经常到香港来吗？

依娜摇头:没有,就是去年五一期间跟着一个旅游团来过一次,给我买了一条三两重的金项链,黄灿灿的俗死了。

丁薇薇沉吟片刻:如果你和秦海涛确实没有做过文物方面的生意,如果赵达夫也是圈外之人,那么,大陆警方为什么会怀疑你和秦海涛合伙走私文物呢？

依　娜:我确实不知。

丁薇薇:人家不会凭空怀疑的,一定是在某个环节上出了问题。

依　娜:哪个环节？

丁薇薇:依娜,黄敬业知道你和秦海涛的关系吗？

依　娜:不知道,我怎么可能在黄敬业面前提秦海涛,我一直是用丁氏珠宝集团的名义和黄敬业打交道的。

丁薇薇:这就怪了。她一时理不清头绪,不由烦躁起来,盯着依娜面庞说:告诉你,这次你不要和黄敬业见面了,也先不要回香港了,你去趟韩国。

依娜颤巍巍站起身:去韩国干吗？

丁薇薇瞪了她一眼:不该问的不要问！马上走,有人在首尔机场接你!

15　秦海涛客厅　夏　上午　内

孟建荣:海涛,不瞒你说,我最近资金运转不开,集装箱码头改造工程的预算让江河砍掉一半,工程监理也换成了他们的人,成了一块鸡肋,只能挣点茶水钱,算上市政的工程,勉强支撑。我要想拿下琊山煤化工基建工程,至少得和三四家建筑公司拼实力,那几家都是带资进驻,我手里要没有两三个亿的流动资金,恐怕连口汤都喝不上。

秦海涛问:你手里现在有多少钱？

孟建荣如实相告:满打满算,也就八千万了。

秦海涛哑然失笑:建荣,真敢玩啊,就八千万了还惦记着九眼天珠?

孟建荣:海涛,我给你交个实底,我要能把这串九眼天珠拍下来,抵押给银行,至少能贷出两个亿。

哦!秦海涛眼睛里露出惊异的目光。

孟建荣:我有个朋友,去年花了七千多万在和田弄回来几大块和田玉原石,抵押贷款,你知道贷出来多少钱?孟建荣伸出一个巴掌:五个亿!

秦海涛:这事我倒有所耳闻,不过建荣,你怎么能保证那串九眼天珠能落在你手里?

孟建荣信心十足:卢茜的表姐不参加竞拍,谁还能出到八千万?

16　豪华包间　夏　上午　内

丁薇薇:你在裕泰号沉船的头天晚上干了些什么?

没干什么呀。依娜颤颤巍巍地说。

没干什么?丁薇薇瞪一眼依娜:白衣女鬼是怎么回事,夜半哭声又如何解释?

依娜一脸茫然:这……

丁薇薇拿起那张报纸,念:据说,裕泰号沉船的头天晚上,船上隐约传来女人哭声,值班人员上船查询,一个白影一闪便不见了。

依　娜:噢…… 我想起来了,那天晚上我穿一身白衣到裕泰号上用葫芦丝吹了一曲《断桥残月》,曲调有些悲切,似哭似啼,见有人检查我就走了。

丁薇薇:你为什么要穿一身白衣去江边吹《断桥残月》?

依　娜:第二天改乘裕泰号,我知道一定会船毁人亡。心中有些不落忍,睡不着觉,就去吹了一首曲子,算是事先祭奠死去的亡魂吧!

丁薇薇听了,半晌无语。许久,长叹一口气:你虽铸成大错,还能心存善念,但愿上天能宽恕你。

17　小树林　夏　傍晚　外

老卢头在散步,秦池追上来,和老卢头并肩而行。

秦　池:老卢头,怎么不说话呀?

老卢头:说什么话?我说的话你听得进去吗?

秦　池:别人的话我听不进去,你的话我还能听不进去吗?我一参加工作,就在你的班组里劳动。三十多年了,咱俩是什么交情?

老卢头:那是以前。现在不同了,你当局长了,是领导了,吹你拍你奉承你的人多了,我的话不入耳啊!

秦　池:老哥哥,你别跟我念秧儿了。我告诉你,我已经找了孟建荣,对工程质量他拍了胸脯。

老卢头:他拍胸脯你也信?

秦　池:我特别交代了,如果万一防洪堤有什么质量隐患,他必须投入资金全力加固。

老卢头:他答应了吗?

秦　池:他敢不答应,人命关天的事,他不会拿着自己脑袋开玩笑。我跟你说一声,就是让你放心。

18　江堤上　夏　傍晚

沈奕巍和江河在长堤上巡视。

沈奕巍向后一指:局长,您放心吧,除了原有的仓库,咱们准备再加盖二十间仓库,用于储备抗洪物资,人力、材料都调配齐了,过了五一就动工。

江　河:好啊,你干事我还能不放心吗?现在关键是五年前咱们修筑的那道防洪堤可不能掉链子,那可是煤码头最重要的一道屏障,只要它安然无恙,闸口大堤就没事。

沈奕巍:是啊,局长,我也侧面盯了秦局长几次,他信心满满。

江　河:是吗?咱俩去防洪堤看看。

19　老卢头家门外　夏　傍晚

老卢头背着手低着头往家走。

卢茜悄悄跟在他身后，突然用手捂住了他的眼睛。老卢头站住拍拍卢茜的手：多大了，丫头，还没个正形。

卢茜松开手：爸，你怎么知道是我？

老卢头：我怎么不知道是你，小时候，你天天跟我玩这种小把戏，一晃儿，都成大姑娘了。

卢　茜：爸，你这是去哪儿了？

老卢头：我到江边转了一圈儿，眼瞅着江水越来越黄，水流越来越紧了。

卢　茜：您担心什么？

老卢头：唉，孟建荣修的防洪堤让我不踏实啊！

20　防洪堤　夏　傍晚

江河、沈巍奕站在防洪堤上。

江河下意识用脚跺了跺：奕巍，我心里有点不踏实。

沈奕巍：为什么，您是怕……

江　河：孟建荣是个奸商，集装箱码头的改造方案他就做了很大手脚。我去过现场几次，工程监理说，他们天天在现场盯着，孟建荣还想在材料上搞点小动作呢。你说，他这道堤用的就都是真材实料？

沈奕巍：我再去叮问一下老秦，这道防洪堤是他做主承包给孟建荣的，他又主抓基建，这里的轻重他不会掂量不出来。

21　老卢头家　夏　晚上　内

卢　茜：爸，既然你担心，就把这件事向江局长反映一下吧。

老卢头：那怎么行，你秦叔两次打招呼，叫我有事和他说，就是怕我把这件事捅给江河。眼看着洪水要来，正是患难与共的时候，他们之间不能分心啊！

卢　茜：那怎么办？听之任之，真出了问题还不是东江港受损失。

老卢头：不急，丫头，你容老爸想想。

22　拍卖会场　夏　早晨　内

滨海市最豪华的滨海酒店。

设备考究的多功能大厅里已经黑压压坐满了人，一个个都是衣着光鲜的款爷富婆。

孟建荣坐在高背椅上，双眼微闭，看得出，他很紧张。

女司仪：各位先生，各位女士，各位来宾，滨海市夏季珠宝玉石拍卖会现在开始！会场上哗地响起一片掌声。孟建荣睁开眼一看，身着大红旗袍的漂亮女司仪正含笑面对全场：现在，让我们请出本场特级拍卖师范国荣范先生。

一个秃顶、微胖，年纪在四十岁左右，一身笔挺西服的男人出场了。他像歌星一样张开双手向躁动的人群致意，随后又两手下压，抑制住如涨潮一样的掌声。

拍卖师：各位来宾，各位朋友，我知道，大家对这次拍卖会已经期待很久了，的确，这是一次值得期待的盛会，今天我们所拍的物品不仅有高档珠宝玉石，还有制作精湛的明清年代皇家宫廷用品，包括瓷器、玉器、珐琅、景泰蓝、硬木家具等等，而最引人注目的当然是一套带盖子的苹果绿翡翠制皇家用杯和那串藏密珍宝九眼天珠手链。

会场又响起一片掌声。

23　丽江古城　夏　上午　外

丁薇薇走进一条深邃幽秘的古巷。

古巷深处，坐落着“黄记古玩店”。

24 黄记古玩店 夏 上午 内

黄敬业身穿手工缝制的唐装，他坐在八仙桌一旁，抽着水烟袋。店员小胖用掸子在清扫架子上的灰尘。门一开，进来了丁薇薇。

丁薇薇：黄老板，别来无恙？

黄敬业放下水烟袋，略显意外：噢，丁董事长，幸会，幸会。随后拿出一张银行卡，不好意思地笑笑说：这个，丁董，请你收下。里面有二十万元，分文未动。

丁薇薇：为什么？黄老板。

黄敬业：丽江赌石，在下获益匪浅。花二十万只是为了让丁董事长长见识，老伯深藏不露，真是高人风范。在下惭愧，原物奉还，敬请见谅。

丁薇薇：黄老板如何知晓？

黄敬业：实不瞒丁董，那天我又回去了一趟。我总觉得老伯非比常人，不会在不经意间摔这么一个跟头。后来听店老板一说，羞愧得很呐。

丁薇薇：叔叔说，花二十万能与黄老板相识，很值。

黄敬业：在下惭愧。

丁薇薇笑着一摆手：黄老板，话不能这么说。愿赌服输，哪有找后账的道理？我知道你是北京人，我也是生在北京，长在北京，用咱们老北京的话说，你一定要把这钱还我，那可就矫情了，是不是？

黄敬业听丁薇薇如此说，也就把卡收了。他拿出一套古朴的茶具，泡了一壶冷香普洱，双手端给丁薇薇一杯：丁董，请喝茶。

丁薇薇道了一声谢，闻着茶香微笑道：黄老板茶艺很好哦，我听说喝茶有三种境界，第一是品尽世间佳茗；第二是讲究禅茶一味；第三便是大碗喝茶，清水一杯亦有人间百态，不知黄老板以为如何。

黄敬业：待客之道，自然是敬香茶，若是我自己，便是大碗牛饮了。

丁薇薇：黄老板这么说，可就是自嘲了，瑞丽那桩子事，早翻篇儿了，黄老板不必挂在心上。我叔叔一直以为，当年名动京城的大收藏家黄元昌黄老爷子，就是黄老板的父亲，早就有心结交你这位朋友。

黄敬业点头：不错，黄元昌是我父亲。

丁薇薇：真是有缘啊，当年家父与黄老爷子亦有一面之交。

黄敬业惊奇：令尊是……？

丁薇薇：家父已去世多年，不过我说了这件事，黄老板就知道我父亲是谁了。

黄敬业：丁董请讲。

25 拍卖会现场 夏 上午 内

拍卖师：各位先生，各位女士，九眼天珠的来历非常神秘，相传二十亿年前，喜马拉雅山还是一片大海时，天珠便来自深不可测的海底。

拍客甲：原来来自海底，太神奇了。

拍卖师：西藏先民认为，天珠是一种超自然的产物，来自茫茫无垠的天界，故又称之为“天石”。它的价值难以衡量，多年来这是第一次出现在拍卖会上。

拍客乙：你是说，今天来的都是有缘人？

拍卖师：是的，各位。你们看，天石上面淡褐色的睛纹，如同一只只圆圆的眼睛，一块有着两三只眼睛的天石已经非常罕见珍贵，九眼天珠则是天石中最上品、最尊贵者，具有免除一切灾厄的功德能量，是藏域至高无上的珍宝。

主持人面对全场：各位朋友，我们今生有幸，得以见证一个伟大的时刻。

拍卖师：它今天能花落谁家，决不仅仅是财富的博弈，更是天定的姻缘！各位，我所以使用了姻缘这两个字，是因为我们不能把它仅仅当作一块价值不菲的宝石，那是对它的亵渎，而是要把它视为一位上天降下的仙女！

人们窃窃私语，会场气氛被聪明的拍卖师完全调动起来了。

26　黄记古玩店　夏　上午　内

丁薇薇:令尊不仅是位收藏大家,还是一位国宝级的工艺美术大师,琢玉、翠活、牙雕、金石、铸铜,样样冠绝京城。

黄敬业:谢谢丁董谬赞。

丁薇薇:我记不清父亲说的是民国多少年了,当时有块翠料,一面满绿,水头极足,另一面却布满麻点,出价两千块现大洋,没人拿货。后来黄老爷子把这块翠料买下,就着麻点巧雕成一对翡翠麻花手镯,上海滩大亨杜月笙夫人想买一对翠镯,家父正好有点闲暇,便指点杜夫人到黄老爷子的古玩店里挑了这对麻花翠镯。当年这对镯子的成交价是四万块现大洋,京城翠行无人不知、无人不晓,后来杜夫人把这对镯子转送给宋美龄,更是轰动一时。

黄敬业眼睛一亮:我知道令尊是谁了,我小时候也听先父讲过这段事,听老爷子说,令尊是位儒雅之士。

丁薇薇叹息:可惜两位老人都已作古,不说这事了。黄老板,你贵为云贵川收藏界翘楚,我听说你的藏品,就是一般省级博物馆也难望其项背,可否让我开开眼?

谬传。黄敬业呵呵一笑:不过丁董愿意看,黄某就献丑了,请随我来。

27　拍卖会现场　夏　上午　内

拍卖师:先生们,女士们,请看 ,他一扬手,指向了大厅里的液晶大屏幕,它正从各个角度展现着这串九眼天珠的细节,那种古朴与神秘,散发着令人无法抗拒的气息。

拍卖师:万众瞩目的时刻,见证奇迹的时刻,到了!现在,我们开拍九眼天珠!我宣布:藏域九眼天珠手串,起拍价一千万。每次最低加价不低于一百万——尊贵的来宾们,先生们,女士们,请举牌!

28　黄记古玩店　夏　上午　内

黄敬业打开一扇门,领丁薇薇走进了会客厅下面的一个地下密室,有数百平方米。密室中有排列整齐的玻璃展柜。藏品之多,令人愕然。

黄敬业拿出一个大的账簿,递给丁薇薇:每一件玩意儿都有登记,一共是五千七百八十八件。

丁薇薇接过账簿,在展柜前观看:黄老板,真是了不得,从远古的化石、史前玉器、商周时代的青铜器到宋元明清的瓷器、刀剑、玻璃镂屋,应有尽有啊!

黄敬业:让丁董见笑了。

丁薇薇:黄老板这是正话反说了,您的藏品简直就是中国五千年文明史的一个缩影,我想,即便是一般的省级博物馆,也不见得有如此完整的一条文物链吧?

黄敬业:那倒是。

丁薇薇:只是……

黄敬业一愣:丁董这个“只是” —— 当作何解?

29　拍卖会现场　夏　上午　内

拍卖会气氛紧张,几路神仙竞相举牌。九眼天珠的价格已经飙升到三千万。

拍卖师:现在已有人出价到三千万…… 好,那位先生加价到三千一百万。

三千一百万是孟建荣举的牌。

又一个买家举牌三千三百万。

另一个买家加价到三千五百万。

孟建荣再次举牌:三千六百万。

一个气质高雅的女子一下子加价到四千万,神色不变,大气不喘。

拍卖师:啊,竞拍激烈!短短两分钟,九眼天珠的价格已经从三千万飙升至四千万!还有哪位先生、女士、太太、小姐刷新四千万的竞拍价格?

孟建荣举牌:四千二百万!

拍卖师：好，这位先生出价四千二百万！

30 黄记古玩店 夏 上午 内

丁薇薇和黄敬业重回客厅坐下。

丁薇薇：黄老板的藏品不是随便谁都可以看的吧？

黄敬业：那是自然，先父与令尊早有交集，这样我们也算世交了；而且，我和丁董虽只见过两面，却极为投缘。

丁薇薇：所以得谢谢黄兄偏爱，让我能一饱眼福。

黄敬业：还是敢问，刚才你说的“只是”当作何解？

丁薇薇嘻嘻一笑：黄兄，是不是小妹说错话了？黄兄不必多心，我只是想说黄兄在云南根基深厚，若是古滇国文物再多一些，岂不更好！

哦？黄敬业双眉向上一挑。

丁薇薇话题一转：我看黄兄好像不大在意玉器，边边角角摆放的很随意，黄兄是不是不喜欢古玉？

黄敬业点头：我收藏古玉，只注重文物价值，玉质的好坏倒是其次的，我也不玩玉，收进来，卖出去，赚钱而已。

丁薇薇啧啧称奇：玉，石之美者，中国的珠宝文化其实就是玉石文化。中国的收藏大家，还真没有谁标榜自己不玩玉的，黄兄很是与众不同。

黄敬业正色：我不玩玉，两大原因，一是实在没有什么好玉可玩，中国无数精美的上古玉器，早在汉魏晋唐时代，就被那些追求长生不老的皇亲国戚、朝中大吏和修仙求道之士碓为碎屑、研成粉末，吃进肚子里了。至于明清两代的东西，多是玉玩，只能视为做工精湛的工艺品，没什么文物价值，碰到好货我当然不会放过，但也不会下功夫刻意寻求。

丁薇薇：我倒是听说，汉武帝幻想与天地同寿，建承露盘，内置玉屑，接得露水后与玉屑一同服下，只是不知此风一开，到了魏晋隋唐，就把老祖宗留下的东西吃得差不多了，呵呵。

黄敬业哼一声：东晋葛洪说，“服玉者寿如玉”，只是要连服数年，吃上一二百斤方能见效。葛洪自己活了八十一岁，那个年代倒是稀有，不知吃进多少玉？唐代征西大将军李预，一次便将七十多件玉器研为粉末服用数年，如此吃法，不要说商周秦汉留下的那些玉器，便是一座昆仑山，也吃空了。

丁薇薇点头：这是一大原因，另一大原因呢？

黄敬业：所谓玩玉，多是盘玩入土重出的“入土古”。

丁薇薇：何谓“入土古”？

黄敬业：说白了，入土古就是陪葬玉，以图尸身不朽。此种棺中之物，纵然沁色绝妙，亦不过是尸身腐液浸沁而成，岂宜拿来佩戴把玩？墓主若是那大奸大恶之人，陪葬之玉蕴含的也多为负能量，更是不宜盘玩。还有那些附庸风雅不懂装懂之辈，将堵塞死者阳七窍阴二窍之玉石视为宝物盘玩，岂不贻笑天下……

丁薇薇叫起来：黄兄打住，再说下去可就令人喷饭了！

黄敬业：仁者见仁，智者见智，我这也不过一家之言，个人喜好，丁董不要在意。

丁薇薇用手揉着胸口：黄兄即便不玩玉，也不必说得如此令人不思茶饭。我知道，还有一样东西也是黄兄不玩的，我说出来，黄兄听听对不对？

哦，你说。黄敬业确实还有一样东西不玩。

丁薇薇一笑：九眼天珠。

31 拍卖会现场 夏 上午 内

拍卖师：啊，这位小姐一下加价八百万，五千万！五千万！现在九眼天珠的拍卖价格已经扶摇直上，达到了五千万！哎呀，我的小心脏有点承受不了啦！

孟建荣浑身冒汗，他侧眼看了一下这个举牌的16号青年女子，神情气定，静如秋水，仿佛不是加价了八百万，而是加了八千元一样若无其事。

孟建荣紧咬嘴唇，再次举牌：五千五百万！

他们加价的幅度令人惊叹。会场里已无人跟进。原来骚动的会场现在静得能彼此听得见对方的呼吸。

拍卖师捂着胸口：太刺激了，我的小心脏马上就要蹦出来了。小姐一次加价八百万，先生一次加价五百万，令人咂舌！

16 号举牌人再次举牌：五千七百万。

孟建荣犹豫了一下，一狠心：六千万！

会场一片哗然，人们纷纷交头接耳。

16 号举牌人又一次举起牌：六千三百万。

拍卖师双手高举，仰天长叹：啊，六千三百万呀！多么令人震撼的数字，看来这串天珠与这位小姐是佛缘天定，让我们共同来见证这样一个伟大瞬间怎样定格，怎样变为永恒！六千三百万，第一次；六千三百万，第二次！六千三百万……

32　黄记古玩店　夏　上午　内

黄敬业：丁董说对了，我确实与九眼天珠无缘，不知丁董是如何知道的？

丁薇薇卖了个关子：我还知道，黄兄虽然不玩天珠，但对天珠的认知，圈子里无人能出其右，我说得不错吧？

黄敬业微微一笑：丁董过誉了。

丁薇薇：据说在数亿年前，喜马拉雅山还是一片汪洋大海时，地壳发生了一次强烈的造山运动，随着这一地区逐渐隆起，古地中海形成世界上最雄伟的山脉——喜马拉雅山山脉。古地中海中的一些浮游生物，也在大海形成山峰的极端严酷的地理环境下，玉化为这种世界上最为神秘的宝石—— 天珠。

黄敬业：这是流传较广的一种说法。天珠的来历众说纷纭，林林总总几十种，但大多是神话传说，不具有珠宝学上的意义。收藏圈里的人一般认为，天珠是含有玉和玛瑙成分的一种玉髓，它的稀缺性和神秘性，使它的价值极为高昂。

丁薇薇点头：我听说，天珠也属于一种玉，藏语把这种玉叫作‘髓’。

黄敬业认同：可以这样说吧，看来丁董对藏域文化很感兴趣。

丁薇薇：去过几次西藏，到了那里犹如身处天界。藏传佛教，博大精深，浸淫其中，物我两忘，不经意中也弄到了一只有三只眼睛的老天珠。

黄敬业脸上露出羡慕的神情：丁董的运气真是非常好，我去西藏不下二十次了，也没弄到一只品相好的老天珠。

丁薇薇摇头：以黄兄的眼力财力，去了二十次西藏还没弄到一只品相好的老天珠，难以置信？

黄敬业微笑：呵呵，丁董有意拿我开玩笑吧，品相好的老天珠，在民间很难看到，只能到寺院里去欣赏一下。

丁薇薇：愿闻其详。

黄敬业：早在吐蕃王国时期，天珠便被视为神物，一位藏民若得到一颗品相上乘的天珠，会毫不犹豫献给寺院，他们认为只有寺院里的佛像，才有资格把这种天赐神物作为佩饰。此风绵延不绝，直到近代，大多藏民一旦得到品相上乘的老天珠，都会捐到寺院。

丁薇薇脸上现出一丝诡异的笑容：黄兄所言不错，我听说在西藏生活了几十年的人，也难得一睹天珠真容。也是一个很偶然的机会，有一次我去西藏，在扎西草原上见到一个女孩子，身上佩戴了一只五眼天珠，这已经是极为罕见了。不过以黄兄的眼界，要玩必玩极品，凡间既然已无九眼天珠，黄兄不玩也罢。

黄敬业叹息：丁董能见到五眼天珠，已颇有佛缘。依我看，丁董对九眼天珠的认知，不在愚兄之下，丁董也不玩九眼天珠吧？

丁薇薇：是的。其实我们对九眼天珠的认识，源自同一个人，就是黄兄的父亲黄老爷子。

黄敬业惊奇地哦了一声。

丁薇薇：我听我叔叔讲，家父年轻时对藏密文化非常感兴趣，曾经不遗余力地寻找过九眼天珠。他和黄老爷子虽然仅仅一面之缘，聊得却很投机，黄老爷子告诉我父亲，这个世界上真正的九眼天珠只有两块，一块镶嵌在大昭寺觉卧仁波切佛像的佩饰上，还有一块不知何时流失民间，芳踪难觅，或早已毁于一旦，或葬身海底、匿于荒山，恐怕永远不会现身了。

黄敬业：是啊，找到它的概率就像天上掉下一滴雨点，正巧落到你的头上一样，真要重现江湖，便是无价之宝。

丁薇薇：我父亲也就此放弃了继续寻找九眼天珠的念头。

33 拍卖会现场 夏 上午 内

拍卖师再一次攥紧双拳，声音已歇斯底里：各位先生，各位女士，各位尊贵的来宾！46号先生横空出世，奇峰突起，如果神秘的天珠真的被先生所得，那将是天地之间最完美的一次阴阳互补。难道不是吗？上天超凡脱俗的仙女与下界财大气粗的王子珠联璧合，难道不值得我们每个人为之张开想象的双翼吗？请看，天门开处，一位仙女飘然而至，东海之滨，一位王子款款将她相拥入怀。好，我们来见证这一浪漫的时刻吧！六千五百万，第一次！六千五百万，第二次……

长发女子再次发力，将价格喊到了六千六百万。

孟建荣满头是汗，他已经从椅子上站起来，一只脚踩着椅子，解开了西服的扣子。

拍卖师：六千六百万！六千六百万！还有哪一位加价？

孟建荣用尽全身力气举起号牌，再次加价四百万。

拍卖师：七千万！46号先生魄力非凡，志在必得！如果我没有记错，他第一棒加的是二百万，从一千八百万一下将九眼天珠推高至二千万，改变了每次加价一百万的游戏规则，由此紧咬不舍，一直到叫出时下的最高价七千万！让我们见识了什么叫财大气粗，什么叫英雄气概！

我再问一次，还有哪位愿意加价？

长发女子嘴角向上一挑，一扬手，牌子再次像要举起，孟建荣眼前一黑，索性闭上了眼。不想，他没有听到拍卖师再次报价，而是大声喊道：七千万第一次！七千万第二次！七千万第三次！

原来，长发女子脸上露出一抹微笑，刚要举起的牌子又慢慢放下了。没有人再举牌子，落槌，成交！

孟建荣以七千万拍得这串九眼天珠，心中不由一阵狂喜，整个会场也如同滴入了水珠的油锅，哗一声炸响起来。

长发女子飘然而去。出门时，冲孟建荣回眸一笑。

34 黄记古玩店 夏 上午 内

丁薇薇手机响，屏幕上显示一条信息：孟建荣以七千万拍走天珠。

丁薇薇回了几个字：好，正当其时。又伸手示意黄敬业：黄兄……

黄敬业回忆：不错，我上中学时，有一段时间对藏密也特别着迷，总想从老爷子的收藏中找到一颗九眼天珠，当时老爷子对我也是说了这么一番话，告诫我真要是喜欢九眼天珠的话，以后有机会到西藏大昭寺去看看，至于得到一颗九眼天珠，就别心存妄想了。这些年出于商业目的，把九眼天珠炒得如此之热，甚至还有成串的九眼天珠频频现身，真是误人呐！

丁薇薇淡淡一笑：黄兄作为云贵川收藏界领军人物，是不是该站出来说几句话了？

黄敬业叹息：有心杀贼，无力回天，咱们现在没有话语权。

丁薇薇：黄兄这样的人物还没话语权吗？香港一家顶级收藏杂志，我们丁家控股，黄兄若想说话，要多少版面我们给多少版面。

黄敬业：噢？

丁薇薇：我有个想法，我回香港后，把我们今天说的这些整理出来，以黄兄的名义发表在我们杂志上，以正视听，黄兄以为然否？

黄敬业略微考虑了一下：好，发表吧。免得更多人执迷于此，悲剧连连。

黄兄爽快。丁薇薇高兴地说,随即站起身:黄兄,我们今天谈得投机,以后丁氏集团每年至少从黄兄这里拿一个亿的货,黄兄不为难吧?

黄敬业也站起身,笑笑说:等闲物品,也不入丁董法眼,你托那位小姐让我留意的陈年翠镯还没有着落呢,我尽量吧。

丁薇薇和黄敬业握了握手:有劳黄兄。

黄敬业送丁薇薇走出会客厅,丁薇薇摆摆手:黄兄请回,不劳远送。

黄敬业呵呵一笑:丁董这一声黄兄,不是白叫的,在我店里随便挑件东西吧。

丁薇薇一怔,随后笑道:我倒是一直喜欢古玉,不过刚才听黄兄那么一说,也失去盘玩之心了。

黄敬业用手指指靠墙的多宝架:这张架子上的都是未经入土的“传世古”,丁董不妨挑上一件。

丁薇薇走过去,一眼看中了一只汉代白玉蝉,拿在手里。

丁薇薇:黄兄,这只白玉蝉依娜好像也曾看中过,只是她无缘得到,还被黄兄奚落了一通。

黄敬业:丁董,自古玉石通灵,谁能得到不光有钱就可以,还要凭缘分,要不怎么有“佛缘天定”一说?

丁薇薇:无人信高洁,谁为表予心?黄兄,那我就要这只玉蝉吧。

黄敬业:好,蝉居高食洁,象征清廉,丁董好眼力.

35　老卢头家　夏　傍晚　内

老卢头在厨房忙活。

卢茜进门:爸,您叫我回来干吗?

老卢头端着蒸锅走出来:叫你回来,当然有事啦。

卢茜接过锅,放在饭桌上:您又煲鸡汤了?她打开盖,用勺子喝了一勺:真香啊,是犒劳我的吗?

老卢头:可以这样说,但也不全是。

卢　茜:爸,您是什么意思?

老卢头:待会你不是要过江吗?

卢　茜:是啊,有几个数据要和沈奕巍核实一下。爸,您该不是让我给沈奕巍送鸡汤吧?

36　量贩式包间　夏　傍晚　内

音响里播着轻音乐,有服务员以跪式服务在桌上摆满高档红酒和各色小吃水果。

孟建荣试着麦克风,刘希娅在点歌台翻找歌曲。还有几个刘希娅的同学。

秦海涛推门进来:孟总,你得了什么喜帖子,今天晚上非要一展歌喉?

孟建荣看了秦海涛身后一眼,问:卢茜呢?

秦海涛:她没空,人家正忙防汛抗洪的党国大事呢!

孟建荣啧了一下嘴:那遗憾了,如此良宵美好,岂能没有美人陪伴?这样吧,叫妈咪找几个小姐选一下?

秦海涛:孟建荣,你可不要害我,日后传到卢茜耳朵里,还有我的活路吗?

刘希娅:孟总,你是不是长于此道啊!

孟建荣:哪里,哪里,我不过要和海涛开个玩笑。

秦海涛:说吧,你着急麻慌找我来,有什么事?我明天早晨的飞机,还得回北京呢,刚来电话说老爷子情况又不太好。

37　煤码头　夏　傍晚　外

在大堤后的空地上,刘黑子领一群人在搭仓库。

海岩也在其中,他懒洋洋地在挖一个土坑。刘黑子走过来:我说,你这坑要挖深点啊,要不然柱子立不牢。

海　岩:临时建筑,要那么牢干吗?

刘黑子:话可不能这么说。汛期一来,又是雨又是风,你这猫盖屎的活扛得住吗?仓库要是倒了,漏雨了,里面的防汛器材能不受影响吗?

海　岩:黑子,别刚给你穿了件马甲,你就真觉得自己从乌龟变成王八了!

刘黑子:嘿,我操,你怎么说话呢?

海　岩:我怎么说话呢?告诉你,我在商务处当副处长的时候,你还在大牢里吃牢饭呢!风水再怎么转,也轮不到你小子来教训我!真是虎落平阳被狗欺。

刘黑子:海岩,要不是江局长让我不能打人、骂人,我早他娘抽你了!

海　岩:狗仗人势,别以为找了江河做靠山,你在东江港真成一根葱了!

这时,秦池走过来:吵吵什么呢?

38　老卢头家　夏　傍晚　内

老卢头往保温杯里装鸡汤:自然有奕巍一份。不过,主要是给江局长准备的。

卢　茜:江局长?您想的太周到了。

老卢头:你不是说了吗,他发烧三十八九度,还没日没夜地干,再不注意补充点营养可怎么受得了?他是铁人呀。

卢　茜:您不怕别人说闲话了?

老卢头:人嘴两张皮,随他说去,听蝲蝲蛄叫,还不种庄稼了呢!

卢　茜:好嘞,您这样想就对了,我这就过江!

老卢头:哎,丫头,你秦叔这两天也一直盯在大堤上,他要在,别忘了给他喝一碗。快六十的人了,也不容易。

卢　茜:知道了,爸。

39　煤码头　夏　傍晚　外

秦　池:海岩,这就是你的不对了,防汛抗洪是咱们港务局的头等大事,任何一个环节都不能出现疏漏,黑子是突击队长,这么要求你没错。

海　岩:突击队长?我看他是拿着鸡毛当令箭。

秦　池:你这样说不负责任嘛!什么叫拿着鸡毛当令箭,我也在工地上两天两夜没回家了,也是拿着鸡毛当令箭?

海　岩:您是常务副总指挥,他是什么东西?

秦　池:他是什么?他是港务局的员工。每一个港务局员工,在这场防汛抗洪斗争中都肩负着同样的责任!

海　岩:行,秦局长,我听您的。

沈奕巍匆匆忙忙走过来:秦局长。

秦池答应一声,转而对刘黑子说:黑子,你做得对!

40　量贩式包厢　夏　晚　内

秦海涛愕然:什么,那个46号举牌人果然是你?

孟建荣得意:怎么样?很是令你老兄刮目相看吧?

秦海涛:乖乖,《东江日报》头版消息:神秘的46号举牌人,现在在此现身了,失敬,失敬!

刘希娅:怎么回事?什么46号举牌人?

孟建荣:希娅,我用七千万拍了一串九眼天珠手链。

刘希娅:一串手链,七千,还是七千万?

孟建荣:七千万!

刘希娅大惊失色:有钱就真这么任性!七千万买一串手链?孟建荣先生,真是不作死就不会死。

孟建荣异常兴奋,一口喝去了一杯葡萄酒:海涛,告诉你,我把这串手链抵押给银行,一下子就贷了两个亿。下个礼拜就放贷,你是不是应该祝贺我一下?

秦海涛:那是值得祝贺!大手笔。好,我先干为敬。

41 煤码头 夏 晚上 外

秦 池:小沈呀,有什么事?

沈奕巍:江局长让我们过去,细化一下防汛抗洪方案。

秦池随沈奕巍向指挥部方向走:还有什么问题吗?

沈奕巍:大的问题都有了预案,只是咱们煤码头自己修造的那道防洪堤,我和江局长看过两次,心里有点不太踏实。

秦 池:奕巍,你们发现了问题?

沈奕巍:倒也没发现。和包子一样,馅都裹在里面呢,看也看不出来。关键是要靠洪水来检验,可一旦那时,发现问题也晚了!

秦 池:你说的也是,我再问问孟建荣。

42 量贩式包厢 夏 晚 内

孟建荣:海涛,这样我也可以带资进入琊山煤化工项目了。我调查了一下,琊山新型煤化工基建这块蛋糕只要能切给我四分之一,就够我忙活几年了。

秦海涛:你小子说话不实在,是忙活几年还是快活几年?

孟建荣:忙并快活着! 海涛,你在琊山人脉广泛,一定要帮帮我。你也知道我的为人,自然是不会黑不提白不提的。

秦海涛:那倒是小事。行,我想想办法吧。

孟建荣:那我先谢了。希娅,帮我点一首《今生有你》,献给海涛。

43 防汛指挥部 夏 晚 内

几张木桌简单地拼在一起,桌上放着几台电话,墙上贴着防汛图。靠墙角,支着一张行军床。床上有一条叠得方方正正的军用棉被。

江河坐在桌子前看材料。秦池和沈奕巍走了进来。

江河抬起头,递过一支烟:老秦,这两天你可辛苦了,坐下抽支烟。

秦 池:都一样,彼此彼此嘛。老江啊,那天我去医务室找你,见你挂着水就睡着了,徐大夫看上去很着急,你要是烧退了,应该给她打一个电话报平安。

江 河:谢谢老秦关心,她早给我打了 N 个电话啦!

秦 池:人家那是关心你嘛!

卢茜推门而入,手里提着保温瓶:嘿,正好都在啊。我爸爸煲了一锅鸡汤,给各位大人补补身体。说着,她把保温瓶放在桌子上。

沈奕巍拿过几个饭盒倒上了鸡汤,他喝了一口:呀,真鲜。

秦 池:那是啊,这还是老卢头向我偷的手艺呢! 又趁江河、沈奕巍喝汤,悄悄问卢茜:丫头,最近和海涛联系了吗?

44 东江机场 夏 上午 内

扩音器用中、日、英语广播:各位乘客,东江飞往日本东京的第 54 次航班已经开始登机了。有乘坐 54 次航班的乘客,请您出示登机牌准备登机。

安检口,工作人员在检查秦海涛的登记手续。

秦海涛戴一副墨镜,拉一只行李箱站在安检入口。

工作人员用日语提示:川岛先生,请您摘下墨镜。

秦海涛摘下墨镜,微微一笑。

工作人员核对照片与本人无误,盖章放行:谢谢您的配合,川岛先生。

45 香港国际机场 夏 上午 外

丁薇薇拉着行李箱走出接站口。

乔婷捧着鲜花来到丁薇薇面前:董事长。

丁薇薇笑着看了乔婷一眼:这小妮子,几天不见越发漂亮了。

乔　婷:哪有。倒是董事长,一点也没有风尘劳累的样子,一定是,春风十里扬州路,卷上珠帘总不如。

丁薇薇:我有那么自恋吗?好啦,别互相吹捧了,告诉我,想姐姐了吗?

乔　婷:当然。不过,老伯更想姐姐,一大早就叮嘱我不要误了接机呢。

她们走向一辆卡迪拉克,乔婷打开车门,丁薇薇上了车。

46　秦池办公室　夏　上午　内

孟建荣憔悴得像个民工,头发蓬乱、眼窝凹陷,嘴唇上还挂着几个血泡。他推开秦池办公室门,哭丧着脸说:秦局长,海涛可把我坑死了!

秦池正憋着一肚子火,无心听孟建荣叫苦,沉着脸:少废话!你这几天跑哪去了,电话也联系不上。你和海涛的事我不管,我问你,煤码头那道防洪堤,能不能抗住特大洪水?

孟建荣:老实说,我连死的心都有了,哪里还有心情看手机。煤码头防洪堤都建成快五年了,您一而再再而三问这个干吗?

秦　池:当初签订煤码头防洪堤承建合同时,你承诺防洪堤建成二十年内,长江若发生重大汛情,由承建方出资对防洪堤进行全方位维护并对重点堤段进行加固,确保防洪堤无虞。你这个承诺今天还算不算数?

孟建荣:秦局长…… 特大洪水大到什么份儿上啊,咱们没有量化标准嘛,九八年的算特大洪水了吧?要说这几年的洪水,来个十场八场的不在话下。

秦池一听就来了气:这些年那样的叫洪水吗,充其量是老天爷吐了几口唾沫,打了几个喷嚏,那点水也就是当个药引子,你说得倒轻巧!

孟建荣:我明白您的意思,目前省市两级政府最重要的工作将是防汛抗洪,此时您若把我的施工队拉上去,放在下游堤防这段险中之险的江堤上,不仅能够在与江河的较量中占得先机,更能够在省市两级领导眼球中赚足印象分,如此之大的一个"秀",焉能不做?

秦　池:你明白就好。

孟建荣:我又何尝不想作这个秀?如果今年真有和九八年不相上下的特大汛情,我抓住时机调一支施工队上去,在闸口大坝和煤码头防洪堤上巡视维护,在省市两级政府也可以拿到印象分,对我以后承包工程也有利。

秦　池:那你还废什么话!建荣,你给我听好了,今年汛情非同一般,煤码头那道防洪堤要确保万无一失,你马上给我调一支施工队上去维护,绝对不能出任何纰漏。

孟建荣愁眉苦脸:秦局长,你以为我不想调一支施工队上去做维护吗?可海涛坑苦我了,九眼天珠玩砸了,七千万打了水漂,我那么大的摊子支应着,下个月连工人工资都发不出去了,哪还有能力调一支施工队上堤?

秦池大吃一惊:建荣,海涛怎么会坑你七千万,没道理嘛?你说说,到底是怎么回事?

孟建荣:秦局长,我现在跳江的心都有了。

47　卡迪拉克轿车里　夏　上午

乔婷开车,丁薇薇坐在副驾驶的位置上。

乔　婷:董事长,依娜没跟您一起回来?

丁薇薇:她去首尔了。

乔　婷:去首尔?

丁薇薇:是啊,估计她回来时你不见得认得出了。

乔　婷:她去整容了,为什么?

丁薇薇:没有为什么,女人哪个不爱美。

乔　婷:董事长,我有一个感觉,咱们集团的有些业务,好像挺神秘。

丁薇薇:不该知道的你没必要知道,这也是为你好,明白吗?小妮子。

丁薇薇见路边有一个衣着整洁的老者在垃圾箱中翻找垃圾,急忙叫乔婷停车。

乔婷会意地看了一眼丁薇薇,开门下车,从钱包里拿出两张百元港币递给老者:老伯,您拿着用吧。

老者愕然,接过钱鞠躬致谢。

乔婷回到车上,丁薇薇拿出两张港币递给乔婷,乔婷推托。

丁薇薇执意把钱塞到乔婷手里:我们都不在乎这两百元钱,要的不过是一份心里的安宁。

乔　婷:董事长,您的心地太善良,哪像一个生意场上杀伐决断的女老板?

丁薇薇:乔婷,你这是在夸我吗?

乔　婷:一点感慨而已。

48　秦池办公室　夏　上午　内

孟建荣:秦局长,就是这样,海涛和那个叫丁薇薇的女人在饭局上一唱一和,蛊惑我去拍九眼天珠。

秦　池:他们蛊惑你你就去呀!

孟建荣:您知道,集装箱码头的改造工程根本没什么油水,我开销这么大,着急呀。为了能在琊山煤化工基建工程上分一杯羹,就用七千万拍下了这串手链。

秦　池:你不是说丁…… 噢,丁薇薇放出话,一个亿都志在必得吗?七千万也不贵呀!

孟建荣悔恨交加:唉,谁知道他们后来出手这么黑!

秦　池:你别激动,喝口水。

孟建荣:喝水?我喝毒药吧!您听着,我把手链抵押给了银行,银行也同意以此为抵押向我放贷,可是就在这要命的当口,海涛竟然指使他舅舅黄敬业在香港顶级收藏杂志上发文,断言九眼天珠存世只有一块,镶嵌在西藏大昭寺觉卧仁波切佛像的配饰上,拍卖市场上的所有九眼天珠全是赝品。

秦池大惊失色:会有这事?

孟建荣:那个黄敬业是收藏界大佬,说话一言九鼎。他正式出面澄清,等于在收藏界引爆了一颗原子弹,各大网络纷纷转载,"九眼天珠"身价一落千丈。

秦　池:这还了得,这不是釜底抽薪吗?有多大的仇才会出此狠手。

孟建荣:可不是吗。银行刚要发贷,听到这消息一分钱都不给了!

秦　池:一分钱也没有贷给你?

孟建荣:不但没给我贷一分钱,银行行长还一劲向我作揖,说老天有眼,要不然就被我坑得锒铛入狱了!您说说,这叫什么事呀!

秦　池:这,这这……

孟建荣:您知道,我这七千万要是打了水漂儿,我的公司不就破产了吗?

49　香港朗庭酒店　夏　中午　内

在丁伯豪华的套房餐厅里,丁氏叔侄正在一张长桌前吃饭。桌上有鲜花和几样精致的菜肴、一瓶上等的红酒。

丁　伯:薇薇,你让乔婷带回来的那只青花五龙梅瓶真是件难得的好物件,一千万人民币,值!我像你这个年龄,眼力可没你这么准,魄力也没你这么大。

丁薇薇:还不是叔叔教诲有方。叔叔,我这次去东江才知道,依娜对我们隐瞒了很多事情。

丁　伯:是吗?说来听听。

丁薇薇:她说的那个秦海涛,就是黄元昌的外孙、黄敬业的外甥,大陆警方怀疑他与依娜合伙走私文物,已列为大案。

丁　伯:这可非同儿戏。

丁薇薇:幸亏我那个老战友在东江港主政,我在铜佛寺碰巧遇上此人,否则的话,贸然和他接触,后果可就严重了!

丁　伯:依娜在大陆做过文物走私的勾当,这可出乎我们意料。

丁薇薇也是双眉紧锁:依娜真要是在大陆走私过文物,事情倒简单了。我调查过了,依娜也好,秦海涛也好,还有琊山煤矿一个叫赵达夫的副矿长,他们几个都没有做过文物方面的生意,大陆警方又是基于什么怀疑他们走私文物呢?

丁伯沉吟着:薇薇,看来问题有可能出在依娜身上……

丁薇薇点头:我也是这么想,裕泰号出事后,依娜先到的云南,然后绕道缅甸去的香港,期间依娜去过黄敬业的古玩店,我怀疑依娜是在黄敬业的古玩店暴露身份的。

丁伯摇摇头:裕泰号不过是一起撞船事故,大陆警方绝无可能跑到云南布控。

丁薇薇:当然不可能是大陆警方发现的依娜,也不可能是东江港或琊山煤矿的什么人在云南看到过她。

丁　伯:裕泰号是一艘渡轮,船上可是五湖四海哪的人都有。

丁薇薇:所以我翻来覆去琢磨,只有一种可能,就是裕泰号上的某个幸存者,在黄敬业的古玩店里看见了依娜,将消息反馈给东江港。我那个当了多年公安局长的老战友,由此逆推出依娜和秦海涛合伙走私文物。

丁　伯:嗯,你分析得有道理。薇薇,你考虑过没有,能把这个消息反馈给东江港的人,恐怕不是裕泰号上一个简简单单的幸存者,也许是和你那个老战友很熟悉的一个人。

丁薇薇和叔叔碰了下酒杯,轻轻吁了口气:这个人是谁,我大体已经有数。

50　秦池办公室　夏　中午　内

孟建荣:秦局长,海涛是您的亲侄子,我是您的忘年交。我平素和海涛无冤无仇,和那个丁薇薇也素无瓜葛,他们为什么要联起手来打我的黑枪?

秦　池:你就一口咬定是他们联手?

孟建荣:我的秦大局长,你想想,黄敬业是海涛的亲舅舅,那家收藏杂志又是丁氏集团完全控股的企业。丁薇薇在饭桌上,对那串九眼天珠手链志在必得,可临到拍卖会开幕了,海涛却说家父病了,不能成行……

秦　池:我哥哥病了住院确是实情。这不,海涛又飞北京了。

51 东京一家高档餐厅　夏　晚　内

单间。秦海涛和一位梳着分头,绅士模样的日本人盘腿而坐,用日语交谈。

他们中间的餐桌上摆着几样精致的日本菜肴。年轻的女服务员上完菜肴,托着空盘子躬身退出。

分　头:秦桑,请。

秦海涛端起清酒,抿了一口:谢谢。

分　头:你要完成的这个项目对东京总部意义重大。中国现在是世界上最大的新型煤化工产品生产国,新型煤化工技术已经走在世界前列,他们可以完成百万吨的煤炭直接液化、18 万吨间接液化、60 万吨煤制烯烃、20 亿立方米煤制天然气,很是不得了啊!

秦海涛:我明白。贵国是岛国,资源匮乏,所以总部更关注于煤炭清洁高效利用,或许它将引发一次新的消费革命。

分　头:我们需要把主厂房的基建控制到手,这样可以监控到它的整个生产流程,由此获得核心技术就轻而易举了。从该项目在北京论证,我们一直在跟踪。

秦海涛:噢,是这样?

分　头:是。中国有一句俗话:踏破铁鞋无觅处,得来全不费工夫。新型煤化工项目落户琊山,而秦桑在琊山又极有人脉,岂非天助?

秦海涛:我会尽力。

分头拿出一个信封,掏出一张支票:这是董事局的预付金,请收下。事成之后,还会向您的账号再打 10 倍于它的酬劳。

秦海涛拿起信封抽出支票瞟了一眼,满意地揣到西装口袋里:谢谢。

分头又拿出一张纸片:这个请记下,到时候有人会用这个专用号码联系你。

秦海涛接过纸条,看了几眼,用打火机点燃。

分　头:他的日本名字叫佐佐木,在中国极有背景。必要时你可以命令他全力协助你。这张 U 盘你方便时可以看看,他会让佐佐木先生心甘情愿地听你吩咐!

秦海涛:是。

52　香港朗庭酒店　夏　中午　内

丁　伯:我让你在内地伺机兼并一家建筑公司,这事可有眉目?

丁薇薇:已经基本搞定了。我只是不知道,丁氏集团素来没有染指地产业,叔叔兼并一家建筑公司要派什么用场?

丁伯欲言又止:该你知道的时候,自然会告诉你。没告诉你也不必主动来问。

丁薇薇:叔叔,我身为丁氏集团董事长,您有必要事事瞒着我吗?

丁　伯:你这是什么意思?

53　秦池办公室　夏　中午　内

孟建荣:那次他们在饭桌上一唱一和,不是联手做戏又是什么? 我敢肯定,那个一路咬住我不放的女子也是他们安排的托儿!

秦　池:你有把握?

孟建荣:肯定是。她走出拍卖场回头看我时的眼神,现在回想起来,分明是别有深意。

秦　池:这演的到底是哪一出戏啊?

孟建荣带着哭腔:秦局长,这事你得主持公道,怎么着也得让海涛给我个说法,反正我这七千万不能就这么不明不白的没了。

秦池思量了一阵,带着几分气恼:建荣呀,就你那点水平,顶多也就是练练地摊货,你怎么就敢上拍卖会,摆明了是去找死嘛!

孟建荣:我是不敢。如果不是海涛和丁薇薇演足了前戏,打死我,我也不敢去呀! 七千万,那是我的全部身家啊。

秦　池:建荣,你那七千万要是落在海涛手里,我主持公道让他还你不难,可现在这种状况你让我怎么给你主持公道? 既然是赝品,你得找拍卖公司讨说法,让他们退货还钱。

孟建荣一脸沮丧懊恼:拍卖公司不认账,说黄敬业不过是一家之言,他们绝无可能因为某某人说句话就退货。

秦池哼了一声:黄敬业是海涛的舅舅,在收藏圈里说话一呼百应,他说是赝品绝对错不了,拍卖公司不认账,就走法律程序,和他们打官司。

孟建荣无奈地摇摇头:不瞒您说,这事出来我第一反应就是打官司,我也有几个律师朋友,昨天和他们谈了一晚上,都说这官司打起来难度太大。

秦池不解:哦,为什么?

孟建荣:那家拍卖公司背景太深,告他们能否立案尚且难说,即便是立了案,官司打起来也是旷日持久,没有三年五载难见分晓。这要打个三年五载官司,我都不定死几回啦。

第16集

1　香港朗庭酒店　夏　中午　内

丁薇薇:琊山煤矿有个副矿长叫赵达夫,去年五一期间来过香港,好像还不止一趟,他说是来港旅游,鬼才信。我想,这是叔叔安排的吧!

丁伯一惊:是你在东江港的那个老战友告诉你的?

丁薇薇:您甭管消息来源,只说是与不是吧。

丁伯吁了口气:薇薇,不错,是我安排他来香港的。其实,这个赵达夫你与他有过一面之缘。

丁薇薇略微一愣,随即有所醒悟:难道是瑞丽赌石那个赖账的男人?

丁　伯:正是。叔叔不是有意瞒你什么,丁氏集团是上市公司,经营体系涉及诸多领域,也不单单是珠宝这一块。叔叔让你做珠宝集团的董事长,用意很明确,就是不想让你卷入到那些你死我活的竞争中去,即使将来叔叔不在了,守着珠宝这一块,也足以让你安身立命。

丁薇薇不禁也有几分伤感:叔叔,您老精神矍铄,寿比南山,何必去想身后之事?丁家没有男丁,是您一大心病,可侄女也不是无用之人,您若留下一座金山,侄女还能把它经营成一堆废铁吗?不过,这个赵达夫贪念太重,且行为龌龊,丁氏集团用这样的人,岂不是会自乱阵脚?

丁伯摇摇头:薇薇,你只知其一,不知其二。

丁薇薇:请叔叔指教。

丁　伯:商场争战,残酷程度丝毫不亚于沙场,倚重和利用风马牛不相及。战场上两军厮杀,有阵前用命的将士,也要有暗中帮忙的细作,倘若这细作需要收买,他如果不贪,如何下饵?

丁薇薇:叔叔用心良苦。

丁　伯:薇薇,能为我们所用是目的,贪不贪重要吗?那一次我出手五万帮他解围,无非是再下一饵,让他咬钩更紧而已!

2　秦池办公室　夏　中午　内

秦池点了一支烟:建荣,你那几个律师朋友,给了你什么建议?

孟建荣:建议我私了,拍卖公司顾及声誉,不会承认拍品是假货,一味硬来,只能两败俱伤。

秦　池:这倒是实话。

孟建荣:他们都是明白人,一听我说的情况,就断定我是被人设局算计了,问我有没有仇家,最好能从源头上解决问题。秦局长,这事海涛责任最大,无论如何你得给我做主。

秦　池:建荣,这事恐怕不是你想象的那么简单,你不要被表面现象迷惑,有时候,即使是你亲眼看到的东西也未必就是真相。你说海涛设局算计你,海涛为什么要设局算计你?你把这事的来龙去脉给我讲清楚。

孟建荣满脸怨恨地:要说起来,我和海涛就像是两股道上跑的车,根本不可能发生任何碰撞,他为什么要设局算计我,我真是想出天去也想不明白!我和他还有卢茜的表姐在全福兴吃饭时,他和卢茜表姐看似很随意地说起九眼天珠,其实就是在给我挖坑!

秦池一怔:卢茜的表姐?

孟建荣道:就是那个叫丁薇薇的女人。

秦池越发诧异:丁薇薇是卢茜的表姐,谁告诉你的?

孟建荣:海涛和卢茜亲口说的,海涛一口一个表姐叫着,比卢茜叫得还亲。

3 香港朗庭酒店 夏 中午 内

丁薇薇仍有些不解:可是,这个赵达夫能为我们做些什么?

丁 伯:薇薇,叔叔考量考量你,你说说未来若干年,世界上会发生什么事?

丁薇薇略加思索:未来若干年内,还有可能爆发一场全球性的金融危机。

丁伯赞许:不错,即使不是全球性的也是洲际的。一旦危机爆发,黄金、石油必然猛涨,黄金这一块我们已有所布局,能源这一块是我们的短板,叔叔我不能不未雨绸缪。

丁薇薇嘴角一撇:区区一个琊山煤矿,也值得叔叔未雨绸缪?

嘿嘿! 丁伯冷笑了一声,薇薇,叔叔给你放下一句话:不要小看琊山煤矿,五年之内,这个企业当令人刮目。

丁薇薇心头一凛:叔叔,侄女愿闻其详。

丁伯拿起酒杯,这次他没有一饮而尽,只是浅浅抿了一口:薇薇,你爸爸老来得子,你是丁家唯一的继承人,叔叔任何事情都不会瞒着你,有些事情现在不对你说,是时候未到,早晚还是要告诉你的。叔叔只想问你一句,赵达夫到香港来,是他对你讲的吧?

丁薇薇:不是,依娜告诉我的。

丁 伯:那我就放心了,我还真担心是你那个当过公安局长的战友盯上了赵达夫,通过你敲山震虎,那就麻烦了。

丁薇薇:敲山震虎? 难道叔叔在大陆锁定的目标不仅仅是古滇国金印?

丁 伯:我说过了,不该问的不问。我累了,要休息,你也去休息吧。

丁薇薇:叔叔,有一件事,我忍了很久,不说如鲠骨在喉。

4 秦池办公室 夏 中午 内

秦 池:建荣,你有没有和海涛沟通过,问问他为什么要这样做?

孟建荣愤愤然:海涛在北京还没回来,我昨天给他打过电话,他在电话里全是推诿之辞,说具体情况他现在不清楚,还说曾劝过我不要举牌,对我的遭遇只能深表遗憾,全是外交部发言人搪塞老外那套话。

秦池点头敷衍:海涛的父亲病得不轻,他可能要在北京多住几天,等他回来后,我找他谈谈。

孟建荣:您不是和他谈谈,您得好好教训他一顿。

秦 池:这件事我觉得蹊跷,海涛和你既无过节也没有利益上的冲突,又都是我最为倚重之人,他有什么理由和丁薇薇一起设局陷害你? 你若是和海涛反目,谁受益最大,你想过没有?

孟建荣:秦局长,海涛是你亲侄子,我对他从来不设防。这件事出来后,我首先考虑的也是海涛会不会被人利用了?

秦 池:是呀。

孟建荣:可事实在那摆着,最后一锤定音的人是海涛的亲舅舅黄敬业,你让我还能怎么想,我总不能说海涛和他舅舅都被丁薇薇利用了吧?

秦 池:哎,这种可能性也并非没有。

孟建荣:要真是这样的话,这个女人也太厉害了,我甘拜下风,我、海涛,还有海涛的舅舅都成了人家手里的玩物。

秦 池:建荣,我是怕江河在这件事上做了手脚,如果这件事的"主谋"就是秦海涛,事情就不至于坏到不可收拾。

孟建荣:这事和江河还真是一毛钱关系也没有。

秦 池:如果这件事确是海涛所为,等他从北京回来后,我一定让他给你个说法,你的损失也尽量弥补回来,这个你放心。眼下当务之急是防汛。我还是那句话,煤码头防洪堤不能出任何纰漏,你就是有天大的困难,也要给我调一支施工队上去做维护。

孟建荣犹豫再三:我在江北倒是有一支施工队,就在煤码头附近施工,煤码头上要有什么事,随时可以拉过来。不过秦局长,你也无须过虑,煤码头那道防洪堤建成不过五年,固若金汤,不是随随便便来场洪水就能冲垮的。

秦池不以为然:真的固若金汤吗?建荣,不要把话说得太满,有人可向我提出建议了。

孟建荣:什么建议?

秦　池:要在你修的那道防洪堤上,采取锥探灌浆的办法,每隔十米打一个深洞,下入钢筋,用高标号水泥现场浇筑,把堤坝整体再加固一遍。你给我做个工程预算,少说也得一两千万吧?

孟建荣一听脸顿时白了,叫道:秦局长,这个建议太歹毒啦,分明是落井下石,真要这么做,不是打我的脸,是打你秦局长的脸!

秦池一声苦笑:建荣,你要给力,有人敢打我的脸吗?

孟建荣脸上青一阵红一阵:秦局长,你是不是听到了什么风言风语?煤码头防洪堤是你亲自交办的工程,我焉能不尽心尽力?工程质量上我敢打保票,你就放心吧。

秦池脸色好看了一些:建荣,你敢打保票,我就放心了。我也给你交个底,今年这个汛情不容小觑,不论出现什么情况,我的底线是不能溃堤。

孟建荣一惊:不能溃堤?

5　香港朗庭酒店　夏　中午　内

丁　伯:什么事,值得你如此变颜变色?

丁薇薇从包里拿出《东江日报》,拍在桌上:裕泰号沉船死那么多人,我是真的无法接受!

丁伯拿起报纸看了几眼,又叹一口气放下。

丁薇薇:我原本安排依娜上十点钟那趟船,她为什么上了裕泰号?裕泰号就一层薄铁皮,经得住撞吗?叔叔,恕侄女无礼,您为什么要瞒着我这么操作?

丁伯这一刻显得格外苍老,他手哆嗦着,将杯中酒一饮而尽,重重地叹了口气:薇薇,你怎么就不明白叔叔的心?叔叔十五岁从军,战场上杀人无数,人头落地,眼也不会眨一下。老啦老啦,身上就是再背几条人命,也无所谓了,叔叔这么做,就是为了不让你手上沾血。薇薇你听好了,裕泰号沉船和你没有任何关系,将来不论发生什么事,都有叔叔和依娜担待。

丁薇薇拿过叔叔酒杯,无言地为他斟上酒:叔叔,你以为你这么做就能让侄女安心吗?我这回到扬州给父母扫墓,又遇到了那个疯老伯。他衣衫褴褛,面色凄惶,但话锋如刀,句句如剑穿心。为了一只金印,就死了二十个人,还有七个豆蔻年华的青年学子,将来我即使皈依佛门,也洗不清这一身罪孽。

丁伯面寒如冰:薇薇,叔叔是一介武夫,佛门之事一无所知,不过打了半辈子仗,让叔叔明白了一个道理,佛说不如人说,若要成事,就得横下一条心,人挡杀人,佛挡杀佛。大恶大善做到极致,便是殊途同归,国共两党兵戎相见,两次内战死人无数,到头来,两党最高领袖还不都是安卧鲜花丛中为万人景仰?

6　秦池办公室　夏　中午　内

秦　池:建荣,特大洪水是什么概念,我琢磨应该不会逊色于一九九八年那一次吧?那一次煤码头整个淹了,两年后才恢复生产。咱们修建这道防洪堤,就是有了那年的教训。真要是再来一次特大洪水,省防总有明确指示,一旦洪水达到煤码头防洪堤警戒线,立刻封堵闸口大堤运煤通道,确保闸口大堤安全。

孟建荣这才意识到事态严重:省里决定牺牲东江港?

秦池重重地吁了口气:这一次东江港恐怕是在劫难逃了,不过我也告诉你,如果是特大洪水导致江水漫堤冲了煤码头,那是天灾,任何人无话可说;如果是溃堤导致江水冲了煤码头,那可就是人祸了,什么后果我不说你也明白吧?

孟建荣面色沉重:是的,秦局长,我明白。

秦　池:你明白就好,你既然在工程质量上敢打保票,锥探灌浆这个建议我就一票否决了。不过对防洪堤的维护不能有半点松懈,你现在调施工队上去有困难,可以先缓一缓,执行第二套方案。

孟建荣略带几分诧异:秦局长,你还有第二套方案?

秦池嘿嘿一笑:江河还算有几分自知之明,在党委会上提出由我主抓防汛具体工作。

孟建荣不等待秦池说完便插嘴:他这是把你往风口浪尖上推!

秦池脸一沉:要是江河具体抓,你修的那道防洪堤,恐怕早就被人用冲击钻钻上十几个孔了,有人要看看你用的是几个圆的钢筋,多高标号的水泥?

孟建荣打了个寒战,不吭声了。

秦　池:现在不管多难都要顶上去,一旦撤下来,丢失的就不仅仅是阵地了。建荣,你听好了,我的第二套方案是抛石护堤,我粗略计算了一下,大约需要二十万方石料,堤脚抛石十五万方,其余五万方护坎护岸,回头你再细算一下。港务局方面出动船只和吊机配合你作业,石料钱你出,这个姿态你必须做出来。

孟建荣苦着脸:秦局长,我那七千万要是攥在手里,拿出几百万买石料不算回事,现在我两手攥空拳,你要我拿什么买石料?

7　香港朗庭酒店　夏　中午　内

丁薇薇:叔叔,你扯远了,我是说……

丁伯冷酷地注视着丁薇薇:我知道你要说什么。相撞时不翻船死人,依娜难道在众目睽睽之下去上接应的船吗?

丁薇薇:就是趁乱,也没有必要造成这么大动静。

丁　伯:住嘴。只有现场大乱,众人落水,依娜才能蒙混过关。如果她溺水而亡的戏演穿帮了,岂不是偷鸡不成蚀了一把米?

丁薇薇:可是……

丁　伯:可是什么?你自以为思虑周全,安知针孔大的窟窿就会有斗大的风?你一心向佛,一旦失手,佛必不怜你!告诉你,依娜必须乘坐裕泰号假戏才可以演真,死去的那二十个人,在阴间自会有人超度,不用你滥发慈悲;记住,你我叔侄本就不是皈依佛教的信徒,充其量不过是做做样子的香客罢了!

丁薇薇:叔叔,如果要以二十条生命作为代价,那个古滇国金印要它何用?

丁　伯:记得在丽江的游艇上,你说不过是一起沉船事故,不会有血光之灾时,我向你说了什么话,你还记得吗?……血光之灾?血光之灾又当如何!想当年,叔叔纵马沙场,一战下来,尸积如山,血流浮杵,绝非诳语。人命简直等同蝼蚁,正所谓:一将功成万骨枯!自古以来,成就大事者决不可有妇人之仁。薇薇,你虽是巾帼,但既然已经走上了这条道,就要谨记斯言。

丁薇薇一怔:当时我还认为是您年老发的感慨,谁知道真是不幸被我言中。

丁　伯:我所以让依娜瞒你,就是知道你心软过不了这道坎。今天你既已知道,千万不要纠结于此了。

丁薇薇:叔叔,丁家仅存我这点骨血,你也到了该颐养天年的年纪了,丁氏集团的业务我必须尽快全面接手,我不希望你有什么瞒着我,公司运作的一切项目,以后我都要知道。

丁伯脸上的表情似怒非怒:薇薇,你这是向叔叔逼宫吗?

丁薇薇:薇薇不敢。

丁　伯:叔叔真是老了,你果然成熟了,早已不是昔日吴下阿蒙,你索要的已不是我的庇护,而是全面接手丁氏集团各项业务。罢了,罢了,八十岁啦,该放手时当放手了。

丁薇薇:叔叔,你到台湾后一直供职情报部门,如今门生遍地。依娜给我们介绍的那个秦海涛,身上疑点颇多,我请叔叔彻查此人,不要有丝毫遗漏。

丁　伯:这是指令吗?

丁薇薇:算是薇薇求您。

丁　伯:好吧,叔叔领命就是。

8　秦池办公室　夏　午后　内

秦池一摆手:建荣,现在不是讨价还价的时候,我让商务处的海岩和你一起去一趟采石场,他那里人头熟、关系硬,你们先签个赊账协议,等你周转开了再把钱还上。

孟建荣:好的,秦局长,就按你说的办。

秦　池:水火无情,刻不容缓,我给海岩打个电话,你马上去找他,争取今天就把石料落实下来。明天我向市委和市防汛指挥部通报,我们两家已联合启动应急抛石护堤预案。建荣,这一分我们必须要拿,明白吗?

孟建荣:好,我现在就去找海岩落实石料,不过海涛那边……

秦池打断孟建荣的话:海涛那边我给你做主,你现在不要考虑别的,把防洪堤的事给我做好就是了。另外我再给你一句忠告,你现在就是身无分文的叫花子,也要摆出一副腰缠万贯的架势,不能让人看笑话!

9　闸口长江防洪大堤　夏　下午　外

大堤后的空地上已搭起几排简易房,正中一间门口挂着一块牌子:东江港防汛指挥部。

夜色如写意丹青,浓浓淡淡;树木楼船,依远近,深浅各有不同。江水奔流,在黯然的月光下泛起的水波呈炭灰色,像是一江洒落的碎银。水位缓缓升高,天气愈发闷热,草丛中有蟋蟀时断时续的鸣唱,江面上有忽隐忽现的航标灯。

港口公安局的警察提着微型冲锋枪守卫在闸口大堤闸口处,闸口两边的长堤上,竖起了几十面迎风招展的彩旗。

一辆车身上涂有“东江省防汛指挥部”的巡逻车闪着警灯驰来,嘎一声停在大堤下,车上跳下一个省防总工作人员:你们领导在岗吗?

刘黑子跑过来:我们局长从上了大堤,就从来没回过家。

工作人员:请他出来!

10　秦池办公室　夏　下午　内

海岩坐在秦池对面:秦局长,二十万方石料,就是拿火车皮拉也得拉几个车皮呀,凭什么空口白牙一说,人家就发货?

秦　池:孟建荣没拿钱吗?

海　岩:他拿个屁呀! 他说了,让我把他卖了,看值几个钱。

秦　池:他真这么说?

海　岩:秦局长,我敢骗您吗!

秦池拍了一下桌子:这个孟建荣,老太太吃砒霜,活得不耐烦了么?

海　岩:您发狠没有用,得赶紧想办法。

秦池沉吟片刻:你不是和采石场的杨老板很铁吗?

海　岩:是铁,要不是凭着这层关系,人家怎么会答应先付一半款呢。我跟您说,秦局长,现在各处都在准备防汛,石料可是挺紧缺,不赶快拿钱,石料没了我可不负责!

秦　池:好,你先回去,我找孟建荣。

11　闸口长江防洪大堤　夏　下午　外

江河从指挥部匆匆出来。

工作人员:江局长,我们沿大堤巡视了一遍,东江港可以说是严阵以待。

江　河:人命关天,不敢大意。

工作人员:确实,咱们这段大堤是防汛抗洪的重中之重,出不得半点问题。程省长特别指示我们,每隔两小时巡视一遍,一有险情马上向他报告。

12　临江茶楼　夏　下午　内

江北汛情告急,江东悠闲依旧。过道两旁的绿萝照样碧绿,白裙女子弹奏的古筝照样舒缓,门口侍立的迎宾小姐照样绽放着职业性的微笑,三五一聚的茶客照样嗑着瓜子,品着香茗,聊着一些不咸不淡的话题。

孟建荣推开“云里望月”包间的房门时，秦池已经等得有些不耐烦了。

秦池关严门，单刀直入：建荣，我今天只问你一个问题，防洪堤工程你黑了多少钱？

孟建荣一愣，屁股没敢沾椅子：您这是哪里话？

秦　池：孟建荣，今年的洪水不比往年，如果你在工程上偷工减料了，防洪堤被洪水冲出破绽，我告诉你，你我就死定了！我已经奔六十的人了，尝尽人间苦辣酸甜，死不足惜，你可是三十多岁的大好年华，什么后果不掂量掂量吗？

孟建荣直愣愣看着秦池：秦局长，你这是什么意思，我胆小，您可不要吓我！

秦池一声冷笑：我问你，你用的钢筋都是二十毫米圆儿的好钢筋吗？

孟建荣：是。

秦　池：水泥的标号是多少？

孟建荣支支吾吾：五百号。

秦池目光冰冷：你要说实话！这时候你如果还不说实话，到时候我想救你也来不及了！

孟建荣心一横：也用了一些二百号水泥，钢筋也有四分之一是乡镇企业生产的高碳螺纹钢。

秦池悚然一惊：你这小子当初拍胸脯打保票全是在演戏呀！

孟建荣：也不能那么说，一般的洪水应当没问题。

秦　池：高碳螺纹钢？高碳螺纹钢往地上一摔不就两截了吗？比木头棍能硬多少？

孟建荣头上已冒出了汗：只用了四分之一不到。

秦　池：说实话，到底用了多少？

孟建荣：三，三分之一吧！

秦池咬着牙，怒视着孟建荣：不算正当利润，这工程你在材料上黑了多少钱？

孟建荣不敢抵赖，含含糊糊地：不到两千万吧！

秦　池：不到两千万？

是。建荣点点头，有些忐忑：东京那个账号，您让打的钱是从这里出的。还，还有…… 老太太八十大寿，卡上送的五百万也是从这里出的！

秦池抡圆胳膊打了孟建荣一耳光：你这个王八蛋，自己作死不算，还要拉上我垫背！

孟建荣猝不及防，一下被打蒙了，他双手抱住脑袋：你，你打我？

13　闸口长江防汛大堤　夏　下午　外

江　河：程省长可真够关心我们的。

工作人员：所以您江局长更要殚精竭虑啊！

江　河：回去转告程省长，请他放心。东江港出了问题，我江河提头来见！

14　临江茶楼　夏　下午　内

秦　池：我打你了你还得谢我！听清楚了，今天我不让你吃耳光，明天你就会吃枪子儿！

孟建荣揉揉脑袋，又晃了几晃，神志清醒了一些。

秦　池一把拽过孟建荣，压低声音恨恨地说：听着，大堤闸口江河必不愿封，我原本也不想封，那样很可能造成江河抗命，即使他不被杀头，也断无留任之理。可你以次充好，闸口大堤的闸口必须封堵了。煤码头防洪堤若因工程质量溃堤，影响到闸口大堤的安危，你十个脑袋不够砍，我也必定受到牵连！

画外音：

孟建荣完全清醒了，他不由打了一个寒战。建在闸口大堤内侧的变电站也是偷工减料的劣质工程，根本经不住洪水冲击。一旦煤码头防洪堤告急，变电站被冲毁，后果真是不堪设想！他在变电站工程上扣出的上千万，连秦池也不知晓，秦池那一耳光无论主观动机如何，客观上确实是帮了自己。

孟建荣：秦局长，封了闸口的运煤通道，东江港一两年也恢复不了元气，对您不是很有利吗？

秦池松开孟建荣的脖领，颓唐地坐在椅子上，叹一口气：一两年，那一两年后呢！以江河的势头和手段，八成会东山再起，那时候我们不是依然受制于人吗？你呀，知道什么叫放虎归山吗？况且，如果是封堵运煤通道造成东江港一蹶不振，各方面都能谅解，江河个人也毫发无损！

孟建荣整理了一下被秦池拽皱的领口，赔着笑脸安慰秦池：江河行事无情，伤人太多，他既然出来混，欠账总是要还的，您也不必过于担心。

秦　池：建荣啊，老哥今天有些失态，打你不对。但事关重大，确是为你好，你要包涵呀！

孟建荣连忙摆手：秦局长，您这话就见外了。您所做的一切还不是为了我，我感激您还感激不过来呢，哪里会怨您！您放心，您这样为小弟考虑，小弟心里明白着呢，以后就是出了天大的事，小弟也会一人担着，不会连累您！

秦　池：建荣，你能这样说，算老哥我没有看错人，不过，只要你按我说的去做，你担心的事根本不会发生！

孟建荣往前凑凑身子：那是自然，秦局长，您怎么说我怎么做，没有二话。

秦池压低声音：抛石护堤工程不许马虎，马上得干！不管你想什么法子，就是去当裤子，石料钱也必须先付一半，剩下的你什么时候周转开了什么时候给。

孟建荣：秦局长，我眼下真……

秦　池：这我不管，抛石护堤可以减轻洪水对防洪堤的冲击，这是给你的工程加一道保险。不然，洪水一旦冲毁防洪堤，你用的劣质钢筋和水泥露了馅，再想补救也晚了，明白吗？

孟建荣：我明白。这三百万砸锅卖铁我也先付了，您放心。见秦池脸色好了一些，问：秦局长，我那打了水漂的七千万怎么办？

秦池瞪一眼孟建荣：怎么办？凉拌。什么事也得过了这个关头再说。

15　老卢头家　夏　傍晚　内

老卢头和卢茜刚刚吃过晚饭，卢茜帮助父亲收拾碗筷。

老卢头：江局长一直没回家？

卢　茜：可不是吗？在指挥部搭了一张行军床，快一个月了，也没回过一次家。还是徐大夫不放心，来过几次。

老卢头拿起保温瓶装鸡汤：这个江河呀，这么熬，就是铁打的身体也受不了。丫头，你要盯着他把鸡汤喝了。

卢茜拿起鸡汤欲走：您放心吧，现在，江局长都成我们的重点监护对象了。

老卢头起身要送女儿，胸口一阵发闷，又坐在椅子上。

卢茜见状回过身：爸，您怎么了，不舒服吗？

老卢头：没事，起的急了点。

卢　茜：爸，您都多大岁数了，不能硬扛着，不行，明天我带您去住院。

老卢头：瞧你说的，不是说好了，雨季一过去住院吗！我没事，硬朗着呢！

卢　茜：爸……

老卢头：爸没事，你赶紧走吧。丫头，我告诉你，我有一种预感，天将降大任于老爸。

卢　茜：我倒希望您平平安安待在家里。

老卢头：这丫头，怎么打击老爸的积极性啊！

16　闸口长江防洪大堤　夏　晚　外

江河和沈奕巍在运煤通道和煤码头运煤线之间的一面斜坡上巡视。身后的闸口大堤在夜色中若隐若现，盘亘延伸，仿佛是一条蛰伏的巨蟒。

江河掏出烟递给沈奕巍一支：奕巍，提提神。

沈奕巍接过烟：局长，你在这面斜坡上巡视几十遍了，您是不是有什么想法？

江河掩饰：我有什么想法？上游连降暴雨，汛情越发危急，水位上升如果达到煤码头防洪堤警戒线,你说我有什么选择?只能服从命令!

沈奕巍:局长,你不心疼呀,一旦封堵上运煤通道,不仅东江港一年多来的努力毁于一旦,沿江的电力生产也要受到严重影响。抗洪救灾,电力供应可是重中之重!

江　河:是啊,这是一个悖论,无解。哎,老秦呢?

沈奕巍:刚才照了一个面,又走了,说有事打他手机。

17　秦海涛家　夏　晚　内

秦海涛:叔,你坐,这么晚了还过江,路上多不好走。

秦池瞪了他一眼:海涛,你三十多岁的人了,怎么办事越来越不靠谱?

秦海涛嘿嘿一笑:怎么了,惹您生这么大气?

秦池黑着脸:我给你爸打电话,你爸说你小子根本就没回家,不知跑哪去了!

秦海涛:噢,老爷子出院了,精神头儿不错。我忙里偷闲去日本玩了几天。现代人,工作休闲应该两不误嘛。

秦池接过茶杯,放在茶几上:你还有理了?海涛,九眼天珠是怎么回事?

秦海涛:什么怎么回事?

秦　池:你别跟我装傻。孟建荣说你和丁薇薇还有你舅舅合伙设局算计他,要我向你讨个说法。上次你就干了一次亲者痛、仇者快的事儿,这次不会又为鼻子底下的小利,断叔叔的肩膀吧?

秦海涛冷笑了一声:叔,怎么会呢!孟建荣也太把自己当人物了吧?现在有句流行语,“看一个人的身价,要看他的对手”,丁薇薇身价百亿,这个毋庸置疑;我小舅舅贵为云贵川收藏界领军人物,手上哪件藏品不是价值连城?我财力虽然比不上他们二位,比孟建荣还是绰绰有余吧?我们三人合伙设局算计他,太搞笑了,他这不是自抬身价吗?

秦　池:说你们三人合伙设局算计他,这个我也不信,你是不是说了什么误导了他?

听了秦池的话,秦海涛拿着茶杯发呆。

秦海涛画外音:

丁薇薇拿九眼天珠搭台,显然针对黄家做足了功课,难道……难道她意在黄家曾经神秘得到又神秘失去的那枚古滇国金印?她是做珠宝做文物的大鳄,她若蹚这趟浑水,江湖上还不掀起滔天大浪?这女人背景简直深不可测。

秦池用手指敲敲茶几:海涛,你发什么呆呢?直眉瞪眼的。

秦海涛这才缓过神来,拿起茶壶给自己倒上茶水:叔,我是想,孟建荣滑得像条泥鳅,是别人说几句话就能误导的吗?他去滨海之前,我再三告诫他,看看热闹可以,千万别跟着举牌。

秦　池:你劝过他?

秦海涛:当然。您知道他怎么说,他要用七千万赌两个亿,告诉我他有个朋友,前几年用七千多万在新疆和田弄回来几大块和田玉原石,抵押贷款贷了好几个亿,他要效尤一把。这事我知道,不是假的,这么大的诱惑在前面,他利令智昏,我拦得住他吗?

秦　池:海涛,即便如此,在这个节骨眼儿上,我们也得拉孟建荣一把。他现在的财务状况我清楚,这七千万要没了,他就崩盘了。这个人我还要用,你想想办法,帮他过了这一关。

秦海涛听了苦笑:叔,您说什么呐?实话告诉您,孟建荣这一关能不能过去,我说了不算,您说了也不算。他是丁薇薇那盘棋上的一个棋子,这事只有丁薇薇说了算,不是我们能够掌控的。

秦池听了大为不满,沉着脸:你不要什么事情都往那个女人身上推,孟建荣也不是草包,那个女人能有多大本事,就让孟建荣成为她棋盘上的一个棋子?

秦海涛:您别生气,丁薇薇有多大本事我说不好,有些事情不是我瞒您,实在是我也不知道。

秦　池:当真?

秦海涛:您是我亲叔啊。您说得对,我们是血脉至亲!

秦　池:明白这点就好。

秦海涛:孟建荣的事你先放放,当务之急是防汛,今年长江汛情来势凶猛,东江闸口大堤为长江下游必保堤防,和闸口堤防比起来,东江港的利益就是零,您心里务必要有这根弦。

18 闸口长江防洪大堤 夏 晚 外

江河和沈奕巍来到煤码头防洪堤。

站在堤内,可以听见江水撞击堤岸的声音,那声音像龙吟虎啸,穿过茫茫夜色,从江面席卷而来。

沈奕巍:局长,有一句话我不知当讲不当讲。

江 河:你是不是想说孟建荣抛石护堤的事。

沈奕巍:是啊！孟建荣从下午开始抛石护堤,一方石料几十块钱,二十万方至少五六百万,他扔到江里的可都是真金白银啊！他说是为了确保防洪堤无虞,我觉得他是对防洪堤的施工质量心里没把握。

江 河:我下午打电话问了一下卢站长,他说抛石护堤有益无害,应该鼓励。

沈奕巍:孟建荣就是一个奸商,集装箱码头的改造方案要不是您把关,他得黑多少钱？我听说,孟建荣参加拍卖会上了一个大当,赔了七千万,如果不是防护堤有隐患,他怎么肯下这本钱？

江 河:是啊,防洪堤造价一个多亿,按说应该固若金汤。

沈奕巍:我就怕他在材料上做了手脚,我觉得老秦也不干净。

江 河:清者自清,浊者自浊,谁也逃脱不了生活的法则。当务之急,是多设想几个防洪预案。

沈奕巍:局长,你这几天老在斜坡上走来走去,该不是散步吧？

江 河:不是散步,那你说我是干什么？

19 秦海涛家 夏 晚 内

秦池面色沉重:这个我心里有数。海涛,我也和你交个底,闸口堤防我不担心,我担心的是煤码头那道防洪堤,工程是孟建荣承建的,造价一个多亿,你老卢叔怀疑孟建荣在工程上弄虚作假,万一要让洪水冲垮了,我可就没法交代了。

秦海涛皱着眉头:孟建荣这个人太贪,老卢叔怀疑他在工程上弄虚作假,恐怕不是空穴来风。叔,下午一场暴雨,江北几十公里已成湿地,闸口大堤若决了堤,只恐怕省城也不能幸免,你还真得赶紧采取防范措施。

秦 池:你老卢叔建议采取锥探灌浆的办法,每隔十米打一个深洞,下入钢筋,用高标号水泥现场浇筑,他说这就相当于打了几百根钢桩,把防洪堤彻底加固了一遍。

秦海涛听了不由苦笑:老卢叔这招够狠的,真要这么做,孟建荣必死无疑,你也准备提前退休吧。

秦池摇了下头:你老卢叔这个建议倒也不是针对我的,孟建荣手里要是还有那七千万,我也不会放过他,说什么也要让他把防洪堤加固一遍。你们给他玩的这一手釜底抽薪,不仅是抽了他的薪,也抽了我的薪。唉,海涛,丁薇薇是敌是友,你可要分辨清楚哟。

秦海涛苦笑:叔,你以为丁薇薇会在意一个区区东江港吗,那你真是太低估她了,孟建荣纯粹是自己把自己玩死的。你再权衡权衡,水火不容情,防汛无小事,你要真是和孟建荣一荣俱荣、一损俱损,他留下的窟窿我调一笔资金过来堵上,您是我亲叔,要为此受到牵连,我心何安？

秦 池:你有这个心我就没白疼你,孟建荣留下的窟窿,不能由你来补,免得授人以柄。

秦海涛:听您的。

秦 池:下午我诈了一下孟建荣,你老卢叔的怀疑不错,这小子确实在防洪堤的材料上做了手脚,这个时候否定孟建荣,就是否定我,只是现在让孟建荣出资加固防洪堤也不现实,退而求其次,我已经让他抛石护堤。

手机响了,秦池接听手机:喂,省防总？我是秦池……

20 闸口长江防洪大堤 夏 晚 内

沈奕巍和江河正要往回走,见一个人影在夜色中快步走来。

秦 池:老江,是你吗？

江河看出是秦池:老秦,这么晚了还不休息,是不是省防总那边又有紧急通报?

秦　池:可不是。刚刚接到省防总紧急通报,长江上中游暴雨持续不断,目前已形成了一个特大洪峰,预计四十八小时后到达东江水域。

江　河:没弄错吧,老秦,省防总不是说七十二小时后特大洪峰才能到达东江水域吗?

秦池的声音很沉重:没弄错。长江上中游几大干流同时暴发洪水,加上持续暴雨,降水量惊人,省防总特别通报,这次形成的特大洪峰,尚无历史记录!

沈奕巍:局长,你们先谈,我到闸口处先看看去。

江河听了心头一沉:老秦,省防总有什么具体指示。

秦　池:省防总提出两个确保:一是确保闸口大堤安全,二是确保这一特大洪峰安全通过东江水域。省水利厅王石山总工程师已连夜从省城出发,赶赴闸口具体指导抗洪工作,我已经打电话让港办派人到高速公路出口处去等了,你看我们两个是不是去一个人迎接一下?

江河摇了下头:不必了,非常时期,我们不能离开闸口大堤,王总能理解。

秦　池:刚接到电话,还有两个人,已经到闸口镇了,天黑路滑,不少地方还打着防洪桩,我们要不去迎迎,可就该挨骂了。

江　河:哦,哪两个人?

秦　池:老廖和赵达夫,头半晌就从矿山出来了,路不好走,这会儿刚到。秦池递给江河一支强光手电筒:照着点,当心脚下,坑坑洼洼的别绊着。

江　河:生旦净末丑,该来的都来了,东江港这台大戏开锣了。

21　秦海涛家　夏　晚　内

门被砸得咚咚作响。秦海涛趿拉着鞋走到门口看猫眼,犹豫了一下,打开门,是孟建荣。

孟建荣:秦总,你不是有意躲我吧?躲得过初一,你能躲过十五吗?做人不能这么不厚道吧!

22　闸口长江防洪大堤　夏　晚　外

秦　池:既来之,则安之,这么大的水过来,谁家的日子也不好过。老廖和赵达夫一起来,我看他们是急眼了,咱们这边要是把运煤通道堵上,他们就只能用一个鼻孔出气了。

江河看一眼夜色,轻柔似水,隐约如雾,茫茫苍苍,将天地万物罩住:是呀,沿江其他码头已经停止生产了,咱们这边再一堵,他们就只能走铁路运输,运输量和航运没法比,用奕巍的话说,这叫得了肠梗阻,他们能不急吗?

秦池不无担忧:老江,你分析分析,老廖和赵达夫这次来,会不会再搞出点惊天动地的事?

江　河:抗洪非常时期,老廖能搞出什么惊天动地的事?他把赵达夫这个矿山总调度也带来了,我看他们是要评估一下,洪水过后东江港还能不能正常生产。

秦　池:老江,这话要是十个月前你刚上任那会儿说,我信,你没搞过企业嘛,放在这会儿说,嘿嘿,老江,你可没说实话。

江河笑问秦池:老秦,你这是什么意思?

秦池不与江河争辩,拿出手机拨通值班室电话,对赵小苏大声说:马上把卢茜叫来听电话,十万火急,叫她跑步来!一分钟后,电话里传来卢茜气喘吁吁的声音:秦局长,您有什么紧急指示?

秦　池:卢茜,你听好,琊山煤矿的廖矿长和赵达夫已经到了闸口镇,你马上写一篇报道,廖矿长和赵副矿长亲临东江港慰问煤码头抗洪职工,有一两百字就够了。要把两人的职务写清楚,尤其是赵达夫,一定要写上他琊山煤矿总调度这个头衔,写好后传真给省报,明早要见报。

卢茜的声音:秦局长,省报又不是咱家开的,你说明早见报就见报呀?

秦　池:你这丫头,你秦叔说话不好使是不是?江局长就在我身边,我让江局长跟你说。

江河接过手机:卢茜,文章虽短,事关抗洪大局,你和省报好好沟通一下,一定要明早见报,你做了几年《东江港报》主编,和省市的新闻单位应该关系不错嘛!

卢茜的声音:我试试吧。

江　河:老秦,省委省府领导每日必看省报,你这可是变相向省防总、向程省长施压。

23 秦海涛家 夏 晚 内

秦海涛:干什么,孟总,向我施压吗?别找错对象。

孟建荣:向你施压?向你讨个公道。七千万打了水漂,我现在是生不如死。你倒好,小曲听着,普洱喝着,蛮他妈清闲自在。

秦海涛冲茶、洗茶,并不理睬孟建荣。孟建荣踹了一脚红木座椅,愤愤坐下。

画外音:

秦海涛从日本回来,就接到了丁薇薇电话:要拿下孟建荣的建筑公司。秦海涛这才明白了,丁薇薇为什么要用九眼天珠设局。他知道收购孟建荣的公司是丁氏集团走的一步大棋,出了车,锁定的目标当然不会是一般的车马炮。只是螳螂捕蝉,黄雀在后。秦海涛心想,你丁氏叔侄再机关算尽,这回恐怕要为我做一回嫁衣了。

孟建荣:秦总,秦海涛!你别装聋作哑。

秦海涛泡了一壶易武山熟普,递给孟建荣一杯:雨夜凄寒,熟普暖身。一盏普洱,半炷沉香,建荣兄品品,这是哪座山上的茶?

孟建荣瞟了一眼茶汤,象征性呷了一口,冷笑:上次喝了你一杯班章山老茶头,喝没了我七千万,你这杯易武山熟普,我看就算了吧,你给我拿罐啤酒来。

秦海涛从冰箱里拿了几罐啤酒放在茶几上:建荣兄越来越接地气啦。

孟建荣:秦海涛,你我之间素无仇怨,又是一个战壕里的人,我想不明白,你和丁薇薇为什么要设局陷害我,你不给我个说法,今天我不会走!

24 闸口长江防洪大堤 夏 晚 外

秦 池:不是我向程省长施压,是琊山煤矿向程省长施压。你廖汉中来了就来了,你把矿山总调度赵达夫拉来做什么?一个企业,总经理可以四处跑动,总调度是可以四处跑动的吗?

沈奕巍:是啊,咱们东江港总调度什么时候出过差?总调度离岗生产还不乱了套?

秦 池:老廖他们这么做,摆明了是让上面知道,封堵闸口大堤运煤通道,琊山煤矿就只能停产。这不是吗,矿山总调度都和矿长一起出来搞慰问了。

江河开玩笑:老秦呀,你可真是老谋深算。老廖他们来闸口,是不是有意向上面施压只是你我的揣测之谈,你这一条二百字的消息发出去可就把他们坐实了,即便是上面震怒,板子打下来,也是一头打在老廖屁股上,一头打在省报屁股上,没我们东江港什么事。

25 秦海涛家 夏 晚 内

秦海涛:看来,你这一板子非要打我屁股上?

孟建荣:冤枉你吗?

秦海涛:建荣,扪心自问,你去滨海参加拍卖会,我可说过一句赞成的话?你要不妄动贪念,七千万怎么能打水漂,这事你能怪别人吗?

孟建荣听了顿时一脸愤懑:秦总,你拿我当傻子呐,你和丁薇薇一唱一和,分明就是给我设局……

秦海涛打断孟建荣的话:建荣,你这么说有意思吗?我和丁薇薇给你设局,然后让我小舅起底,有这么玩的吗,你当我是猪呀?我要真想整你,还用得着绕这么大一个圈子?我找我叔叔说说,给你设个局还不是轻而易举?

孟建荣语气稍稍缓和了一些:咱们用事实说话,你说你没有和丁薇薇给我设局,我看过你小舅的文章,九眼天珠的秘密只有老黄家知道,你又怎么解释?

秦海涛苦笑:建荣,你可以去问问我叔叔,我自打出世就没见过我这个小舅。和他比起来,老黄家的秘密我知道的不过是九牛一毛,这次若不是我父亲病重住院,滨海我是必去的,那出糗的可就是我了。

孟建荣:去了你也必不会出手。

秦海涛：那也难说，玩古董的，有谁敢说没打过眼？就说那些港台明星吧，花几千万买一颗九眼天珠的不是也大有人在嘛。七千万没了就没了，建荣，我劝你还是早日振作，以图东山再起。

孟建荣拿起一罐啤酒，拉开拉环，直接对嘴灌了几口，激愤地说：秦总，你说得可真轻巧，七千万没了，我拿什么东山再起，你借钱给我吗？

秦海涛顺手拿起一把银制普洱刀，在他那块易武山熟饼子上敲了几下，笑笑说：建荣，你喝的这罐啤酒八块钱一罐，我这块熟饼子八千元一饼，价钱相差一千倍，你就是七千万没了，也用不着如此接地气吧？千金失尽还复来，我给你指一条大路如何？

孟建荣放下手里的啤酒：哦，你指一条什么大路给我？

26 闸口长江防洪大堤 夏 晚 外

秦池嘿嘿一笑：老江，你还有大路可走吗？可以说来听听？

江　河：我当然不愿意看到闸口被封堵，借此给省里提个醒也无不可。我要是有大路可走，还能支持你让卢茜写这条消息？

秦池伸手向防洪堤一指：老江，再过四十八小时，洪峰一过来，那就是生死立判！咱俩也别绕圈子了，你是整个闸口地区防汛抗洪第一责任人，省防总为什么把你放在这个位置上，你心里清楚，我心里也清楚，说白了，就是到了关键时刻，让你把大堤上这条运煤通道给堵上。

江　河：是啊，程省长曾明确表态，说他一想到这个闸口就睡不着觉，警告我不许抗命。

秦　池：所以，一些该表的态你不能表，我没你那么多顾忌。党委会上明确分工，由我负责东江港具体防汛工作，我的第一责任就是维护东江港利益，至少我要保证东江港的重要设施不能被洪水淹没。要说起来，我让孟建荣抛石护堤，也可以理解为向省防总施压，我们投入那么多人力、物力和资金，省防总也应该考虑考虑，除了封堵运煤通道，难道就没有其他办法了吗？

江河听了秦池这番话，心中有些感动：老秦，谢谢你的理解，江北几千万人的安危是第一位的，东江港的利益也要保证，要做到双赢很难啊！不过你让孟建荣抛石护堤，我是举双手赞成的，你事先怎么没和我知会一声？

秦　池：有益无害的事，我想你也不会反对，就直接安排孟建荣去做了。

江　河：老秦，我没有埋怨你的意思，我是琢磨着，这二十万方石料抛下去，咱们煤码头防洪堤抵御洪水的能力，怎么也得增强百分之二十吧？

秦　池：不止，我让工程处和老卢头都计算过，能增强百分之三十吧。

江河点了点头：既然如此，如果我们再采取其他一些防护措施，即使洪水超过警戒线，也可以确保洪水不漫到运煤通道闸底，老秦，有没有这种可能？

秦池沉吟了一下：这种可能完全有，不过省防总那道命令束缚了我们手脚，我们做再多的努力，恐怕也是无用功。

江河若有所思：琊山煤矿真要停了产，关系到的可不是我们一个省几十个县市的事，整个华东地区的电煤都要断档，老廖和赵达夫跑到闸口来摆龙门阵，就是在将省防总的军。

秦池站住脚，意味深长：一将三慌，老江，你有想法？

江　河：光有想法不行，关键是手里要有过硬的数据。老秦，走吧，我们还有四十八小时时间，我们现在要做的是抢在时间前面。

27 秦海涛家 夏 晚 内

秦海涛把那杯孟建荣象征性呷了一口的茶又推到他面前：建荣兄是品茶奇才，哪座山上的茶舌尖沾沾就知道，我劝你囤一千万的普洱，少则三年，多则五年，我保你最低一个亿出手。

孟建荣闻言，脸色极为难看：呵呵，人生似茶，炎凉如品。秦海涛，你要我呐，我现在连一百万也没有，你让我上哪去拿一千万？

秦海涛：你说过你有八千万，九眼天珠用了七千万，你手里还捏着一千万呢！

孟建荣恼羞成怒：有你这么算账的吗？我这么大一摊子，人吃马喂，不需要钱周转吗？再者说，真遇到什么突发情况，我手里一个子没有行吗？抛石护堤，我就又扔进去三百多万！秦海涛，你他娘是要斩尽杀绝，让我立马提着裤子去要饭呀，我日你祖宗！

秦海涛：兄弟，你先别急。

孟建荣：放你娘的屁，换你你不急？

秦海涛冷冷：建荣，我也送你两句话，人生似茶，静心以对。你要没兴趣做就算了，你要有兴趣做，我可以出一千万。

孟建荣：你出一千万？说说你的条件，你不会白出一千万吧？

秦海涛：我要你的公司。

孟建荣：我的公司只值一千万吗？

秦海涛：我可以再出一千万，不过不是让你买茶叶，我在广州给你买一座茶楼，那里的气候更适合生普陈化。

孟建荣：商人重利轻别离，前月浮梁买茶去。秦海涛，你他娘够狠，直接把我发广州去了，还嫌浮梁离东江近是不是？

秦海涛：你公司现在是什么财务状况，资金链断裂、资不抵债，这些咱们就不说了。建荣，你跟我叔叔那么多年，我视你为兄弟，有心拉你一把，你照我说的做，三至五年仍旧是个亿万富翁。

孟建荣：亏你还记得我们是兄弟。

秦海涛：你执意坚持，我也不强迫你，中国有句老话，大浪淘沙，再过几十个小时，长江史上罕见的特大洪峰就到东江了，洪峰过去之后，东江港能不能自保，谁也不敢下定论，至于建荣兄你能不能自保，还要看你建的那道防洪堤给不给力，这一点你心里自然有一本账。胜负难料，不如先谋退路，你说是不是这个道理？

孟建荣沉默不语。秦海涛：建荣，这个决心不好下吗？

孟建荣：有什么不好下？海涛，你说的不是没有道理，我的公司也不是不能转手。你要接盘的话，我的底线是七千万，少了这个数就别谈了。

孟建荣手机响，他看了看来电显示：你叔叔找我，咱们改天再谈吧，告辞，免送！

28　闸口长江防洪大堤　夏　晚　外

闸口处，沈奕巍正一个人站在那里沉思。一束电筒强光打过来，沈奕巍用手遮住眼睛，借着电筒的强光我们看到，乌云密布，若隐若现的一弯新月已不知隐藏到哪里去了，世间万物被黑暗罩住，不时有一声雷鸣，一道闪电。

卢茜打着强光手电筒来到闸底，老远就喊：沈大才子，你一个人站这干吗呢？我跟你说，廖汉中和赵达夫来了，你快回指挥部，有好戏看了。

沈奕巍：老廖他们来了，什么时候到的？

卢　茜：一刻钟前到的闸口镇，江局长和秦局长都去接了，这会儿可能已经接回指挥部了。

沈奕巍：卢茜，你说有什么好戏看了？

卢茜神秘地笑笑：刚才秦局长和江局长一起给我打电话，要我写一篇报道，内容为琊山煤矿廖汉中矿长和主管生产的副矿长兼矿山总调度赵达夫亲临东江港，慰问闸口煤码头战斗在抗洪一线的广大职工，让我写好后传真给省报，明早务必见报。

沈奕巍略一思索，惊喜地问：你写了吗？

卢　茜：写了，已经传真给省报总编室了，他们夜班副总编辑够意思，承诺明早头版见报。

沈奕巍兴奋地：太好了！

卢　茜：一篇报道就一句话，不像个东西，我又胡乱加了几笔。

沈奕巍有几分惊诧：你加了什么？

卢　茜：无非就是什么煤码头总经理沈奕巍代表广大职工深切感谢廖矿长和赵副矿长亲临我港慰问，表态要确保闸口堤防，确保华东地区电煤通畅什么的…… 哎，你瞪着我干吗，我这几句是不是画蛇添足了？

沈奕巍瞪着卢茜：卢大编辑，你这几句岂止是画蛇添足，你直接把我扔洪水里算了，省防总的人要看到我这么说，还不得把我生吞活剥了？

29 煤码头招待所 夏 晚 内

单间。江河、秦池正和省水利厅的王总寒暄。

江 河:王总啊,辛苦了。感谢您亲赴闸口指导我们的防洪工作。

王 总:你就是江河?

秦 池:对,他就是我们江局长,我是副局长秦池。

王 总:程省长派我连夜赶来,即是对你们闸口防洪工作的关心,也说明你们这里事关重大。

江 河:这我懂,感谢省里对我们工作的支持。

王 总:支持? 这里要是出了问题,我会直接把你江河扔进洪水里,你信不信?

江 河:当然信,您放心吧,真要是那样,不用您扔,我自己就会跳进长江。

30 闸口长江大堤 夏 晚 内

卢茜开心大笑:不至于吧,沈副局长,确保闸口堤防,确保华东地区电煤通畅,哪句话说错了? 省防总的人和你又没仇,还能抓住这几句话打你的棍子?

沈奕巍苦笑:卢茜,你别拿我开心了,确保闸口堤防是要封堵运煤通道,确保华东地区电煤通畅是要在洪水期间坚持正常生产,两者是一对矛盾体,我们为了避免和省防总直接对抗,一直不提确保电煤通畅这个口号。今天你既然把矛盾挑开了,一会儿见到江局长他们,我就直言不讳提出新方案,你可要支持我。

卢茜眼睛一亮:你有什么新方案?

沈奕巍伸手指着闸口大堤:你看,四十七小时后,长江特大洪峰就过来了,势头有多猛谁也说不好。从最坏角度考虑,我们煤码头那道防洪堤如果挡不住,江水就会从这里漫上来,沿着这面斜坡流向闸口长江大堤,流向运煤通道。

卢茜点点头:奕巍,你打算在这面斜坡上做文章?

沈奕巍:不错,这面斜坡能救我们的命。江水再猛,也是自下而上,不可能一下子就冲到闸口运煤通道,这样就形成了一个时间差,只要我们准确计算出江水流速和上涨幅度,就可以利用这个时间差来自主决定什么时候封堵运煤通道!

卢 茜:对呀,只要不封堵闸口,生产就可以照常进行,不仅保证了我们东江港的利益,对老廖也是个支持。

沈奕巍:就算漫了煤码头防洪堤,我们也不能任凭江水直接流向闸口运煤通道,要尽量延缓这个过程,一是给我们封堵闸口留下充裕时间,二是…… 沈奕巍说到这里顿了顿,我做个乐观的估计,二是我们利用这面斜坡构筑子堤,再建屏障,彻底把洪水挡住。

卢茜眨眨眼睛:构筑子堤挡住洪水,这个想法不错! 你和江局长沟通过吗?

沈奕巍:没有。不过他在这道斜坡上走了几十趟,我估计他也有这个想法,只是在他那个位置上,不好开口。

卢 茜:是啊,这需要严格的数据支持。

沈奕巍:你别光嘴上说,我要的那些数据计算出来了吗?

卢 茜:还说呐,运算水文数据,那是银河机干的活,咱们局里那台计算机根本没这个能力,没日没夜地运算好几天了,也拿不出个结果。我下午给机房打电话,他们一个个叫苦连天,还要我过去给他们帮忙,我找了一个 VB 软件,一会儿你安排艘快艇送我过江,我再跟他们熬一夜。

沈奕巍有些心疼地说:关键是江水漫堤后的流速和上涨幅度要计算出来,有了这些数据,才能最终确定封不封闸口。

卢茜用手撩了下头发:我琢磨出一种新的计算方法,不知能不能有所突破,我尽量吧。

沈奕巍吁了口气:再过四十七小时,特大洪峰就到了,我希望最迟明天下午,你能给我数据。

卢 茜:你放心,我不吃不睡也搞出来!

31 煤码头招待所 夏 晚 内

王 总:听说琊山矿的矿长、副矿长都跑来了,眼下抗洪形势这么紧张,他们来捣什么乱?

秦　池:噢,老客户了,常来常往,礼节性拜访。

王　总:我告诉你们,现在抗洪压倒一切,可别出什么幺蛾子。我不但是省水利厅总工程师,同时兼任省防总的副总指挥,手里有尚方宝剑,可是被授予了先斩后奏之权的!

江　河:明白,王总,您老一路鞍马劳顿,先休息一下,待会儿我让人给您送一份我们的防汛预案,明天找时间再向您做详细汇报。

32　防汛指挥部　夏　晚　外

江河和秦池打着电筒来到指挥部门口,廖汉中和赵达夫迎出来。

江　河:老廖,招待所给你们安排好房间了,我送你们过去。

廖汉中:我老廖是来帮忙的,不是来添乱的。在你隔壁给我支张行军床,我就住在这儿。

江　河:那怎么行?

廖汉中:怎么不行,你能住,我就能住,老赵娇贵,叫他去住招待所。

这时,黑暗里走过来卢茜和沈奕巍。见江河、秦池、廖汉中和赵达夫在一起说话,上前给廖汉中和赵达夫一人递了一支香烟:两位老总,抗洪非常时期,我们江局长规定,少说多干,我先表个态,在这场特大洪水中,我们东江港和琊山煤矿唇齿相依、荣辱与共,我作为煤码头总经理,给你们一个承诺,我们一定竭尽全力保证运煤通道通畅!

廖汉中一听就笑了:小老弟,你胆量可不小,老江老秦还没发话,你就敢给我们承诺?

江河板着脸:沈副局长,军中无戏言,你既然敢给两位矿长承诺,那就说说你的具体措施。

廖汉中有些惊诧:沈副局长,升官了?

沈奕巍冲廖汉中羞涩一笑:我建议在运煤通道和我们煤码头卸煤线之间的那面斜坡上,构筑一道子堤,那面斜坡有一千多米长,我让工程技术人员运算过,即使洪水漫过煤码头防洪堤,江水自下而上,一时也冲不到闸口运煤通道那里。如果构筑子堤,增加一道屏障,主动权就掌握在我们手里了。何时封堵闸口运煤通道,由我们自主决定,只要子堤能挡住洪水,就可以正常生产。

江河沉吟不语,秦池也不表态,廖汉中和赵达夫更是像没听见一样。

沈奕巍:还有一个重要原因,我们的主要机械设备都在这道斜坡以北,江局长指示我们组织技术攻关,解决设备被水冲泡的问题。设备处多次试验都没有找到好的方法,构筑子堤也可以把我们东江港的主要机械设备保护起来,免受水淹。

江河侧过身去问秦池:老秦,刚才我们在路上商量的几个防护措施,都不如打子堤来得直接,一举多得,你看奕巍这个设想可行吗?

秦池深深吸了几口烟:小沈这个设想不错,不过操作起来难度很大,仅凭东江港一己之力很难完成。老江,如果决定实施的话,恐怕还得你全面协调。

江河点点头,转身对沈奕巍:奕巍,你考虑过没有,构筑这样一条子堤,需要动用多少人力物力?我们先不要说这条子堤的高度和宽度,单说长度,至少得三公里吧,需要大量的防洪桩和沙袋,我们东江港是存放了一些,但远远不够,你到哪里去解决构筑子堤的材料缺口?

卢　茜:江局长,闸口长江大堤后面抗洪物资堆积如山,打一条子堤绰绰有余,材料不是问题。

江河黑着脸:卢茜,这话是沈副局长教你说的?

卢茜连连摆手:不是、不是,是我自己琢磨的。

秦池苦笑:丫头,你可真是吃了豹子胆,敢擅自挪用闸口长江大堤抗洪物资,作死吗?

卢茜小声嘟囔:反正那些物资堆着也是堆着。

江河板起脸:省防总三令五申,这批抗洪物资只能用于闸口长江大堤,我们拿来构筑子堤,一旦闸口长江大堤出现险情,我们用什么抢险?

卢　茜:是我欠考虑。

江　河:何止欠考虑,有这种念头就该狠狠批评。奕巍、卢茜,我郑重提醒你们,在这次抗洪中,任何时候闸口长江大堤的安危都是第一位的。

秦　池:这次长江洪水是全流域性的,半个中国都在抗洪,抗洪物资普遍吃紧,闸口长江大堤作为必保堤防,抗洪物资也只是相对充裕,用来构筑子堤可就捉襟见肘了。

江　河:想也不要想。

秦　池:老江说的对,想也不要想。

江　河:现在距长江特大洪峰到来已不足四十七小时了,退一步,即便我们能够筹集到足够的构筑子堤的材料,把我们的队伍拉上去,至少要超高强度连续作业二三十个小时才能完成吧?

沈奕巍:是,我测算了一下,工地上始终保持三百人,要连续干三十个小时。

江　河:人的体能总是有极限的,洪峰到来时,我们的队伍经过三十个小时超高强度的连续作业,是否还有战斗力,这也是你必须要考虑的。

沈奕巍:是啊,一个材料、一个人力,愁人呀!

廖汉中突然一挥手:老江,你和小沈别演苦肉计了,我们也不是一毛不拔,你们要能保证运煤通道通畅,构筑子堤的材料从矿山调拨,这点家底我们还是有的。人手不够的话,我再调三百矿工过来支援你们,你发句话,我们矿山的车队连夜出发,八个小时之内肯定赶到!

廖汉中此言一出,江河脸上的乌云顿时散去,站起身来握着廖汉中的手:老廖啊,不是演苦肉计,你要不拔刀相助,我们还真是没辙。感谢的话我就不说了,等抗洪胜利了,我们一醉方休!

沈奕巍惊喜万分:廖矿长,你雪中送炭,我无以为报,我就表个态吧,大堤上若出了问题,你把我砌进去,我也要竭尽全力保证运煤通道通畅!

廖汉中:小沈,言重了,把你砌进去,谁给我运煤?再者说,老江舍得吗?刚提你做了副局长。

江　河:奕巍,老廖雪中送炭,两大难题给你解决了,你是煤码头防汛抗洪第一责任人,构筑子堤在你职权范围之内,为节省时间,就不必上党委会讨论了。还有一个问题,卢站长和我说过,那面斜坡上地质情况复杂,子堤怎么打安全系数最高,起到的防护作用最大,你们要好好研究。

沈奕巍:我前天专门过了趟江,去征求老卢叔的意见,老卢叔说斜坡上有几个塌陷地段,如果打子堤的话,要注意避开,在哪里打桩,在哪里开挖土方,在哪里置放钢筋笼,他都有指点。

江　河:闸口活地图嘛,那不是白叫的。

沈奕巍:局长,如果可能的话,我想连夜把老卢叔接到江北,我们共同确定子堤的长度、高度和走向。再请他找找防汛上的薄弱环节,制定应对措施,你看可以吗?

廖汉中拍拍江河的肩膀:老江,这儿的事我就不掺和了,我马上去安排矿山装车上路,你放心,琊山矿的援军和物资明天上午肯定到位,如有闪失,拿我问罪!说完,拉着赵达夫走了。

秦池对江河说:老卢头最近身体不好,连夜把他接到江北,可别出什么岔子。

江河也有几分犹豫,转过身来问卢茜:卢茜,你父亲现在的身体状况怎么样,能来江北吗?

第17集

1　老卢头家　夏　晚　内

老卢头本已上床，忽然打了一个喷嚏，他起身穿戴整齐坐在了沙发上。看着墙上的挂钟，他犹豫了一下，抓起桌上的电话拨号：

沈奕巍（OS）：正念叨您呢，老卢叔。

老卢头：我说我怎么打了两个喷嚏呢，果然有人想我。

沈奕巍（OS）：是啊，大家都想您，您是“闸口活地图”嘛。

老卢头：这倒是。奕巍啊，听说洪峰两天后就要经过闸口大堤了，你说的那道堤打还是不打？

沈奕巍（OS）：打，正研究这个事呢。

老卢头：那你怎么不来接我？

沈奕巍（OS）：主要是担心您的身体。

老卢头：我身体没问题，要打就抓紧时间，不然可就来不及了。

2　防汛指挥部　夏　晚　内

沈奕巍关上手机：卢茜，上次老卢叔检查的结果怎么样？一忙都忘了问你。

卢　茜：医生给他做了心脏彩超，发现心脏主动脉堵塞了百分之七十五。当时就留他住院，要进行介入治疗，他死活不肯，一定要等洪水退了再住院。我觉得，他的身体状况不适合来江北。

秦池松了一口气，江河脸上露出失望的神色，沈奕巍重重唉了一声。

卢茜见状，迟疑了一下：局长，现在是不是特别需要我父亲到江北来？

江　河：卢茜，你父亲在江北工作了近四十年，素有“闸口活地图”之称，对这一带地质情况了如指掌。我早说过，关键时刻要请他出山。现在确实是最需要他的时候，不过一切以老人身体为重，你要觉得他身体状况不适合来，我们决不让他过江。

卢　茜：我觉得我爸身体够呛。

江　河：那就算了，我们想别的办法，东江港还有没有熟悉闸口地形的人？

秦　池：有是有，不过比起老卢头可就差远了。

卢茜手机响了，是老卢头：闺女，你跟江局长说说，让我过江吧，那一带地形我熟啊！卢茜嗯了一声，手机里传出老卢头的请求：要不我直接和江局长说说？卢茜回答，爸，您别着急。

江　河：是卢站长吗？

卢茜关上手机：局长，我父亲的脾气您也知道，我最担心的是勘测子堤地形时他执意下水，您要能保证不让他下水，我同意他过江。

江河郑重承诺：卢茜，你父亲现在这种身体状况，我们怎么能让他下水？勘测子堤地形时，我亲自跟着他，保证不让他下水。

沈奕巍：卢茜，你放心，我也会跟着老卢叔。

卢茜看看阴沉沉的天：既然如此，趁没下雨，赶快接我父亲过江。

秦池瞪了一眼卢茜：丫头，你这是让你老爹玩命啊！

沈奕巍望望卢茜，见她没有说话，就对江河说：局长，天阴得紧，这雨点已经下来了，我马上安排快艇送卢茜过江，去接老卢叔。

江河看了一眼卢茜，见她双唇紧闭，面色凝重，点点头：好，雨天行船，一定要注意安全。

3 老卢头家 夏 晚 内

卢茜打开门,见父亲正坐在沙发上。

卢　茜:爸,您这是整装待发呢?

老卢头:那是,天将降大任于你老爸,我能睡吗?

卢　茜:您就那么能掐会算?准知道我会来接你。

老卢头:闸口的地形,还有哪个比我熟?瞧你这丫头,穿了雨衣还淋成这样。

卢茜脱去雨衣,拿了条毛巾擦去额头上的雨水,在父亲身边坐下:雨太大了。

卢子明:沈奕巍叫你回来搬救兵吧。

卢　茜:没错,快艇就在江边等着呐。爸,您别笑得跟弥勒佛似的,我都快担心死了,这大雨天的,把您这老弱病残弄江北去有什么用?

卢子明笑得更开心了:闺女,怎么说话呢,谁是老弱病残了?大雨天的拿快艇来接我说明我老当益壮!快说说,叫我过去干什么?

卢茜叹了口气:沈奕巍提出在斜坡上打子堤,一来防洪,二来可以保护设备,江局长同意了,说您说了,斜坡上地质情况复杂,还有好几个塌陷地段,他们想请您过去勘测地质,确定子堤的位置和走向。

卢子明站起身,拿起身旁的一个包,包里装着几件简单的换洗衣裳:他们算是找对人了,不是我说大话,这活儿除了我还真没人干得了。前天奕巍过来和我一念叨这事,我就知道,这两天准得叫我过去。

灯光下,卢茜见父亲一头华发,有些心疼,叮嘱:爸,您听我说,到了江北不论出现什么情况,您都不准下水,您可千万别逞强。

卢子明这回瞪起眼睛:勘测地质能不下水吗,胡闹!那不成了看地图了,要是看地图能解决问题,还要实地勘测干什么?

卢茜听父亲这么说立刻急了,夺过父亲手中的小包往床上一扔:爸,您要这么说,咱们哪儿也别去了,我现在就送您去医院装支架!

卢子明见女儿真急了,笑着服了软:行啦,我听你的,保证不下水。

4 闸口防洪大堤 夏 晚 外

大雨如注,雷声阵阵。

江河和沈奕巍穿着雨衣在斜坡巡视。

江河指着建在斜坡上的变电站:奕巍,这道斜坡地质结构复杂,变电站怎么能建在这儿?

沈奕巍:是啊,我也担心。现在看,这家伙是煤码头最大的安全隐患,简直就是一颗定时炸弹,一旦爆炸,煤码头整个就完了。

江　河:当时工程论证的时候就没有注意到这个问题?

沈奕巍:前天我去拜访老卢叔,他说工程论证时专家没提出质疑,他看了图纸也没问题。但是这道斜坡的地质结构根本不宜建这个变电站,他曾建议北迁一公里,以确保工程安全。

江　河:这个建议很好啊,为什么不采纳?

5 老卢头家 夏 晚 内

老卢头:唉,关键是那个变电站。

卢　茜:变电站怎么了?

老卢头:没怎么,走吧。

卢茜见父亲推开门要走,她一把拉住父亲:爸,一会儿我还要去局里机房计算洪峰流量,不能和您一起去江北。奕巍在那边接你,您到了先好好睡一觉,养足了精神再上堤。

卢子明在女儿脑门上轻轻拍了一下:丫头,奕巍在那边接我,你还有啥不放心的?在我眼里,可着东江港也没有比奕巍更让我放心的人了。

卢　茜:爸,雨太大啦,是不是等会再走?

卢子明走到窗前看了看外面的雨势,摆摆手:这雨且下呐,走吧,别让奕巍他们等急了。

卢茜穿上雨衣,翻了翻父亲的小包,见平时吃的药也在里边,叮嘱:爸,我明天下午才能回江北,你一个人照顾好自己,别忘了吃药。

老卢头:忘不了,你这十几天不在家,我哪次忘了,放心吧。稍停,又对女儿说:丫头,你听着,明天你过江后,不论出现什么情况,都不准离开大堤,记住没有?

卢茜点点头:记住了。

老卢头:奕巍那孩子不错,将来必有出息。

望着父亲苍老的面容,卢茜心头一热。她鼻子一酸,险些掉下泪来。为了平和一下情绪,故意和父亲开玩笑:爸,看您,沈奕巍临阵点了一次您的将,您就这么吹捧他呀,俗不俗?

老人没有回答女儿,他走到门口,停下脚步,深情的回望了一下房间,不由自主地拉拉挂在房中的风铃,摸摸桌子、沙发,一副恋恋不舍的表情。

6 闸口防洪大堤 夏 晚 外

沈奕巍:北迁一公里,工程造价要高出预算几千万,秦局长当时主抓基建,没有同意。

江 河:卢站长怎么说?

沈奕巍:老卢叔说如果迫于预算一定要在斜坡上施工的话,必须进行工程加固,打深桩、使用高标号水泥和钢筋。这个建议老秦同意了,但他叮嘱老卢叔一定要严守秘密,煤码头改造工程审批下来费尽周折,大大小小公章盖了几十个,千万不要节外生枝了。

江 河:老秦是这样考虑问题?

沈奕巍:可是老卢叔悄悄去了趟工地,看到地基没有加深,工程没有加固,材料堆里甚至还有一些不合规格的劣质钢筋。他当时就知道隐患大啦,一旦发生大洪水,江水漫到此处很可能造成塌方,江水会直接灌进卸煤坑道,整个煤码头的重要机械设备和基础设施都将被摧毁,导致码头彻底报废。

江河倒吸一口气,跺了一下脚。

沈奕巍:老卢叔去找老秦,老秦不以为然,说哪有那么多百年不遇?老哥哥,你就省省心吧,精力过剩,去打两趟太极拳。老卢叔一声长叹,知道多说无益,所幸若无特大洪水,江水也不可能漫到这儿。岂知人算不如天算,变电站建成不过五年,又一场特大洪水就真来了。

江 河:情况看来不乐观。

沈奕巍:老卢叔不让我告诉你,怕你操心。事已至此,他说只能想办法补救。所以,他也主张打一道子堤。

江河看一眼手表:十一点了,卢站长该出来了,我们去迎迎。

7 老卢头家 夏 晚 内

卢 茜:爸,住了十多年了,您还没有看够啊!

老卢头回过身,犹豫再三才说:丫头,看这阵式,今年的洪水不同以往,我这次过江,要是万一有个什么磕碰。有件事,你记着和江局长说一声……

卢 茜:干吗呀,我不准您有任何闪失,您的话还是留着以后亲自和局长说,我不管转达!

老卢头笑了一下,瞬息即逝:洪水过后,变电站一定要重建。

卢茜的泪水一下子涌出来:爸,咱不去了!真的,不去了。

老卢头:这丫头,多大啦,竟说傻话。

卢 茜:爸……

老卢头:丫头,要不,坐一会?

卢茜和爸爸面对面坐下。

卢 茜:爸……

老卢头:你妈走了多少年了?

卢 茜:我四岁时我妈走的,二十一年了。

老卢头:你妈走的情景你还记得吗?

卢　茜:我妈攥着我的手不肯松开,松开时已经闭上了眼睛。我当时还以为她睡着了。

老卢头:你妈这辈子和我说得最后一句话是,把闺女拉扯大。

卢茜已泪如雨下:爸,您为女儿这辈子受了太多的苦。

老卢头:哪里呀,你知道爸这辈子最后悔的一件事是什么吗?

卢　茜:不知道。

老卢头:就是七岁时打过你一巴掌…… 你不记得了? 丫头。那年你上小学一年级,老爸给你买了一双新棉鞋,你出去玩,一脚踩进水沟里 。

卢　茜:我记得。半夜我睡醒一觉睁开眼,看见您还弓着腰在炉子旁为我烤棉鞋。

老卢头:为那一巴掌,老爸难受了好几天呐。

卢　茜:爸……

老卢头:现在可以告慰你妈了,我把闺女拉扯大了。不但拉扯大了,还成才了! 遗憾的是,老爸还没有亲手把你的手交到另一个男人的手里。

卢　茜:爸,您瞎说什么呀,我一辈子也不嫁,我要一直陪着老爸。

老卢头望着女儿,目光中充满疼爱与不舍:又说傻话了。闺女,十岁以后,老爸就没有再抱过你吧?

卢茜闻言,张开双臂扑向老卢头,一下把父亲紧紧抱住。老卢头也紧紧抱着女儿,泪水打湿了女儿的肩头。

8　煤码头　夏　晚　内

雷电交加,暴雨如注。长江两岸一片烟雨茫茫。

沈奕巍和江河向码头走去,手机响,沈奕巍停下脚步打着伞接听,里面传出卢茜的声音:沈奕巍,我爸已经过江了。

沈奕巍:噢,我和江局长在码头迎候呢!

卢　茜(OS):我再说一遍,你听清楚了,沈奕巍……

沈奕巍:你说——

卢　茜(OS):千万不要让我爸下水,不要让我爸累着,让他按时吃药。我爸是我的天,你懂我的意思吗?

沈奕巍:我懂。卢茜,老卢叔交给我,你就放一百个心吧!

卢　茜:沈奕巍,我爸只要有半点闪失,我跟你拼命。

沈奕巍:放心吧,卢茜,你还信不过我吗?

关上手机,两个人跳上码头,江河一个趔趄险些摔倒。沈奕巍攥住江河的手,觉得不对劲,伸手摸了一把江河的额头,大惊:局长,你又发烧了!

江河定定神:没那么夸张。保密!

9　酒吧屋　夏　晚　内

灯光闪烁,气氛幽暗。

秦海涛在吧台的高脚椅上喝酒,一个陪酒女走过来:哥,一个人喝不寂寞吗? 要不要我陪你喝一杯?

秦海涛看了她一眼,对吧台里的调酒师说:杰克·丹尼。

服务生托着托盘走过来,陪酒女拿过酒坐下,伸手搂住秦海涛。

赵达夫推门进来,秦海涛站起身冲他招招手。

赵达夫走过来,满脸堆笑:秦总,好潇洒。

秦海涛:你来点什么?

赵达夫:XO, XO 吧。

秦海涛对调酒师又说了一句:一杯 XO。

10 煤码头 夏 晚 外

卢子明一下快艇,已在江边等候多时的沈奕巍急不可待上前一步握住了老人的手:谢谢您呀,老卢叔!

老卢头:谢什么! 哟,江局长也来了。

江 河:卢站长,雨太大了,先到指挥部歇一歇。

11 酒吧屋 夏 晚 内

陪酒女:又来了一位大哥,我去叫一个妹妹来?

秦海涛:不啦,我们有些事要谈,你请自便吧。

陪酒女哼了一声,端着酒杯,屁股一扭一扭地走了。

赵达夫坐下,喝了一口 XO,撇了一下嘴:秦总,秋萍遇难之后,咱哥俩儿还没有在一起缅怀过这位美女呢!

秦海涛:你半夜约我出来,就是为了凭吊故人?

赵达夫:当然啦,她这一走,我是磕头的时候放屁—— 前功尽弃。

秦海涛:那你老兄只好到北海龙王那里讨个说法了。

赵达夫:你这是什么意思?

秦海涛:条条江河归大海。方秋萍沉尸大江,别人谁还能有办法?

赵达夫:话不能这么说,这里的猫腻,瞒得过别人,瞒不过你我!

12 防汛指挥部 夏 晚 内

大雨持续不停,而且越来越大。沈奕巍坐立不安。

卢子明推门进来,满脸焦虑:奕巍,我们马上去勘测,不能再等了。这雨已经下了五六个小时,斜坡上土质松软,如果出现大面积塌陷,无法打桩,可就麻烦啦!

一只煤油炉熬着姜汤,沈奕巍见老卢叔进来,盛了一碗,双手端给卢子明:这是特意给您熬的,您喝了暖暖身子。

卢子明接过碗用嘴轻轻吹着,一碗姜汤下肚,他放下碗:好了,奕巍,咱们走吧。

沈奕巍:这么大风雨,您老身体扛得住吗?

老卢头:你以为你老卢叔是纸糊的吗? 没问题。

沈奕巍抓起雨衣:那好,老卢叔,我们走。

江河拿着雨衣从里屋走出来:等等。老卢大哥、奕巍,我和你们一起去。

卢子明:江局长,这点事我老卢能搞定。奕巍跟我说了,你都好几天没睡过一个囫囵觉了,又发烧,在这关键时刻,你可不能倒下!

江河笑笑:老卢大哥,奕巍是向您谎报军情呢! 你都能去,我还不能去吗? 奕巍,你给突击队打个电话,把黑子叫上,咱们一起去。

沈奕巍打电话:黑子,带上钢筋,去勘探地形。

一出房门,狂风挟着暴雨,就像鞭子一样狠狠抽打过来。卢子明顶风冒雨向斜坡走去,雨衣下摆被风高高吹起,像一面张开的旗子在雨夜中激荡。

刘黑子背一捆钢筋,跟在老卢头后面。

老卢头手持一根三、四米长的长杆,在斜坡上测量。他在漆黑如墨的雨夜里,谨慎地用手里的长杆戳击地面,每确定一处打桩位置,他便招手让刘黑子插上一根钢筋标注。

坡地上泥泞不堪,处处是水洼。土质松软之处,一脚踩下去泥水没过脚腕,卢子明踉踉跄跄几次险些摔倒,江河和沈奕巍跟在老卢头身后,不时伸手扶住他。

江 河:老卢大哥,回去歇会儿吧?

老卢头摆摆手在变电站前站定,在风雨中用手比画。

沈奕巍:您的意思是,这里要形成凸字形?

老卢头:对! 要形成一个明显的突出部分,保护变电站。

沈奕巍：我明白。

老卢头：做了标记的地方尽快打桩，不然经过暴雨长时间冲刷，万一出现大面积塌方，在斜坡上构筑子堤就非常困难了。

沈奕巍：好，我马上安排突击队跟进。

13 酒吧里 夏 晚 内

秦海涛：赵总，咱们明人不说暗话，你猴急猴急找我，是不是想打听那笔售煤款的下落？

赵达夫：老弟聪明，一点就透。我是总调度，秋萍的手段再高明也瞒不过我，她曾经答应给我三成，可是裕泰号一沉船，成了无头案。

秦海涛：赵总，我听她说过一两耳朵，只是确实不知这笔钱的去向。

赵达夫：海涛，你这样说我信吗？咱们都在江湖上混，你可不能猪八戒吃西瓜—— 一个人独吞！

14 斜坡 夏 晚 外

江河也紧跟在老卢头身后，渐渐有些体力不支，沈奕巍用手扶住他：局长，你先回去吧。

老卢头呼呼喘着粗气：江局长，横向三公里已经勘测完毕，子堤沿着桩位走，没什么问题了。纵向还有六七百米需要确定桩位，没多少活儿了，我和黑子再有半个小时就能干完。

江　河：卢站长，这一趟走下来，咱们重要的机械设备都在子堤以内，我心里有数多了，纵向这六七百米，我怎么也得跟着走下来。

卢子明：你身体行吗？

江河脸上露出一丝微笑：八十八拜都过来了，不差这一哆嗦。卢站长，我更担心你的身体。

我没事。卢子明说罢，又持杆前行，但已感觉出吃力。

江　河：奕巍，我让食堂烧了姜汤，打桩队上来时，让他们每人先喝一碗。卢站长你要照顾好，回去后让他住招待所，洗个热水澡，再喝两碗姜糖水好好睡一觉，千万别感冒发烧。

沈奕巍点头：你放心吧，我已经给招待所打了电话，准备了最好的标间；我还让招待所食堂为老卢叔炖了一只老母鸡呢！

江　河：好，想得周到。

老卢头停下脚步：奕巍，子堤突出部边缘正位于纵向塌陷地段，告诉他们这六七百米的打桩密度要远远高于横向。

沈奕巍：好。

15 酒吧屋 夏 晚 内

赵达夫：我跟你实说了吧，当初方秋萍答应给我三成，我嫌少，她说你这里还要打点个一两成呢！

秦海涛装傻：打点我一两成，为什么？

赵达夫：明摆着，你是学金融出身，又在银行做过五年高管，能力人脉无可挑剔，这么一大笔钱没你帮忙运作，安全怎么保证？

秦海涛：方秋萍还真是高抬了我。

赵达夫：再说，你和方秋萍的关系，除了老廖谁不知道。

秦海涛：老赵，空口白牙，这种玩笑可不是乱开的。

16 斜坡 夏 晚 外

沈奕巍：老卢叔，全勘标完了吧？

老卢头：完了，叫他们沿着记号把桩打结实点。

沈奕巍：这您放心，我马上送您回招待所。

江　河：对，卢站长，您跟奕巍走吧。

老卢头捂了一下胸口，强打起精神：江局长，奕巍，你们先回去吧，我和黑子再到防洪堤上看看。

沈奕巍：防洪堤已经抛下二十万方的石头，您不是说至少增强百分之三十抗洪能力吗？

老卢头：是啊，面对这场特大洪水，工程上的任何一点疏漏，都有可能造成致命的危害，我不踏实，看看才放心！

刘黑子犹豫：老卢叔，防洪堤上有人值守，你在大雨里淋了这么长时间，回去休息吧。

卢子明：不碍事，不看看心里不踏实，耽误不了几分钟。

走到防洪堤上，卢子明拔出插在腰间的一把小铁锤，俯下身去在防洪堤内侧护面敲打了一阵，见没有水泥脱落，又起身拿起长杆测试水深，一测水深卢子明大为疑惑。

老卢头：黑子，往年汛期时，堤脚处水深只是没过膝盖，现在洪峰还没到来，水深已经齐腰了，怎么会出现这种情况？

刘黑子：是吗，怎么搞的？

卢子明低声：黑子，堤脚处有问题，我得下去看看。

刘黑子：老卢叔，你不能下水，你说有什么问题，我下去看看。

卢子明一口拒绝：黑子，你下去要是能解决问题，老卢叔能不让你下去吗？说罢，他把长杆撑在水里，纵身就要下去。

刘黑子慌了，转身叫喊：江局长、沈总，老卢叔要下水！

沈奕巍搀着江河走在后面，江河一听到刘黑子的话，冒出一脑门子冷汗，急走两步，大叫喊：卢站长，不行，你千万不能下水！

卢子明：江局长，问题严重了，我必须下去看看。说完不等江河过来，已撑着长杆跳入水中。

17　酒吧屋　夏　晚　内

赵达夫：秦总，山不转水转，是人总有碰面的时候，你搞船运，咱们琊山矿你也未必一辈子就求不上吧？

秦海涛：那是，你们琊山的新型煤化工项目，就有很大的发展空间，以后说不定什么事就要仰仗老兄。

赵达夫：你明白就好。

秦海涛：这样吧，老赵，根据方秋萍说的一点线索，我让银行的朋友帮助查查，看看这笔钱到底流向了哪里，一旦查出结果，我给老兄一个交代。

赵达夫：一言为定。我回招待所了，有什么事电话联系。

18　煤码头防洪堤　夏　晚　外

江河在防洪堤上跺着脚喊：卢站长，你快上来！

卢子明不理会江河叫喊，手持长杆往前走了几米，用长杆在江底探索了一阵后，眉头紧紧皱起来，刘黑子跳下水，走到老卢头身边。

老卢头：黑子，这段防洪堤是抛石护堤的重点堤段，为什么稀稀拉拉只有为数不多的石块？

刘黑子：他娘的，不会是做了什么手脚吧？

卢子明顶着滂沱大雨逆水而上，向西蹚了十几米，才发现大量石块，接着折返回来，向东又蹚了十几米，也发现大量石块。

江河要下水被沈奕巍揪住，在堤上喊：老卢叔，您快上来吧，局长也要下水。

卢子明：马上上去。他对刘黑子说：东西两边堤脚都抛下大量石块，两边堤脚抬高了，导致此段江堤成为低槽，所以洪峰还没有来，此处的水深已经过腰了，简直就是人为制造了一段险堤。

刘黑子：操他妈的，孟建荣这个王八蛋！

江河喊着：奕巍，你放开我！

沈奕巍拦不住，冲江水里喊：老卢叔，您快上来吧，江局长非要下水，他发着高烧呢。

好！卢子明答应一声，挣扎着正欲上岸，突然觉得一个巨大的铁箍紧紧箍住胸部，顿时憋闷得喘不上一丝气来,他痛苦地叫了一声:黑子!身体便向后倒去。

刘黑子赶紧抱住他。

江河站在防洪堤上,察觉到卢子明情况不对,大叫一声:卢站长!就要往水里跳,沈奕巍情急之下,将江河拦腰抱住,大声叫道:局长,你不能下去。

江河已烧得站立不稳,加上急火攻心,一下子昏倒在沈奕巍怀里。

沈奕巍:局长,局长!又转向刘黑子:黑子,局长晕过去了,老卢叔怎么样?

刘黑子声嘶力竭地喊:老卢叔也晕过去了,老卢叔,你醒醒!你醒醒!

卢子明仰卧在刘黑子的臂弯中,在这个世界上最后一次睁开眼睛:星沉月隐,乌云翻滚,大雨如注,雷声贯耳。恍惚中,卢茜微笑着向他走来,他伸出手想抱住女儿,却扑了一个空。

卢子明嚅动着嘴唇说出最后一句话:黑子,在这里下钢筋笼……

19 斜坡 夏 夜 外

省防总总工程师王石山打着一把雨伞来到防洪堤内侧斜坡上。

黑云翻滚,暴雨如泻,他见到几百个人正冒雨井然有序地在斜坡上打防洪桩,他拦住了一个扛着防洪桩跑过的工人:你们这是要干什么?打子堤么?

那工人并没有停下脚步,回答了一个字:对!

王石山总工程师又走向闸口大堤。

滔滔洪水已经接近了煤码头防洪堤的警戒线,大堤上的运煤通道并没有任何封堵的迹象。

20 东江市人民医院急诊室 夏 夜 内

江河和老卢头躺在急救床上,被医生和护士跑着推向急诊室,后面跟着沈奕巍、刘黑子和两名工人。

江河和老卢头分别被推进了两个房间。刘黑子和沈奕巍分别跟入。

医生为老卢头检查后摘下听诊器:病人的生命体征早就消失了,通知家属吧。

沈奕巍闻言大放悲声,扑通一声跪下:大夫,您救救他吧。他是为抗洪才犯病的,他是英雄,我求求您了,救救他,救救他吧!

医生扶起沈奕巍:同志,我很理解你的心情,可是,医生也是人,没有能力让人死而复生啊!

这时刘黑子和另外一名工人赶过来,见状,抱住沈奕巍悲痛地相拥流泪。少顷,沈奕巍问:江局长怎么样?

刘黑子:医生诊断是劳累过度导致的昏迷,要好好休息,没有大事!

沈奕巍:你们给我记住,现在是抗洪的非常时期,老卢叔牺牲的消息要严格保密,特别是对卢茜和江局长。

刘黑子:沈总,你放心。

沈奕巍:黑子,江局长已经几天几夜没有睡过一个安稳觉了,他的身体已经极度虚弱,他经受不住这样的打击!

刘黑子悲泪长流:沈总,你别说了,黑子心里什么都明白!

21 客厅 夏 夜 内

秦池坐在沙发上,一个人背对着镜头。

背 影:听说你们煤码头连夜在构筑子堤?

秦 池:是。江河希望闸口长江大堤的运煤通道不被封堵。这样,东江港的生产就不会受到影响。

背 影:水位一旦达到煤码头防洪堤的警戒线,封堵闸口就是必须的。这是省市两级防总的既定方针,谁也无权更改。

秦 池:江河确实自我膨胀,已经摆出了一副抗命不遵的架势,要和省市两级防总叫板。

背 影:对你,这倒是一个机会。我的意思你明白吗?

秦　池:我也是这样想,我会把握住这个机会。

背　影:江河是逆天而行,你是替天行道。我会在关键的时候施以援手。

秦　池:谢谢。我马上返回煤码头。

22　斜坡　夏　夜　外

王总跌跌撞撞来到斜坡上,拦住一个工人:洪水水位已经接近煤码头防洪堤的警戒线了,你们怎么还没有一点动静?

工　人:到了吗?

王　总:我看了,还差五厘米。

工　人:那就不能算是到了,对不对?

王　总:你少跟我耍贫嘴。听好了,我是省防总副总指挥王石山,马上叫你们这里的最高领导来!

23　东江市人民医院急诊室　夏　夜　内

江河苏醒了,从病床上爬起来。

守候在身边的沈奕巍和刘黑子上前扶住江河:局长,你可醒了!

江　河:我这是在医院吗?

沈奕巍:局长,你在防洪堤上晕倒了,医生已经做了处置。

江　河:噢,卢站长呢! 他情况怎么样了?

沈奕巍:老卢叔没事,挂水呢。医生说了,休息两天就可以出院。

江河坐起来:那我去看看他。

沈奕巍:老卢叔刚睡着,你去了又要把他吵醒,过一两天吧。医生说,你恐怕也要在医院观察两天。

医生走进来:你们谁去办理一下住院手续。

江　河:开什么玩笑,这时候我怎么能躺在医院里,马上,回指挥部。

24　指挥部秦池临时办公室　夏　晚　内

孟建荣穿着雨衣,带着一股风进来:秦局长,抛石护堤折腾了我好几天,刚回江北屁股还没坐热呢,您派快艇又把我折腾来,要是秦海涛,也舍得这么使吗?

秦　池:又出娄子了。

孟建荣:什么娄子呀,什么娄子您秦局长能堵不上!

秦　池:我担心海岩抛石护堤偷工减料,本来想找你问问情况,刚才沈奕巍打来了电话,把我的担心全部坐实了。许多江段没按规定抛石,洪峰一旦到来,这些地段会形成巨大漩涡,防洪堤的抗洪能力不但没有增强,反倒被削弱了!

孟建荣一听急了,啪一拍桌子:这个海岩,都什么时候了,这种钱他也敢黑? 作死呀!

秦池的脸色也阴云密布:这事也怪你呀,抛石护堤这么重要的事,你怎么不全程监控呢? 今天去喝茶,明天去歌厅,你以为我不知道?

孟建荣一脸委屈,他站起身原地转了一个圈:秦局长,我哪里有这种闲心? 还不是为了那七千万,我要和拍卖行打官司,不得找司法界的朋友帮忙吗? 那是一群爷,人家有空儿时我不能说没工夫吧,是我在点头哈腰求人家呢!

秦　池:我可以听你解释,那洪峰能听你解释吗? 告诉你,再过四十八小时,不,还剩不到三十个小时了,长江特大洪峰就要到达东江港。

孟建荣:不是来了几次洪峰吗,防洪堤安然无恙,

秦　池:那都是小级别的,这次就难说了。江河和沈奕巍还在煤码头防洪堤与闸口长江大堤之间构筑子堤,明摆着是要弃守防洪堤。

孟建荣:弃守防洪堤?

秦　池:这样一来,防洪堤的质量问题肯定包不住,江河本来在集装箱码头改造工程上,对你就形成了很深的成见,再加上防洪堤暴露出来的问题,他要办你还不是顺理成章的事!

孟建荣颓然坐在椅子上，双目无光：莫非，我真的要到南方去当个茶楼老板？

秦　池：建荣，一旦事发，漫说你跑到南方，你就是跑到厄瓜多尔，也有国际刑警的一纸通缉令通缉你！

孟建荣瘫成一团坐在那里：这个海岩，这个海岩……

25　斜坡　夏　夜　外

工人跑来向王总报告：我们局长、副局长都不在。

王　总：什么，不在？这个时候擅离职守，他们还想不想要脑袋了！

这时江河和沈奕巍、刘黑子匆匆赶来。

工人跑过去报告：江局长，省防总王总找您。

江河急忙跑向王总：王总，本来打算明天早晨向您汇报煤码头的防汛预案呢！

王总一手叉腰，一手打伞：传说中你威镇八百里东江，果然名不虚传啊！

江　河：哪里，不过是以讹传讹。

王总表情严厉：我看不是以讹传讹吧，省防总三令五申，闸口水位达到警戒线，必须封堵运煤通道，你却置若罔闻、公然抗命，试问八百里东江哪个单位敢像你们这样胆大妄为？

江河急忙分辩：王总，你误会了。我刚刚检查过，水位还没有达到标高。

一个工人在老人头上又支了一把伞。王总接过伞合上，随手扔在地上：哦，难道是我看错了？我一个省水利厅的总工程师，居然还看不清楚水位标高吗？

江　河：王总，确实离标高还有几厘米。

王总笑了，不过这一次笑声中并无讥讽：江河啊江河，难怪程省长说你善于狡辩，好，你说差几厘米就几厘米，我不和你计较，公然抗命这句话我收回。不过我告诉你，省防总巡视车凌晨两点钟准时到达闸口大堤，照这势头，江水到达警戒线也就是个把小时的事，你还有不到三小时的时间，赶快去把闸口堵上。

江　河：王总，我们煤码头有一个防汛预案，您是否可以先看完预案，再决定何时封堵闸口？

26　指挥部秦池临时办公室　夏　晚　内

秦池眯起眼看着孟建荣：建荣啊，事情也没有那么悲观，幸亏我发现及时，派工程部在危险地段下了钢筋笼，防洪堤溃堤的可能性不大，顶多是暴露出一些工程质量问题。这些问题洪水过后如何处理，关键是看谁来操东江港的盘！

孟建荣的目光本是将熄的残烛，秦池的话如一阵风，又把它吹亮了：您直说吧，要我怎么办？

秦　池：你马上调一支施工队，驻守在闸口附近，确保我一声令下，半个小时内能抵达闸口！

孟建荣有些不解：煤码头的机械队设备和技术水平在全东江都是一流的，为什么不用他们？

秦　池：现在东江港上上下下都不愿封堵闸口，煤码头的防汛预案请求下放封堵权，你用脑子想一想，机械队属于沈奕巍管辖，这种情况下他能听命于我吗？

孟建荣：我拉施工队上去，有些名不正言不顺。

秦　池：这个就不用你操心了，我自有安排。如果我没有猜错，江河一定会跑到省府去找程省长要封堵权。他不在，这里就是我说了算！我手上有省防汛指挥部的红头文件，江水一旦到达警戒线必须封堵闸口，照这个阵势，超过封堵线已是板上钉钉了，我下令封堵闸口，乃天经地义，你组织实施，是替天行道！

孟建荣转悠着眼珠，琢磨着秦池这几句话的可信度。

秦　池：闸口一旦封堵，江河抗命不遵的事实就可坐实。洪水过后，天王老子也保不了他，不被枪毙就是运气。

孟建荣：您这么一说，我就踏实了！到那时，东江港必是您操盘无疑。

秦　池；你随时听我调遣就是。

27 斜坡 夏 夜 外

王　总:预案我会看的,你先去封堵闸口。

江河迟疑了一下:王总,有几句话我必须要说一下,想必您已经看到了,我们在北岸正在打一道三公里长的子堤,如果洪峰迎面冲来,这道子堤起不了什么作用。但我们闸口镇的地理位置有优势,洪水是向东去的,北岸又有一个很大的斜坡。水势再猛,它也只能往上漫,不会出现溃堤决口时那种一泻千里不可阻挡的水势。我们把子堤打在北岸这个斜坡上,有信心、有把握保证闸口安全,这些在我们的预案里有详细的表述和数据支持,我希望您能够先看一看。

老人脸上除了严厉,看不出任何表情:江河,我再说一遍,预案我会看的,你现在立刻去封堵闸口。我这个省水利厅的总工,身兼省防总的副总指挥,说话不会不管用吧?

江河站直身体:您若是下命令,我当然会执行。

王总点头:那好,执行吧。我再强调一下,我的底线是省防总巡视车到达时,你们必须有所行动!否则,谁也救不了你。

江河听了王总这句话,不由心念一动。

28 防汛指挥部 夏 夜 外

江河坐下,沈奕巍给他洗了一条凉毛巾绑在头上:局长,您歇会儿吧。

江河拿开毛巾:奕巍,马上通知指挥部成员,还有机械队、打桩队、突击队、保障队的正副队长全部参加。

沈奕巍有些犹豫,江河一瞪眼:快!

沈奕巍刚要出门,江河又补充了一句:请老廖和赵达夫列席。

29 招待所 夏 夜 内

王石山翻看着煤码头的防汛预案,少顷,拨通电话:省防总吗? 我是王石山。

程　志(OS):王老啊,您这么大岁数了,还请您到抗洪第一线,心里不落忍呀。不过,那个江河是个孙猴子,没有您老在那里坐镇,时不时给他念念紧箍咒,我还真不放心。

王　总:程省长,这个江河搞了一个防洪预案,非常大胆。

程　志(OS):预案? 他又要什么花招呢?

王　总:这个议案主要有两个要点,一是修筑子堤,一是下放封堵权。

程　志(OS):下放封堵权? 这小子,真是敢想。

王　总:我算见识了这个江河,确是如您所说,能干事、想干事,有魄力,有担当。

程　志(OS):是一块好钢。王老,你好好锤炼锤炼他。不过,有一点坚定不移,确保江北几千万老百姓的生命财产安全,是头等大事。

王　总:这我明白。

30 指挥部临时会议室 夏 夜 内

简易房里烟雾缭绕,满满当当坐了几十个人,鸦雀无声。

江河单刀直入:我套用国歌里的一句歌词,东江港现在到了最危险的时刻,闸口到底封还是不封? 今天让大家来发表意见!

秦池率先表态:我的意见是不坚持到最后一秒钟坚决不封,水位一到标高就封堵运煤通道,典型的形而上学。要这样,我们煤码头还建防洪堤干什么? 我们打子堤还有什么意义? 我们喊了几十年人定胜天,不能洪水来了,一个回合没斗就认输嘛! 即使实施封堵,也要等江水漫过子堤,老江,趁着王总在这里,我们立刻向他提出建议,你认为怎样?

江河感激地看了秦池一眼:小沈他们搞的煤码头防洪预案里有这个建议,我已经向王总强调了。

秦池的话把众人的情绪煽动起来,刘黑子站起身大声说:局长,不能封! 我讲不出什么大道理,真要是封了,不说别的,我们对不起老卢叔!

沈奕巍狠狠瞪了刘黑子一眼。

江　河:对不起老卢叔?

刘黑子知道自己说走了嘴,慌乱中忙遮掩:老卢叔都退休了,那么大岁数还跑到江北和我们一起冒雨干!还有,我们这大半年的辛苦,江局长你这大半年的心血,就全泡汤了!

机械队长站起身:江局长,封与不封,你一声令下,我们执行就是了。

江河皱了皱眉头:执行?执行要你们来开会干什么。我现在是要听听你的意见,封会怎么样?不封又当如何?

机械队长:封有封的办法,不封有不封的对策!

江　河:你这机械队可是咱们煤码头的核心队伍。你说说,你有什么封的办法和不封的对策?

机械队长:真要封的话,以我们机械队的效率,两个小时就可以搞定,这个江局长你可以一百个放心。

江　河:现在不封,洪水一旦漫上江岸,冲毁闸口大堤,后果不堪设想,你考虑过没有?

机械队长:洪水漫上江岸,中间还隔着一道子堤,它就是天上之水,一时三刻也到不了闸口,就像秦局长说的,等洪水漫到子堤,水位达到一定标高再封也不迟。

刘黑子也附和:兄弟们在底下合计过,即使洪水漫到子堤,怎么也能挡住它一天半天,我们突击队配合机械队、打桩队,不用两个小时,保证完成闸口封堵!

机械队长举着拳头在空中晃了晃:江局长,黑子说的没错,我们敢立军令状,两个小时内完不成封堵,你先取了我的项上人头!

列席会议的廖汉中站起身,冲江河一抱拳:老江,按说这是你们东江港的会,没有我老廖插嘴的份儿。堵不堵,我不便表态,我只想说一句,在座的兄弟们个顶个是好汉,我廖汉中佩服。东江港需要琊山矿伸把手的时候,我绝无二话!

沈奕巍递给廖汉中一支烟,帮他点燃:老廖,你够给力的了,没有你出手,子堤怎么敢打?

江　河:同志们,和江北数千万人民的生命财产相比,我们东江港损失几千万不算什么,可如果我们既能保证有效抗洪,又能坚持正常生产,它所产生的间接经济效益绝非几千万!我们面临一个两难的选择,如果不封的话,我们一定要确保万无一失,否则闸口大堤一旦溃毁,我们在座的每个人都是千古罪人!

刘黑子:局长,你别说了,我们信得过你,一切听你的!

江　河:现在,我命令:全体职工到西道口集合。

31　西道口　夏　夜　外

西道口距运煤通道一箭之遥,站在这里,可以听得见洪水撞击堤岸的声音。那声音如串串沉雷,从浪飞涛涌的江面滚滚而来,穿过黑压压的阴云,叩击着每一个人的心扉。

乌云密布的天空像是被墨汁浸透,风把远处的电线刮得呲呲作响,一道闪电劈裂长空,震耳的炸雷在头顶上鸣响,暴雨无情地抽打在人们脸上、身上。闪电刺眼的白光,照亮一张张满是汗水和雨水的面孔,和一个巍然屹立在风雨中的方阵—— 那是上千名热血男儿组成的方阵。

江河站在一个土坡上,高声喊道:同志们,现在形势万分危急!长江闸口水位已经达到警戒线,再过二十多个小时,我们将迎来长江上的特大洪峰,同志们,我们要做好一切准备,和即将到来的洪峰作拼死一搏!

江河清了清喉咙,他已经连续几天没怎么睡觉了,高烧、高度的紧张和劳累,使他的声音异常沙哑:同志们,现在,我命令你们——

人们透过沉沉的雨雾,把目光锁定在了那个敦实厚壮的身躯上。

第一,打桩队从现在起继续打桩加固子堤,两班作业,昼夜不停;

第二,保障队务必确保运送抗洪物资通道顺畅,物资出库运送至煤码头防洪堤,不得超过十五分钟,运送至子堤不得超过十分钟;运送至闸口大堤不得超过五分钟!

第三,巡逻队从现在起,各主要堤防地段由十分钟一查巡改为五分钟一查巡,加大查巡密度,危险地段要派出专人盯守;水位每上升五厘米向指挥部报告一次!

第四,突击队从现在起枕戈待旦,随时听命;

第五，我们马上进行一次实战演习，机械队立即实施封堵闸口作业，看看两小时之内封堵能不能完毕！

众人哗一声四散跑开，各就各位。大堤上，风雨里，到处是奔跑的身影，到处是嗷嗷的叫声。

封堵完毕，江河看了一下手表，时针指向十点，一共用了一个小时二十分。

江河招招手让机械队长过来，下令：让工人们回去休息一小时，一小时后，把口子扒开，生产照常进行。

32 闸口长江防洪堤 夏 夜 外

车身上写有“省防汛指挥部”的一辆越野吉普亮着车灯驰上大堤。汽车在大堤上停下，司机对副驾驶位置的中年男人说：子夜三时，闸口封堵完毕。

中年男人：好，马上向省防总报告！

33 招待所 夏 夜 内

江河敲门进屋：王总，省防总的巡视车已经离开闸口大堤了。

王总微微点了下头：他们已经把巡视记录同步到我手机上了。说着拿过手机，屏幕上显示出一行字：今日午夜三时，闸口大堤运煤通道封堵完毕。

江　河：王总，我们的防洪预案您看了吗？

王　总：看了，很好。说着翻开预案，口气里带着几分揶揄，既然你们已经完成了闸口封堵，这一条，希望省防总把闸口大堤运煤通道封堵权下放到东江港的建议，我就划去了。

江河一脸尴尬：王总，这怎么行？

王总脸上闪过一丝不易察觉的冷笑：江河，我想省防总的巡视车一走，你就会下令把口子扒开了吧？告诉你，生姜还是老的辣。你急急忙忙到我办公室来，一进这个门，我就知道你封堵闸口是假的。

江河只得坦白：您是怎么看出来的？

王总板着脸：我要连这个都看不出来，我这个水利厅总工程师岂不成了冒牌货？运煤通道有十八米七宽，你以为光凭石头、沙袋、土方就能封堵吗？

江　河：您是说……

王　总：我说什么？你首先要把铁轨枕木扒了，再用打桩机打水泥桩，完成这两道工序后才能封堵。你们这个预案的核心，就是向省防总要运煤通道封堵权，这两道工序要是完成了，你还用得着急急忙忙来我这里吗？

江　河：王总，您说的没错，不过我们也不是有意欺骗，预案说可以在两小时之内完成闸口封堵，我们必须进行一次实战演练。实际上，这次封堵只用一小时二十分钟。

王　总：你们虽然进行了实战演习，但毕竟没有真的扒道轨、打水泥桩，这两道工序要用多少时间，你心里有数吗？

江　河：有数。我调集了五十名最好的道轨工在闸口待命，打桩机也已安排到位，四十分钟之内保证完成这两道工序。

王　总：这可不是儿戏！

江　河：另外，我们还有一支三百人的突击队随时可以拉上去，不论出现什么情况，两个小时之内都能完成封堵任务。王总，您向上级反映一下，把封堵权下放给我们吧！你位高权重，说话比我们管用。

王总站起身，在办公室里沉思着走了几步，突然问：江河，你今年还不满四十周岁吧？

江　河：还差两个月零十天。

王　总：你结婚了吧？

江　河：是。

王　总：孩子该上中学了，是男孩还是女孩？

江　河：姑娘，已经上小学五年级了。

王总工程师点了点头，意味深长地：江河，我虚长你二十几岁，按说，你叫我一声叔叔也不为过。

江河一笑：那是，您是前辈。

王　总：既然这样，我也就不客气了。我认为你没必要冒这个险。中国是个水民族，在治水上是有着惨痛教训的，现在中央要求严防死守，你把闸口封了，任何人对你不会有半点微词。东江港的生产受到影响，待以时日还可以翻身。可是你不封，一旦水上来，我给你透个底线，漫过你们煤码头的防洪堤，只要到了闸口，判你十年都没问题！如果一旦闸口大堤决堤，上千万人的生命财产啊！你就是千古罪人，会被万世唾骂，杀你十次也不能弥补损失于万一！

江　河：我明白。

王　总：不但你成为历史罪人，省防总也难辞其咎，我这个老头子也难得善终。你让我权衡，我只奉劝你一句，江河，你也为人子，为人夫，为人父，你仔细考虑考虑，我想我就用不着再多说什么了吧？

江河闻言，半晌无语。

总工程师移步窗前，推开了窗户。

一阵风吹进屋，吹乱了老人的白发。他用手拢了两下，回过身对呆立一旁的江河说：江局长，你这种置之死地而后生的斗志我很欣赏，不过现在这个方案是上报国家防总批准的，如果改变方案，省防总几个主要负责同志还要再开会研究，最终拍板也得是程省长。

江　河：这么繁杂的程序，特殊时期，不能特事特办吗？

王　总：江河，我还是想再劝你一句，你还年轻，不满四十岁，前程无量啊！你没必要置身家性命于不顾去冒险，也没必要拿自己的仕途前程去打赌，不值啊！

34　秦池临时办公室　夏　夜　内

秦池接手机，对方是一个低沉的男人声音。

秦　池：巡视车前脚走，江河立马就把闸口扒开了。

男人声音：这小子真是胆大妄为。

秦　池：岂止是胆大妄为，简直是利令智昏，为了政绩，为了向上爬，他什么事都敢干！

男人声音：王石山没有下放封堵权的决定权，他到这里来，实际是监督江河执行封堵命令！

秦　池：这我明白。

男人声音：江河反对封堵，对你构成实质性利好。闸口由你封堵，江河就陷入了万劫不复之地。退一万步，他这次即使没被撤职查办，在东江港也待不住了。

秦　池：天赐良机，我会好好把握。

35　指挥部　夏　黎明　内

江河进了指挥部办公室，还没来得及坐下，办公桌上的电话便响起铃声，他拿起电话，有些烦躁地问：哪一个？

电话里传来徐小惠的声音：江河，干吗这么大火，你又跟谁生气了？

江河听到徐小惠的声音，语气缓和下来：小惠，有事吗？

徐小惠的声音里又是担忧又是害怕：江河，江东这边都传遍了，说闸口大堤上的闸口刚堵上又扒开了，他们说这是犯罪。

江河心头一沉：小惠，你不要听别人乱说。

徐小惠声音里透着惶恐：我没有听别人乱说，是李强给我打电话，要我劝你赶快把闸口封上，只要水到了闸口，就要判你的罪。

江　河：这个李强，乱讲嘛！

徐小惠已经带着哭腔：江河，你可以不为你自己考虑，也可以不为我考虑，可你不能不为玥玥考虑，女儿还小，你要真为这事判了刑，女儿以后在同学面前还抬得起头来吗？我没别的要求，你就让我带着女儿平平安安过日子还不行吗？

江河心乱如麻：小惠，你放心好了，我当了十年警察，犯不犯罪我心里比谁都清楚，你就踏踏实实上你的班吧。放下电话，他打开一包香烟，拿出一支吸上，吸了两口觉得苦涩不堪，又按灭了，拿起电话打到沈奕巍手机上，叫他立刻到指挥部来。

沈奕巍一身泥一身水赶回来，进门看到江河情绪低落、愁眉不展地坐在办公桌前，急忙上前问：局长，出什么事了，是不是又有什么变数？

江河用手指指椅子：奕巍，坐吧，先说说子堤的情况。

沈奕巍脱下雨衣，在椅子上坐下，如实说：雨大风狂，对已筑成的子堤造成损害，打桩队正在紧急打桩加固，人手很吃紧，我考虑把突击队拉上去。另外，省防总调拨给咱们的那些防汛材料包括咱们的那点家底也快用完了！

江河摇了下头：突击队昨天干了一夜，让他们多休息一会儿吧，要上也午后再上。老廖不是说支援我们三百名矿工和一批防汛材料吗，到了没有？

沈奕巍：本来预计是今早到，高速公路严重积水，还有几个地段出现塌陷，不能通行了，老廖他们的人只好改走国道。老廖心里急，跑到国道上接车去了。

江河叹了口气：老廖关键时刻拔刀相助，这份情咱们要记下。奕巍，水位到哪里了？

沈奕巍面色沉重地说：已经超过警戒线五厘米了。

江河大吃一惊：早晨还不到警戒线，这才几个小时，就超过五厘米了，这样下去怎么得了！

36　日式客厅　夏　黎明　内

背　影：现在情况怎么样？

秦　池：我过来时，水位已经超过警戒线快五厘米了。

背　影：那岂不是危在旦夕？

秦　池：煤码头防洪堤已经抛了二十万方石料护堤，又对一些险段重新下了钢筋笼，防洪能力提升很多；在闸口防洪大堤和煤码头防洪堤之间斜坡上修筑的子堤也初见规模了，如果构筑的质量合格，大堤闸口的安全系数应该说在可控范围之内。

背　影：难怪江河敢抗命不遵。

秦　池：闸口不封，煤码头的生产不但不会瘫痪，还会取得超预期效益，东江港再想翻盘就难上加难了。

背　影：你打算怎么办？

秦　池：我手上有尚方宝剑，江河一旦离开，我是常务副总指挥，有权封堵缺口！

背　影：现在的问题是，江河会不会离开？

秦　池：江河在犹豫。我急着过江见您，就是看看怎么给江河再加一把火。他一旦去省里找程志，我就可以用这个时间差强行封堵闸口。

背　影：时间已经很紧张了。

秦　池：所以请您援手……

背　影：好，我马上给他加一把火。

37　指挥部　夏　黎明　内

沈奕巍：暴雨持续下了十多个小时，长江水位涨势异常迅猛，气象预报白天还有雨，水位还会继续涨。

江河一声叹息：奕巍，准备封堵吧。

沈奕巍：什么？局长，你要放弃了……

江河很是无奈：奕巍，王总明确表态，封堵方案是上报国家防总批准的，如果改变方案，需要省防总几个主要负责同志开会研究，最终还得程省长拍板，想改变恐怕太难了！

沈奕巍神情伤感：局长，我们之前做的一切就这样放弃了？

江河抽着烟，像是问沈奕巍，又像是自问：难道我们还有什么办法？

沈奕巍腾地站起身：局长，破釜沉舟！我在大堤上坚守，您立刻去省城，当面恳请程省长下放封堵权。

江河摇了摇头:奕巍,我们这就像是提着脑袋在打赌!

沈奕巍:局长,刚才卢茜给我发过来一组初步的数据,证明构筑子堤是可行的,不是我们头脑发热凭空臆想的产物,最终的精确数据他们随后就出,我敢拿脑袋担保,决不让江水漫到闸口,确保闸口长江大堤万无一失!

江河站起身,默默走到窗前,只见乌云又在天边聚集,上下翻腾着,犹如排山倒海,嘎—— 随着一声闷雷,豆大的雨点噼里啪啦地砸了下来,落到玻璃上,像擂响千面战鼓。江河退后一步,一声长叹:天不遂人愿啊!

桌上的电话铃突然响了起来,他拿起听筒,里面传出一个焦躁的男声:你是江河吗? 我是市检察院职务犯罪处的侦查员。据报,洪水水位已经超过煤码头防洪堤警戒线五厘米,此事是否属实?

江河回答:属实。

男　声:那你们为什么还不执行省、市防总的命令? 闸口大堤的闸口你们封堵完以后又自行扒开了,这是欺上瞒下、阳奉阴违,涉嫌严重的职务犯罪,我们要拘传你。

江　河:同志,你听我解释,我们有严密地防汛预案,闸口大堤的闸口还没有到非封堵不可的地步。

男　声:你这是严重的渎职犯罪,你懂不懂?

江　河:同志哥,我当了十年警察,我知道我做的意味着什么。我把脑袋拴在裤腰带上,也是为了尽量避免人民和国家的利益受到损失,请你理解。

男　声:特大洪峰很快就要来临,人命关天,我没有功夫听这些没油少盐的废话。我正式警告你,继续抗命,我随时都可以拘捕你。

江河无力地放下电话。

沈奕巍:局长……

江河抄起雨衣,看了下手表:让工人们多休息会儿,下午一点开始封堵,趁现在还有点空,咱们去医院看看卢站长。

沈奕巍站着没动。

江河看了一眼沈奕巍,催促:走啊,奕巍!

沈奕巍刷一下眼泪流下来,强压在内心的悲伤如决了堤的洪水,再也控制不住了,他双手抱头,蹲到地上,痛哭失声。

江河一下子愣了,仿佛突然遭到强烈的电击,身僵直一动不动,雨衣也失手落到地上。良久,才伸出双手把沈奕巍抓起来,揪着他的脖领子爆炸似的喊:卢站长是不是不在了! 为什么瞒我? 说,为什么要瞒着我?

沈奕巍望着江河,仍泪流不止。

江河松开沈奕巍,踉跄着走到办公桌前,双手按着桌面,流着眼泪喃喃自语:犯罪啊,我这是犯罪! 让一个体弱多病要做心脏手术的老人,在那么大的暴雨里连续作业,是洪水无情,还是人心冷漠? 我怎么向东江港几千职工交代? 我怎么向卢茜交代!

江河拍打着胸口痛苦地责问自己。

沈奕巍止住了哭声,走过去抱住江河,嗫嚅着:局长,老卢叔是探明防洪堤的隐患才走的,他为抗洪献出了自己宝贵的生命,他的死,重于泰山。

江河拭去脸上泪水:卢站长留下什么话?

沈奕巍:老卢叔让黑子在那段江堤下放钢筋笼,我们已经照办了。局长,老卢叔跟我说过,子堤只要打得坚固符合要求,就能挡住洪水。咱们如果就此放弃了,老卢叔在天上也闭不上眼啊!

江河止住泪水,默默点了下头:奕巍,你让我一个人静五分钟,我再想一想。

沈奕巍点点头,拉开房门走进了风雨中。

江河坐在椅子上,闭上眼睛。嘎一声炸雷,江河一个激灵又站起身,他犹豫了一下,拿起听筒拨通了电话:韩市长吗,我请求您向省防总转达我们的意见,能够把闸口大堤闸口的封堵权下放给东江港。出了问题,我提头来见。

韩仕琪(OS):江河呀,你这不是让我去找骂吗? 我实话告诉你,省防总第一次开完会,你知道程省长为什么留下我？就是怕你江河同志在关键时刻意气用事，给了我先斩后奏之权。我现在没有让检察院拘传你，就地免了你的职，已经很宽宏大量了。你居然让我和你一起抗命，这太不靠谱！

江　河：可是，我们煤码头的防汛预案也报了市防总。所有的措施都有相应的数据支持，是经过反复测算和论证的。

韩仕琪（OS）：这些话你不要跟我说，你是程省长的爱将，他能不能给你网开一面我也不知道。不过，我可以向你透露一个内部信息，程省长刚从下边回到省里，下午还要到防汛第一线去。下放封堵权，除了程省长，谁说了也没用。

江　河：好吧，那我就直接赴省请命。

江河推开门走进雨中，撑开了一把雨伞，为自己，也为暴雨中站立的沈奕巍撑出了一方晴天：奕巍，备车，我立即赶赴省城。

38　国道　夏　黎明　外

车出了闸口镇一上国道，就看到廖汉中身披雨衣站在路口，江河让司机停车，走上前去大声说：老廖，这雨下得太猛，能见度很差，你站在路口可要当心安全，我看你还是回去等吧。

廖汉中神情焦灼，脸上雨水和汗水交织在一起，也大声说：支援你们的物资和人员昨天下半夜就从矿山出来了，这时候还没到，我心里急呀，我刚才看了看子堤，快弹尽粮绝了！

江河安慰：老廖，别着急，高速公路昨天上半夜就封路了，车都改走国道，要慢一些，我估计车队中午能到。

廖汉中仍旧一脸焦虑：我刚和带队的一个副矿长联系过，车队离闸口镇还有二十多公里，照现在的路况，至少还得再走一个小时。这雨他娘的，下起没完了！他望望江河的车，老江，你这是干什么去？

江河也是心急如焚：老廖，我去省城面见程省长，要求把闸口封堵权下放给我们东江港。

廖汉中：老江，程省长有可能把闸口封堵权下放给你们吗？

江河坦率地说：这个我心里也没谱，只能当面力陈。老廖，我急着赶路，咱们长话短说，我有个不情之请，你能不能答应？

廖汉中：咱们两家现在就是一家，有什么事你尽管说。

江　河：好，老廖，那我就拜托你，我去省城这段时间，万一闸口出现意外情况，你帮我照应一下。

廖汉中：你放心，如果出现什么意外我全力支持奕巍。老江，你担心什么？

江河摇了摇头：说不好，也许是某种预感吧，心里不踏实。

廖汉中：老江，恕我直言，你去找程省长要闸口封堵权，吉凶难卜，心里能踏实吗？

江　河：老廖，你说得不错，面见程省长，挨顿臭骂或直接撤我的职，我都不怕，就怕他不听我说，直接下令封堵闸口，我们之前所有的努力就前功尽弃了。

廖汉中：老江，说句心里话，我佩服你的胆量，要是我老廖，未必能做得出来。不过这场暴雨恐怕要生出变数，这么大的暴雨，从昨晚一直下到现在，中间只停了不到半个时辰，说实话，我老廖还是生平头一回遇上。一小时前赵达夫给我打电话，说煤码头水位超过警戒线五厘米了，照这个势头，洪峰到来时水位还不得超个一米半米的！你们构筑的子堤还能不能起到预期作用？这时候去省里要闸口封堵权合适不合适，咱们不能往枪口上碰是不是？

江河感激地一笑：老廖，你要相信我，我们不会蛮干！

廖汉中叹了口气：要说抗洪，我们琊山煤矿汛情也是年年有，淮河发起水来阵势也不小，但和长江发水比起来，充其量也就是小学生打打闹闹。老江，你是个帅才，东江港在你带领下，一定能走得很远，要是为封堵闸口这事撤了你的职，对我们两家来说成本可就太高了。

江河也动了感情：老廖，我要是怕丢官，早就把闸口封上了！裕泰号沉船事故后我们多难啊，现在好不容易缓过一口气，把闸口封上，东江港也好，琊山煤矿也好，刚聚拢的那点元气就又散了，我不能不豁出去搏一把啊！

廖汉中和江河使劲握了握手：你决心已下，我就不干扰你了。琊山那三百名矿工一到，我就不是光杆司令了，闸口这边不管出什么事，我都有办法替你挡着，你就放心到省城去吧。

江河动情地抱住了廖汉中。

39 斜坡 夏 上午 外

江水继续上涨,大雨仍然下个不停。上午十点,天已黑得像晚上一样了。刘黑子带着一群光着脊梁的汉子构筑子堤,沈奕巍也只穿了一件跨栏背心扛着沙袋奔走在人群中。

赵小苏跑过来,对沈奕巍说:秦局长叫你马上回去,召开紧急党委会,只差你了!

沈奕巍停下脚步:出了什么事?

赵小苏:不知道,秦局长临时动议。江局长不在了,他就是最高负责人,他有这个权力。

沈奕巍若有所思,招呼了一下刘黑子:我去开会,你照应一下。

刘黑子望着沈奕巍的身影消失在雨里,抹了一把脸上的汗水,对川流不息的人群喊:兄弟们,加油啊! 与天斗,其乐无穷——

他忽然看见人群中有一个白发老人,打一把雨伞正在子堤上指指划划。走近几步一看,原来是省防总的王副总指挥。就走上前去,凑到老人耳旁喊了一句:老爷子,风大雨急,您老这么大岁数,回去休息吧!

40 指挥部 夏 上午 内

临时用作会议室的一间简易房里已坐满人。从人们脸上的神色看,他们并不知道发生了什么事情。秦池面前摆着一只玻璃茶杯,茶杯里的茶水喝去多半,显然已等了沈奕巍一段时间。

沈奕巍一坐下,秦池就说:沈副局长到了,咱们现在开会。

沈奕巍:秦局长,出了什么事?

秦池目光环视着众人:江局长不在,若非出了大事,这当口上我也不会召开紧急党委会……

秦池此话一出,众人神情一下紧张起来,工会闫主席焦急地问:到底出了什么大事,老秦,你快说。

41 斜坡 夏 上午 雨中

王总回头看了刘黑子一眼,没有理睬,依旧大着嗓门对正在打桩的工人喊:你给我重复一遍。

工人回答:我们工程部对子堤质量有严格要求:桩贯入度控制不小于三米,垂直度向内倾斜三至五度,在桩顶下三十厘米处采用直径二十至三十厘米的横担全数绑扎牢固,桩间空隙采用一米至一米五竹排板满扎。

王总满意地点点头,扯着嗓子喊:要求是要求,要做到精心施工、一丝不苟!

一阵狂风把老人的伞刮飞了,刘黑子紧跑几步把伞捡回来,打开后撑在老人头上。王总确实有些体力不支了,他看了一眼刘黑子,没有推辞,目光中闪过一缕感激。道路泥泞,一脚下去就是一个泥坑,王总艰难地在子堤上巡视,虽有刘黑子打着伞,身上的衣服早被雨水浇透,一不小心,皮鞋陷在了泥水里,王总索性光了脚。

刘黑子:老爷子,您岁数大了,没必要跟年轻人较劲,我送您回招待所吧!

王总停住脚步:你是谁,怎么命令起我来了?

第18集

1 指挥部 夏 上午 内

秦池并不着急,他端起茶杯喝了一口茶,又从烟盒抽出一支烟点燃,再向郭副局长和闫主席让了让,两人摆手,目光急切。

秦池放下烟盒,叹一口气,显出痛心疾首的样子:今天早晨,我见刘黑子带人在正对着变电站的那段防洪堤下面投放装满石块的钢筋笼,我心里纳闷,刚做完抛石护堤,又投放钢筋笼干吗?

郭 川:是啊,怎么回事?

秦 池:一问才知道,这一百多米防洪堤下面,稀稀拉拉只投了那么几块石头。一开始我还没太在意,以为是抛石作业过程中两船交接时疏漏所致,后来越琢磨越不对劲,让工程部派人检查,结果查出了大问题,像这种稀稀拉拉只投放了几块石头的地段,竟然有好几处!

郭副局长狠狠一拍桌子:他妈的,这不是成心毁我们吗!孟建荣这个混蛋想干什么?在座的都是老码头,大家心里都清楚,洪峰到来时,那些没有抛石的地段,必然会形成巨大的漩涡和湍流,对防洪堤造成结构性破坏呀!

章总会计师也脸色铁青:秦局长,孟建荣这样做哪里是抛石护堤,简直就是蓄意破坏,我们要立刻向市公安局报案。

人们齐声附和:对,马上报案!

秦池伸出手向下按了按,示意大家冷静,语调不紧不慢:这事和孟建荣没有关系,孟建荣已经向市公安局报了案。现在基本上查明,是我们商务处的海岩中饱私囊在里面做了手脚,唉,没想到啊!抗洪期间,市公安局对这类案件特别重视,接到孟建荣报案后立刻前往采石场调查,发现海岩有重大嫌疑,同案的还有采石场一个副场长和他们船队队长。

郭副局长有些不解:老秦,抛石护堤工程和商务处没有任何关系,海岩怎么会卷进去?

秦 池:这个海岩真是利欲熏心,孟建荣在采石场购买二十万方石料,委托海岩代为办理,先付了一半账款。海岩和采石场一个副厂长达成交易,三百万一条龙作业,对外宣称投放二十万方石料,实际上只投放了十多万方石料,孟建荣结清账款后,多出的二百万由采石场方面划给海岩,海岩、那个副场长和船队队长三人分赃。

郭副局长再次一拍桌子:海岩简直是狗胆包天,这种钱也敢拿,他不要命啦!

秦 池:我让人去找,海岩这个混蛋已下落不明。

2 斜坡 夏 上午 雨中

刘黑子看王总板着脸,目光中却满是友善,于是嘻嘻一笑:我吗?人称刘黑子,东江港防汛抗洪突击队队长,眼下,是这里最高级别的指挥官了!

王总一笑,摘下眼镜伸到雨中冲洗了一下镜片,再戴上,望着刘黑子:队长?官不小啊。那我问你,你们这沙袋怎么个摆法,操作上有什么要求啊?

刘黑子为王总打伞,自己整个身子淋在雨里:老爷子,沙包要错位码放、十字交叉,关键是沙袋与沙袋之间不要有缝隙,第一层和第二层的接缝处摆好后还要用脚踩实踏牢。及格吗?老爷子。

王 总:嗯,不错。小伙子,你这么给我打伞,我心里也不落忍。这样吧,你把伞收起来,反正你我都淋湿了,你扶着我在这面斜坡上走上一趟,我要亲自感受一下,如果江水上来可能产生的流速与流量。如何?

刘黑子:我背您吧!

王　总:不可以,不可以! 你背我,我怎么敢受?

刘黑子无奈,只好一手打伞,一手扶着老人,沿着子堤巡视。

王总似乎很满意,在雨中扯着嗓子问:黑子,你现在最想干什么?

刘黑子:我想睡觉。

3　指挥部　夏　上午　内

沈奕巍发言了:秦局长,我认为情况并非像你说的那么严重。

秦池脸一沉,不客气地打断沈奕巍的话:沈副局长,此事关系到江北千百万人的生死安危,我希望你的发言不要掺杂个人意气!

沈奕巍一见秦池火了,心里更为有底:我还没说完话,你何出此言?

秦池把茶杯一墩:事情明摆着,你说防洪堤没有问题,一旦溃堤而闸口又来不及封堵,事后问责,防洪堤是我主持修建的,我就要因此而万劫不复!

沈奕巍直视秦池,目光毫不妥协:修建防洪堤花了一个多亿,你不是一再说可以抗百年不遇的特大洪水吗?

秦池冷冷一笑:我现在依然这样说。可是百年一遇的特大洪水在座的哪位见过? 九八年的那次也算不上吧? 谨慎一些有何不对? 与千百万人的生命财产安全相比,我个人的得失荣辱完全可以忽略不计! 况且,抛石护堤又适得其反。

沈奕巍:抛石护堤怎么适得其反?

秦　池:我已经说过了。

沈奕巍:你说的不符合实际情况。同志们,经过卢站长实地勘测和工程部事后检验,石头稀少的地方一共三处,实际投放石料十七万立方。

郭　川:我说呢,海岩就是再利令智昏,也不敢将石料拦腰砍去一半,都什么时候了,他敢拿脑袋瓜子开玩笑?

章　江:是啊,这也符合海岩的性格,雁过拔毛,但拔几根,他会拿捏权衡,总不至于把翅膀都摘了嘛!

沈奕巍:我可以明确告诉大家,海岩跑路,绝非仅仅是因为在抛石护堤时偷工减料,日后,会真相大白!

秦　池:沈副局长,你这样说是要负责任的 。

沈奕巍:我对我说的每句话都会负责。我可以负责地告诉各位:第一,那三处险堤已经下放钢筋笼补救了。第二,我让工程部根据防洪堤目前的状况,以及洪峰可能的最大流速与流量进行了反复测算,最坏的后果是漫堤而不是溃堤。

郭　川:漫堤和溃堤大有不同,漫堤就是洪水漫过防洪堤,因为有防洪堤作为一道屏障,其流速与流量会相对减弱,子堤的作用就会凸显,洪水再大,也会给封堵闸口争取到时间;如果是溃堤就不得了了,洪水一泻千里,子堤无坚可守,闸口能不能按时封堵上就存在了很大变数。

沈奕巍:郭局长分析得很透彻,洪峰是从我们这里东西方向流过,而不是南北方向扑面而来。所以抛石护堤后,最坏的结果是漫堤而不是溃堤,除非……

秦　池:除非什么?

沈奕巍:除非防洪堤是彻头彻尾的豆腐渣工程,而我们又没有采取任何补救措施!

秦池拍案而起:沈奕巍,你不要信口雌黄。

4　斜坡　夏　上午　外

王总停下脚步,看了看雨中加固子堤的人群,他们的步履开始沉重,早没有了当初的欢呼雀跃:黑子,你们在雨中干了多久?

没有人回答,王总回头一看,站立在雨中的刘黑子居然睡着了。王总心疼地摇摇刘黑子肩膀:黑子……

刘黑子睁开眼，不好意思一笑：太困了。

王　总：黑子，你们干多长时间了？

刘黑子：十四五个小时总有了吧。

王总一拍大腿：这怎么行，就是钢打铁筑的人也承受不了这么高强度的劳动啊！没有人替换你们吗？

刘黑子：有，我们是两班倒，可是很多兄弟不肯休息，两班连上了。

王总停下脚步，望一眼延绵三公里的子堤才起了一米多高，神色有些忧虑：黑子，你去把江河叫来，我有话要说。

刘黑子：江局长天一亮去省城了。

王总嘿嘿一笑：果然不出我之所料。这个江河，关键时刻敢闯省城要什么封堵权，我看他真是搬起碾盘打月亮，不识轻重。

刘黑子为江河鸣不平：老爷子，江局长是个好局长，他拼死拼活，为的可不是他自己呀！

王总一摆手：我知道，何劳你多说。头上三尺有神明，他是为公为私，自有天地为证！

王总话音未落，一声惊雷炸开，一道闪电掠过。

5　指挥部　夏　上午　内

沈奕巍也急了：谁信口雌黄，雷就劈了谁！

秦　池：沈奕巍，这是党的会议，不是老百姓求雨拜神，你说这样的话还有一点共产党干部的样子吗？

沈奕巍：好，这句话不妥，我收回。但是我想请问秦局长一句：秦局长，你的补救措施是什么？

秦　池：我们煤码头防洪堤已经失去了有效的防护作用，为了对人民生命财产负责任，我们就必须面对现实，立即封堵闸口！

沈奕巍：果然图穷匕见了。

秦　池：你什么意思？

沈奕巍：什么意思，我已经说得很清楚了，再强调一下，我们加紧修建的子堤已初具规模，再加班加点干上十几个小时，肯定会在洪峰到来之前构筑完毕。这道子堤完全可以保护好我们港口的关键设备，缓解洪水对闸口长江大堤的冲击，甚至可能把洪水挡在闸口长江大堤之外！

秦池打断沈奕巍的话：你们连夜修出的那条破子堤，能比我用钢筋水泥修建的防洪堤坚固吗？笑话！

沈奕巍看了秦池一眼，不紧不慢地说：子堤修建经过严密的科学论证，也有相关数据给予充分支持，况且它与防洪堤所处的地理位置完全不可同日而语，管不管用，洪水来了就会立见分晓！

秦池一拍桌子，怒不可遏：国家的利益、人民的生命财产是可以拿来随便试的吗？岂有此理！

沈奕巍：秦局长，别说那么好听，江局长刚走，你就要封堵闸口，无非是想由此给江局长按上一顶抗命不遵的帽子！

秦　池：你放屁！

6　国道　夏　上午　外

暴雨如注，江河的轿车在路上行驶，不时扬起水花。

江河焦急的看看表：小李，能不能再快点？

司　机：局长，路面情况太差，已经60迈了，不能再快了。

江　河：好，欲速则不达，注意安全。

话音未落，江河的轿车把前面的一辆轿车顶了一下。

前面的车停下，车门打开，下来一个五大三粗的壮汉，看了后保险杠一眼，骂骂咧咧冲江河和司机挥手！

7　斜坡上　夏　上午　外

王总退而求其次：那，把你们沈局长叫来吧！要想个办法呀，搞这种疲劳战术可不行，人受不了，子堤的工期和质量也无法保证！我刚才看了一下，沙袋等防洪物资也所剩无几了，这子堤起码要两米高，不然，起不到应有的防护作用啊！

刘黑子转身刚要走，突然有一彪人马浩浩荡荡杀来，一个个头戴矿工帽，身穿矿工服，一水二三十岁的青壮年。

刘黑子：苍天有眼，琊山矿的援军到了！

廖汉中走在队伍最前，到了子堤他叉腰站住，对黑压压一片矿工喊道：兄弟们，时间紧迫，我就不跟大伙多啰唆了。三百人分成三组，先把东江港的弟兄们替换下来，打桩、填土、扛沙袋。帮人就是帮己，东江港高枕无忧了，咱们琊山矿也才有好日子过，干完活，我让煤码头杀猪宰羊犒劳大家！得，动手招呼吧！

王总一看，有些莫名其妙：这不是琊山矿的廖汉中吗？这个山大王怎么跑这里来了！

琊山矿的队伍嗷一声散开了，工地上又呈现出一派生龙活虎的景象。廖汉中回头看见了王总，稍一愣神，上前一把握住王总的手：呀，王总工程师，王副总指挥，您这么大年纪，怎么也在雨中浇着呀！

刘黑子：劝老爷子回去休息，老爷子不听！

廖汉中不由分说，招呼过两个矿工：你俩把王总给我架回招待所休息！又一指刘黑子：告诉你们沈总，琊山的大批抗洪物资已经运到大堤下的仓库了，第二批、第三批物资也会源源送到，叫他把心放回肚子里！嘁，这个小老弟，连我也不放心，一个钟头就给我打了八次电话！

8　国道　夏　上午

司机摇下车窗：对不起，师傅，车打滑。

壮　汉：对不起就完了，我的后保险杠都快掉了。

司　机：没那么夸张吧？不过是碰了一下。

壮　汉：嘿，你这孙子怎么说话呢？你下来看看。

司　机：你怎么骂人？

壮　汉：骂你是轻的，惹急了，老子还揍你呢！

江河掏出 500 元，从车窗递出去：对不起，多包涵，麻烦您自己修一下吧。

壮汉接过钱：这还差不多。重新上车，开走了。

江　河：小李，不要跟这种人纠缠，赶路要紧。这时手机响，江河一看，是卢茜发来的有关子堤作用的一组新数据。江河看后，激动地一拍司机肩膀：太好了，快开！

9　指挥部　夏　中午　内

秦池拍案而起，沈奕巍也怒目相向。

郭川劝阻：不要激动，既然是开会讨论问题，就畅所欲言。当然，都要讲究一下说话的方式。

秦　池：简直是岂有此理！

郭　川：唉，老秦，我印象中你是主张不到最后一刻绝不封堵闸口的。

秦　池：水位已经超过警戒线快半米了，大雨还下个不停，这难道还不是最后一刻吗？

郭　川：洪峰到来之前不会发生重大险情，我看还是等老江回来再定。

秦　池：我正要说这事呐，汛情如此严峻，江河作为闸口地区防汛抗洪第一责任人，擅离职守，跑到省城去要封堵权，这事上党委会了吗？

章　江：上没上党委会就不要追究了，江局长的行为大家都能理解。

秦池听了章江的话愈发不满：老章，你说的这叫什么话嘛，还有没有一点原则？你怎么总是在和稀泥！

章　江：这怎么叫和稀泥，具体情况具体对待嘛。

秦　池：我可以负责任地告诉大家，省市两级领导和大航局领导已经对我们非常不满，一再警告我们不要为东江港一己之私干扰防汛抗洪的整体部署。省市两级防汛指挥部的意见是立即封堵闸口，在这种情况下，江河还要去省里要求下放封堵权，简直就是赌博！

郭　川：老秦，拣重要的说吧。

秦　池：这就是重要的事，万一溃堤把江北十多个县市淹了，就算江河以一死谢罪，我们在座的各位也难逃干系！

10　闸口长江大堤　夏　中午　外

一辆检察院的警车在大堤上停下，下来两个检察官，快步来到煤码头防汛堤上看了看水位标高，对跑过来的刘黑子吼道：超出警戒线这么高了，为什么还不封堵闸口？

刘黑子：煤码头防汛堤已经抛了二十万方石料护堤，子堤你看也快打好了。没必要……

检察官：住嘴！防汛抗洪，岂能儿戏！叫你们局长来。

刘黑子站着发愣。检察官怒吼：快去！说检察院传讯他！

刘黑子：我们江局长上省城了。

检察官：嘿，关键时刻擅离职守，冲这一点就该重办他。那还有谁在？

刘黑子：三个副局长都在。

检察官：叫说话管用的来。

刘黑子掉头就往指挥部跑。

11　指挥部　夏　中午　内

秦　池：同志们，我再说一次，现在、马上、立即、必须实施封堵闸口，举手表决吧。

咣当一声，刘黑子神色慌乱地推开门，气喘吁吁：出事了，市检察院来了俩检察官，在闸口大堤上，要传讯局长！

秦池听了，心里暗喜，表面上却装出火冒三丈：传讯局长？他们要传讯哪个局长，港务局四个局长呢！

刘黑子见秦池发火，神情紧张：他们要传讯江局长，我说江局长去省城了，他们又说要传讯职务最高的责任人，我想那就是要传讯秦局长吧。

郭川冷冷地哼了一声：洪峰没来，检察官先来了，他们动作倒是蛮快。黑子，他们为什么要传讯秦局长？

刘黑子：还不是为封堵闸口的事，他们说长江水位已经超过防洪堤警戒线，按规定必须立刻封堵闸口，港务局到现在还没有封堵，要秦局长去见他们。

秦　池：放他妈屁！到现在还没有封堵闸口是我的责任吗，老子不去！

郭　川：检察院来了人，不去不好吧，这样吧，奕巍是煤码头防汛抗洪第一责任人，实施封堵闸口的现场总指挥，老秦不去，他去倒也名正言顺。

沈奕巍和郭川对视了一眼，心领神会地站起身：好，我去挡一下。

12　斜坡　夏　中午　外

卢茜一踏上北岸，就震惊地看到，一条三公里长的子堤，奇迹般地横亘在洪水肆虐的长江岸边。上千名职工，仍旧在斜坡上奔跑着、忙碌着、喊着、叫着，每个人都如同上满了弦的钟摆，她也被大家的情绪感染了，抱起一个沙袋，一步一挪地向子堤走去。沙袋对卢茜来说太重了，完全超出她体力极限，仅仅走了十几米，她就跌倒在泥水里。

有人把卢茜扶起来：卢茜，这种活不是你们女人干的！

卢茜抬头一看，是秦海涛。秦海涛把卢茜扶进一个简易工棚，掏出一块手帕递给她，卢茜擦去脸上的泥水：海涛，你怎么也到这来了？

秦海涛笑了笑：我的煤不是也在你们煤场吗，这么大的雨下了快一天一宿了，我过来看看，别都给我冲进长江里去。

卢茜用手撩了撩额头上湿漉漉的头发：你放心，有沈奕巍他们守着，客户的一个煤渣子也少不了。

秦海涛笑了笑,脸上甚至露出了赫然之色:我不是不放心煤,我是不放心你。

卢茜心生感动:海涛,这么大的雨你跑到工地上来,不是只为了看看我吧?

秦海涛点了下头:这么大的水我能放心吗?找到机房,说你过江了。你也太好强了,扛沙袋的活是你干的吗?卢茜,昨天我做了一个梦,按弗洛伊德的说法,许多梦都是生活的一种预演,我这心里跟长了草似的。

卢茜看了秦海涛一眼:什么梦呀?叫你说得这么神乎其神,好像有什么灵异之事发生。

秦海涛向工棚外看了一眼,放低声音:我梦见昨天下半夜有两颗小扫帚星从夜空坠落,落在了咱们东江港,还在地上砸出了两个坑。

卢茜望着秦海涛,目光中露出疑惑的神色。

秦海涛:我不骗你,还有更邪的在后面呢。那两块陨石落地后,居然幻化成了两个人头像,一个稍小一些的是沈奕巍,另一个……

卢茜打断他的话:另一个是江河,对不对?海涛,你也是受过现代高等教育的人,脑子里怎么能有这种胡思乱想?

秦海涛一脸委屈:我就知道你不信,所以犹豫和你说不说。我告诉你,玄学在西方已经成了一门显学,研究者不乏其人。比如说人在咽气的那一刻,体重会轻上五钱,通过高科技观测手段也可以观测到,人的脑瓜顶上会有一股气流飞出,那其实就是人灵魂的重量。基督教认为,人有原罪,在生命存续期间,行善与否决定人死后是上天堂还是下地狱,咱们的佛教也讲今生来世,生死轮回,毛老头不是也早就说过嘛,物质不灭,不过是粉碎罢了。

卢茜不屑:那你的意思是说,江河和沈奕巍都是妖孽转世?

13　闸口长江大堤　夏　中午　外

沈奕巍冲两位检察官一拱手:二位检察官,辛苦了。

检察官:你是……

沈奕巍:我是港务局副局长、煤码头防汛总指挥沈奕巍。

检察官:噢,沈局长,我们此行是奉上级指示,督促你们封堵闸口,如果抗命不遵,要承担严重的法律责任。

沈奕巍:检察官同志,是这样的,我们有一份经过科学论证的防汛预案,江局长已经连夜赶往省防汛指挥部,请求上级批准我们的预案。

检察官:这个我们不管,我们接到的指令是,一旦水位超过煤码头警戒线,必须封堵闸口,抗命不遵,我们可以依法传讯你们的最高负责人!

沈奕巍:好,我知道了,你们两位先请回。

检察官:该说的我们都说了,再来可就不会这么客气了!

沈奕巍:会逮捕法办吗?

检察官:那是你说的,也不是不可能!

14　斜坡　夏　中午　外

秦海涛苦笑:那是你说的,我可没这么说,不过有些事确实让人费解。你想想,江河上任的第一天就发生了沉船事件,而且有白衣女鬼出没;这才消停了几天呀,东江港又遭遇了特大洪水,如果我的预感不错,后面还会有灾难降临。这地方真不是吉祥福地,还是远离为好。我实话告诉你,这回是特大洪峰,你们打这道子堤纯粹是徒耗人力物力,后面这道闸口早晚得封上!

卢茜瞪了秦海涛一眼:海涛,你都说了些什么呀?越说越不靠谱。你说几句提气的话行不行?

秦海涛双手在卢茜肩头轻轻按了一下,说:卢茜,这种时候我当然不会劝你从抗洪一线撤下来,不过这场洪水过后,你辞职吧,我们换一个地方发展好不好?

卢茜惊异地瞪大眼睛:你开什么玩笑!我们东江港正处于上升期,属于朝阳型企业,我凭什么辞职呀?

秦海涛:卢茜,我可没有开玩笑的意思。这场洪水过后,东江港恐怕三五年都缓不过劲来。人挪活,树挪死,你在一个半死不活的企业里待着有什么意思?

卢茜不耐烦地:行了行了,我不想听你瞎说了,只要不封堵闸口,洪水过后我们肯定有大发展!

秦海涛又向工棚外看了看,凑近卢茜耳旁:刚才我去了我叔叔那里,他正给孟建荣打电话,说今晚十点以前一定要把闸口封上。你知道,这一封东江港要恢复元气可就难了。

卢茜一听脸刷一下白了:江局长还没回来,他们怎么能封闸口?

秦海涛:你还不知道吗,市检察院都来人传讯你们江局长了,我叔叔说紧急情况下肯定要司法介入。现在江水上涨得这么厉害,超过了警戒线快一米了,恐怕上面很快就要下令强行封堵闸口,他是东江港防汛抗洪常务副总,封堵闸口也是职责所系。

卢茜急得直搓手:这可如何是好?我去找沈奕巍商量一下,一定要等江局长回来再做决定,实在不行的话就叫沈奕巍抗命,不调工程队上去。

秦海涛听卢茜一口一个沈奕巍,心中不免失落,就嘲讽地:你别让沈奕巍自毁前程了,他算老几?敢抗命!孟建荣有一支施工队就在两公里之内,全是大型施工设备,封堵令一下,他们十几分钟就能拉上来!

卢　茜:孟建荣混蛋!他怎么甘心给你叔叔做走狗,一点节操也没有?

秦海涛没有想到说了这么多,卢茜依然无动于衷,一脸苦笑:大小姐,你嘴下留点情行不行?这种时候方方面面都是迫不得已,节操早就碎了一地。

卢　茜:不行,就是封堵闸口,也要等江局长回来。海涛,你再去做做你叔叔的工作,让他一定等到江局长回来再做决定,我还是要去找沈奕巍商量个对策,孟建荣要想干涉门儿都没有!

秦海涛拉住卢茜胳膊:你冷静些,我叔叔那边我可以再去说说,但封堵令真要下来,你们也要执行,现在是非常时期,可千万别头脑发热和上面对着干。

卢茜急着去找沈奕巍,心急火燎:知道了,你叔叔那边有什么动静,及时告诉我。

15　某工地　夏　中午　外

几十个膀大腰圆的民工或蹲或坐,正在工棚里吃饭,一大锅猪肉炖粉条,一大盆白面馒头,还有几箱啤酒。

民工甲:老板今天怎么大出血,午餐搞得这么丰盛?

民工乙:大肥肉块子还堵不住你的嘴,吃吧,吃饱了喝足了,肯定有使唤你的时候。

孟建荣走进来,手里拿着一大沓百元大钞:兄弟们,吃饱了的过来领钱,一人一百!

众民工沸腾:猪肉炖粉条子,可劲造,一人还发一百元现大洋,今天是什么日子,老板大喜吗?

孟建荣:希望我大喜吗?希望我大喜就把下午的事办漂亮喽!

民工甲:什么事,老板尽管吩咐。

民工乙:我们希望老板天天见喜,那我们不是天天吃炖肉、发奖金了吗?

16　闸口长江大堤　夏　中午　外

沈奕巍在闸口大堤下巡视,闸口有公安干警把守,大堤上有防汛人员看守。

秦海涛出现在大堤上,四下大喊:卢茜!卢茜!

沈奕巍:这里是抗洪重地,你找卢茜是公事还是私事?

秦海涛看了一眼沈奕巍:呦,沈总,幸会。

沈奕巍:公务在身,没时间跟你扯闲篇。有事说事,没事请回。

秦海涛:哎,这里既不是军事重地,又不是洋人租界,我在自己的土地上找我的女朋友,难道还要分公事私事吗?

沈奕巍目光毫不退让:秦总,这里虽然不是军事重地、外国租界,却是抗洪第一线,抵御特大洪水是东江港目前工作的重中之重,我作为东江港抗洪副总指挥,在非常时期,自然有权要求我手下的干部不为抗洪以外的事分心,这样简单的道理,难道还很费解吗?

秦海涛:昨晚卢茜在机房赶了一宿,各种数据核实完以后,连早饭也没吃就过江了。你就是这么爱护你手下的干部吗?

沈奕巍:呦,难得秦总有如此怜花惜玉之心。

秦海涛哈哈一笑:沈总难道就不食人间烟火了吗?噢,东江港的玉女已经成了我的女朋友,剩下金童一个人挂单儿,我实在是有些不好意思了。

沈奕巍:秦总的话颇为自许,但有两点我还是提示你注意一下。

秦海涛:噢,请讲。

沈奕巍:第一点,卢茜是不是你的女朋友,并非由你单方面认可,至少到目前,还没有谁确定胜出。第二点,物质财富占有的多少只是一个人富有与否的标识,获取物质财富的手段是否正当和拥有财富以后的支配方式,才决定着一个人的真正高度,决定着一个人到底可以走多远。从这个意义上说,秦总也未必能够笑到最后。

17　某工地　夏　下午　外

孟建荣:这一百块钱,凡是去的人人有份,今天这趟差事表现好的,回来以后另有重奖。

民工乙:老板,到底干什么活啊,不会叫我们去抢银行吧。

孟建荣:违法的事不会让你们干。咱们是去封堵闸口长江大堤的闸口,是为了保证江北十几个县市、上千万老百姓的生命财产安全,是干替天行道的义举!

民工甲:孟老板,这种活不给钱也干。

孟建荣:你们都给我听好了,到时候谁稀松软蛋,就给我卷铺盖走人;谁听招呼、敢碰硬,我孟建荣必有重谢!

民工纷纷响应:没说的,听孟老板的!

18　闸口长江大堤　夏　下午　外

秦海涛以守为攻:沈副局长,预测是江湖术士的伎俩,我是企业家,注意的是现实。

沈奕巍针锋相对:秦总经理,此言差矣。历史是现实的一面镜子,而现实又会在某种程度上折射未来。佛教里说的因果报应,辩证法里说的偶然和必然,其实阐释的都是这一人间大道。秦总经理商海征战,鉴古知今,想来不会漠视这样一条历史轨迹吧?以江湖术士一语而否之,估计秦先生自己也未必能静心以对!

秦海涛不甘心:子非鱼,安知鱼之乐?再提醒沈总一句,我既是卢茜的男朋友,还是你们煤码头的客户。你们一再宣称要为客户提供最优质服务,现在看来恐怕有些言行不一吧?

这时,赵小苏跑过来,大声喊:沈头,你在这呢!卢茜找你有急事,她在指挥部等你!

沈奕巍答应一声:这位秦先生是我们的客户,他有什么合理要求,注意,合理要求…… 要尽量给予满足。

19　斜坡　夏　下午　外

雨小了些,像条条丝线随风飘荡。廖汉中领着构筑子堤的人群在奔波、忙碌。

刘希娅打着一面红旗出现在煤码头防洪堤外,红旗上写有"东江师大抗洪宣传队"字样。

刘希娅:各位工人兄弟,我们是东江师大艺术系的应届大学生,到抗洪现场进行慰问演出。第一个节目,男女生二重唱《为了谁》。演唱者,刘林、张迁。

马尾巴和另一个男同学往前一步,开始演唱。

工人们干劲被激发起来了,伴着歌曲的旋律,打桩的打桩,扛沙包的扛沙包,热情高涨。

20　指挥部　夏　下午　外

沈奕巍满身泥水见到了正在门口等着的卢茜。

卢　茜:沈奕巍,两件事,先听好的先听坏的?

沈奕巍:先听好的。

卢茜抹了一把额上的雨水:最终精确的数据出来了,综合各种水文资料,经过周密计算,洪水漫过防洪堤延斜坡上行,以子堤低点为基准,只要水位标高不超过 1.5 米,我们的子堤都能挡住。1.5 米以后的数据还在计算,先给你一颗定心丸吃。

沈奕巍:江局长知道了吗?

卢　茜:第一时间机房就发送到他手机上了。

沈奕巍以手加额:上天保佑,天佑东江港!

卢　茜:先别高兴,还有坏消息,孟建荣的施工队恐怕要拉上来封堵闸口。

沈奕巍:他敢!

卢　茜:发狠有什么用,我还想发狠呐!你赶快拿个主意,孟建荣肯定是奉命上来,不行的话给江局长打个电话,问问省里边是什么态度,去了这么久,也该有个结果了。

沈奕巍:我打过了,局长还没有见到程省长。

赵小苏气喘吁吁跑上来,边跑边喊:沈总,不好了,市检察院又来了两个检察官,要你立刻到他们那里去,要给你宣读什么令!

沈奕巍:扯淡!我们在江边拼命,他们吃饱了撑的,扯什么淡!

卢茜拉着赵小苏:小苏,你回去告诉他们,不管宣读什么,也得到闸口来宣读,沈奕巍现在不能离岗。

赵小苏点头:我说了,他们不听!

沈奕巍吼一声:再去说!

赵小苏一离开,卢茜就焦急地:奕巍,怎么办,你赶快拿个主意!

沈奕巍考虑了一下:孟建荣的施工队要是奉命上来,我们用什么理由阻止他们?在省防指没有把闸口封堵权下放给港务局时,我们如果明着抗命,市检察院可就真有理由拘捕江局长了。

卢茜亮出底牌:如果我去找刘希娅,让她出面阻止孟建荣,你说可行吗?

沈奕巍犹豫:刘希娅倒是有这个能力,她去阻止最好不过。可是她和江局长误会已深,她还能出面吗?

卢　茜:希娅心里是有咱们局长的,估计她不会拒绝。

沈奕巍:卢茜,那是刘希娅的单相思,江局长一直在回避,这你应该知道。

卢　茜:我知道又怎么样?

沈奕巍:所以,你如果用私人感情去绑架她为我们所用,既不道德也会给局长添乱,不好!

卢　茜:那怎么办,你还有什么高招?

沈奕巍:可以去找她谈,但是要晓以大义,让她为了国家利益站出来。

卢　茜:好吧,我看情况而定。

沈奕巍:我听说他们艺术系组成了一支演出队,在东江抗洪一线慰问演出呢!要去赶紧去!

卢　茜:我马上去。走了几步又回过身站住:哎,奕巍,我爸呢?怎么没有看见他?

21　斜坡　夏　下午　外

《为了谁》已经唱完,两个同学鞠躬退下,工人们发出一阵掌声。

刘希娅:工人兄弟们,我们互动一下好不好?下面,哪位师傅愿意为抗洪一线的勇士献歌一曲?

刘黑子狠狠地把铁锹戳在地上,我唱。

刘希娅:唱什么,我们给你伴奏。

刘黑子:《怀念战友》。

手风琴、小提琴和黑管响起来,随着歌曲的旋律,刘黑子声嘶力竭地吼起来,他是在发泄心中无限的悲伤:

天山脚下是我可爱的故乡,
当我离开它的时候,
好像那哈密瓜断了瓜秧……

22 指挥部 夏 下午 外

沈奕巍:噢,忘了告诉你了,老卢叔这两天太累,太辛苦了,江局长让我们送他到医院休养几天。

卢 茜:真的? 不会有什么事吧。

沈奕巍:卢茜,能有什么事,局长是好意,医院的条件毕竟比招待所好,有人照顾。老卢叔心脏不好,这样我们也放心些。

卢 茜:那好,我去找刘希娅。

沈奕巍:卢茜,值此危急时刻,作为抗洪指挥部成员,你一步也不准离开自己的岗位,要确保我随时可以找到你!

卢茜很少见到沈奕巍以这种语气、这种神态和自己讲话,不免有些诧异:你这算是副局长在下命令吗?

沈奕巍点点头:你可以这样理解!

23 省城 夏 中午 外

省城无雨,夕阳正在下沉。暮色好像是画家深染在宣纸上的浅墨,正一点一点向四周洇开。

司 机:局长,一天没吃饭了,吃点东西吗?

江河看了看手表:还是先办事。

司机闻言加快车速,片刻,停在了省政府大楼的门前。

江河下车,来到收发室办进门手续,值班员一声感叹:江局长,您真是福将,程省长抗洪下去了三天,上午刚回来,听他秘书说马上还要走,您要是晚来一小时,就可能与程省长擦肩而过啦!

江河对司机说:幸亏没有吃饭,如果这次赴省见不到程省长,那不是连最后一点希望都没有了吗?

司 机:局长,这是吉兆。

24 斜坡 夏 下午 外

沈奕巍正在加固子堤的队伍中抡着大锤打桩,廖汉中一身泥水跑过来:奕巍,你去开会有什么情况,不保密吧?

沈奕巍黑着脸:老秦要封堵闸口。

廖汉中异常惊讶:什么? 他娘的! 昨天晚上他老秦还跟打了鸡血似的,鼓动我们琊山出人出物,我们连夜冒雨赶到闸口镇,他说变就变了,他是拿我们当猴耍吗?

沈奕巍:廖矿长,您别急,我正在想办法,一切要等江局长回来以后再定。

廖汉中:难怪老江走时不放心,托我关照你一下,看来他是有感觉。

沈奕巍:您说什么?

廖汉中:什么也别说了,我叫上赵达夫跟老秦去理论理论。

25 程志办公室 夏 下午 内

江河推开省长办公室的门,正在吃桶装方便面的程志抬起头,见是江河,腾一下站起身,嘴里咽着方便面,用手拍着桌子上的一张省报:你…… 你小子真是吃了豹子胆啊,拒不封堵闸口,还敢联合琊山煤矿一起向省里施压。什么“确保华东地区电煤通畅”,分明是要挟省防总嘛! 不负荆请罪,竟然还大摇大摆闯我办公室?

江河知道一顿臭骂是免不了的,早有思想准备,赔着笑脸:省长大人,您先别生气,我带来了煤码头经过实地测量、多方科学验证提出的防洪预案,您过一下目?

江河双手将防洪预案递给程志。

程志看也不看,接过来扔到办公桌上:我不看,我问你,抗命不遵该当何罪? 你以为党纪国法都是儿戏吗?

江河感到委屈,泪水忽的在眼眶里面打转。

程志见江河的眼圈红了,有些愕然:怎么,你小子也会来泪奔这一套?

江河忍住泪水，走到程志跟前，把头一探：程省长，您摸摸我的头。

程志伸出手一摸，吓了一跳：怎么这么烫？发这么高的烧，你还往外跑，你真是不要命了！

26 招待所 夏 下午 内

正坐在沙发上喝茶看电视的赵达夫接听电话。

廖汉中(OS)：怎么样，感冒好些了吗？

赵达夫：好些了，多谢老大关心。怎么，有事吗？

廖汉中(OS)：老秦突然要封堵闸口，这不是拿咱们开耍吗？你要是身体撑得住，跟我一齐找一趟老秦，叫这老东西别瞎子翻跟头—— 胡折腾！

赵达夫：老大，还是我先去了解一下情况，你在气头上，弄不好伤了两家和气。

廖汉中(OS)：也好，那你就辛苦一趟。

27 程志办公室 夏 下午 内

江河望着程志：程省长，我高烧三十九多度驱车二百多公里，一天粒米未沾，冒雨来到省城，就是想让您看一眼我们的防洪预案。怎么？您难道连这点心愿都不能满足我吗？

程志忙倒了一杯开水递给江河，双手把他按在沙发上坐下，心痛地说：我看，我马上看。

程志叫进秘书：张秘书，你马上带江局长到医务室去看看，他高烧不退，要赶快采取措施，就是铁人也禁不住这样的消耗啊！必要时，给他挂上水，派个护士照顾他。

江河起身要说什么，程志一摆手：江河同志，你什么也不要说了，你和张秘书去看病，一个小时后，我告诉你最后的决定！

江河觉得头昏沉沉的：那好，我服从领导安排，不过，有一个情况我要向您报告一下，我刚才收到卢茜的一组数据，只要以子堤最低处为基点，洪水不超过 1.5 米，我们的子堤就完全可以挡住。说着，江河调出短信，举着手机给程志看。

程志接过手机，看了一眼：你转发到我手机上。

28 指挥部秦池办公室 夏 下午 内

赵达夫一进门，看到秦海涛也在椅子上坐着，上前和秦海涛握了握手：海涛，你也在。

秦池见赵达夫不埋他，脸上有些挂不住了：达夫，你什么意思，见了我老秦连招呼也不打，我得罪你了是不是？

赵达夫不冷不热：你得罪我倒没什么了不起的，老廖和你动刀子的心都有了！

秦　池：老廖和我动刀子？他凭什么。

赵达夫：昨天夜里我们发出一百多辆载重车，又是人员又是物资，那么大的暴雨走夜路是闹着玩的吗？老廖今早上去接车，愣是在暴雨里站了几个小时，你现在说封堵就封堵，拿我们当牌打呢是不是？

秦池回身关严门，走过来冷着脸低声说：达夫，我这么做老廖不理解也就算了，你心里难道不是明镜似的，我不想方设法把闸口堵上，看着江河做大，以后你在东江港的利益，谁替你保障？

秦海涛：行了，什么时候了还谈利益保障？老赵，以后你每年给我发二十万吨煤，你的利益我给你保障。又转向秦池：叔，要我说，这事您做得是急了点，刚才我到大堤上看了看，工人们情绪高涨得吓人，江水毕竟没漫上来嘛，您这个时候下令封堵闸口，工人们会怎么想？抵触情绪肯定小不了，甚至有可能拒不执行，若和工人们形成僵持局面，麻烦可就更大啦！

秦　池：我知道他们不会执行，我有我的办法。

秦海涛：什么办法？不是叫孟建荣上吗？关键是，要封也要走个形式，形成一个决议嘛！

秦　池：我正为这事搓火呢？沈奕巍借口去支应检察官一去不回，郭川说手头有急事要处理不能久等，章江和闫主席也随声附和，会都开不成。

秦海涛：这明显是消极抵抗，在等着江河回来拿主意。

秦　池：可不是嘛。如果会开成了，让与会者举手表决，有省市两级防指的明令摆在那，谁敢公开叫板?

秦海涛:看来他们已经有了默契,蔫拱呢。不过,江河此时跑到省里去要闸口封堵权,简直就是自取其辱。

秦　池:我决心已下,市公检法也联合发文了,抗洪非常时期,破坏封堵闸口就是犯罪行为,一律从重处罚。老廖要和我玩刀子,好啊,让他来玩!达夫,老廖上次在东江市堵着电厂门口烧花圈,程省长放了他一马,他这次要在闸口上玩刀子,你看看还有没有人能救得了他?

29　省府小会议室　夏　下午　内

会议室里坐着七八个省防总干部。

程　志:东江港煤码头的防汛预案已经复印给各位了,我们现在开一个短会,就一个议题:闸口封堵的权力可以不可以下放给东江港?大家畅所欲言!

干部甲:我认为这是个伪命题,如果闸口的封堵权都下放了,还要我们省防总干什么?

干部乙:老张呀,话也不要讲的那么绝对吗?我觉得一切都要从实际出发,我认真看了他们的防汛预案,有分析,有数据,有措施,不是盲目瞎干。

干部甲:李总,省里召开的防汛动员会你参加了,那个江河当时一听要封堵闸口就跳起来了,明显的本位主义嘛。把封堵权下放给这样一个干部,我们怎么能放心?老哥呀,一旦决堤,十多个县市就成为一片泽国,那可关系到数千万人民的生命和财产安全啊!

干部丙:张主任的话不无道理。不过,我们换一个角度去考虑问题,如果东江港煤码头的运煤通道给封了,沿江电厂最后的进货来源也中断了,电力如果跟不上,对抗洪救灾也极为不利呀!

干部甲:两害权衡取其轻,这个选择不难做出嘛!

干部丙:程志同志,您是省防总常务副总指挥,您有倾向性的意见吗?

30　指挥部秦池办公室　夏　下午　内

赵达夫:秦局长,既然你撂下狠话了,我也就不多说什么了,这场大戏怎么开场,怎么落幕,你是导演。

秦池信心满满:海涛,我得给省防总打个报告,你帮我起个草,调孟建荣的施工队上去,总得有个名正言顺的理由,就说由于江河和闸口煤码头领导班子的错误决策,导致工人不执行封堵闸口命令,我是在迫不得已的情况下,才调用孟建荣的施工队。

秦海涛淡淡地一笑:叔,这么打报告未免太阴险太无情了吧?

秦池面无表情:这也是不得已而为之,事关江北数千万人的安危,江河现在不在闸口,我头上顶着雷呐!真要是贻误了封堵闸口导致决堤,我是要负连带责任的!不是我阴险无情,是大水阴险无情,现在就是你死我活的时候!

秦海涛:叔,这些冠冕堂皇的话,你还是留着到市委市政府去说吧。

秦　池:别废话了,快写吧。

31　省政府医务室　夏　下午　内

江河闭着眼坐在椅子上,护士在给江河挂水。

护　士:你们局长真是不要命了,高烧39度2还不歇着,没见过这样不爱惜自己的人。

司　机:抗洪以来,我们局长没有一天下过大堤。

护　士:图什么呀,真搞不懂。

江河想说点什么,没有说,头一歪,进入了梦乡。

司机拿过一条毯子,盖在了他的身上。

32　省政府会议室　夏　下午　内

程　志:同志们,江河高烧三十九度多,冒着暴雨连夜驱车二百多公里,一天水米未沾,就是希望我们能把封堵权下放给港务局。封堵权是什么?那不是光环缭绕的奖杯,不是人人向往的权杖，是责任、是风险、是担当，是忘我无畏的拼搏，是一旦失误后冰冷无情的手铐！

干部丙：程省长说得对呀，对于不干事的干部，你给他他也不会要呢。

程　志：他本来可以遵命而行，自己毫发无损，可是他非要迎着风险上，他图的是什么？我刚才一直在想这个问题……

秘书推门而入，走到程志跟前，附耳说了几句话。

程　志：好，同志们，我去接一个重要电话，先休会五分钟。

33　指挥部秦池办公室　夏　下午　内

秦海涛放下笔：叔，写完了，您过目。

赵达夫有些担心：老秦，你这个报告省防总不批怎么办？

秦池一笑：我不发传真，急件送去，少说也得一天才有回复，八个闸口也封堵完了。他批不批关我鸟事，无非是为动用孟建荣找个托词。

赵达夫：明白了。

秦　池：再者说了，他有什么理由不批？洪水达到警戒线即封堵闸口，是他下的令！退一万步，江河说动了他们，他们也是哑巴吃黄连，有苦说不出！

赵达夫伸出一个大拇指：老秦，你够狠！

34　省府小会议室　夏　下午　内

程志推门走进小会议室，众人纷纷归位。

程　志：刚才是王石山同志的电话，他说他认真研究了煤码头的防汛预案，并到现场做了多次实地考察，认为他们这个防汛预案有充分的科学依据，在理论上是说得通的，在实践上是可行的。

众人交头接耳，议论纷纷。

程　志：王石山同志说，他愿以项上人头作保，建议我们把闸口大堤闸口的封堵权，下放给东江港，下放给江河！大家同意吗？

众　人：同意！

程　志：刚才我想的问题已经有了答案，江河图的什么？从小处说，他图的是东江港的再度繁荣；从大处说，他图的就是中华民族的伟大复兴！

会议室里一片掌声。

35　程志办公室　夏　晚　内

江河挂着水回到程志的办公室，一个护士在一旁举着输液瓶。

程志见江河进来，上前扶他坐在沙发上，问护士：要输几个小时？

护　士：最少也要再输三个小时。

程志拉一把椅子坐在江河对面，面色严峻：闸口大堤上这道十八米宽的运煤通道，是我省抗洪链条上最关键的节点。封与不封，是把双刃剑。抗洪救灾，电力供应日渐趋紧，闸口煤码头的中转能力沿江最大，封上运煤通道，沿江的煤运不出去，十天八天尚可支撑，时间再长，沿江电厂无煤发电，给华东地区造成的经济损失就难以估量了，省里愁，中央也愁啊！

江　河：我们也是这么想，所以搞了防汛预案。

程志起身到桌前拿起防洪预案，用手轻轻拍打着那几页纸，重新坐回江河对面，口气已不像上级对待下属，倒有些像朋友间在推心置腹：江河呀，处理沉船事故时，你向我汇报的获救者人数就打了埋伏……

江　河：程省长，您，您早知道？

程　志：哼哼，现在我可以告诉你实情，你们港务局有人在船上见到了浑身是水的卢茜，也见到她上岸后将一把琴交给了老卢头，由此不难推断，卢茜是无票上船，裕泰号超载一人！

江　河：我……

程　志：咳，谁没有私心，当时我念你是为了保护手下干部，睁一只眼闭一只眼，没有点破你。这回情况可完全不同了。上次你搞本位主义，充其量是在确定责任时谁承担的多些，谁承担的少些。这一次，如果你还是只看到鼻子尖下的东江港，那么后果就可能是上千万人流离失所，上万人死于非命。下这个决心不容易啊！

江　河：我懂，程省长。

程　志：刚才省防总在家的领导召开了一个紧急会议，王石山同志打回电话，愿意以项上人头为你担保，大家商量后同意把闸口长江大堤的闸口封堵权下放给你东江港。

江　河：谢谢，谢谢！我还怕王总反对呢。

程　志：没有他的电话，我还难以下最后的决心呢！好，我马上让秘书正式行文，你带着省里的批件速回东江港！说实话，本来应当留你到医院休养两天，怕你跟我玩命呢！

江河大喜过望：您要是把我软禁在医院，那真是要了我的命，现在感觉好多了，真的！谢谢王总，谢谢各位领导，谢谢省长对东江港的信任。

秘书推门进来，手里拿着一个提兜，里面装着水果、香肠、面包和烧鸡等食物。程志接过来递给江河：江河同志，时间紧迫，我就不留你吃饭了。这些东西你带在路上吃。回去要三四个小时的路程，我让省医院派了救护车送你，让秘书给你带上两床被子，铺一床，盖一床，你在车上好好睡一觉，护士同志也和你一道回东江，照顾你在路上把这瓶水挂完！

36　大堤防雨棚　夏　晚　内

刘希娅、马尾巴等几个女同学正在换干衣服。

卢茜穿着雨衣，一身泥水走了进来：希娅！

刘希娅一愣：卢茜姐，你怎么来了？

卢茜直奔主题：希娅，江局长出事了！

刘希娅：他出事了，关我什么事？我不希望你再提那个人，你再提他，我们也没得朋友做了。

卢　茜：希娅，我也是刚知道江局长昨晚高烧近四十度，昏倒在防洪堤上，被沈奕巍他们抬到闸口医院。要是再晚送去半个小时，也许就永远残废了，你就这么冷漠，连一点同情心都没有吗？

刘希娅闻言一惊：怎么，他烧得这么厉害？

卢　茜：比这更倒霉的事还有呢！今天下午检察院来了两拨检察官传讯他，说不定过几天他就要进监狱闻铁锈味了！

刘希娅更加愕然：为什么传讯他？

卢茜幽幽地说：还不是为了闸口运煤通道，这条闸口是我们东江港的生命线，也是整个华东沿江工业的生命线，洪水那么凶猛，可我们的生产一天没有停顿。沿江电厂要是没有我们运去的煤发电，上至湖北下到上海，整条生产链就断了。江局长和我们闸口煤码头领导班子决定不到万不得已的时候，不能封堵闸口。

刘希娅：可以理解。

卢　茜：可有些人却拿着不封堵闸口大做文章，说江局长不封堵闸口是对江北几千万人民犯罪！今天一早江局长去省里要求把闸口封堵权下放给港务局，这些人就趁机叫检察院传讯江局长，造谣说他煽动工人不封堵闸口，还把孟建荣的江北施工队调过来实施封堵。

刘希娅：孟建荣掺和这事干吗？他闲得呀？

卢　茜：如果孟建荣的施工队真把闸口堵上了，就形成江局长不封堵闸口的既成事实，他百口莫辩，真的就会被判刑的。

刘希娅喃喃：怎么会弄成这个样子？

37　工棚　夏　晚　内外

孟建荣走进来：弟兄们，都起来，马上跟我去封堵闸口。

大通铺上的民工纷纷跳下来，穿衣服。

然后开着铲车，拉着打桩机，轰轰隆隆向闸口驶去。

忽然有一个人拿着强光手电筒跑过来，拦住孟建荣的施工队伍，大声喊：站住！——

38 大堤防雨棚 夏 晚 内

卢　茜:江局长自从上了防洪堤,就没有回过一次家。有病一直硬撑着,他这次去省城也还发着高烧呢!

刘希娅:卢茜,你知道,我曾经很在意过他。可是我的这把伞太小,只够站两个人,他并没有像我在意他那样在意我。

卢　茜:错。什么时候江局长对你的热情有过回应?在个人情感上,他其实是个挺传统的人,他所以没有明确拒绝你,一是你没有过明确表达,二是他也怕伤害到你吧?他没做错什么,我们有什么理由去责备甚至怨恨他呢?

刘希娅:可是我确实感到一曲长笛,陶然的生命在他的身上得到了延续。

卢　茜:那是你的事儿,姑娘。有时候,爱更是一种远离,一种放手。

刘希娅:你不觉得,他在艺术团的问题上太不负责任了吗?

卢　茜:希娅,你说的这些和江局长的个人恩怨、误会,我现在没时间听,也不想听了。我希望你做的事关乎大局,关乎东江港未来的发展,当然,也关乎江局长的前程,你去还是不去?

刘希娅没有直接回答,目光中流露的是无尽的哀怨与纠结。

卢茜见刘希娅一副愁肠百结的神情,心中有数了:希娅,我跟你说件事,这件事也是江局长不久前和我说的,一直想告诉你。

刘希娅:你这样说,就是我应该知道?

卢　茜:你不是说过,裕泰号沉船时有个人推了你一把,你才从船舱里出来?

刘希娅:是啊,如果没有那一推,我必死无疑。

卢　茜:我告诉你,推你一把的那个人,和江局长是一个部队的战友,叫李水娃。那位英雄被潜水员从江底的沙洞里打捞上来时,还保持着推人的姿势。人生就是这样,有时候,就是这么一推,就能使人重新获得生命,没有这一推,可能就永远沉没了。现在江局长需要你推一把,不光是对他个人,大而言之,对东江港,对整个华东地区都意义重大!

刘希娅眼泪情不自禁流下来:那位恩人的母亲,就是江河认的干娘,对吧?

卢茜点点头,焦急地说:希娅,不能再耽误了,孟建荣的施工队就要到闸口了,东江港现在真的需要你去推一把,你做决定吧!

刘希娅没有再犹豫,她抹去脸上的泪水:卢茜,你是在逼我和孟建荣决裂啊!然后背上琴,一转身走出棚子,大声招呼:同学们,有任务,走啊!

39 国道 夏 晚 外

沈奕巍:孟建荣,你们要干什么去?

孟建荣用手遮住手电筒的光:干什么去,我有必要向你汇报吗?

沈奕巍:你是东江港建筑商,我是港务局副局长,没有权力问吗?

孟建荣:明人不做暗事!你抗命不遵,拒不执行省市两级防指命令,封堵闸口大堤的闸口。老子替天行道,去帮你擦屁股,怎么啦?

沈奕巍:我们有专业的封堵设备和队伍,用不着你去添乱,请回吧!

孟建荣:请回?哼!来人——

几个民工应声走出队伍。

孟建荣:把沈副局长给我扔堤下去。

沈奕巍:孟建荣,你手上有东江港的工程,以后还要承揽东江港的工程,你这样做不考虑后果吗?

孟建荣:正是考虑了后果,我才决定这么做。愣什么神,给我动手!

几个民工上来,连拉带扯将沈奕巍推下大堤。

40 斜坡 夏 晚 外

三公里的子堤已基本构筑完毕,工人们正奋不顾身地工作,打桩的打桩,下钢筋的下钢筋,堵沙袋的堵沙袋。

廖汉中光着膀子在风雨中指挥。

赵达夫穿着雨衣走过来：老大，我把你的意思跟老秦说了。

廖汉中：他什么意思？

赵达夫：他没有明确表态。我说老大，东江港这浑水咱们别趟了，弄不好跟着灌几口水，犯不上。

廖汉中：你这是什么话？东江港的运煤通道要是堵上了，咱们琊山的煤从哪走？现在沿江只有东江港一家还在正常生产。

赵达夫：你说的是，反正咱们仁至义尽了，对吧？

廖汉中：老江没回来之前，我看谁敢封。

赵达夫：唉，江局长那个得力干将呢？

廖汉中：你说沈奕巍啊？他听说孟建荣的队伍要过来，去拦截了！

赵达夫：哼哼，真有胆大不怕死的。

41 长堤堤下 夏 晚 外

沈奕巍艰难地在地上爬起来，活动了一下身体。

兜里手机响，他用雨衣护着，接听手机，里面传出卢茜的声音：沈奕巍，告诉你一个好消息，刘希娅的援兵已经出动了。

沈奕巍：好，太好了！孟建荣这个王八蛋，把我扔在大堤下了，他们估计也快到闸口了。你打电话问问局长，封堵权下放的事落实没有？

手机里传出卢茜的声音：好，你多保重！

42 国道 夏 晚 外

一辆闪着红灯的救护车在公路上行驶。

江河盖着被子在昏睡，他兜里的手机响了，护士掏出来一看，显示屏显示出“卢茜”两个字，他见江河睡得正香，就把手机摁断了。

手机又响，护士接通后小声说：病人正在睡觉，他身体极度虚弱，求求你，叫他休息一会吧！直接关了机。

43 闸口 夏 晚 外

不知道什么时候，雨悄无声息地停了。云影翻开，露出一弯明月，像镰刀一样闪着冷冰冰的寒光。冷月四周，黑云翻滚，熙熙攘攘，似人潮涌动，如万马奔腾，仿佛是天王老子布下的神兵鬼阵。

闸口旁的枯树上，有几片败叶飘落，几只寒鸦哽咽。

孟建荣施工队的挖掘机、推土机轰隆隆地开进闸口，一声惊雷伴着一道闪电照亮闸口底部，让所有人感到震惊的是，在闸口底部，整齐划一地站着刘希娅和师大艺术系的同学们。

闪电中，刘希娅手臂一扬，《江河水》的旋律便激昂悲壮地流淌出来。

孟建荣手一扬，身后的人群和车队停下了。

孟建荣：小姑奶奶，你不是已经和江河分道扬镳了吗？是谁又把你忽悠来为他挡子弹！

刘希娅：表哥，这和江河无关，和个人情感无关。

孟建荣：希娅，你这是何必？

刘希娅尽量用平缓的声音说：表哥，江局长到省里去要闸口封堵权，顶多再有三四个小时就回来了，这几个小时内断然不会决堤，你又何必相煎太急？煤码头几百名突击队员就在闸口两旁待命，又何必有劳你的施工队？

孟建荣紧皱眉头，压抑着心中的怨愤：希娅，你别太天真了，事关省城安危，事关江北十多个市县数千万老百姓生命安危，省里能把闸口封堵权下放给港务局吗？完全没有这种可能！我来也是遵照省防汛指挥部的意思，赶在长江特大洪峰到来之前封堵闸口，消除隐患的。

刘希娅：表哥，省里能不能把闸口封堵权下放给港务局，江局长回来就有结果了，你就不能再等等吗？再说煤码头的突击队、机械队也不是吃闲饭的，给你下命令的人舍近求远调你来？这里面是不是有抗洪以外的因素？

秦池走过来：你这个同学，说话太离谱了吧？谁让你阻止我们封堵闸口的？江河不在，我是防汛常务副总指挥，现在我命令你，马上离开这里！

刘希娅轻蔑地看了一眼秦池：我知道我应该什么时候离开，轮不着你教训我。

秦池恼羞成怒，冲孟建荣一挥手：沉船善后时就是她无事生非；现在又是她出面捣乱，把她架走！

刘希娅急了：看谁敢？她怒视着秦池，因为委屈，眼眶里溢出泪水：你说什么呢？谁在沉船善后时无事生非？你对你说的话要负责任！

秦池看刘希娅怒发冲冠的样子，有些心虚，嘴上依然强硬：我没有时间跟你废话，来人，赶快把她架走！

沈奕巍一瘸一拐地赶来了：住手！秦局长，封堵闸口这样的大事，你有什么权力抛开局党委擅自做主？

秦池看到沈奕巍，气不打一处来：党委会上你潜水，在这里冒泡了？不是你一去不回头，党委会早已形成了决议！又冲孟建荣吼：还愣着干什么，把她架走！

孟建荣：希娅，我明说吧，江河本位主义严重，根本不考虑抗洪大局，不顾及江北数千万人的安危，只考虑自身利益，还把你拉来，利用你阻止我封堵，要说有什么抗洪以外的因素，这就是。

刘希娅一指秦池：建荣，你不要受了这个人的蒙骗！江局长是闸口防汛第一责任人，他没有下令封堵闸口，是因为洪水还没有危急到必须封堵。这个道貌岸然的人把你弄来强行封堵，到底是在抗洪还是借抗洪之名整人，你心里真的不明白吗？

秦池气急败坏：你这个小丫头片子，谁给你权力在这里血口喷人？孟建荣，你脑袋进水了吗，还愣着干什么？

刘希娅倔强地站在闸口前不退半步，孟建荣尝试着做最后的努力：希娅，我的话你为什么一句也听不进去？我希望你去市歌舞团，你至今不去报到。现在秦局长下了闸口封堵令，我来协助封堵，你又说封堵闸口是借抗洪之名整人，我在你心里就那么不堪吗？我看你分明是受了江河的利用，给人家当枪使还浑然不觉！希娅，封堵闸口不是我的个人行为，你还是带着你的同学赶快离开吧。

刘希娅一句一顿地：孟建荣，我也和你明说吧，江局长不回来，你别想封堵闸口，你一定要封的话，就把我也封里面好了！

孟建荣怒视着刘希娅，迸出四个字：你——别——逼——我！

刘希娅上前一步，毫不退让：孟建荣，你令人鄙视！

44　国道　夏　晚　外

江河朦朦胧胧睁开眼：刚才是不是我的手机响了？

护　士：江局长，我把您手机关了，什么人啊，您都这样了还来电话！

江河坐起身拿过手机：你这个小同志，挺厉害嘛！他们找我，肯定有急事。然后拨通手机，放在耳边接听。

45　闸口　夏　晚　外

秦池真急了，他上前搡了一把孟建荣：什么时候了，你还婆婆妈妈的在这扯淡，架走，听见没有，架走，推土机跟进！

孟建荣一咬牙一跺脚：来人，把她给我架走！

施工队中走出四五个膀大腰圆的工人，准备强行将刘希娅架走。

同学们手挽手围成一圈，把刘希娅围在中间喊：你们敢！

孟建荣一招手，又有十多名工人冲过来，要强行把刘希娅和她的同学们架走。

住手！一声断喝，沈奕巍挡住了那些工人，他手里举着手机，对秦池说：江局长已经得到闸口封堵权，他让你听电话。

秦池一愣，犹豫了一下还是接过手机，里面断断续续传出江河的声音：老秦…… 省里已将…… 封堵权下放…… 东江港…… 一切等我回去再说。

秦池听明白了，却对着手机大喊：喂，喂，喂…… 喂！然后将手机递回沈奕巍：信号不好，老江说的什么我一句也听不清，再者说这么大的事口出无凭，省防汛指挥部有明令，洪水一旦达到警戒线立即封堵！现在洪水已超过警戒线一米了，听谁的？凭一个不知所云的电话，我们就置国家利益、人民安危于不顾吗？笑话！孟建荣，让工人们动手！

孟建荣一招手：给我上。

十几个工人冲上前去，和学生们撕扯在一起，闸口的秩序有些乱了，叫喊声和马达的轰鸣声掺杂在一起，在夜色中回响。

沈奕巍：亮灯！

闸口上突然亮起几十盏灯，将大堤上下照耀得如同白昼，廖汉中不知什么时候已挡在刘希娅身前，戟指怒目：都给我滚开！老秦，还要不要脸了，弄些个民工对女学生下手？你要有胆量，把你的推土机从我老廖身上推过去！

秦池不禁倒吸一口冷气，廖汉中身旁站着三百名矿工。更让他惊愕的是，港口公安局的李强竟带着十几个警察，手持微型冲锋枪来到闸底守护。

李强走上前来，向秦池敬了一个礼：秦局长，我奉命守护闸口，维持秩序，严禁无资质施工队进驻，请你配合，立刻让孟建荣的施工队撤出闸口。

秦池气得几乎要跳起来，指着沈奕巍大声叫道：沈奕巍，你搞的什么名堂？

沈奕巍不卑不亢：秦局长，江局长已拿到封堵权，你却执意要一意孤行，我只能动用警力。李强说得不错，封堵闸口有严格的操作程序，绝非一般工程施工单位能够完成。我们自己的机械队、打桩队、突击队都是经过严格培训、实战演练的专业队伍，你还是让孟建荣的施工队赶紧撤出吧，否则真到了需要封堵闸口的时候，他们在这里只能起到干扰破坏作用。

秦　池：沈奕巍，你简直就是目无党纪国法，我没有看到江局长拿到封堵权的正式文件！我告诉你，现在水位标高已超过警戒线一米，即使江河在场，他也要顺应大势，你拒不封堵，公然抗命，是要受到法律制裁的！现在我命令你，立刻接受市检察院的传讯。

秦池说罢，向身后一招手，两位检察官一脸怒气地走出来。

第19集

1　闸口大堤　夏　晚　外

一辆闪着红灯的救护车在大堤上停下。

江河在护士的搀扶下走下车，向闸口快步走来。

2　闸口　夏　晚　外

两位检察官掏出手铐，向沈奕巍亮了一下拘传通知书：省防总明令通报，煤码头防洪堤水位标高超过警戒线时，必须立刻封堵长江大堤闸口，你们到现在还拒不封堵，置江北几千万人民生命财产于不顾，市检察院要求立即拘传当事人，江河不在，你跟我们走一趟！

说着就要给沈奕巍戴手铐。

秦　池：以身试法，这就是下场！孟建荣，上。

孟建荣带着工人往上冲，和守护闸口的工人、学生发生了肢体冲突，现场一片混乱。

李强冲天连发三枪。

在枪声的威慑下，现场一片肃静。

秦池愣了一下：李强，你敢开枪？

李　强：抗洪非常时期，维护闸口安全是我的职责！闸口封堵与否，必须由东江港防汛抗洪总指挥江河决断！

秦　池：江河在哪儿，啊？现在千钧一发，江河在哪儿？

江河在此！闸口大堤上，江河一声大喊，众人的目光顿时聚焦在他身上。

见到江河，刘希娅收拾琴盒，背起琴带着她的同学们默默走出闸口。离开的时候，目光中闪烁着一种难以言说的哀怨。

江河快步走下大堤，沈奕巍、廖汉中、卢茜一下围了上去，刘黑子甚至带着突击队欢呼起来。

沈奕巍紧紧握着江河的手，声音有些颤抖：局长，你终于回来了！

廖汉中也走过来，伸出手拍拍江河肩膀：老江，你回来得很快呀，估摸你怎么还得有两个小时回来呢！

护　士：江局长坐的是救护车，一路鸣着喇叭赶回来的，能不快吗？

秦池见到江河，以攻为守：老江，水位已超过警戒线一米，特大洪峰马上要经过东江水域，你刚才的电话我听不清，作为常务副总指挥，我执行省防总指示，下令封堵闸口了，你不会有意见吧？

江河笑一笑：可以理解，不过，老秦，你还是急了些嘛！

秦池把江河拉到一边，仿佛受了天大委屈：俗话说，水火无情嘛！你不在，我是常务副总，就要代行你的职责。老江啊，沈奕巍关键时刻抗命，我带领孟建荣的施工队前来实施封堵，他居然纠结廖汉中阻挠，你可要秉公处理。

江河看一眼秦池，不卑不亢：是非自有公论，公道当在人间！你说是不是这个理儿，老秦？

两名检察官已不耐烦了，走过来：我们是市检察院的，江局长，根据省防总的明令通报和市府领导指示，要依法对你进行传唤。我们也是按程序办事，请你跟我们走一趟。

江河点点头：检察官同志，如果省防总把闸口封堵权下放给了东江港，你们还有理由传讯我吗？

两位检察官面面相觑：那当然另说了。

江河转过身，走上大堤，面对大家高声宣布：经省防汛总指挥部研究决定，闸口长江防洪大堤闸口是否封堵由东江港港务局负责。说着,从怀里掏出一个牛皮纸信封,在空中挥了挥,这是省防总的正式批复!

大堤上响起一片热烈的欢呼声。

秦池阴沉着脸:江河同志,省防总是让我们决定,而不是让我们不封,我依然保留立即实施封堵闸口的意见。特大洪峰很快就到,情况危急,刻不容缓,必须立即封堵闸口,才能确保闸口堤防。否则的话,一旦溃堤,我们都将成为历史的罪人!

江河把批件交给两位检察官查验,然后对秦池郑重地说:秦池同志,历史的罪人这个结论可不要轻易下,谁无愧于历史,我们还是让时间来检验吧。

3　香港丁氏集团　夏　早晨　内

乔婷走进丁薇薇宽敞豪华的办公室,递上一张《东江日报》:董事长,今天的《东江日报》,再过几个小时,特大洪峰将通过东江港。

丁薇薇急忙接过《东江日报》。镜头推进,头版头条粗黑显著标题:《严阵以待 众志成城—— 记特大洪峰到来之前的东江港》,上面有一张江河指挥封堵闸口的照片。

丁薇薇:我参观过东江港,这个闸口一封堵,他们的煤码头就完全停产了。

乔　婷:您看,通信中说了,闸口封堵完局长江河又命令扒开了,实际上是一次实战演练。现在,省防总已经把闸口封堵不封堵的决定权下放给东江港了。

丁薇薇:这个江河呀,要这个封堵权干什么,他这不是玩火吗?

4　防汛指挥部　夏　早晨　内

江河在给抗洪指挥部成员开会。

江　河:同志们,离特大洪峰通过还有 8 个小时,为了确保洪峰通过时万无一失,现在,我以东江港防汛总指挥的名义命令 :

江河站起身,在场的人也全部起立。

江　河:廖汉中同志 ——

廖汉中:在!

江　河:你和你的三百名矿工分成两班,进一步加固子堤,确保洪水一旦漫过煤码头防洪堤,子堤能发挥作用。

廖汉中:江局长,你放心。

江　河:郭川同志 ——

郭　川:到。

江　河:你主抓生产,确保装卸煤工作有条不紊按部就班进行。

郭　川:是。

江　河:老郭,沿江的几个煤码头全停产了,眼下只有我们东江港还在正常进出,沿江电厂的用煤全靠我们供应,你肩上的担子不轻啊!

郭　川:老江,这我懂!你放心吧。

江　河:在接到撤退命令之前,严守岗位,努力生产。一旦接到撤退命令,坚决执行,不打任何折扣。

郭　川:必须的。

江　河:刘志刚同志 ——

刘黑子应声而起:到。

江　河:你的任务是,散会之后率领你的 200 名突击队员回宿舍睡觉。

刘黑子:睡觉?

江　河:刘队长,不要小看了睡觉。一旦决定封堵闸口,我要求你们必须在两个小时以内完成任务,保护闸口长江大堤固若金汤,不养足精神怎么成?

刘黑子:明白了,大哥!

秦　池：我呢？老江。

江　河：你和沈副局长协助我，统一调动和指挥东江港的抗洪和生产！

秦池没说话，重新坐回椅子上

江　河：闫佳守同志——

闫主席：到。

江　河：闫主席，你负责生活保障。要保证第一线的同志能够吃上热饭热菜，喝上热水热汤，下岗后洗上热水澡，换上干衣服。

闫主席：没问题。

江　河：大家听明白没有？

众人一声吼：听明白了。

江　河：那好，各就各位，准备迎接特大洪峰的到来！

5　煤码头　夏　上午　外

乌云密布的天边露出了一层铁灰色，有几缕阳光透过厚厚的云层映射在白浪涛涛的江面上。

江水持续上涨，百里江面航道没有了以往舟楫往来的热闹景象，沿江几个港口已经停产，只有东江港一切如常。除琊山矿以外，其他一些小煤矿也纷纷借道东江港，往来的船只倒比平时多了许多。运煤船一艘艘出港，运煤火车一辆辆从运煤通道驶入。

郭川在现场忙中有序地指挥。

火车的汽笛和轮船的汽笛交替响起，卸煤机的轰鸣声与江水的奔流声相互呼应，为沉寂的长江水运航道增加了几分生机。

斜坡上的子堤已构筑完毕。廖汉中领众人在加固。

6　香港丁氏集团　夏　上午　内

乔　婷：董事长，怎么是玩火呢？

丁薇薇：很简单，封堵权在上级，江河作为执行者，进退有据，不承担任何后续责任。但是一旦他把封堵权要在了手里，万一决策失误，他就有坐牢杀头的风险，这不是玩火是什么？这个人就是改不了争强好胜的毛病。

乔婷嫣然一笑：董事长，我倒是觉得这位江局长有魄力、有担当、有风骨，眼下这样的男人实在是太少了。我就说嘛，能入董事长法眼的绝非一般男儿。

丁薇薇：你这小妮子，又拿姐姐开心。

乔　婷：哪里。不过，我也有点替他担心。我查阅了相关水文资料，这次洪峰的流速和流量是东江港没有经历过的。

7　指挥部　夏　上午　内

沈奕巍热了一杯牛奶，加了两勺蜂蜜，监督着江河喝下。喝过奶，江河的上下眼皮直打架：奕巍，我实在有些撑不住了，打个盹，有情况就叫我。

说完和衣躺在了指挥部那张简易床上。

沈奕巍过去还没为他盖好毛毯，江河的鼾声已均匀地响起。沈奕巍轻手轻脚把江河床头桌子上的两部电话机移到隔壁，把门轻轻带上，喊来赵小苏：你就在门口守着，没有我的批准，天大的事也不许叫醒局长。

赵小苏一吐舌头：你放心，沈头，谁吵醒局长，我跟谁急！

天色阴下来，又有细雨漫天飘洒，虽时已仲夏，但细雨裹着晨风，打在身上，仍让人生出些许凉意。

沈奕巍走出指挥部，先检查了子堤。廖汉中正领着矿工们打石桩，垒沙袋，子堤高二米，厚也有四个沙袋的宽度，沈奕巍用脚使劲踹踹，沙袋纹丝不动。

离开子堤，沈奕巍想去突击队看看。

正往回走，刘黑子快步走来：沈头，两小时后特大洪峰要通过东江港，我在值班室接到省防总紧急下发的通知后去报告局长，赵小苏把着门不让我进，还说没你发话，谁也不能吵醒他。

沈奕巍有些疑惑：按早些的通报，不还得五六个小时后洪峰才能通过吗，怎么提前了？

他随刘黑子快步走回值班室，查看过电话记录，又收到了省防总的确认传真，并亲自打电话求证后，正犹豫是不是马上叫醒江河，在大堤上监测水位变化的值班员在对讲机里连喊带叫：沈局长，不好了，水位已超过警戒线快两米了！

沈奕巍大惊：继续密切监测水位变化，随时向我报告水位上涨情况！

刘黑子：沈头，拼命的时候到了。

沈奕巍：叫醒突击队所有队员，做好一切封堵闸口的准备，随时听候命令！

刘黑子使劲拍拍沈奕巍的肩膀：你放心，沈头，我这里不会出半点岔子！

沈奕巍对赵小苏说：你亲自去通知郭副局长，停止生产作业，保护好所有机械设备，货船也全部停泊在安全地带。

赵小苏应一声，跑了出去。

沈奕巍也要出门，门一开，江河披着雨衣走了进来。

沈奕巍：局长，您什么时候醒的？

江河一挥手：奕巍，你刚才的工作部署我都看到了，发生了什么情况？

沈奕巍递过电话记录和传真，江河迅速看了一遍：你的安排很好。除此之外，还有一条务必要做到。

沈奕巍不知什么地方还有纰漏，望着江河：哪一条？请局长指示。

江河用手一点：稳住人心！

话音未落，煤码头防洪堤上的值班员在对讲机里惊恐地大叫：不，不好了，水位又涨了二十厘米，防，防洪堤危在旦夕！

8　香港丁氏集团　夏　上午　内

丁薇薇眼望前方：乔婷，我想起了当年我们在演出队时常唱的一首歌。

乔　婷：什么歌？

丁薇薇：电影《英雄儿女》的插曲，说着回身从柜子里拿出了那支长笛。

乔　婷：我也会唱几句呢。

丁薇薇：是吗？

乔婷轻声哼唱，丁薇薇吹起笛子伴奏：

天塌下来只手撑
地陷进去独身挡
两眼熊熊冒烈火
浑身闪闪披彩虹

9　煤码头防洪堤　夏　上午

江河转身冲进雨中，快步跑向江边。沈奕巍等人紧随其后，几分钟后众人已站在防洪堤上。

抬眼望去，但见白浪如山，奔腾而来，远隔数里，听得见惊涛阵阵，如虎啸龙吟，贴着江面送入每个人的耳鼓，令人毛骨悚然。脚下的江水也湍急了许多，一排排十几米高的水浪，似龙王挥舞起的一条条长鞭，拼命抽打着堤坝，不一刻，人们的衣服就潮乎乎紧贴在身上。

洪峰逼近了。

江河用手抹了一把脸上的水珠，果断下令：防洪堤上的人全部撤到子堤；突击队全部在闸口就位！

江河话音未落，监测水位变化的值班员已被奔涌而来的洪峰吓破了胆，撒腿跑向子堤，边跑边颤抖着声音大喊：特大洪峰来了，逃命吧！

沈奕巍大喊一声：站住！再喊一句，我让你去坐牢。

那个值班员一下站住，回头望一眼沈奕巍，瘫坐在地上。

防洪堤上的人有些慌乱，见江河一步未动，又冷静下来，江河扫视了一眼众人，对赵小苏说：你带着大家撤到子堤防守，我和沈总还有话要说。

赵小苏也有些紧张：您不走？

江河一摆手：我和沈总断后。见赵小苏带着众人走了，江河才一字一顿地对沈奕巍说：奕巍，看这阵式，洪水八成要漫过防洪堤。记住，洪水一旦漫过防洪堤，沿这道斜坡漫到子堤的半分位，马上下令突击队封堵闸口，不许有丝毫迟疑，没到，千万别慌！

沈奕巍：明白。局长，您为什么不亲自指挥呢？

江河微微一笑，从袖管里抽出那支长笛：大家连日奋战，太辛苦了，我待会给大家吹一首曲子，为兄弟们助战。

沈奕巍跟着江河走下大堤，学着京剧《红灯记》中李玉和的台词：局长，有您这首曲子鼓劲，什么样的洪水我们也能对付！

特大洪峰咆哮而来。

洪峰排山倒海一般压过来，水位迅速上涨，渐渐的，江水已漫过煤码头防洪堤，沿斜坡向子堤漫过来。站在子堤上往前看，宽阔的江面像一面晃动的巨大镜子，铺在煤码头防洪堤的上沿。溢出的江水形成了一道上千米宽的瀑布，滚滚江水如同无数断了线的珍珠滑落。开始，水只淹没脚踝，随着洪水不断漫过煤码头防洪堤，水深已到了小腿肚。放眼望去，天色微明，江水与长天一色。

没有人见过这么大的水，仿佛天门开处，银河倒泻，无边无涯，无穷无尽。廖汉中和他的矿工、刘黑子和他的突击队全部固守在子堤上。随着水位渐渐抬高，人群中发出一阵阵惊叫。江河看到，不知是冷是怕，有的人上牙直打下牙，有的人双脚不停打战，连老廖也铁青着脸，两眼发直。

水位继续上涨。漫过防洪堤的江水已漫到了膝盖。

沈奕巍发出第一道命令：通知打桩队、机械队在闸口待命！

水位继续上涨，距子堤半分位已不到一尺了。沈奕巍下达第二道命令：突击队整装出发！

刘黑子一招手，突击队随他奔向了闸口。

水位继续升高，浪头越来越急，直涌子堤。廖汉中急眼了，一挥手：琊山的兄弟们，保护子堤，用我们的身体筑一道人墙！说着跳下子堤，和呼啦啦跳下的矿工们手挽手站在了子堤前。

东江港的人们被廖汉中的行为感动了，一个个也扑扑跳下水，连卢茜也跳进水中，和大家手挽手，肩并肩站在了一起，抵御着水浪的冲击。

赵达夫也被迫跳入水中，但见洪水如天河倾泻，已吓得浑身像筛糠一般，冲廖汉中大喊：老大，水火无情，凭这道子堤能挡住这么大的洪峰吗？咱都是父母生、父母养的血肉之躯，拿命开不得玩笑啊！

廖汉中大骂：老赵，你他娘还是站着尿尿的主儿吗？想逃跑，没人拦着你！

人墙有些躁动。这时，一串清脆的长笛声突然响起，激越、高亢，犹如一把利刃，一下子把紧张的氛围撕开了一道口子—— 江河临风而立，站在子堤上，在洪水肆虐的长江之畔，在生死攸关的紧要关头，把一曲《江河水》演绎得如歌如诉，如醉如痴。开始，大家还有些愕然，渐渐地，人们的情绪平和了，浑身的热血也被笛声点燃，人墙不再晃动，在洪水中巍然屹立！

10 香港丁氏集团 夏 上午 内

丁薇薇放下长笛：其实，他最爱吹的是《江河水》。

乔 婷：江河水？好像是一首二胡独奏曲，写的是孟姜女哭长城的故事。

丁薇薇：是一首歌颂爱情的曲子，可是他觉得更是一首催人奋进的曲子。他说，一个弱女子千里寻夫，长哭三天三夜，竟哭倒了八百里长城，见到了朝思暮想的丈夫。这说明，一个人为了达到目的矢志不渝，就能感天动地！每次我们下部队演出，他的这首长笛独奏《江河水》都会返场。你不能想象，一首本来有些伤感的曲子能被他吹得那样荡气回肠，热血沸腾！

乔 婷：能把曲子吹成这样的人，用的一定不是技巧，是生命。

丁薇薇:是啊,他就是这样一种人,生命像蜡烛一样通体燃烧!你会不自觉地被他的光晕所吸引,所折服。

11　煤码头防洪堤　夏　上午

廖汉中看着面色从容的江河,眼眶竟有些潮湿,他大喊:兄弟们,看见了吗?这才是真正的爷们儿!

闸口处,一面红旗上下飞舞,那是站在闸口大堤上的刘黑子。他挥舞着红旗,脸上不知是雨水还是泪水,大喊:兄弟们,江局长江大哥吹长笛慰劳咱们了!江大哥在我们前面站着呢!——

李强和港口公安局的干警们,也在闸口上高举起微型冲锋枪,向江河示意。

值班员向江河身旁的沈奕巍报告:江水距子堤半分线还差十厘米!

沈奕巍望一眼江河,江河正望着他,目光从容而坚定。

沈奕巍打开对讲机呼叫:刘志刚!刘志刚!

闸口的刘黑子回答:听到。

沈奕巍下令:准备封堵闸口,命令下达,务必在两个小时以内完成任务!

刘黑子:保证完成任务!

沈奕巍关上对讲机,放眼望去,但见涛飞浪卷,洪水连天。他的眼眶忽然一热,泪水夺眶而出,难道这半年多的努力,这些天的心血都白费了吗?江水只要再上涨几厘米,他就要下达封堵令了!沈奕巍看了一眼迎风而立的江河,他的双眼望着滚滚洪水,在晨曦的反光中,也有泪珠闪耀。

值班员报告:沈总,水位不再升高!

沈奕巍伸出手一试,不知什么时候,雨已经停了。

此时,狂风已止,只有微风吹拂着受伤的万物。天边浓重的阴云渐渐散开,太阳从云缝里露出了半个脸蛋,一行白鹭鸣叫着掠过江面,又箭一样向水天的尽头射去。

江水依然湍急,但是,水位却没有继续升高。值班员紧紧盯着子堤上标示水位的红线,一时间,咆哮的洪水似乎成了被关进笼子里的老虎,虽然野气未泯,却也威风难在……

12　香港丁氏集团　夏　上午　内

丁薇薇:算了,我们不说他了,你说说 R 港的收购情况吧。

乔　婷:经过三轮谈判, R 港的收购已经完成,按您的要求,我们出资 1.2 亿美金,占股百分之十五,是第三大股东。相关管理人员已经到位,只是遇到了一个问题——

丁薇薇:什么问题?

乔　婷:A 国的人有一个习惯,没有钱上班,发了工资就歇工了。生产难以正常经营。

丁薇薇:那为什么不考虑从大陆招工呢?

乔　婷:考虑过,一是劳动力成本问题;二是 A 国政府之所以同意出让 R 港股权,就是希望能在当地解决一部分人的就业。

丁薇薇:噢,是这样。乔婷,我有一个预感。

乔　婷:是有关东江港的吧?

丁薇薇:这次东江港如果能够度过危机,必定会加快发展步伐。

乔　婷:是啊,沿江煤码头都关闭了,东江港一花独发,效益不但不会受到影响,反而会大大提升。

丁薇薇:有钱了是一方面;我了解江河的性格,他是一个有梦想的人。

乔　婷:董事长,您确定江河能度过危机?

丁薇薇:我确定。在他寻梦的路上,说不定我们会有所交集。

13　闸口长江大堤　夏　早晨

特大洪峰安全通过,洪水渐渐退去。

东江港彩旗飘飘,作业线上一片繁忙。

程志一行的轿车停在闸口大堤上，他走下车，后面跟着市长韩仕琪、王石山和几个省防总的工作人员。

江河、沈奕巍和秦池等人快步迎上前。

程志上前紧紧握住江河的手：江河同志，看到长江洪水滔滔，我的心情十分沉重，看到东江港生产有条不紊，我的心里又万分欣慰。你知道吗？东江港的生产照常进行，沿江电厂才没有停产，保证了抗洪救灾的用电需要。仅此一举，就可以避免华东地区经济损失上百个亿啊！

江河闻言，有一股悲怆的苦涩涌上心头。

程志走向延绵数里的子堤，用手一指：多亏了这道子堤啊！有了这道子堤的保障，我们的运煤通道才得以保留，华东地区的电煤供应才没有受到影响。江河同志，你以为我有多大的胆子？如果没有这道子堤，我是断然不敢把闸口的封堵权下放给你们港务局的！

江　河：谢谢程省长对东江港的信任。

程志一摆手：你不要谢我，他一指身旁的王石山，你好好谢谢王总吧，是王总认真研究了你们的抗洪预案，实地考察了子堤的位置与修建，三番两次向省防总报告，愿意以项上人头作保，建议我把闸口的封堵权下放给东江港。

王总一笑：程省长你可别表扬我了，说句老实话，这些天我从来没有睡过一个囫囵觉，心脏病没有发作便是万幸。

江河上前，紧紧抱住了王总。

程志长出一口气，感叹：还好，一切都过去了。我要为你们几位有功之臣向省里请功，你们居功至伟！

江河眼圈一下红了，看到程副省长身后的卢茜，他想起了老卢头。

程志扭头看到江河表情有些异样，以为他是连日操劳体力难支，就关切地问：江河同志，你怎么啦，不舒服吗？

江河的泪水开始在眼圈里打转，他咬住嘴唇，强忍悲痛。

程　志：江河同志，我知道，这些日子你承受了太大的压力。想哭就痛痛快快哭出来吧！站在你面前的都是你的同志，你的兄弟姐妹，没有人会笑话你。无情未必真豪杰，有泪如何不丈夫？哭吧，别憋在心里。

程志这样一说，江河再也控制不住内心的情感了。他双手掩面，蹲下身，一声哀号从胸腔迸发：老卢大哥！

沈奕巍和刘黑子上前抱住江河，也热泪奔流。

卢茜大惊，她冲上去抓住沈奕巍：我，我爸，怎么啦？

沈奕巍扑通一声跪倒在地：卢茜，你打我吧、骂我吧，我有罪，我没有把老卢叔照顾好。老卢叔…… 牺牲了。

卢茜闻言，身体一晃晕了过去。

14　丁薇薇办公室　夏　上午　内

乔　婷：姐姐，我一直纳闷儿，港口管理不是丁氏集团的长项，您怎么对收购这个港口这么上心呢？

丁薇薇：你注意到没有，中国政府向世界提出了“一带一路”的倡议，这是一个改变世界经济格局的宏大设想，如果成功了，会构建一个人类命运共同体。一带是丝绸之路经济带；一路就是21世纪海上丝绸之路。对于一路而言，沿海有地缘优势和发展潜力的港口，就是它重要的支点。

乔　婷：哇塞！姐姐你的气魄好大呀，你是想参与海上运输？

丁薇薇：鬼丫头，跟你交个底，我哪有那么大气魄。

乔　婷：那，您这是……

丁薇薇：我没有那么大气魄，可是江河会有那么大的梦想。

乔　婷：这场洪水他都自顾不暇，还有那么长远的设想？

丁薇薇：你不了解他，“一带一路”对于港口来说是个重要的发展机遇，他不会让这个机遇和自己擦肩而过。

乔 婷:那我可以理解成咱们收购 R 港,是先行为江河占位吗?

丁薇薇:你说呢?

乔 婷:不过,江河能有这样敏锐的战略眼光,把未来的收购标的锁定为 R 港吗?

丁薇薇:如果他想融入“一带一路”,很有可能锁定 R 港。东江港是一个内港,直接融入“一带一路”多少会受些局限。以江河的性格,他会一步到位,把收购标的直接锁定到海外, R 港应该是他的重要选项。

乔 婷:您这么有把握?

丁薇薇:这是由 R 港的位置、发展、体量、价格和东江港的经营方略等等各方面因素决定的。

乔 婷:价格? 董事长,因为 2008 年世界金融危机的影响,现在我们收购的价格绝对便宜得不能再便宜了,即便转手东江港,最少也会有三四成利润。

丁薇薇:乔婷,不是什么钱我们都要赚的。

乔 婷;明白了。

丁薇薇:你明白什么了,鬼丫头?

乔 婷:我明白了,董事长的“交集”是什么意思。

15 追悼会 夏 上午 内

老卢头安卧在鲜花丛中,身上覆盖着一面鲜红的党旗。

哀乐低回。卢茜泪眼蒙眬,被刘希娅搀扶着站在老卢头的遗体一侧。

秦池突然从悼念的人群中跑出来,伏在老卢头的遗体旁大放悲声:老卢头,老卢大哥,卢站长,你怎么就走了呢! 你舍得下卢茜,舍得下相处了几十年的老兄弟吗? 我悔啊,你一个人在太平间里待了好几天,我一次也没有去看过你,连一束小花我都没有给你送去啊,我对不起你! 可是,我不知道啊,我真的一点也不知道啊!

郭川和章江把秦池架起来:老秦,秦局长,节哀吧! 话音未落,两个人也泪如雨下。

秦池转向沈奕巍:你为什么要封锁消息? 你有什么权力封锁消息?

闫主席:老秦,小沈的做法也可以理解,他不封锁消息,不但老江、卢茜受不了,咱们…… 咱们老哥几个也撑不住啊! 都倒下了,抗洪怎么办?

章 江:奕巍他心里更苦,老卢拿他像儿子一样看。

沈奕巍捂住脸,痛哭失声。

程志悲痛地走到前面:同志们——

痛哭的人开始抽泣,会场肃静下来。

程 志:今天,我们在这里隆重悼念卢子明同志,他以命相搏,确保了华东地区最大的运煤通道畅通无阻,为国家挽回了上百个亿的经济损失! 他是抱着必死的信念来到防洪第一线的,因为他的血管已经堵塞了百分之七十,医嘱只能静养,不能劳累,不能激动! 可是当他纵身跳进洪水中的那一刻,他已经把生死置之度外! 我们为东江港失去这样一位对党、对人民赤胆忠心的共产党员而感到万分悲痛,同时也为东江港有这样一位无私无畏的优秀员工感到无比的骄傲!

言罢,程志转过身向老卢头遗体深深地三鞠躬。

卢茜挣脱了刘希娅,痛哭着扑向父亲的遗体,撕心裂肺地喊了一声:爸,爸爸,女儿不孝,是女儿害了你呀——!

字幕:两个月以后

16 医生办公室 秋 上午 内

一位中年医生对刘黑子说:刘先生,你太太的病情没有缓解,现在最好的办法是换肾,可以从根本上改善病人的生活质量。

刘黑子:配型的肾源找到了吗?

医 生:已经找到了匹配的肾源,你们尽快交齐手术费用,就可以手术了。

刘黑子:需要多少钱?

医　生:三十万元吧。

刘黑子:我的肾移植给我老婆不行吗?

医　生:跟你说过多少遍了,你的肾不匹配。这个机会很难得,一般肾源只有百分之二十的匹配度,这个达到了百分之九十五,错过了不知又要等多久。

刘黑子:那好,我去凑钱。

17　煤码头　秋　上午　外

沈奕巍陪着江河在港区巡视。

装船、出港,工人各就各位,工作秩序一片井然,港区环境整洁干净。

沈奕巍:局长,按照目前的趋势,今年的煤炭中转量不是能不能完成指标,而是增长多少。

江　河:是啊! 老子说福兮祸所伏,真是充满了智慧。没想到一场特大洪水,倒让东江港凤凰涅槃了。

沈奕巍:我昨天和章总估算了一下,今年各公司的创利加在一起,估计会破亿,明年加上煤化工项目和集装箱码头改建后货运量的增加,突破两个亿应该有希望!

江　河:奕巍,你算的是国内这笔账。

沈奕巍:是啊!

江　河:新型煤化工产品在海外有广大市场;集装箱码头的日用品、电器、农机和医药也主要面向海外。现在的问题是,海外走货的几个港口吞吐量受各种因素制约,我们缺少一个高效有力的支点!

沈奕巍:是啊,我们的经营方略是以煤炭为基础,以外贸为重点,这个重点现在还是个薄弱环节,如果外贸抓上去,东江港就真的如大鹏展翅了。

江　河:对头。

沈奕巍:局长,您瞄上上市和“一带一路”了,是不是?

江　河:你呢? 我看你的办公桌上有好几本关于股份制改造和“一带一路”的书,你想搞什么名堂,嗯? 坦白!

沈奕巍:不瞒您说,局长,我也正琢磨这个事呢。

江　河:奕巍,我们要做的一切都必须有充分的科学论证。这回抗洪,你们煤码头的防洪预案就非常具有科学精神嘛! 有时间,你给我拿出一个东江港上市和融入“一带一路”的初步方案。

沈奕巍:好,我马上着手。

江　河:好了,程省长让我去一趟省里,回来以后我听到你的想法。

沈奕巍:您什么时候回来? 明天上午要签订收购贮木场的协议。

江　河:这个事情不是老秦在主持吗,我争取赶回来。

沈奕巍:我觉得有一个人,您也应该抽时间去看望她一下。

江　河:谁啊?

18　香港丁氏集团　秋　上午　内

丁薇薇打电话:乔婷,今天的《东江日报》来了吗?

乔婷推门而入:董事长,《东江日报》今天头版有重要消息。

丁薇薇急不可待:快拿来我看看。

乔　婷:您看,东江省召开抗洪表彰大会,卢子明等十人立功受奖。

丁薇薇长叹一声:真的,我就知道会是这样。

乔　婷:董事长,你看,东江港这次不但没有因为洪水受到损失,生产反而有了极大发展。

丁薇薇:他就是这样一个能不断创造奇迹的人。

乔　婷:哎呀,董事长,这样的人如果能来丁氏集团该多好。

丁薇薇:我又何尝不想,不过世间事,有多少能遂人心愿?

19 煤码头 秋 上午 外

沈奕巍:刘希娅。

江 河:刘希娅?

沈奕巍:局长,上次沉船,就是在咱们最难的时候,她同意火化陶然的遗体,为我们打开了事故处理的突破口。

江 河:这我怎么会忘。

沈奕巍:这次又是她在最艰难、最危险的时刻伸出援手。说句老实话,如果不是她出面阻止孟建荣,等您回来,估计木已成舟了。两级政府都明令超过警戒线必须封堵闸口,老秦手握尚方宝剑,如果我们硬干,事情还真是难办!

江 河:那你们应该代表港务局当面向她表示感谢!

沈奕巍:我们? 局长,我们去和您去能一样吗?

江 河:什么意思你?

沈奕巍:什么意思您知道啊! 刘希娅对您有好感您不会没感觉吧? 她能出面阻止孟建荣封堵闸口,其中恐怕就有这种情感在里面。

江 河:那我就更不宜去了。

沈奕巍:为什么?

江 河:奕巍,有一句话说得好:婚姻是一种契约,一旦订下,你的幸福就被买断了。

沈奕巍:您的话有点玄妙。

江 河:很简单嘛,婚姻在带给你权利的同时,也赋予了你要承担的义务:那就是对配偶的忠诚。每个人在婚礼上都立下过誓言:无论富有还是贫穷,无论健康还是疾病都不会分开。对誓言的坚守,不是迂腐,是一个男人的责任。

沈奕巍:您的表述有些传统。

江 河:传统的不一定就是过时的,就像纯洁的不一定就是白的一样。你可以想一想,人类社会之所以能够不断发展,也许正是源于对某些传统的坚守。

沈奕巍:比如真善美,比如宽容、悲悯和谅解。

江 河:对头。刘希娅的误会需要靠时间来慢慢消除,我们能做的,就是不要让误会加深。噢,奕巍,我下午回局里了,明天一早还要去省里,听听程省长有什么指示。

沈奕巍:局长,中午就在职工食堂就餐吧,尝尝我们师傅的手艺。

江 河:好啊,我想吃尖椒土豆丝,有吗?

沈奕巍:这个,可以有。

20 小酒馆 秋 中午 内

刘黑子和石二满在靠墙的一张小桌前相对而坐。桌上摆着几样小菜和一瓶白酒。两人边喝边聊。

刘黑子:二满,黑哥托你的那件事办得怎么样了?

石二满:黑哥,我给你问了社会上的几个朋友,买家也联系好了,程序是这样的—— 吃完饭我带你去见靳疤瘌,下午到医院检查身体,明天一早儿坐火车到南京和患者家属见面。

刘黑子:配型不会有问题吧?

石二满:需要肾源的有十几个人呢,肯定有一家能配成。

刘黑子:给多少钱?

石二满:十万,这是相当高的价格了。

刘黑子:能再多给点吗?

石二满:一会见了靳疤瘌再说,反正小弟是一分钱都不挣。

刘黑子:谢谢你了,兄弟。

石二满:黑哥,忙我是给你帮了,可小弟心里不踏实。

刘黑子:这话怎么说?

石二满:黑哥,你才三十多岁,摘了一个肾,想没想过后半辈子对你有什么影响? 人身上的物件既然长了就都有用。

刘黑子:我就当换给我老婆了。

石二满:还有,江局长对咱们弟兄不错,卖肾总是违法的事儿,心里有点发慌,不得劲。

刘黑子:我也是没有办法,三十万的手术费,现在才有一万多,你黑哥心里急呀。

石二满从兜里掏出一个信封:黑哥,这是一万块钱,没多有少,算是小弟的一点心意,你收下吧。

刘黑子:兄弟,你也……

石二满:黑哥,你要是不收下,就是看不起兄弟。

21　香港丁氏集团　秋　上午　内

乔　婷:董事长,我觉得你们当年的伤口,早就被时间平复了。

丁薇薇,情感上的伤口或许是这样,思想上、价值观上如果有了裂痕,可不是时间能平复的。

乔　婷:会吗?

丁薇薇:他是大陆国有企业,我们是海外私人公司,道不同,不相为谋嘛。

乔　婷:我看也不尽然,现在都什么年代了,和平与发展成了世界的主流,价值观不但多元,而且也互相尊重、互相包容了,抱残守缺、故步自封怎么能跟上时代的发展?

丁薇薇:你这小妮子,蛮会高谈阔论嘛。好了,帮我安排一下时间,我要到东江港走一趟,有点想我在东江港的小妹妹了。

22　全福兴　秋　中午　内

卢茜和刘希娅在一张小桌前相对而坐。

刘希娅翻看菜单,对待立一旁的服务员:金丝饼、虾子面、卤鸭、醉鱼、牛肉锅贴各要一份。

卢　茜:希娅,点多了吧?

刘希娅:不多,再来一壶菊花茶。

服务员答应一声退下。

卢　茜:几个月前在三楼"静雅"吃饭时的情景还历历在目,可惜呀,没有六十年的善酿可喝了。

刘希娅抿嘴一笑:想喝还不容易,你一个电话,有人屁颠屁颠地就给送来了,怎么样,打吗?

卢茜断然拒绝:不打,我们姐妹聊天,要他来凑什么热闹?

刘希娅叹了口气:我和孟建荣是彻底掰了,有时想想,我们几个人在一起吃饭,听孟建荣侃侃茶道,听秦海涛聊聊古董,也蛮享受的。唉,都是过去时了。

卢茜拉起刘希娅的手:希娅,对不起,都是我害得你和孟建荣彻底分手。

刘希娅摇摇头:不怪你,要是没有闸口那一幕,我也看不清孟建荣的真面目。老卢叔走了,你以后打算怎么办,还想在东江港待下去吗?

卢茜目光忧伤,有泪流下。

刘希娅:是我不好,叫你伤心了。

卢　茜:海涛让我去经营他的船队,我没兴趣。东江港我是真不想再待下去了,可我去哪儿呀,要不我们一起去丽江吧?

刘希娅:一起去丽江?你去了干什么?

卢　茜:还能干什么?开个小茶馆,要不就开个小酒吧,消磨时光呗。

服务员端着托盘,将小吃一一摆上桌面,说了一句请慢用,躬身而退。

刘希娅笑:好姐姐,你还是去和秦海涛商量商量吧,你以为我住长江头,君住长江尾,日日思君不见君的日子好过呀?

卢茜神情黯然:别瞎说,我要是和他真到了日日相思的程度,早嫁了。

刘希娅突然说:对了,你在香港不是有个表姐嘛,又漂亮又大方还是个富婆,我看她蛮喜欢你的,你干脆去投奔她好了。

卢茜浮出一丝苦笑:我要真有这么一个表姐就好了,她叫丁薇薇,是江河的老战友。

刘希娅听了一下愣住,刚刚夹起的一块卤鸭也掉在了桌子上:什么?她叫丁薇薇?她就是丁薇薇！

卢茜点头：是呀，她怕给江河惹上麻烦，才让我叫她表姐的，怎么了？

刘希娅把筷子啪一声拍在桌子上：骗子！他是个骗子！

卢茜见刘希娅情绪几近失控，有些莫名其妙：你说谁是骗子？

刘希娅：还有谁？我说的是江河，江河就是个大骗子！他说和丁薇薇已劳燕分飞，一生陌路了，编了一个那么凄凉悲惨的故事讲给我听，让我以为我和陶然的死别是痛在一时，而他和丁薇薇的生离是痛在一世，他欺骗我的感情！

卢　茜：江河为什么要编一个凄凉悲惨的故事讲给你听？是要你同情他，还是要让你知道，这个世界上还有比亲人逝去更痛苦的磨难？

刘希娅：我也想不清楚。

卢　茜：如果是这样，他将来会不会也编一个凄凉悲惨的故事讲给我听，让我知道他经受的磨难，比我失去父亲更痛苦？

23　秦池家　秋　中午　内

秦池独饮，对面摆了一副碗筷和一副小镜框，镶着秦池和老卢头的合影。年轻的老卢头双眼含笑，在默默注视前方。

秦池拿起酒瓶，轻轻在两个酒盅中斟满酒：老卢头，咱老哥俩有多久没有在一起喝过酒了？起码三年了吧？今儿是星期天，我亲手做了你平时最爱吃的几样小菜，请你喝几盅，啊！

秦池满饮一盅，以杯底相示。双手捂住脸，泪水顺着指缝流了出来。

秦　池：来，老卢头，尝尝我炖的老姜鸡汤，这可是你平时最爱吃的，为了置办这几样小菜，我一早儿就去农贸市场，食材都是最好的，你吃着顺口吗？

24　全福兴　秋　中午　内

刘希娅摇摇头：他把感情隐藏得太深了。望着卢茜，犹豫了一下，像是痛下决心似的说：卢茜，我告诉你一个秘密吧，方秋萍根本没有死，她就在云南。

卢茜惊得差点没把手中的茶杯掉在地上：希娅，你说的是真的？

刘希娅：我在丽江一家古玩店里亲眼看到了方秋萍，江河要我把看到的每一个细节都告诉他，他才给我讲了他和丁薇薇的情感经历。他叮嘱我不要把这件事告诉任何人，否则我可能有生命危险。

卢　茜：怎么能是这样？希娅，你我都是落水者，裕泰号撞船那片水域，无论距江北还是距江东都有几千米，方秋萍当时如果没有被湘籍船救上来，她能自己游上岸吗，绝无这种可能！除非……

刘希娅：除非还有一条船在接应她。卢茜，你是不是也这样判断？

卢　茜：是的。希娅，你想过没有，如果有一条船在接应方秋萍，那么裕泰号沉船就不是一次偶然事故，而是人为制造的一场灾难，目的就是让方秋萍人间蒸发，把她转移出去的一亿多售煤款做成死账。

刘希娅点点头：卢茜，你说的没错。我发誓，一定要找到方秋萍，我不能让陶然就这么不明不白地走了。

卢茜脸色苍白地抓着刘希娅的手：希娅，我觉得这件事太可怕了，你想想，我们都能看出问题，江河当了那么多年公安局长，他能看不出这里面的问题吗？

刘希娅一撇嘴：他当然能看出来。

卢茜握着拳头，气得浑身颤抖：他既然能看出来，他就应该知道，裕泰号沉船是一起人为制造的灾难，我父亲根本没有半点责任，他为什么不给我父亲一个说法，让我父亲含冤离世？

刘希娅心里也一颤：他是不是有什么难言之隐？

25　江河办公室　秋　上午　内

江河正在案头看文件。

赵小苏破门而入:江局长,刘黑子要去卖肾,您知道吗?

江河腾一下站起来:什么?黑子要卖肾?怎么回事儿?谁告诉你的?

赵小苏:上班时遇见了石二满,他告诉我刘黑子正去和黑中介要敲定这件事儿呐。

江　河:在哪儿,你快带我去!

26　秦池家　秋　中午　内

秦池泪流满面:老卢大哥,我也有许多难言之隐,今天不妨一吐为快。首先,我得谢谢你老哥哥,你知道煤码头防洪堤孟建荣做了手脚,建在斜坡上的变电站更是重大安全隐患,你事先三番五次提醒我,我不听,还嫌你烦人。你难啊,你不愿意出卖我这个老朋友,又怕堤毁人亡的惨剧发生,所以你才不惜以命相搏。

秦池擦了一把泪,一仰脖又干了一杯酒。

秦　池:我知道,你干吗非跳进水里,可是我情愿杀头坐牢,也不愿意看到你老哥哥撒手西去啊!我对不起你,老哥哥你抽兄弟两个嘴巴吧!

秦池左右开弓自抽了几个嘴巴:老哥哥,打得好,你解气了吗?

又拿过对面的酒杯:老哥哥,你心脏不好,这杯酒兄弟替你喝。

27　全福兴　秋　中午　内

卢　茜:他有什么难言之隐?希娅,你知道吗,就因为你在丽江那家古玩店里看见了方秋萍,他就怀疑方秋萍和秦海涛合伙走私文物,三番五次地要我去试探秦海涛。

刘希娅:让你去试探秦海涛,这不是利用你的感情吗?

卢　茜:现在想想我真傻,方秋萍是廖汉中的老婆,她从琊山煤矿转移走一个多亿的售煤款,没有廖汉中的默许能做到吗?廖汉中才应该是最大的怀疑对象。

刘希娅:廖汉中脱不了干系。

卢　茜:江河把目标转移到秦海涛身上,根本就是在保护廖汉中。我说廖汉中怎么那么支持他,也许他们暗中早就有交易!

刘希娅惴惴地问了一句:你为什么会去呀,我的卢茜姐?

卢　茜:事情到这一步,我也没什么可瞒你的了。我曾经喜欢过江河,只是在心里,从未向他表白。所以在情感上很难拒绝他的命令,况且他又说得那么冠冕堂皇。我知道,这是一条情感的不归路,思来想去,选择了放手。我和秦海涛所以有了交往,也是为了忘掉江河,在情感上远离他。

刘希娅:按弗洛伊德的说法,你选择秦海涛是为了"移情"?

卢　茜:开始有这个因素,后来对秦海涛逐渐有了感情。不过,远没到你说的那种程度,心里还是有阴影。

刘希娅抓住卢茜的手:这阴影其实是江河带给你的。卢茜呀,咱俩好傻呀!我觉得江河也是在利用你的情感,要达到他不可告人的目的!

28　江畔街心公园　秋　上午　外

刘黑子、靳疤瘌和石二满坐在一张石桌前。

刘黑子:能不能再多两万?

靳疤瘌:你想都别想。你去打听打听,谁儿花这么多钱收个腰子,要不是他苦苦求我,我都懒得见你。

石二满:疤瘌,黑哥是急着用钱给他老婆换肾。要不……

靳疤瘌站起身:卖不卖?一个子儿不加,不卖我走了。嘁,我又不是慈善总会,跟我说不着这个。

刘黑子:卖!钱什么时候给我?

靳疤瘌:说定了,先给你五千定金。检查身体不合格,你还得退我。

石二满:黑哥的身体跟小牛犊一样,怎么会不合格呢!

靳疤瘌:剩余的钱,做完手术后三天内打你卡里。

刘黑子:就这么定了,什么时候跟你走?

靳疤瘌从包里掏出一沓钱递给刘黑子:这是五千定金,你先收好。

江河和赵小苏两人跑过来。江河上来给了刘黑子一巴掌:黑子,你要作死啊!

刘黑子:大哥……

江河一把夺过刘黑子手上的钱,啪一声甩在石桌上:我们不卖肾,你走吧!

靳疤瘌:嘿,嗑瓜子怎么嗑出你这么个臭虫来。收了定金,哪还有反悔的道理,你他妈这不是找打吗?说着抬手一拳击中江河鼻梁,血从鼻子里流出来。

刘黑子和赵小苏要扑上去,江河一伸手拦住了他们:他收了你的定金,你打了我一拳,咱俩算是扯平了。你收起这脏钱赶快给我滚!不然,我一个电话拘了你,信不信?

石二满:疤瘌,他是我们港务局局长,你吃了豹子胆了,敢跟他动手?告诉你,他的话可不是吓唬人,你赶快走吧!

靳疤瘌:是那个抓了二狼的江河?

江　河:你不信吗?

靳疤瘌:信,信!说着拿起钱转身跑了。

刘黑子:大哥,我……

江　河:你什么也别说了,我告诉过你,有难处找大哥。

29　秦池家　秋　中午　内

秦　池:老卢大哥,我秦池大学一毕业就到你的班组锻炼,后来从技术员一步步干到常务副局长,这一路是怎么走过来的,你老哥是看在眼里的。我也曾经勤政,我也追求过廉洁,可眼下是什么风气,你不会不知道呀!悔不该老母亲八十大寿时我收了孟建荣一张卡,我哪想到卡里会有五百万元呐!我想退,可是他孟建荣承包咱们工程,赚了起码有几千万,这五百万算什么?我给共产党干了一辈子,没有功劳还有苦劳,拿这五百万养老也不为过吧!再有,为了当上一把手,我也不能空手套白狼,打点上边又让孟建荣出了几次血,这船一上去,就下不来了!老卢大哥,你要原谅我,人在江湖,身不由己,我也有我的难处啊!至于卢茜,你就放心吧,作为叔叔,我会把她照顾好,啊,我先干为敬。

30　全福兴　秋　中午　内

刘希娅:卢茜,我有点害怕了,我怎么觉得好像有一张黑网,在笼罩着我们。哎,你听说过白衣女鬼深夜号哭的事吗?

卢茜点点头:听说过呀,东江港上下谁不知道,不过是沉船之后的附会之言。

刘希娅:你说的时间节点不对,这个传说不是发生在沉船后,而是沉船前一天的晚上,并且有人亲眼看见了,说第一次听到裕泰号上有女人哭泣还曾上船查看,什么都没有,第二次又听到有女人哭泣,他们上船真看到了那个女鬼了。据说穿一身白色的拖地长裙,脸比裙子还白,红红的舌头伸出来有半尺多长呢。

卢茜一摆手,对刘希娅说:别自己吓自己了,那不过是一些人的心造幻影,和咱们说的是两码事。反正,我觉得我父亲死得太冤了,江河做得太过分了!

刘希娅:卢茜,真有点瘆得慌。咱们走吧,我还要到省里办一件重要的事。

卢　茜:你这一走,不知道什么时候再见?

刘希娅:我会回来看你的。

31　省府　秋　下午　外

江河的小车一进省城主干道,雨便悄无声息地下起来,似云似雾,似有似无,不一会儿,街市的一切就变得朦胧了,像被罩上了一层轻纱。司机打开雨刷器,放到最慢的挡,车窗外的高楼、车流、绿树、行人才重新变得真切清晰。

江河思绪涌动,凝视窗外。

小车已到省府,车速慢下来。

司机忽然一声惊叫:局长,您看——

江河看到了站在省府大门口的刘希娅。她穿一件银灰色风衣,马尾巴上扎了一条红色的缎带,拉着一个旅行箱,正在招手打车。

江河下意识叫了一声停车,桑塔纳轿车超过一辆的士停在刘希娅面前。的士司机摇下车窗,翻着白眼看开门下车的江河,叨咕了一句:黑车都敢在省政府门口抢活儿了,还有没有王法!一打方向盘,骂骂咧咧开走了。

见到江河,刘希娅一愣。

江河首先伸出手:小刘,好久不见,你怎么在这里?

刘希娅抬起手,却没有伸向江河,而是捋了捋额前的几缕秀发,嘴角的肌肉抽动了几下,似笑非笑:哟,江局长,真是幸会!

人来车往,又是在省政府门口,江河觉得有些碍眼,一指马路对面的星巴克咖啡店:我请你喝咖啡,感谢你在关键时刻对东江港的支持。

刘希娅拒绝了:不必,我要赶飞机。

赶飞机?江河有些愕然:你要去旅游?

刘希娅:旅游?我没有江局长的好兴致,我要到丽江歌舞团去报到。

江　河:你终于决定到丽江歌舞团了?就你自己走?

刘希娅目光中寒意渐浓:你以为孟建荣还会来送我吗?你以为我还会让孟建荣送我吗?告诉你,江大局长,那天我并不是为你才去阻止孟建荣封堵闸口,我是为那位老妈妈,为她儿子在生死攸关的时候推我的那一把。

江　河:小刘,我不是那个意思。

刘希娅:是的,我终于决定到丽江歌舞团了,我做出这个决定,是因为有一个人背弃了他的诺言,让一个信任她的女孩儿遍体鳞伤,这个女孩想找一个地方去好好疗伤,难道还很费解吗?

32　老卢头家　秋　下午　内

卢茜坐在父亲常坐的椅子上,眼前浮现出父亲风雨之夜临出门的影像:我要万一有个好歹,你要照顾好自己。

卢茜扑上去,父亲的影像又没了。

卢茜声泪俱下:爸,您心脏病严重,医生反复叮嘱您不能劳累,不能伤风感冒,您不知道在那么大的暴雨中下水危险吗?您是从容赴死,想以死来洗刷自己的耻辱啊!而事实是:裕泰号船沉人亡,本来和您并无关系。

老卢头轻轻走到她的面前,依然是那晚的装束,雨靴、雨衣,手里提着一个小包袱:闺女,你想多了,老爸死而无憾呀!

卢茜起身一下扑了上去,可是老人却如一缕轻烟化作无形,只有墙上父亲的遗像,正在深情地注视着自己。

卢茜伤心落泪。这套二居室单元房里,父亲的信息无处不在,一抬眼,父亲不是在厨房里给她煲老鸭汤,就是在卧室里为她打扫卫生。好容易闲下来,便默默坐在那里,充满慈爱地注视着她。那目光,常常穿越时空,把她带回与父亲相依为命的日日夜夜。从一个体魄强健的壮年男子到灯油将尽的花甲老人,仿佛川剧中的变脸术,只在转身的一瞬间便完成了。本该反哺父亲的养育之恩时,自己却亲手把他送上了不归路!

她真的恨江河和沈奕巍,难道非父亲一死,才能让他们功德圆满?

一只手搭在了她的肩上。

卢茜抬头一看,是秦池。

33　省府　秋　下午　外

江河百口莫辩,看到刘希娅的眼圈已经发红,欲言又止。

刘希娅继续说：你很奇怪我怎么会到省政府来，对吧？我可以满足你的好奇心，我来找程省长。别紧张，我知道你是一个把仕途看得比什么都重的人，男子汉大丈夫嘛，当以天下为己任，这不就是几千年中国传统文化一直顶礼膜拜的臭理念吗？你放心，我不会挡你的道，我的到来不会为你的仕途投下阴影，我还想看到，一个铁血男人怎么置爱情、友情、亲情于不顾，走到他事业的巅峰呢！

刘希娅的话像一阵排炮，把江河轰蒙了：小刘同学，你……

有进出省政府的人向他打招呼：哟，这不是江局长吗？

江河进退维谷，他艰难地说：小刘，你误会了。

刘希娅冷冷一笑：我误会你不重要，重要的是程省长不要误会你！

江　河：请你听我解释，好吗。

刘希娅抬起手腕看看手表，拖着拉杆箱向马路边走了两步，扭头看了一眼呆立一旁的江河：对不起，我要赶飞机。

江　河：我让司机送你。

刘希娅扬手打车：你那么公私分明的人，那么洁身自好、注意影响的人，让司机送我去机场不怕绯闻满天飞吗？不怕别人拿它做文章吗？谢谢了，不敢受用。

34　老卢头家　秋　下午　内

秦池按着卢茜的肩，眼圈也红了。

卢茜抬头见秦叔陪自己掉泪，压抑在心头的委屈和悲伤再也克制不住了，她站起身，一把抱住秦池，哇一声大哭起来。

秦池也泪如雨下，他轻轻拍着卢茜的后背：丫头，哭吧，想哭就大声地哭吧！记着，你不是无父无母的孩子，从今以后，秦叔就是你的亲人！

卢茜垂泪抽泣：秦叔，他们答应不让我爸下水的！他们应该知道，我爸心脏病那么厉害，风雨交加，劳累过度，再下水会没命的呀！

秦池声泪俱下：江河一心只要自己的政绩，那个沈奕巍一心要抱着江河的粗腿往上爬，为了一己之私利，他们哪里还管别人死活！我听说，你爸爸在水里晕倒时，只有刘黑子一个人下水去救他，江河和沈奕巍两个人居然作壁上观！

卢茜松开秦池，止住哭声，用手捋了捋散落在额前的秀发：我要去找江河，我让他给我一个说法。

秦池抹去眼角的泪水，疼爱地拍拍卢茜的肩膀：丫头，你能要来什么说法？程省长不是已经在追悼会上说了吗？要奋斗就会有牺牲，死人的事是经常发生的。老卢同志是为了防汛抗洪而死，他的死重于泰山嘛！

卢茜眼含泪水：那是官话，一火车官话也换不回来我一个父亲！

秦池叹了一口气：丫头，人死不能复生。老卢大哥在天上也希望看到你能好好活下去，你现在去找他们，他们会有一堆冠冕堂皇的话在等着你。有些事，心里有数就行了，人生在世，不争一时之长短。只是这么大一套空房，你一个姑娘独自住我也不放心，要不你搬到秦叔家去住吧！你奶奶也常念叨你，家里有保姆，起码晚上回家能吃上热饭。

卢茜感激地望望秦池：秦叔，我一个人能照顾自己。再说，我离开了，我爸一个人会寂寞。

秦池有些愕然：你爸会寂寞？

卢茜点点头：是啊，这套房子我爸住了二十年，每一寸空气里都释放着他的气息，我要陪我爸！

35　省府　秋　下午　外

一辆出租车停在刘希娅面前，她对从车窗里探出脑袋的司机说了一句：机场。就拉开后车门，先把拉杆箱放进去，又一侧身上了车，关车门时，目光幽怨地看了一眼江河：江局长，如果你除了东江港，除了你个人的政治抱负之外，还有真情没有完全泯灭，就请你去好好向卢茜解释一下吧！

江　河:向卢茜解释什么?

刘希娅:解释什么? 卢茜是一个多么冰清玉洁的姑娘,她把对你的爱全部埋在心底,为了你不惜赴汤蹈火,可是你考虑过她的个人感受吗? 你信守了对她的承诺吗?

江　河:小刘,你把我说糊涂了。

刘希娅:江局长,你背弃了对我的承诺,无非是让一个女孩儿的感情受到了伤害;你背弃了对卢茜的承诺,要知道,与她相依为命的父亲就魂归西天了! 你明白吗? 老卢叔是她的天,天塌了,她生不如死!

江河仰天一声长叹。

咣当一声,刘希娅关上了车门:江局长,好自为之吧!

的士司机白了江河一眼:薄情寡义,你这人不咋的! 然后一脚油门,出租车噌一声汇入了滚滚的车流。

36　出租车　秋　下午　内

刘希娅在后视镜里望着站在原地的江河,流下了眼泪。

司　机:美女,为这么个薄情寡义的家伙至于吗?

刘希娅抹了一把脸上的眼泪,叹了一口气。

司　机:你这颜值,什么样的男人找不到,干啥非找个大叔啊?

刘希娅:求求你了师傅,开你的车吧。

司　机:美女,我也是好心。你不爱听,我闭嘴就是。

刘希娅:谁说过,眼泪就一定意味着留恋。

司　机:这句话说得好,有味儿。

37　程志办公室　秋　下午　内

江河敲门进屋,程志一指墙的挂钟:江河,你一向守时呀,怎么迟到了?

江　河:我在大门口碰到了东江师大的刘希娅。

程志有些惊讶:噢,这么巧。

江河索性直截了当:她说是来找您,言里言外,似乎和我还有些关系。

程　志:不错。说着从抽屉里拿出一个信封,递给江河,你看看吧,看是不是和你有关。

江河从信封里抽出一封信,响起刘希娅的画外音:

程省长并转民政厅:

我是"9·08"特大沉船事故中,东江师大8名同学中的唯一幸存者。沉船时我在舱里本无从逃生,所以能够生还,是坐在我对面的一名解放军推了我一把,将我推出舱门得以浮上水面。不久前我才得知,这位英雄被打捞上来时还保持着推人的姿势,他叫李水娃,是解放军某部八团一营三连上尉指导员。他是为救我而牺牲的,请求省领导和有关部门追认李水娃同志为烈士。

江河看完,将证明放回桌子上,一时默然无语。

程志从烟盒里抽出一支烟点燃,把烟盒扔给江河:我这办公室里没有禁烟标志,想抽便抽。

江河抽出一支烟,打火点燃。

程志抽了一口烟,缓缓吐出,在烟灰缸上轻轻蹭去烟灰:正好你来了,我想听听你的意见,此事无误吧?

江　河:准确无误。抗洪的时候,我和卢茜有一次聊天,偶然说起水娃的这个细节,卢茜想起刘希娅曾和她说过,自己所以能够幸免于难,是因为船翻之后有个人在她身后猛推了一把。

程　志:这个细节很重要。

江　河:据刘希娅回忆,开船时有一位军人就坐在她的对面,恍惚中她觉得应该是那个军人所为。

程　志：当天遇难的乘客中不是只有一名现役军人吗？

江　河：是啊，而且水娃直到火化前还一直保持着推人的姿势，殡仪馆的师傅费了很大劲才把他的两只手回归原状。去年，我去探望干娘，干娘说，水娃入伍前就曾两次在池塘里救过小孩。如果刘希娅是被人一推才有幸逃生，应该是李水娃，不会错！

程志在烟灰缸里将刚抽了半截的烟摁灭，从桌上的笔筒里拿出了一支签字笔，在那封信上写了几个字，然后推给江河：你看如何——

此事我已向东江港港务局核实查证，事实无误，请民政厅按国家相关程序，从速追认李水娃同志为烈士。

我们不能让英雄含冤于九泉。

江河看罢，激动地站起身，向程志敬了个军礼：谢谢你，程省长。

程　志：有什么可谢的，这是我们工作中的疏漏，应该检讨才是。说着拿起电话听筒：张秘书，请你过来一趟。

放下电话，程志对江河说：东江港抗洪取得重大胜利，本来要给你小子记一功，可你坚辞不受。我一想也对，就在会上投了你的反对票，你抗洪有功，抗命有过，功过相抵，就不奖不罚了吧。

江河坐下后淡然一笑：您没撤我的职，我就烧高香了，哪里还奢望记功呀。

秘书推门进屋，程志拿起桌上的信装进信封：速送民政厅。

程志端起茶杯喝了一口水：你小子是在发牢骚吧？知道我这是什么茶吗？武夷山的大红袍，难得的精品名茶，万书记从北京回来，也只给了我不到半两，我今天就拿出来犒劳你，还不知足呀？

江河一笑：哪能呀？您要这么说，我可要多喝几口了，还没有尝出滋味呢。

程　志：江河啊，看你进来时一副蔫头耷脑的样子，估计刘希娅没有给你好脸色吧，对不对？

38　秦池家　秋　上午　内

秦池和孟建荣相对而坐，两人无言，空气异常沉闷。

孟建荣：秦局长，我一进屋，您就一言不发，脸耷拉得都能挂上两个秤砣了。是打是罚，总得说句话呀！

秦池把茶杯往茶几上一蹾：建荣啊，扪心自问，你现在不该给卢子明烧两炷高香吗？

孟建荣不以为然：给他烧两炷高香，凭什么？

秦　池：你是真傻呀，还是装傻？洪水退去后，你没看见煤码头防洪堤有两处塌陷吗？露出的钢筋是什么货色你看不清楚吗？如果不是老卢头坚持抛石护堤，并且舍命查出了三处险堤，及时采取了补救措施，那防洪堤非垮不可，娄子可就捅大了。

孟建荣：这样说，倒是应该谢谢老卢头。

秦　池：仅此而已吗？孟建荣，做人可要凭良心，如果不是卢子明雨夜勘测地形，构筑了一条子堤，你修建在斜坡上的那个变电站能毫发无损吗？如果变电站出了闪失，你现在还能坐在这儿喝茶吗？

孟建荣：秦局长，您绕了一大圈儿说了这番话，该不是真让我到老卢头坟前去上两炷高香？

秦　池：上两炷高香怎么了？上两炷高香也不屈你！

孟建荣：看来，这东江港真是是非之地，远离也未必是坏事。

秦　池：你现在想远离，有那么便宜的事吗？

孟建荣：那您到底是什么意思，无妨直说！

39　程志办公室　秋　下午　内

江　河：跟您直说吧，岂止是没有好脸色，简直就是排炮连发！

程志用右手食指轻轻叩击桌面，同情地望着江河：那也怪不得人家小姑娘。你不守承诺，搞得人家很被动嘛！见江河一脸无辜，就转移了一个话题，卢茜情绪怎么样？

江河喝了一口茶，从省长的烟盒里抽出一支烟续上：老卢同志牺牲以后，像换了一个人，还没有从悲痛的阴影里走出来。

程志的神色变得凝重：是啊，作为旁观者，我们可以轻飘飘地说两句死人的事是经常发生的，要节哀顺变，但是对于一对相依为命的父女，这种安慰就显得太廉价了。

江　河：是啊，我愧对卢茜。

程志站起身，在办公室里踱步，对江河说：这个姑娘头脑清楚，见解不俗，而且公道正直，你们东江港要好好培养她，将来会是一块可用之材。

江　河：是，我们是这样打算的。

程志重新坐下：江河同志，这次洪水，教训太深刻了。在大的自然灾害面前，我们抢运电煤的能力严重不足，导致抗洪救灾处处掣肘。省防总冒着极大的风险把闸口长江大堤运煤通道的封堵权下放给你们，一个很重要的原因也是要保电煤，幸亏你们不辱使命，否则，经济损失难以估量啊！

江　河：程省长，您把我急召到省里，不只是为了表扬我两句吧！

程　志：你想听我表扬吗？我知道你小子腰包鼓了，必不会安分。

江　河：我能把您的话理解为表扬吗？

程　志：随你怎么理解，抗洪胜利后，我一直在考虑，通过这次交的学费，我们总该有点什么收获吧？

江　河：是啊，挨了打怎么能不长记性。

程　志：那好，说说你的想法。

江　河：程省长，我是这样考虑的，国家现在正大力推进“一带一路”建设，对港口来说，这是一个千载难逢的历史机遇。东江港可以在这方面多动动脑子。

程　志：好啊，江河，我们一下子就接近主题了，说，继续说。

江　河：我想了一个两步走计划，还很不成熟。第一步，上市，利用资本平台，建成配煤中心和国家级战略储煤基地，把东江港进一步做大做强，国家一旦有事，可以发挥更大作用。

程　志：好！同时进一步改造煤码头，要能停靠更大吨位运煤船。近几年国家对长江航道投资很大，已经使用了七十多项世界最新技术，沿江很多电厂都能停靠大吨位运煤船，你们煤码头现在最大的停靠能力不过四万吨，这不够，改造后要能停靠五万吨级的。

江　河：程省长，您看，孙猴子再能折腾，也跳不出如来佛的手心。

程　志：你不要给我戴高帽，第一步设想兑现后，东江港的利润能翻多少倍？

江　河：配煤中心项目正在筹划中，集装箱码头的扩建也基本完成，如加上煤码头的配煤和集装箱码头扩建带来的运量增加，全部到位，估计一年能突破一个亿。

程　志：江河啊，我也给你算过一笔账，你这个数字可是打了点埋伏呢！光煤炭中转，你们明年的目标不就800万吨吗？

江　河：您不是说过，咬人的狗不叫嘛！

程　志：低调一些好。不过，你小子低调得了吗？我估计，你的第二步计划，就是要把天捅个窟窿！

第20集

1　秦池家　秋　上午　内

秦　池：有一个人，弄不好会把天捅一个窟窿。

孟建荣：谁？

秦　池：海岩。从江河琊山嫖娼到最近抛石护堤，都牵扯他，此人必须安顿好，否则后患无穷。

孟建荣：所有的事都是我单独向他安排的，牵扯不到您，真出了事有兄弟担着，您尽可放心。

秦　池：防洪堤出现质量问题，现在上上下下问责的呼声很高，你要摆脱不了干系，我也无法全身而退，我准备让海岩来承担这个责任，就说是他在材料上做了手脚！

孟建荣感激不尽：这样最好，反正海岩也跑了，死无对证。

秦池以左手轻轻连击前额，眯缝起眼睛：问题就在这儿，如何才能死无对证？

孟建荣打了一个寒战：您的意思是，找黑道上的朋友把他做掉，让他在地球上彻底消失？

秦池睁开眼，盯着孟建荣看了足有十秒钟，才一字一顿地说：建荣，我们做事总要有条底线，这条底线就是不能见血！一旦越过这条底线，就会万劫不复啊！

孟建荣抹去鼻尖冒出的冷汗：我说呢？您可吓着我了。

秦池端起茶杯喝了口茶，又一伸手示意孟建荣喝茶。看孟建荣端起茶杯，才继续说：不过，海岩这个人我了解，势利小人，如果哪天他一旦落网，必会殃及无辜。

孟建荣一听，放下茶杯，不解地望着秦池：杀又杀不了，留又留不得，那您的意思是？

秦池没有回答孟建荣的问题，反问他：你把海岩安排在哪儿了？

孟建荣：躲到我们公司一个民工的老家了，本打算等风头过了再让他回来。

秦池摇摇头：你想办法买个假护照，让他到国外去吧，越远越好。

孟建荣有些疑惑：他会走吗？再说他到了国外，国际刑警不会通缉他吗？如果抓回来了岂不更糟？

2　程志办公室　秋　上午　内

江　河：哪有您说得那么邪乎。不过设定了两个目标。

程　志：不过……哼哼，说来听听。

江　河：上市和完成海外收购，融入“一带一路”，为东江港拓展新的发展空间。

程　志：我就知道你胃口大得很，你派沈奕巍跑到琊山煤矿要拿下新型煤化工产品的运输，我就知道你小子不安分了。这是一个大手笔，做好了，东江港的外贸运输这一块就带动起来了，双轮驱动，发展远景彻底打开。不过，要有周密的论证与计划。

江　河：我已经叫沈奕巍在进行论证了，方案成型后向您汇报。

程志兴奋起来：这符合你的双超原则：超前性思维，超常规发展，这是一个大的举措，中间会有很复杂的关系要厘清，必须充分估计到各种困难和不利条件。要经过局党委认真讨论，取得大多数人的支持。

江　河：那是自然。

程志拿起刚才掐灭的半截烟，点燃，吸了一口，话锋一转：你最近和秦池配合得怎么样？

江河一时无言。

程志站起身，绕过写字台，拍拍江河的肩膀：你不说我也知道。两个人搭帮共事，工作上有一些分歧和不同意见是很正常的，不过要是出于一己之私利，在背后总是搞小动作，性质就不一样了。一旦涉及贪腐，更为党纪国法所不容。你在第一线，在这个问题上比我更有发言权。我只提醒你一句话，与人为善是好的，但是一味迁就姑息，既贻误事业，也无益于个人，不知你以为然否？

江河也站起身：我明白。请程省长放心，我侧面敲打过老秦，会处理好这个问题。见程志面露微笑，又说，关于“9.08”专案，我还有些情况要向您汇报。

程志摆摆手：你还是直接向专案组汇报吧，我是铁路警察，管不着那一段喽！他走回写字台，拉开抽屉取出一小包茶叶，这是万书记送我的大红袍，除了今天喝的全在这儿了，我是一点儿没留，转送你吧，也算是代表万书记慰问你！

3　秦池家　秋　上午　内

秦池早已深思熟虑：我分析，第一，他会走。前前后后，从你这里他拿了就不下一千万吧？加上这些年其他所得，估计他的个人财产不会低于三千万，这笔钱足够他在国外逍遥快活一生了；如果一旦归案，至少是二十年铁窗生涯，孰轻孰重，他会权衡利弊做出选择。

孟建荣：他婚后无子，经常出入夜总会、歌舞厅，和老婆关系一直不好，倒是也没有什么牵挂。

秦　池：第二，据我所知，国内不义之财大量外流，贪污几个亿、几十个亿甚至上百亿跑到国外的公职人员大有人在，像他这样两三千万的实在是毛毛雨，算不了什么，国际刑警根本顾不过来，发通缉令下大力缉拿他的可能性微乎其微。如果再到了一个天高地远的国家，就更是安全了，这个道理要和他讲清楚。

孟建荣：好，就按您说的办吧！无非是再出点血，这个家伙，贪得无厌，躲到深山老林里了，还让我一个月给他五千元生活费！

秦池起身走到写字台前，拉开抽屉拿出一张卡：办护照、买机票、疏通关系总要花些费用，这个卡里有两百万，你拿去用吧！

孟建荣有些诧异：秦局长，这种事怎么好让您破费？

秦池把卡塞到孟建荣手里：如果你九眼天珠没有失手，我也犯不上这样做，你也看不上这点小钱。现在你正在低谷，能帮一把就帮一把吧，谁让咱们是朋友呢！再者说，与生命和名节比起来，钱财总是身外之物，不必看得太重！

孟建荣接过卡，感动地：秦局长，您这个人就是仗义，小弟佩服！

4　东江街市　秋　下午　外

卢茜坐在秦海涛的轿车里在公路上行驶。

卢茜打了一个喷嚏，秦海涛和她开玩笑：卢茜，有谁在念叨你了？

卢茜忧伤地望了一眼车外。

秦海涛：怪我，我的话一定让你又伤感了。

卢　茜：没事，只是那天雨夜分手后，这句话就成了绝响：丫头，干什么呢！

秦海涛把宝马车停在了江边。

江风已凉。卢茜开门下车，秦海涛从车里拿出一件风衣披在她身上，两人在江边默默走了几分钟，秦海涛拉住卢茜的手：卢茜，我叔让你去家里住，你为什么不去？

卢茜挽住秦海涛胳膊：我现在住到你叔家，东江港的人会怎么看我，还不把我说成墙头草？

秦海涛：管他们呢？

卢　茜：人言可畏，我承受不了。

秦海涛：住在你父亲留下的老屋里，你就能承受？

卢茜吁了口气：该面对的终究要面对，伤痛在自己身上，没有人能够替你承担。“去也终须去，住也如何住”，奈何？

秦海涛：你呀，我看心里还是没解开对江河的那个结。

5　省公安厅　秋　下午　内

宋处长：江河同志，说说你的依据。

江　河:我所以判断琊山煤矿上亿元售煤款是秦海涛转走的,主要有这样三条依据。第一,从薛东方透露的情况看,秦海涛与方秋萍的关系绝非一般。

宋处长:是啊,那么隐秘的暗箱操作,方秋萍都让秦海涛去办,足以说明。

江　河:第二,方秋萍每年给秦海涛的船队发 200 万吨煤,中间的油水很大,说明两个人已经结成利益共同体。

宋处长:根据我们了解到的情况,最初秦海涛只有两艘船,这几年不断买船,才很快发展成了一支中等规模的船队,钱是哪里来的?估计是运煤的利润。

江　河:不光是运煤的利润,如果低进高出,中间的差价利润更是可观。

宋处长:这帮蛀虫!国家的财产就是这样流进了他们个人的口袋。

江　河:第三点最主要——

6　江畔　秋　下午　外

卢茜默默无语,挽着秦海涛的胳膊走了长长一段路,突然说:海涛,我跟你说件事,你答应我暂时不要告诉任何人,包括你叔叔,行吗?

秦海涛好奇地一笑:什么事这么神秘?好,我答应你,不对任何人说。

卢茜靠紧他,声音有些颤抖:我不能容忍江河欺骗我。你知道吗,方秋萍根本没有死,江河早就知道这件事!

秦海涛大惊失色:什么?方秋萍没有死!

卢茜见秦海涛愣在那里,两眼发直,一脸惊愕之色,便解释:我也是昨天晚上才知道的,希娅告诉我,去年十月她和孟建荣去云南丽江散心时,亲眼在丽江一家古玩店里看见了方秋萍。

秦海涛:真的?

卢　茜:希娅从丽江回来就把看见方秋萍的事告诉了江河,江河叮嘱她不能对任何人说。他因此怀疑你,才让我去调查你是不是和方秋萍联手做文物生意。

秦海涛:卢茜,你现在终于承认了,当初你接近我就是为了钓我的鱼。

卢茜脸一红,叹了一口气:唉,当初江河要是光明正大告诉我方秋萍没有死,让我去调查你是不是和方秋萍一起做文物生意,我现在心里还好受些。可他却让我站在东江港整体利益上去考虑,必要的时候做出个人牺牲,知道真相后我真的接受不了!

秦海涛:他可能也有苦衷吧?

卢茜柳眉倒竖:他有什么苦衷?他就是处心积虑保护廖汉中,他跟我说东江港要想走出困境,必须和琊山煤矿深度合作,我没想到他所谓的深度合作,就是廖汉中给他发煤,他为廖汉中保守方秋萍还活着的秘密!

秦海涛诧异:卢茜,江河为什么要为廖汉中保守方秋萍还活着的秘密?要按这种推测,裕泰号沉船事故就是有人蓄意制造的,甚至有可能就是廖汉中、方秋萍夫妇自己制造的。

卢　茜:我就是这么想的!方秋萍转移走那么一大笔售煤款,没有廖汉中的默许能做到吗?江河明明知道我父亲是清白的,就是不撤销对他的处分,为什么?海涛,东江港我真不想待了。

7　省公安厅　秋　下午　内

江　河:秦海涛在银行做过五年高管,有足够的人脉关系与经验来运作这笔巨款。宋处长你想一想,凭方秋萍这样一个琊山煤矿的总会计师,她怎么有能力把这笔钱转移得滴水不漏,每到关键点就失去线索了。

宋处长:老江,你的分析我同意。没有一个“高人”参与其中,凭方秋萍不可能不留破绽。

江　河:所以我建议,动用刑侦手段,对秦海涛进行追踪和监控。

宋处长:可以考虑,但是要在法律允许的范围之内。

江　河:我知道。警力可以由省厅调配,也可以交东江港公安局执行。

宋处长:老江,你以省厅“9·08”专案组的名义和李强谈一谈吧。省厅警力紧张,让李强配合。

江　河:也好。

8 江畔 秋 下午

秦海涛和卢茜在江边站立。

画外音：

江河早在去年十月就知道方秋萍没有罹难，却没露出任何蛛丝马迹，甚至宁愿背负道义责任也不为卢子明申诉，这只能说明裕泰号沉船事件已被列为省里甚至全国大案，容不得半点干扰。秦海涛觉得一张恢恢大网已经布下，江河的触角也距他越来越近了……

卢茜摇了一下秦海涛的胳膊：海涛，你给我出出主意，方秋萍要真是没死，江河和廖汉中沆瀣一气，我能把这事捅上去吗？

秦海涛镇静下来：卢茜，我以前曾暗示过你，江河、沈奕巍身上的负能量太多，你根本不信，现在怎么样？

卢茜着急地：现在说这些有什么意义，你说怎么办呀？

秦海涛：慎重。刚才我一直在想，方秋萍的遗体始终没有打捞上来，不排除她没有罹难的可能性。不过江河当了多年公安局长，公安刑侦那一套在他脑子里根深蒂固，刘希娅在丽江看到方秋萍，能不能作为刑侦上的证据，可以有多种解释。这样吧，你先不要动作，过一段时间我去一趟琊山煤矿，我去试探一下廖汉中，如果裕泰号沉船真是他们夫妇蓄意制造的，我一定帮你讨回公道！

卢茜担忧地：你一个人去琊山煤矿会不会有危险？

秦海涛：你放心，没事的。你那个煤精钥匙坠还在不在？我去琊山煤矿时，你给我带上。

卢茜好奇地问：你带它干吗？

秦海涛笑笑：天机不可泄露，你收好就是了。

手话响，秦海涛接听：噢。你要见我…… 我有事。好、好，就这样吧。

放下手机，秦海涛说：孟建荣非要见我。这样吧，十二点我们准时在日本料理见，现在我先送你回去。

9 煤码头 秋 下午 外

沈奕巍陪着江河在港区巡逻，不时有工人和沈奕巍打着招呼。

沈奕巍：局长，上市、实施海外并购，您这是要下一盘大棋啊！

江　河：好风凭借力，送我上青天。奕巍，恰逢如此难得的历史机遇，我们如果不投身进去，岂不是辜负了这个时代？

沈奕巍：局长，您知道我为什么愿意跟着您干吗？

江　河：你不是说为我的人文情怀所感动吗？今天，又有什么高帽要送我？

沈奕巍：这顶高帽尺寸正合适，就是永不言败，永远进取！

江河哈哈一笑：你还有什么高帽一块批发给我吧，不要总是零售，好不好？

沈奕巍从兜里拿出几张纸：说实在的，局长，昨天上午您交代了任务以后，我一宿没睡，搞了一个初步设想。不瞒您说，对“一带一路”，从中央刚一提出我就开始关注研究了。

江　河：我知道你脑子闲不住。我看一看，如果框架基本可以就上党委会讨论。

沈奕巍：上市、参与“一带一路”建设，要抽调精兵强将组织一个工作班子，卢茜是一个非常合适的人选，可是……

江河摇摇头：唉，卢子明同志的牺牲，对她的打击太大了，她对我们的误解也太深了。

沈奕巍：可不是。我去过她办公室几次，想跟她好好解释一下，才说了一两句，就被她赶了出来，根本不容我说话。

江　河：老卢大哥一走，卢茜的天就塌了，我们要给她一点疗伤的时间。

这时，一个工人慌慌张张跑过来，大喊：不好了，江局长，贮木场出事了！

10 贮木场水塔 秋 中午 外

一个中年妇女拉着两个孩子站在水塔顶端，底下站满了贮木场的工人和家属。大家议论纷纷，神态十分焦虑。秦池和赵小苏也站在人群中。

秦 池：有什么话你下来说，不为自己想，你也不为孩子想吗？

赵小苏：大嫂，他是我们秦局长，主管收购贮木场的局领导，你的问题他能解决，千万别做傻事啊！

中年妇女：秦局长？不就是他决定让我下岗的吗？我有病，一个人拉扯两个孩子，再下了岗，叫我们孤儿寡母怎么活？不如死了干净。

两个孩子抱着她的腿；大的说：妈，我怕，我怕。小的叫：妈，我饿了，我要吃馒头。

中年妇女蹲下身，抱住儿子，哭成一团：儿啊，凉水都快喝不上了，哪还有馒头给你吃。

江河和沈奕巍匆匆赶来，分开人群站在水塔下。

赵小苏：江局长，你可来了！

11 日本料理馆 秋 中午 内

秦海涛推门进屋，对坐在靠窗桌子前的卢茜连连作揖：对不起，对不起，迟到了五分钟，罪过！罪过！

卢茜放下手上的菜单：不算迟到，我已经点了两份鳗鱼饭。

秦海涛挥手叫进服务员：扭头问卢茜：是喝乌龙茶还是鲜榨的果汁？

卢 茜：乌龙茶吧！

秦海涛吩咐服务员：一壶乌龙，再来一份北极贝刺身，一份铁板烧鹅肝，一份中华海草。

服务员答应一声躬身退下。

秦海涛：孟建荣找我哭诉，刘希娅已经到丽江歌舞团报到了，九眼天珠也翻盘无望，他现在是鸡飞蛋打、人财两空，一把鼻涕一把泪，哭得可伤心了！

服务员送上菜点，秦海涛给卢茜斟上茶。

卢茜叹一口气：天上浮云似白衣，斯须改变如苍狗。世事变化，谁能预料呢！

秦海涛：所以，你要看开点。不能总是沉溺在伤感的阴影中，一切都要面对，一切都可以从头开始。

卢 茜：可是，我真的不能原谅江河和沈奕巍，我爸爸血管已经堵塞了百分之七十，他们是知道的。他们向我保证过，决不让我爸爸下水，特别是沈奕巍，我爸爸在水里遇难的时候他竟然在岸上作壁上观。

秦海涛：是令人心寒齿冷。

卢 茜：那个雨夜我不放心我爸过江，我爸还说，有奕巍在那里接我，你还有什么不放心的！老人哪里想得到，正是这个沈奕巍，眼瞅着他踏上了不归路。

秦海涛：卢茜，你现在能感觉出，谁是真心对你了吧。

12 贮木场水塔 秋 中午 外

江 河：怎么回事？

秦 池：老江，是这样的。今天上午我代表港务局正式签署收购贮木场的协议，最后逐个落实了接收员工的花名册。这个妇女病休快三年了，贮木场改建成配煤中心后，没有哪个班组愿意接收她，她听说了就要带着孩子寻短见！简直是无理取闹。

江 河：老秦，收购贮木场，我们在党委会上不是确定了三条收购原则吗？

沈奕巍：是啊，一部分留岗，一部分培训，一部分退养，尽量争取不让一个工人下岗。

秦 池：她显然不符合留岗和培训条件，退养规定的年龄是 45 岁，她今年 41 岁，也不符合嘛！

人群骚动。那个站在水塔顶上的女人抱起小儿子，拽扯大儿子，情绪激动：孩子他爸，你拍拍屁股，扔下我们孤儿寡母一个人走了，今天我们娘仨活不下去了，我领着孩子去找你啦——

说着做出了跳塔的样子，两个孩子哇哇大哭。

江河见状，抢步冲到人前，大叫一声：大嫂！然后，双膝一弯，跪在了地上。

中年妇女愣了，现场所有的人都愣住了，他们把目光集中到江河身上。

13　日本料理馆　秋　中午　内

卢茜从包里拿出煤精，递给秦海涛：你要的煤精我给你拿来了，你到底有什么用？

秦海涛接过煤精，端详了一下放进兜里：这个暂时还不能告诉你，但请你相信，我所做的一切都是为了你。

卢　茜：我相信你，海涛，不过，这一段时间我常常觉得失落和伤感。以前，人生在我的眼里就是一个不断升高的热气球，无论有什么风风雨雨，它也总能与蓝天和白云为伴；可是现在呢，我怎么觉得一切都像迷彩服一样，不过是一种伪装而已。

秦海涛：过了，过了。起码我对你的爱是真诚的，没有任何杂质。

卢茜幽幽地看了一眼秦海涛：你该不会说，死生契阔，与子成说，执子之手，与子偕老吧。

秦海涛：那太俗了，我要说的是，问世间情是何物，直教生死相许。

卢茜凄然一笑：贫吧你就。

14　贮木场水塔　秋　中午　内

江　河：去年就在这个地方，贮木场的老厂长听我说东江港有了钱，第一件要办的事就是改造水塔，他给我跪下了，今天，我还老厂长一跪！

群众甲：江局长，我们老厂长已经走了。不过，他是笑着走的，他走的时候，水塔改建工程正好完工。

群众乙：我们已经喝上干净的水了！

江　河：大嫂，死者为天！我下面说的话要是不算数，我就是欺天，欺天是要遭报应的！

中年妇女：江局长，我只要求退养，480块钱的下岗工资根本养活不了我们娘仨，更别说看病买药了。退养每月二千多块钱，够我们娘仨活命了！

江　河：这个要求不过分，可以满足！

中年妇女：真的？可是他们说我还差四年才够退养条件，不给办！这四年叫我们娘仨去喝西北风啊！

江　河：任何一项政策的执行，都有可能存在特例。

中年妇女：江局长，你是活菩萨转世。你起来吧，你跪着折我的寿啊！

江　河：我可以起来，大嫂你也慢慢下来吧！

中年妇女：我…… 我下来。有一线活路，谁愿意死。

沈奕巍走过来，扶起江河：大嫂，我是煤码头总经理，收购贮木场是为了建设配煤中心。您的问题没有解决好，我负主要责任。我们局长都说了，您的问题马上解决，您慢慢下来吧！

中年妇女拉着孩子走下水塔，在江河面前跪成一排：谢谢恩人，谢谢恩人！

江河抱起两个孩子，两行热泪夺眶而出。

15　丁薇薇办公室　秋　上午　内

有人敲门。丁薇薇：请进！

进来一个靓女：董事长。

丁薇薇定睛看了一会，惊诧地说：韩国的整容技术确实全球领先，如果不是他们事先发来你的照片，我都认不出了。

依　娜：真的啊，姐姐。那是漂亮了，还是丑了？

丁薇薇：上百万人民币花了，当然物有所值。

依　娜：托姐姐的福啦。

丁薇薇：不过声音没有变，以后注意，不该说话的时候别言声儿。

依　娜：明白。董事长，听说你要去东江？

丁薇薇:过一段时间吧,这一趟你不用随行。

依　娜:我听姐姐的吩咐。

丁薇薇:依娜,那个赵达夫以往来香港是旅游吗?

依　娜:是啊,报的还是私人旅行团。

丁薇薇:赵达夫不是很会算计吗?

依　娜:不知道他是搭错了哪根筋,居然自掏腰包到香港来开了几次洋荤。

丁薇薇:来了几次?

依　娜:好像不止一次。

丁薇薇:噢。依娜,你不是怕赵达夫盯上那笔钱吗?我叔叔叫你过去,他好像有安排。

16　港务局会议室　秋　上午　内

会议室里,已经坐了几个人,大家在闲谈。

秦池进来:老江,你这一跪,可是把我置于无情无义之地了,风光的事你做了,挨骂的人可是我。

江　河:老秦,话不能这么说,这个女职工的丈夫前几年出工伤死了,她病病歪歪地拉扯两个孩子,靠下岗一个月几百块钱怎么活?将心比心,她要是我们的姐妹,能看着不管吗?

秦　池:话是这么说,可政策当初也是党委会研究制定的,说改,你上下嘴唇一碰就改了,做具体工作的人怎么办?

郭　川:老秦,要我说,这事你就烧高香吧!如果那妇女带着两个孩子真跳下来,就成了轰动全省、全国的大新闻。咱们东江港刚刚驶入发展的快车道,就这么一个负面新闻,说不定就会前功尽弃。到时候老江脱不了干系,你老秦是收购贮木场的直接领导,也没有好果子吃啊!

秦　池:嗐,贮木场的职工骂我无情无义,我心里憋屈,不过是发两句牢骚,老江,你莫见怪啊!

江　河:不会,你的心情我理解,这件事也给我们班子成员提了一个醒,以后在工作上,咱们互相多沟通吧!好了,人齐了开会吧。今天讨论的议题是:东江港上市及怎样融入"一带一路"。

17　香港朗庭酒店　秋　上午　内

丁伯豪华包房。一名服务生打开房门,躬身让进赵达夫。

坐在沙发上的丁伯身穿休闲服,略微欠一欠身,一伸手示意:坐,赵先生。

赵达夫先快步上前握了握丁伯的手,然后才用半个屁股坐在对面沙发上:老人家,上次在丽江真是让您见笑了,谢谢您为晚辈解围。

丁伯一笑:区区五万,蝇头小利,怎么会入赵先生法眼?年轻人嘛,不过是一时意气之争!

赵达夫连连点头:正是,正是,还是老爷子您慧眼独具!

丁　伯:这次离开琊山是以什么由头啊?

赵达夫:我向老廖请假时,只是说黄大仙的卦签极灵,上次抽了一个上上签。琊山煤化工项目顺利获批,要想后事无忧,必须来还上一愿。

丁　伯:他也信?

赵达夫:他就是一个山大王,靠一股蛮力经营矿山,信不信不好说,反正是有枣没枣打一竿子呗!不过,这新型煤化工项目确是他的心肝肉,重视得不得了!

丁　伯:只此一点,就说明他是个有心人。琊山新型煤化工项目的前景确是无可限量,他有眼光啊!

赵达夫:老爷子,您叫我来……

丁伯做了一个手势,赵达夫赶紧探过身子,做出一副洗耳恭听状。

18　港务局会议室　秋　上午　内

江　河:不过讨论前,我要先说一个重大问题。大家都知道,洪峰过后,煤码头防洪堤一共发现了两处坍塌,如果不是老卢同志用生命勘测出险堤,有针对性地下了钢筋笼,就有可能溃堤。真要溃了堤,子堤能不能挡住洪水就很难预测了,东江港也许会陷于万劫不复之地,想一想,真是后怕呀!

沈奕巍:老卢叔是东江港的大功臣,我们永远忘不了他。

江　河:洪水退去后,按照老卢同志的意见,我们已经对防洪堤重新做了加固处理。但是我们发现坍塌处暴露出来的钢筋,用锤子一敲就断成两截。送去检测,昨天下午检测结果出来了,这些钢筋碳含量非常高,拉伸、弯曲、延伸率均不合格,是乡镇企业小高炉用回收的废钢铁冶炼成的。这些劣质钢筋是怎么用到我们煤码头防洪堤上的,要一查到底,严厉追究当事人的责任!

秦池一惊,略微思索了一下:江局长说得不错,这件事一定要一查到底。不过我要解释一下,当初和孟建荣签订重建煤码头防洪堤合同时,商定钢筋由我方代购,这件事是商务处海岩操作的,后来发现所购钢筋无法使用,做了退货处理。至于这批劣质钢筋为何会有部分残留使用到防洪堤上,我已责成孟建荣自查,要求他给我们港务局一个令人信服的说法。

江　河:让孟建荣自查,肯定查出不出任何问题,要成立以我方为主的联合调查组,详查当年的工程日志。这个调查组组长应当由我亲自担任,不过,下一步,我和沈局长恐怕三天两头地要跑省城、跑北京,当了这个调查组组长也是名不副实。老秦,防洪堤的基建当年就是你负责的,熟悉情况,你看你来当这个调查组组长怎么样? 让章总协助你。

秦池一愣神:我来当调查组组长? 五年前建造煤码头防洪堤时,我再三叮嘱孟建荣一定要把好质量关,没想到还是出了这么大纰漏! 好,这个调查组组长我当了,我再把当年的监理单位找来,一定要查出个子丑寅卯来。

江　河:好,现在正式开会。沈副局长搞了一个东江港上市和对接“一带一路”的初步设想,方案在会前已经印发各位委员了,大家看了有什么想法,畅所欲言!

郭　川:看了奕巍搞的东江港三年发展方案,我很兴奋。港口是基础设施的一部分,但是它的战略意义远远超过一般的基础设施,实现海陆统筹,发展海洋经济,港口是最重要的战略支点。我国要成为一个真正的世界强国,港口的布局和联网意义重大。奕巍的初步设想对这一点讲得很透彻,先争取上市,后融入一路一带的步骤也非常有可操作性。

沈奕巍:这是从宏观的角度讲;就我们东江港的微观层面而言,外贸这一块一直在拖后腿,海外走货的港口问题较多,融入“一带一路”为我们提供了突破这个瓶颈的可能;一旦以煤炭为基础,以外贸为重点的经营方略真正得以实现,东江港的发展才彻底打开了空间。

江　河:对。

郭　川:这一点很重要啊!

秦　池:这个问题我还没有深入研究,我觉得“一带一路”也只是一个倡议。反正,作为企业,还是要以盈利为出发点来总体考虑。

江　河:老秦的意见看似消极,其实很重要。中国资本布局海外港口,其实要早于“一带一路”的提出,可以追溯到20多年以前。现在,全球主干航线上的欧洲、美洲以及亚洲港口,都有中资企业活跃的身影,而且从已经投入运营的海外项目来看,目前盈利状况普遍好于预期。

沈奕巍:对,我再提供一个数据:2008年国际金融危机以来,世界经济复苏乏力,全球货物出口增长率曾于2010年至2011年间,恢复到百分之二十左右。2012年开始急剧下降,到今年只能维持在百分之三左右。明年,世界贸易低迷的状况很难缓解,有可能出现负增长,这为我们港口收购提供了难得的机遇。

江　河:所以在稳妥的情况下,我们还是要抓紧。

沈奕巍:局长下达任务紧迫,这个方案搞的比较仓促,怎么进一步完善?

江　河:怎么完善? 方案中,对上市和融入“一带一路”的关系,论证的还不是特别清晰。上市和融入“一带一路”要双轮驱动,怎么个驱动法? 今年东江港的利润将有大幅度提升,明年的展望也很乐观。但是,即使都兑现了,我们的资金也不足以支持我们有更大的拓展,特别是到海外去寻求新的发展支点。

秦池一笑:老江的意见我赞成。现在东江港刚刚恢复元气,凡事还是稳一点为好。

江　河:老秦,你误解了。我的意见是,双轮驱动,但是要依次发展。先上市,再推进“一带一路”的融入。从目前的情况看,东江港上市的条件已基本成熟;如果我们年内能完成上市的目标，融来的资金至少在十个亿以上，除了港口自身建设的需要外，还可以解决融入“一带一路”的资金缺口。

沈奕巍：局长，您太伟大了！

江　河：什么伟大？你别忽悠。我知道你早就对企业上市做了研究，结合东江港的情况，你能不能具体谈一谈？

沈奕巍：您这可是想过河正好碰上了艄公。

江　河：先别吹。各位，东江港的发展三年内分为两步走，第一步上市，第二步收购海外港口资产，融入“一带一路”。对这样一个三年规划，大家有意见没有？

众人议论了一下，纷纷点头表示赞同。

江　河：那好，奕巍，你继续说。

19　香港朗庭酒店　秋　上午　内

丁　伯：琊山新型煤化工项目的基建是你主管吧？

赵达夫：是，老爷子。您老人家不是让我抓住这块儿的权力吗？

丁　伯：中国政府正在积极推进“一带一路”建设，这是一盘构思宏伟的大棋。从世界范围上看，清洁能源和新能源产品，在“一带一路”的实施过程中，应用前景十分广泛，新型煤化工项目我早就布局，就是等着这一天。赵先生，你必须把主厂房的基建工程承包给我派出的建筑公司，并在厂房的施工中积极配合。

赵达夫：老爷子，这您放心，达夫一定唯您马首是瞻。

丁　伯：赵先生，我要的是新型煤化工产品的技术和生产流程。不妨告诉你，同样的厂房我在东南亚已经选址，少了研发和技术的先期投入，我的同类产品会物美价廉，更具有市场竞争力。

赵达夫：我懂了，老爷子，未雨绸缪、抢占先机，高，老爷子您实在是高！

丁伯起身从抽屉里拿出一张卡：这是在汇丰银行给赵先生开的一个个人账户，用的是你另一张身份证的名字。你来之前，我刚让人打进了 20 万美金。

赵达夫接过银行卡，兴奋得满脸堆笑：老爷子，达夫还寸功未立，您就这样厚待达夫，真是达夫的再生父母，请受达夫一拜，受达夫一拜！

丁　伯：赵先生言重了，这一点不算什么。如果合作成功，设立在东南亚的新型煤化工公司会有你的干股，每年等着分红就是了。

赵达夫：老爷子，达夫真是无言以对，只有竭尽全力做好事。

丁　伯：这我相信，赵先生，有个录像你不妨看一眼。

赵达夫：噢？老爷子还玩录像？真是与时俱进。

门推开，依娜走了进来，赵达夫看了面貌姣好的依娜一眼，目光中全是倾慕。

依娜冲赵达夫嫣然一笑，拿出一个光盘插入电脑，赵达夫凑到电脑前，看着看着，神情渐变，少顷呀一声惊叫，跌坐在地上。

20　港务局会议室　秋　上午　内

沈奕巍翻开笔记本：好，我就先简单说说。具体到我们东江港，如果运作上市，首先是要在局党委全面统筹下，从港办、商务处、财务中心抽调熟悉港务局历史、生产经营状况和财务状况的人员组成企业改制小组。

江　河：未来一段时间，企业改制小组的工作将异常繁忙。

沈奕巍：是。对内主要是进行资产剥离，按照《股票发行与交易管理条例》成立内部定向募集的股份有限公司，做好职工的思想工作和社会宣传工作；对外主要是全面协调企业与省市各有关部门、行业主管部门、发改委、证监会等多方面的关系。

章　江：还要配合会计师事务所进行会计报表审计、盈利预测、资产评估等方面的工作；配合律师事务所处理与上市有关的法律事务，编写公司章程和关联协议等。

沈奕巍：章总的补充很重要。再就是负责投资项目的立项报批工作和提供项目的可行性研究报告。总之工作压力会非常大，一定要抽调精兵强将，才能胜任企业改制小组的工作。

江　河：我做过一些调研，走访过几家上市公司，按照他们的经验，一般来说从启动企业改制到正式挂上股份有限公司的牌子，少则一年，多则两到三年。

沈奕巍；这还仅仅是迈出第一步，后面还有证监会这一关要过。

江　河：但这个时间表对我们东江港不适用，我们还是要发扬"超前性思维、超常规工作"的精神，别人用两三年走完的路，我们要用三个月走完，也就是说，从启动之日起三个月，我们要正式挂上"东江港储运股份有限公司"的牌子！

沈奕巍接着江河的话：目前工作量最大的一块是进行资产剥离和资产评估，然后才能对企业优良资产实行股份制改造，仅凭财务中心现有人员，很难在短时间内完成，还要请江局长统筹安排，从各分公司抽调财务人员，才能按时完成任务。另外，可以请京联证券作为辅导我们上市的券商，按证监会规定，公司申请上市必须有券商辅导，将来东江港的股票也是由他们发行。

郭　川：京联证券的资质怎么样？

沈奕巍：是家老券商，成功辅导过多家企业成功上市，他们公司的网站，对公司的组织结构、运营状况有详尽介绍，我已经看过了。公司副总是我大学时的同学，信誉应该没有问题。

郭川噢了一声：那就好。

章　江：财务的问题我负责解决吧，我和各个分公司的财务部门沟通，给你抽调一批精兵强将上来。

沈奕巍：章总，有你这句话，我心里就踏实了。

江　河：噢，对了，改制小组的办公室主任由奕巍担任，大家没意见吧？

没意见。委员们纷纷点头。

沈奕巍一笑：我是做具体工作的，重大决策还是要江局长定。

秦池一支烟已吸完，他摁灭烟蒂说：东江港上市我没意见，小沈出任改制小组办公室主任也顺理成章，不过东江港目前运作上市时机是否成熟，我表示质疑。

江　河：噢，说说你的想法。

秦　池：我有两点顾虑，一是资产剥离，以优良资产组建股份公司；股份公司组建后，我们东江港就分成了两块，从管理上讲，股份公司的组织架构、工作流程、目标设定、薪酬设计、绩效考核这些都是全新的，我们的职工干部能否在短时间内适应这种管理模式还是个未知数。

江　河：这是个问题，解决起来不难。

秦　池：当然，这并不是最重要的，最重要恐怕还是薪酬问题，上市公司的职工收入肯定要远远高于未上市公司的职工收入，这样势必造成一部分职工拥护上市，一部分职工反对上市，这个矛盾如何解决，能不能解决？

江　河：对，我们要拿出一个可行性方案。

秦　池：这是其一。其二是我们东江港长年亏损，去年刚刚盈利，不进行资产分拆，五年内无须上交企业所得税。若以优良资产组建股份制公司，所得税这一块是必须交纳的。如果上市成功，这不是什么问题，但如果不成功呢？不但融不到资金，反倒要多交几千万的税，我们职工会怎么想，这不是没事找事吗？以上所说，是我的个人意见，我认为东江港三五年后运作上市更为稳妥。我先表个态，如果党委会就上市问题举手表决的话，我不举手，不过我也不反对，我在保留个人意见的前提下弃权。

江　河：老秦说得很实际，我调研过的几家上市公司，也都遇到过类似问题，有成功的经验可供我们借鉴。当然，借鉴是第二位的，最重要的还是摸索出我们东江港自己的道路。我要强调一下，我们东江港要做大做强，必须要在资本平台上运作，扩建煤码头，建设国家战略储备煤基地和配煤中心，进行海外兼并融入"一带一路"，都需要大量资金。靠银行贷款，一是实际操作难度很大，二是利息也不堪重负；只有上市，才会解决我们东江港发展所需要的资金缺口。

闫主席：还要扩建煤码头？

秦　池：方案里专列了一项，你没看呀！

闫主席：没看仔细，见谅，见谅。

郭　川:我赞同老江的意见。上市是第一位的,至于其他问题,是上市衍生的,只要我们工作做细,这些衍生问题是能够解决的。

江　河:老秦质疑目前运作上市时机是否成熟,我想在东江港,包括我们的一些党委委员,许多人都有这种质疑。何谓时机,就这个问题我多说几句——哎,这个故事还是卢茜讲给我听的,你讲给大家听听。

卢茜停止纪录,摇摇头:我想不起来了。

沈奕巍打圆场:我也知道,我来说。有三个人被关进监狱,一个美国人,一个法国人,一个犹太人,各判了三年徒刑,监狱长答应服刑期间满足他们每人一个条件,美国人的条件是要三箱雪茄烟,法国人的条件是把他妻子接到监狱同住,犹太人的条件是在他的牢房里安一部电话。三年过去后,美国人从牢房里出来,嘴里叼着雪茄到处找火柴,原来他光想着要雪茄,忘记了要火柴;第二个出来的是法国人,怀里抱着一个孩子,手里牵着一个孩子,他妻子挺着大肚子跟在后面,三年他们有了三个孩子;最后一个出来的是犹太人,他告诉监狱长,有了和外面联系的电话,他的生意得以继续,现在他的资产已经比三年前增长了百分之二百,作为感谢,他送给监狱长一辆劳斯莱斯。

江　河:这个故事说明了什么,说明有什么样的选择,就会有什么样的生活。而你今天的选择,就决定着你三年后的生活。还是马克思说得好,"一步行动要胜过一打纲领",大家说是不是这个道理?

大家交头接耳。

江　河:这样吧,下面对东江港分拆上市、以优良资产组建股份制公司的决议进行表决。

21　香港朗庭酒店　秋　上午　内

录像上的画面:拼命挣扎的方秋萍被两个彪形大汉堵上嘴,装进麻袋,从一艘游艇上扔入了海中。

录像放完,依娜退出光盘轻轻走出房间。转身前,向赵达夫意味深长地一笑。赵达夫魂飞魄散:这,这不是方,方总吗?她,她不是因为裕泰号沉船遇难了吗?

丁伯波澜不惊:她本不该落得如此下场,只是一个贪字作怪,迷失了心性。

赵达夫:老爷子,您,您让我看……

丁　伯:赵先生,切莫多想。方女士生前说你们好像有一笔什么债没有了清,她让我转告你来世再做了断。

赵达夫:哪里,哪里,不敢,不敢。

丁　伯:赵先生,希望合作愉快,丁氏集团的业务所以能快速扩张,讲的就是诚信二字。你知道,珠宝行里从来没有协议一说,几千万上亿的大单生意,握手就算成交,如果不以诚信立身,怎么能够缔造出一个遍布东南亚的珠宝帝国?

赵达夫:老爷子说的是,老爷子说的是。

丁　伯:我在朗庭给你订了最好的套间,你在香港好好玩两天,黄大仙卦签既然灵验,总还是要拜一下嘛。晚上,我为你接风。

赵达夫站起身:老爷子如此厚待达夫,感念不尽。

门开了,一个服务生躬身做了一个请的手势,赵达夫出去了。

22　港务局会议室　秋　上午　内

江　河:好,两票弃权,7票赞成,这个方案党委会就算正式通过了。卢茜,你也发表一下意见,说说你对分拆上市有什么想法?

卢　茜:我不过负责会议记录,党委会已经通过分拆上市、组建股份制公司的决议了,我没有什么可说的。

江　河:党委会虽然通过了分拆上市的决议,但下一步还要召开各分公司、各部门负责人会议,深入细化探讨东江港上市问题。到时各分公司、各部门都要拿出意见,你作为《东江港报》主编，现在说一说你的想法，算是你提前发言了。

卢茜面无表情：江局长既然一定要让我发言，那我就坦率地说，我对资本运作的认识很肤浅。什么是资本运作，在我脑子里，无非就是拿到更多的钱，搞更多的基础建设，我相信东江港至少有百分之九十五以上的职工，和我的认识处在同一水平线上。现在社会上流传着一句话，“企业上市就是一个说故事的过程”，东江港申请上市，我希望运作一定要透明，不要有任何暗箱操作。

江　河：对，卢茜的提醒很及时。

卢　茜：另外，我的顾虑和秦局长不一样。长江沿线已有十多座码头，格局基本已定，是否还有必要用资本来竞争，继续扩建基础设施？这是宏观层面的问题，政策我吃不透，不敢乱说。但我希望企业改制小组能请一些资深物流专家研究一下这个问题，制订出一个清晰的路线图，否则的话，难以引进战略投资人，在证监会那里也很难过会。

江　河：卢茜这是高屋建瓴，说得比我透彻，奕巍，你们企改小组确实要好好研究一下这个问题。

23　香港朗庭酒店　秋　上午　内

依娜走进房间：伯父，谢谢您帮我，这个人很难缠的。

丁　伯：也不仅是为了帮你，因为他很难缠，所以要给他一点威慑；同时，大陆警方既然知道你诈死，就要让你再彻底消失一次，不然，你还怎么露面？估计你可能进出的地方，都有你的照片备案了。

依　娜：他竟然一点也没有认出我。

丁　伯：看来，韩国的整容技术不容置疑。

依　娜：伯父您这么大年纪了，还运筹帷幄，为了丁氏集团掌舵，小女子真是佩服。

丁伯叹了一口气：薇薇干练、聪慧，按说在商场搏杀已能做到神清气定了，只是她心肠太软，又太任性，裕泰号沉船，她至今不能释怀。把丁氏集团的全部业务都交给她，还真是难为她啊！依娜，你记住——

依　娜：伯父，依娜听着呢。

丁　伯：有些事情不可告她，省得她心里不清净。

依　娜：依娜懂。

24　江河家　秋　傍晚　内

江河推开家门，正在客厅看电视的玥玥一下扑上来，勾住他的脖子，惊呼：老爸，你今天怎么回来得这么早？又松开江河，跑到窗前拉开窗帘，装模作样地向外张望。

江河不解：玥玥，你又搞什么恶作剧呢？

玥玥眨眨眼，一脸疑惑的表情：噢，今天的太阳不是从西边落山的呀！

江河一声苦笑：你这丫头！

徐小惠从厨房里出来，嗔怪女儿：别闹了，玥玥，你爸爸好不容易早回家一天，别惹他不高兴。

玥玥小嘴一噘，嘟嘟囔囔：老爸还惹我不高兴了呢，上次好不容易答应带我到游乐园去玩，一早晨起来就不见了人影，还局长呢，说话不算话！

江河自知理亏，忙赔着笑脸：是爸爸的错，爸爸不是向你检讨了吗？抽出时间我一定带宝贝女儿去。

玥玥白了江河一眼，语气颇为不屑：抽出时间，抽出时间又不知到哪一天了！

江河想了想，下定决心似的说：这个月以内！

玥玥脸上露出惊喜的表情：真的？说着伸出右手的食指，拉钩。

江河只好伸出右手食指：好，拉钩！

徐小惠在沙发上坐下，拿过遥控器关上电视，对女儿说：玥玥，你先到自己的房间里去写作业，妈妈跟爸爸商量点事，等一会饭好了再叫你。

玥玥答应一声，回到自己的房间

25 秦池家 秋 傍晚 内

秦海涛来到叔叔家里时,秦池正闷闷不乐地抽烟。

见秦海涛来了,秦池的情绪有所好转,指指沙发:你坐吧。我这没有你喜欢喝的普洱,想喝茶的话,你自己泡杯龙井。

秦海涛笑笑:叔,我看您这脸色不好看,您听我一句劝,东江港什么上市、什么“一带一路”,江河愿意折腾您就让他折腾去,折腾成了整个东江港受益,折腾不成他自己脸上无光,您就当个观众,在台下看戏多好!

秦池面露不满:你现在整个心思都用在卢茜身上,叔叔这边的事不管不问,你说这么大的事我能袖手旁观吗?江河在这次抗洪中拿了高分,叔叔日子不好过,现在他又运作上市、“一带一路”,万一要让他整成了,我可就彻底受制于他了,弄不好连多少年前的陈年老账也得被他翻出来!

秦海涛冲好一杯茶,用嘴吹了吹上面的气泡:叔叔,您又判断错了,江河那是表面上风光,要说日子不好过,他的日子比您好过不了多少。

秦池疑惑:海涛,这话怎么讲?

26 江河家 秋 傍晚 内

江河看一眼徐小惠,见她板着脸,就调侃:家里的事你做决定,我执行,不用商量。

徐小惠:江河,前天小李老师把我叫到学校去了。

江　河:有事么?

徐小惠:当然!说着站起身,走到玥玥的房间把门关严,又坐回沙发上:玥玥这学期的学习成绩已经从班里的第七名变成了第二十七名。

江　河:有这么严重?玥玥的学习成绩不是在班里一直是前三名吗?什么原因?

徐小惠:什么原因?再有一年就小升初了,哪个孩子不开小灶儿,每天下学后家长带着去参加各种补习班?只有玥玥,什么补习班都没上,不掉队才见鬼!

江河倒吸了一口气。

徐小惠见丈夫沉默不语,神态严肃地说:江河,这两天我认真考虑了一下,我觉得你的建议可以一试。

江河有些诧异:什么建议?

徐小惠不满地看了丈夫一眼,语气中流露出压抑不住的焦躁:你也真是贵人多忘事!你不是建议玥玥到国外去读初中,我去陪读吗?怎么,忘啦?

27 秦池家 秋 傍晚 内

秦海涛坐在沙发上,把茶杯放在沙发桌上:东江港抗洪胜利,江河拿了高分是真,赚足了眼球也不假,可那就是个大泡沫,他筹划东江港上市,也有说不出的苦衷。

秦池哼一声,瞟了一眼侄子:他有什么苦衷?他尾巴翘上了天。早上我在卫生间见到他,他还说东江港已经进入了快速发展通道,要改建煤码头,要建国家级战略储煤基地和配煤中心,还要狠抓化工和集装箱码头,搞好外贸运输,实现什么双翼齐飞,春风得意得很。

秦海涛神态轻松:东江港进入快速发展通道那是不假,叔叔,咱们看问题要客观一些,江河这个人确实很有政治头脑,东江港这次抗洪,既打赢了经济牌又打赢了政治牌,他选择这时机筹划东江港上市,可以说是因势利导,要是我在他那个位置上也会这么做。

秦池听了皱皱眉,不无嘲讽:海涛,你到底想跟叔叔说什么?正话反话全让你说了。

秦海涛一笑:我说的是客观事实,江河有优势也有劣势,你想把哪方面扩大,我就给你说哪方面。

秦池没好气地:行了,我不是偏听偏信之人,咱们是亲叔侄,你也用不着投其所好,你就客观说吧。

秦海涛又笑笑:我看你心情不好嘛,想拣几句好听的给您说说,您既然无所谓,那我就直说。江河现在最大的优势是能拿到政策,建配煤中心也好,建国家级战略储煤基地也好,省市两级政府都是一路绿灯。可省市两级政府能给他政策,却给不了他钱,这就形成了一个看似利好的大泡沫,江河自己也明白,他不上市融资,到哪里去找钱?找不到钱,这个泡沫就破了,无论是对省市两级政府,还是对东江港几千职工,他都不好交代,这是其一……

其二呢?秦池点点头。

秦海涛伸出两个手指头:第二,这次抗洪胜利他得到的很多,失去的也很多,这就和打仗一样,歼敌一万,自损三千,这叫胜仗,如果敌死一万,我也死一万,这就叫消耗战了。老卢叔去世,江河要负道义上的责任,沈奕巍说他发高烧昏迷,下水就是两条人命,那都是瞎扯淡!

秦　池:就是瞎扯淡嘛!

秦海涛:见证人不就是他自己和刘黑子吗?一个是江河一手提拔起来的火箭式干部,一个是他的打手,您在底下做做工作,我相信至少有一半职工会产生质疑。省里授予老卢叔"抗洪英雄"的称号,不过是为江河分担道义上的责任。江河最大的损失是卢茜离开了他的战壕,而且是随时有可能爆炸的火药桶。江河在这个时间点上提出上市,很大程度上也是为了转移矛盾。还有,这次抗洪胜利的红利,大多落在江北煤码头那些人的口袋里了,江东几家分公司颇有微词,江河怎么也得安抚一下这几家分公司吧。

这话怎么讲?秦池又问。

28　江河家　秋　傍晚　内

江　河:唉,我那个战友…… 我那个战友,很忙,一时……

徐小惠:我根本也没指望你那个什么战友帮忙,我有同学在新西兰,她会帮我联系。只是三十万元有些紧张,不过,我去了以后很快会找到工作。

江河的脑袋冒汗了:三十万元,那个……

徐小惠见江河的神色反常,不由警觉起来:三十万元怎么了?说着站起身走到书柜前,抽出最上层的《辞典》,那张定期存单不翼而飞。徐小惠又把《辞典》提起来上下抖动,定期存单还是不见踪迹。

江　河:别翻了,小惠,钱我用了。

徐小惠重重合上《辞典》,往书柜里一丢,像不认识江河似的,盯住他的眼睛:你用了,三十万元?那是咱们半生的积蓄,你干什么事要用这么多钱啊?

江　河:刘妻有了匹配的肾源,差三十万手术费,对于刘妻,这是生死攸关的一次机会,我也没来得及和你商量。

徐小惠:没来得及和我商量?你根本就没有打算和我商量!江河,这样大的事,你连招呼都不和我打一个,只有两种解释,你心里根本就没有我或者你根本就不相信我!无论哪一种解释,你觉得我们的婚姻还有维系下去的基础吗?

江河尴尬地一笑:小惠,你言重了!

徐小惠:我言重了,我问你,江河,那个周末你本来答应玥玥去游乐园,可是你临时推托说单位有急事,你干什么去了?

江　河:我……

徐小惠:事实是你陪一个华贵的女人去吃豪华大餐、看两岸风景。刘冬民看见了你,还向你敬了三杯酒,有这么回事吗?

江　河:你听我解释。

徐小惠:打住。自你到了港务局,从卢茜到刘希娅,就没有断过绯闻。我知道,一直有人暗中拿生活作风中伤你,我体谅你的难处,更不想让别人看笑话。但事不过三,总有这样的绯闻传入我的耳朵,再坚强的心脏也难以承受,可是,我说过什么吗?

江　河:那都是无耻小人造谣生事。

徐小惠一把将沙发桌上的果盘胡噜到地上,苹果和梨咕噜咕噜地滚在地上:江河,你听清了,你心里可以没有我,但是,玥玥是你亲生女儿,你要对她的未来负责,你不要辱没了父亲的称号!

江河生气地反驳妻子:读书和救命,哪个重要?你简直不可理喻!

徐小惠:你偷换概念!正好有一只梨滚到徐小惠的脚下,她一扬脚,梨呈四十五度角弹出,击中了客厅一角花架上摆的鱼缸,鱼缸应声落地。

江河见状,急忙到厨房用碗接了水,把两条正在地板上挣扎的金鱼装了进去,冲徐小惠喊:你怎么成了泼妇!

29 秦池家 秋 傍晚 内

秦海涛:叔,您可能还不太了解企业改制上市的游戏规则,以东江港目前的状况,只能实行分拆上市,把闸口煤码头、集装箱码头和十号码头这些能够赢利的公司分拆出来,以优良资产组建股份公司上市。这样一来,这几家分公司自然能够分享抗洪胜利带来的红利,矛盾也就缓和了。

秦池恼火地狠狠一拍茶几:这我明白。以优良资产组建股份公司上市,我这个常务副局长不赞成,他江河居然来了一个少数服从多数!气死我了。

秦海涛端起茶杯喝了几口,嘿嘿一笑:叔,游戏规则是证监会制定的,又不是江河制定的,您生气有什么用?我不是说了吗,您就在台下看戏,我保证您有好戏看!

秦池一脸怒气:有好戏看我也咽不下这口气,如此下去,东江港岂不成了他的家天下?

秦海涛放下茶杯,不以为然:叔,我是学金融的出身,以前也给几家上市公司做过资产评估报告,东江港如果再发展两年,不是不能上市,现在这种状况,即使是以优良资产组建股份公司,上市成功的可能性也不大,所以我说江河选择这个时间点上市是有苦衷的。您何必不送他一个顺水人情,他强行运作必然破绽百出,您那时再出手也不迟。

秦池点燃一支烟,默默抽了几口:海涛,前年沈奕巍竞聘煤码头总经理,我动员你出手与他一搏,你也说江河的如意算盘不会得逞,结果如何?那次失手,就是犯了轻敌的兵家大忌。煤码头完败,我们已十分被动,这次如果再让江河把东江港搞上市了,以后再融入"一带一路",东江港就真没有了我的安身立命之地。

秦海涛:您说得是,那次确是有些掉以轻心,我会过沈奕巍两次,那家伙倒是不白给。这次就不同了,我是学金融的,对上市的运作门儿清;再有上市涉及方方面面,许多方面江河根本无法掌控,不同于整改煤码头,所有的问题都在他的掌控之中。您放心吧,历史不会再一次重复。

秦池听侄子这么一说,心里妥帖了许多:好,但愿如你所说。

30 江河家 秋 傍晚 内

徐小惠重复了一句:你说什么,我是泼妇?她望着江河仿佛不认识他一样,在你的眼里,我成了泼妇?她一步一步退到玥玥房间的门口,一把推开门,对呆呆坐在电脑桌前的女儿说,玥玥,拿好你的东西,我们走!

江河一时不知所措,愣了片刻,见妻子收拾好随身穿的衣服,拉着玥玥往外走,忙上前拦住:小惠,你能不能冷静些?

徐小惠委屈地看着丈夫,眼睛里慢慢地沁出眼泪:江河,我还不够冷静吗?你知道,我耳朵里塞进过多少你的绯闻,我除了一个人默默流泪,跟你吵、跟你闹过吗?我怎样做你才觉得我冷静?啊——

玥玥扯扯妈妈的胳膊,小声地:妈妈,你们不要吵呀,我不要到国外去读书,我会努力把学习成绩赶上去,你们不要为我吵架嘛!

徐小惠疼爱地摸摸女儿的头,蹲下身为她系好了外衣上的两个扣子:妈妈和爸爸不吵,妈妈和爸爸都是为了玥玥好。站起身,神态已趋于平和,老江,你让开吧,如果你还爱着玥玥,如果你还在意我对你的印象。

江河紧张起来:小惠,你要去哪儿?

徐小惠:我们都是成年人了,有能力安排好各自的生活。走到门口,她回身望了一眼房间,望了一眼江河,江河,以后我不在了,你要照顾好自己。

31 沈奕巍家 秋 傍晚 内

沈奕巍在屋外的煤气灶上炒菜。他切完西红柿,又磕了两个鸡蛋用筷子搅拌,见锅热了,将蛋液倒入锅中。一条红烧鱼已做好出锅装盘放在一边。

沈奕巍一边做饭,一边唱歌,他情绪很好。

沈父在小屋里叫:奕巍,电话。

沈奕巍关上煤气,端起鱼盘进屋拿出手机:喂,局长……

江　河(OS):奕巍,干吗呢?

沈奕巍:做饭,老爸要吃红烧鱼和西红柿炒鸡蛋,我给他露一手。

江　河(OS):好啊,工作不影响家庭,代我问候你父亲。

沈奕巍:谢谢。局长,你干吗呢? 小惠姐给你做什么好吃的了,红烧肚块?

江　河(OS):噢……对,对对。

沈奕巍:您找我有什么指示?

江　河(OS):指示? —— 好好展示厨艺,让你父亲享受天伦之乐。当然,如果能早日给老人家找个儿媳妇就更好了。

沈奕巍:嗯,我看行,不折不扣执行。

江　河(OS):那好,我挂了。

沈奕巍:别,您正好来电话。关于上市计划我想做点修改。我觉得卢茜今天的意见很重要,东江港不应该再盲目扩建,而应该在"三化"上下功夫。

江　河(OS):你看,今天给你的指示是认真展示厨艺,好好在父亲膝前尽孝,怎么又谈起工作了,好,我挂了。

沈奕巍挂断手机,摇摇头:局长今天唱的是哪一出啊,有点晕! 然后把鸡蛋西红柿炒好装盘,喊道:老爸,菜齐活,请您品尝——!

字幕:又过了两个月

32　东江江鲜小馆　冬　上午　内

临江一家名为"竹溪"的江鲜小馆

由徽式老宅改建,庭院里翠竹扶疏,藤萝掩映,鹅卵石铺就的甬路,连接着曲折回旋的长廊,水榭亭台,粉墙黛瓦,处处透着幽雅的古韵。

卢茜在领位的服务员引导下,走过一条曲折穿行在翠竹中的小径来到一间包间。推门进去,阳光满屋,只见一个雍容华贵的女人临窗而立,正在眺望江景,卢茜定睛一看,不由大为诧异:薇薇姐,怎么是你?

丁薇薇转过身来拉住卢茜的手,笑吟吟问:怎么不能是我? 就是我让海涛打的电话,约你到这里来吃饭。

卢　茜:薇薇姐,你有事找我,直接给我打电话就是了,干吗还要让海涛约我?

丁薇薇略显无奈地笑笑:卢茜,你的事情我都知道了,你现在和江河除了工作关系没有任何交流,他让你参加企业改制,你也坚辞不就,姐姐也是担心躺着中枪嘛。

卢茜叹一口气:薇薇姐,我有那么不明事理吗? 我和江局长就是有天大的矛盾,也不能不认你这个姐姐呀!

丁薇薇话语揶揄:你们江局长这个人,一向是工作第一,人情第二。我这次来事先没打电话,本想给他个惊喜,谁知我昨天晚上到的,他下午已去了北京。

卢茜自嘲地一笑:我现在是个局外人,他们这些天在跑东江港上市,三天两头的出差。薇薇姐,你这次来做什么?

丁薇薇坐在沙发上:我来给父母扫墓,北方人清明扫墓,南方人冬至扫墓,我父母葬在扬州,你们江局长是知道的,他要稍稍上心,也应该打个电话问问我冬至过不过来? 唉,他这个人呀!

卢茜在丁薇薇对面坐下:薇薇姐,我一直以为你是北方人,原来你也是南方人。

丁薇薇:我生在北京,长在北京,要说起来应该算北方人。可我父母都是扬州人,我按北方的习俗,清明过来给父母扫一次墓,又要按南方的习俗,冬至过来再给父母扫一次墓。

卢茜想起父亲,眼圈红了。

丁薇薇:好了,不说这些了,怪难受的。她从沙发桌上的果盘里拿了一只橘子递给卢茜,岔开话题,姐姐问你个事,上次和我们一起吃饭的刘希娅,你说她男朋友是你救命恩人,那她和孟建荣是什么关系?

卢　茜:和孟建荣……

丁薇薇:我让秦海涛去收购孟建荣的建筑公司,如果刘希娅和他走得很近,我可以照顾他一下,如果没有这层关系,那就无所谓了,我准备杀他一刀。

卢　茜:你狠狠杀他一刀!希娅已经去了丽江,和他一毛钱关系也没有,他就是一奸商!要不是他修筑的煤码头防洪堤存在安全隐患,我爸爸还不至于雨夜去补救呢!我恨死他了!

丁薇薇:刘希娅去丽江做什么?

卢茜叹了一口气:她到丽江歌舞团工作。

丁薇薇疑惑:东江也有歌舞团嘛,她男朋友又不在了,孤零零一个人,为什么要到丽江?

卢茜心里纠结,不知如何张口。

有人叩门。青裤红衣的服务员推门而入,双手托着食盘,食盘上有造型精致、色彩光鲜的竹溪小馆的冬季招牌菜:盘龙白鳝和冬笋扒鱼肚。服务员一样样把食盘摆放在玻璃转盘上,退后一步,躬身示意:请慢用。

服务员退出后,卢茜看了看手表,问丁薇薇:海涛怎么还不到?

丁薇薇笑:海涛还在江北呢,他下午过来,中午就咱们两人。说着起身招呼卢茜坐到餐桌旁。

卢　茜:薇薇姐,你离开的这几个月,我们东江港发生了太多的事情,抗洪的时候,是我逼着希娅在东江港和孟建荣之间做出选择,可能这也是导致她离开东江的一个重要原因。

丁薇薇:是吗?

卢　茜:当时希娅她们排成一排,站在闸口大堤闸底演奏《江河水》,我没想到希娅她们会这样做,我那时只是想让希娅出面阻止孟建荣的施工队封堵闸口。她们演奏时,我心里特别凄凉,我知道抗洪一结束,希娅肯定会离开东江。

丁薇薇:哦,这是为什么?

卢　茜:希娅骨子里很傲气,她是要用音乐来证明,东江港有负于她,她远走丽江,其实是打我们东江港的脸。

丁薇薇:也是打你们江局长的脸吧?组建港口艺术团的事我知道,我上次来时你们江局长和我说起过,他承诺的事情又办不到,难怪人家小姑娘远走丽江。

卢茜想起刘希娅,又想起自己,眼圈不由红了。

丁薇薇递给卢茜一张面巾纸:看来江河真是把你的心伤透了,东江港你要实在不愿意待下去了,不管你想去哪里,姐姐都能帮你,愿意到丁氏集团来,我也随时欢迎。

卢茜接过面巾纸,擦去眼泪:薇薇姐,谢谢你。我父亲在江水里因心脏病去世,江局长违背了对我的承诺。我知道事发突然,但我绕不过去心里的坎。而且,还有一件事,我不能谅解他。

丁薇薇皱着眉:这个江河,又做了什么不能让你谅解的事,说给姐姐听听。

卢茜悲戚地:我父亲因为裕泰号沉船事故被撤职,背着处分提前退休,心里特别苦。他在风雨之夜去勘测子堤走向,还跳下江去检测险堤,其实是抱着必死的信念,他老人家是要为自己赎罪,毕竟裕泰号死了那么多人。可是江局长去年十月就知道裕泰号沉船是一起人为制造的灾难,方秋萍根本没有死,我父亲是无辜的,江局长却什么也没有为我父亲做。

丁薇薇:卢茜,你们江局长怎么知道方秋萍没有死?

卢　茜:希娅去年十月和孟建荣去丽江散心,亲眼在丽江一家古玩店里看见了方秋萍,她从丽江一回来,就把这件事告诉了江局长,江局长还让她保密。

丁薇薇拿起餐巾轻轻擦擦嘴角,又夹了一块白鳝放到嘴里慢慢嚼着,装作漫不经心地问:那你是什么时候知道的?

卢　茜:希娅离开东江的前一天晚上,才把这件事告诉我。

第21集

1　北京一会所　冬　上午　内

“柳叶居”会所，坐落在一条胡同里。紧临紫禁城，站在门口，可以望得见故宫的角楼、黄瓦、红灯笼；外表看，朱门灰瓦，平和安闲；里边则回廊环绕，叠石为山，画栋雕梁，尽显富贵之气。

沈奕巍一进红漆大门，见里边别有洞天，豪华之至，不由暗自叫苦。他偷眼看了一眼江河，见他的神色也略显尴尬与无奈。

李亚林走在前面。

三人在厅堂里选了一处临窗靠水的角落坐下。

江河起身：我去一趟洗手间。一位服务生上前躬身引领江河。

江河走后，沈奕巍对李亚林怒目而视：亚林，你这是要出我的洋相吗？中央现在三令五申，严禁大吃大喝，严禁出入高档娱乐餐饮场所。

李亚林：什么话？咱俩大学睡了三年上下铺，我能坑你吗？我没敢选太烧钱的地方，这地方对我不过是街头小馆。

沈奕巍：牛吧你就，谁敢跟你比，京联证券副总，年薪三百万，你拔点毫毛也比我们腰粗。

李亚林：兄弟，运作企业上市，太抠抠唧唧了不行。你们是企业，又不是党政机关，怕个屌？

沈奕巍还想说话，江河回来了。

一身空姐打扮的女服务员趋身上前，笑容可掬地打招呼：李先生，好久没来了，今天吃点什么？

李亚林：工作餐，简单些。手剥笋、拌木耳、外加一个素什锦，饺子要一斤。猪肉三鲜、猪肉小白菜馅的七两，鹿肉板栗山珍馅的，每人一两尝尝鲜。

服务员：酒呢？

李亚林：一瓶五粮液。

江河倒有些过意不去了，说道：亚林，再点几个热菜。

李亚林：已经蛮好了。老话说“冬至不端饺子碗，冻掉耳朵没人管”。咱们按老北京的吃法，十个十个地煮，要吃就吃烫嘴烫心的。

沈奕巍：我听说的是“冬至吃饺子，捏住小人嘴”，我就盼着吃了冬至的饺子，捏住那些对我们东江港上市说三道四的小人嘴。亚林，你预计一下，我们把材料送上去，哪天能上会？

李亚林：证监会有硬性规定，企业上市前要由证券公司进行辅导，辅导期为一年。你知道我们费了多大的劲，脱了多少层皮，动用了多少关系，才把材料送上去，要按正常程序，你们明年这时候才有资格上会。

沈奕巍：亚林，我知道你们这次出了大力。不过，你是我们东江港上市的保荐人，做这些是应当的，不要给我表功。

李亚林一笑：你这家伙算是讹上我了。

服务员送上酒菜，李亚林给三人的酒杯满上酒，和江河碰了一下：江局长，咱们边喝边聊，其实初审通不过不是什么坏事，根据我的经验，一般初审通不过的问题，你们回去一两周就能解决，复审时基本都能过会。真正可怕的是初审通过了上会没通过，那可就有大麻烦了。

江　河：是这样？

李亚林：另外，我还有个问题要问一下，内部定向募集时，你是有权力持股百分之三到百分之五的，我听奕巍说市政府也批准你们管理层持股，你为什么放弃了？还有奕巍，为什么你也放弃了？

沈奕巍：亚林，一言难尽，东江港的情况比较复杂，放弃就放弃了吧，饭桌上不说这事了。

李亚林摇了摇头：放弃太可惜了，那可是原始股啊！符合政策规定，和腐败没有一毛钱关系。奕巍，你知道吗，当年我在深圳卖深发展的纸质股票，一块钱一股，五百块钱可以买五百股，你知道现在这五百股纸质股票可以卖多少钱，二十万！你算算升值了多少倍？

沈奕巍惊愕：天啊，真有那么厉害！

李亚林：千真万确，所以我说你们放弃太可惜了。不过如果这次没能过会，重新申报时你们还可以持股，怎么样，是不是考虑一下？

江河很敏感：亚林，你是不是还有顾虑？

李亚林坦率地：也是杞人忧天，你们管理层放弃持股是把双刃剑，清正廉洁是一种解释，另一种解释是缺乏明确的激励机制，如果这次不能过会，再次申报时，你们东江港管理层会不会有一批人不再支持你？

江河喝了一口酒：这个问题不大。亚林，你是我们东江港上市的保荐人，我感觉你好像对过会信心不足，你是不是还有什么其他疑虑？

2　东江江鲜小馆　冬　中午　内

丁薇薇微微一笑：你们江局长和我可是没露一点口风。

卢　茜：他干了十年警察，可能是职业习惯吧？

丁薇薇：卢茜，你们江局长当了多年公安局长，刑侦上很有一套，他让刘希娅保密应该是出于案情上的需要。可刘希娅已经保了一年多的密，为什么要在离开东江时透露给你，你们江局长是不是也做了什么让她不能谅解的事？

卢茜无语。

丁薇薇淡淡一笑：好了，我知道你不愿意说，姐姐也不逼你说。姐姐问你，我和你们江局长，看起来像不像是普普通通的战友关系？

卢茜直言不讳：当然不是。

丁薇薇抿嘴一笑：你连这个也知道？那你知道吗，姐姐当兵时曾和你们江局长爱得轰轰烈烈。

卢茜低声：我知道。

丁薇薇叮问：你们江局长告诉你的？

卢茜摇了摇头。

丁薇薇：刘希娅告诉你的？

卢茜眼泪都快流出来：薇薇姐，你干吗这么逼我？

丁薇薇：卢茜，姐姐告诉你，不管什么事情，必须面对才能梳理。刘希娅爱上了你们江局长，是不是？

卢茜没有承认也没有否认，凄然地：薇薇姐，你和江局长的那段恋情，我和希娅都特别感动，希娅一直以为你是我表姐，知道你的真实身份后，她的心理落差特别大，怎么也不能把你和江局长说的那个打扬琴的小女兵联系在一起。

丁薇薇：她这样看也可以理解。

卢　茜：她觉得你过得幸福美满，根本不是一个失去爱情的天涯沦落人。而她在裕泰号沉船事故中失去男友，江局长违背组建港口艺术团的承诺又让她失去事业上的机遇，抗洪中她和孟建荣也彻底决裂了，她说她是一无所有去的丽江，陪伴她的只有陶然的亡魂。我听了心里特别难受。

丁薇薇：刘希娅是这样去的丽江？

卢　茜：是啊，独身一人远走他乡，除了陶然的亡魂，也只有满腹惆怅了。

丁薇薇叹了一口气：但见泪痕湿，不知心恨谁。这小姑娘也怪可怜的。哎，江河有一年多的时间可以为你的父亲申诉撤销处分，却没有这样做，可见裕泰号沉船一案是在更高层面上处理，完全不由江河掌控。你也多给他一点理解吧。

3 北京一会所 冬 中午 内

李亚林:其实也说不上是什么疑虑,奕巍和我说起过,你们东江港那个叫卢茜的女孩子提的问题很尖锐。

江 河:噢,卢茜吗? 她提的什么问题?

李亚林:她提出,长江沿线已有十多座码头,格局基本已定,如果再进行资本竞争,生产规模越搞越大,会不会有一天长江航道也像城市道路交通那样,堵得水泄不通,要限号限行?

沈奕巍:她是表达过类似的意思。

李亚林:我最近听到一个消息,中国快递业的龙头老大,主动撤回了上市申请,物流专家大部分赞同,原因就是中国快递业的格局已定,无须再在资本平台上进行竞争。

沈奕巍:亚林,这个你多虑了,卢茜的意见我们在上市申请材料已充分考虑。我们东江港提出上市,主要目的不是扩大基建规模,而是筹建配煤中心和国家级的煤炭储备基地,通过我们精确配煤,一船煤的生产效率相当于过去的三船煤。

江 河:原来我们在资金用途上有一条,扩建煤码头;现在这一条取消了,募集来的资金很大一部分会用于港口的三化上。

李亚林:我看了,就是信息化、多元化、个性化,对吧? 这个改动很有必要,通过三化来提高现有场地和设备的使用效率。

江 河:从长远发展看,不是给长江航道增压,而是减负。

沈奕巍:而且,我们江局长还有更长远的眼光,就是积极响应国家"一带一路"的倡议,积极在海外寻求新的发展支点。

李亚林开玩笑:赶时髦?

沈奕巍:住嘴! 我们东江港的经营方略是以煤炭为基础,以外贸为重点,融入"一带一路",就是要盘活外贸这一块。

李亚林举起酒杯和沈奕巍碰了一下:奕巍,开个玩笑。你说的这些我很清楚,着实不错。在你们申报材料中,我特别重视到你们和琊山煤矿的关联协议,我甚至把琊山煤矿视为你们的战略投资者之一,你们签署的那些协议我都认真研究过,虽然没看出问题,但似乎总觉得什么地方有点欠缺。

江河警觉起来:亚林,什么地方有欠缺,我们是不是要马上弥补?

李亚林:这个我还真没吃透,不过江局长,你也不必紧张,初审通过后,我会请发审委的律师朋友再仔细看看。

沈奕巍:亚林,你在发审委还有朋友! 你怎么不早说?

江河举起酒杯,向李亚林示意:亚林,你给我们讲讲发审委的情况,看看我们能不能有针对性地做些工作?

热气腾腾的猪肉三鲜馅饺子端上来,如同店家标榜的那样,一个个圆圆鼓鼓就像穿上外衣的狮子头。

李亚林:来,饺子就酒,越喝越有。江局长,发审委没什么门道,就是由三部分构成,一部分是证监会本身的工作人员,一部分是国家各部委的有关人员,再有一部分是国内著名律师事务所、会计师事务所的律师和会计师。发审委委员有五名证监会工作人员,二十名外聘专家,这在证监会是有公示的。每个委员的手机、座机、家庭地址我也有,但我们能一一攻关、一一拜访吗,现在反腐力度这么大,肯定是不行的。

沈奕巍一脸诡异的表情:亚林,我们也没说一一攻关嘛,这和腐败扯得上吗? 每次参加发审会的发审委委员有七名,同意票数达到五票就过会了,这在证监会不是也有公示吗?

李亚林和沈奕巍开起玩笑:奕巍,七个人的主意你不要打,五个人的主意你也不要打,谁审你们东江港,是抽签制,你总不能一个一个去攻关吧? 况且,第一步我们先要初审通过。

江 河:初审通过有问题吗?

李亚林:从现在的材料看,应该问题不大。

沈奕巍:那就好。亚林,你以为我要搞不正之风是不是,现在反腐呈高压之势,即便我们想搞,他们也不敢刀口舔血啊,我们不过是请你牵个线,正式过会前光明正大地去拜访他们。

江河举起酒杯:来,亚林,我们干一个。亚林,我看奕巍说的可以操作。

李亚林放下酒杯,笑着:江局长,这个还真不能操作,几千页的材料送上去后,要分成几部分,由各方专家审阅。具体由哪几位专家审阅严格保密,发审委内部人员相互打招呼是绝对犯忌的。就算我们知道了一两位审阅专家,审阅期间登门拜访就有瓜田李下之嫌,他们也会明确地告诉你,“我很珍惜我的工作”,我们总不能去砸人家饭碗吧?

江河为李亚林满上酒:既然如此,我们材料过硬就好,一切听你安排吧。

4　东江江鲜小馆　冬　下午　内

卢茜离开后,丁薇薇叫服务员撤走餐具,重新换上台布,又要了一瓶法国红酒,在沙发上独饮独酌起来。

画外音:

此次东江之行没有见到江河,又听到刘希娅之事,丁薇薇在卢茜面前表现得好像无所谓,其实心里非常在意;卢茜重提裕泰号沉船,说父亲是以死赎罪,更让她在心里蒙上了一层挥之不去的阴影。她知道,一旦裕泰号沉船真相大白于天下,江河和卢茜不可能谅解她。叔叔采取的极端方式和方秋萍的贪婪彻底绑架了她,她也曾想过放弃,到澳洲或美国买一个农场,栽花种竹了此一生。可是,她能放弃现在的生活方式吗?能放弃 Salve 矿泉水和 Fuelosophy 果汁饮料吗?她知道她做不回过去的她了,她不可能在这个浮华的世界里人淡如菊,素心若兰。

有人敲门。丁薇薇:请进,门开处,站着秦海涛和孟建荣。

孟建荣一见是丁薇薇,颇觉意外,冲着秦海涛责问:不是你请我吃饭吗?怎么这个女人也在?

丁薇薇站起身,冷艳生风:饭局是我设的,如果孟先生不肯赏光,可以自便!

孟建荣:七千万打了水漂,今天我正要向你讨个说法!

丁薇薇嫣然一笑:孟先生好大的手笔,我看好的那串九眼天珠,竟然被孟先生以七千万拍走,没想到,真是没想到。

秦海涛忙打着圆场:表姐,那一篇就算翻过去了。

丁薇薇:翻过去了,没那么容易吧?你没看见孟先生一脑门子官司吗?如果他为这事一直耿耿于怀,心存芥蒂,下面的事怎么谈?

孟建荣一屁股坐在沙发上,跷起二郎腿,晃了晃,掩饰着内心的自卑:这件事的是非曲直,丁董事长和海涛应当比我清楚,若要解开芥蒂,还是请丁董事长把事情说清楚为好。

丁薇薇坐在孟建荣对面,端庄高雅:孟先生,那我就给你说说清楚:七十二行,古玩为大。行有行规,古董文物讲的是道行眼力,自古看货不问来路,即便是当年乾隆皇帝,在古玩行里也是规规矩矩,要是不懂装懂,照样被逐出圈子。

孟建荣:没听说过。

丁薇薇:你没听说过的事多了。孟先生,这古玩行里的行规,你可知道几条?

孟建荣愣了愣神:秦总,这古玩行里还有行规吗,你可从来没对我说过!

秦海涛一脸苦笑:建荣,你既染指古玩,古玩行里的行规就像社会上的“五讲四美三热爱”,还用得着我给你普及吗?

丁薇薇嫣然一笑:孟先生,你可真是让人捶地乐!当年有人把五讲四美三热爱英译为“Five Talks,FourBeauties,Three Loves”导致大陆旅游井喷,多年后国家旅游局才弄明白,原来老外把这句话理解为“到了大陆讲五句话,就可以找到四个美女,其中三个可以成为情人。”孟先生,你是不是也以为进了古玩行,拿眼睛随便瞟瞟,甩上一把钞票,就可以抱得美人归?

孟建荣抓起一个茶杯往沙发桌上一墩:丁董,秦总,咱们说话就不能稍稍厚道些吗?干吗连卷带贬!

服务员送来新泡的碧螺春,丁薇薇拿起茶壶:开个玩笑,不必介意,孟先生,请用茶吧。

秦海涛接过茶壶：表姐，我来吧。他为三人的茶杯里倒满茶：我小的时候，常听我姥爷念叨，古玩行里的行规要是细分有三十多条，粗略说说也有十七八条。玩古董的不论是买家还是卖家，打眼和卖漏都是常事，大家彼此心照不宣，没人拿去声张，这就是行规中的一条。建荣，你以为我没打过眼吗，多了去了，要都像你这么喊冤叫屈的，可就让人笑话死了。

孟建荣翻了翻眼睛，没言声。

丁薇薇更是语出惊人：孟先生，我还可以告诉你，真正玩古董的无诈骗一说，敢在这一行里出手的全是行家，凭的是实力，玩的是风险，交易双方无论是买了假还是卖了漏，都没有找后账的，明白吗？

孟建荣一副不服气的样子：丁董事长，现在商业讲究的是诚信经营，这一条我可不敢苟同。

丁薇薇：诚信，呵呵，孟老板真是天真的可爱……海涛，你给他解释一下，为什么会有这条行规。

秦海涛：建荣，古董交易和一般交易不一样，所谓古董，少则有数百年、多则有数千年的历史，敢在这个圈子里玩，不仅要拼实力，更要拼知识和底蕴，通俗说就是所谓的眼力。有不少年头久的东西甚至买家和卖家都琢磨不透。比如说买方把唐玉当汉玉买了，这叫买假，或者说卖方把汉玉当唐玉卖了，这叫卖漏，这和一般商业行为中的欺诈完全是两码事，风险都是各自承担，买方打眼了不能退货，卖方卖漏了也不能反悔。

孟建荣：那我这种情况呢，该怎么解释？

丁薇薇端起茶杯，轻轻抿了一口：孟先生，你也不必耿耿于怀，我可以告诉你，你拍得的那串天珠来自纽约，都是藏域寺庙里流出去的老珠子，价值还是相当不菲的。至于黄老先生所说存世的九眼天珠只有一块，那只是一家之言，学术上也没有定论。

秦海涛：是啊，你又是请律师，又是打官司，闹得满城风雨，折腾得一溜够，在圈子里已传为笑谈。

丁薇薇：所以我劝孟先生就此打住，你若沉上几年，这串天珠还能拍个好价钱，你若继续闹下去，除了再搭上一笔钱财，恐怕什么结果都不会有。

孟建荣长叹一口气：丁董事长既然这样说，那我就沉几年吧。

秦海涛：建荣兄这种心态就对了，这一篇就算彻底翻过去了，现在可以谈正题了吧？

5　廖汉中办公室　冬　下午　内

廖汉中：老赵啊，现在咱们谈正题儿吧。

赵达夫：老大，这次香港之行，潜在的收益大了去啦。我在黄大仙那儿抽了一签，又是上上大吉的签……

廖汉中：打住吧，老赵，也就是你信。我同意你去，是因为援助东江港你也挺辛苦，算是借此犒劳你一下，你还给个棒槌就认了真？

赵达夫：老大，你…… 那你说，什么正题儿？

廖汉中：我考虑了一下，现在咱们琊山的生产已入了良性循环，产量和效益都双提升。

赵达夫：那是老大你领导有方。

廖汉中：不是有一句俗话吗，叫授，授人玫瑰，手留余香。帮了东江港，咱们的生产才扭转了危局，对吧！

赵达夫：是啊，老大有眼光。

廖汉中：所以，我想让你集中精力抓生产，新型煤化工基建那一块你就不要分心了，怎么样啊？

赵达夫：没事，我年轻多干点不算什么！

廖汉中：我也是从琊山矿的全局出发，统筹考虑后才和你谈的。

赵达夫一撇嘴：如果我要是不同意呢？

廖汉中眼一瞪：不同意也要执行。

赵达夫一拍桌子：什么意思啊老廖？ 人家都是卸磨杀驴，噢，你这还没卸磨呢，就要杀驴呀！

廖汉中：几个副矿长调整一下分工，我堂堂一个矿长还说了不算吗？ 你有什么资本和我讨价还价？

6 东江江鲜小馆 冬 下午 内

孟建荣喝了一口茶，呸呸吐出两片茶叶：海涛，我的底线你知道，你们要接盘的话，七千万，不能低于这个数。

丁薇薇放下茶杯，直视着孟建荣：孟先生，开诚布公吧，你认为你现在还有资本和我们讨价还价吗？

孟建荣脸色一变：丁董事长，你这话是什么意思？

丁薇薇脸上仍旧挂着一抹淡淡的笑：孟先生，我这么说并没有不尊重你的意思，我只是针对你的公司而言。你公司现在是什么状况，你比我们更清楚吧？

孟建荣：我当然知道。

丁薇薇：你实事求是说，七千万，有人会接这个盘吗？退一步海阔天空，不要总想着从哪里跌倒就在哪里站起来，恕我直言，你还远远没有今天赔了七千万，明天一翻手就能赚回来的实力，还是现实一点好！

孟建荣沉吟了一下：那好，丁董事长说个价吧。

丁薇薇不紧不慢：海涛不是已经给你报过价了嘛，两千万，不增不减。

孟建荣噌一下站起，铁青着脸：这个价钱我绝对不能接受。

丁薇薇一扬手，笑若桃花：孟先生，稍安毋躁。这个价钱绝对公道，孟先生的公司危如累卵，再拖上一段时间，恐怕一千万也没人接手了。

孟建荣的脸色极为难看，他像一只被逼到墙角的困兽，面孔涨得通红：姓丁的，你是在威胁我吗？

丁薇薇不急不恼：孟先生高估我了，即使是有人威胁你，也轮不到我。海涛的叔叔在调查什么，孟先生不会不知道吧？

孟建荣：海涛，你叔叔调查的这件事，纯粹是个意外，那批劣质钢筋早做了退货处理，只有极少一部分误用到防洪堤上。我和你叔叔的关系东江港无人不知，真要有什么大事，你叔叔是要避嫌的，还能让他调查吗？

秦海涛：让我叔叔调查，不过是江河的缓兵之计。谁不知道，章江在东江港是出了名的铁算盘，又油盐不进，让他当副组长，明摆着是对我叔叔不放心。

丁薇薇：孟先生，海涛和你是朋友，有些话他不好说得过于直白，那就我来说吧。孟先生把劣质钢筋用到防洪堤上确实是个意外，不过孟先生说那批劣质钢筋做了退货处理，听着可就是说笑话了。

孟建荣色厉内荏：丁董事长，我和你往日无冤，近日无仇，你为什么总要和我过不去？

丁薇薇端起茶碗，揭开盖，很矜持地品了一口茶，放下茶碗，伸出纤纤玉手，把沙发桌上的果盘向前一推：孟先生，气大伤身，来，坐下吃点水果。又微微一笑：真要是我和你过不去，你应该感到庆幸，无非是两千万不增不减。可惜不是我和你过不去，是东江港那些人和你过不去。

孟建荣：你什么意思？

丁薇薇：我听说那批劣质钢筋的价格只是正规钢厂产品的五分之一，以孟先生的行事风格，那批劣质钢筋虽然没有全部用到防洪堤上，但也不会退货，我想应该是用在防洪堤后续工程上了吧？

孟建荣：丁董事长，你这是揣测之谈。

丁薇薇：是呀，我也希望我这是揣测之谈。不过你别忘了，东江港的江局长，可是干了多年公安局长，他要是也这么揣测，我想听听，孟先生有什么应对之策？

孟建荣沉默良久才：丁董事长，你有所不知，那批劣质钢筋是港务局商务处代购的，发现质量不合格后我让他们做了退货处理，商务处有退货凭证。

丁薇薇意味深长地一笑：是吗？如此说来，我刚才倒真是揣测之谈了。孟先生，你我态度均已表明，谈不拢没关系，中国不是有句老话吗，买卖不成仁义在。来，我们喝茶吧，海涛可说了，只有在竹溪小馆，才能喝到中国最好的碧螺春。

孟建荣只觉得满嘴苦涩，清香浓郁的碧螺春入口，像饮了一口苦酒。他摇了下头，苦笑：前段时间海涛建议我南下去做普洱茶，丁董事长，你有何指教？

孟建荣此言一出，丁薇薇就知道他准备妥协了，不动声色：普洱茶我不懂，谈不上指教，不过茶品如人品,持茶思己,用心去做就是了。然后端起茶碗说,正事就谈到这里吧。孟先生,晚膳已备,可否赏光?

孟建荣哪里还有心情吃饭,他起身:谢谢丁董事长盛情,晚餐请自用吧,我今天不太舒服,无福消受了。

丁薇薇并不挽留:那好,海涛,你替我送送孟先生。

7 廖汉中办公室 冬 下午 内

赵达夫:老大,我有没有资本和你讨价还价,我说了不算,你说了也不算,俗话说得好,退一步海阔天空,这层纸要是捅破了,谁脸上也不好看。

廖汉中:赵达夫,你是在威胁我吗?

赵达夫:不敢,你想多了。总之,我希望你收回成命。

廖汉中:赵达夫,咱们打开天窗说亮话吧,方秋萍转移走的售煤款我一概不知情。我不怕纪委来查,查了倒能还我一个清白;倒是你老弟,矿山总调度,主管生产的副矿长,禁得住查禁不住查,你心里掂量掂量吧。

赵达夫:操,老廖啊,你这可是猪八戒耍把式倒打一耙,有你廖汉中在前面挡着,我赵达夫怕个屎? 罢,罢,罢,既然咱们话不投机,那就骑驴看唱本——走着瞧吧!

8 东江江鲜小馆 冬 下午 内

秦海涛送走孟建荣,回来兴冲冲:姐姐,我可真佩服你,孟建荣投降了,同意两千万出让公司!

丁薇薇神情自若:孟建荣弄巧成拙,自断后路,我刚才没有点破,他自己意识到了,除了投降已无路可走。

秦海涛:姐姐明示。

丁薇薇:海涛,你和孟建荣结交的时间也不短了,人要过贪,往往误己。他说那批劣质钢筋是港务局商务处代购的,他发现质量不合格后让港务局方面做了退货处理,商务处还有退货凭证,你不觉得他这样做太利令智昏了吗?

秦海涛似有不解:这件事是五年前的旧事,当时我刚到东江来,具体情况我不是很清楚。

丁薇薇手一摆:你不要管这是五年前的旧事还是十年前的旧事,关键是孟建荣真的把那批劣质钢筋退货了吗?

秦海涛:姐姐,你怀疑他瞒天过海?

丁薇薇放下茶杯,斩钉截铁:我不是怀疑他瞒天过海,我是断定他瞒天过海。当然,这步棋要有人接应,肯定是他与那个叫海岩的人联手而为。不过,他这步棋可大错特错了!

秦海涛恍然大悟:我明白了,他要是真把这批劣质钢筋用到防洪堤后续工程上,一旦事发,港务局方面已做了退货处理,不承担任何责任,他全得自己兜着,这下麻烦可就大啦!

丁薇薇皱着眉头:他这个公司如此烂底,还有什么资本和我讨价还价? 你在东江这边也找个律师,毕竟他们对大陆现行法规更熟悉。财务方面你是专家,我就不多说了,如果可以收购的话,一定要把债权债务处理干净。

秦海涛:财务方面你放心,孟建荣钻不了空子。

丁薇薇:这样最好。顿了顿,话锋一转,裕泰号沉船时,琊山煤矿那个方秋萍没有死。

秦海涛:这个…… 姐姐,方秋萍死没死,和我有什么关系吗?

丁薇薇:海涛,你说琊山煤矿那个廖汉中矿长,要是知道了方秋萍没有死,会作何感想?

丁薇薇此言一出,秦海涛立刻如释重负,他搔了搔头:廖汉中作何感想,这个问题可深奥啦,我想他至少会有十种以上不同的感想。

丁薇薇:十种以上,太夸张了吧,算了,不去管他了。海涛,如果律师方面没问题,立刻完成对孟建荣公司的收购,我给你百分之三十的股份,条件是你要给我拿下琊山煤矿新型煤化工项目的主厂房基建工程。

秦海涛:谢谢姐姐,您尽可放心。可是我不明白,姐姐是做珠宝的,怎么对工程建筑感兴趣了?

丁薇薇伸出纤纤玉手,轻轻撩了一下额前的一缕秀发:海涛,丁氏集团是上市公司,不单单经营珠宝,也有能源和矿山方面的业务。

秦海涛:噢。

丁薇薇:姐姐实话告诉你,我们在海外最大的一家商业竞争对手,准备和琊山煤矿的煤化工项目深度合作,如果让他们占得先机我们就被动了,所以煤化工项目的主厂房基建工程我们一定要拿下来。这是个一揽子计划,包括煤化工生产线设备引进等项目,我们集团有关部门也在和你们省工业厅谈,如果能把主厂房基建工程拿下来,后续谈判就容易了。

秦海涛往前探了一下身体,面呈神秘之状:听说新型煤化工项目要从琊山煤矿分割出来了,将来要建立单独的新型煤化工科技园,这个情况你们知道吗?

丁薇薇淡然一笑:这个情况我们当然知道,还是廖汉中牵头。新型煤化工的基建工程也还由琊山煤矿负责,我们动作要快,把工程协议签下来,建筑队要迅速进入。

秦海涛:没问题,姐姐,你尽可放心。

丁薇薇:我调查过了,孟建荣这个建筑公司在东江承建过很多大型工程,不乏大工程施工经验,有一定竞争优势,还是值得收购的,但一定要把那些烂底的东西剥离干净。

秦海涛:这是必须的。我在琊山煤矿最主要的人脉是赵达夫,想必姐姐也知道。抗洪期间廖汉中和赵达夫到东江港来了一趟,我和赵达夫私下谈过新型煤化工基建工程,他答应帮忙,只是赵达夫现在受制于廖汉中,最后拍板还得廖汉中,姐姐是要我打方秋萍这张牌,帮助赵达夫翻身吗?

丁薇薇起身踱到窗前:我不问过程,只要结果,不给你设底线,只要能拿下主厂房的基建工程,方秋萍这张牌,你想往哪里打就往哪里打。

秦海涛有些犹豫:廖汉中和江局长的关系非同一般,我要打方秋萍这张牌对付廖汉中,江局长脸上恐怕不好看。

丁薇薇冷着脸:这个事和江局长没有交集,商业竞争本身就是残酷的,没必要看他脸色行事。

秦海涛:江局长正在运作东江港上市和融入“一带一路”,廖汉中是他的战略合作伙伴,此时要是传出负面新闻,恐怕会影响东江港的后续计划。

丁薇薇脸色越发不好看:笑话,大陆股市我又不是不知道, IPO 无非就是圈钱,遭殃的还不是股民,你不要想得太多。至于“一带一路”,也不是你想的问题。

秦海涛依然问:我还是不理解,姐姐和江局长是一起共过患难的战友,可谓生死之交。以江局长和廖汉中现在的关系,江局长一个电话过去,就可以把新型煤化工主厂房的基建工程拿下来,姐姐为什么要舍近求远,不用江局长的关系,反倒要我去找赵达夫?

丁薇薇板着脸:海涛,你明知故问是不是?我要是想让江局长搅和进来,还用得着你去收购孟建荣的公司?还用得着你去琊山煤矿谈基建项目吗?江河仕途正好,前程远大,我不愿意让他蹚这趟浑水。况且,我们是私人友谊,生意上的事他也未必肯给我帮忙,我知道他洁身自好得很。

秦海涛赔着笑:我多嘴了,姐姐有姐姐的空间,江局长有江局长的空间,原本也是不应该往一块搅和的。我没什么顾虑了,稍后就去琊山煤矿,不过赵达夫这个人很贪,还得给他些好处。

丁薇薇凝眉思索了一阵:可以给他百分之十建筑公司的股份,或者直接从工程款里按三个点给他回扣,你和他商量吧,让他自己选择。另外你不要和廖汉中有正面接触,所有文章都交给赵达夫去做。还有,卢茜手里不是有一块廖汉中送的煤精嘛,这个小道具你要用好。

秦海涛吃惊:姐姐目光如炬!

丁薇薇瞟一眼秦海涛,语带讥讽:什么目光如炬?海涛,你别给我装了,在“水上人家”吃饭时,卢茜拿出那个煤精钥匙坠,你双目炯炯似萤火一闪,我那时候就知道你要拿这块煤精做文章。

9 廖汉中办公室 冬 下午 内

廖汉中气得站起身:赵达夫啊,你也太张狂了吧?我告诉你,你想拿方秋萍的售煤款做文章,那你就是悬崖上翻跟头—— 作死呢。

赵达夫回过身,冲廖汉中一拱手:多谢老大指教!如果你不收回成命,是谁作死还不一定!

廖汉中拿起烟灰缸扔过去,打在了门框上:去你娘的吧,老子心里没有鬼,不怕走夜路!

赵达夫落荒而逃。

10　东江江鲜小馆　冬　下午　内

秦海涛由衷折服：真是什么也瞒不了姐姐，那时只是觉得这块煤精有文章可做，只是煤精的价格太低廉了，文章怎么做，一直没有考虑周全。

丁薇薇坐回沙发，随手从果盘里拿起一粒葡萄，不吃，只是举在眼前端详：海涛，宝石这种东西，不在其价高价廉，关键在于那个"宝"字。她将葡萄放回果盘。我给你举个例子：施华洛世奇这个水晶品牌如雷贯耳吧，在中国所有的大商场里，差不多都能看见它那个漂亮的天鹅商标。

秦海涛：他们的广告语"璀璨恰如美钻"，也算是恰如其分。

丁薇薇：可是，他们的水晶产品是人工合成的，就是在玻璃里加上一定比例的铅，使之酷似水晶。

秦海涛：但他们的工艺水平非常高，含铅量可以达到百分之三十，只有世界顶级厂商能够做到这个水平。大陆的同类产品，含铅量能够达到百分之二十四就很了不起了。是吗？

丁薇薇：对呀！人家的产品好，我们沿海一带的珠宝加工厂就动了邪念，把璀璨恰如美钻的人工合成品当作真钻石来卖，极大地扰乱了大陆珠宝市场。于是国内珠宝学家纷纷站出来，很彪悍地说，中国人的观念和西方人的观念不一样，水晶和玻璃绝对不能混为一谈，按照中国人的观念，施华洛世奇的产品只能叫作铅玻璃，根本不能称之为水晶，弄得这家世界顶级水晶厂商狼狈不堪，险些失去庞大的中国市场……

秦海涛插嘴：姐姐，国人很无知啊，据我所知，像巴科拉特、施华洛世奇的水晶玻璃饰品，在欧美上流社会都是祝福婚嫁的珍贵礼物。

丁薇薇绽开一个风情万种的微笑：好啊，将来你结婚时，姐姐送你一只巴科拉特的盘子。

秦海涛双手作揖：那我等着了。

丁薇薇玉手一摆：决不食言。海涛，你想知道姐姐的第一桶金是怎么掘到的吗？

秦海涛流露出渴望的目光：姐姐不保密吗？

丁薇薇双眉一挑，乔装怒容：当然保密，不过可以对你透露一点。施华洛世奇的产品在大陆的遭遇让我很受启发，好的产品不一定能卖出好的价钱，同样，坏的产品也不一定能卖出坏的价钱。

秦海涛：姐姐的话玄妙了。

丁薇薇：我以人民币一分钱一粒的价钱，在南非买了一千万粒钻皮子，在珠三角一带加工成一千万只钻戒。

秦海涛：一千万只，好大的手笔。

丁薇薇：戒圈是925银，当时银价每克也就几毛钱，算上加工费每只成本还不到十五元，然后在全国媒体上做广告直销，广告语为"您只需花费一百五十元，就可以得到一枚钻石戒指，这枚戒指上镶嵌着一颗真正的、天然的、未经切割的钻石，适合每一位女士在任何场合佩戴。"广告连续打了大半年，一千万只钻戒全部卖出。

秦海涛：天呀，那得赚多少？

丁薇薇：我的净利润是十亿。钻皮子与施华洛世奇璀璨恰如美钻的水晶玻璃相比，可以说是纯粹的垃圾，但国内没有任何一位珠宝学家站出来说三道四，他们说什么呢？我合情合理地愚弄了消费者，我没有造假，钻皮子虽然是废料，但谁也不能否认它是天然的、真正的、未经切割的钻石。所以我对你说，宝石这种东西，不在其价高价廉，关键在于那个"宝"字。

秦海涛顿悟：姐姐，难道你要再玩一把当年钻皮子变废为宝的游戏？

丁薇薇看着秦海涛，双眸一闪，风生水起般一笑：姐姐总要配合你一下嘛。

秦海涛：姐姐怎么配合我？

丁薇薇：现在香港所有的报纸已连续一周刊登煤精饰品的广告，港台所有珠宝首饰类的杂志，也都大篇幅刊发介绍煤精饰品的文章。至于煤精饰品是不是具有市场开发价值，你看看冬至期间长三角地区扫墓的车流就清楚了。我用的一句关键性的广告语是"在西方社会，煤精是唯一可以用来追思亲人的宝石"；当然，追思亲人这只是煤精的用途之一。它还有趋福避邪、招财进宝的含义。

秦海涛:时下中国人普遍无信仰,无安全感,这个东西物美价廉,正好可以满足人们的心理需要。

丁薇薇:另外我再给你透露一点商业信息,今年冬天我拿出两千万制作煤精饰品,主要投放在珠三角、长三角地区,冬至期间的销售流水已突破两个亿。

秦海涛真的愕然了:姐姐,你的确是玩珠宝的奇才!

丁薇薇淡然一笑,用手轻点秦海涛,语气亲热,却有一股冷傲闪烁其中:你久坐银行,在长江航道上运煤又是线性的,欠缺实际商战经验。不过你很聪明,很多东西一点就透,怎么拿卢茜手里的那块煤精做文章,现在你考虑周全了吧?

秦海涛连连点头:考虑周全了,谢谢姐姐教诲。

丁薇薇轻轻吁出一口气,端起茶杯:考虑周全了就好,明天我回香港,你送我去机场吧,我把那些刊有煤精广告的报纸杂志都给你留下,你仔细看看,好好琢磨琢磨,还会有启发的。

秦海涛:好的。有件事我一直想问,我小舅性格乖僻,为人古板,姐姐是用什么办法,让他写了那篇九眼天珠的文章?

丁薇薇:他欠我的。

秦海涛不解地望着丁薇薇:欠你的?

丁薇薇莞尔一笑:你小舅确是高人,他曾磨出过一块石头,我叔叔花两千万买回去切开一看,竟是白魔。

秦海涛一脸惊恐:竟有此事?

丁薇薇:不过那一篇早就翻过去了,后来我和你小舅一见如故,十分投缘。海涛,你小舅不知道我认识你,你也不必让他知道你我相识,最近这段时间你不要和你小舅有任何联系,方秋萍的行踪很可能是在你小舅的店里被人发现的,你要避嫌,明白吗? 本来我有意用你的船队建立一支海上的出货渠道,现在也只好收手了。

秦海涛连连点头:好,听姐姐的!

11　北京饭店　冬　上午　内

李亚林见到随转门转出来的沈奕巍,迎上去:奕巍,有你的,踩着点来啊?

沈奕巍:十一点半吃饭,十一点就来了,够意思了。

李亚林:哎,江局长怎么没来?

沈奕巍:我没和他说。以他那种风格,吃高档“燕翅席”简直就是让他活受罪,弄不好把事情办砸了无法收场,还是先斩后奏,待到与郑律师谈妥,顺利过了会再向局长汇报此事。

李亚林:奕巍,够仗义的,你这是要为领导挡枪啊!

沈奕巍:你可别吓唬我,亚林。你让我带一张空白支票,是想造多少?

李亚林:现在中央反腐力度非同一般,送钱是别想了,吃上再不破费点,人家凭什么给你卖力气? 我告诉你,奕巍,我可是费了九牛二虎之力才把郑律师请出来的。

沈奕巍:又表功? 吃顿饭至于吗?

李亚林:至于吗? 你把“吗”字去喽! 这个郑律师清高孤傲、不随波逐流,在证券行业算得上清正廉洁,只有一个软肋,对北京饭店情有独钟。在他的眼里,王府、昆仑、建国、亮马桥都不值一提,北京虽然高档饭店林立,最牛的只有北京饭店,没有第二家。我要不是祭出北京饭店的金字招牌,人家还不来呢!

沈奕巍:北京饭店这么牛?

李亚林看看表:还有三十分钟,我给你上上美食课吧。

沈奕巍:那你基本是对牛弹琴了。

李亚林:那也得弹。不然,你连话茬都接不上,话不投机,人家说不定转身即去,后面的事还怎么办?

沈奕巍:好,好,好。那你赶紧说。

李亚林:在美食上稍有底蕴的人都知道,北京饭店四大菜系,川菜、粤菜、淮扬菜、谭家菜,前三大菜系遍布江湖,北京饭店虽不乏名厨,也不见得独占鳌头,唯独谭家菜非比寻常,自一九五八年周恩来总理亲自指示将谭家菜班子搬到北京饭店后，几十年来，九百六十万平方公里的国土上，谭家菜便是只此一家，别无分号。近些年京城虽也有打着谭家菜招牌的饭庄开张，但较之北京饭店的谭家菜，已全无底蕴可言。

忽然，李亚林见到了转门中走出的郑律师，拉着沈奕巍迎了上去：郑律师，大佛难请，屈尊莅临，谢了，谢了。

郑律师：亚林说笑了。这位……

李亚林：这位是我的大学同学，东江港港务局副局长沈奕巍。他们局长突感风寒、发起高烧，今天这顿饭实在是不能来了。不过沈奕巍是未来的董秘，和江局长本人到场没什么两样，完全可以知无不言，言无不尽。

沈奕巍只好圆谎：郑律师，我们江局长再三表示歉意，让我一定陪您吃好喝好，等他烧退了，再来拜访您。

郑大成明白沈奕巍心思，一脸诚恳：沈先生，企业上会我们一向是公正客观处理的，你们不要听信外面那些负面传闻。你们送上来的申报材料，关联协议那一部分是我审阅的，初审不是顺利通过了吗？你们没必要那么客气，再过几天就上会了，你们江局长的身体不会影响上会吧？

沈奕巍连忙说：不会的，烧退了就没事了，影响不了上会。

三人边说边走到了西七楼，郑大成脸上露出笑容：这是要吃谭家菜呀，沈先生，没必要这么破费吧？

沈奕巍：亚林安排的，北京我不熟，说实话，我这还是第一次进北京饭店。

郑大成：哦，北京饭店可是个有故事的饭店，一会儿我给你好好讲讲。

12　琊山宾馆　冬　中午　内

餐厅的一间包房。房间里有沙发，绿植。中间一张圆桌，放着两套餐具。服务员把一盘盘精美菜肴一一摆在桌上，躬身退出。

秦海涛坐在上首抽烟。门开了，赵达夫走进来。

赵达夫：海涛，你怎么突然来了，也不事先打个电话？

秦海涛招呼赵达夫坐下，给他沏上茶：老赵，开门见山，我这次来，是有件事请你给我帮忙。

赵达夫：什么事？

秦海涛：把煤化工的主厂房基建工程拿下来。

赵达夫听完秦海涛的话：海涛，会是你吗？怎么是你！

秦海涛莫名其妙：什么意思？你一惊一乍的。

赵达夫神态惊诧：你背后的东家是不是香港的一个大亨？

秦海涛：你怎么知道？

赵达夫：昨天香港那边给我打电话，说有个人今天要到琊山来和我谈煤化工基建工程的事，要我倾力相助，没想到这个人是你！

秦海涛也暗觉诧异：老赵，谁给你打的电话，一个风华绝代的女人吗？

赵达夫呵呵一笑：我哪有那么好的福气，给我打电话的是一个耄耋老头。

秦海涛：一个耄耋老头？老赵，这老头什么来历，能打电话让你帮我？

赵达夫：这老头来头可大啦，是丁氏集团的当家老爷子！

秦海涛：老赵，你怎么会认识这位丁老爷子？

赵达夫：认识丁伯已经好几年了，丁氏集团请省工业厅的头头到香港谈新型煤化工设备引进的事，我当时不是负责筹备基建这一块嘛，也沾光跟着去了一趟。

秦海涛：噢，你去了香港？

赵达夫：是啊。后来丁老爷子还单独请我喝了一次茶，说丁氏集团要在内地收购一家建筑公司，让我协助拿下煤化工主厂房基建工程，老爷子说拿下主厂房基建工程，设备引进这一块也就好谈了。我和老爷子在丽江还有过一次邂逅，老爷子出手阔绰，为人很仗义，值得一交！

秦海涛：是不是三年前九月份发生的事？没有老爷子出手相助，那一次你几乎现了大眼？

赵达夫:是呀,你怎么知道?莫不是你和老爷子也熟?

秦海涛卖了一个关子:这个你就不用操心了,我只问你,那次和老爷子同行的是不是有一位美女?

赵达夫连连点头:是啊,那女人有倾国倾城之貌,莫非跟你联系的是她?你小子可真是艳福不浅啊!

秦海涛虚荣心得到很大满足,用手指点着赵达夫转移开话题:我说呐,上次我找你要工程,你给我的都是骨头,死咬着新型煤化工主厂房基建这块肥肉不放,敢情给老爷子留着呐!

赵达夫不好意思地一笑:我哪知道呀,丁氏集团是委托你在内地收购建筑公司,海涛,这回咱俩又绑一块了。

秦海涛和赵达夫一击掌:精诚合作吧,老赵,老爷子要你怎么帮我?

赵达夫仍如在云里雾里:我正纳闷呐,老爷子只跟我说材料在来人手里,可以让廖汉中失去话语权。

13 北京饭店包间 冬 中午 内

三人坐下后,郑大成随手拿起菜谱:亚林,我随便点几个菜,人家初次来,别太破费了。

李亚林从郑大成手里拿过菜谱,放到餐桌上,笑道:郑大律师,用不着你点菜,我们吃燕翅席,后厨三天前就下料了。

郑大成显得有些吃惊:亚林,你开什么玩笑,我们三个人吃燕翅席,你想砸我饭碗是不是?

李亚林赔着笑:简易版的,标准之内,标准之内。再说了,大律师,吃谭家菜不吃燕翅席,那还叫吃谭家菜吗?岂不是就像到了北京不爬长城,进了全聚德不吃烤鸭,白来了一趟。

郑大成用手指指李亚林:你这是搞突然袭击。沈先生,你可能不知道,谭家菜的燕翅席独步天下,不过谭家菜里的家常菜,像什么“草菇蒸鸡”“柴把鸭子”也是无人能出其右,当年毛泽东在家里宴请胡志明,吃的就是“草菇蒸鸡”,厨师自然是北京饭店的。

沈奕巍:嚯,北京饭店这么牛啊!

郑大成来了精神,眉飞色舞:我告诉你牛到何种程度,自打一九四九年中华人民共和国开国,至一九六六年建国十七周年,这十七年间历次国宴都是北京饭店搞定的!

沈奕巍不解:国宴不是在人民大会堂举行吗?

郑大成:不过是借人民大会堂的宴会厅而已,厨师和服务人员都是北京饭店派去的,知道最牛的一次国庆招待会是哪一年吗?

沈奕巍摇头:不知道。

郑大成:最牛的一次国庆招待会是一九五六年。知道为什么吗?

沈奕巍依旧摇头。

郑大成神采飞扬放声大笑:一九五六年是建国七周年,中国人最重视的数字是多少,其实不是什么“八”呀“九”呀的,中国人最重视的数字是“七”,所谓“七上八下”,买房都争着买七层回避八层。党史上,开过“七大”蒸蒸日上,开过“八大”……唉,不用说了,大家都知道,以致后来不得不举全国人民之力拨乱反正。

沈奕巍听得瞠目结舌。

李亚林:奕巍,好好听听,长长见识。

郑大成口若悬河:一九五六年人民大会堂还没建起来,北京饭店东楼更是连影都没有。国宴开始前,周恩来、陈云、彭德怀、李富春、乌兰夫在西楼大门迎接来宾;陈毅、贺龙、李先念在中楼大门迎接来宾;邓小平呢,就站在西七楼咱们今天吃饭的这个大厅门口迎接来宾。想想那是什么阵势吧,共和国三千精英会聚北京饭店,共产党第一代领导人意气风发,要是没有十年后的“文革”,我们现在吃的可能就不是改革开放的红利了……

沈奕巍感慨:这些事,我闻所未闻。

端庄漂亮的女领班带着一个女服务员走进包间,服务员送上香茶和点心,女领班微笑着问李亚林:李先生,可以上菜了吗?

14 琊山宾馆 冬 中午 内

秦海涛打开旅行箱，拿出那些刊登煤精广告的报纸和杂志：老赵，材料都在这呐，就是这些广告，你自己看吧。

赵达夫看了半天没看出名堂，他眨眨眼望着秦海涛：这不都是煤精的广告吗？琊山煤矿又不出这东西，你给我看这些有什么用？

秦海涛：给你普及一下煤精的基本知识，至少让你知道煤精是一种宝石。他拿出卢茜那个煤精钥匙坠，这块煤精是廖汉中送给江河的，他是从哪弄来的？

赵达夫接过钥匙坠仔细看了几眼：这是前年七月方秋萍从香港带回来的，当时带回来有百十来块，廖汉中说以后琊山煤矿领导层出差送礼就送这个，高端大气上档次，有助于提升企业形象。

秦海涛：真是未雨绸缪啊！

赵达夫不解：海涛，你什么意思？

秦海涛用手指着报纸上的广告，神秘兮兮地：老赵，我要说这块煤精和这些广告之间有某种联系，你信不信？

赵达夫：海涛，那你可得给我一个合理的解释。

秦海涛：好啊，我给你一个合理的解释。秦海涛脸上丝毫没有吊诡的神情，老赵，你不是一直要我给你说清楚那笔款子的下落吗？要是给你说清楚了恐怕就撞鬼了……

赵达夫：到底是怎么回事，撞什么鬼？

秦海涛说着拿起一张报纸扬了扬：你看看，现在是不是撞鬼了？

赵达夫脸上露出极为吃惊的神色：海涛，我听你这话的意思，那笔款子是做了广告上的这些煤精首饰了？这可真是撞鬼了！

秦海涛哼了一声：老赵，我要是告诉你，方秋萍还活着，是不是更撞鬼？

赵达夫：什么，方秋萍还活着？这绝对不可能。

秦海涛：世界上有绝对的事吗？

赵达夫：方秋萍不可能还活着，我……

秦海涛：你什么？就是你亲眼所见，也不见得是真的。

赵达夫：海涛，方秋萍要是还活着，按照你刚才的思路推断，就是说她把那笔款子转移到境外，注册了这家名为大雅的珠宝公司，利用在国内早已铺好的渠道，做起煤精方面的生意？天呀，这可真是太出人意料了！这娘们儿真是黑了心，耍了一个手腕，要独吞这一个多亿啊！

秦海涛一招手，让赵达夫探过头来，他俯在赵达夫的耳旁神秘兮兮地：你知道沉船后东江港上下尽人皆知的白衣女鬼是谁吗？

赵达夫：是谁？

秦海涛：方秋萍！

赵达夫抽回身惊叫一声，脸上的五官全部错了位：方秋萍？真的，为什么呀？

秦海涛：老赵，方秋萍那是因为良知未泯，吹葫芦丝先行祭奠将死的亡灵和她与老廖即将终结的婚姻呀。

赵达夫：是这样？

秦海涛：丁氏集团掌握的情况肯定比我们多一些，但也不一定多很多，你分析一下，以方秋萍一己之力，能做成这么大的事吗？

赵达夫神情又是剧烈一变：你的意思是：老廖也掺和进来了？

秦海涛：老赵，你要是不看到这些广告，你知道煤精是宝石吗？

赵达夫摇摇头：这个我还真不知道，当初老廖说拿这个当礼品我还不以为然。

秦海涛嘿嘿一笑：老赵，我跟你明说吧，有没有老廖掺和进来不重要，重要的是我们要让他掺和进来！他掺和进来了，你就不受制于他了。

赵达夫想了想：明白了！你真是雪中送炭，前两天老廖发话，让我不要管琊山煤化工基建这块了，我正发愁怎么向老爷子交代呢！

秦海涛：那还了得，丁氏集团很看重这个项目！他们早就做了运筹，怎么肯功亏一篑？

赵达夫:是啊! 海涛,我跟你说句话,你不要跟别人讲。

秦海涛:什么话,神神秘秘的。

赵达夫:前不久我到香港去,老爷子亲自让一个美女给我放了一盘录像。

秦海涛:什么录像?

赵达夫:说出来吓死你,是方秋萍被装进麻袋扔进海里的一个录像。当时吓得我顺脊梁沟冒冷汗,差点没尿了裤子。

秦海涛:他为什么要放这段录像给你?

赵达夫:他说是让我们不要再惦记那笔钱。

秦海涛的脸色更阴郁:老赵,我现在有一种很不好的感觉,咱俩可能真的被方秋萍那娘们儿耍啦。

15 北京饭店包间 冬 中午 内

李亚林看看郑大成。

郑大成:上吧,咱们边吃边聊。

女领班问李亚林:是按老规矩上,还是你们随意?

李亚林显然熟谙此道,笑笑:姑娘,我们就三个人,要按老规矩上,燕窝鱼翅还没吃到嘴里,肚子就填饱了。这样吧,四蜜饯、四小料押桌就免了,冷拼是四荤四素吧,每样挑点出来装盘,给我们弄个锦绣全拼,头道菜上清汤燕菜,二道菜上黄焖鱼翅,哦,要按老吃法,第三道菜该上熊掌了吧?

女领班微微一笑:对不起李先生,熊掌现在是国家保护动物,吃不着了。

李亚林:那就上掌鲍吧,一人一只。第四道菜上扒大乌参,也是一人一只,第五道菜蒸一只鼠斑,素菜上白扒猴头……

郑大成:太奢侈了吧。

李亚林:好,就这些吧。

女领班带着服务员走出包间。

李亚林就把话题转回来:大律师,不好意思,搅了你的聊兴,我听说当年尼克松总统破冰之旅,虽然住在钓鱼台国宾馆,但也是北京饭店派人服务,总统夫人还专门到北京饭店后厨参观。周总理问尼克松吃得好不好,尼克松比画着肚子学鸭子叫,有没有这事?

郑大成聊兴再起:这事当然有,不过尼克松当年吃的不是全聚德的烤鸭,是北京饭店的叉烧鸭子。像尼克松这种老江湖,区区几只鸭子是打发不了他的,他肚子里还有三丝鱼翅、芙蓉竹荪汤这类东西垫底,这可是谭家菜的拿手绝活。那些年,北京饭店的四大菜系,川菜、粤菜、淮扬菜、谭家菜名扬四海,专治天下各种不服。

李亚林:此话怎讲?

郑大成:尼克松访华不久,又去了苏联谈缓和,削减战略核武器,这可是事关全球的大事。苏联领导集团煞费苦心,一怕谈不好,二怕吃不好,后来谈得还算说得过去,吃的就没敢张扬。克里姆林宫的大厨叫北京饭店的大厨 PK 得只剩下黑面包还拿得出手,那时的《参考消息》,此类报道连篇累牍 。

沈奕巍:郑先生果然博闻强记。

郑大成喝着香茶:我这也不过是扯闲篇,怀怀旧而已。

沈奕巍忙抓住机会,把谈话引入正题:听君一席话,真是大开眼界。说起来我们东江港闸口煤码头曾是长江沿线第一座全机械化煤码头,当年也是风光无限,但那是计划经济时代的产物,现在也只能怀怀旧了。进入市场经济后我们陷入低谷,又停顿了二十来年,三年前江局长上任,励精图治,终于翻了身。现在我们面临一个新的拐点,要建配煤中心和国家级的煤炭储备基地,要对各码头进行三化建设,还要参与国家“一带一路”建设,企业不上市融资,这一切都是空谈。郑律师,我们希望你鼎力相助。

郑大成哈哈大笑:好,我们说正事,你们的申报材料我都看了,尤其是你们煤码头这块,我看得很仔细,去年你们完成中转煤炭六百万吨,今年预计完成中转八百万吨,冲击一千万吨,我想问问你，你们煤码头最大中转能力是多少万吨。

沈奕巍：目前最大中转能力可以达到一千万吨，如果信息化程度再高一些，做到整个运输链条无缝对接，减少煤炭滞港时间，精确出港时间，中转能力可以再翻一番，达到两千万吨。

嗯。郑大成点了下头，又问：配煤中心的规模呢？

沈奕巍：一期工程完成后可达到年配煤四百万吨，二期工程完成后可达到年配煤一千万吨，三期工程完成后可以和煤码头中转能力同步，即我们运出的每一船煤都是精配煤。

郑大成赞许：你们真是雄心勃勃啊。

沈奕巍：仅琊山煤矿一家，我们今年签订的协议就是中转六百万吨煤炭，根据双方的生产能力，每年还要有一定百分比的递增。

郑大成摇了摇头：问题恰恰出在你们签订的这个协议上，我现在不关心你们的中转能力，我关心的是你们配煤中心和储煤基地的规模，有储煤才能配煤嘛，建设国家级的战略储煤基地是你们东江港上市的重要筹码，我可以给你透露一点信息……

沈奕巍为郑大成斟满了酒：您说。

郑大成：过会时有关方面的专家会把建设储煤基地和建设配煤中心串联起来向你们提问。亚林说他感觉你们申报材料中有一点小欠缺，我仔细看了两遍，确实有那么一点小欠缺，你们与琊山煤矿的关联协议中缺少一个条款，如果专家没注意到这个条款，你们可以顺利过会，不过我劝你们最好不要抱这方面的侥幸，一定要把这个漏洞堵上，还有五天时间，应该够了。

沈奕巍额头上一下冒出冷汗：郑律师，请你明示。

郑大成看着沈奕巍满脸焦急的神态，微微一笑：亚林说你们江局长和琊山煤矿廖矿长关系非常铁，铁到什么程度？

沈奕巍不假思索：亚林说得没错，我们江局长和廖矿长的关系确实很好，基本上可以说是有求必应吧。

郑大成思忖了一下：那就好办了，你回去后让江局长立刻和廖矿长联系，请他们出具一纸备忘录，承诺中转运煤留存二百万吨，就这几个字，先发个传真件给我，正式文本马上快递过来。

沈奕巍脑子一时没转过来，有些疑惑地：有了这几个字，就可以顺利过会？

郑大成：肯定过会，我可以向你们承诺。你们江局长也可以给煤矿方面承诺，这无非就是个字面上的东西，过会所需，实际操作起来不必执行。

沈奕巍：谢谢郑律师指点。沈奕巍起身鞠了一个躬。

16　琊山宾馆　冬　中午　内

赵达夫神色紧张起来：海涛，这话怎么讲？

秦海涛：方秋萍出事前，给了我一个账号，让我把那笔售煤款打进那个账号，方秋萍出事后，那个账号已经注销了。我动用银行关系联网查找，发现那笔款子连续转移了五六个账号，每转一个账号就注销一个账号，这是典型的地下钱庄的运作方式。你上次到东江时，银行的朋友帮我查到那笔款子已转移到广东，还没来得及冻结账号，那笔钱又转走了，有人下手总是比我们快一步。

赵达夫：那方秋萍到底死没死？

秦海涛：说不清，老爷子叫你看那段录像，除了让咱们别再惦记那笔钱外，也有威慑之意。他的背景是台湾特务机构，杀个人还不跟碾死个臭虫一样。

赵达夫：是啊，咱们现在上船了，想下也难，只有按他的话办好差事。他出手大方，到了咱们也吃不了亏。

秦海涛：那倒是。老赵，方秋萍在老廖眼皮子底下转走一个多亿售煤款，老廖能毫不知情吗？他们转走这一个多亿售煤款就是用来体外循环，要做珠宝生意。别以为老廖不懂珠宝，他去闸口煤码头给方秋萍开过追悼会后，送给江河一块煤精，这说明他非常懂宝石，你明白吗？

赵达夫：他傻大黑粗一个人，还能懂宝石？这话说出去恐怕没人相信。

秦海涛：这就看你怎么说了，你要知道煤精的特定用途，就有说辞了。

赵达夫不解：煤精有什么特定用途？

秦海涛故作神秘状:我只告诉你一点就足够了,在西方,很多个世纪以来,煤精是唯一适宜在葬礼上佩戴的宝石。你再看看这句广告语,“在西方社会,煤精是唯一可以用来追思亲人的宝石”,明白煤精的特定用途了吧。

赵达夫:噢,是干这个用得。

秦海涛:老廖第二次去闸口时,和江河关系还非常一般,他送江河一块煤精,真正用意是让整个东江港人为方秋萍守灵,带有极大的歧视性和侮辱性,江河在珠宝上白丁一个,才欣然收下。

赵达夫:这故事编的倒是奇巧。

秦海涛往沙发上一仰:老赵,我不过是给你提供炮弹,用不用是你的事。丁氏集团把孟建荣的公司收购过来后,交给我操盘,我可以给你建筑公司百分之十的股份,条件是你协助拿下新型煤化工主厂房基建工程,这条件你还满意吧?

赵达夫:百分之十股份?成交!

秦海涛:不过,老赵你也不能大意,方秋萍在廖汉中眼皮底下转走一个多亿售煤款,就算廖汉中不知情,也是重大渎职,若非省里有人保他,早撤他的职了。看来,廖汉中无论是在省里,还是在琊山煤矿,都有很深的根基。

赵达夫:是这么回事,单凭方秋萍死不死,不一定能击倒廖汉中。要想把他打趴下,必须要有一套强力组合拳。

秦海涛:琢磨好了吗?

赵达夫:我再琢磨琢磨,后天要开矿长办公会,布置下一周生产任务,我就在那个会上收拾他!

17　北京某宾馆　冬　下午　内

江河在宾馆小花园里散步,见沈奕巍走进来,迎上去:奕巍,你跑到哪去了?这么半天?

沈奕巍:我请李亚林和他的律师朋友吃了顿饭。

江　河:怎么不叫我?

沈奕巍:局长,这两天你太辛苦了,一般的应酬我就代劳了。

江　河:沟通的怎么样?

沈奕巍:非常好。这位郑律师人脉广泛,为人严谨,而且业务精熟,非常干练。咱们东江港上市材料中关联协议那一部分就是他审阅的,初审不是顺利通过了吗?

江　河:噢,能一次过会吗?

沈奕巍:他说有一个疏漏弥补一下,过会应该不成问题。

江　河:什么疏漏?

沈奕巍:配煤中心和储煤基地的规模,有储煤才能配煤嘛,这是我们上市的一个重要筹码。可是在我们与琊山煤矿的关联协议中缺乏一个条款,只要出具一纸备忘录,承诺中转运煤留存 200 万吨,就万无一失了。

江　河:这么简单?

沈奕巍:对,就这几个字。郑律师说让琊山矿先发个传真件给他,正式文本赶在上会前快递过来就行。无非是个字面上的承诺,实际操作起来不必执行。

江　河:没问题,老廖这个忙肯定会帮的。

沈奕巍:我和郑律师也是这么表态的,说这不过是江局长一个电话的事。

第22集

1　琊山煤矿会议室　冬　上午　内

会议室里,早已烟雾腾腾,会议桌两旁只有赵达夫的椅子还空着。

赵达夫踩着点进来,向人们点头示意,又斜着眼瞟了瞟廖汉中,坐下。

廖汉中:好,人齐了,开会。有个事我先跟大家打个招呼,咱们今年和东江港签了六百万吨煤炭中转合同,东江港现在不是正运作上市嘛,昨天他们江局长在北京给我来了个电话,想请咱们帮个忙,在那份合同上附个备忘录,就几个字,中转运煤留存二百万吨,也就是上会用的,双方都不需要实际操作。我同意帮他们这个忙,大家要没什么意见,我就让矿办把这事办了。

几个副矿长表示无异议。

廖汉中:那好,既然大家没意见,小李,你去办一下这个事。先发一份传真给江局长,正式备忘录快件寄出。

一个工作人员答应一声起身要走。

赵达夫点上一支香烟,慢吞吞地:且慢,廖总,这事得斟酌一下,我有意见。

廖汉中皱了下眉头:就是面子上的事,你那么较真干吗?

赵达夫喷着烟雾:廖总,这可不是面子上的事,白纸黑字,盖上我们的合同章,那是具有法律效应的,我们二百万吨煤在账面上可就出去了,你让我这个总调度怎么交代?

廖汉中:你这不是成心嘛,这二百万吨是涵括在六百万吨里的,关你账面上什么事?

赵达夫:廖总,咱还真得较这个真—— 咱们和东江港签了六百万吨煤炭中转合同是不假,但那是分十二个月发煤,平均一个月不过五十万吨,咱们拿什么给东江港留存二百万吨?

2　雍和宫　冬　上午

雍和宫前人声鼎沸,江河和沈奕巍在排队购票。

沈奕巍:局长,你今天怎么有兴趣要来雍和宫?

江　河:裕泰号沉船后,我曾经答应刘希娅为陶然和所有的遇难者去请一炷香。这个心愿久拖未决,今天倒是一个机会。

沈奕巍:那我也给老卢叔请一炷香吧,算起来,他老人家该是周年祭了。

两人买完票后各请了一炷香。进入雍和宫的正门昭泰门,但见游人、香客熙熙攘攘。

与众人的仓促不同,有一位老者,身着海青色大褂,手持紫檀木佛珠,每到一层殿宇,便把头顶在门上默默诵经。

江河与沈奕巍走上前去。

沈奕巍:老人家为什么不进殿礼佛?

老人望一眼沈奕巍,原来是杨疯子:倘若内心已与佛性融为一体,还用在意肉身与佛像的距离吗?

江　河:老人家所言甚是。人与佛的距离,永远不是肉身与佛像的距离,若人心无法领悟佛性,即使面对佛像三叩九拜,怕也依然是咫尺天涯。

杨疯子:没想到这位先生对佛教有如此禅悟?失敬,失敬。

江　河:见笑了。我不信佛,但对一切向善的信仰都心仪敬重。

杨疯子:这位先生言出不俗,敢问尊姓大名?

沈奕巍:他叫江河,是我们东江港港务局局长。

杨疯子：江河？老夫记住了。聚散随缘，后会有期。

与杨疯子分手，在万福阁前两人将香点燃。

殿堂门口香烟缭绕，微风吹得殿堂四角悬挂的铃铛叮当作响，给这座庄严肃穆的寺庙增添了一缕神秘的气息。江河和沈奕巍走进万福阁内，两人谦恭地将三炷香先插入佛像前的香炉，再后退两步，双膝跪地，双手合十，微微闭上了双眼。

3 琊山煤矿会议室 冬 上午 内

廖汉中脸色难看起来：我不是说了嘛，压根就没有实际操作这码事，就是帮东江港一个忙。

赵达夫有意要激廖汉中的火，不紧不慢地：廖总，这个忙我也想帮，可这忙我们真的帮不了。这六百万吨煤是客户付了账的，和我们琊山煤矿已没有任何关系，无非是由我们发货到东江港，再由东江港中转，我们有什么权力在合同上附个备忘录，承诺给他们留存二百万吨？

廖汉中强压着火：老赵，这事一点商量余地都没有了，是不是？

赵达夫态度谦恭，话语里却充满挑衅的味道：廖总，这事不是有没有商量的余地，这件事东江港根本和我们商量不着，我们又不是货主，他们东江港要想留存二百万吨，去找货主商量嘛。

廖汉中忍无可忍地狠狠一拍桌子：赵达夫，你少给我阴阳怪气的！你对调整分工有意见，摆到桌面说，你刁难人家东江港干什么？

赵达夫不慌不忙地：廖总，我对你是有些意见，可今天是矿长办公会，讨论生产上的事，有些话不方便说。等开党委会的时候，我竹筒倒豆子，毫无保留，有什么说什么，我赵达夫也不是那种在背后搞阴谋诡计的人。

廖汉中黑着脸，怒目圆睁地在会议室里巡视了一圈，说道：今天到会的，都是党委委员，好，我们就开个临时的党委会，你老赵竹筒倒豆子，把你肚子里的话都说出来，我听着就是。

赵达夫：我同意，小李，请做好记录，我对我说的每句话都敢负责。廖总，你心里要是无愧的话，我们把会议记录上报到省里。

廖汉中一拍桌子：我心里有个屁愧！赵达夫，你他娘有话就直说！

4 雍和宫 冬 上午

江河和沈奕巍一前一后走出万福阁。

江　河：奕巍，跪在佛像前想了些什么？

沈奕巍长长呼出一口气：我想到了那个雨夜的所有细节，想到了老卢叔在黑子怀里说的最后那句话：在这里下钢筋笼。我觉得老卢叔就在天上看着我们，他还是那天的装束，雨鞋，雨衣，一顶竹篾草帽。你呢，局长？

江　河：我？我仿佛想了很多，又仿佛什么也没有想。一幕幕往事一会儿如雨后的海市蜃楼，在脑海中凸显；一会儿又如融入江河中的雨滴，在意识中消失。可是当我睁开眼时，仰视着眼前这尊历经几百年的佛像，有一个想法忽然变得特别清晰。

沈奕巍：什么想法？

江　河：人世间，什么都可以消逝，唯时间永恒。而时间就如一把刻刀，在智者的手中一定会雕刻出你的情之所思，心之所想。

沈奕巍：局长，你这话蛮有哲理！

江　河：什么哲理，不过是一种信念。我觉得咱们的路不会平坦，但我们要百折不挠地走下去，就一定会成功！

沈奕巍：对，百折不挠，永不言败！

江　河：哎，老廖那里传真发来了吗？

沈奕巍：还没有。

5 琊山煤矿会议室 冬 上午 内

赵达夫沉下脸来：廖总，东江港那个江河给了你多少好处，你们伙同一起欺上瞒下，你们这种行为就是犯罪,你明白不明白?

廖汉中真急了:赵达夫,你少给老子上纲上线!

赵达夫冷笑:廖总,你和东江港做的那些事,还用得着我上纲上线吗?证监会有明文规定,企业提供的上市文件要确保真实、准确、完整,你伙同江河编造虚假的中转运煤留存文件,骗取上市资格,这是什么行为?

廖汉中:你说是什么行为?

赵达夫:这是企业上市过程中的犯罪行为,是要受到法律惩罚的!作为琊山煤矿的生产总调度,我建议立刻中止和东江港签订的一切合同,我们不能和这种无良企业继续合作,否则将给我们琊山煤矿带来极大的负面影响。

廖汉中怒不可遏:赵达夫,你他娘想干什么!

赵达夫强硬回击:廖总,这话应该我问你,我们琊山煤矿也设想过上市,为什么没有运作?第一是托你廖总夫人的福,我们一个多亿售煤款不知去向,财务审计上无法通过;第二是经过调研,我们认为目前国内证券市场很不健康,很多定向募集的股份公司为了尽早上市,采取各种行贿手段,而那些握有审批上市资格的有关人员利用权力收取贿赂也是司空见惯,构成了一条企业上市过程中巨大的行贿、受贿利益链条。

某　甲:是啊,我们琊山煤矿就是因为还有企业良知,才决定目前阶段不运作上市。

赵达夫:没想到廖总阳奉阴违,利用手中权力为东江港编造虚假文件,廖总的所作所为,让我有理由相信廖总接受了东江港江河的贿赂。廖总,你自己向大家说说清楚吧。

廖汉中:赵达夫,你不要满嘴放屁,江河给了我什么贿赂,你给我说清楚!

6　京城公路　冬　上午

在一辆出租车上,江河与沈奕巍并肩而坐。

江　河:传真这么久了还没发过来,我担心老廖那边出了问题。

沈奕巍:我心里也有些发毛,要不,打电话催一催。

江　河:不要打,传真没发过来,老廖一定遇到了难处,咱们不能强人所难。

沈奕巍:可是没有这个备忘录,过会就成了问题。

江　河:不是明天下午才上会吗?再等等。

沈奕巍:章总的航班十一点到北京,去接一下吗?

江　河:当然。师傅,我们直接去首都机场。

7　琊山煤矿会议室　冬　上午　内

赵达夫有心发难:廖矿长,江河给了你什么贿赂,你自己心里明白,组织上也会调查清楚。我再给大家说件事。

众　人:什么事儿?

赵达夫:大家坐稳了,方秋萍根本没有死。

众　惊:方总没有死?怎么可能!

赵达夫:那个传说中的白衣女鬼就是方秋萍!那一个多亿售煤款也不是追不回来,大家问问廖矿长,他对这事是不是心知肚明!

众人惊愕的目光齐刷刷地转向廖汉中:廖矿长,你给大家一个解释。

廖汉中就像突如其来挨了一记闷棍,脑袋嗡地一下就蒙了:秋萍没有死?

赵达夫:别做戏了,廖总。方秋萍死没死你不清楚吗?

廖汉中不敢相信自己的耳朵:秋萍还活着?

赵达夫从公文包里拿出秦海涛给他的那些纸媒广告:大家还记得吧,前年七月方秋萍从香港带回来百十块煤精,廖矿长让我们以后送礼就送这个,说什么高端大气上档次,有助于提升企业形象。我告诉你们实情,他们其实是拿这百十块煤精投石问路,暗地里开拓市场,方秋萍转移出去的那批售煤款,就是被用来做了煤精生意。

会议室里众人议论纷纷。

赵达夫不容廖汉中开口，就把那些纸媒广告在会议桌上摊开：大家看看这些广告，这些广告都是一家名为“大雅”的珠宝公司所做。

众人纷纷传阅，交头接耳。

赵达夫：我可以负责任地告诉大家，这家“大雅”珠宝公司是半年前在美国注册的，出资人很可能就是方秋萍。他们推出的煤精饰品冬至前开始在珠三角、长三角地区铺货，短短两周销售额高达两亿，赚得钵满盆满。同志们，我们琊山煤矿上万职工的血汗钱，全被廖矿长夫妇私吞了。

甲惊呼：这是怎么回事啊，矿长。

乙惊诧：简直不敢想象，太可怕了。

廖汉中狠狠地瞪了一眼赵达夫：赵达夫，算你狠！

8　首都机场出港口　冬　傍晚

江河和沈奕巍在出港口的人流中发现了章总。二人迎上前去，握手寒暄，出门后上了机场大巴。

江　河：章总，辛苦你了，上会时财务总监必须到场，有些财务上的问题还需要请你直接回答。

章　江：我明白，这不是接到你的电话，我马不停蹄就赶来了。

沈奕巍：局长，明天就上会了，章总一路辛苦，是不是应该犒劳一下？

章　江：不必，吃碗面条就行。

江　河：那怎么行，今天晚上我请客，请章总吃北京烤鸭。

9　街头小馆　冬　中午　内

江河一行三人在北京的街市上行走，在一家门脸很小的饭馆门口停下，玻璃窗上有“北京烤鸭”的字样。

江　河：就这吧。

三人进店，找一小桌坐下。

沈奕巍：局长，北京的烤鸭最有名的是全聚德，次一点的也是便宜坊啊！

江河翻着菜谱：你以为我不知道吗？那儿一只烤鸭的价钱顶这种小馆儿的好几只，味道也差不了太多，何必当那个冤大头。哎，奕巍啊，今天是我个人做东为章总接风，你该不是要宰我吧？

沈奕巍：哪儿能啊，谁不知道您是节约标兵，要减肥的人，都愿意跟您出差，回来一般可以瘦身五到十斤。

江　河：你这是批评我抠门呀！好，今天我就潇洒一把。服务员，一只烤鸭，三瓶啤酒，再加一个溜三样，一个大拌菜。

10　东江江鲜小馆　冬　晚　内

律　师：孟总，如果没有其他疑问，请您在收购合同上签字吧！

孟建荣拿起签字笔，把桌上的合同铺平，手抖着想签字，又突然把笔扔在桌子上，双手蒙住脸，泪水顺着指缝涌了出来。

律师想劝，秦海涛摆摆手，阻止了他。然后从桌上的纸巾盒里抽出几张纸巾，递到孟建荣手里。孟建荣无声接过，擦去了脸上的泪水，重新拿起笔。

秦海涛：建荣，没想好先不忙着签，等想明白了再说。

孟建荣瞪一眼秦海涛：我他妈还有别的路可走吗？说着签了字，狠狠把签字笔摔在了地上。

秦海涛大喊一声：好，上酒！

11　京城某宾馆　冬　晚上　内

江河和沈奕巍、章江正在房间里说话，有人敲门，沈奕巍过去打开门，李亚林走了进来。

江　河：来，介绍一下。这位是我们东江港的总会计师章江，这位就是奕巍的大学同学李亚林，李总。

两个人握手，互道幸会。

李亚林：江局长，明天就上会了，有些情况我们再沟通一下。

江　河：我正和奕巍、章总聊这个呢。

李亚林把公文包放在桌子上：来之前我和郑律师沟通了一下，他提出两条意见，请你们斟酌。一条是延缓过会，发审委那边的工作郑律师去做；再一条是原定计划不变，还是明天上午过会，不过没有琊山煤矿的备忘录，过会可能出现变数，郑律师要你们做好心理准备。

江　河：亚林，你是什么意见？

李亚林：我的意见是按原定计划办，现在距上会只有十几个小时了，参加发审会的七名委员都已做好准备。我们这个时候提出延缓过会，就算郑律师做通这些委员的工作，东江港在这些委员心里也会留下极坏的印象，再次过会首先就丢了印象分，得不偿失。

江　河：是呀，我也不赞成延缓过会。而且，即使这次不能过会，我们也能够明确知道发审委的意见，做出有针对性的整改，是不是，亚林？

李亚林：对，我做了三四年保荐代表人，这次过会如果提出问题，只要做出有针对性的整改，还可以重新上会。去年我保荐的一个企业，上会时被专家提了十多条意见，他们回去整改了半个月，再次上会很顺利就通过了。

江　河：这个问题就不讨论了，按原计划执行！

李亚林：那好，江局长、章总、奕巍，我给你们简单介绍一下上会注意事项。

江　河：对，这个很重要，亚林，你说详细点。

李亚林：根据发审委规定，参加发审会只能是公司董事长、董秘、公司财务总监和保荐代表四人，首先是发审会召集人提问，由江局长和我负责回答；然后是发审委委员有针对性地提出具体问题，这个过程我不能发言，只能由企业代表回答问题。这个程序结束后，直接宣布审核结果。其实挺简单的，你们只要放松心态，回答问题简明扼要，态度不卑不亢就可以了。

12　东江江鲜小馆　冬　晚　内

孟建荣已喝得有七分醉意。

秦海涛：建荣，你到南方去经营茶楼，未见得是一件坏事。你看死囚临死前不是还吼一嗓子，二十年后又是一条好汉吗？况且，你守着茶楼，又有一千万做本钱，我敢保证，用不了两年，你就能咸鱼翻身，时来运转。

孟建荣：海涛，秦，秦总，我在东江港打，打拼了十几年，从一个包工头，头儿，一步步干成了行内数一数二的老板，我，我得谢谢你，你……

秦海涛：谢我干吗？不客气。

孟建荣：……你叔叔。

律师打趣：秦总，你话头接快了，要让子弹飞一会儿。

秦海涛苦笑：建荣，你喝多了，我送你回去休息吧。

孟建荣：不，我没，我没喝多。真是成也萧何，败也萧何。没，没有你叔叔，我，我在东江市建，建筑业算，算个屁；没有你秦海涛，秦总，我孟建荣也，也不会只身南下做，做个茶楼小老板儿……

秦海涛夺过他的酒杯：别再喝了，建荣。

孟建荣：不喝了，我要唱一，一首歌。服务员，给，给我放音响。为，为了希娅，为了我在东江市十年的拼，拼搏。

服务员应声进来，问：点什么歌，老板？

孟建荣：《爱上你，你……是一个错》。

音乐声起，孟建荣满脸泪水，手握着麦克风唱了起来：

人生有许多难关要过
自古是情关最让人难受
也许我命中注定情海中颠簸

为你我付出这么多
却让我痛到有苦不能说……

13　赵达夫办公室　冬　上午　内

赵达夫打电话:海涛啊!

秦海涛在被窝里还没有起,他接听手机(OS):有什么事? 老赵。

赵达夫:告你一个好消息,老廖拿下了。

秦海涛(OS):好啊,什么时候的事?

赵达夫:文件刚下,老廖停职反省。

秦海涛(OS):有你的呀,老赵。

赵达夫:我把党委会记录和实名举报信往纪委一送,老廖百口莫辩,灰不溜秋就一边稍息了。

秦海涛(OS):那太好了,咱们的事一路绿灯了吧?

赵达夫:那是自然,这两天我还担心怎么向老爷子交代呢!

秦海涛(OS):这下好了,建筑公司的收购手续正好都办妥了,这两天,我抓紧过来把协议签了,省得夜长梦多。

赵达夫:程序总还是要走的。

秦海涛(OS):什么程序?

赵达夫:招标啊!

秦海涛(OS):你又出什么幺蛾子。

赵达夫:这也是为了掩人耳目。我事先把标的告诉你,煮熟的鸭子还能飞了吗? 放心。

14　证监会　冬　上午　内

会议室。地毯铺地,藤萝垂墙。

几位衣冠楚楚的发审委委员端坐在正面的一排沙发上,或神情淡然地翻阅着手中的材料,或一脸肃穆地注视着远道而来的客人。

江河、沈奕巍、章江和保荐代表人李亚林身穿同样颜色和款式的西装,系同样颜色的领带,持同样颜色款式的公文包,西装革履成一纵队,气宇轩昂地走进会议室。之后,四人一齐坐下,一齐放包。

七个发审委委员和工作人员发出会心的微笑,会场气氛一下轻松了许多。

召集人:今天,发审委对东江港的上市资质进行审查。东江港上市初审已经通过,相关的文件材料大家也事先收到了,本着对中国资本市场和亿万中小股民负责的态度,我们依据上市规则对东江港的上市进行严格的质询和把关,欢迎各位进行有针对性的提问。

委员甲:好,我来打头炮。西电东输对华东地区的用电有何影响,对闸口煤码头造成的影响有多大?

委员乙:老张啊,你这个问题是绵里藏针啊! 换一句话表述:西电东输已能满足用电需求,不需要煤码头中转电煤用来发电,如果东江港上市而没有盈利能力就是坑害股民。我附议。

会场上一阵小小的骚动。

15　秦池办公室　冬　上午　内

孟建荣耷拉着脑袋敲门进屋。

秦池起身沏了一杯茶水双手递到孟建荣手上。

孟建荣接过茶:秦局长,我来向您辞行。

秦　池:建荣,千里搭长棚,没有个不散的筵席。可是你真这么一走,我心里还是很难过。

孟建荣:秦局长,你对我的好,小弟全记在心里了。要不是秦局长这些年的帮衬,我也不会有后来的发展。

秦　池:建荣,你能这么想,就说明你是一个明事理的人。有时候,离去要胜过坚守。

孟建荣：这个道理我懂，好在我还没到了身无分文的程度。山不转水转，说不定什么时候，又到秦局长的地盘上讨生活了！

秦　池：建荣，只要我在，日后有东山再起的机会，不会忘了你。

孟建荣：我相信，秦局长。你放心，所有的事到我这儿就画句号了，和您没有任何关系。

秦池起身握住孟建荣的手，很动感情地甩了甩：你，我还不放心吗？不过，有一个人不可不防啊。

孟建荣：谁？

16　证监会　冬　上午　内

江　河：非常理解委员的担心，这种担心是一种责任感，有了它，才能保证中国资本市场的健康发展。川电、三峡电合称西电。川电利用水资源发电，夏天水源充足，冬天缺水。用川电来弥补华东地区特别是上海的用电，只是冰山一角，起不到多大作用，完全可以忽略不计；众所周知三峡电主要是满足珠三角地区、港澳地区用电需求，据国家计委的统计材料显示，由三峡输往华东地区的电还不能满足其用电需求的百分之十五，不可能对闸口煤码头电煤中转造成影响。所以加大东江港煤码头的建设力度是完全必要的，并且刻不容缓。

委　员：南方、东江两港口都是多用途港口，两港口同时在江南有外贸码头，在江北有煤码头，距离仅九十公里，服务区域交叉重叠，两港相比你认为东江港的优势在哪里？

江　河：从地理位置、规模、设备上看，南方港确实强于东江港。这位专家问得完全正确。但实际上优势之比较，不只是设备规模和地理位置，更是人才、观念和服务的比较。我们东江港企业文化的核心，是以客户为中心，而不是以竞争对手为中心；这不是说我们不关心竞争对手在做什么，而是说我们更关心我们的客户需要什么。

委员甲：噢，这个说法倒是有些新意。

江河有意停顿了一下：东江港煤码头背靠众多煤田，面对上至湖北黄石，下到上海长达千余公里的长江沿线煤炭用户，本无地位优势，很多客户所以舍近求远从闸口煤码头中转，主要看重的就是我们煤炭运输全程“星级”服务质量。我举个例子，上海电力的李总从武汉一直走到东江，看了四个煤码头。当时正值周末，我在外地出差，接到电话马上赶回来亲自接待。这是什么问题？市场观念的问题！服务意识和管理的问题！李总被我们的真诚所感动，回到上海后给我们班子成员一人送来一箱大闸蟹。

众委员：噢，大闸蟹，有意思。

沈奕巍：不过，这几箱大闸蟹被送到职工食堂，一人一只消灭了。

众人发出一阵会心的笑。

江　河：这难道仅仅只是几箱大闸蟹吗？不，这是对我们的服务观念、经营作风、客户至上企业理念的高度认同和赞扬！在港口行业，实行标准化管理，目前全国仅东江港一家！股民们把资金交给这样的企业运作还有什么不放心的吗？

会场一阵轻微的骚动，人们显然被江河的回答所打动。

委员丙：东江港是从事中转运输的物流型企业，本身并不具有向客户提供商品的能力，但东江港的储煤基地和配煤中心建成后，东江港闸口煤码头将转变为生产型码头，具有向客户提供生产资料的能力。直观地说，沿江电厂使用的煤炭已经不是由煤矿发送的煤炭，而是经过东江港配煤中心再加工的精配煤炭。是不是这样，江局长？

江　河：对，是这样，我们的配煤中心最终建成后，配煤能力将和中转能力同步，即我们发出的每一船煤都是精配煤。

沈奕巍：我做一点补充，通过我们精确配煤，一船煤的生产效益相当于过去的两船煤；上市成功后，还将大力加强港口“三化”建设，进一步挖掘港口的生产潜能，从这个角度审视，东江港利用资本平台做大做强，不会给长江航道增压，而是减负。

委员甲：是呀，再盲目竞争下去，长江航道就不堪重负了。

委员乙：现在一些地方政府追求所谓政绩，盲目扩建港口码头。其实，我国港口存在严重的吞吐能力过剩问题。2013 年中国港口多余的吞吐能力相当于 5000 万 20 英尺的集装箱……

委员丙:同志哥呦,这是一个什么概念,超过日本、俄罗斯、韩国和台湾地区吞吐量的总和,而且预计到 2030 年,中国港口的多余吞吐能力将翻一倍。

江　河:所以东江港上市融资,不论是筹建储煤基地和配煤中心,还是提升信息化、多元化、个性化管理水平,抑或根据东江港的实际需要在海外寻求新的支点,都是在港口现代化水平上下功夫,而不是在扩建基础设施上拼蛮力。

委员丙:是啊,你们的这些设想很好,我看了你们申报材料中的有关内容,前景也令人鼓舞。不过在建设配煤中心的问题上,我还是有一点疑惑,电厂进煤有严格的时间要求,晚一天也不行。我仔细查看了你们去年全年的生产报表,琊山煤矿每一车皮煤何时到港,你们运往沿江电厂的每一船煤何时装船,环环相接,既没有配煤的操作时间,也没有一吨煤炭留存。那么,你们又何来煤炭进行精配,你们准备如何解决生产资料方面的问题?

17　秦池办公室　冬　上午　内

秦　池:海岩!

孟建荣:海岩?

秦　池:对,海岩。

秦　池:建荣,你这次栽就栽在海岩身上了,这个蠢货简直是狗胆包天,你说他是怎么想的,在抗洪的节骨眼上弄虚作假,这不是找着挨枪子吗?

孟建荣也是一脸愤懑:海岩太贪,给了他二百万,叫他远走高飞,他不肯,又让我追加了二百万才肯走。

秦池愕然:岂有此理!

孟建荣痛心疾首地:秦局长,要说起来还是您用人失察,海岩这样的巨贪怎么能当商务处副处长呢?修煤码头防洪堤时,他给我提供的螺纹钢,全是乡镇企业小高炉里出来的劣质钢,价格不到市场价的五分之一,我怎么敢把这样的劣质钢筋用到防洪堤上去?

秦　池:这个混蛋!你为什么迁就他?

孟建荣:他是您的心腹爱将,我怎么敢得罪他?后来我听说,海岩也怕劣质钢筋用到防洪堤上出事,私下里又做了一个退货处理,和生产厂家弄了一个假退货凭证,这不是把我玩进去了嘛。防洪堤一旦出了事,责任全是我的!我没办法,只好从其他工地上调了一批合格钢筋,把那批劣质钢筋替换下来。要不然,这回洪水来了,防洪堤非溃堤不可。

秦池脸上露出愠色:建荣,你既然替换,就替换干净嘛,你留个尾巴干什么?防洪堤上出现了两处坍塌,坍塌处用的全是劣质钢筋。

孟建荣悔恨交加:当时我那批好钢筋调过来,还差两三吨的缺口,我就没太在意,在几处不那么紧要的堤段用了几吨海岩的钢筋,唉,就那么几粒耗子屎,把整锅汤都坏了。

秦　池:建荣,你把替换下来的那批劣质钢筋用到哪里去了?

孟建荣:这……

秦　池:你不必解释了。只要防洪堤没出事,问题就不大。不过江河日后如果真是坐稳了,可就后患无穷了。

18　证监会　冬　上午　内

江河镇静地回答:正因为如此,我们才要建设一个储备能力达到一百万吨至二百万吨的国家级战略储煤基地,一是应对大的自然灾害,二是解决我们配煤中心的用煤问题。

委员丙:这个我在你们提交的材料里看到了,我知道这是你们省里大力扶持的重点项目,不过有一点不太明确,既然是国家级战略储煤基地,那么这一二百万吨煤炭从何而来?如果是国家提供的战略储备煤,你们无权动用;如果是你们自己解决,按现在的市价计算,价值要一二十个亿,你们哪里有这么多运转资金?

章　江:当然没有。但是我们与琊山煤矿是战略合作伙伴,琊山煤矿今年和我们签订的中转协议是六百万吨,今后每年还要根据双方的生产能力按百分比递增,我们的工作流程是这样的,琊山煤矿的煤炭到港后，首先进入储煤基地，再由储煤基地进入配煤中心，经过精配后装船运往沿江电厂。这个工作流程是循环往复的，所以储煤基地也始终可以保持一定吨位的储煤量。

章江回答得很聪明，几个发审委委员相视一笑。

委员甲：江局长，我们无意在这个问题上难为东江港，不过这里面确实有个先有鸡还是先有蛋的问题。以东江港目前的中转能力，每个月不超过一百万吨，即使是几年后经过技术改造达到终极运力，每个月也不会超过两百万吨，琊山煤矿的生产能力，还没有过剩到白白把几百万吨煤运到东江港储备起来吧？

江河采取了回避态度：这个省工业厅会有统一调配方案。

委员甲：我说过了，这个问题是例行询问。你们本年度与琊山煤矿和沿江电厂的关联协议我们审议过了，和上个年度的协议一样，从琊山煤矿发煤，经你们中转至终端用户，仍旧没有留下配煤所需的操作时间。为什么我说这是个先有鸡还是先有蛋的问题，就是说首批配煤你们指望不上琊山煤矿的煤，你们至少要自己解决一百万吨煤，才能周转开来，进入你说的那个循环往复的工作流程。江局长，我们需要知道，东江港如何解决首批配煤？

沈奕巍替江河回答：首批配煤不要很多，有个三五十万吨就可以运转。

委员丙：可是后续一旦任何一个环节出现变数，配煤中心就停工待料了。不稳妥，变数太大。至少要有一百万吨煤放在那里才具有实际上的可操作性。

沈奕巍被逼无奈，只好说：委员同志，琊山煤矿作为我们的战略合作伙伴，我们是有深度合作关系的，琊山煤矿承诺中转留存二百万吨，这样配煤的问题就解决了。

委员丙：你们与琊山煤矿的关联协议里为什么没有这个条款？

19　秦池办公室　冬　上午　内

孟建荣喝一口茶：秦局长，你用不着担心海岩，海岩那边有我扛着，只要我不出事，您就无忧。

秦池皱起眉头：建荣，你这话是什么意思？

孟建荣苦笑了一声：秦局长，您说我还能有什么意思？咱们一码说一码，您对我的好，我不会忘。刘希娅说走就走了，公司说卖就卖了，偌大一个东江城无我立锥之地，逼得我只身南下去卖茶叶。就这样，我没怨过你秦局长半句，明天我就要离开东江了，别的要求我没有，你总得让我明明白白地离开吧？

秦　池：建荣，你有什么话直说，别跟我打哑谜。

孟建荣：好。秦局长，现在对你威胁最大的不是江河，而是我孟建荣。你最担心的就是我这里出事，所以你让海涛收购我的建筑公司，逼我远离东江，是不是这样？

秦　池：建荣，我什么时候让海涛收购过你的建筑公司？海涛收购你公司的事，他一个字都没对我提过，至于他是怎么运作的，我更是一无所知。

孟建荣：秦局长，你现在还不肯对我说真话吗？你们整整瞒了我一年，我前些日子才弄清楚，那个丁薇薇根本不是卢茜的表姐，她是江河的战友，她和海涛联手对付我，我想了很久也想不明白这里面的原因。秦局长，我就问你一句话，在这件事上，你是不是和江河达成了什么默契？

20　证监会　冬　上午　内

江　河：我们今年和琊山煤矿签订的中转协议是六百万吨，这二百万吨是涵括在六百万吨里的，所以没有单独再做条款。

几个委员不约而同摇摇头。

委员甲：二百万吨中转留存，意味着琊山煤矿十多个亿挂账，协议里没有这一条款绝对是不行的。

委员乙：你们与琊山煤矿的关联协议中没有中转留存的单独条款，也没有以备忘录的形式加以说明，这二百万吨是不能简单地视为涵括在六百万吨里的。

江　河：这……

委员乙一摆手：你让我说完。你们与琊山煤矿的关联协议是按月发煤，平均每个月不足六十万吨，琊山煤矿如果承诺中转留存，只能提前发煤，也就是说可能要把客户十月份的用煤提前到五月份发货，这在财务上造成的问题不言而喻，这个不用我多说，你们双方的财务人员都知道会产生什么样的后果！如果你们和琊山煤矿确实有这样的深度合作关系，这一条一定要写进关联协议里，至少要以备忘录的形式加以说明。

江河无奈地回答：明白，回去后我们一定再做完善。

21 秦池办公室 冬 上午 内

秦池连发三问：建荣啊，我要是和江河达成了默契，前些天查你的时候，我还会百般为你开脱吗？有章江在一旁监督，我顶了多大压力你心里没数吗？如果我实打实查，你能全身而退吗？真是！

孟建荣听了，觉得秦池说的确是事实，脸色缓和了许多。

秦池继续说：至于没告诉你丁薇薇的真正身份，我也是有苦衷的，海涛是我亲侄子，他再三要求我不能暴露丁薇薇的身份，我只好答应下来。他配合丁薇薇收购你的公司，一开始我也不知道他们要干什么，直到他们拿下琊山煤矿煤化工主厂房基建工程，我才知道他们的真正目的。说句实话，我也是一直被蒙在鼓里，海涛这小子办事，越来越诡异了。

孟建荣疑惑：收购我的公司，是丁薇薇出的钱，现在这个公司已属于丁氏集团旗下的子公司。她给了海涛百分之三十的股份，公司的具体事务也交给海涛打理。这个女人心思缜密，我斗不过她，甘拜下风。可我就是不理解，丁薇薇是做珠宝的，她掺和琊山煤矿的事干吗，我总觉得这里头有名堂，不是这个女人要利用海涛做点什么事，就是海涛要利用这个女人做点什么事，您说是不是？

秦　池：这事还真是费揣摩。海涛和我说，丁氏集团和省工业厅就煤化工设备引进已进行了好几轮谈判，丁氏集团旗下的建筑公司若能拿下煤化工基建工程，有利于设备引进方面的谈判。可拿下煤化工基建工程，丁薇薇让江河给廖汉中打个招呼，不就一句话的事吗，她为什么要舍近求远让海涛去走赵达夫这条路，我始终没想明白。

孟建荣点头：是让人费解。

22 证监会 冬 上午 内

召集人：各位委员，东江港通过资本市场筹措资金，用于港口本身发展的质询先到这里，下面可以就筹集资金用于“一带一路”的规划，向东江港提问。

委员甲：我们国家向世界提出了“一带一路”的倡议，这两年，中国企业出海成了一种潮流。当然，其中也不乏跟风凑热闹，好大喜功的。你们东江港要收购海外港口资产，有没有深思熟虑呢？

委员乙：海外资产收购，要受到所在国政治、经济、文化、宗教甚至是族群的各种影响，风险比国内要大许多，这个问题你们认真考虑过吗？

江　河：谢谢委员的提问，中国企业收购海外港口资产，先于国家“一带一路”倡议的提出，应该说早在二十多年前，国外的港口就有中资企业活跃的身影，至今，已经积累了不少成功和失败的经验，可供后来者借鉴。第二，东江港融入“一带一路”的想法，在国家提出这个倡议的时候就有了，只是当时还不具备相应的条件，这两年东江港高速发展，为我们对接国家“一带一路”倡议提供了很坚实的基础。

沈奕巍：刚才有一位委员问我们参与“一带一路”是不是经过深思熟虑，我补充两点，开始我们拟定的收购标的有八个港口备选，综合各方面的因素考虑，最终确定了两家，这两家的利弊得失在我们上交的材料当中也有很详细地说明。

委员乙：材料我看了，东江港已经有很好的想法，几种方式：独资与合资、兼并与收购、BOT、特许经营权，我看东江港是想以合资的模式进入合作标的。这样做的好处是共同经营、共担风险，但是无法控制港口的服务与生产过程，无法根据当地市场特点及时调整营销策略和服务结构。

委员丙：是啊，各有利弊。

沈奕巍：我们将尽量加大管理团队中的占比，争取拥有更大的话语权。

委员丁：我倒是理解东江港的做法，先把这一步迈出去，待企业实力增强后，再跑马圈地，争取更大的话语权。

委员甲："一带一路"的倡议无疑给港口发展提供了前所未有的机遇。但是要把机遇变成现实，还需要审时度势，精耕细作。反正上市材料还需要完善，建议东江港把参与"一带一路"的设想进一步细化，收购标的进一步明确，要有充分的风险评估和应对方案。

江　河：是，东江港的经营方针是以煤炭为基础，以外贸为重点。现在煤炭中转成倍增长，但外贸这一块还没有很大的起色。我们主动融入国家提出的"一带一路"倡议，就是让这一翼也飞起来。我们回去以后将根据各位委员的要求，对上市材料做进一步的完善。

23　秦池办公室　冬　上午　内

秦　池：我听说老廖停职了。海涛告诉我，赵达夫把廖汉中打下去的炮弹，是丁薇薇提供的，这更出人意料吧？谁不知道，江河和廖汉中穿一条裤子都嫌肥。

孟建荣大吃一惊：想不到，这可太出人意料了！

秦池冷笑了一声：建荣，你现在还怀疑我和江河有什么默契吗，我和江河就是再有默契，也默契不到联手把廖汉中拿下来吧？

孟建荣摇摇头：我没想到事情会是这样，海涛得小心了，他和这个女人在一起，看起来就像是与狼共舞。

秦池无奈地苦笑了一声：他们两个谁是狼还真不好说，海涛这小子也是一肚子鬼心眼，他现在采取的策略是示敌以弱，他们两个人的目标都不在东江，让他们去斗吧，谁输谁赢和我们都没关系。

孟建荣：看来，是误会秦局长了，小弟就此告辞，但愿日后还有相会的时候。

秦池起身握了握孟建荣的手，咬住嘴唇，竟有几颗浊泪涌出。

24　证监会　冬　上午　内

召集人：好，今天的发审会就开到这里，有劳各位委员了，也感谢东江港的答辩，至于过会与否，你们等通知吧！

江河等人列队走出。

几个人在证监会大楼等待结果，一会儿，一个证监会官员走出来。宣布：东江港上市申请未获批准。

江河闻言一声长叹。

证监会官员：不过，你们只要尽快将上市材料完善，春节前就可以上会复审。

25　秦海涛家　冬　早　内

正在睡懒觉的秦海涛被床头的电话铃惊醒，他伸出手抓起听筒：谁呀？

赵达夫（OS）：海涛，你还睡觉呢，出大娄子啦！

秦海涛：什么大娄子，这两天你们不是就公布中标公司了吗？

赵达夫（OS）：就是这上面出娄子啦！主厂房的基建工程要被你们东江的一家公司夺走了！

秦海涛呼一下坐起来：你说什么？我是按你透露的标的投的标，你说万无一失，怎么会半路杀出一个程咬金？

赵达夫（OS）：我也意外啊！那家公司的标书更接近标底。我一得到消息马上给你打电话，得赶紧想辙，这事儿办砸了，咱哥俩儿没法向老爷子交代啊！

秦海涛：怎么会出现这种情况？

赵达夫（OS）：这事也怪你，你非要把工程造价上提一个百分点，弄巧成拙，出大麻烦了吧？

秦海涛：我征求过你的意见，你不是说没问题吗？现在又说片儿汤话了，少他妈来！

赵达夫（OS）：行，行行，是老哥错了。不说这个了，你得想办法呀！老爷子真要生了气，咱俩都没好果子吃，我怕怕的呀！

秦海涛起身穿衣：什么人头啊你，钱一个子儿不少拿，沾了一屁股屎，还得我给你擦！

赵达夫（OS）：老弟莫怪，谁让你手眼通天，神通广大呢！

秦海涛:哼,这时候知道奉承我了? 行了,你抽空来一趟东江港,帮我叔叔找回点面子、长长脸吧。

赵达夫(OS):我正在来东江的路上。拜托了,那我就不去找你了。

秦海涛挂断电话,在房间里来回踱步,突然像想起了什么,拉开抽屉,找出了那个 U 盘。

画外音:

他的日本名字叫佐佐木,在中国极有背景。必要时你可以命令他全力协助你。这张 U 盘你方便时可以看看,他会让佐佐木先生心甘情愿地听你吩咐!

26　黄记古玩店　冬　早　内

黄敬业的徒弟小胖买了早点回来,见手拿着算命幡的杨疯子在店外徘徊。

小　胖:这位老先生,你在我家门口转悠了几天,告诉过你了,我们不算命。

杨疯子:小兄弟,不算命无妨。老夫想讨杯水喝,行吗?

小　胖:好,你等着。片刻,小胖端着一杯白水出门递给杨疯子。

杨疯子:小兄弟,你倒真是实在,清茶一杯都不舍得吗?

小　胖:你要喝茶? 怎么不早说,又回屋倒了一杯清茶端给杨疯子。

杨疯子接过喝了一口:茶是好茶,水亦是好水,只是已冲过三泡了,叫老夫如何下咽?

小　胖:你这个老头,真是挑剔。想喝新冲的茶,街上的茶楼 200 元一壶,没有人拦着你去!

黄敬业推门走出:小胖,怎么和老人说话呢! 转身冲杨疯子一抱拳:敢问前辈,什么样的茶能入口入眼?

杨疯子:茶应是清明新采之茶,水需石池漫流之水,柴用名山阴面之柴,壶为紫砂名贵之壶,以上四样,缺一不可,泡出来的茶才圆滑温润,唇齿留香。

黄敬业一伸手:先生谈吐不俗,定是伏鸾隐鹄之同调,在小店门前已盘桓数日,必有高论要见教于在下。请,屋里一叙。

27　某高档小区　冬　早　外

秦海涛在一个电话亭里拨号打电话:佐佐木先生,我是川岛,我需要马上见您一面。

听得出,对方是在推脱。

秦海涛:请您不要推辞,我就在您家小区门口,十分钟以后,我们面谈。

28　高档民宅客厅　冬　早　内

背　影:我不分管基建,这个事情我不好插手。越俎代庖,会授人以柄,你还是自己想想办法吧!

秦海涛:佐佐木先生,如果不到无计可施的情况下,我也不会轻易劳烦您。您知道,新型煤化工主厂房基建项目对总部很重要,他们早已跟踪关注,如果那家公司不马上退去,就会功亏一篑……

背　影:那是你的事儿,你应该知道怎样面对。

秦海涛:是我的事儿,但总部明确指示,必要时请求您的协助,否则我怎么会知道您的联络方式呢?

背　影:总部是让我在力所能及的范围内予以协助。

秦海涛:可能中标的是东江市的建筑公司,难道不在您的可控范围之内吗?

背　影:再说无益,我要上班了。

秦海涛:您随意。不过,这个 U 盘请您方便时看一下。

29　江河办公室　冬　早　内外

赵小苏推门进来:江局长,赵达夫来了。

江　河:赵达夫? 请他到办公室来。

赵小苏:他不来,让您下去见他。

江河跟赵小苏来到楼下，见赵达夫叉腰站在院子正中。

江　河：赵矿长，有什么话咱们到办公室去说，如何？

赵达夫：干吗非要到办公室去说，有什么见不得人的勾当？

江　河：你这话我就不懂了，到办公室谈的都是见不得人的事吗？

上班的人渐渐围拢过来，赵达夫更加态度嚣张：这问题我该问你江局长呢！

江　河：你什么意思，赵矿长？

赵达夫：江局长，还用我挑明了吗？你伙同廖汉中试图编造虚假文件，骗取东江港上市资格，廖汉中已经被停职检查，你难道不知道吗？

沈奕巍从人群中走出来：赵矿长，你这话有些言过其实吧？200万吨中转煤包含在东江港与琊山矿每年的600万吨之内，写上一纸备忘录，在法律上也并非说不过去。

赵达夫：沈副局长，说这话你自己心里有底气吗？不错，廖汉中承诺你们，每年通过东江港发煤600万吨，但一月也是中转50万吨，随到随走，那200万吨在哪儿呢？说瞎话也不打底稿。

江　河：这件事我们是考虑不周。

赵达夫：仅仅是考虑不周吗？这反映了你们东江港缺乏诚信，与一个缺乏诚信的企业打交道，我们琊山矿不放心！

沈奕巍：那你是什么意思？

赵达夫：什么意思？我专程赶到东江港，就是要终止与你们签订的运煤合同。

沈奕巍：你这是要向东江港兴师问罪吗？

赵达夫：随你怎么理解。

秦池站在三楼窗户前看着楼下发生的一幕，脸上露出欣慰之色。

30　黄记古玩店　冬　上午　内

黄敬业：请用茶。除了名山阴面之柴，四者已居其三。

杨疯子清啜一口茶汤：好茶！

黄敬业：敢问前辈尊姓大名？

杨疯子：老夫姓杨，单名一个福字。现在，江湖人称杨疯子。

黄敬业一惊，置茶杯于桌上，茶汤四溢：杨疯子？老先生，听说那块石头被一位姓杨的古玩大家买去，莫非前辈是来兴师问罪？

杨疯子哈哈一笑：时过境迁，今非昔比，心气早就淡了。

黄敬业起身一揖：前辈见谅。

杨疯子：害我者丁某，与黄先生无涉，何言见谅二字？不瞒你说，十年前，我与丁某赌石，石头开门子上的那层绿，贴的真是天衣无缝，妙手天工，我是一丝一毫也没看出破绽。一亏二千万，迷了心性，别人说我疯了，其实心中明镜一样。从此我四海云游，萍迹无踪，就是想见见做这活儿的人，今天有幸一见，夙愿已了。罢，罢罢，谢谢黄先生赐茶，老夫去了。

黄敬业慌忙起身，双手作揖：前辈这番话真是羞煞我了。自古大隐隐于市，今天有缘得识先生，怎么有三盏未过就走的道理？您请坐，晚生还有事要向杨前辈请教呢！

杨疯子：承蒙黄先生盛情，老夫就再讨扰片刻。

黄敬业：十年前，晚辈在一块白魔上贴了一层绿，无论是为了炫技，还是贪小，终究使前辈吃了大亏。前辈不计前嫌，对晚辈还褒奖有加，更令我惭愧不已。这样吧，晚辈虽然不敢在古玩界以翘楚自诩，但人脉和玩意儿还是有一些的，您如有意在古玩界东山再起，我当鼎力相助！

杨疯子：多谢黄先生美意。不过自打十年前摔了那个大跟头，我就决意退出江湖，手中的珠宝早已撒尽，于古玩一行已是心灰意冷了！

黄敬业：罪过，全是晚辈的罪过。

杨疯子：也不可那么说，这些年我遍访名山，寻觅古迹，虽然风餐露宿，萍踪不定，但也磨炼了筋骨，禅悟了人生，劝恶行善、激浊扬清，倒也得到了生命的大自在。

黄敬业：前辈超凡脱俗，非一般身处红尘中的人可以比的，晚辈仰慕之至。

杨疯子:黄先生自谦了,老夫讨茶,态度刁蛮得很,黄先生尚能以礼相待,足见宅心仁厚,能与黄先生相识,也算是人生一大幸事了。

黄敬业:承蒙前辈抬爱,晚生有一问,不知道当问不当问。

31 东江港机关院 冬 上午

秦池从楼里走出来:赵矿长,东江港和琊山矿是长期的战略合作关系,去年抗洪防汛,咱们两家更是并肩作战,这在沿江两岸已传为佳话了嘛! 哪有说分手就分手的道理?

赵达夫:老秦,你来得正好。你说一个弄虚作假的企业能够让他的合作伙伴放心吗?

秦 池:赵矿长,我们东江港对琊山煤矿各种服务上的承诺不是都兑现了吗? 不能一竿子打翻一船人,就因为一个文件造假就把东江港全盘否定了嘛。

江 河:老秦啊,总站在院子里说也不是个事。是不是先安排赵矿长住下,找时间咱们好好谈一谈?

秦 池:对,对对! 大家散一散,我去安排赵矿长住下,中午吃饭时好好沟通一下。

32 黄记古玩店 冬 上午 内

杨疯子:黄先生客气了,你我一见如故,有什么当问不当问的。

黄敬业:江湖上传,当年吴三桂府中有一只翠镯流落于民间,为前辈所收藏,不知此事是真是假?

杨疯子:此非谬传,这件翡翠玉镯确实在老夫手中。

黄敬业:当真!

杨疯子:我所藏珠宝散失殆尽,唯独此镯一直留在身边,说着从贴身的衣兜里掏出一个布包,打开后露出了青翠欲滴的手镯。

黄敬业接过手镯,反复把玩,爱不释手:真是一件可遇不可得的宝物。

杨疯子:先生也有意收藏此物?

黄敬业:不敢,君子岂能夺人所爱。

杨疯子:此言差矣,孔子曰:良禽择木而栖。其实,一件好的珠宝也是有生命的,能有一个懂它的主人收藏,何尝不是一件福报?

黄敬业:既然如此,敢问前辈什么价格可以转手?

杨疯子没有说话,伸出了右手的食指和中指。

黄敬业一惊:两个亿?

33 港务局机关食堂 冬 上午 内

在一个单间里,江河、沈奕巍、秦池招待赵达夫吃饭。

四菜一汤,没有酒和饮料。

江 河:赵矿长,十八大以后中央三令五申,反对大吃大喝。公务接待有标准,怠慢了你啊,请不要客气。

赵达夫:我客气什么? 我是烙饼卷手指头,自己吃自己。如果没有我们琊山煤矿,你们东江港能有今天吗? 还想上市,还想参与"一带一路",不破产便是万幸!

江 河:哼哼,赵矿长说的对也不对,今年我们要完成一千万吨煤炭中转量,琊山煤矿是六百万吨,占了二分之一强。而去年抗洪期间东江港一直没有停产,致使琊山煤矿的产量不减反增,想来赵矿长作为总调度,这笔账不会不清楚吧。至于说在运价、服务上各种承诺的兑现,对琊山煤矿利润的提升,就不用我多说了。

赵达夫:江局长还没忘了抗洪,好! 但请问,要不是我们琊山矿出人出力,你们东江港今天能正常生产吗?

江 河:是啊,我们忘不了抗洪的日子,忘不了在洪水滔天席卷而来的时候,是老廖一声吼,带领琊山矿的三百多矿工兄弟在子堤前筑起了一道人墙,而那个时候,也有人吓破胆,为了保命想临阵脱逃!

34　黄记古玩店　冬　上午　内

杨疯子:二千万。

黄敬业大惊:前辈,这对玉镯现在市值至少在一个亿以上,你二千万就出手?

杨疯子:对,黄先生如果喜欢,老夫愿意二千万转让。

黄敬业:不可,不可! 前辈这是陷我于不仁不义之地啊,万万不可,晚辈断不敢受。

杨疯子:黄先生,话也不是那么说的。远古时期,"巫以玉事神",先民们就把玉视作是有灵性的宝物。我四海漂泊,不知何处终了此生,这宝物跟着我,或散失民间,或横遭不测,也未可知。黄先生是古玩大家,又宅心仁厚,由黄先生保管它,也算是结了一段善缘。

黄敬业:虽是这么说,敬业也不敢以二千万承让。要不这样吧,我出价一个亿,你看如何?

杨疯子:我当年是二千万买的,今日以二千万转让,一是不想亵渎了这通灵宝物,二是也想东施效颦,续写一段伯牙子期的佳话,黄先生难道不愿成全老夫?

黄敬业仍犹豫不定:只是,只是……

杨疯子:如黄先生执意不受,那就说明这物件与善无缘,留它何用,不如摔了它吧! 说着,杨疯子将玉镯高高举起!

35　港务局机关食堂　冬　中午　内

秦　池:那一篇翻过去了,不提它了,还是说一说合同的事吧!

沈奕巍:合同的事很清晰,合同是否执行,取决于合同双方有无违约情况,单方面终止合同,要赔偿另一方的所有损失,赵矿长,这个数字你计算过吗?

赵达夫:你别拿这个吓唬我,你们不诚信,自然要终止合同。

沈奕巍:廖矿长为我们出具备忘录,是不是不诚信,这个问题我们今天不讨论,你要终止合同,依据必须是东江港在合同执行过程中有违约和不诚信行为,请你一条一条列出。

秦　池:唉,奕巍,我刚才已经劝过赵矿长,他说了,合同的事可以商量,不一定非要终止。

赵达夫:哼,我就是看在秦局长的面子上,放你们东江港一马。如果你们在执行合同时再不诚信,别怪我赵达夫不讲情面。

秦　池:好了,老赵,今天我们三个局长陪你,就不要生气了。来,干一杯。

36　黄记古玩店　冬　中午　内

黄敬业慌忙离座,给杨疯子鞠了一个大躬:既然前辈情真至此,晚辈愧领。

杨疯子也离座起身:这就对了嘛! 有人相守一生,但心同陌路;有人萍水相逢,却惺惺相惜。黄先生浸泗古玩界多年,没有为铜臭所污,还能高洁如玉,老夫佩服。能引之为同调,实属人生一乐也。

黄敬业:前辈谬赞,敬业愧不敢当。时候不早了,晚辈在酒店备了一桌薄酒,请前辈赏光移步。

杨疯子:也好。面上今日老昨日,心中醉时胜醒时。

黄敬业:正是。身后堆金柱北斗,不如生前一杯酒:前辈,请。

37　秦池家　冬　傍晚　内

秦海涛:叔,您风风火火把我叫来,又有什么事啊?

秦　池:这得怪你。孟建荣南下广州,等于断了我一条臂膀,有事我不找你找谁?

秦海涛:听卢茜说,您今天在局机关大院为江河解围,赢得了不错的口碑!

秦　池:那是。若不是我从中周旋,东江港和琊山矿一年六百万吨煤炭中转的合同就成为一张废纸了!

秦海涛:吹吧您就。实话告您,是我让赵达夫去挺你的。

秦　池:噢,是这样。我说他怎么不请自到呢。

秦海涛:可不是吗? 那合同是具有法律效应的,江河和廖汉中作假,和这份合同没有一毛钱关系,赵达夫一句话就终止了? 笑话! 不过是让他和您合演了一出双簧,为您在东江港扳回点印象分而已！

秦　池:瞧把你给精的！不过,江河折腾上市,你让我静观其变,寻找机会,现在看来倒是棋高一招,要表扬表扬你这小子。

秦海涛:得了吧您。一局好棋,又让您给下臭了。

秦　池:这话怎么讲?

秦海涛:我问您,备忘录中承诺的二百万吨煤是不是包含在六百万吨之内?

秦　池:当然啦!

秦海涛:如果琊山矿出了备忘录,把这事坐实,等东江港上市过会后,再向证监会举报,廖汉中跑不掉,江河也得去做大牢!

秦　池:真的?

秦海涛嘁了一声:现在倒好,人家把这一条作为整改意见反馈给了东江港,江河毫发无损,整改后依然可以过会,廖汉中虽然暂时停职,也不可能一击致命!

秦池后悔不迭:啧啧,你说的不无道理啊,如果当时找你商量一下就好了。

秦海涛:这事是您和赵达夫捏咕的吧?眼光太短。如果我没有猜错,您叫我来,不会是准备了仨瓜俩枣,又想向江河发难吧?

秦　池:可不是仨瓜俩枣,江河在北京饭店请客,一顿就吃去了十几万元,到夜总会给小姐献花,一次就是五千!

秦海涛:呦呵,江河也与时俱进了。没想到,没想到。

秦　池:再加上他为贮木场又擅自批了一千万元置换水塔净水系统,哪一件不够他喝一壶的?

秦海涛:您是想……

秦　池:让卢茜实名举报江河。

38　煤码头港区　冬　傍晚　外

江　河:上市的运作不能停滞,奕巍,你找一找卢茜,最好动员她参与进来,她不但对资本运作有所研究,对“一带一路”也会有一些独到的见解。

沈奕巍:东江港有名的才女,思维和观念肯定会领先一步。只是见了我,她连看都不看一眼,几次我去找她,都吃了闭门羹。

江　河:不怪她,东江港欠她的太多了。

沈奕巍:局长,还有一个人,我们也欠人家太多了。

江　河:你是说——

39　秦池家　冬　傍晚　内

秦海涛:叔,你歇歇吧先。

秦　池:为什么?东江港今年的煤炭中转量可望达到一千万吨,集装箱码头改造完成后利润也将大幅增加,现在用日新月异来形容一点也不过分。明年琊山新型煤化工产品再从东江港转道,江河就真实现了两轮驱动;我再不抓住这个机遇把江河搞下去,恐怕再也没有机会了。

秦海涛:正是因为这样,您才更不能轻举妄动了。

秦　池:怎么叫轻举妄动?

秦海涛:叔,您想想,这四年来,从寻找小提琴到硬闯化工码头,从江河嫖娼门到孟建荣封堵闸口,您屡败屡战,就不总结一下经验教训吗?

秦　池:你的意思是……

秦海涛:跟您说实话吧?江河现在也盯上我了。

秦　池:盯上你了?

秦海涛:他怀疑我和方秋萍一起吞了琊山矿那一个多亿的售煤款,正启动对我的调查。

秦　池:岂有此理!有危险吗?

秦海涛:一时半会还伤及不到我。叔,我现在帮您,已经不只是单纯的亲情了;换一个角度,咱俩也是目标一致的同志。我回忆了一下，以往所以咱们失算，除了人不得力之外，最主要的一点是：火力不够，难以一击致命。这次，咱们不动则静如处子，要动便快如奔兔。

秦　池：海涛，你别一会处子啊，一会奔兔的瞎掰活，捞干的说吧！

秦海涛：现在的这些材料还不足于置江河于死地。

秦　池：中央八条禁令，严禁公款大吃大喝，进入高档娱乐场所。他一顿饭吃去十几万，一枝花花去五千，就便宜他了？想当初，他可是为了八千元一餐饭就掀了煤码头刘经理的桌子啊！

秦海涛：这些材料先攒着，发票给他报了坐实，到时候账一块算。

秦　池：这回咱爷俩儿想到一起了，我已经让会计报了，挥霍奢侈的罪名是板上钉钉了！

秦海涛：好！叔，这一次，不是他死就是咱爷俩完蛋！这些日子您别跟他对着干，我看了你们关于"一带一路"的初步构想，料定他日后还会有大动作，我已经给他设下了一道绊马索，现在，咱们就等他放马过来。

40　煤码头港区　冬　傍晚

沈奕巍：廖总，廖汉中。

江　河：是啊，老廖真是我们东江港的贵人，因为我的一个电话，让赵达夫这样的小人做了文章。想一想，心里真不是滋味。

沈奕巍：局长，廖总最大的麻烦还不在于那份备忘录，而在于那一个多亿的售煤款，这笔钱只要能搞清楚，廖总的枉屈自然就洗清了。

江　河：你说的对。我想，这一天应该不会太远了。

41　黄记古玩店　冬　早晨　内

金轮浴海，火镜浮空，正是朝阳升起时。

黄敬业的古玩店刚刚开门迎客，门开处，走进雅似秋菊、贵如牡丹的丁薇薇。今天，丁薇薇身着淡黄色衫裙，系一条一指宽的紫色缎带束腰，更显出身姿婀娜，气质不俗。

黄敬业用鸡毛掸轻轻清扫多宝阁上的灰尘，忽觉身后有一股淡淡的馨香袭来，一回身，见是丁薇薇，心中虽喜，却装嗔怪道：丁董，何时到的丽江，电话也不打来一个！

丁薇薇：小妹不过是要给黄兄一个惊喜嘛！

黄敬业将掸子插入一只瓷瓶，坐到椅子上，端起刚沏好的一壶茶，倒入两只金边紫花的细瓷茶碗中：丁董好口福，刚泡好的武夷山大红袍。

丁薇薇在椅子上坐下：黄兄，小妹看你印堂发亮，双目如炬，该不是有什么喜事吧？

黄敬业一笑，起身走到内室，片刻，拿出一只锦盒：丁董说得不错，有一样东西正好要给你看看，不知能入法眼否？他并不忙打开锦盒，面呈神秘之状：据说，这是当年吴三桂府里的玩意，陈圆圆的心爱之物。

丁薇薇放下手中的茶碗：什么好东西，能让黄兄如此垂爱？

打开锦盒，是杨疯子转让的那只老坑种玻璃底满绿手镯。

黄敬业：知道丁董一直想为头上那只翡翠发簪配上一只同样品质的翡翠手镯，只是这种极品翡翠乃世间珍稀之物，可遇而不可求。

丁薇薇：呀，真是上佳珍品，黄兄，出个价吧！

黄敬业伸出两个手指，嘿嘿一笑：依娜曾说起你想要一只陈年翠镯，让我留意，此事为兄一直念念于心，机缘天定，凑巧就碰上了。本该送给你，极品配佳人，也是一种缘分，但怕丁董不肯赏脸，就这个数吧！

丁薇薇大惊失色：两千万？黄兄，如此厚爱小妹如何担当得起？

42　港务局会议室　冬　早晨　内

江　河：今天我们开个局长办公会。首先，我表一个态：由于我考虑问题不周到，对国家的相关法规学习和领会不够，导致东江港没有能够成功过会，廖汉中同志也因此受到牵连，责任在我。我愿意接收组织上的批评和处罚。但是，东江港的上市工作不能停滞。利用资本市场的平台进一步把东江港做大做强，是我们近期的主攻方向。

秦　池：老江说的对。我们要从积极的方面去汲取经验教训，而不能一朝被蛇咬，十年怕井绳。

江　河：上市工作要抓住重点，程省长曾和我说过，东江港与琊山煤矿应该进行深层次的合作。什么叫深层次，我最近一直在琢磨这个问题，老秦、老郭，我们东江港能不能成功上市，就看这一步怎么走啦，你们两位准备一下，明天去趟琊山煤矿。

郭川一怔，不明白江河的用意：明天去琊山煤矿？

江　河：对，越是这种时候，我们越要主动出击。我想，所谓深层次的合作，可不可以这样理解：由我们两家出资建设国家级战略储煤基地和闸口配煤中心，对矿山而言，一劳永逸地解决了煤炭中转运输问题；对东江港而言，一劳永逸地解决了煤炭货源问题。也不用很多，有上百万吨煤就足可以使配煤中心正常运转。

沈奕巍；这真是一件好事。对于煤矿，经过配煤中心混配，平均到每吨煤的价格虽然不会上涨，但是它的劣质煤就有了出路，经济效益相当可观；对于我们，配煤所产生的收益也完全可以冲抵预支费用的利息，并且还会有可观的收入。

章　江：问题的症结在于，这上百万吨煤的费用如何先期支付？

江　河：现有的流动资金如果还有缺口，章总想办法再贷些款，奕巍找找风投基金，这个项目搞成了，我们两家都可确保可持续性发展，互惠双赢，东江港上市也就没有了障碍。

沈奕巍以手加额：对啊，这样过会应该没有问题了。上市募集到更多资金，就能进一步提高我们东江港的“三化”水平，加快融入“一带一路”的进程。

郭　川：老江，我有些顾虑，现在琊山煤矿那边老廖停职，是赵达夫主持日常工作，他们能轻易同意我们两家联合共建吗？

秦　池：老郭，这个你无须顾虑，我们主动去找赵达夫谈共建，他会领悟这是省里的意见，不会阻拦，况且对琊山矿也善莫大焉。

沈奕巍：他主持工作正好要政绩嘛，怎么会拒绝和我们谈，不过他会提出一些不合理要求，增加谈判难度，这也无所谓，他拖就让他拖，拖到老廖复出了，他更被动。

郭川面露欣喜之色：奕巍，你是不是听到什么消息了？

沈奕巍：什么消息我都没听到，这是我分析的，老廖的为人咱们心里都清楚，他怎么会贪污那一个多亿的售煤款？事实总会大白于天下，好人不会永远蒙冤。

闫主席：用一句时髦的话说：真理可能迟到，但不会缺席。

秦　池：老闫说的对。我和老郭保证把这个项目谈下来。

江　河：还有，关于“一带一路”。“一带一路”沿线国家覆盖的总人口有 44 个亿，经济总量达到 21 万亿美元，同志们想一想，这是一个多么大的市场。

沈奕巍：根据江局长的指示，我让卢茜做了一些功课，发现沿线国家中多数是新兴国家和发展中国家。这么庞大的经济规模，活跃的经济态势，未来将产生巨大的货运需求、仓储货运需求、国际采购和中转需求、分销和配送需求等等。

江　河：不过，咱们东江港是江港，如果想打造成海、陆、空、铁综合联运枢纽门户，晋升为新的航运中心、转运中心，就必须把触角伸长。我曾经想在东江港有了相对实力之后，兼并一家国内的海港。现在，国家向世界提出了“一带一路”的倡议，咱们干脆一步到位，直接参股一家国外的港口。关于港口标的，奕巍他们综合各方面的考量，已经提出了一个初步设想，上会时也受到专家肯定。我建议请郭局长和章总组成一个考察组，到实地做进一步考察，在标的确定上形成系统的意见，供下一步决策时参考。

秦　池：老江啊，你这是大手笔、大气魄，我赞成。

沈奕巍：考察是非常必要的，郭局长长于港口运营，章总精于财务管理，他们两位是最佳组合。东江港要真正做大做强，必须积极投入“一带一路”建设。

江　河：关于“一带一路”，我们港口的八字方针是：积极融入，理性决策。

第23集

1 黄记古玩店　冬　上午　内

黄敬业:怎么担不起?珠宝首饰再珍贵,也是用来佩戴的。听说好莱坞的几个世界级影星,手里不乏价格昂贵的钻石,却整天供在银行的保险柜里,平常戴的只是同样款式的赝品。哪像丁董,随意往头上一戴,真正彰显了珠宝的不俗与高贵。

丁薇薇:黄兄错爱了。

黄敬业:恕为兄说句轻薄的话,这头簪和手镯也只有你戴,才相得益彰,风采尽显。

丁薇薇:黄兄谬赞,小妹更是诚恐诚惶了。

黄敬业:你我既然兄妹相称,在钱上说多了岂不生分?

丁薇薇:既然黄兄这么说,小妹就收下了。说句实在话,整日在商场虚与委蛇、言不由衷,累得很;只有和黄兄在一起喝茶聊天,才如清风拂面,真是身心的一种享受。

黄敬业:丁董此言不虚,愚兄亦有同感。

丁薇薇将手镯戴上,扬起手腕左看右看,心满意足:黄兄,你说小妹要是请一尊明清年间的藏传鎏金佛像,摆放在家中可好?

黄敬业:丁董,你又不吃斋念佛,请一尊藏传佛像摆放在家中有何益处?不过丁董若是意在收藏,就另当别论了。

丁薇薇:如何讲?

黄敬业:如今明清年间的鎏金藏传佛像价格并不高,一般不过几十万元,精品级的上百万也可到手。不过我预计,用不了几年,价格便可翻上几倍。

丁薇薇:如此暴利,黄兄为何不做?

黄敬业:头上三尺有神明。家中若囤数百菩萨以谋暴利,为兄以为不妥,恐怕将来遭到报应。

丁薇薇:小妹前几天倒是遇到一件奇事,黄兄若有兴趣,小妹讲给你听听。

黄敬业:丁董谓之奇事,必定极有意思,请讲。

丁薇薇略一沉吟,面露神秘之色:这次来丽江前,我先到北京办了点事,闲暇时去南三环古玩城转了转,忽然看见一喇嘛也在那里闲逛,心想这喇嘛不在庙里静心修持,跑古玩城干什么来了,难道也是为财宝所惑?

黄敬业:应是另有原由。

丁薇薇:于是一路跟着这喇嘛,看看他想置办何物。走到一家店铺门前,这喇嘛突然跪拜起来,店老板一脸惶恐地跑出来把喇嘛请进店里,我也跟着进去,就听店老板颤着声问喇嘛为何要在他店铺前跪拜?喇嘛自报家门,说他不是什么云游僧人,是雍和宫的喇嘛,觉得店里有神明,才在门前跪拜。喇嘛一边说着,一边在店里四处张望,张望了一阵后走到店角的保险柜前面,跪下来冲着保险柜拜了三拜,起身嘟嘟囔囔说了一通藏语。黄兄你知道,我常去西藏,大概能听懂几句,无非是说什么小僧道行尚浅,无缘瞻仰大佛真容一类的话。喇嘛离开后,店老板脸都白了,

黄敬业:听来有些玄妙高蹈。

丁薇薇:那个店老板听不懂藏语,不知喇嘛说了些什么。我和店老板开玩笑,问他保险柜里是不是藏有凶器,把一个大喇嘛吓得三叩九拜?

黄敬业:店老板怎么说?

丁薇薇:店老板说,保险柜里只有一尊两尺多高的青金石佛像,是他托人从尼泊尔弄来的,

辗转周折昨晚刚刚送到,连店员都尚未见过,不知怎么就招惹得这位雍和宫的喇嘛三叩九拜? 黄兄,这事是不是有些灵异?

黄敬业:果然是有些灵异,丁董,你有没有看看那尊青金石佛像?

丁薇薇:这种好奇心我一般没有,雍和宫的喇嘛都不敢看,我往前凑什么热闹啊? 不过这家店里有几尊明清年间的鎏金藏传佛像很是不错,店主介绍说是尼泊尔工匠配制的紫金铜制作的,我有点动心,可又拿不定主意该不该请一尊回来,黄兄你说呢?

黄敬业面露不屑:灵异之事,不可轻言,请与不请全在丁董一念之间。不过,现如今的道观庙宇,多已成为敛财之地,就说开光一事,弄块翠、弄块玉、弄个手串什么的,说上一句高僧开过光,立马身价百倍,不知骗去多少钱财?

丁薇薇:开光一事,小妹不是甚懂,前几年内地有个高官,送我叔叔一块玉牌,说是九华山高僧开的光,驱凶辟邪,灵验得很。

黄敬业放声笑道:这岂不是瞎扯,如果灵验,怎么还会有那么多的贪官落马? 你细数那些落马的贪官,有的弄了块开过光的靠山石,有的拜了个会一点特异功能的江湖骗子,就以为佛星高照,万事大吉了。到了,不是依然难逃铁窗之苦、血光之灾吗?

丁薇薇:黄兄说得极是。

黄敬业:世间的佛,或石雕木雕、或铜铸泥塑,皆出自能工巧匠之手。一尊大佛造好后,举行个供奉仪式,僧人们念念经文,谓之开光。开光又叫开眼,意思是让新造好的佛像睁开眼睛,看到人间的苦难,以广施佛法普度众生。弄串珠子、弄块玉翠就说开过光,甚至还有庙宇寺院出具的开光证明,那可真是百分之百的骗人!

丁薇薇连连点头:黄兄如此一说,小妹就明白了,原来开光是给佛开眼。

黄敬业:不错,譬如说,丁董若想赋予这只手镯一点灵性,送进庙宇寺院请高僧施法,用佛家术语说那叫"加持",至于灵验不灵验,也只有天知道了。丁董可能还不晓得,如今大陆庙宇道观之贪腐,较之官场之贪腐有过之而无不及,名山大川皆为酒色铜臭污染,佛身虽在,佛心却已远遁。

丁薇薇喟然叹曰:如此说来,小妹若有一天看破红尘,纵有清修之心,亦无清修之地,实是藏身无处,坐以待毙,这佛像不请也罢。

黄敬业诧异:丁董何出此言?

丁薇薇淡然一笑:一时感慨,黄兄不必当真。

黄敬业正色:丁董此言当是发自肺腑。丁董称我为兄,我亦视丁董如妹,丁董若有难言之隐不妨听为兄一句劝,身空心静,云淡风来,人生没有过不去的坎。

2　章江办公室　冬　上午　内

江河敲门进屋。章江站起身:老江,有什么事吗?

江　河:哎,章总,有一件事忘了问你,那五百多万职工欠条追讨得怎么样了?

章江拍拍脑门:忘了向你汇报,这两年职工的收入翻了一倍还多,有一半欠款户已经主动还清了欠款,还剩一半,我和闫主席商量了一下,根据每个人的不同情况,确定了每个月不同的还款比例,直接从工资里扣除。有两户生活确实困难,闫主席从工会的角度提出能不能减免?

江河频频点头:好,很好。那两个特困户叫他们写个申请,老闫、老郭批一下就减免了吧。签了还款协议的那些户,你们也再了解一下,生活确实有困难的不要勉为其难,符合条件的就减免,不符合条件的,还款时间也可以有些弹性,不必卡那么死。

章　江:好,就按这个原则办。不过有一户八成要不回来了,要做死账处理。

江河有些愕然:谁呀?

章江苦笑:还能有谁,海岩呗。大前年,他以岳母动手术为由,分三次借了四万八,一分未还。

江河生气地一拍桌子:这个混蛋,简直是无孔不入。

章　江:这个家伙潜逃出国,据说下落不明。

江　河:天网恢恢,疏而不漏。有他归案的那一天。

3 黄记古玩店 冬 上午 内

丁薇薇借题发挥:黄兄,你偏居丽江一隅,三十多年未回京城,老父墓前已是绿树成荫,小妹敢问黄兄,你心里那道坎过去了吗?

黄敬业闻言,眼眶发潮:丁董,看来为兄在你面前已无秘密可言。

丁薇薇端起茶碗:黄兄,小妹以茶代酒,干了这盏,你我情同兄妹,小妹慢慢道来可好?说完,一口喝尽碗中残茶。

黄敬业也一口干了杯中茶,以杯底相示:丁董,请讲。

丁薇薇:黄兄,小妹也不瞒你了,家父当年与南京博物馆馆长是莫逆之交,南京博物馆的镇馆之宝古滇王金印,家父和家叔也曾多次把玩过。抗战初期,南京沦陷,南京博物馆馆长带着这枚古滇王金印仓皇逃向武汉,南逃路上身染重病,当时恰逢令尊举家南迁。途中相遇,得到令尊精心照顾,可博物馆馆长依旧病重不治,那枚古滇王金印亦不知下落。抗战胜利后令尊重回北平,当时不少人揣测金印落到令尊手中,但金印却始终没有浮出水面。十年动乱中黄家惨遭多次抄家,令尊一生收藏丧失殆尽…… 黄兄,小妹说的可对?

黄敬业点头:不错,说得很对,不过丁董卖关子,留下一条没说。

丁薇薇微微一笑:黄兄,那小妹就直言了,所谓历尽劫波金印在,令尊一生收藏虽然丧失殆尽,但那枚金印还在手中,而且被黄兄带回了云南故土。

黄敬业:丁董就那么肯定?

丁薇薇莞尔一笑:黄兄,我们丁氏集团近年来在云南收集了大量珠宝古玩和工艺品,小妹希望和黄兄合作,请黄兄辨认一下其中有没有这枚金印。

黄敬业摇摇头:丁董还是没把话说明白。

丁薇薇:黄兄一定要小妹把话说得那么直白吗?其实黄兄和小妹都知道,战乱年代,令尊得到那枚古滇王金印后焉能以原貌示人?应当在抗战时期就被令尊"改造"了,只是改造成什么样子,这个世界上恐怕只有令尊和黄兄知道。黄兄三十多年前带着金印来到云南后就没有再回过北京,不是不想回去,而是把金印弄丢了,回去无法向令尊交代,黄兄,小妹说的还不明白吗?

黄敬业喝干杯中的茶,长叹了一口气:丁董说明白了,四十多年来,海内外的淘宝者从来没有停止过寻找这枚金印,为兄我偏居丽江一隅,四十多年没回北京,任凭谁都能分析出来,我在云南把金印弄丢了,无法回去向老父交代。可一般人只知其一,不知其二,一九九三年初,我是回过一次北京的。

丁薇薇大为诧异:莫非丢在了路上。

黄敬业:唉——

闪回:

在火车上,黄敬业抱着装有金印的旅行包昼夜没敢合眼,快到北京时,终于熬不住了,昏昏睡了过去。车到北京后,黄敬业被人叫醒,怀里抱着的旅行包也不知什么时候被列车员放到了行李架上。大家都在搬行李,场面非常乱,黄敬业睡眼惺忪懵懵懂懂地拿起旅行包下了火车。走到站台上才觉得不对劲,拉开拉链一看,里面是女人用品,还有一身女式军装。他顿时傻了,呆立在站台上。

黄敬业僵尸般地立在站台,直到被站台工作人员送到候车大厅。

黄敬业在车站等了两天,也没等到有人前来和他交换拿错的旅行包,他一声叹息,跺跺脚,买了张返程票就回云南了。

黄敬业老泪纵横:妹子,让你见笑了。你现在还有心思再去找寻那枚金印吗,找不到啦!唉…… 为兄焉能不知老父墓前古柏森森,可为兄回不去啦,无颜和老父相见啊!

丁薇薇追问一句:黄兄还是没有回答我的问题,金印被改造成了什么模样?

黄敬业喟然一声长叹:唉,镶入了一只铜牛腹中。

丁薇薇听了,如五雷轰顶。

4　章江办公室　冬　上午　内

章　江：老江，这次我协助老秦检查防洪堤的质量问题，老秦处处为孟建荣开脱，我觉得里面肯定有名堂。

江　河：是啊，不光是这一项工程。

章　江：感觉老秦已经陷得很深了。当初，奕巍就是因为实名举报他吃回扣才被罚去三产的。前几年党组织涣散，缺乏监督，老秦他有点收不住手了。

江　河：好，老章，谢谢你。有时间我要找他好好谈一次！听不听在他，责任咱们还是要尽到。

章　江：这是我整理的调查报告。里面涉及孟建荣在工程造价、以次充好、高标准验收上的一些具体数据，都是反复核实的，你谈话时恐怕用得着。

5　黄记古玩店　冬　上午　外

黄敬业送丁薇薇出来：妹子，杨老先生还在前边客栈小住，你执意要去拜访吗?

丁薇薇：黄兄，我既然知道了这件玉镯的来历，如果这样走了，岂不是背了个不仁不义的污名，只怕黄兄内心也看不起我！

黄敬业：刚才你突然头昏，身体可吃得住?

丁薇薇：已经好了，黄兄不必挂心。说着转身离去，黄敬业目送丁薇薇走远后转身回店。

6　修鞋摊　冬　上午　外

黄记古玩店对面，一个修鞋摊。摊主是一位四十岁的中年人，他将钉好鞋掌的皮鞋递给顾客，待顾客离去后，拨打手机：1 号目标离去，进入六号区域。

宋处长（OS）：有新的发现吗?

修鞋匠：谈话内容多为古董珠宝轶闻和正常业务，但涉及到古滇国传国玉玺，已被店主无意中遗失。

宋处长（OS）：古滇国传国玉玺? 好，继续监视，1 号目标由潜艇跟进。

修鞋匠：是。挂断手机。

7　秦池家　冬　中午　内

秦海涛在厨房里忙碌，稍后把一样一样的精致美肴摆在了饭厅的餐桌上。

秦池坐在桌子前细心地择鱼刺。

秦　池：难得品尝到你小子的烹饪手艺啊！

秦海涛：这有什么难的，您想吃，招呼一声，我立马过江给您掌勺。

秦　池：说得好听。如果不是因为卢茜，你怎么会这么勤地往江东跑?

秦海涛：叔，您这么说可就亏心啦！什么时候，您的事我不是鞍前马后?

秦　池：行了，把这盘鲈鱼给你奶奶端过去，让保姆照顾她吃饭，刺我都摘干净了。

秦海涛：好嘞，我还给奶奶蒸了一个虾仁鸡蛋羹。

秦　池：送过去赶快回来，我有正事要和你说。

8　一家小客栈　冬　中午　外

丁薇薇轻轻叩响一间客房的门，杨疯子打开房门，探出头，看到了立在门外的丁薇薇。

丁薇薇：冒昧打扰，请前辈恕罪。

杨疯子：哦? 是丁小姐。老夫歇息之处空气污浊，难容小姐冰清玉洁之身，就不请你屈尊移步了。

丁薇薇：您这样说真羞煞我了。前辈视钱财如粪土，已修道成仙，脱离红尘。我等俗根未断之人，哪里敢在前辈面前奢言清、洁二字?

杨疯子：丁小姐谬赞，老夫愧不敢当。

丁薇薇拿出玉镯，前辈认识这只玉镯吗?

杨疯子神色惊慌：哎，怎么在你手里?

丁薇薇:现在它的市场价至少在一亿以上,前辈却以二千万转手,不是视钱财如粪土又是什么?

杨疯子打开门:既然如此,请丁小姐移步一叙。

9 秦池家 冬 中午 内

秦氏叔侄坐在桌前吃饭。

秦　池:上午,江河主持召开了局长办公会,做了两个决定。

秦海涛:让我猜猜。我猜中了,您自罚一杯。是让您亲赴琊山,谈判两家共建配煤中心的事?

秦　池:对啊。你小子怎么一猜即中?

秦海涛:很简单。东江港上市就卡在了这个问题上,他想整改,必须要走这一步棋。

秦　池:他就不怕我不作为吗?

秦海涛:他不怕。现在琊山矿赵达夫主持工作,他要想坐稳矿长的交椅,靠什么?靠政绩。配煤中心一旦建成,琊山矿的劣质煤就有了出路,在他主持工作期间促成此事,金就会贴在他的脸上。况且,这是程志的意思,赵达夫不会听不到一点风声,既能提升琊山矿的业绩,又能讨好省里主管工业的省长,一举两得的事,他能不干吗?

秦　池:他干我还不干呢?

秦海涛:那你们俩的同盟岂不是出了裂痕?这也是江河预料之中的事。您没有退路,不能不干!

秦　池:他娘的,江河招招阴损!

秦海涛:要我说,从证监会的整改意见看,东江港上市势在必行,您不如就送了他这个人情,一来强化了您和赵达夫的关系;二来也松懈了江河的防范,便于咱们下一步放出大招!

秦　池:是。因为你说了暂不和江河对着干,所以我说的全是好话。

秦海涛:这就对了。

秦　池:不过,锣可以不敲,戏不能不演。

秦海涛:那是,我会和赵达夫打个招呼,让他把面子卖给您,这也有利于咱们下一步的行动嘛!

秦　池:你再猜猜第二个决定?

10 杨疯子客房 冬 中午 内

丁薇薇坐在一只木椅上,杨疯子坐在床沿。

杨疯子:黄先生是以什么价格向你转让的这只玉镯?

丁薇薇:两千万。

杨疯子:黄先生真乃君子也!不过,由此亦可见黄先生心之所属。

丁薇薇:杨伯取笑了,我和黄先生情同兄妹。如今人心不古,物欲横流,难得有一知己能不为铜臭所污,谈笑间尽是清风明月。如果说心之所属,或许就是这种感觉吧。

杨疯子:说得好。情趣相近不难,难得的是心存善念。想当年,我与你叔叔本是浸淫于翡翠赌石的莫逆,所以他拿来那块赌石,我才丝毫没有怀疑其中有诈。而我要斥巨资买下时,你叔叔也未点破,而是不动声色,将二千万尽收囊中。唉,人心叵测呀!他后来说只是以玩笑之心试试我的眼力,纯属一派胡言。此人眼中只有利益,没有道义!

丁薇薇起身:我替叔叔向您道歉,万望杨伯能够原谅他。

杨疯子:那是我们老一辈的事,和你无关。

丁薇薇:我来是将这只玉镯的差价补齐给您。薇薇一家已有负于前辈,怎么能够再无功受禄呢!这是八千万的现金支票,请杨伯收下。

11 秦池家 冬 中午 内

秦海涛:该不会是要派人实地考察你们的海外收购标的吧?

秦池起身端起一杯酒一饮而尽:海涛啊,你说的一点不错,叔叔再自罚一杯。说说看,你怎么分析的这么到位?下一步咱们又该怎么办?

秦海涛:这更简单了,看江河近来的所作所为,他肯定会瞄上“一带一路”;这对港口行业确实是一个难得的发展机遇,这次上会,发审委要求细化,他必定会先派人到当地进一步考察,最后定盘子的时候他肯定还会亲自出马!

秦　池:你一再说要放大招,是不是最后的绊马索就下在那时候?

秦海涛:对。

秦　池:你有把握吗?

秦海涛:这个您不用担心,我已经周密安排好了,现在先不说,有几个问题要问问您。

秦　池:你问。

秦海涛:外贸运输这一块是不是东江港目前的短板?

秦　池:是啊,集装箱码头和散货码头主要面向非洲,由于航线不顺,效益凸显不出来。江河现在着急着呢。他抢先和琊山签了新型煤化工产品的中转运输意向,又时常去集装箱码头和散货码头转悠,就是想把外贸这一块盘活。

秦海涛:原来你们的收购目标是八个,现在筛选成了两个,对吗?

秦　池:没错。

秦海涛:而且全在非洲。

秦　池:正是。

秦海涛:这就好了。您在会上对"一带一路"怎么表的态?

秦　池:大力支持,双手赞成!

秦海涛:这就对了,不但要支持,还要时不时给他和沈奕巍带点高帽。这样他们才会更容易钻进咱张开的口袋。

秦　池:你不说我也知道你的花花肠子,只是在那里你有足够的人脉吗?

秦海涛:我埋伏下了一支奇兵!

秦　池:奇兵?好,看你小子的手段。这一两天,我就要和老郭去琊山谈判配煤中心合作的事。

秦海涛:我随后也到,煤化工项目主体厂房的基建工程已经开工了,我得过去盯着。

秦　池:合同签了?

秦海涛:签了。中间出了点麻烦,不过解决了。虚惊一场,一切如愿。

秦　池:那就好。

12　杨疯子客房　冬　中午　内

杨疯子:姑娘,你这一声杨伯,叫得我心碎啊!当年一刀切出白魔,我确曾心智痴迷,后来看开了,也想开了,钱财于我不过成了柳絮杨花。

丁薇薇:在商言商,杨伯……

杨疯子:我已经退出江湖。姑娘,转让黄先生时我只收了两千万,假若我从你这里又得了八千万,岂不是成了不仁不义的小人?

丁薇薇:杨伯这样说,真是让薇薇高山仰止。

杨疯子:我浪迹天涯,一是要找到当年的擦石之人,此愿已了;二是……

丁薇薇:二是什么?薇薇如能略尽绵薄,当不胜荣幸。

杨疯子:你可尽不了力。明说了吧,你叔叔狡诈贪婪、心地歹毒,我倒要看看,如此无德无义、无信无耻之人,将来会是什么下场!

丁薇薇:这……

杨疯子:姑娘,我与你叔叔的恩怨和你无关。你心地善良,可惜陪伴在丁某这么一个人面兽心的恶人身旁。我倒要劝你一句,早日离开他,以免灾祸加身。

丁薇薇:叔叔已至杖朝之年,膝下无子,待薇薇视同己出,我只想为他养老送终。

杨疯子:罢,罢,罢!再说无益,一切皆是天数啊!

13　江河家　冬　傍晚　内

有人敲门。正在厨房里忙活的江河走出来开门,见到站在门外的沈奕巍。

沈奕巍提着一个面口袋，隔着江河向房间里张望。

江　河：看什么看，你来查我的岗啊？

沈奕巍：小惠姐不在呀？

江河没回答，开门让沈奕巍进来：你是来蹭饭的吧？可惜，我只会下面条。

沈奕巍：有面条吃就很好啦，这是黑子给你带来的一点土特产，有银鱼干，蒸两条下酒正合适。

江　河：你怎么替我收人家的东西？

沈奕巍：黑子说，他们夫妻俩的命都是你给的，这点心意你要不收，就是不认他这个兄弟。

江　河：这个黑子。行，告诉他东西我收了。算你有口福，我这儿正好还有半瓶五粮液，是前些日子战友聚会剩下的。薛东方要拿走，我扣下了。

沈奕巍：我就说嘛，局长再小气，也不可能一碗面就打发了我呀！

江河转身回到厨房，煮面条，拌调料；沈奕巍从面口袋里摸出几条银鱼干，跟进厨房洗干净放上锅蒸。

江　河：说吧，你找我的真实目的是什么？不会就想吃一碗我下的面条吧？

沈奕巍：局长明察秋毫。属下这次冒昧造访，一是完成黑子交办的任务……

江　河：哎，黑子老婆手术后情况怎么样？

沈奕巍：好得很，现在恢复得白白胖胖。

江　河：那太好了，黑子心里踏实了，我们心里也踏实了。

沈奕巍：黑子说，你江局长是他的救命恩人，能认识你是他上辈子修来的福分，为了你他可以赴汤蹈火。

江　河：又来江湖这一套了，告诉他啊，不是为了我，是为了东江港的振兴。

沈奕巍：行，我会把您的话带到。

俩人将简单的饭菜端上客厅饭桌，江河拿出半瓶五粮液，给自己和沈奕巍斟了一小杯：你来的第二个目的呢？

沈奕巍：小惠姐真的走了？看来传言不虚。

江　河：什么传言？

沈奕巍：说是你把玥玥上学的三十万存款，全部拿出来给了黑子救急。小惠姐一怒之下就走了。

江　河：也不全是因为这个。工作太忙，对她和玥玥关心照顾不够，她有些心理不平衡，我又没有主动和她沟通，主要问题还是在我，我已经在反省了。

沈奕巍喝了一口酒，问：那她们娘俩去哪儿了？

江　河：估计是回了娘家。这段时间忙着上市，不是跑省里就是跑北京，也没抽出时间去负荆请罪。

沈奕巍：局长，这我可要批评你几句了。

江　河：批评我？你光棍汉一个，有什么资格批评我。先把卢茜拿下，再来说嘴不迟。

沈奕巍：您不能堵塞言路啊！我建议您明天去港口医院“负荆请罪”，晚上一起吃顿团圆饭，夫妻之间还有什么矛盾不能化解？

江　河：说得一套一套的。不能只会纸上谈兵，要付诸实践才更有说服力。

沈奕巍：您放心，卢茜的事我迟早会搞定。我来还有更重要的目的……

江　河：更重要的目的，什么？

14　琊山矿小餐厅　冬　傍晚　内

桌上摆着几样菜肴和几瓶啤酒。赵达夫陪秦池、郭川用餐。

赵达夫：你们来的目的我心里明镜一样，不就是想谈成琊山矿和东江港的配煤中心合作项目，作为整改成果上报证监会好顺利上市吗？

郭　川：老赵，也不能这样说。这是一个合作共赢的项目，对两家都有好处。

赵达夫：我不傻，你们吃了一锅肉，我们不过跟着喝碗汤而已。

秦　池：你们喝的汤可不寡淡啊！一年一二百万吨劣质煤有了出路，在省里还落了个顾全大局的美名，这汤里的料可不少吧？

赵达夫：嘁，说话别忘了动筷子，中央公布了八项规定，今天的招待有点寒酸，两位多担待。

郭　川：哪里，已经很丰盛了。再说，吃喝是次要的，能把这个项目早日落地，才是最重要的。

赵达夫：老郭说得不错，项目何日落地，要看你们有多少诚意。说说吧，进庙拜神，不拎个猪头，总也得送上仨瓜俩枣吧？

郭川举起酒杯：老赵，在结款方式和运费上，我们可以再做些让步，怎么样？如果你同意，我们就干了此杯。

赵达夫放下酒杯：不干！

15　江河家　冬　傍晚　内

沈奕巍：今天下午的局长办公会，老秦对东江港上市失败没有一句贬斥还积极配合补救；对港口融入"一带一路"也是举双手赞成，您不觉得，这不符合他行事的一贯风格吗？

江河沉思有顷：东江港上市就是卡在了配煤中心的建设上，这个问题整改难度并不大，老秦心里应该明白这一点；至于说到"一带一路"，2008 年爆发全球金融危机以来，欧美经济一直振兴乏力，国际贸易增长速度持续减缓，全球航运版图正在发生重大变化，世界航运的重心开始出现由西方向东方转移的趋势。中国政府在这样的背景下提出"一带一路"倡议，这是在书写历史；况且对东江港的发展确实是一个难得的机遇，他能阻碍得了吗？

沈奕巍：他当然不会正面反对，但暗地里做些手脚呢？沉船以来，这样的手脚他做得还少吗？

江　河：奕巍啊，你的提醒有道理，难得你有这么清醒的目光。

沈奕巍：我和他打交道的时间比您长。当年我在设备处，就是因为看不惯他假公济私，才被发配到三产打渔捞虾的。

江　河：那一页不是翻过去了吗？

沈奕巍：可是，这次抗洪煤码头防洪堤暴露出来的问题呢？我还组织技术人员认真对斜坡上的变电站做了勘察，孟建荣那批报废的劣质钢筋很可能用在了这个项目上。果真如此，这个变电站就要推翻重建。

江　河：这可是件大事！

沈奕巍：卢茜前两天看到我，没头没脑甩过一句话，说老卢叔过江前曾托她转告我们一句话：万一他有个闪失，洪水过后变电站要推倒重建，这和我们的预判完全一致。

江　河：老卢大哥说的？怎么，和卢茜可以无障碍沟通了？

沈奕巍：哪啊！人家说完这句话掉头就走了。局长，当初防洪堤加上变电站花了一个多亿，如此偷工减料，您不觉得这里面有很大的黑洞吗？

16　琊山矿小餐厅　冬　晚上　内

赵达夫：老郭，不是我不给你面子。做些让步，怎么个让法？让一块钱也是让，让一分钱也是让。再说，明明是我们忙活了半天，帮你们抱了个大西瓜，反倒成了你们让步，我听着怎么那么扎耳朵呢！

秦　池：老赵，什么西瓜不西瓜的，咱们都是国企，目标总是一致的嘛，就是为人民和国家创造更多的物质财富。至于说到具体的运作细节，那都好商量。互利双赢，才是我们合作的基础嘛！

赵达夫：秦局长的话我爱听，说句实在话，要不是冲着老秦，这个项目免谈！我不是三岁娃娃，别拿着根棒棒糖在我面前瞎晃悠。不就是一二百万吨劣质煤吗，琊山矿虽然今非昔比，但这点损耗还承受得起！

秦　池：多谢赵矿长给秦池面子，吃亏占便宜，账都算在明处。如果这次东江港能顺利过会，忘不了赵矿长的相助之恩。

郭　川：是啊，东江港发展了，肯定不会忘了琊山矿的帮助。

赵达夫：你们那个江河，瞒着琊山矿的班子私下串通廖汉中，制造假文件骗取上市资格，这种人能合作吗？

郭 川:赵矿长,这么说恐怕也不合适。其实,当初江局长要的也就是这么一纸协议,本质上不存在弄虚作假、欺诈上市的问题。

赵达夫:老郭,你别嘴硬了。是,他当初要的和我们今天谈的东西是一码事,但程序正义你懂吗?要通过正当的程序,他江河的程序正当吗?嘁!

秦 池:老郭,赵矿长说得在理。有些事就像卫生纸,没用的时候咱们不扯,啊!来,赵矿长,为了东江港与琊山矿合作成功,干一杯!

17 江河家 冬 晚上 内

江 河:奕巍,你提醒的对。其实不光是煤码头防洪堤和变电站,还有琊山矿流失的一个多亿售煤款,这些事错综盘结,很可能形成了一个鲸吞国有资产的巨大黑洞。

沈奕巍:我判断,老秦不可能一直站在岸上,还有他那个侄子秦海涛,也绝非等闲之辈。如果他们叔侄俩沆瀣一气,怎么会眼瞅着东江港蒸蒸日上?他们难道不怕自己贪腐的问题暴露吗?

江 河:下午章总也专门和我谈了这个事,我会小心行事。下一步,你的主要任务是完成东江港上市;一旦成功上市,我们的海外收购要马上跟进,争取在尽可能短的时间内融入"一带一路"。老秦的问题,等忙完这段再说。

沈奕巍:局长,你不是主张稳扎稳打吗?

江 河:稳扎稳打不是停滞不前,机遇从来都是垂青有准备的人。这些天,我仔细研究了海上丝绸之路沿线港口的情况。2008年以来,金融危机带来的航运市场低迷,使港口运营艰难,港口资产普遍贬值,流动性极度短缺,这是市场为我们创造的收购机会。如果世界经济复苏了,就没有现在的收购价了。关键是,这次如果收购成功,会大大助力我们外贸运输的增长。

沈奕巍:局长,您怎么总是能先人一步把握住机会呢?

江 河:你又给我戴高帽?不怕我批评你拍马屁?

沈奕巍:鲁迅先生说过,道出了一种事实,即便…… 言词工巧,也不能归于…… 拍马屁之例。

江 河:鲁迅先生什么时候说过这话?编造圣人贤者之言,是要打板子的。

沈奕巍:好,我认打,自罚一杯!说着倒干瓶中酒,一饮而尽。

江河拿过酒瓶晃了晃:嘿,一不留神,这半瓶酒都被你造光了?你是故意找机会自罚,好多喝两杯吧?

沈奕巍:人家就这么点小秘密,还被您揭穿了,多不好意思。再说,您这儿哪有半瓶,顶多四两!

江 河:四两也不少了。今天晚上别过江了,在我这凑合一宿吧。

沈奕巍:不行,明天早晨煤码头还有例会呢。我得走了。局长,别忘了明天早晨向小惠姐去"负荆请罪"!

18 港口医院 冬 早晨 外

江河在门口拉住了一位要上班的中年人。

江 河:张院长,早啊。

张院长:呦,江局长,您身体不舒服吗?

江 河:不,我是来找徐小惠。

张院长:哎,徐大夫请长假了,说是陪女儿读书,您不知道吗?她离开医院已经有一段时间了。

江 河:噢?谢谢你啊,张院长。

一个女护士从医院里跑出来,递给江河一封信:江局长,昨天晚上徐大夫托人带来一封信,让交给您。

江河接过信:什么人?

女护士:不认识。

19 香港朗庭酒店 冬 早晨 内

丁薇薇敲门走进房间,丁伯刚刚洗漱完毕,身穿宽松的睡衣坐在餐桌前:薇薇,一路辛苦了,陪叔叔一起吃早餐吧。

丁薇薇坐在丁伯对面。

门铃响,一个服务员推着餐车走进来,把中西合璧的精致早餐摆在了餐桌上,随后躬身退出。

丁伯喝了一口鲜榨果汁:怎么样?有收获吗?昨天还有国际买家找到我,出的价已经接近天文数字。不过,我回绝了,如果真的滇国玉玺能浮出江湖,咱们丁氏集团藏而不卖了,这么大一个家族集团,也应该有一两件能传之于后人的宝贝呀!

丁薇薇神色落魄,长叹一声。

丁　伯:叹息什么?此等宝物可遇而不可求,一切顺缘就好。

丁薇薇:叔叔,真是造化弄人,说出来您都不信。

丁　伯:哦?莫不是遇上了奇巧诡异之事?

丁薇薇:真是奇巧诡异。我这次到丽江,和黄敬业先生相谈甚欢,他告诉我因怕遗失,滇国玉玺被藏于铜牛腹中,而这只铜牛曾被我偶然得到……

丁　伯:什么?你曾得到过滇国玉玺?

20　港口医院　冬　上午　内

江河找了一个椅子坐下,拆开信。耳畔响起了徐小惠的画外音。

随看画外音,江河的神色不断变化。

画外音:

江河:

我和玥玥生活得很好,你不用找我们,照顾好自己的身体。

另外,你打在我卡里的五十万元收到了。我知道,这是你那位红颜战友的资助,因为你不可能有这么多钱。不过,不到万不得已,我不会动用这笔钱。我还是希望靠自己的努力,给玥玥一份稳定的生活。

别忘了吃药,别总熬夜。

江河看完信,神情惊诧。

21　香港朗庭酒店　冬　上午　内

丁薇薇:如此奇巧之事,如果不亲身经历,说给谁也以为是天方夜谭呢!

丁　伯:现在可以确认,铜牛在秦海涛手里?

丁薇薇:可以确认,他现在在琊山新型煤化工基建现场,我几次想打电话让他回到东江,但怕他心生疑团,未敢贸然行事。

丁　伯:得而复失,失而再得,未尝不是一件好事。

丁薇薇:叔叔为什么这么说?

丁　伯:如此绝世珍宝再现江湖,有腥风血雨相伴也是再正常不过了,怎么可能那么容易就收入囊中?如今目标已经确定,剩下的就是两个选项了?

丁薇薇:哪两个选项?

丁　伯:轻取或强夺。

丁薇薇:轻取或强夺?

丁　伯:对,先轻取,轻取不得即强夺,已是囊中之物,飞不了了。

22　港务局门口　冬　上午　内

江河遇见了郭川和章江。

郭　川:老江,出国手续都办妥了,下午一点我们就飞了,你还有什么要嘱咐的吗?

江　河:还有时间,咱们到江边转转,去看看风景。

章　江:看风景,江局长好雅兴啊!

江　河:雅兴谈不上,不过每次在江边,我总能有一些领悟。

郭　川:哦,那倒要去感受一下。

23　香港朗庭酒店　冬　上午　内

丁薇薇:叔叔这样说我就放心了。不过,薇薇愚钝,还是想问一句,两个选项如何实施?

丁　伯:你不是让乔婷去琊山坐镇煤化工项目主厂房基建吗? 可让乔婷盯住秦海涛,一旦他回东江,你即可带上依娜取回。

丁薇薇:带上依娜?

丁　伯:对。依娜重新站在秦海涛面前,这个后生必张皇失措,依娜趁机找个借口索要一个小物件,应该不会有什么周折。你出面要,很可能会引发对方的怀疑。

丁薇薇:秦海涛的背景您已查清了,这样一个圆滑精明的双面间谍,恐怕不会这么好对付。

丁　伯:果真不成,就走第二步,强索!

丁薇薇:已经打草惊蛇,强索会不会突增变数?

丁　伯:这个你就不用担心了。叔叔沙场、商界驰骋,什么样的阵仗没见过,岂会在这条小阴沟里翻船?

丁薇薇:是,全凭叔叔运筹帷幄。

丁　伯:我已经为他准备了三记重拳,料他断无还手之力。

丁薇薇:三记重拳?

丁　伯:薇薇,这个你就先不要问了,只安排乔婷先去琊山即是。哎,问你一句:秦海涛对那个…… 那个叫卢茜的姑娘确是真心?

丁薇薇:据薇薇观察,应是真心,并非虚与委蛇。

丁　伯:那就好,如此就变成了四记重拳,料他必会就范。

24　煤化工主厂房工地　冬　上午　外

秦海涛和赵达夫在工地一角抽烟。

赵达夫:海涛,你是使了什么招数,让那家公司乖乖就范的? 嘿,他们没一句废话,麻溜就把标书撤回去了。

秦海涛:这个你就不用操心了,现在我的施工队不是已经进场了吗,你把后面的事情弄利索了就好,别让我再给你擦屁股。

赵达夫:哪能呢! 海涛,我服你了,真有道!

秦海涛:这事如果办砸了,看丁老爷子不活剥了你。

赵达夫:是啊,想起来都后怕。得了,兄弟,哥哥以后唯你马首是瞻。

秦海涛:也不用说的这么客气。咱们为一个东家干活,活干漂亮了就得。

25　江畔　冬　上午

江　河:你们到过上海崇明岛,一定见过长江入海的景象吧?

郭　川:莽莽苍苍,水天一色,

江　河:是啊! 大海才是人类文明的摇篮。全世界经济总量多一半集中在沿海岸线 300 公里之内的区域,欧美如此,我国也不例外。你们看,为了降低成本,船舶运输大型化已经成为一种趋势,游轮、集装箱、干散货船越造越大。

郭　川:老江的预测有远见,我们东江港是个江码头,大船的停泊总有极限,与其一味扩大规模,陷于恶性竞争;不如借"一带一路"的东风,及早在海外寻找一个支点,打开新的发展空间。

江　河:对头,港口发展不能只拘泥于自身的码头,寻求国际发展也是转型的突破口。当国内的成本优势逐渐丧失,寻求性价比更高的过程也就是走出去的过程。而且,我们的集装箱码头、散货码头、化工码头的中转量都没有达到设计能力,为它们拓展海外市场,也是我们东江港融入

“一带一路”的内在发展需求。

章　江：说得好啊，老江！临江远眺，再听你这么一说，心胸更开阔了。

江　河：但是章总，海外投资风险也很大呢！

26　香港丁薇薇办公室　冬　上午　内

秘书乔婷捧着一叠资料敲门进来。

乔婷把资料放在丁薇薇的老板台上，丁薇薇示意她在一旁坐下，拿起资料认真看起来。

丁薇薇看完这些资料，问：乔婷，这些资料你都看过了吗？

乔　婷：看过了。

丁薇薇：看过几遍？

乔　婷：十遍，所有细节都烂熟于心。

丁薇薇：不错。我要是现在让你去和秦海涛打交道，你有把握吗？

乔　婷：董事长放心，我不仅详细看了这些资料，董事长和秦海涛的电话录音我也反复听了，对付秦海涛我有把握。

丁薇薇放下手里的资料：乔婷，你跟我有四年了吧？

乔　婷：是呀，四年零两个月了。

丁薇薇：当年，丁氏集团在大陆招聘文员，应试者如云，其中不乏博士、海归。我为什么在考场放眼一看，立即就相中了还略显稚气的你？

乔　婷：为什么？

丁薇薇：人生机缘有时就在瞬间。不是吗，从此你我形影不离，心意相通。

乔　婷：董事长是我生命中的贵人。

丁薇薇站起来，舒展了一下腰身：乔婷，你是清华大学建筑系毕业的高才生，放弃专业给我做了四年秘书，委屈你了。

乔婷抿着嘴一笑：董事长待我情同姐妹，何来委屈？要不是董事长派我去监督煤化工基建工程，我才舍不得离开董事长呐！

丁薇薇走到乔婷身边，在她肩上轻轻一拍：乔婷，你是学建筑的，你这次去琊山正好是学以致用。到了琊山，你全权代表我行使董事长权力。

乔　婷：董事长，你就放心吧，我一定做好工程监理，不会让秦海涛在工程上做手脚，损害我们丁氏集团的信誉。

丁薇薇：秦海涛对琊山新型煤化工基建项目表现出的热情完全超出我的预判，江河听了我说的情况也叮嘱我小心，一个养尊处优的花花公子，非要跟建筑队一起入住，你不觉得蹊跷吗？

乔　婷：他是要在您面前表现一下敬业？

丁薇薇冷冷一笑：他不会为了公司的三成股份如此卖力，你的任务并非这么简单，先走着看吧。

乔　婷：您是说……

27　江畔　冬　上午

章　江：是啊，收购或投资一个码头，动辄就要上亿或十几亿美元，但是资金回收的周期却会比较长。

江　河：长就有可能生变，比如所在国政局，我们的项目有没有可能因为政府更迭而被叫停？国家关系有其不确定性，如果投资后随着项目推进，两国间发生了政治争端或利益纠纷怎么办？还有文化差异造成的人心隔离；这些问题都要考虑，最终确定标的时，要综合政治、经济、文化、地缘等各方面指标做出研判。

郭　川：老江，我和章总列了一个调研考察提纲，这些问题都包括进去了。

江　河：那就好。前期的调研工作非常重要。摩托罗拉在中国投资之前，光是调研费用就花去了两亿多美元，它把位置选在天津塘沽开发区，是有战略考虑的，一是享受税收的优惠政策，同时也利用了天津劳动力成本低廉和靠近港口的地理优势。我们拿不出那么多钱；但调研质量不能降低,不但对收购的可行性要做出充分评估,还要有一旦意外情况发生的应急预案。

郭　川:老江,你放心吧,我和章总争取不辱使命。

江　河:不是争取,是一定。好风凭借力,送你上青天嘛!一会儿,我有一个重要约会,就不到机场送二位了。就此一别,回来时我给你们接风洗尘。

章　江:老江,再会。

28　香港丁薇薇办公室　冬　上午　内

丁薇薇:好了,乔婷,你去泡两杯茶。今天上午没什么事,我们喝喝茶,聊聊天,好不好。

乔婷从老板台后面推过茶车,她的茶艺相当出色,煮水、温杯、投茶,一气呵成,手腕微抖,一个漂亮的“凤凰三点头”,便泡出两杯清澄碧绿龙井。

丁薇薇:乔婷,你的茶艺越来越精到了。

乔　婷:是吗?那也是受董事长影响。

丁薇薇:哦,有个细节忘记嘱咐你了,秦海涛也精通茶道,你在他面前千万别卖弄茶艺,尤其不能让他知道我们平常喝茶时是用日本银壶煮水。

乔婷端起茶杯递给丁薇薇:明白,董事长。水蛇穿上马甲也变不成乌龟,我知道怎么对付他。

丁薇薇接过茶杯:那就好。总之,不要露出破绽。

乔　婷:我在他面前会表现出只懂得欧美文化,对日本文化一无所知。

丁薇薇放下茶杯莞尔一笑:从来佳茗似佳人,聪明的姑娘就是招人喜欢。乔婷,将来谁要是娶了你可就有福了。你可要抓紧呀,不要蹉跎成了剩女,像我一样,夜夜孤灯一盏,形只影单。

乔　婷:才不是呢,董事长冰清玉洁,当然要有极品男人才能相配,我哪里能和董事长比?

丁薇薇:姐姐今天可不是和你开玩笑,不瞒你,我这里嫁妆都给你准备好了。

乔婷笑嘻嘻问:董事长给我准备了什么嫁妆?

丁薇薇:就是咱们刚收购的这家建筑公司。乔婷,这次事情办妥后就别跟着我了,还是做回你自己的专业吧。

乔婷悚然一愣:董事长……

丁薇薇一摆手,制止她说下去:乔婷,我已经委托律师完成了法人变更手续,只是目前还不宜公开。公司账面上的资金足够你周转了,现在还有百分之四十的股份在外边,秦海涛百分之三十,赵达夫百分之十,不过要想收回来易如反掌,如何运作我也委托给律师了,该动手的时候他们自然会动手。

乔婷愈发愕然:董事长,你……

29　江河办公室　冬　上午　内

江河一进门,正在沙发上看报纸的9.08专案组宋处长站起身:老江。

江　河:老宋,你等很久了吗?

宋处长:刚进屋,你们办公室主任说你很快就到,沏了茶,叫我在这里恭候。

江　河:老宋,我着急见你,是有一个事要和你沟通!

宋处长:好,那你说。

江　河:廖汉中同志的事。我本来想到省里向纪委做出说明,想了想,还是以咱们省公安厅9.08专案组的名义出面比较合适。

宋处长:关于老廖的事,也是我要向你解释的一个问题。根据我们目前的调查,琊山矿上亿售煤款的去向很可能和廖汉中同志无关;赵达夫举报他伙同方秋萍做煤精生意的说法也查无实据,近乎荒唐。

江　河:绝对荒唐嘛!还有伙同我们东江港伪造文件骗取上市资格,更是冤枉了老廖。如果有责任,也应由我来承担,和他没有什么关系,怎么能让他背黑锅,替我挡枪?

宋处长:是啊,这事就是乱弹琴。不过,老廖最后的结论还要等方秋萍落网。这次在老廖停职期间,省纪委专门组织了对琊山矿的审计,并多次和我们沟通情况,老廖没有发现更多问题,那个赵达夫倒是有些账目难以自圆其说。

江　河:这就对了,凭我多年的职业眼光,老廖是一条光明磊落的汉子,怎么会干那些蝇营狗苟的事?

宋处长:这些情况我们已经向省纪委做了汇报,老廖很快就会官复原职。

江　河:那太好了,正好我有些问题要和老廖沟通,近期我就走一趟琊山。

宋处长:不过,要彻底洗清老廖,还得抓紧 9.08 案件的侦破。

江　河:老宋,你这次亲自来东江,是不是案件有什么新的进展?

宋处长:是啊! 老江,根据我们掌握的情况,丁薇薇绝非等闲之辈。

江河闻言大吃一惊:你什么意思? 老宋。

宋处长:丁薇薇身上存在重大嫌疑!

30　香港丁薇薇办公室　冬　上午　内

丁薇薇:乔婷,你先听我把话说完,这家建筑公司名义上是丁氏集团的子公司,实际上和丁氏集团已没有关联,我早就让律师分割清楚了。这事是暗箱操作,我叔叔和依娜都不知道,你心里清楚就行了。公司烂底那一部分,早在东江就剥离干净了,你用心去做,以你的能力,用不了两三年,一定能做大做强。

乔婷眼睛里闪出泪光:董事长,你为什么要这样安排?

丁薇薇略显伤感:乔婷,我这样安排于国于家、于人于己不都很好吗,你这个小妮子还有什么不满意的?

乔婷十指绞在一起:董事长,我知道你心里苦,我劝你能放下就放下吧,什么东江、什么金印、什么琊山煤化工,我们都不要了。我陪你到美国栽花养竹,采篱东山、寄情风月,不好吗?

丁薇薇:乔婷,裕泰号沉船与金印互为因果。一想到二十个人命丧长江,我就六神无主,心无归处。

乔　婷:那件事是老爷子瞒着您做的,不知者不为过,与您何干?

丁薇薇:话是这么说,可是内心的煎熬,又岂是一句话可以摆脱的? 正可谓,酒力不能久,愁恨无可医。

乔　婷:我一向敬重老爷子,是他一手成就了丁氏集团今日的辉煌,可是初闻此事,我也心头一凛,太残酷了,令人胆寒呀!

丁薇薇:……

乔　婷:董事长,恕我言语唐突。

丁薇薇:妹妹,你能直言说出“残酷”二字,实在让我欣慰。叔叔虽是为我好,不让我手上沾血,可是他哪里能够体会到我内心的煎熬? 你一直不曾介入集团不干净的业务,我所以想让你淡出江湖,其实和叔叔对我的心情同出一脉,不愿看到一个冰清玉洁的姑娘陷于不义。

乔　婷:既然这样,姐姐你不如净心收手,我们找一个世外桃源的去处,诗茶为伴、潇洒度日。

丁薇薇:我又何尝不想,只是身在江湖身不由己罢了。不过,新型煤化工项目我让你做的一切,都是利国利民的好事。这既与妹妹心智相投,也算是为姐姐还了一份孽债。

乔　婷:姐姐,我不想离开你。

丁薇薇:又说傻话了,你现在唯一要做的就是把秦海涛给我看好。

乔婷见丁薇薇言语决绝,便庄重地点点头:董事长放心,我一定不负所托。

丁薇薇为银壶里续上水:人生如茶,静心以对,这句话说说容易,做到就难了。她伸出手,在乔婷肩膀上拍了拍:小妮子,别把小脸绷得紧紧的,记住,对付秦海涛可不需要整天绷着脸,要做个笑里藏刀的小美人,杀人于无形,知道吗?

乔婷眼眶中涌出几滴泪花:董事长教诲得是。

丁薇薇:看你,动辄流泪,如何能成大事? 她用纸巾为乔婷轻轻擦去泪水,到了琊山,除了秦海涛,还要防备那个叫赵达夫的副矿长,两面受敌,真是难为你这个小妮子了。不过,据我了解,那个廖汉中虽生性鲁莽,却仗义、爽直、正派,必要时或可倚重。

乔婷再次点点头:您放心吧,乔婷全记下了。

31 江河办公室 冬 上午 内

江　河:宋处长,这种话可不能乱讲。

宋处长:老江,你我都是老公安了,什么话能讲什么话不能讲,谁心里头没有一颗定盘的星?

江　河:那你说说,你怀疑丁薇薇有什么依据?

宋处长:是这样,你怀疑方秋萍人间蒸发与文物走私有关,我同意,所以加强了对丽江黄记古玩店的监控。这一段时间,丁薇薇几次出现在古玩店……

江　河:这很正常啊,她做的是珠宝生意。

宋处长:作为珠宝商,她出现在黄记古玩店应该说正常,但是偏偏这之前方秋萍也在此现身,这难道只是偶然的巧合吗?好,我们姑且认同它是巧合;可是,最近布控黄记古玩店的侦查员报告,丁薇薇和黄敬业的谈话涉及了一个敏感的名称——古滇国传国玉玺,这也是巧合吗?据此判断,丁薇薇在铜佛寺和秦海涛相遇是偶然的,但是她来东江市联系秦海涛是必然的。你这位战友的东江之行,绝非仅仅是来找你江河叙旧。

江　河:照你这么说,她是冲着……

宋处长:丁氏珠宝集团的背景相当复杂,他们在国际市场拍卖的古董,有不少是国宝级文物。丁薇薇的东江之行,很可能是冲着那件旷世珍宝——古滇国传国玉玺。方秋萍的死而复生,也多半与这件国宝有关。

江　河:琊山矿失踪的那一个多亿呢?

宋处长:跟你当初的判断非常契合,方秋萍是受了某个人的影响,想用这一个多亿去做古董生意;只是影响她的这个人是秦海涛还是丁薇薇,或先是秦海涛后是丁薇薇,还有待进一步确定,整个案件的链条还需要进一步梳理清楚。

江　河:你来只是向我介绍这些情况吗?

宋处长:当然不是。

江　河:有任务?

宋处长:对,诱蛇出洞!

32 香港朗庭酒店 冬 中午 内

丁伯在客房中来回踱步,面露愠怒之色。

丁薇薇推门进来:叔叔,我点了午餐,是到餐厅吃,还是请服务生送到房间?

丁伯一指沙发:你先坐下!

丁薇薇站立不动:叔叔是有话要问薇薇吧?

丁　伯:正是。听说你把新收购的建筑公司已从丁氏集团分割,划在了乔婷名下,可有此事?

丁薇薇:确有此事。

丁　伯:这么大的事你连招呼也不打一个,太放肆了吧?

丁薇薇:薇薇不明白何为放肆?

丁　伯:你……

丁薇薇:叔叔已将丁氏集团交我管理,作为董事长,我难道连这点小事都不能决断吗?况且,叔叔已届杖朝之年,薇薇这样做,也是想让叔叔颐养天年,少操点闲心。

丁伯大怒:你这是翅膀硬了,嫌我这把老骨头挡了你的道,是不是?

丁薇薇:叔叔,薇薇此次去丽江,又遇见了杨老前辈。

丁　伯:杨老前辈?

丁薇薇:就是当初因您心生贪念,将其逼疯致痴的那个翡翠大王!

丁　伯:大胆!太放肆了你。

33 江河办公室 冬 中午 内

宋处长:丁氏集团的掌门人丁伯,在国民党情报机关供职几十年,曾是一个老牌特工,为人十分狡猾。他似乎已经察觉到大陆警方对丁氏集团有所怀疑,突然停止了在大陆的一切活动。

江　河:你是叫我……

宋处长:以私人身份请丁薇薇到东江来,我们急需摸清他们的行踪。

江　河:当诱饵,钓丁薇薇上钩?

宋处长:可以这么理解,不然,我们的案件侦破就停滞了。

江河拍案而起:老宋,你,你拿我当什么人了?

宋处长:什么人? 共产党员,前公安局长, 9.08 专案组成员,这有错吗?

江　河:还有一个身份,丁薇薇的战友,曾经的初恋情人!

宋处长:我当然没忘,否则,怎么请你出面呢?

江　河:你没忘就好! 丁薇薇如果犯了法,该抓该杀,法律说了算。让我诱骗她上钩,你找错了人!

宋处长也站起身拍了桌子:江河同志,你还是不是共产党员?

江　河:随你便吧,你觉得我不够格,可以向上级报告,开除我! 说罢,转身摔门而去。

34　香港朗庭酒店　冬　中午　内

丁薇薇:叔叔,不要怪薇薇放肆。你我血脉同源,有些话我不说才真是对叔叔不孝。

丁　伯:你,你你……

丁薇薇:我之所以把建筑公司划给乔婷,是深感丁家罪孽深重,远有对杨前辈的欺诈之心,近有裕泰号上二十条人命;这是我知道的,不知道的又有多少?

丁　伯:薇薇啊,叔叔已是黄土埋到脖子的人了,这么做还不都是为了你,为了丁氏集团吗?

丁薇薇:叔叔,恕薇薇不敢领受。人在做,天在看,冥冥之中一切皆有定数。我做出这个决定,一是自赎,二是将来如有不测,能为叔叔养老送终的恐怕也只有这个小妮子了!

丁　伯:如有不测…… 你何出此言!

丁薇薇:叔叔,不瞒您说,我深夜无眠,常觉披头散发的厉鬼前来索命,内心煎熬,苦不堪言。您封锁了消息,就以为我可以心如止水了吗? 错、错、错啊! 我真是不敢想,裕泰号沉船的真相一旦大白于天下,我有何面目去面对江河,面对世人……

丁　伯:薇薇,我的好侄女,是叔叔一时昏聩铸成大错,现如今也悔之晚矣,你可千万不要乱想。丁家只有你这一条血脉了,你可不能让叔叔终老此生后,无颜去见丁家先人啊!

丁薇薇:叔叔,薇薇不过是一时激愤,说说而已。这项收购只花了二千万,于丁氏集团不过是九牛之一毛,真值不得您老如此动怒。

丁　伯:唉,哪有这么简单。为此我已经布局几年,苦心孤诣,费尽心力,就是想为丁氏集团再辟一条财源。倘若因此尽弃前功…… 不说了,罢,罢,罢!

35　心相知　冬　傍晚　内

大堂里的一个散座。江河已经喝高了,他拿出手机拨打丁薇薇。

江　河:薇薇,你…… 你在哪儿?

丁薇薇(OS):是江河吗? 我在香港,你怎么了?

江　河:噢,在香港,我在喝酒。 一个人喝酒。

丁薇薇(OS):一个人在喝酒?

江　河:是啊,我, 我想起了我们当兵时一起看月亮的 情景,小,小时不识月……

丁薇薇(OS):呼作白玉盘。

江　河:天,天不老,情难绝。心似双丝,网,中,有千千结。

丁薇薇(OS): 怕相思,已相思,轮到相思深处辞,眉间露一丝。

江　河:薇薇,你,你还记得,这,这两首词?

丁薇薇(OS):怎么不记得,你给我的信引了张先的《千秋岁》,我回你的信,附了俞彦的《折花枝》。

江　河:那时,候,我,我们真,真年轻。

丁薇薇(OS):是啊,江河。你怎么想起给我打电话?想我了么?

江　河:想啊,真,真是想。想我们一起看月亮,一起数星星,一起到哨所演出,一起为驻地老百姓唱歌。

丁薇薇(OS):那好,我去东江看你,你等我。

江　河:不,不……,你,你不要要来!

江河语音未落,丁薇薇已挂断了手机。

旁边桌子的一个小混混冲江河吹口哨,语带讥讽:大叔,什么岁数了,还他妈挺会玩缠绵!

另一个小混混:就是呀,这娘们隔着几千里地,都闻到一股骚味!

江河晃晃悠悠站起来:你他妈,说什么呢?

小混混:呦呵!有血性啊,是个爷们!

江　河:你再说一句,看老子怎么收拾你!

几个小混混围上了江河,背后一个小混混突然一啤酒瓶砸在江河脑袋上,江河晃了晃,站稳了。几个小混混不敢轻敌,他们轮番上场,和江河混战在一起。渐渐的,江河寡不敌众,被几个小混混打到在地上。这时薛东方跑进酒馆,飞起一脚踢倒了一个小混混,又连挥两拳,将两个小混混打得满地找牙。小混混们放弃了江河,把薛东方围住,一阵混战。

片刻,门外一声警笛,李强带着几名警察跳下警车冲进“心相知”。

36　香港丁薇薇办公室　冬　晚上　内

丁薇薇摁了一下铃,一个女秘书款款走入:董事长,有什么吩咐?

丁薇薇:马上给我订最快的航班,我要飞东江。

女秘书:最早的是明天凌晨六点的航班。

丁薇薇:好,就订这个航班。

37　李强的宿舍　冬　凌晨　内

躺在床上的江河睁开眼有些茫然,他坐起身见到睡在沙发上的李强,穿鞋下床,李强醒了。

江　河:这是怎么回事?我怎么睡在你这儿了?

李　强:嗐,师傅,昨天晚上你在“心相知”跟一帮小混混干起来了,您没印象了吗?

江河想了想:有点印象,后来呢?

李　强:后来?在您势单力薄的时候,电厂薛厂长赶去了,不由分说,把那几个小混混一顿好揍。

江　河:薛东方也去了?

李　强:可不是吗,他说是您在香港的战友给他打电话,说您一人在酒馆喝闷酒,不放心,让他去看看。

江　河:原来是这样。

李　强:没有薛厂长您可就吃大亏了。薛厂长够意思,路见不平一声吼,该出手时就出手!好拳脚,比您不差。

江　河:再后来呢?

李　强:再后来,我接到薛厂长电话赶去了,把那几个小混混抓起来狠狠教训了一顿,放了。看您醉得不省人事,怕送您回家小惠姐生气,就到我这儿了。

江　河:噢,谢谢你了,李强。

李　强:谢什么呀!局长,因为什么事不开心,一个人去喝闷酒?招呼一下兄弟们,我们陪您呀!

江河恍然大悟:噢,对了。掏出手机急拨丁薇薇,手机里传出女声:您拨打的号码已关机。

38　香港朗庭酒店　冬　早晨　内

丁伯问垂手而立的依娜:薇薇去东江,你们怎么不拦着?

依　娜:我也是刚听她新来的秘书说。

丁　伯:因为你诈死被大陆警方识破,他们对丁氏集团的业务已经有所布控。我不是交代过了吗,这一段要停止所有业务往来,尽量避免在大陆现身。

依　娜:是,正是因为您交代过了,我听说薇薇姐只身去大陆见江河,才着急担心,赶来向您报告。

丁　伯:这个薇薇呀,浸泗商海多年,历练的应该差不多了,哪想到初心不改,竟跨不过横亘在眼前的一个"情"字!

依　娜:丁伯,薇薇姐有情有义,对您老又孝顺,丁氏集团有她接手掌管,也是您老晚年有福啊!

丁　伯:依娜,你只说对了一半,这些年我对她宠爱有加,难免有点娇惯纵容,没见她过于任性了吗? 任性,对于一般的女孩子,犹如秋菊绽雪,既无伤大雅,还能平添几分娇羞;但对于一个跨国集团的掌门人,则如风中火种,是要出大乱子的。

依　娜:丁伯,您真是有见识。

丁　伯:所以你们在她身边,切不可凡事都推波助澜,尽随其意。必要时有所牵制,才是真正的主慈仆忠。

依　娜:依娜明白了。

丁　伯:明白了就好。六点的航班,再过半个小时就要落地,叫秘书打电话给她,说我有重要的事要和她商量,让她马上回港。

39　东江市招待所　冬　上午　内

江河破门而入,宋处长从沙发上站起来:老江,有情况吗?

江　河:宋处长,丁薇薇已经启程来东江。

宋处长:噢,这个情况我们已经掌握了,她是坐六点二十分的 790 航班由香港直飞东江,机场我们已经布控了。

江河上前一把攥住宋处长的手:老宋,宋处长,薇薇此行是专门来看我的,如不涉案,请你一定不要抓她,好吗?

宋处长:我们没有打算抓她,只是打一下草,让蛇能动起来。

江　河:那就好。那我江河谢谢你了!

宋处长:老江,你不要这样说,我们都是为了同一个目标工作,任何时候,国家利益都要高于个人利益和个人情感,对不对?

江　河:老宋,不说了,有什么情况及时沟通吧。

40　东江机场　冬　上午　内

丁薇薇拉着行李箱走出机场。手机响,她接听手机,里面传出一个女孩儿的声音:董事长,老爷子叫您赶快飞回香港,说有重要的业务要和你商量。

丁薇薇嗯了一声挂断了。

手机又响,是江河打来的:薇薇吗? 你已经到东江了?

丁薇薇:到了,我是坐最早一班飞机赶过来的。下午要飞回香港,我们就在全福兴见面吧! 多日不吃蟹粉狮子头,还有点想了呢!

江　河:好,我马上到全福兴等你。

41　香港朗庭酒店　冬　中午　内

丁伯坐立不安,在房间里来回踱步。

依　娜:老伯,您不用着急,秘书已经和薇薇姐联系上了,她安然无恙,或许是您老多虑了。

丁　伯:我当然希望是我多虑。你不知道啊,老夫我戎马半生沙场征战,见惯了一瞬间生死立定。眼下,大陆警方对丁氏集团撒网布控,如果薇薇万一有个什么闪失,丁氏集团亿万家财付之东流且不说,我还有何面目去见将薇薇托付给我的兄嫂?

依　娜:老伯,哪有那么严重。大陆警方没您想的那么厉害,咱们丁氏集团的生意不是越做越大吗？

丁伯坐在沙发上，一摆手：你倒是会给老夫宽心，去吧，和薇薇保持联系，有什么情况随时向我报告。

42　东江全福兴包间　冬　中午　内

江　河：薇薇，昨天晚上我是酒后失态，一个电话有劳你飞了几千里，真是过意不去。

丁薇薇：正因为你是酒后失态，我才立刻赶来。如果平时，我还不会来。

江　河：为什么？

丁薇薇：酒后见真情啊！那个让梨的孔融，不是也说过“尧非千钟，无以建太平；孔非百觚，无以堪上圣”吗？足见酒后的男人，才没有马甲儿，没有虚情。

江　河：薇薇，你这样一说，真是让我惭愧。这些年，小惠为我付出的太多了。作为一个妻子和母亲，她几乎无可挑剔。倒是我，因为忙常常忽略了她的感受。婚姻是一种权利，更是一种责任。我们不能享受权利而放弃责任。你说是不是，薇薇？

丁薇薇：江河，你不用说，我懂。说着从包里拿出让乔婷买的那支长笛，我记得，你当年做梦都想有一支 BRANNEN 的长笛，我当时就暗下决心，等有了钱，一定为你圆梦。没想到为圆这个梦，一拖就是十多年。

江河接过长笛，感慨万端。

丁薇薇：还记得吗？你当初的一个承诺。

江　河：如果我有了 BRANNEN 牌的长笛，一定和你合奏一曲《江河水》。

丁薇薇：巧了，我见大堂里有个姑娘在打扬琴，我们何不让时间穿越一次，把大堂当作当年的舞台，做一次当年的你我。

江　河：只要你能高兴。

43　全福兴大堂　冬　中午　内

前堂经理：报告大家一个好消息，有两位尊贵的客人主动献艺，要为大家合奏一曲《江河水》，让我们鼓掌欢迎。

大堂里的客人们纷纷鼓掌。

丁薇薇仪态万千地谢过打扬琴的女孩儿，坐在了扬琴前。

江河站在她的身旁，举起了长笛。

俩人目光相接，《江河水》的曲调在大堂响起……

在合奏中，俩人时有眼神交流。画面逐渐变幻成了舞台上，年轻的江河和丁薇薇穿着军装在演奏……

44　日式餐馆　冬　上午　内

秦海涛盘腿坐在榻榻米上。昏黄的灯光，在他对面的墙上投射出了一个背影。

秦海涛：佐佐木先生，首先我要向您表示歉意。我知道，那个 U 盘收录了您在日本留学的儿子倒卖黄金的全部录像，一旦落到日本警方手里，至少会招致五年牢狱之灾，为了儿子您才强令东江市那家公司退出竞标。难为您了！

说着，秦海涛站起来给背影鞠了一躬。

背　影：不必说了，为了加强我的记忆力，东京总部会时不时让我看一下这个 U 盘。谢谢你口中留情，那上面不但有你说的录像；还有我儿子名下日本房产的全部录像，只不过，那个不是留给日本警方的。

秦海涛：佐佐木先生，您很坦率。

背　影：川岛先生，我，包括你，踏上的是一条人生单行线，不能掉头，也没有拐弯的标志。

秦海涛：受教了。

背　影：言归正传吧。

45 廖汉中办公室 冬 上午 内

有人敲门，廖汉中大大咧咧喊了一句：进来，敲什么敲？

江河推门进屋，廖汉中颇感意外，起身一把抱住江河：兄弟，什么风把你吹来啦，可想死我了！

江 河：老廖，你为东江港背了那么大一个黑锅，听说你平安无事了，我来看看你，不行吗？

廖汉中：我被赵达夫那个小人算计了。嗐，什么平安着陆，那一个多亿的售煤款什么时候找到，我什么时候才能安生！

廖汉中拉着江河坐在沙发上，为他沏茶。

江 河：老廖，我这次专程造访来看看你老兄，这是战友送我的两瓶茅台，我舍不得喝，转送给你，朋友往来，不算违反八项规定吧！

廖汉中：你老弟的酒，就是一箱我也敢收，咱们是什么交情，过命的交情啊！

江 河：你关心的那一个多亿售煤款去向，如果我的判断不出现大的偏差，应该和秦海涛有关，听说这个秦海涛已经领着一家建筑公司进驻新型煤化工主厂房的基建工程了？

46 日式餐馆 冬 上午 内

秦海涛：好。佐佐木先生，谢谢您的配合。现在我的施工队已经进场，请转告总部，计划正有序推进。

背 影：总部对你前一段的工作表示满意，让我转达对你的嘉奖与问候。

秦海涛：香港丁氏集团也想染指琊山的新型煤化工基建工程，适时送来了一批“炮弹”，赵达夫借此将廖汉中轰下了台，制造出一个时间差。谁都没有料到事情会突然变化，如果不是您的配合，无疑会功亏一篑，我会向总部为您请功。

背 影：你只有船队而没有建筑公司，开始总部对你完成这个任务还信心不足。现在看，你把握机遇和应变能力都很强，丁氏集团居然为你做了一次嫁衣。

秦海涛：也算是机缘巧合吧。

背 影：总部对你的付出心中有数。

秦海涛：谢谢。如果不是因为总部的任务，我怎么会为丁薇薇那百分之三十的股份花费这么多心血。

背 影：廖汉中已经官复原职，听说又来了一个叫乔婷的女子，对你以后的工作会有所掣肘，你有什么应对之策？

秦海涛：佐佐木先生，廖汉中官复原职，是因为没有实据，但他并不能对上亿流失的售煤款自证清白，估计他会有所节制，不会过于嚣张。倒是那个乔婷，暗藏利锋，行事诡秘，需要加以防范。

背 影：你此次进驻琊山，明面上不是受命于丁氏集团吗？

秦海涛：是。

背 影：乔婷为丁氏集团所派，理应跟你同舟共济，共克时艰！

秦海涛：这样说理论上当然是成立的，可是我总觉得她来者不善，似乎不是来烧香，倒像是来拆庙的。会不会……

背 影：会不会什么？

秦海涛：会不会对我的真实身份……

背 影：你过虑了。在大陆，你的真实身份只有我知道，没有第二个人了解。

第24集

1　廖汉中办公室　冬　上午　内

廖汉中:是啊,趁我停职,赵达夫麻溜和秦海涛签了基建承包合同,本来听说有一家公司更具竞争能力,不知为什么突然退出了。这个秦海涛神通广大,别看年轻,可是比他叔叔秦池还有城府,一时让人捉摸不透。

江　河:秦海涛的建筑公司也在丁氏集团名下?

廖汉中:是丁氏集团出资收购的。现在资产已经从丁氏集团剥离了,法人代表是个叫乔婷的姑娘。

江　河:乔婷?

廖汉中:对呀!她说她的老板丁薇薇和你是老战友,一块出生入死过,江老弟,这一段你可没有和老哥我讲过呀!

江　河:老廖,既然乔婷把这些都讲给你听了,说明她和丁薇薇关系非同一般,这个姑娘你感觉怎么样?

廖汉中:这个姑娘,用一句大白话来形容,就是水葱一样清灵。

江　河:你对乔婷评价不低嘛!

廖汉中:是啊,不像和秦海涛接触,你总觉得他眼睛后面还有一双眼睛;和乔婷打交道,那丫头的眼睛就像一潭水,清亮的可以见底儿。

江　河:新型琊山煤化工项目是个香饽饽,见到的人都想吃上一口,特别是基建这一块儿,你老哥多加小心吧,赵达夫的教训不可谓不深刻。总之,别让人算计了!

廖汉中:谢谢老弟提醒,人总不会两次掉进同一个坑里。不过你老弟这次来,恐怕不只是给我送酒和提醒的。

江　河:当然,还有更重要的事了。

2　日式餐馆　冬　中午　内

秦海涛:佐佐木先生,廖汉中和乔婷构不成实质性威胁,我会在指定的时间履行诺言。

背　影:很好,还有什么要求吗?或者说我可以尽力的。

秦海涛:有。现在,有一个人对我构成威胁,如果不有效处置,将有可能危及我使命的完成。

背　影:你是指?

秦海涛:江河!

3　廖汉中办公室　冬　中午　内

廖汉中:什么事?老江,你就夹道里推车—— 直来直去。

江　河:更重要的事有两件,一是老秦、老郭他们已经和赵达夫初步签订了一个两家共建配煤中心的合作协议,我认真看了一下,是一个共赢的合作项目,我这次来,就是请廖矿长你最后把一下关,没问题了,我们马上签字。

廖汉中:协议我看了,我停职期间赵达夫就办了这么一件人事。没问题,矿长办公室已经通过了,马上可以签。

江　河:老廖呀,这个协议一签,东江港上市就成功在望了,东江港人忘不了你和琊山矿对我们的支持！

廖汉中：老江，你这么说可就见外了。咱们是战略合作伙伴，你不是讲过一个故事吗？同样六个人围着一张桌子吃饭，同样每个人手里拿着一双长长的筷子。地狱里的人自顾自，谁也无法把饭菜送入口中；而天堂里的人则互相喂对方，结果个个喜笑颜开。你看，你在帮助了别人的时候，不是也帮助了自己吗？

江　河：下面，东江港要干的一件事保管你老廖更高兴。

廖汉中：什么事？

江　河：国家现在正大力推进"一带一路"倡议，东江港如果上市成功，下一步的目标就是适时收购一家海外港口，寻找新的发展支点。

廖汉中：老弟，有气魄呀，我就是欣赏你这股子永不言败、永远进取的劲头！

江　河：老廖，东江港曾经给你琊山矿当过商务科长，这次我还要为琊山矿扮演一次这个角色，不过在商务科长的前边要加上国际两个字。

廖汉中：国际商务科长？

江　河：对！你们新型煤化工项目一旦建成投产，产品在新兴国家有很大的市场空间，我们的收购标的恰在这样的国际沿线上。你说，我要不要好好了解一下你们煤化工项目投产后的产能、产品和销路，未雨绸缪，为以后你们走向国际市场，投身"一带一路"建设做个先行官啊？

廖汉中：江河老弟，你这话说到我心里了，怎样融入"一带一路"，我们也正在琢磨。

江　河：东江港今年的煤炭中转量有望突破一千万吨，集装箱码头改造完成后中转量也将达到年 150 万箱，散货码头、化工码头的业务都力争达到设计标准。

廖汉中：乖乖，增长速度太快了！

江　河：下一步东江港怎么发展？盲目扩建港口，增加配套设施？那样只会陷入重复投资的恶性竞争。我们想在信息化、多元化和个性化上挖潜增收。

廖汉中：这三化好！

江　河：比如个性化，就是以私人订制的方式为客户提供个性化服务。我这次来，就是想结合琊山矿新型煤化工项目，试一试为老廖你"量体裁衣"。东江港的外贸运输，还指望你的新型煤化工产品取得突破呢！

廖汉中：这个说法很有前瞻性。老江，我已经让食堂准备了客饭，四菜一汤，咱们边吃边聊，说着提起茅台。

江　河：八项规定，就不要喝了吧？

廖汉中：怎么能不喝酒呢，酒是你老江个人的，又不是公款，怕什么？

江　河：影响总是不好。

廖汉中：那没事，咱们改装一下。

廖汉中拿来一个普通酒瓶，将茅台倒了半瓶。

4　日式餐厅　冬　中午　内

服务员在榻榻米前的小桌上摆上了几份日式菜肴和两瓶清酒：先生，请慢用，说完躬身退出。

背　影：请直言无妨。

秦海涛：如果我的预感不错，江河因为追查琊山矿流失的上亿售煤款已经盯上我，现在没有采取行动，是因为还没有确凿的证据。在这之前，必须对江河一击毙命。

背　影：你想杀了江河？

秦海涛：不是，那样影响太大，弄不好反而会引火烧身。我的计划是，以子之矛，攻子之盾，借助国家的反腐反贪，将江河拿下！

背　影：反腐反贪讲究证据，而且有一套极为严格的立案调查程序，不是谁可以利用就可以利用的。这一点，我比你懂。

秦海涛：这件事我已经筹划了很长时间，材料也正在积累。东江港上市势在必行，下一步他正在筹划收购海外港口，而在他最有可能的收购标的所在国我已有安排，多箭齐发，他必百口莫辩。哪座庙里，没有冤死的鬼。

背　影：你需要我做什么？

秦海涛：向您求证一件事，A国R港的第三大股东是香港奥维公司，它是否也由丁氏集团掌控？

背　影：还有呢？

秦海涛：在不涉及您的安全时，请助一臂之力！佐佐木先生，有一点我想郑重向您承诺，任何时候，我所做的事，都和您没有任何关系。

背　影：我凭什么要相信你的承诺？

秦海涛：在商言商，一切都由利益决定。据我所知，下一步您将出任省计委主任，这只是一个过渡，然后是主管科技与外经贸的副省长。我出卖您，无助于洗白自己；我保护您，将来就有可能到您的大码头上泊船。为自己留一条后路，这难道不是聪明人的选择吗？

背　影：秦先生，你确实很聪明，这也是我接受你做合作伙伴的原因。

秦海涛：我说的这是最坏的结果，大戏刚刚开锣，谁哭谁笑还不一定。

5　香港朗庭酒店　冬　下午　内

丁伯坐在沙发上，丁薇薇垂手而立。

丁薇薇：薇薇不孝，又惹您老生气了？

丁　伯：薇薇，叔叔也曾年轻过，情之所至，什么都不顾的时候也是有的。不过，你现在首先是丁氏集团的董事长，尔后才是花季尚存的职业女性。唉，也真是难为了你。

丁薇薇：叔叔，不怕您说，侄女还真动过到美国栽花养竹的念头。

丁　伯：我都这把岁数了，还为丁氏集团殚精竭虑，你小小年纪，就想过上那种清闲自在的生活，岂不是不思进取，胸无大志？

丁薇薇：叔叔教训得是。

丁　伯：那个江河，能让我侄女凡心思动，看来绝非池中之物。有机会，我会一会他，如果确有鲲鹏之志，将来由他辅佐你掌管丁氏集团，叔叔也就完全放心了。

丁薇薇：叔叔取笑我了。不过，江河可不是一个容易被说动的人。

丁　伯：笑话。古来芳饵下，谁会不吞钩？他不心动，是你没有开出令他心动的条件。况且，还有一个情字在里边。

6　煤化工施工现场　冬　下午　内

厂房已经立起一半，工地上，一片繁忙。

廖汉中兴致勃勃领着江河在工地上参观。江河时而停下，观察墙面，并用手指敲敲打打。

江　河：工程进展很快啊，厂房都立起来了？

廖汉中：你还别说，秦海涛带来的这个施工队真是蛮能干，活干得漂亮，进度也快。

迎面走过来戴着安全帽穿着工作服的秦海涛和乔婷，见到廖汉中打招呼。

廖汉中：二位，每天都盯在工地上，真是尽职啊！

秦海涛：哪敢不尽职，第一次和琊山矿合作，印象分总是要高一些嘛！呦，这不是江局长吗？

廖汉中：你们认识？那我就不介绍了。乔婷，我给你介绍一下，这就是我常和你念叨的东江港港务局江河，江局长。

江河伸出手：乔婷，我们这是第二次见面了。上次你接丁董去扬州，我们在东江宾馆见过一面。

乔　婷：江局长好眼力。不知您对这工程有何见教？

江　河：刚才我还和廖矿长说，工程进展蛮快嘛！

乔　婷：秦总可费尽了心思。

秦海涛：彼此、彼此。乔小姐本是清华建筑系的高才生，巾帼不让须眉，每天在工地上巡视，我虽贪功也不敢独享啊！

乔　婷：秦总客气了，功不肯独享，但愿过也不要让人分担才好。

秦海涛：乔小姐，能有什么过？这玩笑开得有些过了哈！

7　香港朗庭酒店　冬　下午　内

丁薇薇:叔叔说笑了,不过这次我去东江,到有一个意外收获。

丁　伯:噢,什么收获?

丁薇薇:江河嘱咐我不要过多和秦海涛来往,看来,秦海涛确实已经被大陆警方怀疑。

丁　伯:若如此,亦喜亦忧。

丁薇薇:喜是何喜,忧是何忧?

丁　伯:秦海涛如果确实被大陆警方怀疑,一旦证据确凿,就会被逮捕归案,那时候再想取铜牛就难了,此为忧;喜的是,你这次能够安然回来,江河并能善意提示你,说明大陆警方并没有掌握丁氏集团的核心机密,而秦海涛被大陆警方怀疑,他本人不可能毫无察觉,乘他疲于应对之际,乱中取胜,倒是获取铜牛的一个好时机。

丁薇薇:我也是这么想。现在他在琊山煤化工基建现场,我打电话叫他回来,怕他心存疑虑,想等他自己回东江时,假做无意要回铜牛。

丁　伯:如此最好,风不吹,树不摇。这次可让依娜随你同往。

丁薇薇:您的意思是……

丁　伯:让依娜出面索要铜牛!依娜现身,必让秦海涛方寸大乱,趁乱取回,此之谓也。依娜整容后连我都认不出了,扮作你的助理回东江走一趟,了无大碍。

丁薇薇:好。那就过几天和依娜去一趟,不用先告诉秦海涛,等去了,卢茜自然会通知他。

8　煤化工施工现场　冬　下午　外

乔　婷:秦总既知是玩笑,何必还当真?

秦海涛:反正你是外放的凤姐,和你比,我不过是个粗使丫鬟,一切听你吩咐就是了。

江　河:秦先生说话很幽默啊!

秦海涛:不是幽默,是忧愁。我一天到晚受乔婷欺负,您哪能理解我的水深火热啊!哎,江局长,您怎么对新型煤化工也感兴趣?

廖汉中:老江了解一下我们的产品、产量,下一步东江港在海外收购码头后,要助力我们的产品出海嘛!想知道将来的生产规模,看一看厂房基建是必须的!

秦海涛:江局长真是大手笔,一出手就直奔海外!如果我没有猜错,你肯定是会对 B 国 W 港感兴趣?

乔婷一惊:B 国 W 港?

秦海涛:怎么,乔小姐对 W 港也有兴趣?

乔　婷:秦总真是敏感。你是大款,以为别人也都是土豪呀?

秦海涛:别人是不是土豪我不知道,但是乔小姐的实力瞒不了我。

江　河:好,你们先聊。老廖,我们再去转转?

廖汉中和江河走出一段路,廖汉中问:老江,你没有觉得这两人说话有点像武林高手暗较内功,看似神清气定,实际早你一拳我一腿踹吧起来了。

江　河:老廖,你看出了就好。我听说,这个秦海涛对新型煤化工主厂房的基建工程格外上心,看来言之不谬。他养尊处优惯了,能天天盯在工地上风里来雨里去,实在是不同寻常。

廖汉中:你看出什么问题了?

江　河:这工程墙体似乎有点猫腻,还说不准。那个乔婷不是清华土木建筑系毕业的吗,你提醒她一声,总之,不能掉以轻心。

廖汉中:老江,你很谨慎啊。

江　河:那是,新型煤化工项目不仅是你琊山矿的宝贝疙瘩,也是我们东江港的宝贝疙瘩啊。

9　江河办公室　冬　上午　内

沈奕巍推门进屋:局长,您回来了?

江　河:我昨天晚上从琊山赶回东江,特在此恭候大驾。

沈奕巍:局长,又拿我开心?

江　河:奕巍啊,说恭候大驾也不为过。你独身赴京城运作上市,一人而系东江港安危,责任重大嘛!

沈奕巍:托您的福。静心以对,一切安好。

江　河:正在我预料之中,谁敢横刀立马,唯我彭大将军。

沈奕巍:还是局长掌控的好。我这次到北京,李亚林带我拜访了几位发审委专家,人家对您上次在发审会的表现很是称赞,说整改方案做出后,就可以再次上会。

江　河:奕巍,别拣好听的说,没搞什么不正之风吧?

沈奕巍:怎么会。这次我连宾馆都没舍得住,和李亚林挤在一张床上。这家伙还吵着要向您告状,说我无偿使用他的宿舍空间、社会资源,不符合游戏规则。

江　河:那我不管,谁让你们是睡上下铺的兄弟。

沈奕巍:我也是这样说的,我说你把我招待好了,我一高兴没准还请你吃一顿东来顺;换了我们局长,充其量给你点一个尖椒土豆丝。

江　河:太夸张了吧?

沈奕巍:一般,一般。哎,局长,我看你兴致不错,琊山和咱们共建配煤中心的事谈妥了吧!咱们再次上会的材料全准备齐了,就差这一纸协议了,李亚林正等着呢。

江　河:谈妥了,这次老秦立了功。

10　秦池办公室　冬　上午　内

卢　茜:秦叔,听说这回琊山矿同意和咱们共建配煤中心,是您斡旋的结果?

秦　池:应该是吧,赵达夫开始是死活不肯,明摆着的事儿,东江港娶媳妇,人家充其量不过是跟着闹了回洞房,凭什么上赶着?

卢　茜:听郭局长说,赵达夫公开讲是冲您的面子才同意两家合作。

秦　池:说得不错,为了东江港,我这张老脸也是舍出去了。

卢　茜:我写了一则消息,您看看如没有大出入,这期见报。

秦池接过卢茜递过的稿子放到桌上:丫头,这纸协议一签,东江港上市就没有障碍了,可我倒心里像涨了草,直发慌。

卢　茜:为什么?

11　江河办公室　冬　上午　内

沈奕巍:局长,李亚林让咱们重新考虑一下管理层持股的问题。

江　河:为什么?

沈奕巍:他说据他了解到的情况,我们管理层属主动放弃持股,发审委员的看法也不一致;有人认为是管理层廉洁自律;也有人像我们担心的那样,是觉得我们对企业发展缺乏底气。

江　河:哈哈!这个观点不成立嘛。东江港这几年的业绩一步一个台阶,呈跨越性发展,有目共睹,以后的发展也有清晰的路线图。

沈奕巍:局长,那你是不是担心老秦他们……

江　河:也不完全是。奕巍啊,现在的社会风气不好,一切都在向钱看,为了钱,许多做人的底线已经突破了。我就是想让他们看一看,现在还有人—— 他们的奋斗、拼搏不是为了钱,而是为了理想、信仰,为了给大多数人谋福利。

沈奕巍:这话在时下有些"另类"了。

江　河:是啊!很多常识性的东西已经被拜金主义遮蔽了,我们要做的事,物质层面显而易见,还有精神层面的,就是要使常识重新焕发光彩!

12　秦池办公室　冬　上午　内

秦　池:别听江河说得好听,我担心呀,辛辛苦苦搭建的平台,成了他们谋取私利的工具。

卢　茜:秦叔,您怎么会有这种担心?我觉得江河为追求政绩不顾一切是可能的,但还能廉洁自律。

秦　池:廉洁自律?…… 哼,这个问题以后有机会再说吧,是金身,是泥塑,不见风雨怎么会知道?我告诉你,上次申请上市,江河为了表现自己的廉洁,放弃了高管持股,可是我从琊山回来向他汇报情况时,他的口风可是有点变了!

卢　茜:变了?

秦　池:对呀!哪个企业上市能一次轻而易举过会?何况当时准备得也不是很充分。江河心里有数,他虚晃一枪,放弃高管持股,赢得了一个好名声。这次重新上会,他完全可能借整改为理由,重新持股!

卢　茜:他会吗?

秦　池:老卢大哥是你父亲,这是你的伤口,我本不愿提;但你父亲也是我的老哥哥。抗洪时把闸口封上,影响的只是江河的政绩,可是不封闸口,夺去的却是我老哥哥的命呀!他表面上是为了什么东江港,骨子里为的都是一己之私利!这一点,你现在还看不明白吗?

卢　茜:百分之五的股份,要多少钱?江河哪里掏得出?

秦　池:丫头啊,你不知道吗,江河那个所谓的老战友身家上百亿,她资助江河占有百分之五的股份不过是九牛之一毛。东江港一旦上市,她又可以购买大量东江港股票,两人联手,轻而易举就能占有东江港百分之五十以上的股份。沈奕巍这些人,江河会承诺配发高期权,我们东江港这个老国企,一上市可就成了江河的私人企业了。丫头,我是担心出现这样的情况啊!

13　江河办公室　冬　上午　内

沈奕巍:局长,你说得真好,这次重新上会,管理层仍放弃持股,我马上回复李亚林,让他向证监会上报材料时把这一点注明。

江　河:不要急。对东江港的发展我们有充分的信心,正因为如此,我有一个想法,你和李亚林商量一下是不是有可操作性。

沈奕巍:您说。

江　河:市政府批准我们管理层按比例持股百分之二十,这百分之二十原始股一旦上市,至少会有五倍以上的涨幅,随着东江港的发展,每股突破五十元也不是没有可能。

沈奕巍:一些优质上市公司,股价已经涨了上百倍甚至几百倍。

江　河:我的意思是说,能否把高管所持有的这百分之二十股份转换成职工股,一来让广大职工充分享受改革的红利,二来也使东江港更具凝聚力和向心力!

沈奕巍:我看行,万一操作有难度,企业上市之后由理事会出具一个股权转让方案,经全体股东大会讨论通过即可生效。

江　河:如果按第二个方案走,你要和高管打个招呼,免生误会,资金的筹措也需要落实。

沈奕巍:好,我明天拿了协议就到北京去找李亚林。

14　秦池办公室　冬　上午　内

卢　茜:您跟我说这些,是想让我写篇文章,谈一谈防止国有资产流失吗?

秦　池:那倒不必。事情没有发生,我只是揣测,没有最好。

卢　茜:也许是您多虑了。

秦　池:我倒希望是我多虑,这一段发生了一些事,你不知道,触目惊心啊!算了,不说了。俗话说,试玉要烧三年满,辨才需待七年期,我们走着看吧!

卢　茜:那好,秦叔,没什么事,我走了。

秦　池:等等,最近除了正常的工作,他们没安排你做些什么吗?

卢　茜:除了正常的出报,江局长安排我在“一带一路”上多做些分析和研究,为东江港怎么融入提一些建议。

秦　池:噢,这是一件大事,你年轻,多发挥些作用。

卢　茜:我明白,秦叔。

15　香港丁薇薇办公室　冬　上午　内

电话响,丁薇薇拿起话筒,是卢茜的声音:薇薇姐。

丁薇薇:卢茜,有什么好事了,一上班就给姐姐打电话?

卢　茜(OS):哪有什么好事? 烦死了。

丁薇薇:烦什么? 是海涛欺负你了,还是江河让你不开心了?

卢　茜(OS):薇薇姐,我就是想问你一件事,如果东江港上市,你会买东江港的股票吗?

丁薇薇:是江河让你问的吗? 他为什么不直接打电话问我?

卢　茜(OS):薇薇姐,是我自己想问。

丁薇薇:哦,那…… 你是想让我买,还是不想让我买?

卢　茜(OS):薇薇姐,我当然不希望你买。

丁薇薇:卢茜,你真不愧是你们江局长的贴身小棉袄,你这样做是不想让你们局长遭到非议?

卢　茜(OS):是,薇薇姐,你什么时候再来东江啊? 听说你来过一趟,待了不到一天就走了。

丁薇薇:你想姐姐了吗?

卢　茜(OS):当然,真是怀念和姐姐泛舟江上,品味江鲜的情景。

丁薇薇:那好,我也想妹妹了,这两天我就抽空飞一次东江吧,有些事还想和妹妹聊聊呢!

放下电话,丁薇薇摁了一下铃,秘书走进来:董事长,有什么指示?

丁薇薇:请依娜过来一趟。

秘书答应一声,转身离去,片刻,依娜推门进屋,垂手而立。

丁薇薇:依娜,这两天我们去一趟东江。

依　娜:去东江?

丁薇薇:你不是想要回那笔钱吗? 我会安排你见到秦海涛,他知道你是我的人,料他也不敢耍什么花样。

依　娜:谢谢董事长为我撑腰,您的大恩大德我这辈子报答不完,下辈子做牛做马也要接着报答。

丁薇薇:没有那么严重,用不着这么夸张。你我情同姐妹,举手之劳的事情值不得一提。对了,你去见秦海涛的时候,如果方便,帮我把那只铜牛要回来,它毕竟见证了我的青葱岁月。年龄渐长,不知怎么就有些怀旧了。

依　娜:噢,没问题,董事长。

16　珊山煤化工施工现场　冬　早晨　外

秦海涛和赵达夫在和工人交代着什么,神情有点诡秘。工人连连点头称是,两个人才放心地走开。

赵达夫:已经装了六个了,看不出任何破绽。

秦海涛:还是要小心,乔婷那小娘们在建筑上不是外行,不好对付,廖汉中还处处向着她说话,千万别穿了帮,让他们抓住把柄。

赵达夫:你放心,花了大价钱,工人非常可靠,不会出什么纰漏。

秦海涛:前几天老爷子还派人捎来话,说这个事干好了不会亏待咱哥俩,不过有一个事我搞不明白,咱们干的事,老爷子为什么叫咱们瞒着乔婷呢?

赵达夫:那老爷子水太深了,得罪不起,只有加倍小心伺候。不过,他倒是行侠仗义,出手大方。

秦海涛:这我知道,哎,老廖官复原职,没有找你麻烦吧?

赵达夫:找我什么麻烦? 我实名通过正当途径举报,受党纪国法保护,他找我麻烦就是打击报复,我求之不得呢! 再说,那一个多亿的售煤款搞不清楚,他就不能洗白自己,自保还来不及呢! 现在我们俩是井水不犯河水。

秦海涛:那就好,现在要少树敌,少招风,闷头发大财。

赵达夫:哎,海涛,那小娘们过来了。

17　东江宾馆　冬　晨　内

卢茜敲门,丁薇薇打开门,两人抱在一起。

丁薇薇:让我看看,卢茜妹妹是胖了还是瘦了?好,还是天生丽质,还是楚楚动人,不过,看上去多少比上次憔悴了一点。

卢茜涌出泪水。

丁薇薇用纸巾帮她轻轻拭去泪水:卢茜,我知道你还没有从父亲的阴影里走出来,那是你的天,天塌了,可是我们谁也没有女娲的本事啊!

卢　茜:姐姐,这一段……

丁薇薇:好了,卢茜,我们不说不开心的事了。告诉我,和海涛的关系怎么样了?

卢茜略带羞涩:还行,这一段如果没有他陪伴,我真的不知道能不能走过来!

丁薇薇半是调侃,半是认真:是吗?不过上次姐姐跟你说过,长着那样一双丹凤眼的男人,可要小心提防呦!

卢　茜:姐姐取笑了。

丁薇薇:和你们江局长呢?还是冷战状态?

卢　茜:也说不上,反正一见到他,我就会想起爸爸,心就冷了。工作该干什么干什么,他是局长,我是小兵,如此而已。

丁薇薇:这可不好,当初我开玩笑说挖你到丁氏集团工作,他一脸不情愿,差点和我急了。看得出,是很看重你的。

卢　茜:那是过去时了,真是没想到,东江港一天比一天发展,我们的心却一天比一天远离,也许这就是人们常说的物是人非吧?

丁薇薇:怎么就有了这么多人生感慨?看来,生活真是一只砂轮,在不断打磨着人的心绪和性格啊!

卢　茜:唉,我也是觉得这两年自己老了许多。

丁薇薇:你们中间或许有些误会,说开了就好了,今天中午我可是约了江河一起来吃饭。

卢　茜:薇薇姐,那我就先走了。

丁薇薇:那怎么行,为花驱蝶,可不是我的初衷。

卢　茜:我明白,薇薇姐。这一两天我叫上海涛,我们还去"水上人家"。冬天的江景虽然不如春天,也别有一番味道。

丁薇薇:海涛不是在琊山吗?

卢　茜:简单,我打个电话,他一直说回来看我。

丁薇薇:看来已经陷入爱河了。

卢　茜:薇薇姐,哪里有那么夸张。江局长要来了,我先走了。

丁薇薇:不急,他早呢,我们再聊会儿。

18　琊山煤化工施工现场　冬　早晨　内

乔　婷:秦总,辛苦啊!像你这样的公子哥能一天到晚盯在工地上,风里来雨里去,也真是不易。

秦海涛:乔小姐,我听着怎么话里有话呢?

乔　婷:秦总多心了,我是在表扬你呢。

秦海涛:表扬我?歇了吧,乔小姐,有一句话我不知当说不当说?

乔　婷:说不说秦总自便,我有几句话倒是想说与你秦总听听。

秦海涛:洗耳恭听。

乔　婷:公门里面好修行,半夜敲门心不惊。善恶到头终有报,举头三尺有神明。

秦海涛:乔小姐真是说笑了,你我听命于丁氏集团,同在一个门里修行,我要看丁老爷子的脸色,你也要仰丁老爷子的鼻息,何来举头三尺,善恶有报?

乔　婷:秦先生,你做的事别认为天机不露。别忘了,我可是清华大学土木工程专业的硕士。

秦海涛:怎么敢忘?我不过是执行老爷子的要求。

乔　婷:别动不动就打出老爷子的招牌,中标新型煤化工主厂房基建项目,是为了后续引进生产线和机械设备,利国利民,鸡鸣狗盗的事就免了吧!

秦海涛:嘿嘿,亏你还是丁氏集团的高层。

乔　婷:你什么意思?秦海涛。

秦海涛:自己琢磨去吧,今后咱俩最好是井水不犯河水。你总滋事生非,一旦出了事,我怕你担当不起!

乔　婷:你不知当说不当说的话就是这句吗?

秦海涛:正是。

乔　婷:好,受教了!

赵达夫走过来,乔婷一转身走了。

19　东江宾馆　冬　中午　内

江河来到饭店时,服务员已把丰盛的午餐送到丁薇薇下榻的豪华套房。

丁薇薇点的是西餐,头盆是海鲜蔬菜沙拉,主菜是鲜嫩的黑椒牛排配鹅肝和法式焗蜗牛,还有一瓶陈年波尔多红酒。她为江河斟满酒,脸上挂着揶揄的笑:江河,看看你这副样子,我来了,你笑一笑不好吗?

江河勉强一笑:你怎么又来了?

丁薇薇:怎么,不欢迎吗?

江　河:哪里,你那么忙,再下东江一定是有事?

丁薇薇:是有事。江河,我就纳闷了,卢茜告诉我,你和廖汉中要签个中转留存二百万吨的备忘录,私下里还承诺双方都不执行,这么弱智的主意是谁给你出的?

江　河:证监会内部的人,没想到弄巧成拙,连累廖汉中停职反省。

丁薇薇:难怪内地股市如此不堪,证监会内部的人居然能给你们出这样的主意,这零和游戏玩的,你们也敢照办,真是无知和无畏碰一起去了!你运作东江港上市,为什么不联系我呢?我就有投资基金做 PE……

江河有点莫名其妙:什么是 PE ?

丁薇薇:就是私募,我们和国际上的大投行都有合作关系,运作你们东江港上市,利用我们的资源可以说没有太大问题。A 股市场本身就没有技术含量,拿到批文猪都能飞。

江　河:薇薇,你好像在这方面很在行啊,我怎么从来都不知道?

丁薇薇:在你眼里,我除了会打扬琴是不是什么都不会?江河,丁薇薇不是花瓶,基金证券这点事情,在专家面前我不敢吹牛,在你面前吹吹牛我还是有足够资本的。

江　河:薇薇真是长大了。

丁薇薇:告诉你, IPO 就是圈钱,大陆股市的审批制,就是滋生腐败的温床。你想,按照证监会的标准,大陆具备上市条件的企业至少有两万家,A 股市场有多少家,也就十分之一多点吧?发行批文就是能够点石成金的万能神器,但凡能过会,就没有发不出去的股票。为拿到这一纸批文,行贿动辄七八位数,最后还不是股民埋单?

江　河:薇薇,我们东江港上市融资,扩大生产规模,是利国利民的好事,怎么到你嘴里就变了味?

丁薇薇:江河,你们东江港是个有良心的企业,这我知道。不过,像你们这样的企业有几家?我不怕自曝家丑,我们金融部就曾一次给一位证监会的官员送去五千万,是谁我就不说了,官场腐败到什么程度,根本不是你们这一级干部能够想象的!

江　河:这些贪官污吏肯定会受到惩治!打老虎拍苍蝇绝不仅仅是嘴上说说,它是我们党的一次凤凰涅槃。

丁薇薇:打住。社会稳定压倒一切,这是决策层的高度共识吧。

江　河:你什么意思?

丁薇薇:我是说,维护社会稳定靠什么?强力!强力是什么?就是国家机器。只有掌握国家机器的人忠诚并且效力时,国家才具备可以用来稳定社会的强力!而这些人的忠诚靠什么维系?首先是信仰。如果信仰已经名存实亡了,只能靠利益,附加在权力上的利益。这就决定了所谓的反腐只能是有限度的,缺乏信仰的凝聚,只要求各级国家权力机构的工作人员无私奉献是不可能的。没有了这些人的忠诚和效力,国家的强力如何维持?没有了强力的维持,社会谈何稳定?

江　河:我不同意你的观点。十八大以后,我们党正在重塑民心和党魂。生活中当然有你说的那种人,为了个人利益攀附权力,有了权力以后经营自己;但是也有为鲁迅先生赞扬的——埋头苦干的人,拼命硬干的人,为民请命的人,舍身求法的人,他们才是中国的脊梁。正是因为有他们的存在,中华民族的伟大复兴才值得期待!

丁薇薇:你太天真了!

江　河:这不是天真,这是一个共产党人的信念。从他在党旗下宣誓的那一刻起,这个信念就从来没有动摇过。

丁薇薇:江河,你是个理想主义者,没想到这么多年了,你还初心不改。

江　河:难道你觉得应该随波逐流吗?

丁薇薇:当然不是。我虽然不认同你的观点,但是我还是蛮欣赏你的这一份坚守。

江　河:谢谢。薇薇,我告诉你,东江港上市已经有眉目了。沈奕巍拿到我们和琊山的合作协议,正在北京运作此事,如果东江港上市成功,你不会认为也有腐败的内幕交易吧?

丁薇薇:当然,任何事都有特例,我倒希望你们干干净净登陆A股,通过企业发展为股民带来回报。不过,你们和琊山的合作协议有点涉嫌垄断哪。

江　河:涉嫌垄断?不会又横生枝节吧,你别吓我。

20　琊山煤化工施工现场　冬　中午　外

赵达夫见到乔婷走远了:海涛,我看你们好像谈得不是特别愉快?

秦海涛:这小娘们,哪像我的助理,倒像是派来的监军。

赵达夫:此话怎讲?她不是丁总的秘书吗?

秦海涛:我也一头雾水了,唯一的解释就是丁老爷子让我们做的事,丁薇薇不知道。

赵达夫:那怎么可能?人家血脉相连,我们可是外姓旁人呀!

秦海涛:或许老爷子觉得这事有风险,不希望她染指?

赵达夫:那咱哥俩怎么办?人家叔侄今天打翻,明天就会和好如初,咱们夹在中间怎么做人?

秦海涛:他们谁伸出一根手指,也比咱们的腰粗,最好是谁也别得罪。

赵达夫:那敢情好了,不过拿捏这分寸可是个费心思的活儿。

秦海涛:先去喝两盅吧,天塌下来,也得先喂饱肚子。

两人正欲走,秦海涛手机响了,他接听手机:喂,卢茜,什么,薇薇姐来了?好,我马上赶回去……哪里,她不来我也要回去看看你了。

放下手机,秦海涛对赵达夫说:丁薇薇来东江了,我正好回去会会她,摸一摸底细。这边你盯紧了。

21　东江宾馆　冬　中午　内

丁薇薇:听卢茜说,你们已经启动了融入"一带一路"的计划?

江　河:是啊,游牧时代人们逐水草而居,现代城市喜欢临海而建,以港建城,建港兴城,这已经是一条铁律了,因为海运是人类历史上成本最低廉的大规模运输方式。"一带一路"沿线大多是新兴国家,你说这个机遇值不值得抓住?

丁薇薇:江河,一谈及工作和事业,你就像打了兴奋剂。这些年我在海外打拼,真的很累,多希望有一个坚实的肩膀让我靠一靠呀。

江　河:薇薇,我让你失望了。

丁薇薇:好了,我知道一谈这个话题,你就会这样,还是接着你的兴奋点聊,你们的收购标的有眉目了吗?上市帮不上你忙了,“一带一路”能帮上我也高兴。

江　河:沈奕巍他们搞了一个初步方案,提出了几个收购标的,我综合各种情况研判,对A国R港和B国W港比较感兴趣。

丁薇薇:A国R港?你怎么看上了它?

江　河:说起来话就长了,简言之,A国R港处于“海上经济走廊”的关键节点,如果收购成功,不但助力国家向港口强国迈进,还会为东江港融入“一带一路”拓展更为广阔的发展区域和空间。特别是这个港口辐射的地区,对新能源产品有很大需求量,而我们的战略合作伙伴——琊山新型煤化工正为产品出口要拓展国际市场。

丁薇薇:还有其他收购标的吗?

江　河:还有两个港口也各有优劣,我们已派出调研组到实地进行考察了,回来后他们会拿出具体的想法和建议,供局长办公会决策时考虑。

丁薇薇:江河,你是一个干大事的人,如果你去国外考察,会转道香港,我叔叔还想见见你呢!

江　河:他要见我?

丁薇薇:怎么,老人已八十高龄,连这点要求都不肯满足他吗?

江　河:哪里,见一见无妨。

丁薇薇:先谢了,你和太太现在关系缓解了吧?

江　河:这些天忙昏了头,你一提,有一件事我倒忘了问你,

丁薇薇:什么事?

江　河:你是不是给我太太的卡里打了五十万人民币?

丁薇薇:五十万?没有啊!你这么洁身自好的人,我哪儿敢。

江河一听大惊失色:坏了,薇薇,我先走一步,有时间我再过来看你。

22　小酒馆　冬　中午　内

秦海涛走进单间,背影起身和他握手:川岛先生,A国R港的第三大股东是香港的奥维公司。经查,为丁氏集团全资子公司。

秦海涛:非常感谢,佐佐木先生。两人落座。

背　影:川岛先生,煤化工的主厂房快要竣工了,总部需要的信息和资料会如约交来吧?

秦海涛:出现了一个小故障,丁氏集团派来的那个乔婷似乎有所警觉,旁敲侧击发出过几次警告。

背　影:故障可以排除吗?

秦海涛:好在丁氏集团的掌门人也有同样的商业要求,即便发现了,也可以以此为理由搪塞过去。

背　影:难道这个乔婷不知道丁氏集团最终的商业目的吗?

秦海涛:乔婷听命于丁氏集团另一个高层,这件事似乎在丁氏高层之间并没有完全兜底。

背　影:如果是这样,让他们去内斗好了。总部已把酬金又提高了三成,只有两个要求:一,务必在约定的时间将全部材料交来;二,丁氏集团想要,可以给他们一份,以免他们生疑,但重要的数据要全部变更或清除。

秦海涛:明白。

23　江河办公室　冬　下午　内

江河在房间里焦虑地来回踱步。少顷,他停下脚步,拨通桌上的电话:港区医院吗?张院长,徐小惠上班了吗?……上次送信的人能找到吗?……好,好,好,我知道了。

江河放下电话,又在房间里踱步。最后,下决心似的坐在桌子前,拨通了程志的电话:程省长,有一个重要的情况我要向您汇报。

电话里传出程志的声音:什么情况啊?说吧。

江　河:是这样的,我和小惠拌了几句嘴,她就带着孩子负气出走了。

程志的声音:什么出走,别那么危言耸听。

江　河:问题不在于她的出走,而在于我现在根本联系不上她。她曾托人给我捎过一封信,信中提到,我的战友丁薇薇向她的卡里打了五十万人民币,资助玥玥到国外读书。说钱她不会轻易动,我没太在意,准备见到小惠后找机会将钱还给丁薇薇。可是今天我问了丁薇薇,她根本不知道此事!

程　志:是这样? 那谁有可能给你打钱呢?

江　河:我不知道。想了半天,除了丁薇薇,别的朋友根本没有这个实力。

程　志:你这样一说,问题还有些严重了。

24　李亚林的住处　冬　晚　内

李亚林开门进屋,沈奕巍正在电脑前查看资料,他过去拍了一下沈奕巍的肩膀:奕巍,高管持股转为员工股这个问题不大,即彰显了你们管理层的勤政为民,也体现出你们对东江港的发展充满信心。

沈奕巍:那太好了,我打电话告诉局长。

李亚林:那个事不着急,现在又出了个大麻烦……

沈奕巍嚯一下站起:兄弟,你别老“又”行吗?

李亚林:我也不想“又”,可这个问题绕不过去呀。郑大成律师说了,东江港和琊山煤矿出资合建配煤基地涉嫌行业垄断,过会的时候恐怕有遭到质疑。

沈奕巍:那如何是好?

李亚林:只有一个办法,引入战略投资者,投资东江港配煤中心暨储煤基地项目。

沈奕巍:储煤一百万吨融资也要八个亿,哪家投行有这么大气魄?

李亚林:沈奕巍,我也觉得这是一道迈不过的坎儿,谁知道你小子福星高照,事情突然就有了极大转机,真可以称得上是山穷水路疑无路,柳明花暗又一村。

沈奕巍:你就别卖关子了,是不是急死人不偿命。

李亚林:不行,今天晚上你得请我吃东来顺,要不然我不说。

沈奕巍:你这是典型的趁火打劫,强盗行径。

25　东江宾馆　冬　晚　内

豪华的餐厅单间,服务生一样一样把菜肴摆上桌,卢茜和秦海涛坐在丁薇薇的对面。菜摆好了,服务生躬身而退:请慢用。

丁薇薇:卢茜说去“水上人家”,我有些累,懒得再跑,就随便要了几样东江的特色菜肴和美食,不知道符合不符合你们的胃口?

卢　茜:姐姐是美食家,凡入姐姐法眼的自然是色、香、味俱佳了。

丁薇薇:也不能这样说,俗话说,一方水土养一方人,你们长在东江,对东江的饮食文化领悟肯定比我深,有好吃的没有点,卢茜就补上。

卢　茜:好,有姐姐这话,我今天晚上要大快朵颐了。

丁薇薇:你这丫头贪吃,嫁给海涛倒是有福了。海涛,听说你的烹饪技术可以拿到一级厨师证书?

秦海涛:一级或许吹了点牛,二级是妥妥的。

卢　茜:说你胖你就喘,还有没有点自知之明?

秦海涛:正因为有自知之明,才不敢妄称一级嘛! 做人,总要留点余地。

丁薇薇:海涛这话说得好,做事留有余地,日后才好转圜;做人留有余地,将来才好相见嘛。

秦海涛:薇薇姐办事说话就是大气,钟灵毓秀,一般人真是望尘莫及。

丁薇薇正欲说话,依娜款款走进来,投给秦海涛一个风情万种的微笑,秦海涛见了依娜不由心中一惊。

丁薇薇:噢,给你们介绍一下,这是我的秘书依娜。这位是卢茜,我在东江的好妹妹;这位是秦海涛,船运公司老板,和卢茜是什么关系,我不说想必你也能看明白了。

依娜忙斟上一杯酒,举起来用港普说:那我借花献佛,用董事长的酒敬你们一杯,祝你们花好月圆啦。

秦海涛:不敢,不敢,卢茜出水芙蓉,我哪里有如此艳福。

丁薇薇:海涛,这就是你的不对了,平时哭着喊着嫌卢茜难以接近;如今人家芳心绽开,你倒端起来了!

秦海涛有些狼狈:薇薇姐,你这可是有些冤枉我了,面对三位红颜佳丽,我只是想稍许绅士点,免得让你们笑话我是泥土捏成的,一身污浊之气罢了。

丁薇薇:既如此,依娜也坐下一块吃吧。你要走了,海涛没了绅士风度,倒是我的错了。

依　娜:董事长,那我就恭敬不如从命了。

26　东来顺羊肉馆　冬　晚　内

李亚林和沈奕巍在一张方桌前相对而坐。桌上摆着铜火锅和羊肉、蔬菜、蘑菇等各种食材。

沈奕巍:肉菜都上齐了,你赶紧说吧。

李亚林:你沈奕巍交了什么好运,我做了这么多年的上市推荐,还是第一次遇见这么美的事,基本上算是天上掉馅饼。

沈奕巍:你真是要把我急死呀?咱哥俩上下铺睡了三年,我就蹭过你几次饭票,没有结下死仇啊!

李亚林:无酒不成席,你请客连一瓶酒都不肯上,是不是太缺乏诚意了。

沈奕巍冲不远处的服务员一招手:两瓶燕京冰啤。

李亚林:两瓶太少,四瓶。

沈奕巍:行,四瓶!

李亚林这才语气神秘地说:我把配煤中心的项目在投行圈里说了,没想到春晖投资基金马上承诺投资这个项目,而且条件优厚得让我目瞪口呆。

沈奕巍:真的?别是忽悠吧,怎么会有这等好事?

李亚林:什么话?我告诉你,这春晖投资基金在监管部门和实业界有着极好的口碑和信誉。和高盛、大摩、红杉资本这些国际投资巨擘都有良好的合作关系。人家说话可是一个唾沫一个坑儿。

沈奕巍:他们开出的条件是什么?

李亚林:投资配煤中心及配煤基地项目,并且公开承诺,东江港一旦上市,作为股东之一,十年内不在二级市场抛售东江港股票。

沈奕巍:这太好了。说明春晖投资基金长期看好东江港的发展,风险共担,收益共享,确确实实是互利双赢的合作。

李亚林:我就纳闷了,这么大一笔基金投入,他们居然没有提出要对你们进行详细考察。换一家,怎么也得把你们放进开水锅里过两过儿。这有点不符合游戏规则呀!

沈奕巍啧了一下嘴:也是啊。或许是东江港这几年的发展突飞猛进,在业内有目共睹?

李亚林举起酒杯:人家春晖投资基金还希望尽快签订协议,真是叫我服了东江港,有了这一纸协议,东江港的过会应该没有悬念了。来,让我们为东江港过会成功干杯。

沈奕巍和李亚林碰了一下杯,一口干掉:亚林,在招股说明书中,关于募集资金的用途我稍微做了一些调整,除了必要的港口建设外,我们会拿出一部分资金,在港口的“三化”上多做些文章,同时弥补一下海外收购的资金缺口。

李亚林:我看明白了,第一次过会时,有专家不就提出了嘛,要避免利用资本平台盲目扩建,把长江搞的水泄不通。你们的做法,具有前瞻性,应该会被专家认可。

沈奕巍:借你的吉言,我再敬你一杯。

李亚林:敬什么敬?没看吗,瓶子都空了,再加两瓶儿。

27 李强办公室 冬 晚 内

江河推门进屋,宋处长起身相迎。

宋处长:老江,不好意思啊,下班了还抓你公差。

江　河:宋处长,客气了,干咱们这行的,下班回不了家不是常态吗?

宋处长:上次我说话伤了你的感情,别介意!

江　河:没什么,今天找我有什么指示?上午丁薇薇又来东江了。

宋处长:我也是为了这个事要和你沟通一下情况,根据我们掌握的线索,丁薇薇此行的目的应该是寻找那枚古滇国金印。

江　河:你们确定?

宋处长:确定,不能确定是她能不能如愿以偿。监控黄记古玩店的侦查员报告,古滇国金印被镶进了一只铜牛的肚子里,这个铜牛在不在秦海涛手里还不能确定。

江　河:老宋,办案要重证据,你们说丁薇薇是国际走私集团的主犯,坦率地说,到现在我还持保留意见。

宋处长:根据我们掌握的情况,丁薇薇良知未泯,丁氏集团一些非法活动她有可能不知情;但是,她参与走私,倒卖国家重要文物这一点是板上钉钉的。

江　河:那你们准备收网?

宋处长:还没有最后确定。一是要看她拿没拿到东西;二是琊山新型煤化工项目是我们科技含量很高,多方力量都在觊觎,丁氏集团也掺和进来了,有些问题还没搞清楚,现在收网早了些。

江　河:如果确认是古滇国金印被拿到手了呢?

宋处长:在海关设卡拦截,但不会打草惊蛇。

江　河:你们要求我做什么?

宋处长:通过和她接触,及时了解丁氏集团动态,她来东江的真实目的。

28 东江宾馆 冬 晚 内

依娜用港普说话:听董事长常常提到东江市一对金童玉女,今天见了,真是不一般啦。卢茜妹妹,你像一朵绽放的花儿,难怪秦先生动心。只是这世间的女子如果都出落成你这般标志,我们这样儿的可就真是没脸出门啦。

卢　茜:依娜秘书太自谦了。刚才你一出来,我还以为是金喜善呢!她主演的电影我都喜欢看,待会我要和你合个影,周围的姐妹见了照片,说不定怎么羡慕我呢!

依　娜:卢茜妹妹蛮会夸人啦,自知这是在鼓励我,心里也还是很高兴,来,我敬卢茜妹妹一杯啦。

丁薇薇:依娜不好单敬卢茜,让海涛落了单儿。

依　娜:董事长说得对,只是这位秦先生玉树临风,在男人堆里肯定是打眼啦,我要殷勤过了,怕卢茜妹妹吃醋呢!

卢　茜:我会吃醋吗?套用一句时髦的话,让我吃醋的男人或许还未出生。

秦海涛:嘿,嘿,你们三位佳丽怎么合起伙儿来拿我打镲?我招谁惹谁了?一定是我情商不高,才惹了众怒,我自罚一杯。

依　娜:秦先生在风月场上应该一向春风得意啦,怎么三个回合没过,就挂起了免战牌?

丁薇薇:他哪里是挂出了免战牌,明明是以退为攻,吹响了冲锋号嘛!卢茜,我早就和你说过,长着那一双丹凤眼的男人,不知会迷倒多少女孩儿,今日依娜的话突然多起来,也足以证明我说得不错。

依　娜:董事长见笑啦。也奇怪了,我虽然初次见到秦先生,冥冥中倒像是有几分相识。卢茜妹妹,我这样说,你不会生气吧?

卢　茜:依娜秘书话说在明处,证明心怀坦荡。更何况,懂得欣赏或被人欣赏都是一种境界,我怎么会生气?

依　娜:卢茜妹妹说得真好。秦先生,这样外慧秀中的女子已经稀缺,你可要懂得珍惜,千万不要得陇望蜀啦!

秦海涛:反正我一拳难敌六脚,索性躺倒装死,随你们怎么说吧!

这时,丁薇薇手机响,她接听手机,里面传出乔婷的声音:董事长吗?秦海涛已经回东江了,琊山项目我要向您汇报……

丁薇薇说了一声“稍等”,然后以眼示意依娜。

依娜站起身:卢茜妹妹,吃也吃了,喝也喝了,咱俩去泡个温泉吧?听说这东山的温泉祛病除湿,远近闻名。

卢茜站起身,看了一眼秦海涛。

依　娜:秦先生和董事长或许有工程上的事要谈。洗完温泉,我送你回家,秦先生不会有什么不放心的吧?

秦海涛:两朵报春花,一对好姐妹,我怎么会不放心!

29　宾馆温泉　冬　晚　内

卢茜和依娜泡在飘着玫瑰花瓣的温泉池中。一位服务生将一个托盘从水面上划过来,上面摆着两杯干红:有需要,请随时吩咐。

依娜打个一个榧子:好,谢谢。随手拿起一杯干红。

卢茜拿起另一杯干红,和依娜碰了一下:看得出,你很会享受。

依　娜:人生在世,掐头去尾,也只有一万多天的好时光,不及时行乐,可没有地方买后悔药。特别是像你这样青春靓丽的女孩儿,一定要学会享受,否则岂不是暴殄天物?

卢　茜:每人有每人的活法,每种活法的价值观也不尽相同。

依　娜:卢茜,你是学哲学的?

卢　茜:不,我大学学的是企业管理。

依　娜:嗐,我还以为你是学哲学的呢,言谈话语透着一种人生的思考。不过,无论是哪种活法,对我们女人来说,找个值得依靠的男人是最为重要的,你说是不是,卢茜妹妹?

卢　茜:是啊,女人都渴望在生命的前方有一处美丽的港湾,等在那里的他能够呼风唤雨、点石成金,只要有他在,我们就可以高枕无忧了。可是,我们是不是想过,为什么非要靠别人不可,我们自己应该为自己的生命做点什么?

依　娜:卢茜妹妹,原谅我说话直哈,你不是遇到什么人生挫折了吧?

卢　茜:你为什么有这种感觉?

依　娜:听你说话呗!还有,董事长说你不乏追求者,其中有一个叫沈奕巍的,号称东江港第一才子,你是不是纠结“鱼与熊掌”不可兼得呀?

卢　茜:薇薇姐把这些都告诉你了?

依　娜:我是她的秘书啊,最亲近的人了。

卢茜长叹一声:要经历事。不经历事,怎么能判断谁对你真心呢!

依娜感同身受:妹妹,这话到位!

30　东江宾馆　冬　晚　内

丁薇薇:这个情况你为什么早不对我讲?你是骑墙观风,想在我们叔侄之间下注吗?

秦海涛:哪敢,赵达夫单线听命于老爷子,他不让我说,我怎么敢说?

丁薇薇:如果不是乔婷发现了你们的小把戏,你打算瞒我到什么时候?告诉你,我们叔侄血脉同源,你不过是我花钱雇的打工者,谁给你钱你为谁尽心,这个道理还用我教你吗?

秦海涛:好姐姐,我……

丁薇薇:好姐姐也是你叫的吗?远达建筑公司在丁氏集团是孙子辈儿,怎么称呼我先在心里合计一下。

秦海涛:是,是,丁董事长,夹在中间,我们也难做人!您是丁氏集团的董事长,但您又是丁老爷子的亲侄女。俗话说,姑表亲,辈辈亲,打断骨头连着筋。您以孝道为先,万一哪天把丁老爷子气着了,没准你转过身来就骂我们不是了!

丁薇薇缓和了一下口气:好了,我有点情绪失控,你多担待。

秦海涛擦了一下脑门上的汗水:不敢不敢,您能体谅,我就阿弥陀佛了。

丁薇薇:再问你一遍。赵达夫让你干的事都是奉我叔叔之命,不是他假传圣旨,另有所图?

秦海涛:这一点确定无疑,借赵达夫几个胆子,他也不敢。

丁薇薇:我叔叔专门交代,此事要你们瞒着乔婷和我,不许走漏半点风声?

秦海涛:是,是,乔婷那姑娘太精明,也太敬业了,若不是她天天盯在现场,本相安无事!

丁薇薇瞪了秦海涛一眼:你还嫌瞒得不严?

秦海涛:您误会了,丁董事长。丁老爷子不让您染指此事,是因为这事毕竟不光彩,涉及窃取重要商业机密,我想他老人家也是为了保护您,才不愿让您趟这潭浑水吧!

丁薇薇:记住,我不仅是丁氏珠宝集团董事长,现在也是丁氏集团董事长,有关丁氏集团的一切业务我都有权知道。你是远达建筑公司的股东,对我负责是你的本分!

秦海涛:我懂了,您放心。

丁薇薇:好了,你回去吧,依娜找你还有点私事呢!

秦海涛:依娜找我?

丁薇薇微微一笑:去吧,去了一切自然分晓。

31 秦海涛家 冬 晚 内

当,当,当,有人轻叩门环。

叩门声很有节奏。紧三声,慢三声,快的间隔五秒,慢的不足半分。

秦海涛打开院门,见站在石阶上的是依娜。

依　娜:怎么,不请我进去坐坐吗?

秦海涛定定神:噢,请进,依娜小姐。

两个人进了院子,依娜熟门熟路走进书房。

依娜用挑逗的目光撩拨着秦海涛,声音恢复以往:我是秋萍呀! 怎么,真的有了新人就不认旧人了?

秦海涛大惊:秋萍? 你真是秋萍?

依娜不再说话,进门时她已脱去了风衣,只穿了一件鹅黄色的羊毛衫。此刻,她站起身双手向上一拉,把羊毛衫撩到胸上,露出了黑色的真丝乳罩,乳罩之间是一颗黑痣。它像一粒黑糯米,黑中泛红,圆润而饱满。

依娜往前走了一步,拉起秦海涛的手,在那粒黑糯米上轻轻触碰了一下,松开他的手,把羊毛衫往下一拉,笑面如花地问:怎么样,密码可曾有误?

秦海涛:真是你,秋萍? 赵达夫说亲眼看到录像,你被装进麻袋扔海里了。

依　娜:那录像还是我给他放的呢,就是叫他勿起贪心! 他告诉你了,就不用我再重复,记住,今日的秋萍已不是以前的那个压寨夫人了。

秦海涛:明白。秋萍,我知道你不会这样走,肯定会回来的,你不知道,当初听到裕泰号沉没我有多难过。哎,你怎么会和丁氏集团搞到一起去了?

方秋萍:海涛,这句话我正想问你呢? 你又是怎么和丁氏集团搞到一起去的,丁董事长好像很看好你呀?

秦海涛:秋萍,我和丁董事长是在铜佛寺偶遇的。

方秋萍:这个我知道,你和丁董事长偶遇时,卢茜不是也在身旁吗? 那个时候,你就移情别恋了。

秦海涛:是,不过我得和你解释一下,那个姑娘最初可是东江港江局长派来试探我的。

方秋萍:不错,海涛,你很诚实。丁董事长和我说过。

秦海涛:秋萍,你到底是怎么和丁氏集团搞到一起去的,你必须告诉我,这对我很重要。

方秋萍:好吧,你这么想知道,我就告诉你。丁氏集团的丁老爷子一直对琊山煤矿新型煤化工项目感兴趣,还把赵达夫请到香港去,后来我和赵达夫又一起去了一趟香港,就和他们认识了。

秦海涛:那,那……

方秋萍:我知道你要说什么,把一个人装进麻袋扔进海里,对丁老爷子不过是喘口气那样简单。你既然已经上了这趟车,就不要想着中途下车了,我的意思你明白吧?

秦海涛:我明白。

方秋萍在圈椅上坐直身体,顺手拿起书桌上的铜牛把玩:这就是丁董事长那只铜牛吧,聊天时我听她说起过。当年丁董事长生活拮据,迫不得已卖了这只铜牛,昨天晚上说起来还眼泪汪汪呢,我看你还是把这只铜牛还给她吧,她现在富甲一方,这倒是过去的一个念想。你还给她,算是个人情,日后跟着她沾光的地方多啦!

秦海涛:一只铜牛也算不得什么稀罕之物,丁董事长想要,拿去好了。

方秋萍拿到了铜牛,随手放进皮包里:咱们说正事吧,把那笔售煤款转给我。

秦海涛:秋萍,那笔售煤款我已经通过地下钱庄全部洗成现金了,一个多亿,在广州、深圳、东莞、珠海四个地方存放着,非常安全。现在不能有任何行动,等避过这阵风,我们再去提款。

方秋萍脸一沉:海涛,你搪塞我?我告诉你,你要是想黑吃黑,搞暗室欺心那一套,我方秋萍虽然"死"了,丁老爷子的厉害你是知道的,他让我上门要款,就是挑明了会给我做主!

秦海涛:秋萍,你怎么不相信我呢。我们两个现在若是去提款,风险太大,你不知道内地反腐和防范金融犯罪的力度有多大,我也是为你着想,你诈死的事公安已在立案侦查。

方秋萍:那你给我个时间表。

秦海涛:半年吧。

方秋萍:不行,半年时间太长了,这笔款子在你手里这么长时间了,你就是用来周转,恐怕也周转十几次了吧?我给你两个月的时间,我们在深圳交接,你要办不到别怪我翻脸!死都死过了,我还怕什么?

秦海涛:秋萍,两个月太仓促了,现在情形不同以前,弄不好真要出乱子,我们必须确保安全。

方秋萍:那好,给你三个月时间,绝对不能再拖了!

方秋萍把一张纸条塞给秦海涛:这是我香港的手机,有事联系我。

临出门时,秦海涛忽然叫住她:秋萍,你等一等!

方秋萍停下脚:怎么,要我去参观你那张雕花大木床?有新人了,那张大木床还恋旧?

秦海涛:又取笑我。那个铜牛你拿出来,我告诉你它底下的字是什么意思。

方秋萍拿出铜牛递给秦海涛:什么字啊?

秦海涛:这个铜牛是我的心爱之物,如果丁董事长真的想要回,就请她直接找我,不用你代劳了!

方秋萍:你,秦海涛,让我怎么说你,三年不见,活得反倒是有些抽抽了。好吧,请董事长自己来讨。

32　东江宾馆　冬　晚　内

依娜在丁薇薇面前垂手而立。

丁薇薇:铜牛没有取回来?

依　娜:他本来已经给我了,不知为什么,临走时又要回铜牛,说铜牛是他的心爱之物,您真想要,自己去讨。

丁薇薇:自己去讨?

依　娜:是。他怕我不还他吧,还耍了一个小聪明,说告诉我一个铜牛的小秘密,骗回了铜牛,很是小家子气。

丁薇薇:这个秦海涛,这是要和丁氏集团掰手腕啊!

依　娜:他怎么敢?

丁薇薇:再问你,你观察秦海涛,对卢茜可是动了真情?

依　娜:我看像。

33　北京李亚林住处　冬　晚　内

李亚林风风火火开门进屋,推开卧室门,掀开沈奕巍的被子:沈奕巍,火都上房了,你还不起吗?

沈奕巍揉揉眼睛:赖我呀?谁让昨晚同学聚会,你们几个拼命灌我!

李亚林颓废地坐在床头,长叹一口气:奕巍,坏消息,前功尽弃!

沈奕巍激灵一下坐起:什么前功尽弃?

李亚林:发审委刚传来消息,东江港再次上会依然没有通过!

沈奕巍:你说什么?没有通过?为什么?怎么可能?

李亚林:唉,一言难尽,说起来也怪你,我说请发审委的几个专家再吃一顿北京饭店的谭家菜,你死活不肯。

沈奕巍:别说谭家菜了,上次你小子拿我当冤大头,一顿饭吃去十几万,现在想起来我还肝痛。亏了老秦发善心,给我报了,要不然,我就住你这儿不走了!

李亚林:你舍不得芝麻,西瓜没了,看你怎么回东江港交代!

沈奕巍焦虑地来回在房间踱步,以手击掌:这可如何是好?怎么会是这样?他妈的,这可如何是好?

李亚林:奕巍,急也没用,看成败人生豪迈,大不了从头再来!

沈奕巍:住嘴!你说得轻巧,江局长还等着我的捷报呢!

34　东江宾馆　冬　晚　内

丁薇薇:江河,我要走了,上市的事不需要我帮忙了吗?

江　河:不用了,薇薇,小沈打电话告诉我出了一点偏差,不过已经圆满解决了。我相信,沈奕巍会带给我好消息。

丁薇薇莞尔一笑:偏差解决了就好,祝你们上市成功。

江　河:谢谢。

丁薇薇:另外,丁氏集团对实业也早有涉足,东江港如果要融入"一带一路",说不定我会帮上你。

江　河:薇薇,我们在一起少谈点工作,多回忆回忆过去不好吗?

丁薇薇:当然好!我是怕你倚遍栏杆,只是无情绪。

江　河:怎么会呢!薇薇,你还记得我们那年被泥石流围困的情景吗?

丁薇薇:一辈子也忘不了,小豆豆被泥石流掩埋了,我们仨用手一点一点抠,双手都抠出了血,好不容易把豆豆扒出来,她已经说不出一句整话。

江　河:薇薇,她断断续续说的最后一句话你还记得吗?

丁薇薇:她说的是,你们…… 一定…… 要活下去。

江　河:说完这句话,她还说了四个字才闭上了眼睛。

丁薇薇:哪四个字?

江　河:天,好蓝呀!

丁薇薇:是啊,她太爱生活,太爱这个世界了。

江　河:豆豆的歌唱得多好啊!简直就是天籁之音。薇薇,一听到《军营绿花》,就会想起豆豆。

丁薇薇:那是她每场必唱的曲目。

江河动情地哼唱起《军营绿花》:

寒风飘飘落叶
军队是一朵绿花
亲爱的战友你不要想家
不要想妈妈

丁薇薇听得泪流满面:江河,我们被困了四天,你把水、干粮和好不容易找来的野果全让给了我和薛东方,晚上风大,你脱下衣服披在我身上。我陷入绝望时,是你一再鼓励我:一定要活下去,绝不要轻言放弃……

江　河：是啊，直升机发现我们的时候，你连喊的力气都没了，只是一个劲流泪。

丁薇薇：江河，真庆幸，我们是生死与共的战友。

江河也眼含热泪：真难忘，我们有过那样一段刻骨铭心的经历。

35　北京李亚林住处　冬　上午　内

沈奕巍坐在床头，双手捂住脸，泪水从指缝间涌出来。

李亚林：奕巍，你怎么哭了？

沈奕巍：亚林，你不知道，为了东江港，我们江局长付出了多少心血。处理沉船事故的时候他承受了多大压力？我就多少次看见他，深更半夜，一个人坐在江边发愣；抗洪的时候，他一夜就曾抽过六包烟，落下了一个顽固性咽炎，至今一咳嗽就发炎。为了东江港更快的发展，他筹划上市，又熬过了多少不眠之夜，你知道吗？

李亚林：兄弟，没见你这么动过感情啊！

沈奕巍：是，我沈奕巍是冷血动物！我再冷血，也被他的心焐热了，他图什么？为了给港口一个职工的老婆凑手术费，他把家里仅有的三十万存款—— 那是准备给女儿留作出国读书的费用，全部拿了出来。为这，老婆闹着和他离婚。按政策，他本来可以持有百分之五股份，为了不让别人说闲话，他一股不要，全部要置换成职工股；他为东江港操碎了心；谋求上市，是为了东江港能有更快更好的发展。可是，几个月辛辛苦苦，忙来忙去，到头来鸡飞蛋打一场空；你告诉我，我，怎么有脸回去见他！

李亚林：兄弟，怎么没脸回去见他？昂首挺胸，理直气壮，告诉他说，沈奕巍不辱使命，东江港上市成功！

沈奕巍一愣，上前一把揪住李亚林的脖领：你小子再说一遍！

李亚林：奕巍，东江港上市已经正式过会了！我刚才是和你开个玩笑，报你赖在我家白吃白喝白住之仇！

沈奕巍：真的？

李亚林：真的！

沈奕巍狠狠地打了李亚林几拳，骂着：你这个混蛋，跟我开这种玩笑。又激动地一把抱住李亚林：好兄弟，谢谢你！泪水再一次夺眶而出。

第25集

1　东江宾馆　冬　上午　内

丁薇薇:江河,我要走了。

江　河:就走?

丁薇薇:十一点的飞机,再晚了就赶不上航班了。我要的字呢?

江　河:什么字?

丁薇薇:电话里不是说好了吗,要你一幅字,见字如面,也为了却相思之苦。

江　河:我的字不好,羞于出手。

丁薇薇:你又谦虚了,咱们演出时,晚会的横幅不都是你的手笔吗?要求书法家的字,启功、范曾可以随便挑,但那是书法,字里只有功力;你的字就不同了,里面浸透的是战友的情谊啊!

江　河:你既然这么说,我就敢拿出手了。说着,从公文包里拿出一张宣纸,展开,上面有几个笔锋雄劲的行书。

丁薇薇:不—忘—初—心。

江　河:喜欢吗?

丁薇薇:你是让我不忘咱们两小无猜的初心;还是…… 革命到底的初心?前一个初心,我倒是一直念念不忘;后一个初心,时过境迁,恐怕已是明日黄花了。

江　河:或许还有一解,本真之心。

丁薇薇:本真之心?人之初,性本善?这个好,我记下了。

江　河:薇薇,我送你去机场。

丁薇薇:算了,我知道你忙得很,能陪我聊这么久,已经很开心了。送君千里终须一别,不如就此别过。再说,见字如面,今后薇薇不论走到哪里,都仿佛有你在身边了。

江　河:薇薇……

丁薇薇:还有,那五十万汇款的事实在蹊跷,官场险恶,你要当心。

2　琊山煤化工基建现场　冬　下午

赵达夫和秦海涛在工地上巡视。

赵达夫:海涛,这次回东江见到丁小姐了?

秦海涛:哪里是什么丁小姐,分明是个母夜叉!

赵达夫:老弟,前些天你还把她夸得花儿一样,怎么脸一摩挲,口风就变了?

秦海涛:那是我没有领教她尖刻、凶狠的一面。总之,这个娘们通过乔婷把咱的把戏全摸清了,让我们一切听命于她。否则,后果自负。

赵达夫:海涛,你不是职业女性杀手吗?怎么……

秦海涛:这个娘们气场非同常人,我根本駒不住她。还是息事宁人,按她的指令办吧!毕竟她和丁老爷子是血亲,俗话说欺老不欺小,日后丁氏集团不还是她的吗?

赵达夫:说的是。三年前我在丽江和这女子有过一面之缘,确实有气场。

3　江河办公室　冬　下午　内

宋处长:江河同志,丁薇薇送走了?

江　河:丁薇薇送走没送走,你老兄还不清楚吗!

宋处长:是啊,出关时我们检查了,这次她没有拿到古滇国金印,琊山的事也还存在疑团,我们没有收网。

江　河:我还是那个态度,重证据,不要轻易怀疑一个好人。薇薇怎么会走私文物?

宋处长:这个问题我们不争论了,我想问一下,你们的谈话涉及什么内容?

江　河:战友情谊,往日情怀。

宋处长:江河同志,我们都是共产党员,对党一定要忠诚。

江河拍案而起:老宋,你这是什么意思?我江河当了十年兵,十年警察,忠诚这两个字,用不着你教我怎么写!

宋处长:老江,你误会了,我不是那个意思。

江　河:宋处长,我再强调一次,我和丁薇薇是战友,我们的战友情谊你切割不断;如果丁薇薇真的涉嫌犯罪,触犯了国家法律,我江河的枪口也绝不会抬高半寸!

宋处长:老江,你这样说,我给你点赞。

4　香港朗庭酒店　冬　上午　内

丁伯点燃一支雪茄,在房间里来回踱步。

丁薇薇:抽烟有害健康,您不是已经戒了吗?

丁伯停下脚步,在烟灰缸里轻轻摁灭香烟:唉,一费脑子就想复吸,人之积习,改也难啊!薇薇,如此说来,秦海涛是知道铜牛秘密,不肯交出了?

丁薇薇:应该不是。此人一向多疑,不过是一种习惯性反应。

丁　伯:习惯性反应?

丁薇薇:您想,金印被藏于铜牛腹中,秦海涛根本就不知情。他是从我手中买走的铜牛,就是再富于联想力,也不会把金印和铜牛联系到一起。世界上这样巧的事,不是我们遇到了,谁又能信?

丁　伯:这就好。不过要防止他和黄敬业见面,让事情穿帮。

丁薇薇:他生下来就没见过他这小舅,关系很是疏淡。不过,这件事还是要尽快,以免节外生枝。

丁　伯:急不得。这事你就不要插手了,由我来调教一下他。

丁薇薇:叔叔,此事我可以不管,但有一件事我一定要管。

丁　伯:什么事?薇薇,听你这口气,倒像是下战表?

5　江河办公室　冬　上午　内

沈奕巍敲门进屋,江河站起来迎上前:奕巍,你回来了?

沈奕巍:局长,东江港过会了!

江　河:过会了,真的?

沈奕巍:真的!

江河一把抱住沈奕巍,两个人相拥而泣。

沈奕巍:局长,根据您的建议,我请李亚林修改了咱们的招股说明书,把管理层持有的股份转成了职工股,并附上了春晖投资基金投资配煤中心的协议,李亚林告诉我,专家们认真审核了咱们这几年的业绩增长幅度和未来的发展前景,认为东江港的管理层真是一群有担当肯干事的人,表决过会时,高票通过!

江河松开沈奕巍,一下瘫坐在椅子上,喃喃道:过会了,终于过会了!

沈奕巍:局长,咱们的付出有了回报,东江港已经走上了发展的快车道。

江　河:奕巍,你辛苦了。

沈奕巍:局长,我不辛苦,你才辛苦呢!

江　河:通知在家的局党委委员,我们马上开会。

沈奕巍:好,我马上通知。

6　香港朗庭酒店　冬　上午　内

丁薇薇:请叔叔恕薇薇无礼,我想问,琊山新型煤化工项目是怎么回事?

丁　伯:什么怎么回事?薇薇,你不觉得语出唐突吗?

丁薇薇:叔叔,您当初让我在内地收购一家建筑公司,拿下琊山新型煤化工主厂房基建项目,目的是为了后续由我们代理引进相关机械设备。可是据我了解,赵达夫伙同秦海涛在厂房施工中多有不轨。

丁　伯:有什么不轨?

丁薇薇:他们偷偷在厂房墙面安了好几个遥感器。

丁　伯:遥感器?

丁薇薇:是!而且他们说是受命而为!

丁　伯:受命而为?

丁薇薇:明说了吧,是受命于您,才干出了这种鸡鸣狗盗的无耻之事!

丁　伯:薇薇,你是指斥叔叔鸡鸣狗盗?

丁薇薇:裕泰号沉船,您就瞒着我暗中调包;这次琊山基建,您还要瞒着我,再次陷我于不仁不义之地吗?

丁　伯:兄嫂亡灵在上,我做的哪件事不是为了你,为了丁家,为了丁氏集团辉煌永驻!

丁薇薇:叔叔,既然如此,您就把您的计划原原本本告诉我,不要让我蒙在鼓里,好吗?

丁　伯:唉,也罢。琊山新型煤化工项目的产品皆为新能源和清洁能源;依托中国政府推进"一带一路"构想,在国际新兴市场有极大商业空间。我在几年前听说这个项目正在审报,就开始布局此事,一方面让你收购建筑公司,拿下琊山煤化工项目主厂房建筑工程;一方面拟在海外另建厂房,将生产流程和关键技术复制到手后,由丁氏集团独享这块利润空间。

丁薇薇:复制?准确说应该是盗窃吧?

丁　伯:商场如战场,为求胜手段无所不用其极。你熟知的三十六计,历来为兵家墨客所推崇,但哪一计,不是鸡鸣狗盗之举?

丁薇薇:叔叔,琊山新型煤化工项目,国家先期投入大量科研费用,多少人呕心沥血,我们不劳而获,总是愧对于心呀!

丁　伯:此事与你无关,你不必管了。

丁薇薇:怎么能说此事与我无关?这次离开东江,江河送我一幅书法,上书四个字:不忘初心。这哪里是薄薄一张宣纸,明明是一座大山压在了我的心头。

丁　伯:未来二十年,世界经济动荡之势已定,弱肉强食、丛林法则,我们要在商场立于不败,不容易啊!我只是想借助新型煤化工的产品,增厚丁氏集团利润。船大了,才有抗风险能力。这样,我百年之后才可以没有牵挂!

丁薇薇:叔叔的舐犊之情,薇薇再愚钝也能感受一二。既然如此,让赵达夫直接听命于我。叔叔能够颐养天年,添福增寿,才是薇薇最大的心愿。

丁伯一声苦笑:薇薇啊,那个江河我倒要尽快见上一见;你情感多于理性,丁氏集团由你掌门,我终究还是有些不放心呢!

丁薇薇:我早有心去美国养花种竹,叔叔,您要能说动江河,我这里先给您鞠躬了。

丁　伯:唉,你这丫头啊!

7　秦池办公室　冬　上午　内

秦池给秦海涛打电话:东江港上市过会了,全局上下跟中了头彩一样。明明是我和赵达夫谈成了配煤中心项目,现在好像沈奕巍成了头号功臣,没有和琊山的合同作为备忘录,东江港怎么可能过会?真是本末倒置!

秦海涛(OS):叔,你醒醒吧。这次东江港能够顺利过会,关键是春晖投资基金的大手笔投入。

秦　池:为什么?

秦海涛(OS):因为琊山与东江港合建配煤中心有行业垄断之嫌,而春晖基金的风险投入,才把这个问题摆平了。

秦　池:这么大的事 我怎么会不知道?

秦海涛(OS):人家有公司上市领导小组,您又不身在其中,凭什么一定要让您知道? 而且据我所知,春晖开出的条件非常优厚,您知道了也没有理由说半个不字。

秦　池:这个江河,拿我是越来越不当回事儿了。

8　机场出口　冬　上午　内

秦海涛一边排队一边接电话:叔,您都快活一个甲子了,怎么还跟老小孩儿似的,争这个有什么意思? 功劳是您的,您就万事大吉了吗? 真是的!

秦　池(OS):你这小子怎么说话呢,听着怎么像和他们一个鼻孔出气。

秦海涛:那怎么可能。哎,这春晖基金据说有背景,也许能让咱们借上点力。

秦　池(OS):你又有什么鬼点子了?

秦海涛:您得容我先摸清情况。总之,少发牢骚,多唱赞歌!

秦　池(OS):唉,心里憋屈。

秦海涛:憋屈,您这一段时间也不能乱说。您前几天四处散,说江河趁这次过会要持股百分之五。结果呢? 您闹了一个大窝脖儿吧?

秦　池(OS):别提这一出儿了,江河这个人心机太深。海涛啊,我听着你好像是在机场?

秦海涛:我刚到广州,办一个重要的事,然后回东江港找您。

秦　池(OS):海涛,你别整天优哉游哉的,留给咱们的时间不多了!

秦海涛:到广州我就是给江河码棋来了,放心吧叔,您就等着关起门来打狗吧! 您把卢茜维好就行了,其他的事我安排!

9　秦池办公室　冬　上午　内

秦池关上手机,若有所思地想了想,拿起桌上的电话:卢茜啊,你过来一趟。

秦池放下电话,卢茜推门进屋:秦局长,您找我?

秦　池:丫头,没人的时候,还是叫叔吧。

卢　茜:秦叔,有什么事吗?

秦　池:昨天晚上老卢哥给我托了一个梦,让我好好照顾你。

卢　茜:谢谢您,秦叔。

秦　池:这一段心情好些了吗?

卢　茜:好些了,不好意思,叫您操心。

秦　池:丫头,东江港上市,你也功不可没。

卢　茜:我? 秦叔,您说笑了,我没做什么事。

秦　池:你忘了? 你认为长江沿线已有十多座码头,没有必要通过资本竞争继续扩大生产规模的意见就极有见地嘛! 老江告诉我,他们在上市答辩时特别强调了筹建配煤中心,精确配煤,提高生产效率,为长江航运减压,才使发审委的专家们眼前发亮。要不然,东江港怎么可能顺利上市?

卢　茜:配煤中心的协议是您谈下来的。这样说,您才功不可没呢!

秦池笑着摆摆手:毛主席不是有一句诗吗? 俏也不争春,只把春来报,待到山花烂漫时,她在丛中笑。只要东江港能真正步入高速发展的快车道,比什么都好,你说是不是?

卢　茜:秦叔,您这么想,我真的特别高兴。你看,江局长持股的传闻也不靠谱吧。

秦　池:是啊,我多心了。不过我很高兴。

卢　茜:您高兴我也高兴。

秦　池:我希望你尽快从悲伤的情绪中走出来,东江港要上市,要融入“一带一路”,要建成现代化的物流中心,需要你这样有知识、有前瞻性的年轻人发挥作用,切不可“白了少年头,空悲切。”

卢　茜:秦叔,没看出来,您蛮有诗人气质啊!

秦　池:什么诗人气质,高兴嘛!

卢　茜:秦叔,您放心,为了东江港的发展,我会振作起精神来!

秦　池:好,我希望听到你更多更好的意见。

10　广州某茶楼　冬　上午　内

孟建荣在二层的老板办公室里独自品茶,目光明显忧郁。房间里一水紫色硬木家具,正中的八仙桌上供奉着一尊佛像,前面的香炉里插着半炷残香。

门被推开了,秦海涛提着一个公文包走进来。

孟建荣惊讶地站起身:海涛,你,你怎么来了?

秦海涛:老兄偏居一隅,打坐悟禅,清茶一盏,陈香半炷,日子过得安逸否?

孟建荣:这还不都是拜你老兄所赐,能让我苟延残喘。

秦海涛:听孟兄的话,似乎心有不甘?

孟建荣:你叫我怎么甘? 想当年我在东江建筑圈里也是有头有脸的人物,如今混成了一座茶楼的小老板,随了你的意。

秦海涛:建荣兄,如果我说此行是来助你翻身,你是不是会后悔让我枯坐良久,连一杯茶都没让的不礼之举吧?

孟建荣起身为秦海涛斟上一杯茶:怠慢了,请用茶。

11　东江港会议室　冬　上午　内

江　河:各位,东江港上市成功过会,功在大家。募集资金到位后,弥补了东江港继续做大做强的资金缺口,今天这个会,我们主要是明确一下今后的工作目标和思路。

秦　池:东江港几年前还是一个脏、乱、差的破码头;今天,已经初步建成现代物流中心。唉,回顾以往,令人感慨。老江啊,今天成功上市,是东江港发展的一个标志性事件,预示着我们已经进入了高速发展的快车道,这一切都浸透着你的心血啊! 什么也不说了……

秦池起身向江河鞠了一躬。

江河忙起身:老秦,你这是干什么? 工作是大家做的,功劳怎么能记在我一个人账上? 不敢承受,不敢承受!

沈奕巍:两位局长,虚头巴脑的事咱们先免了,还是捡要紧的事说吧。

江　河:奕巍的意见对。老秦啊,我这样想,上市路演、到上交所挂牌敲钟的工作由你负责抓,老郭不在,生产上的事你也要多分些心。

秦　池:没问题,交给我的工作你尽可放心。

江　河:还有两项工作,一是东江港自身的建设;一是融入“一带一路”。

闫主席:老郭和章总他们走了快一个月了吧? 也不知调研的情况怎么样?

沈奕巍:我和他们经常在网上沟通,工作进行的卓有成效,估计再有个把礼拜就回来了,到时候他们会拿出一个详尽的调研报告。

江　河:“一带一路”的具体实施计划,要等郭、章二位回来以后再定。奕巍搞的初步规划大家手上都有,有时间的话可以结合各种信息做一些分析研究,讨论时好有话说,东江港自身的建设也目标清晰,关键是要有得力的干部去抓。

秦　池:现成的嘛,沈副局长,年轻有为又观念超前。

江　河:我也是这么想。今后,东江港的竞争力不是体现在码头的扩建上,而是奕巍提出的港口“三化”上。这里面牵扯到信息学、金融学、现代管理学、经济学、社会学等多个学科。比起奕巍和卢茜,老秦,我们要甘拜下风哟!

秦　池:老江啊,你谦虚啦,你的观念一点也不落后嘛,要不咱们东江港怎么能有这样的跨越性发展? 倒是我,观念陈旧、知识老化,不好好学习,怕真是跟不上时代的发展喽!

沈奕巍:局长,我提个建议,成立一个港口“三化”领导小组,您挂帅,我和卢茜任办公室正副主任,利用资本平台融来的资金,把港口建设提高到一个新水平。

秦　池:三化?沈副局长,你能具体说一说吗?

沈奕巍:就是信息化、多元化、个性化。信息化对现代港口建设的重要意义不言而喻,香港的维多利亚港就是采用了先进的信息化系统,实现了供应链上各种资源,各个参与者的无缝对接,大大降低了输送和仓储成本,减少了积压资金;这方面,我们东江港已经做的不错了,下一步是进一步提高的问题。

江　河:有机会我们应该派人到维多利亚港,去学习一下人家信息化的做法。

沈奕巍:多元化…… 哎,卢茜,你给秦局长解释一下。

正在做记录的卢茜有些不情愿,想了想,还是放下记录本:多元化,简而言之一句话,就是改变港口运营商的单一角色,向客户提供包括金融、保险、咨询、产品展示等在内的综合性优质服务;个性化,说得通俗一点就是根据客户需求,为客户提供"私人订制"。江局长到琊山煤矿搞了一个新型煤化工产品的中转运输预案,我看了,就是一个典型的"私人订制"。危险品和非危险品,液态和固态产品的运输都有很具体的措施和保障,出港和到港也有清晰的路线图。

闫主席:老江刚才说自己观念跟不上趟,看来言之不诚。

江　河:老闫别笑话我了。我那个预案是和老廖商量着定的,拿给卢茜和奕巍批评指教的。

秦　池:长见识了,我同意奕巍的提议!如果东江港实现了这"三化",就了不得了!

12　广州某茶楼　冬　上午　内

孟建荣:搞倒江河?说得轻巧。海涛,你叔叔没和你说过吗?从沉船开始到我被挤出东江,这几年你叔叔没少下功夫啊,可哪一次江河不是化险为夷?到了,我成了茶楼的小老板。你叔叔多大的道行、多深的根基,不是也快成了过河的泥菩萨吗?

秦海涛:建荣,不扳倒江河,你能自保吗?老实告诉你,洪水过后江河要彻查煤码头防洪堤和变电站工程,不是我叔拼命避重就轻,帮你推卸责任,你早就被作为不法奸商抓去坐牢了。你认为这事完了吗?章江干了几十年财务,粘上毛比猴还精,你以为他没有看出其中的门道吗?

孟建荣:你什么意思?

秦海涛:你所以现在还能在这儿优哉游哉,一是有我叔在前面扛着,他有点无可奈何;二是他们忙着改革、上市、融入"一带一路",没有腾出手来。一旦他们把一切都摆平了,反过来就会取你性命,你信不信?

孟建荣:取我性命?天塌下来有大个子顶着呢!

秦海涛:我叔叔自然逃不了干系,我叔叔出了事你能不受牵连?

孟建荣:海涛,说句实话,是不是你屁股上也有屎,才这么卖力气?

秦海涛:屁话!秦池是我叔叔,我爸爸的亲弟弟,血脉同源,你懂吗?

孟建荣:开个玩笑,怎么你就急了?不过,我现在远离东江港,流落广州,比起叫花子也强不了多少,能帮上什么忙?

秦海涛:实不相瞒,这次必须扳倒江河。成败与否,在此一役。这回,我亲自操刀,为了保险,我准备了一束飞刀,刀刀致命,而你手里正有一把削铁如泥的日本武士刀,可以发挥最大威力!

孟建荣:日本武士刀?

秦海涛:对!使好了,不但江河必死无疑,那个买你公司的丁薇薇也会溅上一身血!

孟建荣:果真如此,我干!你说,怎么干?

秦海涛附在孟建荣耳畔窃窃私语。

13　香港朗庭酒店　冬　上午　内

丁薇薇拿出钥匙打开房门:叔叔,你找我?

丁伯坐在沙发上,挥挥手:你坐。

丁薇薇坐在沙发上,挺直上身,面呈恭敬之色。

丁　伯:薇薇,你不是让我了解清楚那个秦海涛的底细吗?他随手拿起身边的一个文件袋:你拿去自己看吧。

丁薇薇接过文件袋，抽出几页纸，看了几眼，脸上愕然失色：这个秦海涛果然是个日本商业间谍！又翻了几眼：呀，他道行不浅啊，一两个亿的款子居然通过地下钱庄运作的滴水不漏！

丁　伯：薇薇，此人绝非等闲之辈，他所以积极配合你收购了那家建筑公司，表面上是为我所用，其实是另有所图，险一险，我们就成了捕蝉的螳螂。

丁薇薇：您是说……

丁　伯：他是受命于日本一家财团，想秘密窃取煤化工技术情报。

丁薇薇：好大的胆子！

丁　伯：他现在是双面间谍，两边通吃。

丁薇薇：叔叔，那我们怎么办？

丁　伯：古滇国金印没到手，现在还不是翻脸的时候。乔婷不是在煤化工施工现场吗？

丁薇薇：是。

丁　伯：你让乔婷这样去做……

14　广州某茶楼　冬　上午　内

孟建荣：事成之后，我真的还可以回到东江重操旧业？

秦海涛：你说呢？如果东江港由我叔叔操盘，你东山再起顺理成章，两个工程下来，你的原始积累不就又完成了。

孟建荣：我一直盼着这一天呢！

秦海涛：我叔叔还让我告诉你，江河被免职后东江港艺术团的事可以重新提上日程。眼下，东江港实力雄厚，弄个艺术团不成问题，那时候就由你出面去请刘希娅回来，让她担纲艺术团的艺术总监！

孟建荣：秦局长想得这么周到，真是让建荣感激涕零。不瞒老弟，我真的是想希娅呢！

秦海涛：我叔说，当初你和刘希娅所以分道扬镳，是因为你坚决执行我叔封堵闸口的指令，一想起来就觉得对不住你。借这个机会，正好让你们破镜重圆。

孟建荣：话说到这份儿上，再说什么都多余了。走，兄弟请你喝酒！

15　琊山矿职工食堂　冬　中午　内

乔婷打了饭走到廖汉中的桌子旁坐下。

廖汉中：乔姑娘，刚来啊？

乔　婷：廖矿长，您怎么不到矿长灶去吃啊？

廖汉中：什么矿长灶，职工灶，在这儿吃热闹、痛快。

同桌的几个工人陆续吃完饭，站起身和廖汉中打招呼：矿长，你慢吃。矿长，我们先走了。廖汉中大大咧咧一摆手：你们去忙。我老廖还没吃饱呢！

乔　婷：廖矿长，上午怎么没看见秦先生？

廖汉中：噢，他说有点事要出去两天。乔姑娘，怎么样，在这还习惯吗？

乔　婷：承蒙您关照，还行。

廖汉中：也真是难为你了，像你这样娇嫩的小姑娘，能够在琊山一待几个月，还天天盯在工地上，不易啊！老廖我佩服。

乔　婷：廖矿长，您在琊山一干就是几十年，从一名矿工一路走来，干成了一名威震八方的大矿矿长，和你比，我这几个月真是不值一提。

廖汉中：乔姑娘过谦了。

乔婷见四周无人，低声说：廖矿长，有个事想请您帮忙。

廖汉中：说吧，没问题。我知道你们老板和江局长是过命的战友，我和江局长也是过命的朋友，有什么忙不能帮呢？

乔　婷：您今天晚上请赵矿长和秦先生的技术人员吃顿饭，好吗？

廖汉中：请赵达夫那狗日的吃饭，为什么？

乔　婷:我现在不能告诉您。不过,我可以告诉您的是,我们所做的事情利国利民,无愧于天地,无愧于良心。

廖汉中:乔姑娘,你来了这几个月我一直在观察你,相信我老廖的眼光不会错,你是个坦诚、向善的好姑娘。行,这个忙我帮。

乔　婷:谢谢您了,廖矿长。

廖汉中:不用谢,说句老实话,要不是你这姑娘求我,我请赵达夫吃饭? 哼,我给他两个耳光子! 他妈小人一个!

16　琊山职工食堂单间　冬　傍晚　内

一张圆桌,围坐着四五个人。桌上摆了几样菜肴和几瓶啤酒。

廖汉中:各位,你们来琊山也好几个月了,为我们新型煤化工项目承建主厂房,眼看要竣工了,我一直忙,也没有一尽地主之谊,今天补上。

赵达夫:老大今天好兴致,达夫我代表兄弟们谢了!

廖汉中:赵矿长,你不仁,老廖我不能不义,看看你办的那些事,喝老廖我敬的酒,你羞不羞?

赵达夫:哎,谁叫您是老大呢? 老大可不是谁都能当的,要有胸怀、有担当,是不是? 日后小弟还得在你手下混饭吃,我敬你一杯,您多担待。

廖汉中:这些日子你负责煤化工基建,也够辛苦的,这杯酒我先干为敬,日后还希望你老弟少耍心眼,多帮衬!

赵达夫:老大的话,小弟记下了。哎,怎么不把乔婷一块请上? 全是老爷们儿,臭烘烘的,有什么劲?

廖汉中:就是嫌你们臭烘烘的,乔姑娘才不愿意来。人家是什么身份,金枝玉叶,你呢,一个挖煤的莽汉,还舔着脸往上凑!

赵达夫:老大,你这可冤枉我了,我是个粗人不假,可脸面还是要的,什么时候往上凑过? 她不来,咱们兄弟正好敞开喝。

众人举杯:对,喝痛快!

17　煤化工基建现场　冬　傍晚

乔婷在新建成的厂房里巡视。

她不时登上爬下,用手机拍照,或用盒尺量量尺寸,用笔记本记下什么。

厂房已经基本竣工,只有几个工人在收拾现场。见有工人过来,她会刻意回避一下。

18　琊山矿工职工食堂单间　冬　晚上　内

赵达夫、廖汉中和几个技术人员喝得兴起。

桌上杯盘狼藉,赵达夫和一个人在划拳行令:人在江湖走啊,不能离了酒;人在江湖漂啊,哪能不喝高啊!

乔婷推门进屋:各位师傅,好热闹啊! 喝庆功酒,怎么也不叫上小女子?

赵达夫:本,本打算叫你,老,老大说了,你是…… 金枝玉叶,跟我们这些臭男人喝不到一块堆儿。

乔　婷:不好意思,我不会喝酒,可以以茶代酒,敬各位一杯。

赵达夫举杯和乔婷相碰:只,只要感情好,不管喝多少;只要感,感情深,假,假的也当真,只要,感,感情有,什么,都,都是酒!

廖汉中:赵矿长啊,我看你是喝高了。

乔　婷:赵矿长是喝高了,可以理解。这几个月赵矿长事必躬亲,为厂房建设操了不少心,这杯酒我喝了,以示谢意。

赵达夫:谢,谢谢乔总。

乔婷又倒了一杯茶:两位工程总监也尽心尽力,活干得漂亮,无懈可击,我也以茶代酒,敬上一杯以示谢意。

两个人站起身,与乔婷碰杯。赵达夫也站起来:我,我赞助一杯!

廖汉中:哪都有你!

赵达夫:老大,您,你说什么,什么?

廖汉中:我说什么?我说你是琊山矿副矿长,不去矿上抓生产,一天到晚在工地上转,是种了别人的田,荒了自己的地!

19 香港丁薇薇办公室 冬 上午 内

丁薇薇在接电话,里面传出乔婷的声音:董事长,秦、赵两人在厂房关键部位秘密安装了八处遥感器,可以检测煤化工生产线的全部流程。

丁薇薇:八处,确无遗漏?

乔 婷(OS):核查了几遍,应该没有遗漏,这八处遥感器的具体位置我已经拷贝在了U盘里。

丁薇薇:很好,乔婷,你和赵达夫摊牌,他肯定也拷贝了U盘,让他把U盘交给你。

乔 婷(OS):好!

丁薇薇:最重要的是秦海涛,你明白吗?乔婷?

乔 婷(OS):秦海涛肯定也拷贝了同样的U盘,好去他的日本主子那里邀功领赏!

丁薇薇:对!你现在要做的是……

乔 婷(OS):用一个储存错误资料的U盘调换他手上的U盘。煤化工投入生产还有一段时间,他的日本主子不会有所觉察。

丁薇薇:有难处吗?

乔 婷(OS):放心吧,董事长,我会做好这件事。

丁薇薇:乔婷,姐姐要食言了。

乔 婷(OS):董事长,您说,有需要我做的事我会全力以赴。

丁薇薇:乔婷,你真是冰雪聪明。新型煤化工主厂房项目完成后,我希望你去一趟A国。A国R港的业务你最熟悉,现在,大陆正在大力推进"一带一路"建设,东江港也有意融入,我有一个想法,等你回来咱们好好交流一下。

乔 婷(OS):好,董事长,琊山的事情办妥后,我就飞回香港。

20 东江港秦池家 冬 上午 内

秦 池:刚落地吗?我请了假等你呢!

秦海涛:叔,您这把年纪了,怎么还这么沉不住气?自古成就大事者,要泰山崩于前而色不变,麋鹿兴于左而目不瞬。

秦 池:看你小子志得意满,好像已经成竹在胸了?

秦海涛:您把"好像"两个字去掉,我听着不顺耳。

秦 池:你这么说话我高兴。海涛啊,这几天江河领着那个什么"三化"落实小组,干得热火朝天,东江港的生产效率确实一天一个样儿。全局上下的人都跟得了喜帖子一样,见了江河脸笑得成了一朵花。照这么下去,"一带一路"他再取得了成功,这江河就成了一座山,谁能撼动他?

秦海涛:叔,您叫江河瞎嘚瑟吧!这些年中国企业海外并购,失败率在一半以上,即便收购成功,囿于价值观和文化背景的差异,企业陷于亏损和倒闭边缘的也不在少数。您以为光有钱就行啦,没有一个懂得现代金融、外汇、物流的管理团队,一切都是瞎扯。

秦池摇摇头:这话对别人也许适用,对江河就另说了,我们是眼瞅着他一步一步做大。

秦海涛:现在,卢茜已经和他离心离德,光剩下一个沈奕巍,他能掀起什么风浪,也不掂量掂量自己几斤几两,典型的土豪心态!

秦 池:你这么说我不爱听!几年前,江河还是一个对港口一窍不通的棒槌呢,今天的东江港怎么样?你不是说过吗?以往的失败就在于轻敌,怎么你今天倒显得如此轻薄?江河从来不按套路出拳，他既然瞄上了海外并购，就一定有七分以上的把握。等到他一战成名，我们都不知到哪儿去哭了。

秦海涛：叔，我这么说是宽宽您的心，我的计划和他干好干坏无关，计划一旦成功，他干的越好，您捡的便宜越大。

秦　池：怎么叫我捡便宜呢？我辛辛苦苦在东江港打拼了多半辈子，东江港的每一草一木都有我的心血。

秦海涛：叔，打住，在我跟前没必要演戏。

秦　池：你这小子，说话越来越放肆。

秦海涛：我告诉您，这次我可是下了大功夫的，如果江河倒了，您有把握一定顶上去吗？可别麦秆子顶门—— 白费力！

秦　池：这点你放心，应该没有问题。市里已经给我打了保票，只要拿掉江河肯定我上。本来老局长退休，市里推荐的就是我。半道杀出一个江河，市里一直觉得对我有亏欠。

秦海涛蘸着茶水神秘地在沙发桌写一个字：上面可是他？

秦池连连摆手：不要瞎说，此君水可太深了，得罪不得。

秦海涛顺手擦去桌上的字：我知道您在他身上下了不少本。不说了，告诉您，我给江河这次安排了五支箭，料江河断无生还的道理。

秦　池：你现在可以告诉我了吧，否则我心里不踏实。

秦海涛：三支明剑，两支暗箭。

21　赵达夫办公室　冬　上午　内

乔婷敲门进屋，赵达夫起身笑脸相迎：乔小姐，今天怎么有空闲到我办公室？真是荣幸之至。

乔婷接过赵达夫递给的茶杯放到沙发桌上：赵矿长，听我们董事长几次说起过你，她和丁伯还在丽江赌石街帮你解过一次围？

赵达夫：惹乔小姐见笑了，惭愧，惭愧！

乔　婷：赵矿长，一家人不说两家话，丁伯要的东西想必你已经准备好了？

赵达夫：什么东西？

乔　婷：你是在跟我演戏吗？我今天可没有兴致欣赏。赵矿长，丁董和丁伯的关系想必你清楚，丁氏集团以后由谁掌门你心里也应该有数，别的我就不多说了，愿意交给我，我带走，不愿意交给我，你随便。

赵达夫：乔小姐，丁董是丁老爷子的掌上明珠，交给丁董和交给丁老爷子是一样的。我明白，我明白。

赵达夫拉开抽屉，拿出一个纸包交给乔婷：乔小姐，这里是一个U盘，遥感器的具体位置都拷贝在里面，一共八处。

乔婷拿过纸包放进手包里：赵矿长，还有一件事，老爷子特别交代请你协助。

赵达夫：乔小姐请讲，达夫愿效犬马之劳。

乔　婷：同样的U盘秦先生手里肯定还有一个。

赵达夫：不会吧，我们俩都是受托于丁老爷子。

乔　婷：赵矿长，秦先生估计这一半天就会回到琊山，如果我的判断不错，他回来后会很快离开，你只是在他离开的时候通知我，并让我有机会能够单独接触到他的手包。

赵达夫：为什么？

乔　婷：不要问为什么，照我说的做就是。

赵达夫：怎么听起来有点吓人呢？

乔　婷：赵矿长说笑了，你是见过大风大浪的人，如果这点小事都觉得吓人，还怎么在江湖上行走呢！昨天晚上你喝酒时不是还一口一个：常在江湖走，哪能不喝酒，常在江湖漂，怎能不喝高吗？

赵达夫：哈哈哈，乔小姐既然这样说，我照办就是。

乔　婷：记住，不要对任何人说！

22　秦池家　冬　上午　内

秦海涛:三支明剑先告诉您,十几万一顿饭的餐饮发票,五千元一束的鲜花支出,贮木场一千万的额外拨款。

秦　池:这些分量够吗?别打蛇不成,再被蛇咬。

秦海涛:当然不够,这几条告上去,充其量给个纪律处分,毕竟是企业行为,伤不了筋,断不了骨。不过,再加上那两支暗箭,江河就必死无疑了,甚至双开!

秦　池:真有那么大的杀伤力?说来我听听。

秦海涛:叔,我还是先不跟您说了,我嘱咐您一句,如果孟建荣来电话,您把握住一条原则,您重新掌权后他的一切要求都好商量。

秦　池:孟建荣没有亏待我,他所以混到今天这步田地,你我都难脱干系,如果真有那么一天,补偿他一下也是应该的。哎,我不明白了,孟建荣已南下广州做了茶老板,扳倒江河还能出什么力?

秦海涛:他能出千钧之力!

秦　池:千钧之力?

秦海涛:叔,到时候您就知道了,事情坐实之前知道的人越少越好。总之,这些日子您就按我说的,凡江河的决策都要支持,凡江河的功劳都要称赞。

秦　池:“一带一路”呢?

秦海涛:“一带一路”更要支持啊!这是中央向世界提出的一项历史性倡议,您有能力反对吗?如果我的分析不错,他们最后海外兼并的标的极有可能是 A 国 R 港和 B 国 W 港二选其一,有关资料我给您留一份,您要好好看,从政治、经济各方面加以论证,促成 B 国 W 港的收购。

秦　池:B 国 W 港?从现在的情形看,他们好像对 A 国 R 港更感兴趣。

秦海涛:所以您要反其道而行之,我估计您的反对也没用。

秦　池:那还反对个屁。

秦海涛:不是反对个屁,是制造您不在现场的证据。事后在 A 国 R 港出了问题,您反对过,就会不担一点干系。

素　池:这里有什么奥妙?

秦海涛:我马上要回琊山,有重要的事要办!您问的“奥妙”以后再说。

23　江河办公室　冬　上午　内

沈奕巍和江河坐在沙发上谈话。

江　河:奕巍啊,这一段你们的工作很有成效,我到港务局网络信息平台看了看,咱们东江港的信息化水平提高很快嘛!港口多元化发展的规划我也看了,有些想法很有创意。

沈奕巍:信息化还有很大的提升空间,您不是说派人到维多利亚港去学习吗,我看很有必要。

江　河:是啊,这件事我们要提上日程。信息化对东江港的发展是至关重要。

沈奕巍:现在,我正在和卢茜商量为客户提供个性化的私人订制方案,您和廖总搞的那个中转预案快成我们的范本啦!

江　河:是吗?奕巍,在那个框架的基础上还要进一步完善,做到更细致、更人性化、更有针对性和可操作性。

沈奕巍:我明白。

江　河:哎,你和卢茜可以无障碍沟通了?

沈奕巍:哪里,除了工作,私人话语还是一概无法涉及。

江　河:奕巍啊,要知难而上,搞对象跟干工作一样,不能遇到一点挫折就当逃兵。

沈奕巍:她根本不听我解释,一涉及私人话题她不是立马下逐客令,就是拎包走人!我对她说在北京的雍和宫特意为老卢叔请了一炷香,她不但没说一个谢字,竟然还……

江　河:还什么?

沈奕巍:还说我虚伪!

江　河:没想到老卢大哥的牺牲,给卢茜的伤害这么大?也怪我……

沈奕巍:局长,怎么怪你呢?你当时已经昏过去了。

江　河:嗐,不说它了,一提这个事就堵心!

沈奕巍:还有一个事,章总和您说过了吧,他在勘察中发现,煤码头防洪堤和变电站都是问题工程,用了大量劣质钢筋,必须要抓紧时间返工整修!否则再遇到特大洪水,就麻烦了,这和老卢叔的判断一致。

江　河:老章已经和我说过了,这个孟建荣!简直是一个奸商。

沈奕巍:可是老秦极力为孟建荣开脱,把责任都推给了那个不知道跑到哪里去的海岩。

江河思索片刻:奕巍啊,防洪堤和变电站,是加固还是重建,你安排基建处和机械处认真勘查后拿出个预算,至于孟建荣和老秦,这里面涉不涉及贪腐,离水落石出的一天不会太远了。

24　乔婷琊山宿舍　冬　下午　内

乔婷一个人在品茶。冲茶、泡茶,动作娴熟,一气呵成。

放在桌上的手机响,她走过去接听,里面传出赵达夫的声音:乔小姐,秦海涛回来了,收拾了一下东西,看样子马上要走。

乔　婷:好,谢谢你,我马上过去。

25　秦海涛琊山宿舍　冬　下午　外

门口停一辆白色宝马,秦海涛要开车门上车。

赵达夫:海涛,怎么刚回来就要走?今天晚上咱们兄弟总要喝两杯嘛!

秦海涛:今天晚上约了饭局,恕不能奉陪了。达夫,你把那个东西妥妥地交给老爷子,还怕没有好酒喝?只怕是酒池肉林,撑不死你也淹死你呢!

赵达夫:彼此彼此。这功劳达夫可不敢独吞,关键时刻还是你力挽狂澜,海涛兄的勤勉敬业我是一定要和老爷子说的。

秦海涛:那就是你的事了,新型煤化工主厂房工程竣工,利润中有我三成,这是一分不能少的;至于别的进项,就不敢奢望了。不像你老弟,吃着碗里的看着锅里的,一张大嘴吃八方。

赵达夫:嘴大有福,海涛,这你嫉妒也没用。

秦海涛:我哪里是嫉妒,分明是羡慕呀!行啦,后会有期。说着,拉起旅行箱,提起手包就往外走。

乔婷出现在门口:秦总,这是要走吗?连个招呼也不打!

秦海涛:哪里,正想去向乔总告别呢!

乔　婷:几个月前进场时,咱们三人有过一个约定,主厂房如期竣工,要开一瓶香槟庆祝。

赵达夫:对。对对,乔总说得不错。这样,海涛先把行李放到车上,我去取一瓶香槟,搞一个简单的庆祝仪式,一来实现了诺言,二来预祝以后的合作更上一层楼,好不好?

乔　婷:赵矿长的提议好,香槟我早就备下了,酩悦香槟世界名牌,赵矿长还和我争吗?

赵达夫:我哪敢争啊。来,海涛,把行李放车上…… 乔小姐,劳你去取香槟,我和秦总先在房间候着。

赵达夫把旅行箱放在后备厢里,把手包放在司机座旁,拉着秦海涛回了房间。秦海涛看看手表,无奈地摇了一下头。

见秦海涛被赵达夫拉进房间,乔婷用钥匙迅速打开秦海涛座驾的车门,拉开手包的拉链,拿出一个信封,信封里有一个 U 盘,她用另一个 U 盘掉了包。

26　香港朗庭酒店　冬　下午　内

丁伯豪华的包间里,推门进来的丁薇薇对坐在沙发上丁伯说:叔叔,乔婷来电话,事情已经办妥。

丁伯吸了一口雪茄,缓缓吐出一缕烟雾:好。

丁薇薇:现在是不是可以向秦海涛索要铜牛了?

丁　伯:不急。欲速则不达,特别是在秦海涛已经有了警觉的情况下,我们现在要做的不是向他索要铜牛,而是要让他在精神上彻底缴械!

丁薇薇:叔叔,我明白了。

丁　伯:你确认,秦海涛和你说的那个叫卢茜的姑娘不是逢场作戏吗?

丁薇薇:据我观察,应该是动了真情。

丁　伯:那好,也许这就是压垮骆驼的那最后一根稻草。

丁薇薇:叔叔,卢茜是一位冰清玉洁的好姑娘,和我也算一见如故,您切莫在她身上打什么主意!

丁　伯:薇薇,你将叔叔想的如此不堪么? 我向你保证,不会对她造成一点伤害,只是必要时你约她出来,到巴厘岛或三亚散几天心即可。

丁薇薇:散几天心?

丁　伯:巴厘岛和三亚的冬天美不胜收啊! 海浪、沙滩、飞鸟、白帆,还有温暖的阳光和悠扬的琴声。薇薇,你不觉得那是一个适合度假的好去处吗?

丁薇薇:叔叔,您让我有点糊涂了。

丁伯哈哈一笑:我的宝贝侄女天资聪慧,也有糊涂的时候? 这到为我…… 用你们年轻人时髦的话说,就是刷了一次"存在感",证明廉颇虽老,也不是就能吃饭嘛!

丁薇薇:那是您说,我可从来没有说过。

丁　伯:是是是,薇薇是个孝顺孩子嘛! 乔婷在琊山的事情办完了,叫她马上飞回香港,至于秦海涛,我给你的材料已经不少了,用完了如果他依然不肯缴械,再来找我。

丁薇薇:明白,乔婷已在飞回的航班上。

27　日式小酒馆　冬　下午　内

秦海涛拿过一个信封顺桌面推过去:这是 U 盘,拷贝了八处遥感器的详细位置。一旦开工,可以从不同角度记录下产品生产的所有细节。您到日本考察,正好带给总部。

背影接过,从信封里掏出 U 盘,看了看又放进去,揣在了上衣口袋里。

秦海涛:这次合作的报酬请让总部打入这个卡号。

背　影:川岛先生,总部说,先期的预订金已打入了你上次提供的卡号,剩余部分的酬金要在新型煤化工项目开工之后才能打入,这是国际通行的商业规则,想来川岛先生会理解。

秦海涛:佐佐木先生,这是应该的。孟子曰:离娄之明,公输子之巧,不以规矩不能成方圆,何况今日的契约社会? 不过,我现在想问另外一个与这单生意无关的事,不知道佐佐木先生能否满足我的好奇心?

背　影:如果与此无关的问题,川岛先生还是免开尊口,这应该也是一条通行的商业规则,川岛先生不应该忘记吧?

秦海涛:既然如此,我就不多嘴了。

背　影:我点了几样精致的日式小菜、上好的日本清酒,算是给川岛先生洗尘。这几个月川岛先生真是辛苦了。

言罢,轻拍几下手掌,一个身穿和服的服务员拉开木门,躬身进来,将几样小菜和清酒一一摆在了桌子上,尔后弯腰退出。

背影一伸手:请!

28　防洪堤　冬　下午　外

江河和沈奕巍在堤上巡视。

沈奕巍:局长,我们商量的意见是,防洪堤要采取锥探灌浆的办法,每隔十米打一个深洞,下入钢筋,用高标水泥现场浇灌,这就等于打了几百根钢桩,把防洪堤彻底加固了一遍。变电站要拆掉,西移一千米重建,其实,这两条都是当年老卢叔的意见。

江　河:好,奕巍,你安排一下,确保汛期到来之前完工。

沈奕巍:现在回过头来,说一个多亿的煤码头防洪堤工程造价太高,真不是捕风捉影;从他们使用的材料上看,至少黑了三四千万!孟建荣一拍屁股跑了,留下了这么多安全隐患,我们要不要向有关部门反映?

江　河:肯定要反映,你们组织施工时,把他们偷工减料的情况完全搞清楚了,搜集到足够的证据再反映不迟。这一段,我们东江港的工作重心是怎样融入"一带一路",东江港外贸运输这一块要想盘活,必须依托"一带一路"。哎,海外资产并购的程序和要求你都搞明白了吧?

沈奕巍:搞明白了。中企海外港口的投资方式、审批权限、报批程序全清楚了,郭局长和章总他们一回来,就可以马上启动了!

江　河:好。老郭他们发短信,说过两天就回来了,走了一个多月,还真想他们。

沈奕巍:明天上午十一点半的航班到港。

江　河:噢,这么快?好,明天我们到机场欢迎他,气氛要热烈点!

沈奕巍:怎么,还要搞个欢迎仪式?您不是讨厌形式主义和繁文缛节吗?

江　河:噢,必要的仪式感还是要有的。它表明了我们对生活中某一特定时间和事件的尊重,也可以理解成是一种自我暗示,让自己更认真、更全力以赴地去对待某一件事。你在煤码头搞的那个二十万吨煤进港典礼就很好嘛,它在一定程度上激发了大家的潜能,煤码头后来蒸蒸日上,你能说没有它一点功劳?

沈奕巍:局长,我赞同,我跟您开个小玩笑。

江　河:你以为我听不出来吗?我一说气氛热烈点,你的笑容就像——

沈奕巍:像什么?

江　河:下到锅里的面条,捞也捞不住了嘛。

29　香港丁薇薇办公室　冬　下午　内

秘书进门报告:董事长,那个邮件已经按您的要求发出了。

丁薇薇:好,有什么反映及时报告我。

秘　书:是,这幅字也裱好了。

丁薇薇接过画幅,展开,是江河的四个字:不忘初心。她端详了一会儿,对秘书说,挂对面的墙上。

秘书将字挂好,丁薇薇一挥手,秘书转身退出。

丁薇薇注视着墙上的挂轴,少顷,走到办公桌一角的古琴旁,打开琴套,深情地弹了起来。在略带忧伤的琴声中,江河似乎正微笑地向她走来。

琴声戛然而止,江河倏然消失。丁薇薇眼含热泪,呆坐于琴前。

有人轻叩门扉。丁薇薇抹去眼角泪水,说一声:请进。

乔婷推门进屋,见到江河的书法和呆坐于琴前的丁薇薇,心有所悟:董事长,我是不是来得不是时候?

丁薇薇起身:小妮子,早就盼着你回来呢。相别几日,如隔三秋,以前总觉得是文人的夸大其词,其实也有几分生活的禅悟在其中呢!

乔　婷:董事长,我何尝不想您。乔婷不在身边,您和谁去品茗,您和谁去论琴呢?

丁薇薇:说的是,小妮子!我算知道为什么钟子期要摔琴谢知音了。

乔　婷:姐姐,你这一向可好?

丁薇薇:我还好,只是你有些黑了,有些瘦了。

乔　婷:身负姐姐重托,不敢懈怠,这是新型煤化工主厂房的U盘,赵达夫和秦海涛费尽心机在厂房关键部位安装了八个遥感器,具体位置全拷贝在里了。

丁薇薇:没有遗漏吧?

乔　婷:秦海涛偷偷拷贝的那个U盘我打开了,逐一核对,准确无误。但是他给赵达夫的哪个U盘,却少了好几处关键数据。

这一点我叔叔早有预料,这个秦海涛真是机关算尽。

乔　婷:是啊,他对日本主子则是忠心耿耿。

丁薇薇:小妮子,你知道吗?你做了一件顶天立地的大好事。

秘书敲门进屋:董事长,丁老爷子听说乔婷小姐回来了,要见你们。

30　秦海涛家　冬　晚上　内

秦海涛进门,换了鞋和衣服,洗了一把脸。然后坐在沙发上,点燃一支烟,打开了手提电脑。

他先浏览了一通有关网站的新闻和财经消息,然后点开邮箱,上面显示他有 28 封邮件未读,他 一一 打开浏览,大都是一些无关紧要的垃圾邮件。突然,他的神情紧张起来,他被一份邮件吓住了:

秦海涛先生:

大江航运公司原来只有两条破船,短短五年,便发展成为了一支中等规模的现代化船队,不否认您的经营天才,但 R 女士的助力也必不可少。以劣质价收购优质煤,赚取的不仅是运费,还有巨额差价。现列上您三年的经营明细,如有谬误敬希指出。

知名不具

下面几页是表格,记录着每一船煤炭的详细资料。

秦海涛傻了,他起身焦虑地在房间里踱步,然后又坐到电脑前,犹豫了一下,回了几个字:你是谁? 想干什么?

31　香港朗庭酒店　冬　晚上　内

丁薇薇和乔婷敲门走进丁伯房间。

丁伯从沙发上站起身:乔婷,你辛苦了。薇薇,你也是,这么漂亮的姑娘派到琊山,整天和一群民工在一起,能坚持几个月,真是不容易!

丁薇薇:叔叔教训得是。不过,乔婷是清华土木建筑专业的高才生,也多亏是她,才能抓住秦海涛的马尾巴!

丁　伯:秦海涛效力于日本 D 财团,这情报我已经掌握,但是他热心收购建筑公司,原来是为了获取新型煤化工的核心技术,倒是在我预料之外。好在乔婷先是明察秋毫,后又巧施调包计,他和他的日本老板只能空欢喜一场了。

乔　婷:谢谢老伯夸奖。

丁　伯:乔婷,赵达夫让你带给我的东西可以交我了。

丁薇薇:叔叔, U 盘乔婷已经交给了我,由我来保存,叔叔不必分心了。

丁　伯:上次所言,看来并非儿戏,你真的是不想让丁家赚这笔钱了。

丁薇薇:薇薇已不是孩子了,何去何从,首先听从内心的召唤,尔后才是叔叔的教诲。我这样说,绝非对您不敬,而是忠孝两字,以忠为先罢了。

丁　伯:好个以忠为先。那我问你,古滇国金印是否也无意留做丁氏集团镇宅之宝,要让它也去彰显你的忠字了?

丁薇薇:叔叔,不会。您对这枚金印朝思暮想几十年,它如有灵性,也必会感受到您对它的殷殷之情了。我发誓,我会想尽一切办法得到这枚金印,让它在您的有生之年陪伴左右;您百年之后,丁家只要有后,就要以敬畏之心待它,珍藏永远,代代相传。

丁　伯:此言不虚?

丁薇薇:什么时候薇薇骗过您?

丁　伯:昨晚我夜观天象,但见月暗有晕,彗星西去,此乃不吉之兆。或许财运有损,灾星可以回避吧! 只是,我已在东南亚已着手建了厂房……

丁薇薇:叔叔,那厂房我已折价卖出,没有事先得到您的允许,您不会怪罪侄女吧?

丁伯长叹一口气:薇薇,你是越来越有主见了!

32 东江市机场 冬 上午 内

机场扩音器在广播:由 A 国飞抵东江的 748 次航班已经安全着陆,请接机的亲友在出港口等候。

江河、沈奕巍、闫主席、卢茜、赵小苏等一行人站在出港口,闫主席和赵小苏拉着一条横幅,上面写着:热烈欢迎郭川、章江同志考察归来。卢茜和另一个女孩儿一人手捧一束鲜花,翘首向里面眺望。

旅客鱼贯而出,东江市电视台有记者随机采访。

衣着时尚,面色黢黑的郭川被记者拦住,先用英语采访:请问,您是非洲哪个国家的公民? 到东江是旅游还是公务?

郭川有些无奈,停下脚步:我郑重告诉你,我不是非洲人,是在非洲被晒黑了的东江人!

章江在一旁打趣:记者同志,你不是在有意制造幽默吧?

记者愕然,做了一个鬼脸。这时,江河认出了他们两人,便连连向他们招手。

郭川和章江急忙走到出港口,卢茜她们献上了鲜花。

章　江:局长,你那么忙,还整这事?

江　河:哈哈,如果我们不来接站,老郭想自证身份都难了。

郭　川:我本来就黑,去了两个来月非洲成了国际友人。

众人一阵大笑。

沈奕巍:说实话,猛一眼我都有点认不出来了呢。郭局、章总,冲你们晒成这样,就说明吃了不少苦啊!

郭　川:吃点苦没什么,关键是要不辱使命!

闫主席:那是肯定的,郭局,出去近两个月了,你们现在最想干什么? 你别说,让我猜一猜啊。

沈奕巍:那还用猜,东江刀拨面,鸡汤蟹黄包。

章　江:知我者,奕巍也。上了飞机,我和老郭就想好了,一到东江,先吃他四笼小蒸包,好好解解馋。

沈奕巍:局长,快到饭点了,这个要求不难满足吧?

江　河:小沈啊,你是又想敲我的竹杠吧?

沈奕巍:哪敢啊,咱们 AA 制。

江　河:算了,这次我买单,我事先承诺过的。

沈奕巍:谢谢局长。

江　河:不用谢我。要谢谢郭局长和章总,我只为他们接风洗尘,你们几个呢,不过是跟着沾点光。

33 秦海涛家 冬 上午 内

连续的敲门声。秦海涛趿拉着鞋走出来开门:谁呀?

秦池推门进屋:海涛,你真沉住气,都什么时候了,还能睡着觉?

秦海涛:叔,您急什么?

秦　池:怎么不急? 沈奕巍他们把变电站拆了,防洪堤也凿了几十个窟窿,孟建荣用的有三分之一是劣质钢筋,水泥标号也不够,全露馅了,我看江河这是要拿我开刀啊!

秦海涛:他拿不到证据怎么向您开刀?

秦　池:等他拿到证据,一切都晚了!

秦海涛:晚不了! 除非他现在能抓住海岩。可是他现在不但抓不住海岩,兴许就死在海岩手里!

秦　池:此话怎么讲?

秦海涛:我不是说了吗? 此事我办。您只管坐看风浪起,稳坐钓鱼台。需要您出面的时候,自然会劳烦您。

秦　池:海涛,你别跟我卖关子了,今天你必须跟我说出个子丑寅卯来,不然,我连觉都睡不安稳。

秦海涛:那好,我给您交个实底。郭川、章江他们是不是快回来了?

秦　池:今天上午已经到东江了,江河他们去机场接了,扯了横幅,买了鲜花,隆重得很。我推说到驳轮公司有事,没去。

秦海涛:您为什么不去?

秦　池:出趟差回来,又不是中了状元,有必要搞这么大动静吗?

秦海涛:唉,您错了,江河搞这么大动静,说明他高度重视这个事,预示东江港的海外收购马上要进入实施阶段。最初沈奕巍搞的那个初步设想我看了,也认真做了不少功课,他锁定的几个收购标的,真正具有收购价值的无非是 A 国的 R 港和 B 国的 W 港,而这两个港口,他无论哪家收购成功,都必死无疑!

秦　池:你具体说说。

秦海涛:我不是跟您说过吗,开会讨论的时候,您力主收购 B 国 W 港,收购理由我留给您的资料上都有;但如果我的判断不错,江河肯定对 A 国 R 港感兴趣。那好,可着劲让他去折腾,一旦收购成功,他就把绞索套在自己的脖子上了!

秦　池:为什么?

秦海涛:我让您主张收购 B 国 W 港,除了以后要为您洗白之外,还有一个重要原因:我已经证实了, A 国 R 港的第三大股东是香港奥维实业,而奥维实业是丁氏集团的全资子公司,丁氏集团黑白两道通吃,它的有些业务见不得太阳,江河执意收购 A 国 R 港,以他和丁薇薇的关系,这里面有没有暗箱操作、利益输送,他怎么能够说得清楚?说不清楚就是疑团,中共用人历来讲政治可靠,一个政治上有疑团的人怎么能当大任?

秦　池:可是仅凭这一条,能把江河搞倒吗?

秦海涛:当然不能!要江河命的是您在 A 国埋下的一颗钉子!

秦　池:我在 A 国埋下的一颗钉子?

秦海涛:您忘了,抗洪后您怕防洪堤和变电站的质量问题曝光,让孟建荣做了善后处理,那个雁过拔毛的人一直和孟建荣保持联系,现在就潜逃在 A 国。

秦　池:你是说——

秦海涛:海岩!

秦　池:海岩?

秦海涛:现在他叫刀哥!

34　A 国某中餐馆　冬　中午　内

一群人正围着一张餐桌在猜拳行令,有亚洲人,多是黑人。

黑人甲:刀哥,你为什么请我们—— 撮一顿?

海　岩:怎么,哥们儿请你们吃的次数还少吗?在家靠父母,出门靠朋友,眼下刀哥在贵国谋生,就是要靠朋友们帮衬啊!

黑人乙:需要我们打架—— 说话。我的拳头可不是—— 吃素滴。

海　岩:硬头的话我爱听,你的拳头硬,你的脑袋也硬啊,要不怎么叫硬头!

黑人乙:是的,硬头的爷爷死了,我向刀哥借十美子。

海　岩:十美子算什么?…… 拿去花,不够再和刀哥说。

众人向海岩敬酒:刀哥,你真仗义!刀哥,有事就说!

海　岩:也没什么大不了的事,充其量,抢个包啊打个架。

黑人甲:没问题。那是我们的长项。

黑人乙:只要有酒喝,我们—— 听刀哥的—— 招呼!

35　东江小吃店　冬　中午　内

单间。江河等七八个围坐在桌子旁。桌子上有几样东江菜肴和几瓶啤酒。几屉已吃去一半的小笼蒸包。

郭　川:不守时是最令人头疼的"非洲性格",即便是公职人员,你也不要轻信。比如说,你约定上午 9 点见面,他能够 10 点钟露面就不错了。

章　江:所以啊,我和老郭后来找到一个窍门,再和有关人士见面时,我们会这样给他打电话:请问瓦鲁德先生,我们想拜访您。欢迎,我们明天上午 9 点在办公室见面吧。啊,不,请问您现在在哪儿? 我现在在办公室。那好,我们 20 分钟后到您的办公室。

郭　川:在非洲,无论是在加油站或在办公室,你经常会遇到这样的情况,一个陌生的男人对你说,嗨,我的朋友,给我买罐饮料吧! 这其实是在索贿。后来我们学乖了,就是在对方张口之前,我们先说:嘿,我的朋友,给我买瓶饮料吧! 一般情况下,对方会发蒙,而忘了向你要钱。

众人哈哈大笑。

江　河:老郭、章总,你们刚下飞机就给我们讲了一课,好! 中央提出"一带一路"的内涵是五通三同,政策沟通,设施连通,贸易畅通,资金融通,民心相通。这个民心相通很重要,可以做的文章很多。只有这个问题解决好了,才能在"利益共同体、命运共同体、责任共同体"这"三同"上取得共识嘛!

郭　川:老江,你这个问题说到点子上了。其实确定收购标的,最难把握的不在经济层面,而是社会与文化层面。

服务员上来:请问哪位先生结账?

江　河:多少钱?

服务员:283 元。

沈奕巍和郭川都争着结账。

江河一摆手:你们不要和我争。说好了,我买单就是我买单。人而无信,不知其可也。这可是老夫子的话! 况且,今天这顿饭吃得很值。二百八十三,哪个老师讲课会收这么低的费用呀!

36　香港丁薇薇办公室　冬　下午　内

秘书敲门进来,对丁薇薇说:董事长,昨天发出的邮件,对方有了回复。

丁薇薇:回复的什么?

秘　书:你是谁? 要干什么?

丁薇薇:噢,我知道了,请依娜来一趟。

秘　书:是。秘书转身退出。

少顷,依娜推门进来:董事长,您有什么吩咐?

丁薇薇:依娜,上次你提供的资料很有用,明天下班以前,你再整理一份那笔售煤款转给秦海涛的详细说明。

依　娜:董事长,这次我到东江向秦海涛讨要那笔钱,他说已经通过地下钱庄运作,在深圳、广州、东莞等地分别提现,答应三个月内完璧归赵。

丁薇薇冷笑了一声:他的话你也信? 你只管照我说的做就是。记住,这笔款子是黑钱,我没有义务帮你追讨;但是古滇国金印如果浮出水面,我承诺你的一定兑现。

依　娜:谢谢董事长,作为丁氏集团的员工,我愿意把集团利益放在第一位。

丁薇薇:这就好。在商言商,做生意追求的是利润最大化;但生活中不光有生意,还有诗与远方嘛,作为姐妹,情谊也是要讲的!

依　娜:明白,董事长。

37　东江港会议室　冬　下午　内

江　河:老郭和章总出去了一个多月,很辛苦。在机场,老郭都被电视台记者误会成了非洲人,足见我言之不虚。本来想放他们两天假,好好休息一下,倒倒时差,但是他们二位不肯,非要抓紧时间向局党委汇报考察情况,而且调研报告在路上就已经完成了,对咱们东江港的"双超精神"又做了一次完美的诠释。恭敬不如从命,所以,我们召开了这次临时党委会,下面的时间留给老郭和章总。

郭　川:章总,你先讲。

章　江:行,我先开个头。中企海外港口投资的主要方式有四种:独资与合资、兼并与收购、BOT,就是项目发起人组建一家项目公司,用以承担新建港口的开发与运营,还有就是特许经营权。

郭　川:对,章总的归纳很清晰。

章　江:根据东江港的情况,我们考虑后的结论是,采取兼并与收购的方式较为适当。这是中资企业进行海外投资的重要手段。具体说,就是收购正在经营的码头资产或者收购已有的港口运营商的部分股份。为什么我们主张采取兼并与收购的方式融入“一带一路”,提交各位的考察报告中有详细的论证,在这里就不重复了。

江　河:这次老郭和老章用两个来月的时间,考察了两个洲的六个收购标的,最后确定了两个重点标的供大家论证,很是辛苦。

郭　川:这两个港口都处于海上丝绸之路经济带的延伸区域,地理位置十分重要,就像股市中的潜力股,现在虽然股价低迷,但随着“一带一路”推进,后市发展空间不可限量,考察报告大家也都看了,有什么疑问提出来讨论。

江　河:对,各位结合他们的调研报告,开始提问。

沈奕巍:郭局和章总出去两个来月就搞出了这么详尽的调研报告,体现了“双超”的精神,首先我要向二位表示敬意。

沈奕巍起身鞠了一个躬:我要问的两个问题是,A,除了从制度保证和地缘位置加以考量外,其他的因素,比如政治的稳定系数、恐怖主义、战争、内乱、军事冲突、文化差异等方面有无更深入的思考与比较?

郭　川:原来六个收购标的,所以过滤掉四个,主要考虑了以上因素。包括所在国的自然情况、国情、社会宗教、政权结构、地缘关系、外部势力影响以及收购标的在国家战略资源中的位置、港口的股权构成等等因素。

章　江:最后圈定的这两个标的也还有一些问题需要仔细斟酌。比如 B 国 W 港,购买股份价格低,性价比合适,现在的经营状况也强于 A 国 R 港。但是我们在考察中发现,在金融危机催化下,其国内的宗教、族群、阶层矛盾有所加剧,已经进入了社会风潮的高发期。

沈奕巍:好,我明白了。B,东江港积极融入“一带一路”,不是为了赶时髦,而是港口内在发展的需要。为的是盘活外贸运输,变煤炭的单轮驱动为双轮驱动,真正实现以煤炭为基础,以外贸为重点的经营方针。

章　江:有关这一块的调研我们还真下了不少功夫。咱们的集装箱码头发货量不足,主要问题是到达港位置欠佳,管理水平低下,压货压车现象严重,而我们确立的收购标的一旦成功,就会有很大的主动权。散货码头的零散商品、化工码头的新型煤化工产品、集装箱码头的大件商品都会有很大增长。

沈奕巍:OK,我的问题没了。

第26集

1　A国街市　冬　下午　外

一辆吉普车载着海岩在道路上行驶。

迎面驶来一辆警车,坐着两名黑人警察。他们盯上了海岩乘坐的吉普,做出停车的手势。

开车的黑人对坐在后面的海岩说:刀哥,移民局的,估计要检查证件。

海　岩:我的签证已经过期了,怎么办?

对面的警车放慢速度,警察探出车窗,招手示意吉普车停车。

吉普车被迫靠近路边停下,司机回头对海岩说:装死!

警车在吉普车前面停下,警察跳下来,指着车后座的海岩问:他,怎么了?我要看看他的证件。

司机回头见海岩头靠在椅背上,口吐白沫,双眼微睁,便装作惊慌地喊:警官先生,他心脏病发作,马上要死了,我送他去医院。

一名警察拉开车门,翻翻海岩的眼皮,使劲关上车门:啊,上帝。走,赶快!

司　机:谢谢警官先生,或许到不了医院,他就已经去见上帝了。

2　东江港会议室　冬　下午　内

秦　池:我谈一点意见,供局党委决策参考。

江　河:好,老秦你说。

秦　池:首先,我同意东江港加快融入"一带一路"的步伐,对郭局长和章总卓有成效的调研工作表示感谢。具体意见,我赞成收购B国W港股权。价格便宜当然是一条很重要的原因,但还不仅限于此。这些大我也认真做了功课,研究了W港相关情况。它距离世界上最繁忙的国际主航线不到二十海里,具备发展成为国际中转深水港的地理位置优势。现在它的集装箱中转量仅仅是三十万大标箱,随着国际航运业的复苏和中国"一带一路"战略的不断推进,发展前景相当可观,投资收益应该是上了保险的。

郭　川:老秦的意见很专业,一听就是个老码头。不过,B国的政治局势难以预测,一旦出现变故,我们有没有能力把握?

秦　池:老郭,你这个顾虑有点多余,谁能把控?联合国秘书长也不敢拍胸脯嘛,商场如战场,我觉得有六成胜算就可以干!

闫主席:我赞成老秦的意见,对于企业,效益是首先应该考虑的。

章　江:我还是比较倾向于A国R港。若说地理位置,它和B国W港各有千秋。而且它是该地区内陆国家的唯一出海口,由港口连接的腹地经济区域空间广大,特别是对新能源产品的需求也相当强烈,正好可以为瑯山煤化工产品提供一个向该地区输送的跳板。特别是它的投资环境要优于W港。我和老郭在A国待了半个月,深有体会。文化上的差异,我们沟通起来比较有把握。

郭　川:还有一点,老秦呀,我们通过中介公司和R港董事会有过N次接触,他们所以现在要出售部分股权,就是要缓解流动性紧张,所以出价较低,并且答应,我们如果购买百分之十的股权,还可以在董事会中占有一个席位。

沈奕巍:这太好了。因为在董事会中没有任何话语权,而导致投资失控的负面案例太多了,在董事会中有发言权,就会增强我们对风险的控制力。

江　河:对。最好在港口管理团队也有一定占比。这样,我们的港口文化才有可能发挥作用。

秦　池:反正我还是倾向于 B 国的 W 港,你们的这些理由没有能说服我。

江　河:老秦坚持自己的意见是一种负责任的态度,我支持!

章　江:老江,你的意思是锁定 B 国 W 港为收购标的?

江　河:唉,我支持的是老秦的态度,不表明我支持收购 B 国 W 港嘛! 不过有一点我倒可以明确:海外收购,不少中国公司过于聚焦项目本身,而对项目的配套成本、环境成本、社会成本严重估计不足。等项目尘埃落定,才发现很多问题超出预期。这时候怎么办? 硬着头皮干下去,落潮后可能连裤头都剩不下了;直接卷铺盖走人,前期的投入就全打了水漂儿。各位,正常商业行为中的风险,我们不要寄希望于政府兜底买单,只能靠我们企业本身的风险评估、成本控制、应急方案和综合经营能力去面对。

郭　川:老江,我和章总做了前期铺垫,现在看,锁定两个收购标的大家意见没什么分歧了,关键是二取一。老江啊,我们虽有倾向性意见,但最终拍板,恐怕你要亲自走一趟了!

3　A 国赌场　冬　傍晚　内

异国情调的赌博大厅,烟雾弥漫,灯红酒绿。即便隔着赌桌,也能看到一张张赌客的脸,大都是黄皮肤、黑眼睛的中国人。

叫喊声、吆喝声在大厅里回响。

身着酒红色丝绒长裙的妓女往来于赌桌之间,或给手气不好的赌客添一支香烟,或给赌得眼红的客人递过去一瓶免费啤酒。

海岩坐在骰宝台前,上面铺着一张绘有图案的布,共 16 格,他摇骰下注。服务生揭开骰盘,他输了,沮丧地骂了一句:他妈的,手气太差了!

黑人司机搂过来一个浓妆艳抹的中国女孩儿:刀哥,让她给你冲冲晦气?

海岩抓过一瓶啤酒,边喝边说:去,找个黑妞!

4　秦海涛家　冬　晚　内

秦海涛坐在沙发上,打开手提电脑。他再一次被震惊了。

秦海涛先生:

这是分十次打入你指定账号的一亿二千三百万售煤款,特发上明细,请核对是否有误。你通过地下钱庄转移此款的路线图也描摹如下,是否准确,你最有发言权。

知名不具

下面是两页表格。

秦海涛点燃一支烟,一口接一口地抽着。忽然,有人敲门。秦海涛一惊,轻轻走到门口,隔着猫眼一看,原来是叔叔秦池。

秦海涛打开门:叔叔,您来得正好。

秦池脱了鞋,跟着秦海涛走进客厅,坐在沙发上。

秦海涛推过电脑:您看。

秦池看了两封邮件,大惊失色:怎么回事? 是那一路的冤家来找你的麻烦?

秦海涛:现在还说不好,他们把这些东西发给我,说明他们不希望事情闹大,只不过是作为一种威胁的手段,让我在某件事上就范!

秦　池:不会是江河吧?

秦海涛:绝无可能,要是他掌握这些情况,咱爷俩儿就不会坐在这儿喝茶了。我分析是站在猪背上的乌鸦,比咱们也白不到那去。

秦　池:那咱们怎么办?

秦海涛:静观事态发展,图穷才能见匕首,等他们亮出底牌。这事添堵,但不致于要命,倒是江河那里有什么动静,那才是心腹大患!

秦　池:我来正是要告诉你,下午开了党委会,江河要亲自到 A 国和 B 国去考察,确定最后的收购标的。

秦海涛:太好了,我就等着这一天呢!他什么时间动身?去几个人?

秦　池:明天上午的飞机,先到香港逗留一下,尔后转机直飞A国,再飞B国,和郭川两个人。

秦海涛:为什么在香港停留?

秦　池:他说想派一些人到香港学习港口信息化管理经验,顺道去接洽一下。

秦海涛:好,您明天把他们的行程尽量详细地告诉我。

秦　池:这没问题,以请示工作为名,我可以每天和他通话。

秦海涛:他从A国回来,您就不用向他请示工作了。

秦　池:有把握吗?海涛。

秦海涛:八成胜算吧。

秦　池:八成胜算?

秦海涛:剩下两成就是天意了。注意,材料到手后,让卢茜去告他。

秦　池:我现在和丫头挺贴心的,过两天还要一起到上交所敲钟呢!行,到时候我去找她。

秦海涛:叔,您不能去找她,要让她找您。

秦　池:找我,她怎么会去找我?

秦海涛:您按我说的去办,她自然会去找您。

5　东江机场　冬　下午　内

江河、沈奕巍、秦池、卢茜和郭川、章江、赵小苏等人在机场握别。

江　河:老秦,你到上交所敲响东江港上市的钟声,这是一个历史性的时刻。卢茜,委托你把全程录下来。

秦　池:老江啊,这个事本来应该你去,可是你要去国外考察,抢了你的彩头,我有点不好意思呢!

郭　川:此言差矣,无论谁敲钟,宣告的都是东江港上市嘛!再说,东江港的海外并购如果成功了,会大大助力于东江港的双轮驱动,真正站在了领跑线上,凡是东江港人都会引以为自豪。

秦　池:老郭说的对,看到东江港发展日新月异,心里真是激动!

江　河:小沈,我和郭局长出国期间,你把海外并购有关政策程序上的事梳理一下,做好前期准备工作。

沈奕巍:局长,从2014年开始,一亿美元以内的海外投资项目,不再需要国家发改委审批,只需要备案就可以。如果是上市公司,需要股东大会通过。

江　河:好啊,你是董秘,政策性的问题你具体安排。章总啊,我和老秦都不在,生产上的事你要多费心喽!

章　总:责无旁贷,老江你放心去。

赵小苏:过一会,江局长飞香港、秦局长飞上海,我们一起合张影吧,把这个历史性的时刻定格。

江　河:小苏说的对,一个人,一个企业,总会有几个难忘的日子,它会像金色的书签,镶进你生命的册页中!

沈奕巍:局长比喻的好啊!来,我们站成一排,站好,站好。

赵小苏:大家笑一笑,一、二、三,茄—— 子——!

6　广州某茶楼　冬　下午　内

孟建荣在和海岩视频通话。

孟建荣:按你的要求,海涛已经从日本给你指定的账号打入了十万美金。

海　岩:钱收到了,你让他放心,只要江河来,我一切都给他准备好了。

孟建荣:他已经飞抵香港,估计两天后会到A国,我们随时联系。

海　岩:好,误不了事。

孟建荣:海岩你要打起精神,江河正在彻查防洪堤和变电站工程,你别的事不算,光这件事就能让你小子坐十年牢!

海　岩:我一跑,你们必把屎盆子都扣我脑袋上了。虱子多了不觉咬,爱咋地咋地呗!

孟建荣:江河倒了,你才有可能落叶归根;他只要在东江港掌权,就不会有你的好果子吃,这点你要想明白。

海　岩:这个我明白。要不然,我小日子过得挺快活,干吗要趟这浑水?就为那十万美金?犯不上呀。

孟建荣:你明白就好。记住,我们用于联络的是专用手机,不能再用这个手机和任何人发生任何联系,事情办妥,马上销毁。

海　岩:你说完了吧?说完了我去安排一下。

7　上海证券交易所　冬　早　内

秦池和卢茜在服务人员的引领下步入挂牌大厅。

韩仕琪和李亚林已先期到达,秦池见到韩仕琪和李亚林上前握手。

秦　池:谢谢韩市长大驾光临,您工作那么忙,还为东江港上市专门赴沪,实在令人感动。

韩仕琪:老秦,不能这么说,东江港上市多大一件事,我怎么能不来!古今中外,依港兴市不乏先例,东江港步入了发展的快车道,会带动东江市的经济进一步腾飞。我作为一市之长,如果不到,岂不是严重失职?

李亚林:韩市长说得好,有这样的见解和气度,东江港焉能不成为现代化物流中心?

韩仕琪:李总谬赞了,东江港能够上市,你功不可没,我代表东江港和东江市感谢你。

李亚林:市长言重了,我做的都是分内之事,您要真想论功行赏,这位小姐—— 如果我没有猜错,她就是卢茜吧,应得首功。

卢　茜:李总真是说笑了,我何德何能,敢贪此功!

李亚林:唉,你抓住了影响东江港上市的关键节点,奕巍和我才有针对性地做了准备,否则,东江港哪能这么顺利就过会?我听奕巍多次谈及你,早就想一睹芳颜,今日一见,果然名不虚传。

卢　茜:听沈局长说起过,你和他读大学时是上下铺。说你巧言令辩,话带机锋,绝对不是一般人,今日倒是领教了。

李亚林:好个沈奕巍,我给他帮了这么大忙,他还在美女面前诽谤我,我要找他算账!

众人哈哈大笑。

主持人进来,与众人握手:敲钟仪式的程序都发给各位了。好,现在我们步入交易大厅,共同去见证一个历史性的时刻。

8　香港某办公楼　早　冬　外

郭川和江河并肩从大楼里走出。

郭　川:老江,没想到维多利亚港学习的事这么顺利,我们本来在香港预留了两天时间,现在看,明天就有可能在意向书上签字了。

江　河:国家向世界提出“一带一路”发展倡议,香港的同行也很热心。

郭　川:委托维多利亚港为我们培训管理和技术人才,提高东江港信息化水平,这步棋走得真是及时。下一步东江港的发展,实际上就是软实力的竞争—— 人才和企业文化的竞争。

江　河:是啊,香港维多利亚港早就是一个国际化港口,不光信息化程度高,在运营和管理理念上也有很多值得我们学习和借鉴的地方。

两人来到路旁,江河伸手欲拦车。

郭　川:老江,要不然你先回酒店,女儿要一套化妆品,我到对面商店给她去看看。

江　河:买化妆品,你知道买什么牌子吗?

郭　川:我哪里知道,她给我写了条子,按图索骥呗!

一辆的士停在路旁,司机殷勤地下车拉开车门:先生,请上车。

江河犹豫了一下:要不要我跟你去?

郭　川:你回去等我,中午我们一起去吃云吞面。
江　河:也好。买化妆品,我还真是不谙此道。
郭川招了一下手,穿过人行横道。
江河望了一眼郭川的背影,弯腰上车。

9　出租车上　冬　早　内

江河坐在副驾驶位置上,的士启动了。
走了片刻,江河似乎感觉不对。他刚要回头,脖子就被一条皮带勒住了。
身后一个沉闷的声音:先生,最好不要乱动!

10　上海证券交易所　冬　早　内

主持人:各位来宾,各位领导:刚才,东江市韩市长,东江港港务局常务副局长秦池先生和东江港上市的保荐机构——京联证券总经理李亚林先生,分别做了热情洋溢的发言,让我们再一次以热烈的掌声表示感谢。
大厅里响起一阵热烈的掌声。
主持人:下面,我们请韩市长、秦局长共同敲响开市宝钟。
两个人上前,开市的钟声在大厅里回响。
东江港三个字在大屏幕上滚动闪现。
大厅里掌声一片,礼仪小姐托着放着红葡萄酒的托盘走上前,胸戴鲜花的嘉宾们纷纷举杯,互相表示祝贺。
有闪光灯不断闪现,记录下了他们举杯相庆的场景。

11　香港某别墅　冬　上午　内

的士驰入郊外一处奢华幽静的别墅,四周草木丛生、花团锦簇。除了一个花匠和一个保洁外,就是站在别墅门口身穿黑色西服的两排男子。
江河被人从车上推下来。他掸掸衣服,神态自若:香港乃法治之地,容不得你们胡来!
司　机:闭上嘴,不许说话,
两个西装大汉一左一右把江河架进了地下室。地下室门口有两条狼狗,冲江河汪汪狂叫,江河被两个大汉摔倒在地上,他挣扎着站起来:你们是哪条道上的兄弟,不妨报上姓名。
司　机:你别管我们是哪条道上的,知道为什么请你来吗?
江　河:我不过是内地的一名公职人员,要绑票你们可是找错了对象。
司　机:绑的就是你这样的公职人员,打电话给家里准备五百万赎人。
江河哈哈一笑:五百万?你们可真是高看了我,再删去一个零,也拿不出。
一个黑衣大汉在桌子上玩刀子,动作异常惊险。他忽地一抬手,尖刀飞出,贴着江河鼻子飞过,咣当一声,钉在了江河身后的门上。
江河面不改色,他把刀子拔下,吹了吹刀尖,扔回桌子上:是把好刀。
司机有些愕然,又问:你在香港有没有朋友,筹五百万赎你,过了今晚钱不到,我们就按道上的规矩办了!
江河拽过一把椅子,从容坐下:我还是那句话,香港是法治社会,你们公然在光天化日之下绑架大陆公职人员,这是向法律挑战。汽车一路开进这座别墅,沿途不会没有留下蛛丝马迹。我的同事一旦发现我失踪而报警,明天早晨要谁的好看就难说了。
司　机:你不用吓唬我们,我们绑到的内地仔,还没有不出血就能活走出这房间的。
江河不语,闭上双眼:该说的已经说过了,随便吧你们。
一个大汉推门进来,附在司机耳旁说了几句话。司机走过去拍了一下江河肩膀:醒一醒,我们老板要见你。

12 上海证券交易所 冬 上午 外

秦池、卢茜在门口和韩仕琪、李亚林及上交所工作人员告别。

韩仕琪和卢茜握手:卢茜,东江港第一才女,今天我们就算认识了,以后有事可以直接到市政府找我。

卢 茜:谢谢。市政府那么大衙门,哪是我们这些小兵可以随便进的。

韩仕琪:老秦啊,你们这位美女说市政府是衙门,这是在批评我韩仕琪搞官僚主义呀!

秦 池:卢茜,韩市长是海归,留学日本的高才生,作风民主,观念超前,你说韩市长是官僚主义,板子可是打错了地方。

卢 茜:呦,一来二去,我冒犯领导的罪名这么就坐实了?冤枉。

李亚林:卢茜,这年头,躺着都能中枪,沈奕巍不是就背后黑我了吗?回去替我带个话,什么时候我到东江,要好好收拾他。

卢 茜:这话我可不敢带,人家现在是副局长,对我说话除了做指示就是下命令。我现在避之唯恐不及,哪里还敢主动往前凑?

李亚林:这话你可冤枉了奕巍。在北京我们同学聚会,他唱了 TIMEZ 的一首《好想好想让你知道》,那叫一个声情并茂、感人至深。我们问他是唱给谁儿的,那小子喝高了,心里藏不住话,明确表示是唱给心中的女神—— 卢茜。

卢茜有些不好意思:酒后的话听了一乐而已,切不可当真。

李亚林:错!酒后才吐真言呢。好了,有时间到东江一块算总账吧!

李亚林挥手告辞,上了开过来的一辆奥迪。

韩仕琪也一招手,上了另一辆开过来的奥迪,他摇下车窗,冲秦池和卢茜招招手:回宾馆吗?要不要我送你们?

秦 池:谢谢韩市长,不用了,明天就回东江了,我们去黄浦江看看。

韩仕琪:那好,我们就回东江见吧,替我问候江河啊,向他转达我的祝贺。

秦池和卢茜站在原地招手,目送韩仕琪的奥迪汇入车流。

13 香港一别墅 冬 中午 内

在三楼宽大豪华的餐厅里,已经摆上了一桌丰盛的菜肴。

丁伯身穿一身中式黑绸衣裤,居中而坐。门开了,江河走进来,其他人分别站在丁伯身后和门里门外。

丁伯起身:江局长,久闻大名,早就有心一会。今日略备薄酒,不成敬意。

江河不坐,打量了一下四周:这位老先生言之差亦,你我素昧平生,为什么要费这么大周折请我赴这场鸿门宴?

丁 伯:江局长不认识老朽,对丁薇薇不应该陌生吧?

江 河:丁薇薇?

丁 伯:老朽是丁薇薇的叔叔。想来,丫头应该在你面前提起过?

江 河:您是……丁伯?

丁 伯:正是老朽,你随薇薇叫我一声叔叔也不为过。

江 河:我倒是不明白了,您即是薇薇的长辈,想见我,何必要动刀动枪?不像是请客,倒像是绑架。

丁 伯:江先生,你这样说是不是有点矫情了?

江 河:何来矫情?我说的难道不是事实吗?

丁 伯:事实?哼,哼哼!我知道的事实是,你与薇薇曾私订终身、海誓山盟,薇薇非你不嫁,你非薇薇不娶。可如今你妻女双全,薇薇却是孑然一人!薇薇对月垂泪时,你在哪里?薇薇长夜不眠时,你在干什么?

江 河:这…… 这……

丁 伯:江先生,薇薇或许早谅解了你,老夫却心有不甘。这么多年,巨商官宦、名宿大家,从来不入她眼，还不是因为心中有你才独守闺房？害得丁家香火也单脉难传。我是她的亲叔叔，血缘一脉，请你的方式是鲁莽了些，也是想为薇薇鸣一声不平。江河啊江河，与她这些年来长夜相思之苦比起来，你受的这点委屈值得一提吗？

江　河：老伯，我不是这个意思。

丁　伯：再说，丁氏集团上千亿的资产要托付给你，单凭薇薇一面之词我岂能放心？略施一些手段，看看你是不是一个有担当、有风骨的男人，也不为过吧！

江　河：什么，托付给我？

丁伯一挥手，身后的一个西服汉子从手包里拿出一沓文件递给丁伯，丁伯拍在桌子上：对，你只要答应了我两个条件，丁氏集团上千亿资产就可以由你掌管支配，这是资产统计表和几千名员工的名册。

江　河：两个条件？

丁　伯：一，你和现任太太离婚，娶薇薇为妻；二，你移居美国，我为你办理入籍所有手续。

江　河：老伯，您觉得我会答应吗？

丁　伯：你当然会答应。如果你对薇薇尚有真情，如果你是一个男人想成就一番事业。江河呀，江河，恕老夫直言，上千亿美元资产，兑换成现金，火车也要拉几个车皮吧，面对如此巨额财富，心不为之所动的人，到现在还没有托生！

14　上海黄浦江畔　冬　中午　外

卢茜和秦池在江边漫步。

卢　茜：秦叔，我看你敲钟的时候，眼睛都流泪了。

秦　池：是啊，心里激动！谁能想到，这才几年啊，东江港一个破码头居然成了上市公司！作为一个东江港的老人，真是感慨良多。

卢　茜：秦叔，你现在不恨江局长了吗？

秦　池：为什么要恨他呢？他能把东江港带上发展快车道，我高兴还来不及呢！丫头，你秦叔可不是那么心胸狭窄的人。

卢　茜：是啊，有些事是误会秦叔啦，秦叔，应该向您道歉。如果东江港上下一心，班子团结，未来的发展真是令人憧憬。

秦　池：说实话，江河这个人除了有点好大喜功、追求政绩外，工作能力还是很强的，也实干。只要他能出于公心，领着东江港朝正道上奔，我秦池肯定会全力支持他。

卢　茜：秦叔……

秦　池：丫头，我知道你想说什么，你是不爱听我说江河好大喜功、追求政绩吧？你忘了你爸爸是怎么死的了，如果不是他一味追求政绩，怎么能叫一个心血管堵塞了百分之七十的老人在暴雨天下水？算了，不说这个了，说了你伤心我心里也犯堵。

卢　茜：秦叔，您中午想吃什么？我请客。

秦　池：你请客？丫头，在老卢大哥的坟前我已经起过誓了，你不是无父无母的孩子，你有我。你爸妈不在了，你秦叔会照顾好你。说吧，你想吃什么？

卢　茜：我想吃…… 生煎包。

秦　池：好，秦叔就请你吃生煎包。

15　香港一别墅　冬　中午　内

江　河：人世间，难道就没有比钱更珍贵的东西吗？

丁伯哈哈大笑：江先生，你这话更是矫情啊！老夫听起来不堪入耳。什么比钱更珍贵？理想、信仰、道德、情操？大陆现在反贪，落马贪官如过江之鲫，有哪一个贪官在落马前不是道貌岸然，口吐莲花，视金钱如粪土，可内心深处呢？唯利是图，唯钱是命，巧取豪夺，贪得无厌！

江　河：老伯，听得出来，对这种没有廉耻的奸佞小人你颇为不屑，但是如果我答应了你的条件，又与他们何异？

丁　伯:你与他们不同。你有担当,面对飞刀可以固守本心,不累及朋友;你有真情,面对旧爱可以情动于心,又不逾矩。而且,这笔巨款非贪非盗,怎么能与他们同日而语?

江　河:谢谢老伯夸奖。我听过这么一句话:人即不是天使,又不是禽兽。不幸就在于,想表现为天使的人却变回为禽兽,敢问老伯,这句话当作何解?

丁　伯:……

江　河:我理解,天使与禽兽之间并非横亘着一条天河。有时候,不过就是一跨步的事儿。如果贪念诱惑你跨出了这一步,一个人就完成了从天使到禽兽的转变。

丁　伯:江先生,说过来倒过去,你是拒绝老夫的要求了?

江　河:老伯,你不觉得你的说法难以自圆吗?其实,人世间还有比金钱更贵重的东西,比如亲情。你拼搏一生,万贯家产拱手相让,不就是希望薇薇能有一个好的归宿吗?这一点,你骗得了别人骗不了自己!

丁伯长叹一声:唉,老夫已届耄耋之年,万贯家产难道还真的送不出?江河啊,大丈夫立世,战争年代戎马沙场,为的是取功名;和平时期驰骋商界,求的是得钱财,此乃人间大道。你偏居一隅,为人驱使、仰人鼻息、看人脸色,倒了能有什么大出息?还是听老夫一句劝,在丁氏集团的平台上成就一番大作为吧!

江　河:老伯,如果我告诉你,我平时最喜欢美国民族英雄内森·里尔的刑场诀别词,你会不会认为我也是矫情?

丁　伯:哪一句?

江　河:我唯一感到遗憾的是,我只有一次生命献给我的祖国。

丁　伯:罢,罢,罢,大路朝天,咱们各走半边吧!只是苦了我那痴情的侄女,真应了陆游的词:东风恶,欢情薄,一怀愁绪,几年离索,错、错、错。

16　上海街头一餐馆　冬　中午　内

卢茜和秦池在一张餐桌前点菜。

秦　池:丫头,想吃什么点什么,不要给秦叔省。

卢　茜:放心吧,秦叔,我的刀磨得可快了,你不怕疼就行。然后扭头对侍立一旁的服务员说:生煎包两份,三鲜馅的。她合上菜单,问了一句,要不要喝点酒?

秦　池:当然要喝,东江港上市这么大的喜事,咱们要好好庆祝一下。

卢　茜:那就再来两瓶啤酒,一个冷菜中拼。

秦　池:丫头,太简单了吧?

卢　茜:够吃就好。

服务员转身退下。卢茜把菜单放在桌子上,手机突然响了,她打开手机,对秦池说了一句,郭局长的电话。又对着手机喂了一声:郭局长,我是卢茜,您有什么事?

郭川的声音:卢茜啊,我在香港呢,老江找不见了,听说他有一个战友在香港,你把电话告诉我一下。

卢　茜:好,你把手机先挂上,我要从手机里给你调出号。

郭川的手机挂断了,卢茜在手机里调出号写在手掌上,又拨通了手机。里面传出郭川的声音:不用了,卢茜,老江回来了,他说是丁老爷子请他吃饭!

卢茜挂断手机,神色有些疑惑。

秦池听到了郭川的话:丁老爷子,丁老爷子是何方神圣?…… 他请江河吃饭怎么不叫上老郭呢?

17　东江港集装箱码头　冬　下午　外

沈奕巍穿一身工作服,头戴安全帽在码头上巡视。

他见到刘黑子的驳轮在码头停靠,就招了一下手:黑子,有空吗?送我去一趟煤码头。

刘黑子:沈头,你什么时候招呼什么时候有空,上船吧。

沈奕巍跳上驳轮，刘黑子手握舵轮，驳轮卷起一路水花在江面驰过。

刘黑子：财经新闻播了，咱们东江港上市了，真他妈牛逼。

沈奕巍：黑子，东江港能上市，也有你一份功劳。抗洪中你这个突击队长没给江局长丢脸，是条好汉！

刘黑子：那是啊！江局长对我有救命之恩，咱不能给他丢脸。

沈奕巍：黑子，想什么呢？

刘黑子不好意思地一笑：沈头，不瞒你说，东江港一天比一天好，大家伙儿过日子的心气越来越足，我也琢磨着呀……

沈奕巍：琢磨什么呀？该不是想生个胖儿子吧？

刘黑子：有这个想法，我老婆换肾后，身体越来越好，她老撺掇我，我心也活了。没个孩子，总不像个家呀！你说是吧？……噢，对不起啊，沈头，你连媳妇还没有呢，守着你说这个话有点不厚道。

沈奕巍：黑子，少跟我来这套，不就是想显摆一下日子过美了吗？可劲儿说，我承受得了，我高兴着呢！

刘黑子：我知道你高兴。沈头，说起来你是领导，我不该在你面前说话没分寸，可江大哥还拿咱当兄弟呢，和你也就不见外啦；沈头儿，卢茜多好的一个姑娘呀，和你也特般配，你千万别老瘆着，该出手时就出手，风风火火闯九州啊！

沈奕巍乐了：黑子，你什么时候学会牵媒拉线啦？

刘黑子：这算牵媒拉线吗？这么说，黑哥我又长了一门本事？

沈奕巍：黑子，我的事不用你操心，你把你的事办好就行了。

驳轮已到了煤码头，沈奕巍跳上码头，转身叮嘱刘黑子：嫂子想要小孩，是好事。最好到医院去检查一下，看看符合不符合要求，如果没问题，一旦怀孕成功，我摆酒为你庆贺！

刘黑子：好嘞！有你这句话，我心里就敞亮。

18　香港某酒店　冬　下午　内

江河与郭川在客房沙发上坐着聊天。

郭　川：老江，刚才我又跟维多利亚港联系了一下，他们原则上同意为我们代培员工，下午四点以前让我们去签意向书。

江　河：好，这样我们明天上午就可以启程赴 A 国了。

郭　川：是啊，比预计提前了一天。

江　河：中午的云吞面没有吃成，晚上补。

郭　川：中午你怎么回来得那么早，想必饭吃得也不舒服吧？我就不爱吃正规大餐，还是街头的特色小吃吃起来舒服，一碗云吞面，或一碗炒米粉，足矣。

江　河：老郭呀，你跟我一样，好养活。时间不早了，我们走。

两人起身穿衣服打领带，往外走。

郭　川：唉，你不是有一个战友在香港吗？不借此机会见一见？

江河摇摇头：等有机会吧，这次就算了。今天中午就是她叔叔请客，哈哈……差点搞成了一场鸿门宴！

郭　川：鸿门宴？

江　河：不说了，走吧，去吃云吞面。

19　秦池家　冬　早晨　内

秦海涛：叔，此行风光吧？我看了同步播出的视频，您还是很动感情啊！

秦　池：动什么感情？一想到我苦心经营了三十多年的东江港将落入江河之手，我心里难受啊！

秦海涛：我不是跟您说过了吗？这次他从国外回来，您就不会再向他请示工作了。

秦　池：要不是有这么一个希望支撑着，我哪里还有这么大的精气神儿。

秦海涛：今天江河从香港动身赴 A 国，海岩为迎接他，一切都安排好了。

秦　池:你怎么知道江河今天动身?

秦海涛:我刚给卢茜通了电话,她告诉我的。

秦　池:说起卢茜,海涛你可要抓紧,我们敲钟时,那个证券公司的李亚林两眼直勾勾看她,这样外秀惠中的姑娘,可是多少青年才俊捕捉的目标啊!

秦海涛:我知道,今天中午我就请她吃饭。

秦　池:我还以为你小子是过江来看我的,原来是项庄舞剑!

秦海涛:叔,您怎么吃卢茜的醋啊,我还不是特意过来再做些铺垫,下一步甩向江河的飞刀,由她出手才胜算更大。

20　A国街市　冬　早晨　外

一个黑人老太太在街边卖水果。菠萝切成块放在装着盐水的大玻璃瓶里,木瓜和杧果切成块用竹签串起来。

黑人青年D走过来,拿起一串杧果就吃。

黑人老太太:放下、放下,你这个孽种,整天游手好闲,难道不可以找一点正经事做吗?

黑人青年D嬉皮笑脸,又拿起一串木瓜塞进嘴里跑了。

黑人老太太:你这个孽种,我没有力气打你了,但我会诅咒你!

她叹了口气,又重新堆上笑脸招呼客人。

江河和郭川走过来,用蹩脚的英语连说带比画:杧果…… 多少钱…… 一串。

黑人老太拿起两串塞到他们手上:吃吧,地道的非洲杧果,肉嫩、汁多!

江河和郭川接过来,边吃边伸大拇指:OK,好!

黑人老太太满脸幸福的微笑。她见江河递过来两美元,忙摆手:不要,不要,真的不要。

郭　川:大婶,怎么能不收钱? 这不可以。

黑人老太太:不收,不收。因为你们是中国人。

21　秦池家　冬　早晨　内

秦　池:告诉你一个情况,在上海的时候,卢茜接到老郭一个电话,说江河在香港下落不明了,一会又说是被一个丁,丁什么老爷子请去吃饭。

秦海涛:丁老爷子,莫不是丁伯?

秦　池:丁伯?

秦海涛:就是丁薇薇的叔叔,丁氏集团的实际掌门人,此人长期供职于国民党特务机关,老奸巨猾,心狠手辣,他怎么会请江河吃饭?

秦　池:现在能做文章的节点不在于他请江河吃饭,而是江河赴了他的饭局,并且是在瞒着组织的情况下。

秦海涛:对,叔,您这句话见水平。况且,A国R港有丁氏集团的身影,他到那儿去又是去收购,这两件事联系起来,想象的空间就打开了。

秦　池:你不是说还有那个春晖基金也有点背景吗? 能不能也当一张牌打?

秦海涛想了想:不好用,对方的条件太优厚,很难点到江河的死穴上。

秦　池:你掂量着办吧,反正牌抓在手里了,怎么组合出就看你的了。

秦海涛:叔,我知道了。不跟您多说了,我约了十一点和卢茜在饭店见,我要给她一个意外,得先去安排一下。

22　A国R港会议室　冬　上午　内

江河、郭川在主人的引领下在会议室落座。

郭　川:尼格罗先生,这位是我们东江港港务局局长江河先生。又向江河介绍,这位是R港董事局主席尼格罗先生,这位是中介机构乔治先生。

R港董事长,一个风度翩翩的黑人绅士伸出手:江河先生,欢迎。

中介机构的乔治是一位金发碧眼的白人,他耸了一下肩:两国港口的大老板直接会晤,将见证一个历史时刻的诞生。

工作人员送上咖啡,尼格罗先生做了一个请的手势。

江　河:很高兴会晤尼格罗先生、乔治先生。是中国政府“一带一路”的倡议使我们有机会坐在一起,共商构建人类命运共同体的伟大事业。

尼格罗:江河先生,我对贵国的历史略知一二,古丝绸之路常常令人想起蒙古铁骑对沿途国家的“比辖而屠”。

郭　川:“比辖而屠”?

江　河:所谓“比辖而屠”,就是把比车轮高的男子全部斩杀。尼格罗先生连这个典故都知道,对中国的历史就不是略知一二了。不过,中国领导人提出“一带一路”绝非是要回到过去,仅仅是借用丝绸之路的历史符号,强调的重心是沿途国家共建开放、包容、均衡、普惠的区域合作构架。想来尼格罗先生对此已经有了深入的观察与思考吧?

尼格罗:江河先生,开个玩笑。今日的“一带一路”与过去的蒙古铁骑西征,当然不可同日而语。喏,我们已与郭川先生和章江先生做了很好的前期磋商, R 港与东江港的合作,应该成为两国人民追求繁荣发展的共同选择。

江　河:尼格罗先生说的好。

尼格罗伸出右手大拇指:你是东江港的 CEO,在最后签订合同之前,我还想问一个问题,贵港为什么锁定 R 港作为合作伙伴呢?

江　河:这是一个很有意义的问题。毋庸讳言,改革开放以来中国的国际合作,更多地被理解为与欧美的合作。但是,近年来欧美市场萎缩,发展中国家在中国对外经济格局中的地位迅速上升。

郭　川:我提供一个数字,中国与非洲的贸易额已经从以前的每年 300 多亿美元发展到目前的 1600 个亿美元,并且仍在递增。

江　河:所以,我们选择 R 港作为合作伙伴,也是适应中国主动调整过度依赖欧美发达国家的发展战略,将以发展中国家为主要对象的“一带一路”沿线国家,作为中国下一步发展的新增长点,从而获得新的空间和发展机遇。特别是贵国以及贵国港口可以辐射的内陆广大地区,对新能源和清洁能源的需求,也是我们选择 R 港作为合作伙伴的重要原因之一。

乔治先生:两位老板的沟通坦率而真诚,下面就相关细节达成一致后,即可分别报所在国的证券监管部门批准。

尼格罗先生一摊手:那好,我们开始吧。

23　东江市　冬　上午　外

秦海涛在首饰店挑选戒指;

秦海涛在鲜花店购买鲜花;

秦海涛在酒店和领班小姐交谈。

24　A 国 R 港会议室　冬　下午　内

谈判正在进行,气氛似乎不大愉快。

尼格罗:江先生,收购的价格不能再让了,恕我直言,贵国政府提出“一带一路”倡议,是为了构建人类命运共同体。现在我们出售的股份价格已经很低了,再压就有趁火打劫之嫌。

江　河:尼格罗先生言重了。虽然远隔千山万水,中国与非洲友谊却源远流长。远的不说,1973 年就是由非洲兄弟把我们抬入了联合国;在中国加入世贸组织、北京申办奥运会以及推进“一带一路”的历史性时刻,非洲兄弟无不给予了我们无私的支持;当然,在非洲兄弟需要中国支持的时候,除了道义之外,我们也从未吝啬过人力和物力。

郭　川:是啊,中国人民和非洲人民的心是连在一起的。上午我们在街上观光时品尝了美味的非洲芒果,卖水果的非洲大婶执意不收我们的钱,理由仅仅因为我们是中国人,真是令人感动。

尼格罗:既然如此,两位先生就更不应该在价格上讨价还价了。

江　河:收购 R 港部分股权,是东江港的企业行为,一旦亏损,中国政府是不会负责买单的。只有互利双赢,才能使我们的合作基础坚实,这也是我们在价格上有所顾虑的原因,请尼格罗先生理解。

尼格罗:我理解。正因为理解, R 港董事局才做出了某种让步,抹去了小数点的最后一位数,这是我们的底线,真的不可以再让了。

郭　川:尼格罗先生,没有商量的余地了吗?

尼格罗起身:没有了。如果贵方继续坚持,我们的会谈只能休会!

乔治见场面尴尬:也好,那么休会半小时吧,我们为什么不在会谈的间隙去听一听令人心旷神怡的非洲音乐呢? 也许,它会使我们紧张的情绪得以放松。

25　A 国海岩住所　冬　下午　内

海岩正在和孟建荣视频对话。

孟建荣:江河在 A 国待不了多长时间,你千万不要错失时机。

海　岩:你放心,我现在派人一天 24 小时跟踪江河,他就是孙猴子,也跳不出如来佛的手掌心了。

孟建荣:不要掉以轻心。还有,江河是两个人,他很讲效率,会抓紧一切时间了解情况,不会时时和郭川在一起。但是也要做出两套方案,就是两人一旦在一起,怎么行动?

海　岩:我会找江河单独一个人的时候下手,万一两个人一直在一起,我也有办法对付,放心吧!

26　R 港休息室　冬　下午　内

有侍者端上咖啡、茶和果汁,尼格罗、乔治和江河、郭川等人分别在托盘上拿起自己喜爱的饮料品尝。

乔治打开正面墙上的 70 英寸彩电,画面里是一群黑人舞者把鼓挂在脖子上,徒手击打着鼓面,发出舒缓有致的鼓点节奏。

乔治手舞足蹈:朋友们,多么清晰的彩电,它应该是来自中国的产品吧?

郭川过去看了看商标:是的,海信牌,中国制造。

乔　治:各位先生,我想起了一件很有趣的事,也和中国制造有关。

尼格罗:噢,是吗? 如果你认为很有趣那一定很有趣,说来听听。

乔　治:2013 年 3 月 29 日,当时的美国总统奥巴马在迈阿密港口发表演说,鼓励更广泛地使用“美国制造”。突然会场气氛哗然,不是因为奥巴马总统出色的口才——讲演中一阵大风吹歪了一面美国国旗,而国旗后面起重机上的商标 ZPMC,正是上海振华重工的标志;奥巴马总统的讲台恰恰就在这台起重机的下面。

尼格罗双手一摊:用美国国旗遮住中国制造的标志,美国总统站在中国大型机械的下面鼓吹“美国制造”,这的确很有意味。

乔　治:无论是高铁、通信、港口机械、3G 数码,“中国制造”一次又一次在国际舞台上成功逆袭。甚至连暖气片,中国品牌“森特拉”就拥有了 69 项专利技术。据说世界各地的标志性建筑都有它的影子,比如,德国国会大厦、英国牛津大学、意大利圣母百花教堂、西班牙康普顿斯图书馆……

江河走过去和尼格罗碰杯:尼格罗先生,如果合作成功,东江港会发来大批非洲兄弟需要的“中国制造”。因为航线缩短、中转便利,产品价格会进一步降低。除了乔治先生提到的那些产品,还有更多物美价廉的“中国制造”等待非洲兄弟分享,比如凤凰牌自行车、长城牌电扇、蝴蝶牌缝纫机和海尔冰箱。

尼格罗:那当然是我希望看到的。

郭川走过来拿出两个药瓶:尼格罗先生,江河局长听说你的胃不好,特向你推荐一个治疗偏方:黄连素加维生素 B2,服用一周,也许就会出现神奇效果。

尼格罗:噢,是吗? 中国有一句俗话,偏方治大病。

江　河:尼格罗先生,我已经服用过了,效果很好,所以推荐您服用一下。这两种药副作用很小,即便无效,也不会伤及身体。

尼格罗:谢谢,没想到您公务如此繁忙,还会记住我随便说过的一句话。

郭　川:江先生就是这样一个人,他会记住身旁每一个同事或朋友的困难和需要。你不知道,东江港上市,本来他可以拥有百分之五的原始股,可是他主动放弃了,变更成了职工股。

尼格罗:噢,天呀! 那将是多大的一笔财富?

乔治突然惊呼一声,一指电视屏幕:你们看——

电视在插播新闻:一艘悬挂五星红旗的军舰停泊在港口,身穿迷彩服的解放军海军陆战队在码头四周荷枪实弹警戒,舰船的制高点布满狙击手。

几辆大客车开到码头停下,下来了上百名中国侨民,他们在陆战队的护卫下,挥舞着国旗登上了舷梯。

双方武装持枪肃立,不发一枪,目送中国侨民登船。

登船的人群中也有几名北非公民。

解　说:中国在北非紧急撤离侨民。面对装备精良的军舰和训练有素的中国人民解放军海军陆战队,政府武装和反政府武装都保持了相当的克制,以使中国的撤侨行动不受阻挠。

27　日式小酒馆　冬　中午　内

秦海涛在一间装修雅致的小包间盘腿而坐,服务员一挑门帘,卢茜走了进来。

秦海涛待卢茜坐下,从背后拿出了一枝红玫瑰,递给卢茜。卢茜接过来,凑在鼻子下闻了闻:这种小戏法你给多少女孩儿变过?

秦海涛:天地良心,姑奶奶! 你以为我只给你拿来一枝花吗? 他又从身后拿出了一个小盒,这才是我今天送你的礼物。

卢茜拿过小盒,要打开,秦海涛忙以手示意卢茜不要着急:卢茜,打开之前,你先告诉我今天是什么日子?

卢茜有些莫名其妙:今天是什么日子?

秦海涛:今天是老卢叔六十二岁的生日。

卢茜异常感动:海涛,你真有心。这几年每年给爸爸过忌日,生日反倒有些忽略了。

秦海涛:卢茜,一个女人,一生当中有两个最重要的男人,父亲和丈夫。在婚礼上,是做父亲的牵着女儿的手,走过婚姻的红地毯,把自己一生中最珍视的一个女人交到另一个男人手上。这不是一个简单的仪式,而是一种责任的传递,一种爱的延伸。说实话,每当参加婚礼时见到这个场面,我都会掉下眼泪。我也无数次地幻想过,有一天我从另一个男人手上接过一个女孩儿时的情景。现在,老卢叔不在了,这个最最幸福的场景注定不会出现了,所以我选在了他老人家生日的这一天向你求婚。我要在这一天把订婚戒指戴在你的手上,我相信老卢叔正在天堂注视着我们,并且会为我们祝福。

说着,秦海涛从小盒里取出钻戒,单腿跪地……

28　A国R港会议室　冬　下午　内

江　河:理解尼格罗先生。价格上可以交易了,但在人事上我们有一个要求。

尼格罗:噢,又有新的要求? 请讲。

江　河:再增加一位副总调度。

尼格罗:NO, NO,不行。江河先生,在收购价格上我们已经做出了让步,并且同意贵港口拥有一个董事局席位和一名高管。现在你又提出增加一名副总调度,这太不可思议了,你们只占10%的股份啊!

郭　川:尼格罗先生,江局长的想法肯定有他恰当的理由,您不想听听吗?

尼格罗:NO, NO,我想知道我们下一个议程。

乔　治:尼格罗先生,下一个议程是共进晚餐！不过现在时间还早,无妨请江先生做一个简单的陈述。

尼格罗:这有意义吗?

江　河:尼格罗先生,我只给您提供一组数据,阐述一个基本事实,或许您听了会改变看法。

尼格罗耸耸肩,摊摊手。

江　河:今天上午,我在 R 港转了三个小时,六台桥吊只有三台可以正常工作;靠岸有 107 艘船舶压港,有的已滞港一周;港区门口的卡车堵塞了 287 辆,足足有两公里长。

尼格罗:噢,江河先生,你是什么意思? 你是在指责我们吗?

江　河:我的意思是,港口本身中转能力的低下,大大稀释了我们的效益。我提出增加管理团队中人员占比,就是要使这种状况得到改变,使 R 港尽快成为一个具有信息化、多元化和个性化功能的现代物流中心。

乔　治:尼格罗先生,江河先生非常坦诚,他管理下的东江港就创造了这样的奇迹。

江　河:刚才是我提供的一组数据,我要阐述的一个基本事实是,即便 R 港的效益成倍增加,我们也只能按占股比例分得利润,真正的赢家还是作为大股东的你—— 尼格罗先生。

尼格罗:听上去很美好,但是我为什么相信这不是一个美丽的气泡呢?

江　河:尼格罗先生,据我所知,还有进入世界 500 强的企业要在贵国建立产业园,而为此进行的谈判却不顺利。

尼格罗双肩一耸:这和我有关系吗?

江　河:当然。谈判所以有所滞缓,是对方顾虑工业园形成产能后的中转运输问题。如果这个瓶颈解决了,会有多少与产业园配套的产能和设备将通过 R 港中转,会给 R 港增加多少效益? 这还只是就 A 国本土而言,到那时候,东江港也将发来大批货物由 R 港中转。R 港作为这一区域唯一的出海口,向纵深和沿线辐射的区域这么广大,效益触手可及,怎么能是一个美丽的气泡呢?

乔　治:江先生作为东江港的 CEO,他的这个承诺应该是可信的。尼格罗先生,你不觉得刚才我们看到的电视新闻令人震撼吗? 中国真的强大了,强大的中国不仅对本国国民是负责任的,对它的朋友也有情有义。你没有看到,撤离的人员中有不少北非人吗?

江　河:那是中国企业的合作伙伴,在局势好转的时候,他们会安全返回。

乔　治:与这样一个强大并负责的国家合作,相信你的利益会最大化。

尼格罗:是的,你的话很有说服力。同时,江河先生表现出来的个人魅力更有说服力,他关心身边的每一个人,并把个人股权转让给普通员工,说明他是一个高尚而正直的人。

29　日式小酒馆　冬　中午　内

门外的服务员见状抬手示意,播送的音乐换成了《婚礼进行曲》,房顶的彩灯开始旋转。所有的服务员站成一排,每人手持一枝红玫瑰,准备献给眼前的新人。卢茜热泪盈眶,她不由伸出手,耳畔突然响起了父亲的声音:——丫头,我不喜欢秦海涛,我觉得他的眼睛后面还有一双眼睛。

卢茜一个激灵,她缩回手:海涛,你真的叫我感动,谢谢你了。不过,你能再给我一点时间吗?你等我从父亲的阴影中彻底走出来,好吗?

秦海涛无奈地站起身,冲门外站成一排的服务员拱拱手:谢谢各位,谢谢你们的配合！我的女神还要继续考验我,请你们继续为我祝福吧！

言毕,向众人深鞠一躬。

30　A 国 R 港会议室　冬　傍晚　内

尼格罗先生:非常高兴,我们进行了卓有成效的磋商。海上丝绸之路的构建,因为来自东方大国追求和平与发展的智慧推动,变得近在咫尺,我们 R 港为能参与其中而深感荣幸。

乔治先生:今天,双方老总的坦诚与直率,反映了彼此的诚意。诚意是信任的基础,成功的先导,它催生的不仅是一份合作的契约,更是一段金色的时光。

江　河:说得好,感谢尼格罗先生满足了我们的请求。相信通过我们的共同努力, R 港一定会更快更好地发展。

尼格罗先生:这也是我们所希望的,只有港口的发展健康有序,我们才能够同时成为赢家。噢,你们中国有一句老话,民以食为天,下面的时间,我们是不是留给晚餐,让远道而来的客人去享受一下 A 国的特色美食?

乔治先生:这是一个很合时宜的建议。江先生、郭先生,请!

31 A 国某中餐馆 冬 傍晚 内

海岩和五六个混混喝酒,其中有三四个黑人。

海岩掏出钱包,从里面拿出一沓百元美钞,一人甩了两张:钱先收好了,做什么都清楚了吧?

黑人甲:刀哥,只要有美金,我们的脑子总是清楚的。

黑人乙:只是,两张少了些,它不能保证我们的脑子一直清醒下去。

黑人甲:刀哥说了,这是预付金,事情办完后,我们会再拿到它的两倍。对吗?刀哥?

海　岩:事情办得漂亮,我还可以再加价,如果拖泥带水,就算球了,一个子也没有了。

黑人甲:算球?算球了是什么意思?难道还要另外奖励我们球吗?篮球?还是足球?

有一个中国人跑进饭店,向海岩报告:刀哥,那两个家伙从饭店出来了。

海　岩:好,散了吧,事情办完了,我请你们喝庆功酒!

32 A 国某高档饭店 冬 傍晚 外

众人在饭店门口握手告别。

尼格罗先生:江先生,再会,希望如你所说,我能够在不远的将来,到中国去签署正式的合作协议。你知道,古老的东方文化太令我向往了,据说,十九世纪时一位西方使者步入紫禁城的大门后,马上双膝跪地,因为他被这座建筑的神秘和雄伟所震惊。想想看,这该是多么有魅力的古老文化呀!

乔治先生:东方文化的魅力还远非如此,如果你有机会看到了兵马俑和三星堆,更会为它文化的久远和灿烂所折服,随便一件什么朝代的文物,在国际拍卖市场就可以拍出千万乃至上亿的天价!

尼格罗先生:是吗?太了不起了!我期待着。转身和江河等握别。

郭　川:老江,这个细化意向书还涉及什么法律问题,需要请律师再认真审核一下。

乔治先生:是的,我陪同你们去,他们在等我们,他们比我更加专业。

江　河:那好,你和乔治先生去律所,时间还早,我再到码头去转一转,我想和工人们接触一下。

郭　川:好吧,老江,注意安全。

33 广州某茶楼 冬 下午 内

孟建荣和海岩在视频通话。

孟建荣:什么?江河、郭川两个人各走各的了?真是他妈天赐良机。

海　岩(OS):我搞的那套预案用不着了,这回省去太多麻烦了。孟总,你就请好吧!

孟建荣:海岩,还是大意不得,一定要仔细周密。特别是录像要经得起推敲,重要的物证一定要录下来,比如赌盘、招牌、妓女。

海　岩(OS):我就是怕江河风风火火的,不像是逛赌场的样子。

孟建荣:这点你不用担心,他干了十年警察,在追进赌场没有发现抢包者之前,他会装得不动声色,以便偷偷搜寻目标。你们必须在这段时间里确认两个事实:一是他进了赌场,这简单,把赌场招牌、赌具、赌桌录下来就行了;二是他有招嫖嫌疑,找两个黑妞缠住他,但动作千万不要太夸张,惹他发火就穿帮了。

海　岩(OS):孟总,你这活儿技术含量这么高,十万美金是不是太少了?

孟建荣:海岩啊!你知道你小子为什么混到今天这一步?

海　岩:混到今天这一步怎么啦?你说为什么?

孟建荣：就是老算小账不算大账！十万美金，你至少剩一半，我没说怨你吧！再说东江港翻了盘，你不是还有东山再起的机会嘛！别眼睛总盯着鼻子尖，看远一些，懂吗？

海　岩(OS)：唉，我跟你开个玩笑，你还真当真了，行了，我忙去了。

34　A 国 R 港　冬　傍晚　外

这是一个集装箱码头。岸线总长度约一千多米。

有船停靠装卸集装箱，六台塔吊有三台有故障，只有三台在正常工作。直通港口的公路上排满了等待装卸货的大卡车。

工人们穿着工作服，戴着安全帽，不紧不慢地工作着，不时会坐下来抽一支烟或扎堆聊天，时有打闹。

江河走过去搭讪、撒烟，用蹩脚的英文连说带比画：朋友们，你们好。知道…… 中国…… 的"一带一路"吗？

工　人：不知道…… 我们只知道…… 干活发工钱。

江　河：你们…… 每周…… 多少工钱？

工　人：很少…… 吃不饱。他回身拿过一个饭盒，饭盒里是一个木瓜，我的晚餐…… 这个，木瓜！

江河拿过饭盒看了看：这个…… 吃不饱…… 干活需要力气。

工　人：你是日本人？

江　河：不，我是中国人。

工　人：中国人…… 收购…… 我们码头的股份？

江　河：是。我们一起…… 欢迎吗？

工　人：不欢迎！中国人…… 来了，我们…… 就会失业。

江　河：不会失业，中国人来了…… 你们会提高收入。

工　人：你骗我…… 我不信！

江　河：不…… 我不骗你，我们是兄弟！

35　香港丁薇薇办公室　冬　晚　内

丁薇薇接电话：乔婷，你好么？去 A 国两个月了，还挺想你。

乔　婷：董事长，报告你一个消息，江河也到 A 国来了。

丁薇薇：噢，他们锁定的收购目标果然是 R 港，江河好眼力啊！

乔　婷：听说，他们准备收购百分之十的股权。

丁薇薇：百分之十？那在董事会能有多大的话语权？

乔　婷：董事会只给了一个席位，江河又争取到了一个副总和一个副总调度的职位。

丁薇薇：噢，江河是一个能做大事的人，他们收购 R 港的股权，参与 R 港的经营，对 R 港应该是一个利好！

乔　婷：我也这样看。这个江河绝对非同凡响。他前些日子只是到新型煤化工施工现场转了转，就感觉出味道不对，判断秦海涛可能搞鬼，提示了廖汉中。要不然，我还真有可能被秦海涛他们蒙在鼓里呢！

丁薇薇：这个人是个经营奇才，如果有了丁氏集团做平台，不知能干成多大的事业。

乔　婷：董事长求贤若渴，不妨仿照刘玄德，三顾茅庐呀！

丁薇薇：不可能了！叔叔前两天背着我会了他一次，对其人品能力称赞有加，但劝我不要奢望他离开中国大陆。其实，我当然知道江河的志向。这一点让我失望，也让我敬重。

乔　婷：是啊，这样的人实在是不多了。

丁薇薇：我有一个想法，咱们的股权不如在合适的时机转让给江河一部分，这样他的持股比例会大幅提高，在董事会中说话的分量自然重了，也可以建立起自己的管理团队。

乔　婷：好姐姐，R 港的经营正逐步走向正轨，各种关系也在进一步理顺，发展前景日趋明朗,我们在这种背景下转让股权,在商业运作上可是一着错棋啊!

丁薇薇:我又何尝不知。其实,亏赚不过是账面上一串冰冷的数字增减,远不如琴弦上流出的音符让人心动。

乔　婷:董事长,其实你更适合做艺术家。

丁薇薇:下辈子吧,下辈子如果投胎再入人道,我一定当个艺术家。

乔　婷:姐姐,你这样一说倒有些伤感了。昨天已逝,明天未至,我们能够把握的只有现在。你不是特别喜欢帕斯卡尔说过的一句话吗?

丁薇薇:帕斯卡尔说过的许多话我都喜欢,你指哪一句?

乔　婷:给时光以生命,而不是给生命以时光。

丁薇薇:说的好。乔婷。方便的时候你可以接触一下江河,看看他有无兴趣购买我们持有的股权。

乔　婷:如果转让,价格呢?

丁薇薇:价格当然要便宜,贵了人家为什么要买你的。

乔　婷:董事长,你让我来 A 国,不是专让我来做这笔赔钱的买卖吧?

丁薇薇:小妮子,随你怎么想。

乔　婷:我想起了一句话,不知当说不当说?

丁薇薇:说。

乔　婷:有人出现在你的生命里,是为了告诉你,你真的好善良。

丁薇薇:小妮子,就你精!

乔　婷:好了,姐姐,我去找江河了

36　A 国街头　冬　晚上　外

江河夹着手包在街头独行。

忽然,一个黑人抢了他的手包就跑。江河一愣,追了上去。黑人跑得飞快,他见江河落下了,还会停下脚步回过头来冲江河做个鬼脸。江河被激怒了,放开脚步猛追。

黑人闪身进了路旁一座亮着霓虹灯的建筑,江河也紧跑几步追了进去。

一辆路虎在路边停下,乔婷推开车门下车,焦虑地搓搓手。她望了一眼闪亮的霓虹灯,拨通手机用英语报告:警察先生,一位中国公民被抢,现在,抢劫者和被抢人已经进入了诺奔赌场。

37　诺奔赌场　冬　晚　内

江河进入赌场,四处张望,寻找目标。一个黑人服务生走过来,用英语问:先生,您需要什么帮助吗?

江河摆摆手,没有理睬。这时过来两个黑人妓女,用生硬的中国话打招呼:老板,需要我陪陪你吗? 帅哥,我可以跟你去饭店。

江河冲两个妓女 NO 了一声,继续寻找那个抢包人。

两个黑人妓女走过来,一边一个搂住了江河,江河摆脱了她们。

又有两个中国妓女走过来:老乡见老乡,两眼泪汪汪! 哥,照顾一下妹妹的生意吧!

江河摆摆手,他发觉那个抢包的黑人正在一张赌桌的后面冲他笑,他怒不可遏,分开众人追了过去。

一个一直跟在江河后面的华人拿着手中的微型录像机,得意地笑了笑。

那个黑人见江河冲了过来,一抬手,把手中的包扔给了江河。江河接住包,拉开拉链,见东西没有遗失,冲那个一脸坏样儿的黑人挥了挥拳头,转身要走,正好遇上了匆匆进门的乔婷。

江　河:唉,你…… 你是乔婷小姐吧?

乔　婷:是我,你被抢的过程我看到了,我已经报了警,我担心你遇到麻烦,特意进来看看能帮到你什么。

江　河:谢谢你了,乔小姐,你怎么会出现在这儿?

江河与乔婷见面的情景也被那个人偷录下来。

乔婷正要说话,两个黑人警察走过来:刚才是谁报警?

乔　婷:警官先生,是我报的警。

警　官:你的包被抢了?

乔　婷:不,我的朋友。但是他的包已经被拿回来了,抢劫犯也跑了。

警察双手一摊:包拿回来就好。小姐,能给我们买两瓶饮料吗?

乔婷拿出钱包,抽出二十美元,一个警察给了十美元,警察耸耸肩走了。乔婷和江河走出赌场,乔婷一指自己的路虎:江局长,我送您回去吧。

江　河:不麻烦乔小姐了,我自己打一个车。

乔　婷:哈哈。江局长,你在这里人生地不熟,英语水平也不敢恭维,还是少一个人出门的好。

江　河:既然这样说,那我就恭敬不如从命了。

江河上车,后面有一个人在偷偷录像。

38　A 国街市　冬　晚　外

乔婷开车,江河坐在副驾驶位置上。

乔　婷:那个劫匪为什么又把包还给了你?

江　河:我那包里除了护照就是文件,对我至关重要,对劫匪一钱不值!

乔　婷:我怎么总觉得事情并非这么简单呢?

江　河:一个突发事件而已。东江港离这儿十万八千里,想害我的人手也伸不了这么长!

乔　婷:但愿如此。江局长,不知明天有无安排?我想请您吃一顿饭。

江　河:乔小姐,实在不巧,明天中午晚上都有宴请,后天一早就飞走了。你的美意我心领了,日后你如有机会到东江,我当洗杯以候,以尽地主之谊。

乔婷将车开到了宾馆楼下,江河推门下车。

乔　婷:慢走,江局长。

江　河:谢谢乔小姐,后会有期。

39　香港丁薇薇办公室　冬　上午　内

丁薇薇在和乔婷视频聊天。

乔　婷:董事长,江局长今天一天都有安排,明天一早的航班就走了。股份转让的事,恐怕没有时间谈了。

丁薇薇:没有时间谈还是不想谈?

乔　婷:第二种可能更大一些。我觉得…… 他好像不希望在业务上和丁氏集团有更多瓜葛。

丁薇薇:这就对了。他这个人,洁身自好又很谨慎。

乔　婷:可是,有一件事我觉得他不够谨慎,我提示了他,他还不以为然。

丁薇薇:噢,说说看。

乔　婷:昨天晚上放下您的电话,我本想到宾馆去拜会江局长,可是巧得很,在路上看见他被一个黑人抢了手包,那黑人跑进赌场,他居然也追了进去。

丁薇薇:赌场?

乔　婷:对,赌场。那么大的招牌,他连看也没看一眼。赌场在 A 国合法,可是大陆绝对禁止公务人员进出赌场,是特别犯忌的一件事。前两天,中国的乒坛王子孔令辉在香港赌场现身,不是就掀起了一场轩然大波吗?

丁薇薇:江河有麻烦了。

40　卢茜办公室　冬　早上　内

卢茜上班后打开电脑。点出微博,发现有一条微博上了热门话题:

东江港港务局局长江河在国外的丑陋表演。

卢茜大惊,急忙点开视频链接,画面上出现了江河在赌场的情景。这条微博已经转发了上百条,视频播放突破万次。

下面有很多网友的跟帖,情绪激愤。

卢茜颓然地坐在椅子上,一时方寸大乱。少顷,她急忙跑出门,敲开了秦池办公室的门。

41 秦池办公室 冬 早 内

秦池办公室有两个港务局干部,见到张皇失措的卢茜,说了一句:秦局长,我们先走了!转身离去。

卢 茜:秦叔,您……

秦池指了一下桌子上的电脑,愤怒地拍了一下桌子:这是怎么搞的?

卢 茜:您知道了?

秦 池:局机关都嚷嚷开了,我能不知道吗?

卢 茜:秦叔,这里会不会……

秦 池:会不会什么?琊山嫖娼门重演?这是视频,清清楚楚,和上次的事不可相提并论嘛!你看一看,这里是不是赌场?这几个女人是不是妓女?江河是不是很享受的神态?国家公务人员、共产党干部擅入赌场,那可是原则问题!你去查一查党纪国法是怎么规定的?

卢 茜:真是,江局长怎么这样不谨慎!

秦 池:这不是谨慎不谨慎的问题。他这个人,好大喜功,刚愎自用,做出了点成绩就容易飘飘然,放纵自己。前一段时间在“心相知”跟人家打架,还惊动了公安局,你知道吗?

卢 茜:会有这种事?

秦 池:这算什么?比这更重要的事多了!他拿起电话:财务吗,你把江河报的那几张单据送过来。对,马上。

卢 茜:什么单据?

秦 池:丫头,说出来吓死你。江河在北京请人吃饭,一顿饭就吃去十二万!

卢 茜:不可能!秦叔,前几年刘总他们吃一顿饭花了八千元,不是让江河气得都掀了桌子吗?他怎么可能一顿吃掉十二万,不可能!

财务推门进屋:秦局长,这是您要的几张单据。

秦池接过来往卢茜面前一甩:你看看,有假吗?

卢茜拾起发票认真地看了半天,倒吸一口冷气:妈呀,吃金子呐!即便是薇薇姐和秦海涛也没有如此奢侈过呀!

秦 池:人家丁薇薇和秦海涛都是私人公司,他们怎么吃咱们管不着,可东江港是国企啊!一顿饭就吃掉十二万,我们东江港的老人心疼得肉都哆嗦!还有这几万,都是钱色交易,在水丽宫歌厅,送小姐一束花就七八千啊!都是以礼品费名义入的账,这还了得吗?

卢 茜:秦局长,那您怎么还签字给他报了?

秦 池:这怪我,党性不强。我们两个人工作中有些分歧,尽人皆知,他为东江港上市花了一些钱,我如果抓住不放,人家会以为我挟私报复。再者说,东江港这几年发展不错,我心里也高兴,有些事情也就睁一眼闭一只眼了。谁想到他变本加厉,竟然发展到私逛国外赌场。

卢 茜:秦局长,我实在没有想到。

秦 池:你想不到的事多啦!

赵小苏推门进屋:秦局长,那个女人的身份查清楚了。

秦 池:干什么的?

赵小苏看了一眼卢茜,欲言又止。

秦 池:说嘛!

赵小苏:那个女人叫乔婷,是丁薇薇的秘书。

秦 池:这问题真是复杂了。小苏,你赶紧联系一下巨浪网,让他们把这条视频撤了先。

赵小苏:理由呢?

秦 池:就说严重失实。丢人呀丢人,视频这样在网上挂着,东江港的脸不是丢尽了吗?你们丢得起人,我可丢不起!

赵小苏:您说失实就失实啊,这画面不是明摆在哪儿吗?

秦　池:这我不管,视频如果撤不下来,我撤你!…… 听见没有,去!

42　香港丁薇薇办公室　冬　上午　内

丁薇薇:你也进去了?

乔　婷:我看他一直没出来,怕遇到什么麻烦,就进去看了看,多少我在 A 国还有些人脉,也许能帮到他。

丁薇薇:乔婷,这样江河可能就更有口难辩了。股份转让的事情没谈也好,否则事情会更加复杂化。不过,将来转让股份的时候,恐怕还要打折。

乔　婷:为什么?

丁薇薇:为了洗白江河,也为了良心的自赎吧!

乔　婷:我只是担心这回是一个陷阱,也许是我庸人自扰呢!

丁薇薇:如果我没有猜错,这个视频已经上网了。

乔　婷:那我可以去为他证明,是劫匪抢了他的包。

丁薇薇:他们会信你吗? 本来他们就会拿你和江河同时出现在赌场这事做文章,你不去为他证明还好,越证明他越说不清楚呢。

乔　婷:为什么?

丁薇薇:你想,江河要参股 A 国 R 港,我们是 R 港的第三大股东;他来 A 国途经香港,我叔叔请他吃了一顿饭;在 A 国,你和他又同时出现在赌场里,这三件事连到一起,就有想象空间了。我判断,如果这是有人做的一个局,做局者肯定要把这三件事串在一起说,指控江河的海外收购和丁氏集团有利益关系。

乔　婷:那怎么办? 董事长。

丁薇薇:我能猜到做局的人是谁。也只有他,才会有这样的筹划和能力。

乔　婷:你说的是……

丁薇薇:秦海涛。

乔　婷:他为什么这样做?

丁薇薇:很简单。他已被江河盯上了,他叔叔也劣迹斑斑。扳倒江河,他们叔侄也才可能免除了后顾之忧。

乔　婷:那怎么办?

丁薇薇:三十六计中有一计叫围魏救赵,或许能在一定程度上帮到江河。

43　秦池办公室　冬　上午　内

秦　池:丫头,我们在黄浦江边的时候,你接到过老郭的一个电话,对不对?

卢　茜:是啊,老郭说江局长找不到了,一会儿又说江局长回来了,是丁老爷子请他吃饭。

秦　池:你知道丁老爷子是谁吗? 丁薇薇的亲叔叔,丁氏集团的实际掌门人。江河在香港密会丁老爷子,在 A 国又和丁薇薇的秘书出现在赌场,而 R 港的第三大股东据说就是丁氏集团的子公司;江河力排众议,坚持收购 R 港,这一切难道都是偶然的吗? 会不会有暗箱操作? 会不会有利益交换,会不会导致国有资产流失? 这些我们先不去猜测,但是你一个党员干部出入赌场就已经铸成大错!

卢茜目光茫然,茫然中透着焦灼与愤怒。

秦池又问:收购贮木场这事,你知道吧?

卢　茜:知道。江北煤码头要建配煤中心,东江港领导班子开了几次会,最终江河拍板决定收购与煤码头毗邻的贮木场,解决扩建用地。

秦　池:江河为什么一定要收购贮木场? 原因是沈奕巍的父母是贮木场职工,江河豢养的打手刘黑子家也住在贮木场,收购贮木场完全是江河与沈奕巍暗箱操作的结果,这就是个“无底洞”！

卢　茜：秦叔，他们大吃大喝搞腐败，我为他们感到可耻！可党委会做出的决议，谈不上暗箱操作，你说黑子是江局长豢养的打手，我也不认同！

秦池打断她：会上通过的东西，是会下暗箱操作的结果。好了，丫头，现在讨论是不是暗箱操作没有多大意义，我们和贮木场签订了收购合同后，江河又自作主张拨款一千万，说是用来彻底改善贮木场水塔的净水设备，收购合同上根本没有这项条款，你说他这是什么行为？

卢茜疑惑道：煤码头赢利后，不是已经拨过一笔款改建贮木场水塔了吗，怎么又拨款？

秦池哼了一声：他说水质不达标，哼，冠冕堂皇！还不是拿着职工的血汗钱为他个人树碑立传。

卢茜吁了口气，问道：秦局长，你和我说这些，是要让我把这些东西在港口报上曝光吗？

秦池反问道：丫头，我倒是想让这些东西在港口报上曝光，你能操作吗？

卢茜如实说：不能，江局长每期都看大样，他怎么可能让这些东西公开见报？

秦池直奔主题：丫头，我希望你依据这些材料，向省纪委实名举报江河违法乱纪的事实！

卢茜神色骤然一变：秦局长，你让我实名举报江局长？

秦　池：很多事我都忍了，这你是知道的。只要东江港能够发展，江河能够带领大伙儿往正道上奔，我的个人荣辱不算什么！可是现在你看，丫头，江河如果办事这么不敞亮，东江港的发展会有多少隐患，我着急呀！

卢　茜：您为什么让我实名举报江河？

秦池凝视着卢茜：对，本来我可以去，不过我和江河的矛盾路人皆知，我去反映，人家会以为我挟私报复。而你不一样，谁都知道你是江河非常倚重的骨干，你出面，会增加举报的说服力，更加引起上级的重视。事情都摆在这儿了，我希望你为了东江港的未来能够站出来！

卢　茜：可是江局长来后这几年，东江港发展很快。

秦　池：这是两回事。他工作确实有成绩，所以我才不计前嫌支持他的工作。可是，能因为有成绩就胡作非为吗？如果任其发展下去，东江港还能发展吗？

卢　茜：您让我想想。

秦　池：当然，你也可以作壁上观，看着江河他们打着冠冕堂皇的旗号把东江港毁了，我不强迫你，你自己去想吧！

44　香港丁薇薇办公室　冬　上午　内

丁薇薇摁了一下桌上的铃，秘书推门进来：董事长，您有什么吩咐？

丁薇薇：第二封邮件发出后，对方有什么反应？

秘　书：没有任何反应。

丁薇薇微微一笑：他是以静制动，窥测方向呢。你马上把这个视频发给他，有什么反馈及时向我报告。

秘　书：是。

45　秦海涛家　冬　中午　内

秦　池：海涛，今天中午给叔露一手厨艺。这些天心力交瘁，神经绷得像是拉满的弓。现在一切顺利，总可以放松下来吃顿安生饭了。

秦海涛：叔，您想吃什么？

秦　池：我买了鱼，你那松鼠鳜鱼味道不错，再看着掂两个小菜，温一壶老酒，咱们爷俩儿喝两盅。

秦海涛在厨房边做饭边和秦池聊天。

秦海涛：叔，卢茜答应了吗？

秦　池：问题不大。我也不藏着掖着，直截了当，让她为了东江港的发展实名举报江河，那丫头有正义感，我估计有八成把握！

秦海涛：叔，让卢茜冲在第一线，我有点于心不忍呢！

秦　池:我又何尝愿意让她趟这浑水? 你老卢叔早看出了防洪堤和变电站的问题,为了我的面子,至死都没有说一个字。我这当叔的,本该把丫头捧在手心里好好呵护,可是举报江河没有比她更合适的人了,就委屈她这一次吧。

饭菜陆续上桌,秦海涛为秦池斟上酒。

秦海涛:政治是男人玩的,女人不宜跻身其中。不过,这回用她的手扳倒了江河,她就会对咱们爷俩儿更贴心,也未尝不是一件好事。

秦　池:是啊,如果你能和卢茜喜结连理,也了却了我一桩心事。卢茜是好姑娘,你要一生善待她。

秦海涛:您放心,我和卢茜是动了真情的,她和别的女人不一样,我现在有点不放心的是海岩。

秦　池:海岩? 我也有同感。这件事你安排得很周密,江河百口莫辩,撤职是轻的。但是一旦海岩吐了口儿,咱们就成晾干了的咸鱼,再也别想翻身啦!

秦海涛:听孟建荣说,这小子在 A 国天天泡赌场,赌场是个无底洞,再多的钱也禁不住他折腾,不如来个一劳永逸!

秦　池:孟建荣当初也动过这个念头,我没同意。再看看吧,孟建荣不是有些人脉吗? 一旦这小子有反水迹象,再动手不迟!

秦海涛:叔,您就是心太软。

秦　池:走到那一步就万劫不复了,手上能不沾血就不要沾血。

秦海涛:您说得也是。叔,为了确保万无一失,在卢茜检举之前,我已经先发一箭,做足了铺垫。

秦　池:是你说过的那支暗箭吗?

秦海涛:对,现在我可以向您交底了,我帮丁薇薇收购孟建荣的公司时,留了一张她的身份证复印件,在银行开了一个账号,用这个账号给徐小慧的银行卡上打了五十万人民币。

秦　池:你怎么有徐小慧的卡号?

秦海涛:我在金融界混了这么多年,这么丁点的小事再办不到,岂不是做人太失败了吗? 而且,我前两天查询了一下,这个卡号已经消费了四万多,江河收受贿赂铁证如山! 把这件事再和丁老爷子在香港请江河吃饭,江河和乔婷同时出现在 A 国赌场,江河坚持收购 R 港,而丁氏集团控股的奥维公司是 R 港第三大股东的事联系在一起,江河能说得清吗?

秦　池:还有违反中央八项规定,进出高档娱乐场所,挥金如土,腐化堕落的事呢!

秦海涛:是啊,他这回可真是蚱蜢遇见鸡—— 在劫难逃了。您就等着稳坐东江港第一把交椅吧。

秦　池:海涛啊,这事干的周密,叔敬你一杯!

秦海涛:叔,江河下来您上,不会有什么闪失吧? 上回见到那位,我曾经想当面再向他凿实一下,可是他没让我说,把我怼回来了!

秦　池:噢? 我想不会,我上去他的安全系数也大大增加,他怎么会算不过来这笔账?

秦海涛干了杯中酒:那就好。

第27集

1　韩仕琪办公室　冬　下午　内

卢茜敲门,韩仕琪喊了一声:请进。见到推门而入的卢茜有些惊讶,他伸出手:哟,卢茜,老朋友!

卢茜一脸严肃:韩市长,您不是说有事可以直接找您吗?

韩仕琪:是呀!你肯定是遇到什么重要事了,对吗?

卢　茜:是。我要实名举报江河。

韩仕琪一惊:实名举报江河?来,来来,坐下谈。

卢茜坐在沙发上,递上一个信封,这是我的举报材料,同样的一份材料我已经寄给了省纪委。

韩仕琪接过材料翻了翻:视频我们已经看见了。这个江河,他搞什么搞!东江港做出了一些成绩,他就可以胡作非为吗?

卢　茜:韩市长,我举报江河,绝非个人恩怨,完全是为了东江港的发展。我希望组织上尽快查清我举报的五个问题是否属实。如果不属实,我愿意向江河同志当面赔礼道歉,并接受组织上的批评处理;如果属实,我要求组织上给予江河同志严厉处分,以儆效尤!

韩仕琪:好,卢茜啊,你的态度光明磊落。我们党反腐倡廉就需要你这样旗帜鲜明、坚持正义的好同志。我接受你的举报,并代表市委、市政府感谢你!

卢茜站起身:谢谢韩市长。

韩仕琪:放心吧,卢茜同志,我们党不会让一个腐败分子漏网。

2　B国某宾馆　冬　傍晚　内

一个普通的标间里,江河、郭川坐在沙发上一边喝茶一边聊天。

江　河:老郭啊,考察了两天你有何感想?

郭　川:乖乖,咱们刚来了两天,就赶上了两场反政府游行。一天一场,也够奇葩了。

江　河:开眼吧?各派政治力量的角逐,社会动荡、经济危机、领导人更迭、战争风险,这些对港口运营都会构成致命威胁啊!

郭　川:可不是。听说在西方发达国家,港口的收购和兼并也有因为政府换届而被叫停的先例。

江　河:所以,我还是倾向于A国R港。虽然R港的管理水平好像比较落后,经济效益也不如W港,但是社会的政治结构比较稳定。

郭　川:老江,我知道你正偷摸着乐呢!

江　河:为什么?

郭　川:因为我们东江港的管理理念,工作经验正好有了施展的平台。

江　河:还说我是物流专家,没有多年的港口历练和工作经验,你能一眼看出我的心思?

郭　川:老江,还是你了不得呀,和尼格罗先生谈判时,你居然拿出了那么一组有说服力的数字,如果没有那组数字,我看谈判会僵持在那里。

江　河:没什么,就是做了点功课。

郭　川:在价格和管理团队上,R港显示出了足够的诚意,我看这个事可以定盘子了。

江　河:老郭,你知道除了其他各种原因和条件外,我倾向于R港还有一个非常重要因素。

郭　川:什么因素?

江　河:R港是A国上市公司,这就相对缩小了如果政府出现非正常更迭可能造成的投资风险。泰国就是一个例子，这几年多次爆发示威游行，导致泰国经济动荡，政府多次更迭，但是泰国股市一直在一千二百点到一千七百点之间波动，相对比较稳定。

郭　川：是啊，这点很重要。无论哪个国家，上市公司都受到所在国证券监管机构的监管，其公司治理和运作经营相对规范，具有相对独立的延续性，一般而言，能够抵御中低规模的政治危机。

江　河：而且尽管各国股市的流动性溢价有差异，但是上市公司的变现都可以通过交易所完成，这一点可不要小看，它为风险投资的退出提供了机制保障！投资港口，资金回收一般都比较长，投资成本相对较高，控制资金风险是必须高度重视的问题。

郭　川：老江，你看问题棋高一着，一个字，服。

江　河：过奖，过奖！这些只能说是初步想法，泡包方便面，咱俩接着唠。

3　A 国赌场 VIP 包房　冬　晚　内

一张赌桌，四周围着十几个人，一个个神色紧张。

身穿白衣黑裤红马甲的荷官熟练地洗牌，然后将牌置入发牌盒中。

荷官点算了庄家、闲家、对子后发牌。

海岩已经精神濒临崩溃。他一伸手，一个服务生把一支点燃的香烟夹在他的食指和中指中。大家翻牌，海岩失望地发出一声哀叹：一个 K 一个 1 。海岩狠狠地把抽了两口的烟扔在地上，一个花枝招展的妓女递过瓶啤酒，海岩接过来喝了一口，把剩下的啤酒全部浇在了头上。

他的面前已经没有了筹码。

荷官做了个手势，请他离开。海岩向身边一个肩头纹着虎头的人一拱手：虎头，借刀哥点筹码。

虎　头：快输的光屁股了，又没老婆，再输了拿什么抵账？

海　岩：潮水还没退呢，谁光屁股还不一定。

虎头把一堆现金筹码推给海岩：敢用吗？一天一分的利？

海岩一把揽过筹码：操他娘的，没有不开张的油盐店，我就不信，今天晚上我是孔夫子搬家—— 尽是输（书）了。

海岩把所有的筹码推进下注区：全押上。

荷官开始发牌。众人都惊愕地看了海岩一眼。

赌客甲：这是不要命的节奏啊。

赌客乙：赢了，你今天娶媳妇，输了，你是不是打算跳楼呀？

海　岩：少废话。他紧张忐忑地慢慢掀开了一张牌，是一张红桃 5，他兴奋不已，搓了搓手，双手合十，闭眼祈祷了一下，又掀开了第二张牌，是一张梅花 3，海岩兴奋地跳起来，双手握拳，振臂高呼：苍天有眼呀！

众人神色复杂地看了看海岩，各自掀开自己的牌，海岩的点最大。

现在只有庄家的牌没有亮出，众人都把目光集中到庄家手上。

海岩把手撑在桌上，身体向庄家探过去。

庄家的第一张牌是黑桃 2，

海岩一下子站了起来。

庄家翻开第二张牌：方块 7，

众人齐叫：9 个点！

庄家兴奋地抱着荷官转了个圈。

海岩一下摊在了椅子上，喃喃地说：完了，全他妈完了。

4　秦海涛家　冬　晚　内

秦海涛送走秦池，回到房间收拾完餐具，坐在沙发上打开了电脑，邮箱里的一段视频，让他大惊失色。

那是他走进日式小餐馆的视频。

还有一段留言：

秦先生，你的勤奋和忘我实在令人感动。一人身系数职，每天疲于奔命。如果你的东家同时知道了你的努力，他们会不会同时为你点赞呢？

知名不具

秦海涛犹如困兽，在房间里焦虑地踱步。耳畔不断响起留言的最后一句话：如果你的东家同时知道了你的努力，他们会不会同时为你点赞呢？

少顷，他坐回电脑前，敲出了以下一行字：

我期待和你会晤。没有什么误会不可以通过交流消除；没有什么利益不可以通过互谅分配。

5　B国某宾馆　冬　晚　内

江河和郭川边吃方便面边聊天。

江　河：收购R港部分股份，我们的工作重点在于民心相通。为什么这样说呢，那天晚上去和码头工人聊天，我注意到一些细节，他们的晚饭有时只吃一个木瓜……

郭　川：只吃一个木瓜？

江　河：是啊，一个木瓜怎么能支持这么繁重的体力劳动？而且他们对中国企业购买股份普遍持反感态度，怕抢了他们的饭碗；很多工人发了工资就不上班了，钱花完了再来，职业观念相对淡薄；对“一带一路”也非常陌生，根本就没听说过什么叫“命运共同体”。

郭　川：问题发现了就好办，我们可以有针对性地做一些工作，比如，搞一些公益活动，让当地人民真正体会到我们的诚意；组织一些讲座，让他们认识到工作的意义；实行一些福利，危险工种补贴啊，工作午餐啊什么的，让工人能切实感受到人文情怀。

江　河：老郭，你的这些想法都很好嘛！

郭川：上次我和章总来就议论过，想搞一个方案，还没有来得及成文。

江　河：说干就干，咱们早点回去，尽快推进R港的并购。

郭　川：中午尼格罗先生还打来电话，问什么时候可以到北京签署正式的合作协议呢！

江　河：你告诉他，很快。

这时江河的手机响，他打开接听，是赵小苏的声音：江局长吗，韩市长来电话，让您马上停止考察返回东江。

江　河：什么事，这么急？

赵小苏的声音：我…… 我不知道，他只是说让您马上回来！

6　A国海岩住处　冬　晚　内

海岩正在和一个黑妞睡觉，门被几个彪形大汉踢开了，海岩想跑已经来不及了，他被几个人拽起来一顿暴打。

黑妞披着一条床单在墙角瑟瑟发抖。

虎　头：你小子什么时候还钱？

海　岩：我没钱，等有了钱我马上给老大送过去，你放我一条生路。

虎　头：你他妈整天泡妞赌博，靠什么还钱？

海　岩：我看了皇历，老子要转运了。这样，你们给我三天时间，我筹到钱就去翻本，翻了本一分钱不会少你们。

虎　头：放你娘的屁！靠赌还账，这有什么准头？别废话了，今天必须还请欠账，不然，明年的今天就让这黑娘们儿给你烧纸吧！

海　岩：各位老大，你们就是要了我的命，我今天也拿不出一分钱还你们呀！求求你们，再宽限几天吧，有了钱我肯定还。

虎头抽出一把尖刀，拽过海岩的手，啪的一声跺去一截手指：明天晚上我们再来，不还钱就要命,你自己掂量。

海岩疼得嗷嗷惨叫。

几个黑社会的混混呼啸而去。

7 韩仕琪办公室 冬 早晨 内

韩仕琪接电话:程省长,我是韩仕琪,您有什么指示?

程 志(OS):老韩啊,你们打给省委的报告我看了。我的意见,完全是我个人的意见—— 是不是先不要停职,一边工作一边查清问题?

韩仕琪:程省长,这样做对江河也不公平啊! 凭什么一边查人家的问题,一边还让人家工作?

程 志(OS):我是说,东江港刚刚上市,海外收购也正在积极推进,临阵撤将乃兵家大忌嘛!

韩仕琪:我有不同看法,地球离了谁也照样转,江河同志停职,不会对东江港的工作造成实质性影响。再说,那个视频已经在网上传得沸沸扬扬,问题不查清,江河同志何以服众,怎么工作?

程 志(OS):问题不是还没查清吗?

韩仕琪:程省长,有些事情已经板上钉钉了,比如一顿饭花去十二万,一束花干掉七八千;这些都有正式的财务支出,哪一条撤他的职也不为过。中央八项规定早就公布了,他这不是顶风上吗? 还有那一千万的支出,他江河一个人就批了,多大的胆子! 这之前,他还未经党委讨论,就擅自给一个刑满释放的港口混混刘黑子转了正,他眼里还有党纪国法吗?

程 志(OS):老韩啊,这还需要当面向他核实啊。

韩仕琪:程省长,刘黑子早上班了,一千万支出都造光了,大吃大喝的发票也报了,这些都是板上钉钉的了,还怎么核实?

程志叹了一口气:我是说……

韩仕琪:至于他在 A 国赌没赌、嫖没嫖,虽然没有事实依据,但他进了赌场,搭讪了妓女,并且不是受人胁迫,这在视频上是明明白白的。他跟香港丁氏集团的高管还一同出现在赌场,据说他坚持收购的 R 港就有丁氏集团股份,赴 A 国之前,他还一个人在香港接受了丁氏集团的高档宴请,这些问题悬而未明,江河同志怎么还可以继续工作?

程 志(OS):老韩,你说的有道理。不过三年前出过一次琊山嫖娼门事件,证明背后有黑手操纵,这只黑手到现在也没有抓住。我的意思是,尽量稳妥谨慎一些,不要无意中再伤害了一个好同志。

韩仕琪:程省长,恕我直言,您就是对江河过于偏爱。事情是在发展变化的,这几年东江港取得了很大成绩,但成绩的取得,也可能会在某种程度上放大一个人的弱点!

程 志(OS):噢?

韩仕琪:而且,这次是实名举报,卢茜是他最器重的干部,连卢茜都要求组织上严查,江河还怎么正常工作?

程 志(OS):老韩啊,你让我哑口无言。行,我尊重你们市委的决定。

韩仕琪:谢谢程省长。我的话如有冒犯,还请您多多原谅。

韩仕琪放下电话,办公室的门猛地被推开了。

8 卢茜家 冬 早晨 内

卢茜穿戴停当,走到老卢头遗像前:爸,我上班了,您好好在家歇着。说着,她转身推开门,门外站着沈奕巍。

卢 茜:你怎么来了?

沈奕巍:卢茜,让我给老卢叔上炷香吧!

卢 茜:就为这事? 免了吧,我爸不敢承受。

沈奕巍:卢茜,你为什么老是这样对我? 老卢叔牺牲,我跟你一样难受。

卢 茜:是啊,所以我父亲过江时才说,有奕巍在那边接我,你还有什么好担心的。

沈奕巍:卢茜,你要听我解释。

卢 茜:我不想听你解释,如果没有别的事,请回吧!

沈奕巍:听说你实名举报了江局长?

卢　茜:是,这个事没来得及向你请示。

沈奕巍:卢茜,你肯定冤枉了江局长,你这样做,是给东江港的改革和发展添乱,你知道吗?

卢　茜:我可以理解成你这是作为副局长在批评我吗?

沈奕巍:随你怎么理解。

卢　茜:那我提醒你,这里是我的家,不是办公室,我可以不听;举报是我的民主权利,你也无权剥夺! 说完,卢茜呼一声关上房门。

9　韩仕琪办公室　冬　上午　内

见到破门而入一脸怒气的刘黑子,韩仕琪一惊:你是什么人?

刘黑子:刘黑子,东江港驳轮公司的舵工。

韩仕琪:你就是刘黑子? 你找我有什么事? 有预约吗?

刘黑子:预约? 预约个屎。我一上班就听说,你因为网上那个狗屁视频,要把江河大哥撤职查办,有这么回事吗?

韩仕琪:刘黑子同志,这是上级党组织考虑的问题,你作为东江港的一名舵工,好好工作才是你的本分,明白吗?

刘黑子:明白吗? 我明白,江大哥仁义,为了东江港几乎豁出了命,是难得一见的好局长。我明白,有了江大哥,东江港才一天比一天兴旺,我刘黑子和东江港几千兄弟的日子才有了奔头。你们动不动就要撤他的职,是搭错了筋还是吃错了药?

韩仕琪:你这个人啊,行,行行,我也不跟你较劲了,我还要开会,有什么意见你到信访处去反映。

刘黑子:嘿,你还别跟我装什么大瓣蒜,老子不吃这一套。信访处,信访处是光说不练的衙门口,我上那去干吗? 我不是为自己,是为了东江港,你就给一句痛快话,是不是非要处置江大哥?

韩仕琪:你说话怎么这么不自重,一口一个老子,你是谁老子? 岂有此理!

刘黑子:就你这当官不干人事的东西,给我当儿子我还不要呢!

韩仕琪:越来越过分了,保安—— 保安 ——,把他给我撵出去!

10　秦海涛家　冬　上午　内

当,当,当,有人轻叩门铃。紧三声、慢三声。

房间里的秦海涛侧耳细听,不由打了一个激灵,他起身轻手轻脚走到大门口,拉开门栓,门外的依娜飘然而入。

两人来到西式客厅。秦海涛用那套紫檀茶具为依娜洗茶、泡茶。

依　娜:海涛,小脸一直绷着,不欢迎我这不速之客吧?

秦海涛:秋萍,我答应过你,风头一过,我们就去把那笔钱提出来,分我多少悉听尊便,你又急着跑来干吗? 现在风头这么紧,还是要小心些才是啊!

依　娜:那笔款子我知道你不会独吞。这次来,是为另一件事。

秦海涛:另一件事?

依　娜:最近有没有什么烦心事?

秦海涛:烦心事? ……

依　娜:对呀。没有人找你麻烦,跟你过不去吗?

泰海涛:那些邮件难道是你所发?

依　娜:算是吧,没有吓到你吧?

秦海涛:秋萍,我真是小看了你,没想到,敲山震虎,尔虞我诈这一套商场厚黑,你也无师自通了。

依　娜:怎么叫无师自通呢? 你知道我现在是丁氏集团的人,丁氏集团所以成了一个跨国公司,你说的那些想必都是小菜吧?

秦海涛:你是不是怕那笔款子飞了,才跟我动的心眼?

依　娜:那笔款子飞不了,我心里有数。实话告诉你,这都是丁董事长的安排,更狠的撒手锏她还没有使出来呢!

秦海涛:更狠的撒手锏?

依　娜:丁董事长说了,等她亮出那个东西你就死定了! 你信么?

11　丁薇薇办公室　冬　上午　内

丁薇薇接听电话:卢茜,别着急,有话慢慢说。

卢　茜:薇薇姐,我实名举报了江河。

丁薇薇:什么? 你实名举报了江河? 你不是吓我吧?

卢　茜:真的。网上的视频你没有看见吗?

丁薇薇:网上的视频? 这些天忙得顾不上上网,真的出了视频?

卢　茜:薇薇姐,江河的问题不仅是视频暴露出来的,运作东江港上市期间,他严重违反中央八项规定,一顿饭就吃去了十二万。总之,他的那些所作所为真的令人愤怒!

丁薇薇:是吗? 这些问题坐实了吗?

卢　茜:确凿无疑。薇薇姐,我打电话只想问问你,你们丁氏集团和东江港有业务合作吗?

丁薇薇:没有啊。

卢　茜:那丁老伯为什么要在香港宴请江河? 乔婷为什么要在A国赌场和江河会面呢? 江河与郭局长一同去的A国,可是这两次江河都甩掉了郭局长,一个人活动,这是为什么?

丁薇薇:卢茜,姐姐告诉你,眼见未必是实,何况耳闻? 生活远比我们想象的要复杂得多。

卢　茜:我不懂你的意思。

丁薇薇:卢茜,明天就是周末了,我约你到三亚散两天心吧。一来姐姐想你了,想见见你。二来呢,我知道你举报了江河,心理负担会很重,我们沟通一下情况,看看这里有什么误会? 好吗?

卢　茜:能有什么误会? 东西都明摆在那儿。

丁薇薇:你举报了江河,其实是恨铁不成钢,如果我没猜错,你对你们局长还是满怀期待的。对不对?

卢　茜:是,不过他太令人失望了。

丁薇薇:有些话在电话里也说不清,明天正好在三亚有一个"一带一路"的研讨会,我们公私兼顾,一块去听一听。我马上让秘书给你订往返机票。好妹妹,无论是放松身心,还是搞清楚江河的问题,你都会不枉此行。

卢　茜:机票我要自己付费。

丁薇薇:和你们局长一个毛病,我们是朋友相约,又无利益往来,和行贿受贿挨不上边儿。行,你来了再说吧。

12　秦海涛家　冬　上午　内

秦海涛:我当然信。那女人一挥手能搅起多大的风浪,我早就领教。

依　娜:领教过就好。上次她让我向你要那个铜牛,你不给,她很生气,她说活到现在还没被人拒绝过,现在已经不单单是一个铜牛的问题,而是涉及到她的尊严。发那些邮件不过是想告诉你,孙猴子本身再大,也跳不出如来佛的手掌心,你驳了她的面子,她就断你的路子!

秦海涛:一只铜牛,她至于动这么大肝火,费这么大周折?

依　娜:既然一只铜牛无足轻重,你何必要惹她不高兴。

秦海涛:我哪敢惹她不高兴。

依　娜:既然如此,这回就让我带走吧。

秦海涛:你这趟来东江,是专为取这只铜牛?

依　娜:打一个飞的,来回不过一天工夫。

秦海涛:秋萍,这只铜牛我可以还给她,本来就是她的东西。只不过,不能由你带走,我要亲自交到她手上。

依　娜:随便你。

秦海涛拿出手机拨打。

依　娜:给谁打电话?

秦海涛:我小舅,黄敬业。电话拨通:小舅啊,我是海涛,您不是答应到东江来散几天心吗?尽快动身吧,确定了时间我去机场接您。

13　香港朗庭酒店　冬　上午　内

丁薇薇敲门进屋:叔叔,依娜来电话,说秦海涛同意将铜牛还我,但必须我亲自去取。

丁　伯:让你亲自去取?

丁薇薇:对。他还特意当着依娜给黄敬业打电话,请黄敬业到东江散几天心,希望他尽快动身。

丁　伯:他为什么要当着依娜的面打这个电话?

丁薇薇:还不是给我看的。他肯定是对我两次索要铜牛心存疑虑,想让黄敬业过来辨识。

丁　伯:黄敬业真要到了东江,秦海涛知道铜牛腹中藏着金印,那变数就大了。没必要再横生枝节,这样,你去东江取回铜牛,我马上派人到丽江和黄敬业去谈一笔生意,缠住他几天,给你留出时间差。

丁薇薇:好,我马上动身。

丁薇薇转身刚要离去,丁伯忽然一个趔趄,用手扶住桌沿儿,面露惊异之色:薇薇……

丁薇薇:叔叔还有什么吩咐?

丁　伯:计划取消,铜牛放弃!

丁薇薇大为不解:这是为什么?为取这只铜牛我们费了多少心思,下了多少工夫,马上就可以到手了,为什么要取消计划?

丁　伯:不要问,听我的。

丁薇薇:叔叔,秦海涛虽然城府极深,但在我心中不过是酒囊饭袋,遑论他还有诸多软肋被我们抓住!

丁伯以手指墙:薇薇,你看,这镜框歪了!

14　东江港港区　冬　上午　外

刘黑子耷拉着脑袋跟在沈奕巍身后。

章江从对面走过来:奕巍,这是怎么回事?

沈奕巍:让他说。

刘黑子:也没什么,章总。就是我去市里问问凭什么要处分江大哥,话不投机,姓韩的市长骂我是混混,让保安把我撵出去,我一生气和他们动起了拳脚,劳烦沈头上市里把我领回来了。

沈奕巍:黑子,没送你到公安局去吃几天冷饭就便宜你了,以后干事不能这么鲁莽,这不是给江局长帮忙,是给他添乱,明白吗?

刘黑子:沈头,我知错了,我就是不能容忍有人欺负江大哥。

沈奕巍:你有血性,知恩图报,这都是优点,不过坏脾气也要改一改,啊!行,上班去吧。

望着刘黑子的背影,沈奕巍摇了一下头:这不是什么好兆头啊!我跟韩市长接触了一下,市里真是要处分江局长了。章总,你说我们应该怎么办?

章　江:那五条罪状如果坐实了,还真够老江喝一壶的。

沈奕巍:在北京超标支出,和江局长没有一点关系,是我背着他干的,有什么责任我来承担!

章　江:奕巍,那两张单子报了一年多了,现在重新翻出来,老江到国外考察,又出了视频这样匪夷所思的事,你不觉得有点蹊跷吗?

沈奕巍:章总,我总觉得有人在处心积虑攒江局长的材料,不动则已,一动就想一击毙命!

章　江:事情比我们想象的可能还要复杂。

沈奕巍:我准备写材料,正式向省市两级纪委澄清北京支出超标的问题。

章　江:奕巍,不急。老江不是马上回来了么?等他回来看看情况再说。

15　香港朗庭酒店　冬　上午　内

正面墙上挂着一幅镜框,呈 45 度角倾斜。

丁薇薇:可能是时间久了,不小心所致吧?

丁　伯:不对,我天天擦拭你爷爷奶奶的遗像,刚才突然一下相框就歪了,按民间风水灵异之说,此乃大凶之兆,预兆丁氏子孙会有灾祸发生,东江是断然不可去了。

丁薇薇:叔叔,东江我还是要去。

丁　伯:……

丁薇薇:叔叔您听我说,侄女为什么一定要去。我知道,琊山新型煤化工项目您布局已久,且前景广阔,囿于薇薇的执念,您放弃了这块巨额利润,薇薇感念不已。古滇国金印于您,既是情感之所属,又是兴家之瑰宝,薇薇志在必得,一是为尽孝道,二是为了丁氏集团的兴旺发达。

丁　伯:可是火中取栗,非智者所为。

丁薇薇:叔叔,您想多了。哪有什么凶兆,不过是因为担心或猜疑而生出的心造幻影罢了。想一想,您半生戎马历经艰险,要说起凶兆,怕是经历无数了。今天不是依然鹤发童颜,一派道骨仙风,坐在这里教诲薇薇吗?

丁　伯:你这丫头,说的我倒无话了。

丁薇薇:我明天一早启程,快去快回。还有,我想再去见见江河,看他有没有可能回心转意。

丁　伯:薇薇,这恐怕是你坚持要去东江的潜在理由吧?见侄女不言,又说,不要再抱希望,此人我已领教,要他去国怕是难于登天。

丁薇薇:此一时彼一时。现在,他应该已经心灰意冷了。

16　韩仕琪办公室　冬　上午　内

江河惊诧站起:什么?停职反省?

韩仕琪:这是你要反省的五大问题,逐一向党组织交代清楚吧。

江河看了看韩仕琪递过的材料:这都是无稽之谈!

韩仕琪:无稽之谈?江河同志,首先你应该端正一下认识。党的十八大以后,严格禁止公款吃喝,你们在北京一顿饭吃去十二万是事实吧?

江　河:什么,一顿饭吃去十二万?

韩仕琪:送小姐一束花,花去八千元是事实吧?

江　河:一束花花去八千?

韩仕琪:贮木场你擅自批了一千万改造费是事实吧?这里有没有利益输送,权钱交易?

江　河:利益输送?屁话。

韩仕琪:你先不要激动。在 A 国你出入赌场,和妓女搭讪是事实吧?在香港你接受丁氏集团高档宴请,在 A 国又和丁氏集团高管秘密接触,这是事实吧!而 R 港有丁氏集团股份你不会说你不知道吧?这里面有没有出卖国有资产的嫌疑?我们不妄下结论,你是不是有责任向组织上讲清楚呢!

江　河:什么乱七八糟的,我不明白。

韩仕琪:江河同志,我希望你端正态度,不要使问题的性质进一步恶化。根据你的问题,撤职查办都是轻的,现在让你停职反省,就是考虑到你为东江港的发展做出了一定贡献,你要理解组织上的一片苦心。

江　河:干脆,你们把我抓起来吧。

韩仕琪:是不是抓起来法办,那要看事情发展的程度,这个你不必操心,组织上自有分寸。市委在东江港已经正式宣布了你停职的决定、你停职期间,由秦池同志代行局长职务。

17　港务局会议室　冬　上午　内

秦　池:今天的党委会由我主持,议题只有一个,布置下一阶段工作。建立煤码头配煤中心,港口管理实行信息化、多元化、个性化的工作正在有序推进,这两项工作由沈奕巍副局长分管,继续抓好就是。

秦池抬头看了一眼沉着脸的沈奕巍:沈副局长,听明白了吗?

沈奕巍:听着呢。

秦　池:听明白了呼应一下,好吧?咱们是在开党委会,各位委员肩负着很重的工作责任,无论出现什么情况,都应该振奋起工作精神。

沈奕巍起身倒水,然后把水杯狠狠地往桌上一墩。

秦池看了一眼沈奕巍,接着说:还有一项重要的工作是海外并购,这关系到东江港融入“一带一路”,马虎不得。今天本来应该由出国考察调研的同志一起向局党委汇报,以便做出最终决策,由于大家都知道的原因,只好请郭川同志汇报了。

郭　川:江河同志有很多成型的想法,在 A 国和 B 国也做了大量实地调研……

秦　池:老郭,你什么意思?

郭　川:我的意思是,党委会讨论这个议题,能否请江河同志参加。毕竟海外并购是一项重大举措,对东江港下一步的发展意义重大,最早又是由江河同志提出的,我们应该认真听取他的意见。

秦　池:老郭,你还记得上次开党委会我的意见吗?我是主张收购 B 国 W 港的,很简单,如果其他方面条件相当,价格就是决定性因素。可是老江呢?只凭道听途说和翻翻材料,坚持要收购 A 国 R 港,当时我还以为他是刚愎自用,现在好了,这里很可能有利益交换。

章　江:老秦,你这话未免过于武断了吧?一切都是在阳光下操作,哪里来的利益交换?

秦　池:一切都是在阳光下操作吗?那么就问老郭,您和江局长出去考察了一个多月,可曾经常单独活动?并且每次单独活动都有故事发生?

章　江:老秦,你这是想说明什么?

秦　池:很简单!老江在香港就甩掉了郭川,单独去赴丁氏集团宴请。

郭　川:不能那么说,是我要去给女儿买一套化妆品。

秦　池:那在 A 国呢!怎么就那么巧,又是你要去律所完成相关手续,江河却跑进了赌场,还和乔婷在一起拉拉扯扯?他为什么主张要高价收购 A 国 R 港的股份,各位知道吗? R 港有丁氏集团的股份!

郭　川:怎么可能?

秦　池:没有什么不可能,事实正是这样。R 港第三大股东—— 奥维实业公司就是丁氏集团的全资子公司。

郭　川:会是这样?可不能道听途说。

秦　池:网上有资料,通过“天眼”查实不难。

章　江:事实确凿又能说明什么呢? R 港有几千股东,如果我们高价购买了别人的股份,那有损公肥私、利益输送之嫌。现在的情况是,我们只是在和 R 港董事局打交道,和奥维实业公司没有任何实际业务往来,利益输送从何谈起?

郭　川:章总说的在理,一不留神,我叫老秦绕里头了。

秦　池:郭局长说笑了,我绕你?你绕我还差不多。至于老章的话,也站不住脚。现在没有业务往来,不见得以后没有,一系列迹象表明,发生问题的概率很大嘛,未雨绸缪有什么不对?

沈奕巍:唉,秦局长,会议气氛太紧张了,我来讲一个故事吧,也许有助于解释我们争论的话题。

秦　池:什么故事能把黑的说成白的,我倒想听听。

沈奕巍:有一对夫妻出海,风浪很大打翻了船。老婆抓住一块木板保住了两个人的性命,可是这片海域经常有鲨鱼出没,老婆问丈夫,你怕吗?丈夫掏出一把水果刀,说不怕,因为我有它。老婆无奈地摇头苦笑。当一艘货轮发现他们的时候,同时出现了一条鲨鱼,老婆说我们一起用力游!老公却推了老婆一把,一个人奋力向货轮游去,老婆惊呆了,望着老公的背影非常伤心。

沈奕巍停顿了一下:在生死面前,这位丈夫的表现是不是令人不齿?

秦　池:这是一个懦夫,简直不是一个男人!

闫主席:找这么一个老公,这女人倒大霉了。

沈奕巍:可是奇迹发生了,鲨鱼越过了女人,径直向丈夫扑去……

18　东江机场　冬　上午　内

依娜捧着鲜花迎接丁薇薇。

两个人边说边向停车场走去。

依　娜:董事长,江河被免职了。

丁薇薇:呦,动作挺快!

依　娜:听说还跟咱们丁氏集团有些牵扯呢。说着打开卡迪拉克的车门,以手护着车门上方让丁薇薇上车,随后坐进驾驶室,发动汽车,开走。

19　三亚某度假村　冬　上午　内

叠石为山,小桥流水,亭台楼榭,绿树如茵。

乔婷陪着卢茜在风景如画的景区漫步。

卢　茜:薇薇姐哪天回来?

乔　婷:董事长临时有一个重要活动,让你耐心等她两天。

卢　茜:可是,我没请假,要回去上班啊!

乔　婷:既来之则安之,听董事长说你父亲去世以后,你的精神一直处于紧张和压抑状态,不如趁这个机会好好放松放松。

卢　茜:手机丢了,这么好的度假村居然没有开通长途,真够奇葩的。乔婷,你借我手机用用,我给家里报个平安。

乔　婷:报平安?给秦海涛吗?不如趁这个机会考验他一下,看看他心里有你没你!

卢　茜:谁要给他报平安?得,不打也罢。乔婷,薇薇姐说有些情况你会向我解释清楚,什么情况,你方便对我说吗?

乔　婷:方便呀,请你来,一是放松,二是向你说些情况,你可以不信,但我不能不说。

卢　茜:呦,听着有些严重!那我倒要好好听听了。

20　东江港会议室　冬　上午　内

沈奕巍:最终老婆获救了,而丈夫却葬身鲨鱼之口。

闫主席:这也算是天意,罪有应得!

郭　川:奕巍,你这故事完了?

沈奕巍:罪有应得!连他的妻子也这么说,认为他的死一点也不值得同情。唯独船长向男人遇难的水域撒满了玫瑰花瓣。因为他一直用望远镜观察,清楚地看到丈夫把妻子推开后,用刀子割破了自己的手腕,而鲨鱼对血腥味非常敏感,如果他不这样来争取时间,恐怕妻子就不可能出现在那艘船上了。

秦　池:你这是什么意思?和咱们讨论的问题风马牛不相及嘛!

沈奕巍:我要说的是,你看到的未必是真相,而真相常常被某些表面现象所掩盖。

郭　川:奕巍的这个故事讲得好,它未必和咱们讨论的事风马牛不相及。老秦讲的那些情况是事实,但事实就是真相吗?掩盖在事实后面的真相才是我们应该追寻的。

秦　池:各位,我们是企业,企业是要务实的。咱们别提那些虚无缥缈的东西了,就说下一步,海外并购确定哪一家标的吧!

郭　川:我已经去过两次,和章总、江局长也有过多次沟通,我开始倾向老秦的意见,收购B国W港;后来通过和老江沟通,我的想法变了,主张收购A国R港,这是综合各种因素全面考量的结果,老江有详细的考察结论提供给局党委。

秦　池:我坚决反对收购A国R港,因为这个收购可能就是一个坑,明知道是坑,我们为什么还要往里面跳呢?

闫主席:老秦的话应该考虑,毕竟R港有丁氏集团的股份,又发生了几件比较蹊跷的事,是不是等事情弄清楚后再定?

章　江:我说过了,有没有利益输送、暗箱操作,现在谈还为时过早,因为我们和丁氏集团没有任何业务往来嘛！

沈奕巍：R 港和 W 港表面看起来各有短长，条件相当，而且 W 港的收购价格还要便宜一些，但是江局长提出有两条很重要的因素我们不要忽略：一是发展空间，二是投资环境。投资环境中又分两个层面，可以改变和无法改变。综合这些因素，我投 R 港一票！

闫主席：小沈，秦局长介绍的情况还是应该引起注意。

沈奕巍：我认为那完全是捕风捉影、无稽之谈。况且我们这回要收购的是 R 港股份，和丁氏集团是不是持有 R 港股份没有逻辑关系。

秦　池：话也不能说得那么绝对。总之，这次的海外收购必须在阳光下进行，不允许任何人搞利益输送那一套！

闫主席：老秦，老江都靠边站了，你这话说给谁听呀！

秦　池：后人哀之而不鉴之，亦使后人而复哀后人也。我是提个醒儿。

沈奕巍：秦局长，你引用的杜牧这句话好，现在国家反腐呈高压态势，但贪官像韭菜一样割了一茬又一茬，为什么？就是忘了前车之鉴！我们记住这句话，你更要记住这句话！

秦　池：小沈呀，你这是什么意思？

沈奕巍：说明白了就没意思了。

21　三亚某度假村温泉　冬　上午　内

卢茜和乔婷在绿荫下的躺椅上喝着饮料。

卢　茜：乔婷，真的是这样么？

乔　婷：我知道你会这么问，卢茜，哪个女人会喜欢一个出入赌场，拈花惹草的浪荡公子？如果你们江局长真是那么一个人，我们董事长能对他用情十几年吗？再说，沉船、抗洪、改革，你和江河一路走来，他是一个什么样的人你不会一点判断力都没有吧？

卢　茜：怎么会有这么多巧合？

乔　婷：是有一些巧合，比如我恰巧就看见了江局长被抢包的过程。恰巧江局长是单独活动，郭局长不能给他作证。但是我到 A 国，丁老爷子宴请江局长不是巧合，完全是有意为之。

卢　茜：有意为之？

乔　婷：对。丁氏家族只有董事长一根独苗，老爷子一直特别关心她的婚事，知道他对江河用情很深，得知江局长来港，单独约会他，许以丁氏集团千亿资产，只求他答应一个条件……

卢　茜：什么条件？

乔　婷：离开中国。

卢　茜：离开中国？

乔　婷：是，本来丁老爷子信心满满，面对上千亿资产谁不动心？偏偏就遇到了江河，他只回应了一句美国民族英雄内森·里尔的刑场诀别词，一下子让老爷子死了心。

卢　茜：我唯一感到遗憾的是，我只有一次生命献给我的祖国。

乔　婷：你怎么知道？

卢　茜：这句话他一直压在办公室的玻璃板底下。

乔　婷：我到 A 国完全是受董事长之命，想找机会促成股权转让一事。

卢　茜：你们真和江河有业务交往？

乔　婷：交易的原则会超出你们的想象。

卢　茜：什么意思？

乔　婷：我们转让的股份价格非常低，当时我对董事长的这种想法不能理解，董事长说了一句话：尽管人在商海，有些钱也是不该赚的。好了，江河没有给我机会谈，就不说了。总之，董事长身在商海，却让我明白了，世间原来真有一些东西比利益和金钱更值得珍惜。

卢　茜：乔婷，知道我听了你的话是什么感受吗？

乔　婷：卢茜，我并没有打算说服你，只是有义务告知你真相。当然，凭我这一番话，你和你的组织可以不认可，只是孤证，何况又有一时扯不清楚的利益关联？不过，我想送给你一句话——

卢　茜:该不是处事箴言吧?

乔　婷:应该说是生活的智慧。其实,是董事长让我说给你听的—— 上帝向人间洒满了智慧,请你不要撑开伞。

22　江河办公室　冬　中午　内

郭川、章江、沈奕巍等几个人走进江河办公室,众人握手。

江　河:谢谢你们来看我,各位请坐。

沈奕巍:局长,真没有想到卢茜会去举报,你没黑没白地工作,为了什么?还不是要把东江港做大做强!在东江港发展的关键时刻,她歪曲事实去举报你,真不够光明磊落!开会前我去找她了。

江　河:你找人家干吗?

沈奕巍:我得好好和她理论理论,她凭什么歪曲事实?

江河把几张复印件发票甩给沈奕巍:人家怎么歪曲事实了?沈奕巍啊沈奕巍,你胆子简直比天都大!瞒着我,一顿饭吃去十二万元,你是不是想把天也给我吃出个窟窿来!

郭　川:老江,你消消气,奕巍怕也有难言之隐。

江　河:你也在港口三产干过,你想想那些大妈大婶们,无冬历夏地捕鱼捉蟹,为职工改善伙食,她们辛辛苦苦干半年的利润,也不够你一顿饭钱!你还好意思说卢茜不够光明磊落,我告诉你,她就是不去举报我,我也得自我举报!

沈奕巍:局长,这十二万元,还有那几万,确实是瞒着你支出的,我就是不想把你也牵连进去。我们不是生活在真空里,哪家公司运作上市不需要打点,少则几百万,多则几千万!李亚林说在北京饭店吃燕翅席,我这样的土包子,连燕翅是什么都不知道,一结账我就傻了,我知道没法交代。后来那些娱乐消费,人家提出来了,咱们能不去吗?

江　河:你还让老秦签字,你长脑子没有?

章　江:这事怪我,我把把关,过问一下就好了。财务没给我看,直接捅到了老秦那里。唉!

沈奕巍:他是常务副局长,我…… 祸是我闯的,我到省里去说清楚,不能让你背黑锅。至于拨款一千万改善贮木场水塔净化设备,那是透明操作,经得起任何调查和审计,章总,你说是不是?

章　江:那是自然。

郭　川:奕巍说得不错,十二万元一顿饭和那几万元的娱乐费用是个大问题,而且证据确凿,但这些你都不知情,奕巍去省里说清楚,你就解脱一半了。

江　河:还是先沉一沉吧,奕巍这么快就去省里说明情况,恐怕会适得其反,弄不好有人要说我们这是在搞丢卒保车。

沈奕巍:说就让他们去说吧,局长,东江港可以没有我,不能没有您,我不能因为我的个人行为让您受到组织处理。

江河仍旧不同意:奕巍,省纪委已经介入了,不是你说什么就是什么,你说这是你的个人行为,省纪委能不经调查就认同吗?一旦启动对你的调查程序,我们两人很可能相当一段时间内都不能正常工作,得不偿失啊。

沈奕巍无奈地叹了口气:局长,那您说怎么办?

江　河:很好办。老秦在会上怎么安排的工作?

沈奕巍:让我抓煤码头配煤中心和进一步在港口管理上落实信息化、多元化和个性化工作;让郭局和章总继续推进海外收购。

江　河:很好嘛,按他的要求去做。

沈奕巍:局长,那您就这么晾着?

江　河:晾着就晾着吧。我已经和他们说了,我进赌场是因为抢我手包的人进去了,信不信由他们。我心里没冷病,不怕喝凉水。

23　秦海涛家　冬　下午　内

秦海涛开门,将丁薇薇和依娜让进院子里。

依　娜:海涛,你真有本事,能够劳动我们董事长大驾。

丁薇薇:海涛是什么人? 少女杀手! 我这红颜半退的人能受邀登门,只有荣幸的份儿。

秦海涛:丁董,您就别砢碜我了。您行侠仗义,出手一掷千金,突然间对一件破铜牛志在必得,我不过是好奇而已,想问个究竟。

三人已在客厅落座,秦海涛为每个人沏上香茗。

丁薇薇掀开盖儿,闻了闻:好茶。

秦海涛:清明前的龙井,是朋友从狮峰山给我采的。

丁薇薇:刚才秦先生说的许多话,都像喝过三泡的龙井,淡而无味,只有四个字算是一语中的:志在必得!

秦海涛:这我就不明白了,丁家门庭显赫,虽不敢自诩白玉为堂金作马,但丁董的一身行头、佩饰,没有几千万怕想也不要想,怎么单单就对一只铜牛如此上心,甚至不惜屈尊来到茅舍讨要?

丁薇薇放下茶杯:那我来告诉你,这铜牛是你当年从我手中得到的。我不要,相安无事,我既然开口要了,你三番两次拒绝我,此事如果就此作罢,传出去,我丁薇薇还怎么执掌一个几千人的团队?

秦海涛:事情果然如此简单?

丁薇薇:你已经把它搞复杂了。

秦海涛:不是我搞复杂了,丁董连发三道金牌,这是把人往死了催的节奏啊!

丁薇薇:当年宋高宗十二道金牌才将岳飞召回临安,莫非秦先生也要效仿岳武穆吗? 只是岳武穆背上有“精忠报国”四个字;秦先生心中怕是只有疯狂敛财一本经吧?

秦海涛:丁董事长,您能容我再想想吗?

丁薇薇:你叫我来时可不是这么说的。看来,三道金牌显然不够。说着,丁薇薇拨打了一个电话,电话通了,又被丁薇薇挂断。

片刻,秦海涛的手机响了,他拿出手机一看,上面的来电显示是卢茜。

秦海涛:卢茜呀,打你手机一直不通,你到哪里去了?

手机里传出一个男声:秦先生,如果你不想让你的女朋友发生意外,请不要太任性!

秦海涛:你是谁儿? 你要干什么?

对方已经挂断了手机。

丁薇薇站起身:秦先生需要时间考虑,请便。只要我走出了这个房门,你即便跪着把铜牛给我,我也不会再要,我丢不起这个人! 依娜,我们走。

依　娜:海涛,看在往日的情分上我劝你一句,别太把自己当回事儿了。

丁薇薇和依娜淡定地走向门外,就在她们就要跨出客厅门口一瞬间,秦海涛叫了一声:薇薇姐,请留步!

丁薇薇停下脚步:怎么,小屁孩儿,想通了?

秦海涛转身从抽屉里拿出铜牛:铜牛早就给您备下了,我哪里敢和您较劲。

丁薇薇接过铜牛,仔细看了看:不错,是当年我卖掉的铜牛。海涛,你给了姐姐面子,姐姐自然不会亏待你。不过,有些事还是要懂得分寸。

秦海涛:我明白,谢谢姐姐教诲。

丁薇薇:听说你小舅就要来东江?

秦海涛:应该明天到。

丁薇薇:那好,来了我请他吃全福兴,你舅舅可不比你,温润如玉、淡然旷达,和他品茶悟禅,真是人生的一种享受。

24　黄记古玩店　冬　下午　外

两个客商和黄敬业告别。

客商甲:黄老板,两天时间劳烦您备足了这些货,多谢了!

黄敬业:不必客气,我与你们丁董兄妹相称,做什么都是应该的。

客商乙:丁董说起您,亦兄亦友,这次有幸得以相识。

黄敬业:有事需要黄某援手,尽管吩咐,回去代向丁董问候。

客商甲:请回。明天您不是还要飞东江吗? 免送,免送。

黄敬业一拱手:好,黄某不送,两位走好。

两客商见黄敬业转身回屋,便把两个纸箱子小心翼翼放在小车的后备厢里,打开车门上车,坐在正副驾驶座上。

客商甲:这黄先生知书达礼,为人谦和,和丁董感情似乎不错嘛!

客商乙:怎么心软啦? 丁氏集团表面丁董当家,实质上还是老爷子说了算,看不明白吗?

25 修鞋摊 冬 下午 外

黄记古玩店对面的修鞋匠见黄敬业回店,客商甲乙的车开走了,掏出手机汇报:7 号 8 号目标已离店,提走两纸箱货物,有无国家明令不准出口的违禁品,请在口岸盘查。

宋处长的声音:明白。继续监视。

26 江北 冬 晨 外

卢茜在客运码头下了船,匆匆向贮木场方向走去。

准备上船的秦海涛看到卢茜的背影一愣,分开人群追了上去。他确认是卢茜后,上前拍了一下她的肩膀。卢茜一惊,回过身见是秦海涛。

卢 茜:抽风呀,吓我一跳!

秦海涛:真是你,卢茜,你不是……

卢 茜:我到贮木场去采访,你这是要去江东吗?

秦海涛把卢茜拉到一个僻静处:卢茜,你没有被绑架啊!

卢 茜:绑架? 谁绑架我? 海涛,你说什么呢?

秦海涛:这几天你上哪去了? 手机不接,微信不回。

卢 茜:薇薇姐约我到三亚玩了两天,手机一到三亚就丢了,可巧度假村的客房又没有开通长途,你打电话给我了?

秦海涛欲言又止,摇摇头呼出一口长气。

卢 茜:海涛,我还想采访完贮木场去找你呢。

秦海涛:找我? 想吃我烧的黄花鱼了吗?

卢 茜:你就知道吃。海涛,也许我办了一件非常错误的事。

秦海涛:东江港第一才女,秀外慧中,能办什么错事?

卢 茜:说真的。也许江河不应该举报,反而应该受到表彰!

27 市委一办公室 冬 晨 内

沈奕巍推门进屋,坐在沙发上的两个制服男没有起身。

制服甲:沈奕巍同志,知道我们为什么请你来吗?

沈奕巍:你不说,我哪儿知道?

制服乙:你这是什么态度? 沈奕巍同志,这是省纪委找你谈话,作为一名共产党员,你有义务老老实实回答我们提出的每一个问题;作为一名国家干部,你有责任帮我们搞清事情真相。

制服甲:这即是对党负责,也是对你负责,不要有抵触情绪。

沈奕巍:我确实想不通,一个对党的事业忠心耿耿,在工作中开拓创新,政绩迭出的干部,怎么动不动就要被审查、停职?

制服乙扔到桌上几张发票复印件:中央明令禁止公款吃喝,一顿饭就敢吃去十二万,这就是对党的事业忠心耿耿? 中央八项规定,严禁干部出入高档娱乐场所,你们送小姐一束花就花去七千多元,这就是你所谓的屡出政绩?

沈奕巍:一个在抗洪现场连续一个月不下火线,为了抗洪几乎舍去身家性命的人,算不算对党的事业忠心耿耿? 三四年的时间就把一个破旧的港口改造成了一个现代化物流中心,算不算政绩迭出？

制服甲：你……

沈奕巍：别急！至于你说到的这几张发票，和江河同志没有一毛钱关系，那是我为东江港上市擅作主张的支出。我知道你们不会相信，这是京联证券副总裁李亚林先生的证明，事情的前后经过写得清清楚楚。运作一个企业上市，我们只花了二十来万元，多吗？

制服乙：那你为什么不早点向组织讲清楚？

沈奕巍：这几笔开支早通过正常财务审批程序报了一年多，谁知道现在被人翻出来，成了射向江局长的子弹？

制服乙：沈奕巍同志，中央的八项规定是在2012年出台的，你们这些开支发生在规定出台以后。无论出于什么原因，都是一起严重的违纪案件，组织上是要做出严肃处理的。

沈奕巍：我愿意接收组织上的任何处分。只是我要说明，这件事和江局长无关，他事先完全不知情，李亚林的证明材料写得清清楚楚；有人实名检举揭发之后，江局长严厉地批评了我，郭局长和章总都可以作证。

制服甲：江河是否知情，组织上会进一步调查，不能光凭李亚林一个证明。你的问题事实清楚，听候组织处理吧。

沈奕巍：我说过了，我愿意接受组织上的任何处分。如果没别的事，我走了！

制服乙：你这个同志，倒是个急脾气，叮当五四大叫一顿，就这么走啦？

沈奕巍：还要怎样？

制服乙看了制服甲一眼，语气中略带调侃与欣赏：看来这个同志是第一次被纪委请来喝茶。你总要看看我们的谈话记录和你说的有没有出入，签个名字、摁个手印嘛！

28 江北 冬 上午 外

秦海涛：受到表彰？卢茜…… 你没发烧吧？

卢茜推开秦海涛的手：我没跟你开玩笑。我从三亚回来，沈奕巍找到我，说省委调查组很快会进驻东江港，那几笔大的开支江河完全不知情。

秦海涛：不知情？江河要搞丢卒保车那一套了。

卢　茜：我在三亚碰到了乔婷。

秦海涛：乔婷？

卢　茜：乔婷是当事人，录像中的女孩儿就是她。她说，她正好看到了事情发生的全过程，江河不是主动涉足赌场，而是追一个抢包人，还说江河在香港的时候曾经拒绝了丁老爷子千亿资产的诱惑。你说真要是这样，江河就是躺着中枪，他不但不应受到责难，反而应该受到表彰！

秦海涛：怎么会有那么巧的事，再者说，乔婷是利益相关人，她的话能信吗？

卢　茜：我也是这样想。所以，我想去贮木场做个实地调查，看看江河为什么拨出了那笔款。沈奕巍说，调查组肯定要找我谈话，希望我实事求是说明情况。

秦海涛：这剧情反转的也太快了。一个涉赌涉嫖挥霍公款的腐败分子，一转眼就成了政治正确、奉公守法的优秀党员？我有点反应不过来。

卢　茜：也是。唉，海涛，你觉得那个录像是不是有人想再次陷害江河？

秦海涛：如果录像反映的情况是事实，那就是监督；如果不是，就是诬陷。不过，仅凭乔婷的一面之词，就判定江河是误入赌场，完全不能说服人。

卢　茜：乔婷说当时她报警了，A国警察局应该有出警记录，可以通过正常渠道查询。

秦海涛：她报警了？

卢　茜：是啊，不早了，我先去贮木场了，有什么情况回来我去找你。

秦海涛：卢茜，你去贮木场有什么意义？无论那笔钱干什么用，它的支出都没有经过局党委讨论，是江河一人做主，这一点毋庸置疑啊！

卢茜边走边说：沈奕巍说，如果我了解清楚了是在什么情况下江河批了那一千万，贮木场用那一千万干了什么，每一个高尚的人都会为此落下热泪。

秦海涛冲卢茜的背影喊了一句:别听他瞎忽悠!

29 市委一办公室 冬 上午 内

郭川推门走进办公室。

制服甲和制服乙起身和他握手。

制服甲:郭川同志,打扰你了。

郭 川:哎,不要客气,只要有助于搞清楚江河同志的问题,你们就是半夜叫我也心甘情愿。

制服乙:还是你郭局长态度好,不像刚才那个杠头,一听查江河,脖子挺的像只斗架的公鸡。

郭 川:也难怪他。老江来东江港四年多,真是把命都快搭上了。这样一个得民心、有政绩的干部屡屡被查,我也想不通呐!

制服甲:调查的目的是为了还原真相,也是对一个同志负责。比如大吃大喝,严重违反中央八项规定的问题,就基本清楚了嘛,与江河同志无关,是他沈奕巍擅自做主。

郭 川:奕巍也有他的苦衷。说句实在话,一个企业上市,公关费用只花了二三十万,算很少了。

制服甲:这是两个层面的问题,不能混为一谈,违纪是违纪,为工作是为工作。老郭啊,不说他了,你和江河同志一起出差的情况说明我们都看过了。检举材料上有两个重要的时间节点,一是江河在香港被宴请,二是江河在 A 国赌场露面,你恰好都不在他身边,怎么会这么巧呢?

郭 川:这个问题我也无法解释,也许这就叫无巧不成书吧。但是换一个角度,江河同志去了这么短时间,就把 A 国和 B 国的世风民情、港口状况看得这么清楚,并有相应的对策,我是老码头了,说句实在话,望尘莫及!

制服甲:郭局长谦虚了。

郭 川:真不是谦虚,他的眼光太敏锐,作风太深入,责任心太强。东江港为什么在几年内能有这样翻天覆地的变化,和他这三太不无关系。

制服乙:三太,有意思。

制服甲:恕我直言,你和江河一起出国考察,就没有发现他和香港丁氏集团有利益输送?

郭 川:利益输送?笑话。我们东江港和丁氏集团没有一笔业务往来,谈何利益输送?

制服甲:有没有这种可能?毕竟你们要收购 A 国 R 港的部分股权,而丁氏集团的子公司是 R 港的第三大股东。

郭 川:我不是算命先生,推算不出将来会发生什么。但是以我对江河的了解,他绝无可能为一己私利出卖国家利益。

制服甲:你这么肯定?

郭 川:当然,我们共事也不是一天两天了。说江河脾气有时大了点,我承认;说江河以权谋私,打死我我也不相信。早晨我见到卢茜,听她说丁氏集团当家老爷子曾许以全部资产!

制服乙:全部资产?

郭 川:上千亿啊!火车拉都得拉几个车皮吧!只让江河答应一个条件,马上被江河拒绝了。

制服乙:什么条件?

郭 川:和徐大夫离婚、加入美国籍。

制服甲:确有此事?

郭 川:你们可以向卢茜核实,不过我完全相信。

30 东江宾馆 冬 上午 内

丁薇薇的客厅里,江河与丁薇薇相对而坐。

丁薇薇:你现在心境如何?

江 河:出师未捷身先死,长使英雄泪满襟。

丁薇薇:既是有些落魄,前几天我叔叔的建议可否重新考虑?

江河微微一笑:李太白还有另一句诗,长风破浪会有时,直挂云帆济沧海。

丁薇薇:好大的气魄。江河,我就不明白了,你在大陆仰人鼻息,动辄得咎,干吗非要一棵树上吊死？现在，经济成分、价值观念、报国路径有多种选择啊！

江　河：薇薇，还记得我前几天送你的那幅字吗？

丁薇薇：既如此，再说无益，这个话题打住。江河，你不觉得这次被举报有些蹊跷吗？

江　河：事实总是事实。再说，这样的事也不是第一次经历了，疲了。

丁薇薇：乔婷已经向卢茜说明了情况，必要时我们可以为你出具一份证明。只是，好事者唯恐不能把你和丁氏集团连上，这样做或许会更加给你添乱。

江　河：薇薇，你的情谊我心领了，一切随缘吧。噢，你这次来东江要待多久？我现在是闲云野鹤，可以陪你好好玩玩。

丁薇薇：你就不怕别人议论？

江　河：旧人相遇，还要把酒言欢，何况我们是生死与共的战友，随他们去议论吧。有句话说得好，只要心里有阳光，就不怕身后拖一条阴影。

丁薇薇：江河，你这样想，我真的很高兴。不过，我明天就要走了。

江　河：明天就走？

丁薇薇：是。

江　河：那我中午过来陪你吃饭。

丁薇薇：我等你。还有，对刚才我的提议不要这么快拒绝，再考虑一下嘛！

江　河：呵呵，好。

31　东江宾馆　冬　上午　内

依娜与丁薇薇坐在客厅里。丁薇薇起身从壁橱里拿出铜牛，依娜也连忙起身。

丁薇薇：依娜，我怕行李超重，这铜牛别看体积不大，分量倒是不轻，还是你从陆路带回香港交给我叔叔吧。

依　娜：没问题，我下午坐高铁，日落前就到深圳了，再换乘巴士，晚上肯定会交到丁伯手里。

丁薇薇：那好。你知道这只铜牛我失而复得，承载了太多的人生经历，你要仔细一些，路上不要出什么闪失。

依　娜：您放心吧，董事长，这么点小事我再办不好，还怎么有脸在丁氏集团混饭吃。

丁薇薇：是啊，丁氏集团恩仇必报，你好好干，我不会亏待你。

依　娜：如果您没有别的事，我回去收拾一下行李就走了。

丁薇薇：一路走好，我后天回香港咱们再会！

依　娜：好，后天我去机场接董事长。

32　贮木场水塔　冬　上午　外

一群职工聚集在水塔下，新修的水塔焕然一新。见到卢茜人们纷纷围了上来。

职工甲：你是《东江港报》的记者，我们可等老半天了。

职工乙：一肚子话要说呢，姑娘，你可要把我们说的话反映上去啊！

职工丙：记者同志，你说现在怎么还有江河这样的干部？

职工丁：这样的干部居然还被人告到了省里市里，这是怎么了？

卢　茜：各位师傅，别着急，慢慢说。

职工甲：大家伙静一静，听记者同志说。

卢　茜：现在有人说，江河擅自批了一千万改造贮木场供水系统，是为个人树碑立传，你们怎么看待这个问题？

职工甲：姑娘，说这话的人亏心啊！以前我们喝的水就是刚从长江里抽上来的水，储水池里有耗子、蟑螂，有时还漂浮着死狗。二百多人的场子，因为喝这个水就有十多个得了癌症。

职工乙：是啊，江局长和我们非亲非故，听说第一次来到水塔就掉了泪。他说等东江港有了钱，第一件事就是要重建贮木场的水塔，我们老厂长听了这话，当时就给江局长跪下了！

职工丁：开始江局长挤出了两百万元帮我们改建水塔，那时东江港也不富余；后来让人检验了水质，没有达标，又拨了一千万彻底更新净化系统，天底下，哪找这样的好人去！

职工丙：那次吕嫂因为没有了活路，带着孩子要从水塔上跳下去，江局长…… 人家堂堂港务局局长，尽然当着大家伙儿的面给吕嫂跪下了。他说他是还老厂长的一跪，他发誓如果不能彻底改善贮木场职工的生活用水，他就是欺天！

职工丙：如今这样拿老百姓的事儿当成事儿的干部不多了。这样的好干部，听说被停职了，这是要干什么呀？

职工甲：听说是有人举报了他，拨款一千万更新水塔净水系统也是一条罪状。姑娘，你说，这还有点天理吗？

职工乙：举报江局长的人太没人味了！他怎么能够把人家积德行善做的好事当成问题举报？如果这是为个人树碑立传，那这样为个人树碑立传的干部多一些，中国梦还能快些实现。

职工丙：可不是吗？我们强烈要求和举报江河的人辩论，我们要看看，这人还有没有良知？

众人应和：对，对对！

职工甲：姑娘，你知道这个人是谁吗？你一定要把我们的呼声反馈给他。你要告诉他，人不能昧了良心。

卢茜异常尴尬：我会把大家的意见反映上去，请师傅们相信我。

职工甲：姑娘，我们信得过你，一看你就知书达礼，心地善良。谢谢你能听我们说说心里话。

职工乙：麻烦你给江局长带个信儿，就说贮木场的下岗职工忘不了他，我们的老厂长在天上也会保佑他！

职工甲拿出一条白绸子，展开，上面写着一行血字：江局长，我们感谢你。下面是一片血手印：这是我们贮木场的工人兄弟写的血书，麻烦你交给上边，你告诉他们，这样的好干部被整，我们老百姓心寒呀！

卢茜激动地双手接过白绸：我会的，师傅们，我一定会的。

33　东江港锚地　冬　上午　外

一艘五千吨的化工船甲板上，船长和一个维修人员在争执。

船　长：这艘船的船锚出了问题，不赶快抢修，一旦走锚可就麻烦了。要知道，我这船上可是装了几千吨化工原料！

维修人员：可以修。维修费用一次一万，如果需要更换配件，配件在成本费的基础上，上浮百分之二十，工时费相应提高两倍。

船　长：乖乖，你这是什么章程啊？我在东江港泊靠好几年了，从来没有听说过这么高的收费。你们东江修理厂提供维修服务，一次不是只象征性收取五百元劳务费吗？更换零件，也只收取工时费和配件的成本费啊！

维修人员：您不知道，我们东江港换头儿了！

船　长：换头儿了？江局长调走了吗？

维修人员：调走倒是没有，停职了。现在是秦局长主事儿。

船　长：秦局长，原来那个秦副局长吗？

维修人员：是啊，这个收费标准是秦局长亲自批准的。船长啊，您也要体谅体谅我们，江局长主持港口工作时，我们江东修理厂定位为非盈利服务型部门，秦局长上任三把火，第一把火烧的就是我们修理厂，规定每年上交纯利润二百万！我们不提高收费标准，上那去交这二百万？

船　长：二百万？

维修人员：按以前的收费标准，这活我们没法干。

船　长：不能通融通融吗？我们是老客户了，在原来的基础上适当上浮一点，怎么样？

维修人员：船长，不是驳您的面子，我们通融您了，谁通融我们呢？

船　长：现在你们东江港牛了，客户多了，是不是？当初你们江局长上任时可不是这样，他提供维护服务是为了东江港的声誉，不能人一阔脸就变啊！

维修人员：这话您跟我们说不着。我们是听呵的，上面让怎么干就怎么干。

第28集

1　秦池办公室　冬　上午　内

秦　池：各位，没有别的问题，今天的碰头会就开到这儿。我最后再强调两点，一是港口三化建设和融入"一带一路"要稳步推进，这是关系到东江港未来发展的重大举措，希望郭局长和沈局长多操点心。

郭　川：老秦，没问题。无论是老江主持工作还是你主持工作，只要是有利于东江港发展的事儿，我们都会努力去做。

沈奕巍：秦局长，你工作抓得很紧，如果当年你也一心扑在工作上，咱们港务局何至于成了一个烂摊子！

秦　池：奕巍，你这是表扬我呢还是批评我呢？

沈奕巍：一点感慨而已，请秦局长不要多心。

秦　池：我强调的第二点是，企业以效益为中心，衡量企业管理水平的一个重要标志是盈利能力，今年我们东江港的整体盈利能力，一定要在去年的基础上再上一个台阶。

沈奕巍：但是你给所有的单位都制定了赢利指标恐怕不妥，有些单位还是应该保留公益性质，这也是提高东江港文化软实力所必需的。江局长当年推行改革，东江港的经济基础那么薄弱，也没有一刀切嘛！

秦　池：老江没做的就不能做吗？改革是一个动态的过程，总要一步一步往前推进，要不，还提什么深化改革？好了，这个问题我不和你争了，散会。瞎，我忘了，还有一个事，要形成一个决议。

郭川问，什么事？赶快说。

秦　池：是这样的，前几天，刘黑子大闹市政府，在韩市长面前一口一个老子，还和保安人员发生了肢体接触，完全是一副流氓无赖的嘴脸，这怎么得了。

闫主席：有这事儿，他跑市政府干吗去了？

秦　池：说是要为江河讨公道，简直是目无法纪，韩市长很生气，此事必须严肃处理。我提议，开除刘黑子公职。本来恢复他的公职，就是个别人暗箱操作的结果。

沈奕巍：我不同意，刘黑子抗洪中表现突出，在驳轮公司也埋头苦干，去年刚被评为优秀员工，是东江港两劳人员中的先进典型。把他开除公职，负面影响会很大。

秦　池：沈奕巍，刚才是我给你留了面子，既然你不兜着，咱们就把话挑明了说，你凭什么背着局党委给刘黑子恢复了公职？

沈奕巍：我是煤码头总经理，二级独立核算单位的法人代表，接收一个工人是我职权范围之内的事儿，用不着上局党委会讨论。

秦　池：沈奕巍，你说话也太狂妄了吧，不要以为抱上了江河的粗腿，你就可以为所欲为。

郭　川：老秦，你这样讨论问题不合适吧，这和老江怎么又扯到一起了呢？

秦　池：你不知道，老郭，就是江河授意他沈奕巍干的。

郭　川：事实证明，这个决定对东江港的发展起了很好的作用嘛。刘黑子已经成了两劳人员的一面旗帜，他这回去找韩市长，本意也是出于对东江港发展的关心，开除未免太重了，我也不赞成。

章　江：这件事儿缓议吧，老秦。调查组还要找我谈话。

2 东江港锚地 冬 中午 外

刘黑子在甲板上和船长对话。

刘黑子:锚链断了,我们驳轮公司维修部没有这么粗的锚链,还得江东修理厂来人修。

船 长:他们漫天要价,我们难以承受,才请你们来帮忙。

刘黑子:我知道。我已经给他们厂长打过电话了,我说不赶快换锚链,一旦走锚可不是闹着玩的,毕竟这船上装的是化工危险品。

船 长:就是嘛,他们简直是趁火打劫。

刘黑子:船长,要我说,您也退一步,多给他们俩儿钱,他们也有难处。

船 长:这我知道,他们再开个价吧。人为刀俎,我为鱼肉,有什么办法,只能由着他们宰!

刘黑子:对不起您,那我走了,这个锚链得赶快换,耽误不起了。

船 长:谢谢你啊师傅,忙活了半天连一口水都没有喝。

刘黑子:甭客气,你再给他们打电话催一催。

3 秦海涛家 冬 中午 内

秦海涛:卢茜,你稍等,半个小时让你吃上饭。

卢 茜:算了,我和你打个招呼,马上走。

秦海涛:这么急,吃顿饭的时间都没有了吗?

卢 茜:不是没时间,是没心情。告诉你,刚才在贮木场,要是有个地缝,我早就钻进去了。

秦海涛:那么夸张?

卢 茜:你不知道,那些工人师傅特别纯朴,听说有人告了江河的状,恨不得把告状的人吃了。

秦海涛:可以理解。毕竟是江河为了自己的名声,给他们追加了一千万,他们当然要为江河唱赞歌了。屁股决定脑袋嘛,这不奇怪。

卢 茜:海涛,真不是像你说的那样。我看了他们的新水塔,完全是按高标准建的,工人的饮水条件已经发生了根本的变化;也了解了老水塔对他们生活质量的影响,说句实话,我都要为江河的做法点一个大大的赞！没有人文情怀,光想为自己树碑立传的人绝对做不到这一点。真的!

秦海涛:哟,你这么一说,我也有些怀疑自己的判断了。

卢 茜:包括那个视频,现在我有一种预感,很强烈,江河是被人陷害了。

秦海涛:如果有人陷害江河,你认为会是谁儿?

卢茜犹豫了一下:我也说不清,事情总有水落石出的那一天,好了,不和你说了,下午调查组要找我谈话,我先走了。

4 市委某会议室 冬 中午 内

章江起身和制服甲、制服乙握手告别。

制服甲:章总,您提供的情况很重要,没想到江河同志这么自律。当了这几年局长,竟很少用公车,很少报销出租车费!

章 江:他就爱坐摩的,一招手,三块五块解决了。说来你们不信,沈副局长还是他坐摩的捡来的呢!

制服乙:嘿,是吗,还有这么奇葩的事?

章 江:那是江局长来东江港上任的第一天,他在码头上检查工作忙到下半夜四点,打了一部摩的回办公室小息,开摩的的就是沈奕巍。

制服甲:沈局长还开过摩的。

章 江:那时候东江港效益不好,职工生活很拮据,靠开摩的补贴一点家用。现在沈奕巍已经是东江港最有胆识、最有政绩的青年干部了!

制服甲:听说,江河还认了一个黑社会的混混当兄弟,此人也开过黑摩的,前两天还跑到市政府大闹了一场。

章 江:你们说的是刘黑子吧？这可是一个行侠仗义的好汉,前年东江港抗洪时他是青年突击队队长,为抗洪胜利立过大功的。怎么成了混混,没有道理,偏见、纯属偏见!

制服乙:道听途说,不足为凭。章总,您慢走。

5 江畔码头 冬 午后 外

卢茜踏上码头,看见刘黑子驾着划江快艇从锚地驶来。卢茜在码头上冲刘黑子招手,不一会,快艇靠上码头。刘黑子站在快艇上问:卢姑娘,你要去哪里?

卢 茜:我回局里。

刘黑子一招手:上船吧,我送你过去。

卢 茜:不耽误你事吧?

刘黑子:正好顺道,耽误不了什么。

卢茜答应了一声,一跃身跳上了快艇。穿好救生衣坐稳后,刘黑子发动快艇。

卢 茜:黑哥,你到锚地干吗去了?

刘黑子握着方向盘,目视前方:锚地上有艘五千吨的化工船船锚出了问题,应该江东修理厂去处理的,他们那边抽不出人来,打电话让咱们轮驳公司维修部派人去看看,这不我就去了。

卢 茜:黑哥,你不当舵工去维修部了,我怎么不知道?

刘黑子一咧嘴开心地笑了:今年年初就过去了,抗洪时在江水里泡的时间太长了,我这两条腿都得了风湿性关节炎,江局长照顾我,和沈头说了说,就把我调到维修部了。

卢茜噢了一声:黑哥,船锚修好了吗?要是化工船走了锚可就有大麻烦啦!

刘黑子:得换锚链,咱们轮驳公司维修部没有那么粗的,还得江东修理厂去人,我刚才在船上已经和江东修理厂联系了,他们说尽快派人带着锚链过去。

卢 茜:这就好,早就该他们派人去维修。黑哥,嫂子最近怎么样,身体好些了吗?

刘黑子摁了一声喇叭,舒心地笑了:卢姑娘,你还不知道吧,你嫂子换肾了,以前动一步都喘,现在提一袋米上楼都没事了,好人一个。

卢 茜:嫂子换肾了?太好了!

刘黑子目视着前方:我老婆活过来了,活着真好!可是你知道吗,卢姑娘,手术费要三十多万呀,亲朋好友七拼八凑,临了还差二十多万,我急得要卖肾,江局长知道了,拿出了家里的全部积蓄。你说,我刘黑子上辈子积了什么德,让我结交了这么一位好大哥?

卢茜一时无言。

刘黑子:卢姑娘,说句掏心窝子的话,在黑哥眼里,你和江局长都是大好人,你们两个闹成这样,黑哥心里不好受。

卢茜长吁了口气:黑哥,我也不愿意举报江局长,可是当时听了那些情况,太生气了。

说话间,已经到了对岸,刘黑子将快艇停靠在码头上,扶卢茜上了岸:卢姑娘,这里面肯定另有隐情,江大哥不是那号人,这一点你应该比我清楚啊!

卢 茜:黑哥,也许是我错了。

刘黑子:卢姑娘,还有一句话一直想跟你说,怕惹你伤心,不敢说。

卢 茜:什么话?

刘黑子:老卢叔牺牲的那个晚上,是我把他老人家抱上岸的。当时,江大哥一着急,已经昏倒在防洪堤上了,沈头抱着他,声音都变了,我还从来没见沈头那么张皇失措过。唉,两个最贴心的人都躺在了防洪堤上,搁谁也扛不住啊!

卢茜刚想说什么,忽然看见锚地上的化工船失控走锚,顺水向正在施工的东江长江大桥漂流而去,于是惊呼一声:黑哥,不好了,你看!

刘黑子回过头,正是那艘船锚出了问题的化工船:他娘的,真是怕什么来什么。那船上满载着五千吨化工品,一旦撞上桥墩,就捅大娄子啦。

卢茜惊呼:五千吨化工品要翻进长江,必将造成毁灭性的生态灾难。

刘黑子调转船头,冲卢茜喊道:我去截住它。卢茜,你赶快通知轮驳公司调度室,让他们调大型拖船去作业区,我这艘小艇支撑不了多久!

卢　茜:你这艘小船怎么能行?

刘黑子:不行也得上。

刘黑子驾着快艇,以最大速度破浪而去。

卢　茜:黑哥——

卢茜在岸上大声叫喊,望着快艇上渐渐远去的黑哥背影,她的眼睛模糊了。

刘黑子回过身,冲卢茜扯着嗓子大喊:卢姑娘,你告诉江局长,做兄弟的没给他丢脸!他的情这辈子我还不清,下辈子接着还!

6　秦海涛家　冬　午后　内

秦池敲门进屋。

秦海涛:叔,您怎么来了?

秦　池:我到煤码头检查工作,顺便过来看看。

秦海涛:事情有点麻烦了。沈奕巍主动承担了那一二十万不当支出的责任,卢茜对贮木场那一千万的额外支出,态度也来了个一百八十度转向。

秦　池:这些都不重要,只要江河涉赌召妓的事能够坐实,至少是撤职。

秦海涛:就是这事要命!卢茜刚才和我说,她去三亚旅游见到了乔婷,就是视频里的那个女孩儿,她是丁氏集团高管,目睹了那天晚上发生的一切。

秦　池:别慌,光她的一面之词能够洗白江河吗?况且江河和丁氏集团还有牵扯不清的瓜葛。

秦海涛:您说的是。现在只有乔婷的证言,A 国警方不可能给他们出具证明,警方当时既没在现场,抢包的混混也没抓住。

秦　池:海涛,这些我都不担心。我担心的是海岩,几乎所有的事情都有他参与,只要这小子一吐口,麻烦可就大了。

秦海涛:是,前两天孟建荣还给我打电话,说这个海岩总向他要钱。

秦　池:他卷走了二三千万,还不够他花的吗?

秦海涛:他染上了赌瘾,漫说二三千万,就是二三个亿,在赌场也不够他挥霍的。

秦　池:唉,此人终究是个祸害,我本以为有几千万养老,他可以在国外当一辈子逍遥自在的寓公,没想到这小子这么不检点,不自爱!

秦海涛:叔,除了他吧,此人不除,必成祸害!

秦　池:如今只有这样做了。你在 A 国可有人能够驱使?

秦海涛:孟建荣和 A 国的黑社会有些关系,让他去安排吧!

秦　池:孟建荣手头已不宽松了,这恐怕要花一大笔钱。

秦海涛:叔,这事您就别操心了。

7　江边　冬　午后

卢茜发疯一样在江边奔跑,喊着:黑哥——!

刘黑子扭头冲卢茜大喊:打电话——!

卢茜清醒了,停住脚步拨通了电话:驳轮公司调度室吗?锚地附近江面发生重大险情!一轮五千吨的化工船走锚,很快就要撞上新建的大桥桥墩!

调度室:收到,收到!

卢　茜:黑哥已驾快艇拦截,请速派大型拖船增援!

调度室:明白,明白!

卢茜大哭:快呀,求求你们,黑哥的小艇撑不了多久!

快艇越来越接近顺江而下的化工船。

化工船上不断有船员跳水逃命。

刘黑子最后一次回过身,大喊了一声:江大哥,兄弟去了!

就在化工船即将撞上大桥桥墩时,刘黑子的快艇靠上去了。他一纵身,将缆绳抛上了化工船，然后挂上了倒挡。化工船尾掀起的巨大浪花铺天盖地，一浪接一浪拍打着快艇，快艇时隐时现地被化工船拖着走。

卢茜在岸上边看到了这一切，她大声哭喊：黑哥——！黑哥——！

人们聚集在岸边，眼看快艇像一片树叶一样在浪涛中沉浮，齐喊：快，切断缆绳——！

刘黑子像没有听见，迎风斗浪，紧握舵轮。通过缆绳将化工船与快艇紧紧地扭结为一体。

两艘大型拖船快速向化工船驶来。

失控的化工船扭曲着前行，有船员向黑子扔过了救生圈。突然，化工船船尾与快艇强烈地撞击在一起。缆绳刹那间便断裂了，快艇像一只被人抛起的鸡蛋，腾空而起，在江面上划出一道弧线，随即又直线下坠，啪一声巨响，倒扣在长江里，激起一簇像蘑菇云一样腾起的水花……

刘黑子的快艇为两艘大型拖船赢得了宝贵时间，数十条缆绳相继抛上去，将走锚的化工船牢牢拖住，一场毁灭性的恶性事故终于被制止了。

8 江河办公室 冬 午后 内

在沙发旁支了一个凳子，盖一条毯子正在午休的江河悚然惊醒。

他冥冥中似乎觉得刘黑子拍了肩膀一下，说了一句：大哥，我去了！然后身影渐行渐远。

江河揉揉眼睛，桌子上的电话铃猛然响了起来，他起身接电话，里面传出赵小苏悲切的声音：江局长，黑哥为了拦截走锚的化工船，牺牲了！

江 河：什么，你说什么？你放屁！

电话里已泣不成声。江河抓住听筒，少顷，默默放下电话。

房门被卢茜嘭一声推开了，卢茜满脸泪痕，一进门瘫坐在地上。

江河悲伤地走过去扶起她，坐在沙发上：卢茜，我知道了。

卢 茜：局长，黑哥临死前让我告诉你，做兄弟的没有给你丢脸。你的情这辈子还不了了，下辈子再还！在他驾艇冲上化工船的生命最后一刻，他喊的话是：江大哥，兄弟去了——！

江河木然站立，仰起头，热泪夺眶而出。

9 秦池家 冬 午后 内

秦池坐在沙发上抽烟。

秦海涛风风火火推门而入：叔，您还有心在这儿喝茶抽烟呢？

秦 池：什么话，我刚从事故现场回来，你说说这刘黑子早不死晚不死，偏偏选择这么个节骨眼儿走了，我怎么面对东江港的老少爷们儿？

秦海涛：叔，我听说民怨沸腾，都说要不是您瞎改革，刘黑子还不至于送命！

秦 池：我也正为这个事儿挠心呢？我让江东修理厂增加效益，没让他们见死不救啊！再说化工船的船老大也他妈让人生气，如果他们不是在修理费和配件费上斤斤计较，怎么会出这么大娄子！

秦海涛：叔，现在这种没油少盐的话少说，事儿出了，您打算怎样摆平？

秦 池：追悼会开得隆重点，悼词写得悲痛点，还能怎么样？

秦海涛：错！您这样做肯定会引火烧身，被人谴责！第一把手还没上位，就被人撵下台了。

秦 池：那你说怎么办？

10 贮木场刘黑子家 冬 午后 内

卢茜敲门，刘妻打开门，见到卢茜和江河有些惊讶。

卢 茜：嫂子，这是我们江局长。

刘 妻：江局长？老听黑子念叨你，他说是上辈子积了德才认下您这么一个好大哥。江局长，您可是我们家的恩人啊，让我给您鞠个躬吧！

江河忙扶住刘妻：弟妹，这个可使不得。

两人坐下，刘妻张罗沏茶。

江 河：弟妹，别忙了，身体好吧？

刘妻从抽屉里拿出一张化验单,递给卢茜:卢姑娘,你说黑子上辈子是积了德,遇到这么好的一个领导。我的病不但治好了,还怀了孕。医生说,这个概率很低的,让我们赶上了。

卢 茜:那要恭喜你呀,嫂子,黑哥知道了吗?

刘 妻:上午刚从医院拿回结果,这不,我买了酒买了他爱吃的酱牛肉,黑子晚上回来知道了这个消息,能乐疯喽!

卢 茜:是啊,黑哥一直想有个孩子。

刘 妻:你们二位要是不嫌弃,就在我家吃晚饭吧,陪黑子喝两盅,我一直和黑子说,想请江局长来家里吃顿饭,今天正好是个由头,行不?

卢 茜:是,真是个好消息。

刘 妻:我们家黑子脾气不好心眼好,我病了五年,要不是他照顾,估计就没机会陪两位领导说话了,这些年一直都是他给我做饭,今天晚上,我露一手!

11 秦池家 冬 午后 内

秦 池:海涛啊,这些年你历练得比叔叔有静气了,临危不惧,见招拆招,好,就照你说的办。

秦海涛:动作要快,气势上要先胜一局。

秦 池:我马上安排,你还有什么事儿?

秦海涛:叔,海岩不见了!

秦 池:什么? 海岩不见了? 他跑哪去了?

秦海涛:我给了孟建荣一笔钱,让他把海岩的事儿处理好,可是他刚才打电话告诉我,他请 A 国的朋友找了海岩两天,也没见个人影儿。

秦 池:会不会是出去旅游了,或是因为赌博被人干掉了?

秦海涛:要是被人干掉了敢情好,我是担心他出了什么意外。

秦 池:他能出什么意外?

秦海涛:不好说,反正感觉有点不对。这样吧,我再去向孟建荣了解一下情况,您把刘黑子的事儿处理好,无论哪边,千万别再节外生枝。

秦 池:好,我马上去局里。

12 贮木场刘黑子家 冬 午后 内

刘 妻:唉,对了,光顾着高兴,忘了问你们来是啥事儿?

卢 茜:黑哥,黑哥……

江 河:是这样,弟妹,东江港不是要融入“一带一路”建设吗? 我们选派了一批年轻人到香港去学习现代化港口管理经验,本来没有黑子,正巧要出发了,一个同志换了急性阑尾炎,临时让黑子当替补了,名额浪费了太可惜。

刘 妻:真的? 黑子成吗? 他文化水平太低呀!

江 河:当初也是考虑到这一点才没有选派黑子。其实,黑子也有长项,他好学、不怕吃苦,又热爱港口。

刘 妻:那倒是,黑子他……

卢 茜:走得太急,所以我们来给你递个信儿,他们是封闭式学习,平时也难得和你联系。

江 河:这怪我,要知道弟妹有喜了,应该派别人顶替。

刘 妻:江局长,您千万别这么说,您这是高看了他,我感谢还来不及呢!

江 河:这样吧,弟妹,你怀孕了,黑子又不能在身边照顾你,明天港务局出个车,先送你到娘家住一阵子,把身体养好,三个月后黑子回来了,我们再把你接回来,好不好?

刘 妻:那就太麻烦港务局了。

13 秦池办公室 冬 午后 内

赵小苏推门进来:秦局长,您找我?

秦池指指沙发,示意他坐下,表情异常沉痛:小苏啊,黑子死得太壮烈了。他开那么一艘小快艇去拦截一艘五千吨的化工船,明摆着是以身赴死啊!

赵小苏:是啊!他知道这一上去肯定是九死一生,可是他还是冲上去了。平时我们在内心还看不起他,没想到这黑哥有那么一颗金子般的心!

秦　池:说得好,小苏!东江港正在深化改革,加快融入"一带一路",这个时候我们需要正能量,需要英雄主义精神的回响,平常我们总觉得英雄离我们很遥远,其实,英雄就在我们身边!

赵小苏退后深鞠一躬:秦局长,谢谢您!

秦　池:所以啊,小苏,你马上筹备一个向刘黑子同志学习的英雄表彰会,局机关全体干部和各直属单位各分公司负责人参加。尽快!我们要在全局范围内掀起一个向刘黑子学习的高潮。

赵小苏:我马上筹备,要开就趁热打铁。

秦　池:现在是两点不到,今天下午四点吧,重要部门和分公司各一名代表发言,局党委班子成员全部参加,我请韩仕琪市长也力争参加。

赵小苏:好,我马上去通知。

14　贮木场宿舍区　冬　午后　内

江河与卢茜从刘黑子家出来,两人无语,默默而行。

卢茜忍不住了:江局长,为什么不说实话?

江河眼睛含泪:说不出口啊,孩子现在还没成型吧,爸爸就没了,我怎么忍心告诉她,黑子已经走了呢?

卢　茜:可是她终究会知道。

江　河:能瞒多久就瞒多久吧,要保住黑子的这条根。卢茜,你明天让办公室派个车把刘妻送回娘家,那是个山村,没有信号,再买些营养品带上。

卢　茜:放心吧,局长,我会办好的。

江　河:卢茜,我们好久没有这么走啦。记得上次边走边聊还是接刘希娅出院的那一天晚上。

卢　茜:是啊,那天您到四招认下了干娘。

江　河:说起干娘,又有一年多没有去看望老人家了。好在她的烈属身份已经确认,乡里会给老人家一些特别关照。

卢　茜:局长,我实名举报了您,您知道吗?

江　河:全港务局都嚷嚷遍了,我怎么会不知道。

卢　茜:那您生气吗?

江　河:那你后悔吗?

卢　茜:我不后悔。我是为了东江港,我光明磊落,如果举报错了,我会向您道歉。

江　河:所以我也不生气。卢茜,你是一个冰清玉洁的女孩儿,如果我遇到这样的事儿,一样会去举报!一顿饭吃去十二万,一束花花掉七八千,到赌场去召妓,对于这样的事儿如果不发声,倒真不是你卢茜了!

卢　茜:谢谢您,江局长。可是我已经开始怀疑自己了,很可能是我错了,但是我真心希望是我的过错,我愿意为这个过错承担所有的批评、指责甚至谩骂!

江　河:谩骂,有那么严重吗?

卢　茜:您不知道江局长,沈奕巍听说我实名举报了您,差一点把我吞了!

江　河:这个沈奕巍,就是不懂怜香惜玉。

卢　茜:局长,还有一件事……

江　河:什么事?

卢　茜:我爸爸过江前曾叮嘱我,如果他万一有个三长两短,让我告诉你,变电站是个伪劣工程,洪水过后要拆了重建。

江　河:谢谢你卢茜,奕巍已经告诉我了。他组织基建处准备着手施工了。

卢茜手机响,接听手机,秦池的电话:卢茜吗,你马上到我的办公室来一趟,有重要的工作!

15　秦池办公室　冬　下午　内

秦　池:卢茜啊,你现在马上做两件事。一是立即以港务局党委的名义给省市领导写一份报告,为刘黑子请功;同时报送省民政局,请求追认刘黑子同志为革命烈士。

卢　茜:秦局长,您这个意见太及时了。

秦　池:第二件事,丫头,你辛苦一下,《东江港报》马上出一期专刊,主题就是学习缅怀刘黑子。下午四点,咱们港务局要召开向刘黑子同志学习的表彰动员大会,韩市长亲自参加,你现场拍一些照片,再把有质量的发言稿整理一遍,做成四个整版。

卢　茜:秦叔,您想得真周到,我马上就去办。

秦　池:等一等,表彰动员大会你可以联系一些熟悉的媒体,请他们参加,这样的好典型也是他们需要的。

卢　茜:对,黑哥的行为太壮烈了,一想到他冲向化工船的情景我就想哭。他是一个多么纯朴的男子汉呀,一句虚的假的都没有。

秦　池:丫头啊,你当《东江港报》主编也不是一年两年了,办报纸最重要的是什么?讲政治。黑子最后喊的那几句话,江湖气太重,境界也不高,报道中就不要提了,他所以勇敢地冲上去,一定是想到了东江港的发展,想到了"一带一路"的光辉前景……

卢　茜:秦局长,黑哥想的是什么我猜不到,黑哥喊的是什么,我可是听得一清二楚。

秦　池:你这丫头啊,还需要磨炼。去,照我说的做。

16　东江宾馆　冬　下午　内

丁薇薇在客房里打电话:叔叔,依娜已经走了,先我一步,我买的是明天的机票。

丁伯的声音:你为什么不和依娜一起回来?

丁薇薇:我想再待一天嘛。依娜喜欢走陆路,我喜欢飞,喜欢飞来飞去的感觉。噢,对了,您喜欢的那只小牛我让她带回去了。

丁伯顿有所悟:噢,你的用心为叔心领了。薇薇,明天我在朗庭等你,为你接风。

丁薇薇:怎么敢劳烦叔叔!

丁　伯:咱们叔侄多长时间没在一起饮酒了?为叔还想听你在微醺小醉时弹的那首《渔舟唱晚》呢!那曲调悠扬委婉,真乃天籁之音。

丁薇薇:那好,薇薇明天沐浴焚香,一定好好为叔叔弹奏一曲。

丁　伯:叫上乔婷、依娜,和你们年轻人在一起,我也神清气爽。

丁薇薇:一切听从叔叔安排。

当,当当,忽然有人敲门。丁薇薇:有人来了,我先挂了。

17　卢茜办公室　冬　下午　内

卢茜正在伏案写作,门嘭一声被推开了,门开处,站着系一条红丝巾,穿一件米黄色风衣的刘希娅。卢茜大惊,起身相迎。

卢　茜:哟,希娅!这是什么风把你吹回来了?

刘希娅:什么风?冬天的西北风呗!

卢茜倒上茶端给刘希娅:你在丽江还好吧?

刘希娅:还行。没注意报纸上的报道?东南七省小提琴比赛,我拿了冠军。

卢　茜:罪过,罪过,这一段局里的工作太忙,没有注意到。

刘希娅:没事,我原谅你,隔行如隔山嘛。你们搞物流的不注意小提琴比赛也不为过。

卢　茜:希娅,你还是那么阳光、爽朗、向上。

刘希娅:唉,曾经沧田难为水,除却巫山不是云啊!卢茜,你还好吗?

卢　茜:还行,唉,也是一言难尽。

刘希娅:和秦海涛进展怎么样?

卢　茜:妹妹,现在是工作时间,咱们不谈个人情感好吗?

刘希娅:呦,你还这么勤勉敬业啊!

卢　茜:谢谢你夸奖。马上要开会了,我不陪你多聊了。什么时候走?我请你吃饭,咱们姐妹俩好好说说心里话。

刘希娅:我回来看我妈我爸,要待几天呢!不过,我这次回来,还有一个重大的事要和你们局长汇报。

卢　茜:你不知道吗?江局长又被停职了。

刘希娅:又被停职啦,我看他快成停职专业户了,又犯什么错啦?

卢　茜:还是一言难尽。这样,见到他我把你的意思转告。等忙过这一两天,我请你吃饭,我有一肚子话要说给你听呢!

刘希娅:你告诉江河,我和他只剩兄妹的情分了,别七想八想。我要告诉他的情况可是至关重大,他不听保准后悔。

18　东江宾馆　冬　下午　内

江河推门进丁薇薇的客房。

丁薇薇:江河,如果等你吃午饭,我可是要饿得前心贴后背了。

江　河:对不起,薇薇,我有一个好兄弟为了拦截一艘走锚的五千吨化工船,刚刚牺牲了。

丁薇薇一惊:他靠什么拦截?

江　河:一艘快艇。

丁薇薇:真是一个铮铮作响的硬汉,用快艇拦截五千吨大船,他是赴死啊!

江　河:临死前,他喊出的最后一句话是:江大哥,兄弟没有给你丢脸,我去啦——!

丁薇薇长叹一声:人神共泣,感天动地。

江河昂着头,让眼眶里的泪不致流出:薇薇,听了他这句遗言,我一直在想,我有何德何能,能承受他的这一份挚爱?唯有把东江港搞好,让他的心愿在我们的奋斗中实现。

丁薇薇:可是你又被停职了。

江　河:事情就会大白于天下。薇薇,我可能还是要让你失望。

丁薇薇苦笑一声:江河,即便你的好兄弟没有牺牲,你也不会离开东江港的,我不过是在给一粒不可能发芽的种子浇水罢了。

江　河:你这个比喻真是叫我无言。好在这些年你已经历练成了一个职场女强人,再不是那个偷偷往我手里塞大白兔的小女兵了。

丁薇薇长呼一口气:江河,有的人一路前行从不回头,不是因为勇敢,是因为他不愿意让人家看到脸上的泪痕。

江河沉吟无语,片刻,才喃喃低语:薇薇,真是苦了你。

丁薇薇:好了,又不是生死离别,干吗弄得这么伤感!江河,晚饭我们可以一起吃吗?我挺想念全福兴的盘龙白鳝呢。叫上东方,我们三个战友小聚一次。

江　河:东方要去俄罗斯考察,这两天忙得很,等下次吧。

丁薇薇:遗憾了,有点想他呢。

江　河:晚饭争取我陪你吃,四点钟要开会,表彰我的这个好兄弟。

丁薇薇:表彰?我听你说的情况,怎么更像一起事故,应该追责啊!唉,不过你们大陆通常是把丧事办成喜事,拿问题当作政绩。

江　河:薇薇,你现在真是目光如炬呀!

丁薇薇:哪有你说的那么夸张,充其量是一灯如豆吧。不难为你了。不过,明天早晨你一定要来送我,行吗?

江　河:薇薇,你用这种语气说出这么一个微不足道的要求,真的还不如骂我一顿呢!

丁薇薇:那就说定了,今天晚上你看情况,明天早晨一定要来为我送行。

江　河:一定。

丁薇薇:我等你!

19 丽江街市 冬 下午

黄敬业走出黄记古玩店,上了一辆小车。

小胖开车,和黄敬业聊天:老板,您去几天啊?

黄敬业:快则三五日,长则七八天,你把店看好了,小笔生意做做无妨,大额的等我回来。

小 胖:明白,我现在这点本事,哪敢做大买卖呀!

黄敬业:知道就好,艺无止境,古玩这行,够你学一辈子的。

小 胖:那还要老板多栽培。

黄敬业:你这小胖,这两年眼力不见涨,嘴倒是越来越甜啦。

小 胖:哪里啊老板,还不是因为小胖笨嘛! 嘴再不嘴甜一些,老板恐怕连铺子也不让我看了。

黄敬业开玩笑:不看铺子干吗,当老板?

小胖也以玩笑回敬:当老板? 我看行。

师徒俩正说话,一辆卡车斜刺里开出,直奔小车驶来。小胖一声惊叫,本能地一打左轮,小车与卡车隆的一声撞在一起。

20 港务局会议室 冬 下午 内

会议室里坐满了人,主席台上有秦池、郭川、闫主席、章总和沈奕巍等局党委委员,江河坐在第一排的群众席里。

会议室正中挂一红底白字的横幅:刘志刚同志英雄事迹表彰大会

市长韩仕琪在主席台上讲话:同志们,老秦非让我先说几句,那我就说几句。刘志刚同志临危不惧、大义凛然,在国家财产和人民利益受到严重威胁的时候,义无反顾、挺身而出,这是一种什么精神呢? 英雄主义精神,共产主义精神! 在世风日下、拜金主义盛行的当下,这种精神尤为可贵。小至一个企业的文化理念,大至一个地区乃至一个国家的文化软实力,都离不开这样一种精神的传承与发扬。东江港能够涌现出这样的优秀典型,不是偶然的。它说明东江港的企业文化具有强大的凝聚力和生命力。今天,我们在这里表彰刘志刚同志的英雄事迹,就是为了给东江港的发展注入新的强劲动力;促进东江港的进一步发展,从而带动整个东江市的经济腾飞!

秦池带头鼓掌,全场响起一片掌声。

韩仕琪:好,我就讲这些,不当之处请大家批评。

秦池敲敲麦克风,问台上的几个党委委员:你们几位呢?

沈奕巍要过麦克风:我讲几句。

秦池有些不情愿,但也无奈地说:好,下面请沈奕巍副局长发言。

沈奕巍:我说几句,可能不合时宜。韩市长,有不对的地方请您批评。

韩仕琪:小沈,不要客气。我喜欢听你发言,新鲜、生动,没有套话。

沈奕巍:既然韩市长鼓励我了,那我就直言不讳。我觉得,我们今天的这个表彰会有点不合时宜。

秦池敲敲麦克风:沈副局长,你这是什么意思?

台下的人议论纷纷,会场气氛有些失控。

沈奕巍:第一,化工船走锚,明显是一起重大的责任事故,反映了我们在企业经营和文化理念上的诸多问题,本该借着这次事故好好总结教训,而不是把丧事办成喜事,评功摆好。

秦 池:沈副局长,你这样说有些过分吧!

韩仕琪:让他说嘛,我倒是觉得他的意见有些道理。

沈奕巍:第二,刚才大家的诸多发言拔高了刘志刚同志的思想境界。我声明,刘志刚同志是我们的好兄弟,因为他的英雄壮举,我们东江港才避免了一次重大的生态灾害,他的不朽英名和老卢叔一样,将永远载入东江港的史册;不过,他是在共产主义精神的感召下吗? 他是为了人民的利益以身赴死吗? 我说不好,但是通过我和他的长期接触和他临死前喊出的话,我确信他是受了一个人的感召,他是被一个人的人格魅力所折服。这个人勤勉敬业、克己奉公、开拓进取、永不言败,没有他的贡献与付出,也许东江港今天连工资都发不出来。可就是这个人—— 为了东江港的发展几乎贡献了自己整个生命的人,正在停职检查!

全场起立,向江河热烈鼓掌。江河站起身,向大家拱手鞠躬致谢。

21 丽江街市 冬 下午

车祸现场。警车鸣笛赶到,警察在保护现场,控制肇事司机。

120救护车也一路鸣笛赶到。

黄敬业被医护人员从车厢里救出来,他浑身是血。

救护人员把他抬上担架,送上救护车。

黄敬业喃喃吐出几个字:金印…… 铜牛…… 薇薇……

22 港务局会议室 冬 下午 内

秦 池:沈奕巍,你要干什么?

沈奕巍:秦局长,这句话我正想问你,你要干什么?如果不是你要求江东修理厂高价向靠港的泊船收费,这起特大事故会发生吗?事故发生后你不汲取教训,亡羊补牢、认真反省,却搞什么英雄表彰会,不是想掩盖自己工作中的严重失误又是什么?

秦 池:笑话,企业以效益为中心,我让江东修理厂深化改革,再创佳绩有什么错?你简直是欲加之罪!

沈奕巍:深化改革不等于一切向钱看。江河同志主政时,东江港效益那么差,江东修理厂还被列为补贴性单位。没有江东修理厂对船主提供优质的公益性维修服务,我们东江港怎么会有这么多船停泊,从而带动中转量大幅增加?

秦 池:沈奕巍同志,你这是偷换概念。好了,我不跟你争。今天是表彰刘志刚同志的英雄事迹,你口口声声说和他即是同事又是朋友,那么,就请你尊重会议程序。如果没有新的意见,可以闭嘴了。

沈奕巍转向会场:同志们,我和刘志刚同志相知甚深,所以我知道他的所思所想。我所以要不合时宜的在这个场合发言,正是因为我知道,刘志刚同志很不愿意看到自己的死被某些人利用,成了粉饰政绩的烟幕。

会场人们议论纷纷。

江 河:沈副局长,刚才老秦有一句话说得对,尊重会议程序,有不同意见可以通过正常渠道反映。至于你刚才说,刘志刚同志的英雄壮举是受了江河人格魅力的感召,我真是不敢当!

韩仕琪:江河同志这个态表得好。刘志刚同志的牺牲,确实是一件英雄壮举,值得表彰。把它和某个人的人格魅力扯到一起,就显得格局太小了嘛!另外,这个会的出发点是好的,从刚才各位的发言看,效果也是好的。所以,尊重正当程序,是一个现代人应有的素质。你说是不是啊,小沈?

沈奕巍:我就是看不惯有些人道貌岸然!如果不是章总提议休会,刘志刚同志或许已经被东江港除名了!

韩仕琪:有这种事?

沈奕巍:您问问他!

秦 池:沈奕巍,你这话越说越离谱了,告诉你,我已经忍你很久了。你一个开黑摩的的小职员,走到今天这一步,简直不知天高地厚了!韩市长,我代表局党委正式向上级提议,免去沈奕巍副局长职务。

章 江:免职,理由呢?

秦 池:目无领导,狭隘偏执,德不配位,难当重任!

郭 川:我不同意,沈奕巍工作成绩有目共睹,怎么能说免就免?开玩笑啊!

闫主席:老秦,我看小沈有点意气用事,你也有些意气用事啊,不妥,不妥!

秦 池:我是常务副局长,在干部使用上我还是可以发表个人意见的嘛!

章 江:老秦,发表个人意见可以,但是独断专横不行。

门开了,程志拍着巴掌走进来:章总说得好,发表个人意见可以,独断专横不行。

众人皆惊,主席台上的几个人纷纷下来迎接程志。跟随程志来的两个人站在会场后,没有跟过来。

程志走上主席台。

韩仕琪:程省长,你来得正好,请给大家讲几句话吧。

程　志:好,我讲几句。刘志刚同志的英雄创举令人感动,刚才沈奕巍同志说,他所以舍身赴死,是受了江河同志人格魅力的感召,江河同志不敢接受,韩市长也表示这样理解格局过小,要问我的意见嘛,老韩,恕我直言了——

韩仕琪:省长有什么高论但说无妨。

23　香港朗庭酒店　冬　下午　内

乔婷敲门进屋,丁伯忙从沙发上站起。

丁　伯:怎么,没有接到依娜?

乔　婷:没有,我等了三辆巴士,都没有见到依娜小姐。

丁　伯:不会呀,她说今天 5 点准时到达,怎么会没有接到?

乔　婷:或许是临时有了变故?

丁　伯:你没有接到她,手机联络上了吗?

乔　婷:我打她电话,一直不在服务区。

丁　伯:噢? 好,你去吧。

24　港务局会议室　冬　下午　内

程　志:沈奕巍同志说得不错,刘志刚同志英勇献身,确实是在江河同志人格魅力的感召之下,他牺牲前喊出的话充分说明了这一点嘛! 我们不要人为拔高,搞假大空那一套,坚持真理,实事求是才是马克思主义的精髓!

韩仕琪带头鼓掌。会场上响起一片掌声。

程志把手往下一按:江河同志的个人魅力是什么,不就是一个共产党员公而忘私、严于律己的精神吗? 不就是一个领导干部永不言败,开拓进取的斗志吗? 刘志刚同志能够被这样一种精神感召,被这样一种斗志激励,正说明了我们党的向心力和凝聚力,格局很大,没有什么不妥嘛。

韩仕琪:程志同志的意见高屋建瓴。

程　志:可是这样一个为东江港做出巨大贡献的好同志,至今还在停职检查,确实不正常。沈奕巍同志在结论还没有做出之前敢于仗义执言,说明他对江河同志知之甚深。这是一种令人感动的兄弟般的同志情谊,沈奕巍啊,我要为你点一个大大的赞!

沈奕巍:谢谢省长鼓励,给我点不点赞不重要,重要的是江局长什么时候能够主持工作?

程　志:你这个同志比我还着急。好,我这次来东江,一个重要的任务就是代表省委宣布:江河同志的所谓问题已经查清了,均系诬告和不实之词。即日起,江河同志恢复工作。

会场一片掌声。

江河在台下站起来,上前几步,庄重地给程志敬礼。

程　志:江河啊,我代表组织上要向你道歉,你已经是第二次被冤枉了。没办法,树欲静而风不止,有些公权私用,权欲熏心的人总是要搞出点动静来!

韩仕琪:程省长……

程　志:老韩啊,本来应该先和你通报一下,正好港务局班子和机关干部、各分公司领导都在,趁这个机会我忍不住宣布了,想来你不会怪我吧?

韩仕琪:那怎么会? 东江港正在融入“一带一路”,工作千头万绪,江河同志的问题查清了,就可以轻装上阵了嘛! 你说是不是啊,老秦?

秦池尴尬异常:当然,当然。欢迎江河同志回来主持工作。老江,你是不是给大家讲几句话?

江　河:不讲了吧?

韩仕琪:唉,怎么能不讲呢? 刚才群众两次自发鼓掌,反映了对你的殷切期待,你要不讲,岂不是冷了大家的心?

江　河:那好,我就简单向大家表一个态,一是绝不辜负大家的信任,东江港要发展,在大家的努力下,东江港的明天一定会更加美好;二是这几年我们已经牺牲了两位好同志,卢子明和刘志刚。他们是为东江港而死的,我们一定要继承他们的遗愿,以更加好的工作业绩来告慰他们的在天之灵!

程　志:好,老韩,今天的会要不就先开到这儿?我还有些事要向你和江河同志交代。

韩仕琪:好,老秦,那就宣布散会吧!

25　香港朗庭酒店　冬　下午　内

丁伯和丁薇薇通话。

丁　伯:薇薇,小牛没有收到,依娜失约了。

丁薇薇大惊:不可能。依娜知道事情轻重,不可能为了一只小牛亡命天涯。

丁　伯:我知道,她可能是遇到了麻烦,你赶快回来吧,不要迟疑。

丁薇薇:是,叔叔,我是明天上午的飞机。

丁　伯:改走水路,越快越好。

26　港务局会议室　冬　下午　内

人们纷纷走出会议室。程志带来的两个人站在门口。

秦　池:程省长,你找韩市长和江局长谈工作,我们是不是回避一下?

程　志:唉,老闫,老郭、老章,你们几位有事可以先去忙,秦池同志留一下,我有话说。

郭川等人和程志、韩仕琪握手离开了,秦池有些愕然。

会议室里的人走空了,门口两个人走过来,一前一后站在秦池身旁。程志看了一眼秦池:秦池同志,你在这里稍候一下。江河,我们到你的办公室谈一下。

秦池趋前一步,被其中一个人挡住。秦池急了:干什么,这是什么意思?

程　志:秦池同志,稍安勿躁,我们很快回来,向你宣布有关决定。

27　江河办公室　冬　下午　内

程　志:江河同志。我要向你通报一个重要情况!

江　河:莫不是……

程　志:秦池同志因涉嫌受贿,经省委批准,对他即日起实行“双规”。跟我来的同志是省纪委的两位处长,纪委的车就在楼下等着,马上要把人带走。

韩仕琪:这个秦池…… 问题严重吗?

程　志:问题的严重程度还需要进一步调查。东江港有个叫海岩的畏罪潜逃至A国,在赌场欠了巨额赌债,为规避黑社会追杀,向我们在A国的追逃小组投案自首了,供出了孟建荣,孟建荣又供出了秦池。

江　河:证据确凿吗?

程　志:当然。据孟建荣交代,他多次行贿秦池,仅变电站变更位置和偷工减料一项,孟建荣就不正当获利两千万,秦池从中得好处费五百万元。

江　河:这个黑心商人,王八蛋。

韩仕琪:老秦也太不知自律了。他怎么能这样辜负党和人民的重托?

程　志:是啊,这个老秦,了不得呀!他贪腐何止五百万,据孟建荣交代,他指使孟建荣三次向海外的不同账号打款,每次都是几十万上百万美金!

韩仕琪:呵,看来老秦早就留了后手!怪不得他把老婆孩子都弄出去了呢!原来早有准备,早有打算。

程　志:案件还需要进一步调查。老韩,你们东江市委书记在中央党校学习,你主持市委日常工作;江河是东江港党政一把手,我简单向你们吹吹风。管好用好干部,是各级党委的一项重要工作,秦池的事件给我们敲了警钟啊,你们思想上可要引起重视!

韩仕琪:程省长您放心,结合秦池的案例,我会组织市委一班人认真汲取教训,根据中央精神,就进一步抓好全市干部的作风廉政建设再拿出一个具体办法。

程　志:好! 江河,你有什么想法?

江　河:程省长,我有个不情之请——

程　志:不情之请?

江　河:是,我想请……

程　志:莫不是你要请秦池吃顿饭,叙叙旧? 我告诉你,你在 A 国的赌场录像,也是海岩受孟建荣指使录制的,你以为这个事儿是那么好洗白的? 如果没有海岩的供词,黑锅你恐怕还得背着。我们通过外交途径获得了 A 国警方出警记录,也拿到了卢茜的证言并得到乔婷的确认,这后面有没有秦池的影子,我不说你心里也应该有谱啊!

江　河:我明白。不过,程省长,我来港务局四年多了,从来没有和老秦一起吃过饭,他这一走,再见不知何日。我想请他吃一顿饭,毕竟我们搭了一回班子,也算是为他送行;再有,我有些话也想说,估计对他尽快认识自己的问题多少会有些促进。

程　志:好吧! 你的不情之请我批准了,但是一定要确保安全。

江　河:您放心,顶多耽误一个小时。

28 东江宾馆　冬　傍晚　内

丁薇薇:坐在床头和乔婷通电话。

乔　婷:董事长,你哪天回来,可想你了。

丁薇薇:小妮子,姐姐也想你,告诉你,我已经委托了律师,秦海涛和赵达夫的股份同意转让,办完转让手续后,远达建筑公司就完全是在你的名下了。

乔　婷:姐姐,我不想当什么老板,就想和你去美国种竹养花。

丁薇薇:又说傻话了,你外慧秀中,自然应该成就一番事业。只是,如果我来不及,你还要帮我办妥几件事。

乔　婷:什么事?

丁薇薇:我会发邮件给你,不过,不要打开啊! 我在 A 国帮你谈了一个基建工程项目,你去签约前再打开不迟。

乔　婷:姐姐,你的话怎么叫我有些迷惑?

丁薇薇:这有什么可迷惑的? 人生变化莫测,什么事都可能发生。

乔　婷:姐姐,你这样说我越发不放心了,我明天飞东江陪你。

丁薇薇:傻丫头,明天我已经回香港了,你飞过来陪谁?

乔　婷:姐姐,你莫不是和江局长闹了误会儿?

丁薇薇:别猜了。有一首诗写得多好,我来读给你听——

朝看花开满树红,
暮看花落树来空。
若将花比人间事,
花与人间事一同。

29 东江港职工食堂　冬　傍晚　内

秦池神情沮丧地坐在江河对面。

桌上有几样菜肴和一瓶竹叶青。

江河先往各自的小酒盅里斟满了酒,然后放下酒瓶说:老秦啊,记得我到东江港的第一天,就赶上了裕泰号沉船。你曾说过想为我接风洗尘,一晃四年多了,你这顿酒我一直没喝上,今天算我请你,私人宴请,你要喝好呀!

秦池站起身端起酒杯,也不招呼江河,一仰脖一饮而尽,然后用手抹了一下嘴,用调侃的语气说:老江呀,隔壁那两位陌生人该是账下埋伏的刀斧手?你今天摆的是鸿门宴吧,赵小苏门也不关,是在等你摔杯为号?

江河也干了杯中酒:老秦啊,想想我也有对不起你的地方啊!我一心想让东江港尽快翻盘,对你身上暴露出来的问题批评监督得不够。程省长曾经提醒过我,可是我依然没有引起足够重视,作为党委书记,我要向你检讨!

秦池明白事情已经败露:检讨就免了吧,自古以来就是胜者王侯败者寇,江局长,你应该庆幸,你是胜利者嘛!

江河为秦池斟满了酒:老秦,这无关个人恩怨,也不是个人争斗。咱们两个呀,价值观不同,追求的人生目标也不同。俗话说,道不同不相为谋,这个问题咱们就不争论了吧?我只想问你一句话——

秦池仰脖喝尽杯中酒:人之将死,其言也善。你问吧,江局长,我尽可以满足你的好奇心。

江河直视秦池:孟建荣承建的煤码头变电站是个伪劣工程,因迁址和偷工减料,他获利两千多万!如果前年抗洪时,煤码头防洪堤没有抛石护堤,防洪堤与闸口大堤之间没有修建那条子堤,变电站很可能会被完全摧毁,煤码头乃至东江港将陷入万劫不复之地,你知道吗?

秦　池:什么?变电站孟建荣也偷工减料了?

江河站起身,目光如剑:老秦,你个人拿了昧良心的五百万,国家也许会损失五个亿,甚至更多!且不说你身为国家公职人员,就是作为一个普通公民,良心安在?

秦池颓唐地靠在椅背上:我事先并不知情…… 这个孟建荣,算我瞎了眼!

赵小苏推开门,探进头说:江局长,朱处长他们已用过工作餐,他们说,今天还要赶回省里复命,请您抓紧时间。

江河点点头:好,我知道了。老秦呀,四年多了,我们没有机会在一起好好喝过一次酒,没想到,这次我请客,时间又如此不从容。你这一走,估计十年五载再难得聚首,你我毕竟同事一场,我在琊山被诬嫖娼时,你主持东江港的工作,也为我分过忧,临走了,有什么事儿需要我帮忙吗?

秦池无语。

江　河:妻儿在国外可好?

秦池凄然一笑:女儿学业优异,已拿到了加拿大国立大学的奖学金,不用我再操心。他母亲生性节俭,不事铺张,靠她在加拿大做中文教师的收入也足可维持生计了,秦某无忧。

江　河:令堂一向以你为荣,今年已高寿八十了吧?你这一去老人可能承受?

秦池眼圈儿红了:妻儿在国外,豪宅香车的日子不指望,总可以衣食无虞。倒是老母亲,以风烛残年之身,如何能经受住这么沉重的打击?

江　河:早知今日,何必当初?

秦　池:事已至此,多说无益。唉,从此再不能每日向母亲问安,再不能承欢母亲膝前,为老人洗脚按摩了。

江　河:老人无辜,一生清白啊!

秦池捂脸,泪水顺手缝涌出:我母亲中年守寡,靠糊纸盒把我拉扯成人,不容易。

江　河:是啊,老人这才享了几年福?

秦　池:秦某不孝,无法给老人养老送终,海涛怕也无暇旁顾。老人不服北方水土,不会去北京投奔已染沉疴的兄长,她老人家晚景该是何等凄凉?

江　河:老秦,想想真是令人哀伤。

秦　池:子欲孝而亲不在,人生之悲莫过于此;其实,亲尚在而子不能孝,其悲比前者更甚!秦池端起酒杯一饮而尽,又给自己斟满了酒,老江啊,俗话说不看僧面看佛面,请你看在老人已是耄耋之年,与黄泉不过咫尺的分上,善待她吧。我在东江港干了三十多年,无论如何,她也算是东江港的家属啊!

江河也为自己斟满了酒,站起身双手举杯:老秦,我所以执意要请你吃一顿饭,就知道你此去最牵挂的会是八旬老母,在东江港乃至东江市,谁不知道你老秦是个大孝子,在这一点上我敬重你。你要走了,我表一个态,你不在期间,我会经常去府上探望老人,陪老人聊天,为老人洗脚。老人问及你，我也会瞒住老人，让老人不会为此伤心、牵挂。你要是信得过我，咱们就满饮了此杯。

秦池也站起身，双手举杯，眼角有两滴混浊的泪水涌出：老江，帮人帮到底，送佛上西天。秦某拜托你向他们说个情，让…… 让我再为老娘洗一次脚吧！

30 全福兴酒馆 冬 傍晚 内

卢茜和刘希娅在一张情侣桌前相对而坐。

刘希娅：卢茜，今天我买单啊！告诉你，我获奖奖金够你一年的工资，请你一顿也是应该的。

卢 茜：小姑奶奶，咱俩谁买单不重要，重要的是你在这个节骨眼回来干吗，可别再添乱了！

刘希娅：唉，你这话我可就不爱听了，你扪心自问，我刘希娅什么时候给你们添过乱？无论是沉船善后还是封堵闸口，我不是一直在帮你们吗？噢，如今东江港牛了，过河拆桥，不认我这个老朋友啦？

卢 茜：你一说话就跑题，谁敢不认你这个小姑奶奶啊？我是说江局长刚刚解脱，工作千头万绪，你可别再给他找麻烦。

刘希娅：卢茜，听你这口气，你和江河言归于好啦？

卢 茜：你走了这一年多，东江港发生了太多的事，现在可以肯定地说，江局长承受了太多的压力、太多的误会，许多事对他是不公平的。

刘希娅拍了卢茜肩膀一下：说的对！前一段时间我去干娘家—— 噢，告诉你，我也认水娃的娘做了干娘，现在我和江河是兄妹了，不可能有任何其他关系了。明白吗，你们不用整天疑心生暗鬼了！

卢 茜：呦，干兄妹了，祝贺祝贺，敬你一杯。

刘希娅：要不然，我还懒得为他的事上心呢。

卢 茜：对了，你说你是为江河的事儿回来的，到底是什么事儿啊？

刘希娅：这事暂且保密，卢茜，你就不要难为我了，好吗？

卢 茜：好，说不说随你，我猜，你找我应该有所求吧？

刘希娅：要不说你冰雪聪明呢，卢茜，我要是男人肯定会追你。

卢 茜：打住。我还有事儿呢，你赶快说，吃完了饭我还有急事要办。

刘希娅：什么急事儿？

卢 茜：秦局长被双规了，奶奶都八十多了，秦局长这一走谁来照顾老人，我要找海涛商量。

刘希娅：秦局长被双规了？该，我一看他就不像个好人。

卢 茜：行了，你是算命先生，你有火眼金睛。我们不说他了，说说你要求我什么事儿？

刘希娅：听说东江港要进行海外收购，融入国家“一带一路”建设。卢茜，融入“一带一路”，最关键的一条就是民心沟通。也就是说，我们不光要有硬件的投入，更要注重文化的相融。东江港现在已经做大做强，组建一个港口艺术团，传播企业文化，彰显文化自信正逢其时。

卢 茜：小姑奶奶，你还没死心呢？

刘希娅：这样有利于企业、有利于国家的事儿为什么要死心？

卢 茜：行，行行，我算服你了。好，如果江局长向我征求意见，我会谈我的看法。

刘希娅：为了彻底消除你们的顾虑，我还可以向你透露一个秘密——

卢 茜：什么秘密？

刘希娅：你们组建艺术团的动议一旦起动，不光我愿意效力麾下，同时我还可以挖来一名东南五省长笛演奏的第一名。

卢 茜：这算什么秘密？

刘希娅诡谲地一笑：你说呢？

卢 茜：男士？

刘希娅：对喽。

31 秦池家 冬 傍晚 内

江河陪着秦池走进家门,两个纪委的人站在了门口。

秦池来到母亲房间,老太太正在床边坐着,见到两人进来,铺满皱褶的脸笑成了一朵花:池儿,今天回来得早啊?

秦池苦涩地一笑:娘,儿子想娘了,就早回来了。

秦　母:这孩子,都快六十的人了,还跟娘撒娇呢!

秦池坐在母亲身旁:儿子八十岁,有娘在,也是孩子!

秦　母:这话倒是,岁数再大,娘也为你操心。小时候,娘操心你的学业;长大了,娘操心你的婚事儿,当了官,娘又操心你的前程;唉,一辈子,操不完的心,受不完的累。

江　河:伯母,老秦要出一个长差,一时半会回不来,以后我就代替老秦照顾您老人家。

秦　母:这后生说话我爱听,池儿,他是谁呀?

秦　池:娘,他是儿子的领导,江河,江局长。

秦　母:呦,这么年轻就是这么大领导了,好,有出息啊! 哎,你说池儿要出远门,他是去哪儿啊?

江河犹豫了一下:伯母,我们东江港在 A 国收购了一个港口资产,要派一位懂行的老码头去管理,就有劳老秦了!

秦　母:噢,明白了,国家的事大过天。池儿,放心去吧,不用惦记娘。

秦池端来了洗脚盆:娘,儿子给您洗脚。我这一去,一时半会回不来,您要照顾好自己……

说着,秦池低下头忍住泪,默默为母亲洗脚。

32 香港朗庭酒店 冬 傍晚 内

乔婷敲门进来,见丁伯正在窗前凝视。

丁伯回过身:乔婷,你有事儿吗?

乔　婷:伯父,刚才我与薇薇姐通了电话,觉得她有些伤感,不知为什么? 我有些不放心。

丁伯掩饰:噢,薇薇从小多愁善感。感时花溅泪,恨别鸟惊心,也是常事,不足为怪。

乔　婷:伯父这样说我就放心了,打搅了,乔婷告退。

乔婷出去后,丁伯拨通丁薇薇手机:薇薇,我查了一下,三个小时后有一班船直抵香港,你走水路连夜离开东江,记住,用化名。

33 秦池家楼下 冬 晚 外

秦池被纪委两个人一左一右夹在中间上车。上车前,秦池眺望四楼母亲的那盏灯光,不由潸然泪下。他冲江河深深鞠了一个躬,又双膝一弯跪下,冲四楼那盏灯光磕了一个头,起身欲上车。

江　河:老秦。秦池站住。江河接着说,要分手了,送你一个小礼物,深夜无眠的时候,你无妨拿出来看看,东江港不会忘了你为它付出的汗水;你也好好反省一下自己对东江港的亏欠!

江河从笔记本中拿出一张照片—— 他们在机场的合影。

秦池接过来看了一眼,放进上衣口袋,一转身上了吉普车,江河注视着车开走了,身后忽然有人拍了他肩膀一下,是沈奕巍。

沈奕巍:局长,老秦的事是他咎由自取,怨不得别人。病树沉船,用不着伤感。

江　河:话说得是不错,只是八十老母从此孑然一身,让人牵挂。

沈奕巍:以后我们多过来看望就是了,老太太慈祥宽厚,是个好人,就是儿子不争气!

江　河:不说了,奕巍,你怎么还没回家?

沈奕巍:回家? 老郭他们都在局里等你呢!

江　河:等我?

沈奕巍:谁不了解你的工作作风,被晾在一边这么多天,肯定有一大摊子工作要布置,我们就是回家了,你也得打电话把我们一个个提溜来!

34 秦海涛家 冬 晚 内

秦海涛接一个电话，电话里传出一个冰凉的声音：秦先生，海岩已经投案，孟建荣已经被捕，秦池已经双规，事情也许很快会牵扯到你。笼鸡有食汤锅近，野鹤无粮天地宽。我的意思想来你已经听明白了！

秦海涛：谢谢佐佐木先生。做完我要做的事，我马上离开。而且，一诺千金，不会改变。

佐佐木：谢谢你的承诺，希望我们还有再度联手的机会。

对方挂断了电话，秦海涛开始收拾东西，这时，传来急切的敲门声……

35 港务局会议室 冬 晚 内

江 河：各位，我本来还想给大家留点空间，今天晚上不打算开会了。奕巍找到我，说大家不开会不踏实，看来咱们东江港“超常规工作，超常规发展”的双超精神已经融入到了大家的血液中，我要是不抓紧布置检查一下工作，反倒显得不近人情啦。

郭 川：大家心里起急啊。东江港正处在超速发展的关键节点，这时候你下了车，我们是什么心情？现在好了，你重新掌舵了，怎么干，当然想早一点听到你的想法！

江 河：刘志刚同志的牺牲暴露了我们在企业文化建设中存在的问题。抓经济效益不等于一切向钱看，实际上，一切向钱看，经济效益反而会受影响，这里面有辩证法。请闫主席整理一下，前一段的改革举措中有利于企业发展的，有利于彰显我们企业精神的就保留，反之可以根据实践的情况做出整改。比如把东江修理厂完全搞成创利单位就不妥。

郭 川：对，这是实事求是的态度，不能把一切向钱看和深化改革等同起来。

江 河：这两天闲着没事，我到各码头转了转，奕巍的工作很有成效。

沈奕巍：多谢局长夸奖，配煤中心也开始投入运营，据初步测算，今年煤码头吞吐能力达到一千万吨的同时，效益还可以有很大提升。

章 江：我算了一下，光配煤中心这一项，就可以盈利四五千万。另外，关于海外兼并，大家同意你的意见，收购 A 国 R 港股权。

郭 川：程序上的事情已经基本完成了，前两天，尼格罗先生还来电话问他们什么时候可以来北京签署协议，他们说，太期望北京的长城、故宫和烤鸭了。

江 河：好，这项工作如果意见基本统一，由老郭抓紧进行。前期的调研工作非常扎实，下一步就是走完相关程序，进入实质性操作阶段了。

郭 川：老江啊，现在有一个问题，R 港董事会只同意我们购买百分之十股权，但是占股百分之十五才能在董事会占有两个名额，两个名额和一个名额，在董事会的话语权可不一样啊，特别是我们的一些管理举措要在 R 港实施，这一点就尤显重要。

江 河：这是一个问题，通过协商可以通融吗？

郭 川：我已经和 R 港董事会主席尼格罗先生通过两次电话，不是不可以协商，只是再购买百分之五的股权，对方出价太高，我们一时拿不出那么多钱来！

江 河：先干起来再说吧，进一步的股权收购，等我们进入实质操作阶段再想办法。

门外有女孩儿声大叫：有贵客远道而来，江局长不出来迎接一下吗？

第29集

1 秦海涛家 冬 晚 内

秦海涛在电脑桌前敲击键盘,订了两张到东京的机票。

有人敲门。秦海涛想了一下,起身开门:卢茜,你来了。正好我定了两张去东京的机票,这几天烦死了,咱们一起去散散心。

卢　茜:你还有着闲心?秦局长被“双规”了,奶奶的生活怎么照料,你有没有想法?

秦海涛:我能有什么想法?江河锁定的下一个目标还不知道是谁儿呢?

卢　茜:海涛,你别这么想,你是你,你叔是你叔,现在都什么年代了,谁还搞株连那一套?

秦海涛:但愿如此吧,反正我秦海涛行的端、走得正。

画外音:

看到卢茜,秦海涛忽然产生了一个恶毒的想法:借江河之手除掉丁薇薇和方秋萍,对江河必是剜心之痛,也算为叔叔报了一箭之仇。他不担心方秋萍曝光,那一个多亿的售煤款全是以方秋萍名义运作的,他没有留下任何记录;至于丁薇薇,他有把柄,对方也有软肋,除非这个女人疯了,否则不会把自己牵扯进去。他其实最担心的是孟建荣,而根据他对孟建荣的了解,肯定会避重就轻、抵抗一阵,这就为自己赢得了撤退的时间。

卢　茜:海涛,你琢磨什么呢?

秦海涛:哦……

卢　茜:海涛,我们去看看奶奶吧。再晚就真赶不上这班渡轮了。

秦海涛:卢茜,你先别急,出了件大事,我不知应当不应当对你说?

卢　茜:什么大事呀,你说吧。

秦海涛:卢茜,我告诉你,丁薇薇身边那个依娜,是方秋萍,那个传说中的白衣女鬼就是她。

卢　茜:什么!你说梦话呢吧,薇薇姐怎么能带着方秋萍来东江?

秦海涛:千真万确!昨天下午依娜到我这里来了,她整了容,别人看不破,可瞒不了我,我当场揭穿了她。她自己也承认了,裕泰号沉船就是丁氏集团蓄意制造的,目的是掩护方秋萍趁乱出逃。

卢　茜:为什么?

秦海涛:我也不知道为什么?这里面的水太深了!

秦海涛手机突然响了,里面传出一个男声:秦先生吗,我是小胖,黄敬业先生的徒弟,今天早晨我们老板突遇车祸,性命不保了!

秦海涛大惊:今天他不是要到东江来吗?

手机里传出小胖的声音:就是在去机场的路上。

秦海涛:怎么可能?

小　胖(OS):昏迷中,我们老板嘴里断断续续总说,铜牛…… 金印…… 薇薇…… 不知道是什么意思?

秦海涛瘫坐在沙发上,嘴里嘟囔着:铜牛…… 金印…… 薇薇……

卢茜看着沙发上的秦海涛,不知如何安慰他。她无意间发现秦海涛书桌上的铜牛不见了,问道:海涛,你书桌上的铜牛呢?

秦海涛:丁薇薇昨天到我这里来,亲自要走了铜牛。我小舅临终前,嘴里说的也是铜牛、金印和薇薇……

卢　茜:这里有什么联系吗?

秦海涛:让我捋捋…… 我姥爷去世后,普天之下只有小舅一人知道金印被改造成了什么样子,而小舅绝不会把这个天大的秘密告诉任何人。况且,这只铜牛原本就是丁薇薇的,不论是与黄家还是与秦家都没有任何关系。

卢　茜:可是,为什么你小舅昏迷中要说那些单词呢?

秦海涛:是啊,这里面也许有我们不知道的因果关系。

卢　茜:海涛,现在事情越来越复杂了,不是我们能够处理的,你看我是不是向江局长汇报一下?

秦海涛:对,你赶快汇报吧。

2　港务局会议室　冬　晚　内

赵小苏打开会议室门,外面站着刘希娅。众人一愣。

江　河:呦,怎么会是你?

刘希娅大大咧咧坐在沙发上:今非昔比,鸟枪换炮啦。这沙发比以前高级了,老板台也很气派呀!

江河倒了一杯水递给刘希娅:小刘同学,有什么事吗?

刘希娅:一公一私,先听哪个?得了,我也不难为你了,先说私的吧!东江港现在成立艺术团,天时地利人和都具备了,如果你什么时候有意,我可以回来筹办这件事。噢,别害怕,到时候我会把我的男朋友也挖来,东南五省第一长笛。

江　河:你有男朋友了?

刘希娅:那是啊!

江　河:那我要祝贺你了。

刘希娅:怎么祝贺啊,一句话就?

江河想了想,转身从柜子里拿出陶然的那支长笛:这把长笛我一直精心收藏,我知道,它承载着你一段难以割舍的情感。现在,我把它转送给你的男朋友,以此表达我对你们爱情的衷心祝福!

刘希娅:嘿,在这儿等着我那。好,我替他收了,也去了你一块心病。

江　河:私事说完了,公事呢?

刘希娅:你还没有表态呢?

江　河:正好我们领导班子都在,一旦这件事重新纳入工作日程,我们会向你和你的男朋友伸出橄榄枝,如何?

刘希娅伸手和江河击掌:一言为定。说着语气庄重起来,公事嘛有点神秘,要不,借一步说话。

沈奕巍:希娅同学,你就在这说吧。局长,要不今天的会先开到这儿,有什么话明天再说。

江　河:好,忙了一天大家也早点回去休息吧。

众人离去。

江　河:你说吧,什么事儿这么神秘?

刘希娅:我在丽江看到丁薇薇和裕泰号沉船的那个女人在一起。

江　河:哪个女人?

刘希娅:方秋萍。

江　河:笑话,方秋萍怎么会和丁薇薇在一起。

刘希娅:我怕你不信,还让我的男朋友偷偷录下了她们说话的声音。我跟你说,那个方秋萍虽然做过整容了,但是她的声音是不能改变的,而且她的身材我也印象深刻。

江　河:小刘同学,我看你干音乐有点屈才了,你应该当侦探或者作家。

刘希娅:我就知道你不信,这样,这支录音笔你放给熟悉她的人听听,人家要说不是,就算我瞎说。

江　河:怎么会这么巧?

刘希娅:来丽江之前我就跟卢茜发过誓,一定要找到方秋萍,不能让陶然死得不明不白。我所以到丽江歌舞团工作也有这个因素,我相信方秋萍一定还会在丽江露面,所以我一直留心,这次见到她可疑,就死盯不放!

江　河:虽然有点八卦,不过你的执着还是应该表扬。

有人敲门,江河走过去开门,是卢茜。

卢　茜:江局长,我有紧急情况向你报告…… 呦,希娅,你也在这儿啊?

刘希娅:卢茜啊,你这小棉袄可有些不称职啊,我让你跟你们局长打个招呼,你没打,害得我只好颠颠儿自己跑上门了。

卢　茜:小姑奶奶,现在我可是没工夫跟你斗嘴,局长,我有重要情况向你汇报。

刘希娅:好了,本小姐的事儿都说完了,我先走了。有什么情况可以随时找我。又对卢茜做了个鬼脸,卢茜,江局长如果向你征求艺术团的事儿,可别忘了美言几句啊!

3　东江宾馆　冬　晚　内外

丁薇薇在房间里整理行李。

拉着行李箱走出门。

在路边拦了一辆出租车上车,开走。

4　港务局小会议室　冬　晚　内

江　河:秦海涛是这样说的?

卢　茜:千真万确,我也不相信。可是秦海涛说别人看不出来方秋萍整容,但是瞒不了他。而且,方秋萍本人也承认了。

江　河:秦海涛的话也不可轻信,他为什么要这样做?

卢　茜:他也是出于好意。

江　河:好意? 哼! 东江港有谁和方秋萍比较熟?

卢　茜:秦局长。方秋萍来东江一般都是秦局长接待。哎,东江电厂的薛厂长也跟方秋萍熟,听说琊山煤矿的廖汉中矿长正在东江电厂谈供煤合同。

江　河:真的嘛! 那太巧了。他拿出手机:老廖啊,你在东江电厂吗?

廖汉中(OS):是啊,我下午到的,本打算今天办完了事儿去看你。听说你的事儿洗清了,谁他娘的没事儿老生幺蛾子呀!

江　河:不说它了,你不要动,我马上过去。薛东方也在? 正好,叫这小子也老实待着。

5　薛东方办公室　冬　晚　内

江河和卢茜风风火火推门而入。

廖汉中上前和江河拥抱:老江,你说我是不是福星? 前两天听说你又被晾起来了,我就要来看看你,逮了个机会就跑来了,你已经复职了。

江　河:托你老廖的福。

廖汉中:唉,说反了。你们上市引进春晖基金做战略投者,我们琊山矿一下子多收入了好几个亿售煤款,托你老江的福,我老廖才一下子成了土财主。

薛东方:老廖一到,就拉我去看你。我说怎么也得先公后私啊! 再说江河是属猫的,有九条命呢,屁事也不会有,怎么样,被我说中了吧!

廖汉中看了一眼卢茜:卢姑娘,听说是你实名举报的老江,不会吧?

薛东方:嗐,她也是受了老秦的欺骗,人家姑娘不藏着不掖着,光明磊落,真名实姓,冲这一条就是一位巾帼女杰。

江　河:二位,打住,我找你们是有急事。

廖汉中:光顾高兴了,什么急事,快说。

江河拿出了刘希娅的录音笔:你们听听,这是谁儿的声音。

伴随声音出现画面:丽江、咖啡厅。丁薇薇和方秋萍喝咖啡,一个青年男子走过来。

男　子:二位小姐是第一次到丽江来吗?

丁薇薇:是啊,丽江山水丝毫不逊色于桂林,我们姐妹遗憾来晚了。

依　娜:丽江真是一个美丽又充满魅力的好地方,一草、一木、一花、一世界,都特别令人留恋。

男　子:丽江有很多非常有名的景点,玉龙雪山、大研古城、束河古镇、黑龙潭……二位小姐最希望去哪儿?

依　娜:我想去大研古城看一看,听一听纳西古乐,看一看东巴仪式、占卜文化、古镇酒吧,听说纳西族的火把节特别有特点,如果有机会能够感受一下它的魅力就更好了。

男　子:你们来丽江,不去大研古城太可惜了。如果你们需要,我可以给你们做向导。

丁薇薇:不必,谢谢了。

江河关上录音笔,廖汉中惊诧地喊起来:这不是秋萍吗? 她怎么跑到丽江去了?

江　河:老廖,你没有听错?

廖汉中:我怎么会听错,一个被窝里睡了好几年,她在人堆里放个屁,我都能闻出来是不是她放的,甭说声音了。

薛东方:廖矿长,这儿还有姑娘啊,说话注意点分寸。

廖汉中:是是是,卢姑娘,对不起啊,我太冲动了。

江　河:东方,你听呢,是不是方秋萍的声音。

薛东方:没错,应该是她。她说话时有点卷舌音。是吗,老说成是骂,四声,很有特点。

廖汉中:老江,这是怎么回事儿?

江　河:老廖,这个你先不要问了,总之,那一个多亿的售煤款快水落石出了,行。你们俩先聊着,我先走一步。

薛东方:老江,我到俄罗斯去考察火力发电技术,估计要一个多月,明天一早就走了,跟你打个招呼啊!

江　河:听说了,这是好事儿,饯行是来不及了,回来给你接风吧!

廖汉中:那一个多亿的售煤款就是压在我心头的一个磨盘,什么时候真搬走了,什么时候我老廖就能直着腰出气了!

江　河:快了! 老廖。

6　客运站码头　冬　晚　内

丁薇薇手拉一个行李箱,背着一个琴盒,走在上船的旅客中。

剪完票,她走上豪华游轮,两个黑衣男子走过来,鞠躬致意,接过她手中的行李:丁董,请随我们来。

丁薇薇:你们是……

黑衣男:我们奉丁老爷子之命来保护您,房间已经定好了。

丁薇薇:谢谢二位,我自有安排,不劳你们费心了。

黑衣男:这……

丁薇薇:请你们把我的行李送到 108 房间。言罢,丁薇薇已率先走在前面,二人无奈,只好跟在丁薇薇身后,把行李送到了 108 房间。丁薇薇脱去风衣挂在衣架上,见二人呆立一侧,便说:二位,请自便吧。

黑衣男:丁董,我们守在门外,随时听您吩咐!

丁薇薇:不必! 我再说一遍,一切我自有主张,不劳二位费心。回去复命时,把我的话如实转告,叔叔也不会为难你们。

二位黑衣人点头称是，转身欲走时，又被丁薇薇叫住。

丁薇薇：二位先生，你我同为渡船客，各有前程各有辙。这一路，无论有什么事情发生，皆与你们无关。特别是，我不能再见一滴血腥。

二位黑衣人：明白。

丁薇薇：明白就好，慢走，不送。

7　东江电厂外　冬　晚

江河神情有些忧伤，对跟在身后的卢茜说：看来，秦海涛没有骗你，依娜就是方秋萍。沉船是一场阴谋，你的薇薇姐可能涉嫌走私……

卢　茜：走私？那陶然和二十条人命都是这场阴谋的牺牲品？

江　河：何止二十条人命，黄敬业不是也出事了吗？

卢　茜：黄敬业的死也和这场阴谋有关？

江　河：黄敬业死前不是说了三个词吗：金印…… 铜牛…… 薇薇……

卢　茜：薇薇姐那么高贵典雅，怎么会涉嫌走私？

江　河：我也不愿意相信，可是秦海涛和刘希娅从不同角度都证实了这一点。

卢　茜：那，太可怕了，应该怎么办呀？

江河拿出手机拨通电话：老宋吗，我有重要的情况向专案组汇报…… 什么，你就在港口公安局呢，好，我马上过去。

8　豪华渡轮　冬　晚　内

这是一间非常气派的客房。

丁薇薇把古筝摆在房间一角，又从箱子了拿出一个条幅打开，是江河“不忘初心”的书法，她在墙上找了一个地方挂上。然后，沏好一杯香茗，静静地坐在沙发上闭目凝思。

凝思中，她忽然觉得有一个人影飘然而至，人影渐渐清晰，原来是黄敬业。只见黄敬业额头带血，衣衫褴褛。

丁薇薇一惊，睁开眼原来是幻觉。

9　李强办公室　冬　晚　内

江河和卢茜推门而入。

李强起身让座：师傅，宋处长一直在等您呢。

宋处长起身握住江河的手：老江啊，这两天情况有些变化，因为你被停职了，没有和你及时沟通。

江　河：不用客气了，她叫卢茜，有 9.08 沉船案的重要线索汇报。

宋处长：噢，卢茜同志，久闻大名。其实，你已经帮我们做过不少工作，应该算是我们的编外人员了嘛！好，有什么情况，请讲。

卢　茜：依娜就是方秋萍，裕泰号沉船是蓄意制造的，目的就是为了掩护她趁乱出逃。沉船头一天晚上，在裕泰号旁出现的白衣女鬼也是她，她是内心纠结，去吹葫芦丝发泄。

宋组长：你是怎么知道依娜就是方秋萍？

江　河：是秦海涛说的，方秋萍为了要那一个多亿的售煤款主动去找了他。这些情况我来之前已经经过多方核实，依娜就是方秋萍确凿无疑。而且，方秋萍确实和丁氏集团搅到了一起。这里面涉及那笔款子，也涉及那件国宝。

宋组长：现在的情况和我们的判断基本吻合。小张，你马上安排家里突击提审湘籍船船长和那个舵工。

小张答应一声是，起身到隔壁去打电话。

江　河：还有一个情况，秦海涛的小舅黄敬业原定于今天到东江，在去机场的路上却突然遭遇车祸，弥留之际，他一直断断续续说着“铜牛”“金印”和“薇薇”，这里面很可能存在某种因果关系。

宋处长:老江啊,依娜已经在深圳边防站被我们扣留。你刚才说的情况,负责监视黄敬业的侦查员已经做了汇报,我们怀疑这里面肯定存在某种联系,所以当依娜携带铜牛出现时就把她扣留了,然后马上请有关专家协助监测鉴定,发现了铜牛肚子里的那枚金印,就是古滇国文物,价值连城啊!

江河如释重负:那就太好了!

宋处长:不过那个依娜一口咬定是丁薇薇的秘书,对自己的前夫只字不提,并且说她根本不知道铜牛肚子里有金印。如果有确凿证据证明依娜就是方秋萍,那一系列的谜底就都揭开了,不怕这个娘们儿嘴硬!

江　河:宋处长,我……

宋处长:老江,你了不起啊! 刚复职不到半天,就解开了破案链条的一个死结,应该为你记功!

江　河:记什么功啊! 这种功我宁肯不要。

宋处长:能理解,老江。从目前的情况看, 9.08 专案可以收网了。

江　河:收网?

宋处长:对! 我们抓捕了方秋萍,丁氏集团肯定会有所警觉,这回如果把丁薇薇放掉,以后再抓捕就麻烦了。

江　河:可是……

宋处长:老江啊,你是老公安了,黄敬业被害,裕泰号船上的二十条人命,哪一条丁薇薇能撇得清干系? 更遑论她涉嫌走私国家重要文物了!

江河痛苦地闷头抽烟。

宋处长在烟灰缸的边沿蹭了蹭烟灰,继续说:老江,你当初提议追索琊山矿上亿元售煤款,要从秦海涛身上打开缺口,你的判断是,根据你从老战友薛东方那里得到的信息,秦海涛和方秋萍关系绝非一般;此其一。其二,运作这样一笔巨款,以方秋萍的能力与人脉都难以想象,必须得有一个深谙洗钱之道的金融界人士一旁协助,现在看,你的破案思路是正确的。琊山矿的巨款已经有了下落,确是秦海涛通过地下钱庄在运作。另外,你怀疑方秋萍是在秦海涛的影响下染指了文物走私,这也提供了很有价值的破案思路,我们就是按照这样的思路,发现了方秋萍的行踪,进而丁氏集团和丁薇薇才进入了我们的侦察视线。

江　河:我倒真希望事情不是这样发展。

宋处长:老江啊,我知道,这个事实对你很残酷,但无论有多残酷,我们就只能面对。说着话锋一转,问:你说秦海涛和丁薇薇之间有没有默契?

江　河:秦海涛和丁薇薇只是在铜佛寺偶遇,总共见面不到三次,谈何默契?

宋处长不温不火:冬至期间,丁薇薇只回来两天,就神不知鬼不觉地和秦海涛完成了对孟建荣公司的收购,而且一举拿下了琊山新型煤矿煤化工的基建工程,这么大的系列动作,岂能是见过三次面就可以谈妥的。

江　河:他们接触很密切吗?

宋处长:当然。丁薇薇和秦海涛如果没有默契,怎么可能玩弄孟建荣于股掌之中? 老江啊,我告诉你,孟建荣买九眼天珠赔了七千万,想翻盘,托关系都托到我们公安厅了。

江　河:嗬,他能量不小啊。

宋处长:现在基本可以断定,丁薇薇和秦海涛在铜佛寺相遇是偶然的,但是她到东江来联系秦海涛是必然的。多次往返于东江,她可不仅仅是来看你,更重要的目的是寻找这枚古滇国金印。

江河下意识地问了一句:那,丁薇薇会判重刑吗?

宋处长理解地望了一眼江河,长长叹出一口气,他为江河的茶杯里续上水,说:如果她的手上没有人命,当罪不至死,只是不知道在裕泰号沉船事件中,她扮演的是什么角色。

江　河:我觉得薇薇的手上不会沾血。

宋处长:你觉得? 亲眼所见都不见得是事实,何况感觉呢? 有丁薇薇说话的时候,在法庭上,她可以面对国徽为自己辩白。

小张推门而入:宋处长,蹲守东江宾馆的侦查员报告,丁薇薇已经上了到香港的豪华游轮。但是，她的房间没有结账。

宋处长：要跑？

江　河：她是明天早晨的航班，说好了我去送她的。

宋处长：老江，恐怕你要早点去送送你这位老战友了。人家可以不辞而别，你不能不讲诚信嘛！

江　河：如果你定了马上实施抓捕，我请求回避。

宋处长：你回避什么？你是我们专案组的重要成员，案件又一直是按照你的思路侦破的，收网时你怎么好缺席？

江　河：你知道我们的关系。

宋处长：老江，我们都是党员，又是多年的老公安，私是私，公是公，这是一条最起码的底线嘛！

江　河：我以这种形式为她送行？

宋处长：老江，如果你实在感情上过不去，我另外派人吧。

江河想了想：不，老宋，还是我去吧。

宋处长：那好，你去抓捕丁薇薇，我去通过视频提审方秋萍。李副局长，我以省公安厅刑侦处名义命令你，这次抓捕行动由江河同志指挥！

10　豪华渡轮上　冬　晚　外

丁薇薇身穿风衣在甲板上欣赏夜色。

渡轮已经起航。但见江面上灯火点点，江岸树影绰约。她托着腮，倚在栏杆眺望远方。在月光的衬映下，她的身影修长而秀美。

随着一声汽笛，丁薇薇款款向客舱走去。与两个垂手而立的黑衣人擦肩而过时，丁薇薇略一停步：二位早些休息吧！我的事儿实在不劳二位费心，再见到你们我会不高兴的。

两个黑衣人躬身而退。

11　港口公安局　冬　晚　外

江　河：李强。

李强全副武装，上前立定站好：到。

江　河：集合刑警队，执行抓捕任务。

李　强：是。转身打开对讲机：刑警队全体到门口集合！

卢茜趁机把江河拉到一边：局长，只能这样吗？

江河目光中是痛彻心扉的哀怨：卢茜，你说还能怎么样呢？黄敬业是一条命，裕泰号沉船可是二十条人命啊！即便没有人命，走私国宝也是重罪！做人做事总要有一条底线。

卢　茜：可是，你知道吗，薇薇姐有多爱你，你去抓她，太残酷了。

江　河：我不去抓她，也有别人去抓她，你以为她还可以安全离开东江吗？我去比别人去好，有些话我还要和她说呢，毕竟我们曾经相知相爱。

卢茜压低声音：裕泰号沉船后，我们客运站所售船票都是实名制，薇薇姐不会用真名登上那条渡轮，你可以查不到她。

江　河：我一定会抓到她。不过，她被捕以后，我会为她请最好的律师，她坐牢，我会在每一个可以探视的日子去探视她。我相信，薇薇的手上不会沾上无辜人的鲜血，但这需要她自己到法庭上去澄清。

卢茜流下眼泪：那你要对薇薇姐好一点，不许给她戴手铐，不许弄乱她的衣服，不许凶她！行吗？

江　河：卢茜，谢谢你心里还有薇薇姐，我会的。你早点回去休息吧，东江港还有那么多事等着你去做呢！

十几名身着迷彩服，手提微型冲锋枪的警察已排成一列，李强上前几步，立正敬礼：报告江河局长，刑警队集合完毕，请您指示。

江河深深吐出一口气：出发！

十几名刑警跑上警车，江河和李强各坐进一辆警车，两辆警车闪着红灯驶出了公安局大门。

卢茜看着远去的警车,泪水扑簌簌落下,她弯腰蹲在了地上。

12　香港朗庭酒店　冬　晚　内

丁伯在房间焦虑踱步,床头的电话响了。丁伯走过去抄起听筒:喂……

电话里传出黑衣男的声音:老板,丁小姐不接受我们的保护。

丁　伯:不接受你们的保护?

黑衣人声音:是。不允许我们靠近;不允许我们有任何行动。

丁　伯:那你们呢?

黑衣人声音:您知道小姐的脾气,我们只能服从。

丁　伯:必要的时候你们必须出手!

黑衣人声音:小姐明确警告我们,不允许见半点血腥。

丁伯握着听筒,半晌无语,颓然地将电话挂断。

片刻,他又焦虑地拨通丁薇薇的手机,里面传出一个女声:您所拨叫的号码已关机。

13　江边码头　冬　晚　外

一轮明月,万点碎银,洒在冬夜的江面上;在夜色中看上去静止的长江像一条睡龙,正做着奇幻的梦。

两辆警车停在岸边,十几名全副武装的警察跳下车,换上滑江快艇驰向江心。

两艘滑江快艇亮着灯,飞划过夜色茫茫的江面。

滑江快艇迅速赶上了已驶到江心的一艘豪华客轮。

李强用无线机呼叫:3178 号客轮船长, 3178 号客轮船长,我是东江港公安局副局长李强,请立即降速接受检查! 请立即降速接受检查!

客轮降速了,随即停在江心,放下舷梯。江河和警员顺着舷梯登上客轮。

江　河:船长,请你提供旅客名单。

船长引导江河等人来到电脑室,从电脑中调出旅客名单,江河移动鼠标查看,没有丁薇薇的名字,他略一迟疑,在一个叫丁媛的名字那里停下了。

丁媛的后面注明是 108 号客房。

江河等人在船长的引领下来到 108 号房间门口,船长刚要敲门,江河一抬手制止了他,因为房间里悠悠传出如山泉一样流淌的琴声 。

江河屏息静听,就在琴声渐入佳境时,琴声戛然而止。

房门打开了,丁薇薇站在门口:江河,我知道你不会爽约,果然来了!

14　审讯室　冬　晚　内

方秋萍被一个女警押入审讯室,坐在椅子上。

预审员:依小姐,知道这么晚了为什么还要提审你吗?

依　娜:我怎么会知道? 我只是香港丁氏集团的一名雇员,所作所为都是在履行一名雇员的正常职责,你们抓捕我,即违反香港基本法,也有悖于大陆的相关法律,我要控告你们。

预审员:依小姐,你以为水蛇穿上了马甲,就会变成乌龟吗?

依　娜:我是香港的合法公民,香港当局有我完整的履历材料。

预审室隔壁的监控室里,宋处长对着话筒说:少跟她废话,出示证据!

预审员通过耳机听到了宋处长的指令,摁了一声。他摁了桌上的一个摁钮,墙上的银幕出现了秦海涛的头像:这个人你不会不认识吧?

依　娜:他是大江船运公司总经理,有过一两次见面。

预审员又摁一下摁钮,头像换成了廖汉中,那么这位呢?

依　娜:这位…… 没见过。

预审员:方…… 秋…… 萍! 不要再装了,你以为你整了容就可以逃脱法律的制裁吗? 告诉你，秦海涛已经向公安部门告发了你，廖汉中对你的声音也辨认无误。你可以改变面容，但是却无法改变声音！

方秋萍神情沮丧，但是还想负隅顽抗：你，你们胡说。

预审员：需要廖汉中和秦海涛当面和你对质吗？需要向你出示韩国整容院的整容档案吗？方秋萍，可以满足你的好奇心。不过，那时候你就不属于坦白交代，将罪加一等！

方秋萍：罪加一等？

预审员：窃取国家一个多亿售煤款，为脱逃制造沉船惨案，导致二十个人命丧长江，再罪加一等，你知道等待你的将是什么吗？

方秋萍：沉船，什么沉船？我不明白你在说什么？

预审员再摁一下桌上的摁钮，船长和舵工分别在银幕上出现。

船　长：是，我们与裕泰号相撞是奉丁氏集团掌门人之命；为了确保万无一失，在香港水域还演练过两次。

预审员：丁氏集团给了你多少酬金？

船　长：100 万美金！这 100 万美金我全部上交国家，我还有八十老母，请饶我一命！

舵工抽着自己嘴巴：我有罪，我罪该万死，我不该为了十万美金干出这种伤天害理的事儿！

预审员关上视频：方小姐，你还有话要说吗？

方秋萍：我…… 我……

预审员：沉船前一天，秦海涛给你打电话说了什么？

方秋萍：是我发短信让秦海涛给我打的电话。

预审员：为什么？

方秋萍：因为…… 因为电厂给我买的是上午十点钟的豪华渡轮，我要改签船票总要找个理由，才，才会万无一失。

预审员：哼，还敢说沉船你不知道吗？

方秋萍防线崩溃：裕泰号沉船不是我策划的！卷走售煤款秦海涛也有份儿！

15　客轮上　冬　晚　内

江　河：薇薇，你提前离开也没打个招呼，要不是有人报案，我差一点爽约。

丁薇薇：笑话。我要真想不打招呼，何必用丁媛的名字登船？我在部队执行任务时用的名字就是丁媛，用这个名字就是要告诉你，丁薇薇登上了回家的客船，看看你我还有没有旧情可念。

江　河：薇薇……

丁薇薇：今天一看，你果然念旧，不但乘坐快艇追来相送，还叫来了你这么多兄弟端着冲锋枪为你护驾。江河，我丁薇薇手无缚鸡之力，纤纤一个弱女子，何劳你如此兴师动众？

江　河：依娜就是方秋萍，薇薇，你不会不知道吧？

丁薇薇：依娜就是方秋萍？我要是没有猜错，是秦海涛举报的吧？

江　河：是的，秦海涛举报依娜就是方秋萍，他说方秋萍承认裕泰号沉船是蓄意制造的一起阴谋。现在方秋萍已经落网，估计也会认罪了。

丁薇薇伤痛蚀骨：秦海涛这样做，无非就是要借你的手除掉我。怎么样，手刃自己的初恋情人心情可好？

江　河：我不会放过秦海涛，抓住方秋萍，就能治他的罪！

丁薇薇冷笑：抓住方秋萍你也治不了他的罪。你以为抓住方秋萍就能追回瑯山煤矿那笔售煤款吗？秦海涛是国际级精算师，他以方秋萍的名义把那笔售煤款转入地下钱庄，做得滴水不漏，不留任何蛛丝马迹，你们就是明知他所为，也没有证据逮捕他。

江　河：证据总会找到。

丁薇薇:江河,你就是太看重那笔售煤款了,为了和琊山煤矿搞好关系,你不惜牺牲卢茜,如果我的感觉不错,那个姑娘原本是爱你的。你又太高估大陆警方的能力了,你也当过十年公安局长,你知道有过一起破获地下钱庄的成功案例吗?你怀疑秦海涛那么久,可曾抓到他一丝一毫的犯罪证据?我可以告诉你,你要是没有证据逮捕秦海涛,就永远也别想追回那笔售煤款!

江　河:薇薇,我发誓,我一定会找出秦海涛的犯罪证据!

丁薇薇:江河,说这些大话有意义吗?还是让我来问你,如果你们抓住方秋萍,通过审讯不难知道裕泰号沉船事故的真相。裕泰号沉船我不知情,不过方秋萍身背二十条人命,我庇护她,又让她到韩国整容,你们能判我多少年?

16　审讯室　冬　晚　内

预审员:好,既然你不再戴着依娜的假面,我们的对话就畅通多了。方秋萍,说说裕泰号沉船是怎么回事?

方秋萍:裕泰号沉船是丁伯一手策划的,为的是我能合理从大陆蒸发。

预审员:交换的条件是什么?

方秋萍:我帮他们找到古滇国金印,因为我和秦海涛非常熟,秦海涛的姥爷、小舅都是古玩界资深大佬,秦海涛曾跟我说过,他们家曾有一个重量级国宝——古滇国金印。

预审员:丁薇薇在里面起了什么作用?

方秋萍:丁薇薇最初让我乘坐豪华渡轮过江,制造一起一般的水上交通事故,让我落水潜逃。可是丁伯认为这样做容易露出破绽,一定让船翻人亡。他改变了计划,但是严令我们不许告诉丁薇薇,怕她心肠软,出面阻拦。

预审员:丁薇薇真的不知情?

方秋萍:丁薇薇确实不知情。事后从报纸中知道这件事后,跟我发了脾气,还跟她叔叔吵了起来,认为丁伯出手太狠!

17　客轮上　冬　晚　内

丁薇薇的客房里,江河站在房间一角,丁薇薇在他对面。

李强率领警察手握微型冲锋枪站在门口两侧。

江　河:薇薇,如果裕泰号沉船和你无关,我很欣慰。至于你犯包庇罪会判多少年,将根据事实量刑,你还有一条走私文物罪,会两罪并判。

丁薇薇:江河,亏你想得这么周到。

江　河:关于金印,你得而复失失而复得的过程我就不用讲了吧。这两年来,你多次往返云南,和黄敬业的生意也做得越来越大,我想你的目的也是寻找这枚金印吧?秦海涛曾经对卢茜说过,他姥爷把金印改造成什么样子,只有他姥爷和黄敬业知道。黄元昌去世后,这个秘密就只有黄敬业独守。而在不久前,你也知道了这个秘密。黄敬业要到东江来,这是你不能允许的,因为他和秦海涛一见面,铜牛的秘密自然就解开了,为此你竟不惜除掉黄敬业,这样天下就只有你一人知道金印的秘密了,是吗。

丁薇薇:江河你说什么,我为金印竟然不惜除掉黄敬业?

江　河:黄敬业定于今天到东江,在去机场的路上却突然遭遇车祸,世间哪有这样巧的事?弥留之际他只留下三句话,一句"铜牛",一句"金印",还有一句是"薇薇"。

丁薇薇仰天一声长啸,泪如泉涌。

丁薇薇:我告诉你,我视黄敬业为兄,黄敬业视我为妹,黄敬业曾经苦苦寻求金印,为此老父弥留之际他也没有回去看上一眼,但他现在可以放下了。我想我现在也可以放下了,我曾经想过,如果有一天回大陆定居,我也许不会选择东江与你相伴,我会选择丽江与他为邻,只有和他在一起谈古论今,说佛释禅时,我才感觉到人世的纯净和美丽。

江　河:薇薇……

丁薇薇:江河,我从十八岁就爱上你,至今痴心未改。我把青丝等成白发,在你心里仍无立锥之地，如今你竟视我为杀人凶犯，我真是世界上最蠢的女人！

江　河：黄敬业之死与你无关？

丁薇薇：苍天——！我只是让叔叔派人去丽江拖住黄敬业几天，以便顺利取走金印，取走金印后，我会打一笔巨款给他。我与黄敬业之间，早就不仅仅是生意往来，从相识到相知，已有了惺惺相惜的兄妹之情。没想到叔叔竟然采取了这种极端的手段！

江　河：我想你也不会这样肆无忌惮。

丁薇薇：江河，你是什么时候对我产生的怀疑，如果尚念一点旧情，能如实告我吗？

江　河：薇薇，我从来就没有怀疑过你，如果不是秦海涛说出事情真相，我现在也许还会去为你辩污！

丁薇薇：真的吗？

江　河：真的。

丁薇薇：你相信吗，我到东江寻宝，其实你在我心中比金印更为珍贵！

江　河：我信。

丁薇薇笑了：你这样说，我心无憾了！

18　审讯室　冬　晚　内

预审员：说说那一个多亿的售煤款吧。

方秋萍：那是我一笔一笔从琊山转出去的，怎么走账，转到什么地方，完全按秦海涛的指令。他告诉我这笔款子已经通过地下钱庄全部提现。分别存在了深圳、东莞、广州等四个地方。一旦风声缓解，就带我去拿钱。

预审员：这笔钱你们怎么分配？

方秋萍：我七成，秦海涛一成，赵达夫两成。

预审员：给秦海涛这么少，他愿意吗？

方秋萍：他通过低买高卖琊山的煤已经赚得盆满钵满了，原先说拿两成，见我不高兴，也没再坚持。

预审员：廖汉中知情吗？

方秋萍：说句不昧良心的话，老廖确实不知情，我和赵达夫一联手，他就完全被架空了，他又特别信任我和赵达夫，除了抓生产，财务和销售的事完全放手让我们两个人去干。

预审员：廖汉中对你不错，你怎么玩了这么一手釜底抽薪的把戏，你不知道你消失了，他就会被放在炭火上烤吗？

方秋萍：我和老廖没有感情，他大我二十岁，我当时嫁给他是因为他有权。认识了秦海涛和丁薇薇后，我就实在不愿意待在琊山了，和外面的世界比起来，那里就是个活棺材。所以一有机会我就走了，也顾不上那么多了。

预审员：你为了一己之私利，不惜让二十个人的生命为你的“幸福”殉葬，你这是作孽，知道吗？

方秋萍：我确实没想到会死那么多人，事后我也后怕得不行。我以为也就死个三个五个的，谁想到那天是满员，而且一上船都扎在了船舱里。

预审员：三五个就不是生命！

方秋萍：是啊，我心里也纠结，所以头天晚上才去江边吹了几曲葫芦丝，是为去祭奠第二天可能死去的亡灵。

19　客轮上　冬　晚　内

丁薇薇走到房间一侧的古琴旁，轻抚琴弦：江河，我要告诉你一件事，秦海涛的真正身份是日本一家跨国集团的商业间谍，他在银行做高管时，认识了这家集团的总裁，一来二去，就受雇于这家企业为他们收集商业情报，每月有不菲的酬金呢！

江　河：这个家伙，伪装得很深呀。

丁薇薇:四年前他开始接近方秋萍,也是按照雇主的指令,目的就是为窃取大陆新型煤化工核心技术。我让秦海涛协助我收购孟建荣的建筑公司,他表现出来的特殊兴趣引起我的怀疑,丁氏集团动用了特殊渠道才掌握到他的真正身份。

江　河:会是这样?

丁薇薇:在新型煤化工项目主厂房施工中,他和他的技术团队一共安置了八处传感器,可以全面监测到完整的生产流程。我把我最信任的秘书乔婷派去做工程监理,她是清华大学建筑系毕业的高才生,已经将这八处传感器的位置全面查清,U 盘就在我的手包里,里面拷贝的就是这八处传感器的具体位置,这是秦海涛犯罪的铁证,你们据此可以逮捕他,那笔售煤款也就水落石出了。

江　河:薇薇,谢谢你所做的这一切,这是重大立功表现。

丁薇薇:立功? 我不稀罕。薇薇在你心中不是一个冷血杀手就足够了。

江　河:薇薇,在我心中你永远是那个爱说爱笑的小女兵。

李强忍不住了,抢前一步:局长,把人带走吧! 时间太长了,这不符合规矩。

丁薇薇:江河,能让你这位小兄弟稍安勿躁吗? 你我就此一别,再见面不知何时,晚几分钟抓我走不算奢求吧?

江河冲李强一摆手:不急,有事我担着。

李强回答一声是,退后一步。

丁薇薇:江河,裕泰号沉船,二十个人命丧长江,皆因古滇国金印而起。我一念之差铸成大错。自知罪不可恕,向佛无门,为求自赎,做了以上的事,不求你原谅,只求自己心安。

江　河:薇薇,这一切你为什么不早些告诉我?

丁薇薇:江河,你我分手在即,在部队时,你最爱演奏的是《江河水》,我最爱演奏的是《梁山伯与祝英台》,我再给你弹一曲“梁祝”,可好?

丁薇薇说罢,端坐琴前,不等江河应允,双手抚琴,轻声吟唱。那令人肝肠寸断的旋律就从房间内飘了出来,回荡在大江之上:

无言到面前　与君分杯水
清中有浓意　流出心底醉
不论冤或缘　默说蝴蝶梦
还你此生此世　今世前世
双双飞过万世千生去……

一曲吟罢,江河已泪流满面。

丁薇薇站起身:江河,我可以走了,到我应该去的地方了!

20　香港朗庭酒店　冬　晚　内

丁伯在房间里来回踱步,显得焦虑不安。

乔婷走进来说:丁伯伯,有人求见。

丁　伯:这么晚了,什么人?

乔　婷:我随薇薇姐去扬州扫墓时见过一面,是一位有些疯癫的老伯。

丁　伯:杨疯子? …… 不见。

杨疯子已站在门口:缘何不见? 莫非是因为在下穷困潦倒,怕舍清茶一盏?

丁伯有些尴尬:丽江一别,已有数载,杨先生倒是越发矍铄了。

杨疯子:游历四方,汲天地之精华;巡访故人,识人间之真谛。虽无锦衣玉食,倒也神清气爽,自在逍遥。

丁　伯:杨先生如欲叙旧,待丁某择时另邀。今天晚上,实在是有些事难以分神,抱歉。

杨疯子环视了一下房间,自己坐在了沙发上:如果敝人没有猜错,丁先生是因为侄女没有回来烦心吧? 我听说她已赴大陆数日,归期已过。

丁　伯:是又怎样,不是又当如何?

杨疯子:薇薇本性高洁,只是因为你才蒙污纳垢。此行若有闪失,你当何以自处?

丁　伯:杨先生,咱俩宿怨已了,新仇未结,你何必始终缠着我和薇薇?生意场上看走眼的事并非罕见,你如觉得心中不平,开个数,你我就此两清,如何?

杨疯子:钱财于我已如粪土,在下不过是追求一个天理公道。此番登门拜访,非为钱财,为薇薇计,只想送你四句话——

丁　伯:愿闻其详。

杨疯子:春有百花秋有月,夏有凉风冬有雪。若无闲事挂心头,便是人间好时节。收手吧,静心礼佛,修为向善,不要再干伤天害理的事了。为薇薇能有一个好的前程,也让你自己不要死后坠入畜道。

丁　伯:你……

21　客轮上　冬　晚

李强掏出手铐,上前要给丁薇薇戴上。

丁薇薇望望江河:怎么,你还怕我跑了吗?你知道我不会水,也无船接应,无法像方秋萍一样水遁啊!

江河用手抹去脸上的泪水,一摆手,李强欲言又止退后一步。有两名警察想一左一右挟持住丁薇薇,也被江河手一挥制止了。丁薇薇从几名手持微型冲锋枪的警察面前款款走过,上到甲板,开始下放悬梯。

丁薇薇回身望了一眼江河,脸上露出一抹微笑:江河,你看看天上的月亮,多圆啊!你还记得我们当兵时晚上一起坐在小河边看月亮的情景吗?小时不识月,呼作白玉盘,忧来其如何,凄怆摧心肝!江河,我去找我儿时的月亮了!

言罢,跨过护栏,一纵身跳入了滚滚东去的江水中。

薇薇—— 江河几步冲到船舷旁,发出了一声撕心裂肺的呼唤,却两手空空,什么也没抓到,丁薇薇在湍急的江水中已不见了踪影。

江河身体一软瘫坐在甲板上,悲声大放:薇薇,薇薇——!

22　香港朗庭酒店　冬　晚　内

桌上的电话铃响,丁伯上前几步抓起听筒。

黑衣人报告:老板,不好了,小姐…… 小姐跳江了!

丁　伯:什么?你…… 你再说一遍。

黑衣人(OS):小姐跳江了!

丁伯手一沉,听筒从手中滑落,他踉跄了几步,头一低摔在地上。

杨疯子上前一步,翻看了一下他的眼睛,然后拨通电话:急救中心,急救中心!朗庭酒店1008房间有人突发心脑血管病,已人事不省!

23　李强办公室　冬　晚　内

宋处长将茶杯狠狠墩在桌子上:简直是乱弹琴!为什么不在第一时间给嫌疑人戴上手铐?

李　强:宋处长,怪我,是我违反了纪律,我请求处分。

江　河:这个事与李强无关。李强听命于我,一切都是我下的命令。

宋处长:老江啊,你虽然转行到了港务局,可是毕竟穿了十年警服,抚琴唱曲,互叙衷肠,你以为你是在演《西厢记》吗?

江　河:宋处长,我错了,我接受组织上的任何处分!但是眼下,当务之急是要马上抓捕秦海涛,他的犯罪证据确凿,抓了他,一个多亿的售煤款才能追回,老廖才能彻底洗白,琊山新型煤化工基建项目的黑幕也才能彻底揭开,薇薇也才没有白死!估计他应该嗅到味儿了!

宋处长:他跑不了,这几天他的银行账户频繁进出,肯定是在为出逃做善后。昨天他还买了两张飞东京的机票，一张还是用川岛的日本身份买的。说着抬腕看了一下手表：呦，还有三个小时就该登机了。

江　河：两张？

宋处长：是，另外一张是卢茜。

江　河：我提议马上实施抓捕。

宋处长：老江，你在家里好好反省自己的问题吧，抓捕秦海涛就不劳你去了。

江　河：老宋，什么样的处分我都接受，只是这个任务你一定要让我参加，我一定要亲手把秦海涛绳之以法。

24　秦海涛家　冬　晚　内

客厅里，卢茜和秦海涛相对而坐。

卢茜焦急不安：也不知道薇薇姐的情况怎么样了？

秦海涛：怎么会是这样呢？

卢　茜：真应了《红楼梦》中的那两句话：若说没奇缘，今天偏又遇着他，若说有奇缘，如何心事终虚化？

秦海涛：卢茜，别徒发感叹了，一切都是命数，人不可和天抗啊！

卢　茜：是，天意难违。不过这天意要是理解为人民的意愿，就积极了。

秦海涛看看手表，犹豫了一下，忽然上前攥住卢茜的双手；卢茜，江河与我叔叔的争斗可能会殃及我，我得出去躲一阵子，我正好买了去日本的机票，你跟我一起走吧！

卢茜一惊：去日本？

秦海涛：日本、欧洲或者美国都行。我在国外银行有存款，足够我们俩衣食无虞了。

卢　茜：海涛，身正不怕影子歪，你叔叔的事和你有什么关系？他被双规了，你有什么必要出逃？除非你们同流合污了。

秦海涛：卢茜，一句话两句话和你也说不清楚。城门失火殃及池鱼，何况秦池是我的亲叔叔。我就是再洁身自好，也不会在他危难的时候袖手旁观吧？好了，你和我一起走吧。

卢　茜：我不去，我为什么要跟你出逃？

秦海涛单腿跪地：卢茜，宝贝儿，你不知道我有多爱你，你知道吗？前几天丁薇薇亲自到我家要那只铜牛，我就觉得非常蹊跷，本不打算给她。她告诉我你被绑架了，我不乖乖交出铜牛你就有生命危险，为了你的安全我才交出的铜牛。

卢　茜：你说什么呀，我怎么听不明白。

秦海涛：你从三亚回来，我见到你说的第一句话，你还记得吗？

卢　茜：…… 你不是…… 被绑架了吗？

秦海涛：对呀！后来我才知道这是丁薇薇故意设了一个局，但是如果我不交出铜牛，后面会发生什么也很难说。现在已经真相大白，铜牛里藏着古滇国金印，为了你，我连这个都能舍弃，你还不明白我的心吗？

卢　茜：海涛，谢谢你的这一份心，事已至此，你告诉我一句实话，你到底陷了多深？

秦海涛：多深？抓住至少判十年八年。

卢　茜：十年八年？这是重罪啊！

秦海涛：所以我不想坐牢。卢茜，你跟我走吧，我爱你，有你陪伴在身边，我就是全世界最幸福的男人，我会给你最好的生活！

卢　茜：我不去！我有我的坚守，我有我的追求，我不能跟你去亡命天涯！

秦海涛：卢茜，我求你了，给我们的时间不多了，别固执了，好吗？

卢　茜：请你尊重我的选择，我再说一遍，我不会跟你去亡命天涯！

秦海涛站起身，拉起一个行李箱，拽着卢茜：宝贝儿，快走吧，听话！东江港你还有什么可挂念的，除了伤痛就是失落。

卢茜挣扎着：你放开我，我不去，真的不去！

秦海涛拉着卢茜一出客厅门，见墙头跳下两个荷枪实弹的警察，秦海涛惊叫一声，又返回客厅。从抽屉里摸出一把手枪，一伸胳膊搂住卢茜脖子，说对不起了卢茜，就把枪对准了卢茜的太阳穴，一脚踢开门，冲门外喊：退出，退出，如果不退出，我就开枪了！我喊三下。一、二……

李强打开院门，做手势让两名警察退出院子。

宋处长、江河和另外几个警察守在门口，这时一辆轿车驶来，车门打开处，下来了市长韩仕琪。

江　河：秦海涛，你可不要乱来，有什么话可以慢慢说！

秦海涛：江河，你抓了我叔叔，又来抓我，是要斩草除根吗？

江　河：秦海涛，我和你叔叔没有个人恩怨，分歧在于各自的立场和价值观。你叔叔临行，我已经承诺替他照顾你奶奶了。

秦海涛：废话少说。现在我要求你们在半小时之内，派一架直升机降落在我家房顶，我安全离开东江之后立即释放人质，不接受条件，我半小时后和人质同归于尽。

宋处长：秦海涛，你不要丧失理智，半小时之内调一架直升机过于仓促，要给我们协调的时间。

秦海涛：不多说了，现在开始计时！

25　秦海涛家门外　冬　晚

韩仕琪：老宋，我们现场开个会，看看怎样确保人质安全。

宋处长、江河、李强等人围在一起。现场警灯闪闪，警察各个严阵以待。

宋处长：韩市长，您有什么指示？

韩仕琪：我以为可以答应对方的要求，以使绑匪麻痹，寻找机会予以击毙！

江　河：不可以击毙！秦海涛如果死了，那一个多亿的售煤款就无法起获，不但国家财产蒙受重大损失，老廖的黑锅也一辈子都卸不掉了。

韩仕琪：江河同志，在劫持案中人质的安全是第一位的，况且卢茜同志是烈士子女，人身安全必须得到保证。至于说到廖汉中同志的洗白问题，我不相信没了秦海涛就搞不清楚。

江　河：现在确实如此。方秋萍供认这一个多亿是她伙同赵达夫鲸吞的，但是钱的流向一手由秦海涛运作，现在存在哪里，她也根本不知情。

宋处长：老江的意见有道理。9.08 专案中，这一个多亿的售煤款是一个重要的疑团，必须要彻查清楚了才能圆满结案。

韩仕琪问李强：李副局长，你们可以确保一枪击毙绑匪而不伤及人质吗？

李　强：狙击手已埋伏在有利位置，机会一旦出现，一枪击毙应该不成问题。

韩仕琪：这样吧，力争活捉绑匪，如果人质生命安全受到严重威胁，可以开枪击毙，怎么样？

宋处长：就按韩市长意见办。

江　河：李强，是人质生命受到严重威胁，懂吗？不到最后时刻，决不能轻易开枪，而且根据我的感觉，绑匪伤害人质的可能性不大。

韩仕琪：又是感觉！丁薇薇跳江自杀，你事先感觉到了吗？同志，我们是在严酷的劫持现场，稍有不慎，就会给党和人民带来不必要的损失，不要总是奢谈什么感觉，好吗？

江　河：市长批评得对。不过，请允许我和劫匪做一次谈判，必要时可以请他的奶奶到现场进行规劝，我相信会有效果。

26　秦海涛家　冬　晚　内

卢茜被绑在椅子上，秦海涛躲在她身后，用枪指着她。

卢　茜：海涛，我说几句心里话你能听得进去吗？

秦海涛：卢茜，其实我们早几天就该走，唉，为了几笔钱转账耽误了。现在只好孤注一掷，破釜沉舟了，委屈你了。

卢　茜：你说错了，早几天你也走不了，江河三年前就怀疑你伙同方秋萍走私文物，说明你早在公安的视野之内了！你走又能走到哪里去，一纸红通，全世界的刑警组织都会抓捕你，那种亡命天涯的日子好过吗？

秦海涛:唉,现在说这些又有什么用?

卢　茜:有用,怎么没用?人不能一错而再错啊!海涛,你是那么聪明的人,你想一想,即使调来一架直升机,四周有那么多狙击手的枪口对着你,你能顺利登机吗?即使你登了机,茫茫人海,哪里又是直升机安全的着陆点?退一万步,你着陆了,你又怎么能够安全走出国门?

秦海涛:困兽之斗,也顾不了那么多了。

卢　茜:困兽之斗,是因为它没有了生的希望。而你呢,海涛,我断定你罪不至死,表现好了还可能减刑轻判。你才三十多岁,即使做十年牢,出来时也正是男人的风华之年。再说,奶奶刚失去了儿子,你难道忍心和老人家天人两隔吗?我今天晚上来找你,本来是想和你商量一下怎么照顾好奶奶的。

秦海涛:谢谢你,卢茜,我即使不在,你也会照顾好奶奶,我相信。

卢　茜:海涛,跟我一起走出这道门吧,面对你应该面对的一切,这才是一个男人的责任和担当。我会去探望你的,带去你喜欢的书和爱听的歌儿。

秦海涛:你真的会去看我?

卢　茜:当然会,海涛,你是让我心动的第一个男人,无论我们以后是不是走到一起,我都会把这一份感情埋藏在心底。

秦海涛:你让我想一想。

27　秦海涛家门外　冬　晚

韩仕琪:江河同志,犯罪嫌疑人的奶奶已经八十多岁了,你不觉得把她请到现场太过分了吗?一旦当着她的面击毙嫌疑人,老太太能承受吗?

江　河:韩市长,我认为这种情况发生的概率极低。

韩仕琪:概率极低不等于没有。好了—— 他拿起步话机:老宋,还是那条原则,一切为了人质安全。我建议,在半个小时之内,犯罪嫌疑人一旦出现在我们的有效射程内,且不危及人质安全,立即击毙!

江　河:我不同意!

韩仕琪:江河同志,由于你的失职,已经导致了重要案犯丁薇薇跳江,这还不够吗?难道还要因为你的再一次失职,对我们的同志造成不可弥补的伤害吗?

江　河:请允许我进去和秦海涛谈判。

宋处长:注意,目标出现。

秦海涛在后,卢茜在前,两个人推开房门走了出来。

韩仕琪对一名狙击手发布命令:开枪!

狙击手:报告市长,嫌疑人没有挟持人质。

韩仕琪:等挟持人质就晚了,开枪!

狙击手刚要扣动扳机,江河一推枪管,砰一声,子弹划过夜空。

卢　茜:不要开枪,不要开枪,秦海涛是出来自首的。

众刑警冲上去,用枪指着秦海涛,秦海涛连忙举起了双手。

李强冲进房间,拿出了那支手枪。他翻看一下扔给江河:他妈的,是一支玩具仿真枪!

字幕:一个月以后

28　江河办公室　春　上午　内

江河和郭川在办公室谈工作。

江　河:老郭啊,收购 A 国 R 港股权的手续已经办完了吧?

郭　川:股东大会已经通过,证监会也核准了,下一步就等着尼格罗先生来中国签约了。

江　河:好,那你具体安排一下,在北京长富宫搞一个签约仪式。

郭　川:已经安排好了,是不是请程省长出席一下?

江　河:程省长一定要请,他对咱们东江港融入“一带一路”非常关心。没有他的支持和鼓励,东江港怎么会有今天的发展。

郭　川:是呀。不过老江,抗洪以后,我听说程省长召见你,提出进一步扩建东江港煤码头规模,现在我们把资金重点用在了港口的信息化、多元化和个性化建设上,你要和程省长打个招呼呀。

江　河:早汇报过了,秦池还专门为这事到程省长那儿奏了我一本。不过,程省长非常支持咱们的想法,说咱们的做法具有前瞻性。还说将在外,君命尚且有所不受,何况经济建设呢。他要求我们尊重市场的客观规律,而不是他头上的帽翅儿。

郭　川:说得太好了。

江　河:美中不足的是,咱们的股权只能在R港董事局有一个席位,如果再收购百分之五的股权,我们在董事局就可以有两个席位,话语权要大不少,很多构想也就更有可操作性了。

郭　川:谁说不是呢。

江　河:R港董事局不肯再出让股权了吧?

郭　川:是啊,咱们是在股权最低迷的时候收购的,这几个月行情已经大不一样了。即便同意,价格也会涨不少,咱们恐怕承受不起喽!

江　河:一步一步来吧,有了这百分之十股权,先干起来再说。

门被突然打开,廖汉中出现在门口:老江!

江河见是廖汉中,起身上前拥抱:老廖,你来了,你叫兄弟们想得好苦啊!

廖汉中:兄弟,老廖我是诚心诚意要给你鞠一躬。秦海涛全撂了,那一个多亿全找回来了,我的罪名彻底洗清。如果那天一枪把这小子崩了,我老廖可就说不清楚喽!

江　河:记得吗?沉船过后不久,我就向你表明过心迹,一定要帮你把这一个多亿找回来!

廖汉中:我怎么会忘呢,老江,好兄弟啊。哎,我老廖光顾了高兴,怠慢了尊贵的客人……请进!我说过,今天虽然是星期天,但是老江肯定会在单位嘛!

29　卢茜家　春　上午　内

沈奕巍敲门,卢茜开门见是沈奕巍,没有说话,转身回到屋里,坐在了椅子上。沈奕巍跟进来,站在那里一时不知所措。

卢茜背对着沈奕巍:你来是要开导我,还是要安慰我?

沈奕巍:哪敢。我在几千人面前说话面不改色,可是一见你就……气短。

卢　茜:是想自诩英雄吧?

沈奕巍:知我者,卢茜也。

卢　茜:贫吧你就。

沈奕巍有些尴尬地一笑:卢大编辑,这是你的一亩三分地,半天了,也不说给我倒一杯水。

卢茜默默地站起身,走到饮水机前接了一杯开水,双手递给沈奕巍,沈奕巍开了一句玩笑:行,符合服务质量标准。

卢　茜:烦着呢,你还有心思开玩笑!

沈奕巍坐在卢茜的对面:烦什么呀?你应该高兴才是。按照辩证法的观点,任何事情都有正反两个方面,秦海涛是一个暗藏的日本商业间谍,并涉嫌贪污巨额公款,这确实让我们感情上一时难以面对。但是换一个角度,定时炸弹爆炸了,隐患就消除了,我们应该庆幸,毕竟比较早地认识到了他的真实面目,没有对自己的人生造成更多负面的影响嘛!

卢　茜:沈大才子,我真服了你,什么时候你都蛮有定力的!

沈奕巍乐了:承蒙夸奖,愧不敢当。

30　江河办公室　春　上午　内

乔婷走了进来,江河一惊:是你?

乔　婷:江局长,是我,不过,我没有罪案在身,无须你持枪相迎了。

廖汉中:乔姑娘,不是说好了吗,不提那些揪心的事了。江局长是个有情义的人,丁董事长不幸遇难,他也难受。

乔　婷:廖矿长,我哪敢质疑江局长的情义?只是一见到他,就想起我们董事长,如此至情至性的女人竟尸骨无存,真是令人唏嘘落泪。

廖汉中:谁说不是呢!丁董事长也是我老廖的恩人,是她派你来琊山和秦海涛周旋,拿到了秦海涛的犯罪铁证,即帮我老廖洗清了罪名,又使琊山煤化工的生产流程没有外泄,好人呢!就是性子刚烈了一些。

乔　婷:说到这儿,还要对江局长说一声谢谢。

江　河:谢我?

乔　婷:是啊,是你到琊山煤化工基建现场转了一圈儿,提示廖矿长感觉不对劲,要提防秦海涛,我才仔细勘察,发现了他和赵达夫在八个关键部位安装的传感器。

江　河:乔小姐过奖了,我只是觉得有些地方的墙壁颜色有异,随口一说,并无十分把握。换一个角度,煤化工项目隐患消除,东江港的外贸运输才有可能跨越性发展,我应该好好感谢你乔小姐才对呢!

乔　婷:不好意思,能为东江港融入“一带一路”做些事情,也算了结了董事长一个心愿。

廖汉中:哎,你们二位别互相客气了。老江,听奕巍说过,你在工地上一走,就能听出哪台机器声音不正常,这些本事是在公安局历练出来的吗?

江　河:老廖,你来不是专为取笑我吧?

廖汉中:哪能呢!我来有两件大事,一是告诉你琊山新型煤化工项目已经正式投产了。

江　河:那太好了,最近我们就要和 A 国 R 港签约了,你们这个国际商务科长我是当定了。第二件大事呢?

31　卢茜家　春　上午　内

沈奕巍扭过脸看到了挂在正面墙上的老卢头遗像。镜框中,老卢头目光中充满期待,正专注地望着他:让我给老卢叔上一炷香吧。

卢茜依然用牙咬住下嘴唇,没有说话。

沈奕巍走过去,从桌子上拿起三支香,点燃后恭恭敬敬插进遗像下的香炉里,然后后退一步,双手合十,向老卢头深情叩拜。他再也控制不住内心的情感了,他双膝一弯,跪倒在老卢头的遗像前,以额触地,嘭嘭彭磕了三个响头,哽咽着说:老卢叔,我没有保护好您,我对不起您!

卢茜去扶沈奕巍:奕巍,我爸爸以一死避免了上百亿的经济损失,他死得值,死得其所。黑哥牺牲前也告诉了我当时的情况,你不必过于自责。

沈奕巍握住卢茜的手,一时百感交集:老卢叔,我知道您最放不下的是卢茜,今天当着您的面,我向您保证,我不知道卢茜最终会不会接受我,我知道的是,我不会允许任何人以任何方式对卢茜有一点点伤害,老卢叔您要是相信我,就让屋里的风铃响一响吧!

话音未落,一阵微风吹过,挂在窗户上的风铃发出一串珠落玉盘般的声响。

32　江河办公室　春　上午　内

廖汉中:第二件大事让乔婷姑娘说吧。

乔婷拿出一封信递给江河:这是我整理董事长遗物时发现的,你自己看吧。这封信董事长没有封死,说实话,如果没有看到它,我是不会主动来洽谈的。

江河打开信封,里面是一张碎金宣纸信笺

丁薇薇画外音:

江河:如果你能读到这封信,我肯定已在另一个世界了。

说老实话,找寻古滇国金印,我并无负罪感。任何文物都是人类共同的文化遗产,每一个占有者只是时间长河中某一时段的保存者,斗转星移,沧海桑田,最终它们依然属于整个人类,就像那块失落民间的九眼天珠,重现江湖的那一天也是人类再次拥有它的那一刻。这中间，为博取差价人物易手，只是一种纯粹的商业行为，从特定意义上说，还可以提升文物的收藏价值，就像一坛老酒埋入地下，时间愈久，芬芳愈浓。

我知道你可能不会认同我的观点，但它却是我的真实想法。令我萌生去意的是那二十条鲜活的生命。裕泰号沉船非我主使，却起源于我的贪念。夜不能寐时，时有长发厉鬼悲号索命，如果能走过这一道心魔，我将日日向佛行善，以求良心自赎；如果东窗事发，面对铁窗牢狱我会自行了断，算是为我，也为曾百战沙场的叔叔赎清今生的罪孽。

江河，世事变迁，我才知道一直深爱着你，我所以做出这样的选择，也是不愿让你看到你心中的薇薇蓬头垢面于铁窗之内。要走了，亿万家财皆为粪土，只有对你的爱能伴着我的灵魂远行于天地之间。你是一个事业心极重的男人，这是你的长项，也是你的短板，我虽不愿，但敬重一个男人的人生抱负。东江港收购 A 国 R 港，融入“一带一路”，将是东江港的标志性事件，如果你遇到困难，乔婷会向你施以援手。届时，你不必感谢我，每年清明，我若能在阴间收到你祭撒的几片玫瑰花瓣，就心满意足了。

永远爱你的薇薇

伴随画外音，是一幅幅画面。
青年江河与青年丁薇薇在一起演出；
江河、丁薇薇和薛东方被泥石流围住；
江河坐的火车驶离站台，泪如雨下的丁薇薇追赶火车；
江河在江边吹笛，丁薇薇独坐灯下守着一支长笛出神；
裕泰号沉船，落水乘客在 水中挣扎、求救；
丁薇薇和江河、卢茜、秦海涛泛舟江上；
丁薇薇和丁伯发生争执，痛苦不已；
豪华客轮上，丁薇薇跃身一跳投入江中……

第30集

1　卢茜家　春　上午　内

沈奕巍:卢茜,我们一起去烈士陵园看看老卢叔吧!我来时买了两束花,一束献给老卢叔,一束是留给黑子兄弟的。

卢　茜:黑嫂回娘家一个多月了,她都没有能参加黑哥的遗体告别仪式,想一想,心里真是有些愧疚。

沈奕巍:她刚怀了孕,又大病初愈,怎么能承受那么重的打击?一旦孩子流了产,就真对不起九泉之下的黑子兄弟了,那可是他唯一的一条根啊!黑嫂知道了也会理解。

卢　茜:是啊!我现在一闭上眼,就是黑哥那天去拦截化工船的身影;有时候,他还和我爸爸一起互相搀扶着向我走过来,可是等我一扑上去,他们都像云一样飘走了。

沈奕巍:地上一个人,天上一颗星,他们一直在天上注视着我们呢!

2　江河办公室　春　上午　内

看完信,江河已是泪流满面。

乔　婷:江局长的泪水若真是为我们董事长而流,也不枉了她的一片痴情。

郭　川:乔小姐,我知道,你是对老江追捕你们董事长不高兴,可是换个角度想想,二十条人命,一件价值连城的国宝,他作为港务局局长能无动于衷吗?再说,天网恢恢,疏而不漏,老江不去别人难道也不去吗!他不正是念及旧情,不忍给你们董事长戴手铐,才导致了悲剧发生吗!

廖汉中:是啊,乔姑娘,老江心里也不好受。

江　河:乔小姐,我知道薇薇的离去对你如万箭穿心,于我又何尝不是呢!特别是知道她生前默默为我,为东江港做了这么多事情!

乔　婷:董事长生前几次嘱托我,未来如果东江港需要,可以以收购价格转让部分A国R港股权,这次遗言中又再一次叮嘱。

郭　川:收购价格?你们当年的收购价格很低呀,这样你们不是亏了吗?

乔　婷:董事长说过,并不是所有的钱都能挣的。生意场上,除了斤斤计较,也有诗和远方!

郭　川:如果真是这样,我们能增加百分之五的股权,那不但在董事会中可以增加一个席位,还会再增加一个管理岗。咱们东江港的一些成功经验引入R港,就更有可操作性了。

乔　婷:董事长也正是看到了这一点,东江港从一个脏乱差的破码头,变成了一个现代化的物流中心,它的成功经验、企业文化、管理理念都千金难买,而R港战略位置优越,发展空间广阔,缺的正是一种文化的对接和彰显。

江　河:乔小姐今天亲自到东江港来谈股权转让。无疑是雪中送炭,我个人表示非常感谢,我也代表东江港全体职工向乔小姐表示感谢。

乔　婷:我上次到A国就是奉董事长之命,想找机会和江局长就股权转让一事进行接洽,只是你没有给我机会。

江　河:薇薇想得太细了。

乔　婷:收购A国R港部分股权,我们也是看好了它未来的发展。三年前,董事长就已经厌倦了商场上人与人之间的那种虚情假意、钩心斗角,只是人在江湖,身不由己。如今裕泰号沉船事件真相大白,董事长以死赎罪,我来只是履行她的遗愿。

江　河:裕泰号沉船是丁老爷子和方秋萍一手策划的,薇薇确不知情。

乔　婷:丁老爷子纵有万般罪孽,董事长这一跳也该为他还清了。

江　河:裕泰号二十条人命,再加上黄敬业一条人命,岂非儿戏?中国警方已经通过国际刑警组织发出了通缉令。

乔　婷:丁老爷子已全身瘫痪,返回台湾结庐自省,董事长的离去,将老爷子的心和灵魂都带走了。如今他已是徒具空壳,来日无多,纵然无人通缉,还能有几天活头?

江　河:天道法理,人事难违啊!

乔　婷:好了,江局长,股权转让一事,随后可进入实质操作阶段,我们远达公司在A国接了一项基建工程,有些手续还要在A国办理。您指定一个人和我接洽好了,这是我的名片。

江河接过名片:除了奥维实业驻R港代表外,你还兼着春辉投资基金经理?

乔　婷:春辉!想必这两个字江局长听来耳熟。本来,董事长是不让我讲的,如今她已驾鹤西去,我无妨把谜底揭晓,让你江局长明白一下,我们董事长为了你是如何肝胆相照!

江　河:春晖也在丁氏集团名下吗?

乔　婷:春晖投资基金是我们董事长创办的PE基金,起始资金是我们董事长正当的经营所得,不隶属于丁氏集团。

江　河:是这样,真是难为薇薇了。她还说上市没有帮上我,没有她的暗中相助,东江港怎么能顺利过会?

3　烈士陵园　春　中午　外

卢茜和沈奕巍在老卢头的墓前叩拜祭扫完后,走向刘黑子的墓地。

他们没走几步便发现,刘黑子的墓碑前已有香烟缭绕,一个青年妇女正蹲在墓碑前摆放供品。

两人悄悄走过去,来到那个青年女人身后—— 原来是刘妻。

刘　妻:黑子,娟子来看你了,你走时娟子本来应该送你最后一程,可是江局长没告诉我,怕我心里难受,孩子流了产—— 唉,忘了告诉你了,你走的那天,我在医院确认怀了你的孩子。你说你走得那么急,连这个喜信儿都没有听到,就急急忙忙走了—— 丢下我们娘俩儿。

刘妻哽咽,为丈夫斟满了一杯酒。

刘　妻:可是,黑子,娟子不怪你。娟子从认识你的那一天起,就认定了你是一个讲情讲义的硬汉子。你糙,糙的掉渣,可是你心好,就像一块闪光的金子。你活着时候我要这么说,你会说我肉麻,现在你到那边去了,我要把这句话说出来,一直憋在我心里的话:我爱你,黑子!

刘妻点燃一支烟,放在墓碑前:黑子,平常我不让你抽烟,今天娟子敬你一支。你认了一个好大哥,这是你这辈子的造化。他是咱家的恩人。怕他担心,我才没有送你最后一程,你不会怪我吧?我现在只有一个心愿,把身体养好,把孩子好好生下来,孩子懂事了,我会告诉他,他的爸爸叫刘志刚,一个顶天立地的好汉,躺下是一条河,站起来是一座山!

刘妻又端起酒杯:这杯酒你也干了吧。今天我带了两瓶呢,管你够。说着把酒倒在墓碑前,又满上:黑子,我本想过两个月再来看你,可是我实在等不及了,我心里想得难受,我想当着你的面哭两声,黑子,你不会怪娟子吧!我实在……想得难受啊!

刘妻从哽咽到伏在墓碑上放声大哭。

站在刘妻身后的沈奕巍和卢茜已泪流满面,他们走过去搀起匍匐在地的娟子,刘妻和卢茜抱在了一起,大放悲声。

卢　茜:嫂子,你什么时候知道真相的?

刘　妻:你们…… 那天一说黑子要出远门…… 我就觉得不对劲,你们走后,我出去一打听,就全…… 全知道了。

沈奕巍:那你为什么第二天还走了呢?

刘　妻:我…… 是怕你们担心;也怕太悲痛掉了肚子里的孩子。

卢　茜:嫂子,黑哥是为东江港壮烈牺牲的,他的死重于泰山,江局长说了,你有什么要求,东江港都会满足。

沈奕巍:是啊,弟妹,既然你已知道了真相,有什么要求尽管说吧。

刘　妻:我…… 只有一个要求。

沈奕巍:说吧,无论什么要求,东江港都会满足你。

刘　妻:孩子生下来,请江局长给起个名字。这,这也是黑子的遗愿。

4　江河办公室　春　上午　内

江　河:我们开个局党委会,就收购 R 港股权的工作做一些安排。奕巍,程序上的问题全部解决了吧?

沈奕巍:上报证监会已经核准,股东大会也通过了,可以正式签约了。

江　河:国资委呢?

沈奕巍:我们的收购金额没有超过一亿美元,不需要批准,备案手续已经完成了。

郭　川:老江,根据你的意见,已经知会了尼格罗先生,他们下周启程来京,接待工作我安排办公室正在准备。

江　河:哎,小苏和章总到 A 国已经一个多月了吧? 工作进展顺利吗?

沈奕巍:顺利啊,他们这一个多月根据你的意见,重点了解 A 国的社会文化、风俗习惯,在民心沟通上下了不少功夫。工作很深入,不但在码头上和当地工人交朋友,还走访了不少码头工人的家庭呢!

江　河:章总和小苏是我们派去的董事和副总,工作烦琐,责任重大,要经常和他们沟通,有什么困难及时解决。

沈奕巍:您放心,每天都有视频、通话。这一段您太忙了,没有及时汇报。

江　河:进一步收购股权事宜,也责成章总在合适的时机和乔婷洽谈吧。

郭　川:这样最好,章总是老码头了,又是注册会计师,肯定能够审时度势,不辱使命。

江　河:有了明晰的方案后,再交局党委讨论。总之,一切要在阳光下运行。

门被重重敲了两下,没等房间里人回话,韩仕琪推开门出现在门口。

韩仕琪:正好,大家都在。我来呢,是代表市委宣布对江河和沈奕巍同志的处分决定。

5　A 国 R 港　春　上午　外

章江和赵小苏在码头上巡视。

码头上桥吊隆鸣,一片繁忙,载着黄色安全帽的当地码头工人拿着小旗在指挥吊车装卸。

章　江:小苏啊,我观察了一段时间,真像江局长说的一样,他们中不少人的晚餐只是一个木瓜。

赵小苏:一个木瓜的热量怎么能支持这种强度的劳动?

章　江:是啊! 我觉得咱们正式介入之后,首先应该从改善工人的生活质量入手,民心沟通,这是非常重要的一环。

一个黑人工人过来,很熟悉地拍了一下章江的肩膀,比画了一个抽烟的动作。赵小苏掏出烟递给他一支,他点燃后使劲吸了两口,招了一下手,一转身走了。

一辆轿车驰来。西装革履的尼格罗先生推开车门下车,冲章江和赵小苏招手:章、赵!

两人走过去,和尼格罗先生握手。

尼格罗:报告你们一个好消息,我已经订了周二的航班飞往北京,正式签约之后,我们就是…… 一个战壕…… 里的战友了!

章　江:希望你的北京之行愉快,希望古老的中华文化能够使你流连忘返。

尼格罗:我们一起走不好吗? 离开中国这么久了,难道你们不想回去和夫人孩子团聚?

章　江:当然想,不过,我们还要进一步熟悉一下贵国的风俗和文化,以便以后的合作能够畅通,没有障碍。尼格罗先生,我和赵小苏到 R 港预热,一旦正式签约,就要每天上班了,还希望您以后多多指导啊!

尼格罗:哦,朋友,相信我们的共事会成为各自的美好记忆。另外,我的胃疼,好多了!

6 江河办公室 春 上午 内

韩仕琪:宣布这个决定,本来应该召开一个局机关全体干部和各公司、各直属单位领导班子参加的会议。正好,你们局党委委员都在,我就在这儿宣布吧,

沈奕巍:韩市长,如果一定要走程序,我现在就去通知。

韩仕琪:算了,反正也不是什么光彩的事,没必要搞那么大动静。

郭　川:谢谢韩市长体恤下属。也是,老江和奕巍为东江港的发展殚精竭虑,好处没捞上,还一人背一个处分,真是够冤的。

韩仕琪:老郭,这种情绪要不得啊,一码说一码,江河同志和沈奕巍同志为港口的发展做出了重要贡献,这是有目共睹的事实,但是这绝不可以成为违反党纪和渎职的理由。

江　河:韩市长说的对,请您宣布决定吧,我们有心理准备,也能够经受得住组织上的考验。

韩仕琪:江河同志这样说我就放心了。好,现在我宣布决定,经市委研究并报省纪委批准,江河同志因玩忽职守,导致重要犯罪嫌疑人落水身亡,特给予党内警告处分,并且由省委领导进行诫勉谈话。

江　河:完了?

韩仕琪:完了,怎么,你是嫌处理的重了还是轻了?

江　河:不撤职,什么处分都没问题,东江港现在工作头绪太多,只要能让我工作就行。

韩仕琪:你这个同志啊,典型的一个工作狂嘛,怪不得徐大夫要离你而去,开完会你马上到省里去一趟,程省长要亲自找你进行诫勉谈话。

江　河:好,我一定虚心接受领导批评。

韩仕琪:沈奕巍同志,你的处理重一些,因为二十来万饭费和礼品费发生在中央八项规定之后,尽管事出有因,事先你也不知情,但数额巨大;给小姐送花性质也很恶劣,所以经市委研究并报省纪委批准,给予你党内严重警告处分,行政上留职查看一年!

沈奕巍:留职查看一年?我没听错吧,就是说我可以戴罪立功,继续履行副局长职务?

韩仕琪:留职查看一年,就是看你在以后的工作中能不能改正错误。小沈啊,我宣布的是处分决定,不是嘉奖令,你怎么也和江河同志一样,像得了一张立功喜报呢!

沈奕巍:哪里,哪里。韩市长,您知道,现在东江港已经上市了,收购 A 国 R 港的工作也进入倒计时。这时候,我们不怕累,就怕被晾在一边干不成事。

韩仕琪:可以理解。正好也和你们打一个招呼,你们有两个活动我是一定要参加的,一个是你们派往香港维多利亚港学习的同志启程时,我要送一送;二是你们和 R 港签约时,我要出席签约仪式。实质上的忙帮不上,为你们东江港站站台总还是可以的嘛!

江　河:那太感谢韩市长了,我们还担心您工作忙,没时间参加呢!

韩仕琪:东江港的发展和东江市的发展休戚相关,以港兴市的意义,在中央"一带一路"的大背景下就更加凸显了。我这个市长要是因为忙,连这样重要的活动都缺席,那纯粹是瞎忙喽!

7 宋处长办公室 春 下午 内

门外有人喊:报告!

正在阅读文件的宋处长抬起头:进来。

一名侦察员推门进屋,走到宋处长办公桌前,递过一份审讯笔录:宋处长,秦海涛有重要交代,这是审讯笔录。

宋处长接过笔录:什么,他揭发江河受贿?

侦察员:行贿人正是他自己。

宋处长:他自己行贿,他自己跳出来揭发?

侦查员:是,他说就是想看看江河是不是真干净。他还说被捕前通过银行关系查询,这张卡确定已经消费了近五万元。

宋处长:消费了近五万元?

侦查员:也就是说,江河受贿的事实成立。

宋处长:问题复杂了,你马上到银行核实一下,证据确凿之前不要对任何人提及。

侦查员:是!

8 程志办公室 春 下午 内

程 志:江河同志,诫勉谈话就谈到这儿。总之,你要认真吸取教训,牢固树立党性观念,在以后的工作中励精图治,不要辜负了党和人民对你的重托。

江河站起身:是,请组织上放心,我会汲取教训,做好工作的。

程志一摆手:着什么急嘛,坐。还有一个小时就到饭点了,我有一个重要的宴请,要请你作陪。

江 河:请我作陪?

程 志:是啊!而且,你说话要注意分寸,态度要谦恭,要注意与我配合好,千万不要怠慢了客人,明白吗?

江 河:程省长,什么样的客人能让您诚恐诚惶,我干脆还是撤了吧,别哪句话说的不合适,给您添乱。

程 志:别不识抬举啊,又没有叫你买单!

江河苦笑了一下,伸手去拿程志的烟。

程 志:抽够了啊,待会儿不许抽烟,客人不喜欢烟味儿。

江 河:呦,那我赶紧抽两支吧,省得待会犯烟瘾。

程 志:江河,还有一个事情要跟你打一个招呼,刘东民任东江市常务副市长的任命,马上就要下发了,正厅级。

江 河:他任副市长和我有什么关系?

程 志:怎么和你没关系,主管工业和交通,是你的直接领导。哎,你别那样看着我,你小子运气不好呀,东江调整班子时,你正好在停职检查。

江 河:我就是干活的命。

程 志:你是新疆的姑娘,长得漂亮,辫子也多嘛。你看啊,抗洪你功不可没,抗命又是事实;"9.08"案件的侦破基本上是按照你当初的破案思路,本应该立功受奖,可是你违反规定不给丁薇薇戴手铐,致使丁薇薇投江,这又是严重的渎职。咳,人生哪有一帆风顺的,你还年轻,受点委屈也没什么了不得,就把它当作一次人生的历练吧。

江 河:程省长,我知道我自己应该怎么做。

程 志:那就好,A 国 R 港收购的事儿不是已经有眉目了吗?

江 河:过几天就正式签约了,特意请您出席签约仪式。

程 志:这个签约仪式我要参加,"一带一路"是我们国家向世界发出的意义深远的倡议,东江港能抓住这样一个百年不遇的发展机遇,说明你们是具有大视野、大胸怀,大抱负的。我全力支持,有什么需要我协调的也尽管说。

江 河:谢谢程省长。

程 志:饭点快到了,我们去餐厅吧!记住啊,千万要谦恭,不要把我的贵客得罪喽!

9 宋处长办公室 春 下午 内

侦查员在门外喊:报告!

坐在屋里写字台前的宋处长答应:进来。

侦查员推门进屋:宋处长,已经核实完毕。1 月 8 日,徐小蕙的银行卡确实打入了五十万人民币;2 月 2 日,消费四万八千七百元,我们调取了银行录像,是徐小蕙本人亲自提的现!

宋处长:这件事江河知道吗?

侦查员:夫妻嘛,这么大一笔进账不沟通显然不合常理。退一步说,江河如果说不知道,他有足够的证据支持吗?

宋处长:这个情况要马上向上级汇报。

10 省委小饭厅 春 傍晚 内

江河和程志在沙发上喝茶。

餐厅正中摆了一张圆桌,四把椅子,桌面上已有几样凉菜。有人敲门。

程志应声而起,一边说着请进,一边快步向门口迎去。江河忙站起身,恭立程志一侧。

门开了,门口站着徐小惠和江玥玥。

江河大惊,有点不知所措。

徐小惠也面露惊讶之色:程省长,您不是说……

程志摆摆手,调侃道:先坐下,坐下说。都是老熟人了,就不用我介绍了吧?

玥玥跨进房间抱住江河的胳膊,摇晃着说:爸爸,你怎么来了,是接我和妈妈回家吗?

江河蹲下身,抱起玥玥,眼眶中竟闪动着泪花:让我看看玥玥,是胖了还是瘦了?

程志招呼仍站在门口的徐小惠:来,过来,徐大夫,你坐在这儿。玥玥,让爸爸放下你,你坐在程伯伯对面好不好?

一家三口都坐下了,程志从提包里掏出一瓶三十年茅台:本来这瓶酒是为江河庆功的。徐大夫呀,你可能不知道,我和他当年有个约定,三五年后如果还我一个风清气正的现代物流中心,我就把这瓶珍藏多年的茅台与他分享!

徐小惠不自然地笑了笑:难得程省长这么高看他。

程志为江河和徐小惠分别斟上酒,又让服务生给玥玥上了一瓶苹果醋,端着酒杯站起身:这第一杯酒我要敬徐大夫。

徐小惠:那怎么敢当,应当我敬程省长。

程　志:我敬你,一定要我敬你!徐大夫,你是东江港的老职工,你知道呀,江河同志上任之初,东江港百孔千疮,这才四年多,东江港就发生了翻天覆地的变化,已经初具现代物流中心的规模了。东江港一活,咱们全省的经济发展就盘活了,江河同志为此付出了巨大心血,功莫大焉;你作为他的妻子,我知道也承受了身体与心理的双重压力,所以这第一杯酒,我代表省委、省政府敬你,感谢你为东江港的发展做出的巨大牺牲。

徐小惠面红耳赤:程省长,我只是一个女人,我没有您称赞的那种胸襟,我只想过一个女人应过的正常生活。

程志一仰脖,将杯中酒一饮而尽,然后杯口朝下示意了一下,对徐小惠说:你随意。

徐小惠也一口干了杯中酒。

程　志:是啊,男人的魂是什么?是事业。没有事业的男人就像水上的浮萍,漂无所依。家呢,不过是他们养精蓄锐的地方,一旦有了精气神,他们还是要走出家庭来到社会这个大舞台来展示自己。……徐大夫,你吃呀,我今天点的都是健康食品,你尝尝味道如何?

徐小惠忙把一片凉拌木耳夹到嘴里:不错,清淡爽口。

程志又为自己斟满酒,举起来面对江河:江河同志,这第二杯酒我敬你。

江河忙起身:不敢,还是我敬省长。

程志伸手往下一按,示意江河坐下:我们有约在先嘛,你把东江港带出低谷时我要为你庆功。你提出的"双超"很有创意,它体现了一种精神,一种境界,一种责任。正是因为有了这样一种精神,东江港才能够在这么短的时间内发生了翻天覆地的变化。不过,刚才我说了男人的魂是事业,江河呀,你能告诉我女人的魂是什么吗?

江河坐回椅子上,看着程志,没有回答。

程　志:女人,即便是再强势的女人,骨子里面也是把家庭当作最终的人生归宿。你看撒切尔,强势不强势?有名的铁女人嘛!可是回家时还经常亲自为丈夫和孩子下厨烹饪。对于女人,家不是他们为了到社会上去拼搏而养精蓄锐的地方,而是心灵停泊的港湾,是女人的魂。徐大夫,我说得对不对呀?

徐小惠眼圈红了:谢谢省长的理解。

程　志:所以,从这个角度说,我要批评你了,江河同志。你工作忙、压力大是事实,但这不能成为你逃避一个丈夫和父亲责任的理由。我听说,玥玥的家长会你从来没有参加过一次,是不是呀?

玥玥告状:我们班同学还以为我是单亲家庭呢!

江河尴尬地一笑:作为父亲,确实没有尽到职责。

程　志:作为丈夫,你也有应该反省的地方呀!徐大夫也是职业妇女,有工作,有事业,还要照顾你的起食饮居,照顾玥玥的生活学习,你对她的关心到位吗?你为她分担了必要的家务吗?我听说,家都成了你的旅馆?

徐小惠积怨未消:旅馆都不如,住旅馆每天晚上总要回来睡觉吧,你问问他,一个月他能回来几天,又有几次是夜里十二点以前到家的?我本来就神经衰弱,为给他等门,已经发展成严重的失眠症了。

江河苦笑了一声,欲言又止。

程志捕捉到江河的这个表情,用手一指:我知道你想说什么,忙,对吧?你知道吗,马克思既是一位革命导师,同时又是一位慈爱的父亲,有一天,恩格斯来到马克思的家里,见他正在伏案工作,便提醒他说,你忘了今天是什么日子吗?马克思听了一拍脑门,说对了,今天是礼拜天,礼拜天应该属于太太和孩子,于是和恩格斯一起,领着燕妮和孩子们出去郊游了。江河同志,再忙,我们也忙不过马克思吧,所以我觉得,还是要合理地安排时间,合理安排时间,也体现了一种能力。

江　河:程省长批评得是。确实,我不是一个称职的丈夫和父亲,不过,小惠啊,当着省长的面我也要批评你,有什么问题我们可以摆在桌面上谈嘛,怎么能人间蒸发呢?

徐小惠:程省长,我没有说错吧,这哪里像夫妻之间说话,分明是上级在批评下属呢!

程　志:是呀,缺少一点夫妻间温情。江河啊,你不要怪我,徐大夫让我不要告诉你她的行踪,我答应了,要言而有信嘛!

江　河:真没想到,她会到省城来。

徐小惠:他心里只有东江港,哪里还有我们娘俩儿。

手机响,程志掏出手机,对江河夫妻摆手示意,不好意思啊,我接个电话。然后走到一边接听电话。

11　宋处长办公室　春　傍晚　内

宋处长:程省长,秦海涛揭发江河受贿,经我们核实查证,确有其事。刚才我向省纪委报告,省纪委说您了解情况。

程　志(OS):秦海涛揭发?哈哈…… 幕后的黑手终于自己伸出来了。好啊,宋处长,我正在机关食堂请江河夫妇吃饭,你过来一趟吧。

宋处长:我过去?

程　志:是啊,为 9.08 案件结案画上一个圆满的句号。

12　省委小饭厅　春　傍晚　内

程志关上手机,招呼江河过来小声说:人家小惠要和你离婚,还打电话让我多关心一下你的身体,要不然我也不知道你们闹成了这个样子。到哪去找这样好的老婆,你小子知足吧!告诉你,今天我是泥瓦匠,你是小工,要给我打好下手。道歉,并不意味着一定是你错了,只是意味着你珍惜彼此的关系。明白吗?

江　河:明白。程省长,真让您费心了。

程　志:别让我的心血白费就行.

说完坐回桌子旁:服务员,请给我们上热菜吧!

服务员应一声,转身离去。

程　志:刚才说到哪儿了?噢,是这样的,玥玥不是马上就要小升初了吗?因为你和徐大夫工作都忙,对玥玥的学习抓得不够,我老婆正好是省实验中学附小的校长,我就给你们走了一个后门,让玥玥到她们学校的小升初班借读一年,我告诉你,他们那个小升初班,随便扒拉出来一个,分数也在重点中学的录取分数线以上。徐大夫呢,自然要到省城来陪读,工作我也给她安排好了,算省政府医务室借调一年。俗话说,小别胜新婚,你们分开一段时间,各自冷静冷静,有些话,夫妻之间可以说，有些话，是不能随便说的啊！

程志向江河使了一个眼色。

江河忙说：程省长想得这样周到，真叫我感动。我和小惠之间不过是一些误会，责任全部在我，很快就会烟消云散。小惠，玥玥能到省里借读，小升初就不会有问题了，我们共同敬程省长一杯吧！借这个机会，我也正式向你道歉！

徐小惠瞪了江河一眼：谢谢程省长！

程志端起酒杯：这杯酒我要喝，俗话说，夫妻同心，泥土成金，我希望，这杯酒干了以后，江河同志交给我的不仅是一个风清气正的现代物流中心，还要附带一个举案齐眉的五好家庭！同时，让我们用一句话共勉，什么叫相爱？相爱，不是寻找一个完美的人，而是要学会用完美的眼光去欣赏一个并不完美的人嘛！

有人敲门，宋处长走进房间。

程志一招手：来，来来，老宋，当着夫妻俩儿的面，我以省委常委和副省长的名义为江河同志作证：第一，江河同志对徐小惠卡里收到的五十万元开始并不知道，知道情况后第一时间向我做了汇报；第二，小惠以为这钱是江河战友化名打给她的，为玥玥补课动用了四万多元；得知情况后，小惠马上将这笔款冻结，支出的四万多元也备齐，随时准备上交组织。以上均有电话记录可查，省纪委也早有备案。

宋处长：原来如此。

程　志：我所以没有声张，是想让幕后的人自动走上前台。这不，秦海涛终于憋不住了。

宋处长：引蛇出洞，蛇终于出洞了。9.08 专案也可以圆满结案了。

13　首都机场　春　早　外

尼格罗先生一行走出机场，卢茜等人送上鲜花。

江河、沈奕巍、郭川等人与远道而来的客人握手、寒暄。

江　河：尼格罗先生，欢迎你来到东方古国。希望你的中国之行能够给你留下美好的回忆，同时为东江港和 R 港的发展注入新的活力！

沈奕巍：来，我们留一张合影，这是一个值得追忆的重要时刻。

尼格罗：一下飞机，扑面而来的就是东方文化的迷人气息。辉煌的建筑，充满中国文化元素的广告，热情好客的主人，我似乎已经被征服了！

江　河：我确信不疑，来吧，定格我们的友谊，让它从瞬间成为永恒！

尼格罗：另外，我要满怀感激地告诉你，你的偏方好极了！

江　河：那说明对症，尼格罗先生，我为你高兴。

众人站好，尼格罗很幽默地做了一个夸张的动作，喊了一声茄子！沈奕巍摁下了快门。

14　看守所会见室　春　下午　内

廖汉中提着一兜水果坐在会见室的窗口前。

一名女警打开门，方秋萍穿一身囚服走进会见室，见到廖汉中，有些愕然：老廖，是你？

廖汉中愣了一下，他仔细打量着眼前的这个女人，认不出来了。

方秋萍：老寥，是我，我是秋萍啊！

廖汉中：秋萍啊，是你吗？一块睡了八年，居然认不出了。

方秋萍：老廖，我对不起你。

廖汉中：你确实对不起我！结婚八年了，对你我是捧在手心里怕摔了，含在嘴里怕化了，哪一点对不住你，你拍着胸脯想一想。

方秋萍：老廖，我厌倦了煤矿的生活，真的！

廖汉中：你厌倦了煤矿的生活，咱们可以好合好散啊！你不能黑了一个多亿售煤款，让老廖我替你背黑锅！我老廖粗是粗了点，可一辈子敞亮，没干过拿不上台面的事儿。你知道这几年我是怎么过来的吗？连赵达夫那个小人都敢和我甩脸子！

方秋萍:唉,一失足成千古恨啊!

廖汉中:秋萍啊,你怎么为了自己花天酒地,让二十条人命为你陪葬?这种伤天害理的事你也做得出?

方秋萍:那不是我要做的,是丁伯逼着我改签的船票!

廖汉中:现在说这种话还有意思吗?你不是三岁的孩子,裕泰号的铁皮不如鸡蛋壳厚,撞翻了的后果是什么,船舱里的人能逃得出来吗?你心里不该没数啊!

方秋萍:二十条人命……

廖汉中:这是罪孽啊!你水遁、整容,就以为能逃脱法律的天罗地网?可能吗?

方秋萍起身抓住铁栏杆:老廖,我不想坐牢,我不想死,看在夫妻的份上,你救救我吧!

15 长富宫会议室 春 下午 内

程志、韩仕琪、李亚林、郭川、江河、沈奕巍等人和尼格罗先生坐在沙发上交谈。

程　志:二十一世纪的海上丝绸之路重点方向有两条:一条是从中国沿海港口过南海到印度洋,延伸到欧洲和非洲;另一条就是从中国沿海港口过南海到南太平洋,延伸到大洋洲和拉丁美洲。贵国正好在第一条线路的重要节点,位置非常独特嘛!

尼格罗先生:省长阁下,你说的很对,江河先生寻求我们R港合作,既是R港的荣幸,也说明了他具有超乎常人的目光。

韩仕琪:尼格罗先生言之有理。任何合作的前提都必须是双赢的,而双赢所以能够实现,在于我们有一个共同的目标—— 建设海洋生命共同体。

程　志:对,建设海洋生命共同体,寻求人类共同的繁荣与发展。尼格罗先生,国之交在于民相亲,民相亲在于心相通。我们到贵国R港后,民风、民俗、政治、经济、税收等等各方面,还要请你多指导、多沟通啊!

尼格罗先生:省长阁下,我愿意效力,如您所说,这也是为了我们共同的繁荣与发展。

沈奕巍:各位领导,尼格罗先生,我们可以签约了。

众人起身,郭川的手机突然响了,他接听手机,脸色骤变,来到江河身旁小声说:老江,出事了,请出来一趟。

江河转身一拱手,抱歉,我去去就来。

16 看守所会见室 春 下午 内

廖汉中:早知今日何必当初?

方秋萍:当初我是鬼迷了心窍,现在我想明白了,我愿意和你一起回琊山!

廖汉中:和我一起回琊山?秋萍啊,今天是最后一次我们以夫妻名义相见了…… 这份离婚协议你签了吧!

方秋萍:老廖,你不要我了!老廖,你不能抛弃我啊!

廖汉中:我抛弃你?听说你在裕泰号遇难时,我带了一百多人大闹东江港,堵着电厂门口烧花圈、烧纸钱,就是为了讨一个说法。八尺高的汉子,老廖我一个人偷偷流过几次泪你知道吗?哼哼,没想到,万万没想到,你竟瞒着我和赵达夫、秦海涛联手,卷走了琊山矿一个多亿的售煤款,害得我人不人,鬼不鬼,如今,倒成了我抛弃你,你也说得出口!

方秋萍:我知道。老廖,老公,是我的错,我对不起你,你帮帮我吧。

廖汉中:我会帮你请一个好律师,如果你能活下来,我希望在监狱里你好好改造,悔过自新,需要什么东西,捎话给我,我也会给你送来!

女　警:会见的时间到了!

廖汉中:秋萍,我走了,如果判你不死,我会再来看你。

方秋萍抓住铁栏杆,大叫:老廖,老廖……

17 会议室 春 下午 外

江 河:出什么事了,老郭?

郭 川:赵小苏打来电话,听说东江港和 R 港签约了, R 港工人在罢工抗议。

江 河:罢工抗议?果然不出所料。

郭川的电话又响了,郭川接听:小苏,你们不要着急,我已经向江局长汇报了,你们在现场等待指示。

江 河:现场情况怎么样?叫他发视频过来。

郭 川:马上发视频过来。

关上手机,郭川问江河:签字仪式照常进行吗?

江河沉思不语。郭川手机响,视频发了过来:R 港的工人们在码头上聚集,手里举着标语牌,上书:我们要吃饭!我们要工作!东江港滚回去!

章江上前欲做说服工作,被几个黑人围住。黑人青年 D 推搡章江,险些把他推倒在地。章江爬起来,黑人青年 D 又冲上去欲动粗,人群中卖水果的老太太突然冲出来,上前就给了黑人 D 两巴掌:你这个孽种,你要干什么?你如果欺负中国人,就不配做我的儿子!

江河认真看了视频,对郭川说:让章江和小苏实施第一套应急方案。

郭 川:签约仪式呢?

江 河:照常进行!

18 会议室 春 下午 内

江河推门走进房间:各位领导,尼格罗先生,这边请。

程志、韩仕琪、李亚林、郭川和沈奕巍、卢茜等人站成一排。

江河和尼格罗先生在协议上签字,互换文本。

服务员端着托盘过来,托盘上放着斟了酒的高脚酒杯。

众人各拿一杯酒,互相碰杯致意。

程 志:江河啊,协议也签了,酒也喝了,你这个地地道道的东道主是不是应该发表几句感言啊!

韩仕琪:是啊,江局长,刚才都是我们说了,有点喧宾夺主了。

尼格罗先生:江先生,你在 A 国的考察给我们留下了深刻的印象,你的同事对你赞赏有加,他们说以你的智慧完全可以使 R 港拥有更美好的明天。此刻,我也很想听到你的心声。

江 河:既然领导和来宾全点了名,就却之不恭了。好,我讲一点感想。

19 A 国 R 港 春 下午 外

章江已经站在一个大木箱子上冲码头工人招手。

赵小苏:工人兄弟们,章总是我们东江港的总会计师,首任驻 R 港董事,他的话完全可以代表东江港最高决策层,我们欢迎他讲话。

赵小苏带头鼓掌,R 港工人无几人响应,大家疑惑地望着章江,但现场的气氛已经安静下来。

章 江:工人兄弟们,刚才赵副总介绍了我的身份,总会计师。总会计师是干什么的,就是搞成本核算的。

赵小苏伸出大拇指:章总的业务水平在国内港口行业是这个。

工人甲:这个……

工人乙:老大的意思。

章 江:既然是搞成本核算的,我就要告诉各位,如果 R 港使用中国工人,工资加上来回探家的费用、住房的费用、驻外补贴的费用,劳动成本就会大大提高。所以,东江港到 R 港只常驻三个人:一名董事,一名副总,一名副总调度。即便我们将来的持股比例上升了,也不会超过十个人,不会挤占 A 国工人兄弟的工作机会!

工人甲:真的吗?你说话算数吗?

章　江:今天在场的工人兄弟都可以作证,如果我说话不算话,东江港自动撤离 R 港!

工人们议论纷纷。

黑人老太太:兄弟姐妹们,中国人是值得信任的,大家知道,我力耶大婶原本住在边远的山区,是中国人修建的 5 号公路把我们一家带出了贫困,使我们自产的栏果、木瓜、菠萝可以运到市区来交易,没有公路的时候,它们常常烂在地里呀!

工人甲调侃:力耶大婶,您是因为这个原因才教训不争气的阿布拉汉姆这个臭小子吗?

黑人 D 向工人甲挥了一下拳头。

黑人老太太:是的! 如果你也与中国人作对,我同样会教训你。

人们发出一阵哄笑。

章　江:谢谢这位大婶。我郑重承诺:东江港收购 R 港股权之后,将努力提高工人兄弟的生活质量,改善 R 港的工作环境,提高 R 港的工作效益,力争大家的工资能持续增长。

工人甲:空头支票吗,我们不需要。

一个老人站出来:朋友们,力耶大婶的话说得不错,这位先生的话是可信的。

工人乙:吉姆老爹,你怎么也会给一个外国人作证呢? 你和他是圈在不同圈里的牛和马,原本不是一回事。

吉姆老爹:他们已经到我住的地方去看望,还带了木瓜、栏果和大米;据我所知,许多年老和体弱的家庭都留下了他们的足迹。孤儿院、养老院也感受到了他们的善意,他们承诺,当 R 港的生产产生收益后,将会拿出一部分钱去救济孩子与老人!

工人甲:真的是这样吗? 眼镜先生。

章　江:吉姆老爹说的话都是事实,对孤儿院和养老院的救助计划正在沟通之中,我希望我们一起努力工作,把 R 港建设得更好,让我们的劳动更有意义,我们每个人生活的更有尊严!

人群中突然站出来一个风姿绰约的女孩儿:我是乔婷,对,香港奥维实业驻 R 港代表,相信大家对我并不陌生。

工人甲:乔小姐,东方美女!

工人乙:你是我们的老朋友,我们信任你。

乔　婷:OK! 那我要告诉你们,章先生的话是完全值得信任的,因为他们有一个可以创造奇迹的管理团队;这个管理团队在中国刚刚把一个又脏又乱、管理低下的港口,改造成了一个现代化水平很高的物流中心,由五年前亏损一千万,到今天创利过亿。

工人甲:五年? 兄弟,你帮我算算,从亏损一千万到创利一个亿,是多少倍……

工人乙:是,是十一倍。对,是十一倍。

工人甲:天呀,真的吗? 如果不是东方美女证明,真的无法置信。

乔　婷:更为难能可贵的是,这个管理团队所凝聚的企业文化,不仅有严格的管理制度,还有温暖的人文情怀!

工人甲:乔小姐,你的意思是说,他们可以提升我们的幸福指数?

乔　婷:你说呢? 我的朋友。

20　会议室　春　下午　内

江　河:各位领导、各位朋友:大家可能注意到了,签约仪式正式举行前我出去了一趟,因为郭川局长向我通报了一个重要情况——

江河停顿了一下,众人把目光投向他。

江　河:R 港的工人举行了罢工。他们聚集在一起,群情激奋,手里举的标语上写的是:我们要吃饭! 我们要工作! 东江港滚回去!

尼格罗先生双手一摊:天呀,居然出现了这种情况!

韩仕琪:江局长,这种突发情况为什么没有及时报告?

江　河:我没有报告,因为这种情况在我们的预料之中,对此我们也准备了应急预案。所以当郭川局长让我看了章总传过来的现场录像之后,我只说了一句话:实施第一套应急预案,签约仪式照常举行。为什么我们能有如此的自信呢！因为R港工人的诉求是合理的，他们所以罢工，是因为不了解东江港人的真实想法，不了解“一带一路”是合作共赢的命运共同体，而当他们了解了这些并且在合理诉求得到满足以后，我们就能成为真诚的合作伙伴！

尼格罗先生举起手机：啊，你们请看，这是我的同事发给我的视频。

众人传阅了一下，视频上是兴高采烈的R港工人把章总和赵小苏抛起又接住的画面。

尼格罗先生：天呀，他们已经成了好朋友。江河先生，你的同事们使用了什么魔法？

江　河：真诚。没有什么比真诚更能使心与心相通相拥。

尼格罗先生：真诚？说得太好了！

江　河：东江港收购了R港的部分股权，这只是在企业国际化上迈出的一步；真正要变成国际化企业还有很长的路要走。各位，切莫小看了这五个汉字的重新组合—— 企业国际化是企业硬实力的一种体现，拥有资本就可以做到；而国际化企业则更多地体现了一个企业的文化软实力，它需要有更开阔的视野，更务实的态度，更强的风险应变能力和更真诚的合作精神。只有真正赢得了所在国社会和人民发自内心的喜欢、信任和尊重，它才有资格真正称为一个国际化企业。

众人不约而同地为江河鼓掌。

尼格罗先生：江河先生，你说得太好了，感谢你对A国的信任。

程　志：江河啊，你有这种认识，我就放心了。来，我提议为中A两国人民的友谊，为东江港与R港的美好明天，干杯！

21　秦池家门口　春　早晨　外

卢茜从单元门走出来，碰上江河。

江　河：卢茜，看奶奶来了？

卢　茜：是啊，江局长，奶奶的身体越来越差，我有些不放心。

江　河：你放心吧，你走的这三个月，我会经常来看老人家，对老秦，我是有过承诺的嘛！

卢　茜：您太累了，从北京回来就没休息一天，您没看自己都成熊猫眼了。

江　河：熊猫？那可是国宝！咱当不成国宝，能有一双熊猫眼也不错。

卢　茜：局长，什么时候您都能开玩笑。

江　河：卢茜，说正经的。咱们东江港要进一步提高管理水平，真正成为国际化企业，急需国际化人才呀！这次派你和沈奕巍带队到香港维多利亚港学习，局党委寄予了很大希望，相信你们一定会不辱使命。

卢　茜：我会尽力的。

薛东方风风火火跑过来：江河，你果然在这儿？

江　河：东方，你从俄罗斯回来了？找我来给你接风吗？

薛东方并不答话：告诉我，薇薇呢？丁薇薇在哪儿？

江河神态黯然：东方……

薛东方一步步逼近江河：你他妈说话呀！你忘了，我们一起被泥石流围困的日子；你忘了，我们一起下部队、上哨所的经历；你忘了，我们是生死与共的战友啊！他上前抓住江河的脖领子：你他妈混蛋，你让我心寒啊！

江　河：东方，你听我解释……

薛东方猛挥一拳，将江河打倒在地：你解释个屁！你的解释能让丁薇薇死而复生吗？你的解释能让我们的情谊不被伤害吗？说着冲上去揪住挣扎站起的江河又是一拳。

江河再次被击倒，他挣扎了两下，没有能够站起来，晕了过去。

愣住了的卢茜清醒了，她跑过去扶起江河，冲薛东方大叫：薛厂长，我们江局长的心里比你还难受，他的身体已经透支了，怎么禁得住你这么打！

薛东方见江河倒在地上不省人事，也吓蒙了，扑过来摇晃江河：江河，江河，我的好兄弟，你怎么啦，你不要吓我呀！

江河睁开眼：东方，我没事。你…… 你打得好！说着又晕了过去。

卢茜掏出手机哭着喊:120, 120,有人晕倒了,在港务局宿舍一号楼前!

22 深山古寺 春 早晨 外

一黑衣素缟的女子轻叩门环,出来一个小和尚。

小和尚:请问施主,是进香,还是还愿?

女施主:小师傅,我想求见一位上师,修罗法师,烦请通秉。

小和尚:修罗法师?那个腿有点跛的吗?

女施主:正是。他数月前刚入空门,清修礼佛。

小和尚:女施主,请稍候。

女施主双手合十:多谢,有劳了。

23 东江医院急诊室 春 上午 内

沈奕巍、卢茜、郭川、薛东方等人聚集在抢救室。

医生为江河检查完毕,摘下听诊器:病人长期处于亚健康状态,疲劳过度,又受到外力打击,导致晕厥。要留院观察,不能再过度劳累了。

沈奕巍:谢谢大夫!大夫,谢谢你了!

江河慢慢睁开了眼,见是在医院,要挣扎坐起,被沈奕巍摁住。

薛东方抱住江河:兄弟,你吓死我了。

江　河:东方……

薛东方:兄弟,什么也别说了。卢茜都告诉我了。薇薇是有底线的,她还是咱们的好战友。

沈奕巍:薛厂长,不带你这么干的。你要是把我们局长打坏了,港务局上下都会跟你没完。

卢　茜:薛厂长也吓坏了,一看局长晕倒了,眼泪哗哗的。

薛东方:姑娘,我们是什么交情?可以为对方挡刀,挡子弹!

郭　川:好在有惊无险。不过,老江啊,这回也给你提了一个醒儿,再干工作不能总没时没点儿了。再棒的身体也经不住这么消耗啊!

江　河:我没事,就是这段时间有点疲惫,再加上东方那两拳。扶我起来,卢茜,明天早晨还要到码头给你们送行呢!

卢　茜:局长,医生说了要留院观察。你非要坚持给我们送行,那我就不去了!

江　河:呵,这丫头,脾气真大啊!

郭　川:老江啊,别硬撑着了!给卢茜他们送行,有我呢!你好好在医院休养几天,身体养好了,工作有的是干的。

江　河:是有点累了。那好,我等着迎接你们考察归来。东方、老郭,你们赶快走吧,别因为我耽误了工作。

沈奕巍:好,我们走,让局长好好睡一觉。

24 深山古寺 春 下午 外

女施主随小和尚来到了一座殿堂前。

已剃度出家的黄敬业坐在佛像前双目微闭,轻敲木鱼,口中默念有词。佛像前有一香炉,未燃尽的香烟缥缈缭绕。

女施主摘去脸上的纱巾—— 是丁薇薇。

丁薇薇从佛像前取过三支香点燃,双眼微闭,举过眉心,敬心礼佛。然后把三支香插入香炉,又跪在蒲团上,向佛像磕了三个头。

整个过程中,黄敬业面无表情,双眼始终没有睁开。

丁薇薇:黄兄,小妹一路奔波,找你找得好辛苦。

黄敬业慢慢睁了一下眼,又闭上,仍轻敲木鱼:觅得辛苦需自尝,何必说与旁人听?女施主,难道没有听过这句词吗:万事到头都是梦,休休,明日黄花蝶也愁。

丁薇薇:终日寻春不见春,芒鞋踏破峰头云。归来偶把梅花嗅,春在枝头已十分。黄兄,此话想必熟知?

黄敬业:独身素食,青灯黄卷,以寺为家,香茶一盏。贫僧清修自为,已不问世间琐事,静心礼佛,早断了红尘俗念。

丁薇薇:黄兄,我知道,你是因为惨遭横祸,见疑于小妹才心死如灰。你可知道,小妹亦是听说黄兄惨遭横祸,才决意跳江赴死的吗?我侥幸被叔叔派的人救起,一路寻访到丽江,本为凭吊故人,缅怀旧情,偶尔得知黄兄只是在鬼门关虚走了一遭,才一路寻访而来。

黄敬业:善哉,善哉。

丁薇薇:投江前,我曾对江河说,如果有来世,我也许会选择丽江与黄兄为邻。莫非世事艰辛,人心不古,黄兄连小妹这点愿望都不能满足吗?

黄敬业:女施主,我身处佛门,心在净土,滚滚红尘只是浮生一梦。梦醒了,梦中的一切已如昨日秋风了。

丁薇薇:我愿在寺外择一民居,得便时能与黄兄品茶悟禅。

黄敬业:女施主,这又何苦?鸟归丛林、鱼游深潭,你我皆有归途有去处,只是不要强求才好,请回吧!

25 烈士陵园 春 下午

昏睡中的江河神智游荡,化作一阵清风来到了坐落在郊外的烈士陵园。

在老卢头的墓地前,江河席地而坐,拿出了一瓶烧刀子,两只小酒盅,又从皮包里拿出了碟子,一只碟子里放上了花生米,一只碟子里放上了酱牛肉。

江河拧开瓶盖往杯子里斟满酒:卢大哥,我看你来了,来迟了,你不怨我吧。

墓碑上方,镶着老卢头的遗像。遗像中的老卢头,双眸含笑,神态安详地望着他,目光中饱含着无尽的爱与期待。

江河端起酒杯,望着老卢头:我所以现在来看你,是要告诉你一个好消息:东江港已经正式在A股上市了,收购A国R港的协议也签了。如果说在此之前,我们所有的付出,是让东江港启动,那么,今天的东江港已经开始展翅高飞了。

说着江河站起身,眼含热泪,双手垂直,庄严肃立:卢大哥,没有你的奉献,就没有东江港的今天。现在,让我代表东江港的六千名员工给你鞠个躬吧!

言毕,江河冲着墓碑上老卢头的遗像深深地弯下了腰。

老卢头从墓碑上的照片中飘然而下:江局长,不敢当,不敢当。他双膝相盘,坐在了江河对面,拿起了地上的那杯酒,那应该祝贺你,这几年的心血没有白费!

江　河:难得和卢大哥倾心对饮,把酒畅谈。好,我们干!江河举起酒杯和老卢头碰了一下,一饮而尽,卢大哥,可是不瞒你说,我怎么高兴不起来呢?

老卢头:江局长,我知道你心里面装了太多的事,平时无法对人说。现在这里没外人,就咱们两个,心里有什么委屈,有什么幽怨,有什么痛苦,有什么纠结,就敞开了说吧,我爱听,我也听得懂。

江　河:谢谢你,卢大哥,按说你比我年长近二十岁,我应该叫您一声叔,你知道我为什么叫你哥吗?

老卢头:你是有意要和我拉平辈分,怕卢茜那傻丫头乱了心性。其实,姑娘的心思,当爹的怎么可能一无所知?江局长,你是正派人,散布那些流言的人,昧良心呢!

江　河:因为你的走,卢茜伤心过度,至今也没有完全走出。

老卢头:那晚出门,我的心脏就不舒服,我知道也许有去无回,能为东江港而死,我死而无憾啊!

江　河:老卢哥,你慷慨赴死,东江港转危为安,整个华东地区避免了一百多个亿的经济损失,可以说是重如泰山。不过,你含笑天国,可曾知道,活在世上的亲人和朋友情何以堪?

老卢头:我又何尝舍得离开闺女,离开你、奕巍和大家伙儿,只是鱼与熊掌不可兼得时,必须要做出选择啊!看到东江港兴旺发达,我也算死得其所了。

江河点点头:卢大哥,黑子见到了吧?

老卢头:黑子死得壮烈! 他知道你今天要来看我,让我转告你一句话:生前认了你这样一个大哥,他很知足。他为你而死,为东江港而死,心甘情愿。

江河端起酒杯,轻轻将酒洒在地上:谢谢黑子兄弟,你的心意大哥领了。这杯酒我敬你,愿你在天国安息。你放心,你是为东江港而死的,东江港人会把你的老婆照顾好。你让我为你未出生的孩子起个名字,我想好了,就叫刘东航,取东江港扬帆远航之意。好不好?

老卢头:这名字好,黑子肯定满意。

江　河:卢大哥,你知道吗—— 丁薇薇,我的初恋情人,在我的眼前投江自尽了! 命运为何如此待我,要让她死在我的手里?

26　深山古寺　春　下午

丁薇薇走出殿宇,惆怅四顾。一褐衣布履的义工在清扫庭院,扫到丁薇薇面前,义工停下扫帚,抬起头—— 原来是杨疯子。

杨疯子:丁姑娘,别来无恙?

丁薇薇:杨老伯? 您怎么也在这儿?

杨疯子:从香港令尊处归来,承蒙方丈不弃,我一直在庙里做义工。此山清灵秀美,倒是一个积累福报,兼修来世的好去处。

丁薇薇:杨老伯,听说叔叔还是您及时救助,送去医院,才保全了一条性命,薇薇在这里谢过了。

杨疯子:人生一切皆有定数,你叔叔虽然保全了性命,但神智痴迷,瘫痪在床,只是徒有一具空壳肉身而已。值不得谢,值不得谢!

丁薇薇:无论如何,薇薇还可以端茶喂药,膝前侍奉,孝心总还有地方寄托,免了向隅而泣之苦。

杨疯子:丁姑娘,你死而复生,令叔生不如死,皆是善恶有报。

丁薇薇:杨老伯,薇薇一路劳顿,备尝艰辛,寻到这里实在不易,不知可否到您房间里讨一盏清茶?

杨疯子:怠慢了,丁姑娘,请!

27　烈士陵园　春　下午

老卢头:江局长,你怎么会有这样的想法?

江　河:她走私文物,偏偏犯在了我手里,我若不抓她,将无颜以对国人;但是没有想到,她如此清高孤傲,不肯苟活于世,让我亲眼看着她的生命之花飘零! 卢大哥,这几日我常常夜不能寐,闭上眼,往昔的事就历历在目,而且,追回琊山矿上亿售煤款,防止煤化工核心机密外泄,促成东江港上市,融入“一带一路”,薇薇都功不可没! 原以为,死是人生最痛苦的事,现在才体会到,有时活着受情感的煎熬,竟比死更为痛苦。

老卢头:人生于世,每个人都有自己的命运轨迹,如何演化,皆由自己的命运而定。

江　河:人非草木,孰能无情,对薇薇的这一份感情,五味杂陈,从今天起,我要把它封上口,藏于心底,永不示人。

老卢头:这样最好。

江　河:方秋萍一案终结,卢茜得知“9.08”特大沉船事故是一个阴谋后,曾要求我公开撤销对你的处分。事关案件侦破,我没有答应她的要求,卢大哥,个中苦衷,想你能够体谅。不过,无论如何你为此受了委屈,提前两年离开了工作岗位,心情郁闷,才导致身体状况越来越差,我还是要向你道歉啊!

言毕,江河起身向老卢头又深躹一躬。

老卢头慌忙站起,以手相拦:江局长,不敢,不敢。尺有长短,事有曲直,从这个角度看,我是受了冤枉;换一个角度,裕泰号确实超载运营。以此为例敲一敲警钟不一定就是坏事。

28 杨疯子住处 春 下午 内

杨疯子用暖瓶里的温水沏了一杯茶递给丁薇薇，丁薇薇喝了一口，轻轻摇了摇头。杨疯子歉然一笑，重新打了一壶开水，冲泡了一杯茶递给了丁薇薇。

丁薇薇：杨老伯，你不是让我饮茶，是让我参禅。

杨疯子：正是。第一杯茶用温水冲泡，淡而无味；第二杯茶用沸水冲泡，满屋生香。茶叶因为沸水才释放了深蕴的清香，生命也只有遭遇一次次坎坷，才能留下一脉人生的幽香啊！

丁薇薇：杨老伯，薇薇的心志想来你已洞明。

杨疯子：如果我猜得不错，姑娘也是看破红尘，想遁入空门，你能一路寻来可见心意已决。只不过，恕我直言，你俗念未了，青灯黄卷、晨钟暮鼓不是你能适应的生活。

丁薇薇：杨老伯就这样肯定？

杨疯子：你千里来寻黄先生，可见你之情义；你不弃造了孽的叔叔，可见你之仁孝；你投江之前对月伤怀，可见你对人生之眷恋；这些红尘杂念装满了脑子，你怎么能静心修行；如同这杯子，杯子空了才能倒进水，如果杯子里装满了水，再倒岂不溢出？

丁薇薇：您的意思是……

杨疯子：一炉百佛、万念归一。只要心存善意，不一定要遁入空门。心意到了，处处皆有佛缘啊！

丁薇薇：薇薇受教了。老伯，除了两家公司和一只基金外，薇薇已将丁氏集团的资产全部捐献给了慈善机构。老伯的那只手镯，薇薇也未敢私留，想来老伯不会怪罪吧？

杨疯子：看你一身缟素，老夫便猜到了。姑娘一心向善，菩萨是能感受到的。

丁薇薇：老伯言重，有您老人家仗义疏财在前，我不过是依样学样罢了。

杨疯子：姑娘，那个江河，我在北京雍和宫曾有缘一见，倒是一个至纯至性之人，你俩品貌相配，心路两辙；情缘难续、劳燕分飞，一切顺其自然就好。

丁薇薇：谢老伯指点迷津。若此山没有青灯可守，何处才是薇薇归处？

杨疯子：一切遵从内心召唤吧。你我一别，再见无期，老朽送丁姑娘四句话！

丁薇薇：请讲。

杨疯子：我有明珠一颗，久被尘劳关锁，今朝尘尽光生，照亮山河万朵。

丁薇薇：好诗，自救救人之道皆在诗中了。薇薇谨记，再谢老伯。

29 烈士陵园 春 傍晚

江　河：卢大哥，我在事业上应该说是成功的，但是在情感上还是觉得失败。小惠和我闹离婚，如果不是程省长出面说合，我们可能已各奔东西了。

老卢头不搭话，望着江河静静地听。

江　河：我原以为，维系着我和小惠的是婚姻；分开了一段时间我才发现，我对她还有着割不断的亲情与爱。

老卢头：江局长或许丁薇薇和刘希娅在某一个时段成了徐大夫的心魔，佛说境随心转，就是不再纠结过往的烦恼，她已经在自我排解。徐大夫是一个多好的人呀，千万要珍惜。

江　河：卢大哥，你的话让我心窗洞开，谢谢您。我还是要向你道歉，因为我没有保护好卢茜，险些让她遗恨终生。

老卢头：我曾告诉丫头，秦海涛心术不正，经历了这次教训，丫头会长记性。在东江港我最看好的小伙子是沈奕巍。

江　河：卢大哥，东江港虽然上市并完成了海外收购，但是我们的管理理念还需要进一步与真正的现代物流企业契合，今天沈奕巍、卢茜已经作为领队去香港考察学习，希望他们能把人家最先进的技术和管理学到手。二人身在异乡，假日公余，也许会缔结良缘呢！

老卢头：果真如此，我心足矣！来，我们满饮此杯。

两只酒杯相碰，一股酒香飘洒。

夕阳西下，渐渐捎走了远山的最后一抹余晖，陵园中一排排的苍松翠柏在金黄色的夕照中，被涂上了一层油画般的色彩，薄雾在天边缓缓升起，像是一张逐渐打开的帷帐。帷帐的边缘，有一只鹰在孤独地盘旋,仿佛是要冲破暮色的围剿。

江　河:卢大哥,不早了,我要回去了,有时间再来看你。今天能和你一吐胸中块垒,我心亦足。

老卢头:你还有一件事没有告诉我。

江　河:你是说老秦?

老卢头:正是。

江河摇摇头:我是怕你听了伤心。老秦的案子已初步查清,他收受孟建荣、赵达夫等人的贿赂达两千万之巨,目前已经进入司法程序,估计至少要判刑十年以上。琊山嫖娼门和 A 国赌场门,查明背后也有秦池的身影。

老卢头:天作孽犹可恕,自作孽不可活,我早就提醒过他,只是他听不进去。唉,他这是咎由自取,怨不得别人。只是他的八旬老母 ——

江　河:我每周必去一次,陪老人聊天,给老人洗脚,代老秦略尽人子之孝吧! 卢茜每天都会去看奶奶,逗老人开心,老秦纵有千般不是,却是大孝之人,我们会把老人照顾好,你放心吧。

老卢头:江局长,你能这样做,确是个有情有义的人。

江　河:卢大哥,我知道你喜欢听我的长笛,你提前退休的时候,我曾答应你,有时间要专门为你演奏一曲,杂事缠身,没想到一拖就拖到了今天。现在,我给你吹奏一曲吧,你想听什么?

老卢头一笑:谢谢你还记挂此事,就吹那年中秋时你在江边吹的那首曲子吧!

江　河:好,就吹一曲《江河水》! 说着回身从随身带的包里拿出长笛,转过脸,老卢头已复归于墓碑之上,默默地注视着他。

江河举起长笛,放在唇边含泪吹响。暮霭四合,送走最后一缕日光;晚风乍起、百鸟入林,远天的那只鹰忽然箭镞一样射来,在江河的头上盘旋,像一串飞翔的音符。

伴随着《江河水》激昂悲怆的旋律,依次出现了如下画面:

江河在船上与程志会面。
刘黑子把刀架在江河脖子上。
江河在东江宾馆下跪认下干娘。
愤怒的江河在"心相知"掀了饭桌。
韩仕琪在市委向江河拍桌子。
悲怆的江河在大堤上吹奏《江河水》。
江河在省政府门口被刘希娅奚落。
江河追赶抢包的黑人误入了赌场。
眼看丁薇薇跳江,江河扶栏杆悲痛欲绝。
随着《江河水》的曲调进入尾声,画面定格 ——

30　码头　春　早晨

沈奕巍、卢茜和十余名东江港员工正在列队,岸边停靠一艘大型客轮。

韩仕琪、郭川、闫主席和东江港的员工来到栈桥两边为他们送行。

一辆奥迪停在码头旁,车门打开,走出程志。众人过去和程志握手。

沈奕巍和卢茜走过来:程省长,您好! 谢谢您对东江港工作的关心和支持!

程　志:哼哼,这是官话、套话、客气话,我不爱听。你们应该说,程省长,你来了就对了,主管工业的副省长,这么重要的活动不露面,岂不是失职?

卢　茜:我们哪敢?

程　志:怎么不敢呀,卢茜,我看你现在状态不错,这我就放心了。

韩仕琪走过来:程省长,您来了给大家讲几句话吧?

程志刚要推辞,众人鼓起掌来。

程　志:盛情难却,那我就讲几句。来码头之前,我先去医院看了你们的江局长。他说你们到海外开阔眼界后,还会派你们到国内的先进码头去学习和取经。中国港口的现代化管理水平提升很快,上海港就正在打造全新的“智慧码头”,最大的自动化码头将于2017年试产。江河告诉我,自动化码头运营后,不仅装卸效率提高至少30%,排放也能减少50%,可谓增速增效、减排减负,对港口发展是一种质的飞跃。我已经和江河有了一个新的约定,再过三五年,要把东江港建设成为世界第一流的现代化港口。当然,这不光要靠江河,更要靠一代眼界开阔、观念超前的年轻人!

沈奕巍:程省长,我们会记住您说的话。

卢　茜:程省长,您放心吧,我们不会让您,让东江港失望。

程　志:好,我代表省委,也代表躺在医院的江河,祝你们一帆风顺。

言罢,和学习的人逐一握手。沈奕巍、卢茜他们走上客轮,站在船舷向欢送的人群招手致意。

汽笛一声长鸣,客轮渐渐驶离码头。

程志和郭川等人握手告别。

韩仕琪:程省长,谢谢你,这么忙还赶过来了?

程　志:老韩,你也很忙嘛,市长的担子卸下了,更重的担子等着你去担呢!

韩仕琪:到省里工作,还请您多多指教。

程志摆摆手:哎,指教谈不上。不过,现在当官也成了一项高风险的行当,要有如履薄冰的心态。真正做到情为民所系、权为民所用,并不那么容易哟!

韩仕琪:谢谢程省长提醒。

程　志:哪里是什么提醒,我们共勉!

31　客轮甲板上　春　早晨

沈奕巍和卢茜站在甲板上眺望远方。

沈奕巍的手机响,他拿出手机接听:章总啊,我是沈奕巍。什么?发生什么重大情况啦?别着急,您慢慢说。他走到一边接听手机。少顷,回到卢茜身旁:章总在A国打来电话,出大事了!

卢　茜:出什么大事啦?你别吓我。

沈奕巍:B国W港因为政府更迭,所有海外收购项目全部叫停。

卢茜惊讶的啊了一声:怎么会这样,那A国R港呢?

沈奕巍:R港,你觉得会怎么样?

卢　茜:你别大喘气了,快说吧!

沈奕巍:R港运转正常,这个月效益同比增长20%。尼格罗先生和董事局非常高兴,对咱们东江港管理人员的工作高度肯定。开始,他们对我们收购奥维公司的股权态度还有点暧昧,现在正积极协助、全力推进。

卢　茜:真的呀?那太好了,事实证明,我们选择A国R港是非常正确的。应该把这个消息赶快告诉江局长。

沈奕巍:让他好好休息两天吧,他太累了。

卢　茜:你相信他会好好休息?刚才,不是还和程省长一起畅想了东江港的明天吗?

沈奕巍:是啊,他永远在实现梦想的路上。

沈奕巍和卢茜站在船首迎风而立。他们的面前是一望无际的长江和正冉冉升起的一轮红日。又一声汽笛长鸣在宽阔的江面回响,客轮两侧,浪花飞溅,像卷起千堆雪,挑出万担绵……

后记：立此存照

杜卫东

有一天，我和一位极其有名的编剧大咖聊天。他听说电视连续剧《江河水》已提前杀青，便瞥了我一眼，说电视台播出时你最好不看，免生闲气，因为你的剧本很可能被改的面目全非。见我惊愕，他叹了一气，因为别人擅改我的剧本，我都流过眼泪。你信吗？

可能吗？

可能吗？你把吗字去喽！导演改、制片人改，大牌演员改起你的剧本来更是没商量。我的一部戏，七集的戏份竟然被主演改成了两集。

在编剧界，这位大咖的名气十分了得。由他编剧的影视作品，在央视一黄和地方各大卫视一部接一部播出，不光囊括了国内影视剧诸多大奖，在国际上也屡次夺冠。我原以为他的剧本拍摄时，即便改一句台词也要经他首肯哪。

哼，听我说出内心的想法，他骂了一句不太雅的词，脸上呈现出一幅很无奈的表情。

细一想，这位大咖的话可信度应该是非常高的。首先，他在编剧界的名气如日中天，没必要自贬身价，给自个儿添堵。如果不是交情摆在这儿，也不会口无遮拦、直抒胸臆。再有，以前也风闻过因剧本被改，著名编剧大倒苦水的事儿，甚至要求取消署名。这些大咖在编剧界的名气有如文学界的莫言、苏童、贾平凹，耀眼得很。他们的剧本都被改得面目全非，像我这样只是偶尔玩票儿的编剧又当如何呢？

想想，真是肝颤儿。

又想到，虽然江苏电视台出具的正式评估意见，对初稿剧本给予了很高评价；据说先后有两位导演看了剧本也予以肯定，但买我剧本的影视公司老板说，电视台后来决定将电视剧的时间背景再后移 N 年，他怕我不乐意，就让电视台找编剧直接补刀了。我至今没有见到后来的剧本，真不知道会改成什么样子。或许是敝帚自珍吧，我对自己完成的剧本很有自信，如果据此拍出来相信会很好看。当然，这首先得益于小说提供了很好的基础，我领命创作剧本时曾找新京合作，正巧他那时签了一个大的电视剧写作项目，对方催稿很急，一时无暇分身。否则，剧本肯定会更加精彩。

就是在那一刻我产生了一个想法，将电视剧文学剧本刊印成书。如果电视剧拍出来，比我的剧本精彩、好看，在下不敢掠美；倘若人物关系，情节设置和剧情推进改得并不顺畅，有原剧本为证，我也不背黑锅。

仅此而已，特立此存照。